EDUARDO SPOHR

ARMAGEDDON

KRIEG DER ENGEL

Aus dem brasilianischen Portugiesisch
von Susanne Lötscher

WILHELM HEYNE VERLAG
MÜNCHEN

Titel der Originalausgabe:

A BATALHA DO APOCALIPSE

Verlagsgruppe Random House FSC-DEU-0100
Das für dieses Buch verwendete
FSC®-zertifizierte Papier *München Super*
liefert Arctic Paper Mochenwangen GmbH

Vollständige Erstausgabe 06/2012
Redaktion: Catherine Beck
Copyright © 2010 by Eduardo Spohr
Copyright © 2012 der deutschsprachigen Ausgabe
by Wilhelm Heyne Verlag, München,
in der Verlagsgruppe Random House GmbH
Printed in Germany 2012
Diese Publikation wurde mit der Übersetzungsförderung des
Ministério da Cultura do Brasil/Fundação Biblioteca Nacional unterstützt.
Obra publicada com o apoio do Ministério
da Cultura do Brasil/Fundação Biblioteca Nacional

 MINISTÉRIO DA CULTURA
Fundação BIBLIOTECA NACIONAL

Umschlaggestaltung und -illustration: Animagic, Bielefeld
Satz: C. Schaber Datentechnik, Wels
Druck und Bindung: GGP Media GmbH, Pößneck

ISBN: 978-3-453-52925-0

www.heyne-magische-bestseller.de

Zur Erinnerung an meinen Großvater Carlos Spohr,
der mir schon früh die Freude
an fantastischen Geschichten vermittelt hat.

Inhalt

Die heilige Handschrift der Malakim   9

ERSTER TEIL **Die heilige Rächerin**

Prolog   15
1   Der Gefallene König von Atlantis   21
2   Das Schloss des Lichts   30
3   Der dritte Krieg   51
4   Das antike Babel   62
5   Tropischer Herbst   173
6   Heilige Rächerin   203
7   Eine schreckliche Vorahnung   232

ZWEITER TEIL **Der Zorn Gottes**

8   Der Meister des Feuers   259
9   Von Rom nach Jerusalem   287
10   Tod auf hoher See   432

DRITTER TEIL **Die Geißel des Feuers**

11   Fast ein Mord   485
12   Die Zerstörung von Sodom   520

13	Die Albträume der Menschen	526
14	In den Verliesen der Hölle	540
15	Gefangen in Sandrak	583
16	Ein Spion in der Imbissbude	602
17	Die Urzeitlichen Schlachten	640
18	Die Leviathane	674
19	Orion und Asmodeus	697
20	Die Sechste Posaune – der Kampf beginnt	716
21	Der Totenkuss	798
	Epilog	806
	Glossar	809
	Zeittafel	827

Die heilige Handschrift der Malakim

Vor vielen, vielen Jahren, so vielen Jahren, wie Sterne am Himmel stehen, gab es im Paradies einmal einen furchtbaren Aufstand. Mit mystischen Schwertern und gottesgleichem Mut führten Jahwe-treue Cherubim einen blutigen Kampf gegen den Erzengel Michael und seine himmlische Gefolgschaft.

Gott, der Höchste über alle Dinge, hatte die Arbeit an der Schöpfung abgeschlossen und sich anschließend zur Ruhe gelegt – der Ruhe des Siebten Tages. Während er schlief, hatten die Erzengel die Macht an sich gerissen und machten sich Himmel und Erde untertan, indem sie sich mit den Worten Gottes rechtfertigten. Diese imposanten, allmächtigen und unberührbaren Wesen saßen auf ihren Lichtthronen, und ein jeder sehnte sich danach, selbst gottgleich zu werden.

Es empörte sie, dass der Schöpfer die Menschen so liebte, und in ihrer Eifersucht widersetzten sie sich den Gesetzen des Höchsten und wollten auf Haled, wie die Erde bei ihnen genannt wurde, alle Sterblichen und damit die göttliche Schöpfung vernichten.

Auch der Engelsfürst Michael hasste die Menschen und sandte Haled eine Katastrophe nach der anderen, doch die Sterblichen leisteten Widerstand wie hartnäckige Insekten. Die tyrannischen Engel wünschten sich eine Rückkehr zum Anbeginn der Zeiten, als nur Tiere die Erde bevölkert hatten. Niemals hätten sie akzeptiert, ein Geschöpf aus Lehm zu verehren, wo sie doch selbst aus dem Glanz und der Herrlichkeit Gottes hervorgegangen waren.

Michael wollte die Menschheit ein für alle Mal ausrotten und befahl daher der Engelskaste der Ischim, die über die Naturgewalten gebot, die endgültige Vernichtung in allen Einzelheiten zu planen. Gehorsam brachten diese die Polkappen zum Schmelzen, und eine gewaltige Sintflut überschwemmte die Erde. Trotzdem hielten die Sterblichen wieder stand.

Einige Engel waren mit der Politik des Engelsfürsten nicht einverstanden und verschworen sich gegen ihn, doch ihre Anführer wurden in ihrer politischen Ahnungslosigkeit von einem anderen Erzengel verraten: Luzifer, dem Morgenstern. Er wusste als Einziger, was die Aufständischen vorhatten: das Paradies von seinen Unterdrückern zu befreien.

Der Dunkle Erzengel verriet die revolutionären Ideen, und die Rebellen wurden bezwungen, aus dem Himmel verstoßen und bis ans Ende aller Zeiten zu einem Dasein in der Welt der Menschen verdammt. Solange das Licht des Siebten Tages leuchtet und Gott noch schläft, werden die abtrünnigen Engel und die Menschen von den himmlischen Agenten verfolgt werden.

Durch den Verrat an den Aufständischen hatte Luzifer Macht und Ansehen erlangt und plante nun seine eigene Revolution. Der von ebenso ehrlosen Interessen getriebene Dunkle Erzengel hatte die Absicht, Michaels Platz als Fürst einzunehmen, ja, sich sogar über den Schöpfer zu erheben: Er wollte nicht nur seinen Bruder ausschalten, sondern sich auf dem Zaphon, dem Berg der Götterversammlung, die Krone aufsetzen und dadurch gottgleich werden.

Viele Engel, die über die himmlische Politik empört waren, schlossen sich Luzifer an, ohne jedoch von seinen egoistischen Plänen zu wissen. Als Michael den Verrat entdeckte, erklärte er erneut den Krieg und ließ den Morgenstern und seine Gefolgschaft in den Scheol werfen, ein dunkles Loch der Finsternis und des Leids, ein schrecklicher Ort, ein ewiges Verlies. Dort herrscht der Dunkle Erzengel jetzt und wartet auf den richtigen Zeitpunkt, um sich zu rächen. Heute ist diese Dimension bei den Sterblichen als »Hölle« bekannt.

Nach den beiden Engelskriegen vergingen viele Tausende Jahre. Dann entwickelten die Menschen selbst moderne Waffen und läuteten damit wieder eine Zeit der großen Katastrophen ein.

Im Himmel und in der Hölle bezeichnet das Armageddon den Beginn einer neuen Ära. Wenn sich der Kreis geschlossen hat, wird Gott erwachen und über alle Gericht halten. Der Schleier der Wirklichkeit wird fallen. Alte Feinde werden sich gegenüberstehen, und zwischen den Paralleldimensionen wird es keine Grenzen mehr geben. Dies wird der Tag der Abrechnung sein.

Der siebte Tag neigt sich dem Ende zu, bald wird es Nacht.

ERSTER TEIL

Die heilige Rächerin

Prolog

Zaphon, der Berg der Götterversammlung, heutige Zeit

Eines Tages hatte der Erzengel Uriel die ewige Warterei satt und nahm sich vor, seinen Bruder auf dem Berg Zaphon zur Rede zu stellen. Er legte seine goldene Rüstung an, ergriff sein Feuerschwert und stieg die zahlreichen Marmorstufen zum Heiligtum der Morgenröte hinauf. Oben angekommen, erblickte er den noch halb von eisgrauen Wolken eingehüllten, beeindruckenden Säulentempel. Von innen strahlte ein intensives bläuliches Licht, das Uriel für die Emanationen von Gott hielt.

Trotz seines glänzenden Helms war nicht zu übersehen, dass Uriels Miene streng und entschlossen war. Nach vielen Jahren und langen Überlegungen wollte er jetzt dem Höchsten endlich einen Besuch abstatten – nur um sich zu vergewissern, dass der Geist Gottes immer noch dort im Heiligtum schlief und nicht gestorben war, wie er manchmal argwöhnte. Irgendwann vor langer Zeit hatte Uriel das Antlitz des Schöpfers sehen dürfen – das war sonst nur Erzengeln vorbehalten und nicht einmal den Engeln vergönnt – und hatte darin Brüderlichkeit, Liebe und Verständnis gelesen. Wie war es möglich, dass sich die Himmelsbewohner so hatten verführen lassen? Das Paradies war dem Untergang geweiht, und mit ihm die Welt der Menschen.

Doch so leicht sollte es für Uriel nicht werden, das Heiligtum zu betreten. Der Engelsfürst Michael, sein leiblicher Bruder, bewachte den göttlichen Thron und war nicht bereit, ihn hereinzulassen. Mit seinem heiligen Schwert, der unbesiegbaren Flamme des Todes, stand er da und versperrte ihm den Weg. Seine Vollrüstung mit den goldenen Zierelementen auf dem Brustpanzer glänzte silbern wie die Strahlen des Mondes. Den Helm mit der roten Mähne und dem spitz zulaufenden Kinnschutz hatte Michael abgelegt, sodass seine männlichen Züge, der sprießende Bart und die grässlichen Narben zu sehen waren. Diese Narben stammten aus der Urzeitlichen Schlacht, einem lange zurückliegenden Krieg, der noch vor der Erschaffung des Universums stattgefunden hatte.

Michael war der stärkste der fünf Erzengel, der Erstgeborene, der Erbe des Schöpfers. Durch sein schwarzes, langes, locker zum Pferdeschwanz gebundenes Haar verlief eine helle Strähne bis in den Nacken. Nur wenige Menschen hätten in ihm ein himmlisches Wesen erkannt, wären da nicht die schneeweißen Flügel gewesen, schlank wie Schwertmuscheln.

Eine leichte Morgenbrise strich durch das Haar des Fürsten und klang in Uriels Ohren wie ein Pfeifen. In einer Entfernung von zehn Metern blieb er auf der untersten Stufe vor dem Wächter stehen. Schweigend sahen sich die beiden Giganten an – Michael stark und zuversichtlich, Uriel zornig und entschlossen. Er packte sein Schwert mit beiden Händen und hob es zur Verteidigung.

»Geh mir aus dem Weg, Michael! Ich fordere das Recht, Jahwe, unseren Vater, an seinem Ruhebett zu besuchen. Das ist mein Recht als Erzengel und Abkömmling des Schöpfers.«

Einen Augenblick lang sagte der Fürst nichts. Dann stieg er eine Stufe herab. »Nein, lieber Bruder. Meine Geduld ist erschöpft. Ich habe genug von deiner Unverschämtheit. Ich bin der Engelsfürst, und damit auch der Anführer der Erzengel. Mein Wort ist Gesetz«, sagte er mit Bestimmtheit. »Wir alle wissen, dass Jahwe schläft und nicht gestört werden darf. Ich bin hier, um ihn zu verteidigen, und niemand wird mich von meiner wichtigsten Aufgabe abhalten, auch du nicht.«

Uriel wirkte noch gereizter. »Und woher soll ich wissen, dass er wirklich dort drinnen ist, Michael? Seit Jahrtausenden erzählst du uns immer wieder das Gleiche und beteuerst, der Schöpfer werde eines Tages erwachen, um die Ungerechten zu bestrafen. Nun, ich sage dir: Es ist so weit. Das Verderben ist über die Welt gekommen. Wir wollen jetzt endlich erfahren, ob deine Worte wahr sind.«

»Wagst du etwa, dich meinen Befehlen zu widersetzen? Ich bin dein älterer Bruder! Zweifle nicht an deinem Anführer.«

»Sieh doch, wohin du uns gebracht hast, und frage dich selbst, ob du wirklich ein Anführer bist. Gabriel hat die Hälfte der Engel zu einem Krieg gegen uns angestiftet, Raphael hat uns verlassen, weil er in Ungnade gefallen ist. Wenn du dich gegen mich stellst, welcher andere Erzengel wird dann noch zu dir halten? Luzifer?«, fragte Uriel höhnisch und sprach damit den Namen des größten Feinds der Himmelsbewohner aus: Luzifer, der Dunkle Erzengel, den Michael mit seiner Mörderbande persönlich aus dem Paradies vertrieben hatte.

Mit einem verächtlichen Blick hob der Engelsfürst sein strahlendes Schwert. »Ich brauche dich nicht, Uriel. Ich brauche niemanden.«

Dann packte er es fester und ging zum Angriff über. Flammen schlugen aus seiner Waffe, und in seinen braunen Augen blitzte das Leuchten des heiligen Feuers auf. Am liebsten wäre Uriel vor diesem übermächtigen Feind davongerannt, doch seine große Stärke trieb ihn zum Kampf an.

»Dann stimmt es also, nicht wahr? Es stimmt, was Gabriel seinen Engeln gesagt hat …« Doch bevor Uriel weitersprechen konnte, breitete Michael die Flügel aus, schwang sich empor und landete ein Stück weiter unten, um seinem Bruder einen heftigen Schwerthieb zu versetzen. Vom Sonnenlicht geblendet, konnte dieser gerade noch zur Seite rollen. Ein Donnerknall erschütterte den Berg. Klirrend traf die flammende Schwertklinge auf die

Marmorstufe auf und schlug einen breiten Spalt in den Boden. Hätte Uriel nicht reflexartig mit den Flügeln geschlagen, wäre er den Abhang hinuntergestürzt. Er flog auf und landete ein Stück oberhalb von Michael, ganz nah beim Eingang des Heiligtums. Unbeirrt und der Gefahr trotzend hielt er auf den Tempel zu, doch er hatte die Macht seines Gegners unterschätzt.

Uriel wusste genau, dass er den erbarmungslosen Wächter niemals besiegen würde. Trotzdem drang er in das Heiligtum vor. Nur einen Augenblick lang wollte er dort das Antlitz des Allmächtigen sehen – nur einmal noch, und sollte es ihn das Leben kosten. Wenn der Allerhöchste wirklich schlief, hätte er endlich die Antwort gefunden, nach der er schon so lange suchte: dass es richtig gewesen war, an Michaels Seite zu kämpfen. Aber wenn er nichts vorfand? Wenn sich Jahwe gar nicht auf dem Zaphon zur Ruhe gelegt hatte?

Diese Vorstellung machte Uriel Angst – aber auch dann würde er glücklich sterben, wissend, dass er seinem tyrannischen Bruder die Stirn geboten hatte, wenn auch im letzten Moment. Dann wäre er reingewaschen von allen Gemetzeln, allen Katastrophen, die er veranlasst, allem Unglück, das er verursacht hatte.

Mit einem Satz sprang er an den Säulen vorbei und überschritt die Schwelle zum Heiligtum. Ein intensives Licht verwirrte seine Sinne, doch bald gewöhnten sich seine Augen an die Helligkeit. In der Mitte des großen Raums erblickte er ein behauenes Pult, auf dem ein dickes Buch lag. Es sah sehr alt aus und war innen und außen beschrieben. Das war das Buch des Lebens, ein herrliches Kunstwerk, das Gott selbst dem Engelsfürsten überlassen hatte und in dem die ganze Geschichte des Siebten Tages genau beschrieben war – von der Erschaffung des Menschen bis zum Ende aller Zeiten. Es war in der Geheimsprache der Malakim verfasst, die noch aus der Zeit vor der Entstehung der Welt stammte. Michael gestattete niemandem, sich diesem Buch zu nähern, und war regelrecht besessen davon.

Plötzlich spürte Uriel, wie eine glühende Klinge in seinen Rücken eindrang. Feuriger Schmerz durchzuckte ihn, seine Flügel brannten, Blut quoll aus der Wunde. Michael hatte ihm mit seinem flammenden Schwert wutentbrannt einen gezielten Hieb versetzt und tödlich verletzt. Betäubt brach Uriel zusammen, ließ im Sturz seine Waffe fallen und glaubte, sein letztes Stündlein habe geschlagen.

Michael trat auf den Oberkörper des Eindringlings ein und zerdrückte dabei dessen goldene Rüstung. Dann richtete er die Klinge auf das Gesicht seines Bruders und setzte zum letzten Stoß an.

»Michael, du hast uns verraten!«, protestierte der Verwundete und spie einen Schwall Blut aus. »Du hast das Vertrauen der Erzengel und aller Himmelsbewohner verraten!«

»Ich habe niemanden verraten, Uriel. Du hast dich selbst verraten.«

»Wo ist Gott, Michael? Wo ist unser lichtvoller Vater?«

Uriel lag im Sterben, doch noch hielt er stand und suchte nach einer Antwort. Im Tempel hatte er keine Spur vom Allerhöchsten gefunden, nur ein altes Buch. Was war nur mit dem Schöpfer geschehen?

»Der Allmächtige ist genau hier, Uriel. Siehst du ihn etwa nicht? Er ist hier, im Heiligtum der Morgendämmerung!«

Mühsam bewegte Uriel den Kopf. Sein Bruder musste verrückt sein! »Jahwe ist tot, das ist die Wahrheit! Er starb am Ende des sechsten Tages! Er schläft nicht nur, wie du gesagt hast. All die Jahre hast du uns betrogen, Himmelsfürst!«, stieß er mit letzter Kraft hervor. »Ich schäme mich, dass ich deine Befehle befolgt habe, aber wenigstens habe ich nun endlich die Wahrheit herausgefunden.«

Uriels Stimme brach. Das Leben wich aus ihm, doch er hatte seinen Auftrag erfüllt. Jetzt würde sich seine Lebensessenz endlich zerstreuen und in den Schoß des Unendlichen zurückkehren.

Schon wollte Michael zum letzten tödlichen Hieb ansetzen, hielt sein Schwert aber noch eine Sekunde zurück. »Mein armer

Bruder, du hast den Verstand verloren! Hättest du noch ein bisschen gewartet, würdest du jetzt nicht hier auf diesem kalten Steinboden liegen. Bald wird das Rad der Zeit die Apokalypse ankündigen. Aber das ist nicht deine Schuld. Du hättest nichts tun können, um dem Schicksal aus dem Weg zu gehen. So steht es geschrieben«, setzte er fatalistisch hinzu.

Dann schwang er seine Waffe, und Uriel machte sich auf den Todesstoß gefasst.

»Ich bin nicht verrückt«, sagte Michael noch. »Bevor du stirbst, sollst du wissen, dass ich nur die Wahrheit sage und alles zum Wohl der Schöpfung tue. Gott schläft, und wenn du ihn in diesem Raum nicht angetroffen hast« – er machte eine Pause, dann stieß er mit dem Schwert zu –, »dann deshalb, weil du nicht würdig warst, mehr zu sehen.«

Als die Waffe seine Brust durchbohrte, wand sich Uriel. Michael hatte den empfindlichsten Körperteil eines Engels getroffen, in dem sich seine ganze himmlische Essenz, seine gesamte heilige Energie und die Kraft seiner pulsierenden Aura konzentrierten.

Mit der einen Hand zerfetzte der Fürst die Rüstung seines Bruders, mit der anderen riss er ihm das Herz heraus. Ein mystisches Leuchten umfing den leblosen Körper, dann zerstob er in sprühende Funken.

Das war das Ende des Erzengels Uriel, des Herrn über den Orden der Cherubim, besiegt vom eigenen Bruder.

Michael ging zum Pult, auf dem das geschlossene Buch lag, ließ die Finger über die Buchstaben gleiten und las, was dort geschrieben stand. Dann wandte er sich zu dem nunmehr leeren Tempelraum um.

Wieder betrachtete er das heilige Buch und flüsterte halb ernsthaft, halb von Sinnen: »In einem Punkt gebe ich dir recht, mein Bruder: Der Tag, an dem Gott aus dem Schlaf erwacht, ist gekommen.«

1 Der Gefallene König von Atlantis

Rio de Janeiro, Ostküste Südamerikas,
in einer nahen Zukunft

Die Sonne war kurz davor, im Meer zu versinken.

Von der riesigen Hand der Christusstatue aus beobachtete der Abtrünnige Engel die Stadt. Seine unerschütterliche, gleichmütige Miene verriet, dass er bereits viele Leben gelebt hatte; es war die eines Wanderers, der durch die Welt gezogen war, ihre zahllosen Geheimnisse aufgespürt und allen möglichen Geschöpfen aus den Tiefen und den himmlischen Sphären die Stirn geboten hatte. Doch es war auch der Gesichtsausdruck eines Pioniers, der längst untergegangene Nationen besucht und mit den Großen von einst an einem Tisch gesessen hatte. Es war, als hätte sich tief in diese grauen Augen ein authentisches Stück einer jeden Zivilisation, eines jeden Volks, einer jeden antiken und modernen Kultur eingeprägt – von den strahlenden Türmen von Atlantis bis zu den Pyramiden von Babylon, von den griechischen Stadtstaaten bis zum großartigen Römischen Reich, von den mittelalterlichen Kathedralen bis zu den Karavellen von Sagres, von den napoleonischen Feldzügen bis zum Schrecken des Atomzeitalters. Die Geschichte einer ganzen Spezies war nun im Geist des Flüchtlings lebendig, eines äußerlich jungen Kriegers, der sich so gut gehalten hatte wie ein Sterblicher Mitte dreißig.

Manchmal stand der Kämpfer stundenlang reglos da, in völligem Schweigen, und rief sich seine bereits verstorbenen Freunde in Erinnerung, um sie nicht zu vergessen. Das war nämlich seine einzige Angst: zu vergessen – seine Ideale, seine Vergangenheit und seinen unermüdlichen Kampf.

Ein Windstoß ließ den Berg erzittern und wirbelte das blonde Haar des Abtrünnigen durcheinander. Er band es zusammen und ging auf der Steinkonstruktion spazieren. Perfekt hielt er sich im Gleichgewicht, sogar auf der schmalen Passage, die den Arm der Riesenskulptur bildete. Wie ein Engel sah er wirklich nicht aus, denn er hatte die Schwingen unter der Haut versteckt. Sein Gesicht wies typisch nordische Züge auf, der Körper war athletisch, kräftig und schlank. Er hatte etwas Raubkatzenhaftes an sich – sein Gesicht war das eines Jägers, der immer mit Gefahren rechnete und sich angriffsbereit hielt. Um sein Kinn sprossen goldene Barthaare, und die dunkle Kleidung verlieh ihm etwas Düsteres. Unbewegt, dem Wind trotzend, schien der Cherub auf etwas zu warten. Er sog den Geruch der Luft ein, lauschte den Bewegungen der Wolken und sah zu, wie sich die Sonne langsam verabschiedete.

Vom Gipfel des riesigen Bergs aus wirkten selbst die höchsten Wolkenkratzer wie dünne Nadeln, wie winzige Pfeile im Herzen der Stadt. In der von einem weißen Sandstrand eingerahmten Guanabara-Bucht mit dem Zuckerhutfelsen spiegelte sich der rosige Glanz der untergehenden Sonne. Während er die Landschaft betrachtete, fiel ihm plötzlich auf, wie groß die Stadt seit seiner Ankunft in Brasilien vor genau dreihundert Jahren geworden war. Die Strände waren gesperrt, Industrieabfälle verschmutzten die Buchten. Die Menschen hatten Brücken und Straßen gebaut, und auf den Hügeln reihte sich eine Antenne an die andere.

Nicht mehr lange, und das Feuer der Sonne würde erlöschen, und dies würde den Untergang der menschlichen Zivilisation bedeuten.

Da begriff der Gigant der Zeiten, weshalb er traurig war: Einst war er zwar ein Engel gewesen, doch jetzt war er auch ein Mensch.

Der Schleier der Wirklichkeit erzitterte, und ein Donnerschlag lief durch die Wolken.

Die geheimnisvolle Membran, der unsichtbare Film, der die physische Welt von der geistigen trennte, war durchlässig geworden und hatte zwei Besucher auf die materielle Ebene geschleudert, zwei Wesenheiten, die so stark waren wie der verstoßene General. Eine hatte sich etwas weiter entfernt materialisiert und stand nun unten am Eisengitter, das rings um den Sockel der Statue angebracht war. Etwas Furchterregendes, Böswilliges ging von ihr aus – Hass und Wut.

Die zweite Wesenheit war freundlich und friedfertig gesinnt. Sie materialisierte sich über der Schulter der Christusfigur, ganz in der Nähe des Abtrünnigen. Auf einen Stock gestützt, hinkte sie auf den Engelskrieger zu und begrüßte ihn mit seinem richtigen Namen: »Ablon, der Abtrünnige Engel! Ich dachte mir schon, dass ich dich hier treffen würde. Irgendwie ist es ja schon ironisch …«

Die Kreatur trat aus dem Schatten. Mit ihrem breiten, massigen Körper und dem tadellosen Anzug wirkte sie, genau wie Ablon, wie ein gewöhnlicher Mensch. Sie war im vorgerückten Alter und kleiner als der Himmelsbewohner. Ein dunkler Bart umrahmte das Gesicht und verlieh dem Kinn eine runde Form. »… dich in Gottes Armen anzutreffen«, beendete er den Satz.

Orion, der Gefallene König von Atlantis. So nannte man ihn.

»Ich dachte, du kommst allein«, beschwerte sich Ablon und starrte auf den Dämon in Menschengestalt, der inzwischen auf die Metallbrüstung dreißig Meter weiter unten geklettert war.

»Ach so, Apollyon …« Orion blickte hinunter. »Es tut mir leid. Ich musste ihn mitnehmen. Befehl vom Chef.«

Mittlerweile hatten die Berge das Licht der Abendsonne endgültig verschluckt, bald würde der Mond über dem Ozean aufgehen. Ablon, der bereits im nächtlichen Halbschatten stand, drehte sich zu seinem alten Kameraden um. Orion war ein gefallener Engel, mittlerweile einer der Höllenfürsten, ein gescheiterter Monarch, der sich während des himmlischen Kriegs Luzifers Feinden angeschlossen hatte.

»Orion, nur unserer alten Freundschaft wegen habe ich mich zu diesem Treffen bereit erklärt. Dein Meister hat mich verraten. Der Dämon, der dich begleitet« – Apollyon hatte bekanntlich zehn der achtzehn Abtrünnigen blutrünstig getötet –, »hat viele meiner Freunde umgebracht. Außerdem hatte ich noch nie etwas für die Verdammten im Untergeschoss übrig« – so nannten die Engel die Hölle. »Also fasse dich kurz. Die Zeit läuft.«

Der Gefallene König lächelte. Kein Zweifel, das war der alte Ablon, sein guter Kamerad, der ihn manchmal in Atlantis besucht und an Festtagen mit ihm an der Tafel gesessen hatte. Er hatte sich nicht verändert. Orion bewunderte den General, denn er war seinen wahren Werten treu geblieben – trotz der Provokationen, Verluste und Verfolgungen, die er hatte ertragen müssen. Jeden hatte er herausgefordert, um seine Sache zu verteidigen, und für sie würde er weiterkämpfen. *Ich wollte immer sein wie er,* dachte Orion, doch er sah auch deutlich die Kehrseite der Freiheit. Tod und Einsamkeit waren die Begleiter der Verbannten, und plötzlich wurde ihm bewusst, dass er, selbst wenn er den Weg der Tapferen gewählt hätte, diesen vielleicht nicht hätte gehen können.

»Du hast es also auch bemerkt, nicht wahr?«, drängte Orion, der Höllenbewohner. »Die Zeichen. Sie sind der endgültige Beweis dafür, dass der Siebte Tag zu Ende geht, und mit ihm das ganze menschliche Leben.«

Die Apokalypse.

Orion war sich sicher. Die Zeichen waren untrüglich. Alle Symbole und Prophezeiungen deuteten auf das Jüngste Gericht hin.

»Ich bin ein abtrünniger Engel, der letzte, der noch da ist, und dazu verdammt, in dieser physischen Welt zu leben. Ich kann mich nicht mehr wie ihr im Schleier der Wirklichkeit bewegen. Aber besonders schlau muss man nicht sein, um zu bemerken, dass Armageddon naht.« Ablon schwieg kurz und sagte dann: »Es ist traurig, dass alles, was wir getan haben, vergebens war.«

Orion ging auf den Verbannten zu und berührte ihn an der Schulter. Obwohl er hinkte, hielt er sich mit einem Stock auf dem Arm der steinernen Statue im Gleichgewicht.

»Es gibt keinen Ausweg mehr, Orion«, fuhr der Flüchtling fort. »Es gibt keine Hoffnung mehr. Der Erzengel Michael wird sein Ziel erreichen, aber diesmal wird er nicht seine Engel schicken. Die menschliche Zivilisation wird sich nämlich selbst vernichten, und gegen die Menschen können wir nichts ausrichten.«

Daraufhin trat eine lange Stille ein. Ablon ließ den schweigenden Todesengel Apollyon, der auch ihn von Weitem beobachtete, nicht aus den Augen. Die beiden waren erklärte Feinde, und das schon seit der Zeit, als beide Generäle im Paradies gewesen waren – wie Orion und Luzifer war auch Apollyon ein gefallener Engel. Hier ging es um eine jahrtausendealte Fehde, und uralte Streitigkeiten ließen sich nur mit dem Schwert beilegen.

»Vor vielen Jahren war ich der Fürst von Atlantis«, begann Orion. »Wie ein Gott regierte ich die Stadt. Jeder Mensch war für mich wie mein Kind. Überall herrschte Glück, Leid war nahezu unbekannt. Damals hatte ich einen Freund. Er war ein furchterregender Krieger, ein tapferer, kluger Soldat. Nicht selten kam er zu mir in den Palast. Wir sprachen zu der Menge und brachten dem Allerhöchsten anschließend Lobgesänge dar. Aber eines Tages war die Utopie zu Ende. Der Zorn der Erzengel verwüstete meine Insel, und mein Volk ging unter. Damit starb auch mein Traum, mein Wunsch, aus meinem Reich eine vollendete Zivilisation zu machen, in der es weder Schmerz noch Elend gab. Als ich in mein himmlisches Zuhause zurückkehrte, wusste ich, dass mein Freund, der unermüdliche General, eine Auseinandersetzung mit den Erstgeborenen gehabt hatte, und sein Mut spornte mich an, weiterzumachen. Ich sann nur auf Rache und übernahm in meiner Verzweiflung Luzifers Ideen. Ja, wir wurden bezwungen und entsetzlich bestraft, aber ich habe nie bereut, dass ich mich dem Unterdrücker widersetzt habe. Dazu hast du mich inspiriert.« Sein Blick wanderte zu Ablon. »Dein ganzes Leben lang hast du gekämpft, General. Du kannst jetzt noch nicht aufhören.«

»Und was schlägst du vor?«, fragte er, vom Geständnis des Monarchen gerührt.

»Ich weiß, dass Luzifer dich verraten hat. Er ist vielleicht nicht das ehrenwerteste Geschöpf des Universums, aber er kennt die Schwächen des tyrannischen Michael am besten. Alle, Hölle und Himmel, hoffen auf den letzten Kampf, auf Armageddon, der stattfinden wird, bevor der Allerhöchste erwacht. Der Kampf ist unsere letzte Chance, den Engelsfürsten loszuwerden, bevor der Schöpfer wieder die Weltenbühne betritt. Die Sieger werden Gott näherstehen und ihre Waffen vor ihm niederlegen.«

»Wenn Jahwe erwacht, wird er die Bösen bestrafen. Michael wird ganz bestimmt als Erster verdammt werden, weil er im Namen des Allerhöchsten so viele Massaker gerechtfertigt hat. Also, wieso warten wir nicht einfach ab, bis der Strahlende zurückkommt?«

»Ich weiß nicht, wie du dazu stehst, aber wir fordern Rache«, entgegnete Orion ungeduldig. »Und ich würde sagen, du auch.«

»Ich will nur Gerechtigkeit.«

»Na schön. Nenne es, wie du willst. Deine Interessen sind mit den unseren verbunden. Michael bereitet sich auf den Krieg vor, und wir haben einen gemeinsamen Feind.«

»Schlägst du mir etwa ein Bündnis vor?«, fragte Ablon ungläubig.

»Der Morgenstern will dich bei uns haben.«

»Dein Meister weiß, dass ich mich nie mit ihm verbünden würde, nicht, nachdem er uns getäuscht und unsere Verschwörung verraten hat. Wenn ich diesen letzten Kampf austragen muss, dann sicher nicht unter dem Kommando dieses verfluchten Lügners.«

Mit dieser Antwort hatte Orion gerechnet und wollte seinen Auftraggeber schon als Dummkopf bezeichnen, weil er ihn mit einem derart ungewöhnlichen Vorschlag auf die Erde geschickt hatte. Aber der Gefallene König hatte schon oft über die Weitsicht des Dunklen Erzengels gestaunt und zog es deshalb vor, nicht voreilig über ihn zu urteilen.

»Ich verstehe deine Vorbehalte, aber diesmal liegt die Sache anders. Dies ist der letzte Kampf in einem Krieg, der seit Jahrtausenden geführt wird. Eine andere Gelegenheit, um den Erzengel zu besiegen, wird es nicht mehr geben.«

Ablon ballte die Fäuste und schloss die Augen, um nachzudenken. Sein größter Wunsch war, die Mission seines Lebens zu erfüllen: dem Himmelsfürsten entgegenzutreten und das Gedenken an die Abtrünnigen zu rächen. Der Engelskrieger wusste, dass er allein niemals gewinnen konnte, doch dieser Krieg würde sicher nicht ohne ihn zu gewinnen sein. Nach so vielen Schlachten, so vielen Kämpfen, war er der ideale Kommandant und am besten geeignet, ein feindliches Heer gegen den Tyrannen zu führen.

Aber Ablon hätte Michael früher oder später ohnehin herausgefordert, egal, ob er eine Armee befehligte oder nicht, denn dies war sein drängendster Wunsch, der seinem Dasein Sinn verlieh. Das Duell war erst möglich, wenn der Schleier der Wirklichkeit fiel, denn solange der Verbannte in seinem leiblichen Körper gefangen war, konnte er sich nicht auf die geistige Ebene begeben und ins Paradies eingehen. Außerdem würde sich die Membran erst nach der Apokalypse auflösen. Falls er sich jedoch mit Luzifer einigen konnte – hätte der Teufel dann die Mittel, um den Engelsfürsten einen tödlichen Kampf gegen den Weltenwanderer Ablon führen zu lassen?

»In vier Tagen werde ich in der Nähe der Brücke Rio-Niterói auf dich warten«, durchbrach Orion die Stille. »Wenn du nicht da bist, kehre ich in den Scheol zurück und werde meinem Herrn deine Antwort überbringen.«

Ablon nickte zögernd. Nicht einen Augenblick lang ließ er den verhassten Dämon Apollyon aus den Augen, der noch immer am Gitter lehnte. Der sogenannte Todesengel war bärenstark, ein Kriegerdämon aus der Kaste der Malikis, der Soldaten der Unterwelt. Seine Haut war dunkel wie die eines Beduinen, das Haar schwarz und schütter. Er trug einen braunen, abgewetzten Mantel und grobe Kleidung. Genau wie Ablon besaß er einen ausgeprägten Jagdinstinkt und würde zupacken, falls der Himmelsbewohner plötzlich ausrastete und ihn angriff.

Orion trat ins Dunkel, doch bevor er ganz in der Finsternis verschwand, flüsterte er noch: »Ich möchte dir etwas geben.« Damit zog er einen Stein aus der Tasche – einen schwarzen Basaltsplitter, auf dem ein Symbol eingeritzt war.

Ablon erkannte es: »Die atlantische Rune des Friedens.«

»Sie gehörte zu dem Monolithen, den ich auf dem großen Platz von Atlantis aufgestellt habe, und ist das Einzige, was von meiner Stadt übrig blieb«, fügte Orion melancholisch hinzu.

»Ja, ich kann mich erinnern«, sagte Ablon, während er das Geschenk entgegennahm.

Ablon war nicht der Einzige, den alte Erinnerungen plagten. Auch Orion hatte seine eigenen Gespenster, und vielleicht war es der Schmerz, der die beiden verband, die unauslöschliche, nostalgische Erinnerung an jene ruhmreichen Tage. In diesem Moment verstand er eine der größten menschlichen Emotionen: Das Band zwischen ihm und Ablon war deshalb so stark, weil sie gemeinsame Erinnerungen hatten. Und diese Erinnerungen waren unantastbar, weil sie zu mythischen, unerreichbaren Orten, zu Symbolen für einen leidgeprüften Geist geworden waren.

Als der Mond aufging und das Blau des Frühlings mit sich nahm, waren die beiden Höllenbewohner bereits verschwunden. Erneut teilte sich die Membran, und Orion und Apollyon machten sich wieder auf den Weg zur Hölle.

»Es war sehr klug von Luzifer, dich zu schicken, Gefallener König«, flüsterte Ablon. »Du bist der Einzige, dem ich gehorche. Aber ich werde auf alles gefasst sein. So wie immer.«

Mit einem Satz sprang er von der Statue herunter und bog in die Straße ein, die in die Stadt zurückführte.

2 Das Schloss des Lichts

Vierter Himmel, zwölftausend Jahre früher

DIE ÄTHERISCHEN KRIEGE

Am Anfang waren Himmel und Erde, die beiden großen Dimensionen eines ganz jungen Universums. Vor langer Zeit, noch vor Luzifers Fall, gab es keine Hölle, nur die Dschehenna, das Fegefeuer, eine der sieben Himmelsschichten, in die die Seelen der Sünder kommen. Dieser Ort war nur wenig anders als der Scheol, in den Michael den Dunklen Erzengel und seine Anhänger nach der Niederlage geworfen hatte. In der Dschehenna herrschte der Morgenstern, bis er vom Erzengel Michael vertrieben wurde.

In diesen alten Tagen, die noch länger zurückliegen als die Verschwörung der Rebellen, gab es zahlreiche starke Engel, darunter auch einige besonders gewalttätige. Vor der Sintflut gab es zwei rivalisierende Nationen bei den Menschen: Henoch, die Schöne Riesin, und Atlantis, das Juwel des Meeres. Doch trotz der Erhabenheit der Großmächte und ihrer unvergesslichen Helden reichte ihr Einfluss nicht bis in alle Winkel des Planeten. Weite Teile blieben unabhängig, und es gab Zehntausende Volksstämme und Klans auf der Erde.

Viele Dörfer erkannten die Existenz eines einzigen Gottes nicht an, sondern verehrten heimische Gottheiten. Diese Gottheiten waren nichts anderes als die Geister großer Helden, die

An jenem Tag vor 12 000 Jahren bot die Morgenröte ein herrliches Schauspiel, und die aufgehende Sonne zeichnete eine zitternde Bahn auf die Meeresoberfläche. Ablon, der Erste General, landete auf dem Hof in der Mitte und legte die Schwingen an. Erst nach einer langen Verschnaufpause begab er sich in die Festung. Er war in den Ätherischen Kriegen schwer verletzt worden und hatte im Kampf gegen den Gott Rahab, den Anführer einer Horde ätherischer Wesenheiten, beinahe das Augenlicht verloren. Eigentlich war er immer noch nicht vollständig genesen, doch vor seiner Rückkehr war etwas Schreckliches geschehen.

Gerecht und gut, wie der General war, hatte er nicht an den von den Erzengeln angeordneten Gemetzeln teilnehmen wollen, aber während seiner Genesungszeit war die Befehlsgewalt über seine Legion an seinen größten Feind übergegangen – dem abscheulichen Zerstörungsengel Apollyon. Dieser grausame Mörder hatte mit seinen Soldaten Haled überfallen und dabei ein ganzes Volk ausgelöscht. Die Operation trug den Namen »Blutregen« – eine Anspielung auf das grausame Ende der Legion.

Ablon war außer sich gewesen, hatte sich aber beherrscht und war sofort zurückgekehrt, um die Führung über seine Divisionen wieder zu übernehmen. Aber abgesehen von seiner Fehde mit dem Zerstörungsengel sollte noch ein anderes bedeutendes Ereignis die Engelspolitik verändern, und in dieser Sache konnte er nichts ausrichten.

Im Himmlischen Palast, im Fünften Himmel, hatten die fünf Erzengel über Michaels Vorschlag diskutiert, der Erde eine Katastrophe zu senden. Die Entscheidung der Erstgeborenen sollte in Kürze bekannt gegeben werden, und dazu mussten die zehn Generäle versammelt sein – es gab zehn große Cherubim-Generäle unter Balberiths Herrschaft. Zu ihnen gehörten Ablon und Apollyon.

Luzifer, der Morgenstern, hatte sich gegen das Massaker ausgesprochen. Deshalb schickte man drei Himmelsbewohner nach

Haled, die den Auftrag hatten, Beweise für die Verderbtheit der Menschen zu erbringen oder sie zu widerlegen. Gab es wenigstens einen anständigen, aufrichtigen Menschen auf der Erde, sollte dieser verschont bleiben.

Für diese Mission waren drei Engel aus unterschiedlichen Orden ausgewählt worden. Einer war Balam vom Orden der Schasmalim, der die Läuterung der Seele durch körperliches Leid befürwortete. Der zweite Gesandte war Nathanael vom Orden der Ophanim. Die Ophanim waren Schutzengel, weise Lichtgestalten, die die Sterblichen liebten und sie auf dem Weg zur Erlösung unterstützten. Der dritte schließlich war Baturiel der Rechtschaffene, Hauptmann des Ordens der Cherubim, ein Krieger, der lediglich als Schiedsrichter auftreten sollte.

Bei dem Überfall versuchte Balam mit allerlei Listen, jeden Sterblichen, dem er begegnete, zu bestechen und Begierde in ihm zu wecken. Nathanael versuchte, seine Ränke zu durchkreuzen, aber der Schashmal war hinterlistig und wäre mit einem positiv lautenden Beweisbericht in den Himmel zurückgekehrt, hätte es nicht einen Menschen gegeben, der den Versuchungen standgehalten hätte: Noah. Und über das Schicksal ebendieses Mannes berieten die Engel nun.

Ablon seinerseits spielte bereits mit dem Gedanken, eine Verschwörung anzuzetteln. Er hatte vor, ein paar Himmelsbewohner zu versammeln, die dieselben Ideen vertraten wie er, und einen der fünf Giganten um seine Unterstützung zu bitten – nämlich die Luzifers, der Michaels Erzfeind war. Doch dazu musste die Menschheit den nächsten Vernichtungsschlag überleben, und dann würden die Verschwörer handeln.

Fürs Erste lag die Situation in der Hand der Erzengel.

Das Schloss des Lichts war ein prachtvolles Gebäude aus hellem Stein, Gold und Marmor, von Meer und Land her praktisch unzugänglich. Mögliche Feinde aus der Luft mussten zuerst an den zahlreichen geflügelten Patrouillen vorbeigelangen. In allen Winkeln des Himmels glitten bewaffnete Engel auf dem Wind daher, zogen Kreise oder schossen durch die Lüfte. Es sah aus wie ein schöner, aber todbringender Tanz.

Auf einem kleineren, kreisförmigen Hof mit einem Radius von hundert Metern übten die Cherubim Infanterietechniken, bei denen sie mit Schwertern oder Lanzen Scheinkämpfe gegen unsichtbare Widersacher führten, während sich ein Regiment Engelsfrauen mit ausgefallenen Bögen im Schießen übte.

Ablon legte seine goldene Rüstung ab, einen gleißenden Brustharnisch. Die aus Metallplatten bestehenden Vollrüstungen trugen nur die Ordensfürsten und die unbesiegbaren Erzengel – Balberith, das Oberhaupt des Engelskriegerordens, besaß daher eine. Ablon löste die Schnalle seines Schwertgurts und berührte sein mystisches Schwert, die Heilige Rächerin. Für die Cherubim, die Meister des Kampfs, war das Schwert ein Körperteil, ein in Schlachten unerlässliches Instrument. Sie waren immer bewaffnet und fühlten sich ohne Schwert unvollständig.

Eine eiskalte Brise wehte den Geruch des Meers in die Festung. Aufmerksam lauschte Ablon den Wellen, die sich am Fuß des hohen Bergs brachen, neunhundert Meter weiter unten. Er hörte die Brandung und die salzigen Tropfen, die gegen die Felsen klatschten.

Plötzlich nahm er eine Bewegung wahr. Am Himmel sah er zwei heftig streitende Soldaten. Sie waren unbewaffnet, schlugen und traten aufeinander ein, wobei sie die Wolken wegstießen. Dann landeten sie im Hof. In der Festung fanden häufig Duelle statt, ja, es wurde sogar dazu ermutigt, da sie als typisch für das Wesen der Cherubim galten. Gemäß dem Ordenskodex konnte ein beliebiger Krieger einen anderen aus derselben Hierarchie zu einem besonderen Kampf herausfordern. Im Kampf selbst waren Waffen allerdings verboten und das Tragen der Rüstung obligatorisch. Auf diese Weise ging die Rauferei nie tödlich aus. Duelle gehörten mittlerweile zum täglichen Training und spornten die Gegner an, ihre Fertigkeiten zu vervollkommnen. Viele Herausforderungen wurden sofort angenommen, und häufig verwandelte sich die Festung in eine offene Arena. Diensthabende Engel konnten nicht kämpfen, sondern nur die Himmelsbewohner, die gerade eine Erholungspause einlegten.

Forderte man jemanden zum Duell heraus, war es Brauch, die Schnalle des Schwertgurts zu lösen und das Schwert fallen zu lassen. Dieses Signal bedeutete, dass der Rivale unbewaffnet und zur Austragung des Kampfs bereit war. Die Geflügelten, die andere Waffen trugen – etwa Lanze und Bogen –, warfen diese einfach hin und warteten die Reaktion ihres Widersachers ab.

Als er schwere Schritte nahen hörte, begleitet von metallischem Klirren, vergaß Ablon den Streit. Hauptmann Dariel, ein für seine Schnelligkeit und Intuition berühmter Kämpfer, trat vor seinen Vorgesetzten.

»General, Fürst Balberith wünscht, dass sich alle Legionsführer im Haupthof einfinden«, verkündete er und zog dabei zum Zeichen des Respekts die Flügel zusammen.

»Konnte er etwas ausrichten?«

»Baturiel ist zurück, mein Herr. Er bringt die Entscheidung der Erzengel.«

DER MENSCHLICHE WILLE

Der Haupthof der Burg war riesig. Von oben betrachtet hatte die Festung die Form eines großen Kreises, um den vier kleinere Höfe angeordnet waren. Zwischen ihnen standen hohe Schutzwachtürme, deren Luken auf die am weitesten entfernten Punkte des Ozeans wiesen.

Der Platz hatte einen Durchmesser von dreihundert Metern. Im Osten, wo die Sonne aufging, führte eine halbkreisförmige

Treppe zum Kriegssaal, einem tempelähnlichen Gebäude mit Kuppeldach. Es ruhte auf weißen Säulen und war von Eisenstatuen umgeben, die die fünf Erzengel verkörperten. Rings um die große Innenfläche verlief ein Peristyl, eine Pilastergalerie.

Auf der Westseite führte ein von mächtigen Kiefern gesäumter Weg zu einem Marmorbecken, das aus einer Wasserquelle im Berginnern gespeist wurde. An Türmen und Mauern hingen Wimpel und die verschiedenfarbigen, vielgestaltigen Wappen der einzelnen Legionen.

Balberith, der Fürst der Cherubim, stieg im Hof auf eine Rednertribüne und ließ den Blick über die zehn Generäle schweifen, die vor ihm knieten. Er war zwar kein starker, aber ein unglaublich beweglicher Kämpfer, kühl und waghalsig. In seiner goldenen Vollrüstung sah er aus wie ein Gott mit langen weißlichen Schwingen. Einem feurigen Wasserfall gleich fiel ihm sein rotes glattes Haar über den Rücken.

Mit der ihm eigenen arroganten Miene betrachtete er die Männer, als wären sie Feinde. Er flößte seinen Untergebenen gern Furcht ein und duldete wie jeder Offizier keinen Widerspruch. Als er die Kommandanten dort am Boden knien und auf seinen Befehl warten sah, verkündete er: »Michael, der Engelsfürst, hat beschlossen, die Menschheit endgültig zu vernichten.«

In seiner Stimme schwang leise Genugtuung mit. Er war der Schmeichler der Erzengel und unterstützte ihre grausamen Feldzüge. Ablon hatte den Verdacht, dass er Apollyon aus genau diesem Grund zum Befehlshaber der Legionen auserwählt hatte.

»Aber das Mitleid der Giganten ist groß, und sie wollten einen einzigen Menschen verschonen, der sich tugendhaft zeigte. Dieser Mensch und seine Familie werden am Leben bleiben.«

»Also gibt es wenigstens einen anständigen, unbescholtenen Menschen auf der Erde, mein Fürst?«, fragte Schenial, ein für seine Vorsicht und Intelligenz bekannter General.

»Ja, so ist es.«

»Und welche Aufgabe hätte unser Orden bei diesem so wichtigen Ereignis?«, schaltete sich der mordlustige Apollyon dreist ein.

»Gar keine«, antwortete Balberith ungerührt. »Vor der großen Vernichtung wird es Naturkatastrophen geben – diese Aufgabe werden die Ischim erledigen. Eine Sintflut. Die Zerstörung wird in Form einer großen Überschwemmung kommen.«

»Und wer wird das Gemetzel befehligen?«, fragte Apollyon verärgert.

»Amael, der Herr der Vulkane und Befehlshaber der Feuerzitadelle.«

»Dieser Amael ist ein Schwächling«, murrte Apollyon. »Selbst sein Lehrling Asiel verachtet ihn. Die Ischim sind eine Bande unfähiger Nichtsnutze, die noch nie eine Waffe geführt haben.«

»Vergesst Eure Herkunft nicht«, warnte Varna, eine Engelsfrau und Kommandantin der Legion der Bogenschützinnen. »Wir sind Engel, Cherubim und Soldaten. Es ist unsere Pflicht, den höchsten Befehlen zu gehorchen und sie auszuführen.«

»Wir haben mit dieser Zerstörung nichts zu schaffen«, widersprach Ablon Apollyon. »Wir werden tun, was man uns befohlen hat.«

Er war erleichtert, an dem Massaker nicht teilnehmen zu müssen. Doch dass Noah verschont werden sollte, war natürlich ein Köder, um eine leichtfertige Entscheidung zu verschleiern. Niemals hätten die Erzengel geglaubt, dass eine einzige Menschenfamilie die Trostlosigkeit nach der Sintflut ertragen könnte.

Apollyon ärgerte sich, dass ihm sein Erzfeind widersprach. Sein Blut kochte, und er wollte gerade zu einer Erwiderung ansetzen, aber Balberith schnitt ihm das Wort ab.

»Es ist so ausgemacht. Weist eure Soldaten an und sorgt dafür, dass die Ischim bei diesem Unterfangen jeden nur möglichen Schutz bekommen. Einige von uns werden sie nach Haled geleiten müssen« – bei diesen Worten sah er Apollyon an. »Du kannst dich als Freiwilliger melden.«

Wir sind Cherubim, Krieger, die Mörder Gottes!, dachte Apollyon. *Wie kann man bloß das Kommando für diese Mission den Ischim übertragen?*, erregte er sich und richtete seinen Zorn auf Ablon, der ihm widersprochen hatte. *Für wen hält er sich eigentlich? Er wurde auf meine Kosten zum Helden, indem er meine Legion in den Ätherischen Kriegen besiegte.*

Nach Balberiths Ansprache zerstreuten sich die Generäle. Sofort überlegte Ablon, wie er Widerstand planen könnte. Das Schloss des Lichts war nicht der geeignete Ort, um eine Verschwörung anzuzetteln, doch er durfte keine Zeit verlieren. Ein guter Politiker war er noch nie gewesen, und er würde sich gut überlegen müssen, wen er um Hilfe bitten wollte.

Also machte er sich auf die Suche nach Baturiel.

Baturiel der Rechtschaffene war einer der herausragendsten cherubinischen Hauptmänner. Sein größter Feind war ein anderer Anführer, ein Krieger namens Eusin, der dem mordgierigen Apollyon unterstellt war. Nach einer fürchterlichen Schlacht während der Ätherischen Kriege, in der er verschiedene Geister besiegt hatte, hatte Eusin Ruhm erlangt. Seither war sein mystisches Schwert als Stählerner Blitz bekannt – eine Anspielung auf dessen tödliche Klinge. Aber für einige hat der Ruhm auch eine Kehrseite. Durch seine Berühmtheit war Eusin hochmütig geworden, ein abscheulicher, gefährlicher Himmelsbewohner, den der Neid verzehrte. Nichts fürchtete er mehr, als seinen Ruf zu verlieren, und deshalb forderte er immer schwächere Engel zum Duell heraus. So ging er seinen Vorgesetzten aus dem Weg und missachtete den Kodex seines Ordens. Er wurde nicht müde, seine Soldaten zu demütigen, und schielte begierig auf die Position seiner Vorgesetzten.

Ablon und Baturiel begegneten sich auf der äußeren Passerelle. Auf der einen Seite fiel der Hang steil zum Meer ab, auf der anderen führte eine Treppe in den östlichen Hof hinunter, einen der vier kleineren Plätze, die um den zentralen Platz angeordnet waren.

Obwohl Baturiel von seinem Wesen her gehorsam war, missbilligte er, dass die Menschen vernichtet werden sollten. Ablon kannte seine Kämpfer gut und schätzte die Güte des Hauptmanns. Dennoch hatte er ihn nicht auf die Liste der infrage kommenden Verschwörer gesetzt, weil er allzu harmonieliebend war, und der General befürchtete, dass er nicht in der Lage sein würde, sich den Erzengeln entgegenzustellen. Alles, was er in diesem Moment brauchte, war ein Hoffnungsschimmer, ein Funke, der ihm zeigte, dass die Menschen der Katastrophe die Stirn bieten konnten.

»Haled … das Land der Menschen«, sagte Ablon versonnen, den Blick fest auf den Horizont gerichtet. »Nur wenige Engel kennen sich in der materiellen Dimension aus.«

Das Zuhause der Himmelsbewohner war das Paradies, und viele wollten nicht in die physische Welt reisen.

»Haled ist für uns unerträglich«, fügte Baturiel hinzu. Er trug einen goldenen Metallharnisch, der Ablons Rüstung ähnelte, und war mit Lanze und Schwert bewaffnet. Sein schwarzes Haar war kurz geschnitten, die Augen zwei funkelnde Smaragde. »Der Schleier der Wirklichkeit schränkt unsere Macht ein, und mit jedem Tag entfernt sich die Erde mehr von der geistigen Ebene. Seit der erste Sterbliche Erkenntnis erlangte, indem er sich seiner Individualität bewusst wurde, haben die Himmelsbewohner nicht mehr dieselbe Macht über ihn. Die Stärke der Menschen ist ohnegleichen, General. Das war die große Lektion, die ich bei meiner Mission gelernt habe. Als Geschöpfe aus Fleisch und Blut sind sie zwar zerbrechlich, aber ihr Wille ist unbesiegbar. Das ist die Macht ihrer unsterblichen Seele.«

»Dann sag mir doch, Anführer … wird sich die Menschheit dieser völligen Vernichtung widersetzen können?«

Baturiel schwieg einen Moment lang und antwortete dann: »Die Menschen besitzen Gefühle, die wir Engel nicht kennen. Es sind göttliche, erhabene Gefühle. Sie, die neues Leben so hervorbringen, wie Gott uns hervorgebracht hat, lassen ihren Nachwuchs nicht im Stich und tun alles, um ihn zu beschützen. Das ist eine Gefühlsregung, die wir nie werden begreifen können. Vielleicht hat ihnen der Höchste diesen Instinkt der Arterhaltung mitgegeben, damit sie ewig auf der Erde leben.«

»Und was schließt du daraus?«

»Die Erzengel wissen nichts über die Menschheit. Ich vermute, sie haben Angst, sich nach Haled hinabzubegeben und nicht mehr zurückzukehren, weil die dortigen Wunder sie faszinieren. Der menschliche Fortpflanzungsinstinkt ist unglaublich, ich würde sagen, dass nicht einmal die Wassermassen der Welt ihn auslöschen könnten«, bekräftigte er und flüsterte abschließend: »Mit ihrer Sintflut werden sie scheitern. Eine Überschwemmung wird das menschliche Leben nicht auslöschen.«

Ablon deutete ein kurzes Lächeln an, unterdrückte es dann aber. Insgeheim jubilierte sein Herz. »Und wird die auserwählte Familie der Katastrophe standhalten? Wird sie fähig sein, die Zivilisation wieder aufzubauen?«

»Sie wird nicht als Einzige überleben. Auch zahlreiche andere Schutzlose werden vor dem Gemetzel fliehen. Die Widerstandsfähigkeit der Erdbewohner ist bewundernswert. Außerdem hat sogar Michael Feinde, nämlich Luzifer. Sollten die Auserwählten sterben, wird die Einheit der Erzengel erschüttert werden. Ich glaube nicht, dass unser Herrscher so viel riskieren würde. Ein Streit zwischen Michael und Luzifer würde in einem blutigen Krieg enden, der das Paradies zerstören könnte.«

Luzifer, dachte Ablon. *Der Sohn der Morgenröte wird der Triumph der Verschwörer sein,* so war sein Plan. *Wer wäre besser geeignet als er, um eine Revolte gegen den verderbten Michael zu stützen?*

Ablon wusste nicht, dass er seiner eigenen politischen Unbedarftheit zum Opfer fallen würde. Auch Luzifer war verderbt, aber intelligenter und gerissener als sein Bruder. Er kehrte nicht den Tyrannen heraus, sondern vertraute auf sein Charisma. Viele Engel – gute und grausame – bewunderten den Morgenstern, weil er im Reich eines Unterdrückers die Stimme der Freiheit war – die Kraft, die sich für das Recht der Schwachen einsetzte. Seine Forderungen jedoch waren beängstigend.

DAS LEGENDÄRE DUELL

Schweigend blieb Ablon neben Baturiel stehen, ganz versunken in den vagen Traum einer Verschwörung. Eskortiert von zwei Himmelsbewohnern kam Apollyon, der Zerstörungsengel, auf die beiden zu. Er war groß wie ein Riese, kräftig und gewaltig – sicher der stärkste der Generäle. Ein silberner Metallharnisch schützte seinen Oberkörper, am Gurt trug er eine scharfe Klinge. Wut und Bösartigkeit funkelten in seinen dunklen Augen.

Ablon hielt den Griff seiner Waffe fest umklammert, ließ das Schwert aber in der Scheide stecken. Ein Überraschungsangriff auf seinen Rivalen wäre schwierig gewesen, obwohl sich dieser nicht an die Regeln der Rangordnung hielt.

Die Blicke der Feinde begegneten sich, die Wachen bemerkten die Spannung.

»Entspann dich, Krieger«, sagte der Zerstörer. »Ich bin nur gekommen, um dir das Kommando über deine Legion offiziell zurückzugeben.«

»Anscheinend hast du die Vergeltung, die du gesucht hast, bekommen«, spielte Ablon auf ihren persönlichen Zwist an. »Jetzt sind wir quitt. Ich möchte diesen Streit nicht weiterführen.«

»Dieser Sieg gehörte mir!«, protestierte Apollyon im Hinblick auf die Ätherischen Kriege. »Unser Kampf endet erst mit deiner Demütigung – oder deinem Tod.«

»Wenn dir das lieber ist … kann es sein, dass du deine Revanche nie bekommen wirst«, sagte Ablon.

Zornig führte Apollyon die Faust zum Gurt. Ablon dachte, er werde sein Schwert ziehen, und ging in Kampfstellung, doch Apollyon ließ die Hand nur bis zur Gurtschnalle gleiten und löste sie.

Die anderen Cherubim stoben in alle Richtungen davon und zerstreuten sich wie ein Vogelschwarm.

Ein Duell!

Ablon hatte keine Chance. Er konnte nur kämpfen oder sterben.

Apollyons Gurt und Schwert fielen zu Boden, und Ablon, der die Herausforderung verstanden hatte, öffnete ebenfalls seine Schnalle. Doch bevor die Heilige Rächerin niedersauste, ging der Zerstörer wie ein Stier zum Angriff über und versetzte dem General einen Faustschlag ins Gesicht. Ablons Kopf kippte nach hinten, und sein Körper wurde bis in den mittleren Hof geschleudert. Erst eine große Säule hielt ihn auf – er prallte mit dem Rücken dagegen und zertrümmerte dabei einen Wandpfeiler. Dann blieb er am Boden liegen.

Mit blutender Nase sah Ablon, wie sein Gegner auf ihn zugeflogen kam. »Du hast wohl noch nicht verdaut, dass ich dich im Krieg besiegt habe«, sagte er, noch betäubt. »Am besten gewöhnst du dich schon mal daran. Bald wirst du eine ganze Sammlung von Niederlagen dein Eigen nennen.«

»Krieger, du bist unverschämt! Ich werde dir deine Frechheit austreiben!«

Angelockt von diesem Wortgeplänkel eilten Soldaten, Anführer und Generäle herbei, um der Auseinandersetzung beizuwohnen. Das war doch etwas, an das man sich noch jahrtausendelang erinnern würde: ein Kampf zwischen den beiden wichtigsten Generälen!

Ablon richtete sich an einem Wandpfeiler auf. Er konnte nur noch undeutlich sehen. Blut strömte ihm über das Gesicht und trübte seinen Blick, doch er konnte erkennen, dass ein roter Fleck auf ihn zukam – sein Rivale, der erneut zum Angriff ansetzte.

Ablon breitete die Schwingen aus und nutzte seine anderen, noch intakten Sinne, um sich auf seinen Feind zu konzentrieren. Wieder näherte sich Apollyon, und Ablon beschloss, mit der nächsten Bewegung zum Gegenangriff überzugehen. Es war dumm von ihm, sich auf einen Nahkampf gegen dieses große, mächtige Ungeheuer einzulassen.

Kurz bevor sie zusammenstießen, wich Ablon aus. Statt Apollyon gegen die Säulen prallen zu lassen, packte er ihn einfach an der Halsberge seiner Rüstung und schwang sich empor. Apollyon war so verblüfft, dass er nicht reagierte, und wurde immer weiter nach oben gezerrt.

Als Ablon endlich die Mauerlinie erreicht hatte, stieß er seinen Widersacher so heftig und schnell zu Boden, dass dieser nicht einmal Zeit fand, die Flügel auszubreiten. Er schlug auf dem Marmor auf und riss einen Krater in den Boden. Der Aufprall der Rüstung auf dem Stein erzeugte ein schrilles Knirschen und ließ die Türme der Festung wanken.

Die Engel erzitterten. Die Wimpel der Legionen flatterten im Wind.

Doch Apollyon war trotz des heftigen Schlags noch längst nicht außer Gefecht gesetzt. Da der General sehr wohl wusste, wie widerstandsfähig sein Gegner war, stieß er zu einem weiteren Angriff hinab. Wie ein Adler wollte er mit beiden Beinen auf ihn springen und dabei sein Gesicht auf den mit Splittern übersäten Boden drücken. Doch Apollyon ahnte den Angriff voraus und sprang mit ausgebreiteten Flügeln hoch, um Ablon zuvorzukommen. In der Luft war Ablon weniger wachsam, und so näherte sich Apollyon ihm von unten und versetzte ihm einen heftigen Tritt. Erneut wurde er weit fortgeschleudert, in den westlichen Teil des Hofs, wo eine Kiefernallee zu einem quadratischen Wasserbecken führte. Durch den Aufprall wurden zwei Bäume entwurzelt, und während seiner Schlitterpartie hinterließ Ablon eine tiefe Schneise im Boden.

Dies war ein Duell unter Großen, dem man besser aus der Ferne beiwohnte.

Verletzt sprang Ablon aus der Furche heraus, bereit zum nächsten Angriff. Blut quoll aus seinem Mund – ein Zeichen, dass irgendein inneres Organ geplatzt war. *Wer hat gesagt, dass unbewaffnete Kämpfe nicht tödlich sind?* Ja, auch bei solchen Kämpfen hatte es schon Tote gegeben, aber nur äußerst selten. Im Allgemeinen fingen die Rüstungen die größte Wucht der Schläge ab.

Balberith verfolgte den Kampf von Weitem. Nicht einmal er hatte in seinem ganzen Kriegerleben ein so herrliches Duell erlebt. Natürlich war er schon bei Hunderten Scharmützeln mit tödlichem Ausgang dabei gewesen, nie aber bei einem zwischen zwei Generälen. Der Fürst wusste, dass die beiden Widersacher so viel Kraft besaßen, dass sie sich sogar umbringen oder die Burg zerstören konnten. Gemäß den Ordensregeln besaß er so viel Einfluss, um der Konfrontation ein Ende zu setzen. Aber sollte er die beiden aufhalten?

Das ging nur mit einer guten Begründung, denn sonst hätten die Konkurrenten ihre Ehre verloren. Letztlich war ein Duell etwas, auf das alle Cherubim ein Anrecht hatten. Dennoch konnte Balberith nicht riskieren, einen seiner beiden Kommandanten zu verlieren. Also zog er es vor, noch eine Weile zuzusehen und abzuwarten, wie sich der Kampf entwickelte. Vielleicht war er mit dem nächsten Hieb ja zu Ende – oder brachte einen der beiden zur Strecke.

Ablon ging wieder in Stellung, spürte aber, wie es in seinem Innern brannte. Aus seinem Mund quoll ein Schwall Blut, und er beugte sich vor, um es auszuspucken. Von Übelkeit geschwächt, achtet er nicht auf Apollyon, der zu einem vernichtenden Sprung auf ihn ansetzte. Die Füße des Mörders trafen ihn an der Brust, und der Riese setzte sich rittlings auf ihn. Dann verpasste er ihm mehrere Faustschläge. Mit jedem Hieb versank Ablons Kopf tiefer im Boden.

Er war am Ende seiner Kräfte, seine Aura wurde allmählich schwächer. Er konnte das Blatt nur noch wenden, wenn ihm ein präziser Angriff gelang. Aber wie?

Bei den Cherubim gab es eine Spezialtechnik, den »Zorn Gottes«, mit der sie ihre gesamte göttliche Energie in einem einzigen Hieb bündelten. Diese Taktik wurde nicht häufig angewendet, weil sie mitunter tödliche Folgen hatte. Ablon war sicher, dass er Apollyon besiegen könnte, wenn er bei ihm den Zorn Gottes anwendete, doch dann würde aus dem Streit ein tödlicher Kampf werden.

Ein gewaltiger Zorn belebte seine Sinne, und angestachelt durch den Blutgeruch ging er zum Angriff über.

Der Zorn Gottes!

Ja, an diesen Kampf würde man sich ewig erinnern.

Ablons blutüberströmte Faust, von einer zarten goldenen Aura umgeben, traf Apollyons Magen. Sofort gab dessen Rüstung nach und brach entzwei. Wie bei einer gewaltigen Explosion wurde Apollyon hochgeschleudert. Eine Blutspur hinter sich herziehend, flog er auf die Mauer zu und prallte dann auf den Steinboden.

Soll ich das Duell unterbrechen?, fragte sich Balberith.

Mehrere Felsbrocken stürzten ins Meer, und einige Zuschauer auf den Mauern wurden ebenfalls getroffen. Apollyon brach zusammen und fiel über die Felsklippe. Ohne seine Rüstung war er verwundbar, nicht nur durch einen Sturz, sondern auch durch Ablons Angriffe.

Ablon flog zur Passerelle und sah von dort aus, wie Apollyon zusammenbrach. Dieser hatte völlig die Kontrolle verloren und konnte deshalb seine Schwingen nicht mehr ausbreiten. Da entschied sich Ablon für den *totalen* Sieg. Als Cherub und rechtschaffener Kämpfer würde er den Kampf fortsetzen, auch wenn sich der Zerstörer nicht an den Kodex hielt.

Also löste er die seitlichen Riemen seiner Rüstung und warf den Panzer zu Boden. Mit ungeschützter Brust wollte er Apollyon überwinden. Übernatürlich schnell stürzte Ablon auf ihn zu und schleifte ihn immer wieder über die Steine. Von seinem Standort waren es mindestens neunhundert Meter bis zum Fuß des steilen Bergs, an dem sich ein Strand mit spitzen Steinen erstreckte.

Von der Spitze eines goldenen Turms aus beobachtete Balberith unruhig und stirnrunzelnd das Duell.

Soll ich einschreiten?, fragte er sich abermals.

Auch Baturiel stand auf der Passerelle und betrachtete den Kampf, und Eusin, Apollyons Untergebener, sah vom anderen Ende der Festung aus zu. Einer der beiden würde wohl seinen General verlieren.

Schenial, einer der zehn Generäle, ging zu Varna, der Kommandantin der Legion der Bogenschützinnen. »Wenn sie ihre Rüstung noch tragen würden, würden sie diesen Kampf überleben. Aber so wird einer von ihnen gewiss sterben.«

»Ja, aber wer von beiden?«, fragte die Engelsfrau zurück.

Während Apollyon den Abhang hinunterrollte, stürzte sich Ablon auf ihn und versuchte, ihn an der Gurgel zu erwischen. Mit energischem Flügelschlag packte er den Zerstörer mit beiden durch den Zorn Gottes erstarkten Händen. Im Fallen nahm er nichts mehr von seiner Umgebung wahr und hatte nur noch eines im Sinn: Apollyon zu töten. Die Welt um ihn herum war leblos geworden, jetzt zählte nur noch dieser Kampf – sein letztes Duell.

Fest umklammert und erbittert kämpften die beiden Rivalen, während sie immer weiter den Steilhang hinabrollten, und mittendrin rief Apollyon seinen eigenen Zorn Gottes zu Hilfe und brach seinem Gegner mit mehreren Faustschlägen die Rippen.

Dann hielt er inne, packte Ablon geistesgegenwärtig mit einer Hand an der Kehle und versetzte ihm mit der anderen einen Stoß. Ablon drehte sich einmal um die eigene Achse und fiel zu Boden.

Eine Sekunde nach dem Manöver prallten Ablons Flügel auf den mit spitzen Steinen übersäten Boden. Seine aufgeschürfte

Haut zerriss in viele Fetzen, Blut floss ihm über die Federn. Erneut drohten ihn seine Kräfte zu verlassen.

Regungslos blieben die Kämpfer auf den Felsen stehen. Nicht weit entfernt lag ein Teil der silbernen Rüstung des Zerstörers in einer Senke – derselbe Teil, der bei Ablons wütendem Angriff zerbrochen war. Von der zerstörten Mauer war nur ein Haufen Marmorbrocken übrig geblieben.

Noch immer hielt Apollyon seinen Gegner an der Gurgel umklammert und drückte ihm das Knie auf die Brust, um ihn unbeweglich zu machen. Beide waren am Ende ihrer Kräfte, verwundet und ermattet. Aber noch immer glaubte jeder von ihnen, er könnte siegen.

Ich muss unterbrechen!, entschied Balberith.

Apollyon war eindeutig im Vorteil, doch er erwürgte sein Opfer nicht. Er hielt Ablon fest und holte mit der rechten Hand zum letzten Schlag aus.

Das Herz!

Apollyon zielte auf das Herz, den verletzlichsten Teil des Engelskörpers. Das Herz eines Himmelsbewohners zu durchbohren, hieß, ihn sofort zu töten, und genau das hatte der Mörder vor. Für ein geflügeltes Wesen gab es kein Leben nach dem Tod. Sein Bewusstsein erlosch, und seine Schwingung zog sich wieder in den Fluss des Kosmos zurück.

Apollyon bereitete sich vor und richtete den Zorn Gottes auf das anvisierte Ziel. Doch so hilflos war Ablon nicht – er hatte ein Geheimnis in der Hinterhand, eine Kriegslist. Er tat so, als sei er überwältigt, aber im entscheidenden Augenblick würde er sich entziehen, sodass Apollyons Faust auf dem steinigen Untergrund landete. Und dann würde *er* zum tödlichen Angriff übergehen.

Er sah, wie sich Apollyons Finger zu Krallen krümmten. Unverwandt starrten sie einander in die Augen. Ein einziger Ausrutscher hätte den Tod eines von ihnen bedeutet.

Auf dem Höhepunkt des Kampfs erscholl plötzlich eine Stimme über alle Ozeane: »Hört jetzt auf«, befahl Balberith und flog auf die beiden zu.

Doch Apollyons Zorn war noch nicht besänftigt. Er überging den Befehl des Fürsten und straffte den Arm wie eine Lanze.

Balberiths Stimme wurde hart, wie ein Donnerschlag ertönten seine Worte: »Willst du mir etwa ungehorsam sein, Apollyon?«, fragte er drohend.

Ja, natürlich, dachte der Mörder, sprach es aber nicht aus.

Die Landschaft nahm wieder Farbe an, und die Wut auf den Gesichtern der Rivalen legte sich. Balberith schwebte drei Meter über dem Wasser und tadelte die Duellgegner mit gereizter Miene.

Hunderte Engel drängten sich am Fuß des Felsens, um dem Ausgang des legendären Streits beizuwohnen. Aber sie waren nicht die Einzigen, die sich eine Fortsetzung wünschten. Auch die beiden Rivalen wollten den Kampf zu Ende bringen, obwohl sie längst erschöpft waren.

»Mein Fürst, lasst den Kampf weitergehen«, bat Ablon. Er wollte nicht ungehorsam sein, aber der Wunsch, seinen Gegner zu erledigen und dadurch seine Ehre zu retten, war enorm.

Balberith stellte sich neben die beiden und sah sie an. Er trug keine Sandalen wie die anderen, sondern Stiefel aus weichem Leder. Seine Präsenz war faszinierend, seine Aura Ehrfurcht gebietend. »Wenn ihr darauf besteht, muss ich euch töten«, bluffte er.

Bei diesen Worten stockte den Generälen das Blut. Ablon und Apollyon waren zwar mächtig, aber es hatte keinen Sinn, sich auf einen Disput mit dem Ordensfürsten einzulassen. Apollyon war erbost und hätte den Herrscher am liebsten angegriffen – doch dann beschloss er, seinen Hass nicht zu zeigen. Zu seinem Glück war Balberith zwar ein Kämpfer, aber Gedanken lesen konnte er nicht.

Die Gegner erhoben sich.

Als sich der Rothaarige entfernt hatte, knurrte Apollyon: »Ablon, nächstes Mal wird es keinen Fürsten geben, der dich rettet.«

»Auf diesen Tag werden wir sehnsüchtig warten«, erwiderte dieser, kehrte ihm den Rücken zu und flog zum Schloss des Lichts.

Das Duell war zu Ende.

3 Der dritte Krieg

Ablon stellte das Motorrad mit dem verchromten Lenker an einer dunklen Ecke ab, stieg ab und überquerte die schmale gepflasterte Straße, die um diese Zeit schon wie ausgestorben dalag. Rio ist zwar eine Großstadt, aber in einigen Vierteln, vor allem denen in der Stadtmitte, hat sich die Architektur aus dem 19. Jahrhundert erhalten – dreigeschossige Stadthäuser, Barockkirchen und schummrige Gassen – ein Erbe der kolonialen Vergangenheit. In den historischen Stadtteilen ist sie immer noch präsent – dort hatten sich früher Piraten, Jesuiten und Sklaven getummelt. Einige Meter entfernt münden die alten Gässchen in eine breite Asphaltstraße mit riesigen Wolkenkratzern, von deren Dächern Neonreklame strahlt. Vom Bürgersteig aus führen Metroschächte in den Boden, in den Schein der Straßenlaternen und das Blinken der Ampeln getaucht. Im Zentrum von Rio findet sich eine Kombination aus Alt und Neu, ein Zusammenprall von architektonischer Moderne und den Bauten der einstigen Kolonialhauptstadt.

Im Zuge der Expansion waren vor etwa fünfzig Jahren viele Menschen in weiter entfernte Vororte gezogen, sodass sich der Stadtkern von einer Wohngegend zu einem rein kommerziellen Zentrum wandelte. Die meisten Bewohner haben ihn verlassen, und die wenigen verbliebenen sind in der Mehrzahl Bettler oder Ausländer; sie hausen in Unterkünften oder den wenigen Pensionen, die von Prostituierten genutzt werden. Nachts wirkt das Viertel gespenstisch, denn man sieht dort nur die Arbeiter der

Präfektur, die Verkehrsschilder reparieren oder den Asphalt ausbessern.

Doch sobald es Tag wird, strömen die unterschiedlichsten Menschen in dieses Viertel – Manager in Nadelstreifen, Krüppel und Bettler, Erdnussverkäufer, Busfahrer, verspätete Studenten und religiöse Prediger. Der Menschenstrom lässt erst am späten Nachmittag nach, wenn Büroschluss ist und die Angestellten nach Hause gehen. Manche bleiben noch und amüsieren sich in Bars oder gehen in ein Bordell, aber bereits vor Mitternacht hat das Treiben ein Ende und beginnt am nächsten Tag beim ersten Sonnenstrahl aufs Neue.

Im alten Teil der Stadt gab es eine versteckte Herberge, das Hotel *Montenegro*, das Ablon als Zufluchtsort gewählt hatte. Er hatte den Besitzer überreden können, ihm zwei große Zimmer auf unbestimmte Zeit zu vermieten, sodass er sich die Kosten für eine womöglich verwahrloste Unterkunft sparen konnte, in der es von Kakerlaken bestimmt nur so wimmelte.

Wenn es in der Stadt einen Ort für einen abtrünnigen Engel gab, dann war es dieser. Das *Montenegro* war praktisch nichts anderes als eine verlassene Absteige. Und trotz des hohen Alters dieses Gebäudes war die geistige Welt unter dem Schleier der Wirklichkeit sauber – keine Gespenster, die mit Ketten rasselten, oder Geister, die aus den Schatten hervortraten. Die ehemaligen Bewohner dieses Stadthauses hatten – zu diesem Schluss war Ablon gekommen – keine unerledigten Dinge zurückgelassen, die die Seele peinigten. Anders als man meinen könnte, quälen Gespenster die Lebenden nicht immer, aber für Engel sind sie auf der Astralebene sichtbar, und manchmal ist es lästig, sich ihr Gejammer anhören zu müssen.

Das *Montenegro* kam ihm gelegen – es war abgelegen und düster, ein übles Loch in einer verfallenden Stadt.

Ablon öffnete die Tür und betrat die geräumige alte Wohnung. Sie hatte eine hohe Decke und einen Holzboden, der wahrscheinlich zum ursprünglichen Gebäude gehört hatte. Die breiten Räume nahmen den ganzen dritten Stock des Stadthauses ein. Der Besitzer hatte Ablon erzählt, dass hier früher so etwas wie ein Lager gewesen war. Als er sich vor einigen Monaten einquartiert hatte, hatte der Himmelsbewohner Hunderte kurioser Gegenstände mitgebracht: Artefakte, die er in ungefähr sechstausend Jahren gesammelt hatte.

Wenn er auf Reisen war, hatte er nie etwas dabei, sondern bewahrte die Gegenstände in Verstecken auf. Jetzt hatte er sie in seinem Unterschlupf wieder zusammengeführt, sodass der Raum eher einem kleinen Museum glich. Auf den überquellenden Regalen lagen uralte Dokumente, Zauberbücher, mittelalterliche Gobelins, hellenische Verträge, ägyptische Papyri, spanische Landkarten und Originalwerke aus dem 19. Jahrhundert, darunter ein Manuskript von Darwins *Die Entstehung der Arten*. Auf anderen Borden standen Kisten mit römischen Schwertern, japanischen Rüstungen, nordischen Schilden, sumerischen Steintafeln, Gemälden aus der Renaissancezeit und anderen kulturellen Ikonen, die Ablon gern aufbewahren wollte, und sei es nur, um seine eigene Vergangenheit nicht zu vergessen.

Er schloss die Tür hinter sich und streifte den Gummimantel ab, den er als Schutz gegen die häufigen Regenfälle in dieser feuchten, heißen Stadt trug. Dann zog er sich einen Stuhl heran und setzte sich an den massiven Mahagonitisch, auf dem sich zwischen alten Pergamentrollen und aramäischen Schriftstücken Zeitungen und Zeitschriften türmten. Wochenlang hatte er die Blätter studiert, in der Hoffnung, auf Zusammenhänge zwischen den jüngsten Ereignissen und alten Prophezeiungen zu stoßen. Leider hatte er Parallelen erkannt und die Anzeichen bemerkt.

Die Anzeichen für die Apokalypse.

Für einen Ausgestoßenen wie Ablon war es schwierig, in Erfahrung zu bringen, was im Himmel oder in der Hölle stattfand, aber im Lauf der Zeit hatte er begriffen, dass geistige Ereignisse ihre Entsprechung auf der physischen Ebene hatten. So fielen ihm erstmals die Anzeichen und Hinweise auf, die bestätigten, dass die Tage der Erde gezählt waren.

Es fing mit dem an, was die Propheten »Reiter der Apokalypse« nannten. Natürlich gab es weder Reiter noch berittene Wesen, die die Vorhersehung verkörperten. Aber er konnte sie in den Kriegen im Mittleren Osten erkennen, in den hungernden Kindern in Afrika, in den Epidemien, den falschen Sehern und überall da, wo der Tod seinen schwarzen Mantel ausbreitete. Seitdem verschlechterte sich die weltweite Lage immer mehr, und das hatte nichts mit höllischen oder himmlischen Kräften zu tun.

Zu Beginn des 21. Jahrhunderts nährte die Weltwirtschaftskrise die Expansionsgelüste der Großmächte, wie es schon Ende des 19. Jahrhunderts der Fall gewesen war. Die Vereinigten Staaten von Amerika, gebeutelt von politischen und finanziellen Problemen, versuchten schon seit geraumer Zeit, ihren Einflussbereich auszudehnen, indem sie in Dutzende kleinerer Länder einfielen und sie besetzten. Nach der Invasion in Afghanistan waren sie im Irak einmarschiert und setzten ihren Feldzug mit der Besetzung Syriens, des Irans und Libyens fort – immer unter dem Vorwand, sich schützen zu müssen. Frech beschuldigten sie ihre Feinde, Arsenale mit chemischen, biologischen und nuklearen Waffen zu besitzen – Vorwürfe, die von den Inspektoren der Vereinten Nationen praktisch nie widerlegt wurden. Dadurch, dass die Amerikaner ihre Vormachtstellung in diesen Ländern festigten, schlossen sie den Kreis im Mittleren Osten und richteten dort solide Basen für ihre Feldzüge in Asien ein. Zur Sicherstellung des Truppenkontingents in den besetzten Gebieten schlossen die USA einen Kooperationspakt mit den wichtigsten europäischen Ländern, angeführt von Großbritannien, Italien und Deutschland. So entstand die sogenannte Liga von Berlin, eine Anspielung auf die deutsche Hauptstadt, in der die Staatschefs den Vertrag aufgesetzt hatten.

Es wurde jedoch ein Operationsposten im Osten nötig, und man entschied sich für Taiwan, dessen Regierung gern das von den westlichen Schirmherren investierte Kapital entgegennahm.

Doch die Allianz mit der Insel blieb China und Nordkorea nicht verborgen. Diese Nationen wollten, genau wie die Vereinigten Staaten, ihren Einflussbereich ausdehnen und Märkte beherrschen. Die beiden Länder verlangten den Abzug westlicher Unternehmen aus Taiwan, und deren Weigerung führte zum ersten großen Konflikt des 21. Jahrhunderts, dem Dreihundert-Tage-Krieg. Innerhalb von nur einem Jahr kostete er rund dreitausend Menschen das Leben, darunter Militärs und Zivilisten, und endete mit dem Sieg des Ostens. Die Liga von Berlin war gezwungen, die Insel zu verlassen, und seither brodelte es zwischen den beiden Blöcken wie in einem Dampfdrucktopf, der kurz vor der Explosion steht.

China und Nordkorea hatten begriffen, dass die Liga sie als Erste im Visier hatte, und sprachen sich für die Expansion aus. In einem Feldzug, der in der Geschichte der Menschheit unvergleichlich war, fielen die beiden Armeen in Japan ein, ohne einen einzigen Schuss abzugeben, und besetzten in der sogenannten Zwei-Armeen-Offensive den gesamten Archipel. Sie schlossen Kooperationsverträge mit Indien, der Mongolei, Thailand, Malaysia, Indonesien und den Philippinen – doch der größte Coup sollte erst noch kommen.

Da es den Russen missfiel, dass nach dem Ende des Kommunismus die Armut immer größer wurde, stellten sie sich voll und ganz hinter die Chinesen, und das Land schloss sich dem Block des Ostens an. Daraus entstand die Östliche Allianz, zu der innerhalb weniger Monate einige ehemalige Sowjetrepubliken stießen.

Da die Amerikaner den Verlust ihrer Überlegenheit fürchteten, sicherten sie sich nach zahllosen Gesprächen die Unterstützung Kanadas und des strategisch wichtigen Ozeaniens und setzten ihre Expansionspolitik mit dem Einmarsch in Kuba und Panama fort. In der Türkei, dem einzigen moslemischen Land, das zur NATO gehörte – der bereits zerschlagenen Nordatlantischen Allianz –, kam es erneut zu einer Konfrontation der beiden Blöcke. Die türkische Regierung spaltete sich, sodass sich zwei Parteien bildeten, die zu den Waffen griffen, Ankara in ein Blutmeer verwandelten und damit das Land in einen Bürgerkrieg stürzten. Jede der Mächte schickte Waffen und Truppen. Für die Liga von Berlin war es äußerst wichtig, die Kontrolle über die Türkei zu behalten, um eine Brücke zu den besetzten Ländern im Mittleren Osten schlagen zu können. Die Östliche Allianz ihrerseits wusste, dass eine Invasionsfront nach Süden geöffnet würde, falls die Feinde die Hauptstadt einnahmen.

Die Bühne war also für einen Weltkonflikt gerüstet. Auf der einen Seite stand die Liga von Berlin, zu der die Vereinigten Staaten und Europa gehörten, auf der anderen Seite die Östliche Allianz, angeführt von China, Nordkorea und Russland – und zwischen diesen beiden Blöcken die armen Länder Afrikas und Lateinamerikas, die neutral blieben, nun aber noch erpichter darauf waren, ihre eigenen Grenzen zu verteidigen. Unter diesen unglücklichen Umständen wurden die Anzeichen für die nahende Katastrophe noch deutlicher. Ablon wusste, dass eine Schlacht dieses Ausmaßes in einem Atomkrieg gipfeln würde, und in diesem Fall würde es keine Rettung für die Menschheit geben.

Aber all das wäre nichts weiter als ein neuer, gewöhnlicher Krieg gewesen, hätte es nicht immer wieder Risse im Schleier der Wirklichkeit gegeben. Alle, Engel wie Dämonen, spürten, dass die Membran dabei war, sich aufzulösen. Sie hatten begriffen – manche früher, manche erst später –, dass sich die Apokalypse anbahnte, und begannen, sich auf Armageddon vorzubereiten. In dieser letzten Schlacht wird über den Fortbestand von Haled entschieden, denn sobald die Membran in sich zusammenfällt, wird die Welt der Menschen für eine geistige Invasion offen sein.

Obwohl alle die Prophezeiung bezüglich Jahwes Erwachen für wahr hielten, war es besser, kein Risiko einzugehen. Beide Seiten – Himmels- wie auch Höllenbewohner – bereiteten ihre Reihen bereits auf die größte Auseinandersetzung aller Zeiten vor und warteten auf den Ausbruch des Konflikts. Die Einzigen, die in der Lage gewesen wären, die Zukunft vorherzusehen – die Malakim, ein Orden lernbegieriger, kluger Engel –, waren verstummt und aus dem Himmel verschwunden. Manche behaupteten, sie hätte sich zu anderen Sphären hin entwickelt, indem sie in tiefe Trance gefallen seien.

Das in Aramäisch verfasste Pergament auf dem Tisch des Abtrünnigen war der Originaltext der Offenbarungen des Johannes, in denen es um die Vision des Propheten bezüglich der letzten Tage der Welt ging. Ablon war 119 in Rom zufällig an dieses Schriftstück gekommen, in einer Zeit, in der Hadrian im Römischen Reich herrschte. Er hatte das Dokument einem Straßenräuber abgekauft, der es einem italienischen Aristokraten gestohlen hatte. Keiner von ihnen – weder der Patrizier noch der Gauner – wusste, welchen Wert es besaß. Der Text war noch zu Johannes' Lebzeiten kopiert worden, und die Originalhandschrift war vermutlich irgendeinem Zenturio in die Hände gefallen, und zwar in den Jahren, in denen der Apostel zusammen mit anderen Christen im Kerker geschmachtet hatte. Schon damals, 119, war das Pergament in Auflösung begriffen gewesen, aber dem Cherub war es gelungen, es mit einer Kräutermischung zu retten – ein Geheimrezept des Ordens von Sippar, das ihm eine befreundete Hexe verraten hatte. Die heutige Version des Johannesevangeliums ist praktisch dieselbe, abgesehen von einigen Fehlern, die sich bei der Übersetzung ins Griechische eingeschlichen haben.

Die Wohnung wurde nur vom Licht der Straßenlaternen erhellt, das durch ein breites Fenster hereinfiel. Ablon setzte sich an den

Tisch, suchte ein paar Papiere zusammen und legte sie auf einen Stapel. Dann stand er auf und spähte nach draußen.

Alles ist ruhig.

Er spürte das Gewicht der atlantischen Friedensrune, die in den Basaltsplitter eingeritzt war, und zog sie aus der Tasche, um sie im Schein der Straßenlaternen eingehend zu untersuchen. Dann ging er zum Telefon und wählte.

SHAMIRA, DIE HEXE VON ENDOR

Shamira war Leiterin der Ausgrabungsarbeiten – keine geringe Aufgabe! Die ganze Expedition wurde von ihr finanziert, einer Frau, die wie keine andere die Geheimnisse der Archäologie beherrschte. Sie wollte keine Hilfe von Universitäten oder Organisationen, und sie brauchte sie auch nicht. Dies war ihre persönliche Forschungsarbeit, etwas ganz Besonderes, eine Mission.

Neben ihrer Arbeit als Angestellte erledigte die junge Frau auch alles andere – sie kartierte das Gelände, registrierte die Objekte, untersuchte den Boden und organisierte die Ausrüstung. Nirgends auf der Welt gab es jemanden, der sich besser mit sumerischen Geheimnissen auskannte als sie. Diese Wüste war ihr bestens vertraut – vor viertausend Jahren, als sie in Babel einen Geist beschwören sollte, hatte sie die Gegend erstmals bereist.

Der Ausgrabungsort befand sich in der Nähe der Ruinen des sagenhaften Babels, doch Shamira war nicht auf der Suche nach Spuren der vergessenen Hauptstadt. Sie suchte lediglich einen einzigen Gegenstand, ein äußerlich unscheinbares Objekt, das jedoch magische Kräfte besaß – ein Artefakt, das vor langer Zeit an diesem unwirtlichen Platz zurückgelassen worden war.

Mit den Augen einer Expertin betrachtete Shamira aufmerksam das Grab, das unterschiedlich tief freigelegt worden war. Im Camp stand die Sonne im Zenit. Müde warfen die Männer ihre

Spitzhacken hin und machten sich ans Mittagessen. Shamira war nun allein und konnte jedes Detail des Grabs genau in Augenschein nehmen.

Plötzlich hatte sie eine geradezu göttliche Intuition: Sie nahm eine Schaufel in die Hand und stieg ins Grab hinein. Ihr langes schwarzes Haar, so glatt wie die Wüstenebene, flatterte leicht im Wind. Sie hatte braune Augen und helle, zarte Haut, die in jugendlicher Frische erstrahlte. Ihren Körper hatte sie durch Zauberei jung erhalten. Sie wirkte sinnlich, aber auch entschlossen und stark – wie eine Frau, die sich zu helfen weiß.

Da sah sie im Sand etwas glitzern und begann hektisch zu graben. Bald fand sie eine metallene Stange, die in der Sonne glänzte. Sie nahm die Sonnenbrille ab und kniete sich neben den Gegenstand. Mit einer Bürste entfernte sie die anhaftende Erde und förderte ein langes Schwert zutage, das durch klimatische Einflüsse korrodiert war. Die verrostete Klinge war gezackt. Vom Griff, vermutlich einst aus Gold, war das Metall abgeblättert – er war schwarz. Das Schwert war praktisch der Länge nach von einer harten Steinkruste umhüllt, die Shamira zuerst mit dem Messer abkratzen musste.

Die Heilige Rächerin.

Sie lächelte. Endlich hatte sie gefunden, wonach sie gesucht hatte.

Sie hörte, dass sich ein Arbeiter näherte. Ein hochgewachsener Mann, von Kopf bis Fuß in eine arabische Tunika gekleidet, rief ihr zu, sie solle aus dem Grab herauskommen.

Schnell und gewandt stieg sie mit dem beschädigten Schwert in den Händen aus dem Grab und lief zu einem grauen Jeep. Er stand am Fuß eines riesigen Bergs, umgeben von fünf Zelten aus Segeltuch, und war mit einem Satellitentelefon sowie zwei Computern ausgestattet. In einem Verschlag waren neben dem Kühlschrank mit den Vorräten und den Erfrischungsgetränken noch weitere Kommunikationsgeräte untergebracht. Zwischen Fahrer- und Beifahrersitz blinkte ein rotes Licht – ein Anruf vom Operator.

»Ja?«, meldete sie sich.

»Na, pflügst du mal wieder Schutthaufen um?«, fragte jemand am anderen Ende der Leitung.

»Ablon!«, rief sie freudig. »Du schaffst es immer wieder, mich zu überraschen, Abtrünniger. Woher wusstest du, wo ich bin?«

»Das wissen wir doch immer. Ich dachte mir schon, dass du früher oder später wieder nach Hause kommen würdest.«

»Wer die Vergangenheit kennt, kann die Zukunft voraussehen«, pflichtete sie ihm wehmütig bei.

»Wie läuft's so bei dir?«

»Alles wie gehabt«, antwortete sie rasch. »Wir haben uns Jahre nicht mehr gesehen, und ich komme mir fast schon wie eine alte Dame vor, die von einem platonischen Freund einen Anruf erhält. Aber aus irgendeinem Grund befürchte ich, dass du keine guten Nachrichten für mich hast.«

»Wie kommst du darauf?«

»Ist es denn nicht immer so?« Ihre Stimme sank eine Oktave tiefer. »Die Geister haben mir etwas zugeflüstert, und das meiste davon ist beängstigend. Irgendetwas ist nicht in Ordnung, habe ich recht? Der Schleier ist im Begriff zusammenzufallen. Es hat schon angefangen, oder?«

Nach einer langen Pause antwortete Ablon: »Ich fürchte, ja, Hexe. Aber bevor es zu Ende geht, brauche ich noch einmal deine Hilfe. So ist es leider immer.«

Shamira fing an zu zittern, denn es überkam sie eine böse Vorahnung. Jedes Mal, wenn Ablon sie bisher um Hilfe gebeten hatte, war es darum gegangen, eine Mission auszuführen, die ihre Fähigkeiten überstieg.

Wem oder was will er diesmal die Stirn bieten?, fragte sie sich besorgt. Sie wollte nicht, dass er sich in Gefahr brachte, aber das taten Krieger immer. Außerdem würde er sein Ziel allein verfolgen, auch wenn sie ihm ihre Hilfe verweigerte.

»Was war denn los? Probleme mit denen im Untergeschoss?«

»Eigentlich nicht. Ich weiß es wirklich noch nicht«, antwortete er zögernd. »Aber mach dir keine Sorgen. Ich werde mich nicht auf irgendeinen zerstörerischen Kampf einlassen. Es war Luzifer, der beschlossen hat, mich zu verfolgen, nicht umgekehrt.«

Als sie begriff, was Ablon vorhatte, fühlte sie sich sicherer: nur ein friedliches Gespräch mit dem, der ihn verraten hatte. Aber so war es nicht immer gewesen.

»Können wir uns treffen?«, wollte Ablon wissen.

»Natürlich«, antwortete sie mit einem Blick auf das rostige Schwert. »Genau das wollte ich auch gerade vorschlagen.«

Sie nahm einen Block und einen Stift aus dem Handschuhfach. »Wo bist du?«

»In Rio de Janeiro.«

»Wahrscheinlich kann ich in 48 Stunden dort sein. Ich nehme ein Flugzeug.«

»Das wäre wunderbar. Ich würde dich gern noch einmal sehen, bevor die Welt in Finsternis versinkt«, gestand er mit belegter Stimme.

Die Finsternis. Shamira hatte immer gehofft, diese Finsternis würde sich auflösen, aber die Zivilisation hatte den entgegengesetzten Weg eingeschlagen und stand nun kurz vor ihrer Zerstörung. »Wir treffen uns am Flughafen«, sagte sie.

»Ich werde da sein«, versicherte Ablon und legte auf.

Shamira ließ den Blick über die Gipfel des gewaltigen Bergmassivs schweifen, und ihre Gedanken reisten durch die Zeit zurück, in eine weit entfernte Vergangenheit, die aus den Aufzeichnungen der Menschheit bereits getilgt worden war.

»Hoffentlich geht es dir gut«, murmelte sie, während sie die Hand über den Schwertgriff gleiten ließ.

4 Das antike Babel

Mesopotamien, 2334 v. Chr.

DER TURM ZU BABEL

Der babylonische Militärtross bewegte sich den Berghang hinunter und schlug, unten angekommen, den Weg zur Felswüste ein. Fünfzig Elitesoldaten mit Pferden und Wagen eskortierten eine einzige Frau, eine Hexe, die sie auf Befehl ihres Königs Nimrod aus Kanaan hergebracht hatten. Sie hatten sie an eine Eisenstange gekettet, die am Lasttier eines Karrens befestigt war. Vergeblich versuchte die junge Frau, eine bequeme Haltung einzunehmen, aber die Fesseln schnürten sie ein. Ihr schwarzes Haar war schmutzig und staubig, die helle Haut hatte unter den Sandstürmen gelitten. Erbarmungslos brannte die stechende Sonne auf die dürre Ebene hernieder, und die Hexe merkte, wie hungrig und durstig sie war. Von ihren Handgelenken, die während der ganzen Reise gefesselt waren, rann Blut herab. Außerdem war sie geknebelt und bekam kaum noch Luft.

Shamira war überall als Hexe von Endor bekannt, ein Name, der auf ihre Heimat hindeutete. Sechzehn Wärter umkreisten unentwegt den Wagen und bewachten sie auf Schritt und Tritt. Sie trugen einfache Eisenrüstungen und spitze Helme, ihre Waffen waren Lanzen, Bogen und lange Messer, einige trugen auch Schilde.

In jenen Ländern des Orients war sie für ihre nekromantischen Künste bekannt, jenem Zweig der Magie, der sich mit den Toten und der geistigen Welt beschäftigt. Umgang mit Toten zu haben, bedeutet nicht automatisch, Gutes oder Böses zu bewirken. Leben und Tod sind Naturgesetze, denen alle unterworfen sind, und die Nekromanten, die Totenbeschwörer, wissen besser als jeder andere um die Neutralität des Lebensprozesses.

In Babel war König Nimrod nicht nur ein politischer Anführer, sondern befehligte auch das Heer – und zwar höchstpersönlich. Er war ein hervorragender Kämpfer und hatte obendrein bisher nicht einen einzigen Kampf verloren – auch nicht, nachdem er einmal von hundert Pfeilen getroffen worden war. Sein Volk hielt ihn für unverwundbar, dank des Segens der Göttin Ishtar.

Mit seiner erdrückenden Macht hatte Nimrod bereits das sumerische, das akkadische und das assyrische Reich unterworfen – und das hieß im 24. Jahrhundert v. Chr. den größten Teil der Welt. Aber ein Nomadenstamm in der Wüste, die Söhne Jaffés, hatte sich der Unterdrückung widersetzt. Es war dem Herrscher nicht gelungen, sie zu unterjochen, während sie selbst den Babyloniern schwere Verluste zufügten.

Als wäre das nicht schon genug, ermordeten die Stammesmitglieder daraufhin seinen Vater Kusch, verbrannten seinen Leichnam und zerrieben die Gebeine. Nur den Schädel behielten sie und schickten ihn ihren Feinden zurück. Dann führten sie mit dem alten Monarchen ein Reinigungsritual durch, eine heilige Zeremonie, die den Geist des Verstorbenen zum Leben in der Hölle verurteilte und die Seelen jener befreite, die aufgrund seiner grausamen Befehle qualvoll umgekommen waren.

Nach der Ermordung seines Beschützers wurde Nimrod vom Wahnsinn erfasst. Während er auf den endgültigen Sieg über die Söhne Jaffés hoffte, keimte in ihm der Gedanke, dass ihm die Welt der Menschen nicht genug war. Sein Herrschaftsgebiet sollte sich auch auf die Himmelssphäre ausdehnen, auf das Land der Engel, die Wohnstatt Gottes. Dafür versklavte er die von ihm Eroberten und setzte sie für den Bau eines Turms ein, der bis in den Himmel reichen sollte.

Shamira hatte von dem sagenhaften Gebäude gehört, doch auf das, was sie nun sah, war sie nicht gefasst gewesen. Als der Tross den Weg in die Ebene eingeschlagen hatte, hatte sie die eleganten Umrisse eines spiralförmigen Bergs gesehen. Zu diesem Zeitpunkt waren sie zweihundert Kilometer von der Hauptstadt entfernt gewesen, und die Sonne hatte sie geblendet. Doch als der Wagen seine Richtung änderte, bot sich ihr ein beeindruckendes Bild.

Das ist ja gar kein Berg – sondern ein Turm!

»Sieh dir den großartigen Turm zu Babel an, das größte Gebäude, das die Menschheit je errichtet hat«, forderte der Befehlshaber sie mit patriotischer Begeisterung auf. »Genieße diesen Augenblick, denn dies ist das größte aller Wunder.«

Das Monument war furchterregend, das musste Shamira zugeben. Nicht einmal in moderner Zeit würde sie einen so außergewöhnlichen Bau zu Gesicht bekommen. Sie konnte gut mit Zahlen umgehen und rechnete aus, dass das unvollendete Bauwerk bereits eine Höhe von tausend Metern erreicht hatte. Von Weitem sah der Turm konisch aus – an der Basis war er breit und verjüngte sich dann. Um die Außenmauer verlief eine durchgehende Rampe spiralförmig nach oben und markierte einzelne Abschnitte. Die Konstruktion bestand in erster Linie aus Stein und Ziegeln, aber auf den unteren Ebenen waren die Sklaven gerade dabei, die Mauern abschließend mit Bronzeplatten zu verkleiden. Auf den ersten Geschossen gelangte man bereits ins Innere. Dort sollten einmal die königlichen Arbeitszimmer eingerichtet werden. Rings um das unfertige Bauwerk waren Treppen und Gerüste angebracht, auf denen sechzigtausend Handwerker arbeiteten. Wie Ameisen liefen sie die Rampe hinauf und hinunter und wiederholten wie an einem Fließband immer wieder dieselben Handgriffe.

Der Turm zu Babel wurde innerhalb der Stadtmauern errichtet, die selbst schon sehr hoch waren und vom Boden bis zu den Wachtürmen fünfzig Meter maßen. Sie bestanden aus geschwärztem Eisen und sahen aus wie eine furchterregende schwarze Welle, die Invasoren zu überrollen drohte. Damals waren die Babylonier die Einzigen, die sich mit der Herstellung von Eisen auskannten, und das machte ihre Waffen unbesiegbar.

Die einzigen Gebäude, die die Stadtmauern überragten und die Shamira sah, waren der Turm und die Zikkurat – ein riesiger, mit Silber verkleideter, gestufter Tempelturm, auf dessen Spitze der goldene Königsthron stand.

»Unter dem Schutz unseres Herrn Nimrod, des Unsterblichen, wird das Volk der Babylonier den Rand des Himmels berühren«, sprach der Befehlshaber weiter, »und in die Festung der Engel einfallen. Und dann werden wir die ganze Welt beherrschen.«

Shamira hielt das für baren Unsinn. Jeder, der sich mit den geistigen Reichen ein wenig auskannte, wusste, dass das himmlische Paradies weder über den Wolken noch über der Erdatmosphäre lag, sondern in einer anderen Dimension, jenseits der astralen und ätherischen Ebene, und dass man dort nur durch vereinzelte Tore Zugang fand, die von unglaublichen Kreaturen bewacht wurden. Ganz gleich, wie hoch die Babylonier den Turm bauten – sie würden niemals bis zum Himmel gelangen. Die Beweggründe einer ganzen Zivilisation waren, wie sie bemerkte, ein Zeichen für die Ignoranz ihres Herrschers – oder für die Schläue desjenigen, der ihn beherrschte.

»Halt, Männer!«, schrie der Befehlshaber, und der Tross blieb stehen.

»Zeit für das Mittagsmahl. Aber macht es kurz. In drei Tagen werden wir die Stadttore Babels passieren und dem Unsterblichen die Früchte unseres Auftrags übergeben.« Mit einem Blick auf Shamira fuhr er fort: »Haltet euch nicht so lange mit dem Essen auf und lasst euer Herz nicht verweichlichen. Wir sind Babylonier, Söhne der Erde und Nachfahren Adams.«

Die meisten Soldaten waren beritten, aber eine Vorhutgruppe lenkte zweirädrige Karren – mit Kupferplatten verstärkte Kriegsgefährte. Einer von dieser Gruppe war der Befehlshaber Pasuno, ein grober Kerl mit schwarzem Kraushaar. Er hatte einen lockigen Vollbart, und auf seiner Rüstung prangte das Relief eines Stierkopfs – das Symbol der nationalen Macht.

Für ihr leichtes Mahl holten die Wachen Fleisch und Brote aus ihren Bündeln und öffneten ihre mit Wasser gefüllten Beutel. Pasuno spuckte ein paar Krümel aus und sagte zu einem der Krieger: »Nahor, gib der Hexe zu essen.«

Unwillig und ängstlich befolgte der junge Offizier den Befehl, ohne zu wissen, weshalb die Wahl auf ihn gefallen war. Wie die meisten Babylonier war Nahor ein wütender, bösartiger Mensch. Sein Gesicht wurde von Narben aus zahlreichen Kämpfen entstellt, und er neigte zu Gewalttätigkeit.

Der Soldat stieg auf den Wagen und fragte sich beim Anblick der Nekromantin, welche Geheimnisse sie wohl hütete. Durch ihr zerrissenes Wollkleid sah er ihre halb entblößten weißen Brüste schimmern. Doch diesen Wüstling erregte nicht die Schönheit ihres vollkommenen Körpers, sondern ihre entwürdigende Situation: schmutzig, angekettet, blutend und der Begierde der Männer ausgeliefert.

Nahor nahm ihr den Knebel aus dem Mund und hob das Trinkgefäß an. »Hast du Durst?«, fragte er sadistisch und trank daraufhin selbst höhnisch grinsend einen großen Schluck, sodass ihm das Wasser durch die Barthaare rann. Langsam näherte er sein Gesicht dem von Shamira, weil er sie zu einem Kuss zwingen wollte, aber sie drehte den Kopf weg.

Die anderen Wachen brachen in schallendes Gelächter aus und verspotteten ihren Kameraden, den die höllische Hexe gedemütigt hatte. Der Spott reizte den Offizier nur noch mehr, und er zog Shamira an den Haaren zu sich heran.

»Du Viper von Endor! Meinst du, ich hätte Angst vor deiner Zauberei? Ich werde dir zeigen, wie viel Kraft ein Legionär besitzt!«

Sogleich drängten sich etwa zwanzig Männer um den Wagen, um das groteske Schauspiel zu verfolgen. Sie lebten schon einige Jahre mit Nahor zusammen und kannten seinen Ruf als grausamen Vergewaltiger.

»Vorsicht«, neckte einer von ihnen. »Sie wird dich verwünschen, sodass du deine Manneskraft verlierst.«

»Zum Teufel mit der Hexerei!«, gab Nahor zurück, während die anderen wieder in schallendes Gelächter ausbrachen. »Ich werde sie bluten lassen, und jetzt nicht mehr nur an den Handgelenken.«

Er zog sich aus, packte Shamiras Brüste und zerriss dabei auch ihr Kleid. Sie zeigte keine Reaktion, begann aber, ein Dutzend fremdartige Wörter zu murmeln: »*Zi Dingir nngi e ne Kanpa. Zi Dingir ennul e ne Kanpa.*«

»Sie betet«, befand ein Leibwächter ironisch.

»Sie bedankt sich dafür, dass sie in der Wüste so virilen Männern begegnet ist«, korrigierte ein Bogenschütze.

Wollüstig ließ Nahor seine Hand zu Shamiras Schenkeln gleiten, aber in diesem Moment bemerkte Pasuno den Fehler und rief warnend: »Lasst sie nicht sprechen, ihr Dummköpfe!«

Der Soldat aber war abgelenkt und konnte seinen perversen Impuls nicht zügeln. Er griff Shamira unters Kleid, spürte aber sogleich ein seltsames Kribbeln zwischen den Fingern und zog erschrocken die Hand zurück.

Bei Ishtar!

Das Fleisch seiner Faust zerfiel zu Staub, wie bei einem verwesenden Leichnam, und unzählige Würmer bohrten sich in seine Handfläche.

Nahor wich einen Schritt zurück und bemerkte, dass sich Schlangen um das Lasttier wanden – wild gewordene Schlangen, die Gift aus ihren spitzen Zähnen spritzten. Völlig kopflos sprang er vom Wagen, fiel aber zu Boden und schlug sich, halb betäubt, das Knie an einem spitzen Felsbrocken auf. Seine Panik war größer als der Schmerz, und er kroch von dannen, weg von den Schlangen, die ihn verfolgten, bis sein Befehlshaber ihn packte und wachrüttelte.

»Steh auf, du Feigling«, forderte Pasuno Nahor auf, der sich bei seinem Sturz das Bein gebrochen hatte, und schüttelte ihn.

Plötzlich waren die Schlangen verschwunden, und die zersetzte Faust nahm wieder ihre ursprüngliche Form an. Nahor war einer Illusion erlegen, einem faulen Zauber, der ihn getäuscht hatte, und hatte sich von etwas Unsichtbarem erschrecken lassen. Keine der Gefahren war echt gewesen – weder die Verwesung seines Fleisches noch die Schlangen.

Seine Kameraden überhäuften ihn mit Spott, aber er reagierte nicht. Die Truppe, die Nahor immer für einen schrecklichen Mörder gehalten hatte, hatte nun jeglichen Respekt vor ihm verloren. Für sie war er nur noch ein Feigling, der vor den Drohungen einer wehrlosen Frau davonrannte. Mit dem Rückzieher des Soldaten, dem die Lage immer noch peinlich war, übernahm Pasuno das Kommando. Er stieg auf das Lasttier und wollte Shamira wieder knebeln.

»Du bekommst nichts zu essen, du vermaledeite Hexe«, fuhr er sie an und zurrte die Fesseln fest.

In sicherer Entfernung stand der zitternde Nahor und betete unter Schluchzen zu seinem unsterblichen Monarchen. Er hatte die unheilvolle Macht der Magie erlebt und würde sein volles Bewusstsein vielleicht nie wiedererlangen.

Oh, erhabener Nimrod, erlöse uns von dieser Täuschung.

»Wir marschieren jetzt weiter!«, befahl Pasuno und sprang auf den Karren. »Bald werden wir beim Unsterblichen sein.« Währenddessen spannte er seinen Bogen, setzte einen Pfeil auf und zielte direkt auf den Tross. Unter den vor Schrecken geweiteten Augen der Soldaten schoss er den Pfeil ab und traf Nahor mitten ins Herz.

»Das passiert mit jedem Babylonier, der Opfer von Zauberei wird«, erklärte er, und die Kämpfer schluckten trocken.

Der Trupp setzte sich wieder in Bewegung, und diesmal herrschte Totenstille.

Die hängenden Gärten und die silberne Zikkurat

Drei Tage später, genau zur Mittagszeit, traf der Tross in der Hauptstadt ein. Babel war eine prachtvolle Mischung aus Wundern und Grauen. Oft hatte Shamira in Endor Schilderungen über die berühmte Großstadt gehört, aber diese Berichte glichen der Wahrheit überhaupt nicht.

Die Stadtmauern waren aus massivem Eisen und leicht nach außen geneigt. Auf dem Wehrgang beobachteten mit Bogen und Lanzen bewaffnete Wachen das Treiben, während sie von ihren wachsamen Kommandanten in den bewehrten Wachtürmen beaufsichtigt wurden. Die für antike Maßstäbe riesige Stadt besaß ein doppeltes Tor aus Stein und Metall, dessen Flügel sich nicht nach außen oder innen öffnen ließen, sondern in den Mauern verschwanden, wenn sie von kräftigen Mammuts aufgestoßen wurden. In früherer Zeit hatte jedermann nach Babel reisen können, weil die Stadt auch ein wichtiges Handelszentrum war. Später, mit Nimrods Aufstieg, unterwarfen die Babylonier alle Partnerstaaten und beraubten sie ihrer Reichtümer, statt sie rechtmäßig zu erwerben. Und so kam es, dass keine Notwendigkeit – und auch kein Interesse – mehr bestand, Fremde aufzunehmen, mit Ausnahme von Sklaven.

Vor der Mauer, in die die Stadttore eingelassen waren, standen zwei vierzig Meter hohe Riesenstatuen. Sie stellten einen Mann mit einem Stierkopf dar, eines der wichtigsten Wahrzeichen des Staats. Shamira mutmaßte, dass der »Stier« Kusch war, der verstorbene Vater des derzeitigen Herrschers.

»Stehen bleiben!«, rief ein Offizier von der Mauer dem nahenden Tross zu. Da er aus großer Höhe sprach, tönte seine sanfte Stimme leise. »Wer nähert sich Babels Stadttoren?«

»Ich bin Kapitän Pasuno«, gab der Kommandant zur Antwort.

Natürlich waren sie Babylonier, aber Shamira erkannte in der Art, wie sie einander begrüßten, ein Ritual – als würden sie sich immer auf diese Weise ausweisen, egal, wie oft sie ein oder aus gingen. »Ich bringe dem Unsterblichen unsere Gefangene, die Hexe von Endor.«

Der Soldat auf der Mauer verstummte, und seine Wachen blickten erschrocken drein. »Nun, dann komm herein, Kapitän. Nimrod erwartet dich.«

Unter dem Rasseln der Ketten und dem Trompeten der haarigen Mammuts glitten die Tore auseinander, und die Gruppe hielt in Babyloniens Hauptstadt Einzug.

Innerhalb der Mauern bot sich ein unerwartetes Schauspiel. Im Gegensatz zur trostlosen Wüste war die Metropole voller Menschen, in den Gassen drängten sich die Massen. Zur damaligen Zeit hatte Babel ungefähr hunderttausend Einwohner und vierhunderttausend Sklaven. Diese Unglückseligen, Soldaten und Zivilisten aus eroberten Ländern, liefen schmutzig wie Bettler durch die Straßen und waren an Ketten gefesselt, die sie zwangen, ständig in Bewegung zu bleiben. Einer hinter dem anderen arbeiteten sie pausenlos am Bau des verwünschten Turms. Nicht selten verhungerten sie oder starben an einem Hitzschlag. Dann wurden ihre Leichen tagelang an den eisernen Halsringen aufgehängt, bis ein Soldat die Toten herunternahm, oder sie wurden von ihren ausgehungerten Mitsklaven gierig verschlungen.

Den anderen Teil der Gesellschaft machten die babylonischen Bürger aus, ein Volk, das von Kindesbeinen an indoktriniert worden war, die »Anderen« zu hassen. Wie Götter stolzierten sie durch die breiten Straßen, ruhten im Schatten großer Gebäude aus und ernährten sich von ausgefallenen Speisen. Sie trugen weiße Tuniken, Armreife aus Bronze und goldene, mit blauen Edelsteinen besetzte Halsketten. Fast immer hatten sie einen Stab aus Kupfer dabei, dessen oberes Ende wie ein Haken geformt war. Damit konnten sie die Sklaven geißeln. An den Füßen trugen sie Ledersandalen.

Shamira betrachtete die vorbeigehenden Menschen, doch ihre Aufmerksamkeit wurde auf den herrlichen Turm von Babel gelenkt, dessen Grundfläche in der Stadtmitte ein Drittel des Raums einnahm. Aus der Nähe sah man das Leid der Arbeiter, die die Rampe hinauf- und hinuntergingen und an den Gerüsten auf und ab kletterten.

Er ist so hoch … Wie kommt es, dass er nicht umfällt? Shamira wusste keine Antwort darauf, denn in Bautechnik kannte sie sich nicht aus. Ihren Berechnungen nach hätte der Turm schon längst einstürzen müssen. Er war bereits höher als breit, und die unteren Geschosse wirkten nicht solide genug, um die höheren zu tragen.

Zwischen dem Stadttor und dem Turm ragte eine hohe, mit Silber verkleidete Zikkurat auf, ein zweihundert Meter hohes Gebäude mit Terrassen, auf dem ganz oben ein goldener Thron stand. Das war der Königspalast, dessen sechs Geschosse oder Höfe so breit waren, dass es sogar Gärten gab. Dort gediehen Wiesen und seltene Pflanzen, es gab exotische Tiere und Obstbäume. Dieses Stück lebendiger Natur wurde durch ein unterirdisches Wasservorkommen ermöglicht: Ein versunkener Arm des Euphrat floss durch die Wüste und kam in der Hauptstadt wieder zum Vorschein. Die komplett versilberte Stufenpyramide glänzte in der Sonne und sah aus, als verfügte sie über eine eigene Lichtquelle. Sie leuchtete so grell, dass man sie nicht direkt anschauen konnte. Dafür war sie tagsüber schon aus mehreren Kilometern Entfernung in der dürren Ebene zu sehen. In ihren prunkvollen Räumen mit Seidenkissen und goldenen Schwimmbecken lebten die Königsfamilie und hochrangige Offiziere, umgeben von einer Schar Haussklaven.

An der Westseite der Zikkurat verlief zwischen den Terrassen eine lange, gerade angelegte Treppe, die nach oben auf ein quadratisches, flaches Dach führte. Dort stand ein wunderschöner Thron, und auf ihm saß Nimrod. Shamira konnte ihn da oben sehen: reglos, unergründlich, beschützt von Hunderten Wachmännern, die in Reih und Glied auf der Treppe standen.

In den normalen Gebäuden von Babel, die die Straßen säumten, wohnte die Elite. Sie waren aus braunem Stein gebaut und ahmten mit ihrer Pyramidenform den Palast nach. Diese herrschaftlichen Wohnsitze hatten eine Höhe von zehn bis zwölf Metern, und im Innern verwahrten der Tradition verhaftete Familien ihre reichen Schätze.

Ganz in die Betrachtung der Stadt versunken, merkte Shamira nicht, dass sie selbst beobachtet wurde. Mit einer Mischung aus Hass und Abneigung warfen die Passanten ihr verstohlene Blicke zu. Sie waren überaus abergläubisch, und die Hexe vermutete, dass dies zur Verbreitung des Mythos vom unsterblichen König beigetragen hatte.

Ihr armen Unwissenden.

Sie wandte den Blick von den Straßen ab und bemerkte, dass sie, immer noch an den Wagen gekettet, durch die Hauptstraße direkt zur Silbernen Pyramide in der Königszitadelle geführt wurde. Die Zikkurat war von einer zweiten Mauer umgeben, deren Rundbogentor zur Treppe führte.

Der Zug hielt vor den Innentoren an, die von kräftigen Soldaten mit durchdringendem Blick bewacht wurden. Kapitän Pasuno stieg vom Wagen, sprach kurz mit den Wachen, und das Tor öffnete sich. Shamira, immer noch gefesselt, wurde von drei bewaffneten Männern vom Lasttier gezerrt und die Treppe hinaufgeschubst. Sie holte tief Luft und sammelte ihre letzten Kräfte, um die Strecke zu bewältigen, denn sie wusste, dass man sie hinaufzerren würde, falls sie hinfiel.

Während sie die Stufen erklomm, erblickte sie die Stadt von oben und war überwältigt von ihrer Größe. Sie kam an den Hängenden Gärten und an Seitenhöfen vorbei und nahm Waldgeruch war – etwas Seltenes in dieser trockenen Gegend. An bestimmten Stellen zwischen den Bäumen sprudelten Wasserquellen, die in kleine erfrischende Teiche flossen – wie in einer Oase. Shamira blieb stehen und überlegte, was sie dafür gäbe, in einem dieser Teiche baden zu können.

Als sie ganz oben angelangt war, sah sie den Mann, der sie vom Thron aus betrachtete. Äußerlich unterschied er sich nur wenig von seinen Offizieren. Nimrod war um die fünfzig und hatte einen langen, geflochtenen Bart und langes Haupthaar. Er war von kräftigem Wuchs, aber nicht besonders groß, und strahlte Ernst und Reizbarkeit aus. Seine einzige Waffe war ein goldenes, mit Rubinen, Jadesteinen und Diamanten besetztes Zepter, dessen Spitze ein aus blauem Quarz geschnitzter Stierkopf zierte. Auch seine Gewänder waren märchenhaft. Er trug einen mit goldenen Tupfen übersäten Umhang aus Hammelleder, eine mit Perlen verzierte Kupferweste und darunter eine blau gefärbte Baumwolltunika. Bewacht wurde er von zwei muskulösen Männern, und neben ihm lag sein Haustier, ein riesiger, ungewöhnlich großer Tiger. Es handelte sich um einen Säbelzahntiger, eine selten gewordene Tierart, die hier in Gefangenschaft erhalten wurde.

Shamira wurde Nimrod vor die Füße geworfen, der sie mitleidlos musterte. Auf einen Wink des Königs nahmen ihr die Männer Fesseln und Knebel ab.

Erleichtert richtete sie sich unter Mühen auf, und die Soldaten, von instinktiver Furcht ergriffen, entfernten sich. Doch Shamira war zu schwach, um zu reagieren; sie fühlte sich deprimiert, erschöpft und ausgehungert. Ihre trockenen Lippen waren rissig, die Haut brannte von der Sonneneinstrahlung während der Reise, und ihr Kopf dröhnte.

»Diese Frau kann ich so, wie sie ist, nicht brauchen!«, beschwerte sich der Unsterbliche, als er den jämmerlichen Zustand seiner Gefangenen sah. »Geht mit ihr in den Palast«, wies er die Wachen an, »und bringt sie wieder her, sobald sie so weit wiederhergestellt ist, dass sie mir dienen kann.«

Shamira schwieg, dankte insgeheim aber für ihr Los. Sie brauchte nur Erholung und etwas Nahrhaftes zu essen, um wieder zu Kräften zu kommen. Aber das Beste war, dass der König kein Zauberer war – Magier geben sich durch einfachen Blickkontakt zu erkennen. Der Herrscher wusste nichts von Zauberkünsten und war auf ihre Fertigkeiten angewiesen, und das würde ihr hoffentlich das Leben retten.

Die Wachen zerrten Shamira fort, und in diesem Moment überwältigte sie die Müdigkeit, und sie verlor das Bewusstsein.

Babel würde nicht ihre letzte Ruhestätte sein.

In der farblosen Welt

Shamira erwachte in einem Becken mit heißem Wasser inmitten eines prächtigen Gemachs. Sie zweifelte nicht daran, dass sie sich im Königspalast befand, denn ihr fielen der Mosaikboden und die rosafarbenen Marmorsäulen auf, die die Decke des Raums stützten. Durch ein offenes Bogenfenster konnte sie nach draußen sehen und spürte den kalten Nachtwind, der so typisch für Wüstengegenden war. Ein Dutzend Feuerschalen sorgte für Licht, und eine Schwelle an der Südwand wies auf den Ausgang, vor dem allerdings nur ein Ledervorhang hing.

Hier war sie allein, ohne Bewacher, und ihr wurde bewusst, dass sie nackt im Wasser lag. Anstelle ihrer alten Kleider lag auf einem silbernen Stuhl jetzt eine rote Tunika, daneben stand ein mit Speisen beladener Tisch. Da fiel ihr ein, dass sie seit Stunden nichts gegessen hatte, und sie stieg aus dem wohligen Bad. Ohne jede Scham ging sie zu dem runden Tisch und verschlang alles, was dort stand – ein Festessen mit Brot, Trauben, Honig und Haselnüssen. Das Wasser trank sie direkt aus dem Krug, statt es erst in eine goldene Tasse zu gießen.

Erst als sie ihren Hunger gestillt hatte, schlüpfte sie in das rote Gewand, das von einem Band mit dem traditionellen Stierkopf gesäumt war, und schaffte es, sich zu sammeln. Sie entdeckte ein Paar Sandalen und schlüpfte hinein. Nun war sie gegen Kälte geschützt und fühlte sich viel ausgeruhter.

Sie lehnte sich ans Fenster und stellte fest, dass sie in der Silbernen Pyramide gefangen war. Von hier aus sah sie die Hängenden Gärten in den etwas tiefer gelegenen Seitenhöfen und schloss daraus, dass sie sich im dritten der insgesamt sechs Geschosse der Zikkurat befand. Als sie sich noch weiter vorbeugte, sah sie unter sich einen Teil der zweiten Etage. Sie war doppelt so breit wie die Fläche des dritten Geschosses. Die Vegetation war dort nicht so üppig, doch es gab farbenfrohe Pflanzen, die sich den Raum mit hohen Königspalmen teilten.

Plötzlich hörte sie ein Geräusch. Sie drehte sich um und sah durch den Vorhang ein Mädchen hereinkommen. Die Kleine war zehn oder zwölf Jahre alt und trug eine schlichte, gerade geschnittene Tunika aus grober Baumwolle. Sie hatte dunkle Haut, aber feine Gesichtszüge und glattes schwarzes Haar. In diesem exzentrischen Palast konnte sie nur eine Sklavin sein.

Sie trug einen blauen Kristallkrug, den sie auf den Tisch stellte.

Wein, schloss Shamira aus dem Traubenduft. *Die Gefangenen stehen sicher an Babels Stadttoren Schlange,* dachte sie voller
Ironie und wunderte sich, dass Gefangene so milde behandelt
wurden.

»Mein Name ist Adnari«, stellte sich das Mädchen mit auf den
Boden geheftetem Blick vor. Sie wirkte heiter und schicksalsergeben, wie eine Marionette. »Der große Diener hat mich dazu
ausersehen, mich um Euch zu kümmern.«

Shamira gefiel dieses Privileg nicht, vor allem, als sie sah, in
welchem Zustand sich das Kind befand. Sie hatte nie einen Sklaven besessen, und dieser Luxus passte weder zu ihrem Lebensstil
noch zu ihrem Wesen. Sie wollte etwas sagen, aber die Worte entglitten ihr.

Die Kleine verließ den Raum und verschwand im Korridor.

Shamira setzte sich hin, um ihre Situation zu überdenken. Flucht
kam nicht infrage. Sie glaubte nicht, dass Nimrod so dumm war,
sie unbeaufsichtigt zu lassen, obwohl das Fenster keine Gitter
hatte und die Tür nur aus einem Vorhang bestand. Falls es eine
Falle war, konnte sie alles verderben und ihren Traum von Freiheit für immer begraben. Fürs Erste würde ihr auch Magie nicht
helfen, es sei denn, sie flog über die Mauern – aber dafür kannte
sie keinen einzigen Zauberspruch.

Shamira war zwar in der materiellen Realität eine Gefangene,
aber nicht in der Dimension des Irrealen. Schon als kleines Kind
hatte sie gelernt, ihren Geist zu projizieren, indem sie ihre Seele
auf eine Reise durch die Astralebene schickte. Die Astralebene
ist die flachste Schicht der geistigen Welt, jene, die der physischen Ebene am nächsten liegt. Sie ist nichts anderes als ein ver-
blasstes Abbild der Erde der Menschen, wo die Gespenster hin-
gehen – Geister von Verstorbenen, die noch in den unerledigten
Angelegenheiten ihres Lebens gefangen sind. Projiziert man einen
lebenden Geist, kann er durch die Luft gleiten, durch Wände

gehen und in die Erdatmosphäre schweben. Die Seele bleibt mit dem Körper über eine geheimnisvolle Silberschnur verbunden, die an eine Nabelschnur erinnert. Shamira hoffte, mit dem Zugang zur Dimension des Irrealen den Palast ausspionieren zu können, Informationen über den König und seinen Hof zu bekommen und den einfachsten Ausgang aus der Zikkurat zu finden, für den Fall, dass sie einen verzweifelten Fluchtversuch unternehmen sollte.

Sie machte es sich mit ein paar Seidenkissen auf einem Holzdiwan bequem, der ebenfalls zum Mobiliar gehörte, und dachte angestrengt nach. In vollkommene Konzentration versunken, vergaß sie die greifbare Welt um sich herum.

Sie zwinkerte, und bald schaltete ihr Gehör ab. Kurz darauf wich das Dunkel des Bewusstseins einem verschwommenen Bild, und bald kam es ihr vor, als tauchte sie aus einem See auf. Auf diese Weise drang sie durch den Schleier der Wirklichkeit – die geistige Grenze, wie die Magier es im Westen gewöhnlich nannten. Manchmal hörte sie nichts mehr, nur noch die Stille der Toten.

Sie stellte fest, dass sie durch den Raum schwebte, aber ihr materieller Körper war fest verankert, und jetzt konnte sie sehen, wie er auf der physischen Ebene entspannt auf dem Diwan ruhte. Erneut nahm sie den Raum wahr, aber er war nicht wirklich real, sondern nur eine Spiegelung, ein blasses Szenario in bleigrauen und bläulichen Tönen. Die Gegenstände waren von einer matt schimmernden Aura umgeben, was hieß, dass sie in der Dimension der Geister unberührbar waren – man konnte sie weder greifen noch verrücken, sondern nur durch sie hindurchgehen.

Shamira erkundete den Raum, konnte aber kein Gespenst entdecken. Das weckte ihre Neugier. In einer Stadt wie Babel, in der es so leidende Sklaven gab, musste es auch Unmengen Gespenster geben, die nur darauf warteten, ihre Seele zu rächen. Ganz bestimmt hatten schon Hunderte von Arbeitern beim Bau des

Palasts ihr Leben gelassen, und wenn leidende Menschen starben, verwandelten sie sich im Allgemeinen in umherirrende Geister, die voller Angst waren und nur auf Rache sannen – manchmal ewig.

Nichts. Kein Geschrei, kein Klagen, kein Kettenrasseln.

Als sie wie ein Staubkörnchen auf dem Meeresgrund durch den Raum schwebte, bemerkte sie die Anwesenheit eines Geistes, der über den steinernen Boden schritt. Es war die Seele eines dunkelhäutigen Mädchens, die mit den darunterliegenden Ebenen durch die geheimnisvolle Silberschnur verbunden war. Dies bedeutete, dass sie zwar lebte, aber in die Astralebene geschleudert worden war.

Das ist ja die kleine Sklavin, stellte Shamira überrascht fest, das Mädchen, das eben den Weinkrug gebracht hatte. Sie hatte mit den Toten reden wollen und war nur ihrer Dienerin begegnet, die ganz in ihrer Nähe war!

Jede unterdrückte Regung war aus dem Gesicht der Kleinen verschwunden. In der geistigen Welt wirkte sie viel gelöster und fröhlicher. Das war nicht weiter verwunderlich – auf der immateriellen Ebene genoss sie sicherlich alle Freiheiten, die ihr verweigert worden waren. Aber von wem hatte sie die Technik der Projektion gelernt?

»Ich bin Adnari«, sagte die Kleine noch etwas verhalten. »Erinnerst du dich an mich?«

»Ich bin Shamira«, stellte sie sich ein wenig verwirrt vor. Ob dies irgendeine List des Königs war? Woher konnte die Kleine wissen, dass die Nekromantin in die Astralebene reisen wollte?

»Die Hexe von Endor. Jeder hier in Babel kennt Euch oder hat schon etwas über Euch gehört. Als der Großdiener mich ausgesucht hat, um Euch zu dienen, habe ich mich sehr gefreut. Ich liebe Zauberei«, sagte Adnari in etwas einfältiger Sprache.

»Das habe ich bemerkt«, erwiderte Shamira freundlich. Wenn das Mädchen eine Projektion war, dann hatte sie das bestimmt von jemandem gelernt, der sich zumindest ein wenig mit okkulten Dingen auskannte.

»Seid unbesorgt«, fügte Adnari hinzu, als würde sie Shamiras Befürchtung erraten. »Ich werde es niemandem weitererzählen. Die Häscher würden mich umbringen, wenn sie wüssten, dass ich manchmal in die farblose Welt reise.«

Die farblose Welt – dieser Name gefiel Shamira. »Häscher? Wer sind die Häscher?«, fragte sie interessiert. Endlich bot sich ihr die Gelegenheit, ein wenig mehr zu erfahren.

»Das sind die Ratgeber des Unsterblichen. Sie mögen weder die Sklaven noch die Fremden. Ihr Leben besteht darin, den Leuten alle möglichen falschen Dinge aufzutragen.«

Shamira verzog das Gesicht ob dieser Ungerechtigkeit, doch Adnari tröstete sie: »Aber das ist nicht schlimm. Sie erwischen mich nie. Sie meinen, ich würde schlafen, so wie die anderen Hausangestellten.«

»Und von wem hast du gelernt, in die ›farblose Welt‹ zu reisen?«

»Meine Mutter war eine Zauberin, oder eine Hexe …«, das Mädchen brachte die Begriffe durcheinander. »Sie konnte zaubern.«

»Und woher wusstest du, dass du mich hier antreffen würdest?«, fragte Shamira mit einem Lächeln, um das Mädchen nicht mit ihren aufwühlenden Zweifeln zu erschrecken. In Wahrheit überlegte sie fieberhaft.

»Das ist das Erste, was Nekromanten tun, nicht wahr? Die Welt der Toten durchstöbern? Das sagte jedenfalls meine Mutter. Sie hat mir auch erzählt, dass viele Nekromanten böse sind.«

»Aber nicht alle. Unsere Kunst hat mit dem Wesen des Todes zu tun, der eine sehr große, unausweichliche Macht ist. Mit so viel Macht in den Händen lassen sich tatsächlich einige von der Bosheit verderben, die der leichteste Weg zum Thron ist. Aber das geht nicht nur Zauberern so, sondern auch Kriegern und Monarchen. Es ist eine männliche Schwäche.«

»Ist es auch eine weibliche Schwäche?«, fragte die Kleine sofort. Während Shamiras Erzählung waren Adnaris Augen immer größer geworden. Wie alle Kinder war sie von fantastischen Themen fasziniert.

»Genau das wollte ich sagen«, gab Shamira nachsichtig und mit einem Lächeln zur Antwort. Einen Augenblick lang wünschte sie sich, wieder ein Kind zu sein. Nichts ging über die Fröhlichkeit der Kindheit, wenn alles neu und großartig war. Aber trotz der erbaulichen Unterhaltung musste sie unbedingt mehr über die Zikkurat herausfinden. »Adnari, hast du schon den ganzen Palast bereist?«

»Die ganze Stadt«, brüstete diese sich, wie es für Kinder typisch war. »Ich war schon in der Schatzkammer, aber weiter nicht. Ich konnte nicht einmal etwas berühren …«

»Und der König?«

»Der sitzt immer da oben auf seinem Thron. Er kommt nie herunter, nicht einmal zum Essen oder Schlafen.«

Noch mehr Aberglaube, dachte Shamira erstaunt. Ob sie sich wohl getäuscht hatte, was Nimrods fehlendes magisches Wissen anging? Und überhaupt – wer war sie denn, einen Aberglauben zu verachten? Sie war eine Hexe und lebte von der unerklärlichen Materie.

»Wie kann ein Mensch weder essen noch ausruhen und obendrein noch unsterblich sein? Ist er ein Hexenmeister oder Zauberer?«

»Nein«, erwiderte die Kleine überzeugt. »Die Kraft der Göttin beschützt ihn. Die Göttin, die unter diesem Palast lebt.«

»Göttin? Wer ist diese Göttin? Ein Geist, ein Idol, ein Totem?«

»Das weiß ich nicht«, gestand Adnari, etwas verdrossen, dass sie darauf keine Antwort wusste. »Ich bin schon einmal in den Verliesen gewesen, als ich durch die farblose Welt schwebte und durch Wände ging, aber ich bin dort niemandem begegnet. Es ist, als hätte sie keine Seele, so wie wir. Aber es gibt sie! Die Sklaven, die in den unterirdischen Geschossen arbeiten, haben gesagt, dass sie sie schon gesehen haben.«

»Eine lebendige Göttin?«, murmelte Shamira in sich hinein. Sie wusste, dass die ätherischen Wesenheiten, die außerhalb Kanaans verehrt wurden, nichts anderes waren als übermächtige Geister, die sich jedoch weder materialisieren noch in die materielle Welt begeben konnten. Wie war es also möglich, dass eine solche Göttin in einem Gefängnis in der physischen Welt steckte? So etwas war absurd.

»Und was ist mit den Geistern der gewöhnlichen Leute, den Seelen der Toten? In der ganzen Pyramide habe ich kein einziges Gespenst gesehen.«

Adnari lächelte zufrieden, weil ihr die Antwort bereits auf der Zunge lag. »Die Zikkurat war voll von diesen Gespenstern, aber jetzt sind sie nicht mehr da. Sie hatten keine große Lust, sich zu unterhalten, waren teilnahmslos und müde und grummelten nur in den Fluren. Und dann, eines Nachts, nahm ein Licht in einem einzigen Orkan alle mit.«

Das Reinigungsritual! Jetzt war alles klar. Die nomadischen Priester des verfeindeten Volksstamms hatten an Kusch, Nimrods Vater und Erbauer des Palasts, das Reinigungsritual durchgeführt. Mit dieser Zeremonie ließ sich jeder beliebige Geist verurteilen, und die Seelen derjenigen, die im Leid gestorben waren, wurden freigelassen. Der Hass der alten Gespenster der Pyramide richtete sich gegen Kusch, und nachdem die Opferzeremonie an ihm durchgeführt worden war, waren die Gespenster der Zikkurat wieder frei und konnten endlich ins Paradies kommen.

Das Reinigungsritual war tatsächlich eine recht unheimliche, wenngleich wirksame Praxis. Der Betreffende wurde noch lebend in Tücher gewickelt, die mit magischen Formeln beschriftet waren. Dann wurde er dem Feuer übergeben. Während das Fleisch zu Asche zerfiel, stimmten die Priester mystische Gesänge an, und alle negative Last, die das Opfer angehäuft hatte, richtete sich gegen seine Seele, die dann verflucht wurde. Nicht selten wartete auf die Sünder die Hölle, aber einige mussten letztlich auf unbestimmte Zeit im Nichts herumirren.

»Ich stand weit weg«, fuhr Adnari fort. »Ich hatte Angst, sie würden meine Silberschnur durchschneiden und meine Seele für immer von meinem Körper trennen, aber sie haben mir nichts getan.«

Die Rache. Shamira kannte das Wesen der Gespenster nur zu gut.

»Weißt du, warum Nimrod mich gefangen genommen hat?«, wollte die Hexe wissen, die sich in Adnaris Anwesenheit inzwischen deutlich wohler fühlte.

»Ich habe keine Ahnung. Vielleicht braucht er die Hilfe einer Totenbeschwörerin bei den Stammespriestern. Hier in Babel gibt es keine Totenbeschwörer.«

»Ich will nicht für Nimrod arbeiten.«

»Sagt das nicht!«, gab Adnari erschrocken zurück und bedeutete ihr mit einer Geste, leiser zu sprechen. »Der König bringt alle um, die sich ihm widersetzen.«

»Wenn er es versucht, werde ich meine Magie einsetzen«, erwiderte Shamira dramatisch, um die Kleine zu beeindrucken, doch die Worte verfehlten ihre Wirkung.

»Der Segen der Göttin Ishtar wendet Verwünschungen von ihm ab. Es ist dieselbe Kraft, die verhindert, dass er sich verletzt oder stirbt. Kein Zauber kann dem Unsterblichen etwas anhaben.«

Unverwundbar, unsterblich und resistent gegen Hexenkunst. In der Verteidigung des Königs musste es eine Schwachstelle geben. Er konnte unmöglich unbesiegbar sein.

»Dann ist vielleicht mehr als Magie erforderlich, damit ich aus meinem Gefängnis hier herauskomme«, sagte Shamira. Inzwischen schwirrte ihr der Kopf vor lauter Fragen – mehr Fragen, als sie Zweifel hatte, die sie noch aus dem Weg räumen wollte, bevor sie in die Astralebene aufbrach.

Adnari und Shamira hielten sich über eine halbe Stunde in der Schattenwelt auf. Sie sprachen über viele Dinge, die meisten davon belanglos. Dann fanden die beiden, es sei Zeit, in ihren physischen Körper zurückzukehren. Eine Astralprojektion war ermüdend, und Shamira brauchte Zeit für sich allein, um auszuruhen und zu verarbeiten, was Adnari ihr anvertraut hatte.

Die Kleine erzählte noch ein wenig aus ihrem Leben. Sie hatte zu einem Stamm namens Söhne von Sem gehört, einer Gemeinschaft, die von den Babyloniern ausgelöscht worden war. Die Überlebenden, zu denen auch sie gehörte, waren versklavt und nach Mesopotamien verschleppt worden. Adnaris Mutter war eine Stammeszauberin, die sich zwar nicht mit hoher Magie, wohl aber mit den Zeremonien ihres Dorfs auskannte.

Shamira, inzwischen wieder in der materiellen Welt angekommen, sah durchs Fenster, dass der Mond hoch am Himmel stand, und schätzte, dass es ungefähr Mitternacht sein musste. In sieben der zehn Schalen war das Feuer bereits erloschen, sodass das Zimmer in angenehmen Halbschatten getaucht war. Sie streckte sich auf den Kissen des luxuriösen Diwans aus und versuchte die Augen zu schließen, zumindest bis im Osten der Morgen dämmerte.

Ein unsterblicher König, ein Turm, der in den Himmel reichte, eine Göttin im Verlies.

Shamira konnte nicht einschlafen.

Die Entdeckung in einem Laib Brot

Die Sonne ging auf, und die große Stadt erwachte – für einige. Für andere schlief sie nie.

In den Gassen war nun Kettenrasseln zu hören. Mit den ersten Sonnenstrahlen bevölkerten vom Kauffieber befallene Stadtbewohner die Straßen. Shamira stand am Fenster der Zikkurat und beobachtete das Kommen und Gehen auf den Hauptstraßen. Seit Morgengrauen hatte sie keine Minute schlafen können.

Ein unsterblicher König, ein Turm, der in den Himmel reichte, eine Göttin im Verlies.

Gegen acht Uhr wurde es wärmer, wie in Wüstengegenden üblich, und um neun war es schon richtiggehend heiß. Auf dem Hauptplatz der Metropole stand, von den Palastgärten aus gut sichtbar, ein Obelisk, der als Uhrzeiger diente. Er warf seinen Schatten auf die Erde und zeigte wie eine riesige Sonnenuhr die Stunden an.

Shamira stellte fest, dass das Wasser, das aus der Quelle sprudelte und sich in das Wasserbecken ergoss, von heiß auf kalt wechselte und so die bisher eiskalte Luft wärmte. Erschöpft von den vielen Stunden des Wartens nahm Shamira noch einmal ein Bad, diesmal im erfrischend kühlen Becken, um Körper und Geist zu beleben.

Um zehn Uhr kam Adnari herein und mit ihr zwei erwachsene Sklaven, die Tabletts aus versilbertem Metall trugen. Sie brachten das Frühstück – Brot, Käse, Milch, Trinkwasser, Datteln, Eier und eine Art Kräutertee. Aus Angst vor den Häschern blieb die Kleine stumm, aber sie und Shamira wechselten Blicke. Auf keinen Fall durften sie Sympathie zeigen oder Komplizenschaft andeuten – nicht mal dann, wenn keine Wachen in der Nähe waren.

Adnari legte Messer und Gabel so auf den Tisch, wie es Leute vom Land taten, die den richtigen Umgang damit nicht kannten. »Es ist mit Weizen aus Medien gebacken, dem besten, den es auf der Welt gibt«, sagte sie, auf den Brotlaib deutend. »Es wäre gut, wenn Ihr alles essen würdet«, fügte sie hinzu und verließ das Zimmer mit ihren beiden Helfern.

Als die drei das Gemach verlassen hatten, setzte sich Shamira an den Tisch und kostete von der süßen Milch, aß eines der beiden gekochten Eier und schnitt das Brot vorsichtig mit einem Messer auf.

Eine Botschaft!

Im Brotlaib war ein zusammengerolltes Pergament versteckt, das sie nicht gleich entziffern konnte. Als sie schließlich sicher war, dass niemand sie beobachtete, rollte sie es unter dem Tisch aus und betrachtete es eingehend.

Eine Karte. Ein Plan von den tiefen Verliesen des Königspalasts, mit einem Dutzend Geheimausgängen.

Wie war die kleine Adnari bloß an ein so geheimes Dokument herangekommen? Wer hatte den Plan wohl gezeichnet? Wohin führten diese Fluchtwege?

Ob dieser Ironie musste Shamira grinsen. Man hätte sie besser in eine dunkle Zelle geworfen, aus der sie höchstwahrscheinlich hätte fliehen können.

Sie prägte sich den ganzen Plan ein und versteckte die Karte in einem der Seidenkissen. Statische Bilder konnte sie sich gut merken und vergaß sie selten. Jetzt musste sie sich in die Verliese einschließen lassen – aber wie sollte sie die Soldaten dazu überreden, ohne Verdacht zu erregen?

Shamira nahm einen Schluck Wasser, trank ein Glas Milch und aß zwei Datteln. Nach dem Frühstück riss sie einen Streifen Stoff von ihrer Tunika ab, wickelte das Brotmesser darin ein und versteckte es im Ärmel.

Bewaffnet und mit einem Fluchtplan im Kopf, war Shamira bereit, dem König von Babel gegenüberzutreten.

DER UNSTERBLICHE KÖNIG

Wenn man der Sonnenuhr auf dem Hauptplatz glauben wollte, betraten vier königliche Wachen genau zur Mittagszeit Shamiras Gemach durch den Vorhang an der Schwelle. Sie trugen Lanzen mit Kupferspitzen, lange Eisenmesser und rechteckige Schilde. Anführer dieser Elitesoldaten war ein dürrer, großer Mann mit hellbrauner Haut und eleganter Haltung. Seinem schlanken Körperbau und den vornehmen Gesten nach zu urteilen, musste er wohl ein Politiker sein. Er hatte eine schmale Nase, einen Spitzbart und verströmte eine erdrückende Präsenz. Seine mandelförmigen Augen waren mit blauem Stift umrandet und sein Haar mit duftendem Pflanzenöl gesalbt. Gekleidet war er wie ein Aristokrat, aber die Tunika war mit einem Lederkragen eingefasst, auf dem das Wappen mit dem Stierkopf prangte.

»Mein Name ist Zamir«, stellte er sich vor. Er sprach ruhig und selbstsicher, wie ein einflussreicher Patrizier. »Ich bin einer der Häscher.«

Die Häscher des Königs. Die Ratgeber des Unsterblichen.

»Komm mit«, forderte er sie auf. »Der große Nimrod erwartet dich auf seinem Thron.«

Shamira widersprach nicht – sie wusste, wann der rechte Zeitpunkt war zu handeln. Sie trat auf den kräftigsten Wachmann zu und streckte ihm die Hände hin, damit er sie fesselte, doch der Häscher schüttelte den Kopf.

»Das ist nicht nötig. Babels Macht ist groß, und seine Kraft liegt nicht nur in den Waffen. Die Stadt ist ein unsterblicher Organismus, so wie ihr Herrscher.« Seine Worte klangen kühl und gewählt. »Hier sind wir sicher.«

Gehorsam folgte Shamira der Eskorte über die Flure der Zikkurat. Dabei erblickte sie wunderbare Dinge, die sie nie vergessen würde. Sie sah von Goldpilastern gesäumte Wege, Innengärten mit Kristalldächern, künstliche Teiche und Bäche, mit Silber und Elfenbein ausgekleidete Säle, Fußböden, in die Rubine und Smaragde eingelassen waren, diamantene Statuen und endlos lange Treppenfluchten.

Nach einer halben Stunde standen sie vor einer langen, hohen Rampe, die bestimmt hinauf zur obersten Terrasse führte, denn oben strahlte die Sonne besonders intensiv. Die Rampe hatte keine Stufen, aber in der Mitte war der Rumpf eines Boots mit einer

Winde befestigt, der mit einem Räderwerk nach oben gezogen wurde.

Die Zauberin, der Häscher und seine Wachen gelangten in den Garten des vorletzten Geschosses, über die Außentreppe ganz nach oben und von dort zum Fuß des goldenen Throns. Vom obersten Punkt der Silbernen Pyramide konnte man bis weit über die Stadtmauern hinaus und zum leeren Horizont blicken.

Umgeben von seinem Elitetrupp sah Nimrod unerschütterlich und schweigend zu, wie sich die Hexe von Endor näherte. Er kraulte seinen Säbelzahntiger an der Brust, der an einer Kette neben dem Thron lag. Angeregt vom weiblichen Geruch, knurrte die Raubkatze, und Shamira befürchtete, das Tier würde sie anspringen. Doch der Tiger war nicht mehr so furchterregend wie einst seine wilden Vorfahren.

Der Unsterbliche blickte sie weiterhin durchdringend und drohend an, während Zamir und die Wachen niederknieten, um ihn zu begrüßen. Shamira war inzwischen klar geworden, dass der Häscher bösartig, aber vernünftig war. Wenn sie versuchen würde, über ihre Freilassung zu verhandeln, würde sie sich an den Ratgeber wenden, nicht an den überspannten Monarchen.

»Ich sehe, dass du Zamir, den Strahlenden, schon kennst«, sagte der König. Seine Stimme war laut und beeindruckend, sein Ton alles andere als freundlich. »Meine Untergebenen haben mir von einer Totenbeschwörerin berichtet, die jenseits des Salzmeers lebte. Ich hatte nicht damit gerechnet, dass sie so jung ist«, schleuderte er ihr verächtlich entgegen, aber Shamira blieb gefasst.

»Ich komme aus Endor im Land Kanaan …«, begann sie.

»Spar dir deine unnützen Worte. Deine Stammesbräuche interessieren uns hier nicht. Ich weiß, wer du bist, sonst stündest du nicht hier zu meinen Füßen. Die Häscher haben dein erbärmliches Dasein auf der Erde ausgekundschaftet, bevor du gefangen genommen wurdest, und deine Herkunft bis in das Dorf Knossos jenseits des Großen Meers zurückverfolgt.«

Shamira schluckte schwer und sagte nichts mehr. Falls sie gedacht hatte, das Blatt würde sich wenden, dann durchkreuzte der Unsterbliche in diesem Moment all ihre Pläne, indem er bewies, dass er über ihr Leben ebenso viel wusste wie sie selbst. In Wahrheit konnte Nimrod noch viel Schlimmeres mit ihr anstellen, als sie nur zu töten. Shamira hatte Angst um ihr Volk, um die Bauern und Fischer von Endor – arme Leute von Land, die niemals jemandem etwas Böses gewünscht hatten, nun aber von der Raserei eines verrückt gewordenen Königs bedroht waren, eines grausamen Sklaventreibers, der sich selbst zum erhabensten Menschen der Welt ausgerufen hatte.

»Zamir ist ein Zauberer, genau wie du«, fuhr der Unsterbliche fort, und Shamira erstarrte. Die Magie war ihr einziger Trumpf, ihre einzige Garantie, den Palast lebend verlassen zu können. Ohne ihre Zauberkünste war sie nichts als ein wehrloses Mädchen in den Händen übel gesinnter Usurpatoren.

Der Ratgeber machte eine Verbeugung und trat zwei Schritte auf Shamira zu. »Ich bin ein *Beschwörer*«, teilte er ihr mit und wusste schon im Voraus, dass sie dieses Wort nicht kannte. »Weißt du, was das ist?«

Shamira schwieg. Sie kam sich vor wie die letzte Kreatur, die nutzloseste aller Frauen. In ihrem Dorf hatte man sie verehrt und geachtet wie ein Wunderkind, aber hier galt sie nur als Anfängerin.

»Das dachte ich mir«, fuhr er fort, als er ihre Ratlosigkeit bemerkte. »Wir Beschwörer beschäftigen uns mit einem anderen Bereich der Magie als der Totenbeschwörung. Unser Ziel ist es, unseren Zauber in die Naturelemente zu lenken. Wir manipulieren das Feuer, das Wasser, die Luft und die Erde, auch paraelementare Substanzen wie Lava, Rauch, Staub und Dampf. Mit Toten kenne ich mich nicht aus, und deshalb bist du hier.«

»Ihr braucht also jemanden, der sich mit geistigen Dingen auskennt«, wagte sie sich vor, voller Genugtuung, endlich etwas Wichtiges beizutragen.

»Halte dich nicht für unersetzlich«, sagte Nimrod mit Nachdruck. »Wenn du nicht wärst, gäbe es einen anderen Totenbeschwörer.«

»Leider«, ergänzte Zamir, »leben die meisten Totenbeschwörer auf der anderen Seite des zweiten Nilkatarakts. Kanaan liegt näher und ist leichter erreichbar.«

Stimmt das?

»Unsere Magietradition«, sagte der Häscher weiter, »reicht zurück bis in die Zeit der ruhmreichen Stadt Henoch, der Schönen Riesin. Wir Babylonier können unsere Ahnen bis Kain zurückverfolgen, und aus diesem Grund ist es uns vorherbestimmt, immer zu siegen.«

»Schon allein deswegen müssen wir Blut vergießen, schuldiges oder unschuldiges«, stieß der Unsterbliche hervor.

»Werdet ihr dasselbe Schicksal erleiden wie eure Vorfahren?«, wagte Shamira zu fragen.

Diese freche Lästerung erboste den Herrscher so sehr, dass sein Gesicht vor Zorn rot anlief. Die Wachen wichen zurück, ängstlich wie Füchse, die sich bei einem Unwetter verstecken.

»Wenn die Himmelsbewohner uns noch einmal eine Überschwemmung schicken«, tobte er erregt und schwang sein Zepter in Richtung Turm, »werde ich meine Ahnen rächen, denn mein Turm wird noch höher sein als der Berg Ararat. Kein Gott wird mich aus dieser Stadt vertreiben«, schrie er wütend. »Sollen sie doch kommen, die Armeen! Sollen sie doch kommen, die Engel! Sollen sie doch kommen, die Geister! Nichts kann Babels Pracht bezwingen!«

»Ja«, bekräftigte der Ratgeber. »Wir sind unbesiegbar.«

»Bringt die Truhe her!«, schnauzte Nimrod seine Schildwachen an. »Möge die Rache meiner Altvordern jetzt beginnen.«

Immer noch wutschnaubend, aber ganz erschöpft von seinem heftigen Wutausbruch, setzte sich der Herrscher wieder auf den Thron. Er atmete tief durch und barg das Gesicht in den Händen.

Ein Verrückter!, dachte Shamira, die sich um ihr Schicksal in dieser Stadt voller Wahnsinniger sorgte. Wie sie Nimrod einschätzte, würde er nicht zögern, sie zu foltern oder zu töten.

Während der Unsterbliche seinen Gedanken nachhing, näherte sich Zamir der Hexe und raunte ihr zu: »Du kannst dich unserer Macht nicht widersetzen. Sei vernünftig und arbeite mit uns zusammen. Wenn du das Richtige tust, erhältst du Zugriff auf das ganze Wissen der alten Welt. Weigerst du dich, wirst du einen langsamen Tod sterben. Du hast sehr viel mehr zu gewinnen als wir.«

Das Wissen der alten Welt.

Doch zu diesem Zeitpunkt dachte Shamira nicht nur an Macht. Sie war noch jung, und vielleicht war es ihre Jugend, die sie vor dieser Verlockung befreit hatte. Mit ihren zwanzig Jahren hatte sie die Enttäuschungen des Erwachsenenlebens noch nicht erlebt. Sie war eine Träumerin und hegte glühende Ideale, die ihr mehr bedeuteten als Reichtum und Ruhm. Sie wollte nicht ein Leben lang in einem goldenen Wasserbecken liegen und am Hof eines wahnsinnigen Königs als Ratgeberin dienen. Sie wollte lieben, Kinder haben und an der Seite eines anderen glücklich sein. Hinter der Maske der teuflischen Hexe versteckte sich eine Frau wie alle anderen, die ihre wahre Lebensfreude in den einfachen Dingen fand. Sie wollte gern an einem Feuer sitzen und Geschichten hören, bis sie einschlief. Sie wollte über Wiesen spazieren, in einem Fluss baden, das Zwitschern der Vögel hören und die Berührung eines Mannes spüren, den sie liebte.

Und auch wenn ihre Träume im Vergleich zu der Macht des Geldes bescheiden waren: Shamira hatte nicht vor, sie aufzugeben.

Unter Trommelwirbeln brachten zwei Wachen eine Truhe aus reinem Elfenbein herbei, auf deren Seiten das Stierkopfwappen eingeschnitzt war. Die Soldaten stellten sie auf die oberste Stufe, an den Rand der Terrasse, wo Zamir stand.

»Kusch, der Erzeuger unseres Unsterblichen Königs, starb durch die Hand des Feinds. Wir glauben, dass sein Geist uns den Weg zum Lager der Rebellen weisen kann.«

Der Ratgeber klappte die Truhe auf und griff mit der Hand hinein. Nimrod saß noch immer auf seinem Thron – stumm in Gedanken versunken, abwesend und gefährlich still. Shamira befürchtete, er würde noch einen Wutausbruch bekommen und sie mit seinem metallenen Zepter angreifen. Derweil nahm der Zauberer einen schwarz angelaufenen Schädel aus der Truhe, der offensichtlich einem Menschen gehört hatte, aber beim Kontakt mit dem Feuer versengt worden war.

»Das haben uns die Söhne Jaffés gesandt.« Zamir hielt ihr den Totenkopf hin. »Weißt du, warum?«

»An dem Leichnam wurde mit Sicherheit das Reinigungsritual vollzogen. Die Gebeine sind jetzt zu nichts mehr nütze.«

Der Beschwörer inspizierte den Schädel erneut, wie ein Lehrer, der den Worten eines Kindes misstraut. Inzwischen war der Unsterbliche aus seiner Trance aufgewacht und stürzte auf Shamira zu. »Du wirst die Seele meines Vaters mit deinen Beschwörungen materialisieren, und dann werden wir unseren Sieg erringen«, ordnete er an.

»Das kann ich nicht«, gestand sie. »Die Seele deines Vaters irrt jetzt im Abgrund umher, und von dort kann sie nicht zurückkehren. Ich bezweifle, dass es irgendeinem Totenbeschwörer gelingen wird, sie aus der großen Leere zu befreien.«

Plötzlich begann der Säbelzahntiger zu knurren, und der Herrscher tat es ihm gleich. Er schwang sein geschmücktes Zepter und stürzte sich auf Shamira, erfüllt von tödlichem Hass. Überrascht versuchte sie auszuweichen, doch das Zepter traf sie am Kopf, sodass sie zu Boden geschleudert wurde. Dann versetzte Nimrod ihr einen Tritt in die Magengegend und packte sie an den Haaren.

Wie eine Strohpuppe warf der Unsterbliche sie mit der ganzen Gewalt eines Kriegsherrn gegen den Sockel seines Throns. Dort schlug sie mit dem Gesicht gegen den silbernen Boden und verletzte sich an der Stirn.

Shamira blickte ihren Angreifer an und erkannte die Mordlust in seinen geröteten Augen. Nimrod würde sie nicht verschonen – nicht nach ihrer frechen Weigerung. Er würde sie dort, ganz oben auf der Silbernen Pyramide, umbringen, als abschreckendes Beispiel für künftige Gefangene. Aber was hätte sie tun können? Selbst für den mächtigsten Zauberer war es schwierig, das Ritual rückgängig zu machen.

Nimrod schwang das Zepter über dem Kopf und holte zum letzten Schlag aus. Doch als Shamira schützend die Arme um den Kopf legte, spürte sie den schweren Ärmel ihrer Tunika. Eigentlich hatte sie das Brotmesser nicht so schnell herausziehen und auch nicht damit kämpfen wollen, doch jetzt blieb ihr nichts anderes übrig. Voller Todesangst packte sie den Messergriff und ging mit der ganzen Kraft einer in die Enge gedrängten Gefangenen zum Angriff über. Als Nekromantin, die in die Geheimnisse des Lebens eingeweiht war, wusste sie über Anatomie Bescheid und kannte jedes Gefäß, jedes Organ und jede Schwachstelle des menschlichen Körpers.

Das Messer blitzte auf und schnitt gezielt durch die Tunika des Unsterblichen, bis aufs Fleisch. Ein Schwall Blut ergoss sich aus der Wunde, während sich die Klinge tief in sein Herz bohrte.

Rote Flüssigkeit rann über Shamiras Hände, und erschrocken über ihre eigene Kraft wich sie vor dem taumelnden König zurück. Sie verabscheute jegliche Art von Grausamkeit, aber in diesem Fall hatte sie instinktiv gehandelt. Nun würde der König langsam sterben, hier, auf dem Dach seines geliebten Palasts. Kein Mensch, ob Zauberer oder Krieger, hätte diesen tödlichen Stoß überlebt.

Doch statt sich auf sie zu stürzen, wie es jede andere Wache getan hätte, mischten sich die Soldaten nicht ein, sondern taten es dem Häscher gleich, der gefasst und stolz dabeistand. Sein

König wand sich unter Schmerzen und lag im Sterben, die Soldaten blieben wie angenagelt stehen.

Und da geschah das Unglaubliche.

Nimrod war auf seinem Thron zusammengesackt und hockte in einer Blutlache, doch er atmete noch und kämpfte wie ein wild gewordener Stier um den letzten Lebensfunken. Seiner Kehle entrang sich ein furchtbares Gebrüll, ein unmenschliches, gutturales Geheul, das wie ein Trauergebet an die verlorenen Götter klang. Mit letzter Kraft packte er den Griff des Messers und zog es sich zitternd vor Schmerz aus der Brust.

Mit unglaublichem Mut, der den großartigen Helden der Vergangenheit würdig gewesen wäre, erhob er sich und stieß ein höhnisches, irres Lachen aus, während er gleichzeitig den Kragen der Tunika öffnete und auf die Einstichstelle zeigte, an der das Blut bereits gerann.

Die Verletzung heilt unter der Haut!

»Gelobt sei Ishtar!«, rief der Ratgeber aus und hob die Hände gen Himmel. Die Wachen ließen ihre Lanzen und Schwerter fallen und taten es ihm nach.

Nimrod, schon wieder kerngesund, ergriff sein Zepter, spuckte Blut aus und trat auf Shamira zu, die wie versteinert dastand. »So ist mein Volk – unbesiegbar«, sagte er und zeigte ihr die unversehrte Brust. »Wir fürchten weder den Zorn Gottes noch den Angriff der Engel. Ich werde Jahwe herausfordern«, setzte er hinzu und wandte das Gesicht der Sonne zu. »Du hast Henoch, der Heimat meiner Ahnen, eine Überschwemmung geschickt. Ich sage mich von dem Strahlenden los, denn ich bin Nimrod, der Gesandte des großen Kain.«

Sein Zepter auf Shamira richtend, fuhr er fort: »Ich werde dich verschonen, Frau, damit du das Ritual eingehend studierst und lernst, wie man es rückgängig machen kann.«

Er wollte nicht akzeptieren, dass sich der Zauber nicht umkehren ließ.

»Und jetzt schafft sie fort«, schrie er die Wachen an. »Werft sie ins Verlies, in den Keller der Zikkurat. Totenbeschwörer leben unter der Erde.«

Die Soldaten fesselten Shamira, doch bevor sie ihr die Ketten anlegten, gab Zamir ihr noch einen Rat. »Es wäre besser, wenn du bis zum Morgengrauen so weit bist, die Zeremonie durchzuführen. An deiner Stelle würde ich Nimrod kein zweites Mal verärgern.«

Shamira wurde über die Treppe in den Garten und von da in den Kerker tief unten im Königspalast geschleift. Doch bevor sie dort verschwand, sah sie noch, wie der Herrscher, dem Wahnsinn nahe, nach der Hand des Zauberers griff.

»Zamir, ich muss mit der Göttin sprechen.«

MIT DEN AUGEN EINER RATTE

Nimrod war alles andere als dumm. Als Shamira in eine feuchte, vor Dreck starrende, dunkle Zelle voller Ratten geworfen wurde, begriff sie, dass der Unsterbliche König mit der Sonderbehandlung, die ihr gestern Abend zuteilgeworden war, eine Absicht verfolgt hatte. Nimrod hatte sie nicht in einem Prunkgemach untergebracht, weil er sich um ihre Gesundheit sorgte. Es war eine Taktik – ein Manöver, um seiner Gefangenen zu zeigen, wie gut oder schlecht es einem in Babel gehen konnte. Es war offensichtlich, dass sie nach einer Nacht im Verlies, ohne Wasser und Nahrung, alles tun würde, um in das marmorgetäfelte Zimmer zurückkehren zu dürfen, sich in das Wasserbecken zu legen und die Freuden eines üppigen Festmahls zu genießen. Selbst der stärkste Mann, sei er König oder Sklave, würde früher oder später seinen lebensnotwendigen Bedürfnissen nachgeben und den fleischlichen Freuden erliegen. Und genau das war das Ziel Nimrods und seines Ratgebers.

Er und Zamir wussten, dass die Hexe wie jeder andere Gefangene gefügig werden würde, aber sie ahnten nicht, dass es etwas gab, das ihre Strategie durchkreuzen würde: der Plan des Velieses, den die Gefangene von Adnari bekommen hatte. Shamira hatte das Pergament im Schlafzimmer zurückgelassen, sich aber jedes Detail der unterirdischen Anlage eingeprägt, und sie erinnerte sich bestens daran, wo die Geheimausgänge lagen. Die Herausforderung bestand nun darin, die Mauern ihrer Zelle, die mit einer dicken Eisentür und dreifachen Schlössern gesichert war, zu überwinden. Viel Zeit blieb ihr nicht. Sie rechnete aus, dass es in sechs oder sieben Stunden dunkel werden und nach weiteren sieben Stunden der Morgen anbrechen würde.

Die Zelle, in die man sie gesteckt hatte, war winzig, und die einzige Lichtquelle waren die Fackeln im Korridor, deren Licht durch den Türspalt drang. Die Stille wurde nur vom Geräusch des Wassers unterbrochen, das von den Steinen tropfte, und von den gelegentlichen Schreien der Gefangenen, die gefoltert wurden. Ganz allein waren die Verurteilten allerdings nicht, denn es gab Ratten, die sich anfangs von den Schlägen hatten erschrecken lassen, dann aber, je hungriger sie wurden, alle Scheu verloren hatten und nicht selten angriffen.

Nach einer Weile hatte sich Shamira an die Dunkelheit gewöhnt und konnte erkennen, wann sich die Nager näherten, und sie mit einem Fußtritt vertreiben. In anderen Zellen wartete ein köstliches Fressen auf sie, denn dort lagen die Leichen der Gefangenen tagelang, bis Sklaven sie wegschafften.

Als menschliches Wesen konnte Shamira nicht aus diesem Verlies entkommen. Die Tür war zu solide, um sie eindrücken zu können, aber der Rost hatte den Türangeln zugesetzt, sodass Spalten entstanden waren, durch die Ratten und Kakerlaken hereinkamen. Jetzt war für Shamira der Zeitpunkt gekommen, ihre Magie zum Einsatz zu bringen. Trotz ihrer Kopfverletzung konnte sie sich noch bewegen, sprechen und elementare Zauber wirken.

Die Zutaten für ihre Magie würden die Ratten sein, ihre einzigen Zellenkameraden, genau die, die sie mit ihren spitzen Zähnen attackieren wollten.

Sie verknotete den Ärmel ihrer Tunika zu einem improvisierten Handschuh und schnappte sich einen der Nager, der gerade durch den Türspalt entwischen wollte. Mit der rechten Hand fing sie ein wenig von ihrem eigenen Blut auf, das aus der Wunde floss, und zeichnete eine magische Rune auf den Rücken des Tiers. Dann riss sie ihm ein Haar aus und legte es ihm unter die Zunge.

Ia Mashmashti! Kakammu Selah!, rezitierte sie, den Blick fest auf die kleinen Augen der Ratte gerichtet.

Einen Zauber im Bewusstsein eines Tiers zu wirken, gehörte zur Grundausbildung junger Zauberlehrlinge und diente als Instrument zur Spionage und Erforschung. Durch den Zauber wurde der Magier in die Lage versetzt, sein Bewusstsein auf das Tier auszudehnen und durch dessen Augen zu sehen. Solange das Blut auf dem Rücken des Tiers frisch war, konnte Shamira auch seine Route überwachen und sehen, welchen Weg es einschlug.

Sie setzte die Ratte auf den Boden, schloss die Augen und gab sich der Vision hin.

Im Gegensatz zu Menschen können Ratten nur trüb und einfarbig sehen, nachts dafür aber umso besser. Ihre vorstehenden Pupillen ermöglichen ihnen eine Rundumsicht, sodass sie in einem breiten Blickfeld bewegte Schatten leichter erkennen können.

Auf diese Weise sah Shamira, wohin die Ratte lief – einen endlos langen, finsteren Gang entlang, in dem nur hier und da eine Fackel mattes Licht spendete. Das Tier lief Richtung Norden, auf der Suche nach der Treppe zur darüberliegenden Ebene, und traf auf zwei Aufseher, die es gar nicht beachteten und sich mit Wächtern unterhielten, die vor einem breiten, überwölbten Vorraum patrouillierten. Von hier aus verlief ein schmaler Weg zu einer Wendeltreppe, die in entgegengesetzte Richtungen nach oben und unten führte. Die Ratte flitzte an den Wachen vorbei, hüpfte auf die unterste Treppenstufe und erklomm eine nach der anderen. Doch als sie den Schatten zweier Riesen wahrnahm, die die Treppe herunterkamen, erstarrte sie. Sie schlüpfte in die nächstgelegene Ritze und wartete regungslos.

In diesem Augenblick erkannte Shamira durch ihre Augen, wer da vorbeikam – es war niemand anderer als König Nimrod persönlich, gestützt auf seinen Häscher! Zitternd bewegte sich der Unsterbliche vorwärts – er war benommen, erschöpft und niedergeschmettert.

Shamira wäre gern geflohen, aber ihre Neugier war stärker. Zögerlich nahm sie die Spur ihrer Widersacher auf. Sie ließ die Babylonier vorausgehen und begleitete sie durch die Augen der Ratte. Zamir und Nimrod stiegen bis ins unterste Geschoss hinab und bogen in einen dunklen, tunnelähnlichen Gang, an dessen Ende sich eine einzige, mit Kupferplatten verstärkte Eisentür befand.

Die Ratte sah, wie die beiden Männer in den Raum schlüpften – einen von Feuerstellen erhellten Saal –, und huschte ihnen blitzschnell hinterher. Sie gelangte in einen großen, runden Raum, der an ein Amphitheater erinnerte: Er besaß kreisförmig angeordnete Stufen und war von zylindrischen Säulen gesäumt.

Als das Tier Blut witterte, hob es die Schnauze, und aus der Ferne wohnte Shamira im Geiste einem Ereignis bei, das sie niemals vergessen würde und das alle Geheimnisse des antiken Babels beinhaltete.

Die Göttin der inneren Welt

Eingesperrt in ihrer Zelle, aus der es kein Entkommen gab, riss Shamira die Augen auf und biss sich voller Grauen auf die Zunge, als die Ratte über die Schwelle huschte.

An Ketten, die an der Decke befestigt waren, hing eine schöne Frau mit heller Haut und teilnahmslosem Gesicht. Ihr blondes, langes, gewelltes Haar fiel ihr bis auf den Rücken und wies auf ihr befremdlichstes Merkmal hin – ein Paar weiße Flügel, auf denen Blutrinnsale sichtbar waren.

Die Göttin! Die Göttin Ishtar. Die Göttin der inneren Welt. Nimrods Göttin!

Die Gefangene war keine Menschenfrau, sondern ein himmlisches Wesen, wie jene, die im *Buch von Magan* beschrieben wurden, einem der alten Lehrbücher des Mystizismus, das angeblich von den Weisen der ausgelöschten Stadt Henoch verfasst worden war. Soweit bekannt war, waren diese Himmelswesen durch das Licht des Allerhöchsten erschaffen worden und dienten als Boten in seiner Schöpfung. Sie waren die erste Rasse des Universums, die schon lange vor der Erschaffung des Menschen durch die Sternenwelten streifte und die unendlichen Weiten erkundete.

Wer hat ein so majestätisches Wesen wohl gefangen genommen, und warum?

Selbst für eine Totenbeschwörerin war es unmöglich, anhand der Schwere ihrer Verletzungen herauszufinden, ob das geflügelte Geschöpf noch lebte. Nicht nur die Flügel, sondern der ganze Körper war übersät mit Wunden und Blutergüssen, wie bei Soldaten, die aus dem Krieg heimkehrten.

Doch als die Ratte die Säule umrundete, zuckte selbst Shamira bei dem grässlichen Anblick zusammen, der sich ihr bot. Mit einem magischen Ritualmesser schnitt Zamir der angeketteten Göttin in die Rippen und ließ das Blut des armen Wesens heraustropfen. Währenddessen kniete Nimrod neben ihr und sog die rote Flüssigkeit begierig auf.

Er trinkt das Blut der Göttin!

Viele Geister ernährten sich von Menschenblut, das auch häufig als Material bei Hexenritualen Verwendung fand. Aber niemals hatte Shamira von einem Menschen gehört, der unsterbliches Blut gekostet hatte, und sie konnte sich nicht vorstellen, welche Wirkung eine solche Zeremonie hatte.

Eines war jedoch gewiss: Die Söhne Nods, die in Henoch gelebt hatten, hatten viel über die Natur von Engeln geforscht. Falls der Häscher selbst alte Zauberbücher besaß, kannte er sich wahrscheinlich bestens mit der geheimen Anatomie eines Himmelswesens aus, und Shamira zog daraus den logischsten Schluss: *Der Herrscher wird durch das Blut der Göttin unsterblich.*

Die abscheuliche Situation verstörte sie – beinahe hätte sie sich übergeben, drängte den Impuls aber zurück. Ihre Konzentration wurde schwächer, dann war der Zauber gebrochen. Die nunmehr freie Ratte entkam in der Dunkelheit, und die beiden gottlosen Männer setzten ihre makabre Orgie fort.

Eine einzelne Gestalt lief an den Nischen des Verlieses entlang und blieb vor Shamiras Zelle stehen. Aus ihrem Gurt zog sie einen Schlüsselbund hervor und öffnete die drei Schlösser.

Wer ist das?, fragte sich Shamira erschrocken. Was wäre, wenn der Hexer ihren Tier-Zauber entdeckt hatte? Welches Schicksal mochte er sich, abgesehen von einer Hinrichtung, für sie ausgedacht haben?

Falls Zamir die Geheimnisse der Ahnen kannte, wusste er mit Sicherheit auch, wie er sie, Shamira, verwünschen konnte, indem er sie in ein nicht-menschliches Wesen verwandelte, so wie es Nods Magier taten.

Die Tür öffnete sich, und Shamira sah keinen Wachmann, sondern einen kräftigen, hochgewachsenen Sklaven mit hellbrauner

Haut, der als Bediensteter in irgendeinem Flügel des Palasts arbeitete. Er war unbewaffnet, gewöhnlich gekleidet und wirkte nicht aggressiv.

»Ich bin ein Freund von Adnari«, erklärte er, und Shamiras Herz machte vor Erleichterung einen Satz. »Sie hat mir erzählt, dass Ihr den Ausgang kennt.«

»Ein Sklave allein an diesem Ort?«, murmelte sie noch halb benommen. Auf den Fluren war kein Wachmann zu sehen, und der Kerker schien ausgestorben.

»Ihr müsst Euch beeilen. Der König und der Häscher sind in die untersten Räume hinuntergestiegen. Immer wenn das geschieht, müssen die Wachen das Gefängnis verlassen. Jetzt sind sie fort, und ich konnte hinein.«

Zamir und Nimrod hüteten ihr Geheimnis eifersüchtig, wohingegen Adnari gesagt hatte, dass es manchen Sklaven gelungen sei, »das Antlitz der Göttin« zu sehen. In Wahrheit war nicht die leibliche Anwesenheit der Gottheit das Tabu, sondern die Abhängigkeit des Herrschers von ihrem Blut. Sollte ein Aristokrat die Quelle für die Unbesiegbarkeit des Königs herausfinden, würde er bestimmt versuchen, sie für sich zu nutzen.

Inzwischen konnte Shamira wieder klar denken. »Wie heißt du?«, wollte sie von dem Sklaven wissen.

»Es wäre für uns beide gefährlich, wenn ich meinen Namen verrate. Ich gehöre zu einem Kreis von Sklaven, die einen Aufstand planen. Viele müssten es mit dem Tod bezahlen, wenn ich getötet würde.«

Ohne weitere Worte eilten die beiden Richtung Norden und gelangten über die inzwischen menschenleere Treppe zur Tür, die auf die nächsthöhere Ebene führte. Shamira blieb an der Schwelle stehen und wies den Sklaven an: »Ich bleibe hier. Dies ist der Weg zum Geheimausgang.«

»Viel Glück«, wünschte er ihr mit verschwörerischem Blick und wollte sich auf den Weg zurück in den Palast machen.

»Warte noch«, rief sie ihm nach, überzeugt, beim Aufstand helfen zu können. »Die Göttin Ishtar …«

Ein Geräusch unterbrach sie, und die beiden konnten eine unförmige Silhouette erkennen, die die Stufen heraufkam.

»Geht jetzt«, drängte der Sklave. Falls das Gefängnis geräumt worden war, konnte es nur noch zwei Personen geben, die in den unterirdischen Gängen herumirrten.

Nimrod und Zamir.

Der Gedanke, sie könnte den beiden begegnen, versetzte Shamira in großen Schrecken, und sie rannte flink wie eine Katze über den Korridor auf der Suche nach dem Ausgangstunnel.

DER GEHEIMGANG

Shamira lief weiter, bis der Weg eine Biegung Richtung Osten machte. Der Gang hatte große Ähnlichkeit mit dem im unteren Verlies, denn es gab Hunderte Zellen. Auch hier waren die Wände schmutzig, aber es gab mehr Licht. Statt der Fackeln hingen bronzene Öllampen von der Decke, die das Königswappen trugen.

Dreihundert Meter vom Eingang entfernt endete der Pfad vor einer Wand, und dort stand ein steinerner Brunnen. Es handelte sich um ein Wasserloch, eine unterirdische Vorratsquelle. Das Loch war nicht tief und der Brunnenrand eine Armlänge vom Wasserspiegel entfernt. Shamira tauchte die Hand in die Zisterne und kostete von dem kühlen Nass.

Süßwasser.

Laut Karte musste dies der Ausgang sein.

Die Hexe füllte ihre Lungen mit Luft, tauchte in das eiskalte Wasser und öffnete tief unten die Augen. Sie konnte einen kreisrunden Unterwassertunnel erkennen und schwamm hinein, ohne recht zu wissen, wohin er sie führen würde.

Die Röhre war glitschig und eng und verlief in einem sanften Bogen, bis sie an der Oberfläche im Freien endete.

Mit stechenden Brustschmerzen tauchte Shamira auf und sog, völlig erschöpft von der übermächtigen Anstrengung, die kostbare Luft ein. Der schmale Ausgang erinnerte sie an ein Abflussrohr, aber das Wasser war sauber.

Es wäre völlig dunkel gewesen, hätte es nicht am Ende des Gangs, etwa tausend Meter entfernt, ein goldenes Strahlen gegeben, das den weiteren Weg erhellte.

Eine lange Strecke, die sie kriechend zurücklegen musste – aber dennoch nicht wirklich mühsam. Ihre Freude, aus dem Verlies entkommen zu sein, war so groß, dass Shamira ihre pochende Kopfverletzung ganz vergaß und nicht darauf achtete, dass sie sich die Knie auf den spitzen Kieseln aufschürfte.

So vergingen geschlagene zwei Stunden.

Dann, endlich, vernahm die erschöpfte Hexe das Rauschen des Winds und konnte den runden Ausgang erkennen. Sie kroch schneller und roch endlich den Duft der Erde, als sich der Tunnel zu einer winzigen Höhle verbreiterte, aus der ein schmaler Spalt ins Freie führte. Aus der Röhre rann ein dünner Wasserstrahl, der eine winzige Pfütze auf dem Sandboden bildete.

Endlich frei!

Endlich war ihr die Flucht gelungen. Entkommen dem Kerker des schrecklichen Babels, entkommen der Bedrängung durch ihre Feinde – aber wo befand sie sich jetzt? Bestimmt verlief die Röhre unter den Stadtmauern leicht nach oben weiter und führte dann, weit entfernt vom Treiben der Stadt, zu einem sicheren Schlupfwinkel.

Es war schon Nacht, als Shamira aus der Röhre kletterte. Die Wüste um sie herum war gebirgig, eine steinige Gegend mit einem Labyrinth aus felsigen Pässen, Sätteln und spitzen Bergen. Ein unfruchtbares, unbewohntes Land, das bei den Mesopotamiern als Felsenmeer bekannt war. Der Vollmond beschien die

Berge, und nun sah sie deutlich den Weg, der geradewegs in eine breite Schlucht hineinführte. Während Shamira sorglos dem Pfad folgte, hörte sie, wie fortgesetztes Getrappel die Schlucht erzittern ließ.

Pferde.

Man war ihr auf den Fersen!

König und Häscher hatten nicht lange gebraucht, um zu entdecken, dass Shamira aus den bisher als unüberwindlich geltenden Verliesen Babyloniens geflohen war – aber wie hatten sie ihre Spur gefunden? In Wirklichkeit war der Tunnel gar kein Fluchtweg für Gefangene, sondern ein Geheimweg, den die Babylonier selbst angelegt hatten, als Fluchtmöglichkeit für den Fall einer Belagerung. Daher war es nicht verwunderlich, dass der Herrscher jede Röhre kannte und wusste, wohin sie führte. Als Haussklavin hatte Adnari Zugang zu den Räumlichkeiten der Häscher, und dort hatte sie die Karte entwendet, in der besten Absicht, ihrer Freundin die Flucht zu erleichtern. Doch das Mädchen hatte weder mit der Schläue der Ratgeber gerechnet noch damit, dass Nimrod und Zamir genau in dem Augenblick die Treppe heraufkommen würden, als sie sich aus ihrer Zelle stahl.

Aufgelöst irrte Shamira durch das Tal. Sie suchte ein Versteck, fand aber keine geeignete Grotte. Das Hufgetrappel wurde immer lauter, und ihr fiel auf, wie unwirtlich das Gelände war. Die gewundenen Wege und hohen Felshänge behinderten die Sicht und versperrten den Blick in die Ferne. Jeden Augenblick konnte ein Soldat aus einem Hinterhalt hervorspringen und sie mit seiner Lanze bedrohen. Im Laufen hörte Shamira die lauteren Geräusche nicht mehr, ihr dröhnender Herzschlag verdrängte die Schritte ihrer Verfolger. Ihre geschwollenen Füße zwangen sie, sich zu setzen. Jetzt vernahm sie wieder das Wiehern der Pferde und sah eine Wache oben am Pass stehen. Als die Soldaten in das Tal einfielen, war sich Shamira sicher, dass sie sie früher oder später entdecken würden.

Da erspähte sie an der äußersten Ecke der Schlucht einen Ausgang hinaus auf die Ebene – einen Spalt in der Felswand, der einen Pfad kreuzte und in die Wüste führte.

Die Verfolger zügelten die Pferde, und die Vorhut stieg ab. Es waren ungefähr vierzig Krieger mit stechendem Blick, und mindestens zehn begannen ihre Suche am Fuße des Steilhangs. Sie entzündeten große Laternen und stocherten mit Stöcken in den Löchern. Shamira blieb keine andere Wahl, also rannte sie los, wobei sie die mit Bögen bewaffneten Wachen stets im Auge behielt.

Auf dem weicheren Sandboden konnte sie nicht schnell laufen, aber die Wachleute bemerkten sie trotzdem erst, als sie sich in den Spalt zwängte, und einer von ihnen schlug Alarm. Auf sein Gebrüll hin nahmen die Reiter die Verfolgung auf.

Plötzlich hörte Shamira das Geräusch von metallischem Räderwerk und erblickte direkt vor sich einen zweirädrigen, von Rappen gezogenen Karren. Gelenkt wurde der Wagen von einem untersetzten Mann mit schmaler Nase und Spitzbart. Seine Augen waren geschminkt, die Haare mit einer öligen Lösung getränkt.

Es war Zamir, der Zauberer.

Der Friedensstifter des lang gestreckten Gebirges

Umringt von einer Horde Kämpfer und dem Karren des Zauberers, wich Shamira zurück und versuchte, den Steilhang hinaufzuklettern, doch vergeblich. Zamir, der wusste, wie wichtig ein Sieg ohne Hindernisse und Umwege war, beschloss, seine fantastischen Fähigkeiten unter Beweis zu stellen und so einen vollkommenen Triumph einzuheimsen.

Noch immer ruhig und geordnet verwandelte sich der Zauberer im Handumdrehen in ein Wesen aus höllischer Glut. Er warf die Arme hoch und richtete mit lauter Stimme ein Gebet an die alten Mächte. *Ia Dag! Ia Dag! Ia Margolqbabbonnesh! Ia Marrutukku! Ia Tuku! Suhrim Suhgurim!*, brüllte er und machte seltsame Bewegungen mit den Fäusten.

Der Sand um Shamira erhob sich in einer spiralförmigen Welle, wie eine kleine Windhose. Der Orkan verschluckte sein Opfer, und Shamira wurde im Innern des Zyklons hin und her geschleudert, bis sie schließlich brutal und mit voller Wucht zu Boden geworfen wurde. In dieser Sandhülle rollte sie auf das Ende des Tals zu und kam erst einen Meter vor Zamirs Karren zum Stillstand.

»Leider hast du auf allergröbste Weise mit der Macht eines Beschwörers Bekanntschaft gemacht«, sagte der Ratgeber und richtete sich wieder auf.

Shamira konnte nicht sprechen. Ihre Lippen bluteten, ihr Brustkorb schmerzte. Die Soldaten waren zutiefst erschrocken. Alle in Babel kannten die fantastischen Mythen, doch nie hatten sie die Anrufung eines so großartigen Zaubers miterlebt. Nie mehr würden sie Zweifel an den Legenden über den Unsterblichen hegen.

»Der König verlässt die Stadt gewöhnlich nicht«, klärte Zamir Shamira auf, »aber er will dich lebend, damit du vor dem Turm hingerichtet wirst. Wisse, dass du die Einzige warst, die jemals den Verliesen der Zikkurat entronnen ist. Wir können dich nicht einfach laufen lassen.«

In der Frostigkeit dieses Mannes lag eine besondere Gleichgültigkeit, doch trotz seines Verhaltens wirkte Zamir eigentlich nicht grausam. Es war, als habe Shamiras Hinrichtung für ihn keinerlei Bedeutung, ihn, einen Hexer, dessen Streben weit über die gewöhnliche Realität hinausging.

»Peitscht sie aus«, befahl er dann. »Lasst das Gesicht aus, damit das Volk sie auf den Straßen erkennt.« Und um den Befehl offiziell zu machen, fügte er hinzu: »So will es der Unsterbliche.«

Drei Männer mit kurzen Peitschen stiegen von ihren Pferden. Ein vierter näherte sich mit Bronzestangen.

Ihrem Verderben preisgegeben, ließ Shamira alle Hoffnung fahren und fügte sich in ihr Los. Doch da verstummten die Wachen, als sie hörten, dass sich jemand mit festem Schritt dem Tal näherte.

Wer? Wer war noch bei Trost und wagte sich durch diesen finsteren Engpass, in dem es von bewaffneten Soldaten wimmelte, die in der größten Nation ihrer Zeit geboren waren?

Die Schläger und selbst Zamir staunten, als sich ein Fremder dem Trupp näherte. Die Soldaten waren so überrascht, dass sie zur Seite traten, und der Mann bahnte sich einen Weg zwischen ihnen hindurch und blieb vor der jungen Frau stehen. Eine dunkle Kapuze verbarg sein Gesicht, doch Shamira fielen die grauen Augen und der blonde Spitzbart auf. Er trug weder eine Waffe noch einen Schild. Kühn gebot er den Kämpfern Einhalt.

Für eine lange Minute sagte niemand etwas, nicht einmal der Häscher, und der Wanderer kniete nieder, um Shamira aufzuhelfen, ohne sich um die Schwadron zu kümmern. Er untersuchte ihre Kopfverletzung und tastete sie nach gebrochenen Knochen ab.

Entrüstet rief Zamir: »Halt, Fremder! Wer bist du, dass du unsere Verteidigung durchbrechen konntest?«

Inzwischen hatten sich die Wachen von ihrem Schreck erholt. Sie bildeten eine Front und richteten Lanzen und Bögen auf den Fremden. Dieser warf Zamir einen Blick zu, und Shamira sah, dass er sehr helle Haut hatte. Er war groß und kräftig und besaß die ganze Härte eines versierten Kriegers.

»Ich bin ein Reisender, aber ich kenne diese Gegend ein wenig«, antwortete er mit fester Stimme. »Ich war gerade auf dem Weg zu meinem Heiligtum, als ich sah, dass ihr eine Frau verfolgt. Und warum so viele Leute?« Er warf einen Blick in die Runde und deutete auf die Infanteristen.

»Sie ist eine Hexe«, rechtfertigte sich einer der Offiziere.

Nur seine Selbstsicherheit verhinderte, dass der Fremde erbleichte. »Nun ja …«, sagte er an Zamir gewandt und erhob sich wie ein gefährlicher Tiger. »So gefährlich kommt sie mir nicht vor. Deine nächtliche Verfolgungsjagd ist beendet«, fuhr er mit größerer Härte fort. »Deine Gefangene ist halb tot, ich werde sie mitnehmen.«

Die Soldaten wichen zurück, doch Zamir gab sich nicht so leicht geschlagen. »Das wird dir nicht so einfach gelingen.«

»Das dachte ich mir«, erwiderte der Reisende.

Da Zamir entschlossen war, alles aus dem Weg zu räumen, was sich seinem Begehren in den Weg stellte, gab er den Kämpfern ein Zeichen, die Bögen wieder zu spannen und die Pfeile aufzulegen.

An dieser Stelle war der Engpass nicht sehr breit, und nur sieben Männer bildeten die Frontlinie. Die anderen Verfolger standen gleich hinter ihnen, aber nur die in der ersten Reihe legten Pfeile an. Die meisten standen da, auch die Bogenschützen, die abgestiegen waren, um die Schlucht zu durchkämmen.

Genau in dem Moment, in dem die Wachen ihre Pfeile abschossen, warf der Fremde seinen Mantel in die Luft, um die Schützen zu täuschen – sie zielten auf das leere Kleidungsstück und schossen die Pfeile in den Himmel ab.

Als sie den Blick wieder senkten, bemerkten sie verblüfft, wie der einsame Krieger wie das Wurfgeschoss einer Schleuder auf die Truppe zukam. Er griff mit geballten Fäusten an, aber statt die Hauptmänner zu verprügeln, schlug er gezielt auf den Boden.

Die Erschütterung erzeugte eine außergewöhnliche Schockwelle, die sich kegelförmig ausbreitete und so die ganze Abteilung außer Gefecht setzte. Überstürzt ergriffen die Wachen die Flucht, aber weder Shamira noch Zamir waren getroffen worden. Bei der Nachhut flohen die Pferde, denen die Erschütterung einen riesigen Schreck eingejagt hatte.

In diesem Moment brach der unerschütterliche Zamir zusammen. Er hatte sich für unbesiegbar gehalten, doch hier hatte er es mit einem Gegner zu tun, gegen den er nicht gewinnen konnte.

Und nicht nur das: Shamira hatte sein angstverzerrtes Gesicht gesehen, als hätte der Reisende in ihm die Erinnerung an einen längst begrabenen, namenlosen Schrecken geweckt.

Völlig verzweifelt versuchte es Zamir mit einem weiteren seiner seltsamen Zaubersprüche, doch der Fremde sprang ihn an wie ein Löwe auf der Jagd und riss ihn über den Streitwagen hinweg mit sich. Als die beiden zu Boden stürzten, hob der Fremde Zamir am Hemd hoch. Zamir erblickte das Gesicht des Angreifers und begann wie ein kleines Kind zu zittern, zu keiner Reaktion mehr fähig.

»Es scheint, als würde der Mut der Babylonier beim ersten Anzeichen von Gefahr versagen«, stellte der Fremde fest. »Wirkt die göttliche Kraft von Nimrods Heeren nur bei verletzten Frauen und hungerleidenden Sklaven?«

»Verzeih!«, bettelte der Häscher, von kopfloser Panik ergriffen. »Verzeih! Es war nicht meine Idee! Der König hat mich dazu überredet. Erbarmen, ich flehe dich an! Lass mich am Leben!«

»Nur die Ruhe, Mann«, erwiderte der Fremde und begriff die plötzliche Feigheit seines Widersachers nicht so recht. »Ich habe nicht vor, dir wehzutun.«

Und so befreite der einsame Reisende die Gefangene, und der Hexer verschwand blitzschnell in der Wüste, wobei er den Wagen, die Schlachtrosse und die aufgelöste Abteilung zurückließ.

Am Engpass kehrte wieder Stille ein, und Shamira spürte, wie sie in den Armen des Friedensstifters die lang gezogenen Berge nach oben befördert wurde. Danach sah sie nichts mehr – um sie wurde es stockfinster, und sie fiel in einen erquickenden Schlaf.

DER MANN OHNE SEELE

Das herrliche Aroma von gekochtem Fisch weckte Shamira – ein besonders köstlicher Duft, der sie immer in die Vergangenheit zurückversetzt hatte, an die Samstagabende in Endor, wenn sich das ganze Volk von der Arbeit der zurückliegenden Woche ausruhte und das gemeinsame Festmahl zubereitet wurde.

Ihr Körper schmerzte nicht mehr. Sie öffnete die Augen, aber das indirekte Sonnenlicht stach ihr in die Netzhaut. Allmählich fand sie sich in ihrer Umgebung zurecht und bemerkte die Umrisse einer kleinen, wärmenden Grotte, die nach Norden hin einen runden Ausgang hatte. Auf einem Feuer in der Mitte der Höhle köchelte eine Meeressuppe – eine Mischung aus Fisch, Algen und Tintenfisch.

Im südlichsten Teil der Grotte glänzte in einer Nische ein metallener Gegenstand. Diese Nische glich eher einem Altar, an dem vorne ein langes Schwert hing. Seine Klinge bestand aus glänzendem, massivem Material, ganz anders als Eisen.

Auf der anderen Seite, nah beim Ausgang, saß der Fremde im Schneidersitz und tief in Gedanken versunken. Sein blondes Haar reichte ihm bis auf die Schultern und war zu einem lockeren Pferdeschwanz gebunden.

Ausgehungert schöpfte Shamira eine große Portion Suppe in eine Tonschale und kostete davon. Sie wollte ihren Retter nicht behelligen und ihn auch nicht aus seiner Ruhe aufstören. In babylonischen Zeiten war Ritterlichkeit eine Seltenheit, erst recht unter Reisenden. Eine gefangene Frau musste auf das Schlimmste gefasst sein, von Vergewaltigung bis zum Tod, von Demütigung bis zur Folter.

Shamira begab sich wieder zu ihrer Schlafstatt, einem einfachen Lager aus Decken und Stroh, und machte sich über das wohlverdiente Mahl her. Am Grund der Schale entdeckte sie Stücke von Palmherzen.

»Achte nicht so sehr auf den Geschmack. Ich bin ein miserabler Koch«, erklang plötzlich die Stimme des Wanderers. »In dieser Flasche ist etwas Wasser für dich.« Er zeigte auf ein Tongefäß. »Das reicht uns für mehrere Tage.«

Seit ihrer Flucht aus dem Verlies hatte Shamira nichts getrunken, zumindest kam es ihr so vor. Ihre Lippen waren aufgesprungen und trocken, aber ihre Verletzungen waren verheilt und die gebrochenen Knochen wieder an ihrem Platz.

Der junge Einsiedler trat an die Feuerstelle. Nie zuvor hatte Shamira einen solchen Mann gesehen – er sah gut aus und wirkte beeindruckend, aber zugleich auch schlicht, einfach in seinem Tun und direkt in seinen Zielen. Er war sicher nicht älter als dreißig Jahre, aber aus den grauen Augen sprach eine uralte Weisheit, die aus einer Zeit noch vor der Erschaffung der Welt zu stammen schien.

Seit ihrer Kindheit hatte sich Shamira durch ihre besonderen mystischen Fähigkeiten hervorgetan, noch bevor sie die Kunst der Totenbeschwörung erlernte. Einige ihrer Fähigkeiten waren angeboren und hatten nichts mit Zaubersprüchen oder symbolischen Runen zu tun. Dazu gehörte die Astralprojektion, wie auch das Geistersehen. Die Nekromantin konnte Geistwesen, herumirrende Gespenster und somit auch die Seele der Lebenden in einem inkarnierten Körper sehen.

Als sie sah, dass die astrale Aura des Fremden sehr schwach war, erschrak Shamira und wich unwillkürlich zurück. Wenn er keine Seele besaß, war er kein echter Mensch – was aber dann? »Wer bist du, und warum hast du mich im Felsenmeer gerettet?«, stammelte sie.

»Ich glaube, es liegt in meiner Natur, Wehrlosen zu helfen«, antwortete er etwas überrumpelt. »Aber ein Held bin ich eigentlich nicht, vielleicht genau das Gegenteil«, lächelte er, um sie zu beruhigen. »Ich bin lediglich ein Reisender, ein verlorener Krieger, der von seinem eigenen Heer desertiert ist.«

»Und wo sind wir hier? Warum hast du mich hergebracht?«

»Damit ich dich in einer sicheren Umgebung behandeln kann. Dies hier ist ein Heiligtum, eine Art Tempel, den ich selbst errichtet habe – recht schlicht, wie du siehst. Als Soldat mache ich mir nichts aus Luxus.«

Ein Heiligtum? Welchem Gott geweiht?

Instinktiv wandte sie den Blick wieder zum Altar und dem Schwert zu, das am Felsen hing.

»Das ist die Heilige Rächerin«, erklärte er stolz, wie jemand, der sein Kind vorstellt. »Es ist der letzte Glanz, der mir geblieben ist, seit ich verstoßen wurde.«

»Du hast gesagt, du seist ein Deserteur?«, unterbrach ihn Shamira neugierig. Sie wusste nichts von einem Heer weißer Männer in dieser öden Gegend und hatte auch nichts von kämpfenden Legionen gehört.

»Ein Abtrünniger, vielleicht ein Irregeleiteter. Ich bin auf der Flucht, so wie du. Wer weiß, vielleicht hat mich ja das veranlasst, dich zu verteidigen.«

»Was ist eigentlich passiert? Mir ist kein fremdes Heer bekannt, das durch diese Gegend zieht.«

»Mein Heer bewegt sich nicht auf der Erde, sondern in der Weite des blauen Himmels, über den Wolken und jenseits der gewöhnlichen Realität«, verriet er ihr. »Es ist kein gewöhnliches Heer, auch keine irdische Truppe, sondern eine unsichtbare Legion.«

Erleichtert, aber immer noch verwirrt rutschte Shamira bis zum Höhlenausgang vor. Vor ihr lag weder die Wüste noch eine andere ebene Fläche, sondern ein unbeschreiblicher Abgrund, viel höher als irgendeine Formation des Felsenmeeres. Die Grotte war in den oberen Teil eines riesigen Bergs gehauen, dessen Wände so glatt waren, dass selbst der geschickteste Bergsteiger an ihnen abgerutscht wäre.

Und erst in diesem Moment begriff Shamira, dass ihr Retter weder ein Mensch noch ein ätherisches Wesen, sondern ein

Himmlischer war, eine uralte Gestalt, älter als irgendein lebender Mensch.

Der Berg, zu dem der Fremde Shamira gebracht hatte, war der berüchtigte Maschu, ein einstmals finsteres Bollwerk, in dem nun aber völlige Stille herrschte. In der Vergangenheit hatte er den furchterregenden Schlangengeistern von Kur als Heimstatt gedient, einer Horde kriechender Ungeheuer, die von den einfachen Dorfbewohnern des antiken Lands der Sumerer verehrt wurden. Während der Ätherischen Kriege, zehntausend Jahre vor Nimrods Geburt, nachdem die Legionen des Erzengels Michael alle Schlangenwesen ausgerottet hatten, waren die Himmlischen in der Gegend eingefallen.

Von der Höhle, für gewöhnliche Menschen ein unerreichbares Versteck, blickte man nach Norden. Sie lag so weit oben, dass man bei klarem Himmel im Osten den Tigris sah, der mit dem Euphrat die Grenzen Mesopotamiens bildete. Im Norden erstreckte sich eine dürre Ebene, weiter westlich ragte eine andere Formation in den Himmel: der Turm von Babel. Das Felsenmeer befand sich kilometerweit entfernt im Süden, in Richtung Stadt, und war aus umgekehrter Blickrichtung praktisch nicht zu sehen.

Der Eremit, der Shamira gerettet hatte, war kein Sterblicher, sondern ein abtrünniger Engel, ein Cherub, der nach seinen eigenen Worten aus dem Himmel verstoßen worden war, weil er die Autorität der erbarmungslosen Erzengel infrage gestellt hatte. Stundenlang unterhielten sie sich über viele Themen materieller und erhabener Art, bis sich die Kanaanäerin von der Integrität und Hilfsbereitschaft ihres neuen Freunds überzeugt hatte. Er verriet ihr seinen Namen – in irdische Sprache übersetzt lautete er Ablon – und erzählte ein wenig über sein Dasein als Engel.

Als die Sonne am Horizont versank, setzten sich die beiden Flüchtlinge an den Eingang der Höhle. Die abendliche Landschaft zeichnete sich bläulich über dem Tigris ab, dessen Ufer von einem Grünstreifen gesäumt war.

»Du hast mir das Leben gerettet, und ich weiß gar nicht, wie ich dir dafür danken soll«, sagte Shamira, während sie das in Gold getauchte Schauspiel betrachtete. »Aber ich kann deine Seele nicht sehen, falls du eine besitzt, und das macht mir Angst. Ich bin eine Zauberin und habe mich immer auf meine Fähigkeiten verlassen, um in dieser Welt zu überleben.«

»Die Seele ist dem Menschen eigen«, klärte Ablon sie auf. »Sie ist ein Geschenk Gottes an die Kinder Edens – so nennen wir Engel die Sterblichen. In der Seele steckt die Fähigkeit der Menschen, ihr Schicksal nach ihrem eigenen Willen zu lenken.«

»Aber wie ist es möglich, dass jemand, und sei er ein Himmelsbewohner, keine Seele besitzt? Welche Energie treibt euch an, wie bleibt ihr im Kosmos aktiv?«

»Wir alle haben einen Geist: Menschen, Götter, Tiere, ja auch Pflanzen. Der Geist ist die Lebensenergie, die die Lebewesen nährt, doch Geist und Seele sind unterschiedliche Dinge, auch wenn das nur wenige wissen. Die Seele ist es, die die Irdischen zu etwas Besonderem im Universum macht. Die Kraft der Seele ist es, die euch Bewusstsein und Autonomie verleiht und euch den freien Willen schenkt – das ist den geflügelten Wesenheiten verwehrt geblieben.«

»Und wie führt ihr euer Leben, wenn ihr nicht dem Weg des Herzens folgt?«

»Himmelsbewohner werden nicht von ihren eigenen Ängsten, sondern von ihrer göttlichen Natur geleitet. Im Himmel sind wir in Kasten eingeteilt, von denen jede ihre eigene Funktion hat. Es gibt Krieger-Engel, Gelehrten-Engel, Schutzengel, Richter-Engel und auch jene, die über die Naturgewalten herrschen.«

»Seid ihr Beschwörer, so wie einige Magier?«, fragte Shamira, die sich an ihre schreckliche Zeit in Babel erinnerte.

»Nein. Wir wären niemals Magier, weil die Magie der Kraft der Seele entspringt, jener Seele, die wir nie besessen haben. Unsere Fähigkeiten, die wir Divinitäten nennen, entstehen aus der Kraft unserer pulsierenden Aura, einer göttlichen Energie, die der Odem der Engelswesen ist.«

»Wenn ihr bloß Geistwesen seid, wie manifestiert ihr euch auf der Erde?«

»Im Gegensatz zu den meisten astralen und ätherischen Wesen sind Engel in der Lage, sich auf der physischen Ebene zu materialisieren. Dazu bilden wir einen Avatar, ein leibliches Abbild, mit dem wir durch den Schleier hindurch agieren. Aber die abtrünnigen Engel wie ich wurden zu ewigem Dasein in einem materiellen Körper verdammt. Wir können unseren Avatar niemals zerstreuen und in die geistige Welt zurückkehren, und erst recht nicht ins Paradies zurückgelangen.«

»Manche Priester in Kanaan erzählten Geschichten über gefallene Engel, fürchterliche Ungeheuer, die sich im Dunkel des Unendlichen verbergen.«

»Gefallene Engel und abtrünnige Engel sind nicht dasselbe. Die Gefallenen spielten die Hauptrolle in einem richtigen Krieg im Himmel und wurden für ihre Grausamkeit in den Scheol geworfen, einen Ort voller Grauen und Leid, eine düstere Dimension. Heute sind sie die Dämonen der Verzweiflung und immer noch von dem gleichen Hass erfüllt, der sie zu Fall gebracht hat.«

Als die Sonne endgültig untergegangen und mit ihr alle Wärme verschwunden war, zog sich Shamira in die Höhle zurück, da ihr die eisigen Winde zusetzten. Dort blieben die beiden noch eine Zeit lang wach, und die junge Frau erzählte aus ihrem Leben, über ihre Einweihung als Magierin in Endor und von der Herkunft ihrer Familie, die nach einem Bruderkrieg, der den Mittelmeerraum vor dreihundert Jahren erschüttert hatte, in den Orient geflohen war.

Etwa um Mitternacht erlosch das Feuer, und der Schlaf näherte sich. Shamira widerstand dem Ruf der Nacht nicht und schlief unter den notdürftigen Wolldecken schnell ein.

Ablon kehrte zu seinem Wachposten am Eingang der Grotte zurück, doch er fürchtete sich nicht vor dem Angriff von Wachen oder Zauberern.

Er hatte viel furchterregendere Feinde.

Randbemerkungen über die Schöpfung

Am nächsten Morgen wachte Shamira voller Unruhe auf. Nachts war sie mehrmals aufgeschreckt, weil sie immer wieder denselben Albtraum gehabt hatte, der von Zikkurats, Kerkern, Zauberern und Göttinnen handelte, die in Kellergemäuern gefangen waren. Immer wieder öffnete sie in der Finsternis verstört die Augen, doch die bloße Anwesenheit des Himmelsbewohners schenkte ihrem Herzen Ruhe. Ablon war wie ein beschützender Falke, ein immer wachsamer Raubvogel, der sein Nest verteidigt. Regungslos und unerschütterlich kauerte er am Eingang der Grotte, wurde niemals müde und schlief nie.

Shamira streckte sich. Noch immer schmerzten die Schläge, die sie auf dem Weg in den Kerker erhalten hatte. Später würde ihr der Abtrünnige verraten, wie lange sie in heilender Starre gelegen hatte. Zwischen dem Angriff im Felsenmeer und dem Zeitpunkt, als sie die Höhle zum ersten Mal sah, waren zwei Wochen verstrichen. In dieser Zeit wurde sie ausschließlich mit Kräuterextrakten ernährt, einem grünlichen zähflüssigen Brei, der viele Vitamine und Mineralien enthielt und besonders bei Kranken angezeigt war. In der Grotte standen mindestens zwanzig verschließbare Henkelkrüge aus Ton, die der Aufbewahrung von Wasser und Speisen dienten, aber der Vorrat würde nicht ewig reichen,

und Shamira zitterte bei der Vorstellung, die Felswand hinaufklettern zu müssen.

Während des Frühstücks erzählte Ablon von einer Quelle am
Gipfel des Bergs, fünfzig Meter weiter oben, an der er die Gefäße
wieder auffüllen wollte. Er lud sie ein, ihn auf die Bergspitze zu
begleiten, von wo aus sie einen weiten Blick über das gesamte
Land Babylonien haben würden.

»Die Quelle ist zwischen einem Zwillingsfelsen verborgen«,
sagte Ablon. »Sie tröpfelt aus einer kleinen Öffnung und versi-
ckert dann wieder im Bauch des Felsens.«

»Ich könnte diese riesige Wand niemals hinauf- oder hinabklet-
tern«, weigerte sich Shamira. »Sie ist so steil und unbegehbar,
selbst mit Haken an den Füßen.«

»Ich kann dich mitnehmen«, bot er an. »Ich bin schon oft auf
diesem Berg gewesen, und beim letzten Mal habe ich dich dabeigehabt.«

»Aber man kann sich fast nirgends abstützen.«

»Und wie, glaubst du, bist du hierhergekommen?«

»Ich weiß nicht …«, stotterte sie. »Ich dachte, dass Engel … ich
dachte immer, dass himmlische Wesen fliegen, wie Vögel am Himmel.«

»Wenn wir uns materialisieren, ziehen wir unsere Flügel in unseren physischen Körper ein, sodass sie ganz darin verschwinden. Es ist ermüdend und schmerzhaft, sie zu manifestieren, und
für einen Flüchtling nicht sehr klug. Im Grunde genommen bin
ich ein Mensch, der durch die Wüste zieht, und kein geflügeltes
Wesen.«

Schließlich willigte Shamira vor der Mittagsstunde doch noch
ein, mit Ablon Wasser zu holen, weil sie sicher war, dass ihr Retter
ihr Leben nicht aufs Spiel setzen oder sie unnötig in Gefahr bringen würde. Nicht ohne Angst, aber doch vertrauensvoll, ließ sie
sich von dem General wie ein lebender Rucksack mit dem Ende
eines Seils auf seinem Rücken festbinden. An seinem Ledergürtel

befestigte er ein anderes Seil, dessen Ende er mit den Henkeln der Gefäße verknotete, die in der Höhle standen, um sie später mitzuziehen.

Dann kauerte er sich auf das Plateau am Ausgang der Grotte und sprang ins Leere, wie jemand, der sich umbringen will, und einen Moment lang glaubte Shamira, mit ihrem selbstmörderischen Retter an den Felsen zu zerschellen. Aber Ablon hatte sich beim Hochspringen in einen winzigen Riss gekrallt, der aus der Entfernung nicht zu sehen war. Er hing an der senkrechten Felswand und kletterte dann wie eine Spinne nach oben, wobei er die wenigen vorhandenen Haltegriffe nutzte und da, wo es keine gab, mit seinen starken Fingern, die den Kalk durchbohren konnten, neue bildete. Irgendwann machte er einen weiteren Satz und landete kurz unterhalb des Berggipfels auf einem Vorsprung.

Von dort aus verengte sich der Weg zu einem Pfad, gerade breit genug, damit ein Mensch darauf gehen konnte. Er führte um die Felswand herum und endete auf dem Gipfel des Maschu. Jetzt verbreitete sich der Weg zu einem natürlichen Platz, der von spitzen Megalithen umgeben war.

Während Ablon die Gefäße nachzog, betrachtete Shamira das Land zu ihren Füßen. Sie versuchte, nicht nach Westen in Richtung der verfluchten Stadt zu schauen, aber ihre Neugier siegte, und so erblickte sie die Umrisse des schrecklichen Turms von Babel.

»Die Aussicht nach Westen ist kein erfreulicher Anblick«, befand der Himmelsbewohner, als er Shamiras schreckgeweitete Augen sah. »Mir wäre es lieber gewesen, die Stadt Henoch wäre niemals dem Erdboden gleichgemacht worden. Ihre Nachfahren, die Babylonier, habe nicht die leiseste Ahnung, wer ihre Vorfahren waren.«

»Aber ich dachte, dass wir Menschen alle in irgendeiner Weise Erben der Menschen des alten Nod seien«, sagte Shamira.

»Das seid ihr auch. Alle Menschengeschlechter stammen von derselben Ahnenlinie ab. Schon vor Henochs Gründung, zur Zeit

Adams, zerstreuten sich die Sterblichen in alle Welt und bauten Ortschaften und Kleinstädte, einige davon sehr weit von der Hauptstadt entfernt. Die Babylonier sind die Erben dieses bedeutenden Volks, die Nachfolger der ursprünglichen Klans, die beschlossen, nicht auszuwandern.«

»Und was ist mit dem sagenhaften Volk von Atlantis?«

»Die Bewohner von Atlantis waren ebenso Menschen wie die Söhne Nods, aber ihre Rasse hatte ihren Ursprung in einem unabhängigen Zweig. Dennoch hat keiner von ihnen die Sintflut überlebt.«

Shamira wollte alles wissen. Als Zauberin und Wissenschaftlerin wurde sie nicht müde, Ablon Fragen zu allen möglichen Dingen zu stellen, und viele davon konnte selbst er nicht beantworten. Aber Ablon wurde es nicht langweilig. Er bewunderte ihre menschliche Lebhaftigkeit, ihre Kreativität und Intelligenz – Wesenszüge, die auch für die Jugend typisch sind.

»Erzähl mir alles«, bat sie ihn. »Sprich über das Universum, über die Dinge, die du gesehen hast, als du in der Finsternis des Raums umherirrtest. Verrate mir etwas über den Anblick Gottes.«

»Ich weiß sehr wenig darüber. Nur die Erzengel kennen die wahren Geheimnisse des Kosmos. Ich bin nur ein Krieger, ein Mörder – zumindest war ich das früher einmal …«

Doch als er Shamiras enttäuschtes Gesicht sah, berichtigte er sich: »Ich kann dir erzählen, was ich weiß und was ich von den Malakim gehört habe, den weisen Engeln, deren Zuhause der Sechste Himmel ist und die ihr Leben dem Studium der alten Geheimnisse widmen.«

Shamira lehnte sich mit dem Rücken an den Felsen und wartete gespannt. In dieser Höhe wehte ein angenehmer Wind und linderte die morgendliche Wärme.

»Es gab einmal eine Zeit, die noch viel weiter zurückliegt als das Aufdämmern des Universums, da bestand der unendliche Raum aus zwei Reichen, dem Reich der Finsternis und dem des Lichts. Über die Finsternis herrschte damals eine abscheuliche Gottheit, Tehom, die Göttin des Chaos. Dieses kosmische Ungeheuer wurde von verschiedenen kleineren Göttern unterstützt – darunter Behemot, der Schauerliche, mit seinem schwarzen Schwert – und beherrschte einen Großteil des ausgedehnten leeren Raums. Ihr Widersacher war der Gott des Lichts, der strahlende Jahwe. Irgendwann gab es Krieg zwischen Jahwe und Tehom.«

»Nur ein einziger Gott gegen viele?«

»Als Helfer in diesem Gefecht ließ der Leuchtende die fünf Erzengel entstehen, Wesen mit sagenhafter Macht, die neben ihm gegen die Götter der Finsternis kämpften. Jahwe und seine Sachverwalter gingen als Sieger aus dieser Konfrontation hervor, die wir Urzeitliche Schlacht nennen, und warfen die Leichen ihrer Feinde in die Hölle. Mit Tehoms Niederlage übernahm der Himmlische Vater beide Reiche, herrschte fortan sowohl über das Licht als auch über die Finsternis und erklärte sich zum Allmächtigen über alle Dinge. Nun war er unbesiegbar und hatte Zeit, um mit der Erschaffung des Universums zu beginnen. Mit einem Knall rief der Allerhöchste die Engel ins Leben, alle auf einmal, und bevölkerte so den Raum mit den himmlischen Legionen. Anschließend entzündete er einen Lichtfunken und begann mit der Erschaffung des Kosmos.«

»Und Gott – was weißt du über Gott?«

»Er ist nur Gefühl und Energie. Zum Herrn hatte nie jemand Zugang, selbst als er dem Unendlichen Form gab. Nur die Erzengel sprachen mit ihm, und ich glaube nicht, dass sie viel sprachen. Jahwe war wie ein beschäftigter Vater, ein Erzeuger, der seiner Arbeit große Bedeutung beimaß. Aber wir konnten ihn in unserem Herzen spüren und waren im Grunde nie allein. Ein Narr ist der Sohn, der vom Vater abhängig ist, auf dessen Schutz baut und darauf verzichtet, sich die Welt selbst untertan zu machen.«

»Und dann, was geschah dann?«

»Über Milliarden Jahre hinweg ließ der Schöpfer sein Werk entstehen, indem er sein Vorhaben in Tage aufteilte. Jeder dieser heiligen Tage entspricht Tausenden von Menschenjahren. Am ersten Tag erschuf er den Himmel, die Sonne und die ersten Sterne am Firmament. Er fügte Myriaden von Monden und Planeten hinzu, bis er der Ansicht war, seine Welt sei vollkommen. Unzählige Jahrhunderte lang war die Erde das Zuhause der Tiere, der Garten der Engel, bis am Ende des sechsten Tages die Menschen auftauchten, das größte von Gottes Werken. Vom Ergebnis entzückt, schenkte Jahwe ihnen eine Seele und schloss damit die Arbeit an der Schöpfung ab. Nachdem er sein Werk beendet hatte, war der Leuchtende erschöpft und müde. Er flog bis in den Siebten Himmel, sein Heiligtum auf dem Gipfel des Bergs Zaphon, legte sich dort zur Ruhe und überließ den Erzengeln die Aufgabe, in seinem Namen zu herrschen. So endete der sechste Tag, und es begann der siebte, der bis heute andauert.«

»Der siebte Tag«, wiederholte Shamira. »Und wann wird er zu Ende sein?«

»Das lässt sich unmöglich sagen. Die Erzengel und auch die Malakim behaupten, der Allerhöchste werde irgendwann erwachen, um die Ungerechten zu bestrafen, und das wird die Zeit der Apokalypse ein, ein Ereignis, das die ganze Welt betrifft und das Ende des letzten Tages bedeutet. Michael, der Engelsfürst, bewahrt oben auf seiner Festung in Zion das Rad der Zeit auf. Dieses unglaubliche Kunstwerk zeigt angeblich den Verlauf des siebten Tages an. Wenn der Kreis vollendet ist, wird sich der Allmächtige erheben und eine Herrschaft des Friedens einläuten. Aber das ist nur eine Vorhersage.«

»Und du«, fragte sie, »warum bist du hier? Warum bist du auf der Erde und nicht bei deinesgleichen im Himmel?«

Ablon machte eine dramatische Pause und blickte starr in die strahlende Sonne, die sich bereits gegen Westen neigte. Er füllte die Gefäße im Becken der Quelle auf und setzte sich Shamira gegenüber. »Jahwe war seiner Schöpfung immer sehr zugetan, und das ärgerte die Erzengel, die um seine Aufmerksamkeit buhlten. Da der Strahlende dem Menschen eine Seele gab, wurden die Erzengel und auch viele Engel eifersüchtig und wütend. Als der Allerhöchste einschlief, begann der Fürst Michael daher mit seiner Politik der Zerstörung. Mit der Behauptung, er spreche im Namen Gottes, verkündete er, der Vater habe genug von der Grausamkeit der Menschen und deshalb beschlossen, jeden Sterblichen auf der Erde zu vernichten. Damit begann das Zeitalter der großen Katastrophen, von denen die größte die Sintflut war.«

»Die Überschwemmung, die Henoch und Atlantis unter sich begrub«, ergänzte Shamira.

»Dieses gewaltige Unglück empörte das halbe Paradies, doch die Engel waren noch nicht bereit, darauf zu reagieren oder sich der Macht des Geflügelten Monarchen zu widersetzen. Deshalb beschloss ich, eine Verschwörung anzuzetteln.«

»Du?«, fragte sie ungläubig. »Ich dachte, du seist nur ein Krieger.«

»Die Macht für Revolutionen lag beim Heer, aber deine Überraschung ist verständlich. Ich war ein General, ein bedeutender militärischer Anführer, unterstand aber dem Anführer meiner Kaste und folglich auch den Erzengeln. Allein wäre ich vernichtet worden.«

»Und was wolltest du tun?«

»Ich bildete einen Kreis von Verschwörern, die alle vertrauenswürdig waren: achtzehn Cherubim, die mich niemals verraten würden. Aber ich brauchte Unterstützung gegen Michael, der mir im Weg war, und wandte mich deshalb an einen anderen Erzengel.«

»Und an wen?«

»An Luzifer, den Morgenstern. Als er noch ein Erzengel war, zeigte sich Luzifer den Menschen gegenüber immer gewogen, wenn auch nur, um sich gegen seinen Bruder zu stellen. Er war der Einzige, der die Macht hatte, den Himmelsfürsten zu bezwingen, und passte daher perfekt zu uns Verschwörern.«

»Wie hat er darauf reagiert?«

»Er akzeptierte meinen Plan, und ich dachte, gemeinsam könnten wir dem Blutvergießen endlich ein Ende bereiten und den Tyrannen vielleicht entmachten. Aber es verlief nicht alles nach Plan. Jahrhunderte nach der Sintflut gab es wieder viele Menschen, und das erzürnte den Diktator. Seine Wut ließ er daraufhin an der irdischen Stadt Sodom aus, die blühte und immer größer wurde. Michael beschloss, sie zu verwüsten, und berief alle Engel zu einer Versammlung ein, bei der er seine Entscheidung verkünden wollte. Nach einer langen Rede bekräftigte er, dass nicht nur Sodom, sondern alle Städte in der weiten Ebene ausgelöscht werden sollten. Verärgert erhoben wir, die Verschwörer, unsere Stimme, und alles wäre nicht mehr als eine Diskussion gewesen, hätte der hinterlistige Luzifer uns nicht denunziert. Vor dem versammelten Rat verriet der Dunkle Erzengel uns und die Verschwörung, und daraufhin griffen wir zu den Waffen. Es folgte ein heftiger Kampf, bis die Pfeiler des Paradieses barsten. Wir stürzten hinab. Fantastisch und unüberwindlich ist die Macht des finsteren Michael; er verfluchte uns, indem er uns zu der schlimmsten Strafe verurteilte, die man über einen Himmelsbewohner verhängen kann: Er sperrte uns in unseren leiblichen Körper und verstieß uns auf die Erde. Und so wurden wir an die materielle Ebene gebunden.«

»Aber weshalb wollte Luzifer euch verraten, wenn doch Michael sein wahrer Feind war?«

»Der Morgenstern wollte bei unserem Bündnis nicht mitmachen. In Wahrheit war er an der Erhaltung der Menschheit nicht interessiert, sondern nur daran, dem Tyrann zu widersprechen. Er wünschte sich sehnlich, den Thron zu besteigen und sich dann über Gott zu erheben, indem er sich einen Palast auf dem Zaphon, dem Berg der Götterversammlung, baute.«

»Schwierig zu sagen, was schlimmer ist – ein mordgieriger Diktator oder ein hinterlistiger Schurke.«

»Der Verrat der Verschwörung verhalf Luzifer zu Einfluss und Ansehen, und mit dieser Macht zimmerte er sich seine eigene Revolution. Er zog Millionen auf seine Seite, indem er ihnen eine friedliche Herrschaft und das Ende der Tyrannei versprach. Einige gute Engel schlossen sich seiner Revolte an, da sie von Michaels Art zu herrschen enttäuscht waren. Kurze Zeit nach der Verstoßung der achtzehn Abtrünnigen erschütterte ein blutiger Krieg das Paradies, aber die Rebellion wurde niedergeschlagen. Der Teufel und seine Engel wurden in den Scheol geworfen, eine finstere, unselige Dimension, und dort leben sie seither als Dämonen der Verzweiflung.«

»Wie hast du von alldem erfahren, wenn du doch gar nicht mehr im Himmel warst, als dieser Kampf stattfand?«

»Von Orion, einem gefallenen Engel, der die Ziele der Revolution irrtümlich guthieß. Zur Zeit des alten Atlantis waren wir Freunde, und er kam aus der Hölle herauf, um mich zu suchen. Er hat mit mir über den Krieg gesprochen und mir auch gesagt, dass Luzifer die Schuld für seine Niederlage auf die Abtrünnigen geschoben hatte, mit denen alles angeblich erst angefangen habe.«

»Der Strick reißt immer an der dünnsten Stelle.«

»Orion teilte mir mit, dass der Morgenstern Jäger auf uns angesetzt hatte, die uns verfolgen sollten. Im Himmel hatte Michael – grausame Ironie – dasselbe getan, indem er behauptete, die Verschwörung habe den Keim für die Revolution gelegt. Obwohl wir niemals etwas mit Luzifers Aufstand zu tun hatten, brauchten beide Seiten eine Zielscheibe für ihre Wut. Da wir Abtrünnigen die Verfolgung schon vorhersahen, zogen wir es vor, uns zu trennen und auf der Welt zu zerstreuen.«

»Eine riskante Entscheidung.«

»Bald nachdem wir auf der Erde angekommen waren, begaben wir uns an den einzigen uns bekannten Ort: Henoch, damals eine in der Wüste Nod versunkene Ruinenstadt, in der die Phantome derjenigen lebten, die bei der verheerenden Sintflut umgekommen waren. Dort hielt sich die Bruderschaft der Abtrünnigen jahrhundertelang verborgen und beschäftigte sich eingehend mit den Kunstwerken, der Architektur und den Aufzeichnungen der Menschen. Und als die Zeit unserer Verbannung zu Ende war, beschlossen wir, einzeln aufzubrechen, denn gemeinsam hätte man uns gefunden, und wir wären alle auf einmal gestorben.«

»Was hat dich eigentlich nach Babylonien geführt?«

»Meine Begegnung mit Orion fand nach der Auflösung der Bruderschaft statt, als ich allein in den Ebenen Sumers herumirrte. Mein Auftrag ist es nun, die Flüchtlinge zusammenzuführen und sie vor der Gefahr zu warnen, in der sie sich befinden.«

»Hast du schon einen von ihnen gefunden?«

»Eines Tages, als ich an den Ufern des Tigris entlangging, nahm ich ein Zittern im Schleier der Wirklichkeit wahr. Dies ist eine unter Himmelsbewohnern bekannte Technik, um Botschaften durch die Membran zu schicken. Jedenfalls war es ein Alarm, ein Hilferuf, ein Signal von einem abtrünnigen Cherub: der Kriegerin Ishtar.«

Ishtar!

Shamira erbleichte. Ob es um Ishtar von Babel ging? Die Göttin, die sie als Gefangene im Verlies gesehen hatte, das geflügelte Wesen, das in den Kerkern der Zikkurat eingesperrt war? Und wenn es so war? Sollte Shamira ihr Geheimnis offenbaren oder es verschweigen, um den General nicht in Gefahr zu bringen? Würde Ablon in die babylonische Hauptstadt eindringen, ihr bewaffnetes Heer schlagen und den Unsterblichen und seinen Ratgeber besiegen? Eher nicht. Sie stellte sich vor, dass Zamir in der verfluchten Stadt an der Seite des Königs unbesiegbar war. Andernfalls hätte er die Göttin niemals gefangen nehmen können und sie bei seinen abscheulichen Zeremonien benutzt.

»Was ist los?«, fragte er, und Shamira stockte das Blut.

»Ich sah mich plötzlich wieder in dem Albtraum«, log sie, entschlossen, das Leben ihres neuen Freunds nicht aufs Spiel zu setzen. »Erzähl mir, was danach passierte«, lenkte sie ab.

»Die Botschaft ließ vermuten, dass Ishtar eine ganz große Sache entdeckt hatte, etwas, um das ich mich sofort kümmern musste. Durch ganz Mesopotamien folgte ich ihrer Spur, und meine Suche führte mich zum Felsenmeer.« Er zeigte nach Südwesten, wo das Felsenlabyrinth lag. »Aber ich kam viel zu spät. Mitten in den Felsen erkannte ich eine Kämpferin im Gefecht mit einer unglaublichen Kreatur, einem düsteren Engel mit schwarzen Flügeln. Seine Aura war verschwommen, besudelt, und ein Metallhelm verdeckte sein Gesicht. Ich wusste nicht, ob es ein Dämon oder ein Engel war, aber als mir bewusst wurde, dass ich das Gebirge nicht rechtzeitig erreichen würde, um die Himmelsbewohnerin zu retten, warf ich mich gegen die Felswand, worauf das ganze Gebirge einstürzte. Ich weiß nicht, was mit den beiden Kämpfenden geschah, aber Ishtar wäre gestorben, wenn ich das Gebirge nicht genau in diesem Augenblick zerstört hätte. Sie wird bei dem Einsturz schwerlich den Tod gefunden haben, schließlich besitzt sie eine unsterbliche Widerstandsfähigkeit. Seither durchstreife ich das Felsenmeer auf der Suche nach ihr, aber ohne Erfolg. Ich vermute, dass sie Richtung Norden geflohen ist.«

Ishtar starb beim Einsturz des Gebirges also nicht, folgerte Shamira. *Vielleicht erlosch sie nur, und dann war es für die Babylonier sicher ein Leichtes, sie gefangen zu nehmen.*

Können oder Opportunismus? Was hatte wirklich zur Gefangennahme der Göttin geführt?

»Weshalb begibst du dich dann nicht nach Norden?«, fragte sie vorsichtig und versuchte, Ablon von der verhassten Hauptstadt und dem Magier fernzuhalten, der ihn wahrscheinlich genau wie Ishtar bezwingen würde.

»Noch nicht. Das Beste ist, abzuwarten. Wenn die Kriegerin hier in der Nähe ist, wird sie mich finden.«

Shamira schwieg, alle Fragen vergessend, die ihr durch den Kopf gegangen waren, außer einer, die sie nicht so schnell loslassen würde. Sie war wie betäubt und wusste nicht, was sie tun sollte, um diese Sackgasse zu umgehen. Wenn sie Ablon von ihrer Vision durch die Augen der Ratte erzählte, würde er bestimmt nach Babel ziehen und durch die Lanzen des Heers, die Kraft des Unsterblichen Königs und die Zauber des Hexers sterben. Erzählte sie es ihm nicht, blieb er vielleicht am Leben, aber sie hätte das Vertrauen ihres Retters missbraucht.

Geplagt von Zweifeln entschied sie, Ablon erst später aufzuklären.

Bis zum Einbruch der Nacht blieben Ablon und Shamira auf dem Kamm des Gebirges. Die Zauberin war erschüttert von dem, was Ablon ihr enthüllt hatte, und es gelang ihr nicht, Ishtar aus ihren Gedanken zu verdrängen, zumal sie jetzt wusste, wer sie war und wie sie in die Zikkurat gelangt war.

Noch bevor der Mond aufging, stiegen der Engel und die Magierin zur Höhle hinunter, doch sie sprachen immer noch über die Hauptstadt Babyloniens und die seltsamen Gewohnheiten ihrer Bewohner. Ablon zeigte sich bestürzt über das Leid der Handwerker, doch er hatte es sich zum Prinzip gemacht, nicht in den Lauf der Geschichte einzugreifen.

»Menschen verfügen über einen freien Willen, der eine heilige Gabe ist, und sollten die Verantwortung für ihre Erlösung oder ihre Verdammung allein tragen«, erklärte er. »Genauso wie der Erzengel Michael kein Recht hat, sie abzuschlachten, darf ich sie nicht retten.«

»Aber die Abtrünnigen haben sich doch gerade gegen die Tötung der Menschheit aufgelehnt«, erinnert ihn Shamira.

»Die Verschwörung hatte das Ziel, die Sterblichen vor dem himmlischen Zorn zu bewahren und nicht vor ihnen selbst. Wir sind keine Götter, sondern Engel, und können die Menschenwesen nur leiten, sie aber niemals auf einen vorherbestimmten Weg drängen.«

»Warum?«

»Weil das der Wille Gottes ist«, antwortet er schlicht. »So hat Jahwe es geplant, und wir Himmlischen sind sein Werkzeug, diejenigen, die seine Befehle ausführen. Genau das unterscheidet uns von den Menschen, die tatsächlich frei sind, keinem Plan und keiner Vorschrift unterworfen.«

Shamira zog sich in den hinteren Teil der Grotte zurück, warf sich einen wollenen Umhang über und zündete das Feuer an. Sie nahm etwas Suppe zu sich und machte es sich auf ihrem Strohlager bequem.

»Nur eines habe ich noch nicht verstanden«, ergänzte Ablon, bevor sie sich niederlegte. »Wenn es in Babel so viele Sklaven gibt, warum revoltieren sie dann nicht?«

»Die Arbeiter fürchten sich vor Nimrod, denn er ist unsterblich, und keine Waffe kann ihn verletzen.«

»Unsterblich?«, fragte er verblüfft. »Also das ist unmöglich.«

Shamira schloss die Augen und rollte sich auf die Seite.

Sie schlief sehr wenig.

ABLON UND SHAMIRA

Durch die Ankunft des Sommers wurde das Wetter etwas feuchter. In dieser Jahreszeit senkt sich die Hitze in Mesopotamien auf die Berge, heizt die Wüste auf, erwärmt die Ebenen und lässt die Wasser des Tigris sprudeln, sodass saisonale Niederschlagszonen entstehen, die den Boden im Osten fruchtbar machen.

Den ganzen Frühling über standen die Arbeiten am Turm von Babel nicht still. Sie zerrissen die Landschaft und wühlten Shamiras ohnehin unruhiges Gewissen auf. Sie hatte nicht den Mut gefunden, Ablon die Wahrheit zu sagen, und jetzt war es viel zu spät.

Trotz ihrer ausweglosen Lage wurden Ablon und Shamira im Laufe der Zeit Freunde. Eines Tages saßen sie im letzten Glanz des Abends vor der Höhle und bemerkten plötzlich den Schatten des Turms.

»Mit jedem Tag wird er größer«, fiel Ablon auf. »Er muss inzwischen mehr als tausend Meter messen. Bald werden es zweitausend Meter sein.«

»Das ist doch gar nicht möglich!«, widersprach Shamira. »Wenn er noch höher wird, stürzt alles ein. Das Gebäude hat keine Stützen, die all die unteren Geschosse tragen. Ich weiß nicht, weshalb er immer noch steht.«

»Das ist überhaupt kein magisches Geheimnis, sondern eine Meisterleistung der Bauwissenschaft. Ich war zwar noch nie in Babel, aber ich verfolge den Baufortschritt aus der Entfernung. Unter der Stadt befindet sich ein Wasserlauf.«

»Dasselbe Wasser, das die Palastgärten versorgt«, erinnerte sich Shamira.

»Ein unterirdischer Kanal des Euphrat. In ihm fließt das Wasser unter den Stadtmauern und der Zikkurat hindurch und dann weiter. Die Arbeiter haben tief gegraben, bis sie diesen Wasserlauf fanden, und dann eine Absperrung errichtet, sodass das Wasser zwar weiterfließt, aber nach oben.«

»Nach oben?«

»Im Zentrum des Turms von Babel steht ein riesengroßer Eisenzylinder, ein senkrechtes Rohr mit großem Durchmesser. Dorthin fließt das Wasser, und der Druck ist so stark, dass er das Rohr aufrecht hält. Zur Erhaltung des Gleichgewichts lassen winzig kleine Schleusen das Wasser in strategisch festgelegte Richtungen strömen, sodass eine stützende Säule entsteht, die den Mittelbau trägt.«

»Das ist ja unglaublich! Auf diese Weise können sie ewig weiterbauen.«

»Das macht der Ehrgeiz. In dieser Hinsicht sind Engel, Dämonen und Menschen vom selben Übel befallen.«

Sie blieben vor der Grotte sitzen, bis die Sterne aufgingen und die Kälte nahte. Sie waren so verschieden – der Himmlische und die Irdische – und zugleich so ähnlich. Beide waren vor der Unterdrückung geflohen und hatten ihre eigenen Werte entdeckt. Sie wollten keinen Krieg, weder Hass noch Schmerz. Sie wünschten sich nur Frieden, aber ihre Wege hatten sie in Gefahr gebracht und ihnen ein abenteuerliches Leben beschert, das zwar aufregend, aber alles andere als angenehm war.

Der Wind blies über die Höhen, und die beiden umarmten einander, einem menschlichen Instinkt folgend.

Diesen Augenblick sollte keiner von ihnen je vergessen.

GÖTTLICHER AUFTRAG

Vom ersten Sommermonat an wurde es heißer. Die Höhle lag mehrere Meter über dem Erdboden, und morgens brachte die Höhe etwas Frische, doch um die Mittagsstunde brannte auch hier die Sonne hernieder. Deshalb beschlossen Ablon und Shamira an einem warmen Juliabend, einen Ausflug an den Tigris zu machen. Es würde ein langer Weg werden, aber Shamira musste ihre Beine bewegen, und der Cherub würde sie begleiten. Sie waren schon mehrmals auf den Berg geklettert und hatten die Krüge mit Wasser aufgefüllt, aber allmählich ging der Nahrungsvorrat in den Töpfen zur Neige.

Ablon verknotete ein paar Schnüre provisorisch zu einem Fischernetz und nähte viele Meter gestraffte Schafshaut darauf, sodass eine geräumige Tasche entstand, um Nahrung aufzubewahren. Sie würden Fisch, Palmmark, Granatäpfel und vielleicht etwas Fleisch suchen, um ihren Speisezettel zu bereichern. Himmelsbewohner mussten nicht essen, aber der General kostete immer von Shamiras Gerichten, denn seine waren ja ungenießbar.

Zum ersten Mal seit vielen Wochen setzte Shamira wieder einen Fuß auf den sandigen Boden, und gemeinsam machten sie sich auf den Weg nach Osten, hin zu dem üppigen Grüngürtel, der das Ufer des Flusses säumte. Zwei Tage später sahen sie Füchse, Gazellen, Otter, Falken und Störche, verschiedene Arten von früchtetragenden Bäumen und einen Hain mit Dattelpalmen, bis die mit einzelnen Sträuchern bestandene Landschaft in einen Wiesenteppich überging.

Im Süden waren einige armselige Hütten zu erkennen, traurige Besitztümer von Bauern, die man bestohlen hatte und die aufgrund von Abgaben an den König zu einem Leben in Armut verurteilt waren. Alle zwei Monate pflegte Nimrod seine Häscher in entlegene Winkel des Reichs zu entsenden, die die Bauern unterdrücken und die Aufständischen umbringen sollten. Die Möglichkeit, dass sie auf bewaffnete Patrouillen trafen, war groß, aber Ablon fürchtete sich nicht vor ihnen.

»Vor fünf Tagen sind die Babylonier hier vorbeigekommen«, stellte er fest, während er die Fährten im Gras betastete. »Sie hatten Gefolge und eine schwere Sänfte dabei.«

»Sie sind sehr schnell unterwegs, sogar zu Fuß«, pflichtete Shamira ihm bei.

»Der König hat einen unterirdischen Geheimpfad anlegen lassen. Ich habe ihn schon von oben gesehen, war aber noch nicht dort.«

»Einen Tunnel, der durch das Land verläuft?«, fragte sie erstaunt.

»Nein, keinen Tunnel, sondern einen Graben, eine versunkene Straße. Ich kann dir keine Einzelheiten nennen und dir auch nicht sagen, wie sie entstanden ist.«

»Und weshalb hast du diese Wege nie benutzt? Schneller gelangt man wohl kaum in die Winkel Babyloniens.«

»Ich wollte vermeiden, einem Bataillon zu begegnen. Auf Geheimwegen muss man immer mit berittenen Häschern und ihrem Gefolge von Kämpfern rechnen.«

»Ich dachte, du seist praktisch unbesiegbar«, wandte Shamira ein.

Der Abtrünnige lächelte bescheiden, wie es seine Art war. Die meisten Engel sind gewöhnlichen Menschen geistig und körperlich überlegen, selbst wenn sie sich als Avatare materialisiert haben, und die Nekromantin hatte nicht vergessen, wie er die Wachen bei dem Angriff im Felsenmeer mit einem einzigen gezielten Angriff verblüfft hatte.

»Ich bin nicht unbesiegbar. Sonst wäre ich nicht aus dem Himmel verstoßen worden.«

»Aber du hast deinen Mördern Widerstand geleistet.«

»Ich weiß nicht, wie lange ich noch lebe. Bald wird mich ein Verfolger finden, so wie er die Kriegerin Ishtar gefunden hat. Und dann muss ich einfach kämpfen.«

»Ist dein Stolz wirklich so todbringend?«, hakte Shamira nach, betrübt vom Hochmut ihres Freundes.

»Das hat nichts mit Stolz zu tun. Ich bin ein Cherub, ein Beschützer und Räuber. Das ist mein Naturell«, wiederholte er.

Ablon und Shamira hatten sich schon über den freien Willen der Menschen und über die unabänderliche Natur der Himmelsbewohner unterhalten, aber mit ihrem Kampftrieb konnte sie sich noch nicht abfinden – vielleicht weil sie ein Mensch und der Wille des Menschen Schwankungen unterworfen war.

»Und wie ist es mit der Angst vor dem Tod?«, beharrte sie.

»Für einen Soldaten ist der Tod nur das Ende seines Auftrags.«

»Und wovor hast du dann Angst, General? Oder sind geflügelte Wesen auch gegen die Schwächen des Geistes immun?«

Ablon blieb auf der Wiese stehen und berührte das Gesicht der jungen Frau. »Meine Angst ist, zu vergessen«, sagte er, während er ihre weiche Haut liebkoste. »Zu vergessen, was ich durchgemacht habe, welche Lektionen ich gelernt habe, und jene zu vergessen, die ich liebe. Und vor allem habe ich Angst, meine Werte zu vergessen, meinen Prinzipien untreu zu werden und mein Anliegen zu verraten.«

Shamira unterdrückte ein Schluchzen und wandte den Blick ab. Erst jetzt begriff sie, dass es sehr egoistisch wäre, ihn von seiner Mission abzuhalten. Auch wenn es für ihn den Tod bedeutete – sie war wichtig, und er würde damit seine Sache retten können.

Es ist die Wahl, vor der wahre Helden gewöhnlich stehen, und Shamira würde ihn nicht zurückhalten können.

Als sie später allein war, weinte sie still.

Ungefähr zweihundert Meter vom Flussufer entfernt breiteten die beiden Decken im Gras aus und schlugen ihr Lager auf. Ab hier ging die Wiese in Morast über, einen schlammigen Sumpf, der sich bis an den Tigris erstreckte.

Der Abend neigte sich bereits seinem Ende zu, und sie beschlossen, trotz der Insekten eine Rast einzulegen, etwas zu kochen und am folgenden Tag ganz früh aufzustehen, um zu fischen und Nahrung zu suchen. Für die Feuerstelle ordnete Shamira kreisförmig ein paar Steine an und verbrannte eine Handvoll exotischer Kräuter, um die Mücken fernzuhalten. Aus verschiedenen fremdartigen Wurzeln stellte sie einen Brei her und verriet Ablon eine Geheimrezeptur, mit der sich organisches Material wie Leder, Papier und Stoffe jahrelang konservieren ließ. Diese Formel hatte einst der alte Orden von Sippar entwickelt, eine Bruderschaft von Magiern, die schon vor Jahrhunderten ausgelöscht worden war.

In dieser Nacht, während Shamira schlief, setzte sich Ablon auf einen runden Stein und versank in tiefe Meditation. Himmlische meditieren recht häufig, um sich Orte und Situationen aus der Vergangenheit in Erinnerung zu rufen, die sie sonst vergessen würden. Anders als Menschen leben Engel Tausende von Jahren, und nicht alle sind so gescheit wie die Malakim, deren Verstand niemals nachlässt.

Am nächsten Tag, noch bevor der Morgen dämmerte, hatten sie das Sumpfgebiet hinter sich gelassen und die lieblichen Gestade des Tigris erreicht. Nach ihrer Wanderung hatten sie im erfrischenden Strom ein Bad genommen und waren fast den ganzen Vormittag in der Sonne geschwommen.

Um die Mittagsstunde ging Shamira ans Ufer zurück, und Ablon warf das Fischernetz in den reißenden Fluss, an der Stelle, wo die Fluten herabstürzten. Sie waren tatsächlich im Paradies, einer fantastischen, fruchtbaren Landschaft, umgeben von Leben und Schönheit, einem angenehmen Platz in der Unendlichkeit der Wüste.

»In Kanaan lehrten die Priester uns, dass die Menschen aus Lehm geformt wurden«, fing Shamira an, während sie die feuchte Erde befühlte. »Als Kind dachte ich immer, in den Schriften stünde die Wahrheit.«

»Der Lehm ist im übertragenen Sinn gemeint«, erklärte Ablon. »Er steht für das Fleisch, für die physische Materie, die greifbare Substanz des konkreten Universums. Der Mensch ist Teil einer Entwicklung, die am vierten Tag im Meer ihren Anfang nahm und die Entstehung unterschiedlicher Arten einleitete.«

»Du hast aber gesagt, dass die Menschen von Gott erschaffen wurden.«

»Die Kraft Gottes war in der Evolution immer präsent. Er ist die große Energie, die den Lauf des Unendlichen und das Wachstum der Dinge antreibt. Die Geistlichen pflegten Jahwes Werk mit der Arbeit der gemeinen Leute zu vergleichen, damit diese es besser verstanden. Doch das Handwerk eines Schreiners oder eines Fischers war nicht dasselbe wie die göttliche Macht. Die Schöpfung setzte göttliche, geheimnisvolle und unsichtbare Energien in Bewegung.«

»Dann sind die heiligen Schriften also nichts anderes als alte Gleichnisse?«

»Gleichnisse soll man nicht geringschätzen, denn sie stellen den höchsten Grad menschlicher Kommunikation dar. Es liegt also an jedem, sie zu interpretieren. Es gibt nichts Geeigneteres für eine Rasse, die über den freien Willen verfügt und offen dafür ist, eigene Antworten zu finden. Die Schriften sind voll von Symbolen, die den Menschen dabei helfen, die Bedeutung des Kosmos zu begreifen. Aber die vollkommene Wahrheit existiert nur im Verstand eines jeden Einzelnen.«

»Und wer waren unsere Vorfahren, bevor Adam kam?«

»Eine Art Hominiden, die in finsteren Höhlen lebten. Früher verachteten die Engel sie, bis sie den Gipfel der Evolution erreichten und Gott ihnen eine Seele schenkte, was die Eifersucht der verderbten Erzengel entfachte. Aus diesem Grund bezeichnen viele Himmelsbewohner die Sterblichen lieber als Lehmpuppen oder Menschenaffen – eine Anspielung auf ihren stofflichen Ursprung.«

»Ein seltsamer Gedanke, dass ein Engel das Antlitz Gottes noch nie gesehen hat«, bemerkte Shamira in Erinnerung an das Gespräch, das sie auf dem Berggipfel geführt hatten.

»Aber das ist eigentlich gar nicht wichtig. Ich stelle ihn mir lieber als Konzept, als Inspiration, als Ziel vor. Meiner Meinung nach bedeutet Glaube einfach, an das Unergründliche zu glauben.«

Als Magierin kannte Shamira die Kraft des Glaubens sehr gut, und kein Zauber wirkt, wenn man nicht daran glaubt. Die Energie ihrer Zauberei kam aus ihrer menschlichen Seele, doch die Seele ist auch ein Erbe Gottes, ein Kanal, der die Irdischen an die göttliche Macht anschließt. Zauber und Wunder wirken allesamt durch die Essenz der Menschen, dieselbe Essenz, die sie mit dem Allerhöchsten und dem Universum verbindet.

ZAMIR VERSCHWINDET –
BABYLONIEN IN DER KRISE

Im Frühling verschwand Zamir vom babylonischen Hof, nachdem Nimrod ihn zusammen mit einem Kommando ausgesandt hatte, um Shamira zu verfolgen. Der Kommandant der Truppe, ein fünfzigjähriger Mann namens Nebron, berichtete dem König, die Hexe sei entkommen, verschwieg ihm aber, dass ein fremder Wanderer aufgetaucht war. Der ehrgeizige Kommandant hatte die Schuld für das Scheitern auf die Nachlässigkeit des Beschwörers geschoben, der ihn angeblich in die falsche Richtung geschickt hatte. Da Zamir nicht mehr in die Hauptstadt zurückgekehrt war, wurde Nebrons Version akzeptiert, und die Soldaten blieben vom Tod verschont.

In den folgenden Wochen verhielt sich der Unsterbliche aggressiver als sonst, denn der Verlust seines Ratgebers hatte ihn sichtlich getroffen. Die meisten anderen Häscher waren ihm aber nur ein schwacher Trost, denn sie konnten dem Magier nicht das Wasser reichen, hätten aber alles getan, um seinen Platz einzunehmen. Obendrein sorgten Verleumdungen und Intrigen im Palast für Unruhe, und mehrere Aristokraten fanden den Tod. Gedungene Mörder schlichen durch die Gärten und riskierten ihr Leben, um das eines anderen auszulöschen.

Das babylonische Reich war in seinen Grundfesten erschüttert, doch Nimrod war sicher, dass er allein damit fertigwerden könnte. Ihm zufolge besaß nichts und niemand die Macht, sich ihm oder seinem Heer in den Weg zu stellen. Er hatte den magischen Dolch des Zauberers aufbewahrt, die einzige Waffe, mit der er die Haut der Göttin ritzen konnte, und wäre notfalls allein in das Verlies hinabgestiegen, um ihr Blut abzuzapfen.

Nimrod war die Kontrolle zwar völlig entglitten, doch er ließ Vorsicht walten. Am Anfang des Sommers kursierten Gerüchte über die Existenz eines »Wüstengotts«, der den Hexer »in der Luft zerrissen« habe. Erneut befragte der König die Häscher und entlockte ihnen diesmal die ganze Wahrheit. Der Veteran Nebron gestand, dass ein einziger Schlag die Truppe kopflos gemacht habe, und berichtete ihm von dem Fremden. Wutentbrannt ließ der Unsterbliche Offiziere und Soldaten hinrichten und grübelte nach, wer dieser Fremde sein mochte. Da man Ishtar im Felsenmeer gefunden hatte, zog er den Schluss, dass der Wanderer ebenfalls ein himmlisches Wesen war, allerdings viel mächtiger. Andererseits war er, Nimrod, Babylonier und fürchtete sich nicht einmal vor dem strahlenden Jahwe.

Hätte es nicht die Tradition gegeben, dass er die Zikkurat nur in Kriegszeiten verlassen durfte, hätte sich Nimrod höchstpersönlich in die Wüste hinausbegeben, um den Fremdling herauszufordern. Aber es waren stürmische Zeiten, und er wusste, dass nur seine Anwesenheit in der Hauptstadt einen Sklavenaufstand verhinderte. Außerdem drohte, wenn er sich aufs Land begab, ein Kleinkrieg zwischen den Häschern auszubrechen, die sich mit aller Gewalt um das Amt an der Seite des Königs streiten würden. Deshalb wollte er lieber den Angriff des »Gottes« abwarten, da er überzeugt war, dass dieser irgendwann kommen würde, um Rache für seine Gefährtin zu nehmen. Zamirs Dolch trug er immer bei sich, denn er besaß eine Zauberklinge, mit der er jede Gottheit verletzen konnte. Nächtelang träumte er von diesem Gefecht und malte sich in seiner Fantasie mutige Heldentaten aus. Er hatte bereits die Welt erobert, war unsterblich geworden und würde nun einen Gott besiegen. Sein Name würde in Gedichten verewigt, in Legenden erzählt werden, und er würde in den Himmel kommen und damit die Engel im Paradies überwinden.

Anfang August sickerte das Geheimnis durch, und die Sklaven waren von der Existenz des sogenannten Wüstengottes fest überzeugt, denn sie nährte ihre Hoffnungen und verlieh dem Anliegen der rebellischen Arbeiter, die von Kumarbi, dem Stattlichen, angeführt wurden, wieder neue Stärke. Eine äußere Gefahr würde den Aufstand sicher erleichtern, denn es war damit zu rechnen, dass der König in diesem Fall die Hauptstadt verließ. Das plötzliche Verschwinden des Zauberers wirkte ebenfalls belebend auf die Verschwörer. Zamir war der kluge Kopf hinter dem Thron, die Intelligenz, die die Stadt in Bewegung hielt.

Im dritten Sommermonat überraschte ein neues, verstörendes Gerücht das Königshaus. Auf den Straßen wurde gemunkelt, Zamir sei unerkannt nach Babel zurückgekehrt und habe vor, sich schrecklich an denjenigen zu rächen, die versucht hatten, seinen Platz einzunehmen. Die Häscher schenkten diesem Gerücht keinen Glauben, aber nachts konnte keiner von ihnen mehr richtig schlafen.

Die Wochen vergingen, und Nimrod entzog sich allem und allen, indem er sich oben auf die Silberne Pyramide zurückzog. Dort saß er auf seinem goldenen Thron und starrte nur noch auf den Horizont, als warte er auf etwas.

Ablon und Shamira hatten nun Wasser und Nahrung für den ganzen Sommer und mussten nicht mehr in die Ebene hinabsteigen, sondern konnten weiterhin die verlockenden Geheimnisse des Kosmos ergründen. Die Zauberin weihte den Abtrünnigen Engel in viele menschliche Bräuche ein, etwa die Kunst der Medizin und des Kochens, und er erzählte ihr vom Himmel und den Ebenen jenseits davon. Sie waren ein außergewöhnliches Paar, ein jeder mit großartigen Fähigkeiten gesegnet. Der Cherub war kampferfahren, widerstandsfähig und flink, die Nekromantin eine Meisterin der Magie.

»Du bist wirklich begabt«, lobte er sie, als sie sich wieder einmal unterhielten. »Du bist die beste Zauberin, die ich jemals kennengelernt habe. Und ich habe viele Weise und Mystiker kennengelernt.«

»Viele? Ich dachte, von uns gäbe es auf dieser verlassenen Welt nur wenige.«

»Jetzt schon. Aber das war vor langer Zeit, vor dem Untergang von Atlantis. Damals gehörte die Magie zum Alltag. Praktisch nichts geschah ohne Zauberkunst.«

»Das müssen glückliche Zeiten gewesen sein. Aber wie konnte die Zauberkunst so endgültig in Vergessenheit geraten?«

»Das weiß ich nicht genau. Ich kenne die Geschichte der Bruderschaften nicht so gut, doch die Ausrottung sensitiver Menschen hat wahrscheinlich mit der Ausdehnung des Schleiers zu tun.«

»Der Schleier der Wirklichkeit«, sagte Shamira nachdenklich, »die Membran, die die beiden Welten trennt.«

»Jede mystische Wirkung des Weltlichen hat ihren Ursprung jenseits der Membran. Die Energie eines magischen Zaubers kommt aus deiner menschlichen Seele, deren Zuhause die Astralebene ist. Die überirdischen Kräfte der Engel strömen aus ihrer pulsierenden Aura. Daher muss ein Zauber die Membran durchdringen, damit er hier in der physischen Welt wirksam werden kann. Je dichter der Schleier, desto schwieriger wird es, Magie zu wirken. Vor der Sintflut war die Membran sehr viel dünner. Heute können nur noch sehr begabte Menschen mit diesen unglaublichen Kräften umgehen.«

»Aber warum hat sich der Schleier der Wirklichkeit so verdichtet?«

»Das weiß ich nicht, auch hier kann ich nur vermuten. Den Malakim zufolge entsteht der Schleier durch das kollektive Bewusstsein der Menschheit. Es ist ein unbewusster Schutz der Menschen gegen das, was sie nicht begreifen und ertragen können. Er entstand, als der erste Erdenbewohner, Adam, Klarheit darüber erlangte, wer er war, und sich daraufhin Fragen über das Universum stellte. Seitdem denken sich die Menschen immer logische Erklärungen aus für alles, was sie sehen. Dadurch entsteht eine psychische Membran zwischen dem, was sie für wirklich, und dem, was sie für einen Traum halten. Diese menschliche Kraft ist so überwältigend, dass sie sogar den Raum teilte und die beiden Wirklichkeiten in eine physische und eine geistige Welt trennte.«

»Ich weiß sehr gut Bescheid über die Grenze zum Totenreich, aber die Theorie ist trotzdem kompliziert«, räumte Shamira ein. »Es ist alles sehr abstrakt.«

»Manche Dinge lassen sich nicht mit dem Verstand erfassen. Vieles bleibt auch für die Engel im Dunkeln, die dem Unendlichen viel näher sind.«

Die Legenden über Atlantis hatten Shamira schon immer interessiert, doch selbst die Priester von Kanaan hatten nicht recht daran geglaubt und sie nach und nach aus ihren heiligen Schriften getilgt. Sie stellte sich immer gern vor, wie die Bewohner von Atlantis, ein gerechtes, fortschrittliches und schönes Volk, wohl gewesen sein mochten. Die ganze Magie, die es auf Erden noch gibt, hat ihren Ursprung in den kläglichen Überbleibseln des alten Henoch – ein winziger Wissensschatz, verglichen mit der einstigen Pracht dieser Stadt.

»Du warst schon in Atlantis, das heute eine Utopie der Menschen ist. Erzähl mir von der Kraft, die sie besaßen und die zu den schönsten Träumen inspiriert.«

Aber Ablon erzählte nichts, sondern zog sich in den hinteren Teil der Grotte zurück.

»Was ist?«, fragte Shamira verwirrt

»Ich muss weg«, antwortete er ohne Umschweife. »Ich muss meinen Auftrag weiterführen und die Abtrünnigen wieder zusammenbringen. Ende des Sommers werde ich aufbrechen.«

»Na schön …«, murmelte sie tonlos. »Ich kann ja mitkommen.«

Ablon wiegte den Kopf und sah sie ernst an. »Ich fürchte, du wirst mich nicht begleiten wollen.«

»Warum nicht?«, fragte sie arglos.

»Weil …« Er zögerte. »Weil ich nach Babel gehe.«

»Nein«, bettelte sie, während die schmerzlichen Erinnerungen in ihr aufstiegen.

»Babel ist die Hauptstadt der Welt. Dort laufen alle Informationen zusammen. Möglicherweise sind andere Flüchtlinge dort vorbeigekommen.«

»Die Stadt ist gefährlich. Der König …« Shamira schluckte, immer noch ratlos, ob sie Ablon verraten sollte, wo Ishtar gefangen gehalten wurde.

»Ich werde mich unter die Sterblichen mischen, denn ich weiß, wie ich die Emanationen meiner pulsierenden Aura verbergen kann. Kein Häscher wird mich in Babel entdecken.«

»Du kannst mit mir nach Kanaan zurückgehen. Auch Jericho ist ein wichtiger Ort, das Handelszentrum des Westens.«

»Kanaan liegt in der Gegend von Zion, einem Gebiet, wo sich Himmelsbewohner aufhalten. Dort, auf der ätherischen Ebene, befindet sich der wichtigste Stützpunkt des Erzengels Michael, die Festung von Zion, die von mehr als zehntausend Legionen bewacht wird. Selbst wenn ich in der materiellen Welt reisen würde, würden die Geflügelten mich finden, und wer bin ich, um mich einem Heer in den Weg zu stellen? Die Reise nach Westen ist bereits riskant, und eine Überquerung des Toten Meers erst recht …«

Shamira verbarg ihr Gesicht und trocknete die tränennassen Augen. »Also gut«, sagte sie resigniert und zog sich zurück, denn ihr fehlten die Argumente. Bis zu Ablons Aufbruch würden sie noch einen ganzen Monat gemeinsam in der Grotte verbringen, und Shamira hoffte, Ablon in dieser Zeit von seinem Vorhaben abbringen zu können.

GLÜHENDER ZORN

Für Shamira waren die letzten Sommerwochen verronnen wie Sand in einem Stundenglas. Ihr schlechtes Gewissen quälte sie. Sie konnte sich nicht vorstellen, wie Ablon auf die Nachricht von der gefangenen Göttin reagieren würde, und wollte lieber gar nicht darüber nachdenken. In dieser ausweglosen Situation fielen ihr seine Worte über den freien Willen der Menschen wieder ein, und sie grübelte darüber nach, ob diese Freiheit wirklich ein Geschenk war. Am liebsten hätte sie ein unveränderliches Naturell gehabt, mit dem sie ihr Tun rechtfertigen konnte – doch das Menschenleben besteht nun einmal aus Entscheidungen, und einige davon sind unvermeidlich.

Am letzten Augusttag packten Ablon und Shamira ihre Bündel und bereiteten sich darauf vor, den Berg zu verlassen. Shamira hatte Vorräte dabei, um in der Wüste zu überleben, und ein Goldkörnchen, das sie im Tigris gefunden hatte. Davon wollte sie im nächstgelegenen Dorf ein Pferd kaufen.

Ablon hingegen trug nur sein Schwert, das er mit einem Ledergurt auf dem Rücken befestigt hatte. In Seidenstoff gewickelt und als Gerte oder Stock getarnt, reiste die Waffe mit.

Am Vormittag waren Ablon und Shamira ein Stück Weg gemeinsam gegangen, einen eintönigen Pfad entlang, der am Ufer des Euphrat an der westlichen Grenze Babyloniens endete. Von dort aus wollte Ablon Richtung Suden in die verfluchte Stadt ziehen und Shamira auf direktem Weg die Wüste bis zur Grenze ihres Heimatlands durchqueren.

Auch das Ufer des Euphrat war fruchtbar, aber nicht so sumpfig wie das des Tigris. Das Flusswasser floss über Kanäle in der richtigen Menge zu den Pflanzungen. Auf den umliegenden Feldern gediehen Erbsen, Gerste, Linsen und Zwiebeln. Längs des großen Stroms erstreckte sich eine Futterweide, auf der Rinder, Kühe, Ziegenböcke und Ziegen grasten. Doch über der ländlichen

Idylle lag der Schatten des Turms, der an die gewaltigen eisernen Stadtmauern gemahnte.

Sie gingen weiter bis zu einer Anlegestelle und warteten dort darauf, dass irgendein Bauer kam, der Shamira gegen einen Meter Lederhaut mit seinem Boot ans andere Ufer brachte. Es war schon nach drei Uhr nachmittags, doch der wolkenlose Himmel machte die Hitze unerträglich und ließ verschwommene Trugbilder am Horizont entstehen. Weit weg von hier, im Felsenmeer, bereitete sich ein Sandsturm vor, der in den kleinen Tälern Staub aufwirbelte.

Während die beiden warteten, hatten sie Zeit, einander genauer anzuschauen, und plötzlich überkam sie eine heftige Leidenschaft. Obwohl sie von ihresgleichen weitgehend gefürchtet und geachtet wurden, hatte keiner von ihnen dieses Gefühl schon einmal erlebt. Ablon war ein Engel, ein engagierter Beschützer, und Shamira eine junge, unschuldige Frau.

»Ablon … Du darfst nicht nach Babel gehen«, versuchte sie es ein letztes Mal.

»Jetzt fängst du schon wieder damit an!«, murrte der Rebell, der geglaubt hatte, sich ihrer Beharrlichkeit widersetzen zu können. »Meinst du, für mich wäre es einfach? Ich verabscheue es genauso wie du. Aber es muss nun einmal sein.«

»Aber …«, stotterte sie, und ihr sank der Mut.

Da sah Ablon in ihrem Gesicht eine viel größere Qual als nur den Abschiedsschmerz. »Was ist los mit dir? Seit unserem ersten Gespräch über Babylonien bist du schweigsam geworden. Wenn du ein Geheimnis hütest, dann verrätst du es mir besser jetzt, bevor ich aufbreche.«

Da konnte sich Shamira nicht länger verstellen und brach in Tränen aus. Wenn sie Ablon alles gestand, würde sie ihn ins Unglück stürzen – ihn aber ahnungslos nach Babel ziehen zu lassen, wäre vielleicht noch gefährlicher gewesen. In ihrer Vorstellung trieb Zamir an Nimrods Seite in der Zikkurat weiterhin sein Unwesen und lauerte auf weitere Geflügelte für seine grausamen Zeremonien.

»Ishtar …«, stammelte sie unter Tränen.

»Ishtar? Was ist mit Ishtar?«, fragte Ablon erstaunt, während er ihr über das dunkle Haar strich.

»Sie … Ishtar wird in der Silbernen Pyramide gefangen gehalten«, stieß sie hervor. »Sie ist Nimrods Gefangene.«

»Was?«, brüllte Ablon. »Warum hast du mir das nicht gesagt?«

»Ich … Ich …« Shamira zitterte. Sie wollte dem Cherub beweisen, dass sie ihn niemals hintergehen wollte. Sie war entschlossen, sein Leben zu retten – das kostbarste Gut eines Menschen, aber nicht eines Himmelsbewohners.

Sie sah ihm an, dass er immer zorniger wurde. Seine ganze Aura loderte in glühendem Hass, in seinen Augen brannte rotes Feuer. Obbwohl sie wusste, dass er ihr nie Gewalt antun würde, bekam sie Angst vor ihm. Von einer Stunde zur nächsten hatte sich der weiseste aller Wanderer in einen blutrünstigen Mörder verwandelt.

Ablon wandte sich zur Hauptstadt um und ging, nicht wiederzuerkennen, in Richtung Wüste.

»Ablon!«, rief Shamira ihm nach. »Tausende Männer verteidigen Babels Stadtmauern. Und Nimrod … Nimrod …«, schrie sie mit letzter Kraft, doch der Krieger ging unbeirrt weiter, und so blieb ihr nur noch eine Warnung: »Du wirst sterben!«

Und Ablon gab zurück: »Dazu braucht es viel mehr als eine Armee aus Lehm.« Dann ging er weiter, wie ein Löwe auf der Jagd.

Mit tränenverhangenem Blick blickte Shamira dem Abtrünnigen Engel nach, wie er in der Landschaft verschwand. In der Zwischenzeit war der Sturm im Felsenmeer stärker geworden.

Es ist vollbracht!

Nun waren die Würfel gefallen und die Wege vorgezeichnet. Shamira hatte getan, was sie für richtig hielt, trotz der Konsequenzen – und fühlte sich erleichtert. Endlich war sie frei, frei von dem quälenden Konflikt, aber auch traurig über die Wendung, die alles genommen hatten.

Wendung?

Wer sagte denn, dass schon alles zu Ende war? So weit war es noch nicht! Sie war eine Nekromantin, eine erfahrene Mystikerin, und hatte noch ein paar Trümpfe im Ärmel. Irgendeinen Weg würde sie finden, um ihren Freund zu retten, und dies wäre ihre letzte Prüfung – kein Beweis für Hexenkunst oder eine triviale Zauberprüfung, sondern eine Stufe der Vernunft, eine Probe in Vorstellungskraft, denn darin liegt das wahre Wesen der Magie.

Shamira setzte sich an den Kanal zwischen die Wurzeln eines Feigenbaums. Allmählich ließ die Hitze nach, während der Sturm langsam näher kam. Sie trank einen Schluck Wasser und stützte die Hände auf die Knie.

Bei ihrer Flucht aus dem Verlies hatte Shamira Hilfe von einem rebellischen Sklaven bekommen, einem Diener, der einen Aufstand plante. Ganz sicher kannte die kleine Adnari diesen Verschwörer, und indem sie die Mosaiksteinchen zusammensetzte, kam Shamira zu dem Schluss, dass die Kleine die Rebellion auf ihre Weise unterstützte. Auch war klar, dass Nimrods Anwesenheit in Babel die Erhebung der Arbeiter verhinderte. Aber in Kürze würde ein Himmlischer die Stadt angreifen, und seine Offensive würde die ganze Aufmerksamkeit des Unsterblichen Königs in Anspruch nehmen. Während der Herrscher und sein Heer kämpften, hätte die Sklaven die Chance, zu revoltieren und vielleicht sogar den Sieg davonzutragen.

Sie musste Adnari unbedingt von dem geplanten Überfall des Himmelsbewohners informieren. Aber wie sollte sie vor ihm da sein, wenn die Zikkurat doch nur eine kleine Erhebung in der unendlichen Ebene, im Schatten des hoch aufragenden Turms war?

Was taten Nekromanten gewöhnlich als Erstes? Sie begaben sich ins Totenreich!

Die Hexe von Endor entspannte den ganzen Körper und streckte die Wirbelsäule. Allmählich erloschen ihre Sinne, und sie dehnte ihre Wahrnehmung ins Jenseits aus.

Sandsturm

Im Gemach eines Häschers arrangierte Adnari gerade einen Korb mit Früchten, während ein etwas älteres Mädchen, Mari, die goldenen Tabletts putzte und polierte. Draußen wurde es Abend, und der Palast war verlassen. Die Aristokraten hatten sich zur Arbeit in die höheren Stockwerke begeben, und ihre Frauen flanierten derweil in den Alleen, eskortiert von den königlichen Soldaten.

Ein Windstoß fuhr durchs Fenster. Maris Blick schweifte zu den Marmorarkaden und weiter über die unendliche Wüste.

»Es kommt ein Sturm auf. Das wird eine schwierige Nacht für die Arbeiter am Turm.«

»Hier ist jemand«, sagte Adnari plötzlich

»Hier?«, flüsterte ihre Freundin und sah sich im leeren Zimmer um. »Wir sind allein.«

»Die Hexe von Endor! Sie ist wieder in der Stadt!«

»Die Stadttore werden bewacht«, entgegnete Mari. »Wie soll sie denn in den Palast gelangen?«

Adnari gab keine Antwort. Sie lief aus dem Schlafgemach, über den großen Korridor und mehrere Stufen hinunter, kam durch einen Bogengang, von dort in einen Innengarten und zurück in die Kammern der Sklaven. Hätte man sie dabei erwischt, dass sie ihre täglichen Aufgaben vernachlässigte, hätte sie sofort getötet werden können, denn die Sklaven waren gezwungen zu dienen und niemals Fragen zu stellen. Adnari war sich der Gefahr bewusst, aber es war nicht das erste Mal, dass sie ein Risiko einging. Sie war noch ein Kind, furchtlos und neugierig, und hatte praktisch nichts zu verlieren. Anders als die Häscher … denn ihnen gehörte ein ganzes Reich.

Der Gebäudeteil mit den Sklavenkammern ließ sich nicht mit den üblichen Räumen vergleichen. Ein schmaler Korridor endete bei einem kleinen Fenster, durch das diffuses Licht drang. Den Sklaven war es nicht gestattet, Kerzen, Fackeln oder Lampen zu verwenden, und deshalb war es dort immer dunkel. In beide Wände waren vom Boden bis zur Decke Nischen mit Pritschen eingelassen. Von Weitem sahen sie aus wie Bienenstöcke, für Menschen ungeeignet.

Adnari hatte Glück und begegnete unterwegs keinem Wachposten. Sie kletterte in die Nische zu ihrer Pritsche und versteckte sich dort. Als Sensitive hatte sie im Gemach des Häschers ganz deutlich die Anwesenheit eines Geistes gespürt und sich aufgrund des Gesichts vorgestellt, es sei Shamira, denn sie war die Einzige in Babylonien, die diese Gabe auch besaß.

Adnari projizierte ihr Bewusstsein durch den Schleier und schickte ihre Seele in die Astralebene. Im Korridor sah sie die strahlende Seele der Hexe an der Decke schweben.

»Adnari«, rief diese ihr mit der eigentümlich zittrigen Stimme aus dem Jenseits zu.

»Du hast also überlebt!«, freute sich die Kleine. »Die Häscher haben behauptet, du seist bei einem Streit mit dem Magier Zamir gestorben.«

»Ja, ich lebe noch. Mir hat der Wüstengott geholfen.«

Adnari zog die Brauen hoch. Ishtar war die einzige Gottheit, die im legendären Babel verehrt wurde, obwohl die Häscher auch fremde Idole und Helden billigten – sogar Jahwe, den Höchsten. »Hat er den Zauberer getötet?«, fragte sie.

»Nein …«, antwortete Shamira. »Warum? Wurde Zamir ermordet?«

»Seit seiner Flucht wurde er im Palast nie mehr gesehen. Aber das heißt natürlich nicht, dass er tot ist.«

Wie hatte Shamira die Intelligenz eines Hexers nur unterschätzen können? Sie wusste, dass Mystiker nichts ohne Hintergedanken taten und der Ratgeber einen triftigen Grund haben musste, weshalb er nicht in die Stadt zurückgekehrt war. Aber das war jetzt nicht wichtig. Vielleicht erleichterte seine Abwesenheit Ablon den Angriff, doch es blieb immer noch ein Risiko. »Adnari«, sagte Shamira, »hör mir jetzt gut zu, denn ich habe eine dringende Botschaft. Es gibt eine Chance, die Sklaven zu befreien.«

»Wie?«

»Der Wüstengott. Der Gott, der mich beschützt hat. Er ist der Gemahl der Göttin«, flunkerte sie, um die Wirkung ihrer Worte zu erhöhen. »Und er ist wütend darüber, dass man seine Gemahlin gefangen hält.«

Das Mädchen lächelte stumm, und Shamira erinnerte sich an die Welt der Kinder – so rein, unschuldig und wahrhaftig. Vor nicht allzu langer Zeit war sie ja selbst noch ein Kind gewesen. In Endor wurden Sensitive von klein auf in Nekromantie unterrichtet. Im alten Kanaan gab es beides, Priester und Zauberer. Während die Magier die Kunst der Magie studierten, hüteten die Geistlichen die Schriften, wachten über Traditionen und führten Riten durch.

»In wenigen Stunden wird die Stadt vom Wüstengott angegriffen!«, fuhr sie fort. »Du musst die anderen Sklaven warnen.«

»Wir warten sehnlichst auf diese Revolte, aber der König hat die Zahl der Wachen an den Stadttoren erhöht und die Eskorte der Häscher verdoppelt. Außerdem hat er vor den Stadtmauern noch eine Reihe Soldaten aufgestellt, sozusagen als erste Verteidigung gegen Eindringlinge. Und die Göttin …« Adnari zögerte verwirrt. »Ich dachte, die Göttin würde ihn beschützen.«

»Nein«, widersprach Shamira heftig. »Die Göttin wurde gefangen und gezwungen, dem Unsterblichen zu dienen, und darüber ist ihr Gemahl wütend. Er wird Nimrod jetzt gegenübertreten, und während des Duells können die Arbeiter mit dem Aufstand beginnen. Der Turm muss evakuiert werden, und die Zikkurat auch.«

»Ich weiß, wen ich benachrichtigen muss«, sagte die Kleine, die an Kumarbi den Stattlichen dachte, den Anführer der Verschwörer. »Dank der Gerüchte halten dich alle für eine mächtige Hexe, die den unbesiegbaren Zamir herausforderte. Ich werden den Aufständischen sagen, dass ich Besuch von der Hexe von Endor bekommen habe, und sie über den Angriff informieren.«

»Aber du musst dich beeilen! Der Angriff wird mit dem Sturm kommen, vor Sonnenuntergang.«

»Die Nachricht wird sich in Windeseile verbreiten.«

Bis auf die Hausklaven waren die meisten anderen Sklaven bei der Arbeit aneinandergekettet und konnten sich so schnell und unbemerkt untereinander verständigen.

Da es eilte, kehrte Adnari wieder in ihren leiblichen Körper und Shamira ans Ufer des Euphrat unter den Feigenbaum zurück. Als sie die Augen öffnete, sah sie im Süden einen Wirbelwind nahen. Er versetzte die Tiere in Panik und löste in der Wüste einen Sandsturm aus.

In den Pyramidenhäusern der Babylonier löschte der Wind die Lampen. Die Temperatur fiel, und wenn dies mitten im Sommer passierte, war es ein Zeichen dafür, dass ein Orkan oder Wirbelsturm im Anzug war. Stürme, vor allem schwächere, waren in dieser Jahreszeit nichts Ungewöhnliches. Meistens verhinderten die Stadtmauern, dass Sand hereinwehte, aber nicht selten fegten die Sandkörner darüber hinweg bis in die Alleen. Dann flüchteten sich die wohlhabenden Familien in ihre Paläste und ließen die Sklaven auf den Straßen zurück, wo sie den Sandböen ausgesetzt waren.

Am Horizont ging die Sonne unter. Die Kurtisanen hatten sich in die Zikkurat zurückbegeben, und auch die Soldaten hatten sich aus Angst vor dem Sturm wieder in ihre Wachstände an der Stadtmauer geflüchtet und die Sklaven unbewacht gelassen. Ungefähr vierhunderttausend Männer arbeiteten am Turm und kletterten an den unzähligen Baugerüsten auf und ab. Es waren traurige, glücklose, dem Schicksal preisgegebene Gestalten, die Tag für Tag in Erwartung ihres Todes lebten.

Aber an diesem Tag hatte sich etwas verändert. In den Gesichtern der Arbeiter machte sich eine leise Veränderung bemerkbar, die den Aufsehern dank der gespannten Atmosphäre entging. Endlich gab es einen Hoffnungsschimmer, der die Herzen der Gepeinigten wärmte.

Die Nachricht von einem Angriff auf die Stadt verbreitete sich in Windeseile und nahm den Traum von Freiheit vorweg. Bei einer so kurzen Vorbereitungszeit wäre eine Revolte nicht möglich gewesen, aber in Wahrheit war sie schon seit Monaten geplant und höhlte das Reich aus wie ein Virus. Die verzweifelten Arbeiter waren bereit, ihre Gebieter herauszufordern und Babylonien auch unbewaffnet dem Erdboden gleichzumachen.

Die Eisenketten, mit denen die Sklaven gefesselt waren, waren eigentlich ein langes, aus mehreren Abschnitten bestehendes Band mit Bronzeringen, die ihnen um den Hals gelegt wurden. Es wurde von zwei Rollen angetrieben, die sich wie riesige Flaschenzüge um die eigene Achse drehten.

Eine dieser Rollen befand sich im Turminnern, und die andere, eine rotierende Kupfersäule, stand auf einem Platz in der Stadtmitte. Das Band schloss sich zu einem Kreis, in dem die Sklaven herumgingen. Es begann beim Turm, führte durch die Stadt, über den Platz und zurück zum Turm. Gewöhnlich bekamen die Arbeiter an diesen Knotenpunkten ihre Ration Wasser und ein Stück Brot. Man musste aber kein Ingenieur sein, um zu begreifen, dass die Verbindung unterbrochen würde, falls eine der Rollen brach.

Die Aufständischen wollten als Erstes die Kupfersäule umstürzen, damit sie mehr Bewegungsfreiheit hatten. Zwar wären sie dann immer noch am Hals angekettet, aber die Kette war so lang, dass sie später von einem Ende der Stadt zum anderen gehen, kämpfen und schließlich die Achsen zertrümmern konnten.

Die Säule umzustürzen, würde nicht schwierig sein. Wenn alle gemeinsam daran zerrten, würde sie so leicht nachgeben wie ein trockener Sandelholzzweig.

Was anfangs ein heimlicher Wunsch gewesen war, nahm rasch konkrete Formen an. Alles ging so schnell, dass die Wachposten keine Zeit hatten, die Gefahr einzuschätzen. Die Revolution war bereits in die Wege geleitet, und im entscheidenden Moment würde in der Pyramide eine Trompete erschallen.

Es war das vereinbarte Signal.

DER WÜSTENGOTT – DIE KUPFERTROMPETE

Vor den Stadtmauern patrouillierte eine Garnison mit zehntausend Soldaten, angeführt vom erfahrenen Kommandanten Pasuno. Einige Soldaten waren beritten oder lenkten einen Streitwagen, das Fußvolk stand stramm und hatte den Blick auf den leeren Horizont gerichtet.

Oben auf den schwarzen Mauern gingen Tausende Soldaten hin und her und behielten alles im Auge. Von den Wachhäuschen und Türmen aus brachten die Kommandanten die Bogenschützen in gleichmäßigem Abstand in Stellung. Gleich darunter, innerhalb der Stadtmauern, fütterten die Dresseure die Mammuts, bemitleidenswerte, vom Aussterben bedrohte Tiere, die nur dazu dienten, die Stadttore zu schließen und zu öffnen.

Der Orkan wurde immer stärker und wirbelte Sand durch die Luft. Am Firmament brach das Licht der untergehenden Sonne durch den Staub und tauchte den Abend in dunkles Rot. Ein Soldat auf einem bronzenen Streitwagen bemerkte eine unauffällige Gestalt, die sich auf das Haupttor zubewegte. Mit seinem abgewetzten Mantel flößte der Wanderer niemandem Angst ein, sondern wirkte eher wie ein verirrter Einsiedler, ein wehrloser Reisender. Das war übrigens die Art von Leuten, die die Babylonier am liebsten belästigten.

»Bleib stehen, Fremdling!«, rief der Wächter und richtete seine Lanze auf den Ankömmling.

Der Wanderer machte keine Anstalten, stehen zu bleiben. Vielmehr beachtete er den Befehl überhaupt nicht und kam immer näher. Mit jedem neuen Schritt sah er gar nicht mehr so gewöhnlich aus, und der Offizier wich unwillkürlich zurück.

Ein anderer Wachposten hinter ihm wollte seinen Kameraden beweisen, wie mutig er war, sprang vom Wagen und lief mit der Lanze in der Hand los, um sie dem Ankömmling in den Bauch zu rammen. Dieser wich jedoch aus, packte geschickt das Ende der Waffe und zog mit aller Kraft daran. Da der Soldat sie nicht loslassen wollte, wurde er von dieser übermenschlichen Kraft fortgeschleudert.

Nun übernahm Kommandant Pasuno die Vorhut des Angriffs. Er war klüger und kriegserfahrener und wollte den Eindringling nicht unterschätzen, denn er hatte schon viele Geschichten über Magier und unbesiegbare Helden gehört. Also gab er den Elitekriegern ein Signal, woraufhin zwei Kämpfer ihre Wagen wendeten. Sie gingen auf Abstand, holten mit ihren Lanzen aus und schleuderten sie. Da wurde Pasuno klar, dass er einen Fehler gemacht hatte. Von Weitem konnte er den Blick des Wanderers erahnen und seinen Todesmut erkennen. Sein Gesicht hatte zwar menschliche Züge, doch insgesamt erinnerte er eher an ein Raubtier, eine unheilvolle Mischung aus Falke und Panther.

Auf dem Rücken trug der offenbar unbewaffnete Wanderer ein langes, schlankes Bündel, zu kurz für eine Lanze und zu groß für ein Messer. Die Babylonier konnten nicht wissen, dass es sein Schwert war, denn die Herstellung langer Klingen war ihnen unbekannt.

Langsam rollten die Wagen weiter. Plötzlich fingen die Pferde an, laut zu wiehern, und die beiden Wagenlenker mussten sich der Kraft des Winds entgegenstemmen. Dann geschah das Unglaubliche: Der Fremde stampfte nur ein einziges Mal mit dem Fuß auf, und der Boden begann zu erzittern. Durch die Vibration verloren die Soldaten jede Orientierung. Sie ließen die Zügel fahren und vergaßen anzugreifen. Einer der Wagen kippte um, der andere geriet in Schieflage und prallte an einen Stein, sodass die Achse brach.

Die Kapuze des Eremiten rutschte herunter, und alle sahen sein wutentbranntes Gesicht. Ein unerklärlicher Schrecken befiel die Garnison, und der alte Pasuno reagierte blitzschnell. »Zurück«, blaffte er die Wachen an. »Alle Bataillone in die Stadt zurückziehen!«

Aber da die Wachen so weit rings um die Stadtmauern verstreut waren, hörten viele den Befehl nicht. In diesem Augenblick brüllte der Kommandant los, und ganz Babel wurde klar, dass nun der Angriff losging. Auf der Mauer schnappten die Bogenschützen ihre Pfeile, und die Truppen vor den Mauern strömten zu den Eingangstoren.

»Schließt die Tore«, schrie der Turmmeister, und die Dresseure peitschten die Mammuts, die mit ohrenbetäubendem Trompeten die Ketten strafften und langsam die riesigen Tore zuschoben.

Die babylonischen Generäle in ihren Häusern hatten das Alarmsignal zwar gehört, aber nicht begriffen, wie ernst die Lage war. Hätte der König nicht angeordnet, dass in jeder außergewöhnlichen Situation größte Vorsicht geboten war, hätten sie den kopflosen Truppen nicht gestattet, ihren Standort zu verlassen und sich in die Stadt zurückziehen, nur weil sich ein Wanderer näherte.

Das Stadttor wurde fest verrammelt. Ablon blieb vor dem Haupttor stehen und betrachtete die beiden Standbilder, die es flankierten. Oben auf der Silbernen Pyramide erhob sich Nimrod von seinem Thron und streichelte seinem Tiger über das Fell.

»Er ist es, kein Zweifel«, murmelte er vor sich hin. »Der Wüstengott. Dies wird der letzte Kampf sein, die letzte Schlacht zwischen mir, dem größten aller Menschen, und dem himmlischen Gesandten. Jetzt beginnt ein neues Zeitalter für das Volk der Babylonier!«

Endlich hatten auch die Generäle die Gefahr erkannt und erteilten den Bogenschützen von ihren Türmen aus Befehle. Völlig atemlos stürmte der Kommandant Pasuno auf die Mauerkrone und rief seinen Soldaten zu: »Die Trommeln! Rührt die Trommeln! Schießt die Pfeile ab! Reckt die Lanzen! Greift an!«

Den Sklaven, die am Turm arbeiteten, war nicht entgangen, dass die Soldaten völlig kopflos geworden waren. Also waren die Gerüchte nicht aus der Luft gegriffen – Babel wurde angegriffen!

Nicht mehr lange, und sie würden sich erheben, doch vorerst arbeiteten sie weiter, klopften Steine und gingen an der Kette im Kreis herum. Sobald das vereinbarte Signal ertönte, würde die Revolte blitzartig ausbrechen.

In einer engen Felsenkammer im fünften Geschoss der Silbernen Pyramide, unter der Terrasse mit dem Thron, wurde eine riesige Kupfertrompete aufbewahrt. Sie stammte aus dem alten Mesopotamien und konnte sehr laute, schrille Töne produzieren. Der König Kusch hatte die Kammer als Warnposten erbauen lassen. Kurz nach der Einweihung des Palasts hatten die Häscher jedoch beschlossen, die Trompete gegen mehrere Schlaginstrumente auszutauschen und sie nicht in die Zikkurat, sondern in die Pavillons auf den Mauern zu bringen. Seitdem hatte diese Kammer niemand mehr betreten, abgesehen von zwei Dienstboten, die dort manchmal Staub wischten.

Kumarbi der Stattliche, ein junger, korpulenter Sklave mit einer starken Persönlichkeit und viel Charisma, war wegen seines herausragenden Intellekts von der Arbeit am Turm befreit. Schon als kleiner Junge war er in Gefangenschaft geraten und konnte früh lesen und schreiben, sodass man ihn als offiziellen Schreiber der Häscher einsetzte. Seine Briefe und Dokumente berichteten über das Privatleben am Hof und gewährten Einblicke in Intrigen, politische Manöver, Handelsverträge, Kriegspläne und Bauvorhaben. Als Vertrauensmann der Palastbewohner war Kumarbi der ideale Verschwörer, und nicht zufällig führte er nun die Revolution an.

Seit Adnari ihm abends von der Erscheinung der Hexe von Endor berichtet hatte, stand der Stattliche nun auf seinem Posten. Trotz ihres zarten Alters war Adnari ein Wunderkind, sehr gescheit und scharfsichtig, und deshalb glaubte er ihr. Ihre nächtlichen Reisen in die »Farblose Welt« waren der Rebellion oft dienlich gewesen, da dies den Verschwörern half, die bestgehüteten Geheimnisse des sagenhaften Babels zu lüften. Adnari war eine Spionin wider Willen, obwohl sie ihre Funktion nicht genau kannte und Geheimnisse ohne böse Hintergedanken ausspionierte. Kumarbi, der um ihre Reinheit wusste, tat alles, um sie zu schützen, und gab niemals preis, wer seine wichtigste Informationsquelle war – nicht einmal gegenüber den anderen Aufständischen.

Als sich die beiden Flügel des Stadttors quietschend schlossen, begriff Kumarbi, dass er jetzt das vereinbarte Signal für die Revolte geben musste. Sobald seine Gebieter die Schreibstube – einen luftigen Raum im vierten Geschoss, in dem gewöhnlich die politischen Reden verfasst wurden – verlassen hatten, warf er Feder und Papyrus hin und eilte davon. Selbstbewusst ging er an den vielen Soldaten vorbei, denn er war allgemein bekannt und hielt sich häufig in diesem Teil des Palasts auf.

Er gelangte in einen Raum, der mit verschiedenfarbigem Marmor ausgekleidet war und hohe Fenster besaß. Hier standen riesige Gefäße mit prähistorischen Pflanzen. Jahrelang hatten hier Palastfeste stattgefunden, bei denen der Hof tanzte, sich amüsierte und aus reinem Vergnügen Sklaven tötete.

Kumarbi hastete durch den leeren Raum bis zu einer Treppe, die zu den Räumlichkeiten im fünften Geschoss führte. Zwei Soldaten in voller Rüstung bewachten den Eingang und versperrten ihm den Weg.

»Na, Sklave, wohin des Wegs?«, knurrte einer von ihnen. »Geh zurück in deinen Stall!«

»Ich habe einen Brief für die Häscher«, log er.

»Dann zeig uns deine Erlaubnis«, befahl der zweite, der vorsichtiger war. »Ohne die käme hier nicht mal der alte Adam hoch.«

Auf einem Schreibpult entrollte der Stattliche vor den Wachen einen Papyrus, den er gefälscht hatte und der deshalb kein königliches Siegel trug. Die Imitation war nicht überzeugend, aber einen anderen Vorwand hatte er nicht.

»Oho, die ist gefälscht!«, fiel dem Wachmann auf, und er zückte ein langes Messer. »Du bist verurteilt, du Ratte!«

Doch Kumarbi, der mit diesem Angriff gerechnet hatte, zog überraschend einen verborgenen Dolch aus seinem Gewand und schnitt dem Wachmann blitzschnell die Kehle durch. Dieser sackte zu Boden, sein Blut ergoss sich über den spiegelnden Marmor.

Der zweite Wachmann wollte zur Lanze greifen, aber der Sklave sprang an ihm vorbei über die Schwelle und rannte wie der Blitz weiter nach oben.

Im Korridor war niemand zu sehen, kein Schatten und keine Gefahr, und wie durch einen Adrenalinstoß benebelt erkannte er den Weg nur verschwommen. Endlich gelangte er an den richtigen Eingang und sah neben einem Fenster die Kupfertrompete hängen. Zielsicher trat er ein, doch dann versagten seine Reflexe eine tödliche Sekunde lang. Aus dem Dunkeln tauchte plötzlich ein Soldat auf und schwang seine Lanze zum tödlichen Angriff.

Jäher Schmerz jagte durch Kumarbis Körper – die Lanzenspitze hatte seine Lunge durchbohrt, seine Haut zerfetzt und die Wirbelsäule zertrümmert. Er fiel hin, genau wie der Wachposten, dem er die Kehle durchgeschnitten hatte, und wand sich in

Schmerzen. Als der Soldat seine Waffe herauszerrte, kam ein Stück Magen mit heraus. Das Schicksal des Verletzten war damit besiegelt.

»So, und was machst du jetzt?«, hörte Kumarbi ihn sagen, aber er konnte nur noch undeutlich sehen. Er streckte den Arm am Boden aus, um nach seinem Messer zu greifen, doch seine Finger bekamen nur weiche Masse zu fassen, ein Stück seiner Eingeweide.

»Den mache ich sofort fertig!«, sagte eine andere Männerstimme. »So ein Dummkopf! Hat er denn den Alarm nicht gehört? Warum kam er hierher, wie eine Kakerlake, die durch die Kanalisation krabbelt?«

»Nein, lass ihn«, widersprach der erste. »Er ist schon fast tot. Lass ihn hier liegen. Und jetzt alle Mann auf ihre Posten!«, ordnete er an.

Mindestens zehn Wachmänner standen um Kumarbi herum, aber er nahm sie nicht wahr.

»An den Stadtmauern herrscht Durcheinander.«

Die Soldaten zogen ab, einige enttäuscht, und kehrten auf ihre Posten zurück. Hilflos und verlassen lag Kumarbi am Boden. Den Schmerz verspürte er nicht mehr, nur das heiße Blut, das pulsierend aus seinem Körper strömte – nicht mehr lange, und er würde tot sein und erkalten.

Zwischen realem Bewusstsein und dem düsteren Abgrund seines nahenden Endes schwankend, nahm er ein zartes Vibrieren auf dem Holzboden und gleichmäßige Schritte wahr, wie sie für einen Sklaven bei der Arbeit typisch waren.

»Kumarbi!«, erklang Adnaris Schluchzen.

»Adnari!«, hauchte er, als das Mädchen ihn zärtlich berührte.

»Sie haben dich übel zugerichtet.«

»Ich werde sterben, meine Kleine. Das Zimmer«, brachte Kumarbi mit Mühe hervor, »das Zimmer mit der Trompete. Du musst das Signal geben, Adnari. Alle Leute warten darauf. Bring du die Sklaven hier raus. Geleite sie, führe sie an. Du bist die Einzige, die sie befehligen und den Zauber der Völker zu neuem Leben erwecken kann.«

Der Stattliche spuckte Blut. Starr blickte er ins Leere und wagte dann seine erste – und letzte – Prophezeiung: »Babel wird diese Nacht nicht überstehen.«

Im Abgrund des Zorns

An den Stadtmauern herrschte eine Minute lang Totenstille. Kein Laut. Keine Bewegung. Kein Seufzer.

Dann erschollen dumpfe Trommelwirbel und kündigen den Krieg an.

BUM … BUM …BUM …

Auf dem Wehrgang richteten dreitausend Bogenschützen ihre Waffen auf den einsamen Eindringling. Mit erhobenem Arm wartete Kommandant Pasuno darauf, dass der Wind nachließ. Der Fremde stand nur zehn Schritte von der Mauer entfernt, doch in der Luft wirbelte so viel Staub umher, dass ihn niemand richtig sah. In seinem braunen Gewand verschmolz er mit dem Erdboden, aber wer hätte einem Pfeilhagel standhalten können, selbst wenn er übernatürliche Kräfte besaß?

Noch ein Augenblick intensiver Spannung, dann ertönte das Kommando zum Angriff.

Ein schwarzer Pfeilregen verdunkelte den rosafarbenen Himmel und ging über dem kriegerischen Engel nieder. Der Angriff verwüstete das ganze Gelände, und die Soldaten auf ihren Posten hörten, wie sich die Pfeilspitzen mit Wucht in den Sandboden bohrten.

Der Feind war ganz bestimmt tot. Keiner hätte solch einen Überfall überlebt.

Doch als die Wachen die Bogen senkten, sahen sie den Körper des Fremden nicht – nur einen Wald aus halb in der Erde steckenden Pfeilen. Wohin war er geflohen? Wie hatte er sich ihren Blicken so schnell entzogen? Pasuno und die Generäle in ihren Türmen sahen sich verwirrt um und suchten nach der Leiche des Toten.

Die Leiche … ist verschwunden!

Da zerriss ein schriller Ton die Stadt, und die Babylonier erzitterten vor Angst. Sie meinten, die Stimme eines Ungeheuers oder den Todesschrei des Wüstengottes zu hören … aber es war das Signal der Kupfertrompete, ein Halali aus der Silbernen Pyramide, das die Sklaven zur Revolte aufrief.

Zum ersten Mal seit Jahrzehnten stand das Kettenband still. Gemeinsam zerrten die Sklaven daran, bis die Säule, die es in Bewegung hielt, umstürzte.

Instinktiv richteten die Bogenschützen ihre Aufmerksamkeit sofort auf das Stadtinnere, während sich gleichzeitig unten vor den Toren eine wütende Gestalt aus dem Sand erhob, die unverletzt geblieben war – ein geflügelter Schatten, ein Geschöpf aus längst vergangenen Zeiten, riesengroß und eindrucksvoll. Es sah aus wie ein Mensch, aber aus seinem Rücken wuchsen zwei weiße blutbefleckte Engelsflügel. Beim Anblick dieser geradezu diabolischen Erscheinung mit den glühenden Augen rannten einige Wachmänner davon, andere blieben wie angenagelt stehen, weil die Gestalt ihnen die alten Geschichten über das Volk von Henoch in Erinnerung rief, das einst in seinen Felsenfestungen gegen Himmelsbewohner gekämpft hatte.

Ablon breitete die Schwingen aus und landete auf dem Wehrgang. Verstoßene Himmelsbewohner, die ihre göttliche Natur verbergen wollten, zeigten ihre Flügel praktisch nie, sondern hielten sie im Rücken versteckt. Doch in der Hitze des Gefechts vergaß Ablon viele seiner Prinzipien und handelte instinktiv, indem er den schnellsten Weg ins Herz der Metropole suchte. Nicht einmal er hätte fünfzig Meter hoch springen können – so viel maßen die Stadtmauern.

Oben hätten ihn nur vier Soldaten auf einmal angreifen können, zwei von jeder Seite. Von Norden rückten zwei Reihen Männer vor: Falls die erste Reihe fiel, konnte die nächste den Angriff fortsetzen. Im Süden zogen zwei Krieger ihre Messer. Einer griff an, doch der Geflügelte duckte sich weg. Eine Sekunde später richtete er sich wieder auf, machte eine Drehung und versetzte den Soldaten zu seiner Linken einen peitschenden Flügelschlag, sodass sie fortgeschleudert wurden. Viele hatten ihre Waffen weggeworfen und klammerten sich an die Brüstung, um nicht in den Tod zu stürzen.

Die beiden Kämpfer fuchtelten mit ihren Messern bedrohlich vor dem Himmelsbewohner herum. Der Jüngere nahm seinen ganzen Mut zusammen und wagte einen Vorstoß, scheiterte jedoch: Mit einer Hand wehrte Ablon den Angriff ab, mit der anderen versetzte er dem Soldaten einen so heftigen Schlag, dass er ihm Zähne und Nase einschlug. Der Soldat wurde durch die Luft geschleudert und stürzte in die Tiefe.

Die Doppelreihe im Norden formierte sich neu und rückte wieder vor. Diesmal wartete Ablon den Zusammenstoß aber nicht ab, sondern ging selbst zum Angriff über. Er nahm Anlauf, sprang mitten in die Truppe und trat den Offizieren in der ersten Reihe mit beiden Füßen gegen die Brust. Dann bahnte er sich eine Schneise durch die Männer, wich dabei jedem Angriff und jedem Schlag aus und bewegte sich so schnell, dass die Soldaten nicht mehr reagieren konnten. Nicht lange, und nahezu tausend Babylonier waren gefallen.

Genau da, wo sich die Stadtmauer nach Westen wandte, hielt Ablon nun auf einen großen Eckturm zu. Zwanzig Bogenschützen, angefeuert von ihren Kommandanten, tauchten an den Fensteröffnungen auf, brachten ihre Waffen in Anschlag und ließen die Pfeile herniederregnen. Doch mit einem heftigen Flügelschlag erzeugte der Engel einen Windstoß, der die tödlichen Spitzen ablenkte.

Entsetzt versuchten die Wachmänner, sich auf die Straßen abzuseilen und das Weite zu suchen, doch da brach der Aufruhr los.

Auf den Straßen, in den Häusern, ja, sogar in der Zikkurat stürmten die Sklaven massenweise zusammen, rissen den Soldaten die Waffen aus den Händen und kämpften wie wild gewordene Hunde. Wie Ameisen strömten die Sklavenaufseher aus dem Turm und schlossen sich den Arbeitern in ihrem Kampf an.

Aber wo war der Unsterbliche König? Warum griff er nicht ein? Worauf wartete er?

Noch immer saß Nimrod auf seinem Thron und beobachtete den Aufstand. Sein Gesicht verriet Stolz, Hass und Befriedigung.

Endlich hat der Gott meinen Ruf gehört und die Herausforderung angenommen, dachte der Monarch, während er am Halsband des Säbelzahntigers zerrte. Die Bestie knurrte. Das Durcheinander erregte sie, und der Lärm machte sie nervös.

Endlich trafen sich Ablons zorniger und Nimrods irrer Blick, und der abtrünnige General erkannte seinen Feind. *Verfluchtes Schwein aus Lehm,* dachte er. *Ich werde deinen Thron zerstören und dich in die Tiefen der Erde schleudern, denn dort gehörst du hin. Ich werde deine Stadt dem Erdboden gleichmachen und dir das Herz herausreißen.*

Diese Rufe hörten die Soldaten auf den Mauern und hielten inne. Irgendwie hatten sie begriffen, dass dieser Kampf sinnlos war und nur noch der König die Lage retten konnte.

Der Engel breitete seine blutverschmierten Flügel aus, schwang sich von der Mauerbrüstung und flog über die Stadt zur Silbernen Pyramide. Blitzschnell fegte er die Stufen hinauf, wo der Unsterbliche seine prähistorische Raubkatze von der Leine ließ.

»Mach den Eindringling fertig«, befahl er dem Tier. »Töte ihn! Verschling ihn!«

Der Säbelzahntiger gehorchte und rannte zur Treppe, aber bevor er sich auf ihn stürzen konnte, stürmte Ablon los, und das wilde

Tier hechtete an ihm vorbei und schlug seine Fänge in einen der babylonischen Wachmänner, die dort standen. Ablon wollte keinem Tier, ja nicht einmal den Soldaten etwas zuleide tun, sondern nur Shamira rächen und den unsterblichen König vernichten.

Beim Angriff des fliegenden Wesens verschlug es allen – Sklaven und Stadtbewohner, Bürger und Militärs – die Sprache. Wie angewurzelt blieben sie stehen und starrten auf die beiden Gegner. Die Sonne war bereits untergegangen, und in Babel wütete der Orkan. Auf dem Wehrgang brüllte der schwerverletzte Kommandant Pasuno die Dresseure an: »Lasst die Mammuts los! Lasst die Mammuts los!«

Der Kommandant wusste, dass es für das Land keine große Hoffnung mehr gab. Der Aufstand hatte bereits die Straßen erreicht, reihenweise kamen die Aristokraten um, der Turm stand leer, und eine Gottheit forderte den Herrscher heraus. Die Mammuts, die Letzten ihrer Rasse, waren bisher nie für Kämpfe eingesetzt worden, aber Pasuno meinte, sie könnten noch viele Sklaven töten, wenn man sie in den Straßen freiließ.

Die Dresseure taten, wie ihnen geheißen. Sie öffneten die Verschläge, banden die Tiere los, und die wilde Horde raste durch die Stadtviertel, riss Männer mit ihren Rüsseln um, trampelte Menschen nieder und demolierte Hauswände. In ihrem frenetischen Lauf machten sie keinen Unterschied zwischen Soldaten und Sklaven, Rebellen oder Königstreuen, Guten oder Bösen.

Ablon ließ sich an der höchsten Stelle des Throns nieder, und Nimrod stand auf, um ihm anzusehen. Sein geflochtener Bart troff vor Schweiß, und der spitz zulaufende Helm schützte seinen Kopf. Abgesehen davon war er unbewaffnet und hatte nicht einmal sein massives juwelenbesetztes Zepter in der Hand.

»Du bist also gekommen! Ich wusste, dass du meinem Ruf nicht widerstehen würdest. Nun werde ich dich vernichten«, sagte er herausfordernd und reckte die Arme gen Himmel. »Schick sie ruhig, die Katastrophen! Schick sie ruhig, die Krankheiten! Lass alle Plagen über uns kommen! Anders als Henoch wird Babel nicht untergehen.«

Beinahe hätte Ablon gelacht, wäre die Lage nicht so ernst gewesen. Nimrod war ein Wahnsinniger, der von alten Geschichten keine Ahnung hatte. Doch auch so entbehrte die Situation nicht der Ironie.

Mit den Katastrophen hatte der König bestimmt die Zeiten vor der Sintflut gemeint. Er hatte die Unglücke aufgezählt, und es bestand kein Zweifel, dass er die Engel, genauer gesagt die Erzengel, verabscheute. An diesen Katastrophen war der Engelsfürst Michael schuld gewesen und nicht die Abtrünnigen, die sich ja gerade gegen die Ermordung der Menschen aufgelehnt hatten,

»Knie nieder«, forderte der Herrscher Ablon siegessicher auf. »Knie nieder vor Nimrod.«

»Ich knie nur vor Gott«, entgegnete der General, der die Arroganz des Königs leid war. Eine Minute lang ließen seine Ideale ihn zögern, aber dann fiel ihm Ishtar ein, und er ließ seinem Zorn freien Lauf.

Er verpasste Nimrod einen mächtigen Fausthieb, sodass dieser gegen die Lehne des Throns prallte, ihn zertrümmerte und der Länge nach zu Boden stürzte. Obwohl man ihn gewarnt hatte, hatte Ablon die Legenden über den Unsterblichen König niemals ernst genommen und dachte deshalb, er habe ihn getötet. Doch im Nu stand Nimrod wieder auf den Beinen, zog eine magische Waffe aus dem Stiefel – Zamirs Dolch – und stieß zu.

Aber sein Gegner war kein gewöhnlicher Engel, sondern ein kriegerischer – dank seiner fantastischen Fähigkeiten hatte Ablon die Gefahr vorausgeahnt und wich aus. Die Dolchklinge zischte haarscharf an ihm vorbei und schnitt ihm nur zwei blutverschmierte Federn ab, die ein heftiger Wind in die Gärten hinunterwirbelte.

Den Blick starr auf die für Menschen und Himmelsbewohner gefährliche Waffe geheftet, wartete Ablon auf Nimrods nächsten

Angriff, und als dieser mit voller Wucht zustach, stellte er sich blitzschnell hinter ihn und nahm ihn in den Schwitzkasten.

»Ich bin unsterblich, du Ausgeburt«, röchelte der Herrscher. »Du wirst mich niemals besiegen. Verlass meine Stadt, ich befehle es!«

Unsterblich … der Unsterbliche König … Jetzt ergaben Shamiras Worte Sinn. *Das war es also, was sie mir am Ufer des Flusses hatte sagen wollen … Nimrod … er und sein Zauberer … Nimrod und Zamir haben Ishtar gefangen genommen, um ihr Blut zu trinken. Ein Mensch, der vom Blut eines Engels kostet, wird unsterblich, altert niemals und ist praktisch unverwundbar.*

Dieses uralte Ritual hatten Magier aus Nod entwickelt, die mit ihren Zauberkünsten schon viele Geflügelte getötet hatten.

»Du hast dich also von Ishtars Blut ernährt?«, rief Ablon, während er den Kopf des Königs auf den Thronsitz drückte wie ein Henker, der sein Opfer zum Fallbeil schleppt.

»Ja, so ist es, du Ausgeburt! Flieh, solange noch Zeit ist. Nichts kann mich töten – weder ein himmlisches noch ein irdisches Ereignis wäre imstande, Nimrod zu entmachten.«

»Da wäre ich mir nicht so sicher! Du bist doch bloß eine Figur aus Ton, ein Affe, der sprechen gelernt hat. Jetzt werde ich dir zeigen, was wahrer himmlischer Mut ist, die wahre Macht Gottes, gegen die du machtlos bist.«

Ablon griff nach hinten an seinen Rücken, wo die Flügel zusammengefaltet waren, zog das Bündel hervor, das er bei sich trug, und wickelte sein mystisches Schwert aus. Als die Sterblichen – und Nimrod – die Schwertklinge sahen, waren sie wie hypnotisiert, so strahlend war der Glanz der Waffe. Noch nie hatten sie Stahl gesehen, der jetzt im Widerschein der Abendsonne in orangefarbenen Schattierungen aufblitzte.

»Bereite dich auf deinen Tod vor, Nimrod, denn dies ist die Heilige Rächerin, die am Anbeginn der Zeiten geschmiedet wurde, als deine Vorfahren noch die Ozeane erkundeten. Es ist eine heilige Waffe, und unter ihrer Klinge sind schon Engel, Dämonen und Götter gefallen. Jetzt darf sie endlich Menschenblut kosten!«

Röchelnd gab der König ein paar unverständliche Laute von sich, uralte Flüche, die ihm Zamir beigebracht hatte, magische Formeln, die böse Geister abwenden sollten, bei dem Himmlischen aber wirkungslos waren.

Da hob Ablon die Waffe und setzte dem König die Klinge an den Nacken, um ihn zu enthaupten. Mit einem Knie hielt er ihn fest – doch bevor er das Schwert niedersausen ließ, zog er ihn an den Haaren hoch, sodass der Diktator gezwungen war, den Turm, der jetzt nahezu leer war, in seiner ganzen Länge anzuschauen. »Genieße zum letzten Mal den Anblick deiner Hauptstadt, denn das nächste Reich, das du erblicken wirst, wird das Totenreich sein«, erklärte er, streckte den Arm und holte zum tödlichen Schlag aus.

»Warte, General«, unterbrach ihn eine Frauenstimme. »Das hat schon einmal jemand gesagt.«

»Shamira?«, rief Ablon erstaunt. Er drehte sich um, ohne Nimrod loszulassen, und sah, wie die Hexe von Endor die Treppen der Silbernen Pyramide heraufkam. In den Armen hielt sie den leblosen Körper der Kriegerin Ishtar mit den blutbefleckten Flügeln.

»Wie kommst du denn hierher?«

»Ich habe mir den Plan des Verlieses mit allen Eingängen und geheimen Ausgängen eingeprägt. In der Nähe des Flusses gab es einen Tunnel, und durch den bin ich in den Kerker zurückgekommen. Ich wollte sie hierherbringen«, antwortete sie, während sie die Leiche der abtrünnigen Himmelsbewohnerin auf den Boden legte.

Reglos stand Ablon da und begriff nicht recht, was Shamira veranlasst hatte, an den Ort ihrer Folter zurückzukehren. Warum hatte sie Ishtar aus ihrem Grab geholt?

Auf den Straßen hatte sich der Wind gelegt, aber die Ruhe war trügerisch – das Schlimmste sollte erst noch kommen. Babel geriet in diesem Moment ins Auge des Orkans.

»Siehst du?«, versuchte Shamira Ablon umzustimmen. »Ishtar ist tot, und an ihrem Schicksal lässt sich nun nichts mehr ändern. Findest du nicht, dass genug Blut vergossen wurde?«, fragte sie mit einem Blick auf den besiegten König.

»Wieso verteidigst du ihn?«, brauste Ablon auf. »Nach allem, was er dir angetan hat …!«

Die Zauberin sah ihm in die Augen und trat auf ihn zu. Mit der Hand berührte sie sein hartes Kinn und zeigte ihm ihre Handfläche. »An deinen Händen klebt Menschenblut!« Nach einer langen Pause fuhr sie fort: »Begreifst du denn wirklich nicht?«

Der strafende Arm des Kämpfers wurde schwach, und die Heilige Rächerin zitterte. Widersprüchliche Bilder stürmten auf ihn ein, wie ein lang zurückliegender Albtraum, der sich dennoch nicht abschütteln ließ. Nacheinander blitzten schreckliche Szenen auf, er erinnerte sich an seine Zeiten als Mörder, als er unter dem Banner des Erzengels Michael kämpfte. Noch einmal erblickte er Totenfelder, erlebte nicht enden wollende Gemetzel, die Ermordung wehrloser Personen, die Auslöschung von Menschenwesen. Dann kam ihm das Gesicht seines Erzfeinds Apollyon wieder in den Sinn, der, als er noch ein Engel war, für die Zerstörung Sodoms und Gomorrhas verantwortlich gewesen war. Langsam verebbte Ablons Wut, und er begann, seine Impulse infrage zu stellen. *Es ist der Hass. Er verschleiert unsere Ideale und stößt uns ins Verderben.*

»Hörst du mir zu?«, fragte Shamira in die Stille hinein. »Das hat nichts mit der Grausamkeit des Königs zu tun, sondern mit *dir*. Wenn du ihn jetzt und hier tötest, lieferst du dein Herz dem instinktiven Zorn aus. Du wirst einen Menschen töten, und diese Tat kann dein Anliegen für immer zunichtemachen, egal, wie schlecht Nimrod ist. Wurdest du nicht genau aus diesem Grund aus dem Himmel vertrieben – weil du die Ausrottung der Menschen ablehntest? Und ist nicht genau das deine größte Angst, nämlich deine Ideale zu vergessen und ungerecht zu werden?«

Daraufhin entfernte sich Shamira und ließ Ablon mit seiner Entscheidung allein. Sie hatte besser als er begriffen, dass die Ermordung des Unsterblichen Königs unter diesen Umständen das Ende seines Kampfs gegen die Erzengel bedeutete, und genau das hatte sie ihm sagen wollen, bevor sein Zorn ihn übermannte.

»Ich bin eine Nekromantin«, sagte sie noch, »und als Meisterin in der Kunst der Toten weiß ich, dass der Grat zwischen Gut und Böse sehr schmal ist. Wenn du diese Grenze überschreitest, gibt es vielleicht kein Zurück mehr. Rache oder Gerechtigkeit. Wofür wirst du dich entscheiden?«

»Das ist ein und dasselbe.«

»Es ist ein Unterschied, wenn man sie mit Hass ausübt.«

Nimrod hatte alles mit angehört und bekam zum ersten Mal Angst. Hier unter der Klinge der Waffe war er nicht mehr der erhabene Monarch, sondern nur ein wehrloser, gedemütigter Sterblicher. Er überlegte, ob er um sein Leben betteln oder nach seinem Vater rufen sollte, aber seine Kehle war wie zugeschnürt, und in dieser Position konnte er nicht einmal richtig stöhnen.

Auf den Straßen verfolgten die Aufständischen das Duell. Sie hatten die Soldaten bereits niedergeschlagen und alle Winkel der Stadt, ja sogar die Stadtmauern eingenommen. Ein Befehl genügte, und die Menge würde die Stadttore niederreißen. Überlebte der Diktator, würde sich das Blatt vielleicht wenden. Sobald er wieder die Oberhand bekam, würde das Heer bis zum letzten Mann kämpfen und den Aufstand niederschlagen.

Nun hing das Los vieler Menschen von der Entscheidung Ablons ab. Was hatte er vor? Sollte er Nimrod verschonen und seinen Werten treu bleiben, oder den Herrscher enthaupten, um Ishtar zu rächen?

Seine grauen Augen begannen wieder zu glänzen, und er hob seine Waffe. Er holte zum Schlag aus und ließ das Schwert auf den unsterblichen König niedersausen.

Shamira wandte den Blick ab und sah im Geist schon den Kopf des Königs rollen. Doch statt eines dumpfen Aufpralls hörte die ganze Stadt einen schrillen Schrei, gefolgt von Schmerzgeheul. Die Klinge hatte nicht den Nacken getroffen, sondern die Schulter, hatte sich durchs Fleisch gebohrt und Nimrod an die goldene Sitzfläche des Throns geheftet. Blut quoll aus dem Arm, viel mehr als bei einem Menschen, floss über den Boden und tränkte die Stufen, sodass sich das glänzende Silber dunkel färbte.

»Du wirst weiterleben, Nimrod«, sprach Ablon die Strafe aus. »Du bist dazu verdammt, ewig zu leben und nie zu sterben. Die Wunde an deiner Schulter wird in alle Ewigkeiten bluten. Und in vielen Jahren, immer wenn du an jener Stelle ein Brennen spürst, wirst du dich an diesen Tag in Babel erinnern und wissen, dass dich nur himmlisches Erbarmen verschont hat. In diesen Stunden wirst du den Wunsch hegen zu sterben, aber du wirst es nicht können.«

Ein unmerkliches Lächeln huschte über Shamiras Gesicht. Auf den Plätzen und in den Stadtvierteln Babels war Ruhe eingekehrt. Die siegreichen Sklaven hatten die Stadttore aufgerissen und den Weg nach draußen frei gemacht. Allmählich kehrte der Sturm zurück, diesmal so heftig wie ein Taifun. Die Arbeiter hatten darauf verzichtet, die Stadt zu plündern, sondern sie verlassen, ohne zurückzublicken.

Obwohl Nimrod besiegt war, wollte er sich in seinem Stolz nicht geschlagen geben. Noch blieb ihm ein letzter Trost, ein Rettungsanker, ein Denkmal, das nach den Worten der Häscher jedem Unheil trotzen würde. »Mich hast du zwar verurteilt, aber mein Turm wird ewig stehen«, sagte er, schon geschwächt durch den hohen Blutverlust. »Reisende in der Wüste werden ihn auch nach Jahrhunderten schon aus großer Entfernung sehen und immer wissen, wer ihn erbaut hat.«

»Du irrst dich schon wieder. Ich werde dein gesamtes Werk vernichten«, belehrte ihn Ablon. »Es war eine kluge Idee, den Flusslauf zu kanalisieren, um das Gebäude aufrecht zu halten. Ein kühnes Projekt, doch es hat eine Schwachstelle.«

Er weiß es!, dachte Nimrod verzweifelt. *Er kennt das Geheimnis der Wassersäule, die das Gebäude aufrecht hält. Von allen war dies Zamirs bedeutendste Idee, es kann nicht sein …*

»Nein! Nicht mein Turm«, brüllte Nimrod und weinte und zappelte wie ein Kind in der Wiege. Mit aller Kraft versuchte er sich aufzurichten, doch die Schwertklinge hielt ihn auf dem Sitz fest.

Ablon flog wieder hinunter zum Turm und suchte sich durch die geräumigen Säle den Weg zum Kern des Gebäudes. Er warf einen Blick in viele leer stehende Gemächer, die teils prunkvoll, teils schlicht eingerichtet waren, und bedauerte die Sklaven, die hier ihr Leben gelassen hatten. Er brach mehrere versiegelte Türen auf, zertrümmerte eine Doppeltür und gelangte zur zentralen Achse.

In der Mitte des Turms entdeckte er einen riesigen runden Schacht, in dem senkrecht ein dickes Eisenrohr bis in schwindelnde Höhen hinaufreichte. Darauf ruhten alle Balken, die die Wände stützten. Durch dieses Rohr wurden täglich Millionen Liter Wasser gepumpt, und der Wasserdruck war so hoch, dass er das Rohr aufrecht hielt – wie eine Wirbelsäule, die das ganze Skelett trägt. An wichtigen Stellen des Rohrs floss das Wasser über kleine Kanäle ab, sodass der Druck allmählich abnahm.

Ablon berührte das Eisenrohr. Es musste mehr als einen Meter dick sein und war innen mit einer dicken Marmorschicht ausgekleidet, die verhinderte, dass das Material rostete.

Er lenkte die ganze göttliche Energie seiner Aura in die geballten Fäuste und beschwor den Zorn Gottes, seine wirkungsvollste Technik, die wichtigste Waffe der Cherubim, dieselbe Divinität, die er im Schloss des Lichts im Duell gegen Apollyon eingesetzt hatte.

Schon beim ersten Schlag gab das Metallrohr nach, und durch einen Riss sprudelte Wasser heraus, immer stärker. Der Wasserdruck würde genügen, damit die Natur ihren Kerker sprengte.

Die Risse dehnten sich aus, die Balken brachen zusammen, der Turm begann einzustürzen. Steinbrocken fielen herab, Wandpfeiler kippten, gewaltige Wassermassen überfluteten die Trümmer, und Ablon flog eilends aus dem Turm hinaus.

Als er endlich das Ausgangstor erreichte, lag der Turm bereits in Trümmern. Wie ein kolossaler Brunnen spie der unterirdische Kanal Wassermassen aus, die Straßen und Gassen, Terrassen und Gärten überschwemmten. Ablon flog auf die Zikkurat und riss dem König, der vor lauter Verblüffung reglos blieb, im Flug sein Schwert aus der Schulter. Noch immer starrte er entrückt und fassungslos seinen Turm an. Tränen traten ihm in die Augen, als er sein Werk zerstört sah und einsehen musste, dass er gescheitert war.

Ablon steckte seine Waffe weg, packte Shamira mit der einen Hand und mit der anderen Ishtars Leichnam. Im Wirbel des Zyklons schwebten die drei nach oben und wurden Zeugen, wie der verfluchte Turm endgültig zusammenstürzte. Das Wasser überflutete Häuser, Alleen, Plätze, brachte die Mauern zum Bersten und verschlang gierig den Palast.

Nichts blieb übrig.

Kurz darauf fegte der Sandsturm über die Hauptstadt und begrub sie im Herzen der Wüste.

Babel war tot.

Jahrhunderte später sollten in Babylonien andere Städte entstehen. Es sollten die glorreichen Zeiten Hammurabis, Nebukadnezars und vieler anderer folgen. Das wahre Babel jedoch, das Babel von Nimrod und Kusch, das legendäre Babel, wurde am letzten Sommertag des Jahres 2334 v. Chr. begraben.

»Hier sind Nahrung und Wasser für viele Tage«, sagte Ablon und reichte Shamira einen fellbesetzten Lederbeutel, den er selbst angefertigt hatte, als er allein in der Höhle lebte. Seine blutverschmierten Flügel hatte er wieder eingezogen, unter der Rückenmuskulatur waren sie nicht mehr zu erkennen.

Der Engel und die Zauberin hatten auf einem schmalen Pfad, der um einen hohen Berghang herumführte, eine kurze Rast eingelegt. Links von ihnen erhob sich eine gewaltige Felswand, die nach unten hin flacher wurde und in einen Weg mündete; rechts tat sich zwischen zwei riesigen Steinblöcken ein Graben auf, der tief in die Erde reichte. In dieser Wüstengegend gab es zahlreiche hohe Bergketten, die kilometerweit reichten, bis an die Stelle, wo sie in ein sandiges Hochplateau übergingen.

»Ist das nun der endgültige Abschied?«, fragte Shamira mit betörender Stimme. Im Licht der Morgensonne, deren Strahlen ihrer Haut einen rötlichen Schimmer verliehen, sah sie noch schöner aus.

Obwohl sie bald getrennte Wege gehen würden, waren beide glücklich. Sie hatten das Richtige getan, waren ihren Idealen treu geblieben und hatten dem Abgrund der Finsternis den Rücken gekehrt.

»Die Welt ist gar nicht so groß«, scherzte er, ebenfalls in verführerischem Ton.

»Bleib nicht zu lange fort. Für die Menschen vergeht die Zeit unerbittlich. Bald werde ich so alt sein, dass ich dein Gesicht nicht mehr wiedererkenne. Das ist das Los der Menschen.«

»Ich weiß. Eigentlich bin ich ja ein Himmlischer, aber heute betrachte ich mich als Mensch«, gestand er und sah sie an. »Das habe ich dir zu verdanken, Shamira. Du hast bewirkt, dass ich meine menschliche Seite entdeckt habe, und hast mir geholfen zu verstehen, was es heißt, Fleisch zu sein.«

Sie lächelte errötend und sah zur Seite.

Plötzlich zog Ablon die Heilige Rächerin aus der Scheide und betrachtete ihre glänzende Klinge eingehend, wie jemand, der sich von einem Freund verabschiedet. »Zauberin, trotz meiner göttlichen Kraft bin ich kein Himmlischer mehr. Der Cherub, der in mir steckte, ist bei der Zerstörung Babels gestorben. Man muss wissen, wo eine Welt aufhört und die andere anfängt.«

Ablon ließ die Waffe ein paarmal durch die Luft kreisen und schleuderte sie dann in den Graben. Das Schwert stürzte in den Abgrund.

Das Schwert lebt nicht ohne den Cherub, und der Cherub lebt nicht ohne sein Schwert.

»Die Heilige Rächerin war das Einzige, was mich mit meinen Vorfahren aus der Urzeit verband«, erklärte er. »Ab heute werde ich versuchen, wie ein Mensch zu leben, Shamira. Ich möchte kein verbitterter, rachsüchtiger Engel werden, sondern den ganzen Hass, den ich in mir trage, loswerden.«

Sie umarmte ihn, und er erwiderte ihre Umarmung.

»Du lebst genau wie ich am Rand der beiden Welten, als Abtrünniger. Das ist unser Vermächtnis. Das ist unsere Strafe.«

Noch lange standen sie da, während langsam die Sonne aufging. Der Herbst begann, und die Brise brachte aus der Ferne den salzigen Geruch des Meeres mit sich. Am Firmament schoss ein Falke vorbei, am Boden gruben Wildmäuse ihren Bau.

»Wo gehst du jetzt hin?«, wollte Ablon wissen.

»Ich habe von einem weisen Nekromanten gehört, der hinter dem Sinai lebt und Zauberformeln kennt, mit denen man sogar dem Tod ein Schnippchen schlagen kann. Wer weiß, vielleicht sehen wir uns im Verlauf der Geschichte ja noch ein paarmal wieder.«

»Wer weiß …«, gab er zur Antwort und küsste sie auf den Kopf.

Shamira entfernte sich mit großen Schritten und bog um den Hügel. Ablon folgte ihr mit Blicken, bis sie hinter der Biegung verschwunden war, und murmelte: »Möge Gott mit dir sein, Hexe von Endor.«

Einige Monate später war Shamira in Ägypten und lernte den Meister Drakali-Toth kennen, der ihr großer Lehrer in der Kunst der Magie wurde. Er brachte ihr bei, wie man bösen Geistern Energie entzieht und sich dadurch unendlich viele Jahrhunderte lang am Leben erhält.

In der Höhle am Maschu errichtete Ablon ein Grabmal für Ishtar und versiegelte es, um es nie wieder zu öffnen.

Adnari führte die Sklaven unbeirrt aus Babel heraus und wurde ihr Oberhaupt, indem sie eine neue Zivilisation gründete. Sie starb hochbetagt, mit 130 Jahren, und bei den Mystikern ist sie bis heute als bedeutendste Magierin ihrer Zeit bekannt.

5 Tropischer Herbst

Die Boeing 747, in der Shamira saß, war um 23.48 Uhr in Bagdad gestartet – wie üblich mit Verspätung. Daran waren diesmal aber nicht die Angestellten der Fluggesellschaft schuld. Auf seiner Route sollte das Flugzeug über Israel fliegen, dessen Luftraum derzeit aufgrund der Invasionen arabischer Aufklärungs-Düsenflieger – vorwiegend aus Syrien und dem Libanon – zwei- bis dreimal täglich geschlossen wurde. In solchen Fällen wurden Jagdflugzeuge losgeschickt, die den Luftraum überwachen sollten, und die Spannung in der Atmosphäre stieg. Zum ersten Mal seit dem Sechstagekrieg drohte im Mittleren Osten ein flächendeckender Konflikt. Die von den Vereinigten Staaten besetzten arabischen Länder lehnten sich auf, und die freien moslemischen Nationen verbündeten sich gegen die Liga von Berlin, den westlichen Block, der von den USA und Europa angeführt wurde. In Jerusalem hatte es noch mehr Terrorattentate gegeben, weil die israelische Armee palästinensisches Territorium angegriffen hatte. Laut Fachleuten war die Unversehrtheit der Heiligen Stadt nur dadurch gewährleistet, dass sie sich auf dem heiligen Boden dreier Glaubensrichtungen befand – sonst hätte dort, wie viele Pessimisten meinten, schon längst ein atomarer Angriff stattgefunden.

Kurz nachdem das Flugzeug das Tote Meer überflogen hatte, geriet es unverhofft in Turbulenzen und wurde heftig durchgerüttelt. Die alte Frau neben Shamira klammerte sich an ihren Sitz und küsste ihr Kruzifix. Sie war eine sympathische, über 70-jährige Dame, die ihr viel vom Leben der Christen im Irak erzählt hatte, jetzt aber nur noch betete. Der Kapitän hatte die Fluggäste über Lautsprecher darüber informiert, dass die Erschütterungen an Bord auf atmosphärische Turbulenzen zurückzuführen seien, doch Shamira kannte die Regeln gut und wusste, dass dies nichts mit dem Klima zu tun hatte. Sekunden später fingen die Kleinkinder an zu weinen, und den ungeduldigen Müttern gelang es nicht, sie zu beruhigen. Obwohl Shamira über die geheimnisvollen Verwicklungen Bescheid wusste, blieb sie ruhig und klappte ihr Laptop auf. Als sie es einschalten wollte, versagte der Akku – ein Hinweis darauf, dass der Schleier der Wirklichkeit in diesem Moment erschüttert wurde. Die Unruhe, die sie eben noch auf der Astralebene verspürt hatte, erreichte einen Höhepunkt, als sie über Jerusalem flogen, wo es seit Jahrtausenden sehr rege geistige Aktivität gibt.

Zehn Minuten später beruhigte sich die Lage, und die Kinder hörten auf zu schreien. Ohne weitere Zwischenfälle flog die Maschine über das Mittelmeer, machte Zwischenlandung in Athen und Madrid, überquerte anschließend den Atlantik und nahm Kurs auf ihren Zielflughafen Rio de Janeiro. Als sie in Spanien zwischenlandeten, wurde der Flieger mit Passagieren überbelegt. Die alte Dame atmete erleichtert auf, dankte Gott, dass sie heil angekommen war, und verabschiedete sich mit einem Lächeln von Shamira. Auf den frei gewordenen Platz setzte sich ein Mann mittleren Alters mit hellem Teint und grau meliertem Haar, der einen grauen Anzug trug – ein blasierter, ziemlich unangenehmer Kerl.

Das Bordpersonal servierte das Abendessen, dann wurde die Kabine abgedunkelt. Doch Shamira konnte nicht schlafen. Sie knipste das Lämpchen über ihrem Sitz an, suchte im Internet die ganze Nacht lang Informationen über den bevorstehenden Weltkonflikt und machte sich Notizen. Neben das Mikrofon legte sie eine Bibel, die bei Apokalypse, Kapitel 5 und 6 aufgeschlagen war. Dort war von der »Öffnung der ersten sechs Siegel« die Rede. Sie versuchte, irgendeinen Zusammenhang zwischen der politischen Situation und dem heiligen Buch herzustellen, fand aber nichts Konkretes. Die meisten darin beschriebenen Dinge waren lediglich Metaphern und Allegorien, die sich auf vielfältige Weise interpretieren ließen. Als sich die Sonne aus dem unendlich weiten Ozean erhob, beendete Shamira frustriert ihre Arbeit und döste eine halbe Stunde, bis eine Stewardess mit weißer Seidenbluse und blauem Leinenblazer sie weckte.

»Zeitung, Zeitschrift oder Ohrhörer?«, bot sie ihr an.

»Nein, danke«, antwortete Shamira noch ganz schlaftrunken. »Nur eine Tasse Kaffee, bitte.«

Nachdem sie wieder zu sich gekommen war, fiel ihr Blick auf die Uhr.

14.11 Uhr. 12. März. Herbstbeginn auf der südlichen Halbkugel.

Als sie wieder klar sah, lehnte sie sich vor und versuchte die Schlagzeile in der Zeitung ihres Sitznachbarn zu entziffern.

»Liga von Berlin startet Offensive in der Türkei«. Und weiter: »Östliche Allianz gesteht Einsatz von Nuklearwaffen zur Verteidigung ihrer Herrschaftsgebiete«.

Das Flugzeug fing wieder an zu wackeln, aber diesmal war es ein rein mechanisches Vibrieren – das Fahrwerk wurde ausgefahren. Shamira hörte, wie die Turbinen pfeifend die Luftströme ansaugten, dann kam die Mitteilung aus dem Lautsprecher. »Achtung, Besatzung, bereitmachen zur Landung. Lokale Temperatur 35 Grad.«

Trotz der vielen seltsamen Gegenstände, die sie dabei hatte, und des rostigen Schwerts, das sie im Irak ausgegraben hatte, kam Shamira mit ihrem Gepäck problemlos durch den Zoll. Für die Mitnahme antiker Artefakte besaß sie eine international gültige Erlaubnis, unterzeichnet von einem Dutzend Archäologie-Uni-

versitäten auf der ganzen Welt. Immerhin war sie Wissenschaftlerin – eine wahrlich ironische Tarnung für eine Zauberin – aber
sie wirkte. Anders als Ablon, der bemüht war, seinen Anachronismus weitgehend aufrechtzuerhalten, indem er sich am Rand der
Gesellschaft der Sterblichen bewegte, war Shamira immer über
neue Technologien informiert und setzte sie zu ihrem Vorteil ein.
Ganz unbekümmert hielt sie sich an den verschiedensten öffentlichen Orten auf, von Universitäten bis zu Tanzlokalen, stets mit
einem didaktischen Ziel vor Augen. Die Wandlungsfähigkeit des
Menschen verblüffte sie jedes Mal ein bisschen mehr, wie auch
sein Geschick, Dinge zu erschaffen, zu erneuern und sich den un-
gewöhnlichsten Umständen anzupassen. Plötzlich wurde ihr bewusst, dass sie sich zeit ihres Lebens immer über die Unbeständig-
keit des menschlichen Geistes und die Leidenschaft seiner Seele
wundern würde.

Sie verließ den Zollbereich durch eine automatische Doppeltür, die in eine geräumige Halle mit einem von geneigten Metall-
säulen getragenen Glasdach führte. Hinter einer Kettenabsperrung
drängte sich eine kleine Menschenmenge, die auf die Fluggäste
wartete. Tourismusagenten hielten Erkennungstafeln hoch, Familien hielten Ausschau nach Angehörigen.

Es war schon nach 15 Uhr, und die Abendsonne fiel schräg durch
das gläserne Dach ein.

Shamira war um 14.37 Uhr aus dem Flieger gestiegen, hatte
aber mindestens zwanzig Minuten mit dem Ausfüllen von Zoll-
formularen und der Warterei am Gepäckband verloren. Jetzt
hatte sie den bürokratischen Teil hinter sich und blickte sich nach
Ablon um, konnte ihn aber nirgends sehen. Eine schreckliche
Angst stieg in ihr auf, und sie überlegte, ob man den Flüchtling
schließlich doch aufgespürt hatte und er vielleicht längst tot war.
Aber dann fiel ihr ein, dass Ablon als Verstoßener gelernt hatte,
sich so unauffällig zu verhalten, dass die Menschen ihn manchmal
gar nicht sahen. Anfangs hatte er es bewusst gemacht, aber mitt-

lerweile war es ihm schon zur Gewohnheit geworden, und er brauchte sich nicht einmal zu bemühen, um von der Bildfläche zu verschwinden.

Und dann entdeckte sie ihn, reglos neben einer Säule stehend. Seit mehr als hundert Jahren hatte sie ihn nicht mehr gesehen, aber abgesehen von seiner dunklen Kleidung hatte er sich nicht verändert. Sein blondes Haar schimmerte leicht im Glanz der untergehenden Sonne, der Blick war wie immer ausdrucksvoll, entschlossen und kühn. Und er wirkte höchst erfreut, die einzige Person auf der ganzen Welt wiederzusehen, an der ihm wirklich etwas gelegen war.

Ablon deutete ein einladendes Lächeln an. Shamira ging auf ihn zu und stellte die Koffer auf dem schwarzen Marmorboden ab. Einen langen Augenblick sah er sie nur schweigend an. In Shamiras Gesicht stand Ungläubigkeit, aber auch Erleichterung geschrieben. Dann umarmte sie ihn gerührt.

»Bist du es wirklich? Es kann fast nicht wahr sein«, sagte sie erleichtert. »Kaum zu glauben, dass du noch am Leben bist.«

Wieder lächelte er. »Es wird immer einfacher. Wäre ich tot, hättest du es schon erfahren.«

»Wahrscheinlich. Bei den derzeitigen Ereignissen in der geistigen Welt würde es mich nicht wundern, wenn die Nachrichten über dich widersprüchlich sind.«

Ablon nahm die beiden Koffer – einen Handkoffer und einen größeren –, und gemeinsam verließen sie das Gebäude durch die Automatiktür.

»Es ist wahr«, sagte er. »Himmel und Hölle bereiten sich auf einen Krieg vor. Deshalb sind die Geister so unruhig. Bald wird der Schleier der Wirklichkeit reißen.«

»Armageddon! Dann stimmt es also doch! Endlich naht der Tag des Jüngsten Gerichts.« Sie amüsierte sich über ihre eigenen Worte. »Schau mich an, ich rede ja schon fast wie einer dieser Propheten.«

»Es waren wertvolle Menschen«, befand der Abtrünnige wehmütig.

Draußen schlug ihnen die Hitze des tropischen Herbsts entgegen. Die Straße dröhnte von Motorenlärm, Gehupe und dem
Aufheulen gestarteter Fahrzeuge.

»Und was hast du mit all dem zu tun … ich meine, mit dem
Ende der Welt? Ich dachte, du wolltest dich nicht in die himmlische Politik einmischen.«

»Inzwischen sieht die Sache anders aus. Anscheinend will das
Untergeschoss eine Vereinbarung mit mir treffen.«

»Ach, deshalb hast du mich hierher gebeten, stimmt's?«

»Ich brauche den Schutz deiner Zauber.«

»Ist die Lage jetzt wirklich einfacher geworden?«, fragte Shamira besorgt.

»Beide Seiten mobilisieren ihre Truppen, schließen Bündnisse
und bereiten alles für die letzte Schlacht vor. Niemand hat noch
ein Interesse, mich zu verfolgen. Zum ersten Mal seit meiner Verstoßung fühle ich mich sicher. Engel und Dämonen haben eigene
Sorgen.«

»Trotzdem … ich glaube, es wäre gut, beim Schlafen ein Auge
offen zu halten«, warnte sie ihn mit Nachdruck.

»Ich schlafe nie.«

Mittlerweile waren sie an der Stelle angelangt, wo Ablon sein
Motorrad abgestellt hatte. Es war schwarz-metallicfarben und
hatte dicke, matte Reifen sowie verchromte Felgen und Lenker.
Die Ledersitzbank war lang, der Beifahrersitz durch eine Wölbung
abgetrennt, und auch für Gepäck war Platz.

»Ziemlich ungewöhnliche Fahrgelegenheit für eine Dame«,
witzelte Shamira.

»Passt aber gut zu einem Abtrünnigen«, versetzte Ablon gelassen.

Rasch brachten sie das Gepäck ins Hotel *Montenegro* und suchten dann einen belebteren Ort auf. Shamira war noch nie in Rio
de Janeiro gewesen, sie kannte diese Großstadt nur von Fotos und
Filmen. Deshalb überredete sie Ablon, mit ihr an den Strand zu
fahren, wo er ihr dann seine Pläne verraten würde. In dieser belebten Stadt am Meer war es das ganze Jahr über heiß, und die
Temperaturen sanken auch abends kaum – ganz anders als in der
irakischen Wüste, in der die Nächte klirrend kalt und die Morgen-
dämmerungen unerträglich waren.

Gegen 17.30 Uhr, kurz vor der Rushhour, verließen sie das Zentrum und fuhren in südlicher Richtung bis zur Küste. Dort schlen-
derten sie bis ans Ende der Küstenstraße, wo eine Fahrspur für
Autos um eine Felskuppe herumführte. Auf halbem Weg gab es
eine touristische Sehenswürdigkeit, einen wunderschönen Aussichtspunkt mit fantastischem Blick auf die Strände von Leblon
und Ipanema. Zusammen bilden sie eine kleine Sandbucht, an die
sich eine Fußgängerzone mit portugiesischem Mosaikpflaster anschließt. Auf der anderen Seite der Fußgängerzone verläuft die
Straße, und dahinter stehen unzählige hohe, riesige Betonklötze
mit Glasvorbau und Penthouses für Schwerreiche. Vom Küsten-
saum aus fällt das Gelände sanft nach Westen ab, sodass der Eindruck entsteht, die Stadt liege auf ebenem Gelände. Hier befindet sich ein Großteil des urbanen Bereichs.

Im Westen verläuft eine grüne Hügelkette mit zahlreichen Radio-
und Fernsehantennen. Der höchste Punkt dieser Hügelkette ist
der Pico do Corcovado, eine Felskuppe, auf der mit ausgebreiteten Armen die imposante Statue des Cristo Redentor, des Erlösers Christus, steht.

Ablon parkte sein Motorrad in der Nähe des Aussichtspunkts.
Shamira konnte nicht an sich halten und spazierte bis an die Brüstung. Zehn Meter unter ihr schlugen die schäumenden Meeres-

wellen an die Klippe, und stumm blieb sie einige Augenblicke dort stehen, ganz in die Betrachtung des Schauspiels versunken. Kurz darauf kam Ablon mit einer Flasche Mineralwasser, die er an einem Kiosk gekauft hatte. Er wusste, dass sich Shamira noch ein paar menschliche Bedürfnisse bewahrt hatte, auch wenn sie inzwischen wusste, wie sie ihren eigenen Tod vermeiden konnte. Sie ließ den Blick über die Landschaft schweifen, bis er an der imposanten Erlöserstatue hängen blieb. »Jetzt verstehe ich, warum du ausgerechnet in dieser Stadt auf den Tag der Abrechnung warten wolltest.«

»Nein, das hat nichts mit dieser wunderschönen Aussicht zu tun«, widersprach er, während sein Blick ebenfalls zur Statue wanderte. »Ich habe vielmehr den Eindruck, dass Rio de Janeiro beim großen Zusammenbruch als Letztes untergehen wird. Brasilien ist ein sogenanntes neutrales Land, einer der Staaten, die sich außerhalb der Schusslinie zwischen der Liga von Berlin und der Östlichen Allianz befinden.«

»Da ist mir wohl etwas entgangen …«, gab Shamira etwas verwirrt zurück.

»Ich weiß nicht, wie das Ende der Welt sein wird. Ich glaube nicht, dass die Sterne vom Himmel fallen oder der Mond sich in Blut verwandelt. Diese Prophezeiungen geben uns nur Zeichen. Und diese Zeichen sind offensichtlich.«

Shamira warf Ablon einen ernsten Blick zu. »Glaubst du, dass die Apokalypse bevorsteht?«

»Sie hat schon begonnen. Daran besteht kein Zweifel. Die vier Reiter haben sich bereits auf den Weg gemacht.«

»Krieg, Hunger, Krankheiten … das hatten wir doch schon. Wie kommst du darauf, dass es diesmal anders ist?«

Sein Blick glitt zu den Bergen. Gebündelte Sonnenstrahlen stießen durch die Wolken und tauchten die grünen Berghänge in sanftes Licht. Es war ein selten friedlicher Augenblick, der in vielerlei Hinsicht an alte Zeiten erinnerte. Bei dem Gedanken, dass es all das – Erde, Himmel, Ozeane – bald nicht mehr geben würde, wurde Ablon traurig.

»Die Menschheit ist korrumpiert, Shamira«, und bei diesen Worten zeigte sich auf seinem Gesicht mehr Frustration als Melancholie. »Statt Hoffnung tragen die Menschen jetzt Hass im Herzen.«

»Aber nicht alle.«

»Wie immer werden einige wenige für die Irrtümer der Mehrheit bezahlen. So war es bei der Sintflut, die Henoch und Atlantis zerstörte. So war es bei Sodom und Gomorrha, und so wird es beim Armageddon sein. Früher oder später wäre es ohnehin passiert, denn das Rad der Zeit lässt sich nicht anhalten. Nur Gott selbst hat die Macht, es zu bewegen. und wie wir wissen, ist er derzeit abwesend.«

»Das Rad der Zeit …«, murmelte Shamira, als kramte sie tief in ihrem Gedächtnis. »Davon hast du mir schon einmal erzählt.«

»Das Rad der Zeit ist ein Werk Gottes. Er hat es erschaffen, um den Verlauf des siebten Tages zu beschreiben. Wenn das Rad seinen Zyklus vollendet hat, wird auch der siebte Tag zu Ende sein. Der Allerhöchste wird erwachen und der Schleier der Wirklichkeit endgültig fallen. Die beiden Welten, die physische und die geistige, werden eins werden, und dann wird Gott wieder herrschen.«

Shamira hatte die ganze Zeit schweigend und ergriffen zugehört.

»So steht es in der heiligen Handschrift der Malakim«, fuhr der General fort. »Aber sie verrät uns nicht, dass vor dem Zeitenende grausame, blutige Dinge geschehen werden. Es waren die Menschen, die die Apokalypse in dieser Form vorhersagten. Ich habe immer an das Gegenteil geglaubt und immer gedacht, Gott würde erwachen, sobald die Erdbewohner die Fülle erlangt hätten und überall nur noch Frieden herrschen würde. Genau so habe ich es mir immer gewünscht. Aber nach so langer Zeit auf der Erde mache ich mir nichts mehr vor und habe begriffen, dass nur wenige Menschen auf die Rettung ihrer Seele hoffen dürfen.«

Ablon schwieg und sog den angenehmen Geruch des Meeres tief ein. Im Osten tauchte langsam der Mond aus dem Ozean auf und zeichnete vom Horizont bis zur Küstenbrandung einen silbernen Lichtstreifen auf die Wasseroberfläche. Shamiras Kopf schwirrte, doch sie schwieg weiterhin.

»Weißt du noch, als wir uns kennengelernt haben?«, fragte Ablon unvermittelt. »Irgendwann habe ich dir vom freien Willen erzählt und gesagt, er sei Gottes höchste Belohnung für die Menschen.«

»Ja …«

»Ich glaube nicht, dass es genauso war. Die Irdischen haben diesen Weg selbst gewählt und sich ihre eigene Welt geschaffen. Sie haben sich für den Weg des Todes entschieden und sind an der eigenen Wollust erstickt. Aber ich bin kein Inquisitor und auch kein Richter. Ich war und bin kein Vorbild, dem man nacheifern soll. Auch ich habe viele Fehler gemacht.« Er sah sie mit seinen grauen Augen an und fuhr zärtlich fort: »Ich erinnere mich, dass ich mich einmal fast hätte hinreißen lassen. Doch im schwärzesten Moment gab es jemanden, der mich aus der Finsternis gerettet hat.«

»Ich habe dir nur deine Wahlmöglichkeiten aufgezeigt. Entschieden hast du.«

»Ja. Nicht jeder hatte die Chance, die ich hatte. Nicht jedem stand jemand zur Seite, der ihm den Weg wies, und deshalb urteile ich nicht über die Menschen. Manchmal denke ich, dass auch ich einen Teil Schuld daran trage. Ich hätte mehr tun können. Ich hätte der Menschheit helfen können, statt im Schatten der Welt herumzustreifen, um die Bruderschaft wieder zusammenzuführen. Aber durch Jammern wird sich nichts ändern. Was geschehen ist, ist geschehen.«

Unbemerkt war die Nacht angebrochen. Die Flut ging, und die Wellen zogen sich im Sand zurück.

»Na schön«, sagte Shamira entspannt. »Und was möchte der Abtrünnige Engel von mir? Du hast von einer Vereinbarung gesprochen.«

»Luzifer hat Orion mit einer Nachricht zu mir geschickt. Anscheinend will der Morgenstern, dass ich in diesem letzten Krieg auf seiner Seite kämpfe.«

»Und wozu brauchst du mich? Ist der Schutz des Dunklen Erzengels nicht genug?«

»Ehrlich gesagt brauche ich etwas, das mich vor ihm beschützt. Luzifer hat mich schon einmal verraten. Ich habe nicht vor, auf seinen Vorschlag einzugehen, würde aber gern erfahren, was er mir zu sagen hat. Deshalb möchte ich ihm in der Hölle einen Besuch abstatten.«

»Pass bloß auf«, warnte sie. »Weißt du noch, wie du mich wegen einer ähnlichen Sache um magischen Schutz gebeten hast?«

»Das habe ich nie vergessen. Die Verbrennungen schmerzen immer noch. Das war unvorsichtig. Aber das waren auch andere Zeiten. Damals wurde ich gejagt, und es war eine Belohnung auf meinen Kopf ausgesetzt. Außerdem hatte ich die verbotenen Grenzen leichtsinnig überschritten. Es war nur natürlich, dass Luzifers Untertanen von ihm eine erbarmungslose Haltung erwarteten. Diesmal hingegen bin ich eingeladen.«

Ablons Argumente waren überzeugend, das musste Shamira zugeben. Dennoch wäre es ihr lieber gewesen, wenn er auf diese Reise verzichtet hätte. Sie rutschte von der steinernen Brüstung herunter, ging nachdenklich einige Schritte auf und ab und überlegte, welche Zauberkünste sie noch anwenden könnte. Ein paar hilfreiche Rituale fielen ihr ein.

»Eine Reise in die Hölle …«, überlegte sie und schürzte die Lippen. »Du kennst die Gefahren. Wenn du erst einmal dort bist, wirst du verwundbar sein.«

»Ich bin bereit, dieses Risiko einzugehen.«

»Ich kenne ein paar Zauberkünste, die dir begrenzten Schutz verleihen können. Aber wenn die anderen dich fertigmachen wollen, können dich auch alle meine Künste nicht retten.«

»Ich denke bei deiner Magie eher an eine Vorsichtsmaßnahme. Ich glaube nicht, dass der Dunkle Erzengel und seine Horden mich wirklich umbringen wollen. Diesmal nicht.«

Shamira hatte ihre Zweifel. »Warum bist du dir da so sicher?«

»Wegen Orion. Es wirkte aufrichtig, und zu ihm habe ich Vertrauen. Außerdem: Wenn Luzifer kurz vor einem Krieg steht, wird er höchstwahrscheinlich sogar meine Hilfe brauchen. Für ihn wäre es praktisch, mich als Symbol zu benutzen, schließlich war ich immer eine Ikone des Widerstands.«

»Dies stünde etwas im Widerspruch zu dem ganzen Aufhebens, das er im Zusammenhang mit der Jagd auf die Abtrünnigen gemacht hat, findest du nicht? Der Teufel hat die ganze Schuld an seiner Niederlage auf euch geschoben. Das hast du mir selbst vor langer Zeit einmal gesagt.«

»Ja, aber der Morgenstern weiß genau, wie er eine Situation zu seinem Vorteil wenden muss. Er ist der größte Meister der Überredungskunst, den es je gegeben hat, und fähig, sogar aus seinem ärgsten Feind einen Märtyrer zu machen. Wärest du ihm begegnet, wüsstest du, wovon ich spreche. Er hat eine gespaltene Zunge wie eine Schlange und besitzt die Intelligenz von tausend Strategen. Nicht von ungefähr hat er ein Drittel der Geflügelten auf seine Seite gezogen, als er gegen den Erzengel Michael rebellierte.«

»Orion … der Gefallene König von Atlantis«, sann Shamira.

»Ja, du hast Gründe, ihm zu vertrauen. Aber ist in diesem Fall der Satanis nicht selbst ein Opfer der Überredungskünste seines Gebieters?« Die Satanis waren der edelste Orden der Dämonen, gleichzusetzen mit den himmlischen Seraphim.

»Mag sein. Aber wie gesagt gehe ich dieses Risiko gern ein. Seit so vielen Jahrhunderten fühle ich mich endlich wieder allen Herausforderungen gewachsen. Ich bin bereit, Michael im Kampf gegenüberzutreten und dann vor Gott das Gewehr zu präsentieren. Doch ich kann den Engelsfürsten erst dann zum Duell auffordern, wenn der Schleier der Wirklichkeit fällt. Bis dahin bin ich durch meinen Fluch an die physische Welt gekettet. Also bleibt mir nur, abzuwarten. Abzuwarten, bis alle Siegel der Apokalypse geöffnet sind und sich die Membran aufgelöst hat.«

Inzwischen stand der Mond hoch am Himmel, und der Verkehr auf dem Boulevard nahm ab. In den Fenstern der Häuser brannte Licht, die Fernsehantennen schwankten im Wind.

»Wir sind die Letzten einer Epoche, die in Vergessenheit geraten ist und von demselben Sturm weggefegt wurde, der schon das alte Babel zerstörte«, erklärte Shamira wehmütig. »Ich werde dir helfen, General. Das bin ich dir schuldig, und noch viel mehr … Ich werde dir immer etwas schuldig sein. Aber deinen Wunsch möchte ich dir nicht erfüllen. Ich glaube, im Grunde genommen bin ich egoistisch … Ich möchte dich nicht verlieren.«

»Du rechnest immer mit dem Schlimmsten … und ich in gewisser Weise auch. Es ist unsere Art, auf Unbekanntes, auf eine unvorhersehbare Zukunft zu reagieren. Aber ich bin dem Tod schon mehrmals entronnen und glaube, dass es mir noch ein letztes Mal gelingen wird.«

»Und wenn du scheiterst?«

»Du hast selbst gesagt, dass unsere Ära vorbei ist. Wir leben jenseits unserer Zeit, und ich bin schon viel weiter gegangen, als ich darf. Ich bin der letzte abtrünnige Engel, und auf mir lastet die Arbeit derjenigen, die eines Tages beschlossen haben, meine Ideale zu übernehmen. Ich darf sie nicht enttäuschen, Shamira.«

Nein, das kannst du wirklich nicht, dachte die Magierin. *Diejenigen, die du gern hast, hast du niemals vergessen oder im Stich gelassen. Du hast mir das Leben gerettet und mich oft beschützt. Dann hast du Geister, Hexer, Mörder und Jäger besiegt. Du bist der Hölle entronnen und hast den Neid deiner Feinde bezwungen.*

Geh nun deinen letzten Weg, zieh in den fürchterlichsten aller Kriege, um all deine Tugenden ein letztes Mal zu bündeln.

Ja, Shamira würde ihm helfen, und sie würde es voller Stolz tun.

Nächtliches Zwischenspiel

Kurz nach Einbruch der Nacht gingen Ablon und Shamira ins Hotel zurück. Der Hausherr war betrunken und musste sich anstrengen, um den Gästen zur Begrüßung zuzuwinken. Er murmelte zusammenhanglos etwas vor sich hin und döste dann auf dem Balkon weiter.

Die beiden gingen hinauf ins Zimmer und machten es sich gemütlich. Nur Augenblicke später brach in der Stadt ein Sturm los, und der Regen prasselte gegen die Fensterscheiben. Da es keine Betten gab, baute Shamira aus Decken und Planenstücken eine provisorische Matratze. Als sie sich endlich hinlegte, merkte sie, wie erschöpft sie war – schließlich hatte sie seit zwei Tagen praktisch nicht geschlafen.

Sie schloss die Augen und versuchte sich zu entspannen. Vorher sah sie noch, wie Ablon im Halbdunkel am Tisch saß und ein paar alte Pergamente las, und es überkam sie ein angenehmes Gefühl, das sie schon lange nicht mehr gehabt hatte. Es war, als wäre sie wieder in der Höhle und würde unter dem Schutz des Abtrünnigen schlafen, der immer konzentriert war und aufmerksam auf mögliche Eindringlinge lauschte. Solange diese grauen Augen über sie wachten, konnte ihr nichts Schlimmes passieren, davon war sie felsenfest überzeugt.

Mitten in der Nacht wachte sie auf. Es regnete immer noch. Ablon stand schweigend am Fenster und beobachtete die stille Straße, die Laternen und Häuserdächer. Sie kannte diesen durchdringenden Blick, den eines Adlers im Nest, und befürchtete das Schlimmste.

»Was ist los?«, fragte sie im Flüsterton.

»Sch-scht«, bedeutete ihr der Engel mit einer Geste.

Ihr gefror das Blut in den Adern.

Nach etwa drei Minuten entspannte sich Ablon wieder und verließ seinen Platz am Fenster. Er verhielt sich, als hätte er falschen Alarm gehört. Die Spannung wich, und Shamira fragte noch einmal: »Was ist passiert?«

»Nichts. Es ist alles in Ordnung. Ich hatte nur den Eindruck, dass … Ich dachte, dass …«

»Was denn?«, fiel ihm Shamira ins Wort.

»Nichts. Bestimmt nicht. Geh wieder schlafen.«

Sie ließ nicht locker. »Vielleicht ein Engel, der dich verfolgt, oder ein rachsüchtiger Dämon?« Sie versuchte, möglichst gelassen zu klingen, um ihre Nervosität zu verbergen, auch vor sich selbst.

»Nein. Wenn sich hier in der Nähe irgendein Wesen aufhielte, hätte ich die Schwingungen seiner Aura längst wahrgenommen.«

Shamiras Lider wurden schwer. Wäre sie nicht so müde gewesen, hätte sie das Thema nochmals aufgegriffen, aber die Mattigkeit war stärker, und nun schlief sie ruhig.

Das Schutzritual

Den ganzen Vormittag über wirkte Shamira unsichtbare Zauber und vollzog kleine Rituale in Ablons Wohnung. So wollte sie das alte Lager in ein Heiligtum verwandeln. Ein Heiligtum ist per Definition ein abgegrenzter Bereich auf der physischen Ebene, wo der Schleier der Wirklichkeit hauchdünn, ja fast nicht vorhanden ist. Deshalb kann die dünne Membran in einem Heiligtum leichter reißen, sodass sich übernatürliche Effekte an der betroffenen Stelle viel wirksamer erzeugen lassen. Ein Heiligtum lässt sich auf vielerlei Arten erschaffen. Vor allem bei der Totenbeschwörung greift man auf mystische Gegenstände und Zauberformeln zurück, um den Schleier umzugestalten. Die einleitenden Zaubersprüche stammten aus einem uralten Buch mit Ledereinband und Papyrusseiten, dem sogenannten *Grimoire von Nippur*. Mit einem extra zu diesem Zweck zubereiteten Brei wird der ausgewählte Raum abgegrenzt – der in diesem Fall von der Tür bis zum Fenster reichte und so das ganze Zimmer umfasste.

In ganz seltenen Fällen entsteht das Heiligtum ohne jegliches menschliche Zutun. Dies passiert häufig an Orten, wo Heilige oder sagenumwobene Personen gestorben sind oder sich hin und wieder mystische Wesenheiten zeigen.

Die Größe eines Heiligtums variiert. Es kann so klein sein wie ein Kämmerchen oder groß wie ein Wald. Entgegen einer verbreiteten Meinung können diese geheimnisvollen Orte trotzdem unrein sein. Das kann man absichtlich herbeiführen, beispielsweise durch das Aussprechen eines profanen Zaubers, aber am häufigsten geschieht es einfach durch eine Banalisierung des Orts: Eine Kathedrale, die abgerissen und in einen öffentlichen Platz verwandelt wird und deren Bedeutung völlig in Vergessenheit gerät, verliert sogleich ihre Mystik, und der Schleier bekommt wieder seine normale Beschaffenheit.

Mit der Einrichtung eines Heiligtums in diesem Raum wollte Shamira ihn für ein wirklich machtvolles Ritual vorbereiten. Es musste so wirksam sein, dass es Ablon in der Hölle Schutz bot, denn Dämonen lassen sich selten mit billigen Tricks hinters Licht führen. Sie hatte sich entschlossen, diesmal eine vergessene, alte Magie einzusetzen, die Magie des alten Henochs, wie sie in dem uralten *Grimoire* geschrieben stand. Danach würde sie zwar erschöpft sein und ihre magischen Fähigkeiten einen Tag lang nicht einsetzen können, aber es war ja für eine gute Sache.

Am frühen Abend hatte Shamira die Vorbereitungen abgeschlossen. Sie gönnte sich eine kurze Erholung und aß sich an dem chinesischen Gericht satt, das der Abtrünnige mitgebracht hatte. Wie immer leistete Ablon ihr beim Abendessen Gesellschaft, obwohl er keine Nahrung brauchte. Entspannt saßen sie auf dem Holzfußboden und unterhielten sich über Belanglosigkeiten wie ihre Reisen in den Orient, und Shamira kam das Aroma der echten chinesischen Speisen aus der Zeit der Mandarine wieder in den Sinn, das so ganz anders war als dieses fettige Nudelgericht.

»Wann wollen wir mit der Zeremonie beginnen?«, fragte Ablon, während er die Reste des Abendessens wegräumte.

»Lass uns warten, bis es Nacht ist. In diesen Stunden haben wir leichteren Zugang zur geistigen Welt. Außerdem muss ich mich noch um die Details kümmern.«

Nachdem sie den Abfall nach draußen gebracht hatten, rückten Ablon und Shamira den Schreibtisch und die größeren Regale beiseite, sodass eine große freie Fläche entstand. Shamira zeichnete ein Pentagramm auf den alten Holzboden, einen fünfzackigen Stern. Dazu verwendete sie uralten rötlich gefärbten Lehm, dessen erdige Bestandteile aus dem Boden der Stadt Henoch stammten. Aufgrund seiner legendären Herkunft war der Ton bereits mystisch aufgeladen.

Rings um das Pentagramm brachte sie anschließend Inschriften an. Bei vier der fünf Zacken stellte die junge Frau Tongefäße auf, die winzige Mengen der Naturelemente enthielten – eines war mit Erde gefüllt, das zweite mit Wasser, im dritten flackerte Feuer, und aus dem vierten quoll weißer Rauch. An die fünfte oberste Spitze legte sie einen Dolch, ihre persönliche Zauberwaffe.

Die Bühne war fertig. Ohne dass sie es bemerkt hatten, war die Sonne untergegangen, und auf den Straßen wurde es dunkel. Der Himmel war klar und wolkenlos, und mittlerweile war es der Glanz des Vollmonds und nicht der Regen, der die Fensterscheiben beschien und silbrige Formen auf den Boden des Raums zeichnete.

»Wir haben Glück«, sagte Shamira. »Es ist eine bewegte Nacht in der geistigen Welt. Ich glaube, wir werden das Ritual erfolgreich durchführen können. Bist du bereit?«

»Nur zu«, erwiderte Ablon.

Die Magierin legte ihre modernen Kleidungsstücke zur Seite und schlüpfte in eine schlichte, einfach geschnittene Tunika. Diese war aus grober Baumwolle und wirkte uralt, war aber gut erhalten. Einst hatte sie Shamiras erster Meisterin in Kanaan gehört und war dank der Sippar-Rezeptur unversehrt geblieben. Auf einen Arm legte sie das *Grimoire*, mit den Fingern der anderen Hand gestikulierte sie.

»Wir werden jetzt versuchen, zwei bedeutende Geister anzurufen. Diese Wesenheiten besitzen große Macht, die sogar mit jener der Himmelsbewohner vergleichbar ist. Sobald wir sie angerufen haben, werden wir ein bisschen um ihre Essenz feilschen müssen, mit der ich dann den Dolch energetisieren werde.« Sie zeigte auf die Waffe am Boden. »Erst dann kann ich den Zauber vollenden.«

»Meinst du, wir können sie leicht davon überzeugen, uns etwas von ihrer Essenz zu überlassen?«

»Es ist niemals einfach. Diese Geister sind uralt und werden mit der Zeit immer hochnäsiger. Aber ich habe schon etwas Erfahrung mit ihnen.«

»Du bist bescheiden«, bemerkte er. »Was muss ich tun?«

»Nichts – oder vielmehr erst dann, wenn ich etwas anderes sage. Beobachte einstweilen nur.«

Ablon nickte, und Shamira begann, den Zauber zu wirken. Mit lauter Stimme sprach sie hintereinander die mystischen Runen aus dem *Grimoire* aus: »*Mer Sidi! Mer Kurra! Mer Urulu! Mer Martu! Zi Dingir Anna Kanpa!*«

Es war eine seltsame Intonation, die keiner der Menschheit bekannten Sprache zu ähneln schien – Teil eines magischen Codes, einer Geheimsprache, die nur von Magiern gesprochen wurde.

Während des Beschwörungsgesangs begann Shamira zu schwitzen. Dann geschah etwas Seltsames. Das Mondlicht, das durchs Fenster fiel, verblasste allmählich, bis draußen nur noch vollkommene Dunkelheit herrschte, schreckliche, stockdunkle Finsternis, vergleichbar mit der kosmischen Schwärze.

»Was ist los?«

»Eine momentane Übertragung auf die ätherische Ebene. Ich öffne gerade den Zugang durch die vier Tore. Gemeinsam mit diesem Zimmer überschreiten wir jetzt die Grenzen der Realität.«

Eine unwirkliche Kälte breitete sich in der Wohnung aus. Durchs Fenster war nichts mehr zu sehen: keine Häuser, kein Mond, keine Straßenlaternen … nichts, nur Finsternis. Es war, als wäre der Raum an die Grenzen des unwirtlichen, weit entfernten Alls hinausgezogen worden. Die einzige Lichtquelle war das Feuer in dem Gefäß, das an einem der Sternzacken stand.

Shamira unterbrach die Beschwörung, ließ den Kopf sinken und legte das schwere Buch auf eine Kiste. Es herrschte absolute Stille, aber nicht lange.

Ablon hörte Holz splittern, und plötzlich wölbten sich die Bodenbretter nach oben. Eine widerlich stinkende Kreatur brach sich mit Gewalt Bahn und riss dabei die Holzbretter der Fläche innerhalb des Pentagramms auf. Wäre Shamira nicht schon so erfahren und so gut mit dem bizarren Universum vertraut gewesen, wäre ihr von dieser Erscheinung übel geworden.

Die Wesenheit, die aus dem Boden hervorkam, war ein groteskes Monster. Es erinnerte an eine fleischige Masse, die bald schwarz, bald grünlich war, mit hundert kleinen Augen, die auf der Körperoberfläche verstreut waren, und Dutzenden von Mäulern, die in die Luft schnappten. Es bewegte sich langsam mithilfe von vor Schleim triefenden Scheinfüßen. Der unerträgliche Gestank stammte von dem Sekret, das durch zahllose offene, eitergefüllte Poren im Fleisch austrat.

Furchtlos näherte sich Shamira dem Zauberkreis, ohne ihn zu betreten. Fest sah sie die Kreatur an. Ihr Blick war hart und streng und wirkte alles andere als harmlos.

»Bacarata!«, so nannte sie das Monster in einer unverständlichen Sprache, die normalerweise von bösen Geistern gesprochen wurde, die in der unendlichen Tiefe des Äthers herumirrten.

Die vielen Augen hefteten sich auf die Beschwörerin, die beängstigenden Mäuler öffneten sich.

»Ich bin die Hexe von Endor, Meisterin der Kunst der Totenbeschwörung, Beschwörerin vieler Geister. Bacarata, höre!«

Die tausendfachen Lippen bewegten sich alle gleichzeitig und stießen schrille Laute aus.

»Bacarata, Herr der Materie. Ich erflehe von dir ein Kondiz deiner Essenz, um den Schutzzauber zu wirken.«

Ein Kondiz ist eine Art mystische Maßeinheit für geistige Energie.

Die Kreatur bewegte sich und verströmte einen ekelhaften Gestank. »Und für wen ist der Zauber gedacht?«, fragte das Ungeheuer provozierend.

»Für Ablon, den Abtrünnigen Engel, der schon vor Luzifers Fall aus dem Himmel verstoßen wurde. Der Cherub, der sich nach der Vernichtung Sodoms gegen die Tyrannei des Erzengels Michael wandte.«

Ablon saß stumm im Hintergrund und hatte den Eindruck, dass einige von Bacaratas Augen ihn von Kopf bis Fuß musterten. Wie immer hatte er seine Flügel eingezogen und unsichtbar im Rücken verborgen, doch sein Schatten an der Wand zeigte die Umrisse der ausgebreiteten Schwingen. Es gibt eine Bruderschaft von Magiern, die Schwarzen Magier, die mithilfe ihrer Zauber Energie in der Dunkelheit suchen. Bei ihnen heißt es, dass der Schatten immer unsere wahre Natur verrät.

»Er hat eine kraftvolle Aura«, lenkte die Wesenheit ab und stieß ein eigentümliches Grunzen aus, gefolgt von einem Zischen.

»Ich glaube«, flüsterte Ablon, »dass wir bei dieser widerlichen Gestalt nichts erreichen werden.« Langsam verlor er die Geduld. Cherubim sind Kämpfer und wissen nicht viel von Diplomatie.

»Hab Geduld«, bat Shamira. »Der Handel hat noch gar nicht angefangen.«

Die Wesenheit bewegte sich im Pentagramm umher und fing wieder an zu brüllen. Dann sprach sie undeutlich und stockend weiter. »Kraftvolle Aura … Bacarata will Essenz des Engels. Essenz gegen Essenz, so ist das Tauschgeschäft.«

»Aber es ist kein Tauschgeschäft, Bacarata«, widersprach Shamira herausfordernd und warf dem Geschöpf einen gefährlichen Blick zu.

Der Geist stieß einen markerschütternden, hasserfüllten Schrei aus, denn er hatte die List durchschaut. An der großen Menge Sekret, die aus seinem Körper austrat, zeigte sich seine Wut, und zornig machte er einen Schritt auf Shamira zu. Doch am Rand des Kreises angelangt, blieb er plötzlich stehen, als wäre er durch eine unsichtbare Wand darin gefangen. Instinktiv trat Ablon nach vorn, um seine Freundin zu beschützen, aber sie hielt ihn zurück und machte ihm deutlich, dass sie nicht in Gefahr war.

»Du bist im Pentagramm von Bethor gefangen, Bacarata, falls du es noch nicht gemerkt hast.«

Verletzlich und unfähig, den umgrenzten Bereich zu verlassen, vollführte das Wesen sonderbare Verrenkungen und sonderte noch mehr Schleim ab. Es gab einen Schwall unanständiger Geräusche von sich und verfluchte Shamira.

»Du Hexe … wenn ich freikomme, wirst du in Xahras Feuer verbrennen.«

Sie lachte grimmig. »Hör auf zu fluchen, ›Fürst‹. Sonst lasse ich dich für immer in diesem Kreis«, drohte sie. »Ich bin nur auf der Suche nach einer Lösung, die beiden Seiten nützt.« Hier machte sie eine Pause, damit sich der Geist beruhigte. »Wärst du imstande, deinen Hass zu vergessen, wenn ich dir einen Blutstropfen des Abtrünnigen gäbe?«

»Blut … das ist nur Materie«, knurrte die Kreatur.

»Du bist der Herr der Materie. Ich bin sicher, dass du für diesen lebenswichtigen Saft wertvolle Verwendung finden wirst. Worum ich dich jetzt bitte, ist ein Kondiz deiner Essenz. Dafür biete ich dir die Freiheit und obendrein das brodelnde Plasma des Generals, der auf der Flucht ist.«

Für Bacarata gab es keinen Ausweg. Er war in eine Sackgasse, eine Falle geraten, hatte sich von einer Magierin täuschen lassen – eine ziemlich demütigende Situation für einen so mächtigen Geist. Trotz seiner unangenehmen Lage kam er zu dem Schluss, dass er nicht so viel verlieren würde, wenn er ihr Angebot annahm.

An seinem Nuscheln, den Zuckungen der Scheinfüße und den ruckartigen Bewegungen der winzigen Mäuler erkannte Shamira, dass er den Tausch – wenngleich widerwillig – akzeptiert hatte. *Hätte er denn eine andere Wahl gehabt?*

»Ablon, stich dir leicht in den Finger und lass einen Tropfen Blut auf das Pentagramm fallen«, forderte Shamira, während sie ihm eine verzauberte Nadel reichte. »Aber tritt nicht in den Kreis, sonst zerstörst du das Schutzsiegel.«

Neugierig starrte der kriegerische Engel das Wesen an und zögerte, ihm sein Blut zu überlassen, aber Shamira sprach ihm Mut zu.

»Mach dir keine Sorgen. Er hat keine echte Macht über deinen Avatar.«

Ergeben stach sich Ablon mit der Nadelspitze in den Finger und schüttelte einen roten Blutstropfen auf den Boden neben das Ungeheuer. Bacarata machte wieder Verrenkungen und stöhnte vor diabolischem Vergnügen, während er die kostbare himmlische Flüssigkeit mit der Haut kostete. Als es nichts mehr aufzusaugen gab, verzog sich das Monster wieder in das Loch im Boden, und die geborstenen Bretter schlossen sich, als wären sie nie aufgebrochen worden.

Der Dolch am Pentagramm fing Feuer, schmolz aber nicht. Die Flammen waren violett, denn es handelte sich um ein geistiges Feuer. Die Waffe war nun mit der Essenz der Kreatur energetisiert, aber ein einziger Kondiz reichte noch nicht aus.

»Ich muss den Umstand nutzen, dass der Schleier noch beweglich ist, um die nächste Wesenheit heraufzubeschwören«, informierte Shamira Ablon, während sie ihre Tunika zurechtzupfte.

Ohne viel Zeit zu verlieren, ging sie zu ihrem Koffer und nahm ein mit magischen Formeln beschriebenes Pergament heraus. Die Worte waren ebenso machtvoll wie die aus dem alten *Grimoire*, aber die Zeichnung war ganz anders, vermutlich von irgendeiner europäischen Kultur entwickelt. Die Buchstaben waren nicht gerade, sondern eher rund und alle durch Bögen miteinander verbunden, sodass das Ganze aussah wie ein einziges Schriftzeichen. Aufmerksam studierte Shamira das Dokument und begann vorzulesen.

Der Geist ließ sich Zeit, und Ablon dachte schon, er würde sich nie zeigen. Je entwickelter ein ätherisches Wesen ist, desto weiter ist es von der Welt des Fleisches entfernt – und damit schlechter erreichbar. Böse Wesenheiten sind viel stärker auf die Energie von Menschen angewiesen, und deshalb ist es einfacher, sie anzutreffen, wenn sie jenseits des Schleiers verloren umherirren, als wenn sie sich in ihren jeweiligen Herrschaftsgebieten aufhalten. Der folgende Gast hingegen war das genaue Gegenteil.

Um die nächste Kreatur herbeizurufen, musste Shamira den Zauber mehrmals sprechen. Als sie schon erschöpft war und ihr fast die Kräfte ausgingen, erschien vor ihr ein goldenes Leuchten, das einen Meter über dem Kreis schwebte. Der Geist war in Form eines wunderschönen Lichtgespensts gekommen, das in kupfrigen Tönen erstrahlte. Als Ablon ihn ansah, konnte er Arme und

Beine und sogar den Kopf ausmachen, doch das Gesicht war verdunkelt und im hellen Schein unsichtbar.

Ermattet ließ Shamira das Pergament fallen und wäre beinahe auf die Knie gesunken, doch Ablon stützte sie. Die übergroße Anstrengung hatte ihr alle Kraft geraubt, sie musste erst einmal tief durchatmen.

Während sich Shamira erholte, begann das Wesen zu sprechen. Seine Stimme klang weiblich, sanft und wohltönend, wie die liebliche Melodie aus dem Reich der Feen.

»Wozu rufst du mich, Zauberin?«, summte die Erscheinung. »Ein Himmelsbewohner ... ich kann spüren, wie seine Aura pulsiert. Ein Cherub ... Sechster Himmel. Engel wie er halten sich gewöhnlich nicht auf der physischen Ebene auf. Was tust du hier, Herold?«

Ablon öffnete den Mund, um zu antworten, doch bevor er etwas sagen konnte, sprach das Geschöpf weiter: »Du bist ein abtrünniger Engel und in deinem Avatar gefangen.«

»Weshalb fragt sie, wenn sie es schon weiß?«, flüsterte Ablon Shamira zu.

»Sie wusste es nicht, aber sie kann deine Gedanken lesen. Sie hat dir die Antwort von der Zungenspitze abgelesen, während du sie dir überlegt hast. Ihr Name ist Korrigan, und sie ist eine sehr weise keltische Göttin.«

Der Geist sprach weiter. Dank seiner divinatorischen Fähigkeiten hatte er schon begriffen, was Shamira wollte und welchem tatsächlichen Zweck dieses Ritual diente.

»Die Himmlischen führen Krieg«, begann die Gottheit prophetisch. »Armageddon, wie die Engel es nennen, steht kurz bevor. Wir Geister sind gegen die Verwüstung des Planeten, deshalb gibt es in der geistigen Welt so viel Aufruhr. Meine Essenz, die die Geister verlangen, steckt bereits in diesem Dolch.«

Ist das alles?, wunderte sich Shamira insgeheim, in der Gewissheit, dass Korrigan sie hören konnte. *Du hilfst mir doch nicht um-*

sonst … Nicht einmal entwickelte Geister oder ätherische Götter sind so uneigennützig. Was also willst du dafür?

»Ich möchte nur, dass beide Welten erhalten bleiben«, antwortete die Erscheinung taktierend. »Der abtrünnige General … In seiner Hand liegt die Entscheidung für die Zukunft, der Schlüssel, um der Gier der Himmlischen ein Ende zu setzen. Er wird verhindern, dass das Armageddon stattfindet«, sagte sie mit Bestimmtheit.

»Aber das ist und war nie meine Absicht«, fiel ihr Ablon ins Wort. »Wenn die Apokalypse vorbei ist, wird sich die Membran aufgelöst haben, und dann werde ich in den Himmel aufsteigen, um den Tyrannen Michael herauszufordern. Dann wird Gott erwachen und die Bösen bestrafen. Selbst wenn ich im Kampf sterbe, wird der Engelsfürst dafür bestraft werden, dass er das Grauen in die Welt gebracht und den Willen des Vaters missachtet hat. Armageddon ist für mich die endgültige Erlösung.«

»Und woher hast du die Gewissheit, dass Jahwe wirklich aufwachen wird?«, wollte die Wesenheit wissen.

»So steht es im Buch der Wahrheit geschrieben«, entgegnete er.

»Hast du dieses Buch denn schon einmal gesehen?«, setzte sie nach, und Ablon überlegte.

Das Buch der Wahrheit war ein geheimnisumwobener Gegenstand, den der Schöpfer Michael übergeben hatte und in dem die Geschichte der Welt aufgezeichnet war. Dort stand angeblich der ganze Verlauf des siebten Tages zu lesen, von der Erschaffung des Menschen bis zum Jüngsten Gericht. Doch nur die Erzengel hatten Zugang zu diesem Buch.

Der Geist schwebte an den Rand des Pentagramms. Korrigan konnte Gedanken, Erinnerungen und Gefühle aufspüren und ihren Gehalt deuten. »Nicht alles geschieht wie geplant, Krieger. Genau in diesem Moment verlässt ein Engelsheer den Fünften Himmel und macht sich auf den Weg zur Festung von Zion auf der ätherischen Ebene, wo der Erzengel Michael auf den Beginn des großen Kampfs wartet. Falls der Himmelsfürst tatsächlich einmal vom Strahlenden bestraft wird, findest du es dann nicht seltsam, dass er so sehnsüchtig auf das Ende dieses Kriegs hofft? Welches Interesse hätte er, das Armageddon zu veranlassen?«

Ablon schluckte seine Widerrede hinunter und schwieg besorgt. Die keltische Gottheit hatte eine komplizierte und äußerst wichtige Frage gestellt. Wie blind war er jahrhundertelang gewesen, dass er darüber nicht selbst nachgedacht hatte!

»Was siehst du noch, Geist?«, fragte Ablon. »Was kannst du uns sonst noch über die Ebenen im Jenseits verraten?«

»Ich sehe nur den Untergang der Zeiten, eine dem Erdboden gleichgemachte, von Menschen und Engeln zerstörte Welt. Ich sehe eine ausweglose Situation, einen riesigen Zwiespalt. Wenn viele schon gestorben sind und nur Asche die Erde bedeckt, wirst du die Lösung für diese schwierige Lage finden müssen und dich zwischen Göttlichkeit und Menschlichkeit entscheiden müssen.«

»Ich weiß nicht, ob ich verstehe. Warum ist *meine* Entscheidung so wichtig?«

»Das vermag ich nicht zu sagen und sollte es wohl auch nicht. Du bist aufrichtig, doch es wird ein Tag kommen, an dem du für die Welt entscheiden wirst. Mehr weiß ich nicht.«

»Mit so viel Verantwortung hatte ich nicht gerechnet.«

»Du warst schon immer ein Rebell«, bekräftigte die Wesenheit, »aber am Rand der Welt zu leben, ist viel einfacher, als über sie zu herrschen. Deine Wanderzeit ist zu Ende. Früher oder später wirst du wieder in den Kampf ziehen, dich deinen Feinden zeigen und deinen Platz einnehmen müssen. Die Apokalypse hat schon begonnen. Das letzte Zeichen, das Siebte Siegel, ist soeben geöffnet worden. Jetzt trennen uns nur noch die Sieben Posaunen von der endgültigen Zerstörung.«

Selbst im Paradies war Ablon selten von so großer Weitsicht erhellt worden. Seltsamerweise schien die Welt um ihn herum jetzt mehr Sinn zu ergeben, und seine Ansichten zu vielen Dingen begannen sich zu wandeln. Allein und ohne Hilfe der Magie war er nicht in der Lage, auf die ätherische Ebene vorzudringen, zudem hatte er nicht die geringste Vorstellung, was dort gerade vor sich ging. Doch die Geistererscheinung hatte ihm wertvolle Hinweise auf die Bewegung der himmlischen Truppen geliefert.

Die musikalische Stimme verstummte, und das übernatürliche Licht erlosch mit einem Mal. Korrigans ätherischer Körper löste sich auf und verschwand aus dem Pentagramm. Stumm und verblüfft standen Shamira und Ablon eine Weile da und konnten die Bedeutung dessen, was sie gehört hatten, noch gar nicht begreifen.

Draußen flammten die Straßenlaternen wieder auf, und ihr Lichtschein holte die beiden in die Realität zurück. Die Häuser nahmen wieder Gestalt an, und eine Sirene in der Ferne zeigte an, dass sie zurückgekehrt waren.

»Sind wir wieder da?«, fragte Ablon.

»Auf der materiellen Ebene? Ja.«

»Hast du den Zauber schon wirken können?«

»Nein, noch nicht. Ich werde den aufgeladenen Dolch dazu benutzen.«

Shamira wusste, was sie von jetzt an tun musste. Der schwierige Teil war schon vorbei. Sie hatte dieses Ritual noch nie vorher ausprobiert, doch die meisten komplizierten Zauber werden nur selten durchgeführt, vor allem in der heutigen Zeit, in der es so wenige Magier auf der Welt gibt.

Shamira trat an die oberste Spitze des Siegels und ergriff den Dolch. Dann drehte sie sich auf dem Absatz um und näherte sich dem Engel. »Streck den Arm aus. Es tut gleich ein bisschen weh.«

Er streckte ihr den rechten Arm entgegen. Sichtlich bewegt ritzte sie ihrem Freund mit der Waffe eine magische Rune in den Unterarm.

Die Klinge verbrannte die Haut an der Stelle, wo sie mit ihr in Berührung kam, und dunkler Rauch stieg auf. Zurück blieb eine winzige Narbe, die die Umrisse der Rune hatte.

»Das schmerzt mehr als eine normale Verletzung«, stellte Ablon fest.

»Der Dolch ist verzaubert. Er schneidet nicht nur in deine körperliche Hülle, sondern auch in deinen geistigen Körper. Fleisch und Geist werden davon berührt.« Sie zog die Klinge weg. »Jetzt zeig mir den anderen Arm.«

Der Cherub streckte den linken Arm aus, und Shamira ritzte dort eine zweite Rune ein, die zwar nicht dasselbe bedeutete, aber ähnlich aussah. Ganz bestimmt gehörten sie zum selben magischen Code. Es gibt Hunderte davon, denn praktisch jede menschliche Kultur mit mystischen Traditionen hat ihre Geheimschrift.

Shamira war mit der zweiten Rune fertig und atmete erschöpft ein. Dann legte sie den Dolch beiseite, und die Waffe verlor ihren Glanz. Die Energie der Geister war verbraucht, das Zauberritual abgeschlossen. Die Naturelemente in den Tongefäßen waren nicht mehr da, die Kraft der Magie hatte sie mitgenommen. Der rote Ton trocknete ein, und alle Zaubersprüche, die Shamira zuvor in den Kreis geschrieben hatte, waren jetzt verwischt oder unleserlich.

»Der Zauber ist vollendet«, verkündete sie atemlos. Manche Rituale waren sehr kraftraubend, und dieses ganz besonders.

Ablon betrachtete die Brandmale auf seinen Armen. Auf der Haut konnte er die Kraft der eingeritzten Runen spüren, doch er begriff nicht, wozu sie gut sein sollten.

»Diese Wunden werden wie bei einem normalen Menschen vernarben«, erklärte sie ihm. »Leider kannst du in diesem Fall mit deinen Engelskräften nichts ausrichten. Später wird nur eine dunkle Stelle zurückbleiben, ähnlich einer Tätowierung, die deinen Körper für immer zieren wird, bis die Rune aktiviert wird.«

»Welche Kraft haben diese Runen denn?«

»Jede hat ihre eigene Funktion. Die erste auf dem rechten Arm ist die Rune des Körpers. Sie wird dich vor einer tödlichen Verletzung schützen.«

»Falls ich tot bin, würde sie mich wieder lebendig machen?«

»Ja, aber das geht nur ein einziges Mal. Danach wird die Rune verschwinden, und du wirst wieder verwundbar sein. So ähnlich ist es bei der zweiten Rune auf deinem linken Arm: Das ist die Rune des Geistes. Sie wird deinen Verstand vor allen psychischen Übergriffen bewahren, wie Vergessen, dem Versuch, Macht über dich zu gewinnen, und Gedankenlesen. Es spielt keine Rolle, wie viel Macht der Angreifer besitzt – der Zauber wird dich beschützen.«

Ablon lächelte. Mit dem Ergebnis des Rituals war er zufrieden, doch am meisten freute ihn, wie viel Shamira in all den Jahren dazugelernt und wie sehr sie ihre Fähigkeiten weiterentwickelt hatte. Ohne jeden Zweifel war sie die faszinierendste Frau, der er jemals begegnet war, und herausragend in der Ausübung magischer Künste. Sie war intelligent und schön, weise und anziehend.

»Ich glaube, jetzt bin ich gut geschützt. Dieses Ritual wirkt viel stärker, als ich vermutet habe.«

»Ja … Aber vergiss nicht, jede Rune hilft dir nur ein einziges Mal und dann nicht mehr.«

Magie ist der komplexeste, anregendste und lohnendste Tätigkeitsbereich von allen. Engel und Dämonen können sie allerdings nicht einsetzen und darum auch nie wirklich verstehen.

Ein goldener Sonnenstrahl fiel in den Raum.

»Ist es schon Tag?«, wunderte sich Ablon. »Ich dachte …«

»Auf der ätherischen Ebene vergeht die Zeit schneller«, erinnerte ihn Shamira.

»Ach ja, richtig. Ich habe Haled schon lange nicht mehr verlassen und bin über das ätherische Geschehen nicht im Bilde.«

Samira war vollkommen ausgelaugt. »Ich muss mich jetzt ausruhen und schlafen. Vor Sonnenuntergang werde ich wohl kaum aufwachen.«

Sie schwankte, und Ablon geleitete sie zum Bett. Er blieb noch ein paar Minuten bei ihr und hörte sie vor dem Einschlafen noch murmeln: »Was hat Korrigan wohl gemeint, als sie sagte, das Siebte Siegel sei bereits geöffnet?«

Ablon hatte seine Aufmerksamkeit dem bewölkten Himmel vor dem Fenster zugewandt. »Sie wollte damit sagen, dass der Krieg heute beginnt.«

6 Heilige Rächerin

Die mit Orion vereinbarte Wartezeit von vier Tagen war verstrichen. Falls der Dämon sein Versprechen gehalten hatte, würde er jetzt bei Einbruch der Nacht an einer bestimmten Stelle im Schatten der Rio-Niterói-Brücke auf Ablon warten. Diese gewaltige, dreizehn Kilometer lange Stahlbetonkonstruktion führt über die Guanabara-Bucht und verbindet Rio de Janeiro mit der Nachbarstadt Niterói.

Trotz der Einladung, Luzifer in der Hölle einen Besuch abzustatten, fragte sich Ablon, wie er diese Reise bewerkstelligen sollte. Der Morgenstern würde sich bestimmt darum kümmern – aber wie? Im Gegensatz zu anderen Engeln, die sich nach Belieben materialisieren und entmaterialisieren konnten, besaß Ablon nicht mehr die Fähigkeit, sich durch den Schleier der Wirklichkeit hindurchzubewegen. Der Scheol war, wie auch das Paradies, ein geistiges Reich, obwohl es nicht – wie die Astral- und die ätherische Ebene – über der materiellen Ebene liegt. In Anbetracht dieser Weltstruktur waren Ablons Chancen, die Membran zu durchdringen, gering, wenn nicht gleich null. Üblicherweise ließ sich der Schleier mithilfe magischer Rituale zerreißen, etwa dem, das Shamira durchgeführt hatte, aber er hielt es für unwahrscheinlich, dass Luzifer oder Orion für eine so ausgefallene Gelegenheit einen magischen Bereitschaftsdienst eingerichtet hatten. Am ehesten würden sie Dimensionspforten benutzen – mystische Türen, die eine Dimension mit einer anderen verbinden –, doch dem Cherub war in diesem Teil der Stadt kein derartiger Kraftort bekannt. Er erwog, welche anderen Möglichkeiten er hatte, und ihm fiel nur noch ein Weg ein – der Fluss Styx.

Der Styx ist selbst für die Malakim ein Rätsel. Keiner kennt seinen Ursprung oder sein Wesen, keiner weiß, wo er anfängt und wo er endet. Allerdings gilt er als ausschließlich geistiger Fluss, der an bestimmten Stellen durch den Äther strömt. Sein Wasser hat dieselbe Funktion wie die Pforten – es befördert den Reisenden in irgendein höher oder tiefer gelegenes Reich. Der Styx hat viele Verzweigungen und verschiedene Arme, die sich die Fährleute heimlich eingeprägt haben.

Diese Fährleute sind ätherische Wesen unbekannter Herkunft, und anscheinend kennen nur sie die wahre Natur des Styx und seine Wege. Gegen angemessene Bezahlung bringen diese düsteren Wesen einen Fremdling zu jedem beliebigen Ort.

Den Styx ohne Hilfe zu befahren, ist kompliziert und häufig tödlich. Zwar wirken die gewundenen Wasser des Flusses harmlos, doch sie bergen Gefahren. Von einer Stunde zur nächsten können sich lieblich plätschernde Wellen in wilde Stromschnellen verwandeln, sodass man nicht mehr schwimmen kann. Manchmal werden die Reisenden von Strudeln angesogen, von denen einige in Wirklichkeit Wirbel sind, die in unerforschte Dimensionen führen. Zudem lauern in den Tiefen viele angriffslustige und hungrige Geschöpfe, die sich unversehens auf jeden stürzen, der sich in ihr Territorium wagt. Unzählige Engel, Dämonen und Götter fanden im Bett des Styx bereits den Tod.

Shamira hatte fast den ganzen Tag geschlafen und war nur hin und wieder aufgewacht, um Wasser zu trinken. Ablon hatte das Fenster vom Aufgang bis zum Untergang der Sonne nicht aus den Augen gelassen und seine Sinne durch das Fenster ausgedehnt. Seiner Unterhaltung mit dem Dunklen Erzengel sah er eher mit Neugier als mit Befürchtung entgegen. Er war von Natur aus misstrauisch – eine typische Eigenschaft seiner Kaste.

Gut erholt und ausgeruht stand Shamira um sechs Uhr abends auf. Da es im Zimmer kein Bad gab, musste sie eine Gemeinschaftsdusche am Ende des Gangs benutzen. Sie stellte sich unter den Wasserstrahl und fühlte sich sofort besser. Dann zog sie etwas Bequemes an, da sie das Hotel so lange nicht verlassen wollte, bis Ablon von seiner Reise zurück war.

Auf dem Gang stand ein altes Fernsehgerät, das sie ins Zimmer zerrte. Es gehörte zwar dem Hotel, wurde aber anscheinend nicht mehr benutzt. Da keine Gäste kamen, hatte der Besitzer keine Verwendung für den Apparat gehabt. Shamira hielt sich über alle Ereignisse der Welt auf dem Laufenden, also versuchte sie, das Gerät einzuschalten, was nicht ganz einfach war. Während Ablons Abwesenheit würde sie versuchen, sich mit weltlichen Dingen zu beschäftigen – ohne Zauber, Gespenster oder Hexereien. Sie wollte sich nur lustige Sendungen anschauen, Schokoladenkekse essen und schöne Musik hören.

Es wurde wieder kälter und begann zu nieseln. Ablon musste aufbrechen, hatte aber Angst, Shamira allein zu lassen. In all den Jahren hatte sie sich immer zu verteidigen gewusst, doch in dieser Nacht lag etwas Böses in der Luft, ein eigenartiger Geruch nach Gefahr, der den Abtrünnigen beunruhigte. Da Cherubim Krieger waren, empfingen sie manchmal überraschende Vorwarnungen. Er hätte auf die Reise verzichtet, doch Shamira beruhigte ihn.

»Meine Kräfte kehren zurück. Es gibt keinen Grund zur Sorge«, versicherte sie. »Du hast deine Entscheidung getroffen. Ich finde, du solltest deine Energie auf die Begegnung mit Luzifer konzentrieren. Eher müsste ich mir um dich Sorgen machen, nicht umgekehrt.«

»Bist du sicher, dass es dir gutgehen wird?«

»Aber klar«, lächelte sie. »Ich habe Fernsehen, chinesisches Essen, eine schöne Aussicht auf die Stadt … Natürlich wird es mir gutgehen«, scherzte sie augenzwinkernd. »Außerdem habe ich für alle Fälle ein paar mystische Gegenstände mitgebracht.«

Nun wirkte Ablon zuversichtlicher und strich ihr über das Haar und ihr zartes Gesicht. »Also gut. Verriegle die Tür«, sagte er halb im Scherz. Er übergab ihr den Zimmerschlüssel, warf den Mantel über und ging zur Tür, aber da rief sie ihm nach: »Warte …«

»Was ist?«

Als er zurückkam, kniete Shamira neben ihrem größeren Koffer, hatte gerade das Schloss geöffnet und hob den Lederdeckel an. Aus einer Hülle holte sie einen langen Gegenstand hervor, einem Schwert sehr ähnlich. Die verrostete Klinge war brüchig und rissig. Der Knauf bestand aus geschwärztem Metall und erinnerte eher an oxidierte Bronze.

»Ich möchte, dass du das hier auf deine Reise mitnimmst«, bat sie ihn und reichte Ablon das Schwert.

»Die Heilige Rächerin!«, rief er überrascht. »Wie hast du sie gefunden?«

»Ich habe die Anzeichen bemerkt. Ich war mir nicht sicher, ob es die Vorboten der Apokalypse waren, aber ich wollte das Risiko wagen. Später kam ich darauf, dass du das Schwert wieder brauchen würdest, falls das Armageddon wirklich kurz bevorsteht. Ich ging dorthin zurück, wo du es zurückgelassen hattest, und begann mit den Ausgrabungen. Es war gar nicht einfach, es in der Schlucht zu finden. Die mystische Energie, die in ihm gesteckt hatte, war verschwunden. Ich konnte mit meiner Magie nichts ausrichten, um es aufzuspüren, sondern musste mich auf alte Ausrüstungsgegenstände verlassen, mit denen ich mich zum Glück aber gut auskenne.«

»Das ist klar. Ein Schwert lebt nicht ohne seinen Krieger. Ohne die Kraft meiner Aura ist die Heilige Rächerin nur ein Stück Metall.«

»Ich weiß. Deshalb habe ich sie dir mitgebracht. Ich dachte, es wäre vielleicht an der Zeit, den Cherub, der mich gerettet hat, wieder zum Leben zu erwecken.«

»Das ist eine herrliche göttliche Waffe, und ich würde sie nur als allerletzte Möglichkeit benutzen.« Er machte eine Pause und sah Shamira zärtlich an. »Ich danke dir für deine Mühe, aber auf diese Reise darf ich sie nicht mitnehmen.«

»Warum?«

»Man würde mich nicht mit einer Waffe in die Hölle lassen. Außerdem wird die Heilige Rächerin nicht verhindern, dass Luzifer mich tötet, wenn er das vorhat. In einer Extremsituation werden mir die Runen dienlicher sein. Sie sind ein Überraschungselement.«

Shamira nickte. »Gut. Aber zu den Runen möchte ich dir noch einmal sagen: Ihre Wirkung ist nicht unbegrenzt. Du hast nur eine einzige Gelegenheit zu fliehen, falls du angegriffen wirst.«

»Ich werde alles tun, um am Leben zu bleiben, Hexe, und das sooft ich kann.«

Sie legte die Waffe in den Koffer zurück, und Ablon verließ die Pension. Eine schreckliche Vorahnung befiel Shamira, und sie überlegte, ob sie ihn warnen sollte – aber vielleicht war es ja nur ein Kälteschauer.

Nur ein Kälteschauer.

Nun wusste Ablon wenigstens, wo die Heilige Rächerin war, und würde nach ihr rufen, wenn er sie brauchte.

DER HERR DER VULKANE

Auf einer bestimmten Hohe der Brücke, fast schon in Niterói, werden die Gewässer der Guanabara-Bucht seichter, und die Betonstraße geht noch drei Kilometer auf festem Boden weiter. An dieser Stelle sieht man rechts ein verschandeltes Gelände, auf dem sich ein Industriekomplex mit Schiffsteilen und schwerem Material befindet. Aus den Schuppen ragen reihenweise Betonrohre heraus, die Abwässer und giftige Rückstände ins Meer leiten. An den Rändern, ganz in der Nähe der Fabriken, liegen riesige rostige Metallteile und vergammelte Tankerwracks herum. Es stinkt abscheulich, und die Rußteilchen, die aus den Kaminen ausgestoßen werden, bleiben an den Oberflächen kleben und überziehen die Gebäude mit einem tristen Dunkelgrau.

Im Schatten der Brücke verläuft ein zwei Kilometer langer, verschmutzter Sandstreifen, der kleine Strände mit dunklem Wasser säumt, über denen ständig eine Schmutzwolke liegt.

Ablons Motorrad verfügte über einen guten Antrieb und robuste Reifen, sodass er genau bis zu der Stelle fahren konnte, wo er Orion treffen sollte. Es war einer dieser düsteren Strände, die selbst von kriechenden Insekten gemieden wurden. Der Abtrünnige hatte direkt unter der Brücke angehalten und befürchtete, der Autolärm würde unerträglich sein, doch als er nach oben blickte, sah er, dass die Pfeiler, die die Fahrbahn stützten, über dreißig Meter hoch waren – genügend Abstand, um jedes laute Geräusch zu zerstreuen.

Er stellte den Motor ab, ließ den Scheinwerfer aber an – eher symbolisch als aus praktischen Gründen, denn er wusste ja, dass Dämonen im Dunkel sehr gut sehen konnten.

Sekunden vor der vereinbarten Zeit schien sich der Raum auszudehnen. Der dichte Nebel, der auf ihn zuwaberte, kam weder von den Fabriken noch aus irgendeiner anderen irdischen Quelle. Vielmehr ähnelte er einem gespenstischen Dunst, einer teuflischen Kraft, die aus längst vergessenen Dimensionen heraufzog. Der Motorradscheinwerfer erlosch, und gleich darauf spürte Ablon, wie der Schleier der Wirklichkeit erbebte.

Er stieg ab und ging ein paar Schritte Richtung Meer. Mitten im Nebel tauchte ein mittelgroßer hölzerner Kahn auf, ganz ähnlich wie die, welche die Ägypter im Neuen Reich für Nilfahrten benutzten, allerdings fehlten ihm die Segel. Er war lang und schmal, Bug und Heck lagen weit auseinander, und in der Mitte befand sich eine geschlossene Kabine mit hohem Dach, sodass Ablon die beiden Reisenden am anderen Ende des Boots nicht sah. Das Beängstigendste daran war jedoch die

Besatzung – gespenstische Geschöpfe leiteten die Überfahrt, und der Flüchtling vermutete, dass dies die seltsamen Fährmänner waren.

Ablon war noch nie auf dem Styx gefahren und niemals mit einem dieser eigentümlichen Wesen konfrontiert gewesen. Zwei von ihnen schubsten das Boot mit langen Stangen.

Nicht ihre äußere Erscheinung war Furcht einflößend. Am beeindruckendsten war zweifellos, dass diese dunklen Geistwesen keine mystische Emanation hatten. Es war, als existierten sie gar nicht, als wären sie einfach gar nicht vorhanden. Er konnte sie nicht spüren.

Auf einem Sockel am Bug stand Orion. Er hatte Menschengestalt angenommen und zeigte sich in seiner alten königlichen Erhabenheit.

Engel und Dämonen sind lichte oder dunkle Geistwesen, deren wahre Gestalt man nur in geistigen Reichen wahrnehmen kann. Im Allgemeinen ähneln Engel den Menschen, doch bei den meisten Dämonen zeigt sich die Heimtücke des Herzens in ihrem geistigen Körper. Sie sind das Abbild der Verderbtheit, und ihr Äußeres ist fast immer verzerrt und monströs.

Himmels- und Höllenbewohner unterscheiden sich von gewöhnlichen Geistern, weil sie die Fähigkeit besitzen, sich zu materialisieren. Ihre Avatare bestehen aus menschlichen Organen, Knochen, Fleisch und Blut, aber sie brauchen keine Nahrung – es sei denn, sie sind verletzt. Die Avatare entsprechen dem menschlichen Körperbau, egal, welche geistige Gestalt diejenigen haben, die über sie gebieten. Das genaue Äußere wird von der Wesenheit bestimmt, die normalerweise eine Gestalt wählt, die ihr am meisten zusagt. Cherubim bevorzugen starke, widerstandsfähige Avatare, während Dämonen, die als Unterhändler und Schwindler auftreten, gewöhnlich ein liebenswürdigeres Aussehen oder das von schönen Frauen, sympathischen Greisen oder entzückenden Kindern annehmen.

Die einzigen übernatürlichen Körperteile, die Engel und Dämonen auf der physischen Ebene manifestieren können, sind die Flügel. Manche Dämonen haben aber keine und können sie demzufolge auch nicht heraufbeschwören. Jedenfalls machen beide davon selten Gebrauch. Das Ausbreiten der Flügel erzeugt große Erschütterungen im Schleier, und dadurch wird das Ganze in Bereichen, in denen die Membran dicht ist, praktisch unmöglich.

Wenn ein Himmelsbewohner auf die geistige Ebene zurückkehrt und in den Himmel aufsteigt, zerstreut sich der Avatar im Schleier der Wirklichkeit und verschwindet aus dem greifbaren Universum. Ein Himmels- oder Höllenbewohner gelangt nur mithilfe magischer Rituale, die von Hexern und Zauberern durchgeführt werden, ohne Materialisierung in die physische Welt.

Orions Avatar litt an einer Beinverletzung. Vor langer Zeit, in den letzten Tagen von Atlantis, war der größte Obelisk der Stadt auf ihn gestürzt und hatte ihm dabei Oberschenkel und Knie zermalmt. Aus unerfindlichen Gründen war die Wunde nie richtig geheilt, und seither musste er am Stock gehen.

Als das Boot anlegte, erblickte Ablon durch den zähen Dunst Orions Gesicht.

»Ich wusste, dass du kommen würdest, mein Freund«, sagte der Gefallene König in dem heimtückischen Ton, der für die Satanis typisch war. Er wirkte ernst, verhehlte jedoch nicht seine Zufriedenheit darüber, dass er wieder neben seinem himmlischen Gefährten stand.

Ablon kannte die Schwingungen seines Freunds gut und war sicher, dass diese Gestalt am Bug tatsächlich der ehemalige Elohim war und nicht ein Trugbild, das Luzifer geschickt hatte, um ihn in einen Hinterhalt zu locken. Sein Misstrauen legte sich, geschickt sprang er ins Boot.

Als die Fährmänner den neuen Reisenden bemerkten, bohrten sie ihre Stangen in den Grund und wendeten das Boot. Ablon beobachtete sie schweigend.

»Unsere Reise wird nicht lange dauern«, klärte Orion ihn auf, während der Kahn wieder im Rauch verschwand. Plötzlich waren das Ufer und die Bucht nicht mehr zu sehen. Das eben noch dunkelgrüne Wasser färbte sich blutrot: Sie waren im Begriff, eine andere Dimension zu betreten.

Der Abtrünnige Engel sprach kein Wort, sondern analysierte die Verwandlungen und Bewegungen der schwarzen Kreaturen.

»Du fragst dich wohl, wer sie sind, nicht wahr?«, fragte Orion und wies auf die gesichtslosen Wesenheiten. »Nein, das sind keine Dämonen wie ich. Es sind die Fährmänner.«

»Das dachte ich mir«, sagte Ablon. »Wir nehmen also die Strecke über den Styx?«

»Das ist der schnellste Weg und deshalb viel teurer.«

Der General kannte die Bezahlungsgepflogenheiten für derartige Reisen nicht, denn er hatte sich nie auf geheimen Wegen bewegen müssen. »Und was verlangen sie für die Fahrt?«

»Essenz«, verriet ihm Orion. »Sie lieben die Energie unserer pulsierenden Aura.«

Ablon nahm die Antwort tief in sich auf. »Ich habe ihre Emanationen gespürt, als ich an Bord ging, Orion, und ich spüre sie immer noch. Wenn du die Fährleute mit der Energie deiner Aura bezahlt hast, müsstest du jetzt erschöpft sein.«

»Nicht ich habe für diese Reise bezahlt«, unterbrach ihn der Höllenbewohner und zeigte zum Heck.

Ablon reckte sich und sah am anderen Ende des Kahns die Umrisse eines menschenähnlichen Geschöpfs, eingehüllt in die Dunkelheit der Nacht.

»Es war Amael, der Herr der Vulkane«, erklärte der Gefallene König. »Er hat den Fährleuten ziemlich viel Energie überlassen und wird nun eine Zeit lang geschwächt sein. Deshalb hast du seine Anwesenheit nicht gespürt.«

»Amael …«, murmelte Ablon. Er erinnerte sich deutlich an diese einst ruhmreiche Gestalt, die früher ebenfalls ein Engel gewesen war, sich dann aber wie viele andere von Luzifers falschen Versprechungen hatte täuschen lassen und sich dem Dunklen Erzengel in seinem Krieg gegen Michael angeschlossen hatte.

Gerührt machte Ablon Anstalten, auf ihn zuzugehen, doch Orion hielt ihn zurück.

»Nein«, warnte er. »Du kommst ihm besser nicht zu nahe. Er wäre nicht fähig, dich anzuschauen.«

»Warum?«

»Du kennst die Geschichte doch. Früher war Amael ein Ischim, ein Engel, der über die Naturkräfte herrschte. Man nannte ihn den Herrn der Vulkane, wegen seiner großen Macht über das Feuerelement. Als Michael und die Erzengel die Sintflut anordneten, wurde Amael auserwählt, um diesen Auftrag auszuführen. Er setzte all seine Macht ein, um die Polarkappen zum Schmelzen zu bringen und so den Wasserspiegel in den Ozeanen steigen zu lassen. Aber in Wahrheit hatte er das nie tun wollen. Sein Zögling Asiel hatte die Gelegenheit, diesen Auftrag abzulehnen, aber für ihn selbst gab es keinen Ausweg. Er ist verantwortlich für den Tod von Millionen und trotzdem ein Unschuldiger.« Orion machte eine Pause und starrte die dunkle Silhouette an. »Von einem schrecklichen Schuldgefühl ergriffen, schloss er sich dem Teufel an und stürzte in die Hölle, wie ich. Heute ist er ein Zanathus, ein Elementardämon.«

»Das war dieselbe Sintflut, bei der auch deine Stadt Atlantis zerstört wurde. Waren es diese Wassermassen, die deine Träume begruben?«

»Ja. Ich hielt Amael für den Schuldigen und habe ihn sehr gehasst. Aber jetzt kann ich nur noch Mitleid empfinden. Arme gequälte Kreatur! Er ist der Mörder von Millionen und Opfer seines eigenen Verbrechens geworden.«

Schon seit Langem hatten die beiden alten Gefährten nicht mehr in dieser Weise miteinander gesprochen. Sie waren durch die Arroganz ihrer Anführer getrennt worden, aber nicht einmal die Entfernung hatte ihre Freundschaft auflösen können. Die Anwesenheit des Gefallenen Königs versetzte Ablon zurück nach Atlantis, die erhabene Hauptstadt der antiken Reiche.

»Der Hass hat Ungeheuer aus uns gemacht, mein Freund«, sprach Orion weiter.

»Ehrlich gesagt habe ich diese nicht enden wollenden Gemetzel satt, auch wenn ich an einem Krieg teilnehme. Ich bin es müde, auf der Flucht zu sein. Mein Fluch ist nicht, dass ich ein Abtrünniger bin, sondern dass ich gezwungen bin, zum Mörder zu werden. Ich bin es leid, zu töten, um am Leben zu bleiben.«

»Du bist kein Flüchtling mehr, General, und warst nie ein Mörder. Die Zeit der Verfolgungen ist vorbei. Jetzt ist es Zeit, Bündnisse zu schmieden und die Vergangenheit ruhen zu lassen. Wichtig ist nicht mehr, wer wir einst waren, sondern was wir jetzt sind und sein werden. Wir alle haben gesündigt. Manche haben schon dafür bezahlt, andere nicht, aber was spielt das schon für eine Rolle? Früher oder später kommen alle an die Reihe. Und es ist nicht unsere Aufgabe, über sie zu richten. Wir müssen nur das tun, was wir für richtig halten. Auf diese Weise sichern wir uns unsere Erlösung.«

Es schien, als kämen Orions Worte aus dem Mund des abtrünnigen Generals selbst. Die gemeinsame Vergangenheit hatte in ihnen dieselben Vorstellungen und Überzeugungen geformt. Rätselhaft, wie der Zufall sie in so verschiedene Lager gebracht hatte.

IM TAL DER VERDAMMTEN

Gelenkt von den geschickten Fährleuten, glitt der Kahn auf den ätherischen Bahnen des Styx dahin. Das blutrote Wasser war aufgewühlter, doch der Nebel hatte sich verzogen, sodass die Ufer in Sicht kamen. Dort tauchten mehrere Gestalten auf, aber Ablon konnte sie nicht identifizieren. Da die Fährleute untätig blieben, vermutete er, dass diese Ungeheuer harmlos waren. Der Himmel über ihnen war eine dunkle, leere Decke, ohne Mond, ohne Sterne.

Plötzlich zog ein angenehmer Geruch die Aufmerksamkeit der Reisenden auf sich. Er lag in der Luft, im Wasser, überall – eine Art aromatischer Dunst, der vom herrlichen Duft von Waldblumen geschwängert war. Als sich Ablon umblickte, sah er eine von Grund auf veränderte Umgebung. Die düstere Atmosphäre hatte sich verflüchtigt, und eine angenehme Helligkeit ließ die Landschaft weiß schimmern. Ablon sah zum Ufer und bemerkte, dass der Fluss jetzt durch eine bewaldete Dimension floss. Bunte Blumen teilten sich den Raum mit großartigen Bäumen, die es nicht einmal auf der Erde gab. Eichhörnchen kletterten an den Baumstämmen empor, Hasen tranken Wasser aus den Quellen, und zwischen den Wurzeln einer großen Eiche schlief ein Fuchs.

»Weißt du, wo wir hier sind?«, fragte Ablon.

»Ich bin nicht sicher«, antwortete Orion. »Die Fährmänner benutzen nie dieselbe Strecke. Ich könnte mir vorstellen, dass wir gerade durch Arkadien fahren, das Land der Feen.«

»Das Land der Feen«, wiederholte Ablon. »Selbst für uns ist es unbegreiflich. Aber ich dachte, die Feen leben auf der ätherischen Ebene, die die physische Welt durchdringt. Nie hätte ich gedacht, dass sie eine eigene Dimension haben.«

»Manche sagen, dass sie vor langer Zeit in die Welt der Menschen gezogen sind, aber Arkadien ist ihr Hauptwohnort«, vermutete Orion.

»Und wo werden wir noch vorbeikommen?«

»Ich weiß es nicht. Den ganzen Handel hat sich Amael ausgedacht. Er hat gesagte, der Styx sei ganz früher häufig von heidnischen Göttern benutzt und seit den Ätherischen Kriegen aufgegeben worden. Er hat mir die Legende von den Leviathanen erzählt – das sind Boote wie dieses hier, aber riesengroß, die Tausende Seele befördern können.«

Wenig später bog der Kahn scharf nach rechts in einen Seiten-
kanal ab und fuhr nun flussaufwärts weiter. Die Sicht war gut, und
bald erblickten sie einen kleinen Wasserfall, der über eine Felswand stürzte. Es sah aus, als würden sie direkt darunter hindurch-
fahren. Die Reisenden spürten die Gischt, doch die Wasser teilten sich, und der Kahn glitt in einen Tunnel voller Stalaktiten.

Bald schwand das Gefühl von Ruhe. Verzweifelte Schreie waren
zu vernehmen – angsterfüllte, menschliche Laute. Aus irgendeinem Grund hatte Ablon den Eindruck, dass sie sich auf dem
richtigen Weg zur Hölle befanden. Dank seiner geschärften Sinne
bemerkte er trotz der Dunkelheit auf den Felswänden die Gesichter von Männern und Frauen, die sich, im Gestein gefangen,
bewegten.

Endlich glitt der Kahn aus dem Tunnel hinaus ins Freie. Er
fuhr weiter flussabwärts durch eine scheußliche Gegend mit rötlichem Himmel, die als Tal der Verdammten bekannt war. Am
Flussufer kam eine stockfinstere Ebene in Sicht, auf der sich, so
weit das Auge reichte, menschliche Körperteile türmten, die sich
qualvoll wanden. Hybride Kreaturen – eine seltsame Mischung
aus Mensch und Tier – hüpften auf den Leichen herum und rissen Fleischstücke heraus, die sie anschließend verschlangen. An
einigen Stellen schossen Feuerfontänen aus Löchern im Boden,
die aussahen wie flammende Zungen.

»Dies war schon immer ein grauenvoller Ort«, sinnierte Ablon,
»aber ich erkenne deutlich die persönliche Note deines Herrschers. Luzifer hat aus dem Scheol eine zweite Dschehenna gemacht.«

Unter ihren Füßen erzitterte der biegsame Holzboden des Kahns.
Die Fährmänner befestigten das Fahrzeug mit Seilen an Stangen,
die im Grund steckten – eine beängstigende Vorrichtung, die ganz
aus menschlichen Knochen bestand.

Orion verließ das Boot und folgte einer mit Schädeln gepflasterten Straße, die zwischen den Leichen verlief und im Schlund

einer Höhle aus brandgeschwärzten Felsen verschwand. Irgendwo dort drinnen erwartete der Morgenstern seinen Gast.

Ablon stieg aus dem Kahn und wollte seinem Freund folgen, doch jemand hielt ihn am Arm fest. Da er keine Schwingung gespürt hatte, meinte er, es sei einer der Fährleute, doch als er sich umwandte, entdeckte er den armen Amael, den Herrn der Vulkane, der ihn zu sich rief. Er hatte seine menschliche Gestalt bewahrt, in der er sich früher auf Haled begeben hatte. Seine abgründigen braunen Augen lagen tief in den Höhlen, und das lange, gekräuselte Haar triefte vor Schweiß. Er wirkte geschwächt und erschöpft – ja, selbst seine Stimme zitterte.

»General … verzeihst du mir? Verzeihst du mir, was ich getan habe?«, fragte er rau, und es klang wie das Röcheln eines Todkranken.

Ablon konnte nicht gefühllos bleiben. Er hatte Mitleid mit dem Höllenbewohner, einer verstörten Wesenheit, deren Herz von Kummer erfüllt war. »Du brauchst meine Vergebung nicht, Amael. Außerdem – wer bin ich, um dir zu verzeihen? Ich bin nur ein Flüchtling, nichts anderes«, erwiderte er etwas befangen. Er betrachtete sich nicht als Richter und schon gar nicht als Retter.

In den Augen des Zanathus blitzte ein Hoffnungsschimmer auf, und wieder flehte er: »Du weißt, dass ich einen großen Fehler begangen habe. Du warst mit den Befehlen der Erzengel niemals einverstanden und wusstest, dass Michael Katastrophen anordnete, weil er die Menschen hasste und neidisch auf sie war. Hier im Untergeschoss sind die meisten der Ansicht, dass ich richtig gehandelt habe, und genau deshalb brauche ich deine Vergebung«, bat er.

Ablon sah den Unglücklichen lange an, mit allem Mitgefühl der Welt, und legte ihm tröstend die Hand auf die Schulter. »Wenn es dir danach besser geht, verzeihe ich dir.«

»Danke, General«, brachte die Kreatur mit gesenktem Kopf hervor. »Eines Tages werde ich meinen Irrtum wiedergutmachen, das verspreche ich dir.«

Orion war längst weitergegangen und blieb nun auf der Schädelstraße stehen. »Ablon, mein Gebieter erwartet dich.«

Ein letztes Mal wandte sich der Abtrünnige dem niedergeschlagenen Amael zu, doch der hatte sich bereits in den Halbschatten zurückgezogen. Ablon versuchte, die Szene, die sich gerade abgespielt hatte, zu vergessen und die Beklemmung aus seinem Herzen zu vertreiben. Er wollte den Schmerz jener vergessen, die Qualen erlitten – im Himmel, auf der Erde und auch in der Hölle. Er ließ die Nöte hinter sich und schöpfte neues Vertrauen.

Der Anlegestelle den Rücken kehrend, marschierte er los, geradewegs in das Schlangennest hinein.

DER TODESENGEL

Am Eingang der Höhle stand kein gewöhnlicher Wächter.

Kein Geringerer als der Dämon Apollyon, der Todesengel, früher bekannt als Zerstörer, einer der gefürchtetsten Mörder der Hölle, versperrte den Weg. Zufällig oder nicht, war er zugleich Ablons ärgster Feind, und das schon seit Jahrtausenden. Manch einer sagt, dass uralte Feindschaften niemals begraben werden, sondern durch aufgestauten Hass und Raserei nur heftiger werden und manchmal zu gewalttätigen Angriffen führen. Seit er existierte, hatte Ablon seinen Zorn zu beherrschen gewusst, doch die Anwesenheit des Maliki machte ihn jedes Mal besonders wütend. Diesmal teilte jedoch er die Karten aus: Er war eingeladen worden und rechnete mit dem Schutz des Chefs. Aus diesem Grund zog er es vor, seine zerstörerischen Impulse zu zügeln und nicht als Erster anzugreifen.

Doch als sich die beiden Kämpfer gegenüberstanden, ließ sich die Spannung nicht vermeiden. Sie waren von Natur aus Krieger und wollten sich duellieren. Der Dämon trat auf Ablon zu, doch Orion hielt ihn zurück.

»Halte dich fern, Apollyon, er ist unser Gast.«

Der Todesengel hielt ein mystisches Schwert in der Hand, das berüchtigte Schwarze Feuer, das als mächtigste Waffe des Universums galt, da es sogar die heiligen Waffen der Erzengel überwinden konnte. Einst hatte es dem Gott Behemoth gehört, Tehoms Knecht, und war ein Geschenk von Luzifer gewesen. Alle wussten, dass diese Waffe schon an unzähligen Gräueltaten beteiligt gewesen war. Aus der dunklen, breiten Klinge loderten geisterhafte schwarze Flammen. Alle kriegerischen Dämonen hatten ein Auge auf dieses Schwert geworfen, doch keiner besaß den Mut, es seinem Besitzer zu rauben. Angriffslustig zog dieser es nun aus der Scheide, ließ die Spitze aber auf den Boden gerichtet.

Apollyons Körper wirkte wie der eines Menschen, aber sein entstelltes Gesicht verriet das Gegenteil. Seine Augen glichen zwei schwarzen Kugeln, aus dem Mund ragten zwei Reihen spitzer Zähne hervor. Apollyons rechte Gesichtshälfte war von einem langen, offenen Brandmal gezeichnet, das vom Kopf bis zum Kinn verlief und das Fleisch freigab, sodass man einen Teil der Muskeln und des Schädelgewebes sah. Diese Wunde hatte ihm während des Kriegs im Himmel die Geißel des Feuers beigebracht, das flammende Schwert des Erzengels Gabriel.

Apollyon war größer und kräftiger als Ablon, aber nicht so wendig und zäh. Seine Flügel hatte er eingezogen, sodass sie unsichtbar waren. Später würde Orion Ablon verraten, dass das Ungeheuer sie fast nie benutzte.

Der Maliki gab den Weg nicht frei, sodass der Satani den Durchgang erzwingen musste. Der Wächter wollte jedoch nicht nachgeben und umklammerte den Griff seines Schwerts, während er seinem uralten Feind wütende Blicke zuwarf.

»Ablon, der Abtrünnige Engel …«, entfuhr es ihm verächtlich, und seine Stimme klang nicht wie die eines Menschen. »Du musst sehr mutig sein, dass du allein und unbewaffnet hierherkommst«, sagte er drohend.

»Ich dachte mir schon, dass du das nicht verstehen würdest«, erwiderte Ablon gelassen. »Aber ich bin nicht unbewaffnet.« Er blickte auf seine Fäuste. »Ich glaube, mit dem, was ich bereits besitze, kann ich schon recht viel Schaden anrichten«, fuhr er fort, womit er offensichtlich auf seine Kampftechnik, den Zorn Gottes, anspielte.

Der kriegerische Dämon lachte höhnisch. »Du bist und bleibst überheblich. Du kannst dich glücklich schätzen, dass du noch am Leben bist. Aber deine Freunde sind alle tot. Viele von ihnen habe ich persönlich umgebracht. Der Kopf deines wichtigsten Gehilfen, Yarion, hat einen Ehrenplatz in meiner Burg. Endlich ist die Bruderschaft der Abtrünnigen zerschlagen, und nicht mehr lange, dann wird dich dasselbe Schicksal ereilen.«

»Wenn du so große Fähigkeiten besitzt, weshalb hast du mich dann nie besiegt? Ich war die ganze Zeit auf Haled und habe auf dich gewartet. Viele Dämonen haben meine Spur gefunden, und alle habe ich überwunden.«

Wut ist typisch für die Malikis, den Orden der kriegerischen Dämonen. Apollyon war das Chaos selbst und konnte nur wenig ausrichten, um seinen Zorn zu zügeln. Es ging ihm nicht darum, Herr über seine brennende Begierde zu werden, sondern nur darum, andere zu beseitigen und zu vernichten. Deshalb ging er nach Ablons Worten unmittelbar zum Angriff über und brachte sein Schwert in Kampfstellung. Doch Ablon regte sich nicht, und bevor der Todesengel angreifen konnte, trat Orion zwischen die beiden.

»Nein, Apollyon. Hier wird nicht gekämpft«, sagte er streng und hoheitsvoll. »Ich habe dir schon gesagt, dass Luzifer etwas mit ihm besprechen will.«

Wutentbrannt gehorchte Apollyon, ohne genau zu wissen, warum, und gab den Eingang frei.

»Noch ein bisschen Geduld, Malikis«, stichelte Ablon. »Der Tag der Abrechnung ist nah.«

Immer noch voller Zorn, aber durch Orions abschreckende Kräfte am Weitergehen gehindert, schleuderte der Höllenbewohner ihm entgegen: »Ablon, dein Schicksal ist so blutrot wie deine Flügel.«

»Und deines so pechschwarz wie dein Herz.«

Luzifers Vorschlag

Durch dunkle Gänge stiegen Orion und Ablon in die Tiefe hinab, bis sie in einen großen, in den Felsen gehauenen Saal gelangten. Gegenüber vom Eingang begann ein Tunnel, an dessen Wänden bis zur Decke lauter Knochen aufgeschichtet waren. Hier und da züngelten Flammen aus dem Boden, die die Szenerie erhellten und Rauch aufsteigen ließen.

Trotz der geräumigen Höhle empfand Ablon eine unangenehme Beklommenheit. Vielleicht lag es am Nebel, der schwer in der Luft hing und manche Bereiche in bedrohliche Halbschatten tauchte.

Luzifer, der Morgenstern, saß im hinteren Teil der Höhle auf seinem Schädelthron. Seine Haltung wirkte wie die eines erhabenen Gottes und damit viel beeindruckender als die eines gewöhnlichen Herrschers. Von Weitem hätte man ihn für einen attraktiven Mann mit jugendlichem Antlitz, feinen Gesichtszügen und engelsgleichem Äußeren halten können. Er hatte weiche, zarte Haut und himmelblaue strahlende Augen. Das lange blonde Haar hatte er zu einem Zopf geflochten und mit winzigen Goldfäden verknotet. Er trug eine weiße Seidentunika, aus der lediglich das herausschaute, was ihn wirklich als Höllenwesen auszeichnete: ein Paar schaurige Fledermausflügel.

Neben ihm stand sein oberster Ratgeber, der verhasste Dämon Samael, eine abscheuliche, armselige Kreatur, dürr und hoch aufgeschossen. Er besaß einen schlangenähnlichen Körper und eine gespaltene Zunge, die zwischen den Fangzähnen immer wieder aus seinem Maul hervorschnellte. Da er keine Beine hatte, sondern nur menschenähnliche Arme, die im scharfen Kontrast zu seiner seltsamen Gestalt standen, bewegte er sich nur kriechend fort.

Früher, als Engel, hatte Samael den Auftrag gehabt, sich in eine Giftschlange zu verwandeln und Adam im Garten Eden in Versuchung zu führen. Sein niederträchtiges, gefährliches Wesen hatte ihn in die Nähe Luzifers gebracht, und nach dem Engelssturz war er seinem Herrn in die Finsternis des Scheol gefolgt. Als Dämon hatte er der Menschheit weiterhin seinen abscheulichen Stempel aufgedrückt, indem er zahllose Seelen ins Verderben gestürzt hatte, und bei den Erdbewohnern war er so bekannt, dass sie ihn häufig mit dem Teufel verwechselten und als Satan oder Satanas bezeichneten.

Orion kniete vor seinem Herrn, der breit auf dem Knochenthron saß. Etwas weiter hinten stand der wachsame Ablon.

»Gute Arbeit, Sklave«, lobte der Dunkle Erzengel die Bemühungen des Gefallenen Königs von Atlantis. »Ich danke dir für deine Treue.« Dann betrachtete er zufrieden Ablon und sagte zu seinen Untergebenen: »Orion, Samael, ihr könnt jetzt gehen.«

»Ja, mein Gebieter«, sagte Orion und begab sich in denselben Tunnel, durch den er gekommen war. Samael kroch in eine dunkle Ecke zurück.

Als der Sohn der Morgenröte sicher war, dass seine Untergebenen ihn nicht mehr hörten, lehnte er sich zurück und lächelte freundlich. »Du kannst dir gar nicht vorstellen, wie glücklich ich bin, dass du meine Einladung angenommen hast.«

»Erspar mir deine Liebenswürdigkeiten, Luzifer. Das hier ist eine Geschäftsreise.«

»Aber gewiss«, stimmte der Morgenstern mit einem bösen Grinsen zu, das von den qualmenden Flammen verdeckt wurde.

»Was ist mit deinen Hörnern und deinem Schwanz passiert? Du scheinst dich sehr verändert zu haben, seit ich dich das letzte Mal gesehen habe.«

Der Dunkle Erzengel erhob sich in aller Ruhe. Zweifellos war ihm unerschütterliches Selbstvertrauen zu eigen. »Also, General, tu nicht so beeindruckt. Ich kann jede beliebige Gestalt annehmen. Anfangs war ich selbst überrascht, aber nach so vielen Jahren wird das Ganze langsam langweilig. ›Der Teufel hat viele Gesichter.‹ Das hast du sicher schon einmal gehört.«

Ablon verzog keine Miene und blieb ernst. »Ich verstehe«, sagte er nur, wie jemand, der einen geschmacklosen Witz nicht lustig findet.

Luzifer kam auf ihn zu, blieb aber in angemessener Entfernung stehen. »Ach übrigens, ich hoffe, Apollyon hat dir am Eingang keine Schwierigkeiten gemacht. Falls doch, bitte ich um Entschuldigung. Versuch zu begreifen, dass er und du wie die beiden Seiten einer Münze seid. Grundverschieden, aber zum selben Stück gehörend.«

»Und was willst du damit sagen?«, fuhr Ablon auf und fragte sich im Stillen, ob das nicht wieder eine der vielen Schachzüge der Höllendämonen war.

»Versteh doch, euer beider Schicksal ist von Anfang an verbunden. Apollyon war einst ein Engel, der den Auftrag hatte, Sodom und Gomorrha zu vernichten. Und bekanntlich flog die Verschwörung, die *du* angezettelt hast, auf, als Michael den Befehl zur völligen Zerstörung diese beiden Städte gab. Bedauerlicherweise habt ihr alles verpatzt, als ihr gegen die Ratsversammlung zu den Waffen gegriffen habt.«

»Bedauerlicherweise«, bemühte sich Ablon richtigzustellen, »habe ich meine Pläne einem der großen Erzengel anvertraut. Ich glaubte, auch er sei empört über die Tyrannei des Fürsten und dessen Absicht, der Menschheit den Garaus zu machen.« Er warf seinem Gastgeber einen verärgerten Blick zu. »Aber dieser Erzengel hat mich verraten.«

Luzifer hatte die Anspielung verstanden: »Das wollte ich wirklich nicht, ich schwöre es dir«, protestierte er betont harmlos.

»Und warum hast du es dann getan? Du wusstest, dass es dir zu mehr Macht und Ansehen verhelfen würde, die Verschwörung zu verraten. Und genau das war der Grund, oder etwa nicht? Ehrgeiz.«

»Ja, ja«, rief der andere, da sich ihm endlich die Gelegenheit bot, seine Version der Dinge darzulegen. »Ich habe euch verraten, um in der Hierarchie aufzusteigen und mich auf die gleiche Stufe wie Michael zu stellen. Nur so konnte ich meine eigene Rebellion planen und mit einem Sieg rechnen. Mir war klar, dass ihr den Tyrannen niemals würdet entthronen können. Ihr wart nur achtzehn. Achtzehn Engel!« Luzifer bemühte sich, überzeugend zu klingen. »Ich hingegen konnte ein Drittel der Himmelsbewohner auf meine Seite bringen. Es bestanden echte Aussichten auf einen Sieg. Verstehst du mich jetzt? Das darfst du nicht persönlich nehmen. Ich hatte nie etwas gegen dich. Immer habe ich deinen Willen und deine Beharrlichkeit bewundert. Aber ich musste die Bruderschaft opfern, um etwas viel Bedeutenderes einzuleiten, das, so stellte ich es mir vor, ewig andauern würde.«

»Lass die Heuchelei, Luzifer. Du warst den Menschen nie wohlgesinnt, und auch den Engeln nicht. Du wolltest Michael aus ganz anderen Gründen entthronen, wolltest seinen Platz einnehmen und dich über Gott erheben.«

»Das ist nicht wahr, General. Mir ist am Wohl der Menschheit gelegen, und deshalb habe ich dich hierhergebeten. Um zu verhindern, dass unser Feind das Armageddon auf die Erde bringt.«

»Und weshalb, meinst du, sollte ich ihn daran hindern? Das Armageddon bedeutet, dass der Allerhöchste erwachen wird. Jahwe wird aus dem Schlaf erwachen und die Ungerechten bestrafen.«

»Ablon, nun überleg doch! Wenn das stimmt, warum rüstet sich Michael dann gerade für das Jüngste Gericht, warum wartet er so begierig auf diesen Augenblick? Er ist ein Unterdrücker und mit Sicherheit der Erste, der verurteilt werden wird, sobald der Schöpfer erwacht.«

»Was ist also deine Vermutung?«

»Wahrscheinlich hat Michael einen Weg gefunden, wie er sich die Energie zunutze machen kann, die beim Erwachen des Allerhöchsten frei wird, und wird sich selbst in einen Gott verwandeln«, erklärte Luzifer.

Ablon war verwirrt. »Ist das denn möglich?«

»Zweifellos.«

Ablon wusste, dass Michael unbedingt allmächtig werden wollte. Seine Machtgelüste waren unersättlich. Um gottgleich zu werden, war er zu allem fähig, und wenn er dazu den Himmlischen Vater seiner Energie berauben musste! Was das anging, war sich Ablon ganz sicher, aber wie wollte der Fürst seinen makabren Plan umsetzen?

Der Morgenstern ging einige Schritte auf und ab und wartete auf Ablons Antwort. Seine Fledermausflügel bewegten sich sachte hin und her, während er elegant einherschritt. Neben einem Feuer blieb er stehen und hielt spielerisch den Finger in die Flammen. »Ich bitte dich um deine Hilfe, damit wir verhindern können, dass der Engelsfürst seinen entsetzlichen Plan in die Tat umsetzt. So können wir Tausende Menschenleben retten«, schloss der Herr des Scheol.

»Angenommen, es ist wahr, dass sich Michael auf dieselbe Stufe wie Gott erheben will – woher bekomme ich dann die Gewissheit, dass du nicht dasselbe tun wirst?«

»Ich sagte bereits, dass ich kein Gott sein will, Ablon. Vielleicht ist mir das früher, als ich noch ein Erzengel war, durch den Kopf gegangen – aber heute nicht mehr. Sieh dich doch um. Ich habe hier mein eigenes Reich, meine Diener. Es gibt keine Bedrohung, nicht einmal himmlische Legionen«, versicherte er, wieder zum Thron zurückkehrend. »Ungerechte Seelen hierherbringen und sie quälen – *das* macht mir Vergnügen, wie du weißt. Mir ist es sehr wichtig, dass alles so bleibt, wie es ist. Die Engel im Himmel, wir Dämonen in der Hölle. Es gibt niemanden, der aus diesem

Streit mehr Nutzen zieht als ich. Er bewegt auch das Paradies, aber die Wahrheit ist, dass mein Bruder begriffen hat, dass er auf der Verliererseite steht. Der Verfall hat auch die Menschheit ergriffen. Immer mehr Tote kommen zu mir. Deshalb will Michael das Ende der Welt, er will, dass sich der Schleier bald auflöst.«

Luzifer nahm wieder Platz. »Wir Höllenbewohner glauben nicht an Reinheit. Schau dir nur die Menschen an, die ein anständiges Leben geführt haben und dann sterben. Ihr Geist kommt in den Himmel und bleibt dort in alle Ewigkeit, für immer gefangen in diesen todlangweiligen Himmelsregionen. Nie würden die Erzengel zulassen, dass aus den Menschen Engel werden. Aber wir … ah, bei uns ist das anders«, rief er erfreut. »Jede verderbte Seele, die hierherkommt, bekommt die Gelegenheit zu wachsen, sich weiterzuentwickeln und irgendwann einmal ganze Horden zu befehligen. Das ist natürlich kein leichter Weg, aber so erhöht sich die Zahl unserer Streitkräfte. Nicht mehr lange, und wir werden so zahlreich sein, dass wir das Paradies überfallen können.«

Ablon gefiel das Ganze überhaupt nicht, aber Luzifer beruhigte ihn: »Natürlich haben wir nichts von alledem im Sinn. Ich weiß besser als jeder andere, dass es keine Dunkelheit ohne Licht gibt. Aber die Wahrheit ist, dass sich dieser Despot da im Obergeschoss in die Hosen macht aus Angst vor dem, was ich anrichten könnte« – jetzt wurde er aggressiver –, »und er hat den richtigen Zeitpunkt gefunden, um zu handeln.«

Die Überzeugungskunst des Dämons war legendär. Schon oft hatte sich Ablon vorgenommen, die Vereinbarung abzulehnen, aber jetzt konnte er nicht umhin zuzugeben, dass er begierig darauf war, Luzifers Vorschlag zu hören. Noch wusste er nicht, ob er ihn annehmen würde, aber die Argumente des Dunklen Erzengels waren tatsächlich allesamt schlüssig. Nur wenige Male hatte er so viel Wahres über den Tyrannen Michael gehört, und Luzifer redete tatsächlich, als hätten sich die beiden bereits gegen eine größere Gefahr verbündet. »Angenommen, ich gehe auf dein Angebot ein. Was ist meine Aufgabe dabei?«

Der Sohn der Morgenröte lächelte im Halbschatten und machte es sich auf seinem knöchernen Thron bequem. »Du kennst die Festung von Zion.«

Das war keine Frage.

»Ich habe gesehen, wie sie erbaut wurde.«

»In einem Gemach im vorletzten Geschoss von Zion gibt es den Pfortensaal, einen kreisrunden Raum mit vielen Türen, die in Wahrheit mystische Durchgänge zu anderen Existenzebenen sind. Eine davon führt in den Scheol und ist somit die Verbindung zwischen diesem Saal und einer bestimmten Stelle in der Hölle, die sich ganz in der Nähe dieser Höhle befindet, in der wir uns gerade aufhalten. Du musst in den Turm hineingehen und die richtige Tür öffnen, denn dann kann ich die Bastion mit meinen Truppen von innen überfallen. Wir schnappen uns den ahnungslosen Michael, töten ihn und beenden damit seine grausame Herrschaft. Anders können wir nicht in die Festung gelangen.«

Ablon starrte ins Leere und ließ das Gehörte auf sich wirken. Währenddessen steckte Luzifer die Hand in eine Vertiefung neben dem Thron und holte einen groben, aus festem Lehm geformten Gegenstand heraus. Er hatte die Form eines von einem Ring umschlossenen Kreuzes und war nicht größer als ein offener Handteller. Äußerlich wirkte er unscheinbar, doch er hatte ungeheuer starke Schwingungen. Auf der Oberfläche befanden sich mystische Inschriften in einer Sprache, die nur Engel verstehen konnten.

»Hier, nimm!« Luzifer warf den Gegenstand in die Luft, und Ablon fing ihn reflexartig auf. »Das ist der Schlüssel. Du musst ihn nur in die Höhlung in der Tür stecken und sie aufstoßen. Dann sind wir sofort da.«

Ablon betrachtete den Gegenstand eingehend. »Warum ich?«, fragte er unvermittelt und noch unschlüssig, ob er sich darauf einlassen sollte. »Warum soll ausgerechnet ich das für dich tun?«

Luzifer sah seinen Gast lange an, und ein Hauch Bewunderung lag in seinem Gesicht. »Erstens, weil du der beste Kämpfer bist, den ich kenne. Nach allem, was du durchgemacht hast, und nach allen Feinden, denen du dich entgegengestellt hast, glaube ich nicht, dass es auf der Welt jemanden gibt, der dich im direkten Kampf besiegen kann.« Das war natürlich übertrieben, aber es gehörte zur Rhetorik des Morgensterns. »Zweitens, weil du schon lange auf Haled gelebt hast und besser als alle anderen deine pulsierende Aura zu verbergen weißt. Deshalb werden die Wachen auf Zion deine Anwesenheit nicht bemerken, falls du dich entscheidest, dich heimlich einzuschleichen – wozu ich dir übrigens dringend rate. Und außerdem würde nicht einmal ein General ein Heer wutschnaubender Cherubim überleben«, schloss er und überließ den Abtrünnigen seinen Überlegungen.

Ablon war noch unentschlossen, aber er wusste nicht genau, warum. Wie hätte er einen Pakt mit demselben Wesen schließen können, das ihn und seine Freunde vor Jahren in die Schusslinie gedrängt hatte?

»Was ich dir anbiete«, setzte Luzifer nach, als er Ablons Zögern sah, »ist nicht nur die Gelegenheit, Michael zu vernichten, sondern das Universum zu retten.«

Ablon überlegte. Das war nicht gerade das, was er vom Gebieter des Scheol erwartet hatte. Der Teufel fand immer die richtigen Worte für den geeignetsten Moment. In Wortgefechten war er unschlagbar.

»Hör mal, Krieger«, fuhr dieser fort, das Thema wechselnd, »glaub nur nicht, es sei mir gleichgültig, was auf der Erde geschieht. Ich weiß, dass die Menschen in ihren eigenen Krieg verwickelt sind und Waffen entwickelt haben, mit denen sie den Planeten verwüsten können. Aber für uns Unsterbliche sind diese Bomben, die sie abwerfen wollen, nur ein Anzeichen für die unmittelbar bevorstehende Apokalypse. Ganz gleich, wie sehr die Menschen versuchen, sich zu zerstören – es wird ihnen niemals vollständig gelingen. Nicht einmal *uns* ist es gelungen. Erinnerst du dich an die Eiszeit? Erinnerst du dich an die Sintflut? Ich weiß schon gar nicht mehr, wie viele Katastrophen die Erzengel verursacht haben.« Sein Ton wurde dramatischer. »Nein … die Irdischen werden diesen Weltkrieg überleben, wie schon früher, und ihre Überbleibsel werden aus den Ruinen wiederauferstehen. In der Zwischenzeit werden, falls Michael seinen Plan ausführen kann, die Massaker weitergehen. Ohne den Schleier der Wirklichkeit, der ihrer Macht Grenzen setzt, werden die Todesengel durch die Trümmer schweifen und jedes menschliche Leben niedermähen, bis ›kein Primat mehr übrig ist, um der Schöpfung Schande zu machen‹. Aber …«, erneut änderte er seinen Tonfall und klang jetzt triumphal, »falls wir gewinnen … Falls wir gewinnen, wird alles wieder so, wie es vor der Tyrannei war, und das Paradies wird endlich von den Geflügelten regiert werden, die dem Wort Gottes ergeben sind. Du wirst Erlösung finden und als Held in den Himmel zurückkehren.«

»Und Gott?«, trieb Ablon ihn überraschend in die Enge.

»Gott?« Zum ersten Mal geriet Luzifer in Verlegenheit, wich aber scharfsinnig aus. »Nun ja … Falls Jahwe wirklich aufwacht, General, wird er wissen, was zu tun ist. Aber ich glaube, darauf dürfen wir uns nicht mehr verlassen. Falls du es wirklich genau wissen willst: Ich habe ein reines Gewissen. Ich habe immer das getan, was ich für richtig hielt. Noch nie habe ich mich einem Mörder gebeugt und werde es auch niemals tun. Jedenfalls ist mir bewusst, dass ich nicht mein eigener Richter sein werde. Falls der Allerhöchste beschließt, mich zu bestrafen, wird mir nichts anderes übrig bleiben, als die Strafe anzunehmen. Ich schäme mich nicht für meine Sünden, weil sie nicht schlimmer sind als die Fehler der anderen.«

Ablon musste zugeben, dass dies eine beeindruckende Rede war, aber ob die Worte des Dunklen Erzengels der Wahrheit entsprachen oder er alles nur inszeniert hatte, um Ablon in eine Falle zu locken oder ihn wie einen Bauern in seinem Spiel zu benutzen, war nicht zu sagen. Der Sohn der Morgenröte war schlau, verräterisch und vor allem verführerisch. Er beherrschte die Redekunst und wusste, wie er die Schwachstellen seiner Gesprächspartner herausfinden konnte. Jeder Beliebige hätte sich ihm ohne Weiteres untergeordnet, vor allem bei einem so verlockenden Angebot: den verderbten Michael vernichten, die Menschheit retten und ins Paradies zurückkehren. Konnte sich ein abtrünniger Engel mehr wünschen?

Alles fügte sich zusammen, und soweit Ablon Luzifer kannte, handelte er nicht gegen seine Natur. Alle würden gewinnen: Engel, Dämonen und Menschen. Natürlich würden viele Menschen ihren eigenen mächtigen Waffen und dem Krieg, den sie selbst angezettelt hatten, zum Opfer fallen, doch der General hatte schon viel Schlimmeres erlebt – zum Beispiel die Zeit nach der Sintflut, als nur einige wenige Erdbewohner überlebt und trotz ihrer geringen Anzahl die ganze Zivilisation wieder zum Leben erweckt hatten.

Alles sprach dafür, den Vorschlag anzunehmen, doch mit seiner letzten Antwort versetzte Ablon den Teufel dann doch in Erstaunen: »Das kann ich nicht tun, Luzifer.«

»Das verstehe ich nicht, General«, sagte dieser ernst, aber gelassen. »Wenn wir uns zusammentun, können wir unseren lang gehegten Traum Wirklichkeit werden lassen: die Unterdrückung durch die Erzengel beenden.«

»Ich bin ein abtrünniger Engel. An dieser Auseinandersetzung zwischen Himmel und Hölle habe ich mich niemals beteiligt und war auch niemals damit einverstanden. Und ich werde von meinem Standpunkt jetzt, so kurz vor dem Ende, nicht abrücken.« Er wandte sich zum Gehen. »Aber mach dir keine Sorgen. Was ich von dir erfahren habe, ist bei mir gut aufgehoben. Ich werde deine Informationen bestmöglich nutzen und *vielleicht* sogar etwas tun, um das Armageddon abzuwenden, aber«, fügte er mit festerer Stimme hinzu, »nicht auf der Seite eines Verräters.«

Seine Worte klangen aggressiv, doch er hegte keinen Zorn in seinem Herzen. Es war eine feste, bewusste Meinung, zu der er aus Erfahrung und nicht aufgrund von Rachegelüsten gekommen war. In Wahrheit hatte seine Rache niemals Luzifer gegolten, ja nicht einmal dem Erzengel Michael, sondern dem Dämon Apollyon, der seine Freunde gemartert hatte.

Auf jeden Überfall gefasst, ballte Ablon die Fäuste und wich ein paar Schritte zurück. Luzifer war keiner, der Unverschämtheiten schluckte, und hätte sich vielleicht nicht gern als Verräter bezeichnen lassen. Doch wie der Dämon schon zuvor geäußert hatte, war Ablon ein Widersacher, dem niemand das Wasser reichen konnte, und im Augenblick verließ er sich auch noch auf den Schutz der magischen Runen, die ihm Shamira in den Arm geritzt hatte.

Völlig überraschend erwiderte Luzifer: »Ich respektiere deine Entscheidung, General. Wenn es das ist, woran du glaubst, dann soll es so sein.«

Ja, so war es. Es gab nicht mehr viel zu sagen, und Ablon war nicht bereit, sich weiterhin in dieser unheilvollen Atmosphäre aufzuhalten. Er ging zum Ausgang, aber da fiel ihm ein, dass er immer noch den Lehmschlüssel in der Hand hielt – den mystischen Gegenstand, den Luzifer ihm gegeben hatte und der angeblich den Weg in die Hölle öffnete. Da er keinerlei Vereinbarung getroffen hatte, wollte er ihn lieber zurückgeben, aber der Morgenstern gebot ihm Einhalt.

»Nein, Ablon, behalte den Schlüssel. Falls du es dir anders überlegst.«

Ablon wunderte sich. Luzifer war immer schlau und vorsichtig gewesen, aber es zeugte überhaupt nicht von Vorsicht, einen so wichtigen Gegenstand jemandem zu überlassen, der nicht sein Verbündeter war. Vermutlich sollte er dadurch zum Umdenken bewogen werden.

Aber Ablon war nicht bereit, Luzifer ins Netz zu gehen. Er schüttelte den Kopf, abermals drauf und dran, den Gegenstand fortzuwerfen, doch sein Gastgeber wiederholte augenzwinkernd: »Mach dir um mich keine Sorgen. Ich habe eine Kopie anfertigen lassen. Nimm ihn also mit.«

Schließlich steckte Ablon den Schlüssel ein – es war nichts Schlimmes dabei, ihn zu behalten. Vielleicht konnten seine Schwingungen ihn verraten, aber wer würde ihn hier schon verfolgen? Letztendlich hatte er sich mit dem Teufel höchstpersönlich getroffen, und falls Michael erschien, um ihn zu töten, würde er es mit ihm aufnehmen.

Noch einmal ging er alle Listen und möglichen Fallstricke durch und kam zu dem Schluss, dass Luzifer keine Bedrohung für ihn war. Mit einem letzten Blick sah er den Teufel mit unergründlicher Miene hinter Rauchschwaden auf seinem Schädelthron sitzen. Dann wandte er sich dem Ausgang zu.

7 Eine schreckliche Vorahnung

Während Ablon durch von waberndem Nebel erfüllte Felsengänge zum Höhlenausgang schritt, wurde ihm bewusst, dass er hier in der Hölle, umgeben von Feinden, keineswegs in Sicherheit war. Er hatte immer gewusst, dass dies der kritischste Moment sein würde – wenn er das Bündnis ablehnte, würde Luzifer kurzen Prozess mit ihm machen. Es hätte ihn nicht überrascht, wenn ihm unterwegs ein Mördertrupp aufgelauert hätte.

Doch zu seiner Verblüffung war der Weg frei. Niemand bereitete ihm einen brutalen, blutigen Empfang. Vor ihm lagen nur den Eingang zur Höhle und die breite, mit Knochen gepflasterte Straße, die zum Anlegeplatz mit den wartenden Fährleuten führte. Orion stand schon erwartungsvoll da, aber von Apollyon war weit und breit nichts zu sehen. Ablon war beunruhigt.

Hinkend kam ihm Orion ein paar Schritte entgegen. »Du hast das Bündnis abgelehnt, nicht wahr?«, fragte er.

»Das konntest du dir doch denken.«

Gemeinsam gingen sie zum Kahn, wo die finsteren Fährmänner Vorbereitungen zur Abfahrt trafen.

»Dies hätte unsere letzte Chance sein können, den Erzengel Michael zu überwinden«, klagte Orion sichtlich betrübt.

»Ich traue Luzifer nicht. Hinter den begeisternden Worten steckt ein kranker, bösartiger Geist. Der Teufel lügt immer und ist deshalb völlig unberechenbar. Nein, Orion, ich bin schon einmal für seine Ideen empfänglich gewesen, aber diesmal konnte ich den Schatten des Verrats in seinen Augen sehen. Noch weiß ich nicht genau, was er vorhat, aber irgendetwas sagt mir, dass wir nur die Spielfiguren in einer riesigen Verschwörung sind. Wir alle, auch du.«

Auch Orion war von Luzifer hinters Licht geführt worden, so wie Amael und so viele weitere, die sich der Rebellion angeschlossen hatten. Andere, wie Samael und Apollyon, hatten schon immer ein böses Herz gehabt, und für sie gab es damals keine größere Gnade, als in die Hölle verbannt zu werden. Für den König von Atlantis, der die vielen Facetten seines Herrn besser kannte als jeder andere, war Ablons Misstrauen daher nicht ganz unbegründet. Also nickte der Satani, wagte aber nicht, noch mehr dazu zu sagen.

Bevor Ablon ins Boot stieg, blickte er sich ein letztes Mal zum Höhleneingang um, und ihn beschlich große Angst. »Fort von hier, Orion! Gleich wird etwas Fürchterliches geschehen.«

Um Mitternacht

Es war fast elf Uhr, als Shamira auf einen anderen Sender umschaltete, um sich die letzten Nachrichten des Tages anzusehen. Seit Ablon fort war, hatte sie aufmerksam die wichtigsten Geschehnisse verfolgt, und die meisten berichteten von der angespannten internationalen Lage. An diesem Abend war es vermehrt zu Feindseligkeiten gekommen, nachdem beide Seiten das letzte Friedensangebot des UN-Generalsekretärs abgelehnt hatten, das den Bürgerkrieg in der Türkei hätte beenden können – dem größten Streitpunkt zwischen der Liga von Berlin und der Östlichen Allianz. Nach zwei Jahren Feindschaft, zu denen es nach dem Dreihunderttagekrieg aufgrund der Besetzung von Taiwan gekommen war, stand fest, dass die Bündnisse für einen neuen Weltkrieg längst geschlossen waren und den Planeten in der Mitte auseinanderrissen.

Die monatelangen gegenseitigen Drohungen nahmen allmählich konkretere Formen an. So wurden beispielsweise Langstreckenraketen für Atomwaffenangriffe eingesetzt. In dieser Situation waren die Vermittlungsversuche der Diplomaten und ihre Bemühungen, die Krise friedlich zu lösen, endgültig gescheitert. Voller Angst hatten Millionen Menschen in Nordamerika, Europa und Asien bereits die Großstädte verlassen und waren aufs Land geflüchtet, wo sie Lebensmittel hamsterten, Schutzunterkünfte errichteten und sich mit Isoliermaterial jeglicher Art sowie Kleidung gegen die Verstrahlung eindeckten. Zu Tausenden wanderten Menschen aus, die in einem der neutralen Länder Angehörige oder ein Haus hatten, und machten sich auf das Schlimmste gefasst.

Im Mittleren Osten, an der Grenze zwischen den beiden Blöcken, herrschten ganz besondere Zustände. Ermutigt durch das Erstarken der Östlichen Allianz, hatte die Zivilbevölkerung der von den Vereinigten Staaten besetzten arabischen Länder – Afghanistan, Irak, Syrien, Iran und Libyen – Milizen gebildet, um sich gegen die ausländische Macht zu erheben. Im Staat Israel, dem traditionellen Verbündeten der Amerikaner, befanden sich die einzigen, für die US-Soldaten sicheren Einrichtungen in Zentralasien. Doch durch eine Ironie der Geschichte war das Heilige Land jetzt eines der Gebiete in der Region mit den wenigsten Konflikten, weil sowohl Israelis als auch Palästinenser ihre heiligen Stätten in Jerusalem und Umgebung schützen wollten. Dennoch war die Lage sehr angespannt. Keiner griff an und keiner verteidigte sich, weil alle Angst hatten, dass das Heilige Land bei dem Blutbad, das auf dem ersten Schuss folgen würde, für immer dem Erdboden gleichgemacht und dabei die Tempel und Monumente, die von beiden Völkern verehrt wurden, zerstört würden.

Gegen Mitternacht begann der Fernsehbildschirm zu flackern. Dies hing mit einer Erschütterung des Schleiers zusammen, und es lag nahe, dass sich unweit von hier irgendeine Wesenheit materialisiert hatte. Shamira hatte den Raum gleich zu Beginn mit einem Ritual gegen einen geistigen Überfall versiegelt, also musste sich jeder Besucher, der versuchte, in die Wohnung einzudringen, auf der physischen Ebene befinden.

Wie jede gute Totenbeschwörerin wusste Shamira, dass die geistige Welt alles umfasst, was sich auf der anderen Seite des Schleiers befindet. Sie ist ein Spiegel der materiellen Welt, mit verschiedenen Durchgängen zu unzähligen anderen Dimensionsreichen wie beispielsweise Himmel und Hölle. In der geistigen Welt gibt es viele übereinanderliegende Schichten, die die materielle Ebene spiegeln, und die wichtigsten und am leichtesten erreichbaren unter ihnen sind die Astral- und die ätherische Ebene.

Die ätherische Ebene, die erste und tiefste Schicht, ist nichts anderes als ein Abbild der physischen Ebene. Sie ist von der Astralebene durch eine Membran getrennt, die dem Schleier der Wirklichkeit ähnelt – man nennt sie ätherische Membran. Hier sind mächtige, nicht inkarnierte Geistwesen und heidnische Götter zu Hause. Obwohl die ätherische Ebene geografisch betrachtet mit der physischen Welt identisch ist, werden Gebäude und Gegenstände aus Menschenhand dort nicht gespiegelt. Die Wesenheiten, die auf der ätherischen Ebene leben, haben sich jenseits der Grenzen menschlicher Realität einen eigenen Lebensraum eingerichtet. Darum können Menschen die Städte, Türme und Paläste, die in dieser Schicht existieren, weder sehen noch wahrnehmen – mit Ausnahme von Magiern oder Priestern, die über entsprechende Kräfte verfügen.

Auf der ätherischen Ebene liegt die berühmte mystische Insel Avalon, die von den Kelten verehrt wurde und deshalb nur für einige Menschen sichtbar war, wenn die Membran dünner wurde und die Verbindung mit der geistigen Welt es gestattete. Auch der Göttertempel auf dem Gipfel des Olymp in Griechenland ist ein ätherische Bauwerk.

Neben der Astral- und der ätherischen Ebene gibt es andere Ebenen unterhalb der physischen Ebene, die allerdings nicht so bekannt sind und selten besucht werden, weil es schwieriger ist, dorthin zu gelangen. Manche sind seltsam, wie die Welt der Träume, andere rätselhaft wie die Spiegeldimension der Spiegel. Und dann gibt es noch die gefährlichen und unheilvollen wie die Schattendimension.

Ablon tauchte immer unbemerkt auf, und deshalb war Shamira klar, dass nicht er sich näherte, als sie das Zittern im Schleier der Wirklichkeit bemerkte. Vorsichtig entfernte sie sich vom Fernseher und ging rückwärts auf das Schreibpult zu, an dem ihr kleinerer Koffer lehnte. Mit der rechten Hand suchte sie darin nach einem ihrer besonderen Artefakte und behielt die Tür im Blick, hinter der sie die Gefahr vermutete.

Sie hörte Schritte auf dem Gang, die sich ihrem Zimmer näherten. Ein heftiger Schlag erschütterte die Holztür, und sie konnte draußen zwei Männer erkennen.

Sie waren stark wie Kämpfer und hatten einen überheblichen Gesichtsausdruck. Da Shamira ihre Seelen nicht sah, vermutete sie, dass es keine menschlichen Wesen waren. Der Erste hatte dunkles Haar und sah gefährlich aus, der Zweite trug unter dem geschorenen Schädel eine Tätowierung auf der Stirn: das unverwechselbare Symbol der Cherubim.

Der Dunkelhäutige, der offenbar das Sagen hatte, grinste böse, als er die verängstigte Nekromantin sah. Er betrat das Zimmer und sog die Luft ein.

»Uhh … ahhh …«, seufzte er, als er den weiblichen Duft wahrnahm. Er hatte die Sinne eines Beutetiers, wie sie für himmlische Krieger typisch sind, und hatte am Geruch erkannt, dass Shamira ein Menschenwesen war. »Ich glaube, heute gibt's ein tolles Fest«, höhnte er, als er die leeren Kekspackungen sah.

»Wer bist du?«, fragte Shamira, ihre Furcht bezwingend.

»Ich bin Eusin, und der hier«, er deutete auf seinen Kumpan, der den Ausgang versperrte, »ist Ankarel, die Peitsche des heiligen Michael«, fügte er drohend, aber nicht ohne Stolz hinzu.

Doch Shamira hatte keine Angst. Rasch versuchte sie sich eine Strategie zurechtzulegen, denn nur durch Intelligenz konnte sie einen Vorsprung erzielen. Ihr fiel etwas zu diesem Eusin ein, und das konnte ihr vielleicht helfen, ihn zu erniedrigen. Ablon hatte ihr einmal erzählt, dass Eusin ein feiger, verunsicherter Engel war – Eigenschaften, die innerhalb einer Kaste, deren Mitglieder eigentlich vor nichts Angst haben durften, sein Verderben bedeuteten.

»Eusin?«, fragte sie und grinste ebenso böse zurück. »Ablon hat mir von dir erzählt. Du bist der Engel, der nur Schwächere herausfordert und seinesgleichen aus dem Weg geht. Habe ich recht?«

Wäre es nicht so gewesen, wäre der Himmelsbewohner wahrscheinlich nicht so rasend geworden. Sein Zorn stieg ihm zu Kopf, weil eine menschliche Magierin ihn beleidigt hatte. Er war ein neidischer Kämpfer und verabscheute wie sein Anführer Michael die bloße Existenz der Menschen. Zwar lautete sein Auftrag in jener Nacht nicht, sein Opfer zu töten, aber er wollte die Hexe trotzdem für ihre Frechheit bestrafen.

Mit geballten Fäusten stürzte er nach vorn, um Shamira anzugreifen, aber sie riss blitzschnell eine Großkaliber-Pistole aus ihrem Koffer, die gefürchtete Desert Eagle .50, eine der potentesten Handfeuerwaffen der Welt. Sie war groß und verchromt, ihr Lauf daumendick. Eusin erstarrte vor Ehrfurcht. Mit allem hatte er gerechnet: verzauberten Messern oder Feuerzaubern, aber niemals mit einer Feuerwaffe. Er konnte ja nicht wissen, dass die Stärke der Weisen gerade auf der Fähigkeit beruht, sich das Unvorhersehbare zunutze zu machen, den Gegner zu täuschen und ihn an seiner schwächsten Stelle anzugreifen, Schwäche vorzugeben und dann wie ein Löwe zum Angriff überzugehen.

Aber weltliche Waffen stellten keine Gefahr für den Eindringling dar und konnten seinem Avatar nichts anhaben. Als Eusin dies klar wurde, erholte er sich von seinem Schreck und ging weiter auf Shamira zu, noch immer zornig, aber voller Genugtuung, dass er ihrer Taktik überlegen war. »Benutzt du die, um dich zu verteidigen?«

»Verschwinde!«, drohte ihm Shamira. »Ich habe das Metall der Projektile verhext. Für dich sind sie so tödlich wie eine Ritualwaffe.«

Er zögerte erneut, aber sein Helfershelfer Ankarel, der bisher noch nichts gesagt hatte, stachelte ihn an: »Sie blufft nur.«

»Eine magische Pistole! Wie rührend«, bellte Eusin verächtlich, um sofort anzugreifen. Er krümmte die Finger zu einer Kralle, um Shamira zu erwürgen und sie dann womöglich zu schänden. Böse Engel liebten solche Grausamkeiten, wenn sie in ihren Avataren inkarniert waren.

Blitzschnell erkannte Shamira die Gefahr und drückte ab. Das Geschoss traf Eusin am Kopf und zerschmetterte ihm einen Teil des Schädels, sodass die Fetzen in der ganzen Wohnung herumspritzten. Eusin wurde zu Boden geschleudert. Ankarel, der Bursche mit der Tätowierung, wich zurück.

»Du Miststück!«, schrie Eusin am Boden. »Weißt du, wie viel Energie ich brauche, um diesen Panzer zu materialisieren?«

Sie hatte ihn unschädlich gemacht, doch er lebte noch. Er konnte nicht mehr gehen und nicht mehr gut sehen, doch solange sein Herz noch schlug, war sein Avatar noch nicht zerstört.

»Du hast ja einen ganz üblen Wortschatz, Cherub! Hat dir den dein Gebieter beigebacht?«

Nun nährte sich der verblüffte Ankarel von der anderen Seite des Zimmers, um Shamira anzugreifen, obwohl ihm eher Verzweiflung als Mut ins Gesicht geschrieben stand.

»Bleib, wo du bist, hab ich gesagt«, warnte ihn die Magierin, während sie den Abzug drückte. »Ich ziele auf dein Herz.«

Er machte einen Schritt nach hinten und hob kapitulierend die Hände.

Shamira ließ ihn nicht aus den Augen und ging rückwärts zur Hintertür. Sie musste unbedingt aus dieser Mausefalle herauskommen und sich in Sicherheit bringen, wenigstens so lange, bis Ablon zurückkam. In solchen Fällen war es besser, an belebten Orten zu bleiben, wo der Schleier der Wirklichkeit dicht war. Ablon würde sie bestimmt finden, egal, wo er sich gerade aufhielt.

Ablon.

Diese Engel würden mich nicht angreifen, wenn Ablon hier wäre. Es sei denn, sie wissen, dass er auf Reisen ist!

Aber woher? Es waren Engel, keine Dämonen. Ablon hatte sich zum Teufel in die Hölle begeben. Wie hätte Michael seine Abwesenheit entdecken können? Shamira schluckte mühsam.

Eine bedrohlich aussehende Kreatur stieß krachend durch das Fenster und flog mit ausgebreiteten dunklen Flügeln ins Zimmer. Ihre Aura war verschwommen und undurchdringlich, das Gesicht unter einer stählernen Maske verborgen. Ihr Körper war kräftig, muskulös, und ein schwarzer Panzer schützte den Brustkorb. Engel oder Dämon? Shamira vermochte es nicht zu sagen, doch dann fiel ihr ein, dass Engel weiße und keine schwarzen Flügel hatten und sie auf der Erde selten zeigten, weil es einer gewaltigen Energieverschwendung gleichkam.

Hektisch feuerte sie mehrere Schüsse ab, doch die Geschosse prallten an der Rüstung ab. Trotz seiner Größe war das Geschöpf sehr wendig und landete direkt im Zimmer, wobei es die Regale zertrümmerte. Shamira konnte seine Augen unter dem Helm erkennen und sah funkelnde Mordlust in ihnen. Es wirkte fest entschlossen, wie Ablon, aber gierig und bösartig.

Der Schwarze Engel!

Das war er! Seine Gestalt stimmte mit der Beschreibung des Verfolgers von Babel überein, desselben, der vor so langer Zeit die Kriegerin Ishtar gejagt hatte. War er es tatsächlich? Das schreckliche Raubtier vom Felsenmeer?

Der Schwarze Engel, dachte sie noch einmal und versuchte sich vorzustellen, wer diese abscheuliche Wesenheit wirklich war und warum sie sie angriff.

Sie fand keine Antwort.

DUELL AUF DER BRÜCKE

Orion und Amael begleiteten Ablon auf der Reise Styx-aufwärts. Auf dem Rückweg nach Haled waren alle schweigsamer. Amael, im Schatten kauernd, war zu geschwächt zum Sprechen, und Orion verhehlte nicht seine Enttäuschung, dass sich sein Freund Luzifer nicht hatte anschließen wollen. Doch auch Ablon blieb stumm. Seit er eine negative Schwingung gespürt hatte, überlegte er voller Sorge, was wohl geschehen war.

Kurz vor Mitternacht näherte sich der Kahn dem Strand im Schatten der Brücke, die noch immer in gespenstische Nebelschwaden gehüllt war. Ablon stieg aus und lief zu seinem Motorrad. Er sah noch, wie der Nebel den Kahn verschluckte, dann ließ er den Motor an und beschleunigte, sobald er die Asphaltstraße erreicht hatte.

Die Brücke war leer – keine Seltenheit zu dieser Nachtzeit. In beide Richtungen fuhr kein Fahrzeug, und das kam dem Engel seltsam vor. Argwöhnisch sah sich Ablon um. Plötzlich stieg ihm ein bekannter Geruch in die Nase, und ihm fiel auf, dass die Straßenbeleuchtung flackerte. Er bremste und riss den Lenker abrupt herum. Das Hinterrad schrammte über den Asphalt, und der Geruch von verbranntem Gummi stieg ihm in die Nase. Quer zur Fahrbahn kam das Motorrad zum Stehen.

Da bemerkte er auf einem der Brückenpfeiler am Fahrbahnrand einen Engel mit rotem Haar. Es konnte sich nur um einen

Cherub handeln, denn er hielt sich hervorragend im Gleichgewicht. Die Beherrschung der Schwerkraft ist die Divinität, die den Kriegern Gewandtheit verleiht und sie zu Weitspringern und hervorragenden Kletterern macht.

Anmutig rutschte der Engel am Pfeiler herunter und landete da, wo gelbe Linien die beiden Fahrspuren bezeichneten. Sein schmales Gesicht und die charismatische Haltung ließen keinen Zweifel an seiner Identität.

Balberith, der Fürst der Kaste der Cherubim.

Seit seiner Verstoßung aus dem Himmel hatte Ablon ihn nicht mehr gesehen und auch nicht damit gerechnet, ihm erneut zu begegnen – vor allem nicht in einer so verworrenen Lage. Einst hatte Ablon seinen Fürsten bewundert, inzwischen aber jegliche Achtung vor ihm verloren, je mehr dessen schlechter Charakter zum Vorschein kam. Balberith hatte stets alle Befehle des Erzengels Michael ausgeführt, selbst die mörderischsten, ohne dessen Vorgehen jemals infrage zu stellen. Es stimmt zwar, dass von den Cherubim völliger Gehorsam erwartet wird, denn schließlich sind sie Soldaten – aber Mörder sind sie nicht!

Früher hatte Balberith innerhalb seiner Kaste als unbezwingbar gegolten, und vielleicht stimmte das auch – aber Ablon war nicht mehr der Kämpfer von einst. Seit seiner Verstoßung hatte er seine Geschicklichkeit vervollkommnet, während Balberith die ganze Zeit auf seinem Thron im Schloss des Lichts saß, Befehle erteilte und sich in die himmlische Politik einmischte. Damals hatte er genügend Stärke und Einfluss besessen, um Ablon und Apollyon gemeinsam zu überwinden, doch inzwischen stellte die Energie eines der beiden seine Aura in den Schatten.

Der Fürst der Cherubim war nicht sehr kräftig, machte dies aber durch Beweglichkeit und Erfahrung wett. Dennoch wirkte er von Weitem behäbig und trug schwere Kleidung. Die vielen Schichten dienten nur dazu, seine goldene Rüstung zu verbergen. Balberith legte die berühmte Ehrenrüstung, eines der widerstandsfähigsten und begehrtesten Stücke im Paradies, niemals ab. Während die meisten Engel Brustharnische trugen, besaß Balberith eine Vollrüstung, die auch Arme und Beine schützte; allerdings fehlte der Helm. Natürlich trug er kein Schwert, da der Kodex der Kämpfer ihm verbot, es gegen einen unbewaffneten Widersacher einzusetzen, selbst wenn es ein Abtrünniger war – oder gar ein Dämon.

Ablon versuchte, zuversichtlich dreinzublicken, obwohl ihm klar war, dass der andere hier nur stand, um ihn aufzuhalten. Sein entschlossener Ausdruck missfiel dem Rothaarigen, der eher Unterwürfigkeit gewohnt war.

»Ablon«, brüllte Balberith zornig, »erinnerst du dich denn nicht mehr an deinen alten Kommandanten?«

»Ich sehe hier keinen Kommandanten«, gab Ablon scharf zurück. Er war nicht in der Stimmung, sich auf ein Gespräch einzulassen, sondern wollte nur fort, zurück zu Shamira.

»Was geht in deinem verqueren Schädel vor, General?«, wechselte der andere das Thema, Besorgnis heuchelnd. »Bist du jetzt schon so weit, dass du dich mit Verlierern verbündest? Ausgerechnet du?«

Eine provozierende Anspielung auf seine Begegnung mit Luzifer, den die Engel für einen »armen Teufel« hielten. Aber woher wusste Balberith von der Reise?

»Geh mir aus dem Weg, Balberith«, unterbrach Ablon ihn ungeduldig. Er drehte den Gashebel des Motorrads und wollte lospreschen.

»Nein, Soldat, ich kann dich nicht fahren lassen. Ich habe meine Befehle, und an die halte ich mich. Wie du bald merken wirst, hat sich die Lage während deiner Abwesenheit ein bisschen geändert.«

Mit einem Schritt zur Seite versperrte der Fürst ihm den Weg. Ablon begriff immer noch nicht, weshalb Balberith so mit ihm sprach. Er konnte einfach nicht glauben, dass Michael es immer noch darauf anlegte, ihn umzubringen – und wenn doch, hätte er sicher nicht nur einen einzigen Verfolger geschickt. Aber wie hatte er ihn bloß gefunden?

Auf der Brücke war immer noch kein Fahrzeug zu sehen.

Ein kalter Wind wehte von Osten, und Ablon hatte den Eindruck, als ginge der Fürst in Kampfstellung.

»Du bist ein verfluchter abtrünniger Engel, Ablon, und hast vor niemandem Respekt. Aber du musst dich ein für alle Mal damit abfinden, dass ich über dir stehe. Ja, immer noch. Außerdem bin ich der Mächtigste der Cherubim. Dass du heute der bist, der du bist, hast du nur mir zu verdanken. Ich habe dich ausgebildet und zum General ernannt, und deshalb fühle ich mich für das Fiasko verantwortlich, in das du geraten bist. Ich hätte das Duell zwischen dir und Apollyon niemals unterbrechen dürfen. Aber ich tat es, weil ich keinen guten Kämpfer verlieren wollte. An jenem Tag habe ich dir das Leben gerettet.«

»Du redest zu viel, Balberith.«

»Ich glaube, du hast mich nicht verstanden. In gewisser Weise bist du die Frucht meiner Arbeit. Diese Schande kann ich nicht länger mit mir herumtragen, sie befleckt meine Ehre. Lieber sehe ich meinen Offizier tot als inmitten dieser Lehmfiguren. Und in diesem besonderen Fall finde ich, dass du zu weit gegangen bist.«

Lehmfiguren. So nannte Michael die Menschen.

»Shamira!« Jetzt ging Ablon ein Licht auf. Es war nur logisch – mit »Du bist zu weit gegangen« spielte Balberith auf seine Beziehung zu dieser Menschenfrau an. Falls die Himmelsbewohner wussten, wo er sich aufhielt, würden sie bestimmt auch Shamira finden – oder hatten sie bereits gefunden!

Glühender Zorn rötete sein Gesicht. Normalerweise war er ruhig und verlor nur selten die Beherrschung, nicht mal dann, wenn sein Leben in Gefahr war. Er hatte gelernt, Frieden zu bewahren und sich von seinem hitzigen Temperament niemals mitreißen zu lassen. Aber Shamira war seine Schwachstelle. Er würde sterben, um sie zu verteidigen, und keinesfalls würde er zulassen, dass sie seinetwegen in diesen unsinnigen Krieg hineingezogen wurde. Soldaten lassen ihr Leben für ihre Gefährten, ihre Nation oder ein Ideal, ohne sich um die Konsequenzen zu kümmern.

Trotz seiner Wut wollte Ablon keine Konfrontation mit Balberith. Er durfte keine Zeit mehr verlieren und wollte nur noch Gas geben und so schnell wie möglich in die Stadt zurückfahren, doch Balberith machte keine Anstalten, den Weg freizugeben. Er würde ihn nicht vorbeilassen, egal, was geschah. Ablon kannte die Entschlossenheit der Cherubim, weil er selbst einer war.

»Du wirst nirgendwohin gehen«, bekräftigte Balberith.

Das war nichts anderes als eine Aufforderung zum Duell. Ablon war außer sich, denn er wusste, dass Shamira in Gefahr schwebte. Ein letztes Mal versuchte er seinen Feind zu warnen. »Balberith, ich bin nicht mehr dein alter Offizier aus dem Schloss des Lichts – ich bin jetzt ein anderer. Ich habe dazugelernt, meine Techniken vervollkommnet und werde nicht zulassen, dass meine Werte zu Staub zerfallen.« Und mit Balberiths eigenen Worten fügte er hinzu: »Wenn du auf diesen Kampf bestehst, muss ich dich töten.«

Verblüfft nahm der Fürst der Cherubim zur Kenntnis, wie gut sich Ablon an seine früheren Worte erinnerte. Doch das genügte natürlich nicht, um ihn einzuschüchtern. Er fühlte sich stark, erst recht in seiner Ehrenrüstung, und hielt sich für den besten Kämpfer, den vollkommensten Vasallen des Erzengels Michael. Sein Fehler war nicht, dass er Ablon zum Duell herausgefordert, sondern dass er dessen Fähigkeiten falsch eingeschätzt hatte.

Ablon blieb keine Wahl. Also stieg er vom Motorrad und nahm die Herausforderung an.

Sie standen ungefähr zwanzig Meter voneinander entfernt und gingen auf einer Linie in Stellung. Fast gleichzeitig knieten sie sich hin, schlossen die Augen und sammelten die unsichtbare Macht des Zorns Gottes in ihren Fäusten. Das war nicht nur eine spielerische Übung – einer von ihnen würde dabei sterben.

Noch immer lag die Brücke wie ausgestorben da.

Ablon und Balberith öffneten die Augen und sahen einander an. Wenn zwei Cherubim an diesem Punkt angelangt sind, sieht es aus, als seien sie in Trance gefallen – und von da an kann sie nichts mehr halten.

Mit übermenschlicher Geschwindigkeit gingen Balberith und Ablon aufeinander los. Sie waren so schnell, dass ihre Bewegungen die Luft verdrängten und ein windstoßähnliches Geräusch erklang. Ihre Gesichter glichen denen von Raubtieren, die kurz davorstehen, sich auf ihre Beute zu stürzen.

Als sie sich nahe genug waren, um den ersten Schlag zu führen, sprangen beide hoch, fast bis an die Linie, wo sich die Lichtpfosten über die Fahrbahn neigten. Sie wussten, dass ihnen nur Zeit für einen einzigen Angriff bleiben würde – und der musste tödlich sein, um den Gegner zu vernichten.

Dann gingen sie zum Angriff über.

Kein Laut war zu hören.

Ablon und Balberith landeten Rücken an Rücken mit den Füßen am Boden. Offenbar hatte keiner von ihnen zugeschlagen, denn sie sahen unverletzt aus.

Ablon blickte auf seine geballte Faust, wie ein Scharfrichter sein Schwert anstarrt, und entspannte sich, weil er glaubte, seinen Anführer ausgeschaltet zu haben. Er verließ die Kampflinie und rannte auf sein Motorrad zu. Was zu tun war, hatte er getan.

Doch als Balberith ihn fliehen sah, protestierte er. »Wo willst du hin, General? Ich habe dir gesagt, dass du nirgendwohin gehen wirst, ohne dich mir zu stellen. Du kannst nicht einfach weglaufen, Soldat! Stell dich dem Duell! Unser Kampf ist noch nicht zu Ende.«

»Für dich schon, Balberith!«

Der rothaarige Engel wollte schon weiterfluchen, doch da verspürte er einen eigentümlichen Schmerz in der Brust, als näherte sich eine Nadel seinem Herzen. Er verstummte. Plötzlich begann sein ganzer Körper zu zittern, dann hörte er das Geräusch von splitterndem Metall. Dann noch einmal und immer wieder. Verblüfft stellte er fest, dass die Ehrenrüstung, seine wunderschöne goldene Rüstung, kaputtging! Hilflos musste er mit ansehen, wie seine berühmte göttliche Waffe in lauter winzige Goldsplitter zerbarst. Das entsetzliche Gefühl, besiegt worden zu sein, überfiel ihn – eine gänzlich neue Empfindung.

Der Schmerz in der Brust wurde stärker, ihm blieb die Luft weg. Sein Herz, der empfindlichste Körperteil eines Engels, war getroffen worden, und er hatte den Stoß nicht einmal kommen sehen. Nur ein einziger heftiger Schlag war nötig gewesen, um seine Rüstung zu zerstören, in den Brustkorb einzudringen und ihm den Herzmuskel zu zerreißen. Durch den außergewöhnlich raschen Angriff hatten sich die Moleküle des Metalls aufgelöst, und die Atome des Fleisches waren zerstückelt worden, doch die Wirkung hatte sich durch die Schnelligkeit des Schlags verzögert.

Nur eine Sekunde später explodierte sein Herz. Balberith stürzte zu Boden. Das Blut strömte auf die Fahrbahn, auf dem Asphalt bildete sich eine riesige Lache.

Balberith, der Fürst der Cherubim, war tot.

Ablon stieg auf sein Motorrad und gab Gas. Doch er fuhr noch einmal an dem reglosen Avatar seines einstigen Kommandanten vorbei. Er glich einer Marionette, einer leeren Hülle, noch entseelter als der Leichnam eines Menschen – so sieht der Körper eines Engels aus, wenn er vernichtet wird.

Trotz allem hatte Ablon ihn nicht töten wollen. Doch es herrschte Krieg, und er war ein Krieger.

Ein letztes Mal warf er einen Blick auf die leere Hülle am Boden. In ihm war kein Mitleid für Balberith.

Der Schwarze Engel

Ablon raste so schnell er konnte davon, überfuhr alle roten Ampeln und blieb auch an Kreuzungen nicht stehen. Jedes Mal qualmten die Reifen, und der Auspuff spie kochendes Benzin aus. Kurz vorher hatte es geregnet, und in den Schlaglöchern im Straßenbelag hatten sich Pfützen gebildet.

Es war fast Mitternacht, die Straßen lagen da wie ausgestorben. Ablon rechnete schon mit dem Schlimmsten, gab wieder Gas, nahm alle Abkürzungen, die er kannte, und fuhr durch verbotene Straßen und schummrige Gassen. Das Motorrad parkte er achtlos in einem schmalen unbeleuchteten Gässchen, von dem aus man die Fassade des *Montenegro* erkennen konnte.

Ablon sah, dass das Fenster seiner Wohnung im dritten Stock eingeschlagen war, einige Scherben lagen auf der Straße verstreut. Ein entsetzlicher Gestank nach Fäulnis, vermischt mit verbranntem Fleisch, stieg ihm in die Nase, und er spürte eine rätselhafte Präsenz, die er nicht einzuordnen vermochte. Er witterte Shamiras Duft und war sicher, dass sie noch am Leben war.

Das Schwerkraftzentrum seines Körpers manipulierend, machte er einen Satz, klammerte sich an ein eisernes Regenabflussrohr im zweiten Stock und sprang von dort aus durch die Fensteröffnung direkt ins Zimmer.

Der Raum war leer, überall herrschte Chaos. Der Holztisch war zertrümmert, mehrere Blätter Papier lagen auf dem Boden verstreut. Die Regale, auf denen die historischen Gegenstände gelegen hatten, waren zusammengestürzt und hatten dabei einige antike Artefakte zerstört, die der Engel viele Jahrhunderte lang aufbewahrt hatte. Der eigenartige Geruch kam von den grauen Fleischfetzen, die am Boden klebten – sie stammten nicht von Shamira, stellte er erleichtert fest. Der Fernseher war eingeschaltet, aber stumm, und die flackernden Bilder die einzige Lichtquelle im Raum.

Die Emanationen der bösartigen Aura kamen von draußen, vom Dach. In einer Ecke der Appartements gab es eine Hintertür, die in den Hof führte – einen dreckigen Ort mit Fernsehantennen, Müllsäcken und kaputtem Kleinkram. Sofort riss Ablon die Tür auf und machte sich schon darauf gefasst, einem Feind gegenüberzustehen. Aber selbst seine makabersten Vermutungen hätten ihn nicht auf das vorbereiten können, was er sah.

Der Schwarze Engel!

Ein Engel mit schwarzen Flügeln hatte seine Arme fest um die bewusstlose Shamira geschlungen. Sein weitgehend menschlicher Körper war sehr kräftig und durch eine schwarze Rüstung geschützt, das Gesicht unter einem metallenen Helm verborgen. Fast schwebend lehnte er an einer Betonbrüstung. Das flache Dach hinter ihm mündete in einen fünf Meter breiten Schacht, der das Stockwerk vom benachbarten Gebäude trennte.

Der Schwarze Engel!

Es war dasselbe Wesen, das versucht hatte, die Abtrünnige Ishtar im Felsenmeer zu töten. Nie hätte Ablon damit gerechnet, ihm hier wieder zu begegnen – er war der Ansicht gewesen, es sei tot. Ablon hasste diese Kreatur dafür, dass sie Shamira verfolgt und um ein Haar umgebracht hatte. Anfangs hatte er sich für diesen schmerzlichen Verlust rächen wollen – doch niemand hatte jemals von einem Engel mit schwarzen Flügeln gehört, weder im Himmel noch in der Hölle, und deshalb hatte Ablon aufgegeben, nach ihm zu suchen. Jetzt war dieses verhasste Wesen wieder erschienen, um ihm erneut wegzunehmen, was er am meisten liebte.

»Ablon!«, rief der Schwarze Engel, seine Stimme klang gedämpft aus dem Helm hervor. »Anscheinend ist es mein Los, dir deine Frauen zu rauben«, spottete er.

Ablon bemerkte, dass sich ein anderer, schwächerer Engel zwischen ihn und die Wesenheit gestellt hatte. War das nicht Ankarel, ein Leibwächter des Engelsfürsten? Anders als der Schwarze

Engel hatte er seine Flügel nicht materialisiert und sah aus wie ein normaler Mensch. An seinem Jackett klebten Spuren von Blut, das nicht seines war.

Ablon schenkte der schwachen Präsenz Ankarels keine Beachtung. Mit Raubtieraugen starrte er den Schwarzen Engel an und versuchte, dessen Bewegungen zu analysieren und den besten Moment abzuwarten, um sich auf ihn zu stürzen und Shamira zu befreien. Die Hitze seines Zorns versengte den Schleier der Wirklichkeit, und alle geistigen Wesen, die in der Nähe waren, wussten, dass es gleich zu einem denkwürdigen Kampf kommen würde. »Lass sie los!«, schrie er. »Sie hat mit diesem abscheulichen Krieg nichts zu tun. Das ist eine Sache zwischen uns beiden!«

Ohne eine Reaktion abzuwarten, stürmte Ablon vor, doch Ankarel versperrte ihm mit einem Satz den Weg. Im Ärmel hatte er ein Kurzschwert versteckt, eine himmlische Waffe, die jede Kreatur – irdisch oder göttlich – töten konnte. Er zückte die Waffe, wirbelte sie durch die Luft und versuchte, dem General den Kopf abzuschlagen. Ablon duckte sich, um dem Angriff auszuweichen, erhob sich aber sofort wieder mit ausgestrecktem Arm und verpasste dem Gegner einen kräftigen Schlag vor die Brust. Der Leibwächter wurde zur Seite geschleudert und fiel benommen in einen Haufen Müllsäcke.

Dieses Zwischenspiel gab dem Engel mit den Schwarzen Flügeln genügend Zeit, um sich aufzuschwingen und auf das Dach des angrenzenden Gebäudes zu fliegen. Doch er floh nicht, denn er hatte noch eine Botschaft zu überbringen.

»Natürlich haben wir beide noch eine Rechnung offen. Aber du warst niemals in der Position, jemanden zu verfolgen«, befand er verächtlich. »Nein, noch ist es nicht so weit. Die Magierin ist unser Pfand, die Garantie dafür, dass dein Bündnis mit Luzifer nicht zustande kommt. Wenn du dich dem Willen des Erzengels Michael nicht widersetzt, wird sie unversehrt bleiben und lebend zurückkommen.« Dann fügte er hinzu: »Ich erwarte dich zum Untergang der Zeiten, General. Ich bin der Engel des Bodenlosen Abgrunds, derjenige, der alle Türen öffnet. Ich bin das Licht und die Dunkelheit, der Anfang und das Ende.«

Obwohl er mit gedämpfter Stimme sprach, klang es wie ein Brüllen. Doch Ablon ließ sich davon nicht beirren, sondern sprang über den Schacht und holte zum Schlag aus.

Plötzlich ließ ein unnatürliches Geräusch, eine Sinfonie aus dem Jenseits, den Schleier der Wirklichkeit erzittern und versetzte die Membran in Schwingungen. Für Menschen war es unhörbar, aber Engel und Dämonen auf der ganzen Welt fielen bei diesem unangenehmen Ton, der lange nachhallte, mit pochendem Trommelfell auf die Knie.

Als der Schmerz nachließ, sah sich Ablon suchend nach dem Schwarzen Engel um, doch er war verschwunden. Auch seine Aura hatte sich aufgelöst, was bedeutete, dass er sich nicht mehr auf der materiellen Ebene befand. Auf den Dächern der alten Gebäude konnte er nur noch den Cherub Ankarel erkennen, der sich mittlerweile ebenfalls von dem rätselhaften Ton erholt hatte.

Als Ankarel bemerkte, dass er allein zurückgeblieben war, floh er mit einem Sprung auf das Dach des angrenzenden Gebäudes. Er war immer noch so verwirrt, dass er sich nicht entmaterialisieren konnte und Flucht deshalb die nächste Alternative war. Doch Ablon hatte nicht vor, es ihm leicht zu machen. Dieser Cherub war jetzt seine einzige Fährte, um das Geheimnis um den Engel mit den Schwarzen Flügeln aufzuklären. Wer war diese Kreatur? Was wollte sie? In wessen Auftrag handelte sie?

Mit drei perfekten Sprüngen hatte Ablon den Flüchtenden erreicht, hielt ihn am Jackett fest und warf ihn auf den Rücken. Um ein Haar hätte der Boden nachgegeben, doch die dickeren Streben hielten der Wucht stand.

»Wer ist dieser Schwarze Engel? Wohin hat er die Magierin gebracht?« Wutentbrannt schüttelte er den Cherub.

»Ich weiß es nicht«, antwortete Ankarel voller Angst.

»Dann bist du also mit Balberith hergekommen!«

»Ja, er hat uns hergeschickt.«

»Und wessen Blut ist das da auf dem Boden?«

»Von unserem Anführer, Eusin. Die Zauberin hat ihn verletzt.«

Eusin! Dieser widerliche Geier!

»Wer steht hinter diesem Auftrag?«

»Ich weiß es nicht. Außer mir, Eusin, Balberith und dem Schwarzen Engel weiß keiner etwas darüber.«

Verflucht!

Ablon hatte sich Balberith entgegengestellt, und das Blut auf
Ankarels Jackett schien wirklich Eusins zu sein, wenn er sich recht
an dessen Geruch erinnerte. Beide konnte er nun nicht mehr
erreichen. Balberith war tot und Eusin schon auf die ätherische
Ebene zurückgekehrt. Doch auch sie wussten wohl nicht viel über
die Entführung. Für Ablon stand fest, dass sie nur einen Befehl
ausgeführt hatten und Michael und dieser Schwarze Engel der
Schlüssel zu dem ganzen Geheimnis waren.

Ablon beruhigte sich. Anfangs hatte er versucht, sich diesem
Krieg zu widersetzen – durch seine Weigerung, mit Luzifer ein
Bündnis einzugehen –, aber er hatte ihn verfolgt. Jetzt würde
er ihn nicht mehr vermeiden können. In gewisser Weise war es
naiv von ihm gewesen, zu glauben, er könnte ewig in der Finsternis der Menschen umherirren, wenn der Tag der Abrechnung
käme. Er war der Anführer der Abtrünnigen! Hätte er diesen
Krieg zuvor nicht abgelehnt, wäre Shamira vielleicht jetzt nicht
in der Gewalt des Erzengels. Der Krieg zog also weitere Kreise:
Er betraf nicht mehr nur Michael oder Luzifer, sondern auch ihn
selbst.

Ablon ließ Ankarel los. Vor Angst schlotternd rappelte sich der
Leibwächter auf und wich zurück. Ablon hatte nicht vor, ihn kalt-

blütig niederzustrecken. Es hätte nichts an der Situation geändert. Wortlos kehrte Ablon ihm den Rücken zu und ging zurück in seine Wohnung.

Entgegen dem Ehrenkodex der Krieger versuchte Ankarel seinen Vorteil zu nutzen. Wieder zückte er sein Kurzschwert und näherte sich mit erhobener Waffe, bereit, sie Ablon in den Rücken zu stoßen. Doch der hatte damit gerechnet. Er hörte das metallene Geräusch, dann vernahm er ein Zischen in der Luft.

Er wich zur Seite aus, und das Schwert traf ins Leere. Ohne Hindernis verlor Ankarel das Gleichgewicht, sodass sein Rumpf teilweise ungedeckt war. Ablon stürzte nach vorn und versetzte ihm einen Hieb ins Herz. Alles ging ganz schnell. Kaum hatte Ankarel angegriffen, hatte Ablon seine Hand bereits in den Brustkorb versenkt. Der Engel spürte die Wucht, und dann zerplatzte innerlich alles.

Mit einem kräftigen Ruck riss Ablon den pulsierenden Muskel heraus. Er konnte spüren, wie sich die unsichtbare Energie verflüchtigte und das Bewusstsein des Feinds erlosch. Die Finger erschlafften, und das Kurzschwert glitt ihm aus der gelockerten Faust. Alle Kraft wich aus seinen Beinen, der Körper stürzte auf die Straße.

Der Abtrünnige beobachtete, wie Ankarels Avatar auf dem Pflaster aufschlug und sein Kopf beim Aufprall zerschmettert wurde. Noch einmal betrachtete er das Herz und schleuderte es dann weit von sich. In diesem Augenblick begann sich das Schwert des Toten aufzulösen. Der Stahl wurde rostig und bekam Risse, das Gold verfärbte sich schwarz. Dann zerfiel die Waffe zu Aschebrocken.

Das Schwert lebt nicht ohne den Cherub, und der Cherub lebt nicht ohne sein Schwert.

Regentropfen fielen vom Himmel, das Wasser spülte über die Dächer. Ablon hockte rittlings auf der Betonbrüstung und ließ den Blick über die vom Unwetter gepeitschte Stadt schweifen.

Zum ersten Mal war er allein. Früher hatten ihn die Abtrünnigen begleitet, später dann Shamira.

Bisher hatte er abwarten wollen, bis sich der Schleier der Wirklichkeit auflöste, um erst danach den Erzengel Michael herauszufordern. Nur hatte der Engelsfürst jetzt seine Freundin in der Hand, und vielleicht war es riskant, noch länger auf das Armageddon zu warten, um sie zu retten. Nein, er konnte nicht warten. Er durfte sich nicht auf das Schicksal verlassen, und ebenso wenig auf seine Feinde, die ihn in entscheidenden Momenten immer wieder verrieten.

Noch eine ganze Weile blieb Ablon auf dem Dach sitzen, während der Regen sein Haar durchtränkte, und dachte über den entsetzlichen Lärm nach, der ihn daran gehindert hatte, den Engel mit den Schwarzen Flügeln anzugreifen. Woher waren diese schrillen Töne gekommen? Wer mochte sie verursacht haben?

Gedankenverloren überlegte er, was er nun tun sollte.

Und dann tauchte die Lösung plötzlich im Halbschatten auf.

DIE ERSTE POSAUNE

Ablon kehrte in das Appartement zurück und betrachtete das Durcheinander. Alles schien auf den Kopf gestellt worden zu sein. Die Möbel waren kaputt, Gegenstände zerstört, der Boden ruiniert. Unaufhörlich fiel der Regen, drang durchs Fenster ins Zimmer und verwischte die magischen Inschriften auf dem Boden. Ablon erinnerte sich an Shamiras Ritual und an die Runen auf seinem Arm, die ihm ursprünglich in der Hölle hatten Schutz gewähren sollen. Aber dort hatte es keinen Hinterhalt gegeben und die ganze Mühe war letztlich umsonst gewesen.

Umsonst!, dachte er mit Bedauern. Was nutzte es ihm, unschlagbar zu sein oder unüberwindlich zu wirken, wenn er nicht einmal Shamira verteidigen konnte?

Auf der anderen Seite des Zimmers, vor einem zerschlissenen Ledersessel, lief immer noch der alte Fernseher. Der Ton war ausgeschaltet, doch Ablon konnte mehrere seltsame Aufnahmen von Raketen und Bomben erkennen, und kurz darauf sprach eine Journalistin an einem Studiotisch ins Mikrofon. Um diese Zeit wurden keine Nachrichten, sondern nur Sondermeldungen ausgestrahlt. Rasch stellte er den Ton lauter. Er schaltete mehrmals um, aber alle Sender zeigten dasselbe Bild.

»Vor einer halben Stunde ist es passiert«, informierte die Reporterin. »Peking wurde von einer Rakete mit einem hundert Megatonnen schweren Sprengkopf getroffen, die den gesamten Stadtbereich zerstörte. Von der Wucht waren auch andere Städte sowie der Golf von Bo Hai betroffen. Mindestens dreißig andere Ortschaften wurden in Mitleidenschaft gezogen, und die Strahlung hat bereits die Mongolei erreicht«, sagte die Reporterin mit zitternder Stimme und sichtlich erschüttert. »Die Schäden lassen sich bislang nicht beziffern.«

Auf dem Bildschirm waren Bilder von Washington zu sehen, und die Stimme der Reporterin ertönte aus dem Off: »Die Staatschefs von Amerika und Europa haben dazu noch nicht Stellung genommen, aber die Östliche Allianz behauptet, sie habe Beweise dafür, dass der Angriff von einer der Basen der Liga von Berlin im Pazifik ausging, und kündete heftige Vergeltung an. Das Außenministerium ...«

Ablon zog den Stecker.

Die erste Posaune! Jetzt wurden ihm Korrigans Worte klar. Die Sieben Siegel waren bereits geöffnet worden. Die Anzeichen erschöpften sich mit jedem Augenblick und ließen den Siebten Tag näher rücken.

Wie Luzifer erklärt hatte, waren die Sieben Posaunen und die Sieben Siegel der Apokalypse nichts anderes als Anzeichen, Hinweise auf das Ende der Zeiten und das bevorstehende Armageddon. Der Morgenstern hatte auch von Nuklearwaffen gesprochen, aber

Ablon hatte nicht damit gerechnet, dass sie so schnell eingesetzt würden und der Weltkrieg so bald ausbrechen würde. Widerwillig musste er sich eingestehen, dass der Dunkle Erzengel ein Visionär war. Seine Wahrnehmung der Dinge, ob weltlicher oder geistiger, war wirklich unglaublich.

Das Geheimnis war nun zum Teil enthüllt. Der Ton, den der Krieger wenige Minuten zuvor beim Angriff auf den Schwarzen Engel gehört hatte, stammte tatsächlich von der Ersten Posaune. Vor Urzeiten hatte ein Prophet diese Bezeichnung für das Ereignis eingeführt: »Der erste Engel blies seine Posaune. Hagel und Feuer, mit Blut gemischt, fielen auf die Erde«, heißt es in der Bibel, Apokalypse 8,7. Es war nicht nur ein *Posaunenstoß*, sondern das entsprechende Gegenstück dazu, das den Schleier der Wirklichkeit immer mehr zerriss. Hunderttausende Seelen, die der Explosion zum Opfer gefallen waren, kamen gleichzeitig durch die Membran, und die Schwingung war so heftig, dass sie die Grenze zur geistigen Welt erschütterte und praktisch zerstörte.

Wahrscheinlich hatte der Engel mit den Schwarzen Flügeln genau gewusst, wann die Posaune erklingen würde, und den richtigen Zeitpunkt gewählt, um mit Shamira zu entkommen. Aber wieso kannte er all diese Einzelheiten? Wie hatte er so sicher sein können, wann genau die Detonation stattfinden würde?

Die Antworten warfen nur noch mehr Zweifel auf, sodass Ablon die Gedanken daran vertrieb.

Die Apokalypse war gekommen, der Krieg unter den Menschen hatte begonnen. Der Tag der Abrechnung würde nicht mehr lange auf sich warten lassen.

Hoffnung keimte in seinem leeren Herzen auf, und ihm wurde bewusst, dass er sich endlich wieder auf den Weg des Lichts zurückbegeben musste. Shamiras Worte hallten in ihm nach, gleich einer Kerze in der Dunkelheit: *Ich dachte mir, es wäre vielleicht an der Zeit, den Cherub, der mich gerettet hat, wieder zum Leben zu erwecken.*

Danach vermeinte er Orions Stimme zu hören: *Dein ganzes Leben lang hast du gekämpft, General. Du kannst jetzt noch nicht aufhören.*

Und wieder einmal wurde Ablon klar, dass er nicht nur für sich, sondern für seine Freunde kämpfte, für diejenigen, die er liebte, und für alle, die ihm auf die eine oder andere Weise vertrauten. Er kämpfte für den Gott Jahwe, wo dieser auch sein mochte. Und nicht nur das: Er kämpfte für eine Sache, er schlug sich, um das zu verteidigen, was er für richtig und gerecht hielt, und um die großartige Schöpfung des Allerhöchsten zu bewahren.

Langsam ging er zu Shamiras Koffer und öffnete ihn. Darin lag, völlig beschädigt, als wäre es ein Skelett aus Metall, die Heilige Rächerin, seine himmlische Waffe, im Kampf geführt, als er als General noch Legionen befehligt hatte, aus zahllosen Schlachten vertraut. Da lag sie, vermodert, verrostet, voller Risse und teilweise von einer steinernen Seepocke überwachsen.

Das Schwert lebt nicht ohne den Cherub, und der Cherub lebt nicht ohne sein Schwert.

Ablon nahm die Rächerin in beide Hände und berührte den Griff der Waffe.

Plötzlich zerbröckelte die steinerne Hülle und löste sich auf wie Rauch in der Luft. Die Risse in der Metallklinge schlossen sich von allein, der Griff begann wieder zu glänzen. Der Stahl funkelte, auf der Oberfläche der Klinge wurden die geheimnisvollen Inschriften wieder sichtbar. Ablon spürte die machtvolle Aura des Schwerts, das im Grunde der Kanal für seine eigene Energie war.

Er brauchte sich nicht zu verstecken. Dafür gab es keinen Grund mehr.

Er und die Heilige Rächerin waren wieder vereint.

Der Erste General war wiedergeboren.

ZWEITER TEIL

Der Zorn Gottes

8 Der Meister des Feuers

Feuerzitadelle, mittlerer Bereich des Ersten Himmels

Eingehüllt in die Dämpfe des Tempels, kniete der Erzengel Gabriel gedankenversunken auf dem marmornen Fußboden. Seine heitere Miene ähnelte dem Morgentau auf den Blättern der Pflanzen, wenn die ersten Sonnenstrahlen sie berühren. Sein langes, honigfarbenes Haar war zu einem langen Zopf geflochten. Der schlanke, aber muskulöse Körper steckte in einer wunderschönen goldenen Rüstung, deren Platten nicht nur den Rumpf, sondern auch Beine und Arme bedeckten. Auf den Schulterklappen lag ein weißer Umhang, der in der Mitte geteilt war, sodass die Flügel nicht in ihrer Bewegung behindert wurden. Eine Handbreit vor ihm lag die Geißel des Feuers, das flammende Schwert, mit dem er einst Luzifer und seine Anhänger aus der göttlichen Wohnstatt vertrieben hatte.

Der Tempel der Harmonie war ein riesengroßer Saal, ganz aus hellem Stein gearbeitet und von dicken, hundert Meter hohen Säulen getragen. Siedend heißes Wasser bedeckte den Boden, bis auf eine Brücke, die zum Podest des Engels führte. Während die reine Flüssigkeit verdampfte, erfüllte sie alles mit heißen, lindernden, angenehm duftenden Dämpfen. Der Nebel behinderte die Sicht, doch durch Öffnungen im Dach fielen vereinzelte Lichtbündel, die die Dunkelheit durchdrangen.

Der Tempel war das Hauptgebäude der Feuerzitadelle, der öffentliche Mittelpunkt des Ersten Himmels. Hier lebte die Engelskaste der Ischim, die über die Naturelemente herrschte. Die Zitadelle lag im Krater des größten Vulkans des Paradieses, dem Neptunia. Vier massive, mit Haken an den Vulkanhängen befestigte Ketten hielten einen schweren Felsblock, auf dem die Festungsstadt erbaut worden war. Nur wenige Meter weiter unten brodelte die Lava. Gabriels Getreue streiften durch die Umgebung und hielten nach Eindringlingen – Engeln oder Dämonen – Ausschau. In einer fernen Vergangenheit hatte in der Feuerzitadelle Amael, der Herr der Vulkane, geherrscht, sich später jedoch Luzifer angeschlossen und die Macht an seinen Schüler Asiel, die Heilige Flamme, übergeben. Als die Einheit der Erzengel allmählich bröckelte, sollte Asiel den Tempel Gabriel überlassen und damit seinen Engeln Schutz gewähren, die nicht mehr im Fünften Himmel unter dem tyrannischen Unterdrücker Michael leben wollten.

Mit geschlossenen Augen, die Hände auf die Knie gelegt, atmete Gabriel den heißen Dampf ein. Er entspannte sich, versuchte, das Universum zu spüren und die Unendlichkeit des Kosmos mit seiner pulsierenden Aura zu berühren. Während er konzentriert dasaß, fühlte er, dass jemand in der Nähe war, und schlug die herrlichen braunen Augen auf. In aller Ruhe beobachtete er, wie sich ein Besucher über die Marmorbrücke näherte. Es war die Heilige Flamme, der Ischim Asiel, den er gerufen hatte. Leichtfüßig und nahezu lautlos kam er auf ihn zu. Er trug eine dünne Tunika aus Seide und Baumwolle, das lange schwarze Haar reichte ihm bis zum Gürtel. Seine Haut war so weiß wie seine Flügel, die Augen tiefschwarz wie die Nacht.

Asiel wagte sich nicht auf das Podest und kniete deshalb in einiger Entfernung vor seinem Gebieter nieder. Zwischen ihnen lag die Geißel des Feuers mit knisternder Klinge – bereit, jeden unerwünschten Eindringling zu enthaupten.

»Ich komme, um Euren Befehl zu vernehmen, Meister des Feuers« – so lautete der wichtigste Titel des Erzengels Gabriels, der für seine Herrschaft über die Flammen berühmt war. »Wie kann ich Euch helfen?«

»Ablon ist immer noch am Leben«, sagte der Riese ohne Umschweife.

»Ja. Ich habe die Emanationen seiner Aura gespürt.«

Der Meister des Feuers atmete den wärmenden Nebel ein und sah seinen Untergebenen an. »Der Abtrünnige Engel hat seine Anwesenheit unzählige Jahrhunderte lang geheim gehalten, wahrscheinlich damit ihn Michaels Beauftragte nicht finden. Aber jetzt hat sich die Aura seines Herzens erneut ausgedehnt. Und diese Energie ist so stark, dass sie sogar hier, im Ersten Himmel, spürbar war.«

Zweifelnd wiegte Asiel den Kopf. »Das verstehe ich nicht, Meister. Warum sollte er so etwas tun? Gerade jetzt, wo das Siebte Siegel geöffnet wurde … Ich dachte, er warte auf das Jüngste Gericht, um erst dann Rache zu nehmen.«

»Ich würde sagen, es ist ein Hilferuf«, antwortete Gabriel. »Ablon bittet uns um Unterstützung. Und auch wir brauchen seine Hilfe.«

»Aber vielleicht weiß er nichts von unserer Existenz. Woher sollte er wissen, dass wir uns von Michael getrennt und ein eigenes Heer aufgestellt haben? Ablon ist ein Flüchtling und irrt unerkannt auf der Erde herum – wie sollte er erfahren haben, was aus uns geworden ist?«

»Das stimmt, Asiel. Ja, vielleicht weiß der General nicht einmal selbst, dass seine Ideen den Himmel gespalten und den Keim für diese persönliche Fehde gelegt haben. Aber er ist sicherlich immer noch davon überzeugt, dass es Engel gibt, die seine Ideale stützen. Und genau für sie dehnt der Cherub jetzt seine Aura aus. Er zählt auf sie, und deshalb müssen wir ihm entgegenkommen.«

Nach diesen Worten schwieg der Erzengel eine Minute lang. Dann nahm er die Geißel des Feuers und vertiefte sich lange in die Betrachtung der Klinge. Genau wie Ablon hatte auch Gabriel Angst zu vergessen – Dinge zu vergessen, die er erlebt hatte, und vor allem Dinge, die er gelernt hatte. Dieses Schwert war sein Zeuge und sollte ihm dabei helfen, sich an einstige Irrtümer zu erinnern und ihn zu zwingen, sie nicht zu wiederholen.

Asiel wartete geduldig, bis sein Meister wieder das Wort ergriff.

»Schicke unsere Truppen in die ätherische Ebene und stelle sie in der Nähe der Zitadelle von Zion auf, der Bastion unserer Feinde«, befahl Gabriel. »Alles deutet darauf hin, dass der letzte Kampf tatsächlich auf der Erde ausgetragen wird – allerdings nicht auf der physischen Ebene, sondern in der geistigen Welt. Wer diesen Krieg gewinnt, wird für die Herrschaft über Haled bürgen.«

»Unsere Späher berichteten, dass ein Engel mit schwarzen Flügeln ein Menschenwesen nach Zion gebracht hat, wahrscheinlich eine Magierin«, fügte der Ischim hinzu.

»Vielleicht ist es Shamira, die Hexe von Endor. Ich habe erfahren, dass Ablon sie in Babylonien gerettet hat. Wenn sie es wirklich ist, dann fügt sich alles zusammen. Ablon braucht unsere Hilfe, um sie zu befreien.«

»Warum sollte Michael denn ein Menschenwesen entführen?«

»Die Absichten meines Bruders lassen sich nur schwer vorhersehen. Ich bin ein Erzengel, aber auch ich weiß nicht alles. Ja, ich weiß viel weniger, als ich zu wissen meinte. Aber das Einzige, was ein Irdischer besitzt und was Engeln fehlt, ist die Seele.« Gabriel geriet kurz ins Träumen und fügte dann energisch hinzu: »Führe die militärischen Manöver aus und übergib das Kommando Baturiel, dem Rechtschaffenen. Gehe dann Ablon entgegen und bring ihn ins Lager unserer Truppen. Ich habe erfahren, dass sie früher gute Freunde waren. Er ist einer der wenigen, den der Krieger bewundert.« Nach einer neuerlichen Pause fuhr er fort: »Auf dem Berg Horeb gibt es eine Pforte in die ätherische Ebene. Durch sie kann Ablon kommen, auch wenn er in seinem Avatar gefangen ist. Ich werde hier auf ihn warten. Siéme aus der Kaste der Seraphim wird dich auf dieser Reise begleiten.«

Das ärgerte Asiel insgeheim, doch er ließ sich nichts anmerken. Das Problem war nicht der Auftrag, sondern seine Begleiterin. Er hatte nichts gegen Siéme persönlich, aber die kalte, berechnende Art der Seraphim machte ihn manchmal wütend. Nicht, dass es bösartige Engel waren – nur waren sie allzu sehr von sich selbst überzeugt. Aber er machte ihnen keinen Vorwurf. So waren sie eben. Seraphim waren Politiker, Diplomaten und Berater – dafür wurden sie erschaffen. Sie übernahmen von Natur aus gern das Kommando, und es fiel ihnen schwer, Befehle zu empfangen und anderslautende Meinungen zu akzeptieren. Sie versuchten ständig, andere von ihrem eigenen Standpunkt zu überzeugen, und waren unbeugsam – und genau das hasste Asiel am meisten.

»Der Abtrünnige Engel ist das Element, das bei unseren Vorhaben noch gefehlt hat, Asiel«, erklärte der Meister des Feuers. »Nur er kann unser Heer beim Armageddon anführen.«

»Ja, Meister«, antwortete der Ischim und verbeugte sich respektvoll. Als er sah, dass sein Gebieter zu Ende gesprochen hatte, wandte er sich um und verließ den Tempel der Harmonie.

Gabriel sah der Heiligen Flamme nach, legte die Geißel des Feuers wieder vor sich ab, schloss die Augen und begann, mit den Händen auf den Knien, wieder zu meditieren. Bevor er in mystische Trance fiel, murmelte er vor sich hin: »Endlich kannst du für dein Ideal kämpfen, General. Deine Revolte war nicht vergebens.«

Dann kehrte er in die Harmonie des Kosmos zurück.

Asiel und Siéme

In den ersten Morgenstunden, noch bevor sich die Sonne am Horizont zeigte, trafen Asiel und Siéme auf der Erde ein. Für ihre Reise zwischen den Dimensionen hatten sie einen Wirbel benutzt, der den Ersten Himmel mit einem Strand in der Astralebene verband, ganz in der Nähe der Stadt, von der am Vorabend die Emanationen des Abtrünnigen Engels ausgegangen waren. Sie waren durch die Astralebene übers Meer geflogen und, sobald sie die Straßen der Metropole erreicht hatten, zwischen den Gebäuden hindurchgeschlüpft, bis sie auf eine Sackgasse stießen, in der der Schleier der Wirklichkeit dünner war. Daraufhin hatten sie sich materialisiert und waren endlich in der physischen Welt angekommen.

Es gibt viele verschiedene geheimnisvolle Verbindungen zwischen den einzelnen Dimensionen. Die wichtigsten sind die Pforten, Wirbel und Scheitelpunkte. Die am häufigsten genutzten sind die Pforten. Sie verbinden die oberen mit den unteren Reichen, zum Beispiel Himmel und Hölle, oder die ätherische direkt mit der materiellen Ebene. Eine Wesenheit, die dieses Eingangstor passiert, muss keine Energie aufwenden, um sich zu materialisieren – mithilfe ihres geistigen Körpers tritt sie in die angrenzende Dimension ein, ohne dazu einen Avatar bilden zu müssen. Genauso kann ein menschliches Wesen mit seinem physischen Körper auf eine andere Daseinsebene gelangen, ohne dass es seinen Geist projizieren muss. Ständige Pforten gibt es nur sehr wenige, deshalb werden sie von Geschöpfen aus den Dimensionen bewacht, mit denen sie verbunden sind. Menschen, die Magie praktizieren, haben Rituale entwickelt, um Pforten zu öffnen, doch sie stehen aufgrund stellarer Konjunktionen, klimatischer Gegebenheiten oder weil das Opfermaterial zur Neige geht, nur für eine begrenzte Dauer offen.

Bösartige Zauberer öffnen häufig Pforten, um Dämonen in ihren schrecklichen geistigen Gestalten zu beschwören und sie für die Arbeit mit Toten zu benutzen. Es gibt noch ein paar weniger bedeutende Pforten, welche die materielle Welt mit der ätherischen Ebene verbinden, doch sie werden selten benutzt.

Wirbel sind ähnliche Verbindungspunkte wie Pforten, verflechten aber ein beliebiges oberes oder unteres Reich mit der Astral- oder der ätherischen Ebene – doch niemals mit der physischen.

Sobald sich der Reisende in der Astral- oder der ätherischen Ebene aufhält, muss er sich materialisieren, um den Schleier der Wirklichkeit zu durchdringen und in die materielle Welt zu gelangen.

Der Wirbel, den Asiel und Siéme benutzten, war die Verbindung zwischen dem Ersten Himmel und der Astralebene an einem Strand in der Nähe von Rio de Janeiro.

Scheitelpunkte schließlich sind keine echten mystischen Übergänge, sondern Orte, an denen sich die Dimensionen überschneiden. Es gibt sie sowohl auf der materiellen wie der ätherischen Ebene, und sie können gleichermaßen von Menschen wie auch von Wesenheiten in ihrer geistigen Form benutzt werden. Natürlich existieren Scheitelpunkte an umgrenzten Räumen, etwa in kleinen Höhlen, Tempeln und alten Gewölben. An heiligen Stätten ist die Dichte des Schleiers der Wirklichkeit nahezu null, während die Membran an den Scheitelpunkten eine Minusdichte hat, sodass die beiden Dimensionen miteinander verschmelzen können.

Asiel, die Heilige Flamme, und Siéme, die Meisterin des Geistes, traten gleich neben der alten Pension, in der sich Ablon eingerichtet hatte, aus der Sackgasse. Siéme fühlte sich unwohl in ihrer physischen Hülle, denn Seraphim sind Aufenthalte auf Haled nicht gewohnt – das Zentrum ihrer Tätigkeiten, die in erster Linie politischer Natur sind, befindet sich nämlich in den Sieben Himmeln.

Dennoch stand ihr Avatar in Bezug auf Eleganz und Pracht ihrem geistigen Körper in nichts nach. Sie war eine schöne Frau mit silbrigem Haar und wohlgeformtem Körper, feinem Gesicht und ernstem Ausdruck und dazu tadellos gekleidet: mit einem Lederparka, hohen Stiefeln und verspiegelter Sonnenbrille, die ihre blauen Augen schützte.

»Ich fühle nichts«, sagte Siéme zu Asiel mit dem für Seraphim typischen Selbstvertrauen, das an Arroganz grenzte. »Keine Emanation. Bist du sicher, dass wir hier richtig sind?«

»Auf jeden Fall«, erwiderte Asiel. »Ich habe die Essenz des Generals letzte Nacht selbst wahrgenommen.«

Es war gegen sechs Uhr morgens, und in den umliegenden Stadthäusern und niedrigen Gebäuden hatte die städtische Geschäftigkeit noch nicht ihren Höhepunkt erreicht. In ein, zwei Stunden würden die Geschäfte öffnen, die Straßenhändler würden auf die Straßen strömen und der Verkehr dichter werden. Im Moment war nur eine Gruppe Müllmänner unterwegs, um die Abfälle zusammenzukehren, die der Regen am Vorabend in die Rinnsteine gespült hatte. Vereinzelte Gestalten nahmen Abkürzungen, um weiter vorn bei einem der großen Boulevards in die U-Bahn zu steigen.

»Sieh mal!« Siéme deutete auf das Hotel *Montenegro* und die zerbrochene Fensterscheibe von Ablons Appartement. »Jemand hat das Fenster eingeschlagen. Auf dem Boden liegen Glassplitter!« Fast wäre sie auf die winzigen Teilchen auf dem nassen Asphalt getreten. »Das sind Kampfspuren. Hier hat heute Nacht ein Kampf stattgefunden.«

»Ja«, pflichtete Asiel ihr bei. Die Heilige Flamme gab ein völlig anderes Erscheinungsbild ab als Siéme. Sie trug schlichte, helle Kleidung, die ihren schwarzen Haarschopf hervortreten ließ. »Riechst du irgendetwas?«

»Ich bin ein Seraph, Asiel, kein Cherub mit Raubtierinstinkten. Das Einzige, was ich rieche, ist der ganze Dreck hier.« Verächtlich blickte sie auf den Moder im Rinnstein. »Aber ich bin auch neugierig. Ich kann besser als jeder andere die Schwingungen im Schleier wahrnehmen, und im Moment nehme ich überhaupt nichts wahr. Entweder versteckt der Abtrünnige Engel seine Aura, oder *er* ist das Opfer der Auseinandersetzung, die hier stattfand.«

»Sei nicht töricht, Siéme. Wenn er gestorben wäre, hätten wir die Explosion seiner pulsierenden Aura nicht gespürt.«

Sie überhörte seine Worte. »Wie auch immer … Schluss jetzt mit Vermutungen. Wir gehen rauf und sehen nach. Ich habe keine

Lust, die ganze Zeit auf Haled vor dieser Spelunke zu verbringen.« Damit lief sie auf die Tür der Pension zu und betrat das Gebäude.

Asiel rannte hinterher.

Die Tür zu Ablons Wohnung im obersten Stock stand halb offen. Siéme stieß sie vorsichtig auf und warf einen forschenden Blick hinein. Drinnen herrschte vollkommenes Chaos. Regale waren umgestürzt, auf dem Boden lagen Dutzende antiker Gegenstände verstreut. Ein schwerer Mahagonitisch war zertrümmert worden, und seine Einzelteile lagen in einer Ecke des Raums, zusammen mit Glassplittern. Auch die Stromleitungen waren beschädigt, aber das Sonnenlicht, das durchs Fenster drang, reichte noch aus, um alles zu erhellen. Dies alles beachtete Siéme nicht, denn sie suchte nach geheimnisvollen Anzeichen. Da sie keinen Hinweis auf den Abtrünnigen fand, betrat sie das Zimmer, in dem ihr sofort die veränderte Atmosphäre auffiel. »Magie!«, stieß sie gepresst hervor.

»Was?«, fragte Asiel dicht hinter ihr.

»Sie haben diesen Ort mit Magie in ein Heiligtum verwandelt. Merkst du nicht, dass der Schleier hier unglaublich dünn ist?«

Die Heilige Flamme stand nun neben ihr und spürte die Veränderung ebenfalls. »Ja, das ist ein gutes Zeichen. Also muss die Hexe von Endor hier gewesen sein. Wir sind auf der richtigen Fährte. Aber wo ist …«

Plötzlich verstummte der Ischim. Bevor sie reagieren konnten, tauchte Ablon hinter ihnen aus dem Schatten auf und setzte Siéme gebieterisch die Klinge der Heiligen Rächerin in den Nacken. Die Meisterin des Geistes spürte die eisige Berührung des Stahls, ihr kaltes Seraphimblut stockte.

Asiel wurde klar, dass Ablon die ganze Zeit hier versteckt gewesen war und nur darauf gewartet hatte, sie zu überrumpeln. Selbst in diesem hell erleuchteten Raum war es ihm gelungen, unentdeckt zu bleiben, und das beeindruckte ihn. Widersprüchliche Gefühle bestürmten Asiel. Er war froh, seinen Freund wiederzusehen – aber gleichzeitig musste er ihn so schnell wie möglich davon überzeugen, dass Siéme keine Feindin, sondern eine Verbündete war. Die abtrünnigen Engel, und vor allem ihr Anführer, waren ziemlich misstrauisch – nicht verwunderlich für eine kleine Schar Flüchtlinge, die zeit ihres Lebens meist verfolgt worden war.

»Asiel«, rief Ablon herzlich, doch mit fester Stimme, und fügte hinzu, ohne Siéme aus den Augen zu lassen: »Du bist willkommen.«

Durch diesen Empfang fühlte sich Asiel erleichtert, doch ein Problem musste er noch lösen: Die Schwertklinge hatte sich keinen Millimeter wegbewegt.

»Ablon … Viele von uns im Ersten Himmel haben die kosmische Ausdehnung deiner Aura wahrgenommen, und deshalb sind wir hier. Wir möchten dir unsere Unterstützung anbieten. Ich glaube, wir wissen, wohin sie die Hexe von Endor gebracht haben und wer sie gefangen nahm«, sagte er aufrichtig. »Du brauchst dir keine Sorgen zu machen. Du kannst mir vertrauen.«

»Ich vertraue dir, Asiel. Aber wer ist *sie*?«, fragte er mit einem Blick auf Siéme.

»Das ist …«

Mutig drehte sich die Engelsfrau langsam um und blickte dem General direkt in die Augen. Jetzt schwebte das Schwert drohend vor ihrer Kehle. Sie nahm ihre verspiegelte Sonnenbrille ab und starrte Ablon fest an. »Ich bin Siéme, die Meisterin des Geistes, aus der Kaste der Seraphim«, stellte sie sich vor. »General, wir haben nach dir gesucht, nicht um über dich zu richten, sondern weil wir beschlossen haben, dir zu folgen. Es ist uns gelungen, deine Fährte ausfindig zu machen. Wie viele andere glauben wir an deine Ideale und sind bereit, dafür zu sterben. Ich weiß, dass wir Seraphim in der Kampfeskunst nicht so schnell und erfahren sind wie ihr Cherubim, aber ich stelle dir meine psychischen Fähigkeiten zur Verteidigung unseres Anliegens zur Verfügung.« Sie senkte den Kopf, wandte den Blick ab und legte damit ihr Schicksal in die Hände des Kriegers.

Seraphim kannten sich mit Politik und Redekunst sehr gut aus. Asiel glaubte nicht, dass Siéme log – ganz im Gegenteil: Er wusste, dass sie für dieselbe Sache kämpfte wie er. Es kam ihm auch nicht in den Sinn, sie könnte eine Spionin oder Ähnliches sein. Vielmehr vermutete er, dass der allzu respektvolle Ton ihrer Rede ein diplomatischer Schachzug war, mit dem sie sich aus ihrer misslichen Lage befreien wollte. Unter einer Schwertklinge wurden selbst die Seraphim viel demütiger.

Ablon war scharfsichtig und hatte in all den Jahren, in denen er immer wieder auf einen Betrug hereingefallen war, gelernt, in den Gesichtern der anderen die Wahrheit zu lesen. Diese Geschicklichkeit hatte er als Soldat entwickeln müssen, um seine Feinde zu erkennen. Dies und der Verrat in der Vergangenheit hatten ihn daran gehindert, mit Luzifer zu paktieren. Also entschied er sich dafür, Siémes wohlgesetzten Worten Glauben zu schenken. Er mochte die Seraphim zwar nicht besonders, aber die Tugenden dieser Kaste waren unleugbar. Wenn sich die Himmelsbewohnerin ihm unterworfen hatte – was Seraphim selten tun –, dann, weil sie an die Aufrichtigkeit des Generals glaubte.

»Sehr gut, Siéme«, sagte er und ließ das Schwert sinken. »Ich nehme deine Hilfe an. Erschrick nicht vor meinem Verhalten. Du musst verstehen, es gibt immer noch viele, die mich gern aus dem Weg schaffen würden, trotz der verworrenen Situation.«

»Es ist nicht verwunderlich, dass du so auf der Hut bist«, ließ Asiel verlauten, während sich die Spannung legte.

»Genau deshalb bin ich noch am Leben«, fügte Ablon hinzu. Jetzt musste er seine Aura nicht mehr zurückzuhalten und ließ sie erneut ausstrahlen.

Siéme und Asiel nahmen die starke Emanation in ihrem ganzen Ausmaß wahr. Ihnen wurde bewusst, dass Ablon wirklich der Einzige war, der damals den tollkühnen Aufstand hatte anführen können, der ihn so berühmt gemacht hatte. Es war eine intensive, einhüllende, inspirierende Kraft und jemandes würdig, der in die höchsten Machtkreise aufgestiegen war.

Ablon trat zurück, hob zwischen den Regalen ein paar lose Stofffetzen vom Boden auf und verbarg die Heilige Rächerin darin.

Sensitiv, wie Siéme war, hatte sie die unmerklichen Veränderungen im Schleier der Wirklichkeit wahrgenommen. »Ich spüre die Reste einer schrecklichen Energie in diesem Raum, aber ich kann ihr genaues Wesen nicht ausmachen – eine seltsame, geheimnisvolle Kraft.«

»Der Schwarze Engel«, erklärte Ablon, während er das Stoffbündel verschnürte. »Eine Kreatur unbekannter Herkunft, die sich Engel des Bodenlosen Abgrunds nennt«, ergänzte er und verknotete die Schnur an den beiden Enden des Bündels, damit er es später auf dem Rücken tragen konnte. »Gestern Nacht war er mit zwei Cherubim hier und hat Shamira entführt, als die Erste Posaune ertönte.« Wieder wanderte sein Blick zur Heiligen Flamme. »Asiel, du sagtest, du wüsstest etwas darüber.«

»Ja.«

»Ich will alles erfahren. Aber zuerst verlassen wir diesen Raum. Das Heiligtum, das hier war, wurde entweiht«, erklärte er den beiden, während er auf die Tür zuging. »Kommt mit. Ich weiß, wo man gut frühstücken kann.«

»Frühstücken?«, fragte Siéme Asiel im Flüsterton, weil sie sich mit weltlichen Dingen nicht auskannte.

»Das ist so etwas wie ein menschliches Essensritual«, klärte er sie auf.

»Ach so.« Die Himmelsbewohnerin war noch nicht oft auf Haled gewesen und wusste praktisch nichts über die Gewohnheiten der Sterblichen. Zum Glück würde sie als Meisterin des Geistes rasch lernen.

EINE BEEINDRUCKENDE OFFENBARUNG –
DIE PERSÖNLICHE FEHDE

Ablon führte Asiel und Siéme durch sechs Stadtviertel bis zu einem der Hauptboulevards. Auf dem Weg dorthin berichtete er der Heiligen Flamme, was ihm seit den Anzeichen der Apokalypse widerfahren war – von seiner Begegnung mit Orion bis zu Shamiras Entführung.

Nach einer Weile hatten die Himmelsbewohner das Viertel mit den alten Stadthäusern hinter sich gelassen und befanden sich nun in einem modernen Stadtteil mit Wolkenkratzern aus Glas und Beton. In verwahrlosten Ecken im Schatten von Prachtbauten standen denkmalgeschützte Barockkirchen verborgen. Ihre Fassaden waren schwarz vor Dreck, die Balken hatten unter der Umweltverschmutzung gelitten und waren praktisch zerfallen.

Der Betrieb auf den Straßen nahm zu, sobald die Geschäfte öffneten. Es war kurz vor acht Uhr am Morgen, und die Temperatur stieg um fünf Grad. Im Osten ging die Sonne als Feuerball auf und war nun schon von den Häuserdächern aus zu sehen. Zu Siémes Leidwesen wurde es immer schwüler, je weiter sie ins Häuserlabyrinth vordrangen – dort konnte die Luft kaum zirkulieren. Es war so warm, dass sie ihren Parka ausziehen musste. Für sie waren Fragen, die den Körper betrafen, ganz neu, und das tropische Klima machte ihr besonders zu schaffen. Ihre unangenehmen Erfahrungen wurden jedoch durch neue, viel interessantere Entdeckungen wettgemacht.

Während Siéme die Menschenmassen beobachtete, die ihr die ganze Zeit über den Weg liefen, fiel ihr auf, wie schwach die psychischen Abwehrkräfte von Menschen waren. Die Gedanken der Sterblichen sprudelten aus ihrem Geist wie Quellwasser, und sie konnte sie mühelos hören: *Die Börse ist diese Woche um 2,3 Prozent gefallen. Mein Gott, jetzt gibt es ja wirklich einen Krieg. Ich muss die Kinder zum Training fahren. Ich glaube, der Supervisor wird nicht zufrieden sein. Für das Rezept brauche ich geschlagene Eier.*

Auf diese Weise hatte die intelligente Seraphine bereits eine beachtliche Menge Informationen über das Verhalten auf der Erde gesammelt und versuchte im Geist, all diese Gedanken zu ordnen, um dann deren wahre Bedeutung zu entschlüsseln.

Sie kamen an einem Zeitungsstand vorbei, um den sich ungewöhnlich viele Menschen geschart hatten. Obwohl sie zu spät zur Arbeit kommen würden, konnten einige von ihnen nicht vorbeigehen, ohne rasch einen Blick auf die Frontseite der dort aufgehängten Zeitungen zu werfen. In allen Schlagzeilen war die Rede vom Atomangriff auf Peking in der letzten Nacht. Noch war der Weltkrieg nicht offiziell erklärt worden, aber alle glaubten, es werde bald so weit sein – man rechnete mit einem blutigen Vergeltungsschlag aus dem Osten, der vermutlich von einem der Militärposten der Liga von Berlin im Pazifik ausgehen würde. Die Boulevardpresse warnte vor dem bevorstehenden »Weltuntergang«, während in gemäßigteren Zeitungen stand, die sogenannten neutralen Länder wie Brasilien stünden nicht in der Schusslinie. Interviews mit Wissenschaftlern bestätigten, dass die Zerstörungskraft dieser neuen Waffen um ein Vielfaches stärker war als die jener, die im Zweiten Weltkrieg Hiroshima und Nagasaki vernichtet hatten. Ihren Worten zufolge konnte eine einzige Rakete ein ganzes Land dem Erdboden gleichmachen.

Der Chor – so nannten die Himmelsbewohner eine Gruppe aus drei oder mehr Engeln – ging noch einen Häuserblock weiter und betrat eine kleine Cafeteria, die tief in das Gebäude hineinreichte. Schon von Weitem roch Ablon den Duft von Ebenholz. Er hatte dieses Café kurz nach seiner Ankunft in Rio de Janeiro ausfindig gemacht und sich dort schnell wohlgefühlt. Hier war es still, und er verbrachte dort den Großteil seiner freien Zeit. Abends und nach dem Mittagessen war allerdings mehr Betrieb – die Angestellten kamen auf eine Tasse Tee vorbei oder schauten auf ein Glas Whisky herein. Die antike Fassade war sicher über hundert Jahre alt. Als das Gebäude um 1900 eröffnet wurde, befand sich dort ein Hutgeschäft, später ein Zigarrenladen, und schließlich wurde daraus eine Cafeteria, in der Kaffee, Drinks und Imbisse serviert wurden. Im hinteren Teil der Bar wurde im Fernsehen leise ein Fußballspiel übertragen.

Die drei nahmen an einem Tisch am Fenster Platz, von hier aus hatten sie eine hervorragende Sicht auf die Straße und das Großstadtgewühl. Ablon bestellte bei der Kellnerin eine Dose Orangensaft und wartete ungeduldig darauf, dass sich die Frau entfernte, damit er ungestört reden konnte.

»Also, wo ist sie?«

»In der Festung von Zion«, antwortete Asiel. »Ein unbekannter Engel hat sie dorthin gebracht. Nach deiner Beschreibung handelt es sich tatsächlich um den Schwarzen Engel, denselben, der in dein Appartement eingedrungen ist.«

Die Festung von Zion – ein seltsamer Zufall, dachte Ablon.

»Was ist?«, erkundigte sich die Heilige Flamme, die bemerkte, dass Ablons Gedanken abschweiften.

Er kehrte in die Realität zurück. »Die Festung von Zion. Dorthin wollte Luzifer mich schicken, als er mir seinen Plan erläuterte.«

»Was wollte der Morgenstern denn von dir?«

Statt einer Antwort griff Ablon in seine Manteltasche und zog einen groben, ringförmigen Gegenstand aus festem Ton heraus. Er hatte einen Durchmesser von ungefähr zehn Zentimetern und zeigte ein von einem Ring umschlossenes Kreuz. Ablon legte es auf den Tisch. »Erkennst du diesen Gegenstand wieder?«

»Das ist der Schlüssel für eine der Dimensionspforten im Pfortensaal der Festung von Zion«, wusste Asiel. »Den Inschriften nach zu urteilen, würde ich sagen, dass man damit einen Wirbel zu den unterirdischen Reichen des Dunklen Erzengels öffnen kann. Hat Luzifer dir das gegeben?«

»Ja.«

»Sehr seltsam …«

»Warum?«

»Ich kann mir nicht erklären, wie er an diesen Gegenstand ge-kommen ist. Kein Dämon schafft es, in die Festung von Zion ein-zudringen.«

»Vielleicht war es ein Verräter.«

Asiel überlegte kurz. »Das glaube ich nicht. Selbst wenn ein Engel für Luzifer arbeiten würde, würde es ihm nie gelingen, diesen Schlüssel an sich zu nehmen. Natürlich kann der Teufel überall in Zion Spione haben, selbst wir haben ein paar. Aber in den Pforten-saal zu gelangen, heißt, dem Erzengel Michael gegenüberzustehen.«

»Also ist der Schlüssel vielleicht eine Fälschung?«

»Möglich ist es, aber ich glaube es nicht. Ich kann die Macht des Artefakts fühlen«, versetzte Asiel, während er mit dem Finger die geheimnisvollen Runen im Ton nachzeichnete.

Die beiden schwiegen einen Moment lang und versuchten, sich in Gedanken einen Reim auf das Geheimnis zu machen. Siéme verfolgte das Gespräch aufmerksam, schwieg aber und las derweil die Gedanken der Passanten auf der Straße. Sie hoffte, damit die Welt, in der sie sich aufhielt und über die sie rein gar nichts wusste, besser zu verstehen.

Die Sitzung fängt gerade an. O nein! Ein Freund von mir lebt in Peking. Puh, was für eine Nacht! Ich glaube, ich kaufe mir ein Lenkradschloss. Ah, er ist großartig! Die werden eine Bombe auf uns abwerfen.

»An diesem Rätsel gibt es ein Teilchen, das nicht dazu passt, Asiel«, befand Ablon besorgt.

Der Ischim nickte nur. Auch ihm fiel nichts ein, was die Situa-tion geklärt hätte.

Der General steckte den Schlüssel wieder in die Manteltasche. Dann wandte er sich der Heiligen Flamme zu und knüpfte an ihr Gespräch an. »Mit oder ohne Schlüssel – meinst du, du kannst mir helfen, Shamira zu retten?«

»Ich nicht, aber vielleicht Gabriel.«

»Gabriel?«, entfuhr es Ablon. Jetzt war es an ihm, sich über die Worte seines Freunds zu wundern. »Gabriel ist ein Erzengel! Die Erzengel sind unsere Feinde!«

Asiel wechselte einen Blick mit Siéme, die sich daraufhin in die Unterhaltung einschaltete. Bisher hatten sich die beiden Himmelsbewohner noch gar keine Gedanken darüber gemacht, seit wann Ablon schon auf der Erde war und dass er von den Ereignissen im Himmel wirklich nichts wusste. Zum ersten Mal ergriff die Meisterin des Geistes das Wort: »Seit du nach Haled verbannt wurdest, ist viel geschehen, General.«

»Ich glaube, du hast mehr als zweitausend Jahre himmlischer Geschichte nicht mitbekommen«, ergänzte Asiel.

Wortlos machte es sich Ablon auf seinem Stuhl bequem und wartete darauf, dass die Gesandten ihm erklärten, was denn so Wichtiges während seiner Abwesenheit passiert war.

Asiel machte den Anfang. »Kurz nach der Vertreibung der Abtrünnigen befiel viele von uns ein eigenartiges Gefühl, eine Mischung aus Gewissensbissen und Verwirrung. Wir wollten an deiner Seite sein, unternahmen aber nichts, um Michael an deiner Verstoßung zu hindern. Und wir ergriffen auch nicht die Initiative, um deinen Kampf fortzusetzen. Vielleicht hatten wir Angst vor den Erzengel, oder es fehlte uns einfach eine eindeutige Führung … Ich weiß es nicht genau.«

Bei den letzten Worten wurde der Ischim von der Kellnerin unterbrochen, die eine Dose Orangensaft und drei Gläser brachte. Siéme analysierte das Gefäß, weil sie nicht wusste, wie man es benutzte oder wozu es diente. Ablon zog die Lasche zurück und schenkte den Freunden ein, aber die Seraphine verschmähte die gelbe Flüssigkeit. Für sie schmeckte sie nach nichts.

Als sie wieder allein waren, sprach Asiel weiter: »Manche von uns haben sich irrtümlich Luzifer angeschlossen, in der Hoffnung, die Rebellion des Dunklen Erzengels werde die Fortsetzung ihres eigenen Aufstands sein, nur mit mehr Erfolgsaussichten. Andere wie ich und Siéme erkannten die wahren Absichten des Morgensterns und wandten uns von ihm ab. Natürlich begrüßten viele die Revolution aus bösen, teuflischen Bestrebungen heraus. Als der Kampf im Himmel ausbrach, gab es nur zwei Möglichkeiten: Entweder man hielt zu Michael oder zu Luzifer. Ich habe mich auf die Seite des Engelsfürsten gestellt, obwohl ich erkannte, dass er ein Tyrann war – ich dachte, es würde schlimmer werden, wenn die Rebellen siegten.«

Ablon nippte an seinem Saft, ohne den Blick von Asiel abzuwenden.

»Luzifer stürzte zusammen mit seinen Verbündeten«, fuhr der Ischim fort. »Mit dem Sieg über die Aufständischen erstarkte Michael und begann, sich immer mehr hinter seiner Macht zu verschanzen. Von den fünf Erzengeln, die über das Paradies herrschten, waren nur noch vier übrig: Gabriel, Uriel, Raphael und der Engelsfürst. Von ihnen konnte es nur der Meister des Feuers mit dem Diktator aufnehmen, aber sein Desinteresse an der himmlischen Politik verhalf seinem Bruder auf den Thron. Ohne Luzifer, der sich ihm hätte widersetzen können, geriet das Kräfteverhältnis im Rat aus dem Gleichgewicht.«

»In dieser Situation«, warf Siéme ein, »sah es so aus, dass bald neue, leidvolle Katastrophen auf Haled und seine Bewohner zukommen würden.«

»Ja«, nickte Ablon.

»Ja«, sagte auch Asiel, »und genau das wäre über kurz oder lang auch geschehen. Doch dann passierte etwas, das den Machtkurs im Himmel ein für alle Mal verändern sollte.«

Interessiert stellte Ablon sein Glas ab.

»Vor ungefähr zweitausend Jahren geriet der bis dahin untätige Gabriel mit seinem Bruder in Streit. Ihre Meinungsverschiedenheiten betrafen das Schicksal des Heiligen Kindes. Michael wollte den Knaben umbringen, aber Gabriel war dagegen. Dies spaltete die Sieben Himmel für immer, und dadurch erhielt das Ideal der Verschwörung, das du und die Abtrünnigen gesät hattet, neuen Auftrieb. Der Erzengel Gabriel verließ den Himmlischen Palast und bat um Aufnahme in der Feuerzitadelle. Selbstverständlich hatte er meine volle Unterstützung. Eine legendäre, riesige Legion begleitete ihn. Alle in der Zitadelle brannten darauf, den Engelsfürsten zu stürzen und seiner Schreckensherrschaft über die Himmels- und Erdbewohner ein Ende zu bereiten. Sie wollten die Tyrannei beenden und die Sterblichen auf Haled beschützen.«

»Michael hat nie begriffen, dass auch die Menschheit zur göttlichen Schöpfung gehört«, sagte Ablon. »Wer ihr Leid zufügt, fügt auch einem Teil von Gott Leid zu.«

»Aber Michael gab sich nicht einmal nach diesen zwei Rebellionen im Paradies geschlagen. Durch seine Verbohrtheit wurden beide Seiten in seine persönliche Fehde hineingezogen. Der Vierte Himmel verwandelte sich in ein endloses Schlachtfeld, auf dem Heere mehr als tausend Jahre kämpften, ohne dass eine der beiden Seiten als Sieger daraus hervorging. Jeden Augenblick fiel eine Festung, und eine andere wurde erobert. Die Truppen waren, was ihr Kontingent und ihre Kenntnisse betraf, so ausgewogen, dass es nur winzige Fortschritte gab. Es gelang den Streitkräften des Tyrannen nicht, in den Ersten Himmel einzufallen und die Feuerzitadelle zu belagern, und unser Heer war unfähig, in den Fünften Himmel hinaufzusteigen und den Palast anzugreifen.«

»Aber mit der Apokalypse ändert sich alles«, war sich Siéme sicher.

Asiel nickte abermals, sichtlich bewegt. »Der Engelsfürst hat seine Operationsbasis in die Festung von Zion auf der ätherischen Ebene verlagert. Von dort aus will er mit der Beherrschung Haleds beginnen, sobald der Schleier der Wirklichkeit fällt. Er und seine Engelsgefolgschaft haben bereits rings um die Bastion Stellung bezogen. Aber dieses feindliche Manöver kam uns ironischerweise sehr gelegen. Anders als bei den Überfällen im Vierten Himmel, wo die Streitkräfte in Einzelkämpfen ihre Klingen kreuzten, werden sich die Armeen auf der ätherischen Ebene bis zum bitteren Ende, dem Armageddon, bekämpfen können. Und den Gewinnern winkt die Belohnung, das Erwachen des Allerhöchsten miterleben zu dürfen.«

Wütend verzog Ablon das Gesicht. Die Erwähnung des heiligen Namens weckte neue Besorgnis in ihm und warf Fragen auf, denen er bisher kaum Bedeutung beigemessen hatte.

»Woran denkst du, General?«, wollte Siéme wissen, die es vermied, seine Gedanken zu lesen.

»An etwas, das Luzifer mir sagte. Angeblich tüftelt Michael für den Dunklen Erzengel einen Plan aus, bei dem er die Energie, die beim Erwachen Gottes frei wird, dazu nutzen wird, um selbst göttlich zu werden.«

Asiel und Siéme sahen sich ungläubig an.

»Diese Vorstellung ist absurd«, widersprach der Ischim. »Glaubst du diesem Verräter wirklich?«

»Nein, aber ich muss zugeben, dass seine Worte durchaus Sinn ergeben. Meint ihr tatsächlich, dass Michael am Tag des Jüngsten Gerichts vor den Augen Gottes ungestraft davonkommt? Nein, er wird bestimmt als Erster verdammt. Außerdem verliert der Erzengel bei der Rückkehr Jahwes seine Entscheidungsgewalt. Diese Theorie hat übrigens nicht nur der Teufel geäußert. Eine Wesenheit, mit der ich mich unterhalten habe, hat dasselbe gesagt. Es fiel mir selbst schwer, es zu glauben, aber wenn man es recht bedenkt, ist es ziemlich schlüssig. Bloß verstehe ich nicht, warum Orion oder Luzifer mir nichts von der persönlichen Fehde und Gabriels Heer gesagt haben. Sicher hat der Dämon etwas ausgeheckt, dass er mir all diese Informationen vorenthalten hat.«

»Ja, das glaube ich auch«, sagte Asiel. »Der Morgenstern schmiedet ständig Ränke. Es war richtig von dir, kein Bündnis mit ihm einzugehen.«

»So etwas würde ich niemals tun, unter keinen Umständen. Aber wenn es sich um einen persönlichen Kampf zwischen Michael und Gabriel handelt, welche Rolle spielt dann Luzifer in diesem Krieg?«

Siéme sagte: »Bei seinem verdorbenen Charakter hofft er wahrscheinlich, dass sich die beiden Heere gegenseitig umbringen, und wird dann mit den vom Kampf erschöpften Siegern ein Abkommen treffen. Wir alle wissen, wie kriegslüstern unsere Feinde aus der Hölle sind, aber trotzdem besitzen sie nicht genügend Stärke, um es mit Engeln aufzunehmen, die in der Festung von Zion stationiert sind, oder mit unserer Legion, die vom Meister des Feuers angeführt wird.«

Der Meister des Feuers – das war der wichtigste Titel des berühmten Erzengels Gabriels, den er wegen seiner absoluten Macht über Hitze und Flammen trug. Der Einzige, der es mit ihm auf diesem Gebiet aufnehmen konnte, war Luzifer, der neben vielen anderen meisterhaften Kenntnissen auch Erfahrung in der Beherrschung der Elementarkräfte besaß. Außer diesem besaß Gabriel noch andere Beinamen, beispielsweise Der Bote, Gotteskraft, Fürst der Gerechtigkeit und Engel der Offenbarung. Er war es gewesen, der die Ankunft Christi angekündigt hatte. Er war es gewesen, der Kain verziehen hatte. Er war es gewesen, der Mohammed die Worte des Korans diktiert hatte. Anders als Michael agierte Gabriel immer in der irdischen Sphäre.

Vielleicht hat er genau das irgendwann getan – hat die brutalen Ideen seines Bruders abgelehnt, überlegte Ablon, und plötzlich fielen ihm die anderen Erzengel, Uriel und Raphael, ein. *Wo mögen sie wohl sein?*

»Was ist aus den anderen Erzengeln geworden?«, fragte Ablon, und ihm wurde klar, dass er noch nicht alles erfahren hatte. »Auf welcher Seite standen *sie* in diesem Krieg?«

Asiel schüttelte den Kopf – er wusste die Antwort nicht.

»Raphael hat das Reich der Engel vor langer Zeit verlassen, weil er vom Verhalten seiner Brüder enttäuscht war. Er wollte nicht mehr weiterherrschen und zog sich von allem und allen in eine unbekannte Dimension zurück. Uriel stand Michael als Anführer der Cherubim zwar noch bis vor Kurzem zur Seite, doch irgendwann erlosch seine Aura einfach.«

Ablon holte tief Luft. Einen Moment lang verfluchte er sein fehlendes Wissen. Hätte er früher von diesen Dingen gewusst, hätte er zum geeigneten Zeitpunkt richtig reagieren können – so wie Luzifer es getan hatte.

Aber er hatte sich nichts vorzuwerfen. Auch wenn es fatalistisch klang: Die Wahrheit war, dass es außer den Erschütterungen des Schleiers keine andere Möglichkeit gab, Nachrichten aus der geistigen Welt zu empfangen. Die leisen Schwingungen der Membran übermittelten nur schwache Fragmente der Ereignisse, die auf anderen Ebenen stattfanden.

Noch immer in Sorge um Shamira, kam Ablon erneut auf die Entführung zurück. »Und dieser Schwarze Engel oder Engel des Bodenlosen Abgrunds, wie er sich gern nennt? Ich konnte seine Aura nicht erkennen. Er strahlte eine Energie aus, die ganz anders ist als alles, was ich bisher gespürt habe. Was wisst ihr über ihn?«

»Genauso viel wie du, General«, antwortete Siéme. »Er dient nur dem Engelsfürsten und niemandem sonst. Er ist stark und mächtig, grausam und erbarmungslos. Unsere Späher berichteten, dass nicht einmal die Lakaien Michaels wissen, wer er wirklich ist.«

Ablon leerte sein Glas in einem Zug. Ihm fiel auf, dass die Fernsehübertragung des Fußballspiels zu Ende war, jetzt lauschten die Gäste an der Bar den Morgennachrichten.

Asiel und Siéme waren nach Haled gekommen, um ihm ihre Hilfe anzubieten, doch er hatte den Eindruck, als seien sie nicht nur deswegen hier. Es musste noch einen anderen Grund geben. Sie waren von einem Erzengel gesandt worden, und sosehr er sich über Gabriels Hilfsangebot freute, fiel es ihm doch schwer zu glauben, dass der Meister des Feuers so uneigennützig war. Er richtete die grauen Augen auf die beiden Himmelsbewohner und fasste zusammen: »Ihr habt eine unvergleichliche Legion von Cherubim und mit Gabriel einen tapferen Anführer. Was wollt ihr von mir?«

»Das Armageddon ist ein großer Kampf«, räumte Asiel ein, »der Kampf, auf den alle Himmelsbewohner gewartet haben. Du bist der Abtrünnige Engel, derjenige, der sich als Erster den Befehlen seines Feinds widersetzt hat, und bist aus diesem Grund zur Legende geworden. Deine Heldentaten während der Verschwörung haben viele von uns angespornt, auch den Meister des Feuers persönlich.«

»Gabriel möchte nicht mehr lange unser Anführer sein«, verriet ihm Siéme. »Bis jetzt haben die beiden Armeen unentschieden gekämpft, aber in Zion werden *wir* die Angreifer sein, und die anderen werden ihre Stellungen verteidigen. Sie haben den Vorteil, dass sie sich in ihrer Festung verschanzen können. Deshalb brauchen wir dich. Wenn der letzte abtrünnige Engel unsere Truppen befehligen kann, wenn das Symbol des Widerstands das Banner der Freiheit hochhält, dann ist uns der Sieg gewiss.«

Normalerweise waren die Seraphim kalt und beherrscht, aber Ablon bemerkte Leidenschaft in Siémes letztem Satz. Ganz bestimmt empfand sie tiefe Bewunderung für ihn, doch die selbstbewusste Art ihrer Kaste hinderte sie daran, es zu zeigen. Als der kriegerische Engel aus dem Himmel verstoßen worden war, hatte er nicht damit gerechnet, zu einem Mythos zu werden. Es mutete wie Ironie an, aber nicht er hatte diesen Ruf gefördert, sondern der Erzengel Michael, der zur Jagd auf die Abtrünnigen aufgerufen hatte. Hätte wenigstens einer von ihnen die Verfolgungen überlebt, wie Ablon, wäre er zum Märtyrer geworden.

Asiel und Siéme schwiegen und warteten begierig auf Ablons Antwort. Die Sekunde, die verstrich, kam ihnen wie eine Ewigkeit vor.

»Auf einen solchen Vorschlag habe ich gewartet«, sagte er entschlossen, und ein unmerkliches Lächeln spielte um seine Mundwinkel. Als er vor Tausenden von Jahren geschworen hatte, sich an Michael zu rächen und ihm am Tag der Abrechnung die Stirn zu bieten, hatte er sich nicht vorstellen können, dies mit einer von ihm befehligten Legion zu tun. Aber wenn es nun einmal so war – umso besser.

Lächelnd legte Asiel seinem Freund die Hand auf die Schulter. Er bot ihm bedingungslose Unterstützung an und schwor, ihn niemals im Stich zu lassen. Siéme machte nur eine zustimmende Geste, doch ihre Befriedigung war nicht geringer als die ihres Gefährten.

»Allerdings«, grübelte Ablon, »gibt es ein Problem. Ich kann mich nicht entmaterialisieren. Wie soll ich zu Gabriels Truppen in der ätherischen Ebene stoßen?«

Die Meisterin des Geistes hatte eine Lösung. »Wir haben von einer Pforte erfahren, die du benutzen kannst, ohne die Membran zu durchqueren. Durch diese Pforte gelangen wir in die Nähe der Stelle, wo sich das Heer des Boten gerade vorbereitet.«

»Eine Pforte? Es gibt nur ganz wenige Pforten. Woher habt ihr diese Information?«

»Vom Erzengel Gabriel persönlich«, verriet Asiel.

Ablon war beruhigt. Falls er sich in diesen Krieg stürzen wollte, hatte er keine andere Wahl, als Gabriel und dessen Engeln zu vertrauen. »Und wo befindet sich diese mystische Pforte?«

»In einer Höhle am Berg Horeb, in der Sinai-Wüste.«

Die Sinai-Wüste gehört heute zu Ägypten, liegt aber ganz nahe beim Heiligen Land. Beim Gedanken an diesen jahrtausendealten Schauplatz fiel Ablon ein Abschnitt aus dem biblischen Exodus ein. Er kannte die Schriften gut. »Der Berg Horeb? Dort hatte dem Alten Testament zufolge der Prophet Moses seine erste Offenbarung. Das leuchtet mir ein. Nur Gabriel konnte wissen, wo sich diese Pforte befindet. Er ist der Engel der Offenbarung, der dem Hebräer als Feuer erschien, neben einem brennenden Dornbusch. Er warnte Moses, er solle seine Sandalen ausziehen und sich dem Dornbusch nicht nähern. Hätte der Prophet diesen heiligen Boden betreten, wäre er in den geheimnisvollen Tunnel hineingezogen worden.«

»Also müssen wir sofort aufbrechen«, sagte Siéme. »Welches ist das schnellste Schiff, das es hier gibt?«

»Wir werden etwas Schnelleres versuchen«, schlug Ablon vor, den die Naivität der Seraphine belustigte. Sie hatte keine Ahnung, was ein Flugzeug oder ein Fahrzeug war, obwohl sie schon einige Autos auf den Straßen gesehen hatte.

Ablon und Asiel, die sich mit modernen Hilfsmitteln schon besser auskannten, beachteten Siémes Anachronismus nicht. Sie machten sich eher Sorgen darüber, wie sie zu einem so kritischen Zeitpunkt ins Heilige Land gelangen sollten, während Haled von einem Weltkonflikt erschüttert wurde. Ablon, der schon Hunderte Menschenkriege miterlebt hatte, wusste, dass jede Art der Fortbewegung in Krisenzeiten schwierig wurde. Aufgrund der Zeitungsmeldungen rechnete er damit, dass die Flughäfen in den arabischen Ländern geschlossen waren und sie Ägypten somit nicht per Flugzeug erreichen konnten. Die offensichtlichste Alternative war, nach Israel zu fliegen und von Jerusalem aus mit einem Auto auf die Sinaihalbinsel zu fahren. Er hatte sich nur noch nicht überlegt, wie er die beiden Engel, Asiel und Siéme, ohne Pässe und Ausweise ins Flugzeug bekam.

Jerusalem, die Heilige Stadt – dieser Name klang wie Trauermusik in Ablons Kopf. Jahrelang hatte er davon geträumt, diese Gegend kennenzulernen, in der früher so bedeutende und großartige historische Ereignisse stattgefunden hatten. Er hatte sich ausgemalt, wie es wäre, auf den Stadtmauern zu wandeln, auf dem Ölberg umherzustreifen und die jüdischen, christlichen und moslemischen Heiligtümer zu erkunden. Aber Ablon war ein Ausgestoßener. Er konnte sich dem Heiligen Land niemals nähern, denn dieses Gebiet war jedem abtrünnigen Engel verboten. Jerusalem wurde immer von Michaels Agenten überwacht, die ihre Rundgänge vom Toten Meer bis zur Mittelmeerküste ausdehnten. Diese Grenzen zu übertreten, war für jeden Feind der Erzengel selbstmörderisch. Jetzt aber, mit dem Nahen der Apokalypse, hatte Michael all seine Soldaten zusammengerufen, um die Festung von Zion zu verteidigen, hatte Patrouillen abgezogen und diese Krieger an der Front aufgestellt. Zum ersten Mal war die Stadt ungeschützt, und Ablon würde sie mühelos betreten können.

»Siéme hat recht. Wir dürfen keine Zeit mehr verlieren«, pflichtete er ihr bei, während er sich nach der Kellnerin umsah und ihr ein Zeichen gab.

Die drei Engel wollten gerade aufstehen, als fürchterlicher Schmerz auf sie einstürmte. Sie wussten nicht, woher er kam, und konnten überhaupt nichts dagegen tun. Er kam in Form eines ohrenbetäubenden Lärms, eines schrillen Geräuschs, das ihnen durch und durch ging und sie lähmte. Der Lärm verbrannte sie innerlich, und Asiel, vom Schmerz gepeinigt, stolperte und fiel hin. Der Kopf Siémes, der Sensibelsten der drei, drohte zu platzen. Einen Moment lang verlor sie die Besinnung, kam aber gleich wieder zu Bewusstsein, als das rätselhafte Pfeifen verstummte.

Noch ganz benommen kam Asiel wieder auf die Beine. Die Gäste an der Bar sahen ihn neugierig an und fragten sich, weshalb ein junger, gesunder Mann so schnell ohnmächtig geworden war. Die Kellnerin eilte ihm besorgt zu Hilfe, und die Heilige Flamme stellte fest, dass er, Ablon und Siéme die Einzigen waren, die den Lärm gehört hatten.

»Alles in Ordnung?«, fragte die Kellnerin, während sie Asiel aufhalf.

»Ah, ja … danke, mir ist nur etwas schwindlig geworden«, flunkerte der Ischim, noch etwas desorientiert.

284

»Ich hole Ihnen ein Glas Wasser«, bot die junge Frau an und eilte zur Bar.

»Die Zweite Posaune«, hörten die Engel Ablon sagen, während sie sich erholten. Der Abtrünnige hatte bereits die erste gehört und war deshalb nicht so beeindruckt.

»Im Ersten Himmel war das Geräusch nicht so schrill«, knurrte Siéme.

»Was wir gerade gehört haben, war ein Reißen des Schleiers«, erklärte Ablon, während er ein paar Münzen auf den Tisch legte. »Er durchdringt ganz Haled, und deshalb es ist ganz normal, dass der Lärm in der physischen Welt lauter ist. Was ihr im Ersten Himmel gehört habt, war nur ein Abglanz dessen, was hier stattgefunden hat.« Damit ging er zum Ausgang.

Asiel und Siéme folgten ihm.

»Endlich haben die Menschen den Krieg erklärt. Die Welt wird angegriffen«, sagte Ablon. »Wir müssen in Jerusalem sein, bevor die Stadt eingeäschert wird.«

»Wie willst du denn in den Mittleren Osten reisen?«, wollte Asiel wissen. »Ich kenne ein paar Abkürzungen durch die Astralebene, aber du kannst dich ja nicht entmaterialisieren.«

»Wir werden noch heute ein Flugzeug nach Israel nehmen. Ich glaube, ich habe noch einen alten Pass im Schutt meines Appartements. Aber es gibt nichts, womit ich eure Identität verschleiern könnte.«

»Was ist ein Pass?«, erkundigte sich Siéme.

»Das ist wie ein Grenzschein«, erklärte Asiel ihr. »Den brauchen wir für die Einreise in andere Länder. Ohne dieses Dokument kommen wir nicht ins Heilige Land.«

»Überlass das mir«, gab die Meisterin des Geistes zurück. Sie kannte wirkungsvollere, wenngleich nicht allzu einwandfreie Methoden, um an Polizeiposten vorbeizukommen.

Ablon segnete Gabriel in Gedanken dafür, dass er sie auf diese Mission gesandt hatte. Die Meisterin des Geistes hatte bestimmt vorausgesehen, dass sie sich nützlich machen könnte. Die Hilfe einer Telepathin war unerlässlich, aber das wäre nicht das einzige Hindernis, das sie überwinden müssten.

Ablon würde zum ersten Mal nach Jerusalem reisen, und als er sich daran erinnerte, wie er das letzte Mal in jener Gegend unterwegs gewesen war und wie man ihm vor langer, langer Zeit an den Stadttoren den Zugang verweigert hatte, spürte er Kälte im Bauch. Er hatte zurückweichen und sein Ziel aufgeben müssen, und das war in seinem langen Leben nicht häufig vorgekommen.

Er nahm sich fest vor, Jerusalem dieses Mal zu betreten und keinen Rückzieher zu machen.

Eine Sekunde lang schloss Ablon die Augen, und sofort stiegen in ihm die Erinnerungen an sein wohl berühmtestes Abenteuer auf.

9 Von Rom nach Jerusalem

Tal des Gelben Flusses, Nordchina,
um das Jahr 1 v. Chr.

UNSICHTBARE GEFAHR

Es war eine lange Reise gewesen, aber endlich war ich da, im Morgenland. Anfangs konnte ich kaum glauben, dass ich so weit gekommen war. Ich hatte Rom im Jahr 61 v. Chr. verlassen, kurz nachdem Cäsar, Crassus und Pompejus das Triumvirat gegründet hatten, und bewegte mich ungehindert Richtung Osten, ohne mir große Gedanken darüber zu machen, wohin die Straßen mich führen würden. Eigentlich hatte ich nicht so bald in die Ewige Stadt zurückkehren wollen, aber einige Schwierigkeiten zwangen mich später, meine Pläne zu ändern. An jenem heißen Julitag konnte ich mir jedoch nicht vorstellen, wie gefährlich meine Reise in die chinesischen Provinzen werden würde, in denen damals die Han-Dynastie herrschte.

Im Jahre 202 v. Chr. war die Qin-Dynastie während eines grausamen Bürgerkriegs zusammengebrochen, und Gaozu, der erste Han-Kaiser, war an die Macht gekommen. Mit ihm erlebte China eine neue Zeit der Blüte und der Expansion, denn es eroberte ausgedehnte Gebiete im Süden und auf der Halbinsel Korea. Unbeeindruckt von diesen Konflikten führten die Bauern ein ruhiges Leben, und mit diesen einfachen Menschen hatte ich fast

immer Kontakt, wenn ich in jenen fruchtbaren Landstrichen um-
herzog.

Nach drei Tagen Fußmarsch hatte ich mein ursprüngliches
Ziel, das Ufer des Gelben Flusses, wohlbehalten erreicht. Ich sah,
wie die Sonne hinter den Bergen unterging, und dachte, es sei der
rechte Zeitpunkt, um eine Rast einzulegen und mir das Gesicht
zu waschen. Vor einer zehn Meter hohen Steilküste am Fluss, der
die ganze Gegend versorgte und den Boden bewässerte, machte
ich halt. Doch ich wollte mich nicht mit diesem Wasserstrom
messen, sondern nur am Ufer entlang Richtung Norden reisen,
bis zur schönen Zhao-Mauer, einem Bauwerk, das Jahre später in
den riesigen Komplex von Verteidigungsanlagen miteinbezogen
wurde, aus denen die Chinesische Mauer entstand. Von dort würde
ich meine Reise vielleicht in die Wüste Gobi mit ihren dürren
Ebenen und verlassenen Winkeln ausdehnen.

Die Nacht brach herein, und die wenigen Bauern, die weiterhin mit der Reisernte beschäftigt waren, hatten die Pflanzungen
verlassen und mit riesengroßen Körben den Heimweg angetre-
ten. Nun war ich allein in dem überschwemmten Gebiet und
beschloss, mir ein trockenes Plätzchen zu suchen, wo ich meine
nasse Kleidung ausbreiten konnte. Zufällig kam ich bald an einem
flachen Felsen vorbei. Zuerst warf ich die Stiefel hoch, dann
stieg ich selbst hinauf. Auf dem festen, heißen Untergrund fühlte
ich mich besser. Von dort oben hatte ich eine hervorragende Aussicht auf die ganze Ebene und erschrak, als ich sah, wie weitläufig
sie war: Sie reichte in Richtung Süden über das andere Flussufer
hinaus, bis ins Herz Chinas. Gegen Westen wurde das Gelände
trockener, bis die Erhebungen zu Felsmassiven und diese zu
hohen Bergen wurden, die sich vor mir in einer Entfernung von
vielen Kilometern zum großen Bergmassiv des Himalaja vereinten.

Ich schloss die Augen und versank in tiefe Meditation. Alles
stimmte: das Klima, die Nacht, der Geruch nasser Erde und selbst

das regelmäßige Plätschern der Wellen, die sich am Flussufer brachen.

Der Feind greift uns immer dann an, wenn wir es am wenigsten erwarten, und von allen meinen Widersachern hatte ich mit dem, der mir als Nächstes entgegentreten sollte, am allerwenigsten gerechnet.

Natürlich wusste ich das in dieser Frühlingsnacht noch nicht.

Als die Sonne am Morgen ihre ersten Strahlen schickte, setzte ich den Weg durch die Reisfelder fort. Um keine Aufmerksamkeit zu erregen, hatte ich mir eine Kapuze übers Gesicht gezogen, aber meine Statur verriet mich. Ich war größer als die Landarbeiter und kräftiger als die Krieger, die in der Umgebung umherstreiften.

Die Bauern, die gebeugt das Getreide ernteten, erinnerten mich an Zwergroboter, dazu geschaffen, nur einen einzigen Handgriff auszuführen. Alle trugen dieselbe dunkle Baumwollkleidung und breite Strohhüte, die sie auch brauchten, da sie den ganzen Tag unter der sengenden Sonne arbeiteten. Nur selten zogen sie ihre Hände aus dem Wasser, sodass es schwierig war, ihre Haut und ihre Gesichter zu erkennen.

Abgesehen von den angsterfüllten Blicken und einem halben Dutzend Flüchen stellten die armen Landarbeiter keine Bedrohung für mich dar, und so beachtete ich sie nicht. Die Reise ging ohne Zwischenfälle weiter, bis sich an einem jener Marschabende, als ganz feiner Nieselregen auf das Ackerland fiel, mein Gespür für Gefahren meldete. Flink hechtete ich in den Schatten eines Baums, um mich zu verstecken, und verharrte dort mucksmäuschenstill. Aber ich sah niemanden außer den Arbeitern, die in der Ferne unentwegt ihrem Werk nachgingen. Wo mochte der Feind sein, vor dem mich meine Intuition gewarnt hatte? Es war nichts zu sehen und zu hören – keine Präsenz, keine Erschütterung des Schleiers der Wirklichkeit. Mit meinen Raubtiersinnen durchforstete ich die Reisplantage und sah mir, argwöhnisch geworden, die Seele jedes Bauern genau an. Ich konnte keine psychische Dissonanz wahrnehmen. Es waren Menschen, einfache Sterbliche, und keine als Körper manifestierte Wesenheiten.

Über eine halbe Stunde blieb ich unter dem Baum und ging erst weiter, nachdem ich mich vergewissert hatte, dass kein Engel oder Dämon durch die Plantage streifte. Ich musste immer noch daran denken, was geschehen war.

Mein Gespür für Gefahren hatte mich noch nie getäuscht.

NATHANAEL, DER ALLERREINSTE

So verstrichen die Tage, bis ich eine Woche später das Tal verließ und am Horizont eine Kette brauner Felsen erblickte, die mir den Weg nach Norden versperrte. Es handelte sich nicht um eine natürliche Formation, sondern um eine von Menschen errichtete Befestigungsanlage – das war das erste Bild, das ein Fremder aus der Entfernung von der großen Zhao-Mauer sah. Allmählich rückten auch die Wimpel, die Fahnen, die Kriegstiere und die aufgereihten Wachsoldaten ins Blickfeld.

Am Ausgang des Tals waren das Klima und der Boden trockener und die Vegetation spärlicher. In diesem unebenen Gelände würde ich mehr als zwei Tage bis zu dem Felskoloss brauchen, aber da ich es nicht eilig hatte, legte ich bei Einbruch der Nacht noch einmal eine meiner langen Pausen ein, um voller Bewunderung den Himmel zu betrachten.

Während ich auf das Sternenzelt blickte, griff ich mit der Hand in die Jackentasche und ertastete auf den Silbermünzen das Antlitz des Diktators Sulla im Halbrelief. Fast sofort versetzten mich meine Erinnerungen wieder in die Ewige Stadt zurück. Rom war nicht der richtige Ort für einen abtrünnigen Engel. Die staatliche Bürokratie hatte überhandgenommen. Für das Leben in einer Zivilisation waren Dokumente, Registereintragungen und Unterlagen erforderlich, die zu besitzen ich mir nicht leisten konnte.

Ich muss jedoch zugeben, dass ich in der Welthauptstadt schöne Momente verbrachte. In den letzten Jahren der Römischen Republik war Shamira nach einer langen Asienreise in die Stadt der Sieben Hügel gekommen. Sie war begeistert von der pulsierenden Stadt und beschloss, sich ein gemütliches Haus in der Nähe des Kapitols zu kaufen. Magier sind immer von neuem Wissen fasziniert, und Rom war der Ort, in dem alle Informationen zusammenliefen.

Es dauerte nicht lange, bis ich bei meinen Streifzügen durch die Gässchen den süßen Geruch ihrer Haut wahrnahm. An einem eiskalten Tag im Jahr 62 v. Chr. begegneten wir uns zufällig am Ufer des Tibers. Ich hatte sie seit zweihundert Jahren nicht gesehen, und so hatten wir uns viel zu erzählen. Wir sonnten uns im Atrium ihres römischen Hauses und verbrachten die Tage und Abende jenes Winters mit Geschichten von Dämonen, Hexern, Geistern und Engeln. Eine dieser Erzählungen – ja, wohl die beeindruckendste – handelte von einem Ereignis, das die Magier auf der ganzen Welt in Schrecken versetzt hatte: die Ermordung von Drakali-Toth, dem bedeutendsten Totenbeschwörer und Shamiras wichtigstem Lehrer. Niemand wusste, wer das Verbrechen begangen hatte, aber es wurde gemunkelt, sein Tod stehe in Zusammenhang mit der Ermordung anderer Hexenmeister.

Ein Jahr danach, im Herbst des Jahres 61, hielt ich es für klüger, die Stadt zu verlassen – schließlich wurde ich immer noch verfolgt!

Bei der Erinnerung an jene glücklichen Tage hatte ich die Augen geschlossen und mir die Betrachtung des Sternenhimmels für später aufgehoben.

Genau in diesem Moment, in der Schwärze der Nacht, begann inmitten der winzigen Lichtpunkte ein Stern ganz intensiv zu strahlen. Aus größter Höhe glitt das Gestirn allmählich abwärts und ließ den Himmel golden leuchten. Das war keine Sternschnuppe, kein verirrter Meteor und erst recht kein kosmischer Staub. Das Strahlen, das ich da miterlebte, war das eines Engels, einer Wesenheit, die auf die Erde kam. Und an seinem Licht erkannte ich, dass es ein Ophanim war.

Von allen Engelskasten sind die Ophanim die reinsten. Ihre Aufgabe ist es, die Sterblichen zu beschützen und sie der Erlösung zuzuführen. Sehr häufig agieren sie in der geistigen Welt, wo sie Dämonen und böse Geister von den Menschen fernhalten. Nicht selten bilden sie Avatare und kommen, als normale Menschen getarnt, auf die physische Ebene, um Bedürftigen, Armen und Betrübten zu helfen. Sie lieben die Menschenwesen ganz besonders und lehnen die von den Erzengeln angeordneten Massaker ab. Ihre Divinitäten konzentrieren sich vor allem auf körperliche oder geistige Heilfähigkeiten. Sie sind auch geschickt darin, Lichtteilchen zu manipulieren, sodass sie ihren Körper zum Leuchten bringen können.

Als mir klar wurde, zu welcher Kaste der himmlische Besucher gehörte, freute ich mich sehr. Allein seine Anwesenheit flößte mir Mut ein, und in aller Ruhe sah ich zu, wie der lebende Stern langsam aufhörte zu strahlen, während er auf mich zuhielt. Obwohl er nun ziemlich dunkel war, konnte ich seine Umrisse ausmachen, nicht aber seine Gesichtszüge. Ich kannte ihn ganz bestimmt, aber noch konnte ich nicht sagen, wer es war. Anmutig schwebte er auf mich zu.

Schließlich landete der Ophanim und faltete die Flügel zusammen. Das gerade noch blendende Licht verblasste allmählich und wurde schließlich zu einem einzigen strahlenden Pulsieren, das vom Herzen ausging.

»Friede, mein Freund! Bitte hab keine Angst, denn ich komme weder als Richter noch als Henker«, ließ sich eine männliche Stimme vernehmen, die wie eine endlose Melodie klang. »Ich suche

Ablon, den Ersten General, und nicht den abtrünnigen Engel, den die heimtückischen Helfershelfer immer noch verfolgen.«

Seine Stimme kam mir bekannt vor, aber mein Geist war noch verwirrt.

»Wenn du mir nichts Böses willst, dann komm näher, damit ich dein Gesicht sehe.«

Der Engel trat näher heran, und im Licht seines pulsierenden Herzens erkannte ich das Gesicht Nathanaels, eines Himmelsbewohners, der den Beinamen »Der Allerreinste« trug. Er hatte langes goldenes Haar und Augen wie Kupferstücke. Nathanael und ich waren dicke Freunde gewesen. Auch wenn er einer von Natur aus friedliebenden Kaste angehörte, besaß er den Mut eines Löwen und hatte viele ruhmreiche Taten vollbracht.

Ich wusste, dass Nathanael niemals die Hand gegen mich erheben würde – auch wenn er ein Engel und nun vom Himmel herabgestiegen war. Ich hegte für ihn genauso starke freundschaftliche Gefühle wie für Orion und Asiel. Als der Ophanim meine zufriedene Miene sah, breitete er die Arme aus, und wir umarmten uns fest. Neben der Freude darüber, einen Gefährten wiederzusehen, vermittelten die Emanationen seiner Aura Harmonie und Vertrauen.

»Nathanael, mein guter Nathanael! Welche günstigen Winde bringen dich hierher, alter Freund?«

Er lächelte kurz, wurde aber gleich wieder ernst, und sein Blick verriet, dass die Situation kritisch war. »Ich habe deine Fährte in der Stadt der Sieben Hügel wieder aufgenommen und dich zum Glück rechtzeitig getroffen. Du bist schwierig zu finden, General.«

Der ernste Ton, den der Allerreinste angeschlagen hatte, machte mich hellhörig. Nur wenige Male hatte ich ihn so erlebt. »Ich nehme an, du hast mir etwas sehr Wichtiges zu sagen.«

»Es hat vielleicht noch nie etwas so Wichtiges gegeben, und wahrscheinlich wird es das auch nicht mehr«, bestätigte Nathanael episch. »Sonst wäre ich nicht vom Abendland hergeflogen. Trotz meiner anstrengenden Reise muss ich mich kurz fassen. Ich nehme ein gewaltiges Risiko auf mich. Niemand darf wissen, dass ich hier bin. Aber uns verbindet schon eine so lange Freundschaft, dass ich dachte, du solltest wissen, was los ist.«

Natürlich brachte sich Nathanael in große Gefahr, weil er bei mir war – schließlich war ich ein Verbrecher, und niemand wollte gern mit einem Flüchtling gemeinsame Sache machen.

Der Allerreinste sah mich mit seinen kupferfarbenen Augen eindringlich an und begann mit seiner Botschaft, die zu überbringen er sich so große Mühe gemacht hatte. »Im Westen, im Land Kanaan, hat der Erzengel Gabriel die Ankunft eines heiligen Kindes prophezeit«, verkündete er.

»Ein heiliges Kind?« Ich hatte den Ernst dieser Tatsache noch nicht begriffen. »Was ist es? So etwas wie ein Heiliger?«

»Er ist viel mehr als das, General. Dieses Kind wird das Schicksal der Menschheit verändern. In diese Seele legen wir all unsere Hoffnung. Ohne sie wird die menschliche Zivilisation innerhalb kurzer Zeit in Ungnade fallen.«

Was für eine gelobte Gestalt mochte dies wohl sein? Wie weit würde ihre Macht reichen?

»Das verstehe ich nicht, Nathanael. Wie kann ich dir helfen?«

»Der Erzengel Michael wartet brennend auf den Untergang der Menschheit. Er will sehen, wie der Hass in den Herzen der Menschen wächst, damit er seine Massaker rechtfertigen kann. Deshalb wissen wir, dass er versuchen wird, das Kind zu töten. Ein paar Engel wie ich haben sich zusammengetan, um das Leben des Heilands zu beschützen und ihm die Chance zu geben, seine Botschaft in die Welt hinauszutragen. Noch sind wir wenige, aber es werden immer mehr. Ich weiß nicht, ob ich mit meiner Einschätzung richtig liege, aber ich dachte, dies sei die Gelegenheit für dich, deinen Kampf wieder aufzunehmen. Ich kenne eine Legion, die dir folgen würde.«

An Nathanaels Worten und seiner Sprechweise hatte ich schon im Voraus begriffen, dass die Ankunft dieses heiligen Kinds nicht nur auf die Geschichte der Menschen, sondern auch auf das Kräfteverhältnis im Himmel Auswirkungen haben würde. Wenn der Ophanim bis zu mir gekommen war, dann gab es bestimmt noch andere Engel, die bereit waren, zu den Waffen zu greifen, um die Rechtmäßigkeit des Erleuchteten zu verteidigen. Aber ich war von Natur aus argwöhnisch und konnte mir eine Frage nicht verkneifen: »Woher soll ich denn wissen, dass es nicht eine Falle der Erzengel ist, um die Abtrünnigen zusammenzubringen und sie dann gefangen zu nehmen? Vielleicht haben sie dich dazu gebracht, hierherzukommen.«

Hätte ich damals gewusst, was für ein großartiges Ereignis bald stattfinden würde, wäre ich nicht so überheblich gewesen. Aber ich konnte an nichts anderes denken, als dass mir wieder Verrat drohte. Das war unvermeidlich, es war eine ewige Wunde, die mir Luzifers Falschheit geschlagen hatte.

»Ich kenne den Weitblick der Erzengel gut, Ablon, und ich kann dir versichern, dass mich niemand hierhergeschickt hat. Ich kam allein. Außerdem habe ich die Mutter und das erleuchtete Kind in ihrem Bauch gesehen. Wenn auch du die beiden gesehen hättest, würdest du verstehen, wovon ich spreche. Leider kann ich dieses Gefühl nicht in Worte fassen. Du musst es selbst erleben. Deshalb finde ich, du solltest ins Heilige Land gehen. Ich würde dich nicht anlügen, mein Freund. Glaubst du mir?«

Ja, natürlich – natürlich glaubte ich ihm. Wem sonst hätte ich Glauben schenken können, wenn nicht demjenigen, dessen wichtigster Auftrag vor langer, langer Zeit es gewesen war, die Argumente des Engelsfürsten zu entkräften und zu versuchen, die Sintflut zu verhindern? Ich gestehe, dass ich Scham empfand, die Absichten des Allerreinsten auch nur einen Moment lang angezweifelt zu haben. »Ich glaube dir, Nathanael.«

Er deutete ein Lächeln an, und in diesem Augenblick sah ich, wie er wirklich war: ein fröhlicher, vertrauensvoller, liebevoller Engel, der eine gewaltige Bürde auf den Schultern trug, eine Verantwortung, die vermutlich alle Himmelsbewohner würden übernehmen müssen.

»Du musst also«, nahm der Allerreinste den Faden wieder auf, »so schnell wie möglich nach Kanaan reisen. Der Kleine wird zur Wintersonnenwende geboren werden.«

»Und was ist mit Michaels Agenten, die die geistige Welt durchkämmen? Ich weiß, dass es Cherubim gibt, die überall in der Astralebene Wachen aufstellen. Weißt du, wie ich ihnen aus dem Weg gehen kann?«

»Solange der Heiland lebt, werden die Himmelsbewohner nur an ihm interessiert sein. Michaels Agenten werden versuchen, ihn umzubringen, und wir werden alles tun, um ihn zu beschützen. Das heißt nicht, dass die Patrouillen aufgehoben werden, doch die Anwesenheit des Erleuchteten im Heiligen Land wird für Aufruhr sorgen. Diese Ablenkung kannst du dir zunutze machen, um an Jerusalems Stadttore zu gelangen. Wir wissen noch nicht, wo genau der Kleine zur Welt kommen wird, doch wir sammeln unsere Streitkräfte bereits in der Heiligen Stadt. Reise am besten als gewöhnlicher Mensch und bleib möglichst unauffällig.«

»Aber auf diese Weise brauche ich Jahre, bis ich im Mittleren Osten bin. Als Abtrünniger habe ich mich nie weiter als bis zum Toten Meer gewagt und kenne die Routen in dieser Gegend nicht«, wandte ich ein, in der Hoffnung, der Allerreinste hätte eine Lösung. Offen gestanden sah ich keine Möglichkeit, wie ich über achttausend Kilometer in sechs Monaten zurücklegen sollte.

Zum Glück hatte der Ophanim daran schon gedacht. »Ich werde ganz hoch, über den Sternen, in Richtung Palästina fliegen. Folge meinem Licht, dann wirst du den Weg finden.«

Über den Sternen reisen. Das konnte ich am besten. Ich verstand mich darauf, mich von ihnen leiten zu lassen, und falls ich mit der Hilfe eines eigenen Sterns rechnen konnte, der mir die Koordinaten anzeigte, würde ich Kanaan in Rekordzeit erreichen. Allerdings – selbst wenn ich sichere Abkürzungen nahm und nachts keine Pause machte, konnte ich unmöglich vor Dezember an meinem Ziel ankommen.

»Auch wenn du mich leitest, kann ich nicht garantieren, dass ich zur Geburt da sein werde. Aber ich versichere dir, dass ich immer den Himmel beobachten und dich nie aus den Augen lassen werde.«

»Deine Zielstrebigkeit ist beneidenswert, mein Freund. Aber vermeide Verspätungen. Wie jedes andere Wesen aus Fleisch und Blut wird der Heiland eines Tages sterben. Wir dürfen nicht zulassen, dass dies geschieht, bevor er sein Werk vollendet hat«, sagte er stolz und schloss mit den Worten: »Wir zählen auf dich. Wir brauchen den Ersten General.«

Zum Zeichen meiner Zustimmung nickte ich nur leicht. Ich respektierte das Schweigen und sah, wie sich der Allerreinste entfernte. Sein goldenes Haar und die kupferfarbenen Augen verschmolzen mit dem heller werdenden Strahlen seines Herzens, das sich in einen erhabenen Lichtstrahl verwandelte, der die Nacht zum Tag machte. Innerhalb von Sekunden war aus Nathanaels ganzem Körper ein riesiges Leuchten geworden, das zum Himmel emporstieg und sich unter die Sterne mischte. Er war nun der Himmelskörper mit dem größten Glanz, und als er ganz oben angelangt war, nahm er Kurs Richtung Westen.

Ich musste ihn begleiten. Sofort.

Da ich schnell reisen musste, nahm ich eine ungepflasterte Straße, die offizielle chinesische Route bis zur Zhao-Mauer. Die Han-Dynastie, die zu jener Zeit unter den Angriffen von Rebellen litt, hatte schon von Anfang an zur Öffnung von Straßen ermuntert. Die Han-Kaiser waren großenteils Militaristen, setzten sich aber auch engagiert für den Handel ein. Nie zuvor hatte China einen so regen Handelsaustausch mit dem Abendland erlebt. Den Griechen und Römern konnte man alles verkaufen, angefangen von Gold und Jade bis zu Gewürzen und Pferden. Doch das für Fremde kostbarste Erzeugnis war sicherlich Seide, die wegen ihres hohen Werts säckeweise gehandelt, in Karawanen bis nach Anatolien, die heutige Türkei, gebracht und von dort aus mit Schiffen nach Europa befördert wurde. Mit der steigenden Nachfrage erhöhte sich auch die Zahl der Seidenhändler, die die chinesischen Provinzen bereisten, und der Weg, den sie nahmen, wurde berühmt und erhielt den Namen Seidenstraße. Diese Route, die praktisch ganz Asien durchquerte, endete in der Stadt Antiochia an der Mittelmeerküste.

Mit dem Bau der Mauer, die vor mir aufragte, hatte man um das Jahr 300 v. Chr. während der Qin-Dynastie begonnen. Die Han-Dynastie hatte sie lediglich erweitert und unter der Herrschaft des Kaisers Wu wurden diese Verteidigungsanlagen nach Westen bis auf tibetischen Boden ausgedehnt. Die Mauer bestand aus riesigen, aufeinandergetürmten Felsblöcken und erreichte an manchen Stellen eine Höhe von sechzehn Metern. Auf dem Wehrgang stand über die ganze Länge verteilt alle fünf Kilometer ein Wachturm, an dem die Grenztruppen postiert waren und die flachen Ausläufer der Wüste Gobi beobachteten. Als sich der dichte Nebel verzogen hatte, sah ich als Erstes genau einen dieser Türme. In ihn war ein rechteckiges Tor eingelassen, durch das Karawanen aus allen möglichen Teilen der Welt zogen. Diese

Legion von Handelsleuten drängte sich mit ihren Fuhrwerken, Tieren und Sklaven um eine einzelne Herberge, die einzige Einrichtung weit und breit gegenüber von dem gewaltigen steinernen Bauwerk.

Am Tag war das von dem fliegenden Nathanael ausgehende Sternenlicht nicht zu erkennen, aber ich hatte mir seine Richtung gemerkt und war sicher, dass ich mich nicht verlaufen würde. Nach seinen Koordinaten würde ich nicht vom Weg abkommen, wenn ich den Hügel hinunterging und die Mauer querte. Ich wollte gern die Route Richtung Norden nehmen, durch die Wüste, wo ein Reisender unendlich weit geradeaus gehen konnte, ohne auf natürliche Barrieren zu treffen.

Auf dem Platz gegenüber der Mauer herrschte dichtes Gedränge. Ich bemerkte die Anwesenheit von Abendländern im Lager, was mich beruhigte. Dort würde ich, der ich als griechischer Reisender verkleidet war, überhaupt nicht auffallen, obwohl sich keiner mit so heller Haut unter ihnen befand. Bald traf ich auf einen Schuhmacher und erwarb das beste Paar Lederstiefel, das er in seinem Lagerbestand hatte. Zu einem hohen Preis erstand ich außerdem eine Pergamentkarte jener Straße, die durch die Wüste Gobi führte, und tauschte einen Großteil meines römischen Gelds gegen chinesische Münzen – Bronzestücke mit einem Loch in der Mitte. Durch diese Öffnung konnte man die Münzen auf ein Band oder eine Schnur fädeln.

So ausgerüstet, machte ich mich zum Aufbruch bereit.

Es war schon drei Uhr nachmittags, und ich ging noch fünfzig Meter weiter bis zum Stadttor, das in wenigen Minuten geschlossen werden würde. Als ich den Platz mit der Herberge schon hinter mir gelassen hatte, meldete sich erneut mein Gespür für Gefahren. Sofort gehorchte ich meinem Instinkt und wandte in Habachtstellung meine Aufmerksamkeit dem Handelsplatz zu. Von meinem Standort aus konnte ich die Menschen, die über den gepflasterten Bereich gingen, deutlich sehen. Was mich besonders erschreckte, war, dass ich den Feind wieder einmal nicht ausmachen konnte. War es nur mein verwirrter Geist? Oder hatte mich mein Gespür für Gefahren endgültig verlassen?

Wachsam beobachtete ich die Passanten und kam zu dem Schluss, dass es alles Sterbliche waren – einfache Menschenwesen, die nicht die leiseste Ahnung hatten, dass ich ein Engel war. Wie hätten sie mir gefährlich werden können?

Ich ging bis zum Tor unter der Mauer, blieb aber kurz davor stehen. In fünf Minuten würden die Wachen das Eisengitter herunterlassen und so den Ausgang versperren, und das Tor würde erst wieder bei Sonnenaufgang geöffnet werden. Doch irgendetwas hielt mich davon ab, weiterzugehen. Was konnte es nur sein?

Ein ungekanntes Gefühl hatte sich meiner bemächtigt und verwirrte mein Denken. Plötzlich kam mir meine großartige Idee, die Route durch die Wüste zu nehmen, völlig absurd vor. Ich fühlte einen seltsamen Impuls, wieder in Richtung Süden, zurück ins Tal des Gelben Flusses, zu wandern. Von dort aus könnte ich dann nach Westen bis in die chinesische Hauptstadt Chang'an, den Beginn der Seidenstraße, reisen und mit den Karawanen durch den Gansu-Korridor bis nach Zentralasien weiterziehen. *Ja, das ist eine gute Alternative,* dachte ich.

Es war der ungeeignetste Weg, den ich nehmen konnte, doch in diesem Moment schien mir die Route nach Süden aus irgendeinem Grund die beste zu sein. Mehr noch: Ich verspürte den unerklärlichen Drang, diesem Weg zu folgen. Woher kam nur dieses Begehren?

Das Tor schloss sich, und das Geräusch des Metalls, mit dem das Gitter auf den Steinboden rasselte, grub sich tief in mein Gedächtnis ein.

Ich war in eine Falle getappt.

CHANG'AN

Schon ein Monat war vergangen, seit ich von der Reise durch die Wüste Gobi Abstand genommen hatte. Von meinem Standort, der Großen Mauer, wandte ich mich nach Südwesten, bis ich die Hauptstadt Chang'an erreichte. Dort wollte ich lediglich meine Wüstenkarte gegen eine andere tauschen, auf der der Verlauf der Seidenstraße – zwischen dem Qilian-Gebirge und der nördlichen Wand der Mauer – eingezeichnet war.

Nachts leuchtete Nathanaels Licht noch – ich wusste also, welche Richtung ich einschlagen sollte. Aber das Strahlen des Ophanim würde irgendwann verlöschen, und mich beschlich das furchtbare Gefühl, dass ich schon viel zu spät dran war.

Im 1. Jahrhundert v. Chr. war Chang'an Regierungsstadt und Wohnsitz des Kaisers und seiner Beamten. Diese riesige, ummauerte Stadt besaß drei Haupttore auf der Südseite, die im Innern auf breite Straßen führten. Adlige und Mandarine residierten in der Nähe des Palasts, in einer richtiggehenden Zitadelle im Norden der Stadt, wo eine Armee den Monarchen und seinen Hofstaat beschützte.

Um die Mittagszeit, als das Treiben der Händler begann, erreichte ich den Marktplatz. In der Nähe stand ein Weinhaus, eine öffentliche Schenke, in der sich Gäste und Reisende trafen, um etwas zu trinken und sich zu unterhalten. Das Haus hatte zwei Stockwerke und wurde von kräftigen Stützbalken aus Holz getragen. Eine schmale Türschwelle führte zu einem breiten Durchgang, den man mit einer Schiebewand schließen konnte. Ich suchte mir ein Eckchen im ersten Geschoss und setzte mich im Schneidersitz auf den Boden, da die Tische, wie praktisch alle Möbel in China, niedrig waren. Eine hübsche junge Frau in hellgrünem Morgenrock und schwarzen Stoffschuhen kam mit einem Bambustablett auf mich zu. Ich trug einfache Kleidung, aber wegen meines abendländischen Aussehens meinten alle, ich sei ein Händler, und solche Leute haben immer etwas Geld dabei.

Respektvoll neigte sie den Kopf. »*Haurá*«, begrüßte mich die Chinesin – eine alte, inzwischen in Vergessenheit geratene Floskel, die so viel bedeutete wie »langes Leben«. »Möchtet Ihr gern einen bestimmten Wein?«

»Du kannst mir irgendeinen bringen«, antwortete ich bescheiden. »Nehmt ihr Silber an?«

»Natürlich, mein Herr. Wünscht Ihr noch etwas anderes?«

»Nein, danke«, erwiderte ich und wollte sie schon fortschicken, überlegte es mir dann aber anders. »Um ehrlich zu sein … vielleicht kannst du mir doch helfen. Ich suche eine Karte von der Seidenstraße. Weißt du, wo ich so etwas bekommen kann?«

»Auf dem Marktplatz. Aber es wäre wohl einfacher, Ihr nehmt Euch einen Führer bis Wu-Wei. Den findet Ihr am besten hier in der Hauptstadt.«

Ich überlegte kurz. Das hatte ich eigentlich nicht vorgehabt. »Ich danke dir«, gab ich zur Antwort und verbarg mein Desinteresse an ihrem Vorschlag.

Die junge Frau machte eine Verbeugung und eilte davon, um den Wein zu holen.

Ich blieb sitzen, sah zum Fenster hinaus und grübelte, wie ich an die andere Karte kommen sollte. Bevor die junge Frau mit dem Wein kam, hörte ich hinter mir das Gespräch zweier Männer, denen ich beim Eintreten keine besondere Beachtung geschenkt hatte. Sie tranken an einem Tisch in der Nähe, und bald verstand ich dank meiner guten Kenntnisse der Ortssprache, dass sie über mich sprachen. Als ich mich umsah, rief mir einer der beiden zu: »He, Fremder, komm her! Setz dich zu uns!«

Aus ihrer hellblauen, sauberen, neuen Kleidung schloss ich, dass sie Kaufleute sein mussten. Es konnte sich auch um Adlige oder Mandarine handeln, doch ein kaiserlicher Beamter hätte sich wohl kaum in einer öffentlichen Schenke unters Volk gemischt.

Der ältere der beiden Männer hatte weißes Haar und gegerbte Haut, war also bestimmt schon an die sechzig. Der andere, der mich angesprochen hatte, war beleibter und gurgelte jedes Mal, wenn er einen Schluck Wein aus einer roten Schale trank.

Da ich die Gegend kennenlernen und Kontakte knüpfen musste, stand ich auf und setzte mich zu den beiden fröhlichen Chinesen.

Noch bevor ich Platz genommen hatte, stellte sich der Dicke vor: »Wie geht's, Fremder? Ich bin Shen, und das neben mir ist Wang. Wir sind Kaufleute aus Luoyang«, sagte er mit einem Lächeln. »Und du, wer bist du?«

Shens Frage verwunderte mich ein wenig. Bis zu meiner Begegnung mit Nathanael hatte ich keine Aufenthalte in Städten geplant und mir deshalb keinen Namen für meine Reise in östlichen Gefilden überlegt. »Ein Fremdling, ein Reisender aus dem Abendland«, sagte ich knapp.

Der alte Wang lachte dröhnend. »Das ist unschwer zu erkennen, junger Mann. Wir wollen aber deinen Namen wissen.«

Mein Gesicht verzog sich, und der Kaufmann begriff offenbar mein Zögern.

»Ah, ich verstehe«, rief Shen mit einem Blick auf den alten Wang. »Er will uns seinen Namen nicht verraten. Na schön. Das ist eigentlich auch nicht so wichtig, oder?«

»Ich komme aus Rom«, lenkte ich ab.

»Wie interessant«, amüsierte sich der Dicke. »Hör zu, Fremder, ich und mein Geschäftspartner haben gehört, wie du mit dem Weinmädchen geredet hast. Du brauchst also eine Karte von der Seidenstraße?«

»Ihr seid Geschäftspartner? Was für ein Geschäft habt ihr denn?« Ich war nicht sonderlich interessiert, meinte aber, ein Minimum an Misstrauen zeigen zu müssen. Unterhändler nutzten ihre Gesprächspartner aus, sobald sie merkten, dass diese sich leicht überzeugen ließen.

»Wir führen eine Seidenkarawane an. Außer Stoffen haben wir Teppiche und Porzellan dabei. Aber wir sprachen von *deinen* Geschäften.«

»Ja, ich bin bereit, die Karte zu kaufen, aber noch lieber würde ich sie gegen die eintauschen, die ich dabeihabe. Auf ihr sind die Kamelrouten durch die Wüste Gobi eingezeichnet.«

Die beiden brachen erneut in Gelächter aus, und Shen verschluckte sich beinahe an seinem Wein. An ihrem Atem merkte ich schnell, dass die beiden betrunken waren, aber sie sprachen noch verständlich.

»Eine Karte von Gobi?«, fuhr der Dicke fort. »Die nützt dir hier gar nichts. Nie und nimmer wirst du sie gegen die eintauschen, die du haben willst. Der Weg durch die Wüste ist eine abweichende Route und wird nur von den Arabern benutzt.«

»Wie schade! Ich muss so bald wie möglich Richtung Abendland reisen.«

Die beiden Chinesen grinsten sich an, und der Alte unterbreitete mir einen Vorschlag: »Genau deshalb haben wir dich hergebeten«, fing Wang an. »Shen und ich wollen nämlich nach Wu-Wei im Westen reisen. Wenn du willst, kannst du mitkommen.«

Ich blieb ernst, bemühte mich aber, nicht überheblich zu wirken. Es wäre ideal gewesen, mit einer Karawane zu reisen, aber die beiden Händler würden mich natürlich nicht umsonst mitnehmen. »Was wollt ihr dafür haben?«

Der Alte fing wieder an zu lachen und sagte so laut, dass es alle hören konnten: »Du bist wirklich ein echter Römer! Kapierst du jetzt, Shen, warum sie einst die ganze Welt beherrschten?«

»Sie haben überhaupt nichts beherrscht«, gab der Dicke leicht empört zurück, ohne jedoch seine gute Laune zu verlieren. Dann sah er mich an und fasste ihren Auftrag zusammen: »Unser Transport wird hier bei Sonnenuntergang aufbrechen. Wir werden die Fracht nach Wu-Wei bringen und kommen dann zurück. Insgesamt sind es drei Karren, acht Maultiere und fünf Pferde. Was meinst du, willst du uns bis dorthin Geleit geben?«

»Geleit?«, fragte ich verwundert. Ich hatte nicht vor, für irgendjemanden zu arbeiten.

»Natürlich, junger Mann«, sagte Shen. »Sieh dich nur an. Du bist doppelt so groß wie ein Chinese. Wir brauchen einen Leibwächter, und bisher haben wir noch keinen gefunden.«

»Jetzt habe ich verstanden. Auf dem Weg wimmelt es von Räubern, stimmt's?«

»Mehr denn je. Ich will dich nicht belügen. Mit Geld können wir dich nicht bezahlen, aber ich besorge dir die gewünschte Karte, sobald wir in Wu-Wei eintreffen, und von dort aus kannst du nach Antiochia weiterreisen, wenn du willst.«

Ich hatte für niemanden arbeiten wollen, aber der Vorschlag des dicken Shen und des alten Wang klang sehr interessant. Für gewöhnliche Söldner, die nur für Gold arbeiteten, war die Bezahlung ungenügend, doch für mich reichte sie vollkommen. Nach Chang'an war ich nur wegen der Karte und einer Karawane gekommen und hatte beides innerhalb von nicht einmal einer Stunde gefunden.

Shen und Wang entging meine zufriedene Miene nicht.

»Also gut. Ich nehme den Dienst an.«

Endlich brachte die grün gekleidete Frau meinen Wein. Während sie das Glas auf den Tisch stellte, leerten Shen und Wang mit einem Zug den Rest in den Lackschalen.

»Besitzt du eine Waffe?«, erkundigte sich der Dicke.

»Nein, aber ich kann mit jeder umgehen.«

»Ein echter Krieger«, scherzte er amüsiert. »Ich habe ein Schwert und eine Lanze im Wagen. Sie gehörten einem Mann, der inzwischen gestorben ist. Du kannst sie benutzen.«

»Gut«, nickte ich.

Im Gehen beglückwünschten sie mich, und damit war das Gespräch beendet. Ohne Eile hielten sie auf die Tür zu, stiegen die

Treppe hinunter und traten auf die Straße. Draußen wandte sich der Alte um, sah mich an und rief mir zu: »Bei Sonnenuntergang am Haupttor.«

Ich erwiderte seinen Blick und neigte den Kopf. Dann beobachtete ich, wie sich die beiden in der Menschenmenge verloren. Die Sonne stand schon tief, aber es waren noch vier Stunden bis zur Abenddämmerung.

Zufrieden sprach ich meinem Wein zu.

DER TIN-SEN-WALD

Die Karawane von Shen und Wang war nicht so prächtig, wie ich anfangs gedacht hatte. Aufgrund ihrer prunkvollen Kleidung hatte ich damit gerechnet, Wagen mit Seidenplanen, Rassepferde und wenigstens ein Dutzend Knechte vorzufinden. Aber als ich die Stadttore erreichte, bot sich mir ein anderer Anblick. Ein Großteil der Ware würde auf dem Rücken der Maultiere transportiert werden, wahrscheinlich damit die Karawane beweglicher war. Die drei Wagen, die schon abfahrbereit warteten, waren mit niedrigen Segeltuchplanen bedeckt, die Räder aus unbehauenem Holz. Die beiden Pferde, die für meine Vertragspartner bestimmt waren, waren von guter Qualität, alle anderen jedoch bestenfalls Lastgäule. Fünf Knechte waren auch dabei. Drei von ihnen sollten die Karren lenken, die beiden anderen die Tiere führen. Ich dachte mir, das unauffällige Aussehen des Konvois sei eine Tarnung, ein Versuch, nicht die Begierde der Straßenräuber zu wecken, die sich in Banden zusammenrotteten und Reisende auf der Straße überfielen.

Als sich die Karawane in Bewegung setzte, war der Tag bereits angebrochen. Der Tross bewegte sich rasch voran. Bei Einbruch der Nacht befanden wir uns schon im ersten Abschnitt der Seidenstraße, und ich war erleichtert, endlich gen Westen zu ziehen.

Hoch oben am Firmament erblickte ich das Licht Nathanaels und stellte erfreut fest, dass wir denselben Weg einschlugen.

Die Reise, die acht Tage dauern sollte, verlief ohne Probleme. In diesem Abschnitt führte die Seidenstraße durch Ebenen und Reisfelder, und da es keine natürlichen Hindernisse gab, konnten wir leichter feststellen, ob sich aus der Ferne Menschen oder Tiere näherten.

Am Ende des siebten Reisetags – die Sonne war kurz davor unterzugehen – lenkte Shen den Tross auf einen Pfad, der zum Gipfel einer Erhebung führte. Dort angekommen, sahen wir vor uns die Stadtmauern von Wu-Wei. Während der Herrschaft der Han-Dynastie war die Stadt gewachsen, da sie an einer wichtigen Handelsstraße lag, aber trotzdem erreichte ihre Ausdehnung nicht einmal ein Drittel der Größe von Chang'an. Im Süden der Stadt erstreckte sich ein einzigartiger Bambuswald über einen Teil der Ebene bis an den Fuß der Berge. Der Anblick dieser riesigen grünen Fläche weckte eine ungute Empfindung in mir. Es war ein unnatürliches, zwanghaftes Gefühl, das ich nie zuvor gekannt hatte. Irgendetwas oder irgendwer rief mich zu diesen Bäumen. Mich überkam ein unwiderstehlicher Impuls, gegen den ich mich nicht wehren konnte.

Der alte Wang, der meine Schweigsamkeit inzwischen respektierte, hielt neben mir an. Ich war so weit entfernt, so versunken in diese Gedanken, dass ich sein Kommen nicht einmal bemerkt hatte.

»Beeindruckt? Deine Reaktion ist verständlich. Das ist der Tin-Sen-Wald«, verriet er mir mit einer Spur Landesstolz. »Die Heimstatt von hundert Ahnengeistern.«

»Was sind das für Geister?«

»Böse Geister von Räubern und Mördern. Alle in dieser Provinz wissen, dass ein Schatten über diesem Wald liegt, und niemand wagt sich hinein. Dort gibt es keine Pfade.«

»Hältst du diesen Aberglauben wirklich für wahr?«

Ich wusste, dass mit diesem Wald etwas nicht stimmte, ließ aber einen leisen Zweifel bei meiner Frage mitschwingen, um das Interesse des Alten zu wecken.

»Ich bin Kaufmann, kein Bauer. Ich habe schon das ganze Reich bereist und weiß inzwischen Kindermärchen von wahren übernatürlichen Dingen zu unterscheiden. Die Götter von Rom kenne ich nicht, aber die hier sind sehr präsent. Viele sind gutartig, aber es gibt auch böse und rachsüchtige. Wecke bloß nicht den Zorn dieser Wesenheiten, Fremder«, warnte er mich eindringlich.

Nach diesen Worten verstummte der alte Chinese, und ich sah ihm an, dass er ein stummes Gebet sprach. Auch danach schwieg er, in der Hoffnung, ich würde das Wort ergreifen. Doch als er merkte, dass ich abgeschweift war, murmelte er leise, um mich aus meinen Gedanken zu reißen: »Komm, Römer. Morgen sind wir in Wu-Wei.« Dann stieg er wieder auf sein Pferd.

Die Karawane folgte ihm und bewegte sich hügelabwärts.

Noch ein paar Minuten starrte ich wie hypnotisiert auf den Wald und musste meine ganze Willenskraft aufbringen, um weiterzugehen. Es war dieselbe geheimnisvolle Macht, die mich daran gehindert hatte, durch das Tor der Zhao-Mauer zu gehen und den Weg durch die Wüste einzuschlagen.

DIE DREI ALTEN GEISTER

Je näher wir Wu-Wei kamen, desto größer wurde die unerklärliche Anziehungskraft, die dieser Wald auf mich ausübte. Als wir an den Stadttoren haltmachten, händigten mir Shen und Wang die versprochene Karte aus. Sie hatten sie längst dabeigehabt, mir aber aus irgendeinem Grund weisgemacht, sie würden sie erst am Ziel unserer Reise bekommen. Vielleicht hatten sie befürchtet, ich würde sie ausrauben und vorzeitig mit der Karte fliehen.

Es war schon fast Mittag, als ich die Seidenstraße allein verließ und mich dem südlichen Tin-Sen-Wald zuwandte. Er lag nicht weit entfernt, und ich dachte, ich könnte ihn betreten, nach der geheimnisvollen Kraft suchen, die mich rief, und vor Einbruch der Nacht auf den Weg zurückkehren. Schon von Weitem fiel mir auf, dass dies kein normaler Wald war – der Schleier der Wirklichkeit war dort unglaublich dünn.

Die allermeisten heidnischen Götter sowie viele mächtige Geister bevölkern die ätherische Ebene. Sie begeben sich häufig auf die Astralebene, um mit Menschenwesen zu kommunizieren. Diese Kommunikation kann auf unterschiedliche Weise erfolgen. Sensitivere Menschen können durch den Schleier hindurchsehen und -hören. Eine andere Möglichkeit, mit den Gottheiten zu sprechen, ist die Inbesitznahme. Das Medium leiht dem Geist seinen Körper, und durch ihn tritt die Kreatur mit ihren sterblichen Gesprächspartnern in Kontakt.

Im Allgemeinen können Geister den Lebenden nicht schaden. Sie besitzen nicht die Fähigkeit, sich zu materialisieren, und manipulieren lediglich Energien. Auf diese Weise rauben sie den Menschen Energien oder übertragen nach Belieben schwächende oder stärkende Energien auf sie. Vor allem in China bleiben manche Geister bei ihren sterblichen Nachkommen und unterstützen sie mit positiven Schwingungen.

Zauberer und Magier oder alle anderen, die etwas von Nekromantie versteht, offnen mithilfe von Ritualen und Zaubersprüchen Kanäle für die Kommunikation mit ätherischen Wesenheiten. Durch seine Zauber kann ein Nekromant mit den Toten reden, sich mit ihnen verbünden oder sie gar versklaven. Sehr mächtigen Geistern, wie Engeln und Dämonen, können diese Zauberformeln nichts anhaben, es sei denn, der Zauberer ist im Besitz eines Gegenstands, der der Wesenheit gehört – zum Beispiel ein Stück vom Fingernagel oder ein Haar.

Wang hatte mir gesagt, es gebe in diesem Wald keine Pfade, und es gab tatsächlich keine. Jeder andere hätte sich darin verirrt, aber merkwürdigerweise wusste ich genau, wohin ich ging. Diese Kraft lenkte mich wie ein Ruf, eine teuflische Aufforderung, und ich hatte den grauenvollen Eindruck, als zerre mich dieser Impuls direkt ins Herz des Waldes.

Plötzlich war ich in dichten Nebel eingehüllt. Ich wusste, dass ich dadurch die Orientierung verlieren würde, falls ich beabsichtigte, kehrtzumachen, und so ging ich weiter, denn von jetzt an hätte es ohnehin kein Zurück mehr gegeben.

Am Ende der Wanderung erblickte ich einen heidnischen Tempel im typisch chinesischen Pagodenstil. Er hatte ein rotes Ziegeldach und mit Platten verkleidete Mauern. Im ersten und zweiten Geschoss waren ringsherum zahlreiche, mit Leinwand versehene Fensternischen eingelassen. Die Doppeltür, die ins Innere führte, war aus Bronze gearbeitet, und darüber waren chinesische Symbole angebracht, die den Donner, den Affen und den Skorpion darstellten.

Beim Näherkommen warnte mich mein Gespür vor dem Schrecken, der auf mich lauerte. Aber ich ging unbeirrt weiter, denn ich stand unter dem Einfluss jenes unwiderstehlichen Impulses. Ganz behutsam drückte ich eine Türhälfte auf und wagte mich ins Tempelinnere.

Als Erstes sah ich den mit Strohmatten ausgelegten Fußboden. Auch fiel mir auf, dass das zweite Geschoss kein weiteres Stockwerk mit Zimmern, sondern ein hoher Raum mit einem umlaufenden Holzbalkon war. Das Innere wirkte leer, da es weder Möbel noch andere Gegenstände enthielt. An der hinteren Wand sah ich eine schöne Chinesin mit langem schwarzen Haar in einer rötlichen Tunika an der Wand lehnen. Sie hatte jadegrüne Augen und war von der Taille bis zu den Füßen unter einem Berg Seidenkissen verborgen. Als sie mich sah, winkte sie mich zu sich.

»Sei willkommen im Tempel des Tin-Sen-Waldes. Mein Name ist Mai Yun, der Jadeskorpion.«

»Warst du es, die mich gerufen hat?«, fragte ich und merkte sogleich an ihrem Blick, dass die Gefahr größer wurde.

»Eigentlich nicht. Du bist durch einen Zauber hierher berufen worden«, erklärte sie, noch immer unter den zahlreichen Kissen vergraben.

Die Erklärung kam mir merkwürdig vor. Bisher hatte ich geglaubt, als Engel gegen Magie immun zu sein. »Ein Zauber? Dann bist du also eine Zauberin?«

»Keineswegs. Ich bin, genau wie du, kein Mensch. Wir befinden uns im Moment weit von der Welt der Menschen entfernt.«

Ich hatte diese Frau nie zuvor gesehen, doch auch ohne die Intuition des Kriegers begriff ich, dass sie eine Bedrohung für mich darstellte. Meine Cherub-Natur hinderte mich zwar daran, einem Zweikampf auszuweichen, zwang mich aber nicht, einen sinnlosen Kampf zu führen. Deshalb beschloss ich, mich langsam zur Tür zurückzubewegen. Sobald Mai Yun auch nur eine Bewegung machte, würde ich ins Freie entkommen. Ich musste Nathanaels nächtliches Leuchten nutzen, solange es noch vorhanden war.

»Was willst du von mir, Mai Yun? Weshalb hast du mich gerufen?«, versuchte ich sie abzulenken, während ich mich auf den Ausgang zubewegte.

»Frag dich doch selbst, Cherub. Was machst *du* hier? Dies ist kein Land für geflügelte Wesen. China ist die Wohnstatt uralter Geister. Hier bei uns ist kein Platz für andere Gottheiten. Überall, wo ihr hinkommt, richtet ihr Himmelsbewohner nur Zerstörung an. Ihr bringt das Volk dazu, seine alten Gottheiten zu vergessen, und zwingt es, einen schlafenden Gott zu verehren.«

Hier bei uns ist kein Platz für andere Gottheiten. War Mai Yun wohl so etwas wie ein Gott oder ein Geist? Aber wie war es ihr gelungen, sich zu materialisieren?

Heidnische Gottheiten hegen wenig Sympathie für die Himmelsbewohner, vor allem wegen der Ätherischen Kriege. Michael hatte zwar den Sieg ausgerufen, doch die Erzengel hatten mit ihren Offensiven jenseits von Kleinasien eigentlich nie besonders großen Erfolg gehabt, weil der Glaube vieler Völker an ihre Stammesgötter stärker war als die eindringenden Engelslegionen. Daher schätzten es die mächtigen Geister Chinas nicht, wenn ein Engel durch ihre Gebiete streifte.

Ohne die rätselhafte Chinesin aus den Augen zu lassen, bewegte ich mich rückwärts auf die Tür zu, und als ich merkte, dass ich nah beim Ausgang war, bereitete ich mich auf einen Sprung vor. Als Krieger war mir klar, dass ich mich sehr schnell bewegen musste, damit Mai Yun keine Angriffsmöglichkeit hatte. Ich wartete den richtigen Moment ab, und genau in dem Sekundenbruchteil, in dem sich ihre Lider senkten, schoss ich davon. Nur fünf Meter trennten mich von der Ausgangstür, und schon hielt ich meine Flucht für geglückt, als mir etwas Entsetzliches den Weg versperrte. Eine Kreatur mit rotem Fell, halb Mann, halb Gorilla, sprang vom Dachgebälk herab und schnitt mir den Weg ab. Er hatte sich im Schatten versteckt und schweigend auf diesen Augenblick gewartet. Selbst in gebückter Haltung maß er zwei Meter und hatte kräftige Muskeln wie ein Affe. Seine Pranken waren übergroß, und ich vermutete, dass er mit diesen »Werkzeugen« seine Feinde vernichtete.

Das Ungeheuer grunzte und versuchte, mich zu packen, doch ich rollte mich seitlich ab und entkam seinem Griff. Ich ging in Habachtstellung, aber die Kreatur blieb stehen und behielt die Tür im Auge, damit ich keinen weiteren Fluchtversuch unternahm. Ich richtete mich auf und drehte mich zum Jadeskorpion um. »Wer seid ihr?«, fragte ich, da ich das wahre Wesen dieser Geister noch nicht begriffen hatte.

Bevor Mai Yun antwortete, gab es ein durch elektrische Ströme hervorgerufenes Knistern, und neben ihr entstand ein Wirbelsturm, aus dem sich die Gestalt eines chinesischen Kriegers löste. Mit seinem Baumwollkimono und dem breiten Strohhut war er wie ein Bauer gekleidet, aber aus seinen Augen und seinem ganzen Körper schossen blaue Blitze. In der Hand hielt er eine Keule, eine Waffe mit Holzschaft und einer Eisenspitze, die ebenfalls vor Spannung knisterte.

»Wir sind die drei alten Geister«, sagte Mai Yun. »Hier rechts von mir steht Hanki, der Herr der Stürme, und das hinter dir ist Grun-Kar, der Wächter. Wir drei sind die Herrscher des Tin-Sen-Waldes.«

»Wenn ihr Ahnengeister seid, wie konntet ihr euch dann materialisieren?«

»Es erstaunt mich, wie mangelhaft deine Wahrnehmung der Wirklichkeit ist. Dieser Tempel ist ein Scheitelpunkt, ein Ort im Raum, in dem sich physische und geistige Welt treffen. Die Bronzetür, durch die du hereingekommen bist, ist die Verbindung zwischen den beiden Dimensionen. Sie existiert sowohl in der Welt der Lebenden als auch im Totenreich.«

Ich beschloss, ein Spiel zu spielen. Diese drei uralten Geister würde ich nur mit brutaler Gewalt überwinden können. Dazu brauchte ich eine Waffe, die Shamira besonders gern einsetzte: Intelligenz. »Jadeskorpion, du willst mir also sagen, dass ich nur diese Schwelle zu überschreiten brauche« – ich deutete hinter mich –, »damit ihr mich nicht mehr verfolgen könnt.«

»Dazu musst du zuerst Grun-Kar überwältigen.«

»Und auch mich«, ließ sich der chinesische Krieger wutschnaubend vernehmen.

Ich dachte, er würde sich auf mich stürzen, doch stattdessen löste sich der Herr der Stürme in eine Dampfwolke auf. Im nächsten Augenblick erschien diese Wolke links von mir, wo sie sofort wieder die Gestalt des Bauernkämpfers annahm. Ohne mein Gespür für Gefahren wäre ich von einem Keulenschlag getroffen worden, und nur mein Kampfgeist bewahrte mich davor. Ich machte einen Satz zur Seite, und der Angriff ging ins Leere. Diese Kreatur verfügte wirklich über erstaunliche Fähigkeiten. Sie konnte sich in Luft auflösen und innerhalb von Zehntelsekunden an einer anderen Stelle wieder auftauchen.

Ich ging auf sichere Distanz zu Hanki, den aggressivsten der drei Geister, und versuchte, das Missverständnis aufzuklären, denn ich hatte keine Lust, gegen sie zu kämpfen.

»Ich glaube, ihr irrt euch«, wandte ich mich an Mai Yun, die die Anführerin zu sein schien. »Ich bin gar nicht der, für den ihr mich haltet.«

»Ah ja?«, fragte die Frau zynisch. »Ich kann die Macht deiner pulsierenden Aura spüren, die Energie, die so typisch für die Himmelsbewohner ist. Wir kennen deine Absichten. Der Zauberer der Wüste hat uns verraten, was du vorhast. Er erzählte uns, du seist der Anführer einer Gruppe von Leibwächtern, die heimlich unsere Ländereien auskundschaften wollen, um dadurch ihrer Legion den Weg für einen Angriff freizumachen.«

»Zauberer der Wüste? Diesen Magier kenne ich nicht, aber ich kann dir versichern, dass er gelogen hat. Ich bin gar kein Leibwächter, sondern ein abtrünniger Engel. Ich wurde vor langer Zeit aus dem Himmel verstoßen und habe nichts gegen euch im Sinn.«

Hanki bekam einen weiteren Wutausbruch und griff mich mit seiner mystischen Waffe an. Im Nahkampf erprobt, wich ich dem ersten, zweiten und auch dritten Hieb aus, was den Kämpfer aber nur noch mehr erboste.

»Stirb, Verfluchter!«, brüllte er.

Da ich mich nur auf die Angriffsbewegungen des Herrn der Stürme konzentriert hatte, sah ich nicht, dass sich der Riese Grun-Kar, der die Tür bewachte, näherte. Das Monster streckte den Arm aus, griff mit der Vorderpranke nach mir und versetzte mir einen heftigen Schlag ins Gesicht. Ich wurde nach hinten geschleudert und prallte mit dem Rücken gegen einen Holzpfosten.

Noch im Fallen versuchte ich mich aufzurappeln, aber mir wurde schwarz vor Augen, und ich konnte nicht verhindern, dass der Gorilla mir seinen Fuß auf die Brust setzte und mich auf die Strohmatte presste. Ich spürte, wie seine riesigen Pranken meinen Hals umschlossen, und als ich wieder zu mir kam, hing ich schon wehrlos in der Luft. Er hatte mich von hinten gepackt, und in dieser Position war es mir unmöglich, ihn anzugreifen. Selbst wenn ich ihm die Finger bräche, würde ich seinem Klammergriff nicht entkommen.

»Bring ihn her zu mir«, befahl Mai Yun.

Grunzend und schnaubend näherte sich die rotfellige Bestie der Frau, ohne ihren Griff zu lösen. Ich drehte mich zu ihr um.

»Ich habe schon gesagt, dass ich nicht kämpfen will«, krächzte ich. Ich konnte nicht mehr richtig sprechen, weil Grun-Kar mir die Luft nahm.

»Ein Cherub bettelt um Mitleid?«, spottete der Bauernkämpfer. »Ich hätte nie gedacht, dass ihr so feige seid. Was würde dein Gott angesichts dieser Schande wohl sagen? Dieser Kampf wird uns besondere Freude bereiten, Mai Yun.«

»Ja, Hanki«, pflichtete die Chinesin ihm mit heimtückischem Grinsen bei.

Zum ersten Mal, seit ich den Raum betreten hatte, bäumte der Jadeskorpion seinen Frauenleib auf und schleuderte die Kissen, die seine Beine verbargen, von sich. Angewidert sah ich, dass sich unter dem Kissenberg ihre nicht-menschliche Körperhälfte versteckt hatte. Von der Taille abwärts war Mai Yun nämlich keine Frau. Ihr Unterleib verbreiterte sich zu einem riesigen Bauch, der mit einem dunklen Panzer überzogen war, aus dem drei Paare nicht-menschlicher Beine herausragten. Der Körper verjüngte sich zu einem Schwanz, wie Skorpione ihn haben, und auch der nach vorn gekrümmte Stachel fehlte nicht. Die junge Frau war, ähnlich wie der Wächter, ein Zwitterwesen, eine groteske Mischung aus Frau und Skorpion.

Bei diesem furchterregenden Anblick wurde mir schlagartig klar, dass Mai Yun versuchen würde, mich mit ihrem giftigen Stachel zu durchbohren. Noch einmal wartete ich auf den richtigen Zeitpunkt für einen Gegenangriff.

Sie kam näher, während aus dem Stachel schon das Gift tröpfelte, und versetzte mir mit ihrem giftigen Schwanz einen Hieb. Ich umklammerte die Finger Grun-Kars, der mich immer noch im Schwitzkasten hatte, drückte die Wirbelsäule durch und schlug mit den Beinen nach hinten aus. Durch diese Bewegung brachte ich mich aus der Angriffslinie, und statt mich zu verwunden, drang der Skorpionstachel in die Brust des Gorillas ein. Sofort verbreitete sich ein widerlicher Gestank. Als die wilde Kreatur den Schmerz des Gifts spürte, ließ sie mich sofort fallen, und ich schlitterte weit weg.

Der Dorn der Skorpionfrau hatte den Affen ins Herz getroffen, und es war nur eine Frage der Zeit, bis er sterben würde. In seiner Verzweiflung fing das Monster an, mit seinen Riesenpranken blindwütig um sich zu schlagen. Er war außer Rand und Band geraten und stürmte in seinem Wahnsinn auf Mai Yun zu, die rasch zurückwich, um nicht von seinen ziellosen Schlägen getroffen zu werden.

Trotz des Durcheinanders hatte sich Hanki wie ich aus Grun-Kars Reichweite begeben und wollte sich nun auf mich werfen. Da sich Mai Yun und der Gorilla aber weiter weg befanden, konnte ich mich diesmal voll und ganz auf den Kampf gegen den Herrn der Stürme konzentrieren.

Er holte mit seiner Keule zum Angriff aus und ließ sie niedersausen, aber ich entwischte ihm mit einem Hechtsprung zur Seite. Sofort ging ich zum Gegenangriff über, indem ich ihm einen Schlag ins Gesicht verpasste, der ihm beinahe den Kiefer zerschmetterte. Ganz benommen von der Wucht des Hiebs ging er in die Knie, eine Hand auf den Mund gepresst. Ich versuchte, ihm einen weiteren Schlag zu versetzen, aber wieder entwischte er mir, indem er sich in Nebel verwandelte.

Genau in dem Moment, als Hanki verschwand, machte sich Mai Yun für einen neuen Angriff bereit. Während sie auf mich zusteuerte, sah ich, dass der gerade noch entfesselte Riesenaffe in einem dunklen Winkel des Raums zusammengebrochen war, sich in Krämpfen wand und grünliche Flüssigkeit ausspie.

Der Jadeskorpion ließ seinen Schwanz einige Male vorschnellen. Taktierend ließ ich ihn näher herankommen, und als er ein viertes Mal angriff, ballte ich die Fäuste, beschwor den Zorn Gottes und brach ihm mit einem Schlag mitten ins Gesicht seine menschliche Nase. Mai Yun taumelte, gab sich aber noch nicht geschlagen. Dunkles Blut nahm ihr die Sicht, und dies war meine Chance, sie endgültig zu besiegen.

Ich setzte zu einem zweiten Hieb an, aber da tauchte vor mir eine elektrisch geladene Wolke auf, sodass ich aufhören musste. Hanki hatte den Kampf wieder aufgenommen und hob die Keule. Diesmal konnte ich nicht ausweichen, der Schlag traf mich mit voller Wucht an der Schulter. Auf den Schmerz folgte die Hitze eines elektrischen Schocks – die mystische Eisenspitze war mit der Energie von tausend Blitzen und Donnern aufgeladen. Meinen Körper durchlief ein Zittern, meine Kleidung fing Feuer. Noch bei Bewusstsein schleppte ich mich zum Ausgang und versuchte, dem unermüdlichen Herrn der Stürme auszuweichen.

Hankis Waffe hatte eine solche Kraft gehabt, dass ich befürchtete, einem weiteren Hieb nicht mehr standhalten zu können. Also bündelte ich alle meine Energien für die Verteidigung, doch das erwies sich als schwerer Fehler. Ich war so damit beschäftigt, nicht von dem chinesischen Krieger verletzt zu werden, dass ich nicht bemerkte, dass der Giftstachel Mai Yuns erneut auf mich gerichtet war. Mir blieb gerade noch Zeit, um sie mit dem Arm abzuwehren, doch es war zu spät. Der Stachel drang zehn Zentimeter über dem Handgelenk durch die Haut und verspritzte sein Gift überall in meinem Körper. Der Schmerz lähmte meine Armmuskeln, meine Hand wurde starr wie Stein. Wenigstens hatte ich verhindert, dass der Stachel mein Herz getroffen hatte.

Von jetzt an würde mein Überleben nur noch von meiner Schnelligkeit abhängen. Ich rollte nach vorn ab, und sobald ich ein wenig Platz hatte, schwang ich mich zum Holzbalkon im zweiten Stockwerk hinauf. Dort lehnte ich mich an das unbeleuchtete, stoffbespannte Fenster. Ich brauchte Zeit. Falls das Gift zum Herzen wanderte, würde ich dasselbe Schicksal erleiden wie das Ungeheuer Grun-Kar. Ich riss ein Stück Stoff ab und band meinen Arm provisorisch damit ab.

Das Gift wirkte schnell. Große Müdigkeit überkam mich, meine Atmung verlangsamte sich und wurde beschwerlich. Ich weiß nicht, wie es mir gelang, noch zu widerstehen.

Hanki war auf dem Weg in das untere Stockwerk. »Komm sofort dort herunter! Dein Los ist besiegelt! Stirb wenigstens ehrenvoll und werde deinem Ruf gerecht!«, rief er, und seine Schmähung war von einem Knistern begleitet, das durch die elektrischen Entladungen seines Körpers hervorgerufen wurde.

»Es gibt keine Rettung für dich, Cherub. Nicht einmal der Wächter konnte etwas gegen das Gift ausrichten. In wenigen Augenblicken wirst du sterben, und wir werden dich in die Hölle zu den Sündern bringen, wo du in kochendem Öl geröstet wirst. Deine Haut wird von dir abfallen, und dein Fleisch werden wir im Dreck verfaulen lassen«, setzte Mai Yun nach.

Ich schöpfte kurz Atem, richtete mich auf, trat aus dem Halbschatten und beugte mich über die Balkonbrüstung. Von dort aus sah ich die beiden Geister wie angewurzelt unten im Saal stehen. »Sollte ich bald sterben, wie du sagst, Jadeskorpion, dann habe ich in diesem Leben nichts mehr zu verlieren. Falls dieser Tempel mein Grab ist, gibt es keinen Grund mehr, euch anzulügen oder hinters Licht zu führen.«

Die Skorpionfrau und der Bauernkrieger sahen mich verwirrt an. Meine Worte hatten sie verstummen lassen.

»Seit ich diesen Tempel betreten habe, versuche ich, euch zu erklären, wer ich wirklich bin. Du sprichst von meinem Ruf, Hanki, aber offensichtlich weißt du nicht das Geringste über mich. Du, Mai Yun, Gebieterin über die Waldgeister, warst unvorsichtig und töricht.«

Sie warf mir wütende Blicke zu, rührte sich aber nicht von der Stelle.

»In deinem Hass auf die Himmelsbewohner hast du dir nicht die Mühe gemacht, die Wahrheit herauszufinden, und dir von diesem Zauberer der Wüste einen Bären aufbinden lassen. Was hast du damit erreicht? Einer deiner Geister ist tot, und euch droht dasselbe Schicksal.«

Auf dem Gesicht des Herrn der Stürme, in dem gerade noch Zorn und Verachtung gestanden hatten, spiegelte sich jetzt eine Mischung aus Nervosität und Bewunderung.

»Wie kannst du im Angesicht deines Todes so dreist sein? Wir leben an der Grenze zwischen den beiden Welten. Wir haben weder Anteil an menschlicher Liebe noch an göttlichem Ruhm, also bleibt uns nur die Freundschaft. Wenn ich sterbe, wird mit mir auch die Hoffnung jener sterben, die ihr Vertrauen in mich gesetzt hatten. Für sie kämpfe ich, und vielleicht stehe ich deshalb noch immer aufrecht. Dein Hinterhalt, Mai Yun, hat mich von meinem Weg abgebracht. Du hast ja keine Ahnung, wie mein Auftrag lautet, von dessen Ausführung du mich abgehalten hast. Jetzt ist alles sinnlos. Ich brauche nicht mehr zu leben. Lieber sterbe ich mit euch.«

Diese Provokation trieb meinen Widersachern erneut die Zornesröte ins Gesicht. Bei meinen letzten Worten gab die Skorpionfrau ein animalisches Zischen von sich. Erst jetzt fiel mir auf, dass sie spitze Fangzähne wie eine Schlange hatte.

»Jetzt ist es aber genug!« Ihre Stimme klang dämonisch. »Ich habe deine unerträgliche Litanei satt. Du hattest die Chance, Vergebung zu erflehen, und forderst uns weiterhin heraus. Hanki, mach diesen Halbtoten an meiner Stelle fertig!«

»Mit Vergnügen!«, erwiderte der Krieger und verwandelte sich noch einmal in eine Wolke.

Der Chinese tauchte in meiner Nähe auf, aus seinen Augen zuckten blaue Blitze. Kaum hatte sich der Dunst verzogen, griff er auch schon an. Er versuchte, mir mit seiner Waffe seitlich in die Rippen zu schlagen, aber diesmal wich ich nicht zurück, sondern machte einen Schritt nach vorn. Ich drückte mich an ihn, bevor er seinen Schlag führen konnte, und verhinderte dadurch, dass die Metallspitze der Keule mich traf. Mit einer Hand packte ich sie etwas oberhalb vom Griff, umklammerte den Schaft mit der anderen und zerrte mit aller Kraft so lange daran, bis ich sie Hanki entrissen hatte.

Wehrlos wich Hanki zurück, während ich mich blitzschnell umdrehte und ihm mit seiner eigenen Waffe vor die Brust schlug. Gleichzeitig gab es eine gewaltige elektrische Explosion, die dem Chinesen die Haut versengte und Funken im ganzen Tempel versprühte. Verwundet und voller Angst rutschte er an der Brüstung ab, verwandelte sich aber noch schnell in Nebel, bevor er zu Boden fiel.

Wo würde er wiederauftauchen? Wie konnte ich seinen nächsten Angriff voraussehen? Ich kam zu dem Schluss, dass es nur einen Weg gab, dies herauszufinden – meine nächste Bewegung würde ich mir vorher genau überlegen.

Ich schleuderte die Keule fort, und sie flog rotierend in eine Ecke, wo sie liegen blieb. Bestimmt wollte Hanki sein Kampfinstrument wieder an sich nehmen, also würde er wohl an der Stelle erscheinen, wo die Keule lag.

Bevor sich der stürmische Chinese erneut manifestierte, schwang ich mich auf die Brüstung und sprang hinunter. Wenige Meter über dem Boden boxte ich genau über der Stelle, wo die mystische Waffe lag, in die Luft. Genau in dem Moment erschien der Chinese – völlig überrumpelt von meinen Schlägen. Dem Aufprall folgte ein ohrenbetäubendes Krachen. Hankis Blitze zuckten – und erloschen, als er schließlich ohnmächtig neben dem Kadaver des Riesenaffen zu Boden stürzte.

Aber der Jadeskorpion war immer noch da.

Ich ging in die Hocke, duckte mich und tastete auf den Strohmatten nach der Keule des Herrn der Stürme, die für ihren einstigen Besitzer jetzt nutzlos geworden war. Den Griff fest umklammert, suchte ich den richtigen Winkel und schleuderte das eisenbewehrte Gerät auf die Skorpionfrau. Der Aufprall zerschmetterte ihr die Schädelknochen und fügte ihr eine tödliche Verwundung zu. Die Beine des Skorpions, die den schweren, giftgefüllten Unterleib trugen, zitterten, und Mai Yun brach zusammen.

Trotzdem war ich nicht sicher, ob ich ihr damit wirklich den Garaus gemacht hatte. Ich schlich mich an die leblose, widerliche Hülle heran und stellte dank meines geschärften Gehörs fest, dass ihr Herzschlag schwächer wurde. Die überwältigende Kraft des Metalls zusammen mit der glühenden Hitze der elektrischen Ströme hatte ihre inneren Organe zerstört und trieb das Blut aus dem Körper. Die Poren erweiterten sich und platzten schließlich durch den Druck der Plasmastrahlen.

»Dann hat …«, stammelte sie, »der Zauberer der Wüste gelogen. Er hat uns angelogen! Du bist nicht der Leibwächter, den wir gesucht haben.«

»Es gibt keinen Leibwächter, Mai Yun. Ich befürchte, es hat nie einen gegeben«, entgegnete ich streng und mit Respekt vor den letzten Worten der Gebieterin des Waldes.

Allmählich erlosch der Glanz in ihren grünen Augen. Bevor sie starb, holte sie noch einmal tief Luft und wollte mir etwas zuflüstern, aber es gelang ihr nicht. In einem letzten Lebensreflex schlug sie mit einem Bein aus, wobei die Strohmatte zerriss und der darunterliegende Holzboden zerbarst. Als es mit ihr zu Ende ging, wich alle Farbe aus ihrer menschlichen Haut, ihre Lider schlossen sich, die Kräfte verließen sie.

Mai Yun, der Jadeskorpion, der mächtigste der Ahnengeister von Tin-Sen, war tot.

Ich verstand nicht gleich, worauf die Wesenheit mich hatte hinweisen wollen, und näherte mich deshalb dem Loch im Boden in der Hoffnung, dort des Rätsels Lösung zu finden: Unter dem Tempel befand sich ein Hohlraum – ein kleines, feuchtes, stinkendes, düsteres Verlies.

Mit meinen Adleraugen erforschte ich den unterirdischen Raum und gewahrte unter mir einen Tonkrug mit magischen Symbolen. Er stand in einem pentagrammähnlichen Kreis, wie ihn Magier bei einem Hexenritual verwendeten. Darauf hatte Mai Yun mich also aufmerksam machen wollen! Genau in dieser Kammer hatte der Zauberer der Wüste sein Teufelswerk verrichtet – hier hatte er den Zauber gewirkt, der mich zu diesem Ort gezogen hatte. Darauf hatte er den drei Geistern wohl eingeredet, ich sei ein Feind, und damit den Hinterhalt gelegt. Aber wie mochte er dies bewerkstelligt haben? Wie hatte er mich bloß für seine Magie empfänglich gemacht, wo ich doch gegen von Menschen gewirkte Zauber immun war?

Der Krug! Der Tonkrug!

Durch das Loch glitt ich in das Verlies und verwischte dabei mit dem Fuß die Inschriften des Kreises. Ich entweihte das magische Siegel, nahm den Tonkrug in die Hand und schüttelte ihn. Aufgrund seines geringen Gewichts vermutete ich, dass sich darin ein sehr leichter Gegenstand befand – leicht wie eine Feder. Eine Feder!

Ich zerschmetterte den Krug an der Wand, und was ich sah, ließ mich vor Schreck erstarren. Zwischen den Tonscherben erspähte ich etwas, das aussah wie eine Feder. Ja, es war eine, aber keine gewöhnliche. Sie war weiß und zu meinem Erstaunen mit Blut befleckt. Eine Engelsfeder – aber nicht von irgendeinem beliebigen Engel, sondern von einem abtrünnigen.

Diese Feder stammte von mir!

Die magischen Inschriften! Wie hatte ich es bloß übersehen können? Das hier war keine chinesische Hexerei, sondern eine viel ältere Art von Magie, die henochische Magie, die die Magier Babyloniens vor langer Zeit weiterüberliefert hatten. Also war es dem Zauberer mit einer Feder aus meinem Flügel gelungen, mich mit seinen verräterischen Zaubereien in seinen Bann zu schlagen. Ohne diese Feder hätte er es nicht geschafft. Er brauchte sie für sein Ritual.

Plötzlich wurde mir der makabre Zusammenhang klar: Das letzte Mal, als ich meine Flügel benutzt hatte, lag mehr als zweitausend Jahre zurück, in der legendären Stadt Babel. Ich durchforstete mein Gedächtnis und erinnerte mich daran, dass der babylonische König die Unterstützung eines Magiers gehabt hatte, eines großen, mageren, dunkelhäutigen Mannes mit schmaler Nase und Spitzbart. Es war der Beschwörer Zamir, ein intelligenter Zauberer, der mich um Vergebung angefleht und dann die Flucht ergriffen hatte, nachdem ich ihn im Felsenmeer angegriffen hatte. Kein Zweifel, er musste es sein! Aber weshalb war er nur zurückgekehrt? Ich hatte sein Leben verschont – welches Interesse mochte er daran haben, mich aus dem Weg zu räumen?

Der Bann der Beschwörung hatte mich weit von meinem Weg abgebracht und mich stattdessen in einen Hinterhalt gelockt. Ich hatte vernichtet werden sollen. Warum? Die Antwort war offenkundiger, als ich dachte. Zamir dürstete nach Rache, aber nicht gegen mich. Ich war nur ein Hindernis, das er aus dem Weg schaffen musste, um …

Shamira! Ihr galt seine Rache. Er hasste sie als Rivalin auf dem Gebiet der Magie. Und vor allem hasste er sich selbst dafür, dass er sie aus dem Kerker hatte entkommen lassen. In gewisser Weise war Shamira für den letzten Angriff auf Babel verantwortlich gewesen, als sie mir, wenngleich reichlich spät, die Wahrheit über die abtrünnige Ishtar offenbart hatte. Als Zamir mir im Felsenmeer entgegentrat, wusste er schon – vielleicht aufgrund seiner enormen Intelligenz –, dass die Tage seines Landes gezählt waren. Mit seinen Zaubersprüchen hätte er mich nicht besiegen können und zog es daher vor – ganz nach Art der Magier –, den richtigen Moment abzuwarten, um sein Vorhaben in die Tat umzusetzen und erst dann Shamira zu vernichten, die das zerstörte Babylonien zusammen mit dem kriegerischen Engel verlassen hatte.

Von einer Stunde zur nächsten hatte sich meine Mission in Luft aufgelöst. Das Heilige Kind, das Heilige Land, meine Verabredung mit Nathanael … all das war nur noch ein entfernter Gedanke angesichts der gewaltigen Aufgabe, die auf mich wartete. Ich würde nicht mehr nach Palästina reisen. Ich würde nicht mehr dem nächtlichen Licht des Ophanim folgen. Ich hatte sogar vergessen, wo Kanaan lag. Mein Ziel war jetzt ein anderes.

Rom. Rom war zu meinem Schicksal geworden – meinem einzigen Schicksal.

Ich musste mich sputen, um vor dem grausamen Magier in der Ewigen Stadt zu sein – bevor er Shamira nach dem Leben trachtete.

Ungestüm stieß ich das Bronzetor auf und sprang aus dem Tempel. Ich rannte so schnell wie noch nie, aber meine Beine gehorchten mir nicht mehr. Sie waren verkrampft, steif, nutzlos wie abgestorbenes Fleisch. Ich verlor das Gleichgewicht, strauchelte und fiel mitten in die Büsche. Meine Pupillen verengten sich, mein Blutdruck sackte ab. In meiner Hast und Verzweiflung hatte ich vergessen, dass das Gift Mai Yuns noch immer in meinen Adern kreiste.

Was für ein furchtbares Schicksal, dachte ich. Ein abtrünniger Engel, der für einen ätherischen Geist gestorben ist in einem verwunschenen Wald, weil er angeblich ein Agent des Erzengels Michael war. Ich würde auf die übelste Weise zugrunde gehen.

Nein. Das durfte nicht sein – das konnte einfach nicht sein! Ich würde mich wehren, ich musste mich wehren. Ich würde Shamira nicht genau dann alleinlassen, wenn sie mich am dringendsten brauchte.

Ich stolperte noch ein paar Meter weiter und gelangte an einen Bach. Vermutlich hatte ich zu diesem Zeitpunkt den Wald schon fast verlassen. Ich schleppte mich zum Ufer und trank einen Schluck Wasser, spülte den Mund aus und spuckte etwas Gift aus – grünen Schleim, der sich in meiner Kehle festgesetzt hatte. Auf diese Weise meinte ich das Gift ausscheiden zu können, aber es hatte sich schon überall im Blut verteilt.

Ein Blick auf meine Schulter zeigte mir, dass mein Arm schwarz und abgestorben war. Falls ich überlebte, würde man ihn wohl amputieren müssen.

Die Krämpfe hatten meine Muskeln gelähmt, und der letzte Muskel war das Herz. Mein Blick trübte sich, mir wurde schwarz vor Augen.

FINSTERNIS

Kälte. Dunkelheit. Ein schauriger, gespenstischer Wind.

In der vollkommenen, trostlosen Leere der Bewusstlosigkeit ließ sich eine Stimme vernehmen.

»Was ist denn das für ein Dreckbär?«

»Keine Ahnung. Er trieb im Wasser, als ich ihn fand. Ich wollte noch einmal nachsehen, ob er Geld dabeihatte, und stellte fest, dass er noch lebte.«

An Stimme und Tonfall erkannte ich, dass es sich um zwei Männer handelte, die sich auf Griechisch unterhielten. Ich versuchte, mich einzuschalten, irgendein Zeichen zu geben, aber meine Muskeln reagierten nicht.

»Und das Geld?«

»Was?«

»Das Geld. Hatte er Geld dabei?«

»Nein. Nichts. Nur die Kleider auf dem Leib.«

»Warum hast du ihn dann hergebracht?«

»Ich dachte, wir könnten ihn in Alexandria verkaufen. Dein Vater …«

»Ihn verkaufen? Gut, mal sehen. Aber bei Apollon, sieh dir nur seinen Arm an, der ist ja halb verfault!«

»Stimmt. Aber ich dachte, es würde nicht schaden, dass dein Vater ihn zu Gesicht bekommt. Wir haben ja schon die kleine Chinesin, und da fand ich, wir könnten diesen Barbaren auch noch mitnehmen. Er wird uns in Ägypten ein hübsches Sümmchen einbringen.«

»Schon gut, Tommaso. Bring ihn auf dem Karren unter. Ich werde mit meinem Vater sprechen, bevor wir uns wieder auf den Weg machen. Er wird entscheiden, was zu tun ist.«

Ich hörte, wie sich Schritte entfernten, und wieder umfing mich Finsternis.

Jemand berührte mich. Ich spürte, wie eine feste Hand mein Gesicht drehte. Mein Gewebe erkannte bereits Berührungsimpulse, aber die Lähmung hinderte mich daran, mich zu bewegen.

»Ist er das?«, fragte eine tiefe Stimme.

»Ja. Tommaso hat ihn heute Morgen aus dem Bach gezogen. Er hatte weder Waffen noch Geld bei sich.«

»Interessant. Ein Barbar.«

»Genau das haben wir auch vermutet. Seltsam, nicht? Was so einer hier wohl verloren hat?«

»Sicher ein Flüchtling. Einer, der so weit weg von zu Hause ist … Die meisten sind nichts weiter als Mörder oder Verräter ihres eigenen Volks.«

»Woher wisst Ihr denn, dass es einer ist?«

»Der hier ist ein Germane, da bin ich mir sicher. Seine körperliche Verfassung ist bewundernswert.«

»Ob wir ihn wohl verkaufen können?«

»Kann gut sein. Ich kenne einen Geschäftsmann in Alexandria, der gewöhnlich solche Typen ankauft.«

»Soll ich ihn aufladen?«

»Tu das. Du hast deine Sache gut gemacht, Sohn.«

»Und sein Arm? Müssen wir den abtrennen?«

»Denk doch mal nach, Pólix. Wie wollen wir denn einen Sklaven verkaufen, dem ein Arm fehlt?«

Schweigen.

»Bring ihn auf dem Wagen mit der Kleinen unter. Sie kennt eine Medizin, die ihn vielleicht heilt. Wenn nicht, lassen wir ihn beim nächsten Halt einfach zurück. Und vergiss nicht, ihn zu fesseln.«

Ich hörte, wie sich die Schritte entfernten.

»Jetzt gehe ich mal zu Tommaso. Ich finde, er hat mindestens einen Sesterz verdient für den Dienst, den er mir erwiesen hat.«

Mehr hörte ich nicht, ich schlief wieder ein.

Sieben Monate

Ein leichter Stich drang durch die Haut in meinen Arm. Dann noch einer, und wieder einer, sicher ein Dutzend. Er war sachte, schmerzlos, wie die Berührung einer Nadel. Ich versuchte, einen der gelähmten Finger zu bewegen, und spürte den Zug der Sehne – die abgestorbene Gliedmaße kam langsam wieder zu Kräften.

Ich hörte das gleichförmige Geräusch von Holzrädern, die über unebenes Gelände rumpeln, und spürte schwankende Bewegungen. Auch ein Pferd war zu hören, und der schwache Duft eines Parfums lag in der Luft. Aus den Temperaturveränderungen, die mein Körper wahrnahm, schloss ich, dass sich jemand neben mir befand; sein Atemrhythmus war beständig, beherrscht, ruhig.

Ich schlug die Augen auf.

Das grelle, wenngleich indirekte Tageslicht blendete mich. Ich versuchte, mich zu erheben, aber ein plötzlicher Schwindelanfall zwang mich wieder in meine alte Position. Eine kühle Frauenhand drückte mir sanft auf die Brust und bedeutete mir, dass ich liegen bleiben müsse. Ich fügte mich der unmerklichen Berührung und schloss die Augen, um sie sogleich langsam wieder zu öffnen, in der Hoffnung, meine Pupillen würden sich an die Helligkeit gewöhnen.

Allmählich nahm mein Umfeld Form an. Es war Tag, aber die Sonne verbarg sich über der Plane. *Ein Wagen.* Ich befand mich in einem geschlossenen Wagen, der mit einem groben Stoff überzogen war. Kein luxuriöser Wagen, sondern ein einfaches, robustes Transportgefährt, das mit belanglosen Gegenständen vollgeladen war: Rädern, Zeltplanen, Hanfseilen und Strohkörben. Während ich die Einzelheiten bestaunte, verspürte ich wieder einen Stich. Da ich betäubt war, hatte ich vergessen, mich umzuschauen.

Links von mir saß eine junge Chinesin und setzte mit größter Konzentration zahlreiche Nadeln in meinen dunkel verfärbten Arm. Dutzende davon waren von der Schulter bis zu den Fingerspitzen verteilt. Die Einstichstellen schienen einem Muster zu folgen, das an bestimmten Stellen die Blutzirkulation anregen sollte. Mir fiel auf, dass das Mädchen klein und mager war, schmale Augen und weiße Haut hatte. Sie mochte zwischen fünfzehn und sechzehn Jahre alt sein. Ihre Kleidung war ähnlich wie die adliger Chinesen, aber schmutzig und verschlissen, als besäße sie keine andere. Sie sah mich unverwandt an und setzte schweigend die letzte Nadel.

Ich stieß die Luft aus meinen Lungen, um Kraft zum Reden zu schöpfen, brachte aber nur ein Knurren zustande, das in einem Hustenanfall mündete. Die Kleine erriet meinen Wunsch öffnete ein Strohkörbchen und reichte es mir. Ein vertrauter Geruch erfüllte den Wagen, und ein selten gefühltes Bedürfnis überkam mich: Hunger. Anders als Menschen können Engel und Dämonen, sogar wenn sie verkörpert sind, auf Nahrung verzichten – es sei denn, sie sind schwer verletzt.

Instinktiv griff ich mit der Hand in den Korb und bekam zwei saftige Reiskugeln zu fassen, die ich rasch verschlang. Jetzt fühlte ich mich schon viel besser. Wider Erwarten stieß meine Gefräßigkeit das Mädchen nicht ab. Sie hielt mir etwas Gemüse hin, das ich ohne zu zögern ebenfalls verspeiste. Anschließend schlürfte ich Wasser aus einem bauchigen Tongefäß.

»Danke«, sagte ich auf Mandarin und deutete auf den verletzten Arm, der tatsächlich auf dem Weg der Genesung war.

Mit einem scheuen Kopfnicken erwiderte sie meinen Dank. Sie wirkte sehr zurückhaltend, genau wie es die chinesischen Sitten zu jener Zeit vorschrieben.

»Weißt du, wo wir sind? Was ist das für eine Karawane?«

Doch wieder gab sie keine Antwort. Möglicherweise verstand sie kein Mandarin – in China hatten sich verschiedene Dialekte erhalten.

Plötzlich erklang eine Stimme aus dem Nichts und klärte meine Verwirrung. »Es nützt nichts, mit ihr reden zu wollen. Die Kleine ist stumm.«

»Was?«, fragte ich verwirrt. Die Stimme hatte Griechisch gesprochen, aber in den Vorsilben schwang ein lateinischer Akzent mit. Als ich mich umdrehte, sah ich den Wagenlenker, den ich bis dahin nicht bemerkt hatte. Haar und Augen waren dunkel, die gebräunte Haut gegerbt. Er war von kräftiger Statur, und man konnte sehen, dass er vor allem mit den Händen arbeitete.

»Sie hat keine Zunge mehr«, antwortete der Mann. »Die aufständischen Nomaden haben sie ihr abgeschnitten, als sie sie gefangen nahmen.«

»Aufständische Nomaden?«

»Ja, Männer, die einem gewissen Wang Mang folgen, Gegner des Kaiserregimes. Leider kann ich nicht mehr dazu sagen, ich verstehe zu wenig von der Politik dieser Leute.«

Diese Stimme … ich hatte sie schon einmal gehört. »Du bist Tommaso, du warst es, der mich aus dem Bach gezogen hat.«

Er lächelte gleichgültig. »Dessen kann ich mich nicht rühmen. Es geschah alles aus Eigennutz.«

»Warum?«

»Ich arbeite für einen griechischen Kaufmann, Thales, und seinen Sohn Pólix.«

»Aber du bist kein Grieche.«

»Ich bin Sizilianer. Als ich sah, dass du noch lebst, beschloss ich, dich zu meinem Herrn zu bringen. Wir werden dich auf einem Sklavenmarkt in Alexandria verkaufen, dich und die Kleine. Der Alte hat mir ein Zehntel des Gewinns versprochen.«

»Das ist wenig Lohn für dein Bemühen«, entgegnete ich, aber er überhörte es. »Wo ist denn dieser Kaufmann?«

»Auf dem anderen Wagen, gleich hinter uns. Dies hier ist nur ein zusätzlicher Wagen für den Trödel und« – Tommaso wurde leicht blass – »die Knechte. Aber lass dir ruhig Zeit. Du wirst ihn heute Abend kennenlernen. Er ist ein gerechter Mensch, trotz seines starren Charakters.«

»Gerecht? Wenn er mit Sklaven handelt?«

»Reg dich nicht auf. Sklave zu sein, ist nicht so schlecht. Ich selbst habe bis zu meinem zwanzigsten Lebensjahr auf den Feldern Siziliens gearbeitet, dann habe ich mich freigekauft. Seit zehn Jahren arbeite ich als Wagenlenker, Träger und Leibwächter.«

Seit den Punischen Kriegen zwischen Rom und Karthago war Sizilien eine große Sklavenfarm, die Getreide für ganz Italien produzierte.

»Vielleicht gelingt dir dies ja eines Tages auch. Und so, wie ich es sehe, wird es dir besser ergehen als mir. Sprichst du Latein?«

»Ja.«

»Du sprichst Griechisch und Latein. Sie werden dich ganz bestimmt als Übersetzer haben wollen, dann kommst du nicht in die Gladiatorenarena. Man wird dich gut behandeln und mit Essen und Wein nach deinem Belieben versorgen. Was kann ein Mann mehr verlangen?«

»Und was ist mit der Freiheit?«

Er gab sich verächtlich. »Die ist für einen Bettler nicht mehr so wichtig.«

Bettler. Genau so sah ich aus, in meinen zerlumpten, alten, zerschlissenen Kleidern und mit Wunden und Verbrennungen am ganzen Körper.

Mein Auftrag! Wie hatte ich ihn nur vergessen können? Nathanael, Shamira, Kanaan, Rom, Zamir, das Heilige Kind … Die Namen kamen mir wieder in den Sinn, und ich war sprachlos. Die Erfahrung, dem Tod so nahe gewesen zu sein, hatte mein Gehirn benebelt und diese wichtigen Ziele in den Tiefen meines Gedächtnisses vergraben. Wie lange hatte ich wohl geschlafen? In welchem Teil der Welt befand ich mich? Wie sollte ich es anstellen, nach Rom zu gelangen?

»Halt den Wagen an«, befahl ich dem Lenker aufgeregt.

»Auf keinen Fall. Wir werden erst bei Einbruch der Nacht haltmachen.«

»Du hast mich nicht verstanden«, beharrte ich, während ich noch einmal versuchte, mich aufzurichten. Aber wieder zwangen mich meine geschwächten Knochen, mich hinzulegen. Mit einer Handbewegung bedeutete mir die kleine Chinesin, dass ich liegen bleiben müsse. Die hauchdünnen Nadeln steckten noch in meinem Arm, und ihre Medizin konnte nur wirken, wenn ich mich ausruhte.

Unfähig zur Flucht, fragte ich den Sizilianer: »Welchen Monat haben wir?« Ich musste unbedingt wissen, wie lange ich geschlafen hatte.

Er fuhr gemächlich weiter. »Heute ist der vierte Tag des Anthisterions, des achten Monats.«

Das Anthisterion war bei den Griechen der Zeitraum, der dem Monat März des gregorianischen Kalenders entsprach. Sie nannten ihn Blumenmonat, weil er mit dem Frühlingsbeginn zusammenfiel.

März. Nathanael war im Juli gekommen, mein Kampf gegen die Ahnengeister hatte Ende des Sommers des Jahres 1 v. Chr. stattgefunden. War ich etwa sieben Monate lang bewusstlos gewesen? Oder gar länger? »Und das Jahr? Welches Jahr haben wir?«

»Du würdest die athenische Jahreszählweise nicht begreifen; ich verstehe sie auch nicht, so wie die Griechen es manchmal selbst nicht wissen. Aber ich kann dir sagen, dass wir uns im 28. Herrschaftsjahr des Augustus von Rom befinden.«

Dies entsprach genau dem Jahr 1 n. Chr., dem ersten Jahr nach der Geburt des Heiligen Kindes.

Sieben Monate. Ich war also sieben Monate lang außer Gefecht gewesen! In dieser Zeit hätte Zamir schon in Italien sein können, um Shamira zu töten. Aber er hatte es nicht getan. Er hatte es *ganz bestimmt* nicht getan. Noch nicht.

Shamira und ich waren auf unerklärliche Weise miteinander verbunden. Selbst auf die Entfernung konnten wir die verborgensten Emotionen des anderen spüren. Ja, Shamira war noch am Leben, und genau deshalb musste ich meine Reise fortsetzen. Noch war es Zeit, sie vor dem Hinterhalt zu warnen. Dann, *und erst dann*, würde ich nach Palästina weiterreisen, wo Nathanael vermutlich auf mich wartete.

Ich dehnte und streckte mich und ließ die kleine Chinesin die Nadeln entfernen. Mühsam drückte ich auf den Muskelstrang, und der Daumen bewegte sich langsam zurück – ein Zeichen, dass meine Kreislauffunktionen gut auf die Behandlung ansprachen und ich den Arm schon bald wieder würde bewegen können – zumindest hoffte ich das.

Änderung der Pläne

Als es Abend wurde, fiel die Temperatur deutlich. An dem trockenen Klima hatte ich schon seit den ersten Stunden, in denen ich wieder bei Bewusstsein war, gemerkt, dass wir in einem Wüstengebiet unterwegs waren. Später bestätigte Tommaso meine Vermutung. Er erklärte mir, dass wir uns auf der Seidenstraße, noch innerhalb der Herrschaftsgebiete der Han-Dynastie, befanden. Bald lagen die gewaltigen schneebedeckten Gipfel des Qilian-Gebirges, das ich erstmals bei meiner Ankunft in Wu-Wei gesehen hatte, hinter uns. Auf chinesischem Gebiet führte die Seidenstraße vorwiegend an den Hängen der himmelhohen Gebirge Tibets entlang, wich aber auf halbem Weg leicht nach Norden ab und verlief durch die sogenannte Turfansenke in der Nähe der gleichnamigen Stadt. Das ganze Gebiet ist unglaublich trocken, aber nicht so unwirtlich wie eine Sandwüste. Der Boden ist uneben und steinig, was das Rumpeln der Räder auf dem Geröll erklärte.

Nach einem langen Tag, an dem ich große Schmerzen und mehrere Schwindelanfälle erlitt, kam endlich die Nacht, und der aus zwei Wagen bestehende Tross hielt einige Meter von der Straße entfernt an. Laut dem Wagenlenker würden wir unser Nachtmahl einnehmen und dann in Zelten schlafen, denn nur die mit Hammelfellen bedeckte Leinenplane würde die klirrende Kälte abwehren. In Kürze sollte ich Tommasos Herrn kennenlernen – der jetzt auch mein Besitzer war.

Eine Zeit lang blieb ich allein auf dem Wagen, während der Sizilianer und die kleine Chinesin das Nachtlager vorbereiteten. Nachdem sie die Zelte aufgestellt und ein Feuer entzündet hatten, kamen die beiden zurück, um mich näher an die Glut zu bringen. In einem robusten Bronzekessel bereiteten sie irgendeine Suppe mit Reis, Gemüse und Streifen von Vogelfleisch zu. Auch boten sie mir einen Wollumhang an, der zwar schmutzig war, den ich aber gern annahm.

Thales und Pólix saßen am Feuer – zwei typische Griechen, entsprechend gekleidet. Ihr Blick hatte etwas Überhebliches, wie es bei sogenannten zivilisierten Menschen häufig vorkam. Thales war der Ältere, ein Mann in den Fünfzigern. Seine Nase war wie die seines Sohns dreieckig und beschrieb eine gerade Linie bis zur Stirn. Er hatte nur wenig Haar und an den Seiten und im Nacken vereinzelte Strähnen. Pólix hingegen war ein kräftiger junger Mann, der sich für den Gott Apoll persönlich hielt.

Thales schöpfte etwas Suppe aus dem Kessel und kam dann zu mir. Seine schwere Tunika, bei dieser Kälte genau das Richtige, reichte ihm bis auf die Füße, doch mir fiel auf, dass der Kaufmann, wie bei den Mittelmeervölkern üblich, Sandalen darunter trug.

»Iss, so viel du willst«, forderte er mich mit einer gewissen Kälte auf und wies auf einen irdenen Teller.

Wenn ich wieder richtig zu Kräften kommen wollte, musste ich tüchtig essen. »Sehr schön«, dankte ich mit einem Kopfnicken. Ich sprach Griechisch, aber mit germanischem Akzent. Da der Alte mich ohnehin für einen Barbaren hielt, behielt ich diese falsche Identität bei.

Ohne Umschweife kam er zur Sache. »Tommaso hat es dir wohl schon erklärt. Ich bin der Anführer dieser Karawane«, begann er. »Wir haben dein Leben gerettet, und jetzt bist du rechtmäßig unser Sklave. Wir werden dich verkaufen, sobald wir in Alexandria sind.«

»Ich weiß deine Aufrichtigkeit zu schätzen.«

Pólix schaltete sich ein. »Vater, dieser Barbar hat wahrscheinlich gar keine Ahnung, wo Ägypten liegt.«

Ich beachtete ihn nicht, sein Vater auch nicht.

»Ja, ich und das Mädchen«, korrigierte ich ihn. »Du willst uns an die Römer verkaufen.«

»Genau.«

»Dann muss ich dir sagen, dass du deine Zeit verschwendest.«

»Wieso?«, rief der Alte aus.

Pólix erhob sich, um nach einem Messer zu suchen. Tommaso grinste, verbarg sein Gesicht aber im Dunkeln. Die Kleine duckte sich.

»Zivilisierte Herkunft, ungehobelte Manieren. Genau diesen Eindruck machen die meisten Griechen heutzutage auf mich«, bekräftigte ich. »Dieser Handel wird nicht stattfinden.«

Pólix trat mit erhobenem Messer vor. »Wie kannst du es wagen? Ich sollte dich auf der Stelle töten.«

»Es wäre unklug, so etwas zu versuchen. Ich glaube nämlich nicht, dass du mich wirklich töten könntest«, sagte ich an Thales gewandt. »Ich mache dir einen besseren Vorschlag, der allen nur Vorteile bringt.«

Als Pólix sah, dass sein Vater keinen Befehl zum Angriff gab, schrie er weiter. »Du bist ein Barbar! Was vermag schon ein Barbar gegen einen rechtmäßigen Sohn Athens? Du redest einfach irgendetwas daher. Deine Kriege sind nicht ruhmreich.«

»Komm mir nicht mit so etwas. Mit Hellas' Ruhm war es nach Alexanders Feldzügen zu Ende.«

Alexander der Große von Makedonien war einer der größten Monarchen der Antike gewesen. Während seiner Herrschaft zwischen 336 und 323 v. Chr. hatte er die Grenzen seines Landes von Griechenland bis nach Westindien erweitert.

»Da täuschst du dich«, warf Thales ein, »unsere Kultur hat nie zuvor eine solche Ausbreitung erreicht.«

»Ja, die hellenische Kultur. Aber was ist Griechenland heute anderes als eine nicht enden wollende Industrie intellektueller Sklaven, dazu bestimmt, römische Aristokraten mit qualifizierten Arbeitskräften zu versorgen? Genau das ist aus deinem ruhmreichen Athen nämlich geworden: eine weitere römische Provinz.«

Wutentbrannt holte Pólix zum Hieb aus, aber Thales hielt ihn am Hemd zurück. »Nein. Wir werden uns anhören, was er zu sagen hat. Vielleicht ist sein Vorschlag ja wirklich nicht von der Hand zu weisen. Ich hoffe es für ihn.«

»Ich glaube, mit unseren Diensten kannst du mehr Gewinn erzielen als mit unserem Kopf. Wir werden mehr als vierhundert
Tage lang zusammen auf dieser endlosen Strecke unterwegs sein« –
dies war die Zeitspanne, die eine Karawane damals für die sechstausend Kilometer vom Qilian-Gebirge bis Alexandria, die Hauptstadt Ägyptens, in etwa benötigte –, »deshalb müssen wir uns
gegenseitig helfen. Entspricht das nicht der demokratischen Gesinnung der Griechen?«

Er zeigte sich von meinen Worten unbeeindruckt. »Sprich weiter.«

»Wenn wir die Grenzen Chinas hinter uns gelassen haben,
befinden wir uns in den Territorien der Yu-Chi-Stämme und
werden dann Richtung Partherreich weiterreisen. Dieses ausgedehnte Gebiet wird von Beamten verwaltet, die des Griechischen nicht mächtig sind und Wucherzölle für die Durchreise fordern.«

»Ja, diese Strecke habe ich schon Dutzende Male zurückge-
legt«, pflichtete Thales sachlich bei.

»Ich spreche fließend Aramäisch, die Sprache der Kaufleute
des Mittleren Ostens, außerdem kenne ich ein paar Wüstendia-
lekte. Ich kann euch als Mittelsmann unterstützen und eine Zoll-
erleichterung erwirken.«

»Was noch?«

»Ich weiß, wie ich euch auf einem kürzeren, sicheren Weg nach
Alexandria bringen kann.«

»Ach ja?«, erkundigte sich der Alte misstrauisch. »Tommaso!«,
rief er, ohne mich aus den Augen zu lassen. »Bring die Karte her.
Sie liegt in meinem Wagen.«

Der Sizilianer gehorchte.

Diese Weltkarte, auf robustes Pergament gezeichnet, hatte bestimmt ein griechischer Gebildeter ausgearbeitet, denn sie enthielt ganz präzise Details. Sie zeigte Großstädte, Kleinstädte und
Straßen, die vom äußersten Westen des Mittelmeers bis zu den

Grenzen des Morgenlands reichten und auf dem Breitengrad endeten, der durch die chinesische Hauptstadt Chang'an verlief.

Thales breitete die Karte im Feuerschein aus.

»Welchen Weg schlägst du vor?«, fragte er, mit dem Finger auf die Senke deutend, in der wir uns befanden. »Wir werden ja sehen, ob deine Kenntnisse wirklich zu etwas nutze sind.«

»Wir werden die Seidenstraße an dieser Stelle verlassen«, ich zeigte auf eine Stelle im Sand in der Mitte der iranischen Hochebene, »und auf parthischem Boden bis nach Persepolis hinunterreisen. Von dort aus überqueren wir den Tigris und den Euphrat, ziehen durch die Große Arabische Wüste Richtung Sinai und halten dann direkt auf Alexandria zu.«

Zum Partherreich oder Parthien gehörten im 1. Jahrhundert n. Chr. die Gebiete, die wir heute als Iran kennen, ein Teil Armeniens und das antike Reich Mesopotamien. Zu jener Zeit war es immer wieder zu Konflikten mit römischen Legionären und somit für beide Seiten zu direkten Konfrontationen gekommen. Römer und Parther würden sich später in der berühmten Schlacht bei Carrhae gegenüberstehen, bei der die Römer eine demütigende Niederlage hinnehmen mussten.

»Dieser Weg«, widersprach Thales, »zwingt uns, ins Herz von Arabia Deserta zu reisen« – er verwendete den lateinischen Namen. »Das scheint mir keine sehr intelligente Lösung zu sein.«

»Die andere Möglichkeit, also die Route, die ihr ursprünglich nehmen wolltet, verläuft mitten durch zwei römische Provinzen.«

»Was ist daran schlimm?«

»Wie viel, meinst du, wirst du für Gebühren unter der Hand und für Schmiergelder zahlen müssen?«

»Dieser Nachteil ist bereits eingerechnet.«

»Ich wage zu behaupten, dass dieser Betrag ein Achtel vom Gesamtwert deiner Waren ausmacht.«

Der Grieche rechnete schnell im Kopf nach, beantwortete meine Frage aber nicht.

»Soweit ich erkennen konnte«, fuhr ich fort, »führt ihr Gegenstände aus Bronze mit euch – dieses Material ist bei den Römern besonders beliebt.«

Thales und Pólix durchbohrten Tommaso gleichzeitig mit Blicken, da sie ihn für den Verräter hielten. Sie wollten ihre Ladung lieber geheim halten und transportierten deshalb alles auf eigenen Wagen. Aber ich hatte das Metall beim Verlassen des Wagens gerochen und täuschte mich nie bei der chemischen Zusammensetzung dieser Mineralien.

»Ich habe nichts gesagt«, verteidigte sich Tommaso, als er den vorwurfsvollen Blick seiner Gebieter sah.

»Es stimmt«, klärte ich die beiden auf, »er hat mir nichts verraten. Ich sah das Metall im Sternenlicht glänzen.«

Im Wagen der Griechen hatte tatsächlich ein Stück Bronze gelegen, das die beiden versehentlich nicht verpackt hatten. Das zweite Gefährt, das der Kaufmann und sein Sohn benutzten, war ganz aus Holz und sah eher wie ein Karren aus. Mit seiner soliden, durchgehenden Karosserie unterschied es sich deutlich von dem Beiwagen, der nur mit einer Plane überzogen war.

Der Alte wandte sich wieder mir zu. »Die Reise durch die Wüste könnte uns viel teurer zu stehen kommen. Dieses riesige Sandgebiet ist unwirtlich, verlassen und gefährlich. Außerdem wären wir Beduinenüberfällen ausgesetzt.«

»Manche Nomadenstämme leben nur vom Banditenwesen, und uns fehlt zur Verteidigung ein bewaffneter Begleitschutz«, fügte Pólix hinzu.

»Das stimmt alles, die Wüste ist tückisch. Aber ich kenne viele gefahrlose Wege von den Ruinen von Persepolis bis zu den Grenzen Ägyptens. Westlich der alten persischen Hauptstadt gelangt man auf den Geheimpfad – den schlage ich vor.«

»Geheimpfad?«, fragte Thales verwundert.

»Früher benutzten die babylonischen Späher geheime Wege, um sich durch den Mittleren Orient zu bewegen. Diese versteckten Verbindungen sind schnell und verlaufen unterirdisch.«

»Hast du eine Karte von diesen Wegen?«

»Ich habe alles im Kopf«, gab ich selbstbewusst zurück.

»Hm …«, überlegte der Alte. »Das hört sich alles ziemlich fantastisch an. Aber wenn es wahr ist, wäre uns das eine unschätzbar wertvolle Hilfe. Wenn wir die Strecke nehmen, die du vorgeschlagen hast, würden wir uns fast hundert Reisetage sparen.«

»Diese Route ist eine Abkürzung. Außerdem bleibt dir deine gesamte Ware erhalten. Die Räuber kennen diesen Weg nicht.«

»Ja, davon bin ich ausgegangen. Aber ein Punkt ist mir noch nicht klar. Warum sollten ich und mein Sohn dir Glauben schenken?«

Ich atmete tief ein, bevor ich antwortete, und unterdrückte einen kurzen Schauer. In der Kälte begannen sich meine Muskeln zu verkrampfen, und mein Arm schmerzte wieder. Ich versuchte, ihn zu beugen, aber die verletzten Knochen waren für eine vollständige Bewegung noch nicht bereit. »Es gibt in dieser Karawane niemanden, der schneller vorwärtskommen möchte als ich. Ich muss sobald wie möglich in Alexandria sein und von dort ein Schiff nach Rom nehmen, weil ich dringend etwas in der Ewigen Stadt erledigen muss. Leider gestattet es mir mein Gesundheitszustand nicht, allein weiterzureisen. Ich brauche euch, um mein Ziel zu erreichen.«

Thales schwieg, verschränkte die Arme vor der Brust und sah zu den Sternen empor, als suchte er am Firmament eine Lösung für seine Situation. Pólix ließ erschüttert und gedemütigt den Kopf auf die Knie sinken. Tommaso verhehlte wieder einmal seine Genugtuung – der Sizilianer war auf meiner Seite.

»Und wenn du lügst?«, hakte der Alte plötzlich nach.

»Ich sehe keinen Grund, euch hinters Licht zu führen. Würde ich es versuchen – was würde deinen Sohn daran hindern, mir seinen Dolch ins Herz zu bohren?«, fragte ich provozierend mit einem Blick auf den Jungen, aber er sah weg.

Der Kaufmann senkte leicht den Kopf. »Und die kleine Chinesin? Du hast gesagt, sie könne uns ebenfalls von Nutzen sein.«

»Das Mädchen kennt Medizintechniken, die die Abendländer nicht begreifen. Sieh mal, es kommt wieder Leben in meinen Arm.« Ich schob den Wollumhang zurück, um ihnen den Fortschritt der Behandlung zu zeigen. »In den Städten, in denen wir haltmachen, können wir ihre Dienste gegen Gold anbieten. Viele würden für eine Konsultation bezahlen.«

Zögernd wagte Tommaso eine Bemerkung. »Das stimmt. Was die Kleine mit seinem Arm gemacht hat, ist fantastisch.«

Der Alte gab sich keine Mühe, den Knecht anzuschauen. Er hatte seine Entscheidung bereits getroffen. »Wir werden deinen Plan annehmen, aber sei dir der Risiken bewusst. Falls dies eine Falle ist, werde ich Pólix und Tommaso befehlen, dich umzubringen.«

»Wir haben also einen Vertrag«, schloss ich.

»Ja«, erwiderte er mit der für ihn typischen Ernsthaftigkeit. »Und jetzt alle in die Zelte! Tommaso, lass das Feuer noch knistern, damit keine Schlangen kommen. Wir werden vor Morgengrauen aufbrechen.«

Thales verließ die glimmende Feuerstelle und begab sich zu seinem Schlafplatz unter den Planen. Bevor er sich zurückzog, blieb er noch einmal stehen und sah mich an. »Wie wollen wir dich von jetzt an nennen, Fremdling?«

Solche Fragen überraschten mich immer wieder. »Ich finde, ›Barbar‹ passt doch.«

»Also gut. Nimm die Chinesin mit in dein Zelt. Ab jetzt bist du für sie verantwortlich«, und mit einem Blick auf meinen verletzten Arm: »Und sie für dich, glaube ich.«

Ich nickte und wünschte ihm eine gute Nacht, aber er machte keine Anstalten zu gehen. Noch immer stand er da und betrachtete mich eingehend von oben bis unten.

»Irgendetwas an dir ist seltsam«, sagte er dann. »Ob du uns wohl irgendwann deine wahre Geschichte erzählen wirst?«

»Gewisse Dinge wirst du niemals erfahren«, sagte ich aufrichtig und blieb gelassen.

»Das dachte ich mir schon.« Er lächelte knapp.

Dann verschwand er durch die Öffnung.

BLUME DES OSTENS

Kaum hatte der Tag begonnen, waren wir schon wieder unterwegs. Wir ließen die gewaltigen Gebirge Tibets hinter uns und bewegten uns weiter Richtung Nordwesten. Die Seidenstraße ging an dieser Stelle in uralte Pfade über und beschrieb einen Umweg durch eine Senke im Gebirge, die sogenannte Turfansenke. Diese erinnerte an ein riesiges Tal, in dem viele Bergwasserläufe zusammenflossen und in einen See im Herzen der Schlucht mündeten. An dessen Ufern lag die Stadt Turfan, an der fast alle Kaufleute vorbeikamen, die sich in dieser Gegend aufhielten.

Der See und die Quellen waren ein willkommener Kontrast zur Dürre der Wüste. An den Felshängen gediehen Pflanzen und Sträucher, Bäume stellten ihre prachtvollen Blüten zu Schau, Vögel zwitscherten, und das angenehme Plätschern eines Bächleins vervollständigte das wunderschöne Bild. Die Turfansenke war wie eine Oase, ein wundervolles Kleinod an einer kargen, trostlosen Straße.

Während wir durch das Wäldchen zur Stadt hinabstiegen, machte sich die kleine Chinesin neben mir auf dem Lasttier daran, wieder eine ihrer besonderen Techniken anzuwenden. Diesmal nahm sie keine Nadeln, sondern zog ein Büschel Kräuter aus ihrem Beutel. Mit einem Holzstößel zerkleinerte sie die Pflanzen in einem Tonkrug, zündete in einem anderen Gefäß ein Feuer an und legte fünf breite Tierhautstreifen neben sich aus. Dann verbrannte sie die Kräuter, legte die glühende Asche auf die Verbandstreifen und wickelte mir diese anschließend fest um den Arm, sodass die Hitze der Kräuter oberflächliche Verbrennungen auf meiner Haut verursachte. Die Technik war zwar schmerzhaft, doch sie beförderte die wirksamen Dämpfe der Substanz in den Organismus, der ihre wohltuenden Eigenschaften aufnahm. Diese Behandlung, in der modernen Medizin als Moxibustion bekannt, war sehr wirksam bei der Bekämpfung verschiedenster Beschwerden, ja, sogar bei einfachen Kopfschmerzen, und wurde von den Chinesen seit jeher eingesetzt.

Eine Stunde lang hielt die Kleine die Streifen auf meine Haut gepresst, bis die Kräuter nicht mehr so stark brannten. Da kam mir eine Idee.

»Tommaso«, rief ich dem Sizilianer zu, der den Wagen durch das Wäldchen lenkte.

»Es ist noch eine Stunde bis zur Stadt«, gab er zurück.

»Nein, das meine ich nicht. Das ist doch der Wagen mit dem Trödel, oder?«

»Wieso? Brauchst du etwas?«

»Tinte und Feder. Weißt du, wo Thales das Schreibmaterial aufbewahrt?«

Er grübelte drei Sekunden, weil er sich mehr auf die Straße als auf eine schnelle Antwort konzentrierte. »Alle Dokumente sind im anderen Wagen, aber ganz unten in diesem Korb liegt ein Kistchen mit genügend Tinte und Federn.« Er wies auf einen Strohkorb in der Ecke. »Ich befürchte, es gibt keine Pergamentrollen mehr. Wir haben sie alle aufgebraucht, um die Bronzegegenstände zu verzeichnen.«

»Ich glaube, das ist nicht nötig«, dankte ich ihm und holte den Korb hervor. In dem Kistchen fand ich Schreibtinte in zwei Kupferfässchen und Schreibfedern mit zwei verschieden dicken Spitzen. Dieses hochwertige Material stammte aus China, wahrscheinlich aus einem Geschäft in Chang'an.

Ich öffnete das Fässchen und tauchte die Federspitze hinein. »Wie heißt du?«, fragte ich die Kleine und reichte ihr die Feder.

Noch etwas schüchtern griff sie danach und kritzelte chinesische Schriftzeichen auf die Holzplanken. *Blume des Ostens,* auf Mandarin.

Blume des Ostens. Was für ein schöner Name, dachte ich, *und er passt haargenau.* Genau das war sie nämlich – empfindlich wie eine Blume und von unschuldiger Schönheit. Sie war die Knospe des Morgenlands: still und unerschütterlich wie eine Pflanze, die in den Bergen gedeiht und selbst die schlimmsten Stürme übersteht.

»Blume des Ostens«, murmelte ich, mehr zu mir selbst.

»Was ist?«, wollte Tommaso wissen, der dachte, mein Gemurmel gelte ihm.

»Blume des Ostens«, wiederholte ich, diesmal auf Griechisch.

»Blume des Ostens?« Er war sichtlich verwirrt.

»Ja. Blume des Ostens. Das ist ihr Name. So heißt die Kleine.«

Der Wagenlenker drehte sich um und sah die Ideogramme auf dem Boden. »Ach so, die Kleine kann schreiben. Ich sehe, dass ihr doch noch einen Weg gefunden habt, euch zu verständigen. Warum bringst du ihr nicht die griechische Grammatik bei? Hier spricht niemand Chinesisch.«

»Daran hatte ich gar nicht gedacht, aber es ist eine gute Idee. Was meinst du, Blume des Ostens?«

Sie deutete ein Lächeln an. Sie war ein ganz normales Mädchen, das in ihrer Kindheit aber immer getadelt worden war, wenn es seine Gefühle zeigte. Die Frauen in China durchliefen in ihrer Jugend eine strenge Schule, in der man ihnen beibrachte, perfekte Gattinnen zu sein – unterwürfig, beherrscht und nachgiebig.

Der Karren rumpelte über einen Stein, und das ganze Gefährt machte einen Satz. Das Tintenfässchen fiel um, und die Tinte ergoss sich über den Namen auf dem Boden.

»Bald haben wir deine Welt hinter uns gelassen, Blume des Ostens. Dies ist die letzte Stadt im Reich der Han-Dynastie«, sinnierte ich, während ich zusah, wie die schneebedeckten Gipfel am Horizont verschwanden. »Jetzt brauchst du dich nicht mehr zu fürchten. Die Nomaden sind schon lange fort, und die Griechen werden dir kein Leid zufügen.«

Sie sah mich etwas verschämt an, während sie die Verbandstreifen von meinem Arm löste. Dieser war inzwischen vollständig genesen.

»Du kommst mit mir nach Rom, meine Kleine. Dort lebt eine Frau, die du bestimmt gern kennenlernen möchtest. Vielleicht kann sie dir dabei helfen, deine Eltern ausfindig zu machen.«

Shamira hatte Kontakte, kannte sich aus und war wohlhabend und klug. Möglicherweise wusste sie, wie sie Blume des Ostens wieder zurück nach China in den Schoß ihres Familienclans bringen konnte. Täglich brachen große Karawanen von der Ewigen Stadt auf, und zumindest eine davon würde sich bereit erklären, die junge Chinesin wieder in ihre Heimat zu bringen. Dieser Dienst wäre zwar nicht kostenlos, aber Shamiras Geldreserven würden mehr als genügen, um alle Ausgaben zu decken.

Die Kleine signalisierte ihr Einverständnis und ging daran, ihre Utensilien einzupacken. Sie legte die Kräuter in den Beutel zurück und verstaute ihn in einer Ecke. Die Verbandstreifen faltete sie zusammen, die Pflanzenasche schüttete sie fort.

TURFAN

Turfan besaß weder Mauern noch Tore zu seiner Verteidigung. Stattdessen bewachte ein Holztor in Form zweier Drachen, die sich gegenseitig verschlangen, den Eingang zur Stadt. Den Taoisten zufolge wendete dieses Monument den Überfall böser Geister ab und schützte das Tal vor dem Zorn der Götter. Als wir durch Turfan zogen, konnte ich keine mystische Erschütterung feststellen. Allerdings waren meine Sinne aufgrund meines schlechten Gesundheitszustands noch immer beeinträchtigt.

Außer Naturschönheiten hatte Turfan keinen großen Luxus zu bieten. Die Behausungen hatten alle denselben Farbton, zwischen Beige und Grau, und erinnerten damit mehr an die tibetische statt an die chinesische Bauweise. Mir fiel auf, dass viele Häuser aus Stein und Lehm bestanden, was so gar nicht zur traditionellen Architektur Chinas passen wollte. Ganz in der Nähe des Sees standen außerdem sehr viele Zelte, in denen Hunderte Kaufleute untergebracht waren.

Thales zog den hinteren Vorhang des Karrens mit einem Ruck zurück, und ich sah, dass wir mitten auf einem lebhaften Handelsplatz in einem Grenzgebiet haltgemacht hatten.

»Wie fühlst du dich heute, Fremder? Meinst du, du kannst laufen?« Sein Interesse war rein geschäftlich.

»Ja, ich kann gehen. Ich bin noch nicht vollständig genesen, aber die Beingelenke kann ich schon wieder ganz gut bewegen. Ich würde kein Rennen riskieren, aber ein Spaziergang sollte kein Problem sein.«

»Sehr gut. Pólix und ich dachten, du könntest uns bei den Vorräten helfen. Wenn du ab jetzt unser Reiseführer bist, finde ich, dass du einen Teil der Verantwortung für die Karawane übernehmen solltest.«

»Natürlich«, willigte ich ein.

Der Alte machte kehrt und begab sich zum Marktplatz.

Im Wagen hüllte ich mich in die armseligen Lumpen, die ich trug, seit man mich aus dem Fluss gezogen hatte, und versteckte den verletzten Arm unter dem Wollumhang. Ich stellte fest, dass sowohl Blume des Ostens als auch ich neue Kleidung brauchten. Leider hatten wir nur einen Denar in der Tasche.

Ich trat auf die Straße, und die Sonne stach mir in die Augen. Blume des Ostens zog mich am Arm und zeigte auf einen Stand, an dem Thales und Pólix die Karren in Augenschein nahmen. Der

Händler hielt eine Wachstafel in der Hand und ritzte mit einem Knochenstift etwas hinein.

Mit einem Blick auf die Karawane überschlug ich die Ausgaben. Der Konvoi bestand aus zwei Wagen. Der erste, in dem die Griechen reisten, wurde von zwei Pferden gezogen, zwei Lasttieren, die für schnelle Ritte ungeeignet waren. Vor den zweiten Transportwagen für die Knechte und den Trödel waren Maultiere gespannt.

Pólix stellte sich stumm neben mich.

Aufgeregt sagte der Alte: »Ich habe einen Mann gesehen, der am Eingang der Stadt Kamele verkauft. Was hältst du davon, wenn wir die Wagen gegen ein Dutzend dieser Wiederkäuer eintauschen? Zwölf gesunde Tiere müssten doch ausreichen, um die gesamte Ware durch die Wüste zu befördern.«

»Das wäre unvorteilhaft«, entgegnete ich. »Der feine Sand kann die Bronze beschädigen. Ich fände es besser, das Metall eingewickelt in den geschlossenen Wagen aufzubewahren. Wir fahren mit den Karren weiter.«

»Du machst wohl Scherze«, sagte Pólix verächtlich. »Wir können unmöglich eine Sandwüste auf Rädern durchqueren. Die Wagen können nicht auf die Dünen fahren. Wir brauchen Tiere, die die Last tragen, sonst bleiben wir stecken.«

»Das ist ein interessanter Gedanke, Barbar«, bekräftigte der Alte.

»Ich habe euch gesagt, dass ich eine Behelfsstrecke kenne. Unter diesem Pfad gibt es einen unterirdischen Wasserlauf. Deshalb ist der Boden dieses Wegs sandig, aber fest. Die Karren werden keine Probleme haben.«

Der Junge sah seinen Vater auffordernd an.

»Bist du ganz sicher, dass es diese Route gibt?«, fragte Thales provozierend.

»Ich gebe dir mein Wort, obwohl ich meine, wir hätten darüber schon diskutiert.«

Er versuchte meinen Blick zu ergründen. »Ich vertraue dir, Fremder«, sagte er schließlich.

Ich lief noch einmal zu den Vorratskarren zurück und zählte die Amphoren und Körbe. Einige Behältnisse schüttelte ich, um ihren Inhalt zu überprüfen. Wasser war noch genug vorhanden, aber die Nahrungsmittel gingen zur Neige.

»Wir müssen viele Nahrungsmittelvorräte mitnehmen, wenn wir ohne lange Aufenthalte weiterreisen wollen«, schlug ich vor. »Zum Glück braucht unser Wasservorrat nur bis zu den Ruinen von Persepolis zu halten.«

»Meinst du nicht, dass ein Großteil der Nahrung auf der Reise verdirbt?«, bohrte der Alte nach.

»Doch. In der Wüste gibt es ein paar Ansiedlungen, wo wir uns Nachschub besorgen können, aber dazu müssten wir zu weit von unserer Route abweichen. Ehrlich gesagt weiß ich noch nicht, was wir tun sollen. Ich werde mir etwas einfallen lassen.«

»Dein Plan zeigt also schon die ersten Mängel«, stichelte Pólix.

»Vielleicht kannst du mir dabei helfen, sie zu beheben.«

Der Junge stammelte etwas, aber meine Aufmerksamkeit wurde von der kleinen Chinesin abgelenkt, die mich beharrlich am Arm zerrte. Da Blume des Ostens nicht sprechen konnte, versuchte sie es damit, die Kreisbewegung eines Löffels nachzuahmen, mit dem man in einem Kessel rührt.

»Du könntest etwas zubereiten«, versuchte ich zu erraten.

Sie nickte.

»Was denn?«

Sie führte die freie Hand zum Mund und tat so, als würde sie etwas essen. Dann klopfte sie sich zweimal mit der flachen Hand auf den Bauch, wie zum Zeichen der Zufriedenheit. Blume des Ostens ließ meinen Arm los und lief wieder zum Karren. Thales, Pólix und ich folgten ihr neugierig und sahen, wie sie eifrig in ihrem Rucksack nach ihrem Kräuterbüchlein kramte. Voller Genugtuung zeigte sie mir eine Seite, die mit Ideogrammen und

Zeichnungen von Pflanzen und Wurzeln vollgekritzelt war. Obwohl ich mich mit Kräutern nicht auskannte, las ich die ersten Wörter und verstand sofort, was sie meinte.

»Pólix, ich glaube, wir haben die Lösung für das Problem gefunden. Das heißt, Blume des Ostens hat sie gefunden.«

»Blume des Ostens?«, warf Thales ein.

Ich hatte vollkommen vergessen, dass die Griechen den richtigen Namen des Mädchens noch nicht kannten. Tommaso kam mir zu Hilfe: »Blume des Ostens ist der Name des Mädchens, Herr.«

»Wie poetisch«, gab der Alte zurück. »Aber was will sie uns mit ihren Gebärden sagen?«

Ich zeigte ihnen die Zeichnungen auf den Buchseiten. Zugleich zog das Mädchen ein paar Kräuter aus seiner Tasche und wedelte damit herum.

»Das ist eine Art Lebensmittel, eine Mischung aus Öl, Salz und besonderen Kräutern. Das Mädchen glaubt, dass sich die Nahrungsmittel mit dieser Zubereitung für längere Zeit konservieren lassen. Das Rezept in diesem Buch ist etwas ganz Besonderes.«

»Und was hältst du davon?«, fragte Thales sachlich.

»Ich glaube, wir müssen ihr Glauben schenken. Ihre Kenntnisse haben sich schon oft genug als hilfreich erwiesen. Falls das Kräuterpräparat wirkt, können wir unsere Reisezeit noch weiter verkürzen.«

»Und wenn nicht?«, stichelte der Händler.

»Dann machen wir es so, wie ich anfangs geplant hatte. Wir werden ein starkes Pferd kaufen und mit ihm in den Dörfern, die am Weg liegen, Nahrung suchen.«

Der Alte schrieb etwas auf die Wachstafel und wandte sich dann an seinen Knecht. »Tommaso, kümmere du dich um die Auswahl des Pferds«, sagte er und reichte dem Sizilianer einen kleinen Beutel mit Geld. »Mach deine Sache gut. Ich möchte ein junges, gesundes Tier haben. Wenn es unterwegs krank wird, werden wir den Kaufpreis von deinem Lohn abziehen. Kauf auch zwei Kamele, die spannen wir dann zusammen. Du kennst dich mit dieser Art Tauschgeschäft aus.«

»Geht in Ordnung«, willigte der Knecht ein, war aber ein wenig enttäuscht von der Aussicht auf Lohnkürzung.

»Pólix und ich werden uns um den Nachschub sowie um Salz und Öl kümmern.«

»Wir bräuchten noch mehr Tongefäße für die Lebensmittel«, warf ich ein. »Drei Krater wären perfekt.«

Krater waren große, schalenförmige Gefäße. Griechen und Römer verwendeten sie normalerweise, um Wasser und Wein zu mischen.

»Barbar, du bleibst mit dem Mädchen hier«, sagte Thales abschließend. »Kümmere dich um die Karawane. Dies ist der endgültige Beweis dafür, dass ich deinem Urteil vertraue. Wenn Tommaso zurückkommt, kannst du in die Stadt gehen, wenn dir so ein Fußmarsch gefällt.«

»Ich will gar nicht weit gehen. Nur so weit, bis ich neue Kleider für Blume des Ostens finde. Ich meine, das sind wir ihr mindestens schuldig.«

»Du schuldest ihr viel mehr als wir, Fremder, und deshalb müsstest du ihr Mäzen sein, nicht ich«, argumentierte er, während er noch ein paar Denare lockermachte. »Aber ich verstehe die Lage. Die Kleine ist für uns alle wichtig«, sagte er und warf drei Denare und vier Sesterze in die Luft, die ich mir sofort schnappte. »Kauf ihr etwas zum Anziehen, und für dich auch. Aber warte, bis Tommaso zurück ist. Wo Städte sind, sind Diebe nicht weit.«

Sohn der Gefahr

Tommaso kehrte auf einem prächtigen rotbraunen Pferd zur Karawane zurück. Nur selten im Leben hatte ich ein so schönes Tier gesehen. Es war ein Araber, und aus der stolzen Haltung schloss ich, dass es in Freiheit geboren und wahrscheinlich schon als Fohlen aus der Herde herausgenommen und von geschickten Beduinen dressiert worden war. Die Mischung aus Wagemut und Disziplin machte es zu einem einzigartigen, unschätzbar wertvollen Exemplar.

Der Sizilianer zeigte sich zufrieden darüber, dass er unbestreitbar das beste Pferd in der Stadt gefunden hatte.

»Hurra!«, rief er, während er die Zügel straffte und abstieg. Jedes Mal, wenn das Pferd majestätisch mit den Hufen auf den Boden stampfte, wirbelte es eine Staubwolke auf. Noch immer auf meinen Stock gestützt, näherte ich mich ihm.

»Und, was meinst du?«, fragte Tommaso stolz.

»Es ist wunderschön. Sicher das schönste Pferd, das ich je gesehen habe«, antwortete ich und strich über das rotbraune Fell.

»Und es ist auch sehr schnell. Der frühere Besitzer hat mich auf ihm reiten lassen, bevor er es mir verkaufte. Ich kann es kaum erwarten, auf seinem Rücken durch die Wüste zu preschen.«

»Es ist ein Araber, nicht wahr? Er hat etwas Wildes an sich.«

»Ja, so wie sein früherer Besitzer. Er hat ihn mir billiger verkauft, weil ich ihm garantiert habe, dass er gut behandelt würde. Das Pferd ist dressiert und hört auf den Namen Ibn-Hatar. Das heißt auf Arabisch ›Sohn der Gefahr‹.«

»Ein dressiertes Pferd, das auf den Namen folgt! Es müsste sicher viel mehr wert sein als vierzehn Denare. Wie hast du es angestellt, es zu diesem Preis zu erwerben?«

Er grinste. »Ich habe ihm nur zwölf Denare und zehn Sesterze bezahlt. Der Mann brauchte Geld, um seine Kamele zu ersetzen, die in der Wüste verendet waren. Komm, steig auf und sieh selbst, wie diszipliniert das Pferd ist und den Befehlen des Reiters gehorcht.«

»Liebend gern, aber ich bin noch nicht in der Lage zu reiten. Ich muss mich dringend ausruhen.«

»Du hast seit gestern Abend nichts gegessen.«

»Das stimmt. Ich glaube, ich war noch nie so schwach. Da ist es doch nur verständlich, dass ich ein bisschen wackelig bin.«

»Ich verstehe. Nutzlos zu sein, ist kein besonders beneidenswerter Zustand.«

Ich ging zum Lastkarren, wo Blume des Ostens mir ein Stück gesalzenen Fisch anbot, trank etwas Wasser und räusperte mich ein paarmal. Während ich meinen Mund mit dem Handrücken abwischte, sah ich, dass die Griechen zurückkamen. Im selben Augenblick stieg Tommaso vom Karren ab, um seinem Herrn zu helfen. Thales und Pólix kamen auf der Straße daher, gefolgt von einem dürren, zahnlosen Chinesen, der angestrengt ein mit Säcken, Körben und Tongefäßen beladenes Wägelchen hinter sich herzog. Darin befand sich alles, was wir an Nahrung für die Reise bis Alexandria brauchten.

Der Sizilianer verstaute den Inhalt des Wägelchens im Karren der Knechte und reichte Blume des Ostens Salz und Öl, die sie mit den speziellen Kräutern vermischte. Nach dem Erhitzen würde die Lake fertig sein, sodass man die Lebensmittel damit einreiben konnte. Endlich würde unsere Nahrung lange genug schmackhaft bleiben. Das Nachschubproblem war damit gelöst.

Es war Frühling, und die errechnete Reisezeit betrug mindestens zehn Monate. Mit etwas Glück würden wir die Strecke in Rekordzeit zurücklegen.

Bei Einbruch der Dunkelheit schlugen wir unser Lager am See-
ufer auf. Es wurde schnell kalt, und die Griechen zündeten ein
Feuer an, über dem wir die köstliche Mahlzeit wärmten, die Blume
des Ostens zubereitet hatte. Tommaso kam mit den Kamelen und
Kleidungsstücken zurück, und damit war alles, was auf der Ein-
kaufsliste stand, erledigt.

Meine neue Kleidung war bequem und strapazierfähig und
passte mir perfekt, sodass ich sie nicht enger machen musste. Die
Hose bestand aus fester Baumwolle und eignete sich gut zum
Reiten, die harten Lederstiefel waren hoch, das Hemd aus zwei
Schichten genäht – eine aus Flachsleinen, die andere aus wattier-
ter Baumwolle. Die Farben waren neutral und passten gut zur
Landschaft der Felswüste. Außerdem hatte Tommaso ein Paar
Armschlingen und Reithandschuhe mitgebracht, die die Finger
frei ließen, sodass man die Zügel besser halten konnte.

Blume des Ostens bekam einen schlichten beige-grauen Kimono, der viel wärmer und sauberer war als ihr alter.

Bei Einbruch der Nacht – die angesetzte Mischung brodelte
bereits über dem Feuer – gab mir die kleine Chinesin ein Zeichen, ich solle meinen Arm freimachen, und behandelte mich
noch einmal mit Moxibustion. Erfreut stellte ich fest, dass ich
meine Finger schon zur Hälfte beugen konnte. Die Berührung
mit den verbrannten Kräutern ließ den Schmerz stärker werden,
und das war gut, denn es bedeutete, dass sich Tastsinn und Sensibilität langsam wieder normalisierten.

Nach dem Abendessen setzte ich mich auf einen Stein und
deckte mich mit einer Wolldecke zu. Als sich die absolute Stille
auf unser Lager senkte, bemerkte ich dank meines feinen Gehörs,
dass Pólix im Zelt seinen Vater um ein Gespräch bat. Ich nutzte
meine Sinne selten, um fremde Unterhaltungen zu belauschen,
aber als ich begriff, dass es um mich ging, wurde ich aufmerksam.

Im Schein der Glut bewegten sich die beiden Silhouetten im Zelt.

Ich spitzte die Ohren.

»Vater, eines habe ich noch nicht verstanden. Ich bin Euer Sohn und weiß, dass ich Euch Respekt schulde, aber ich glaube, dass Ihr diesem Barbaren zu viel Vertrauen schenkt. Wir sind erst seit zwei Tagen mit ihm zusammen, und Ihr gehorcht seinen Befehlen blind.«

Der Alte lächelte, als hätte er mit dieser Reaktion schon gerechnet. »Ich verstehe deine Sorge. An deiner Stelle würde ich genauso denken. Früher oder später hätten wir darüber sprechen müssen, und ich glaube, jetzt ist der Zeitpunkt gekommen.«

»Was denn?«, fragte Pólix erschrocken.

Auch ich war verwirrt. Wusste er etwa mehr über mich als ich selbst?

Thales machte eine Pause, erhob sich und rückte ein Stück von der Glut ab. »Ich habe dir schon erzählt, dass ich im Heer diente, als ich in deinem Alter war. Das ist lange her, und als der Militärdienst zu Ende war, musste ich mich entscheiden, ob ich weiterhin als Offizier tätig sein wollte oder um meine Entlassung bitten sollte, um Händler zu werden. Ich war schon recht viel herumgekommen, kannte fremde Länder und fühlte mich deshalb beim Gedanken an weitere Reisen sicher – aber als Kaufmann, der sein eigenes Geld verdient.«

»Ja, ich kenne die Geschichte.«

»Aber du weißt nicht, dass ich mir für diese Entscheidung Rat vom Orakel holte.«

»Beim Delphischen Orakel?«, rief der Junge aus. »Das Wort Apolls!«

»Ich dachte, ich müsste die Götter um Hilfe bitten, um den Satz Wirklichkeit werden zu lassen, der mein Leben verändern sollte.«

Der Apollotempel im griechischen Delphi war für die Hellenen der Nabel der Welt. Könige und Herrscher aus aller Herren Länder kamen, um Ziegen zu opfern und die Ratschläge des Orakels zu vernehmen, das nichts anderes war als die erhabene Stimme der Götter. Eine Priesterin, die in göttliche Ekstase fiel, hörte das Brausen, das aus den Tiefen der Erde kam, und übermittelte die Botschaft einem Akolythen, der sie aufschrieb und dem Fragesteller überreichte. Für die Griechen war Delphi mehr als ein Ort – es war auch eine Inspiration, eine Quelle des Stolzes, eine lebendige Verkörperung der höheren Macht.

»Und was hat das Orakel gesagt?«, fragte Pólix, der eine so fantastische Geschichte aufregend fand. »Was hat dieses Gespräch mit dem Barbar zu tun, den wir aus dem Fluss gezogen haben?«

»An jenem Tag, so prophezeite der Gott unter anderem, würde ich sterben.«

Der Junge schluckte schwer und zeigte keine Reaktion. Thales fuhr fort: »Die Botschaft des Orakels besagte, dass ich auf einer meiner Reisen zurück nach Athen von Harpyien getötet werden würde.«

Mein Sehvermögen erlaubte es mir nicht, durch die Zeltplane zu blicken, aber ich konnte mir an Pólix' erschrockenem Wimmern ohne Weiteres ausmalen, dass er bei der Erwähnung dieser Kreaturen gezittert hatte. Harpyien sind Fabelwesen der Mythologie, eine Art geflügelte Frauen mit Geierkrallen, die der Volksfantasie entsprungen sind und in einem halben Dutzend antiker hellenischer Gedichte porträtiert werden. Als Kenner des Okkulten wusste ich mit Bestimmtheit, dass es viele seltsame Dinge auf der Welt gab, aber Harpyien, Pegasusse und Medusen existierten nun wirklich nicht.

»Harpyien? Gibt es diese Ungeheuer denn wirklich?«

»Das kannst du mir glauben. Apolls Stimme hat mich darauf hingewiesen, dass ich über das Nahen dieses Tages informiert würde, und die Warnung werde in Gestalt eines himmlischen

Wanderers kommen. Eines Mannes, der sich als Mensch ausgeben werde, in Wahrheit aber ein Abgesandter der Götter sei.«

Pólix holte tief Luft, wischte sich den Schweiß von der Stirn und beruhigte sich. Sein Unbewusstes trieb ihn dazu, die Situation ins Ironische zu ziehen, sodass sie – obgleich so absurd – belustigend wirkte. »Ihr wollt damit also sagen, dass dieser Fremde ein Gesandter der Götter ist?«

»Ich habe ihn vor Tommaso am Fluss gefunden«, verriet ihm der Alte.

»*Was* hast du?«, murmelte Pólix, die Ehrerbietung gegenüber seinem Vater vergessend. »Warum hast du mir das nicht früher gesagt?«

»Ich habe ihn eine halbe Stunde lang beobachtet, und plötzlich fielen mir die Worte des Orakels wieder ein«, sagte er ausweichend. »Ich war mir nicht sicher, stellte mir aber vor, dass er die in der Prophezeiung erwähnte Person sein könnte. Aus Angst um mein Leben wollte ich mein Schicksal nicht wahrhaben und ging ins Zeltlager zurück. Wenig später hast du mir gesagt, dass Tommaso ihn aus dem Fluss gezogen hat. Niemand hätte so lange im Wasser überlebt. Nur ein Gott oder ein Held wäre dazu fähig.«

»Er ist weder ein Gott noch ein Held, sondern bloß ein Bandit.«

»Nein, es ist offensichtlich. Lange wollte ich es selbst nicht glauben, aber als ich ihn reden hörte, fiel mir auf, dass seine Kenntnisse weit über das hinausgehen, was Reiseführer, Generäle und Philosophen gemeinhin wissen. Und letztendlich bin ich davon überzeugt, dass man dem Schicksal nicht entrinnen kann« – seine Stimme wurde eine Oktave tiefer –, »und ich bin inzwischen alt und weise genug, um zu begreifen, dass ich mich dem, was von den Göttern geschrieben steht, nicht widersetzen darf.«

Bestürzt rutschte Pólix auf den Boden und flüchtete sich in einen kühlen Winkel des Zelts, weg von der Hitze des Feuers. Er schlug die Hände vors Gesicht und beobachtete von dort aus, untröstlich und in sich gekehrt, das Knistern der Glut.

Thales kauerte sich neben seinen Sohn, legte ihm die rechte Hand auf die Schulter und bat ihn, sich nicht zu grämen, da sein vermuteter Tod ja »unvermeidlich« sei. Er erklärte ihm, dass alle Dokumente schon auf seinen, Pólix', Namen überschrieben worden seien und dieser seine Arbeit fortsetzen müsse, indem er die Karawane nach Alexandria führte.

Ich hingegen war sicher, dass ich nicht der prophezeite Wanderer war. Nicht, dass ich die unheimliche Fähigkeit des Orakels infrage gestellt hätte – aber ich wusste, dass die Priesterin in Delphi immer in Rätseln sprach. Einmal hatte Krösus, der König von Lydien, das Orakel gefragt, ob er Krieg gegen die Perser führen solle. Die Stimme Apolls antwortete, dass ein Reich untergehen werde, wenn er dies tue. Der Monarch glaubte, das Orakel meine damit das Perserreich, doch er irrte sich – sein eigenes war gemeint. Folglich besagte die Botschaft für Thales nicht, dass er tatsächlich von Harpyien angegriffen oder von ihnen getötet werden würde. Meiner Meinung nach waren das alles Allegorien, die sich unterschiedlich deuten ließen. Selbst ein Tod konnte symbolisch gemeint sein.

Außerdem war ich mir sicher, dass ich kein Gesandter der Götter war. Ich mochte zwar mein Ansehen und meine Armee verloren haben, aber ich wusste ganz genau, wer ich war.

Und Harpyien gab es gar nicht.

Fährten auf der Strasse

Am nächsten Morgen ließ die Karawane die Turfansenke hinter sich und begab sich wieder auf die Seidenstraße. Bis zum Mittelmeer würde die Wüste nun unsere ständige Begleiterin sein. Zuerst würden wir über trockenes, gebirgiges Gelände ziehen, entlang der Tian-Gebirgskette Richtung Südwesten, bis in das Gebiet, das heute zu Afghanistan gehört. Dann würden wir ins Partherreich, den heutigen Iran, kommen und die Straße an einem bestimmten Punkt verlassen, um zu den Ruinen von Persepolis im Süden zu gelangen. Dort begann der Geheimweg, den die Babylonier einst angelegt hatten.

Zwei Monate lang ritten wir durch trockene Täler, über steile Pässe und felsige Gebirge und begegneten dabei Arabern, Parthern und Chinesen. Die Gegend war karg, aber nicht selten kamen wir unterwegs an Sträuchern vorbei, deren Rinden und Blätter ich sammelte, um sie als Schreibuntergrund zu verwenden. Ich kritzelte griechische Buchstaben darauf und brachte der kleinen Chinesin mit der Zeit den hellenischen Dialekt bei. Blume des Ostens besaß großartige intellektuelle Fähigkeiten, aber es fiel ihr äußerst schwer, eine westliche Sprache zu erlernen. Das griechische Alphabet war völlig anders als die Mandarin-Ideogramme, und ich musste dem Mädchen Buchstaben für Buchstaben beibringen, indem ich sie aussprach und ihre Bedeutung wiederholte.

Im letzten Sommermonat befanden wir uns wenige Kilometer von der Grenze zu Parthien entfernt, wo laut Karte eine Ansiedlung namens Baktra mit einer Festung, einem Kontrollposten und einem halben Dutzend Hütten von Hirten und Töpfern liegen sollte.

Dank der Behandlung mit den Nadeln und dank der Kräuterelixiere war ich fast vollständig genesen und konnte den verletzten Arm wieder sehr gut bewegen. Nur eine kleine, kreisrunde Narbe blieb eine Handbreit über der Stelle zurück, wo Mai Yuns Schwert eingedrungen war. Voller Tatendrang wollte ich mich nun als Aufklärer betätigen und ritt auf dem schnellen Ibn-Hatar immer vorneweg. Als Späher hatte ich die Aufgabe, den Zustand der Straßen zu beobachten, auf denen die Karren fahren sollten, und zu überprüfen, ob es möglicherweise Straßenräuber gab. Dies machte ich so oft, dass das Pferd zu mir mehr Zuneigung fasste als zu den anderen und mich instinktiv zu seinem Reiter auserkor.

Die Beduinen sagen, wenn bei heiterem Wetter der blaue Himmel die Pracht des Kosmos widerspiegelt, gibt es bald ein heftiges Unwetter.

Und so war es dann auch.

Es war an einem warmen und besonders schwülen Morgen, eine Tagesreise von Baktra entfernt, da wurde ich auf einen Erdhaufen am Straßenrand aufmerksam. Im Nu erfasste mein Gehirn im Sand menschliche Abdrücke, als wäre dieser Ort aufgewühlt und zurechtgemacht worden, um wie vom Wind geschaffen auszusehen. Nun hatte aber weder ein Kaufmann noch ein Wanderer, ja nicht einmal ein Soldat einen Grund, seine Spuren zu verwischen, noch dazu auf einer so viel befahrenen Route. Daher nutzte ich meinen zehnminütigen Vorsprung, den ich zum ersten Wagen hatte, und inspizierte die seltsame Erhebung.

Auf festem Untergrund saß ich vom Pferd ab und hockte mich davor, wobei ich meine übermenschlichen sinnlichen Fähigkeiten aufs Äußerste ausdehnte. Mit den Fingerspitzen berührte ich die Erde, erschnüffelte die Luft und nahm mit meinem Tastsinn eine Veränderung an den Wärmeabsonderungen unter dem Boden wahr, was darauf hindeutete, dass hier mehr als nur Sand aufgeschüttet war. Ich überlegte, ob ich mir aus dem Wagen eine Schaufel holen sollte, wollte aber keine Zeit verlieren und begann deshalb, mit den Händen zu graben. Nach zwei Minuten stieß ich auf ein Loch, in dem ein Tonkrug und ein verbrannter Holzspan versteckt waren. Offenbar Überbleibsel eines Lagers – aber warum hatte jemand sie absichtlich verstecken wollen?

Tommaso, der mich weitab vom Weg im Sand knien sah, spannte die Zügel der Maultiere, und der Tross kam zum Stehen. Pólix, der das zweite Gefährt bewachte, hielt ebenfalls an und rief dem Knecht zu: »Was ist denn da vorn? Warum hat der Barbar den Weg verlassen?«

»Ich weiß nicht, die Sonne blendet mich«, rief dieser durch die Weite des Raums zurück. »Er sucht wohl etwas im Sand.«

Der Grieche seufzte ungeduldig. »Dann lauf hin und finde heraus, was für eine Verrücktheit er da aushecht. Und versuche, ihn zurückzubringen. In diesem Rhythmus kommen wir nie in Baktra an.«

»Ja, Herr«, gehorchte Tommaso und stieg vom Wagen.

Ich steckte die Hand noch tiefer in den Boden und zog einen versengten Stein heraus, der sicher dazu gedient hatte, eine Feuerstelle abzugrenzen. Dann sah ich Tommaso auf mich zukommen.

»Irgendein Problem? Hast du einen Schatz gefunden?«, witzelte der Sizilianer, als er mich den Sand umgraben sah.

»Jemand hat an dieser Stelle ein Lager aufgeschlagen und danach einen Sandhügel mit Steinen aufgeschüttet, um seinen Aufenthalt zu vertuschen. Hilf mir, die Fläche freizuschaufeln.«

Da er sich keinen Reim auf die ganze Sache machen konnte, fragte er: »Du hast ein paar einzigartige Gerätschaften ausgegraben« – er meinte den Tonkrug –, »aber was interessiert uns denn ein verlassener Rastplatz? Möglicherweise existiert er schon seit Jahren und wurde bei einem Sturm unter dem Sand begraben.«

»Nein. Jemand hat Erde und Steine auf die Feuerstelle geworfen. Warum wohl?«

»Vielleicht wollten diese Leute nicht entdeckt werden.«

»Genau das habe ich mir auch gedacht.«

Reglos sah mich der Sizilianer an, bückte sich dann aber doch, um ein paar Steinbrocken umzuwenden. »Suchst du etwas Bestimmtes?«

»Eine Fährte«, sagte ich, während ich mein Gesicht dem Boden näherte, um die Gerüche besser zu erfassen.

Da ertastete ich zwischen den Steinen einen flachen, runden Gegenstand. Es war ein gewöhnlicher zerbrochener Porzellanteller, der aber einen ganz typischen Geruch verströmte.

»Zamir!«, entfuhr es mir. Die Geruchsspuren, die noch an dem Teller hafteten, waren dieselben wie die am Tonkrug, den ich im Tin-Sen-Wald gefunden hatte.

»Zamir? Was ist das?«, wollte Tommaso wissen.

»Ein Name. Der Name eines alten Bekannten.«

»Ist dieser Zamir ein Freund?«

»Ganz und gar nicht. Er war es, der versucht hat, mich letztes Mal umzubringen.«

»War das der Mann, der deinen Arm durchbohrt hat?«

»Nein. Er hat Mörder geschickt, die mich töten sollten«, verriet ich, während ich den Blick über den leeren Horizont schweifen ließ, »und das macht ihn natürlich zu einem ebenso großen Feind wie seine Helfershelfer.«

Ich nahm die Armbinde ab, zog den Handschuh aus und prüfte mit der Handfläche Beschaffenheit und Temperatur des Sands. Die Spuren, die die Reisenden hinterlassen hatten, waren vor langer Zeit mit Sand überdeckt worden, aber an bestimmten Stellen gab es in einer tieferen, vom Wind mit Sand zugedeckten Bodenschicht Temperaturunterschiede. An diesen Stellen waren die Sandkörner kompakter und zusammengepresst – ein Beweis dafür, dass sie durch das Gewicht eines Menschen nach unten gedrückt worden waren. Zweifellos handelte es sich um Fährten, und nicht nur um ein Paar, sondern fünf oder sechs Paare, was mich vermuten ließ, dass Zamir Hilfe von Trägern, wahrscheinlich Sklaven, gehabt hatte.

Hinweise auf Tiere gab es keine, was bewies, dass der Magier zu Fuß unterwegs war, mit fünf Begleitern, die ihrem Gewicht nach zu urteilen alles Männer waren. Ich folgte der Spur fünfhundert Meter weit bis zum Straßenbett, als sich die Abdrücke plötzlich völlig in unzähligen anderen Spuren von Karawanen verloren, die hier täglich vorbeizogen. Der Sizilianer hielt Ibn-Hatar am Zügel fest und begleitete mich höflich.

»Sie haben einen Vorsprung von nur sechs Wochen«, weihte ich ihn ein. In diesem Teil der Seidenstraße wurde in eineinhalb

Monaten genau so viel Erde angeweht, dass sich eine Wärme-
schicht gebildet hatte, auf die ich gestoßen war.

»Wer? Dieser besagte Zamir?«

»Er und fünf weitere Männer. Sie sind alle zu Fuß Richtung
Westen unterwegs. Vielleicht können wir sie noch einholen, wenn
wir weiterhin so schnell sind.«

»Du willst dich an ihm rächen, stimmt's? Willst du ihn verfolgen?«

»Nein. Ich will nur verhindern, dass *er* Rache nimmt. Ich muss
ihn unschädlich machen, bevor er dazu kommt, andere auf seiner
Liste zu ermorden.«

Noch einmal ließ ich den Blick über den Horizont schweifen,
wo die Seidenstraße die Ortschaft Baktra berührte.

Sechs Wochen.

Auf der ganzen Reise war mein Feind näher gewesen, als ich
gedacht hatte.

DER BETTLERKÖNIG

Von Weitem wirkte der Grenzort Baktra, als bestehe er nur aus
einer Festung, denn dies war das einzige wirklich beeindruckende
Bauwerk in der Landschaft vor uns. Beim Näherkommen stellte
sich jedoch heraus, dass es dort nicht nur ein halbes Dutzend,
sondern viel mehr kleine Lehmhutten gab, die zusammen eine
bescheidene städtische Ansiedlung bildeten.

Als ich die Festung in den ersten blendenden Strahlen der
Morgensonne erblickte, war mein erster Gedanke, dass wir endlich im Abendland angekommen waren. Im Gegensatz zu den
chinesischen Holztempeln und den primitiven Stein- und Stroh-
hütten war die Befestigungsanlage von Baktra aus sonnengetrock-
neten Ziegelblöcken erbaut worden. Hinter den bogenförmigen,
breiten Eingangstoren verbarg sich der mit bunten Mosaiken ver-

zierte Innenteil. In der Mitte befand sich ein Innenhof, der an ein römisches Atrium erinnerte, aber viel weitläufiger war. Über allem wölbte sich ein Dach, welches dem Himmelsfirmament nachempfunden war.

In der dürren, steinigen Landschaft zu beiden Seiten der Seidenstraße wuchsen Sträucher, aber nur selten stieß man in der Wüste auf große oder essbare Pflanzen. In Baktra gab es jedoch mehrere Wasserquellen, die Palmen, Dattelpalmen und Wacholderbäume gedeihen ließen und spärliches Gras, auf dem Schafe weideten, zum Blühen brachten. Das Klima war hier zwar feucht, aber immer noch warm, und wir beschlossen, unsere Krater aufzufüllen, um dann in aller Ruhe bis zu der Stelle zu reisen, an der wir die Straße verlassen würden.

Die kleine Ansiedlung war weder ummauert noch umzäunt, wurde an den Grenzen aber von einem Bataillon Soldaten bewacht, das jede auffällige Bewegung jenseits der Hügel verfolgte. Sie waren mit langen Bogen, Speeren und Krummschwertern bewaffnet, die normalerweise mit nur einer Hand geführt wurden. Ihre Rüstungen glichen langen Leinengewändern, die aus mehreren Schichten bestanden, um feindliche Klingenhiebe aufzufangen.

Die Grenzwachen forderten für die Durchreise eine überhöhte Summe Geld – zehn Denare –, die wir ihnen auf eigenen Wunsch in griechischen Drachmen auszahlten. Dies war allerdings das letzte Mal, dass wir erpresst wurden, denn bald würden wir die offizielle Route ja verlassen.

Von der anderen Seite des Palmenhains aus konnten wir die schöne Architektur der Befestigungsanlage besser auf uns wirken lassen. Auf ihren Stufen bettelte ein in schwere Kleider gehüllter Mann, wahrscheinlich ein Leprakranker, die Vorbeigehenden um Essen an, als eine Schar kleiner Rotznasen begann, ihn mit Steinen zu bewerfen. Keiner achtete darauf, bis ein Soldat den Kleinen Einhalt gebot und den Bettler mit der Schwertscheide fortjagte. Mit ihren langen, schmutzigen Lumpengewändern konnte die bedauernswerte Gestalt nur mit Mühe laufen und verbarg ihr Gesicht unter einer dunklen Kapuze. Es sah aus, als sei ihre schäbige Tunika mit frischem Blut befleckt, das wohl aus einer offenen Wunde an der Schulter rann.

Abends, noch vor Sonnenuntergang, ging ich ins Zentrum, um Zamirs Fährte aufzuspüren. Blume des Ostens begleitete mich ein Stück, blieb dann aber an einem Grünstreifen stehen, um Wacholderwurzeln zu sammeln.

Ich ging weiter bis zu einer Stelle in unmittelbarer Nähe der Festung, am Ende des Palmenhains, wo alle Karawanen vorbeikommen mussten, legte Handschuhe und Armbinde ab und ging auf die Knie, um den Boden nach Spuren abzusuchen. Jedes Steinchen, den Staub und den harten Sandboden sah ich mir an, während ich Geruchssinn, Tastsinn und Gehör einsetzte, damit mir keine Schwingung entging. Ich analysierte die Wärmespuren, aber es gab überall Fußabdrücke, sodass ich keine genauen Schlüsse ziehen konnte.

Irgendwann spürte ich, dass jemand von links auf mich zukam, der abscheulich nach Schweiß, Blut und Dreck stank. Ich drehte mich um, und da stand der Bettler, der kurz zuvor am Tor um Almosen gebettelt hatte. Den von der dunklen Kapuze verdeckten Kopf hielt er immer noch gesenkt, und seine Hände waren in ekelerregende Verbände gewickelt. Anfangs hatte ich vermutet, dass er an Lepra litt, aber jetzt war ich mir nicht mehr so sicher, welcher Art sein Gebrechen war. Er roch nicht wie ein Kranker, doch seine Kleidung war überall mit Blut befleckt. Zuerst ignorierte ich ihn, um mich nicht in meiner Konzentration stören zu lassen, aber der Todkranke sprach mich an.

»Ich weiß, wonach du suchst«, murmelte er mit rauer, matter Stimme.

»Ah ja?«, gab ich ungläubig zurück.

Er kam noch näher. »Du suchst nach der Fährte des Zauberers der Wüste.«

Woher wusste dieser Bettler etwas über Zamir? Und selbst wenn er seinen Tross gesehen hätte – was wusste einer wie er schon von Magie oder Okkultismus? Überrascht erhob ich mich und ging auf ihn zu. »Wer bist du?«

»Bitte, komm nicht näher. Wer ich bin oder wer ich war, hat keine Bedeutung mehr. Ich habe die Namenlosigkeit, das Betteln, den Hunger gewählt. Dies ist mein Fluch, so wie du deinen hast. Dies war mein Weg, um meine Sünden wiedergutzumachen. Du musst meine Entscheidung respektieren.«

»Aber du bist doch …«

»Zamir, der Zauberer der Wüste«, fuhr der arme Kerl fort, »streift immer noch durch die Welt und bringt die Meister der Magie um, um ihnen ihre Geheimnisse zu entreißen. Er war es, der Drakali-Toth umbrachte, sich seine magischen Kunstfertigkeiten aneignete und jetzt auf dem Weg nach Rom ist, um die Hexe von Endor zu vernichten. Es ist eine düstere Zeit für Magier, Fremdling, und du musst dich sputen, um deine Freundin zu retten.«

»Genau das versuche ich gerade«, erwiderte ich, ohne mich weiter um die Identität des Bettlers zu kümmern. »Gestern Morgen habe ich habe die Spur des Hexers gefunden.«

»Ich weiß. Vor sechs Wochen tauchte der Zauberer in einer von Sklaven getragenen Sänfte aus Ebenholz hier auf. Sie werden auf der Seidenstraße bleiben und bei der Kavir-Wüste Richtung Süden ziehen, wo sie auf die babylonischen Geheimwege stoßen wollen. Das ist auch dein Weg, glaube ich.«

»Das ist der schnellste Weg nach Ägypten.«

»Gewiss, gewiss«, flüsterte er, als schwelgte er in verbotenen Erinnerungen. »Aber mach dir keine Sorgen. Zamir reist zu Fuß. Falls die Karawane der Griechen weiterhin so schnell vorankommt, wird sie den babylonischen Rächer jeden Tag ein Stück weiter einholen und so seinen Vorsprung verkleinern. Wenn alles nach Plan verläuft, wirst du kurz nach dem Zauberer in Alexandria eintreffen und dich praktisch gleichzeitig mit ihm nach Italien einschiffen.«

»Hoffentlich hast du recht. Zum Wohle Shamiras und all jener, auf die es dieser Mörder abgesehen hat.« Ich hatte nicht gewusst, dass Zamir für jene fürchterlichen Verbrechen verantwortlich war.

»Da ist noch etwas. Vielleicht wirkt der Beschwörer einen Zauber, um den Eingang zu den Geheimwegen zu verbergen. Falls du hinter den Ruinen von Persepolis nur noch Dünen siehst, warte bis zur Abenddämmerung und folge dem Abendstern, ohne dich um die Hindernisse zu kümmern. Dann gelangst du unverzüglich auf den richtigen Weg.«

Verblüfft sah ich den Weisen vor mir brüderlich und mitfühlend an, in der Gewissheit, dass durch mein Mitleid in der Vergangenheit und Shamiras Ratschläge endlich ein Herrscher geboren worden war. Kein gewöhnlicher Herrscher, der ein großartiges Reich regierte, sondern ein Meister der Weisheit, ein Prophet der Wahrheit. Der Bettlerkönig hatte seine Prüfungen bestanden und war letztendlich so groß geworden, wie er einst hatte sein wollen. »Und du, wohin gehst du jetzt?«, fragte ich.

Ich hörte ihn leise lachen. »Ich werde mein Martyrium fortsetzen, Abtrünniger. Man wird mich weiterhin schlagen, mit Steinen bewerfen und ausgrenzen. Aber das macht mir keine Angst. Ich beneide weder die Reichen noch die Generäle noch die Kaiser, denn ich war einst an ihrer Stelle, und das war meine schlimmste Strafe.«

Nach diesen Worten verabschiedete sich der Bettler mit einer Kopfbewegung, machte kehrt und verließ den Ort, um nie wieder zurückzukehren. Er irrte Richtung Süden, ohne Sandalen, mit aufgerissenen Füßen, und schrammte sich die Sohlen auf dem glühenden Sand auf. Während sich seine Gestalt am Horizont in der untergehenden Sonne verlor, hörte ich den Hufschlag Ibn-Hatars, der von dem Sizilianer geführt wurde.

»Ich wollte dich nicht unterbrechen, Gefährte, aber ich bin neugierig zu erfahren, worüber du dich mit diesem Bettler unterhalten hast. Man hätte meinen können, ihr kennt euch schon seit Jahren.«

Ich fand seine Bemerkung gar nicht so unzutreffend. »Alles, was ich weiß, sind Legenden, Tommaso. Im Lande Sumer, als die Zivilisation noch jung war, erzählte man sich von einem unsterblichen König, der über das größte Reich der Erde herrschte. Es war ein verkommenes, verfaultes, hassenswertes Reich. Der schreckliche Monarch zwang seine Sklaven, bis zum Tod zu arbeiten, um in seinem Namen Bauwerke zu errichten. Eines Tages kam ein rachsüchtiger abtrünniger Engel in die Hauptstadt und verwundete den Herrscher mit seinem mystischen Schwert. Der König starb zwar nicht, aber seine Wunde konnte nie heilen, und er geriet durch einen Fluch in Vergessenheit. Seitdem irrt der Bettlerkönig als Bedürftiger durch die Welt und bezahlt für das Böse, das er seinen Untergebenen angetan hat.«

»Eine schöne Geschichte«, befand der Knecht. »Aber dieser König … Wie hieß er gleich?«

»Er sagte sich von seinem Namen los. Er legte ihn aus freien Stücken ab und entledigte sich damit der ganzen Schuld, die er auf sich geladen hatte.«

Tommaso seufzte und sah in die Richtung, in die der Bettler gegangen war, doch er war verschwunden. »Komm«, lud er mich ein, »wir fangen gerade mit den Vorbereitungen für das Abendessen an.«

Ich schloss mich ihm an, aber ein Gedanke ließ mich nicht los. Das kommt häufig vor, wenn man zu oft lebt – wir hören nicht nur Legenden, sondern werden ein Teil von ihnen.

Ich kannte den Namen des Königs.

Er hieß Nimrod.

PERSEPOLIS –
DIE UNWIRKLICHEN DÜNEN

Gegen Ende des Sommers ließ die Hitze nach. Jetzt ermüdeten die Pferde auch in den Mittagsstunden nicht so schnell, und unsere Reise verlief ruhig und ohne Zwischenfälle.

Zu Beginn des zweiten Herbstmonats verengte sich die Straße und führte durch zwei großartige Landschaften. Im Süden zeichnete sich das Kopet-Dag-Gebirge am Horizont ab, im Norden ging das ebene, sandige Steppengelände in die Kavir-Salzwüste über. Das Kopet-Dag-Gebirge, eine riesige Felsformation mit dunklem, gefurchtem Gestein, bildet heute die Grenze zwischen dem Iran und Turkmenistan. Damals bezeichneten die Gipfel auch die Reichsgrenzen – jenseits der Bergkette lebten Nomadenvölker der Steppe, die ihre Territorien auf ganz Kasachstan, Russland und die Mongolei ausdehnten. Ab jenem Punkt würden wir uns in der Wüste befinden. Sieben Monate nach unserem Aufbruch aus Turfan würden wir die Seidenstraße verlassen und uns nach Süden wenden. Der Geheimpfad begann erst westlich von Persepolis, und das hieß, dass wir vorher noch die ganze iranische Hochebene überwinden mussten. Dies wäre allerdings der heikelste Zeitpunkt der Reise, da wir uns dort auf weglosem Gelände befinden würden. Wir würden uns nur nach der Karte und den Sternen richten, aber glücklicherweise kannte ich den Weg recht gut. Dennoch bestand eine gewisse Gefahr, dass wir uns verirrten.

Aber dazu kam es glücklicherweise nicht. Mit unserem gemeinsamen Einsatz benötigten wir zwei Monate, um das Partherreich zu durchqueren. Wir machten einen Bogen um Banditen, Soldaten und schwieriges Gelände und fanden sogar noch Zeit, um uns abends am Feuer Geschichten zu erzählen und uns köstliche Mahlzeiten schmecken zu lassen, die Blume des Ostens zubereitet hatte. In den Mußestunden gab ich dem Mädchen Griechischunterricht, und mittlerweile konnte sie schon ganze Sätze schreiben. Ich hatte mich auf die Wache konzentriert und daher nicht mehr um die Fährte von Zamir und seinem Gefolge gekümmert – der Bettler hatte mir die Route des Hexers angegeben, und so würden sich unsere Wege früher oder später ohnehin kreuzen.

Mein Verhältnis zu den Griechen verbesserte sich, vor allem das zu Pólix, der anfangs befürchtet hatte, ich würde sie in eine Falle locken. Stattdessen lenkte ich den Tross weise durch die iranischen Hochebenen, und der Bursche akzeptierte mich schließlich als Reiseführer.

An einem kalten Dezembermorgen, zu Beginn des Winters des Jahres 1, erblickten wir im Osten die traurigen, düsteren Ruinen der alten persischen Hauptstadt Persepolis, die Alexander der Große im 4. Jahrhundert v. Chr. dem Erdboden gleichgemacht hatte. Von dort an waren es nur noch zwei Stunden bis zum Beginn des babylonischen Geheimpfads.

Westlich von Persepolis war der Boden flach und trocken, und die Palmenvegetation vervollständigte das Bild. Die Karte der beiden Griechen war sehr präzise und zeigte keinerlei Veränderungen der Umgebung an. Dennoch stießen wir auf unserem weiteren Weg nach Süden unverhofft auf ein Hindernis.

»Eine Dünenwüste?«, wunderte sich Pólix, während er die Hand schützend über die Augen hielt. »Was haben denn diese Hügel in der persischen Hochebene zu suchen?«

Vor uns lag unerwartet eine halbmondförmige Fläche aus feinem Sand und weicher Erde, die kilometerweit Richtung Süden, Osten und Westen reichte und für jegliches Gefährt auf Rädern unüberwindlich war.

Thales studierte die Karte. »Diese Formation ist hier nicht eingezeichnet, und ich habe auch noch nie etwas davon gehört. Mir scheint, das ist kein natürliches, durch den Wind entstandenes Sandgebiet. Aufgrund seiner Ausdehnung würde ich sagen, dass es sich um eine echte, weitläufige und gefährliche Wüste handelt.«

Es war weder das eine noch das andere. Diese rätselhafte Weite war nicht nur künstlich entstanden, sondern barg auch ein Geheimnis. Menschen fiel das nicht auf, aber mein Gespür verriet mir, dass über diesem ganzen Ort ein machtvoller Zauber lag. Das Brausen des Winds war unwirklich, der Geruch des Sands existierte nicht, und das projizierte Bild war für die Augen eines Cherubim nichts anderes als ein Trugbild.

»Du bist doch hier schon gewesen, Barbar«, rief der junge Grieche aus. »Wo ist nun der versprochene Geheimweg?«

Ich wandte mich zur Karawane um. »Er wird sich bei Einbruch der Nacht zeigen. Der Abendstern wird uns den Weg weisen.«

»Ist das irgendein Trick?«

»Nein, kein Trick. Ich kenne die Richtung oder weiß zumindest, wie ich sie erkenne.«

Jetzt schaltete sich Thales ein: »Der Barbar hat uns bisher weise geführt, mein Sohn. Wir werden ihm auch weiterhin vertrauen.«

Mit einem Blick auf mich erwiderte der Junge: »Ich habe ja nicht gesagt, dass ich ihm misstraue. Bloß kann ich die Logik dieser Situation nicht verstehen.«

»Wir sind nicht verloren«, erklärte ich ihm. »Die Erscheinung dieser Sandhügel ist der Beweis dafür. Sie verbergen den Eingang zum Geheimweg. Aber wir müssen bis zur Dämmerung warten und können ihn erst dann betreten.«

»Wenn wir warten müssen, ruhen wir uns besser ein wenig aus und essen etwas«, entschied der alte Thales und ging bereits auf den Lastkarren zu.

Pólix legte die Zügel aus der Hand und besah sich die Karte genauer. »Das kann doch nicht sein! Hier gibt es überhaupt keine Wüste.«

Er hatte recht.

Leuchtend ging der Abendstern, auch als Planet Venus bekannt, bei Einbruch der Abenddämmerung im Osten auf.

»Seht nur!«, rief Pólix, »da ist der silberne Stern, der strahlendste am Himmel. Aber den Eingang zum Geheimweg sehe ich immer noch nicht.« Das war ein Seitenhieb.

»Du wirst ihn auch nicht zu sehen bekommen, Pólix«, sagte ich mit fester Stimme und reichte ihm einen langen Stoffstreifen. Verständnislos griff er danach.

»Wozu ist das?«

»Verbinde dir damit die Augen.«

»Wie soll ich denn mit verbundenen Augen die Karawane lenken, Barbar?«

Ungerührt verfolgten Thales, Tommaso und Blume des Ostens die Diskussion.

»Wir werden die Karren aneinander- und die Kamele am letzten anbinden. Ich werde den vordersten Wagen lenken. Du aber darfst den Weg nicht sehen.« Ich blickte die anderen an: »Keiner von euch.«

Der junge Grieche schüttelte den Kopf. Er war unbeugsam und würde alles tun, um sich einer Anweisung, die ihm absurd erschien, zu widersetzen. Neben ihm legte der Alte bereits die Binde an, Tommaso auf dem Knechtwagen ebenfalls. Blume des Ostens ordnete stumm ihre Kräuter im Beutel.

»Aber wozu das alles, Fremdling? Wozu diese Geheimniskrämerei? Du verlangst, dass wir dir vertrauen, aber gleichzeitig kommt uns das töricht vor.«

»Auf dieser Welt gibt es Dinge, auf die eure Augen nicht vorbereitet sind. Verstand, geistige Gesundheit und Bewusstsein sind für einen Menschen unschätzbar wertvolle Reichtümer. Die willst du doch nicht verlieren, mein Junge?«

»Warum?«, warf er aufgebracht ein. Er würde keinen Zentimeter nachgeben. »Was gibt es denn so Furchtbares, das *un-*

sere Augen nicht ertragen können? Wieso bist du anders als wir?«

Thales, nahe daran, die Geduld zu verlieren, überschüttete ihn mit einem Schwall Beschimpfungen: »Tu, was er sagt! Füge dich endlich!«

Pólix schrak bei dem Wutausbruch seines Vaters zusammen, ließ sich aber nicht völlig einschüchtern. »Entschuldigt, aber ich bin doch nur um die Sicherheit der Karawane besorgt. Ihr habt mir selbst gesagt …«

»Halt den Mund! Hättest du wirklich begriffen, was ich gesagt habe, würdest du dich jetzt nicht wie ein kleines Kind benehmen. Leg die Binde an und sei still.«

Vor Zorn war das Gesicht des Alten hochrot geworden – ein deutliches Zeichen, dass er vollkommen die Kontrolle verloren hatte. Ich weiß nicht, was ihn so weit getrieben hatte. Vielleicht dachte er, die Harpyien lauerten hinter den Dünen, um ihn umzubringen.

Verärgert beugte sich der junge Grieche endlich dem Tadel und verband sich die Augen. Ich war ihm nicht böse. An seiner Stelle hätte ich dasselbe getan. Pólix und ich hatten mehr gemeinsam, als ich anfangs gedacht hatte.

Für mich war von Anfang an klar, dass die Wüste vor uns eine geisterhafte Illusion war, die jemand herbeigezaubert hatte, um Reisende zu verwirren. Das Trugbild war mithilfe eines Zaubers entstanden. Ganz bestimmt war Zamir hier vorbeigekommen und hatte, wie der Bettlerkönig vermutet hatte, einen Zauber gewirkt, um den Eingang des Geheimpfads zu verbergen. Auf diese Weise würden sich nur wenige hineinwagen, und selbst die, die es taten, würden den Durchgang nicht finden – es sei denn, sie schlugen die richtige, vom Abendstern vorgegebene Richtung ein.

Meine Anweisung an meine menschlichen Gefährten, sich die Augen zu verbinden, hatte natürlich einen Grund. Welche Auswirkungen würde der Anblick eines so unglaublichen Ereignisses auf ihren unvorbereiteten Geist haben? Allein der Anblick des illusorischen Durchgangs konnte ihrem Verstand so erheblich schaden, dass sie möglicherweise verrückt wurden. Natürlich sind Zauberer, die täglich mit Magie zu tun haben, ebenfalls Menschen, doch sie setzen ihre Fähigkeiten dosiert ein und lernen mit der Zeit allmählich, die Realität des Unmöglichen zu akzeptieren.

Einigen wie Pólix hingegen, die eng mit der Naturwelt verbunden waren, konnte eine derartige Enthüllung den Verstand und ihre geistige Gesundheit rauben.

Als ich mich mit dem Tross in Bewegung setzte, um ihn zwischen den geisterhaften Hügeln hindurchzuführen, verschwand auf einmal der Hang, der auf die Düne hinaufführte, und wir gelangten ins Zentrum des von Zamir geschaffenen Trugbilds. Ein gespenstischer Wind rüttelte an den Wagen, und gleichzeitig waren Gemurmel und markerschütternde Schreie zu hören. Tiefe Schatten erhoben sich ringsum und beschrieben wilde Kreise. Das waren gequälte Geister, die durch ein magisches Ritual gefangen worden waren.

Manche Zauber, wie diese großartige Illusion, müssen beständig mit Energie versorgt werden. Dazu fangen einige Hexer herumirrende Geister ein, entziehen ihnen ihre Kräfte und sorgen so dafür, dass ihr Zauber erhalten bleibt. Bei diesen eingesperrten Geistern handelt es sich fast immer um verwirrte Kreaturen, die für Nekromanten daher leichte Beute sind.

»Was ist denn hier los?«, stieß Pólix angsterfüllt hervor. Die Schatten lärmten so laut, dass ich ihn fast nicht hören konnte.

»Setz dich, schließ die Augen und halte dir die Ohren zu«, befahl ich. »Beweg dich erst wieder, wenn ich dir ein Zeichen gebe.«

»Nein! Ich will wissen, was hier vor sich geht!«

»Tu, was ich dir sage, mein Junge, sonst könnte dies die letzte Nacht für dein Bewusstsein sein.«

»Das akzeptiere ich nicht! Das akzeptiere ich nicht!«, lehnte sich der Junge auf. Je lauter er zeterte, desto mehr verlor sich seine Stimme im Lärm der toll gewordenen Geister. In seinem jugendlichen Ungestüm konnte Pólix nicht mehr an sich halten und riss sich die schützende Augenbinde herunter.

Ich weiß nicht – und werde auch nicht versuchen, es in Erfahrung zu bringen –, was sich in diesem Augenblick im Kopf des Griechen abspielte. Der Anblick einer so makabren Szene brachte sein Gehirn zum Erliegen, und instinktiv ließ er sich zitternd zu Boden fallen, wo er sich ächzend und wimmernd wie ein Embryo zusammenrollte. Als körperliche Reaktion erschlaffte sein Darm, und es bildete sich eine übel riechende Lache aus Kot und Urin.

Ich straffte Ibn-Hatars Zügel, verhakte meine Füße fest in den Steigbügeln, wich etwas zurück und brachte das Ross auf die Höhe des zweiten Wagens. Dann beugte ich mich zu dem Griechen hinab. Hier konnten wir auf keinen Fall länger verweilen. Diesem gespenstischen Orkan mussten wir unbedingt bald entkommen, bevor Pólix für immer in den Abgrund des Wahnsinns stürzte.

Mit der linken Hand hielt ich den Braunen im Zaum, duckte mich, packte mit der Rechten den Arm des Burschen und zerrte ihn zu mir herüber. Ich drückte ihm den Nacken nach unten und trommelte mit den Fingern auf einen Vitalpunkt auf seinem Brustkorb, sodass seine Zuckungen schwächer wurden. Das Bearbeiten der Vitalpunkte war eine Kampftechnik der Cherubim, konnte aber auch in der ärztlichen Kunst nützlich sein. Eine Sekunde später war Pólix eingeschlafen, sodass ich mich wieder um den Tross kümmern konnte.

Noch immer tanzten und schrien die Gespenster, aber nach und nach legte sich der Wind. Wir befanden uns jetzt ganz nah am Ausgang – und ganz nah an der Stelle, wo der Geheimpfad begann. Es war zwar nur ein kleiner Bereich verzaubert, aber die grauenvollen, gespenstischen Ungeheuer ließen die Reise länger wirken.

Da erblickte ich mitten im Chaos ein silbriges Licht, einen Hoffnungsschimmer. Es war der Mond, der am Himmel leuchtete – ein Zeichen, dass wir im Begriff waren, den Tunnel der Toten zu verlassen.

Plötzlich löste sich das Trugbild auf. Die Gespenster verschwanden und mit ihnen der Schauder des Entsetzens. Ibn-Hatar stampfte mit den Hufen, und ich nahm den Raum um mich herum wahr. Wir befanden uns auf einem kleinen, runden Platz von dreißig Meter Durchmesser mit hartem, trockenem Boden, der sich zu einem unauffälligen, nahezu unendlich langen Pfad verengte. Dieser führte nach Süden, so weit das Auge reichte, und wandte sich dann nach Westen Richtung Mesopotamien.

Der Weg war auf seiner ganzen Länge unsichtbar, weil er drei Meter unter der Oberfläche verlief, sodass Wanderer und Kaufleute aus der Ferne Reisende, die sich auf diesem Pfad bewegten, nicht erkannten. Zu beiden Seiten des Wegs bildeten nach innen geneigte, mauerähnliche Böschungen aus festem Lehm Barrieren, die verhinderten, dass der Sand von draußen auf den Weg hereingeweht wurde. Es handelte sich demnach um eine Art breites, tiefes Tal.

»Sind wir schon da?«, fragte jemand. Es war Tommaso.

»Ihr könnt die Augenbinde jetzt abnehmen«, verkündete ich.

Ich sprang vom Pferd und legte den reglosen, noch schlafenden Pólix auf den Boden, prüfte seinen Herzschlag, die Beschaffenheit seiner Haut und die Beweglichkeit der Knochen. Körperlich hatte er keinen Schaden genommen.

»Geht es ihm gut?«, fragte der herbeieilende Vater.

»Ich glaube, er wird sich wieder erholen. Er hat einen starken Gefühlsschock erlitten; diese Erfahrung kann ihn für sein ganzes Leben zeichnen.«

Thales hob den Kopf des Jungen mit einer Hand an und überprüfte mit der anderen seine Körpertemperatur. Betrübt blickte er den Jungen an. Blume des Ostens kniete neben ihm und legte dem jungen Griechen ein feuchtes Tuch auf die Stirn.

Der Alte legte Pólix Kopf vorsichtig wieder ab und überließ der kleinen Chinesin die notwendige Fürsorge. Er erhob sich und sah sich die im Mondschein liegende Umgebung an. Links zeichnete sich eine kleine Höhle in der Böschung ab, und darin befand sich eine Steinstatue. An dem lebensgroßen Werk hatte der Zahn der Zeit genagt, aber es ließen sich noch die unverwechselbaren Züge Nimrods erkennen.

»Du bist ein Gesandter der Götter, nicht wahr?«, fragte Thales mich streng. »Alles, was hier geschieht … Du bist der Herold, der mir meinen Tod ankündigen soll.«

Ich wusste, dass es schwierig sein würde, ihn vom Gegenteil zu überzeugen, vor allem nach diesem Ereignis.

»Ich bin nichts von alledem, Thales. Mit Göttern habe ich nichts zu schaffen und bin auch nicht Teil einer Prophezeiung. Doch ich weiß – und jetzt weißt du es auch –, dass es viele Wahrheiten jenseits der gewöhnlichen Realität gibt. Dieser Pfad wurde vor langer Zeit angelegt, von Menschen, die einem Zauberer gehorchten, und es bleibt zu hoffen, dass dieselbe Zauberkunst gerade jetzt zum Einsatz kommt, um den Eingang zu diesem Weg zu verbergen.«

»Zauberkunst?«

»Lass dich davon nicht beeindrucken. Die meisten Menschen werden mit diesen Phänomenen nie in Berührung kommen. Jeden Tag klammern sie sich mehr an die materielle Welt und vergessen dabei ihre Instinkte. Aus diesem Grund sind die Tiere nicht erschrocken. Für sie ist nichts unmöglich. Aber Pólix war auf diesen Anblick nicht vorbereitet. Nicht umsonst habe ich euch gebeten, eure Augen zu verbinden.«

Thales war sprachlos. Tommaso saß in einer Ecke und lauschte meinen Worten.

»Der Weg ist unbedenklich«, betonte ich, »und deinem Sohn wird es bald wieder besser gehen. Ich bin kein Hellseher, aber ein paar Dinge wage ich vorherzusagen. Wir werden keine Patrouillen,

Hindernisse oder Räuber sehen. In zwei Monaten werden wir wohlbehalten in Alexandria eintreffen. Ich garantiere euch, dass wir keine Unannehmlichkeiten mehr haben werden.«

»Dann hat sich das Orakel also geirrt? War es falsch, was es über dich gesagt hat?«

Als ich sah, dass er eine direkte Antwort von mir haben wollte, überlegte ich, ob ich ihn darüber aufklären sollte, dass es keine Harpyien gab. Doch dann würde er wissen, dass ich sein Gespräch mit Pólix im Zelt in Turfan belauscht hatte, und würde sich fragen, welche besonderen Kräfte ich besaß. Also wich ich aus und antwortete: »Du hast es womöglich falsch verstanden. Die Worte des Orakels darf man nicht wortwörtlich nehmen.«

»Kann sein …«, murmelte er und kehrte zum Wagen zurück. »Kann sein.«

Danach sprach Thales das Thema nicht mehr an und stellte auch keine Fragen zu Geistwesen und Zauberei. Ich glaube nicht, dass ihn meine Antworten an jenem Abend zufrieden stimmten, könnte mir aber vorstellen, dass er sich aus freien Stücken dazu entschlossen hatte, nichts mehr davon wissen zu wollen.

Und Blume des Ostens? Ob sie sich auch für das Nichtwissen entschieden hatte?

Die Antwort erfuhr sie zufällig in ebendieser Nacht. In meiner Sorge um Pólix, den ich davon überzeugen musste, sich die Augen zu verbinden, hatte ich vergessen, auch ihr eine Augenbinde zu geben.

Stumm hatte sie alles miterlebt.

DER GEHEIMPFAD

Da sich Thales und Tommaso bereits am späten Nachmittag ausgeruht hatten, nahmen sie meinen Vorschlag an, und wir reisten noch eine Stunde weiter, um so schnell wie möglich an die vor uns liegende Wasserquelle zu gelangen. Da mein Arm bereits vollständig genesen war, kam ich ohne Nahrung und Ruhepausen aus und übernahm wieder die Führung der Karawane. Verirren konnten wir uns eigentlich nicht – es gab nur eine Route, die immer in dieselbe Richtung führte, und fürs Erste würde es auch keine Abzweigungen geben.

Bereits vom Pferd aus erkannte ich, dass Zamir und sein Gefolge hier vor uns vorbeigekommen waren. Auf dem harten Boden sah ich zwar keine Spuren, aber die thermischen Abdrücke zeigten mir genau, welchen Weg der Magier eingeschlagen hatte – im Grunde denselben wie wir. Er bewegte sich Richtung Süden, würde sich dann nach Westen wenden und dort altes babylonisches Gebiet betreten. Falls der Bettlerkönig richtig gerechnet hatte, mussten wir uns nicht mehr übertrieben beeilen, um den Zauberer einzuholen. Wenn wir unser Tempo konstant hielten, würde ich vor dem Mörder in Rom sein, bevor er Zeit fand, seinen teuflischen Plan umzusetzen.

Das beruhigte mich.

Langsam wurde es Nacht und bitterkalt, doch der schneidende Wind störte uns nicht, weil der Pfad unterirdisch verlief. Wirklich eine wunderbare Idee, die nur ein Genie ersonnen haben konnte! Dennoch machte mich die Vorstellung traurig, dass derjenige, der sich diese Wege ausgedacht hatte – Zamir –, jetzt mein Widersacher war.

Wenige Meter von der Wasserstelle entfernt hielt der Wagen der Griechen hinter mir an, und Thales rief: »Barbar! Komm mal her. Ich glaube, Pólix ist aufgewacht.«

Blume des Ostens reichte dem Burschen gerade einen Becher Wasser mit Kräutern. Er hatte bereits die Augen aufgeschlagen, schien aber immer noch geistesabwesend zu sein. Mit gekreuzten Beinen saß er da und starrte unbeteiligt zu Boden. Auf Rufe und Aufforderungen reagierte er nicht, erkannte weder Personen noch Gegenstände. Er war völlig entkräftet, und ich zweifelte langsam an meiner ersten Diagnose. Thales tippte ihn zweimal an, gab es dann aber auf und bemühte sich, beim traurigen Anblick seines Sohns keine Gefühle zu zeigen.

Da Blume des Ostens nicht sprechen konnte, schrieb sie mir auf ein Stück Stoff, sie wisse nicht recht, wie sie ihm helfen könne, glaube aber, dass er lediglich ein wenig Zeit brauche, um sich zu erholen. Solange er sich in diesem apathischen Zustand befand, konnten wir ihm nicht weiterhelfen, außer ihn zum Essen und Trinken zu zwingen.

»Und?«, fragte der Alte. »Was meinst du dazu?«

Da ich mir nicht sicher war, zeigte ich mich lieber optimistisch. »Er ist aufgewacht, das ist ein gutes Zeichen. Sein Geist hat jetzt wahrscheinlich noch zu kämpfen. Er kämpft, um zu begreifen, was er gesehen hat, und um die Vorfälle zu verarbeiten. Viele Menschen, die solche Erfahrungen überlebt haben, kommen wieder zu Verstand, weil sie einfach aufhören, das Erlebte verstehen zu wollen. Aber Pólix ist ja einer, der nicht so leicht aufgibt.« Ich ließ es wie ein Lob klingen, aber sein Vater zeigte sich unbeeindruckt.

»Hoffen wir, dass die Götter ihm in diesem Kampf beistehen.«

Thales hatte seine ganze Hoffnung auf die höheren Mächte gesetzt.

»Jede Hilfe ist willkommen«, stimmte ich ihm zu, während ich zu meinem Pferd zurückkehrte und wieder die Führung der Karawane übernahm.

Im Schein des Vollmonds reisten wir mehr als zehn oder fünfzehn Minuten weiter, dann sah ich in der Schlucht eine Aushöhlung – eine Felsnische, die sich zu einer kleinen Höhle verbreiterte. Drinnen sprudelte eine Quelle aus dem Boden und bildete einen kleinen See, eher eine Pfütze, in der wir trotz der Kälte badeten und aus der wir so viel Wasser schöpften, dass es bis zur nächsten Wasserstelle reichte. Hier machten wir halt, stellten die Karren ab, banden die Tiere fest und schlugen unser Lager auf.

Nach der Zerstörung Babels war der Weg aufgegeben worden, existierte aber noch. Außer den in regelmäßigen Abständen auftretenden Quellen fanden wir am Boden auch eine kriechende Pflanze, von den Alten Überlebenskraut genannt. Die Blätter dieses äußerst widerstandsfähigen Gewächses enthielten viele Vitamine und Mineralien. Sie schmeckten zwar abscheulich, waren aber so nahrhaft, dass ein Mensch damit längere Zeit überleben konnte.

Als sich die Griechen, Blume des Ostens und Tommaso zurückgezogen hatten, stieg ich drei Meter aus der Schlucht hinauf und schwang mich nach oben, um mir die Wüste aus der Nähe anzusehen. Das felsige, flache Gelände war im silbernen Mondlicht gut zu erkennen und erinnerte mich an die unwirtlichen Gegenden der Yuezhi, doch hier fehlten die hohen Berge und Felserhebungen, die für das afghanische Gebiet so typisch waren. Instinktiv blickte ich nach oben, und schmerzhafte Erinnerungen stürmten auf mich ein.

Der Himmel in Flammen. Blut, das wie Öl brannte. Das Klirren von Metall. Schwerter. Klingen, die aufeinanderprallten. Kampfgeheul. Hitze. Hass. Mein Herz, das nach Gerechtigkeit schrie. Wir verloren den Boden unter den Füßen – eine entsetzliche Kraft zog uns nach unten und stieß uns hinaus.

Dann die Sterne. Das All. Die Kälte. Eine merkwürdige Explosion.

Wir fielen, stürzten und konnten nicht mehr fliegen.

Verlassen. Ausgestoßen. Abtrünnige.

Nach dem Sturz in die Tiefe die Materie. Erde. Sand, der auf der Haut klebte. Blutbefleckte Flügel. Scham, die sich in Rachegelüste verwandelte.

Das war die Verstoßung der abtrünnigen Engel. Das waren meine letzten und eindrucksvollsten Erinnerungen an den Aufstand und danach unsere Ankunft in der Welt der Menschen.

Dort hatte es stattgefunden, in denselben Gefilden, die früher, vor 2500 Jahren, Land Nod geheißen hatten. Die Wüste war unser Ausgangspunkt gewesen, Haled unser Gefängnis.

In ihrer Verzweiflung waren die verfolgten abtrünnigen Engel gemeinsam nach Westen gezogen, immer auf der Flucht vor ihren Henkern, bis sie auf die verwüstete Stadt Henoch stießen, die seit der verheerenden Sintflut im Bauch der Welt versunken war.

Voller Groll und Rachsucht hatten uns die Geister der Bewohner, die noch immer zwischen den Ruinen der versunkenen Stadt umherirrten, Zuflucht bei sich gewährt. Sie hatten uns als Feinde der Erzengel erkannt und mit ihrer Astralenergie eine geheimnisvolle Decke geschaffen, die die Emanationen unserer pulsierenden Aura verbarg. An jenem Ort, in jener verlorenen Stadt, hofften wir, unentdeckt zu bleiben und genügend Zeit zu haben, um unseren Eintritt in die Gesellschaft der Sterblichen vorzubereiten. Wir lernten, unsere Schwingungen zu verstecken, und beschlossen, unsere Flügel nicht mehr auszubreiten, damit man uns für Menschen hielt. Aus Inschriften, Kunstwerken und alten Aufzeichnungen lernten wir alles, was wir über die Erde wissen mussten. Wir lernten das Henochische lesen und sprechen, die Ursprache aller Sprachen auf der Erde.

Henoch war unser Heiligtum, der erste und letzte Zufluchtsort der Bruderschaft der Abtrünnigen, der Ort, an dem sich jene beeindruckende Schar Krieger zum letzten Mal versammelte. Im Grab der Menschen ließen wir unsere Divinität zurück, dort begruben wir auch unseren Ruhm.

Henoch, die Erste und Letzte.

In zwei, drei Tagen würde die Karawane bei der Grotte vorbeikommen, die zur unterirdischen Stadt weiterführte. Die Gefühle und die wehmütige Erinnerung an jene Tage riefen mich erneut an den Ort zurück, wo alles begonnen hatte. Es waren schwierige Zeiten gewesen, aber wenigstens waren wir, die achtzehn abtrünnigen Engel, vereint gewesen.

Henoch, die Erste und Letzte.

BESUCH IM LAND NOD

Das Land Nod, dessen Hauptstadt einst Henoch gewesen war, war vor der Sintflut neben dem sagenhaften Atlantis die größte aller menschlichen Nationen gewesen. Der felsige, dunkle Boden der Wüste, in der es lag – dieselbe, die wir nun endlich erreicht hatten –, bestand aus einem besonderen Vulkangestein. Dieses einst flache Gelände hatte sich durch die katastrophalen Wassermassen in eine ausgedehnte, mit Felsbrocken übersäte Ebene verwandelt. Der im Lauf der Jahrtausende angewehte Sand hatte sich in kleinen Kratern gesammelt und bildete eigenartige Sandkuhlen, die von den Arabern von Hin-Kaban Sandkrater genannt wurden. Vielleicht hatten dort die Erzählungen der Kanaanäer, in denen Nod als »entferntes, düsteres Land mit schwarzem, verwüstetem Boden« beschrieben wurde, ihren Ursprung. Falls sich die Kanaanäer in jene Gegenden gewagt hatten, war ihnen bestimmt aufgefallen, dass hier einmal eine riesige Zerstörung stattgefunden hatte.

Am folgenden Tag reisten wir weiter. Pólix hatte sich sichtlich erholt, blieb aber weiterhin apathisch. Er aß, schlief und konnte allein laufen, aber all unsere Versuche, ihn zum Reden zu bringen, blieben vergeblich. Der Junge war gänzlich verstummt und verbrachte die Vormittage vorn auf dem Wagen, mit offenem, aber ausdruckslosem Blick. Nachts starrte er zu den Sternen hinauf, bis er einschlief.

Gegen Abend wurde im Osten ein schwarzer Felsen sichtbar, dessen Spitze von der Seite unschwer zu erkennen war. Instinktiv straffte ich die Zügel und hielt sofort an. Tommaso und der erste Karren fuhren noch weit hinter mir, sodass niemandem auffiel, dass ich das Ross gezügelt hatte.

Nachdem die Wassermassen der Sintflut zurückgewichen waren, hatte Amael, der Herr der Vulkane, eine schreckliche Magmafontäne aus dem Boden von Nod emporsteigen lassen, einen gewaltigen Lavaschwall, der sich über die bereits zerstörten Fundamente Henochs ergoss und die Ruinen der Stadt unwiederbringlich begrub. Wie durch Zufall war dabei in den unteren Schichten auch Sauerstoff eingeschlossen worden: Durch Gase, die mit zerstörerischer Geschwindigkeit und Kraft aus der Tiefe gedrungen waren, waren Hohlräume entstanden, die, nachdem das Magma erstarrt war, Tunnel zwischen den Ruinen und der Außenwelt bildeten. Der größte Tunnel, der in den Bauch Henochs führte, lag unter dem schwarzen Felsen, am Ende einer Höhle, in der die Abtrünnigen vor langer Zeit in einer stürmischen Nacht Zuflucht gesucht hatten.

Die Felserhebung. Die Höhle. Der Tunnel. Es war, als wäre die Zeit stehen geblieben.

Henoch, die Erste und Letzte.

Ich musste unbedingt in diese verwünschte Stadt zurückkehren, und sei es nur, um mich davon zu überzeugen, dass ich mir diesen Besuch hätte ersparen können.

»Heute Nacht werde ich mich vom Lager entfernen«, teilte ich den anderen mit.

Thales sah mich verwirrt an und wusste nicht, was er sagen sollte. Es war schon Nacht, und Blume des Ostens bereitete die Abendmahlzeit vor, während sich Tommaso um die Feuerstelle kümmerte.

»Bist du sicher, dass das unbedingt nötig ist?«, wollte der Alte wissen, während er mit einem großen Hammer die Zeltpflöcke im Boden einschlug. »Du weißt, dass wir dich hier brauchen.«

»Nein, ihr braucht mich nicht – jetzt nicht mehr«, entgegnete ich, während ich Ibn-Hatars Steigbügel in Ordnung brachte. »Der Weg verläuft gefahrlos immer so weiter, bis zur Sinaihalbinsel. Es gibt nur ein paar Abzweigungen und Einbuchtungen. Ihr könnt euch nicht verlaufen.«

»Warum sagst du das?«, fragte Thales und legte den großen Hammer beiseite. »Besteht die Gefahr, dass du nicht zurückkommst?«

»Ich glaube nicht. Eigentlich möchte ich vor der Morgendämmerung zurück sein«, antwortete ich und stieg aufs Pferd. »Aber es kann ja nicht schaden, wenn der Karawanenführer die Koordinaten kennt. Es ist alles klar«, bekräftigte ich. »Ihr braucht nur der Route nach Westen zu folgen. Falls ich morgen nicht bis zum Frühstück zurück bin, müsst ihr weiterreisen.«

»Und wenn du dich aus irgendeinem Grund verspätest?«

Ein Windstoß drohte das Feuer auszulöschen, aber Tommaso legte noch mehr Holz nach. Mittlerweile war es merklich kalt geworden, sodass man sich in dicke Wollumhänge hüllen musste.

»Mit meinem Pferd werde ich euren Vorsprung leicht aufholen. Aber ich glaube nicht, dass ich mich verspäten werde.«

Thales setzte sich auf einen Stein und streckte den Rücken. Ohne Pólix' Hilfe hatte er doppelt so viel Mühe, das Zelt aufzustellen, und Tommaso konnte sich nicht um alles kümmern. »Na gut. Wir warten also nach Sonnenaufgang eine Stunde auf dich.«

»Haltet regelmäßig Wache, auch wenn ich bezweifle, dass euch jemand auflauern wird. Trotzdem rate ich euch, aufzupassen«, setzte ich hinzu, weil ich Zamirs Ränke mittlerweile gut kannte.

»Das werden wir.«

Ich lockerte die Zügel, und mein Ross trabte los. Der Weg verlief zwischen steilen Wänden, die man leicht erklimmen konnte, für Wagen und Tiere waren sie jedoch unüberwindlich. Deshalb hatten die Babylonier alle fünf Kilometer Spalten in die Wände gehauen, durch die die Tiere den Geheimweg verlassen konnten.

Die nächste Spalte – ein langsam ansteigender, gewundener Durchgang, der in der dunklen Ebene Nods endete – war zweihundert Meter weit entfernt.

»Ibn-Hatar, siehst du diese schwarze Erhebung da vorn?«, flüsterte ich dem Tier ins Ohr. »Dort müssen wir ganz schnell hin, sonst sind wir bei Tagesanbruch nicht zurück. Lauf, spring, flieg! Heute wird der Wind uns die Vergangenheit zeigen.«

Henoch, die Erste und Letzte.

Ein Ritt durch dieses Gebiet war wie ein Sprung durch die Zeit.

DIE STADT DER VERDAMMTEN

Henoch, die Erste und Letzte.

Schweigend erhob sich vor mir der schwarze Hügel und wartete auf meinen Ansturm. Streng, entschlossen und ein bisschen euphorisch betrachtete ich ihn.

Ibn-Hatar ließ ich frei, damit er, falls ich bis Tagesanbruch nicht zurück war, allein zur Karawane zurücklaufen konnte.

Verstohlen betrat ich die Grotte der Erstickten – diesen Namen hatten wir, die Abtrünnigen, dieser Höhle gegeben, die tunnelartig tief ins Erdreich führte. Trotz seiner Ausdehnung war der große Raum, der durch die gewaltige vulkanische Aktivität entstanden war, bedrückend. Ein ununterbrochenes Geräusch, das wie ein verzweifeltes Klagelied klang, erfüllte den Gang. Es war das Seufzen der Verdammten, das Echo der Gespenster von Henoch, die bei der großen Überschwemmung erstickt waren und noch immer vergeblich versuchten, aus den unterirdischen Gängen zu entkommen.

Der Tunnel am Ende der Höhle verengte sich auf einen Durchmesser von zwei Metern und führte spiralförmig einige Kilometer weiter nach unten, direkt ins Herz der Erde. Anfangs schien noch das Tageslicht, aber je weiter ich ging, desto schneller ging der

Halbschatten in völlige Dunkelheit über – eine abgrundtiefe Schwärze, die es nur im Erdinneren gibt. Von jetzt an würde ich mich auf meinen untrüglichen Tastsinn verlassen müssen, mit dem ich die Wärmeschwaden wahrnahm, die mir entgegenkamen.

Nach einem langen Abstieg verbreiterte sich der Tunnel zu dem berühmten Weg der Ewigkeit, einem Gang mit hohen Wänden, in dessen Mitte eine lange Reihe von Säulen verlief – die sogenannten Pfeiler der Geschichte. Auf diesen Säulen erzählten Tausende Gestalten die Herkunftsgeschichte der Könige von Henoch, angefangen bei Kain bis hin zu Lemek. Durch die Katastrophe hatte sich in diesem Tunnel eine unebene, schräg abfallende Steindecke gebildet.

Am Ende des Wegs der Ewigkeit befand sich das Sonnentor, eine fünfzehn Meter hohe Pforte mit nach innen geneigter Schwelle, das in die Struktur der Hauptstadtmauer eingelassen war. Darüber war noch die Zeichnung eines üppig belaubten Baums zu sehen – der Baum der Erkenntnis, eine symbolische Anspielung auf Adam, den ersten Menschen.

Das Ächzen der Gespenster wurde in diesem Abschnitt lauter, denn dorthin bewegten sich die Geistwesen – zum Stadtausgang. All jene, die wie ich die Astralebene sahen, würden hinter dem Schleier der Wirklichkeit eine gespenstische Wolke erblicken, die sich zitternd auf dem Weg der Ewigkeit und dann wieder zurück zum Sonnentor bewegte. Durch das große Tor führte eine breite, von verfallenen Gebäuden gesäumte Allee, auf der man zu Lemeks Lebzeiten zum Königspalast gelangt war. Vorsichtig trat ich auf den holprigen Felsboden mit den zahlreichen Löchern. Manche waren so tief, dass sie bis in den glühenden Kern des Planeten reichten. Wäre ein Mensch hineingefallen, hätte er Tage gebraucht, um unten anzukommen. Überall – auf dem Boden, den Trümmerbergen und in den Gebäuden – sah ich Reste menschlicher Skelette, die fast vollständig zu Staub zerfallen waren.

Die Strecke auf der breiten Allee war besonders finster. Alles um mich herum bestand aus demselben Material, sodass ich die verschiedenen Wärmespektren nur mit Mühe erkennen konnte. Die aschgrauen Flecken deuteten darauf hin, dass ich mich inmitten von Vulkangestein befand. Auf halber Strecke sah ich dann plötzlich orangefarbene Tropfen auf dem Boden, und auch ohne die Flüssigkeit zu berühren, wurde mir klar, dass es sich um eine frische Blutspur handelte. Sie verlief direkt zu einer Öffnung am Ende des Gangs, wo ich eine Lichtquelle vermutete.

Ich tauchte den Zeigefinger in einen Blutstropfen, um mit der Zungenspitze davon zu kosten. Am Geschmack eines beliebigen Organs, der Haut oder eines Sekrets, kann ein Kriegerengel die Identität der Beute feststellen, falls er sich deren Geruch schon eingeprägt hat – wie ein Spürhund.

Und dieses Blut kannte ich! Aber wie war das möglich?

Ich konzentrierte mich, bis es mir plötzlich dämmerte: der Heldensaal!

Der Gang endete in einem senkrechten Spalt, durch den ich in einen der zahlreichen Korridore das Königspalasts gelangte.

Der Heldensaal war ein weitläufiger Raum mit Spitzbogendach, schwach erhellt von einem großen Feuer, das in der Mitte auf einem runden Steintisch brannte. Dieser bot Platz für zwanzig Personen – einen für jeden Familienältesten und zwei weitere für König und Königin. Der ganze Saal war nicht aus einzelnen Blöcken erbaut, sondern in den Felsen gehauen worden, sodass er dank seiner stabilen Wände der furchtbaren Sintflut hatte standhalten können. An diesen Wänden standen zehn Statuen jener berühmten Helden, die während der Mittelmeerischen Kriege umgekommen waren, jede bestimmt zwanzig Meter hoch. So wurden damals die Konflikte zwischen Henoch und Atlantis genannt, die mit dem Sieg von Atlantis ein Ende gefunden hatten.

Ich betrat den Heldensaal, und beim Anblick der Flammen zogen sich meine Pupillen zusammen. Über die Tischplatte gebeugt saß ein dunkler, fülliger Schatten vor dem Feuer. Offensichtlich war er verletzt. Er hatte Engelsflügel – riesige weiße, blutbefleckte Flügel.

Hasai – so hieß das Wesen –, der große Hauptmann der Abtrünnigen. Er war ein starker, fähiger Krieger mit dunkler Haut und langem Kraushaar. Als zweiter Befehlshaber hatte Hasai mir geholfen, alle Phasen der Verschwörung zu organisieren, die mit unserer Verstoßung aus den Sieben Himmeln ein Ende gefunden hatte. In seinen goldenen Zeiten war er es gewesen, der meine Legion viele Male in die Schlacht geführt hatte – nur ihm hatte ich damals meine Truppen anvertraut. Als die Abtrünnigen beschlossen, sich zu trennen, ging Hasai nach Ägypten, während ich nach Babylonien floh und Ishtar nach Ur in Chaldäa. Einige flüchteten ins Morgenland, andere wollten lieber den Ozean überqueren, wieder andere brachen zu den Gletschern im Norden auf.

Das Blut, das ich im Gang gefunden hatte, stammte tatsächlich von ihm – das Blut eines abtrünnigen Engels –, und deshalb hatte ich seine Präsenz auf meinem Weg durch die Ruinen nicht spüren können. Wie ich hatte auch Hasai gelernt, die Emanationen seiner pulsierenden Aura zu verbergen. Doch leider hatte ihn dies nicht retten können.

Vor mir saß der der verwundete Hauptmann, dem Tod nahe, den Kopf auf die Tischplatte gelegt. Nur den Griff seines mystischen Schwerts hielt er noch fest umklammert. Seine Flügel waren gefaltet, als wollten sie den verwundeten Körper schützen. Er hatte mein Kommen nicht bemerkt und sich auch nicht von der Stelle gerührt, doch ich konnte seinen Atem und die langsamen Schläge seines Herzens hören und wusste daher, dass er lebte. Langsam ging ich auf ihn zu, halb traurig, halb empört und auch ein bisschen verblüfft. Nie hätte ich damit gerechnet, dass mein spontaner Besuch in Henoch mir so überraschende Dinge enthüllen würde. Welches Los hatte uns, den Hauptmann und den General, wieder zusammengeführt, ausgerechnet da, wo überall Tod und Leid herrschten?

Ich kniete neben ihm nieder und legte ihm die Hand auf die breite Schulter. Die befleckten Flügel breiteten sich aus, und Hasai, von seinem Schmerz völlig verwirrt, hob langsam den Kopf. Sein Gesicht wies zahlreiche Schnittwunden auf, ein Auge war geschwollen – vermutlich die Folge eines heftigen Schlags.

»Hasai …«, flüsterte ich behutsam.

Er hatte keine Kraft, um sich über meine Anwesenheit zu freuen, deutete aber ein verhaltenes Lächeln an. Zu mehr war er nicht imstande. »General, Ihr seid zurück! Meine Mission ist erfüllt!«

Ich hatte keine Ahnung, wovon er sprach, und glaubte im ersten Moment, er rede wirres Zeug. »Hasai, was ist passiert?«

»Das, was uns allen passiert, Herr. Sie haben mich gefunden. Ich dachte, ich könnte …« Er verstummte und spuckte etwas Blut. »Ich dachte, ich könnte ewig leben, im Verborgenen. Aber sie wissen alles. Es ist ihnen gelungen, mein Spur zu finden.«

»Wer? Wer war hinter dir her?«

»Die Reißvögel. Die Reißvögel waren es, Michael hat sie selbst geschickt.«

Die Reißvögel. Ich kannte sie gut, denn sie waren berüchtigt. Die Reißvögel, die wichtigsten Dienerinnen des Erzengels Michael, wenn es um Verfolgung und Mord ging, waren zwei mächtige, kriegerische Cherubine und genauso bösartig und grausam wie ihr Meister. Sie hießen Zambil und Marilli und griffen immer zu zweit an. Mit dieser einzigartigen, feigen Kampfstrategie waren sie praktisch unbesiegbar. Sie kämpften mit großen mystischen Goldlanzen, die so gefürchtet waren wie die üblichen Schwerter der Himmelslegionen, und nicht selten schleuderten sie sie gegen ihre Feinde und ließen ihnen damit keine Gelegenheit, sich zu wehren. Ganz sicher war Hasai von Weitem von einer dieser Lanzen getroffen worden, denn nicht einmal die Reißvögel hätten den Mut gehabt, sich ihm im Nahkampf zu stellen.

Die Reißvögel, wiederholte ich in Gedanken, als könnte ich damit meine Rachegelüste besänftigen.

»Es heißt, Engel könnten nicht träumen, General«, brachte Hasai mit Mühe hervor. »Wir schlafen niemals. Aber gestern, als ich mich durch den Tunnel bis in diesen Saal geschleppt hatte, kam es mir vor, als hätte ich etwas gesehen. Ich weiß nicht, ob es eine Halluzination oder eine Prophezeiung war, und dachte deshalb, es könne nicht schaden, daran zu glauben.«

Er hustete – ein trockener Husten, der ihm die Kehle aufriss, und einen Moment lang glaubte ich, er habe den Verstand verloren und sei für immer und ewig in den Abgrund des Wahns gestürzt. Aber Hasai hatte eine Aufgabe zu erfüllen, und erst da begriff ich, dass er nicht sterben würde, solange er sie nicht zu Ende geführt hatte. Wortlos wartete ich ab.

»Ich sah ein weites Feld, ein Feld voller Engelstruppen. Ich träumte, der Tag der Abrechnung sei gekommen. Viele Himmlische waren da, viele, die sich früher nicht mit uns verbündet hatten, deren Herzen aber für das Ideal der Gerechtigkeit schlagen. Sie werden eine zweite Chance bekommen, Herr!« Er blickte mir fest in die Augen, und in seinem Blick sah ich plötzlich die einstige Kraft des Hauptmanns wieder aufblitzen. »Und Ihr werdet sie anführen. Das Gute, das wir gesät haben, wird sich verbreiten, und unsere Anhänger werden sich zu einer Legion verbünden – zur Legion der Abtrünnigen. Das ist das Erbe, das wir der Welt hinterlassen.« Seine Stimme wurde schwächer, bis sie nur noch ein gedämpftes Murmeln war. »Ich bin kein Malakim, General«, fuhr er fort, »und besitze nicht die Gabe, in die Zukunft zu schauen. Aber Ihr seid wieder bei mir, und ich glaube, dass mir Jahwe damit vielleicht eine letzte Gnade erwiesen hat.«

Hasai machte eine Pause, um Atem zu schöpfen, und ich dachte, dies seien seine letzten Worte gewesen, doch er hatte noch gar nicht richtig angefangen.

»Woher wusstest du, wo du mir begegnen würdest, Hasai? Warum wolltest du mich nach deiner tödlichen Verwundung unbedingt wiedersehen?« Noch immer hatte ich den Sinn des Ganzen nicht begriffen.

»Ein paar Geister haben mir gesagt, Ihr kämt gerade aus dem Morgenland zurück. Sie haben mir gesagt, der Abtrünnige Engel habe Rom verlassen und sei auf dem Weg nach China. Das war vor fast fünfhundert Jahren. Ich dachte, Ihr würdet diesen Weg einschlagen und im Land Nod vorbeikommen. Ich weiß, wir können dem Besuch von Ruinen nur schwer widerstehen. Henoch ist unser Zuhause, der einzige Ort auf der Welt, wo wir vollkommen sicher sind.«

»Warum bist du hergekommen? Um dem Tod zu entrinnen?«

»Nein, mein Anführer. Mein Tod ist unvermeidlich. Ich habe viel Blut verloren. Aber ich musste Euch um jeden Preis noch einmal sehen. Das hatte ich schon vor, bevor ich angegriffen wurde. Doch ich war zu schnell unterwegs und wurde unachtsam. So haben die Reißvögel mich gefunden.«

Ich drückte seine Hand, überzeugt, dass sein Opfer nicht vergebens gewesen war. Hasai hatte sich in Gefahr gebracht, um mich zu treffen, aber weshalb? »Warum, Hasai? Wozu? Warum war es dir so wichtig, mich zu treffen, bevor du …« *stirbst*. Das letzte Wort verschluckte ich. Ich wollte den Tod meines Hauptmanns nicht vorwegnehmen, obwohl ich wusste, dass es für ihn keine Rettung mehr gab.

»Genau danach habe ich gesucht. Es ist der Auftrag, den ich so lange mit mir herumgetragen habe: meinen Kommandanten wiederzusehen und ihn vor dem Feind zu warnen.«

Schweigend wartete ich darauf, dass er weitersprach. Mir war klar, dass er mir gleich ein großes Geheimnis enthüllen würde.

Ich fühlte das heiße Blut des Abtrünnigen in meinen Fingern fließen.

»Es gibt etwas, das Ihr wissen müsst, Herr. Etwas, das passierte, nachdem wir Henoch verlassen haben.«

Das lag ungefähr dreitausend Jahre zurück, rechnete ich rasch nach. Die Hauptstadt von Nod hatte ihre Blütezeit zwischen 40 000 und 12 000 v. Chr. erreicht, mehr als zehntausend Jahre vor dem Aufstieg der Ägypter und Babylonier, der beiden Zivilisationen, die nach der Sintflut ihre Hoch-Zeit gehabt hatten.

»Nachdem ich dieses Heiligtum verlassen hatte, schweifte ich ziellos durch Ägypten. Ich rechnete nicht damit, vor dem Tag des Jüngsten Gerichts noch einem einzigen abtrünnigen Engel zu begegnen, aber kurze Zeit später, als ich mich schon im Fruchtbaren Halbmond niedergelassen hatte, entschloss ich mich, meine Reise fortzusetzen, und folgte dem Lauf des Nils Richtung Nubien. Auf dieser Reise begegnete ich Ishtar.«

»Ishtar?«

»Sie war auf der Suche nach Euch, General. In allen Himmeln suchte sie verzweifelt nach Euch, weil sie euch unbedingt wiedersehen wollte, ungeachtet der Gefahr, in der sie sich befand. Als Himmelsbewohnerin reiste sie in ein Land, das von den Helfershelfern des Bösen bewacht wurde.«

»Ja! Ich habe ihren Hilferuf durch den Schleier aufgefangen, bin ihrer Spur gefolgt und habe sie in Babylonien gefunden, aber unsere Feinde waren schneller. Ein Schwarzer Engel« – die schmerzliche Erinnerung traf mich wie ein Dolchstoß ins Herz –, »ein Engel mit schwarzen Flügeln. Ich weiß weder, was für ein Geschöpf er war, noch, in wessen Auftrag er arbeitete. Und ich konnte sie nicht retten, Hasai. Ich habe versagt bei dem Versuch, sie zu beschützen.«

Ishtars Tod hatte ich mir nie richtig verziehen.

Ein mattes Lächeln huschte über sein Gesicht, als tadele er meinen großen Kummer. »Ihr habt uns die Freiheit geschenkt,

Anführer, und dafür lohnt es sich zu sterben. Wir sind Cherubim, und der Tod begleitet uns, egal, wo wir sind. Unsere Natur drängt uns zum Kampf und hindert uns daran, einer Auseinandersetzung auszuweichen. Wir sind dazu erschaffen, um zu sterben, deshalb dürft Ihr weder Ishtars noch meinen Tod beweinen. Sie starb, während sie einer Absicht folgte, und jetzt, da ich Euch wieder-getroffen habe, werde ich ihren Wunsch erfüllen können.« Er zog mich ganz nah zu sich heran und flüsterte mir ins Ohr: »Ishtar wurde nicht verfolgt wie wir. Sie wurde umgebracht. Ihr Tod wurde angeordnet.«

»Das verstehe ich nicht«, sagte ich.

»Kurz nachdem Ishtar Henoch verlassen hatte, deckte sie etwas auf, eine große Sache, eine Verschwörung, in die offensichtlich Himmel und Hölle verwickelt waren. Einen Plan, der die Welt ins Chaos hätte stürzen und Jahwes Existenz hätte gefährden kön-nen.«

Wie ist das möglich?, war mein erster Gedanke. Niemand und nichts auf dieser Welt hätte dem Schöpfer die Stirn bieten kön-nen. Das war eine lächerliche Annahme.

Doch dann fielen mir Ishtar und ihr unerschütterliche Wille ein. Dafür war sie gestorben: für mich und die Abtrünnigen. Sie war für etwas gestorben, an das sie glaubte, und deshalb wollte auch ich daran glauben.

»Aber wer? Wer hat diese Verschwörung ausgeheckt?«

»Das hat sie mir nicht gesagt. Ishtar wusste, dass meine Exis-tenz bedroht wäre, falls ich Einzelheiten erführe. Sie wollte die-ses Geheimnis nur Euch anvertrauen, Herr. Aus diesem Grund haben sie sie hingerichtet.«

Ich hob leicht den Kopf, und unsere Blicke trafen sich. Wir dachten das Gleiche und kamen zu demselben Schluss.

»Ihr seid eine Bedrohung für sie, mein Anführer«, sagte Hasai. »Ich weiß nicht, warum und wie, aber wer auch immer hinter die-sem zwielichtigen Bündnis steht, für den seid Ihr ein gefährliches

Hindernis. Ishtar musste sterben, weil diese Leute befürchteten, sie würde Euch von dieser Intrige erzählen.«

Hasais Hand erschlaffte, und ich spürte, wie das Leben aus ihm wich.

Da drang plötzlich durch einen winzigen Spalt in der Decke ein einzelner goldener Lichtstrahl, und dieser Lichtstrahl erhellte den ganzen Saal. Die Finsternis, die die Räume verschluckt hatte, beugte sich der Erhabenheit der Sonne – oben auf der Erde brach ein neuer Tag an.

Ich wurde Zeuge eines Ereignisses, das ich nie mehr vergessen würde. Die Schreie der Gespenster – ich überhörte sie bereits – verstummten plötzlich. In allen Räumen der versunkenen Stadt hatten sich verzweifelte, lärmende Geistwesen aufgehalten. Doch kaum war das Sonnenlicht eingedrungen und hatte die Finsternis vertrieben, wurden sie still. Sie hielten inne, und als ich sie ansah, begriff ich, warum.

»Hoffnung«, stöhnte Hasai. »Es sind die Verdammten, General. Sie mussten mit ansehen, wie ihre Nation dem Erdboden gleichgemacht wurde. Mussten erleben, wie ihre Kinder starben und ihr Land verwüstet wurde. Auf ihnen lastet die Schuld der gesamten Menschheit, doch es bleibt ihnen noch ein Fünkchen Wille. Vielleicht werden sie eines Tages befreit und können endlich ins Paradies eingehen – da, wo die Sonne scheint.«

Langsam wurde der Lichtstrahl schwächer, und der Saal versank wieder im Halbschatten. Da wurde mir bewusst, dass die Morgendämmerung die einzige Tageszeit war, zu der die Sonne genau den richtigen Winkel über dem schwarzen Hügel traf und ihre Strahlen in die unterirdischen Kammern sandte.

Der Hauptmann beobachtete die Geister, die versuchten, den Lichtstrahl einzufangen, doch er war schon erloschen.

»Es sind die Erzengel«, flüsterte Hasai, während er die brennende Feuerschale auf dem Tisch anstarrte. »Solange sie im Himmel herrschen, werden Menschen und Engel an die Dunkelheit gefesselt bleiben«, warnte er und nahm noch einmal alle Kraft zusammen für eine abschließende Bitte: »General … Wenn der Siebte Tag zu Ende geht, seid Ihr vielleicht der letzte abtrünnige Engel. Gebt nicht auf!«

Das waren Hasais letzte Worte. Zwei oder drei Tage hätte er noch weiterleben können, aber er hätte fürchterlich leiden müssen. Die Energie seiner Aura zerstreute sich, und in der geistigen Welt kam es zu einer gewaltigen Lichtexplosion, bei der die Funken stoben und es ganz hell im Saal wurde. Dann wurde sie vom Schleier der Wirklichkeit geschluckt und vermischte sich mit dem Fließen des Universums.

Kurz bevor er starb, hatte Hasai noch zweimal mühsam Luft geholt, und in dieser Zeit hätte ich ihm noch andere Dinge erzählen können. Ich hätte eine flammende Rede halten und damit seine Qualen würdigen können. Doch ihn sterben zu sehen, hatte mir die Sprache verschlagen. Ishtar und Hasai starben aus demselben Anlass. Im Gegensatz zu mir hatten sie nicht vorgehabt, in die Sieben Himmel zurückzukehren und die Erzengel zu entmachten. Sie hatten weder Märtyrer noch Helden sein wollen. Der Tod kümmerte sie nicht, wenn nur ihre Tugend weiterlebte. Sie vertrauten mir, vielleicht mehr, als ich mir selbst, und deshalb hatten sie ihr Leben riskiert. Wäre es mir möglich gewesen, hätte ich sie mitgenommen, hätte die beiden Leichname zurück ins Paradies gebracht, damit man ihnen zujubelte. Doch das ging nicht. Ihre Ideale – Mut, Ehre, Wahrheit, Gerechtigkeit – würden jedoch immer in mir lebendig sein. Egal, ob lebend oder tot – die Abtrünnigen würden immer an meiner Seite kämpfen.

Das Unmögliche geschieht

Gegen den Wind reitend erreichte ich gegen Abend den Geheimweg. In der Dämmerung erblickte ich die beiden Wagen neben der Schlucht, in der der Weg verlief. Tommaso war gerade mit dem Aufstellen der Zelte fertig geworden, und der alte Thales schürte ein Feuer. Etwas weiter entfernt in einer Ecke flößte Blume des Ostens Pólix mit dem Löffel eine wässrige Suppe ein, die er vollkommen ausdruckslos hinunterschluckte.

Als die Chinesin mich sah, kam sie mir entgegen und schlang, für mich völlig überraschend, freundschaftlich ihre Arme um mich. Selbst für ein 15-jähriges Mädchen war sie recht klein und reichte mir nicht einmal bis zur Brust. Ich grinste etwas verdattert. Mit Engeln, Dämonen und Geistern hatte ich schon zu tun gehabt, aber jetzt wusste ich nicht, wie ich auf dieses unbescholtene Wesen reagieren sollte. Schließlich versammelten sich alle um das wärmende Feuer. Thales hielt die Karte in der Hand und faltete sie im Schein der Flammen auseinander.

»Der Weg führt um den Persischen Golf herum, wo sich Tigris und Euphrat vereinen«, erklärte ich. »Nach zehn Tagen haben wir ganz Südmesopotamien durchquert und lassen die Grenzen des Partherreichs damit endgültig hinter uns, um das Gebiet der Nabatäer zu betreten.«

»Danach fängt die große Wüste an«, ergänzte Tommaso.

»Gewöhnlich ist das der ruhigste Teil der Reise. Es geht immer geradeaus weiter, und in diesem Graben hält sich die Feuchtigkeit des unterirdischen Wasserlaufs, sodass die Luft nicht so drückend ist. Mit etwas Glück können wir die Wüste innerhalb eines Monats durchqueren.«

Erneut warf Thales einen Blick auf die Karte. »Ist dabei Magie am Werk?«

»Was genau meinst du?«

»Mir fällt es schwer zu glauben, dass wir für diese Strecke nur einen Monat brauchen sollen. Ich bin schon seit meiner Jugend viel unterwegs und weiß, dass nicht einmal ein Heer im Gewaltmarsch nur dreißig Tage für die Durchquerung von *Arabia Deserta* bräuchte.«

Als Karawanenführer hätte ich darauf natürliche eine Antwort wissen müssen, aber ich hatte nie daran gedacht. Das Trugbild, durch das wir beim Eingang zum Geheimweg gekommen waren, war mithilfe eins Zaubers erschaffen worden, doch es gab keine Hinweise darauf, dass Zamir den Weg selbst mit einem Bann belegt hatte. Die Frage des Alten warf allerdings ein offensichtliches Problem auf.

»Die Vorstellung, eine ausgedehnte Wüste in so kurzer Zeit zu durchqueren, ist tatsächlich seltsam, sogar für mich. Aber ich glaube nicht, dass wir in der näheren Umgebung mit noch mehr Hexenwerk zu tun haben. Die Babylonier haben fantastische Techniken eingesetzt, die nicht einmal ich verstehe. Sollte jemand unterwegs Magie benutzt haben, könnte ich jedenfalls nicht sagen, wie sie wirkt.«

»Hat es möglicherweise etwas mit den Göttern zu tun?«, beharrte der Händler.

»Wahrscheinlich nicht«, sagte ich abschließend, aber kurz darauf war ich mir meiner Worte schon nicht mehr so sicher.

Der Grieche faltete die Karte zusammen und ging zur Planung der Reisestrecke über. »Wo ist unser Geheimweg denn zu Ende?«

»In der Nähe des Hafens von Eilat.«

Eilat war eine Hafenstadt am Golf von Akaba. Handelsleute aus der ganzen Welt, darunter auch die Griechen, kannten sie gut oder hatten zumindest schon einmal von ihr gehört.

»Dort werden wir die Wagen gegen Kamele tauschen müssen, weil wir dann nicht mehr wie hier auf festem Boden unterwegs sein werden. Von da aus brauchen wir noch zwanzig Tage, um die

Sinaiwüste zu überwinden und endlich in Alexandria einzutreffen. Dort werden sich unsere Wege dann trennen.«

Thales nickte und stand auf. Er nahm Pólix am Arm, und die beiden zogen sich in ihr Zelt zurück. Der Alte wirkte an jenem Abend etwas ernster als sonst. Ich besitze keine telepathischen Fähigkeiten, konnte jedoch unschwer erkennen, dass die Andeutungen des Orakels ihn noch immer beunruhigten.

Der Platz bei den Felsen

Zwischen dem 23. und dem 26. Dezember, um die Wintersonnenwende herum, verließen wir Parthien und gelangten über die Grenze ins Land der Nabatäer. Dies war das Gebiet der großen Wüsten, das sich über ganz Arabien und den Westen Syriens erstreckte.

Am Ende der Strecke ging der Geheimweg in einen Tunnel über, der als breiter Hohlweg sanft ins Erdinnere hineinführte. Weiter hinten gelangte man durch eine natürliche, bogenförmige Öffnung im Fels zu einer kleinen Anhöhe, von wo das Sonnenlicht hereindrang. Dies war der Endpunkt der babylonischen Straße, der letzte Abschnitt, den sich die Menschen in alter Zeit ausgedacht und angelegt hatten. Wenige Kilometer westlich lag der Golf von Akaba und dahinter Sinai.

In Eilat gelang es Thales, zwanzig Prozent seiner Ware zu verkaufen. Von dem Geld erwarb er weitere acht Kamele, sodass er insgesamt zehn hatte. Wir verkauften die beiden Wagen und die Lastpferde und verteilten die restlichen Gepäckstücke auf den Rücken der Tiere, da uns auf unserem weiteren Weg Gefährte mit Rädern nur aufhalten würden.

Am fünften Tag des Monats Februar des Jahres 2 n. Chr. überquerten wir mit einem Floß die Bucht und standen endlich auf dem heißen, steinigen Boden der Wüste Sinai.

Drei Wochen lang zogen wir auf gewundenen Pfaden dahin, stiegen dann die Berghänge hinab und gelangten in ein Trockengebiet mit ebenem, aber steinigem Boden. Die Erde unter unseren Füßen war hart, und wir mussten uns zwischen riesengroßen, über die Ebene verteilten Felsbrocken hindurchwinden, was aber weder für die Kamele noch für den geschickten Ibn-Hatar ein Hindernis war. Die Wegmarkierungen wiesen auf das Vorhandensein einer Wasserstelle im Süden hin, die bekannte Oase Feiran, die nicht mehr als drei oder vier Kilometer entfernt sein konnte. Wir wollten nach Westen weiterziehen, weil es bald dunkel wurde, und an einem geeigneten Platz unser Lager aufschlagen. Ich schlug vor, dass einer von uns vor Sonnenaufgang zur Oase reiten sollte, um dort so viel Wasser zu holen, wie wir für den Rest der Strecke benötigten.

Kurz nach Einbruch der Dunkelheit erreichte die inzwischen auf zehn Kamele und ein Pferd geschrumpfte Karawane einen natürlichen, ziemlich weitläufigen Platz, der von hohen, hellen Felswänden umgeben war. Gen Westen gab es einen Spalt zwischen den Felswänden, durch den der Weg zu einem weichen Sandfeld führte.

»Einen besseren Platz für das Lager hätten wir gar nicht finden können«, sagte Thales, dennoch klang er nicht gerade optimistisch. Eigentlich war sein Tonfall selten angenehm.

»Der ideale Ort für einen Hinterhalt«, sagte ich, aber mehr zu mir selbst. Ich konnte nicht leugnen, was mein geübter Blick mir zeigte: Man konnte den Platz nur an zwei Stellen verlassen, beide lang und schmal.

»Was hast du gesagt?«, fragte der Alte. Der leichte Wind hatte meine Worte verschluckt.

»Nichts. Hier werden wir vor der nächtlichen Kälte in Sicherheit sein, und falls es einen Sturm gibt, halten diese Felswände den Sand, den der Wind heranweht, wohl ab.«

Tommaso straffte die Zügel seines Kamels, und das Tier ging in die Knie, damit er absteigen konnte. »Die Zelte werde ich dort aufstellen«, verkündete der Sizilianer und zeigte auf eine Stelle, wo sich die Felswand leicht nach innen zu einem Überhang wölbte.

Thales drehte sich zu mir um. »Wenn du meinst, du könntest so wie bisher Nachtwache halten, Barbar, dann rate ich dir für heute Nacht zu erhöhter Vorsicht. Diesmal würde selbst ich es riskieren, dich abzulösen. Ich will nicht im letzten Teil unserer Reise überfallen werden. Seit diesem Drama, das wir durchgemacht haben, wäre ich sehr enttäuscht, wenn ich ausgerechnet jetzt meine ganzen Bronzewaren verlöre.«

»Mach dir keine Sorgen. Bis morgen früh werde ich diese Berge nicht aus den Augen lassen. Irgendetwas hier gefällt mir nicht. Ich weiß aber nicht genau, was es ist.«

Ich stieg vom Pferd, den Blick noch immer fest auf den oberen Teil der Felswand gerichtet. Im Schleier der Wirklichkeit machte sich eine ungute Veränderung bemerkbar.

»Wirst du morgen zur Oase reiten?«, fragte Thales, ohne sich um meine Vorahnung zu kümmern.

Langsam lockerte ich die Riemen, die vom Sattel um den Bauch des Tiers führten. »Ja, gleich bei Morgendämmerung. Ich möchte gern vor Sonnenhöchststand zurück sein.«

BÖSE VORAHNUNGEN

Die Zelte wurden nebeneinander und unter dem schützenden Felsenvordach im Süden aufgestellt. Als alle schliefen, stieg ich auf den Felsen und hielt dort die ganze Nacht Wache. Ich hatte einen guten Platz gefunden und kauerte mich in die Dunkelheit. Hier würde mich bestimmt nicht einmal der gewitzteste Cherub finden. So weit das Auge reichte, war die Region in tiefes Schweigen gehüllt. In jener Nacht hatten sich keine Nachtvögel blicken lassen, und die Schlangen blieben lieber in ihren Höhlen. Sogar das Ächzen herumirrender Gespenster, die manchmal in der Einöde umherschweifen, war in der Dunkelheit verstummt.

Vor Tagesanbruch kletterte ich vom Felsen hinunter und sattelte Ibn-Hatar. Von der Feuerstelle stieg noch ein wenig Rauch auf, den ich mit einer Handvoll Sand löschte. Tommaso würde bald aufwachen, um die Kamele zurechtzumachen, und ich musste möglichst schnell aufbrechen, um gegen Mittag wieder zurück zu sein. Trotz der schlechten Vorzeichen am Vorabend war die Karawane sicher untergebracht. Mit meinem Scharfblick hatte ich die nähere Umgebung stundenlang beobachtet und war mir sicher, dass nirgends jemand auf der Lauer lag. Falls ein Räuber in diese Richtung reiten wollte, befand er sich gewiss noch hinter den Bergen – und ich bezweifelte, dass irgendjemand, auch wenn er ein schnelles Pferd ritt, in der Lage war, jene Felserhebungen zu erreichen, bevor ich zurück war.

Ein karmesinrot leuchtender Horizont im Osten kündete den nahenden Sonnenaufgang an. Ich befestigte zwei große Krater an der Lende des Pferds, die ich in der Oase Feiran mit Wasser füllen wollte, warf mir einen Kapuzenumhang über und schwang mich in den Sattel. Schon wollte ich losreiten, da sah ich, dass Blume des Ostens wach war. Völlig unerwartet kam sie, schon in Reisekleidung, aus ihrem Zelt auf mich zu.

»Was ist los, Blume des Ostens? Ich bin bald wieder hier.«

Sie konnte nicht reden, aber ihr Gesicht sprach Bände. Die Kleine wollte nicht ohne mich hierbleiben, in diesem Lager zwischen den Felsen.

»Es ist alles in Ordnung«, beruhigte ich sie. »Du bist schon öfter allein gewesen, erinnerst du dich? Tommaso wird sich um dich kümmern. Die Griechen werden dir nichts tun.«

Doch meine Argumente hatten auf das Mädchen keinerlei Wirkung. Dann begriff ich. »Ja, ich weiß, es liegt hier etwas Ungutes in der Luft, aber du brauchst keine Angst zu haben. Auf diesen Wegen ist niemand unterwegs. Es gibt keine Banditen.«

Sie fügte sich meinen Worten nicht und streckte mir eine Hand entgegen, damit ich sie auf den Sattel zog und mitnahm.

»Also gut. Wenn du mitkommen willst, steig auf!« Ich setzte sie auf die Kruppe, nicht hinter mich, sondern vor mich, wo ich sie bei einem Sturz festhalten konnte.

Dann reichte ich ihr ein großes Stück Stoff. »Wickle es dir um den Kopf, wie einen Schleier. Lass nur die Augen frei. Das wird dich vor der Sonne schützen. Außerdem müssen wir schnell und unauffällig sein. Ich glaube nicht, dass die Beduinen schon mal einen Chinesen gesehen haben. Es wäre also besser, wenn wir sie erst gar nicht neugierig machen. Die Zeit spielt bei unserer Reise eine entscheidende Rolle.«

Sie nickte, und wir machten uns auf zur Wasserstelle. Unterwegs grübelte ich darüber nach, was genau Blume des Ostens in jener Nacht gespürt hatte. Hatte sie lediglich bemerkt, dass eine bösartige Aura den Schleier erzittern ließ, oder etwas Schlimmeres vorausgeahnt – ein furchterregendes Ereignis, das meinen Sinnen entgangen war?

Entgegen der Meinung vieler Fremder war die Oase Feiran kein palmenbestandener Ort mit einer Naturquelle in der Mitte, sondern die größte Oase des Sinai. Hebräischen Schriften zufolge sprudelte, nachdem Moses mit seinem Stock auf den Felsen geschlagen hatte, Wasser daraus hervor, sodass das Volk, das unter seiner Führung aus Ägypten geflohen war, seinen Durst stillen konnte.

Feiran erinnerte eher an ein kleines Dorf, und die dort lebenden Menschen waren hellhäutigen Reisenden gegenüber nicht besonders aufgeschlossen, weil sie sie mit den überheblichen römischen Legionären in Verbindung brachten. Wir wurden von falschen Wachleuten angesprochen, die eher wie Banditen aussahen, und ich war erleichtert, dass sie von uns nur eine lächerliche Gebühr für die Benutzung der Quelle verlangten.

Da ich wusste, wie hart das Leben dieser armen Teufel war, bezahlte ich schließlich mehr als den geforderten Betrag – dieses Geld würde mir nicht fehlen. Ich füllte die Gefäße mit Wasser, und im Nu waren Blume des Ostens und ich wieder auf dem Rückweg zum Felsenplatz. Die Sonne stand schon hoch am Himmel, und der heiße Wind blies uns ins Gesicht. Wir betrachteten die schöne Landschaft und konnten uns nur schwer vorstellen, dass hier etwas faul sein sollte.

Mein Weg war frei, und ich ritt friedlich dahin.

Und dann kam der Sturm.

Die Harpyien

Als wir die Steinerhebungen und den schmalen Spalt erblickten, der zu unserem natürlichen Lagerplatz führte, blies ein heftiger Wind. Die Sonne stand hoch, und ich fragte mich, ob die Griechen das Lager bereits abgebrochen hatten. Trotz meiner Kapuze peitschten mir Hitze, Sand und Wind ins Gesicht, sodass ich mir ein großes Tuch umbinden musste. Ibn-Hatar wirkte müde, er war hungrig und durstig, und ich konnte es ebenfalls kaum erwarten, den Felsspalt zu erreichen, hinter dem wir vor Wind und Wetter geschützt wären.

Als wir hindurchritten, ließ der Wind nach. Draußen hatte er aus der Richtung geweht, in die wir geritten waren, doch nun stieg mir plötzlich ein salziger Geruch in die Nase – es stank nach Tod.

»Blut!«, flüsterte ich auf Mandarin, damit Blume des Ostens meine Warnung verstand.

Ich stieg ab, gab dem Pferd einen Klaps auf die Flanke und rief ihm zu: »Lauf weit weg, lauf, und warte irgendwo auf mich!« Blume des Ostens packte die Zügel, schlang die Beine um den Sattel und ließ sich von dem kraftvollen Tier davontragen, obwohl sie keine geübte Reiterin war. Aber mein Pferd war intelligent und verstand mich.

Eine Erschütterung im Schleier der Wirklichkeit verriet mir, dass etwas Böses auf mich lauerte. Ich schlich ein Stück weiter an den Felsen entlang, bis ich wiederkäuende Kamele hörte. Als ich den Platz erreichte, wurde mir bewusst, welch große Zerstörung hier stattgefunden hatte. Hinter dem Felsspalt, direkt neben mir, lag ein blutüberströmter Leichnam. Aus seinem Gesicht sprach unsägliches Grauen, Zunge und Augen waren herausgerissen. Am Rücken hatte er zahlreiche Schnittwunden, und das Herz war von einem Gegenstand durchbohrt worden: Thales, der griechische Händler!

Ich starrte auf das grässliche Blutbad. Mittendrin stand, auf eine goldene Lanze gestützt, eine Gestalt mit üppigem Frauenkörper und Engelsflügeln. Sie hatte helle Haut, rötliches, gelocktes Haar und war vollbusig. Bekleidet war sie lediglich mit losen Seidentüchern, die in der Taille zu einer knappen Tunika gerafft waren und ihre Blöße bedeckten. Zu ihren Füßen lag ein zweiter regloser Körper, durchbohrt von ihrer tödlichen Waffe. Es war Tommaso.

Während die Jägerin ihrem Opfer die goldene Lanzenspitze aus dem Rücken riss, sah ich eine zweite geflügelte Frau dreißig Meter über ihr in der Luft schweben. Wenn eine angriff, gab die andere ihr so Deckung und verhinderte einen feindlichen Überraschungsangriff. Wie ihre Gefährtin hielt auch sie eine Lanze in der Hand. Ihre blauen Augen huschten blitzschnell hin und her, und ihr scharfes Gehör nahm die leiseste Schwingung auf.

Die Reißvögel! Zwei bösartige Cherubim, grausame Mörderinnen, die dem Erzengel Michael in blindem Gehorsam ergeben waren. Sie waren es gewesen, die Hasai grausam zu Tode gefoltert hatten. Nachdem die beiden ihn außer Gefecht gesetzt hatten, war es ihm gelungen, ihnen zu entfliehen, aber bestimmt hatten sie seine Fährte verfolgt und waren so nach Sinai gekommen.

Wahrscheinlich suchten die Reißvögel nicht nach Hasai, sondern nach mir, um ihren Auftrag zu Ende zu führen und dem Engelsfürsten meinen Kopf zu bringen.

Die eine von ihnen, die auf Tommasos Leiche herumtrat, war Zambil, die andere, die ihr aus der Luft Deckung gab, hieß Marilli. Sie trugen weder Rüstungen noch eine andere Schutzkleidung, die ihre Beweglichkeit nur eingeschränkt hätte, und waren deshalb blitzschnell und geräuschlos. Ihre Flügel hatten eine undefinierbare Farbe, irgendwo zwischen Sandgrau und Khaki, sodass sie mit der Wüstenkulisse verschmolzen.

Sie hatten uns aufgelauert und dennoch mein Nahen nicht bemerkt – bis ich mich zeigte.

Ein nervöses Lächeln zuckte über Zambils Gesicht. »Endlich haben wir dich gefunden! Schade, dass du so spät kommst!«

»Es heißt, Abtrünnige mögen den Anblick toter Menschen nicht. Wir hätten sie verschonen können, aber diese verdammten Lehmkreaturen wollten nicht nachgeben«, setzte Marilli grausam nach.

»Genau«, erwiderte Zambil und zeigte auf mich. »Ich habe dich nur an deiner Haltung erkannt. Du riechst nach Affenhaar, Hauptmann«, höhnte sie und brach in widerliches Gelächter aus. »Na, bist du bereit für den nächsten Kampf?«

Hauptmann. Es war, wie ich vermutet hatte. Die Reißvögel hielten mich für Hasai.

Ich wollte sie nicht länger hinhalten, riss mir das Tuch vom Gesicht und warf die Tunika ab.

Zambil erstarrte und verzog das Gesicht zu einer Fratze. Marilli wich mit heftigen Flügelschlägen zurück. Sand wirbelte über den Wüstenboden.

»Er ist gar nicht Hauptmann Hasai, sondern Ablon, der Erste General«, knurrte die Kriegerin mit den blauen Augen überrascht.

»Du meinst Ablon, den Abtrünnigen Engel«, berichtigte Zambil, die sich inzwischen von ihrem Schreck erholt hatte. »Dann winkt uns eine zweifache Belohnung!«

Dreist hob die Kämpferin ihre Lanze, doch die andere schien nicht so zuversichtlich. Vielleicht waren ihr gewisse Dinge über mich zu Ohren gekommen.

»Wo ist dein Schwert, General?«, fragte die rothaarige Mörderin.

»Ich brauche keine Waffe.«

Meine Kaltschnäuzigkeit verblüffte sie.

»Dann verbietet mir der Kodex der Cherubim, meine Lanze zu benutzen.« Das war ein Täuschungsmanöver – sie würde sie auf jeden Fall einsetzen.

»Es sei denn, ich als dein Gegner enthebe dich dieser Verpflichtung.«

Sie schnaubte und breitete angriffslustig die Flügel aus. Die Reißvögel waren schlau, und ich würde sie nur mit List besiegen können. Seit ich die Heilige Rächerin in den Abgrund geworfen hatte, hatte ich gelernt, unbewaffnet zu kämpfen, selbst gegen bewaffnete Feinde. Ich begriff schon bald, dass jeder, der eine Waffe trug, meinte, diese würde ihn im Kampf überlegen machen. Dadurch machte er sich aber völlig abhängig von ihr. Immer wenn jemand ein Schwert, eine Lanze oder auch einen Dolch benutzte, tat er alles, um seinen Gegner damit zu treffen.

Aber jede Waffe hatte ihre Beschränkungen. Ein unbewaffneter Krieger dagegen war frei und konnte seinen ganzen Körper zum Kampf einsetzen: Faustschläge, Fußtritte, Rippenstöße, Hiebe, Zusammenstöße, Knietritte – und was es sonst noch gab. Außerdem hatten die Reißvögel eine andere Schwachstelle: Sie schleuderten ihre Lanzen am liebsten aus der Entfernung, aber bei einem unbewaffneten Widersacher wie mir würde die überhebliche, siegesgewisse Zambil einen Nahkampf riskieren. Falls es mir gelang, sie in meine Reichweite zu ziehen, konnte ich sie vielleicht besiegen.

Die Rothaarige reckte die goldene Lanze in die Luft. »Abtrünniger, du sollst wissen, dass ich mit dieser Waffe deinen ranghöchsten Offizier durchbohrt habe.«

»Gleich wirst du dir wünschen, du hättest sie nie benutzt«, schoss ich zurück.

Die Engelsfrau legte die Flügel an und stürmte mit zornroten Augen auf mich zu. In der Hitze des Gefechts hatte sie nicht mit meiner Taktik gerechnet, bis Marilli brüllte: »Warte, Zambil, komm ihm nicht zu nahe!«

Aber es war schon zu spät. Als sie zuschlug, befand sie sich bereits in meiner Reichweite und griff mich frontal an. Darauf war ich gefasst gewesen und brachte mich schnell in Sicherheit, indem ich seitlich auswich und sofort wieder in Stellung ging.

Der Reißvogel in der Luft durchschaute meine Taktik und schwang die Lanze, um sie auf mich zu schleudern, aber Zambil und ich standen inzwischen schon dicht an dicht, sodass Marilli bei diesem waghalsigen Manöver vielleicht ihre Gefährtin getroffen hätte. Zögernd wartete sie ab und verfolgte nervös unser Duell.

Lanzen sind beim ersten Kampfangriff nahezu unschlagbar, werden aber, sobald der Gegner näher kommt, praktisch unbrauchbar, weil sie groß sind und man mit ihnen nur langsame und ausholende Bewegungen machen kann. Für einen Sekundenbruchteil wirkte die Kämpferin verunsichert, und diesen Moment nutzte ich, indem ich die Lanze unterhalb der Spitze packte und zu mir zerrte. Um ein Kräftemessen mit Zambil zu vermeiden, drehte ich sie seitlich nach außen, bis der harte Griff zerbrach und ihr aus den Händen glitt, als wären sie eingeölt. Für einen Sekundenbruchteil war sie handlungsunfähig – so sehr hatte sie sich an den Umgang mit dieser tödlichen Waffe gewöhnt. Als ich Zambils Schwachstelle erkannte, trat ich einen Schritt zurück, riss die Lanze hoch und senkte ihre scharfe Spitze auf die Kehle meiner Widersacherin. Sie wich zurück, um den unerwarteten Angriff abzuwehren, doch mein präzises Manöver hatte ausgereicht, um sie zu verwunden. Ich schlitzte ihr die Haut auf und stieß ihr die Klinge mit voller Wucht in den Hals.

Blut spritzte auf meine Kleidung. Fast unfreiwillig ließ ich die mystische Waffe los und griff mit der bloßen Hand in Zambils Brust. Beherzt krallte ich meine Finger um ihr Herz, drehte das blutige Organ mit einem energischen Ruck um und riss es heraus. Zambil verdrehte die Augen, ihr Stöhnen erstarb. Sie war tot.

Aber Marilli lebte noch.

Verängstigt fuchtelte sie mit der goldenen Lanze herum und zielte auf mein Herz. Da schnappte ich mir die Waffe der toten Zambil und schleuderte sie auf Marilli, bevor sie mir zuvorkam. Jetzt kam es vor allem auf Schnelligkeit an. Marillis Vorteil war, dass sie vorbereitet war, aber Zambils nutzloser Avatar war noch nicht umgekippt, und ihre Leiche diente mir als Deckung. Während die Mörderin den geeigneten Angriffswinkel suchte, hob ich die Lanze auf und schleuderte sie erneut.

Funkensprühend zischte die Waffe davon. Der Schaft traf Marilli mit voller Wucht – sie war sofort tot. Ihre Flügel schrumpften, ihr Körper fiel zu Boden, kollerte den steilen Abhang hinunter und stürzte in die Schlucht, an deren Grund sie krachend aufprallte.

Die Reißvögel, die gefürchtetsten Mörderinnen im Dienste Michaels, waren besiegt.

Nachdem ich die beiden Kriegerinnen überwältigt hatte, entspannte ich mich ein wenig und trat zwei Schritte zurück, um mir anzusehen, welch brutales Gemetzel hier stattgefunden hatte. Ungewohnte Erschöpfung überkam mich, und ich musste erst einmal tief durchatmen, bevor ich zu etwas anderem fähig war. Es war jedoch nicht die Erschöpfung, die mich aus der Fassung brachte.

Voller Gram über Thales' grauenhaften Tod ging ich zurück zu unserem Lagerplatz und dann weiter zu dem Felsspalt. Dort kniete ich vor Tommasos leblosem Körper. Die Reißvögel hatten ihm den Brustkorb zertrümmert, aber wenigstens hatte er nicht leiden müssen wie der alte Grieche.

Tot. Alle waren tot. Die unschuldigen Pechvögel waren in einen Krieg hineingezogen worden, der mit ihren weltlichen Interessen nichts zu tun hatte. Sie waren dem schlimmsten Fluch zum Opfer gefallen, der auf den Abtrünnigen lastete und für alle Verstoßenen galt – der Einsamkeit. Alles und jeder in unserer Umgebung würde früher oder später sterben, bis wir selbst vernichtet waren. Das war mein Los: tatenlos zusehen zu müssen, wie meine Freunde den Tod fanden.

Doch nicht alles Leben war ausgelöscht worden.

»Ich hatte Angst, ihnen zu helfen«, ließ sich eine stockende Stimme vernehmen.

Links von mir sah ich einen kräftigen, hochgewachsenen Burschen, der mit ruhigem Gesicht auf die Leiche des Knechts starrte. Er trug eine rot-weiß gemusterte Tunika, und seine Herkunft war aufgrund seiner selbstbewussten Haltung leicht zu erraten. Aus seinen Gesichtszügen sprach die Vernunft, aus den Augen der Glanz der Nüchternheit. Es war Pólix.

»Ich habe mich in einer Felsnische versteckt«, sagte er. »Die Harpyien kamen mit dem Wind, plötzlich waren sie mitten unter uns, und da begriff ich, was es mit den beiden Welten auf sich hatte. Sie existierten gar nicht, hab ich recht? Aber das heißt nicht, dass sie nicht irgendwann existieren würden.«

Ich war verblüfft – Pólix' plötzliche Genesung musste ich erst einmal verdauen. Dass er so schnell wieder bei Verstand sein würde, hatte ich nicht erwartet. Doch damit jemand wieder klar denken kann, muss er leider ein zweites mystisches Ereignis miterleben. Der Anblick der Gespenster beim Eingang zum Geheimweg hatte Pólix geistig verwirrt. Die Situation war für ihn so unbegreiflich gewesen, dass sie ihn fast an den Rand des Wahnsinns getrieben hatte, während er versuchte, die richtige Antwort auf die Frage zu finden, die ihn quälte: Was war in jener Nacht tatsächlich geschehen?

Der Wunsch, das Geschehene zu begreifen, hatte ihn geistig völlig erstarren lassen – doch als er Zeuge wurde, wie sich die Reißvögel materialisierten, begriff er endlich, dass es nicht nur eine, sondern mehrere Wirklichkeiten gab. Und genau das wollte er mir an jenem Abend sagen. Sein ganzes Leben lang hatte er nicht an die Existenz von Harpyien geglaubt – die sich ihm letztlich in Gestalt der Reißvögel gezeigt hatten –, denn sie gehörten nicht zu der für ihn greifbaren Realität – und in seiner Realität existierten sie tatsächlich nicht.

Das hieß allerdings nicht, dass sie nicht irgendwann existieren würden. Wenn man die Geheimnisse des Universums verstehen will, muss man an das Unmögliche glauben.

Hufgetrappel holte uns in die Wirklichkeit zurück, und wir sahen Ibn-Hatar mit Blume des Ostens antraben. Ich hatte dem Mädchen befohlen, das Weite zu suchen, doch die Stille nach dem Scharmützel hatte sie veranlasst, zum Lager zurückzukehren. Betroffen betrachtete sie die hingestreckten Körper, bewahrte aber Fassung. In China, einem Land, in dem man die Gegner des Kaisers noch grauenhafter hinrichtete, hatte sie wohl ähnliche Gräuel miterlebt.

»Und jetzt?«, fragte ich Pólix. »Was wirst du nun tun?«

»Mein Vater hatte den Wunsch, ich möge sein Geschäft weiterführen. Der Karawane ist nichts passiert. Wir werden durch die Wüste bis Alexandria weiterreisen und uns dann trennen. Du gehst nach Rom, ich nach Antiochia. Dort werde ich mich nach Athen einschiffen.«

»Ich …« Ein unerwarteter Schmerz verschlug mir die Sprache, und statt eines Satzes brachte ich nur ein Röcheln zustande. Ich spürte, wie sich mein Körper verkrampfte, dann brachte mich ein Stechen im Magen zu Fall. Meine Haut pulsierte, als hätte mich ein erbarmungsloses Wechselfieber befallen.

Pólix ging auf Abstand. Blume des Ostens sprang vom Pferd und eilte mir zu Hilfe.

»Was ist los?«, fragte der Bursche. »Du siehst krank aus.«

Vor Schmerz verkrampften sich meine Muskeln, ich konnte nicht mehr sprechen. Sanft legte mir das Mädchen die Hände auf den Bauch und drückte meinen Kopf langsam nach unten.

»Du bist doch gar nicht verwundet. Dir fehlt nichts …«, wandte der Grieche ein.

Ich musste unentwegt husten und spürte, wie eine zähe Flüssigkeit in meiner Kehle aufstieg, die mich innerlich verbrannte. Ich verschluckte mich, dann floss mir die tödliche Flüssigkeit in den Mund. Grünlicher Schleim quoll mir zwischen den Zähnen hervor und bildete einen unappetitlichen Fleck auf dem Boden.

»Das ist Gift!«, sagte Pólix.

Ja, es war ein tödliches Gift, das schon lange in meinem Körper geschlummert hatte. Es war das mörderische Gift Mai Yuns, des Jadeskorpions. Ich hatte gedacht, dass alle Wunden, die ich in jenem Kampf davongetragen hatte, inzwischen verheilt waren, aber ich hatte mich getäuscht. Die Skorpionfrau mit ihrem teuflischen Vermächtnis trachtete mir noch immer nach dem Leben.

Blume des Ostens mit ihren heilkundigen Fähigkeiten und ihren wundersamen medizinischen Techniken hatte meinen Arm geheilt und verhindert, dass das Gewebe verfaulte, doch das Gift hatte sie nicht neutralisieren können. Hätte ich damals nicht so lange im Bachbett gelegen, hätte es mich längst umgebracht, doch solange es geschlummert hatte, war es meinem Körper nicht gefährlich geworden. Beim Kampf gegen die Reißvögel hatte sich mein Blut jedoch verflüssigt und die todbringende Wirkung der Substanz erneut aktiviert.

Jetzt war es nur noch eine Frage der Zeit, bis das Gift in mein Herz gelangte. Ich wusste zwar nicht, wie lange ich noch am Leben sein würde, aber vor meinem Tod wollte ich Shamira unbedingt noch vor der drohenden Gefahr warnen. Gesund oder todkrank, ich würde meinen Auftrag erfüllen. Ich würde mich nach Rom einschiffen und Shamira vor den Ränken des rachsüchtigen Hexers Zamir retten.

Und dann würde ich sterben.

Das Gift wandert weiter

Durch die neuerliche Wirkung des Gifts beeinträchtigt, schwand meine himmlische Energie. In meinem Avatar wurde die geistige Macht der Aura, welche die Engel mit der göttlichen Macht verbindet, immer schwächer, und allmählich wich das Leben aus meinem Körper. Das Gift hatte mich krank gemacht, indem es erbarmungslos Muskeln und Nerven angriff und meine Bewegungsfähigkeit einschränkte. Meine geschärften Sinne waren erloschen, und ich war genauso angreifbar und verletzlich wie jeder andere Mensch.

Dennoch war ich der Ansicht, dass das Glück mir hold war, denn dank Pólix' unerwarteter Genesung würde ich meine Reise wahrscheinlich zu Ende führen können und einigermaßen wohlbehalten in Rom eintreffen – jedenfalls hoffte ich das.

Unversehens waren aus den Tagen Wochen geworden, und irgendwann hatte ich jegliches Zeitgefühl verloren. Ich bekam ein wenig davon mit, wie kurz, vergänglich und deshalb intensiv ein Menschenleben war. Auf meinem Pferd konnte ich mich mehr schlecht als recht halten, und es blieb mir nichts anderes übrig, als auf den Horizont, die Wüste und die Berge zu starren, ohne sie erreichen zu können.

Anfang Frühjahr verließ die Karawane den Sinai, umrundete auf dem Landweg den Golf von Suez und gelangte auf eine kaiserliche Straße, die über den Nil und weiter nach Memphis und Alexandria führte. Gerade hatten die Trockenzeiten begonnen, in denen die Bauern die im Januar gepflanzten Früchte ernteten, sobald die Überschwemmungen zurückgegangen waren. Von den

Wundern unserer Reise hatte ich nur wenig, und die Stadttore von Memphis sah ich leider nicht. Einige Kilometer nördlich der Stadt teilte sich die Straße, und wir nahmen die Abzweigung Richtung Hauptstadt.

In einer mondlosen Nacht, in der nur die Sterne den schwarzen Himmel zierten, sah ich im Nordwesten plötzlich etwas leuchten. Ich versuchte mich auf meinem Reittier aufzurichten, war aber beim Aufwachen noch benommen und konnte nur den Kopf ein wenig anheben und auf den leuchtenden Punkt in der Ferne starren.

»Das sind die Lichter der Insel Pharos«, klärte Pólix mich auf, während er mit seinem Kamel zu mir aufschloss. »In dunklen Nächten kann man sie auf dem Meer kilometerweit sehen.«

»Der Leuchtturm von Alexandria!«, rief ich aus und lächelte schwach.

Endlich hatten wir es geschafft.

Der Leuchtturm von Alexandria

Bei Tagesanbruch fiel das Gelände unter unserem Weg sanft zur Stadt hin ab, die auf Meereshöhe lag. Der Salzgeruch des Hafens weckte mich, und ich kam wieder zur Besinnung, im Vertrauen auf meine Kräfte, die ich während der ganzen Reise geschont hatte.

Alexandria wurde einst auf einem schmalen Landstreifen zwischen dem Mittelmeer im Norden und dem strahlenden Mareotis-See im Süden erbaut. In alter Zeit war die Hauptstadt ein beschauliches Fischerdörfchen gewesen, bis zu dem Tag im Sommer des Jahres 332 v. Chr., als Alexander der Große, der gerade Ägypten erobert hatte, mit seinem Gefolge auf dem Weg zur libyschen Oase Siwa eine Ansiedlung und die gewaltige Felseninsel sah, die den Ankerplatz schützte. Begeistert von der Schönheit und den

Möglichkeiten dieses idyllischen Fleckens, gründete er hier seine Regionshauptstadt, die später ihm zu Ehren den Namen Alexandria erhielt. Die Großstadt sollte einmal der wichtigste Stützpunkt auf der Seeroute werden, die Griechenland mit Ägypten verband. Zugleich war hier auch der Ausgangspunkt für die Fahrstrecke auf dem Nil, die über das Rote Meer bis zum Indischen Ozean führte.

Alexander war zwar Makedonier, doch er liebte die griechische Kultur und betrachtete sich als Hellene. All seine Paläste entsprachen bis ins Detail dem griechischen Bauvorbild mit Giebeldreieck, hohen Säulen, die das Dach stützten, und langen, marmornen Treppenfluchten, die zum Haupteingang führten. Alexandria machte da keine Ausnahme. Aus diesem Grund ähnelte die Stadt in gewisser Hinsicht Athen, doch die Dynastie der Ptolemäer, die einige Jahre nach Alexanders Tod in Ägypten an die Macht kam, gestaltete einen Teil der Stadt im pharaonischen Stil um. Ptolemäus II., der um 280 v. Chr. herrschte, ließ überall in der Stadt ägyptische Obelisken und mit alten Hieroglyphen verzierte Säulen aufstellen und unzählige, unsterbliche Bauwerke errichten, etwa den Königspalast, den Serapistempel und den berühmten Leuchtturm von Alexandria. Um sich intellektuell mit Athen messen zu können, erbaute die Dynastie das Museion, den »Musentempel« mit der großartigen Bibliothek, in der damals über fünfhunderttausend Bände aufbewahrt wurden, darunter die Handschriften des Aristoteles, die Kommentare Platons und zahllose jüdische prophetische Schriften.

Im blendenden Sonnenlicht gewahrte ich die kleine Bucht, die von einer Verteidigungsmauer umschlossen war. Sie fiel steil zum Meer ab und schützte die dort ankernden Schiffe. Ein mit Geröll und Steinen künstlich angelegter Landstreifen verband den Kontinent mit der Insel Pharos, wo in alter Zeit eines der sieben Weltwunder errichtet worden war. Der Große Leuchtturm von Alexandria war 150 Meter hoch und ganz aus Kalksteinblöcken erbaut.

Ganz oben stand eine Bronzestatue, die den Gott Poseidon mit seinem typischen Dreizack darstellte. Am beeindruckendsten war jedoch das letzte der sechs Geschosse, wo Myriaden von Spiegeln wie ein Fernglas auf den Horizont gerichtet waren, die das Meer reflektierten und nahende Schiffe ausmachen konnten, die mit bloßem Auge nicht zu sehen waren. Nachts vervielfältigten dieselben Drehspiegel das Licht des Feuers, das im unteren Geschoss brannte und als Leuchtfeuer den Schiffen den Weg wies.

»Sieh mal, der Leuchtturm raucht«, sagte Pólix, während zwei römische Legionäre mit Plattenrüstungen und polierten Schwertern an uns vorbeigingen, ohne uns zu beachten.

»Die Sklaven haben auf dem Meer wohl das restliche Öl ausgeschüttet. Es muss die ganze Nacht gebrannt und das Licht genährt haben, das wir gestern unterwegs sahen«, mutmaßte ich.

Der junge Grieche sah überrascht, aber nicht ungläubig auf. »Deine Weisheit ist mir schon in der Wildnis aufgefallen, aber ich wusste nicht, dass du dich auch mit den Geheimnissen der zivilisierten Welt auskennst.«

»Du weißt noch sehr wenig über mich, Pólix. Wie schade, dass dies der letzte Teil unserer Reise ist. Ich befürchte, wir werden uns nicht wiedersehen.«

»Anscheinend kennst du diese Stadt schon.«

»Vor vierzig Jahren war ich schon einmal hier, bevor die Römer die Hauptstadt einnahmen«, antwortete ich und deutete auf drei römische Galeeren, die im Hafen ankerten.

Der Hellene bekam inzwischen keinen Schreck mehr, wenn ich trotz meines menschlichen Äußeren Geschichten aus vergangenen Zeiten erzählte.

»Hast du dir schon überlegt, wie du nach Rom kommen willst?«

»Ich habe eine Idee.«

»Ich auch«, kam mir der Junge zuvor. »Ich glaube, ich kann einen Großteil meiner Bronzewaren hier verkaufen, bevor ich nach Antiochia weiterreise. Außerdem möchte ich die Kamele loswerden und sie gegen einen großen Wagen eintauschen – die Straßen entlang der Küste des *Mare Interior* sind alle in gutem Zustand. Von dem Geld kann ich dir die Überfahrt mit einem anständigen Boot bezahlen, und dann trennen sich unsere Wege.«

»Deine Freundlichkeit ist bewundernswert, aber dazu bleibt keine Zeit. Mein Auftrag duldet keinen Aufschub. Ich dachte an eine schnellere, billigere Methode, um mich einzuschiffen.«

»Etwas anderes kommt mir nicht in den Sinn.«

Für mich lag die Alternative auf der Hand. »Als ihr mich aus dem Bach gezogen habt, hörte ich deinen Vater sagen, er kenne in Alexandria einen Sklavenhändler, bei dem einige Römer Stammkunden sind.«

Der Junge kramte in seinem Gedächtnis nach lang zurückliegenden Erinnerungen, und plötzlich fiel ihm der gesuchte Name ein. »Alexius! Ja, ich erinnere mich verschwommen an ihn. Mit diesem Typen hat mein Vater in einer Taverne im Brucheion-Viertel immer einen getrunken.«

Das Brucheion war einer der schönsten und belebtesten Bezirke Alexandrias. Er lag im Osten der Stadt an den Stadtmauern und war von einem Kanal durchzogen, den man als Verbindung zwischen dem Mariotis-See und dem Seehafen eröffnet hatte.

»Aber wie kann uns dieser Händler deiner Ansicht nach weiterhelfen?«

»Er wird mir einen Bärendienst erweisen, denn du wirst mich ihm als Sklave verkaufen.«

»Als *Sklave?*«, fragte Pólix verständnislos, und Blume des Ostens riss die Augen auf.

»Leider ist dies für mich die schnellste Möglichkeit, um direkt und ohne Umwege nach Rom zu kommen. Ein Handelsschiff kann das *Mare Interior* in zwanzig Tagen überqueren. Für mich muss es schnell gehen.«

Pólix erholte sich von seinem Schreck, sobald er die Logik meines Plans begriffen hatte. »Du musst es wirklich sehr eilig haben.

Aber wer garantiert dir, dass du in Sicherheit sein wirst? In deinem Zustand kann jede Anstrengung tödlich sein.«

»Ich weiß, es ist ein Risiko, aber römische Schieber behandeln ihre Sklaven meistens gut, damit sie sie später gut verkaufen können. Ich glaube nicht, dass sie mir Essen und Erholung verweigern werden, wenigstens so lange, bis wir in Ostia sind.«

Pólix schwieg eine lange Minute, während er den Blick über die Stadt schweifen ließ und das Kommen und Gehen der Schiffe im Hafen beobachtete. Ich bemerkte, dass sich die Augen der kleinen Chinesin mit Tränen füllten. Sie sahen aus wie winzige Perlen in einer Muschel.

»Dies ist also dein Plan?«, fragte Pólix zum letzten Mal.

»Etwas anderes kommt mir nicht in den Sinn.«

Er stieg vom Kamel ab. »Na schön. Ich bringe dich also zu Alexius. Ich glaube, ich weiß, wo ich ihn finden kann. Außerdem ist mir gerade etwas eingefallen.«

»Und was?«

»Mein Vater hat die Legionäre einmal bestochen, weil sie diesen Alexius nicht in die Stadt hereinlassen wollten. Ich weiß nicht, warum, und auch nicht, wie viel er den Soldaten gegeben hat. Aber das ist unsere Chance. Dieser Mann ist mir einen Gefallen schuldig!«

BRUCHEION

Hoch zu Ross folgte ich der Karawane die Straße hinab, am Mareotis-See entlang und auf die Stadtmauern zu. Langsam erwachte Alexandria, und in den Randbezirken stieg die Temperatur.

Mit Pólix an der Spitze bewegte sich der Tross durch das breite, gut bewachte Sonnentor in der nördlichen Mauer. Es war die Haupteintrittspforte für Reisende auf dem Landweg.

Wir kamen an einem vor Kurzem erbauten römischen Theater vorbei, das an ein griechisches Amphitheater erinnerte, und zogen auf einer breiten Prachtstraße ins Stadtzentrum, wo die Via Canopica die berühmte Via Soma kreuzte. Auf dem Platz zwischen den Gassen boten zahlreiche Händler ihre Waren unter freiem Himmel feil. Viele von ihnen waren Juden, aber man sah auch Nabatäer und Phönizier. Die Marktschreier nutzen die Menschenmenge, und an einer weiter entfernten Ecke sah ich eine Gruppe Schauspieler, wahrscheinlich Griechen, die starre Masken trugen und eine Tragödie improvisierten.

Pólix, der an der Spitze der Karawane ritt, kam zu mir. »Bist du wohlauf?«

»Das kann ich nicht behaupten. Unsere Unterhaltung am Stadteingang hat mich erschöpft. Die geringste Anstrengung schwächt meine Muskeln, und sei es nur ein kurzes Gespräch.«

»Dein Zustand hat sich verschlechtert«, befand der Hellene und reichte mir aus dem Proviantbeutel ein Trinkgefäß und ein Stück Brot. »Trink ein bisschen und iss dieses Brot. Auch ich bin müde, aber wir müssen Alexius finden, schließlich hast du einen dringenden Auftrag. Täglich laufen Sklavenschiffe nach Rom aus, und der Schieber ist vielleicht schon im Aufbruch.«

Wir bogen um eine Ecke, an der sich die Menschenmassen drängten und ein Köter Fischreste fraß, die am Boden verstreut lagen. Weiter ging es durch eine ruhigere Gasse, bis wir in ein neues Stadtviertel kamen. Mir war schwindlig vor Hitze, und mein Geist drohte zu versagen. Es dauerte eine Weile, bis ich zu mir kam. »Wo sind wir?«, fragte ich benommen.

»Im Brucheion, in der Nähe des Palasts«, antwortete Pólix. Er band die Kamele an einem Holzzaun fest, der eher wie ein primitives Gehege aussah. Pferde tranken Wasser aus einem Bottich. »Bleib hier. Ich werde versuchen, kurz mit Alexius zu reden. Falls er gerade in Alexandria ist, treffe ich ihn am ehesten hier an.«

Erst jetzt bemerkte ich, dass wir vor einem niedrigen, doch breiten Gebäude standen, das fast den ganzen Häuserblock einnahm. Bronzestatuen zierten die Fassade, die auf der ganzen Länge

Steinbögen aufwies. Es handelte sich um ein römisches Bauwerk, das es vor der Invasion noch nicht gegeben hatte. Pausenlos gingen Männer, die auf Latein plauderten, in diesem Gebäude ein und aus, treppauf, treppab. Daraus schloss ich, dass es ein öffentliches Bad war – ein bei Fremden sehr beliebter Ort, wo sie sich mit Öl reinigten, Gespräche führten und Sport trieben.

»Sollte ich mich verspäten, heißt das, dass ich den Händler gefunden habe. Der Karawane wird hier nichts passieren. Dies ist eine der sichersten Gegenden der Stadt«, versicherte mir der junge Mann.

Ohne meine Antwort abzuwarten, drehte er sich um und eilte die Treppe hoch, durch einen Bogen, der in die Innengärten und weiter zu den Wasserbecken führte. Als ich vom Pferd stieg, wurde mir übel, und nur mit Mühe konnte ich mich zu den Marmorstufen schleppen, um mich dort hinzusetzen. Blume des Ostens klammerte sich an mich. Ihre Anwesenheit und Fürsorglichkeit halfen mir, die schrecklichen Schmerzen zu ertragen.

»Was würde ich ohne dich bloß tun, Blume des Ostens?«, murmelte ich und dankte ihr insgeheim für ihre Herzlichkeit.

Sie sah mich mit ihren Kinderaugen an und lächelte.

ALEXIUS – BLUME DES OSTENS TRIFFT EINE ENTSCHEIDUNG

Zwei lange Stunden vergingen, und mittlerweile stand die Sonne schon hoch am Himmel. Da klopfte mir Blume des Ostens auf den Rücken, um mir zu sagen, dass Pólix gerade mit einem behäbigen, bartlosen Glatzkopf mittleren Alters die Stufen herunterkam. Er trug eine lange, purpurfarbene Flachstunika, ähnlich wie die Gewänder von Roms Senatoren. Mit seinen Glubschaugen und dem übertrieben breiten Mund erinnerte er an einen Frosch, und seine zartrosa Gesichtsfarbe ließ europäische Abstammung vermuten. An seinen Wurstfingern steckten mehrere Ringe, vom Daumen bis zum kleinen Finger; am Handgelenk baumelte ein goldenes Armband. Beide, Pólix und der Fremde, dufteten nach Olivenöl, und ich schloss daraus, dass auch der Hellene ein Bad genommen hatte – wahrscheinlich, um das Treffen zufällig wirken zu lassen.

Als ich meinen Käufer erkannte, erhob ich mich, doch meine schlechte körperliche Verfassung war unübersehbar.

»Das ist der Barbar, von dem ich dir erzählt habe, Alexius«, sagte Pólix. »Wie du siehst, ist er ein bisschen geschwächt, doch er wird sich schnell erholen. Auf meiner Reise ist er mir schon oft sehr nützlich gewesen.«

Der Händler, ein zynischer, liederlicher Kerl, beäugte mich ganz genau, drückte meine Armmuskeln und untersuchte meine Zähne. Er war überhaupt nicht interessiert oder tat zumindest so, doch mir fiel auf, dass er einen lüsternen Blick auf das Mädchen warf.

»Geschwächt?«, spöttelte Alexius. Mit seiner breiten Aussprache erinnerte er noch stärker an einen quakenden Frosch. »Ich würde eher sagen, er ist tot!«

»Er ist krank. Das nubische Fieber. In zehn Tagen ist er wieder auf den Beinen.«

Das Nubische Fieber war eine harmlose, inzwischen ausgerottete Krankheit, die von einem Einzeller hervorgerufen und durch Moskitos übertragen wurde. Das Opfer war drei Wochen lang krank, dann verschwand das Fieber plötzlich. Die Krankheit war nicht tödlich, und die einzige bekannte Behandlung war Erholung.

»Verstehe, verstehe«, erwiderte Alexius sarkastisch. »Wie bist du denn mitten in der Wüste an diesen germanischen Barbaren geraten? Er ist doch Germane, oder?«

»Das hat er zumindest behauptet«, erklärte Pólix ausweichend. »Diesen Sklaven habe ich einem Priester in Memphis abgekauft«, schwindelte er. »Der Geistliche hat mir versichert, dass er des Lateinischen, des Griechischen und des Aramäischen kundig sei.

Zuerst wollte ich ihm nicht glauben, aber später hat er seine Fähigkeiten unter Beweis gestellt.«

Der Römer brach in schallendes Gelächter aus. »Ein Barbar, der mehrere Sprachen beherrscht? Das ist ja eine Beleidigung!«

Pólix fand die Bemerkung überhaupt nicht lustig. »Du kannst dich selbst davon überzeugen, Alexius. Der Sklave ist zwar geschwächt, aber sprechen kann er noch.«

Mit Mühe unterdrückte der Schieber sein Gelächter. »Schon gut, schon gut«, krächzte er. »Wir werden ja sehen, ob dieser Taugenichts zu irgendetwas nutze ist«, rief er, sich zu mir wendend. »Woher bist du, Fremder?«, fragte er auf Aramäisch.

»Das geht dich nichts an, du römischer Dreckskerl«, gab ich mit gespieltem Zorn in derselben Sprache zurück.

Der Dicke musste wieder lachen. »Sehr schön, Pólix, sehr schön! Dein Freund gefällt mir. Wie viel willst du denn für ihn haben?«

Pólix kratzte sich am Kinn, als würde er einen fairen Preis ausrechnen, doch ich wusste, dass er bereits alles geplant hatte. »Ich hätte gern fünfzig Denare für ihn.«

»Fünfzig Denare! Du bist verrückt, junger Mann. Er ist nicht einmal zehn wert!«

»Und ob«, protestierte der Grieche. »Selbst wenn er keine Beine hätte, könnte er dir noch als Dolmetscher von Nutzen sein.«

»Bei Jupiter, weshalb sollte ich denn einen Dolmetscher brauchen? Gestern habe ich eine Ladung nubischer Sklaven bekommen, mein Handel ist abgeschlossen. Machen wir es doch so: Ich kaufe den Barbaren für hundert Denare. Dein Vater und ich waren Freunde, und ich will dich nicht hängen lassen.«

Pólix runzelte die Stirn, als fasse er sein Glück nicht.

»Eben hast du doch gesagt, dass er nicht einmal zehn Denare wert ist«, murrte er verwirrt.

Der Schieber grinste, denn jetzt hatte er Pólix da, wo er ihn haben wollte. »Ich zahle das Doppelte für den Wilden, aber die

Kleine will ich auch«, bekräftigte er und zeigte mit seinem dicken Finger auf Blume des Ostens.

»Sie ist nicht zu verkaufen«, knurrte ich auf Latein, und diesmal war meine Wut nicht gespielt.

Der Händler achtete gar nicht auf mich, sondern wartete darauf, dass Pólix antwortete.

Einen Moment lang war der Grieche sprachlos und wie erstarrt. Flehend sah er mich an, als erhoffte er sich Rettung von mir. Da klammerte sich das Mädchen an meinen Arm, wie um mir zu sagen, dass sie mich nicht verlassen wolle. Der Bursche wusste einfach nicht, was er tun sollte.

»Na, mein Junge, was ist? Werden wir uns einig?«, drängte der Römer mit triumphierender Miene.

»Ich weiß nicht«, zögerte dieser. »Ich weiß noch nicht, ob ich sie entbehren kann.«

Gerade bogen vier dunkelhäutige Sklaven um die Ecke, die eine leere Sänfte aus Zedernholz und Elfenbein schleppten.

»Denk darüber nach, mein Kleiner. Überleg es dir gut. Mein Schiff läuft morgen früh aus. Wenn du mit mir handelseinig werden willst, komm zu den Anlegern im Ostviertel.«

Die Sänfte hielt vor dem Dicken an, und ich begriff, dass dies sein persönliches Gefährt war.

»Also vergiss es nicht, tu es zum Gedenken an deinen Vater!«, mahnte er mit einem hinterhältigen Grinsen.

Die Sklaven ließen die Sänfte nach unten, und der Schieber hievte sich mühsam hinein. Es dauerte eine Weile, bis sich der füllige Mann umgedreht und es sich zwischen den Polstern bequem gemacht hatte. Dann schrie er einen Befehl auf Lateinisch, und die Träger liefen los. Pólix, Blume des Ostens und ich blickten ihm nach, bis er mit seiner Sänfte im Getümmel untergetaucht war.

»Dieser unverschämte Kerl hat mich doch glatt übers Ohr gehauen!«, beschwerte sich Pólix. »Zehn Denare hat mich nur schon dieses Bad gekostet!«

»Das ist seine Arbeit«, entgegnete ich achselzuckend. »Leider muss ich mir nun etwas anderes für die Weiterreise überlegen.«

Da fiel Pólix etwas auf, das ich übersehen hatte. »Dir ist klar, dass sie dich nicht verlassen will, nicht wahr?« Zweifel zeigten sich in seinem Gesicht, eine Mischung aus Traurigkeit und Erleichterung. Er hatte zwar Angst um die Kleine, tröstete sich aber damit, dass ich so wenigstens meinen Auftrag erfüllen konnte.

Blume des Ostens klammerte sich noch fester an meinen Arm, wie um die Worte des Griechen zu unterstreichen. Gerührt ging ich in die Knie und betrachtete ihr exotisches Gesicht.

»Nein, Blume des Ostens. Frauen haben auf einem Sklavenschiff nichts verloren, und junge Mädchen schon gar nicht. Du gehst mit Pólix nach Griechenland.«

Sie weigerte sich, mich loszulassen, und ich wusste, dass sie sich meinem Verbot nicht fügen würde. Der junge Grieche wollte zwar nicht, fühlte sich jedoch verpflichtet, mir die Wahrheit zu sagen.

»Ohne sie wirst du die Überfahrt nicht überstehen«, warnte er mich und entfernte sich ohne ein weiteres Wort.

WEISHEIT UND INTELLIGENZ

Es wurde schon Abend, und uns blieb noch ein ganzer Tag in Alexandria. Wir waren allesamt müde und hungrig und machten uns auf die Suche nach einer guten Herberge. Pólix, der die Stadt gut kannte, ging Handel treiben. Er wollte ja seine Kamele gegen einen großen Wagen tauschen, am liebsten einen, der von vier starken Pferden gezogen wurde. Mit diesem neuen Transportmittel wollte der junge Grieche an der Küste entlang durch Ägypten, Palästina und Syrien bis Antiochia reisen.

Dank der Hilfe von Blume des Ostens fiel ich bald in tiefen Schlaf. In der Nacht quälten mich schreckliche Albträume, in denen es um Zamir, Shamira, das Heilige Kind und meinen Auftrag ging. Ich träumte so lange, bis Pólix mich aus dem Delirium wachrüttelte.

»Wach auf«, sagte er eindringlich. Seine Stimme klang noch wie früher, doch seit er aus seiner psychischen Starre erwacht war, hatte sich sein Tonfall verändert.

Ich schlug die Augen auf und sah, dass die Sonne bereits durchs Fenster schien und das Zimmer aufheizte. Einfallswinkel und Helligkeit verrieten mir, dass es noch früh am Morgen war.

»Ist es noch Tag?«

»Es ist schon wieder Tag. Du hast fast zwanzig Stunden geschlafen.«

»Ich habe jedes Zeitgefühl verloren.«

»Du musst jetzt aufstehen. Alexius' Schiff läuft in einer Stunde aus!«

Im Hafen von Alexandria spielte sich das wahre Leben ab. Er war einer der geschäftigsten der Welt, und der Anblick der großen Schiffe, die dort ankerten, raubte einem wirklich den Atem. Viele waren römische Handelssegler mit breitem, tiefem Rumpf. Doch es gab auch Galeeren, die von Sklaven in langen Reihen gerudert wurden. Die größeren und schwereren Schiffe ankerten weiter draußen am Ende langer Anleger aus Holz oder Stein.

Pólix teilte mir mit, er habe einen Wagen gefunden, aber noch nicht über die Anstellung seiner Helfer verhandelt. Deshalb werde er nach unserer Abreise noch drei Tage länger in Alexandria bleiben. Mitten auf einer belebten Straße hielt der junge Grieche plötzlich an, und das kluge Pferd verlangsamte seinen Schritt.

»Das da ist das Schiff von Alexius«, sagte er und deutete auf einen riesigen Segler, der am Heck für alle Fälle zwei Ruder hatte. »Sie sind schon dabei, die Fracht zu verladen.«

Die Fracht bestand aus ungefähr hundert numidischen Sklaven, kräftigen, dunkelhäutigen Männern, die römische Legionäre in Afrika eingefangen hatten. Numidien war von Rom schon zur Zeit der Republik unterjocht worden, doch die grimmigen Krieger stellten weiterhin eine Bedrohung für die Legionen dar und würden dies auch bis in die Endzeit des Römischen Reiches tun.

»Das ist ein Segelschiff«, stellte ich fest und strengte meine Augen an. *Insula Major* stand in großen Buchstaben auf dem Rumpf. »Das ist Lateinisch und bedeutet ›größere Insel‹. Aus irgendeinem Grund hatte ich eine Galeere erwartet.«

»Sie wollen bestimmt ihre Fracht schonen, deshalb setzen sie keine Sklaven an die Ruder. Das hast du selbst vorhin gesagt.«

Mit einem Nicken stieg ich vom Pferd und zwang mich, nicht einzuknicken. Ich reckte den Hals, um die Schönheit des Meeres zu bewundern, und bemerkte voller Freude die verschiedenen Blauschattierungen, die die unterschiedlichen Tiefen der Küstengewässer verrieten. Etwas weiter entfernt lagen die Insel Pharos, die die Bucht umschloss, und davor der hohe Leuchtturm.

Ein dicker, froschähnlicher Mann hatte gerade die Plattform verlassen und tauchte jetzt im Straßengetümmel unter. Ihn begleitete ein zweiter, mürrischer Mann, dessen Haut offensichtlich unter der starken Sonneneinstrahlung gelitten hatte. Der unrasierte Kerl trug ein Schwert am Gürtel und hielt einen Holzknüppel in der Hand. Er hatte kurzes schwarzes Haar, das ihm vom Kopf abstand und zu den spärlichen Barthaaren passte.

»Da kommt Alexius mit einem Leibwächter!«, bemerkte Pólix.

Der Duft des Olivenöls, der den Römer noch am Vortag nach Verlassen des Bads eingehüllt hatte, war inzwischen verflogen. Jetzt stank der Kerl nach Schweinefleisch und billigem Fusel. Sein Begleiter setzte ein lüsternes Grinsen auf, als er den jungen Mann und die kleine Chinesin sah.

»Na, Junge von Athen, hast du dich entschieden?«, fragte der Schieber ironisch, als erzählte er einen Witz.

»Hundert Denare«, erinnerte Pólix ihn, »wie vereinbart.«

Der Dicke warf dem mürrischen Typen hinter ihm einen Blick zu und grinste zynisch. Wir hatten den Eindruck, als hätten die beiden eine geheime Abmachung, und ich machte mich auf etwas Unvorhergesehenes gefasst. Nach einem kurzen Spannungsmoment ergriff der Römer das Wort: »Na klar! Hundert Silbermünzen!« Er hielt die Hand auf, und der Leibwächter reichte ihm einen schäbigen Lederbeutel, der vermutlich mit Geld gefüllt war. »Hier, Kleiner!« Alexius hielt Pólix den Beutel hin. »Es wird zwar viel über mich geredet, aber man kann mir nicht nachsagen, dass ich unehrlich bin.«

Das war ganz offensichtlich ein schlechter Witz. Der Junge zählte die Münzen nach, vergewisserte sich, dass nichts fehlte, und nickte zustimmend.

»Sehr gut. Es fehlt nichts. Ich bringe euch die beiden Sklaven gleich an Bord.«

»Nur keine Umstände. Cassius von Kalabrien wird sich darum kümmern.« Mit dem Daumen wies er auf den Leibwächter. Dieser trat mit erhobenem Knüppel vor, doch Pólix gebot ihm energisch Einhalt.

»Nein! Ich habe gesagt, dass ich sie selbst aufs Schiff bringe.«

Alexius bekam fast einen Schreck, fühlte sich mit dem bulligen Kerl jedoch sicher. Er grinste nervös und gab schließlich nach.

»Beeil dich. Ich kaufe noch eine Amphore Wein, dann stechen wir in See. Falls du dich mit dem Geld aus dem Staub machst, werde ich dich finden, und wenn ich dafür jeden Legionär in dieser Stadt bestechen muss.«

»Es wird zwar viel über mich geredet, aber man kann mir nicht nachsagen, dass ich unehrlich bin«, gab ich Alexius mit seinen Worten zurück.

Er gab keine Antwort, sondern drehte sich um und verschwand.

»Vielleicht bekommst du auf dem Schiff Schwierigkeiten«, warnte mich Pólix.

»Damit ist zu rechnen.«

Erst sah er mich und dann die kleine Chinesin an, die sich in ihren verblichenen Kimono gehüllt hatte, legte mir dann freundlich die Hand auf die Schulter und sagte nur: »Danke. Danke für alles.«

Ich drückte ihm fest die Hand. »Ich habe zu danken, mein Freund. Dank deiner Klugheit bin ich bis hierhergekommen. Deine Klugheit und die Intelligenz von Blume des Ostens. Und natürlich die Kraft von Ibn-Hatar«, versicherte ich, während ich dem Tier sanft über das rote Fell strich. »Wir alle wurden auf die Probe gestellt und haben unsere Prüfungen bestanden. Sogar jene, die unterwegs gestorben sind.«

»Sie haben ihr Los erfüllt«, ergänzte der junge Mann schicksalsergeben.

»Ich würde eher sagen, sie haben ihren Auftrag erfüllt. Nur meiner ist noch nicht abgeschlossen.«

»Bald wirst du in der Ewigen Stadt sein, und damit endet auch deine Suche.«

Pólix hob sich in den Steigbügel und setzte sich aufs Pferd, wie er es nur selten getan hatte. Er machte es sich im Sattel bequem und ergriff die Zügel. Die Sonne wanderte schon nach Westen. Es war Zeit, aufzubrechen.

»Den Weg bis zum Schiff kennst du ja.« Pólix deutete auf den Holzanleger. »Begleiten muss ich dich wohl nicht.«

»Der Schieber wird es nicht gern sehen, dass wir allein und wie Touristen an Bord kommen.«

»Dieser Sklaventreiber soll gefälligst lernen, dass er nicht über alles befehligen kann«, gab Pólix mit fester Stimme zurück. »Leb wohl, mein guter Barbar. Ich werde die Götter bitten, ein Auge auf dich zu haben.«

»Das wäre aber nicht nötig«, bedankte ich mich.

»Ich hoffe, dass ich dich eines Tages wiedersehe.«

»Das halte ich für unwahrscheinlich, aber unmöglich ist es nicht.« Ich wusste ja, welche Gefahren den Abtrünnigen drohten, und wollte dem Griechen lieber keine Hoffnung auf ein Wiedersehen machen.

»Ich werde Athene ein Opfer darbringen, damit sie dir ein langes, ruhmreiches Leben schenken möge.«

Die hoffnungsvollen Worte des jungen Mannes berührten mich tief, und für einen Moment überwog in meinem Herzen der Wunsch zu leben. »Schön wäre es«, erwiderte ich zufrieden.

Mit einem Kopfnicken verließ Pólix das Hafengelände, und ein letztes Mal sah ich Ibn-Hatars rötliche Silhouette. Mit Blume des Ostens an der Hand ging ich auf das Schiff zu.

»Jetzt sind wir beide ganz auf uns allein gestellt, meine Kleine.«

Die *Insula Major*

Für die damalige Zeit war die *Insula Major* ein mächtiges Schiff, im Vergleich zu modernen Modellen jedoch winzig. Sie war dreißig Meter lang und acht Meter breit und hatte einen bauchigen Rumpf mit einem geräumigen Untergeschoss. Neben einem hohen Hauptmast verfügte sie noch über einen kleineren am Bug. Die einst roten Segel waren inzwischen verblichen. Im hinteren Teil gab es ein kleines Oberdeck über einer bescheidenen Kajüte, und am Heck hatten Tischler eine Figur aus Zedernholz angebracht, die einen Schwanenhals darstellte.

Als ich mit Blume des Ostens über die Brücke schritt, die zu den Decks führte, konnten wir die Besatzung und die Seeleute sehen – dunkelhäutige, geschmeidige Männer, vermutlich Phönizier. Die Phönizier waren erfahrene Handelsleute und als geschickte Seeleute berühmt, die schon das ganze Mittelmeer befahren hatten. Nirgendwo in der zivilisierten Welt gab es erfahrenere Matrosen. Unter ihnen konnte ich fünf europäisch wirkende, starke, grimmige Männer ausmachen, die die Numider mit Fußtritten traktierten und sie an die Reling schubsten. Einer von ihnen war Alexius' Leibwächter, der besagte Cassius von Kalabrien. Außerdem fiel mir auf, dass die Seeleute, die die Ketten für die Sklaven vorbereiteten, gar nicht echt, sondern falsch waren.

Meine Ankunft erweckte wenig Interesse. Keiner konnte sich vorstellen, dass die kleine Chinesin und ich Sklaven waren – bis ich hinter mir die Schritte des Aufsehers hörte und ahnte, dass es gleich Ärger geben würde. Schnell duckte ich mich, und ein Knüppel aus Ebenholz zischte über meinem Kopf hinweg. Durch den verfehlten Schlag aus dem Gleichgewicht gebracht, stolperte der Kerl ein paar Schritte nach vorn – es war Cassius, der Chef der Leibwächter. Ich drehte mich frontal zu ihm und stellte mich schützend vor Blume des Ostens. Erneut wollte er mich angreifen, diesmal mit einem Magenschwinger, und ich wich nicht aus, weil ich wusste, dass er dadurch nur noch aggressiver werden würde.

Der Hieb traf mich mit voller Wucht in den Unterleib, sodass ich in die Knie ging. Unter normalen Umständen hätte mir ein solcher Faustschlag nichts ausgemacht, doch die Wirkung des Gifts hatte meine Widerstandskräfte völlig lahmgelegt. Bevor ich aufstehen konnte, stieß Cassius mir das Knie ins Gesicht, und ich fiel betäubt zu Boden. Ich spürte noch, dass mich andere Aufseher an den Armen hochzerrten und der Grobian mir zwei Rippenstöße verpasste.

»Damit du es gleich weißt: Mein Bruder war ein römischer Legionär, der in Gallien in einen Hinterhalt einer Horde Barbaren geriet und darin umkam!« Alexius hatte ihm wohl erzählt, ich sei Germane, wie Pólix gesagt hatte. Gallien und Germanien waren verschiedene Regionen, aber für die Römer waren alle Fremdlinge Barbaren. »Sei sicher, ich werde dafür sorgen, dass dies die schlimmste Reise deines Lebens wird.«

Er gab den anderen Leibwächtern ein Zeichen, und sie schleiften mich zu den Numidern. Nur noch verschwommen erkannte ich Blume des Ostens und fühlte, wie sie meinen Arm mit ihrer kleinen Hand umklammerte. Ein Zittern ging durch das Schiff, und eine Glocke verkündete den Aufbruch.

Am frühen Abend erreichte die *Insula Major* die offene See und glitt erhaben auf den Wellen dahin. Nun konnten sich die Matrosen etwas ausruhen. Alexius trat aus der Kajüte und stieg aufs Deck. Dort setzte er sich auf einen Stuhl aus Zedernholz und musterte die Sklaven, denen er gleich ein paar Anweisungen geben wollte. Doch da sah ich einen anderen kommen, einen robusten Seemann mittleren Alters mit ernstem Gesicht und nacktem Oberkörper, wahrscheinlich ein Phönizier. Er trug nur einen breiten Goldreif um den Hals, eine lange grüne Hose und hatte ein rotes Tuch um den Kopf gewickelt.

»Also gut«, rief Alexius den Sklaven auf Latein zu, »ich weiß nicht, ob ihr alle meine Sprache sprecht, aber wenigstens einige von euch werden verstehen, was ich sage. Wir werden dreißig Tage bis nach Rom benötigen, dort werdet ihr verkauft. Einige von euch werden hart arbeiten, andere werden sich mit einfachen Hausarbeiten beschäftigen, und die Kräftigsten kommen zu den Spielen. Ihr seid meine Ware, aber ich werde mich eurer umgehend entledigen, wenn es sein muss. Wenn ihr euch jedoch anständig benehmt, werdet ihr in dreißig Tagen die Ewige Stadt sehen und ein neues Leben beginnen, in dem euch Frieden und Arbeit winken. Die andere Möglichkeit ist der Tod.« Dieses letzte Wort betonte er. »Ihr werdet euch auf der ganzen Fahrt unten im Schiffsrumpf aufhalten und Wasser und Speise erhalten. Kapitän Epidicus von Tiro« – hier zeigte er auf den älteren Phönizier, der stumm am Oberdeck gestanden hatte – »muss einige von euch vielleicht noch im Segeln unterweisen. Freiwillige werden bevorzugt behandelt.«

Als Alexius geendet hatte, öffneten die Phönizier eine große Falltür mitten auf dem Deck, und die Aufseher begannen, die Sklaven mit unmenschlicher Gewalt hineinzuschubsen. Das Loch führte zwei Meter tief in den Schiffsbauch. Einige fielen ungeschickt und verletzten sich an den Beinen. Gerade wollte ich mit

Blume des Ostens im Arm hinunterspringen, als ich die schleppende Stimme des Schiebers vernahm: »Barbar, du gehst runter, die Kleine bleibt hier in meiner Kajüte.«

Cassius wollte mir das Mädchen entreißen, aber ich wich ihm aus und stellte sie wohlbehalten auf den Boden. Das brachte den bulligen Kerl in Stimmung, denn er meinte, er könne mir dafür ein paar Schläge verpassen.

»Die Unverfrorenheit der Barbaren ist eine Beleidigung«, sagte der Dicke verächtlich, während der Riesenkerl seinen Knüppel erhob. Hart traf das Ebenholz auf meine Stirn, und ich ging zu Boden, wo mich mehrere andere mit weiteren Fußtritten traktierten.

Als sie innehielten, sah ich, dass Cassius Blume des Ostens wegzerren wollte. Seine Brutalität brachte mein Blut in Wallung, und der Cherub in mir drängte mich zum Angriff. Ich sammelte das bisschen Energie, das mir noch geblieben war, stand auf, ging entschlossen an den bedrohlich aussehenden Aufsehern vorbei und verpasste Cassius einen kräftigen Faustschlag vor die Brust, sodass er der Länge nach hinschlug. Ächzend rappelte er sich auf, stürzte erneut und kollerte über die Deckplanken, bis er an die Schiffswand prallte.

Beängstigende Stille trat ein, und Alexius, dem beinahe die Augen aus den Höhlen traten, wich einen Schritt zurück. Einer der Seemänner half Cassius aufzustehen. Keuchend suchte er an einer Segelleine Halt.

Inzwischen hatten sich die Männer von ihrem Schreck erholt, und der Schieber zeigte strafend auf mich: »Alle beide in die Zelle für Aufrührer!«, befahl er den Aufsehern.

Ich leistete keinen Widerstand, als drei Leibwächter und vier Matrosen mich zum Bug schleppten. Ein vierter Mann führte Blume des Ostens. Im vorderen Teil des Bugs, einen Meter vor der Schiffsspitze, öffneten zwei Seemänner im Boden eine vergitterte Falltür, die in einen winzigen Raum führte. Vermutlich war hier früher der Anker des fahrenden Schiffs untergebracht gewesen, doch nun wurde er als Einzelzelle für gefährliche Sklaven genutzt.

»Da ihr unbedingt zusammenbleiben wollt, werdet ihr hierbleiben«, verkündete der Händler. »Vermodern sollt ihr in diesem Dreckloch!«

Die Aufseher schoben uns durch das Loch und sicherten das Gitter über uns mit einem dicken Eisenriegel. Aus unserem Gefängnis sah ich Alexius auf dem Oberdeck stehen. Er spuckte auf den Boden und wies seine Sicherheitsleute wütend an: »Drei Tage ohne Wasser und Nahrung. Wenn sie dann noch leben, werden wir weitersehen. Falls der Barbar stirbt, bringt ihr mir das Mädchen.«

»Der Barbar wird wohl vor ihr sterben, Herr. Er ist am Ende«, befand einer der Männer.

»Unter diesen Bedingungen krepiert er in zwei Tagen«, gab Alexius zurück. »Ich kenne die Widerstandskraft der Wilden gut, aber irgendwann ist auch sie am Ende«, quakte er und verließ das Vorderdeck.

Verzweifelt umarmte ich Blume des Ostens. Im Sitzen stieß ich mit dem Kopf an das Gitter, ich fühlte mich ausgewrungen wie ein nasser Lappen. Ich hatte keine Kraft mehr. »Drei Tage ohne Essen ..«, klagte ich leise, sodass nur die Chinesin es hörte.

Sie bedeutete mir zu schweigen, als hüte sie ein Geheimnis. Als sie sah, dass wir nicht mehr beobachtet wurden, öffnete sie ihren Beutel und zeigte mir ein paar Granatapfelkerne, die sie in ein Tuch gewickelt aufgehoben hatte. In einem Krug war auch noch etwas Wasser übrig, und auch die Kräuter und die Heilgerätschaften, die sie immer bei sich trug, waren noch da.

»Ich weiß nicht, ob das für zwei Tage reicht, meine Kleine, aber ich danke dir«, sagte ich lächelnd.

Sie sah zuversichtlich drein. Während das Schiff dahinschaukelte, nahm ich sie noch fester in den Arm, denn bald würde es Abend werden, und ein eiskalter Wind peitschte die See.

10 Tod auf hoher See

Es vergingen drei lange Tage, in denen wir von einem mit Knüppel und Schwert bewaffneten Mann bespitzelt wurden. Cassius' Visage bekam ich nicht mehr zu sehen, obwohl ich anfangs gedacht hatte, er werde uns höchstpersönlich bewachen.

Die Nächte wurden kälter, je weiter wir uns vom Kontinent entfernten und aufs einsame Meer hinausfuhren. In diesem winzigen Verschlag am Bug trafen Blume des Ostens und mich in den frühen Morgenstunden die eisigsten Windböen, und meine Kräfte, die ich dank der Kräuterbehandlungen wiedergewonnen hatte, drohten erneut zu schwinden.

Am dritten Tag wurde ich zweimal ohnmächtig, trotz der Granatapfelkerne. Nachts konnte ich mich nicht rühren, so erschöpft war mein Körper. Da hörte ich am Morgen des vierten Tages ein Gespräch der Leibwächter mit. Sie schlossen Wetten darüber ab, ob ich schon tot war, und wollten wie angeordnet die Zelle öffnen, um Blume des Ostens herauszuzerren. Ich hörte, wie sie das Gitter entriegelten, konnte aber nicht sofort reagieren.

Der Mann, der uns bewacht hatte, war jünger als Cassius, aber nicht minder grausam. Er war muskulös und groß gewachsen, hatte blondes, kurzes Haar, und sein ungepflegter Bart glich dem seines Patrons. Die Seemänner nannte ihn Titus, und trotz dieses typisch römischen Namens bezweifelte ich, dass er wirklich aus Rom stammte. Der Aufseher hob das Gitter an und zerrte die Kleine am Arm. Sie wollte sich wehren, war aber zu schwach.

Ohne große Mühe schleppte Titus sie aufs Deck. Wieder wollte ich mich aufrichten, doch meine Muskeln versagten.

»Sie kämpft wie ein Insekt«, hörte ich den Wachmann unter dröhnendem, perversem Gelächter sagen.

Ein aufgedunsener Typ, den sie Glubschauge nannten, fragte auf Lateinisch: »Und der Barbar? Ist er endlich tot?«

Titus, der das Mädchen noch immer festhielt, spähte noch einmal ins Loch, genau in dem Moment, in dem ich den Kopf hob. In meiner Benommenheit konnte ich ihn nicht gleich erkennen.

»So gut wie, Glubschauge, so gut wie. Ich lege den armen Teufel am besten gleich um. Anschließend können wir uns mit der Kleinen vergnügen.«

Während ich mich aufrichtete und blindlings an den dreckigen Zellenwänden abstützte, übergab Titus die Chinesin einem zweiten Aufseher, der sie mit seinen kräftigen Armen umschlang. Ich selbst musste mich nicht einmal anstrengen, weil der Leibwächter mich mit einem Ruck herauszog. Ein Stockschlag traf mich in die Rippen. Ich sah mich um, konnte aber nichts erkennen, nur einen undeutlichen Fleck, der sich bewegte. Doch ich hörte die Schreie der Matrosen, die die Auseinandersetzung unbedingt mit ansehen wollten.

Ein weiterer Hieb traf mich am Ohr, und ich hielt mich an der Schiffswand fest, um nicht wieder ohnmächtig zu werden.

»Blutet dieser Barbar denn nicht?«, grunzte einer der Umstehenden schaulustig.

»Schlag drauf, Titus«, spornte ihn ein anderer an.

»Wir wollen das Blut des Wilden sehen!«, brüllte ein Dritter.

Von seinen aufgebrachten Gefährten angestachelt, packte mich der Leibwächter an der Brust und zückte sein Schwert. Ich bemerkte ein militärisches Wappen darauf – er hatte es wohl einem gefallenen Soldaten gestohlen.

Titus dachte, ich sei wehrlos, und setzte zum Gnadenstoß an. Doch ich neigte den Kopf nach hinten, und die Klinge kratzte mich nur am Kinn, wo sie eine oberflächliche Wunde hinterließ. Das Blut spritzte dem Wachmann auf Gesicht und Oberkörper. Noch nie hatte mir eine gewöhnliche Waffe eine so große Wunde beigebracht, und mir wurde – welch Ironie! – bewusst, dass mein Leben demnächst von einem Sterblichen ausgelöscht werden würde, dessen Spezies ich doch immer hatte beschützen wollen.

Doch plötzlich warf Titus sein Schwert von sich und begann erschrocken, sich im Gesicht zu kratzen. Ich kniff die Augen zusammen und sah, wie er keuchend davonrannte. Sein Gesicht glühte, und auf der Haut bildeten sich Blasen, denen ein unnatürlicher grünlicher Rauch entwich. Matrosen und Aufseher umringten den Verletzten, trauten sich aber nicht, ihn zu berühren.

Als Titus leichenblass und schwer atmend mit verdrehten Augen und entstellter Nase auf die Knie fiel, begriff ich: Das Blut auf seinem Gesicht, *mein* Blut, war kein normales Blut mehr. Früher hatte es mir zu Langlebigkeit verholfen, doch jetzt war es verseucht. Mai Yuns Stachel wütete immer noch in meinen Eingeweiden, und genau das raubte mir meine Kraft. Das Gift hatte schon viele Wesenheiten zur Strecke gebracht – jetzt hatte es die Haut eines Menschen befallen.

Der Leibwächter, der Blume des Ostens festgehalten hatte, ließ sie verwirrt los, und sie nutzte die Teilnahmslosigkeit der Wachen geschickt, um sich zu ducken und aus einem Eimer mit noch frischem Süßwasser, mit dem das Deck gesäubert werden sollte, ihren Beutel zu füllen.

Als Titus kopfüber zu Boden stürzte, quoll aus seiner blutigen, zerfetzten Gesichtshaut eine Übelkeit erregende Mischung aus Eiter, Fleisch und Knochen. Sein Stöhnen brach ab, der Schmerz hörte auf.

Der Italiener war tot.

Aus dem Schreck der Männer wurde zerstörerischer Hass. Wahllos schnappten sie sich Waffen – Stöcke, Ketten, Spieße – und kamen drohend auf mich zu. Blitzschnell hob ich einen Stofffetzen vom Boden auf und drückte ihn auf meine Wunde, um den Blutstrom zu stoppen. Nicht auszudenken, wenn Blume des Ostens oder jemand anderes mit meinem todbringenden Blut in Berührung gekommen wäre!

Langsam schloss sich der Kreis der aufgebrachten Matrosen enger um mich, und ich entschied, dass wir in der Zelle am besten aufgehoben wären.

»Komm, Blume des Ostens«, rief ich auf Mandarin, während ich die rechte Hand nach ihr ausstreckte und mit der linken weiterhin den Stofffetzen auf die Wunde drückte.

Sie verschloss ihren Lederbeutel, rannte zu mir, dann stieg ich in das Loch hinab und schloss eigenhändig das Gitter. Ein Matrose schob den Riegel vor, und für den Rest des Tages sah ich niemanden mehr.

ROM, DIE EWIGE STADT

Der Tag nach Titus' Tod begann regnerisch, und ich hörte, wie die Abergläubischen Neptun, dem Gott der Meere, dem die Schiffer gewöhnlich Opfer darbrachten, die Schuld daran gaben.

»Neptun hat gestern wohl eine Magenverstimmung von dem Geschenk bekommen«, murmelte jemand, auf den Leichnam anspielend, den man ins Wasser geworfen hatte.

In unserer Zelle begann ich schon Pläne zu schmieden, wie wir uns etwas Essbares besorgen könnten, denn die Granatapfelkerne waren aufgebraucht. Vielleicht ließ Alexius ja mit sich reden, aber er würde mich vermutlich nicht empfangen wollen – und wenn doch, was würde er als Gegenleistung verlangen? Blume des Ostens hatte mir mit Gesten zu verstehen gegeben, dass sie lieber sterben würde, als diesem lüsternen Mann ausgeliefert zu sein.

Unsere Lage sollte sich jedoch bald ändern. Zur Mittagessenszeit schob uns jemand zwei Schälchen an den Gitterrand. Es war ein afrikanischer Sklave, der sich wahrscheinlich zum Arbeiten angeboten hatte, und ich vermutete, dass die italienischen Aufseher und die phönizischen Matrosen lieber Sicherheitsabstand zu uns halten wollten.

Der Numider schob den Riegel zurück, und ich nahm die beiden Schälchen entgegen. Darin befanden sich Wasser, Fisch und ein Stück Brot. Eine bescheidene Mahlzeit, aber sie kam zur rechten Zeit. Ich teilte sie mir mit dem Mädchen und stellte die Tonschälchen dann zurück vor das Gitter. Dies sollte sich von jetzt an zu unserer Überraschung Tag für Tag wiederholen.

Ich weiß nicht mehr genau, wer angeordnet hatte, uns zu verpflegen, aber vielleicht war es ein Befehl von Alexius gewesen, der weitere Unruhen vermeiden wollte. Seemänner und Leibwächter beäugten uns nach dem Aufruhr mit hasserfülltem Respekt und angstvoller Wut. Vielleicht dachte der Schieber daran, dass er uns ja noch verkaufen wollte; vielleicht hatte der Kapitän mit ihm ein ernstes Wort geredet; vielleicht wollten die Seeleute uns nicht Neptun überlassen … Ich wusste es nicht zu sagen. Bis heute weiß ich nicht, weshalb wir verschont wurden.

Die Wunde am Kinn heilte rasch, und ich setzte mich auf den schmutzigen, blutigen Stofffetzen, damit Blume des Ostens möglichst nicht mit ihm in Berührung kam. Die Tage vergingen wie im Flug, und so hielt allmählich der Frühling Einzug.

An einem warmen Tag im April, als sich alle Wolken aufgelöst hatten, lief die *Insula Major* in Ostia ein, dem zur damaligen Zeit wichtigsten römischen Hafen. Ich bekam nicht mit, wann das Schiff anlegte, wachte jedoch auf, als mich numidische Sklaven, die bereits nach römischer Manier mit kurzen, zerschlissenen Togen bekleidet waren, aus der Zelle bugsierten. Alexius stand auf dem Deck, überheblicher als je zuvor, jetzt, wo er wieder in seinem Heimatland war.

»Stell dich in die Reihe, Barbar«, quakte er. »Mit deinen Fluchttricks wirst du niemanden mehr täuschen können, spiele also nicht den Schlaumeier!« Dann gab er den Trägern ein Zeichen. »Bringt ihn zur Barkasse«, befahl er ihnen und murmelte einem Wachmann zu: »Ich werde versuchen, ihn vorneweg gehen zu lassen. Der Grieche, der mir diesen Wilden verkauft hat, hat gesagt, er habe das Nubische Fieber. Nubisches Fieber … Die anderen halten mich sicher für einen Idioten.«

Trotz der Dunkelheit merkte ich, dass ich von den Schwarzen zu einem anderen, wahrscheinlich kleineren Schiff getragen wurde, das tiberaufwärts nach Rom fahren würde. Mittlerweile waren mir Sehkraft, Geruchssinn und Gehör nahezu abhandengekommen, und mein Bart war so lang und verdreckt wie der eines Bettlers in der Gosse. Auf meinen Tastsinn konnte ich mich jedoch noch verlassen, und Blume des Ostens war während der ganzen Überfahrt treu an meiner Seite geblieben, sodass ich zuversichtlich und beruhigt war.

Rom, die Stadt der Sieben Hügel. Während der Flussfahrt konnte ich nichts von ihr sehen, weil das Gift meine Augen getrübt hatte. Also versuchte ich, sie mir in Gedanken vorzustellen. Seit meinem letzten Besuch, in den letzten Tagen der alten Republik, war die Ewige Stadt unglaublich gewachsen. In Rom herrschte jetzt ein Kaiser, Cäsar Augustus, der große Bauten und prunkvolle Hallen hatte errichten lassen. Augustus hatte nach eigenen Worten einen Steinhaufen vorgefunden und ihn in eine Marmorstadt verwandelt. Unter seiner Regierung war die Hauptstadt zu unvergleichlicher Blüte gelangt.

Bei seinem Tod 14 n. Chr. sollte der Herrscher der Nachwelt ein großartiges Vermächtnis hinterlassen. Er hatte neue Tempel, Bibliotheken, Theater, öffentliche Bäder und Aquädukte bauen lassen – mit Letzteren wurden das Wasser von den Bergen in die Stadt geleitet und das Abwassersystem versorgt. Aber nicht nur mit Bauwerken hatte sich Augustus einen Namen gemacht: Er war tatsächlich der erste römische Kaiser und herrschte weise und umsichtig. Er hatte einen Verwaltungsapparat ins Leben gerufen, mit dem er alle Bereiche des öffentlichen Lebens kontrollierte und organisierte – sowohl in der Hauptstadt als auch in den eroberten Provinzen in Afrika, Europa und dem Nahen Osten. Endlich hatte er das Reich befriedet und konnte dadurch für das Volk von Rom da sein. Der Kaiser veranlasste die Bildung einer Nachtwächtertruppe, die Brände löschte, denn die waren für eine so bevölkerungsreiche Stadt ein ernstes Problem. Er setzte die sogenannten Stadtkohorten zur Bekämpfung von Verbrechen ein und rief eine persönliche Schutzmannschaft ins Leben, die berühmte Prätorianergarde. Dieser militärische Elitetrupp hatte die Aufgabe, den Kaiser und die Staatsinteressen zu schützen. Er führte Handelserleichterungen ein, indem er praktische Märkte an geeigneten Orten einrichtete, und dachte sich für die Versorgung der mehr als zwei Millionen Stadtbewohner ein System zur Verteilung von Getreide aus.

Ein Schatten fiel auf uns – offenbar fuhren wir mit der Barkasse gerade durch einen breiten, kurzen Steinbogen unter der Serviusmauer hindurch, welche die Stadt zur Zeit des Augustus umgab. In die Mauer waren siebzehn Tore eingelassen, durch die man in ein Labyrinth von überwiegend schmalen Gassen gelangte. Ein Fremder hätte sich dort ohne die Hilfe eines Führers leicht verlaufen, vor allem nachts.

Nicht weit entfernt von diesem Bogen über dem Tiber lag das Emporium, der größte Flusshafen der Stadt. Einst ein bescheidenes Warenlager, war aus dem Gelände während der Republik ein ganzer Lagerhauskomplex geworden, der sich hundert Jahre später bereits einen Kilometer rund um den Anleger erstreckte. Im Emporium gingen wohlhabende Händler ein und aus, und wer dort ankerte, konnte auf schnellen Gewinn hoffen. Doch wie überall, wo es Geld gibt, trieben dort auch Diebe ihr Unwesen, und deshalb waren die Händler immer mit Wachmännern unterwegs, die Knüppel, Messer und improvisierte Waffen dabeihatten – normale Stadtbürger durften in Rom laut einem Gesetz aus der Zeit Julius Cäsars keine Waffen tragen.

Als ich zu mir kam, fand ich mich auf einem Podest wieder, neben mir Dutzende Sklaven, die ihres Schicksals harrten. Irgendjemand hatte meine Handgelenke an einen dicken Pfosten gebunden, zudem konnte ich auch die Beine und meine Taille nicht bewegen. Blume des Ostens war am selben Pfosten angebunden, aber nur an den Armen.

Von oben sah ich, dass man uns auf einen offenen Markt gebracht hatte, einen weitläufigen, belebten Handelsplatz inmitten der Lagerhäuser. Es war schon nach vier Uhr nachmittags, und zu dieser Stunde waren die Läden nach der Mittagspause wieder geöffnet.

Ich hatte es geschafft. Endlich war ich wieder in Rom, und ich lebte noch. Der erste Teil meiner Mission war erfüllt. Shamiras Haus lag nicht weit entfernt – ich musste nur noch dorthin gelangen und sie finden. Doch nach dieser anstrengenden Reise, nachdem ich die halbe Welt umrundet und gegen Geister und Engel gekämpft hatte, fehlte mir die Kraft, um nur einen Meter weit zu gehen. Nur dank des Seils, mit dem ich an dem Pfosten angebunden war, hielt ich mich noch aufrecht. Das Gift floss jetzt zu meinem Herzen, und meine Lebenszeit hatte sich auf wenige Stunden reduziert.

Ich war durch Wälder gewandert, hatte Berge überschritten, Wüsten und Meere überwunden, aber ich schaffte es nicht, durch die Stadt zu laufen.

Bald würde Zamir seinen Plan durchfuhren, und ich konnte nichts mehr daran ändern.

Langsam wurde es Abend.

Auf dem Podest fing Alexius an, mit den Käufern auf der Straße um den Preis der Sklaven zu feilschen. Es entbrannten hitzige Diskussionen, die andernorts mit einer Schlägerei geendet hätten. Doch in Rom gehörte Schreien zum Geschäft, und keiner nahm es übel, wenn er beschimpft wurde, weil er am Ende den Handel erfolgreich abgeschlossen hatte.

Die Versteigerung der Numider war in vollem Gang, bis ein Mann bellte: »Und die Kleine da, neben dem Blonden … Wie viel willst du für die?«

Auf dem überfüllten Marktplatz sah ich einen ziemlich dicken, behaarten Kerl mit schwarzem Bart in Begleitung eines schwarzhäutigen Sklaven. Über einer leinenen Tunika trug er einen weißen, weiten Faltenumhang und zerrte ein kleines hüpfendes Tier an einer Kette hinter sich her, das mir auf den ersten Blick ein Affe zu sein schien.

»Diese Kleine wurde von einer Wanderkarawane aus dem Morgenland gefangen«, log Alexius. »Sie ist die beste Tänzerin des Westens und kennt sich sehr gut mit Orgien aus. Für sie verlange ich 1500 Denare.«

Zu meiner Überraschung schreckte der Käufer nicht vor dieser enormen Summe zurück, sondern grinste überheblich. »In Ordnung, der Preis stimmt!«, sagte er mit einem Kopfnicken. »Aber dir traue ich nicht über den Weg, Alexius. Einmal hast du mir einen Griechen verkauft, der kaum des Schreibens fähig war.«

Alexius tat verärgert. Er nahm sich zusammen, hatte es aber gar nicht gern, vor anderen Kunden diffamiert zu werden, und noch dazu im Emporium. »Du warst mir damals zwei Pferde schuldig«, verteidigte er sich.

»Das ist kein Grund, so hinterhältig zu sein. Du wusstest, dass ich früher oder später bezahlen würde …«, schoss der andere unbeeindruckt zurück. »Aber kommen wir zur Sache. Ich bezahle achthundert Denare für das Mädchen, mehr nicht.«

»Du stürzt mich in den Ruin, Merula!« Offenbar kannten sich die beiden schon länger. »Ich kann sie nicht für weniger als 1300 verkaufen.«

»Mach die Augen auf, Dickwanst! Keiner wird so viel für eine dreckige Göre bezahlen. Nur ich würde so viel für sie bieten, also nimm meine achthundert Denare und gib dich zufrieden. Dein Geldbeutel ist ohnehin schon prall gefüllt.« Er deutete auf das fast leere Podest, auf dem vorhin noch viele Sklaven gestanden hatten.

Alexius fühlte sich gedrängt nachzugeben, wollte sich aber nicht sofort geschlagen geben. »Machen wir es doch so: Du gibst mir tausend Denare und bekommst dafür den Barbaren dazu.«

Ein dritter Käufer, der bis jetzt geschwiegen hatte, mischte sich ein: »Der Barbar ist also zweihundert wert?« Diese Frage brachte Alexius ziemlich durcheinander, und er wiederholte: »Ja … zweihundert Denare.«

Der dritte Mann trat näher heran, und betastete seinen Geldbeutel. Trotz seines grauen Haars war er kräftig und hatte die Haltung eines Soldaten, er wirkte wie ein Offizier im Ruhestand. Begleitet wurde er von zwei Sklaven, jungen Burschen zwischen achtzehn und zwanzig Jahren. »Ich kaufe den Wilden«, entschied er – trotz des hohen Preises für einen kranken Mann.

Merula freute sich diebisch und wandte sich Alexius freudestrahlend zu. »Wie ich sehe, ist die Mathematik meine Verbündete«, spottete er und drängte den Sklavenhändler dazu, sein Angebot anzunehmen.

Der Händler bewahrte die Fassung, obwohl er klein beigeben musste. »Neunhundert Denare!«, beharrte er. »Damit ist unser Streit beigelegt.«

Schon wollte der Bärtige das Geld abzählen, als sich eine Frauenstimme über alle anderen erhob und dem Wortgeplänkel ein Ende bereitete. »Wartet! Unterbrecht das Geschäft! Ich bezahle zweitausend Denare für beide. Das Geld habe ich hier.«

Nicht immer wurde ein Kauf mit Münzen getätigt. Handelsverträge setzten eine Schuld fest, die im Verlauf von Monaten oder Jahren beglichen werden musste. Viele Sklaven in Rom wurden dadurch zu Schuldnern und waren gezwungen, den ausstehenden Betrag mit ihrer Freiheit zu bezahlen.

»Es lebe der Gewinn!«, freute sich Alexius und zitierte eine klassische Redensart aus dem römischen Handel, die oft auf Tafeln eingemeißelt und an Geschäften zu sehen war.

Als die Frau auf das Podest zutrat, machte die Menge ihr Platz, so beeindruckend war ihre Erscheinung. Ohne die Hilfe eines Mannes oder Sklaven stieg sie die Stufen hinauf und überreichte dem Sklavenhändler einen Beutel mit Geldmünzen. Die Käufer verstummten, so verblüfft waren sie über ihre Schönheit. Ihre helle Haut und das schwarze Haar bildeten einen wunderschönen Kontrast zu ihrer sinnlichen Erscheinung. Sie trat entschlossen auf, und jeder ihrer Schritte strich ihre perfekten Rundungen heraus. Sie hatte eine *stola* übergeworfen, eine lange Tunika, wie man sie bei reichen Frauen sah, darüber trug sie einen schwarzen Leinenumhang.

Die junge Frau lehnte sich an den Pfosten und zerschnitt mit einem Messer das Seil, mit dem ich festgebunden war. Aus dem Augenwinkel bemerkte ich, dass es sich nicht um ein gewöhnliches Messer handelte, sondern um eine Ritualwaffe, wie sie Magier bei ihren Zeremonien verwenden. Ich sackte zusammen und wäre hingefallen, wenn die Frau mich nicht gestützt hätte. Behutsam legte sie ihre zarten Arme um meinen Kopf, und ich konnte den süßen Duft ihrer Haut riechen. Erst da erkannte ich sie.

»Shamira!«, stammelte ich, und meine Stimme ging in ein Stöhnen über.

Ja, sie war es! Ich konnte kaum fassen, dass mir das Glück abermals hold gewesen war. Allein hätte ich es nicht bis zu ihrem Haus geschafft, das auf der anderen Seite der Stadt lag, und den Aufsehern hätte ich erst recht nicht entkommen können. Ich pries den glücklichen Zufall, der, wie sich später herausstellen sollte, gar kein echter Zufall war.

»Shamira … Wie hast du mich gefunden? Diese Stadt ist so groß …«

»Irgendwie habe ich gespürt, dass du in Gefahr bist. Ich habe Geistwesen auf deine Fährte angesetzt, aber sie konnten das Meer nicht überqueren, also postierte ich einige als Wachen im Hafen von Ostia und an anderen Orten in Italien. Ich hoffte, du würdest nach Rom zurückkommen, denn ich wusste, dass du noch am Leben warst. Heute früh teilte mir eines der Geistwesen mit, der Abtrünnige Engel sei aus einem Sklavenschiff gestiegen und in die Ewige Stadt gebracht worden.«

Blume des Ostens rieb sich die schmerzenden Handgelenke, wo das Seil einschnitt, und erst jetzt fiel sie Shamira auf. Rasch begriff sie, dass die Kleine und ich während der ganzen Reise zusammen gewesen waren. Außerdem hatten die Geistwesen sie bestimmt über unsere Schifffahrt flussaufwärts informiert.

»Aus deinen Augen spricht große Kraft, meine Kleine«, bekräftigte Shamira, die den Wert des Mädchens erkannte. »Bist du eine der Shang-Töchter?«

Die Shang waren, wie ich später erfuhr, die erste Herrscherdynastie in China, bis sie 1122 v. Chr. von den Zhou-Kriegern besiegt wurde. Die Shang-Könige hatten die Ideogramme entwickelt und besaßen – so sagten die Alten – die Macht, mithilfe von Knochenorakeln mit ihren Vorfahren zu kommunizieren. Das waren mehrere Orakelstäbchen, in die mystische Inschriften eingeritzt waren. Sie stellten ein einzigartiges Medium dar und waren höchst intelligent.

Blume des Ostens nickte, und Shamira begriff, dass sie nicht sprechen konnte, weil man ihr die Zunge herausgeschnitten hatte.

Plötzlich fiel mein Kopf nach vorn, ich hustete Blut und spie eine Mischung aus Speichel und Plasma aus. Instinktiv schnappte sich Shamira einen Stofffetzen und wollte ihn mir auf den Mund pressen, doch ich wehrte ab.

»Dieses Blut ist tödlich«, murmelte ich, und Erinnerungen an das traurige Ende des Leibwächters auf dem Schiff überkamen mich.

»Ich weiß«, gab sie zurück, während sie den roten Fleck am Boden anstarrte. »Aber es besteht keine Gefahr; ich stehe unter einem Schutzzauber.«

Dann wischte sie den Speichelfaden ab, der mir aus dem Mundwinkel lief, und untersuchte das Blut mit den Fingern. Ihr Gesicht verzog sich, denn ihr wurde der Ernst der Lage bewusst. »Gift! Geistergift. Lange wirst du ihm nicht standhalten können. Ich muss dich zu mir nach Hause bringen. Vielleicht kann ich dich noch retten.«

»Nein!«, protestierte ich, denn mir fiel wieder ein, weshalb ich nach Rom gekommen war. »Nein, Shamira. Wir dürfen nicht zurückgehen … Hör mir zu …« Ich konnte kaum sprechen. »Zamir, der alte Magier aus Babel. Er ist nicht im Felsenmeer gestorben, sondern treibt immer noch sein Unwesen. Er war es, der mir diese Falle stellte, und jetzt ist er hinter *dir* her. Dieser verfluchte Beschwörer war es, der Drakali-Toth und die anderen Zaubermeister ermordet hat. Es ist riskant, in dein *domus* zu gehen. Vielleicht liegt er dort auf der Lauer.«

»Ich dachte mir schon, dass er der Mörder ist. Zamir war der größte Feind meines einstigen Mentors«, erwiderte sie nachdenklich. »Aber ich kann dich nicht hierlassen, sonst stirbst du.«

»Wenn wir zu dir nach Hause gehen, sterben wir beide. Du musst fliehen, Shamira, solange dir noch Zeit bleibt.«

Fest drückte sie meinen Arm und zwang mich, mich hinzusetzen. »Nein, Ablon. Falls ich es allein mit Zamir aufnehmen soll, werde ich das tun. Ich bin schon darauf vorbereitet. Aber ich werde nicht zulassen, dass du stirbst. Vor langer Zeit hast du mich vor diesem Häscher gerettet, und jetzt will ich *dir* helfen.«

Ich sah Glück und Zärtlichkeit in ihren Augen, doch dass sie mich so schwach sah, zog ihr das Herz zusammen.

Allmählich leerte sich der Handelsplatz, aber Alexius stand immer noch auf dem Podest und zählte beglückt seine Silbermünzen. In der Ferne stand ein bulliger Kerl und schnitt eine Grimasse, als er mich in den Armen einer schönen Frau sah. Es war Cassius von Kalabrien, der mich am ersten Tag unserer Reise zusammengeschlagen hatte. Mit ihm kam ein Trupp ungehobelter Typen, und die intelligente Shamira begriff, dass er einer derjenigen gewesen war, die mich angegriffen hatten. Einen Moment lang fürchtete ich, sie würde ihre Wut an den Sklavenhändlern auslassen, doch sie besann sich, überwand ihren Zorn und konzentrierte sich darauf, mich von diesen Aasgeiern wegzubringen.

»Komm, wir gehen, Ablon. Diese Ratten sind es nicht wert, dass wir Rache an ihnen nehmen.«

Graziös erhob sie sich und winkte aufs Geratewohl einen einfachen Mann heran, wahrscheinlich ein Handwerker oder Warenträger. Sie bot ihm fünf Sesterze, römische Kupfermünzen, nur damit er mich auf ein Pferd setzte. Allein hätte sie mich nicht tragen können und wollte auch nicht Alexius' raue Gesellen darum bitten.

Da Shamira schon gewusst hatte, dass ich vor ihr im Emporium sein würde, hatte sie zwei gesattelte Pferde mitgebracht, einen grauen Zuchthengst und eine weiße Stute – beides hervorragende Rassetiere. Der Plebejer hievte mich und Blume des Ostens auf den Rücken des Hengsts, und Shamira nahm die Stute. Dann verabschiedete sie den Träger.

Es war fünf Uhr nachmittags, und in weniger als einer halben Stunde würde das Gift meinem Leben ein Ende setzen.

Shamiras Haus stand in einer ruhigen Straße, wie angeklebt am Fuß des Kapitols, einem der sieben Hügel Roms. Der Kapitolinische Hügel, wie er auch genannt wurde, glich einem großen runden Felsklotz und sah mit seinen steilen Abhängen noch genauso aus wie zur Zeit der latinischen Dörfer. In der Vergangenheit hatten sich die sieben Ansiedlungen auf den sieben Hügeln zu einem Bündnis zusammengeschlossen und mit dem Bau einer Mauer begonnen, die einmal die künftige Stadt umgrenzen sollte. Achthundert Jahre später war nichts mehr von den Latinern übrig geblieben. In den ersten Jahren des 1. Jahrhunderts, der Zeit dieses Berichts, dominierte ein Tempelkomplex den Hügel, der in vieler Hinsicht der Akropolis in Athen ähnelte. Das prächtigste dieser Heiligtümer war der Jupitertempel, dessen hintere, von Marmorsäulen getragene Wand am Ende jenes Aprilabends einen bedrückenden Schatten auf das Grundstück mit dem *domus* der Hexe von Endor warf.

Die Sonne ging schon unter, als wir das Augustusforum umrundeten. Zu dieser Tageszeit herrschte in der Stadt bereits weniger Gedränge. Tagsüber konnte sich kein Gefährt mit Rädern durch die Gässchen zwängen. Rom hatte damals zwei Millionen Einwohner, und ein so intensives Hin und Her von Wagen hätte die breiten Prachtstraßen in einen Hexenkessel verwandelt. Zudem mussten arme Leute zu Fuß gehen, während sich die Reichen in Sänften oder von Pferden tragen ließen.

Als wir Shamiras *domus* erreichten, war es schon fast Nacht. Die Adelshäuser hatten hohe Fassaden mit Holzbalken und Ziegelwänden, die mit einer soliden Mörtelmasse überzogen waren. Das Dach war mit schuppenartig sich überlappenden Ziegeln gedeckt, den Fußboden schmückten Mosaike, auf denen Fabelwesen und legendäre Helden abgebildet waren. Hinter einer mächtigen Doppeltür führte ein überdachter Gang ins Atrium, den zentralen Raum des Hauses mit seiner typischen Dachöffnung, die für die Raumbelüftung sorgte. In den Boden war unter den Lüftungsschlitzen ein kleines, mit Statuen geschmücktes Becken eingelassen, in dem Regenwasser aufgefangen wurde. Dort erfrischten sich die Römer an heißen Tagen. Rings um das Atrium lagen die Zimmer, eine Treppe führte ins zweite Geschoss und weiter zum *tablinum*, einem Empfangsraum, der häufig auch als Studierzimmer diente. Daran anschließend ging es weiter zu einem weiteren, von einer Säulenhalle umgebenen Innenhof, dem Peristyl. In der Mitte des Innenhofs gab es in fast allen römischen Residenzen eine Ecke mit einem Heiligtum für die Hausgötter. Rechts vom Peristyl lagen der Speiseraum und die Küche, linker Hand weitere Zimmer, die manchmal zu Werkstätten oder Schreibstuben umfunktioniert waren.

Als die Pferde vor dem *domus* stehen blieben, weckte mich Shamira.

»Ablon, raff dich noch ein letztes Mal auf. Wir müssen ins Haus kommen!«

Beim Klang ihrer Worte schnellte ich aus dem Sattel und kam irgendwie auf die Füße. Da sie merkte, wie mich meine Kräfte immer mehr verließen, hielt sie mich mit einer Hand fest, mit der anderen stieß sie die schwere Holztür auf. Da meldete sich ein letztes Mal mein Gefahrensinn, den ich schon verloren geglaubt hatte, und warnte mich vor einer Bedrohung.

»Shamira, irgendetwas stimmt hier nicht«, beharrte ich. »Wir können nicht hinein. Drinnen lauert der Feind.«

Die Nekromantin blieb ruhig und zuversichtlich und kümmerte sich nicht um meine Warnung. Stattdessen sah sie mir tief in die Augen und küsste mich zärtlich aufs Gesicht. »Krieger, du musst mir vertrauen. Wir haben nichts zu befürchten.« Damit schob sie mich in den Korridor, dicht gefolgt von Blume des Ostens.

Das Haus war in ein unheimliches Halbdunkel getaucht, denn der Abend dämmerte, und es gab keine Bediensteten, die die Laternen hätten anzünden können. Wir gingen durch den Korridor zum Atrium. Und dann geschah, was ich befürchtet hatte.

Wie eine Ratte in der Dunkelheit sprang eine schlanke Gestalt aus dem Schatten. Sie lehnte sich an die gegenüberliegende Wand und versperrte uns den Weg zum Peristyl. Ich konnte sie nicht deutlich erkennen, doch mir war klar, dass sie sich langsam näherte, während sie gleichzeitig eine magische Beschwörungsformel intonierte. Shamira ging voraus, um ihren Körper als Schild einzusetzen. Blitzschnell wich Blume des Ostens zurück und suchte Schutz im Eingangskorridor.

Plötzlich erhellte ein geheimnisvolles, flackerndes Licht das Atrium, und ich sah die Hände des Angreifers, um die grüne Flammen züngelten. Auf seinen Befehl hin schoss mit unglaublicher Geschwindigkeit eine Feuerkugel von seinen Fingerspitzen quer durch den Raum und explodierte, als sie gegen Shamira prallte. Ihre Kleidung löste sich in Staub auf. Nunmehr nackt, verlor Shamira das Gleichgewicht und stürzte zu Boden. Verletzt schien sie aber nicht zu sein. Der Ritualdolch, den sie unter ihrem Umhang getragen hatte, war noch heil, aber durch den heftigen Aufprall fortgeschleudert worden.

Die Gestalt kam näher, doch Shamira wich ihr aus. Wie betäubt kroch sie auf eine der Seitentüren zu, die wahrscheinlich in ein gewöhnliches Zimmer führte. Ohne ihre Hilfe übermannte mich die Schwäche.

Plötzlich tauchte der Schatten aus der Finsternis auf und kam auf mich zu. Ich hob den Kopf und sah den Feind – einen Mann mittleren Alters, mager, groß, mit gebräunter Haut und schmaler Nase. Seinen Spitzbart hatte er – vielleicht über all die Jahre hinweg – behalten. Die mandelförmigen Augen waren genauso unauffällig geschminkt, wie es bei den Babyloniern Brauch gewesen war. Nur seine Kleidung hatte sich verändert, denn jetzt trug er eine lange schwarze Tunika über einem Baumwollgewand.

Es war Zamir, der Zauberer der Wüste. Im letzten Abendlicht zeichnete sich sein Gesicht deutlicher ab.

»Was machst du denn hier?«, fragte er erstaunt. »Ich dachte, ich hätte dich mit dem Hinterhalt im Tin-Sen-Wald erledigt.«

Ich konnte nicht sprechen, da sich meine Muskeln durch das Gift verkrampften.

»Zum Glück habe ich ein paar Vorsichtsmaßnahmen ergriffen, damit deine unerwartete Anwesenheit meinen Zeitplan nicht durcheinanderbringt«, fuhr er fort und fügte mit einem Blick auf meinen erbärmlichen Zustand hinzu: »Und zwar so gut, dass du mir bestimmt nicht hinderlich werden kannst.«

Mir fiel auf, dass in seinem Blick weder Überheblichkeit noch Jubel lagen. Für ihn war dieser Mord eine ganz gewöhnliche Aufgabe, ein Alltagsbeschäftigung. »Ich werde meine offene Rechnung mit der Magierin begleichen und dann entscheiden, was ich mit dir mache. Wie bedauerlich, dass dein Blut schon verseucht ist. Sonst könnte ich es hervorragend bei meinen Zeremonien verwenden.«

Furchtlos drehte er uns den Rücken zu und ging zu der Tür, durch die Shamira hereingekommen war. Ich nahm alle Kraft zusammen und trat einen Schritt nach vorn, doch eine unerwartete Macht gebot mir Einhalt.

Mich umgab eine unsichtbare, mystische Wand. Da fiel mein Blick auf den Boden, und ich sah, dass ich tatsächlich in einem magischen Zirkel gefangen war, einem Zirkel, wie ihn die Hexer verwendeten, um Geister zu bannen, der aber auch bei Wesen aus Fleisch und Blut wirkte. Der Kreis war mit Kohle gezeichnet und mit Inschriften versehen worden, die ich nicht entziffern konnte. Seltsam war, dass sowohl Shamira als auch Blume des Ostens in dieses Siegel getreten, von der magischen Kraft aber nicht zurückgehalten worden waren. Und ausgerechnet ich, ein himmlisches Wesen, das gegen diese Art von Zauberei gefeit sein sollte, war dem Magier in die Falle gegangen. Ich vermutete, dass es sich hier um ein gezieltes Ritual für eine ganz bestimmte Wesenheit handelte. Anfangs war es mir unverständlich, wie der Beschwörer diese Wirkung erzielt hatte, doch dann fiel mir ein, dass er im Tin-Sen-Wald eine Feder von mir benutzt hatte, um seinen Beschwörungszauber zu wirken und mich in diesen höllischen Urwald zu locken.

Zamir nahm sich nicht die Zeit, mir seine Taktik zu erläutern, sondern öffnete die Tür und verschwand in der Finsternis, Shamira auf den Fersen.

WIE EIN FISCH AN DER ANGEL

Die folgenden Ereignisse habe ich nicht miterlebt. Alles, was ich darüber weiß, hat mir Shamira Jahre später bei meinem zweiten Rombesuch erzählt. Zu dem Zeitpunkt, als Zamir seinen Plan in die Tat umsetzen wollte, lag ich in dem magischen Siegel, das mich in einem unsichtbaren Zirkel gefangen hielt, im Sterben.

Sobald der Beschwörer sicher war, dass ich ihm nicht mehr gefährlich werden konnte, trat er durch die Zimmertür, doch statt eines kleinen Schlafgemachs mit einer vor Schreck erstarrten Frau sah er nur eine schmale, steinerne Stiege mit feuchten Wänden, die vermutlich in einen Keller hinabführte. Unterirdische Bauten waren für römische Adelshäuser eigentlich ungewöhnlich, doch der Hexer dachte sich nichts dabei und ging weiter.

»Wie ein Fisch an der Angel«, sagte Zamir und begriff nicht, weshalb sich Shamira an einen Ort geflüchtet hatte, von dem es bestimmt kein Entrinnen gab.

Die Treppe endete in einem viereckigen, offensichtlich leeren Gemach mit hohem Dach. Die Nischen dieses großen Raums lagen jedoch im Dunkeln, sodass der Hexer nicht alles erkannte. Doch er fand, wonach er gesucht hatte: Auf dem Steinboden, noch ganz benommen vom Aufprall der grünen Feuerkugel, lag

Shamira nackt auf dem Rücken. Dieses Feuer, auch Feuer der Xahra genannt, entsteht nicht bei einer Verbrennung auf der Erde wie normale Flammen, sondern brennt und existiert nur auf der Astralebene. Darum lässt es sich nicht mit Wasser, Wind oder durch andere weltliche Methoden löschen. Dieser Zauber hat eine scheußliche Wirkung – nicht der Körper des Opfers, sondern seine Seele nimmt Schaden. Ist der Geist erst zerstört, erlischt die gesamte Essenz des Betreffenden, und der endgültige Tod tritt ein. Nicht nur das Fleisch stirbt – es bedeutet das Ende des Daseins.

Die unbekleidete Shamira stand auf, den Blick fest auf Zamir geheftet, der an der Türschwelle stand und ihr damit den einzigen Fluchtweg abschnitt.

»Bald ist mein Vorhaben abgeschlossen«, sagte er siegesgewiss.

»Du hast also Drakali-Toth ermordet?«, fragte Shamira, obwohl sie die Antwort kannte.

»Ermordet ist nicht das richtige Wort. Ich habe ihn sozusagen *besiegt* und war berechtigt, ihn zu töten. Dann habe ich das Wissensritual an seinem Geist durchgeführt und seine Kräfte in mich aufgenommen. Eigentlich war es gar nicht so schwierig.«

»Und was ist mit den anderen Zaubermeistern?«

»Ich muss gestehen, dass sie dasselbe Schicksal ereilte. Sie waren mir eigentlich nicht ebenbürtig, aber das werfe ich ihnen nicht vor. Wer kann mir überhaupt das Wasser reichen? Ich bin und war der größte Magier auf Erden, doch durch deine Machenschaften und die des Abtrünnigen Engels in Babel wurde meine Nation und alles, was sie für mich bedeutete, begraben.« Plötzlich wirkte er wehmütig. »Ah, Hexe, wenn du wüsstest, welche Zukunft ich für mein Land vorgesehen hatte, in jener Zeit jenseits der Welt, jenseits der Geschichte … Aber sieh es nicht als Rache. Ich möchte nicht unnachgiebig erscheinen. Du hast klug gehandelt und den Triumph verdient.«

»Du bist so verwirrt wie dein alter König, Zamir.« Shamira meinte ein höhnisches Grinsen über sein Gesicht huschen zu sehen.

»Nimrod war nie König über irgendetwas. Er war ein Verlorener. Seit seiner Kindheit habe ich ihn manipuliert. Der wahre Herrscher über Babel war ich. Wenn du in den Flammen des grünen Feuers stirbst, habe ich wieder freie Bahn und werde auf den Ruinen der alten Nation eine neue gründen. Sobald ich mein Vorhaben ausgeführt habe, werde ich nicht mehr Zamir der Beschwörer sein, und erst recht nicht Zamir der Nekromant, sondern Zamir der Erzmagier, der Große Magier, der einzige Meister aller Magieschulen.«

Da Shamira stumm blieb, fuhr er fort: »Ich weiß, dass meine Forderung etwas merkwürdig ist, aber ich bitte dich inständig, mich nicht zu verurteilen. Ich bin kein schlechter Mensch, sondern nur das Ergebnis der unvermeidlichen menschlichen Entwicklung. Schließlich haben wir beide, du und ich, es Gott Jahwe zu verdanken, dass wir menschliche Wesen sind.«

Shamira hatte genug von seinen hochtrabenden Worten. »Ich sehe, dass es dir mit deinem Wunsch sehr ernst ist. Hartnäckigkeit ist eine wertvolle Eigenschaft. Aber ich kann nicht behaupten, dass es mir leidtäte, deine Pläne zu durchkreuzen.«

Verwirrt runzelte er die Stirn. Sie war doch längst erledigt und besiegt! »Was kannst du mir schon anhaben? Deine Geister anrufen? Ein Siegel auf den Boden zeichnen und hoffen, dass ich hineintappe? Dazu bleibt keine Zeit mehr, Mädchen. Dein kurzes Abenteuer als Magierin ist hiermit zu Ende.«

Mit lauter Stimme stieß er einen Schwall magischer Formeln aus, und das Feuer der Xahra leuchtete wieder um seine Hände, die sich auf den letzten vernichtenden Schlag vorbereiteten.

Doch bevor sich wieder eine Feuerkugel bildete, tauchten die Flammen, die aus Zamirs Fingerspitzen züngelten, den Raum in helles Licht, das bis in die Nischen in den Wänden reichte. In jeder standen antike Statuen aus geschwärztem Metall, die antike Idole, babylonische Idole, darstellten. Es waren Stammesikonen – aber nicht die angesehenen Aristokraten, die einst in der Stadt geherrscht hatten, sondern Gestalten von Armen und Sklaven.

Erst beim Anblick dieser Statuen begriff Zamir, dass er sich in einem eigens eingerichteten Heiligtum befand und der Schleier der Wirklichkeit hier unten unglaublich dünn war. Und er erinnerte sich auch, woher diese Standbilder stammten. Schreckerfüllt wurde ihm ihr wahrer Zweck klar. »Es sind Gestalten aus Babel ... Aber wie ist das möglich? Die Stadt wurde doch von den Sandmassen verschluckt.«

»Seit ich von der Ermordung des ersten Magiers vor etwa hundert Jahren erfuhr, hatte ich den Verdacht, dass du damit zu tun haben könntest. Bevor ich nach Rom kam, reiste ich lange in Asien umher und fand diese Gegenstände in der Wüste. Sie haben keine besondere göttliche Bedeutung, aber ich brauchte ja nur ein paar Fragmente aus der alten Stadt, und mit ihnen habe ich dieses Heiligtum eingerichtet.«

»Aber wozu? Zu welchem Zweck?«, fragte Zamir erregt.

Shamira antwortete nicht – es war nicht nötig.

In der Luft tauchten Astralwesen auf; sie waberten wie Rauch und nahmen allmählich Gestalt an. Es waren Gespenster mit durchscheinenden, unberührbaren Körpern, die sich an diesem abgeschlossenen Ort, wo die Membran brüchig und hauchdünn war, sehr wohlfühlten. Für sie war das Heiligtum errichtet worden.

Entsetzen zeigte sich im Gesicht des Magiers, als er die Geistwesen erkannte. Es waren die Geister der Sklaven, die vor 2300 Jahren den Turm zu Babel gebaut hatten. Seit ihrem physischen Tod waren diese Seelen auf der Erde gefangen und konnten nicht in den Himmel gelangen, solange der Architekt jenes unglückseligen Bauwerks lebte. Der Geist der ersten Sklaven von Babel, die beim Bau der Silberpyramide während Kuschs Regierungszeit gestorben waren, wurde befreit, als die Söhne Jaffés den Monarchen gefangen nahmen und zum Tod verurteilten. Doch die zweite Gruppe, jene Sklaven, die bei meinem Angriff auf die

Hauptstadt rebelliert hatten, waren gestorben, ohne über ihren Übeltäter zu richten. Sie konnten erst dann ins Paradies eingehen, wenn diese Aufgabe abgeschlossen war – und das sollte in wenigen Augenblicken geschehen.

»Diese Gespenster waren früher einmal Sklaven, die unter den Peitschenschlägen deiner Männer starben«, erklärte Shamira.

»I-Ich?«, stammelte Zamir, »was habe ich diesen Leuten denn angetan?«

»Du hast damals in Babel geherrscht, und sie sind die Arbeiter, die den Turm gebaut haben. Erkennst du sie denn nicht?« Allein der Anblick der Gespenster war dantesk. Genau wie die Geister von Henoch wanden sich auch diese mit grauenvoll verzerrten Gesichtern.

»Arbeiter? Sklaven?« Zamir schien den Verstand zu verlieren. »Aber ich kenne sie doch gar nicht!«

Eines der Geistwesen baute sich vor ihm auf, und als der Hexer es erkannte, wich er zurück. Langsam schälten sich die Umrisse einer uralten Frau aus dem geheimnisvoll wabernden Nebel. Der Dunst verzog sich, und das Antlitz der Alten wich dem Bild eines blutjungen Mädchens mit dunkler Haut, feinen Zügen und glattem Haar. Eine Stimme, die eher wie ein Rauschen klang, hallte im Keller wider.

»Erinnerst du dich nicht an mich, Zauberer?«, fragte der Geist des Mädchens mit dumpfer Stimme, und Zamir gefror das Blut in den Adern. »Ich bin Adnari, eine der Sklavinnen des Palasts.«

Vielleicht erinnerte sich Zamir in seiner Angst tatsächlich nicht an sie. Er versuchte, den Spuk zu vertreiben, und rief den Astralwesen zu: »Ihr seid doch nur gequälte Geister! Ihr könnt mir nichts antun, ihr könnt mir nicht drohen!«

»Nein, Zamir. Hier in diesem Heiligtum haben wir uneingeschränkte Macht!«, gab Adnari mitleidlos zurück.

Und es stimmte. Zamir, der bei der Ermordung von Drakali-Toth seine Beschwörungskünste eingesetzt hatte, war dies schon klar geworden, als er die Gespenster erblickt hatte. Dennoch fiel es ihm schwer, seine Sünde einzugestehen. Es hätte bedeutet, seine Niederlage zuzugeben und sich damit abzufinden, dass er nun schon zum zweiten Mal von Shamira besiegt worden war. Er konnte nicht vernichtet werden! Er war der größte Magier der Welt, der Einzige, der noch in Babel mit uralter Magie in Berührung gekommen war, mit den Überbleibseln der henochischen Magie, den Geheimnissen der Ahnenwelt. Wer, der bei Trost war, würde es wagen, ihn herauszufordern? Er hatte sich mit den großen Magiern gemessen und sie alle besiegt. Wie sollte ihn eine Frau, ein Mädchen überwältigen?

»Wie ein Fisch an der Angel«, sagte Shamira, seine eigenen Worte wiederholend.

Der Hexer saß in der Falle. Genau wie bei meinem Angriff auf den babylonischen Soldatentrupp im Felsenmeer packte ihn auch jetzt die Verzweiflung. Er war verloren, und ihm blieb nur noch die Flucht – er musste rennen wie ein verschrecktes Kind, doch auch das hätte ihn nicht gerettet. Er drehte sich um und spannte die Muskeln, um über die Treppe aus dem Heiligtum zu fliehen. Wenn er den Keller verlassen könnte, wäre er frei! Draußen, wo der Schleier dicht war, würden ihn die Gespenster nicht bedrängen können.

Doch ehe er losrennen konnte, griffen die Gespenster an.

Ihre durchscheinenden Formen rückten zusammen und bildeten einen Nebelkreis um Zamir. Andere versperrten den Ausgang, indem sie eine Nebelwand auftürmten. Wieder andere griffen nach ihm. Ihre Arme drangen durch das Fleisch des Magiers bis zu seinem Geist vor. Ihre Finger wurden zu spitzen Krallen, mit denen sie ihrem Feind die Seele aus dem Leib rissen. Als Erstes entwich sein Geist, doch der Beschwörer wehrte sich, indem er sich mit aller Kraft an seiner irdischen Hülle festklammerte. Schmerzgepeinigt verdrehte er die Augen, seinem Mund entrang sich ein angsterfüllter Schrei, bis die Wesen seine Seele vollständig herausgesaugt hatten. Die Nebelschwaden verschluckten ihn, und Zamirs Geist verschwand im Rauch.

Auf der physischen Ebene erstarrte der zitternde Körper und krümmte sich am Boden zusammen. Dann begann ein grauenvolles, ungeheuerliches Schauspiel: Mit unglaublicher Geschwindigkeit wurde die Haut des Toten faltig, sein Körper begann zu welken. Die Augenhöhlen lösten sich auf, die Haare begannen zu wachsen. Unmittelbar darauf zerfiel das Gewebe, die Organe schrumpften. Die Oberhaut klebte an den Knochen fest, bis sie ausgetrocknet war. Dann wurden Schädel, Zähne und Knochen brüchig, und zum Schluss zerfiel alles zu Staub. Mit dem Blut der Abtrünnigen Ishtar hatte Zamir sein Leben auf unnatürliche Weise unendlich verlängert. Jetzt, mit seinem Tod, forderten die Jahrhunderte ihren Tribut und forderten innerhalb von Sekunden alles ein, was ihnen zustand.

Als diese fürchterliche Szene vorbei war, verschwanden die Gespenster. Sie waren nun für immer frei.

So starb Zamir, der Häscher, und mit ihm alles, was von dem sagenhaften Babel, jener verfluchten Stadt, noch übrig geblieben war.

Aus den Augen, aus dem Sinn …

Ein Weg voller Blut

Shamira verlor keine Zeit. Sie stolperte die Treppe hinauf und rannte ins Atrium zurück, wo ich, umgeben von der unsichtbaren Wand, noch immer am Boden lag.

Eine kalte Nacht war angebrochen und kündigte mein Ende an. Bald würde mein Leben erlöschen. Mein müdes, vom tödlichen Gift geschwächtes Herz schlug nur noch langsam. Ich konnte mich nicht mehr rühren, meine Muskeln versagten völlig. Nur schwach konnte ich noch etwas wahrnehmen.

Das Gift hatte mich überwältigt.

Als Shamira im Atrium erschien, dachte ich, sie sei ein letztes Wahnbild. Für mich war es unvorstellbar, dass sie es mit Zamir aufgenommen hatte, geschweige denn ihn besiegt hatte – und doch war es so. Vielleicht hatte sie schon immer die Macht dazu besessen. Shamira war am Leben und unverletzt, und dies war mein letzter Wunsch. Meine Mission war zu Ende.

Shamira trat in den magischen Zirkel, der ihr nichts anhaben konnte, und umarmte mich. Sie und Blume des Ostens waren gerettet. Ich selbst wusste ja seit dem Kampf gegen die Reißvögel, dass mich das Gift bis zu meinem Tod verfolgen würde – weshalb also wollte sie mich unbedingt am Leben erhalten? Warum weigerte sie sich, mich der Leere zu überlassen?

Ich öffnete die Augen und blickte in Shamiras helles Gesicht. Sie weinte, und hinter ihr schluchzte eine kleine Silhouette im Dunkeln: Blume des Ostens.

»Ablon, sei tapfer«, flehte Shamira, »du kannst nicht sterben – du *wirst* nicht sterben.«

»Ich habe meinen Auftrag erfüllt, zumindest teilweise, und darauf bin ich stolz. So sind wir Kriegerengel eben. Der Tod ist nur das Ende unserer Reise.«

Ein Sturzbach aus Tränen lief ihr über das zarte Gesicht. »Wie soll ich denn ohne dich leben? Du hast mir das Leben gerettet, hast mir eine neue Chance gegeben. Und jetzt, was wird jetzt sein?«

»Jetzt wirst du allein weiterleben, Shamira. Mein Weg ist von Blut gezeichnet.«

Nein!, sagten ihre Augen. Sie wollte mich nicht gehen lassen, wollte nicht, dass *ich* sie zurückließ. Ihre Lebenskraft war extrem, göttlich. Ohne sie hätte ich mich von der Nacht in die ewige Leere des Daseins mitnehmen lassen. Die Einheit des Kosmos rief nach mir, doch das Universum konnte warten.

Shamira streckte den Arm aus und fand in einem dunklen Winkel ihre magische Waffe, die ihr aus dem Umhang gefallen war, als die Feuerkugel sie getroffen hatte. Spielerisch richtete sie den Dolch auf mich, und einen Moment lang verstand ich nicht, was sie vorhatte.

»Du musst jetzt tapfer sein, Krieger. Du darfst nicht sterben«, wiederholte sie entschlossen, ihr Tränenstrom versiegte.

Mit der rechten Hand hob sie den Dolch zum Angriff, mit der anderen tastete sie meine Rippen ab, und ich begriff, wonach sie suchte: nach meinem Herz. »Ablon, halte durch! Du *wirst* nicht sterben«, sagte sie noch einmal. »Ich liebe dich.«

Bevor ich reagieren konnte, spürte ich einen Stich in der Brust. Mit äußerster Präzision hatte sie mir die Dolchklinge in die Haut gestoßen und die Hohlvene einen Zentimeter unter dem Herzmuskel aufgeschlitzt. Als das Metall ins Fleisch drang, gab es ein dumpfes Geräusch. Für eine lange, unvergessliche Sekunde geschah nichts, dann spritzte das Blut.

Zuckend schoss ein Strahl aus Plasma und Blut in die Höhe, eine große Lache breitete sich auf dem Mosaikboden aus und floss über das magische Siegel.

Ich kann mich nicht erinnern, später noch einmal etwas Derartiges gesehen zu haben.

Dann verlor ich das Bewusstsein.

Dreissig Jahre

Es war, als würde ich mit atemberaubender Geschwindigkeit nach unten gezogen. Eine Kraft, nicht geringer als eine göttliche, riss mich in den tiefsten aller Abgründe, dann ließ sie mich los. Ich fühlte, wie mein Körper schwebte, und dann stieg ich auf, allein, schwerelos, bis mein Gesicht durch die Wasseroberfläche stieß und ich auftauchte.

Unzählige neue, längst vergessene Eindrücke riefen mich ins Leben zurück. Luft erfüllte meine Lungen und bescherte mir einen Strudel intensiver Aromen. Ich nahm wieder den Duft der Blumen wahr, die dem Frühling Farbe verliehen, den Geschmack des Regens, den Geruch der Erde. Ich war wieder lebendig. Oder befand ich mich schon jenseits der Dunkelheit, war dies der Weg nach dem Ende?

Schwach konnte ich ein diffuses Licht ausmachen – meine geschärften Sinne waren zurückgekehrt, und ich konnte Stimmengemurmel durch die Wände hören. Ich breitete die Arme aus und merkte, dass ich in einem länglichen Etwas zusammengepresst war, als wäre ich in eine offene Kiste gezwängt. Über mir gab es nur ein hohes, dunkles Dach aus Kalkstein. Ich setzte mich auf.

Als ich meine Umgebung genauer betrachtete, fiel mir auf, dass ich offenbar in einem Sarkophag lag, der randvoll mit einer farblosen, von roten Blutklumpen durchsetzten Flüssigkeit war. Auf der Oberfläche schwammen perforierte Pflanzenteile oder Kräuter – Kräuter mit durchdringendem Geruch. Die Kiste stand auf dem Boden in der Mitte eines leeren Saals, in den ringsherum Nischen mit seltsamen Eisenstatuen eingelassen waren. In der einen Ecke befand sich eine Rundbogentür, dahinter führte eine Treppe nach oben. Es war kein Saal, sondern ein unterirdischer, feuchter Raum. Der Druck der Atmosphäre verriet mir, dass ich mich wenige Meter unter dem Erdboden befand. Meinem Empfinden nach hatte ich einen ganzen Tag lang in dieser duftenden Flüssigkeit gelegen, denn es war schon Morgen. Sonnenstrahlen drangen durch die Tür und zeichneten Lichtmuster auf den Boden.

Doch ich war in diesem rätselhaften Raum nicht allein. An der Wand lehnte, fast so reglos wie eine der Eisenfiguren, eine Frau und beobachtete mich. Als sie sah, dass ich mich aufrichten wollte, kam sie mit kleinen Schritten näher. Ihr Gang und der Geruch ihrer Haut ließen keinen Zweifel – es war nicht Shamira. Aber wer dann? Meine Adleraugen sahen, dass sie klein und schlank war und schöne orientalische Züge hatte – trotz ihrer römischen *stola*. Die Frau war schon vom Alter gezeichnet, und ich schätzte sie auf über vierzig Jahre, trotz ihrer anmutigen Gesten und ihren Mädchenaugen. Nur eine Person hatte einen solchen Blick.

»Blume des Ostens?«, krächzte ich. Mein Hals war noch ganz rau.

Ich hatte mich nicht getäuscht. Das war Blume des Ostens, die kleine Chinesin, der ich im Fernen Orient begegnet war, als mich die Griechen mit ihrer Karawane mitgenommen hatten. Doch was war mit ihr geschehen? Inzwischen war sie kein junges Mädchen mehr, sondern eine Frau.

»Wir haben auf deine Genesung gewartet, General«, sagte jemand, der die Treppen herunterkam.

»Shamira«, murmelte ich, mich an den Seitenwänden des Sarkophags festklammernd. »Was ist denn hier passiert?«

Sie sah erst Blume des Ostens, dann mich an. »Die Magie der Ahnen und die chinesische Medizin haben dich zurückgeholt«, erklärte sie.

»Aber das ist nicht wirklich unser Verdienst. Ich habe gesagt, dass du nicht sterben würdest. Du bist viel zu stark, um dem Angriff eines Geistes zu unterliegen.«

»Aber das Gift …?«

»Dein Körper hat es ausgeschieden, und es wurde von den Kräutern, die im Wasser treiben, absorbiert.« Sie zeigte auf den Sarkophag, und erst jetzt bemerkte ich, dass meine Brust kleine, oberflächliche Schnittwunden aufwies, durch die vermutlich das Gift abgeflossen war. »Während du schliefst, wurdest du gereinigt«, fügte sie mit einem Blick auf die Chinesin hinzu, die jetzt merklich gereift war. »Und das hat ziemlich lang gedauert.«

»Deshalb kommt es mir vor, als sei Blume des Ostens gealtert.«

»Die Überreste des Gifts hätten dich irgendwann töten können, deshalb musste dein Blut vollständig erneuert werden. Ein Rückfall hätte fatale Folgen gehabt. Ich habe mich eingehend mit diesen Geistern beschäftigt und Zamirs Fährte aufgespürt. Dabei entdeckte ich, dass Skorpiongift im Körper bleibt und nur schwer ausgeschieden wird. Es schlummert so lange, bis ein neuer Zwischenfall es weckt. Dann wirkt es sofort, und zwar noch zerstörerischer.«

Winterschlaf. Schon zum zweiten Mal war ich in eine Art natürlichen Winterschlaf gefallen. Vielleicht war das ein innerer Schutzmechanismus, eine Art, wie mein Körper auf eine Gefahr reagierte. Aber wie lange hatte ich geschlafen? Es schienen weder Tage noch Monate, sondern Jahre vergangen zu sein, viele Jahre. Was war in dieser Zeit wohl alles geschehen? Wie stand es um die Welt?

Noch leicht benommen erhob ich mich und stieg aus dem Sarkophag, während die letzten Reste meines verseuchten Blutes an mir herunterrannen. Ich konnte bereits spüren, wie meine Muskeln erstarkten und mein Herz anfing, wieder regelmäßig zu schlagen – meine Schwäche war verflogen. Ich war am Leben, stark, geheilt, und das verdankte ich diesen beiden Frauen, die alles getan hatten, um mich vor der Leere zu retten. Mit nichts hätte ich diesen Akt der Liebe wiedergutmachen können. Ich sah erst die Chinesin, dann Shamira dankbar an. Und als mir ihre weiche Haut auffiel, erinnerte ich mich auch wieder an das, was sie in jenem letzten Augenblick, bevor sie mir das Messer in die Brust gestoßen hatte, gesagt hatte.

»Shamira, bevor ich in die Starre fiel, hast du gesagt …«

»Ablon, dafür haben wir jetzt keine Zeit. Du musst deinen Auftrag zu Ende führen«, unterbrach sie mich.

Mein Auftrag! Nathanael, Jerusalem, das Heilige Kind! Nachdem ich Shamira vor Zamir gewarnt hatte, hätte ich mich mit dem Ophanim und seinen Engeln treffen müssen. Konnte ich die Suche überhaupt noch fortzusetzen?

»Blume des Ostens hat mir alles erzählt, was sie über dein Vorhaben wusste«, erklärte Shamira. »Es ist noch Zeit, aber du musst dich beeilen. Die Legionäre, die in Palästina dienen, treffen am Hafen von Ostia mit Nachrichten über diesen Mann ein, der sich

König der Juden nennt. Vermutlich ist dies der Heiland, den du suchst. Aber du musst sofort aufbrechen, er ist in Gefahr.«

Aber konnte ich ihm überhaupt helfen? Allein bestimmt nicht. In meiner Vorstellung musste es jemand sein, der himmlische Macht und einen freien Willen besaß. Ein großartiges Wesen. Wären Nathanaels Schar und ich in der Lage, ihn zu verteidigen? »Wie lange habe ich geschlafen?«

»Es sind dreißig Jahre vergangen.«

»Dann darf ich wirklich nicht einmal eine Minute zaudern«, gab ich zurück, und sofort ging es mir besser.

Die beiden Frauen brachten mich ins Atrium an die Treppe, die vom Keller wegführte. Es war wieder Frühling, und die Sonne spiegelte sich auf den Dachziegeln. In der Ferne hörte ich geschäftiges Summen und schloss daraus, dass die Läden in Rom gerade geöffnet hatten. Es war sicher noch vor sieben Uhr am Morgen. Ich ging mit den beiden zum *tablinum*, einer Art Wohnraum mit zwei breiten Türen an beiden äußeren Enden. Eine von ihnen führte ins Atrium, die andere in den angrenzenden Innenhof.

Den Raum schmückten vier Liegen, und auf einer lag ein Kleidungsstück. Blume des Ostens deutete mit der Hand darauf, und ich begriff, dass es sich um ein von ihr angefertigtes Geschenk handelte. Es sah aus wie ein chinesischer Kimono, war aber aus Leinen gefertigt und dann silbern eingefärbt. Die Bluse war bis zum Hals mit kleinen Fadenknöpfen geschlossen und reichte bis auf die Hüften. Die dunkle Hose war auf dieselbe Weise gefertigt, und mit den Lederstiefeln sah diese ausgefallene Kleidung zeitlos aus. Neben dem Kimono lag ein Paar Armschienen, ähnlich denen, die ich in Turfan an Chinas Grenze erstanden hatte. Es war kein Prunkgewand, aber praktisch und robust. Die Chinesin kannte meine Vorlieben.

Bevor ich mich ankleidete, wusch ich mich noch in einem einfachen Bottich und stutzte meinen Bart. »Die Schnittwunden an meinem Körper sind verheilt«, bemerkte ich, bevor ich den Kimono zuknöpfte.

»Deine Selbstheilungskräfte sind wieder aktiviert und könnten gar nicht größer sein«, erklärte Shamira.

Kurz vor acht Uhr brachte sie mich hinaus. An einer Außenwand ihres *domus* gab es einen Anbau, der zur Straße hinausging. Viele Hauseigentümer vermieteten diesen an Ladenbesitzer, doch Shamira nutzte ihn als Stall und Lagerraum. Dort standen fünf Pferde, alle gesattelt, und sie bot mir eines davon an, eine braune Stute.

»Sie heißt Selene und ist dressiert. Reite bis Ostia und lass sie dann unterwegs laufen. Sie weiß, wie sie zurückkommt. Gegen Abend läuft ein Schiff Richtung Morgenland aus, das kannst du noch erreichen.« Sie reichte mir einen Beutel mit Münzen. »Nahrung brauchst du keine mehr, aber nimm Geld mit. Die Überfahrt ist teuer, hier ist genug für die ganze Reise.«

»Du hast wirklich an alles gedacht!«

»Ich hatte ja auch reichlich Zeit dazu«, erwiderte sie lächelnd.

Ich nahm ihr Geschenk an und stieg auf. Doch bevor ich Hals über Kopf davonritt, winkte Shamira mich noch einmal zu sich. In der Hand hatte sie ein kleines Päckchen, ein winziges Stück verblichenen Samt. »Nimm das hier, Ablon.«

Ich wickelte den Stoff auseinander und fand darin eine blutbefleckte Feder.

»Sie gehört dir. Zamir hat damit den Zauber gewirkt, der dich damals im magischen Zirkel festhielt, als er uns in meinem Haus angriff.«

Angeekelt gab ich ihr die Feder zurück. Ein Teil von mir, der für profane Rituale verwendet wurde … Bei dieser Vorstellung wurde mir übel.

»Bitte vernichte sie. Und hoffen wir, dass hier nicht noch mehr Federn herumliegen.«

»Das glaube ich nicht. Sonst hätte Zamir sie benutzt.«

Bevor ich davongaloppierte, musste ich mich zumindest von meinen beiden Retterinnen verabschieden. »Shamira, Blume des Ostens, es tut mir leid, euch so zurückzulassen.«

»Es braucht dir nicht leidzutun, Krieger. Du hast einen Auftrag zu erfüllen. Eine Legion wartet auf dich«, gab Shamira dramatisch zurück.

Ich nickte. »Ich lasse von mir hören, wenn ich in Jerusalem bin, und wenn ich einen Boten übers Meer schicken muss.«

Zufrieden winkte sie mir zum Abschied. Vielleicht wusste sie besser als ich, dass meine Reise keinen Aufschub duldete.

Ich ließ die Zügel der Stute schleifen, und sie schoss davon.

OSTIA UND CAESAREA

Hoch zu Pferd ritt ich durch die Pforte Latina, eines der Haupttore der Stadt, und in Richtung Via Appia, die wichtigste Straße im Römischen Reich. So schnell ich konnte, galoppierte ich weiter, bis ich die Stadt hinter mir gelassen hatte, und warf noch einen Blick auf die beeindruckenden, auf Steinbögen ruhenden Aquädukte, die durch die Landgüter verliefen und sich in der Hauptstadt zu Viadukten vereinigten. Noch vor dem Mittag lag die Ewige Stadt weit hinter mir.

In Ostia bestieg ich ein Schiff und begann meine Reise – diesmal als Passagier und nicht als Sklave.

Die bedeutendste Hafenstadt Palästinas war Caesarea, das wir Tage später erreichten. Dieses Kleinod des Mittelmeers, wie man sie nannte, hatte Herodes der Große, der König Judäas, zu Ehren des Kaisers Caesar Augustus erbaut, und es hatte sich rasch zum größten römischen Zentrum der Gegend entwickelt. Der Hafen von Caesarea war wahrscheinlich das großartigste Bauwerk Israels – mit Wellenbrechern, die ins Meer hineinragten und ein natürliches Becken bildeten, in dem Schiffe sicher anlegen konnten. Die Hafeneinfahrt war von großen Marmorstatuen gesäumt, und weiter vorn sah man den Leuchtturm, der allerdings viel kleiner und bescheidener war als der von Alexandria.

Es war April, sicher der angenehmste Monat von allen, weil die Regenzeit schon vorbei und die Hitze noch nicht so groß war. Die Straßen, die sich jeweils am Ende des Winters in Schlammwege verwandelten, waren wieder trocken, und trotz des ariden, für diesen Teil der Welt typischen Klimas wuchs hier spärlich Gras.

Statt den kürzesten Weg einzuschlagen, der mich direkt in den oberen Teil Jerusalems gebracht hätte, hielt ich es für besser, einen Umweg nach Süden zu machen, weil die Route von astralen Wachposten bewacht wurde, unsichtbar für das menschliche Auge. Mir war nicht klar, auf wessen Seite sie standen, deshalb hielt ich es für klüger, durch die Stadttore zu reiten, Nathanael zu suchen und mich erst dann zu erkennen zu geben. Also umrundete ich den Ölberg und betrat die Stadt von der anderen Seite, durch das Haupttor.

Bei Tagesanbruch jenes Freitags, 7. April, erreichte ich Bethanien, ein Dorf am Fuß des Bergs, und um die Mittagszeit stand ich schon oben auf dem Hügel. Es war ein klarer, wolkenloser Frühlingstag, und die Temperatur stieg. Von oben sah ich in der Ferne das Meer, das sich am Horizont krümmte. Weiter unten, entlang der Straße, verlief als tiefe Furche das Kidrontal wie ein trockenes Flussbett, und jenseits davon lag das Ziel meiner Reise: Jerusalem.

Hohe Mauern umgaben die Stadt, die damals aus vier Teilen bestand: der Unterstadt, der Oberstadt, den Vororten und dem Tempelberg mit dem Herodianischen Tempel als bedeutendstem Bauwerk. An dieser wichtigen jüdischen Glaubensstätte befand sich auch der Sitz des Priesterrats. In diesem Heiligtum wurde in früherer Zeit die wichtigste Reliquie des Volks, die Bundeslade, aufbewahrt. Dort kamen Israeliten aus aller Welt zum Gebet zusammen.

Der Tempel war ein hohes, beeindruckendes Gebäude, dessen Tore mit Gold- und Silberplatten verziert waren. Er stand im Zentrum mehrerer Innenhöfe, die von einer dreizehn Meter hohen Mauer umgeben waren. Das von den Gläubigen seinerzeit so genannte »Haus Gottes« stand unter der Aufsicht des Hohepriesters. Dieser Beamte war zugleich Vorsitzender des Synedriums, eines Bundes herausragender Stadtpersönlichkeiten.

Aus dem Innenhof stieg eine Rauchsäule empor – dort wurden in einem Ritual Opfergaben verbrannt. Im Norden ragten die Türme der Burg Antonia – der Residenz des römischen Procurators – in den Himmel; im Westen, an den Mauern der Oberstadt, war der Herodespalast zu erkennen, in dem damals Herodes' Sohn Herodes Antipas lebte.

Ich schlug den Weg ein, der zur Steinbrücke über das Kidrontal führte, und war überzeugt, die Stadt noch vor Einbruch der Nacht zu erreichen. Doch ein unerwarteter Zwischenfall sollte meine Pläne vereiteln, und ich sollte in ein Ereignis verwickelt werden, dessen Logik sich mir erst zweitausend Jahre später erschloss.

AM ÖLBERG

Es war fünf Uhr am Nachmittag, die Sonne näherte sich schon dem Horizont. Am westlichen Abendhimmel erahnte man bereits den abnehmenden Mond.

Ich blieb auf der Hauptstraße, bis ich erneut die Präsenz von Wachposten spürte – mit meinen Engelsaugen sah ich sie durch den Schleier. Überall standen mit Schwertern bewaffnete Cherubim in Rüstungen, die den Bezirk verteidigen sollten. Sie ließen den Blick über die Mauern, die Stadttore, die Umgebung des Tempels, die Wasserspeicher und die Aquädukte schweifen. Viele bildeten fliegende Staffeln, die die Stadt von oben beschützten. Manchmal senkten sich die geflügelten Legionen und bildeten einen Verteidigungsgürtel, der den Zugang zur Stadt blockierte.

»Ich hätte nicht gedacht, dass es so viele sind!«, murmelte ich ratlos angesichts der vielen Engel.

Über den normalen Weg, der bergab führte – eine gut erhaltene römische Straße –, kam ich nicht weiter, da ihn so viele himmlische Soldaten aus der geistigen Welt bewachten. Also schlug ich einen nicht bezeichneten Pfad durch die Olivenhaine ein. Diese ländliche Gegend war zwar mit der Stadt verbunden, bei Einbruch der Nacht aber verlassen.

Bis Sonnenuntergang hielt ich mich im Schatten der Bäume versteckt und ging dann auf dem Fußpfad weiter. Bevor ich aber ins Kidrontal hinuntergelangte, damals eine steile Senke, bemerkte ich, dass ich beobachtet und schließlich entdeckt worden war. Ich konnte mich unauffällig bewegen, doch es genügte nicht, um geschulte Wachen zu täuschen.

Es half nichts mehr, mich zu verstecken, und Flucht entsprach nicht meiner Art. Wozu sollte ich auch flüchten? Wenn diese Engel nun aber Nathanaels Freunde waren? Sie hätten mir helfen und mich zu ihm bringen können. Waren es aber Feinde, fürchtete ich mich nicht vor einem Kampf.

Ein heftiges Zittern durchlief den Schleier der Wirklichkeit – ein übermächtiges Geschöpf hatte sich soeben materialisiert. Um mich herum standen Bäume, und die Vegetation versperrte mir die Sicht. Ich war auf der Hut und machte mich auf einen heimlichen Angriff oder eine freundschaftliche Begrüßung gefasst.

Auf dem Weg erschien ein Kriegerengel in Goldrüstung. Sein Schwert steckte in der Scheide, und er wirkte nicht feindselig. Seine Flügel hatte er nicht materialisiert, denn dies kostete enorm viel Kraft. Mit dieser Erscheinung hätte ihn ein Vorübergehender für einen gewöhnlichen Menschen gehalten, so wie man auch mich immer wieder verwechselte. Im silbernen Mondlicht erkannte ich ihn und bemerkte auf seiner Rüstung das Symbol der Legion, die ich vor vielen Tausend Jahren angeführt hatte.

Baturiel war wie ich ein Cherub, ein unerbittlicher Kämpfer, der unter meinem Kommando in der Legion der Schwerter gedient hatte, einer Division, die ich vor der Verschwörung befehligt hatte. Aber auf wessen Seite stand er? Ob er wohl mit Nathanael sympathisierte oder sich lieber Michael angeschlossen hatte, um den Erleuchteten zu ermorden? Etwas anderes beunruhigte mich allerdings viel stärker: Die unermessliche Macht, die ich wenige Minuten zuvor gespürt hatte, gehörte nicht zu dem Kämpfer vor mir, sondern zu etwas viel Erhabenerem und Machtvollerem.

Ich trat näher, immer noch vorsichtig, doch im Gesicht des Kriegers sah ich nur Gleichmut. Seine Haltung war stramm wie die eines Offiziers im Dienst, und er kam unbeirrt auf mich zu. Mir war klar, dass ich den ersten Schritt machen musste.

»Ich suche Nathanael, den Allerreinsten«, begann ich.

Das Gesicht des Wachmanns blieb ausdruckslos. »Ich kann Euch nicht vorbeilassen. Ich habe höchsten Befehl, den Berg zu verteidigen.«

Aus seinen Worten schloss ich, dass er nicht mein Verbündeter war. »Ich möchte nicht gegen dich kämpfen müssen, Baturiel. Aber auch ich habe einen Auftrag zu erfüllen.«

»Ihr werdet nicht gegen mich kämpfen, General«, gab er zurück, und ich sah, dass er auf einen zweiten Engel deutete, der sich näherte.

Der Neuankömmling trug einen goldenen Bogen, auf den er nun einen tödlichen Pfeil setzte und auf mein Herz zielte. Es war Varna, die Generalin der Legion der Bogenschützinnen, eine Engelsfrau. Sie trug ein knappes Kettenhemd, ihr Haar war lang und braun und ihre Augen zusammengekniffen wie bei einem Adler auf der Jagd. Sie sah ernst und überzeugt aus und ließ sich nicht für einen Augenblick ablenken. Schnell wie eine Schlange richtete sie den Pfeil auf mich, wartete aber den Befehl ab.

»Varna hat noch nie ihr Ziel verfehlt«, sagte Baturiel drohend. »Ihr seid ein abtrünniger Engel und in der physischen Welt gefangen. Wenn Euer Herz hier auf der materiellen Ebene zerstört wird, seid Ihr erledigt.«

Aus der Miene des Kriegers konnte ich ablesen, dass er unsicher war. Er wollte mich weder verletzen noch den Befehl zum Angriff geben. Vielmehr stand ein Leuchten in seinen Augen. Irgendwo in ihm war noch ein Rest Bewunderung für meine Taten vorhanden, und ich war immer noch sein militärischer Anführer.

Varnas Finger fingen wegen der gespannten Bogensehnen an zu bluten. Sie musste den Pfeil abschießen oder ihre Waffe niederlegen. Alle drei standen wir regungslos da, und ich wartete eine Gelegenheit ab, um weiterzugehen. Aber ich war hier unter sehr machtvollen Engeln, darunter zwei Generälen, und keiner von uns war bereit, nachzugeben. Doch dieser kritische Moment sollte sogleich aufgelöst werden.

Ein vierter Engel, ebenfalls als Mensch gekleidet, erschien zwischen den beiden. Seine Flügel hatte er nicht materialisiert – es erschien ihm wohl nicht notwendig. Er trug eine unauffällige, lange graue Tunika, und er strahlte Erhabenheit aus. Sein honigfarbenes Haar, das normalerweise zu Zöpfen geflochten war, fiel lose an seinem mageren, sehnigen Körper herab. Es war eine heitere Erscheinung, und seine Aura verströmte Großherzigkeit.

Vor mir stand ein Erzengel – Gabriel, der Meister des Feuers. Ich brauchte nichts mehr zu sagen. Dies war mein Ende – hier würde ich sterben. Ein abtrünniger Engel, von einem Erzengel entdeckt, würde schnell aus dem Weg geräumt werden. Gegen diesen Giganten hätte ich nicht die geringste Chance, war er doch eine Wesenheit mit der größten Macht im Universum – einzig Michael, Luzifer und Jahwe persönlich konnten es mit ihm aufnehmen. Gabriel trug weder seine goldene Rüstung noch sein mystisches Schwert, doch das war auch nicht nötig. Selbst als

Avatar aus Fleisch und Blut war er unbesiegbar, praktisch unzerstörbar.

Doch statt mich anzugreifen, sagte er nur: »Geht, Ablon. Wir müssen hier eine Familienangelegenheit regeln.« Seine Stimme klang wie Musik, wie eine süße Melodie, die jederzeit in brutale Akkorde umschlagen konnte.

»Ich kann nicht aufgeben, Gabriel, noch nicht«, entgegnete ich, um meine Ehre zu retten. »Nicht nach allem, was ich durchgemacht habe, um hierherzukommen. Nicht nach dem Versprechen, das ich gegeben habe.«

Gabriel wiegte den Kopf – er wusste schon, dass ich nicht so leicht aufgeben würde. Sich meinem Eigensinn beugend, gab er Varna ein Zeichen, und sie nahm den Pfeil herunter. »Lass uns allein. Ich regle das.«

Auf seinen Befehl wandten sich die beiden Engelsoffiziere zum Gehen. Ich wollte Baturiel über seinen vermeintlichen Irrtum aufklären und rief ihm nach: »Baturiel, ich hätte nie gedacht, dass du bei einer so schmutzigen Sache mitmachst.«

»Der Schein trügt, General.«

Nun war ich allein mit Gabriel – allein in der Dunkelheit unter den Olivenbäumen, und meinte, mein letztes Stündlein habe geschlagen. Doch der Meister des Feuers überraschte mich.

»Ich weiß, dass Ihr Nathanael aus der Kaste der Ophanim getroffen habt«, verriet er mir.

»Was habt Ihr mit ihm gemacht, Gabriel?«, fragte ich hart.

»Der Allerreinste befindet sich auf einer Mission, die ich ihm aufgetragen habe, falls Ihr das wissen möchtet.«

»Nathanael würde Euch niemals gehorchen.«

Der Meister des Feuers lächelte, denn ihm entging nicht, dass mein Blut in Wallung geraten war und ich mich nur mühsam beherrschte.

»Nathanael hat mir schon einmal gehorcht, damals bei der Sintflut. Der Allerreinste ist nicht zum ersten Mal an einem Auftrag beteiligt, den die Großen ihm gegeben haben. Ihr als sein guter Freund müsstet seine Triumphe doch besser kennen. Ich dachte, Ihr kennt die ganze Geschichte, aber jetzt verstehe ich, was los ist. Euer Hass auf die Erzengel hindert Euch daran, die Wahrheit zu sehen.«

Auf selbstmörderische Missionen hatte ich mich schon früher eingelassen, und zwar aus freien Stücken, doch diesmal hatte ich keine Wahl. Man würde mich ohnehin aus dem Weg räumen – weshalb sollte ich dann nicht im Kampf sterben? Gab es eine größere Ehre für einen abtrünnigen Engel, als im Kampf gegen einen Erzengel sein Leben zu verlieren?

»Ihr lügt, Gabriel«, sagte ich anklagend. »Ich habe eine Aufgabe zu erledigen und werde mir Zugang zu dieser Stadt verschaffen – oder bei dem Versuch sterben.«

»Das ist unvorsichtig von Euch, Jüngling.«

So durften mich nur wenige nennen, und Gabriel war einer von ihnen. Erzengel sind noch vor dem Licht entstanden; sie wurden mehrere Milliarden Jahre vor den gewöhnlichen Engeln erschaffen.

Konzentriert kniete ich mich auf das weiche Gras des Bergs und bediente mich meiner größten Macht, um den Zorn Gottes zu beschwören. Ich wusste nicht, ob ich mit meiner Kampftechnik einem Erzengel gewachsen war, aber jetzt war es Zeit, alles einzusetzen, was ich besaß.

»Gabriel, Meister des Feuers, ich habe schon unzählige Duelle bestritten und schäme mich nicht zu sagen, dass ich bei einigen davon unterlegen war. Doch in den meisten Fällen blieb ich der Sieger. Ich weiß nicht, wie dieser Kampf ausgehen wird. Ich weiß nur, dass ich heute Nacht, unter diesem Mond, der uns von Westen her belauscht, Euer Gegner sein werde.«

Ich ging auf sicheren Abstand zum Meister des Feuers und stürmte mit aller Kraft, die ich besaß, nach vorn. Doch der Erzengel rührte sich nicht von der Stelle. Mit der rechten Faust setzte ich zu einem Schlag in sein Gesicht an. Es wäre ein hervorragender, präziser Treffer gewesen, bei dem jeder andere in die Knie gegangen wäre, doch mein Angriff wurde durch eine Art Telekinese unterbrochen. Mein vorschnellender Arm wurde von einem mystischen Energiefeld aufgehalten, das ich vergeblich zu überwinden suchte. Gabriel brauchte nichts zu berühren, um seine außergewöhnliche Kraft zu projizieren. Es war, als stünde ich einem Gott gegenüber – das Machtgefälle zwischen uns war abgrundtief.

»Was ist los mit Euch, General? Euer mächtiger Zorn Gottes oder wie auch immer ihr Cherubim diese Technik nennt, ist wohl nicht so groß, wie Ihr dachtet? Bei einem so harmlosen Angriff müssen deine Feinde schwach werden.« Er sprach wie ein Mentor, nicht wie ein Feind.

»Was soll das, Gabriel?«, knurrte ich und sammelte meine ganze Kraft, um das magnetische Feld zu durchdringen, das ihn umgab.

»Weicht zurück, Krieger. Ich habe nicht vor, Euch wehzutun«, warnte er mich.

»Nie und nimmer!«, entgegnete ich trotzig und versuchte ihn ein zweites Mal zu treffen.

Je mehr ich gegen ihn anstürmte, desto mehr drängte mich die unsichtbare Kraft zurück, und als ich wutentbrannt noch einmal vorpreschte, reagierte die mystische Barriere, und mein Körper wurde wie ein Projektil mit unerbittlicher Heftigkeit weit fortgeschleudert. Dabei wurde ein Graben aufgerissen, Bäume stürzten um und Felssplitter schossen Hunderte Meter weit. Nie in meinem Leben hatte ich einen so brutalen Gegenangriff erlebt.

Betäubt stützte ich mich am Rand des mit Staubwolken gefüllten Kraters ab, um mich aufzurichten.

Ich versuchte, nach vorn zu schauen, und sah die aufrechte Silhouette Gabriels auf einem Felsen stehen. Hätte ich ihn in dieser Sekunde unvorbereitet packen können, wäre es mir vielleicht gelungen, ihm einen Schlag zu versetzen.

Mit der Wendigkeit eines Cherubs sprang ich aus dem Krater wie eine Katze in der Nacht und bereitete mich mit geballter Faust auf den nächsten Angriff vor. Doch meine Geschicklichkeit und Schnelligkeit halfen mir nicht. Gabriel vollzog eine knappe Bewegung mit der Faust, und noch in der Luft wurde ich durch seine Telekinese unschädlich gemacht. Mir war, als schwebte ich in einer energetischen Blase und könnte mich nicht bewegen. Ich war vollkommen hilflos und konnte keinen einzigen Muskel rühren, geschweige denn sprechen.

Gabriel hatte mir deutlich gezeigt, dass seine Geduld erschöpft war. Als ich den Arm ausstreckte, schleuderte mich die Blase wieder fort, aber diesmal parierte ich den Schub und rollte mich auf einen Felsen ab. Im letzten Moment jedoch stolperte ich und fiel zu Boden, nur wenige Zentimeter von einem Abhang entfernt. Ein Sturz in den Abgrund wäre entsetzlich gewesen, selbst für jemanden wie mich.

Der Erzengel bewegte sich mit derselben Schnelligkeit, wie er Hiebe austeilte. Als ich seinen Blick suchte, sah ich, dass Gabriel mir bereits auf den Fersen war und – selbst ohne Flügel – einen Meter über dem Boden schwebte. Vermutlich hielt ihn dieselbe magnetische Kraft in der Luft, die ihn umgab.

»Ihr seid besiegt«, stieß er hervor. »Ihr habt nicht die geringste Chance, mich im Kampf zu überwinden. Es genügt eine einfache Bewegung von mir, und Ihr werdet in diesen Abgrund geschleudert. Akzeptiert nun euer Schicksal und tut, was ich sage. Geht, solange noch Zeit ist.«

Ganz langsam rappelte ich mich auf, denn ich wusste, dass seine Drohungen gefährlich waren. Da ich in der Falle saß, wollte ich lieber mit ihm reden. »Wenn Ihr wisst, dass Nathanael bis zu mir gekommen ist, dann wisst Ihr auch, wie wichtig mein Auftrag ist.«

Er verzog keine Miene.

»Warum habt Ihr das getan, Gabriel? Warum hindert Ihr mich daran, mich für den Erleuchteten einzusetzen?«

Der Meister des Feuers schwebte ein, zwei Meter zurück, wohl um weniger aggressiv zu wirken. »Ihr versteht mich nicht, General.« Aus seinen Worten sprach Trauer. »Ihr streitet umsonst.«

Meine Mission sollte gescheitert sein? Wie hätte es so weit kommen können, wenn nicht durch meinen Tod? War ich etwa zu spät gekommen, um das Heilige Kind lebendig zu sehen? Oder hatten die Erzengel die Beschützer des Kleinen entthront?

»Dann ist der Heiland also tot?«, stammelte ich wie im Fieberwahn.

»Nein, noch nicht. Er wurde verurteilt. Nicht von mir, auch nicht von Michael, von keinem Himmelsbewohner, sondern von seinem Volk. Der Heiland wurde von Menschen verurteilt, und dagegen sind wir machtlos.«

Schweigend stand ich da und ordnete meine Gedanken. Ob Gabriel log? Nein, das hatte er nicht nötig … Er hätte mich mit einem Augenzwinkern töten können, weshalb also sollte er Unsinn erzählen?

Als würde er meine Gedanken erraten, fügte er hinzu: »Seid Ihr nicht derjenige, der immer sagt, wir dürften uns in die Entscheidungen der Sterblichen nicht einmischen? War dies nicht der Grund, weshalb Ihr Euch gegen uns aufgelehnt habt? Habt Ihr nicht deswegen Krieg gegen die Erzengel geführt?«

»Das ist doch etwas anderes, Gabriel …«, brachte ich hervor, ohne recht zu überlegen, was ich sagte.

»Der Erleuchtete ist auch nur ein Mensch, trotz seiner Macht und Weisheit. Im Gegensatz zu uns besitzt er einen freien Willen, wie alle Menschenwesen. Der Heiland hat sich sein Martyrium selbst gewählt. Die Tat ist vollbracht. Jetzt kann nur noch *ich* ihm helfen, kein anderer.«

Nach dieser Offenbarung wirkte der Erzengel tieftraurig. Während der Wüstenwind über den Abgrund strich, sagte keiner von uns ein Wort. Die Steinhäuser und -festungen in der Stadt Jerusalem trotzten der Dunkelheit wie Lichtpünktchen, die die Sterne am Himmel nachahmten.

Da kam Baturiel, der Cherub mit der goldenen Rüstung, zurück und brach unser Schweigen mit einer Nachricht: »Meister, gerade ist unser Bote auf dem Kalvarienberg angekommen.« Respektvoll senkte er den Kopf. »Der Heiland ist tot.«

»Diesem Problem werden wir abhelfen«, gab Gabriel zurück, als hätte er schon alle infrage kommenden Auswege im Kopf. Ich war mir sicher, dass er jede Sekunde dieser Odyssee vorausgesehen hatte.

Baturiel zog sich zurück, und der Erzengel wandte sich mir zu. »Wie Ihr seht, gibt es viel zu tun, General. Ihr müsst jetzt gehen«, sagte er fest – dies war ein letzter Befehl. »Es nützt nichts, die Blockade zu durchbrechen. Die Stadt ist umzingelt, sowohl in der physischen als auch in der geistigen Welt.« Und im Vertrauen auf die Würde eines besiegten Kriegers drehte er sich um, um den Kampfplatz zu verlassen.

Ich war sprachlos. Da war ich dem Erzengel Gabriel begegnet, war besiegt worden und lebte noch! Irgendetwas stimmte hier nicht. »Wartet, Gabriel«, rief ich. »Warum lasst Ihr mich ziehen? Ich bin ein Abtrünniger, ein Geächteter, und Ihr ein Erzengel, ein Vollstrecker, ein Gigant.«

Seine Antwort klang prophetisch: »Bevor der siebte Tag zu Ende gehen wird, werden wir uns noch einmal wiedersehen.« Und abschließend fügte er den für den Botenengel symbolischen Satz hinzu: »Geht hin in Frieden.«

Ich hatte nur wissen wollen, wo sich Nathanael aufhielt und was aus dem Heiland geworden war. Doch wenn der Meister des Feuers die Wahrheit gesagt hatte, dann war der Erleuchtete tot, und damit hatte sich meine Aufgabe erledigt. Mir war nicht klar, ob Gabriels Worte der Wahrheit entsprachen oder nicht – mir jedenfalls blieb keine andere Wahl mehr.

Gabriel schwebte über die Klippe bis auf den Grund der Schlucht. Dort entmaterialisierte er seinen physischen Körper und trat als Geistwesen in die Astralebene ein. Der Schleier wurde bei diesem Übergang in die andere Ebene abermals erschüttert und setzte eine gewaltige Energiewelle frei. Danach sah ich durch die Membran, wie Gabriel auf die Stadt zuflog.

Ein letzter Kuss

Drei Monate nach meiner schicksalhaften Begegnung mit dem Erzengel Gabriel auf dem Ölberg kehrte ich nach Rom zurück, um Shamira, wie bei meiner Abreise versprochen, die Botschaft persönlich zu überbringen. Weder sie noch Blume des Ostens noch ich selbst hatten mit einem so baldigen Wiedersehen gerechnet, aber ich muss gestehen, dass ich mich sehr auf das Haus der Hexe freute – einen sicheren Schlupfwinkel, eine Welt fernab der Gefahren, die unterwegs auf mich lauerten.

Im Juli war die Hitze in der Ewigen Stadt unerträglich geworden, und viele Aristokraten jener Zeit hatten ihre Stadthäuser verlassen, um eine Zeit lang in ihren *villae*, Landsitzen außerhalb der Stadtmauern, zu verbringen. Shamira besaß keine Ländereien, nur ihr *domus* in der Stadt. Dort hielt sie sich den ganzen Sommer über auf, studierte magische Formeln und wartete auf meinen Bericht.

Eine ganze Woche lang ruhte ich mich in diesem gemütlichen, kühlen Haus aus, meditierte im Peristyl, nahm manchmal ein Bad im Wasserbecken in der Mitte des Atriums und diskutierte mit Shamira bis tief in die Nacht über alle möglichen Ereignisse, die sich im Himmel oder auf der Erde zugetragen hatten. Die Gespräche mit ihr waren angenehm, nicht nur wegen der Themenvielfalt, sondern einfach weil wir einander *zuzuhören* wussten. Manchmal stieg in mir der Wunsch auf, für immer bei ihr zu bleiben – ich wünschte mir, die Welt würde anhalten, damit wir Zeit füreinander hätten, einen ewigen Moment des Friedens.

Aber die Welt steht nicht still.

Falls ich hierblieb, wären Shamira und Blume des Ostens in Gefahr, so wie Thales, Tommaso und alle Menschen und Engel, die ich in mein Leben auf der Flucht hineingezogen hatte.

Bei einem unserer anregenden Gespräche erzählte mir Shamira, was in der Welt der Menschen geschehen war, während ich geschlafen hatte, und dass sie gegen Zamir gekämpft hatte, bevor ich in Starre gefallen war. Ich meinerseits berichtete von meiner Reise nach China, meinem Treffen mit Nathanael an der Zhao-Mauer, meinem Besuch in Henoch und dem Wiedersehen mit Hauptmann Hasai. Zum Schluss schilderte ich ihr in allen Einzelheiten meine Konfrontation mit Gabriel.

»Dann hast du den Engel Nathanael also nicht gesehen?«, fragte Shamira im Hof ihres *domus*.

»Diese Geschichte lässt mir immer noch keine Ruhe. Gabriel sagte, der Allerreinste befinde sich auf einer Mission, die er, Gabriel, ihm aufgetragen habe, verriet mir aber nicht, was für eine Mission. Ich bin sicher, dass Nathanael mich nicht angelogen hat, als er mir noch in China sagte, er sei gerade dabei, eine Gruppe zusammenzustellen, die den Erleuchteten retten wolle. Wie kann er dann auf derselben Seite sein wie Gabriel? Gabriel ist ein Erzengel, und die Erzengel hassen die Menschen mehr als alles andere.«

»Glaubst du denn, dass *Gabriel* die Wahrheit gesagt hat?«, wollte Shamira wissen.

»Ich weiß es nicht. Wenn nicht, warum hat er mich dann nicht umgebracht? Warum hat er mich nicht über die Klippe geworfen?«

Sie schnitt einen abstehenden Zweig von einem Rosenstrauch im Hof ab. »Über die Himmelspolitik weiß ich wenig, fast nichts. Aber wenn sie so ist wie die der Menschen, würde ich sagen, dass du vorher die Interessen der Beteiligten analysieren musst, um eine Antwort zu finden.«

»Wie meinst du das?«

»Hinter allem, was auf der Welt geschieht, stehen Interessen. Welchen Vorteil hätte Gabriel davon, dich am Leben zu lassen? Warum sollte er lügen? Warum sollte er Nathanael vor dir verstecken? Nicht nur böse Wesen, sondern auch die guten werden von geheimen Wünschen gelenkt.«

»Die so geheim sind, dass ich nicht eingreifen kann.«

»Ja, im Moment vielleicht, aber eines Tages wird sich die Wahrheit zeigen. Du musst nur bereit sein, dich ihr zu stellen. Du bist ja immer auf alles vorbereitet«, fügte sie lobend an.

»Auf die Konfrontation mit Gabriel nicht«, widersprach ich.

»Doch, natürlich, sonst wärst du jetzt nicht hier. Jemandem eine Niederlage beizubringen, heißt nicht unbedingt, ihn im Kampf zu besiegen.«

»Mein Kriegernaturell lässt mir keine große Wahl«, gab ich gutgelaunt zurück.

Sie schnitt noch einen Zweig ab und entfernte die Dornen mit einer Eisenschere. Blume des Ostens hielt sich im Studierzimmer auf, wo sie etwas auf Pergamentbögen schrieb. Wie ich sie so mit einem Holzbrett auf dem Schoß auf dem Diwan sitzen sah, weigerten sich meine Augen, in ihr eine Frau zu erkennen. Für mich war und blieb sie ein Mädchen, die kleine Chinesin, die sich in kalten Nächten an mich geklammert und mich zweimal hintereinander vor dem Tod gerettet hatte.

Während ich ihre anmutigen Bewegungen beobachtete, kehrten meine Gedanken zu meinem abenteuerlichen Besuch in Henoch zurück.

»Was ist los, Ablon? Normalerweise verlierst du dich nicht in Tagträumereien«, sagte Shamira.

»Auf dieser Reise sind so viele seltsame Dinge geschehen, die ich einfach nicht enträtseln kann. Ich zerbreche mir schon die ganze Zeit den Kopf darüber, wie sie miteinander zusammenhängen – falls es einen Zusammenhang gibt …«

»Du meinst vermutlich Ishtars Ermordung«, erwiderte Shamira, die über meine Begegnung mit dem abtrünnigen Hauptmann in den Ruinen der Schönen Riesin bereits Bescheid wusste.

»Ihr Tod allein hat an sich nichts zu bedeuten – schließlich werden alle Abtrünnigen verfolgt. Aber Hasai hat gesagt, Ishtar werde nicht nur verfolgt, weil sie eine Ausgestoßene sei, sondern weil sie vermutlich eine Verschwörung aufgedeckt habe, in die offensichtlich Himmel und Hölle verwickelt sind und die eine Bedrohung für die Existenz Jahwes persönlich darstellt.«

»Falls Ishtar wirklich etwas entdeckt hat, kannst du sicher sein, dass dies das bestgehütete Geheimnis der Welt ist. Wer auch immer hinter dieser Intrige steckt oder gesteckt hat, wird sie hinter sieben Schlössern unter Verschluss halten. Aber ich glaube nicht, dass derjenige zu so etwas fähig ist. Selbst der stärkste Erzengel wäre für den Strahlenden kein Gegner, wie du selbst einmal gesagt hast.«

»Jahwe schläft immer noch«, grübelte ich.

»Und du meinst, selbst jetzt könnte ihn jemand belästigen?«, fragte Shamira, die über die Umstände im Himmel viel weniger wusste als ich.

Nach kurzem Schweigen sagte ich erleichtert: »Natürlich nicht! Außerdem sollte ich jetzt nicht darüber nachdenken, denn ich habe keine Fakten. Wenn ich immer wieder darauf zurückkomme, werde ich nur mutlos.«

Ergeben ließ ich meinen Verdacht fallen und begnügte mich damit, die Stille und Ruhe dieses römischen Hauses in Gesellschaft dieser wunderbaren Frau zu genießen. Doch eines Tages würde es kommen wie immer. Ich würde nicht länger bleiben können, und es wäre egoistisch gewesen, das Leben der Menschen, die ich liebte, noch mehr in Gefahr zu bringen. Der Gedanke, es sei nun alles zu Ende, war illusorisch. Auch wenn ich die Reißvögel vernichtet hatte, würden mich weitere Verfolger aufspüren, und dann war ich hoffentlich weit weg von Shamira und Blume des Ostens.

Meine Zeit in Rom neigte sich dem Ende entgegen.

An einem ruhigen Sommermorgen, als die Sonne in den Bergen aufging, verkündete ich meine Abreise. Shamira und die Chinesin begleiteten mich bis vors Haus auf die Straße, die zu dieser frühen Stunde noch ausgestorben war. Wir befanden uns in einem wohlhabenden Wohnviertel, in dem eine geradezu ländliche Stille herrschte, die nur vom Geräusch des Winds in den Bäumen und vom Zwitschern der Vögel unterbrochen wurde.

»Das ist also wieder einer dieser Abschiede, wie wir ihn schon kennen«, scherzte Shamira. »Allmählich wird es zur Gewohnheit.«

Ich lächelte wehmütig. Es fiel mir immer schwer, sie zu verlassen. »Wie lange willst du noch hierbleiben?«, fragte ich mit einem Blick auf das römische Haus.

»Nicht lange. Dieses Haus ist entweiht. Seit Zamir hier war, wird es nie mehr dasselbe sein.«

»Und wohin willst du gehen?«

»Ich werde Blume des Ostens in ihre Heimat begleiten. Sie hat schon oft den Wunsch geäußert, in China zu sterben. Ich glaube zwar, dass sie noch viele Jahre leben wird, aber eines Tages wird sich ihr Körper dem Ruf des Todes beugen.«

Ich sah die Chinesin an, die die ganze Zeit schweigend zugehört hatte. Der Tod eines Menschen kann für die Hinterbliebenen leidvoll sein, doch für jene, die gehen, ist er ein Geschenk. Sich von körperlichen Begrenzungen zu befreien, ist das letzte Geschenk für alle, die unter einem entbehrungsreichen Leben gelitten haben, und ich konnte bezeugen, wie viel Blume des Ostens in ihrer Kindheit hatte erdulden müssen.

»Ich weiß, es ist Zeitverschwendung zu fragen, wohin *du* gehst«, kam mir Shamira zuvor.

»Das weiß ich selbst nicht. Vielleicht nach Norden, in die kalten Länder jenseits von Germanien. Die Römer halten mich immer wieder für einen dieser Barbaren, die in dieser Gegend leben. Es wäre doch reizvoll, sie einmal kennenzulernen.«

Sie nickte und schenkte mir ein Lächeln.

Ich ging auf Blume des Ostens zu, die steif und diszipliniert dastand, und umarmte den kleinen Körper, der auch nach dreißig Jahren noch zierlich war. Auch ihre Haut roch noch wie damals – unverwechselbar für den Geruchssinn eines Kriegerengels. »Egal, wie viele Jahre vergehen, Blume des Ostens, du wirst immer meine kleine Chinesin bleiben. Und wenn du zu deinen Vorfahren zurückgekehrt bist, werde ich mich beim Anblick einer Blume, des Meers oder der verschneiten Berge immer an dein Gesicht erinnern. Dein Vermächtnis ruht nun in mir, meine Kleine, und ich werde es bis ans Ende der Welt mitnehmen.«

Mit der für sie typischen Zuneigung klammerte sie sich an mich, weinte aber nicht wie früher. Ich war lebendig und wieder bei Kräften, und damit hatte sie ihre Lebensaufgabe erfüllt. Mehr brauchte diese kleine Riesin auch nicht zu tun.

Dann wandte ich mich Shamira für ein letztes Lebewohl zu. Ein geschäftiges Summen in der Ferne verriet, dass die Stadt inzwischen erwacht war.

»Mit dir geht eine ganze Ära, Abtrünniger«, sagte sie prophetisch. »Ab jetzt wird sich die Welt ein für alle Mal verändern. Die Botschaft des Heilands wird nie mehr in Vergessenheit geraten. Bald wird Rom untergehen, und eine neue Weltgemeinschaft wird sich etablieren. So haben es die Geister vorausgesagt, ich bin nur ihr Sprachrohr.«

»Dann war meine Mission ja doch nicht ganz umsonst«, tröstete ich mich.

Wir schauten uns an und versuchten, den schmerzlichen Abschied hinauszuzögern – und wenn es nur für ein paar Sekunden war. Wie von selbst näherten sich unsere Körper einander, und wir umarmten uns zärtlich. Als ich sie losließ, hob Shamira das Gesicht, das vorher auf meiner Schulter geruht hatte, und ihre Lippen näherten sich meinen. Ich roch die Süße ihres Mundes. Neue, unbekannte Empfindungen stürmten auf mich ein, die mich an den Rand der Ekstase brachten. Doch als unsere Lippen kurz davorstanden, einander zu berühren, wich Shamira aus und küsste mich auf die Wange.

Verdattert sah ich sie mit einer Mischung aus unschuldiger Verwirrung und leidenschaftlichem Begehren an.

»Wenn du einen richtigen Kuss willst, musst du ihn dir holen«, sagte sie verführerisch und mit unwiderstehlichem Charme.

In diesem Augenblick wollte ich sie nur noch besitzen, sie für immer bei mir haben, mich ihrem Zauber ausliefern. Doch gerade weil ich sie so sehr liebte, weil ich sie vor allem Übel beschützen wollte, konnte ich sie nicht einfach nehmen. Deshalb – und nur deshalb – hielt ich meinem Begehren stand. »Es wird ein Tag kommen, an dem sich die Dunkelheit auflöst, Zauberin, und dann kommt unsere Zeit.«

Sie lächelte stolz, und einen Moment lang schien es mir, dass sie trotz des verführerischen Kusses von Anfang an genau darauf gehofft hatte.

Und so verließ ich die Stadt der Sieben Hügel und ließ alle meine besten Erinnerungen aus der Zeit der Caesaren zurück. Ich sollte noch mehrmals nach Rom zurückkehren, aber die Stadt würde nicht mehr die gleiche sein. Nicht ohne Shamira.

Im Herbst jenes Jahres verließ die Magierin die große Stadt, reiste nach China und blieb dort bis zum Tod von Blume des Ostens, die so alt wurde, wie ein Mensch nur werden kann. In dieser Zeit studierte die Nekromantin die chinesische Magie und vervollkommnete ihr mystisches Wissen. Mit der Ermordung der Magiermeister hatte Zamir ihr, ohne es zu wollen, eine zwar traurige, aber große Ehre erwiesen: Shamira war jetzt die größte Magierin auf Erden.

DRITTER TEIL

Die Geißel des Feuers

11 Fast ein Mord

Der Berg an der Südküste des Atlantiks in Rio de Janeiro, auf dem die riesige Christus-Erlöserstatue stand, war in eine schwarze Regenwolke gehüllt. Sie verdeckte auch die Sonne, die das Meer blau und den Sand an den Stränden weißlich hatte schimmern lassen.

In Ablons Appartement sah Siéme, die Meisterin des Geistes, durchs Fenster und starrte gebannt auf das heraufziehende Unwetter. Asiel, die Heilige Flamme, bewachte die Tür, während der Abtrünnige Engel die zerbrochenen Regale durchwühlte, um den falschen Pass zu finden, den er für Notfälle aufbewahrte und der jetzt irgendwo in dem Durcheinander verloren gegangen war, das der Schwarze Engel hinterlassen hatte.

»Da ist er ja!«, rief Ablon und zog das Dokument aus einem Haufen Gerümpel.

»Gleich schließen die Geschäfte«, bemerkte Siéme, die das Geschehen auf den Straßen aufmerksam beobachtete. »In den Köpfen der Menschen hat sich kollektive Angst breitgemacht.«

»Daran ist der Krieg schuld. Wahrscheinlich wurde der Weltkrieg offiziell erklärt«, überlegte Ablon.

»Den Zeitungen nach zu urteilen, gehört dieses Land zu keinem der beiden Konfliktblöcke«, mutmaßte Siéme.

»Der Krieg hat Auswirkungen auf die ganze Welt, Siéme. Die Waffen der Menschen haben grenzenlose Zerstörungskraft«, erklärte Ablon, in Gedanken bei den Atomwaffen. »Früher oder später wird die ganze Erde darunter leiden. Eine zerstörerische Energie wird die betroffenen Orte verseuchen, und für die Überlebenden kommt der Tod erst später.«

»Das sind ja grässliche Aussichten!«, rief Asiel erschrocken. »Anscheinend wiederholen die Menschen die Katastrophen, die sich die Erzengel vor Urzeiten ausgedacht haben. So weit ist es mit ihnen gekommen!«

»Es ist kein Zufall, dass ich nicht mehr an die Menschheit glaube. Viele Jahre lang dachte ich, man könne den Hass rückgängig machen, bis ich sah, wie in Japan der Atompilz in den Himmel aufstieg. Aber was Luzifer gesagt hat, stimmt zum Teil. Die *Zivilisation* der Menschen wird in diesem Krieg untergehen, aber nicht alle werden sterben. Noch ist es möglich, aus den Trümmern eine neue Welt erstehen zu lassen – aber nicht dadurch, dass Michael die Sterblichen verfolgt.«

Ablon zurrte die Riemen um das längliche Bündel fester, in das er die Heilige Rächerin eingewickelt hatte. Er wollte nicht mit einer ein Meter langen Klinge in der Hand durch die Straßen gehen. Mit einer Schnur brachte er provisorisch eine Schlaufe um das Bündel an und warf es sich schwungvoll über die Schulter. Wie er die Waffe durch den Zoll bringen sollte, wusste er noch nicht.

»Du hast recht, General«, pflichtete Siéme ihm bei. »Wir Engel haben schon gesehen, wie sich Menschen von viel schlimmeren Katastrophen erholt haben. Wer hätte damals gedacht, dass sie der Sintflut trotzen würden?«

Unwillkürlich wanderten die Blicke der beiden zu Asiel, der in den Tagen der großen Überschwemmung um ein Haar zu einem grausamen Mörder geworden wäre. »An dieser sinnlosen Zerstörung werde ich mich nicht beteiligen«, hatte die Heilige Flamme zu ihrem Meister Amael gesagt, der es sich nicht leisten konnte, sich diesem Befehl, den er direkt von den Erzengeln erhalten hatte, zu widersetzen.

Es folgte betretenes Schweigen, bis Ablon das Wort ergriff. »Gehen wir. Ich habe gefunden, was ich gesucht habe.« Den Pass hatte er in die Tasche gesteckt.

Die drei steuerten auf die Tür zu, doch Siéme trat auf einen Gegenstand, der in der Mitte des Raums lag. Es war Shamiras Pistole, die Desert Eagle, mit der sie letzte Nacht Eusin und Ankarel in Schach gehalten hatte. Da lag sie, neben einer Spur aus Blut und Unrat.

»Was ist das?«, fragte sie neugierig.

»Eine Waffe, Shamiras Pistole«, erklärte Ablon.

»Das ist ein gewöhnlicher Gegenstand aus Metall. Wie wollte sie sich damit gegen die Himmelsbewohner wehren?«

»Die Bleiprojektile waren verzaubert und wurden dadurch magisch aufgeladen.«

Trotz ihrer ganzen himmlischen Intelligenz hatte die Seraphine noch nicht richtig begriffen, wie sich Magiekenntnisse mit der belanglosen Technologie moderner Menschen kombinieren ließen. Die Taktik der Magier kam ihr ziemlich absurd vor.

»Vergiss es, Siéme«, sagte Ablon knapp. »Wir haben nicht viel Zeit.«

Zugleich fasziniert und empört von der Dreistigkeit der Menschen folgte Siéme Ablon. Gemeinsam traten sie auf die Straße.

DIE FRIEDENSRUNE

Die Sonne war nun richtig aufgegangen, und die Feuchtigkeit nahm zu. Eine Regenwolke verdunkelte den Himmel, und ein grollender Donnerschlag ließ die Stadt erbeben. Zuckend ging ein Blitz über dem Meer nieder – der Vorbote eines nahenden Gewitters.

»Hört es in dieser Stadt denn nie auf zu regnen?«, beschwerte sich Siéme, während sie wieder in den Lederparka schlüpfte, den sie zuvor wegen der Hitze ausgezogen hatte. Seraphim sind perfektionistisch und schätzen es nicht, wenn irgendetwas nicht an seinem Platz ist.

»Das ist kein natürliches Unwetter«, stellte Asiel fest. Die Ischim kannten sich besser mit den faszinierenden Naturgeheimnissen aus als alle anderen. »So heftig dürfte es nicht regnen.«

»Das sind die Auswirkungen des Klimawandels«, erklärte Ablon.

»Wie kommt es zu diesem Klimawandel?«, wollte die Heilige Flamme wissen.

»Zerstörung der Ozonschicht, Treibhauseffekt, zunehmende Umweltverschmutzung … All das hat das Weltklima aus dem Gleichgewicht gebracht. In warmen Gegenden wird es kälter, während sich gleichzeitig die Pole erwärmen. Überall auf der Welt herrscht derzeit ein komplettes Klimachaos.«

Asiel wurde nachdenklich. Um die Elementarkräfte zu bewahren, kämpften die Ischim unentwegt dafür, den Fluss der Natur aufrechtzuerhalten, aber weil die Menschen so gierig waren, erwies sich ihre ganze Arbeit plötzlich als wirkungslos.

Das Grüppchen hielt geradewegs auf die Gasse zu, in der Ablons Motorrad stand. Da sie zu dritt waren, schlug er vor, die U-Bahn zu nehmen. Als sie die verdreckten Treppen zum Gleis hinuntergingen, horchte Ablon bei einem Geräusch auf, das nur er mit seinem Raubtierinstinkt hörte.

»Was ist los?«, erkundigte sich Siéme.

Ablon bedeutete ihnen mit einer Geste, still zu sein, und sie verstummten. Wie die Meisterin des Geistes kurz zuvor beim Blick aus dem Fenster festgestellt hatte, hatten Tausende Arbeiter ihre Arbeitsstätten früher verlassen und drängten sich jetzt auf den Treppen, die zu den Schaltern und Gleisen führten.

»Die Zweite Posaune, die wir vorhin gehört haben, wurde tatsächlich durch ein neues Bombardement ausgelöst«, klärte Ablon sie auf, der die Übertragung auf dem kleinen Fernsehgerät eines fliegenden Händlers mitverfolgte. »Der Krieg wurde nun offiziell erklärt.«

»Was ist passiert?«, wollte Asiel wissen.

»Sie sagen, die Östliche Allianz habe auf den Atomangriff in Peking reagiert, indem sie über New York eine Bombe abgeworfen hat.«

Die Heilige Flamme kannte diese Stadt, doch Siéme hatte noch nie von ihr gehört.

»Dann blies der zweite Engel seine Posaune. Etwas, das wie ein großer brennender Berg aussah, wurde ins Meer geworfen«, murmelte Ablon, dem die biblischen Worte des Johannes wieder einfielen.

»Ich verstehe den Zusammenhang nicht«, gestand die Meisterin des Geistes.

»New York ist eine Insel«, erläuterte Asiel.

Die Engelsfrau verstand die Erläuterung, war damit aber nicht recht glücklich.

Früher hatte es nicht überall in der Stadt ein U-Bahn-Netz gegeben, deshalb hatte man es vor acht Jahren anlässlich der Olympischen Spiele in Rio de Janeiro erweitert. Seitdem gab es kein Geld für den Unterhalt mehr, sodass in den einst hell erleuchteten Waggons kein Licht brannte und die sauberen Bahnsteige verdreckten. Dort trieben jetzt Banden ihr Unwesen, die im Morgengrauen die Bänke zerstörten und Lichtkabel stahlen. Siéme reagierte entsetzt, doch Asiel hatte schon geahnt, was ihn erwarten würde. Der Gestank nach Schmutz war Übelkeit erregend, und die drei Engel mussten sich unter die Menschenmenge mischen, um einsteigen zu können.

Auf halber Strecke zum Flughafen bat Ablon die anderen beiden, mit ihm an einer Haltestelle in der Nähe des Strands auszusteigen. »Es dauert nicht lange. Ich muss nur schnell etwas erledigen.«

Sie stiegen die Treppe hinauf und fanden sich am Strandboulevard wieder. Es war nicht derselbe Strand, an dem Ablon und

Shamira vor zwei Tagen gewesen waren. Sie standen vor der Botafogo-Bucht mit dem berühmten Zuckerhut, einer Bergkuppe, die gleichsam aus dem Meer aufzusteigen schien und den Abschluss der Bucht bildete. Über ihren unzugänglichen Felshängen befand sich ein wunderschöner Aussichtspunkt, den man nur mit einer Seilbahn, dem sogenannten Bondinho, erreichte.

Asiel und Siéme hatten nicht begriffen, warum Ablon ausgestiegen war. Sie überquerten den Boulevard und liefen über den Sandstrand zum Meeressaum. Es war noch nicht richtig Abend, aber das drohende Unwetter hatte den Himmel schwarz gefärbt. Blitze zuckten von einer Wolke zur nächsten, um sich dann auf der Bergkuppe zu entladen.

»Entschuldigt, dass ich euch hierhergebracht habe. Ich habe nie an das Schicksal oder die Vorsehung geglaubt, war aber der Ansicht, ich müsste jemandem die Ehre erweisen«, wandte sich Ablon an die beiden.

»Und wem?«, fragte Asiel, darauf bedacht, nicht aggressiv zu klingen.

Ablon steckte die Hand in die Tasche seines Gummiregenmantels und tastete nach dem Basaltsplitter, den er erst kürzlich von Orion auf der Christus-Erlöserstatue bekommen hatte. »Der ersten großen Nation. Dem Volk, das alles getan hat, um den himmlischen Gesetzen Geltung zu verschaffen, weil sie in ihren Augen Richtlinien von Jahwe persönlich waren, und das dafür mit der Zerstörung seiner Ländereien und der totalen Vernichtung seiner Kultur bestraft wurde.«

»Atlantis«, verriet Siéme.

Als Ablon die Hand öffnete, bemerkten die beiden Himmlischen ein schwarzes Stück Stein auf seiner Handfläche. Auf der einen Seite war er glatt und schimmernd, als hätte er früher einmal zu einem größeren Gegenstand gehört. Auf der polierten Seite stand ein uraltes Zeichen, das die Engel als eines der atlantischen Piktogramme identifizierten.

»Das ist eine atlantische Rune«, erkannte Asiel. »Was bedeutet sie?«

»Es ist das Zeichen für Frieden. Dieser Splitter gehörte zu dem Monolithen, der vor langer, langer Zeit in der Hauptstadt von Atlantis stand und bei der großen Überschwemmung umstürzte.« Ablon machte eine lange Pause, bevor er mit seiner Erklärung fortfuhr. »Bei den Atlantiden war es jahrtausendelang Brauch, Wünsche in Steine zu ritzen und diese dann ins Meer zu werfen. Sie erzählten sich, dass die Wellen das, was der Ozean verschluckt hatte, immer wieder zurückgaben. Ich weiß nicht, warum, aber etwas hat mich dazu getrieben.«

Mit aller Kraft schleuderte Ablon den Stein ins Meer, sodass sie ihn auf seiner Flugbahn beinahe aus den Augen verloren. Die Wassermassen schlossen sich über der Rune und zogen sie bis auf den Grund der Bucht. In der anderen Manteltasche spürte Ablon das Gewicht des Tongegenstands, des mystischen Schlüssels, den Luzifer ihm gegeben hatte. Er wusste, dass er ihn nicht verwenden würde, und überlegte, ob er ihn fortwerfen sollte – aber dann behielt er ihn doch.

Ein heller Blitz zuckte über den Abendhimmel.

Es fing an zu regnen.

Der Turm der Tausend Fenster

Der furchterregende Schwarze Engel mit seinen unverwechselbaren Flügeln und dem Helm, der sein ganzes Gesicht verbarg, flog mit einer ohnmächtigen Frau in den Armen durch die ätherische Ebene. Es war Shamira, die er in der physischen Welt entführt und hierhergebracht hatte. Trotz ihrer magischen Künste war sie ein Mensch aus Fleisch und Blut und konnte den Schleier der Wirklichkeit nur durch eine Übergangspforte durchdringen. Doch der Schwarze Engel besaß großartige Fähigkeiten, und eine davon war die Eigenschaft, »alle Türen zu öffnen«. Das hieß, er konnte sich nach Belieben durch die Ebenen bewegen, die Membran durchdringen und durch die Astralebene auf die ätherische Ebene gelangen.

Das prachtvollste Bauwerk auf der ätherischen Ebene ist die Festung von Zion. Ihre Proportionen überragen ein von Menschen errichtetes Gebäude in jeder Hinsicht – sie sieht aus wie ein Turm, der aus hundert immer kleiner werdenden, übereinanderliegenden Ringen erbaut wurde, und endet oben in einem runden Hof, wo das größte aller Kunstwerke der Welt steht: das Rad der Zeit, der rätselhafte Kreis, den Gott als Zeichen für den Ablauf des siebten Tages erschaffen hat.

Der erste Ring dieser gewaltigen Festung hat an der Basis einen Durchmesser von über dreitausend Metern. In den aus rötlichem Gestein errichteten Außenmauern sind Zehntausende Erker, Fenster und Eingänge eingelassen, die von mächtigen Cherubim-Legionen streng bewacht werden. Im Innern gibt es unzählige Gemächer und Hallen für die Anhänger des Erzengels Michael – böse, neiderfüllte Engel, die ihre Wohnstatt im Paradies aufgegeben haben, um in der großen Schlacht des Armageddon mitzukämpfen. Man nennt die Festung auch Turm der Tausend Fenster, dabei hat sie viel mehr als tausend Öffnungen.

Der Schwarze Engel flog zu den Bergen hinauf, die einen schützenden Ring um Zion bildeten, und näherte sich dem Turm. In der Ferne, schon fast am Horizont, konnte man das rote Wasser des Styx erkennen.

Keiner der Cherubim, die in diesem Gebiet patrouillierten, ja nicht einmal die Hauptmänner und Kommandanten, wagte es, jene seltsame Wesenheit aufzuhalten, von der niemand wusste, woher sie gekommen war, und die nur dem Engelsfürsten Gehorsam leistete. Sicher landete sie auf einer der Plattformen des vorletzten Geschosses und verschwand durch einen dunklen Tunnel im Turminnern. Mittlerweile war Shamira aufgewacht, ließ sich aber willenlos tragen. Sie fühlte sich handlungsunfähig, aber für jemanden, der sich mit okkulten Dingen beschäftigte, war es schon faszinierend, in der Festung von Zion zu sein. Immerhin hatte noch nie ein menschliches Wesen sie zu Gesicht bekommen, geschweige denn jemals betreten.

Am Ende des Tunnels, vor einer mannshohen metallenen Tür, wartete eine Gestalt auf den Schwarzen Engel mit seiner Beute. Die Gestalt steckte in einer Vollrüstung aus glänzendem Stahl mit Goldmustern und trug am Gürtel ein Schwert mit verziertem Knauf. Den Helm mit spitzer Kinnpartie zierte eine rote Mähne, die weißen Flügel wirkten an den Enden zugespitzt und glänzten wie Messerklingen. Dieses märchenhafte Wesen hatte Shamira noch nie gesehen, war jedoch aufgrund seiner mächtigen Aura sicher, den Erzengel Michael vor sich zu haben.

»Hattest du Schwierigkeiten, meinen Befehl auszuführen?«, fragte der Engelsfürst.

»Es war so einfach, wie die Abtrünnige Ishtar auszuschalten«, antwortete der Schwarze Engel.

»Gut …«, brummte Michael und musterte die Nekromantin. »Komm mit.«

Die metallene Tür öffnete sich von allein und gab den Blick auf einen eigenartigen Raum am Ende einer ansteigenden Treppe frei. Es war eine große, runde Halle aus demselben roten Gestein wie die Festung. An den Wänden zählte Shamira zwei Dutzend Eisentüren, die alle geschlossen waren. Die Scharniere schienen versiegelt, und an den Türen gab es keine Klinken, doch jede wies in der Mitte eine kreisförmige Einbuchtung auf, die mit Engelssymbolen verziert war. Shamira vermutete, dass diese Vertiefungen so etwas wie ein mystisches Schloss waren, in das ein runder Schlüssel gesteckt wurde. In der Mitte der Halle stand ein säulenähnliches Podest, und auf diesem lag ein uraltes Buch, das innen und außen beschrieben war. Es war das Buch der Wahrheit, das Gott Michael überreicht hatte, bevor er sich zur Ruhe legte. Aber das konnte Shamira nicht wissen – und auch nicht, dass sie sich in dem berühmten Pfortensaal befanden, in den Luzifer Ablon hatte schicken wollen, damit er den Zugang zur Hölle öffnete.

In diesem Raum gab es nur eine offene Tür, die größer war als die anderen und sich von ihnen unterschied. Sie führte zu einer zweiten, deutlich schmaleren Treppe, und auf diese hielten die beiden Himmelsbewohner zu. Dabei fiel Shamira auf, dass Michael das Buch der Wahrheit vom Podest zog und mitnahm.

Die Stufen endeten bei einer offenen Falltür, die auf einen kleinen, kreisförmigen Hof hinausging. In der Mitte stand ein großes Rad, einem steinernen Tisch ähnlich, das mit einer Achse am Boden befestigt war. Wie bei einem Uhrzifferblatt waren die Außenränder des Rads mit Buchstaben beschriftet, die Shamira nicht kannte – es handelte sich dabei um die heilige Sprache der Malakim, die aus der Zeit vor der Entstehung der Welt stammte. Sie waren also auf der Spitze der Festung angekommen, und diese kleine terrassenartige Fläche war das letzte Geschoss.

Erst jetzt sah die Magierin an der Brüstung einen schwarzen Marmorpfeiler, an dem Gefangene angekettet wurden. Dort, gegenüber vom Rad, legte der Schwarze Engel sie in Ketten, sodass sie nicht fliehen konnte.

»Du kannst jetzt gehen«, sagte Michael zu dem Entführer. »Du weißt, was zu tun ist.«

Die Kreatur kehrte zur Falltür zurück und verließ die Terrasse.

Nun war Shamira mit dem Engelsfürsten allein. Nie im Leben hätte sie gedacht, dass sie einmal vor dem großen Tyrannen stehen würde. Sie war ratlos und wusste nicht, was sie tun oder sagen sollte. Angst hatte sie ergriffen, dieselbe Angst wie vor vielen Tausend Jahren, als König Nimrod sie gefangen genommen hatte. Sie hatte geglaubt, seit diesem Ereignis gelernt zu haben, sich jeder Herausforderung zu stellen. Aber es gibt immer wieder jemanden, der uns erneut auf die Probe stellt.

Sie öffnete die Augen, denn sie wusste, dass es sinnlos war, eine Ohnmacht vorzutäuschen.

»Shamira, die Hexe von Endor«, stieß Michael triumphierend hervor. »Du weißt gar nicht, wie wertvoll du für uns bist!«

Sie wusste nicht genau, was er damit meinte, doch in Gedanken hatte sie sich schon eine Hypothese zurechtgelegt. »Falls du meinst, mich als Köder benutzen zu können, um Ablon herzulocken, wirst du scheitern. Der Abtrünnige Engel hat keine Möglichkeit, auf die ätherische Ebene zu gelangen.«

Der Engelsfürst zog seinen Helm ab, sodass die Frau sein Gesicht sah. Durch sein schwarzes Haar zog sich von der Stirn bis in den Nacken eine einzelne weiße Strähne. Das Gesicht hatte harte Züge und war übersät mit Narben – sie stammten von Verletzungen, die er in den Urzeitlichen Schlachten während der Erschaffung des Universums erlitten hatte.

»Das weiß ich, Zauberin – wie sollte ich es auch nicht wissen? Ich selbst habe ihn ja nach Haled verbannt, lange bevor du auf die Welt kamst. Ablon ist heute ein Flüchtling, weil *ich* ihn aus meinem Haus verstoßen habe.«

Resigniert begnügte sich Shamira damit, den Erzengel mit unbewegter Miene anzuschauen.

»Aber du kennst die Geschichte ja«, sprach er weiter. »Dir sind wohl nur wenige Dinge entgangen. Jahrhundertelang hast du dich mit den Geheimnissen des Kosmos beschäftigt, hast alte Bücher gelesen, Mosaiken in Ruinen entziffert und dem Raunen der Toten gelauscht … Du hast überlebt, weil du den bösen Geistern ihre Energie geraubt hast, um ewig jung zu bleiben. Weib, warum hast du das getan? Mit welchem Ziel?«

Michael war intelligent und gewitzt und hatte Shamira genau an ihrer Schwachstelle getroffen. Sie war unfähig zu antworten.

»Seinetwegen – wegen diesem Kriegerengel. Du hast beschlossen, nicht zu sterben, in der Hoffnung, eines Tages würde sich die Welt verändern, und ihr könntet gemeinsam in Frieden leben.«

Shamira erschrak. Woher wusste der Tyrann so viel über sie?

»Aber dieser Tag wird niemals kommen. Selbst der Abtrünnige Engel hat schon alle Hoffnung fahren lassen, und du solltest dich endlich mit der Wahrheit abfinden.«

»Deine Wahrheit ist nicht dieselbe wie meine, Erzengel«, sagte sie frech.

»Du irrst, Zauberin. Meinst du wirklich, wir hätten dich nur gefangen genommen, um einem geächteten Engel eine Falle zu stellen? Nein … Wir haben etwas viel Großartigeres mit dir vor.«

»Dein Leibwächter hat aber etwas anderes gesagt, als er mich entführte.«

»Du solltest deinen Feinden nicht so viel Vertrauen schenken. Ehre, Ruhm, Tugend … das sind Regeln, die für Menschen gelten. Dadurch lassen wir Erzengel uns nicht einschränken.«

Shamira zog es vor, ihm nicht zu widersprechen, und schwieg. In aller Ruhe schritt Michael über den Hof, den Blick fest auf das steinerne Rad geheftet.

»Weißt du, was das ist?«, fragte er und fuhr mit dem Finger über den Stein.

»Das Rad der Zeit. Ablon hat mir davon erzählt.«

Michael gab sich mit dieser Antwort zufrieden. Wie es aussah, nahm das Gespräch die von ihm gewünschte Richtung. Eine eisige Windbö fegte über die Terrasse und wirbelte durch Shamiras dunkle Locken.

»Sieh dir die Zeichen auf dem Stein an. Ich weiß, du kannst sie nicht verstehen, aber es ist ganz einfach, die Bahn des Rads zu begreifen. Wie du siehst, wird sich der Kreis bald schließen«, bekräftigte er und zeigte auf den letzten der Buchstaben, der schon weitergerückt war. Für Shamiras Augen schien dieser Gegenstand jedoch unbeweglich. »Das Rad der Zeit dreht sich langsam weiter, auch wenn du es mit deinen Menschenaugen nicht erkennen kannst. Begreifst du denn nicht, Weib? Dein abtrünniger Freund kann nichts dagegen tun. Nicht einmal ich habe die Macht, den Lauf der Welt anzuhalten. Nur der Allerhöchste könnte es.«

»Michael, du bist ein Mörder. Du hast Tausende Menschenleben auf dem Gewissen und rechtfertigst deine Verbrechen mit dem Wort Gottes. Niemand hat die Befehle des Schöpfers öfter missachtet als du. Wie kommst du darauf zu erwarten, dass du von seinem Urteil verschont bleiben wirst, wenn er aufwacht?«

»Du nennst mich einen Mörder, siehst aber nicht, was deine Spezies dem Planeten angetan hat: Kriege, Tod, Hunger, Zerstörung. Mittlerweile sind die irdischen Waffen ebenso machtvoll wie die göttliche Kraft, und der Konflikt der Menschen wird die Welt vernichten. Die Menschen haben die Macht Gottes gestohlen und werden sie gegen sich selbst richten. Seit es Menschen gibt, schüren sie Hass, Egoismus und Gewalt.«

»Das enthebt dich nicht deiner Verantwortung.«

»Das sind leichtfertige Worte, Magierin. Von Anfang an habe ich dafür gekämpft, diese Welt zu retten. Ich habe schon immer gewusst, dass es einmal so enden würde, und alles versucht, um die Schöpfung meines Vaters zu bewahren.« Er klang aufrichtig. »Wenn du meinst, ich hätte versagt, dann täuschst du dich. Alles läuft jetzt darauf hinaus, dass mein Wille geschieht. Die Menschheit wird vernichtet werden. Die Überlebenden werden geopfert, und am Schluss werde ich den Thron bekommen, der mir gebührt.«

»*Deine* Worte sind leichtfertig, Erzengel. Woher willst du denn wissen, dass die Menschheit auf einen Abgrund zusteuert? Soweit ich weiß, sind die Malakim die einzigen Engel, die in die Zukunft blicken können, und nicht einmal sie haben den Krieg der Menschen vorausgesehen.« Sie lächelte, denn gleich würde sie ihre Karten ausspielen.

»Was ist die Macht eines Malakim schon gegen die Kraft Gottes? Der Abtrünnige Engel hat dir so viel erzählt – vielleicht auch darüber.« Michael nahm ein Buch mit vergilbten Seiten in die

Hand, das innen und außen mit Engelszeichen beschrieben war, und hielt es Shamira hin. »Das hier ist das Buch der Wahrheit, eine heilige Reliquie. Ich erhielt sie von Jahwe persönlich, bevor er sich zur Ruhe begab. Es enthält die gesamte Geschichte des siebten Tages. Darin steht alles: die Vergangenheit, die Gegenwart, die Zukunft. Das Schicksal jedes Einzelnen von uns ist hier aufgezeichnet – niedergeschrieben von Gott.«

Shamira schluckte schwer. Mehr als einmal hatte Ablon ihr von diesem geheimnisvollen Buch erzählt, und wenn es stimmte, dass darin der Lauf der Welt enthalten war, dann hatte der Tyrann vielleicht sogar recht. Dann war sein Motiv trotz all seiner grausamen Taten gerechtfertigt, so wie es seinem himmlischen Naturell entsprach. Doch das wollte Shamira einfach nicht glauben. Niemals hätte sie akzeptieren können, dass Ablons Vorstellungen und Werte in den Schmutz gezerrt wurden. Hatte er die ganze Zeit für die falsche Sache gekämpft?

Michael legte das Buch beiseite, drehte seiner Gefangenen den Rücken zu und schritt zur Brüstung. Von dort aus waren undeutlich der Horizont und die Gebirgskette zu erkennen, die die Festung umgab. Er blickte nach oben, zu Boden und zu den Engeln, die am Turm patrouillierten. Schließlich starrte er auf die roten Wasser des Styx. In seinen Augen erkannte Shamira den Schatten der Vergangenheit.

»Es gab einmal eine Zeit, Zauberin, da regierten die Erzengel die Welt.« Seine Stimme klang jetzt sanfter. »Es war ein kurzer Augenblick, ein flüchtiger Moment zwischen dem Weggang Gottes und dem Erwachen des menschlichen Bewusstseins und der darauffolgenden Entstehung des Schleiers der Wirklichkeit. Damals war die Erde ein Paradies, bis deine Rasse anfing, sie sich untertan zu machen. Da Jahwe nicht da war, musste ich die Entscheidung treffen, sein Werk zu bewahren. Und so fing das Blutvergießen an. Ich hatte vor, alle auf einmal zu vernichten, weil ich dachte, ich könnte mein Schicksal ändern – könnte dem entgehen, was im Buch der Wahrheit stand. Aber es ging nicht. Und schließlich fügte ich mich in mein Los.«

Shamira ließ sich die Worte durch den Kopf gehen und entdeckte einen Fehler in seiner Argumentation. »Aber wann erwacht der Schöpfer denn? Meinst du, er wird zulassen, dass du die überlebenden Menschen ermordest und deine perfekte Welt einrichtest?«, stichelte sie.

Da glitt ein triumphierendes Lächeln über das Gesicht des Tyrannen. »Ich sehe, dass du überhaupt nicht begriffen hast, was ich gesagt habe, Weib!« Er kam auf sie zu. »Kinder wachsen früher oder später über ihre Eltern hinaus – merk dir das! Jahwes Zeit ist abgelaufen. Nun ist für uns der Zeitpunkt gekommen, eine neue Weltordnung zu errichten.«

Jetzt begriff Shamira, was er vorhatte, und allein der Gedanke an das, was passieren würde, jagte ihr Angst ein. Ihr fehlte der Mut, etwas zu erwidern, doch der Erzengel erläuterte ihr seinen Plan: »Sobald das Rad der Zeit abgelaufen ist, werde ich mich zur Gottheit ausrufen. Wie ich das machen werde, erfährst du rechtzeitig genug, aber du würdest meine Vorgehensweise ohnehin nicht verstehen. Wird dir nun endlich klar, weshalb wir dich hergebracht haben?«

»Du brauchst meine Seele. Nur deswegen hast du mich noch nicht getötet.«

»Ich bin ein Erzengel. Genau wie die Engel können wir nicht aus unserer Haut heraus. Wir besitzen keinen freien Willen. Das ist eine Eigenschaft der Seele, die uns fehlt, der Seele, die uns verweigert wurde.« In diesem letzten Satz lag ein Hauch Melancholie, aber auch Zorn.

Entsetzen packte Shamira. So hilflos und zugleich so begehrt hatte sie sich noch nie gefühlt. Nicht einmal in ihrem Verlies in Babel hatte sie ein solches Grausen erlebt. Am liebsten hätte sie ihrem Leben ein Ende gesetzt, doch an dem Marmorpfeiler konnte sie sich nicht rühren.

»Deine Seele besitzt große Macht«, fuhr der Bösewicht fort, »vielleicht so viel Macht wie keine andere. Die Apokalypse hat schon begonnen und geht ihrem Ende zu. Zum geeigneten Zeitpunkt werde ich mir mit der Energie deiner Seele selbst eine Seele erschaffen und damit mein Schicksal erfüllen. Jahwe wird nicht aufwachen, die Menschheit wird ausgerottet werden. Sobald sich der Schleier aufgelöst hat, wird mich nichts mehr daran hindern, die Welt mit Engeln zu bevölkern, die mir treu sind, und es werden endlich erleuchtete Wesen auf der Erde leben und keine Lehmpuppen wie heute.«

Shamira nahm allen Mut zusammen, um den Tyrannen anzusehen. »Findest du das nicht seltsam? Zur Erfüllung deines sehnlichsten Wunschs brauchst du das, was du am meisten hasst. Falls es wirklich so etwas wie Schicksal gibt, dann kann es sein, dass es dich betrügen will, Erzengel.«

»Auch hier irrst du dich, Nekromantin. All das hat sich Jahwe selbst ausgedacht und seine Befürchtungen im Buch der Wahrheit festgehalten. Alles ist schon vorherbestimmt, und mir fällt es zu, seinen Platz einzunehmen.«

»Dann sag mir doch, Engelsfürst … Meinst du, meine Seele wird ausreichen, um dich auf den höchsten Thron zu bringen? Glaubst du, du allein hättest die Macht, über das Universum zu herrschen?«

»Nein, Shamira. In meinem Plan gibt es noch ein wichtiges Element, das ich jetzt noch nicht verraten will. Das wird der Schlussstein sein.«

Sie wollte sich gar nicht erst ausmalen, was für ein Schlussstein das sein mochte. »Du vergisst, dass deine Feinde ebenso mächtig sind, Michael«, sagte sie angriffslustig. »Meinst du, sie lassen dich diesen makabren Plan in die Tat umsetzen?«

Michael lächelte verächtlich. »Du denkst dabei wohl an meine Brüder. Keiner von ihnen macht mir wirklich Sorgen. Gabriel hätte nicht den Mut, sich mir zu widersetzen. Seine anmaßende

Gutmütigkeit wird ihm noch zum Verhängnis werden. Und was Luzifer angeht … Für den habe ich schon gesorgt. Er kann mir schon lange nicht mehr gefährlich werden.«

Michael hatte es satt, sich mit dieser seiner Meinung nach dummen, unbedeutenden Menschenfrau zu unterhalten. Er legte seinen Helm ab, ergriff das Buch der Wahrheit und ging die Stufen der Falltür hinunter.

Jetzt war Shamira allein. Fürs Erste hatte sie nichts zu befürchten, doch wenn ihr Ende nahte, würde sie den schlimmsten aller Tode erleiden. Sie schalt sich egoistisch, weil sie sich von ihrer körperlichen Begierde hatte mitreißen lassen und ewig leben wollte, um später einmal das Herz des abtrünnigen Helden zu erobern. Doch da wurde ihr bewusst, dass ihr genau diese Hoffnung, dieser Wunsch nach Frieden an der Seite des geliebten Engels Zuversicht gab.

So wie Ablon einst eine Entscheidung getroffen hatte, wollte auch Shamira jetzt die Hoffnung nicht aufgeben – jene Hoffnung, die in den Augen des fliehenden Kämpfers bereits erloschen war.

Im Flughafentower

In Rio regnete es in Strömen.

Es war zwar Tag, aber stockdunkel, als Ablon, Asiel und Siéme die Treppen der U-Bahn zum Flughafen hochstiegen. Dem General fiel auf, dass im Luftraum viele Flugzeuge landeten und nur wenige starteten.

Der internationale Flughafen von Rio de Janeiro ist ein Gebäude aus Beton und Glas mit Start- und Landebahnen sowie Überführungen. Es besteht aus zwei Teilen – einem alten, der in den Siebzigerjahren erbaut wurde, und einem neueren aus den Neunzigern. Den Passagierbereich teilt er sich mit der Air Force Base, einem Militärflughafen, in dem hin und wieder Militärjets stehen.

Zwischen den beiden Überführungen, die zu den Terminals führen, steht der hohe Tower, in dem ein Dutzend Techniker Flüge organisiert, Starterlaubnisse erteilt und landende Flugzeuge einweist.

Im strömenden Regen überquerten die drei Engel die Zufahrtsstraße, auf der ungewöhnlich dichter Verkehr herrschte. Busse, Taxis und Autos standen in Zweierreihen im Stau und machten ein Weiterkommen unmöglich. Erst vor wenigen Tagen, vor Ausbruch des Kriegs, war Ablon hier gewesen, aber ein so großes Gedränge hatte er nicht erlebt.

Als sie durch die Automatiktür in den Boardingbereich kamen, begriffen sie, was los war. Die Flüge waren ausgebucht. In den Wartezonen drängten sich die Menschen in Scharen, einige saßen auf dem Boden, andere standen herum und starrten gebannt auf den Monitor mit den Start- und Landezeiten. Da Flugzeuge aus Europa, den Vereinigten Staaten, dem Osten und den meisten Ländern, die in der Kampflinie lagen, in Rio landeten, waren alle Landebahnen blockiert, und andere Flugzeuge konnten nur mit Verspätung starten. Ablon fiel auf, dass diese Menschen nicht auf Angehörige warteten, sondern Ausländer waren, eingetroffen aus den Ländern, die Schutz suchten.

»Wir nehmen Flüchtlinge auf«, sagte er nach einem Blick auf den Monitor mit den Lande- und Abflugzeiten. »Die Abflüge werden annulliert, damit auf den Landebahnen Platz für ankommende Flugzeuge ist.«

»Gibt es keinen Flug nach Jerusalem?«, fragte Asiel, den die ständig wechselnden Anzeigen auf dem Monitor verwirrten.

»Zumindest keinen Passagierflug.«

»Und was sollen wir jetzt machen?«, fragte Siéme ratlos.

»Wir müssen herausfinden, ob es Frachter, Chartermaschinen oder Militärflieger in den Mittleren Osten gibt.«

Siéme warf einen Blick auf den Monitor und begriff allmählich. »Dieser Monitor gibt keine Auskunft über die Flüge, auf die es uns ankommt, sondern nur über Passagierflugzeuge. Weißt du, wo wir diese Informationen herbekommen?«

Ablon warf einen Blick durch die Glasscheibe auf den hohen, von einer Kuppel gekrönten Bau, der zwischen den beiden Betonüberführungen stand. »Im Tower.«

Der Tower ist wichtiger Bestandteil eines jeden Flughafens. Ein Team gut ausgebildeter Spezialisten – Techniker und ehemalige Piloten – weist die Bordkommandanten an, welche Piste sie nehmen und wann sie landen oder starten sollen. Ablon konnte zwar kein Flugzeug steuern, wusste aber in etwa, wie es funktionierte, und hatte sein Wissen durch die Lektüre geeigneter Bücher und die Beobachtung des Fluggeschehens vervollständigt.

Am Flughafen von Rio befindet sich der Zugang zum Tower in der Nähe des Parkplatzes, etwas unterhalb der Überführung, die zu den Boardinggates führt. Dorthin begaben sich Ablon, Asiel und Siéme und bemerkten schon von Weitem, dass der Aufzug von zwei Armeesoldaten bewacht wurde.

»Ich kann hier ohne Ausweis hinein«, flüsterte Ablon, der sich auf seine verborgenen Fähigkeiten verließ. »Aber wie sieht es mit euch aus?«

»Wir können alle hinein«, antwortete Siéme, »mach dir darüber keine Gedanken.«

Ablon fiel ein, dass die Seraphine telepathische Fähigkeiten besaß und schwächere Gemüter manipulieren konnte.

Ungehindert an den Militärs vorbeizukommen, war für Ablon und Asiel eine eigenartige Erfahrung. Irgendwie hatte die Meisterin des Geistes die Wachen mental beeinflusst, und die drei stiegen in den Aufzug, als wären sie unsichtbar. Als einer der Wachmänner sah, wie sich die Tür des Aufzugs schloss, rief er seinem Kollegen zu: »Seltsam! Hast du irgendetwas berührt?«

»Nein, nichts. Vermutlich ein Fehlkontakt«, sagte der andere achselzuckend.

»Hoffentlich kommst du mit den Technikern im Tower genauso gut zurecht«, lobte Ablon, während sie nach oben glitten.

Die Aufzugtür öffnete sich in einen runden, mit Computern, Radarschirmen und elektronischen Geräten ausgestatteten, rundherum verglasten Raum, von dem aus man alle Start- und Landebahnen sah. Überall piepste und blinkte es, aus dem Radio drangen Stimmen, aber keiner hörte hin. Alle Mitarbeiter waren über ihren Tischen eingeschlafen.

»Da habe ich wohl etwas übertrieben«, befand Siéme selbstkritisch – einen Menschen hatte sie noch nie mental schachmatt gesetzt. Eigentlich hatte sie sie nur schläfrig und unaufmerksam machen wollen, während die drei nach Informationen suchten.

»Ist nicht so schlimm«, sagte Ablon entschlossen. »Die Daten, die wir brauchen, werden wir schon finden, und dann verschwinden wir.«

Daraufhin setzte er sich vor den Zentralcomputer und begann die Ordner zu durchforsten. Die Meisterin des Geistes kam sich indessen entsetzlich nutzlos vor, weil sie nichts von alledem verstand und eine ihrer Fähigkeiten im Übermaß eingesetzt hatte. Da kam ihr eine Idee: Sie näherte sich einem der schlafenden Techniker und hielt die rechte Hand über seinen Kopf.

Mithilfe ihrer mentalen Fähigkeiten konzentrierte sie sich und durchstöberte blitzschnell das Gedächtnis des Mannes, überprüfte dabei sein über Jahre hinweg erworbenes Wissen und eignete es sich an. Bei anderen Himmelsbewohnern hatte sie diese Technik schon oft ausprobiert – in den meisten Fällen war es aber nicht so einfach gewesen. Im Geist eines Menschen zu lesen, war, wie sie feststellte, ziemlich leicht, aber auch viel schmerzhafter. Während sie seine Erinnerungen in sich aufsog, wurde die unvorbereitete Siéme von einer Welle menschlicher Gefühle und Gedanken überschwemmt, die Engeln im Allgemeinen unbekannt sind. Liebe, Hass, Angst, Wut, Furcht, Begierde. Es war wie ein Sturzbach, der sie mit sich fortriss. Völlig verwirrt erblickte sie das Licht der

504

Welt und fühlte die Kälte, die außerhalb des Mutterleibs herrschte. Sie erlebte die irrationale Angst kleiner Kinder, die elterliche Wärme, die Glut des ersten Kusses, verspürte den Schmerz über eine verlorene Liebe und empfand Freude darüber, ein Kind gezeugt zu haben. Es waren gestohlene Erinnerungen, die zu hegen sie nie vorgehabt und von deren Existenz sie nicht einmal gewusst hatte.

Sie taumelte und wäre beinahe gestürzt, hätte Asiel sie nicht gehalten. »Danke, es geht schon«, stieß sie bemüht souverän hervor.

»Im Militärhangar steht ein Flugzeug, das uns weiterbringen könnte. Eine kleine Boeing der Luftwaffe, aber sie ist aufgetankt«, rief Ablon ihnen von der anderen Seite des Raums zu.

»Eine 737. Sie schafft es nicht bis nach Jerusalem«, protestierte die Seraphine, die sich jetzt bestens im Flugwesen auskannte.

»Sie hat einen Dreifachtank. Das reicht aus.«

Die Entwicklung von Zwei- und Dreifachtanks war von der Liga von Berlin ausgegangen, die damit eine Luftbrücke ohne Zwischenlandungen zwischen den Vereinigten Staaten und den weiter entfernten Ländern Europas einrichten wollte. So wurden zwar Fracht- und Passagierraum kleiner, aber wer solche Flugzeuge benutzte, legte mehr Wert auf Geschwindigkeit als auf Platz.

»Scheint perfekt zu sein«, musste Asiel zugeben, »aber wir haben keinen Piloten.«

Die beiden Engel wechselten einen Blick – noch ein Hindernis! Da hatten sie das Glück, ein offizielles Flugzeug mit vollem Tank zu finden, wussten aber dummerweise nicht, wie sie es in Gang bringen sollten.

»Ich kann ein Flugzeug lenken«, verriet Siéme, noch immer ganz durcheinander von den Erinnerungen, die sie sich kurz zuvor angeeignet hatte.

Nur einer der Techniker im Tower war Pilot – und der Zufall oder das Schicksal hatte es gefügt, dass es genau der war, dessen Gedächtnis die Seraphine durchforstet hatte.

»Gehen wir«, drängte Ablon, ohne eine genauere Erklärung zu verlangen.

Sie stiegen in den Aufzug und fuhren nach unten.

Sekunden später erwachte das Personal im Turm, ohne zu wissen, was los war. Stimmen ertönten aus den Radios, überall piepste es, Computer zirpten, und alle nahmen wie gewohnt ihre Arbeit wieder auf.

Sie konnten nicht wissen, dass Siéme sie vor Verlassen des Raums mental beeinflusst hatte: Der Start der 737-Militärmaschine hatte jetzt oberste Priorität.

Erst als sie sich bereits auf dem Weg zum Parkplatz in Richtung Air Base befanden, begriff Ablon Siémes Taktik, und wieder einmal dankte er Gabriel stumm dafür, dass er sie gesandt hatte.

DAS REBELLENLAGER

Auf der ätherischen Ebene wurde auf einem Plateau, 350 Kilometer von der Festung von Zion entfernt, das Rebellenlager aufgeschlagen. Von dort aus konnte man den Gebirgszug erkennen, der schützend um den feindlichen Turm und die letzten drei konzentrischen Ringe lag, die von Weitem betrachtet den Himmel zu berühren schienen. Tausende himmlische Wesen, angeführt vom Erzengel Gabriel, hatten die Feuerzitadelle im Ersten Himmel verlassen und sich hier eingerichtet, um auf den Beginn der Schlacht des Armageddon zu warten.

Gabriel stand in seiner goldenen Rüstung und mit seinem Feuerschwert auf einem Felsen und beobachtete das Gelände zu seinen Füßen. Aus dem Antlitz des Botenengels sprachen die immer gleiche Harmonie und die unerschütterliche Gelassenheit dessen, der von seinem Tun überzeugt ist.

Nachdenklich stand Gabriel allein dort oben, dann breitete er die majestätischen weißen Schwingen aus, die durch die Rüstung aus seinem Rücken herausragten, und beobachtete seine cherubinischen Krieger, die voller Stolz die Standarten trugen.

Generalin Varna, die Anführerin der Bogenschützinnen und dem Meister des Feuers seit jeher treu ergeben, erklomm den Felsen und fiel vor ihrem Kommandanten auf die Knie. Sie trug einen goldenen Bogen und auf dem Rücken, zwischen den weißen Federflügeln, einen mit Pfeilen prall gefüllten Köcher. Ein Kettenhemd, ebenfalls aus Gold, schützte sie gegen Verletzungen. Sie hatte langes braunes Haar und grüne Augen. Ihr Gesicht verriet vollkommene Ernsthaftigkeit, und sie war immer bereit, sich todesmutig in den Kampf zu stürzen.

»Ja, Varna?«, fragte Gabriel. Er hatte sie nicht gerufen.

»Asiel und Siéme sind noch nicht zurück, Herr.« Sie war immer sehr direkt. »Ich bitte um Erlaubnis, ein Kommando losschicken zu dürfen, um sie zu befreien.«

»Dazu ist jetzt keine Zeit. Die physische Welt ist in Aufruhr. Die ersten zwei Posaunen wurden schon geblasen. Es nur noch eine Frage von Stunden, bis die Schlacht des Armageddon losgeht. Zahlenmäßig ist der Feind uns überlegen. Wir brauchen alle Engel an ihrem Posten.«

»Wie Ihr wünscht, Meister, ich muss Euch allerdings darauf hinweisen, dass der Ischim und die Seraphine möglicherweise in Gefahr sind.«

Der Botenengel atmete tief ein und überlegte. »Haben sie ihre Reise in die physische Ebene erfolgreich abgeschlossen?«

»Ja, gleich als sie den Abtrünnigen Engel gefunden haben.«

Der Erzengel wirkte erleichtert. »Dann sind sie in diesem Lager sicherer als wir.«

Gabriel warf einen langen Blick auf die Truppen. Varna wusste, dass die Gewissheit des Erzengels auf seinem unermesslichen Vertrauen zu dem Abtrünnigen Engel beruhte, der in seinen Augen der eigentliche Anführer der Rebellion war und derjenige, durch dessen Vermächtnis all das hier zustande gekommen war. Varna erkannte die Leistung des kriegerischen Engels an und wusste, dass er in einem schwierigen Moment unentbehrlich sein würde, weil er eine Ikone, ein Symbol war. Doch wie alle Cherubim war sie misstrauisch. Seit ihrer Begegnung mit Ablon am Ölberg hegte sie gewisse Zweifel an seinen kämpferischen Fähigkeiten. Sie hatte gesehen, wie er vom Meister des Feuers besiegt worden war, und war deshalb nicht sicher, ob er ein so großes Heer befehligen konnte. »Ich werde Euren Wunsch erfüllen, Herr«, sagte sie abschließend.

»Hab Vertrauen, Varna«, erwiderte er. »Bald wird der Erste General wieder bei uns sein. Bereite unsere Truppen auf das Gefecht vor. Sobald die sechste Posaune ertönt, greifen wir an.«

Die Engelsfrau verneigte sich und verließ den Felsen, um ins Lager zurückzukehren.

Gabriel war wieder allein.

DIE HÖLLENFÜRSTEN

Die neun Höllenfürsten – Asmodeus, Molloch, Mephistopheles, Alastor, Mammon, Orion, Apollyon, Beelzebub und Bael –, die Wesen mit der größten Macht und dem stärksten Einfluss in der satanischen Hierarchie, waren in Luzifers Höhle im Tal der Verdammten zu einer Konferenz mit ihrem Meister einberufen worden. Die gegenwärtige Situation bereitete ihnen Sorge, empörte sie aber auch. Bisher hatte sich der Morgenstern noch nicht zur Rolle der Höllenbewohner bei der Apokalypse, geschweige denn bei der Schlacht des Armageddon geäußert, und das verwirrte sie. Sie wollten, dass ihr Gebieter Stellung bezog und sie unterstützte, damit sie ihre Horden in Position bringen und die Himmelsbewohner angreifen konnten – schon lange hatten sie auf diese Revanche gewartet, von der sie sich die Niederlage der Gefallenen erhofften. Doch bisher hatte Luzifer weder etwas gesagt noch ihnen etwas mitteilen lassen. Viele hatten Intrigen geschmiedet und überlegt, ob sie rebellieren sollten, doch in Wahrheit besaß keiner den Mut, sich gegen die Übermacht des Dunklen Erzengels aufzulehnen.

In einer der Hallen in der Höhle mit ihren versengten Wänden und Feuernischen standen neun aus Menschenknochen gefertigte Sitze, acht von ihnen besetzt von den schrecklichen Dämonen. Einer war noch leer: der von Apollyon. Weiter oben auf einer steinernen Plattform stand der ebenfalls unbesetzte Thron Luzifers, der von seinem ergebenen Schmeichler Samael, der Schlange Edens, bewacht wurde.

Etwas weiter entfernt hatte sich ein scheuer Beobachter im Schatten versteckt. Es war Amael, der Herr der Vulkane, der manchmal ebenfalls in Luzifers Nähe zu sehen war.

»Der Allerhöchste wird gleich kommen«, zischte Samael. So nannte der Diener seinen Meister gern, um ihn in die Nähe des schlafenden Gottes zu rücken.

In der Grotte vernahm man ein Raunen. Die Fürsten hatten es satt, auf den Teufel zu warten und seine Launen zu ertragen. Mammon, ein abscheuliches Wesen mit Nilpferdkörper, Schweinekopf und riesigen Hörnern, flüsterte Orion, der neben ihm saß, ins Ohr: »Für wen hält sich dieser verfluchte War-einmal-Erzengel eigentlich? Wir sind Fürsten und nicht seine Lakaien!«

Zu Mammons Bestürzung betrat in diesem Moment Luzifer die Halle. Seine herrliche Erscheinung stand im Gegensatz zu den versammelten Ungeheuern. Er war schön, hatte feine Gesichtszüge, und ohne die Fledermausflügel wäre sein Körper makellos gewesen.

»Sprichst du von mir, Mammon?«, fragte Luzifer, und der Fürst erzitterte.

»Nein, Herr, verzeiht mir«, flehte er. »Verzeiht das Missverständnis.« Er machte Anstalten, auf die Knie zu fallen, doch der Morgenstern war es schon zufrieden.

»Genug jetzt, mein lieber Fürst!«, schnitt er ihm das Wort ab. »Ich bin schon beglückt, wenn du den Mund hältst.«

Der Dunkle Erzengel nahm auf dem Thron Platz und ließ sich absichtlich viel Zeit, um es sich darauf bequem zu machen. Als er sein Ritual endlich beendet hatte, rief er: »Nun, meine Lieben, da seid ihr also. Ich freue mich sehr, dass ihr meinem Ruf gefolgt seid.«

Molloch, der Henker, hatte die Statur eines kräftigen Mannes, doch einen viel zu großen Kopf, kleine Hörner und einen langen Schweif. Seine Augen waren riesengroß und hatten geschlitzte Pupillen, wie bei Katzen. Stets trug er eine Peitsche mit vielen Spitzen, mit der er seine Sklaven zu schlagen pflegte. Diese Kreatur, die vor Wut förmlich platzte, machte den Anfang: »Mein Herr, Eure Majestät hat unsere Anwesenheit verlangt, aber wieso duldet Ihr Apollyons Abwesenheit? Warum darf er fast immer fehlen, wir dagegen nicht?«

Eine Welle stummer Zustimmung ging durch die Grotte und hätte Luzifer beinahe aus der Fassung gebracht, doch er sagte: »Wenn du, Molloch, nicht gekommen wärst, hätte ich dir deine Hoden ins Maul gestopft.«

Im Saal wurde es totenstill.

»Das wäre doch lustig«, amüsierte sich der Sohn der Morgenröte.

Dann sprach jemand plötzlich ein Machtwort: »Es nützt nichts, wenn wir uns gegenseitig beschimpfen«, sagte Orion beschwichtigend. In seiner geistigen Form hinkte der Gefallene König von Atlantis genauso wie sein Avatar, aber jetzt hatte er sich hingesetzt. Mit seinen federlosen Flügeln, die dennoch flugtauglich waren, war ihm diese Haltung unbequem. »Wir Fürsten sollten jetzt unseren Streit begraben und uns gegen unseren gemeinsamen Feind verbünden.«

»Das sind weise Worte«, pflichtete Asmodeus bei, einer der elegantesten Höllenfürsten, der für seine Galanterie und seinen

Harem von Sexsklavinnen bekannt war. Dort tummelten sich die Geister böser Frauen, die zu ihren Lebzeiten andere ermordet und gefoltert hatten. »Der Erzengel Michael, unser großer Feind, droht die ganze Welt zu beherrschen. Es kursieren Gerüchte, dass er einen Weg gefunden hat, um zu verhindern, dass Jahwe erwacht. Deshalb müssen wir unverzüglich handeln.«

»Auch Michael hat Feinde«, warf Alastor ein, ein grobschlächtiger Kerl mit roter Haut, Bocksfüßen und einem Dreizack in der Hand. »Zum Beispiel Gabriel, dessen Heere schon kampfbereit sind. Wenn die …«

»Das ist uns nicht neu«, unterbrach ihn Luzifer und räkelte sich gelangweilt auf seinem Thron. »Selbst der verdorbenste Dämon und der schwächste Engel wissen über diese private Fehde und die Riesenüberschwemmung Bescheid, die meine Brüder unten auf der Erde ausgelöst haben. Jetzt zerren die Mistkerle diese persönliche Fehde in die ätherische Welt und meinen, sie könnten die Welt beherrschen, sobald der Schleier der Wirklichkeit gefallen ist.«

Immerhin waren die Worte des Gefallenen Engels schlüssig, und die Fürsten hörten ihm nun zu.

»Aus diesem Grund habe ich euch einberufen. Ich bin nicht dumm, sonst hätte ich nicht dieses Reich aufgebaut. Vergesst nicht, dass ich auch allein noch genügend Macht besitze, um euch von hinten ranzunehmen und eure Hoden zu rösten!«

Die Versammelten schluckten. Der Teufel meinte es leider ernst.

»Hört mir jetzt zu. Wenn wir diesen Krieg gewinnen wollen, müssen wir richtig und im richtigen Moment handeln. Jeder von euch wird seine Diener und Kommandanten zusammenrufen, seine Horden rüsten und sobald die sechste Posaune erschallt, alle an den Hafen des Styx am Ausgang dieser Höhle bringen. Ab dann werdet ihr Samaels Anweisungen befolgen.« Er deutete auf die reptilienähnliche Kreatur rechts von sich. »Nur er wird von meinen Befehlen Kenntnis erhalten, weil Geheimhaltung für unseren Erfolg entscheidend ist. Wer ihm nicht gehorcht, muss sich vor mir verantworten. Zimperlich werde ich mit Aufrührern jedenfalls nicht sein. Die Anzahl der Fürsten will ich schon seit Langem reduzieren; vielleicht ist jetzt eine gute Gelegenheit dazu.«

Die acht Anwesenden meinten, sie hätten ein Anrecht darauf, mehr über den Angriffsplan zu erfahren, um ihre Truppen vorzubereiten. Manche wären beinahe in die Luft gegangen, aber irgendetwas brachte sie dazu, einzuwilligen. Am Allerschlimmsten wäre es gewesen, sich Samael zu fügen, einem üblen Schmeichler, den alle hassten, weil er in der Gunst des Dunklen Erzengels so hoch stand. So mancher Höllenfürst hätte ihm mit Vergnügen die Kehle durchgeschnitten, doch Satanás genoss die Gnade seines Herrn.

Luzifer stand nicht auf. Mit einer müden, verächtlichen Geste gab er den anderen ein Zeichen, sich zu entfernen, und blieb mit der Schuppenkreatur und dem melancholischen Amael, dem Herrn der Vulkane, in der Höhle zurück.

»Diese armen Teufel widern mich so an, Amael, aber bei euch beiden ist es anders. Ihr seid meine Freunde«, sagte der Dämon vertraulich im Schatten seiner schwarzen Fledermausflügel.

SAURER REGEN

Dank Siémes mentaler Fähigkeiten konnten Ablon und Asiel ungehindert durch die Sicherheitssperre in den Hangar gelangen, ins Flugzeug steigen, auf die Landebahn fahren und starten. Dass es ein offizielles Fahrzeug war, wussten sie, doch groß war ihre Überraschung, als sie begriffen, dass das Flugzeug ein Sondervisum der neutralen Länder besaß – jener Nationen, die nicht am Krieg beteiligt waren – und sie deshalb problemlos auf nahezu jedem Flughafen der Welt würden landen können. Diese erst kürzlich ausgestellten Visa erlaubten es, Flüchtlinge aus den Kriegs-ländern auf neutrales Territorium auszufliegen.

Siéme lenkte das Flugzeug und musste noch einige Minuten im Cockpit bleiben, bis sie die Reisegeschwindigkeit erreicht hat-ten, um dann auf Autopilot umzuschalten. Mit all diesen Knöpfen vor sich fühlte sie sich wirklich seltsam. Einige Stunden zuvor, als sie auf Haled angekommen war, hatte sie nicht einmal recht ge-wusst, was ein Auto war – und jetzt steuerte sie ein Luftfahrzeug. Sie war beeindruckt von der Technologie und der Schlauheit der Menschen, die sich den schwierigsten Gegebenheiten anpassten. Zweifellos waren sie Überlebenskünstler, denn sie hatten der Sintflut und unzähligen Katastrophen getrotzt. Als Siéme dies be-wusst wurde, stieg ihre Achtung vor ihnen, obwohl sie mit vielen Fehlern behaftet waren. Allerdings waren die in Wahrheit nicht viel schlimmer als die Sünden der Engel.

Ablon und Asiel hielten sich im Passagierraum auf, der für eine normale Boeing 737 recht klein war, doch das lag an ihrem Drei-fachtank. Es gab kaum mehr als dreißig Sitze und Raum für die Fracht.

»Das Wasser ist nicht sauber«, stellte Asiel fest, als er seine weiße, noch regendurchnässte Kleidung berührte.

»Es enthält verschiedene chemische Bestandteile«, klärte Ablon ihn auf.

Die Heilige Flamme erschrak. »Regenwasser müsste doch die reinste Substanz von allen sein.«

»Die Atmosphäre ist verschmutzt. Wenn Fabriken fossile Brenn-stoffe verbrennen, um Elektrizität zu gewinnen, werden die Ab-gase in die Luft ausgestoßen und vermischen sich mit den Was-sermolekülen. In Form von Niederschlägen, die manchmal über große Distanzen fortgetragen werden, kommen sie später zur Erde zurück. Die Chemiker bei den Menschen nennen dieses Phäno-men ›Saurer Regen‹.«

Obwohl sich Asiel mit Feuer am besten auskannte, besaß er dennoch Achtung vor Wasser, Erde und Luft. »Können der Krieg der Menschen und die Zerstörung des Planeten also nicht mehr aufgehalten werden, General?«

»So weit, wie wir jetzt sind, sehe ich kein Zurück mehr.« Er schwieg eine Weile, den Blick durchs Fenster auf den blauen Horizont über den Wolken gerichtet. »Ich erinnere mich noch an den Tag, an dem ich die erste Atomexplosion sah. Dieses unheilvolle Strahlen – als wären es Sonnenstrahlen, die radioaktive Hitze und dann der schwarze Rauch, der das Himmelsgewölbe verdunkelte.«

»Das erinnert mich an die Zerstörung von Sodom.«

»Bisher haben wir erst zwei Posaunen gehört. Doch ihre Macht wird zunehmen. Jedes Mal greifen die Erdbewohner zu stärkeren Waffen. Man weiß von einer Bombe, deren Wirkung so groß ist, dass ihre Explosion die Atmosphäre verbrennen und den Planeten in nukleare Finsternis tauchen wird. Ich befürchte, dies wird die letzte Waffe der Menschen sein.«

Der Ischim hatte aufmerksam zugehört und sich bemüht, die Realität der Dinge zu begreifen. Er war Haled nicht so lange ferngeblieben wie Siéme, doch seine Technologiekenntnisse waren unzureichend. »Meinst du, dass die Auflösung des Schleiers der Wirklichkeit etwas mit der Wirkungsweise dieser Menschenwaffen zu tun hat?«

»Nicht direkt. Der Schleier der Wirklichkeit setzt sich aus dem kollektiven irdischen Bewusstsein zusammen. Er stellt die Fähigkeit der Menschen dar, an das, was real ist, zu glauben und Unmögliches zu leugnen. Das ist die große Schutzwand, die sie, wenngleich unbewusst, errichtet haben, um sich gegen die mystischen Geschöpfe zu wehren, die länger leben und mächtiger sind als sie. Das Ende der Welt bedeutet jedoch auch das Ende aller Strukturen, das Ende der Zivilisation, wie wir sie kennen. Alle menschlichen Werte werden ausgelöscht, und dann kann das

Unmögliche existieren. Zwischen Realität und Fragwürdigem wird es keine Schranke mehr geben. Regierungen und religiöse Institutionen werden zusammenbrechen. Alles, woran der Mensch immer geglaubt hat, wird in Abrede gestellt werden. Das Durcheinander am Flughafen hast du ja gesehen. Diese Flüchtlinge haben alles zurückgelassen und nichts mehr zu verlieren. Viele werden sterben, und die Überlebenden werden sich eine neue Wahrnehmung des Universums aneignen.«

Allmählich begriff Asiel, worauf Ablon hinauswollte.

»Die Überlebenden werden schließlich zu neuen Ansichten kommen. Wenn alles, woran sie glauben, untergeht, wer garantiert ihnen dann, dass es das, was sie vorher für unmöglich hielten, wirklich nicht gibt?«

»Eine bessere Theorie kann ich mir nicht vorstellen. Aber ich bin kein Malakim, sonst könnte ich meine Hypothese unter Beweis stellen. Vielleicht ist sie auch völlig irregeleitet.«

»Das glaube ich nicht. Sie erscheint mir sehr sinnvoll.«

Anders als Siéme war Asiel schon seit Langem Ablons Freund und hatte sich gefreut, ihn wiederzusehen. Er hatte dessen wachsende Weisheit erkannt und stellte sich vor, wie es wäre, wenn die anderen Abtrünnigen noch lebten. »Achtzehn Abtrünnige«, sprach er seine Gedanken laut aus. »Bist du sicher, dass du der letzte Überlebende bist?«

»Ich konnte den Tod jedes Einzelnen spüren. Seit Ishtars Ermordung sind immer mehr Flüchtlinge ihren Verfolgern zum Opfer gefallen. Außerdem sind die Zeiten mit Luzifers Fall düsterer geworden.«

»Der Dunkle Erzengel hat der Bruderschaft der Abtrünnigen die Schuld an seinem Sturz und an einer Niederlage im Kampf gegen den Erzengel Michael gegeben.« Der Ischim kannte die Geschichte oder zumindest Teile davon.

»Gegenüber den besiegten Dämonen hat er behauptet, seine ganze Misere habe begonnen, als er die Abtrünnigen verraten habe.

Nur durch den Verrat unserer Verschwörung erlangte er genügend Einfluss und Prestige, um eine eigene Revolution anzuzetteln, die in meinen Augen ein großes Lügenmärchen war. Orion hat erzählt, der Sohn der Morgenröte bezeichne sich als Verteidiger der Freiheit, eines Paradieses ohne Tyrannei, aber in Wahrheit wollte er seinen Bruder ausschalten und den Thron besteigen. Als seine Rebellion dann scheiterte, wollte er seine Niederlage nicht zugeben und machte die Geächteten dafür verantwortlich. Den schrecklichen Apollyon hat er nach Haled geschickt, um uns zu verfolgen, sodass wir schließlich sowohl im Himmel als auch in der Hölle Feinde hatten. Zumindest in diesem Punkt zogen Michael und Luzifer an einem Strang.«

»Was für eine Ironie! Ich erinnere mich an die Zeit, als Apollyon noch ein Cherub war. Sie nannten ihn Zerstörungsengel, wegen seiner besonderen Technik, der totalen Vernichtung.«

»Anders als Orion und Amael schloss sich Apollyon Luzifer nicht etwa an, weil er mit der himmlischen Politik nicht einverstanden war. Der Zerstörungsengel wusste, dass er nach einem Sieg des Morgensterns eine herausragende Stellung in der Kaste einnehmen würde und seine Gräueltaten fortsetzen konnte. Luzifer hat nämlich niemals ein gutes Wort für die Menschen eingelegt, außer um seinem Bruder zu widersprechen.«

»Hast du aus diesem Grund das Bündnis mit dem Teufel abgelehnt?«

»Luzifer hat mich schon einmal verraten. Jedes seiner Worte ist eine Lüge. Mein Gespür für Gefahren hat mich vor seiner Scheinheiligkeit gewarnt. Was er genau vorhat, weiß ich nicht, aber trauen darf man ihm sicher nicht.«

»Da gebe ich dir recht. Ich kenne den Ehrgeiz des Teufels und wusste schon immer, dass er böse ist. Deshalb habe ich mich ihm in diesem Krieg nicht angeschlossen, auch wenn mir klar war, dass Michael genauso schlecht war. Ich muss allerdings zugeben, dass der Vorschlag, den dir der Dunkle Erzengel gemacht hat, logisch ist. Ihr beiden wollt den Engelsfürsten stürzen. Da liegt es doch nahe, dass ihr eure Kräfte bündelt.«

»Das wäre sehr einfach, Asiel. Aber weshalb hat Luzifer mir dann diesen Schlüssel zum Scheol gegeben, obwohl ich sein Angebot abgelehnt habe?«

Während er noch sprach, zog Ablon den klobigen Lehmring aus der Tasche. Die Heilige Flamme untersuchte den Gegenstand ein zweites Mal und achtete vor allem auf die alten Inschriften auf der Oberfläche des Rings, in den ein Kreuz eingeritzt war.

»Der Dunkle Erzengel und Apollyon haben viele meiner Verbündeten ermordet«, fuhr Ablon fort. »Der Sohn der Morgenröte kannte meine Antwort schon im Voraus, und genau das macht mich stutzig.«

»Weshalb hast du die Einladung denn nicht dazu genutzt, ihn noch einmal herauszufordern und deine Rachegelüste zu befriedigen?«

»Selbst wenn es mir gelungen wäre, ihn zu besiegen, wäre ich niemals lebend aus seiner Höhle herausgekommen. Es wäre wahnsinnig und dumm gewesen. Nein … Luzifer und Apollyon kommen schon noch dran, aber zuerst muss ich meine Rechnung mit dem Engelsfürsten begleichen.«

»Selbst für mich, der ich immer in den Sieben Himmeln war, ist dieser dreifache Streit zwischen Michael, Gabriel und Luzifer recht verwirrend.«

»Wenn an einem Disput mehr als zwei beteiligt sind, muss sich die dritte Partei einen Verbündeten suchen. Aber wer will schon die Hilfe des Teufels annehmen? Sein erbittertster Gegner war immer Michael, und Gabriel ist, wie du gesagt hast, zu einem gütigen Wesen geworden, das mit Teufelszeug nichts zu tun haben will.«

»In diesem Krieg bedaure ich nur diejenigen, die keine Gelegenheit hatten, ihre Seite zu wählen. Diejenigen, die die falschen Entscheidungen getroffen haben.«

Asiels Worte erinnerten Ablon an Orion, der nie ein Dämon hatte sein wollen, und an den armen, melancholischen Amael, der die Sintflut ausgelöst hatte. »Ich bin über den Styx in die Hölle gereist. Orion hat mich abgeholt, und Amael hat ihn begleitet.«

»Amael, mein alter, leidgeprüfter Meister Amael!« Der Ischim verzog das Gesicht. »Den Tag, an dem wir uns trennten, werde ich nicht so schnell vergessen. Niemals werde ich mir verzeihen, dass ich mich von ihm abgewendet habe.«

Ablon zog es vor zu schweigen. Amael rührte ihn, und auch er war davon überzeugt, dass der Herr der Vulkane all diese Menschen nicht hatte töten wollen, in seinen Augen aber sehr wohl die Wahl gehabt hätte. Allerdings hatte er Angst gehabt, diese Wahl zu treffen, Angst, gegen die Erzengel aufzubegehren, und fühlte sich vielleicht aus diesem Grund so schlecht. Für Ablon war Amael ein Opfer, ein Opfer der eigenen Schwäche. Jetzt quälte ihn dieselbe Furcht, die ihn einst daran gehindert hatte, sich entweder für Gehorsam oder für Auflehnung gegen die Großen zu entscheiden.

Ablon wusste, dass die zweite Möglichkeit später einmal entsetzliche Konsequenzen haben würde, doch er hatte beschlossen, ihnen ins Auge zu blicken – Amael nicht.

Weit weg, unter den eisigen Gewässern der Barentssee nördlich von Russland, bewegte sich ein amerikanisches U-Boot. Es hatte den feindlichen Radar täuschen können und näherte sich jetzt der Küste.

Das amerikanische U-Boot mit den Abzeichen der Liga von Berlin war schon seit Tagen auf eine solche Situation vorbereitet. Wegen des Atomangriffs in New York wäre es gefährlich gewesen, feste Basen zu benutzen – deshalb war der Seeweg von großer Bedeutung. Die Besatzung wusste, was zu tun war, und der Admiral ordnete an, dass der Torpedo startklar gemacht werden sollte. Als es so weit war, schoss das Projektil aus dem Meer und flog wie ein Missile Richtung Moskau. Peking und mit ihm ein Teil von China waren schon vorher dem Erdboden gleichgemacht worden. Als nächste Zielscheibe war jetzt Russland an der Reihe.

Wenig später sahen die Moskowiter den Tod nahen, wie »einen brennenden Stern, eine Fackel, die vom Himmel fällt«. Die Explosion ereignete sich über der Hauptstadt, und ihre Ausdehnung löschte auch benachbarte Länder aus. Im Westen wurden Teile von Weißrussland, der Ukraine und Lettlands vernichtet, im Osten fegte die Zerstörung Kasachstan hinweg und erschütterte das Kaspische Meer.

Im Flugzeug über dem Südatlantik konnten Ablon, Asiel und Siéme den schrillen Ton der dritten Posaune hören. Der Abtrünnige Engel und die Heilige Flamme gerieten ins Taumeln, rappelten sich aber schnell wieder auf. Bei diesem Pfeifen, heftiger als das vorherige, dachten sie an Siéme, die allein im Cockpit saß und entsetzliche Schmerzen leiden musste – schließlich reagierte sie von ihnen am empfindlichsten auf die Erschütterungen.

Als sie die Tür aufrissen, sahen sie die Meisterin des Geistes am Boden liegen und beeilten sich, ihr aufzuhelfen. Sie würde sich in Kürze wieder erholen. Aber was war mit den Kontrollen? Siéme war die Einzige, die das Flugzeug lenken konnte.

12 Die Zerstörung von Sodom

Irgendwo im Süden des Toten Meers,
ungefähr viertausend Jahre vor Christus

Die folgende Geschichte trug sich sechstausend Jahre nach der Sintflut zu, unmittelbar nach der Verstoßung der Bruderschaft der Abtrünnigen aus den Sieben Himmeln.

Nach der Revolte machte sich ein seltsames Gefühl breit: Die Engel misstrauten dem Erzengel Michael. Um sein Bild als Gerechter zu festigen, tat er daher, nachdem er bereits die Verwüstung Sodoms und anderer Städte in der Gegend entschieden hatte, dasselbe wie bei der Sintflut: Er gestattete zwei Engeln, auf der Erde zu überprüfen, ob es in der dem Untergang geweihten Stadt noch gute Menschen gab. Falls ja, sollten diese verschont bleiben. Zur Bekräftigung seines »guten Willens« schloss er den Vertreter der Schasmalim von der Aufgabe aus – jener Engelskaste, die als verderbt galt und in der Dschehenna herrschte.

Ein Ophanim und ein Cherub – ein Schutzengel und ein Kriegerengel – wurden nach Haled gesandt. Diese beiden Himmelsbewohner trafen an einem Maiabend in Sodom ein, um ihren Auftrag zu erledigen. Die Einwohner von Sodom waren ein gerechtes, einfaches Volk wie alle anderen auch, hatten aber unerbittliche Machthaber. Nur wenige Männer regierten über die Stadt, und ihr Sündenregister war erschreckend. Das Land von Sodom war sehr reich, aber statt die Früchte zu teilen, frönten die Herrschenden der Gier. Ihre Abneigung gegenüber Fremden war immens – in ihren Augen wollten diese ihnen nur ihr Gold rauben. Obwohl die Stadt gegen Angriffe gesichert war, erließen ihre Richter ein Gesetz, dem zufolge jeder Bewohner, der dabei erwischt wurde, wie er einem Fremden Speis und Trank gewährte, auf dem Scheiterhaufen verbrannt werden sollte. Reisende, die irrtümlich dort hinkamen, wurden in Betten gefoltert, die ihnen die Gliedmaßen so lange streckten, bis sie rissen. Einmal bot eine junge Frau einem Wanderer Wasser an. Als die Herrschenden von diesem Verbrechen erfuhren, übergossen sie die Frau mit Honig und stellten sie vor einen Stock wilder Bienen. Doch die freien Arbeiter, die Diener und Sklaven, die den Großteil des Volks bildeten, waren mittellos und geistig schwach und erduldeten unter der Knute ihrer bösartigen Herren grauenvolle Qualen.

Da geschah es, dass ein gewisser Lot, der an Sodoms Stadttoren eine Ruhepause eingelegt hatte, die beiden Engel in Menschengestalt erblickte und sie für Reisende hielt. Lot war kein privilegierter Reicher, sondern ein ehrlicher Arbeiter. Er kannte zwar die Gesetze, doch ihm taten diese Fremden leid, und er lud sie zu sich nach Hause ein, wo er ihnen Brot reichte und Unterkunft gewährte. In der Nacht standen plötzlich mit Bronzestangen bewaffnete Gesetzeswächter vor seiner Tür. Die wollten die Besucher festnehmen und töten, doch der Cherub blendete sie. Daraufhin verließen die Himmelsbewohner den Ort, warnten Lot aber vorher noch: »Du musst Sodom mit deiner Frau und deinen Töchtern verlassen! Wir sind nämlich Engel von Gott und sagen dir, dass diese Stadt bei Tagesanbruch zerstört werden wird. Lauf bis über die Berge und schau nicht zurück.«

Also verließ Lot vor Sonnenaufgang die Stadt und versteckte sich in den Bergen. Und der Wille der Erzengel wurde vollstreckt.

Die Legion der Engel materialisierte sich in den Himmeln und flog kilometerweit über das Meer bis zum Moab-Gebirge und zur

Ebene in der Nähe von Zoar. In diesen alten Tagen war der Schleier der Wirklichkeit durchlässig, sodass die Himmlischen auf der physischen Ebene mühelos agieren konnten. Sie flogen los und benutzten ihre mystischen Waffen, um die Menschen zu töten, zu verstümmeln und zu foltern. Angeführt wurde die Gruppe von Apollyon, damals noch ein Himmelsbewohner, der zu einem weiteren schrecklichen Blutvergießen bereit war. Damals, vor langer, langer Zeit, hatte er noch weiße Flügel und trug eine goldene Rüstung. Seine Haut war hellbraun wie verbrannter Sand, und in den Händen hielt er ein Schwert. Neben ihm schwebte Eusin, der zweite Kommandant, ein Engel, der schon einmal Kriegsheld gewesen war, durch seinen Triumph aber zynisch und gefährlich ehrgeizig geworden war. Sein Schwert hieß Stählerner Blitz.

Von Weitem wirkte die Stadt Sodom winzig klein, nahm in den Augen der geflügelten Plünderer jedoch immer größere Ausmaße an, je näher sie kamen. Als die Richter die Engelsschar wie einen Bienenschwarm umherschwirren sahen, begriffen sie zunächst nichts. Bis einer von ihnen schrie: »Da kommen Gottes Soldaten, um uns zu töten! Weh uns, die wir in Sünde leben!«

Das Volk auf der Straße ahnte, was ihm drohte, und ihm wurde klar, dass es für die Fehler seiner Machthaber würde büßen müssen. Viele wollten weglaufen, doch die Legion hatte sich schon über der ganzen Stadt verteilt und kreiste sie ein.

»Zerstreut euch!«, befahl Apollyon den cherubinischen Offizieren. »Tötet, zerstört, verbrennt alles. Verschont niemanden, auch Frauen und Kinder nicht.«

Und auf sein Kommando stieß die Truppe durch die Wolken zum Angriff herab.

»Dariel, Asson, Ankarel!«, rief Eusin. »Kommt mit. Wir überfallen das Haus der Richter und verbrennen ihre Familien.«

In Gruppen und mit Schwertern in den Händen stürmten die Cherubim Gassen, Häuser und Plätze. Wo sie vorbeikamen, hinterließen sie ein Blutbad. Wer fliehen wollte, den packten sie von hinten und hieben ihn in der Mitte entzwei oder köpften ihn. Unglaublich mühelos durchtrennten die mystischen Waffen die Leiber, so wie man mit einem gewöhnlichen Messer Butter durchschneidet. Apollyon gab seinen Soldaten die Erlaubnis, nach Belieben Jungfrauen zu vergewaltigen, und warf die Kinder in den Stadtbrunnen, ein tiefes Loch, aus dem Sodoms Einwohner immer ihr Wasser geschöpft hatten. Einem kleinen Jungen gelang es, sich an der Mauer festzuklammern und herauszuspringen, doch der General schlug ihn mit einem Hieb in Stücke.

Auf dem Balkon des Herrscherhauses erschienen Eusin und sein Gefolge mit den Köpfen der Herrscher. Sie warfen sie auf die Straße und die Dächer der anderen Häuser. Die Körper hatten sie platt gedrückt und die unförmige Masse in ein Wasserbecken geworfen, in dem die Richter Krokodile hielten.

Trotz ihrer großen Angst setzten sich einige wenige Bürger zur Wehr, mussten aber mit Schrecken feststellen, dass ihre Waffen den Himmlischen nichts anhaben konnten. Bemerkenswert war, dass die Menschenwachen, die eigentlich die Stadt verteidigen sollten, als Erste die Flucht ergriffen und somit auch die Ersten waren, die den Tod fanden. Eine ganz gewiefte Division hielt sich nämlich ein wenig abseits und hatte nur den Auftrag, die Stadtgrenzen zu überwachen und zu verhindern, dass jemand entkam. Einige brachten sich in Höhlen in Sicherheit, doch die Wachen holten sie dort heraus, schleppten sie hoch über die Wolken und ließen sie dann zu Boden fallen.

Als endlich alle Bewohner tot waren, setzten die Engel ihre Behausungen in Brand, töteten die Herden, stießen die Gehege um und verwüsteten die Pflanzungen. Dann sammelte Apollyon seine Legion im Hauptviertel und befahl seinem Ersten Offizier: »Gute Arbeit, Hauptmann! Zieh deine Engel jetzt hier ab. Ich erledige den Rest, wie es mir aufgetragen wurde.«

Eusin verstand nicht. »Aber Herr, der Auftrag ist doch schon ausgeführt.« Er blickte sich um, sah das Blut auf den Straßen, die

Rauchschwaden über den Häusern und die auf den Plätzen verstreuten Leichen. Hatte er etwas falsch gemacht?

»Noch nicht, Hauptmann«, erwiderte der grausame General. »Die Stadt muss dem Erdboden gleichgemacht werden. Wenn in einem Jahr Reisende auf dem Weg durch die Wüste hier vorbeikommen, werden sie nicht ahnen, dass hier einst ein Ort namens Sodom existiert hat.« Und gewohnt überheblich fügte er hinzu: »So wünschen es die Erzengel.«

Sein Untergebener wagte nicht zu widersprechen – warum auch? Ihm war ja selbst daran gelegen, dass diese Menschen ausgerottet, vernichtet, ausgelöscht wurden. Er hob den Stählernen Blitz, und die Legion beugte sich seinem Kommando. Die Cherubim flogen zurück in die Himmel. Viele wunderten sich, warum der General sie nicht begleitet hatte – die Antwort darauf sollten sie schon bald erfahren.

Nun stand Apollyon allein inmitten der Trümmerfelder und betrachtete stolz sein Werk. Wie hatte Jahwe die Engel dazu erschaffen können, den Menschen zu dienen, diesen dummen, schwachen, unbedeutenden Geschöpfen? Nichts als Tiere waren sie, grobe, aus Lehm geformte Kreaturen, die man mit einem Faustschlag niederstrecken konnte. Er war so stark, so mächtig und Gottes Vermächtnis würdig! In seinen Augen war die Erschaffung des Menschen ein Fehler gewesen, der einzige, der dem Allerhöchsten unterlaufen war. Doch er war wie viele andere Himmelsbewohner bereit, die Rollen zu vertauschen. Der Zerstörungsengel Apollyon war Luzifers Liebling, stand andererseits aber auch in Michaels Diensten und war als Erster auserkoren worden, bei jenem irrsinnigen Blutvergießen das Kommando zu übernehmen.

Die Legion hätte zu viel Zeit verloren, wenn sie eine Stadt nach der anderen angegriffen hätte. Apollyon hatte andere Pläne, um dieser Gegend den Garaus zu machen. Er hatte ein Geheimnis: eine schreckliche, zerstörerische Divinität. Die konnte er nicht immer einsetzen, weil ihn dies schwächte und angreifbar machte. Hier war er jedoch allein und würde den Wunsch der Erzengel – der auch der seine war – erfüllen.

Er konzentrierte sich und zog einen Kreis in den Sand. Dann atmete er tief ein und fokussierte die ganze Energie seiner Aura auf seinen Avatar. Nach Sekunden ärgster Schmerzen setzte Apollyon alle versammelte Kraft frei, und es gab eine unermesslich intensive Licht- und Hitzeexplosion, wie man sie in dieser Gegend noch nie erlebt hatte.

Eine gleißende Feuerwalze raste über die Ebene und löschte Sodom, Gomorrha und andere Städte aus. Bis zu den Wolken stieg der Rauch auf, wie aus einem großen Ofen, und von Weitem verfolgten die anderen Engel das Spektakel mit offenem Mund.

Von Sodom und Gomorrha blieben nur die Erinnerungen übrig, die von Lots Töchtern weitergegeben wurden – den einzigen Menschen, die die Gräuel überlebt hatten.

Als sich der schwarze Rauch senkte, lag Apollyon ermattet in dem Kreis, den er vorher in den Sand gezeichnet hatte – es war die einzige Stelle, an der die Zerstörung nicht hatte wirken können.

13 Die Albträume der Menschen

Ablon half, Siéme die Sauerstoffmaske übers Gesicht zu ziehen, und schob sie gleichzeitig in eine Nische neben dem Pilotensitz. Langsam öffnete die Engelsfrau die Augen, die silbernen Haarsträhnen hingen ihr ins Gesicht.

Ablon ergriff ihren Kragen. »Ich bringe sie nach hinten und lege sie hin«, informierte er Asiel. »Bleib du hier und behalte den Luftraum im Auge. Man weiß nie, was noch passieren kann.«

Als Ablon die Seraphine auf den Boden bettete, musste sie husten – sie kam also langsam wieder zu Bewusstsein. Bald ging es ihr besser, und sie lehnte sich an die Wand des Flugzeugs. Ablon ging in die kleine Küche hinter dem Cockpit und füllte einen Becher mit Zuckerwasser. »Hier, trink das. Wir brauchen das natürlich nicht, aber manchmal wissen unsere Avatare diese kleinen Extras zu schätzen. Damit fühlst du dich gleich besser.«

Sie leerte den Becher, als enthielte er eine Arznei. Danach wurde sie still, und Ablon fiel auf, dass sie traurig und den Tränen nahe war. »Was ist los?«

Sie zögerte, antwortete dann aber doch. »Diese Bilder … Sie wollen mir nicht aus dem Kopf gehen.«

Ablon war klar, was sie meinte. »Die Erinnerungen des Mannes aus dem Tower, hab ich recht? Als du in seinem Geist gelesen hast, hast du auch seine Gefühle übernommen.«

»Ich weiß nicht, wie ich damit umgehen soll, General. Mich schmerzt der Tod von Menschen, denen ich nie begegnet bin, ich

höre das Weinen von Kindern, die ich nie geboren habe, und emp-
finde ständig Leidenschaft oder Hass.«

Er lächelte verständnisvoll. »Die meisten Menschen brauchen
viel Zeit, um diese Dinge zu akzeptieren, und du hast sie alle auf
einmal erlebt. Kein Wunder, dass du verstört bist.«

»Ich bin eine Himmlische, eine Seraphine, aus der edelsten
aller Kasten. Solche Empfindungen waren mir bisher unbekannt.
Und ich hätte auch nicht gedacht, dass wir Engel für sie empfänglich sein könnten.«

»Das ist das Fleisch, Siéme. Durch den Körper, den wir materialisieren, werden wir wie Menschen. In unseren Avataren sind wir
für die tiefsten Gefühle empfänglich. Alle Wesen, egal, ob phy-
sisch oder geistig, sind fähig, Liebe und Hass zu fühlen, doch Leidenschaft, Begierde und Schmerz sind Eigenschaften des Fleisches.« Bei diesen Worten dachte er an Shamira, die ihn so viel
Menschliches hatte empfinden lassen. »Diese Gefühle sind nicht
alle schlecht. Es geschieht instinktiv. Es ist, als folgten wir der
Natur unserer Kaste. Manchmal können wir nichts tun, um dem
Ruf des Herzens auszuweichen.«

Ablons Zuspruch half Siéme, allmählich fühlte sie sich besser.

»Mit der Zeit«, fuhr er fort, »wirst du lernen, mit all diesen Eindrücken umzugehen, und wirst neue erleben, falls du auf Haled
bleibst. Du bist die Meisterin des Geistes, du schaffst das!«

»Der Verstand ist logisch, General«, widersprach sie, »das Herz
aber unvernünftig.«

Er begriff ihre Sichtweise. Praktische Intelligenz und emotio-
nale Wahrnehmung waren ganz verschiedene Dinge.

»Du hast recht, Siéme«, pflichtete er ihr bei, »du hast recht.«

Die Landung

Es vergingen mehrere Stunden, in denen überhaupt nichts geschah. Alles blieb ruhig. Wären die drei Menschen gewesen, hätten sie geschlafen, doch da sie das nicht mussten, verbrachten Ablon, Asiel und Siéme die Zeit mit Gesprächen. Der Abtrünnige Engel erzählte ihnen von seinen Abenteuern auf der Erde, und die Heilige Flamme und die Meisterin des Geistes sprachen über alles, was sie über die himmlische Politik wussten – etwa über den Kampf um die Herrschaft über das Schloss des Lichts, die sagenhafte Festung der Cherubim im Vierten Himmel, die von den Streitkräften des Botenengels eingenommen worden war.

Seit die dritte Posaune erklungen war, war nichts mehr zu hören. Dem Intervall zwischen den zwei letzten Bomben nach zu urteilen, malte sich Ablon aus, wie heftig wohl der nächste Angriff ausfallen würde. Bestimmt gewannen die Gegner Zeit, um Positionen zu analysieren, ihre Missiles in Stellung zu bringen und eine vernichtende Offensive gegen feindliche Ziele in die Wege zu leiten. Der Kämpfer befürchtete, dass die Vierte Posaune einen Teil der Welt mit sich reißen werde.

Im Cockpit blinkte ein Knopf, und Siéme wusste, dass es Zeit war, für die bevorstehende Landung wieder den Pilotensitz und die Kontrolle über das Flugzeug zu übernehmen. Ablon setzte sich neben sie auf den Co-Pilotensitz, obwohl er nicht viel vom Panel verstand. Asiel nahm hinter den beiden auf einem Klappsitz Platz. In Brasilien war es jetzt schon fast Mitternacht, in Israel zeigten die an die Ortszeit angepassten Uhren fünf Uhr morgens an.

Siéme nahm den Kopfhörer ab und schaltete die Funkverbindung ein. Minuten später meldete sich der Tower:

»Flugzeug PR-PJI«, sagte eine Stimme auf Englisch. »Wir haben Sie auf unseren Radaren. Befolgen Sie die Landeanweisungen.«

Hilfesuchend sah Siéme zu Ablon hinüber. Sie würde den Lotsen davon überzeugen müssen, sie landen zu lassen, und das war vermutlich nicht so einfach. Zu weit war sie entfernt, um ihn mental zu beeinflussen, doch die Seraphim waren die geborenen Diplomaten, und das würde ihr jetzt sehr gelegen kommen. Ablon vertraute ihr – er wusste, dass es ihr gelingen würde, den Lotsen zu überreden, und lächelte ihr aufmunternd zu.

»Bodenkontrolle«, begann die Meisterin des Geistes, nun schon besser gelaunt. Die fremdartigen Gefühle, die sie plagten, traten allmählich zutage. »Wir bitten um sofortige Landeerlaubnis.«

»Hier sind nur Militärflugzeuge zugelassen. Weichen Sie doch nach Jordanien aus …!« Die folgenden Worte wurden durch ein Knistern überdeckt.

Nun musste sie schnell reagieren. »Wir haben ein Sondervisum der neutralen Länder für den Transport von Flüchtlingen. Ich übermittle Ihnen jetzt die Codes.«

Während der Übertragung war die Verbindung tot, doch kurz darauf ging es weiter: »Machen Sie sich zur Landung auf Piste 2 bereit, PR-PJI. Wer ist alles an Bord?«

»Nur zwei Piloten und ein Bordingenieur.«

»Sag ihm, dass wir nach Afrika weiterfliegen«, flüsterte Ablon ihr ins Ohr. Die meisten afrikanischen Länder waren neutral – so wie ganz Lateinamerika.

»Bodenkontrolle«, meldete sich Siéme wieder, »ich bitte um einen Kommandanten und einen Co-Piloten. Meine Besatzung muss sich ausruhen, und wir wollen das Flugzeug jemandem übergeben, der es steuern kann. Wir haben Anweisung, Flüchtlinge nach Afrika zu bringen.«

»Einen Augenblick, Kommandant«, bat der Operator.

Es vergingen einige Minuten.

»Ihr Gesuch wurde bewilligt. Wir haben freiwillige Piloten hier und eine Gruppe, die auf ihre Verlagerung wartet.«

»Danke, Tower«, sagte sie abschließend und legte auf.

Voller Stolz sah Ablon seine Offizierin an, und Asiel klopfte ihr anerkennend auf die Schulter.

»Gut gemacht, Siéme. Du weißt, wie man Menschen umstimmt.«

»Das ist meine Natur.«

»Die Militärflugzeuge befördern vermutlich Hunderte Menschen nach Afrika«, sagte der Ischim.

»Ja, einige bestimmt«, stimmte Ablon zu, »aber so viele sind es nun auch wieder nicht. Araber und Juden sind ziemlich bodenständig. Ich wette, die meisten möchten lieber in ihrer Heimat bleiben, bis der Tod sie ereilt.«

In den Ohren machte sich ein Druck bemerkbar – der Flieger setzte zur Landung an. Siéme fuhr das Fahrwerk aus, die Räder des Flugzeugs gingen nach unten. In einigen Minuten würde in Jerusalem der Tag anbrechen, und Ablon würde endlich in der Heiligen Stadt sein.

Was sollte ihn diesmal daran hindern?

Ein Mörder im Schatten

Um 5.28 Uhr landete das Flugzeug am Internationalen Flughafen Ben Gurion in Israel. Der Flughafen befindet sich in der Nähe der Stadt Lod, auf halber Strecke zwischen Jerusalem und Tel Aviv und etwa 45 Kilometer von der Heiligen Stadt entfernt. Es war noch dunkel, als Siéme auf der Piste aufsetzte und das Flugzeug zur Ausstiegsrampe lenkte. Ablon sah nach draußen und bemerkte viel Militär. Soldaten in Panzern und Jeeps verteidigten das Gelände; Helikopter und Jagdflugzeuge überwachten es aus der Luft.

»Als würde das irgendetwas nutzen«, bemerkte er.

»Weißt du, wie es von hier aus weitergeht?«, fragte Siéme.

»Nach Jerusalem. Dort versuchen wir, ein Auto zu mieten, und fahren Richtung Sinaihalbinsel. Eine Wüstenkarte fehlt uns auch noch. Die alten Wege kenne ich zwar, aber wir brauchen einen Plan des modernen Straßennetzes. Wisst ihr genau, wo sich der Berg und die Pforte zur ätherischen Ebene befinden?«

»Die finden wir sicher leicht auf der Karte«, versetzte Asiel. »Der Erzengel Gabriel hat mir den Eingang gezeigt und mir auch gesagt, dass sterbliche Gläubige den Horeb oft mit dem Berg Sinai verwechseln. Aber der Berg, den wir suchen, liegt etwas weiter nördlich. Ich kann die Höhle lokalisieren, aber ich weiß nicht genau, wie wir dort hinkommen.«

»Überlass das nur mir«, gab Ablon zurück.

Das Flugzeug ging in Parkposition, und die Angestellten rollten die Treppe heran. Siéme schaltete die Motoren aus und ließ den Druck aus der Kabine ab.

Als sie die Tür öffneten, wehte ihnen ein kalter Morgenwind entgegen. Es war zwar März, Frühlingsanfang, doch es herrschten noch winterliche Temperaturen. Ablon knöpfte seinen Mantel zu, und die Seraphine schlüpfte wieder in ihren Parka, aber Asiel kümmerte das nicht, denn er konnte selbst Wärme produzieren. Er war ein Ischim und sein Element das Feuer.

Mit seinen geschärften Sinnen erkundete Ablon den Geruch des Landes. Er erinnerte sich genau, an welchem Tag vor Tausenden Jahren er hier gewesen war, um Gabriel die Stirn zu bieten. Jeder Winkel auf der Welt hat seinen eigenen Geruch für diejenigen, die das wissen und ihn erkennen können. Der eisige Wind führte Ablon wieder zurück in jene Zeit, als er mit der Karawane der Griechen durch die einsamen Gegenden des Morgenlands und die Weiten Arabiens gezogen war. Die kleine Chinesin kam ihm in den Sinn und auch seine Freunde Tommaso, Pólix und Thales fielen ihm wieder ein.

Siéme führte auch hier die Wachen mental an der Nase herum, und daraufhin verließ das kleine Grüppchen ungehindert den Flughafen. Sie standen schon an der Straße und warteten auf den ersten Bus an diesem Morgen, als Ablon etwas in der Luft witterte. Sein Gefahrensinn warnte ihn heftig.

»Irgendein Problem, General?«, fragte Siéme.

Er antwortete nicht sofort, sondern blieb stumm, während er die nähere Umgebung und die Wüste, die vor ihnen lag, absuchte. »Im Moment nicht.«

Asiel wollte sich gerade anbieten, das Viertel zu durchkämmen, als der Bus kam und sich das Thema erübrigte.

Auf einem der Flughafengebäude kauerte eine Gestalt im Dunkeln. Es war ein Jäger, der wie Ablon seine Aura zu verbergen wusste. Aber es war nicht nur ein Jäger, sondern der größte aller Mörder der Hölle.

In der geistigen Welt hatte Apollyon eine Monsterfratze mit Augen so schwarz wie der Abgrund und spitzen Zähnen, die aus seinem Mund herausragten. Auf der physischen Ebene jedoch sah er aus wie ein Sterblicher, so wie alle Avatare von Engeln und Dämonen, wenn sie sich materialisiert haben. Auf Haled ging er daher als männliches Wesen durch – ein brummiger, ungehobelter Typ mit dunklem Haar und der Statur eines Bären. Wie sein Feind, der Abtrünnige Engel, war auch Apollyon ein erbarmungsloser Kämpfer mit verborgenen Fähigkeiten. Er war stärker als Ablon, aber viel langsamer. Die Malikis, die Kaste der Kriegerdämonen, waren tapfer, ungebändigt und unkontrollierbar – genau das Gegenteil ihrer himmlischen Widersacher, der Cherubim.

Doch was bezweckte Apollyon damit, Ablon hinterherzuspionieren? Wollte er einen persönlichen Rachefeldzug gegen ihn führen, stand er gar im Dienste des Dunklen Erzengels? Wollte Luzifer Ablon aus dem Weg schaffen, weil sich dieser dem Bündnis verweigert hatte – oder wollte Apollyon endlich das Duell mit Ablon zu Ende bringen, das vor fünfzehntausend Jahren begonnen hatte?

Bei ihrer letzten Begegnung, am Eingang der Höhle des Teufels, hatte Ablon ihn zum Kampf herausgefordert.

Der Jäger hatte es nicht vergessen.

Der Tag war schon angebrochen, als Ablon vom Bus aus außerhalb der Mauern der Altstadt in der Ferne einige moderne Gebäude sah. Dies war der neue Teil Jerusalems, vor allem seit 1860 besiedelt, weil das historische Stadtzentrum überbevölkert war. Damals waren einige Stadtviertel für Einwanderer geplant worden, und die Vororte waren zu beliebten multikulturellen Gegenden geworden, die die Architektur und Gebräuche spiegelten.

Die zwischen sanften Erhebungen und Olivenbäumen verlaufende Straße war mit einem Gitter versperrt, das von Schildwachen und einigen Armeesoldaten in Jeeps und Panzern bewacht wurde. Hier befand sich einer der vielen Posten, die das Straßennetz in ganz Israel kontrollierten. Ablon wusste, dass viele Israelis und Palästinenser, die weit weg wohnten, in der Heiligen Stadt arbeiteten, und glaubte, die Anfahrtswege seien um diese Tageszeit verstopft. Doch er hatte sich getäuscht. Die Autobahn war praktisch leer. Vermutlich hatten die Geschäfte wie in Rio de Janeiro geschlossen, und aller Augen waren auf den Weltkrieg gerichtet, der auf dem Planeten wütete.

Den Worten einer Dame in langem Gewand, die neben ihm saß, entnahm er, dass die meisten Ausländer im Bus keine Arbeiter, sondern Gläubige auf dem Weg zu den Tempeln in Jerusalem waren, wo sie beten wollten und auf das Ende des Konflikts warteten. Die moslemischen, christlichen und jüdischen Heiligtümer quollen über vor Menschen. Nur wenige Geschäfte waren für die Allgemeinheit geöffnet – Lebensmittelgeschäfte und kleine Supermärkte.

Ein mit Pistole und Gewehr bewaffneter Soldat stieg in den Bus, um die Ausweise zu kontrollieren. Mit einem mentalen Trick verbarg Siéme ihr Gesicht und das ihrer Freunde, sodass die Wachen sie nicht aufhielten.

Der Militär gab seinen Wachmännern ein Zeichen, die Absperrung zu öffnen, und sagte zu seinem Kollegen: »Ich habe doch gerade noch einen großen blonden Mann und eine Frau mit silbrigem Haar gesehen ...«

»Ach wirklich?«, meinte der andere belustigt. »Die müssen sich dann wohl in den Handtaschen der alten Frauen versteckt haben.«

Der Bus fuhr nun in die Neustadt, vorbei an den Hauptvierteln des modernen Jerusalem, über den Berg Zion, um die historische Altstadt im Süden herum und weiter durch das Kidrontal und auf den Ölberg, wo er schließlich an der Jericho Road hielt. Hinter ihnen auf einem Hügel lag der jüdische Friedhof mit seinen jahrhundertealten Grabmälern, darunter die Gräber der Propheten Zacharias und Malachias und die Gruft des Absalon, des rebellischen Sohns König Davids. Vor ihnen trennte sie das Josaphat-Tal, eine flache Senke, von den Mauern der Altstadt.

Nach Jahrtausenden kehrte Ablon nun wieder an den Ort zurück, an dem er einst gegen den Erzengel Gabriel gekämpft hatte. Von der Kuppe des Hügels aus betrachteten die drei Engel die Altstadt mit ihren alten Häusern und engen Gassen, die sich wie ein Farbfleck inmitten der eintönigen, grau-braunen Landschaft ausnahm. Hier am Ölberg, von der uralten Mauer begrenzt, hatten vor Jahren der Salomon- und der Herodestempel gestanden.

Mehr als ein halbes Jahrhundert lang war das Plateau ein Trümmerfeld gewesen, bis die Moslems es 691 erneut in Besitz genommen und dort auf dem Tempelberg den Felsendom errichtet hatten, eine prachtvolle Moschee mit vergoldeter Kuppel und bis heute das häufigste Postkartenmotiv aus Jerusalem. Der gesamte Bezirk – der Tempelberg – gilt als heilig und wartet noch mit anderen berühmten Bauwerken auf, wie der Al-Aqsa-Moschee und dem Museum für Islamische Kunst. Im Westen trennt ein Stück Mauer den Tempelberg vom jüdischen Viertel: die Klagemauer. Sie ist derzeit die verehrteste Referenz des Judentums, weil sie als einziger Teil den Brand überstand, bei dem der Zweite Tempel zerstört wurde. Weiter vorn sah Ablon das moslemische Viertel und dahinter das Christen- und das Armenische Viertel mit den zahlreichen Kirchen, Patriarchaten und Herbergen der verschiedenen christlichen Sekten der Stadt.

Mit seinen Adleraugen sah Ablon, dass das historische Zentrum merkwürdig überfüllt war. Rings um den Felsendom und vor der Al-Aqsa-Moschee beteten Tausende Moslems unter freiem Himmel, während orthodoxe Juden ihre Gebete an der Klagemauer sprachen. Im Christenviertel schritt eine Prozession über die Via Dolorosa – den Leidensweg Christi – zur Grabeskirche. An diesem unvorhergesehenen Feiertag drängten sich in den zahlreichen Tempeln der Altstadt die Menschen. An jeder Ecke standen Armeesoldaten und israelische Polizisten. In der Luft kreisten zwei Kampfhubschrauber.

Siéme fand bestätigt, was sie schon erwartet hatte: Im alten Teil der Stadt war der Schleier der Wirklichkeit hauchdünn. Ihr fiel auch auf, dass sich auf der Astralebene keine Engel mehr befanden. Aufgrund ihrer großen Nähe zu ihrem ätherischen Gegenstück, der Festung von Zion, war die Heilige Stadt von Michaels Legionen seit der Auferstehung des Heilands besetzt worden, nachdem Gabriel und seine Cherubim sie aufgegeben hatten. Seither wurde das historische Zentrum von den Agenten des Engelsfürsten bewacht, aber an jenem Märzmorgen, einen Tag vor dem Tag der Abrechnung, ließ sich kein Himmelswesen blicken.

»Bei meinem letzten Besuch«, erzählte Ablon, »bewachten unermüdliche Himmelspatrouillen die Astralebene, und Gabriels Truppen hatten die Stadt umzingelt, weil sie mit einem Angriff von Michaels Soldaten rechneten – das war die erste große Offensive, nach euren Worten der Auftakt zu ihrer persönlichen Fehde.«

»Es war ein heiliger Tag«, fügte Asiel hinzu. »Der Heiland starb am Kreuz, und die Legionen der beiden Erzengel begannen aufeinander loszugehen. Wir kämpften, um die Seele des Erleuchteten zu verteidigen. Zwei Tage später erstand er wieder auf. Unser Auftrag war erfüllt. Wir schlugen das feindliche Heer zurück, verließen Haled und flohen in den Ersten Himmel, wo wir in Sicherheit waren.«

»Das stimmt, General«, pflichtete Siéme bei. »Jetzt wirkt alles so trostlos. Jerusalem war immer eine Gespensterhöhle und ist es noch, aber kein einziger Himmelsbewohner treibt sich hier herum. Man würde auch nicht glauben, dass die Festung von Zion auf der ätherischen Ebene so nah ist. Findest du es nicht ein bisschen seltsam, dass sich hier so wenig tut?«

»Falls sich Michael für die größte aller Schlachten rüstet, braucht er sicher alle Engel. Zum Glück können sie uns von der ätherischen Ebene aus nicht sehen. Aber einen Spion kann es immer geben«, sagte Ablon warnend, denn er hatte nicht vergessen, dass ihn sein Gefahrensinn beim Verlassen des Flughafens gewarnt hatte.

Sie begaben sich zum Stephanstor in der alten Stadtmauer, durch das man zum Moslemischen Viertel gelangte. Das Goldene Tor hätte zwar näher gelegen, doch es war von den Osmanen im 7. Jahrhundert zugemauert worden.

»Meinst, du, wir finden hier eine Fahrgelegenheit?«, wollte Asiel wissen.

»Ganz bestimmt«, antwortete Ablon. »Ich habe etwas Geld dabei, vielleicht reicht es, um ein Auto zu mieten.«

Als sie das Tor erreichten, das der Sultan Süleyman der Prächtige 1538 errichtet hatte, war es schon fast acht Uhr. Während Ablon unter dem Torbogen hindurchging, nahm er den unbekannten Geruch einer neuen Stadt war. Er sah sich den Boden, die Mauern, die Häuser und Gässchen und die Leute auf den Straßen genau an. In Jerusalem stößt man immer wieder, in jedem Winkel und an jeder Ecke auf Spuren der Geschichte. Die Eindrücke eines jahrtausendealten Orts riefen bei einem Engel mit geschärften Sinnen ebenso viel Ungläubigkeit wie nostalgische

Gefühle wach. Auch ihm fiel auf, wie dünn der Schleier war. »Die Membran ist hier … ist …«, murmelte er.

»Als wäre die ganze Altstadt ein riesiges Heiligtum«, ergänzte Siéme.

Genau aus diesem Grund fiel es ihnen nicht schwer, die Geister der Toten vieler vergangener Epochen zu sehen, die sich, für Menschen unsichtbar, in den Nischen versteckten und durch die Gassen irrten. Wie alle Gespenster waren sie harmlos und melancholisch, an die Astralebene gebunden, hatten aber immer ein Auge auf die physische Welt, weil sie nach Lösungen für die Fragen suchten, die sie daran hinderten, in den Himmel einzugehen.

»Nun sind wir also da«, freute sich Asiel. »Und jetzt?«

»Jetzt brauchen wir ein Auto, am besten ein robustes, mit dem wir die Wüste durchqueren können. Und Zeit, uns eine Straßenkarte zu besorgen, bleibt uns auch noch.«

»Hast du eine Idee, wo wir das alles herbekommen?«, fragte die Seraphine.

»Die Läden sind geschlossen, aber vielleicht gibt es im *souk* am Schnittpunkt der drei Stadtviertel ja einen offenen Stand.«

Asiel gefiel die Idee. »Dafür, dass du noch nie hier warst, bist du gar kein so schlechter Reiseführer«, scherzte er.

Ablon grinste. Es stimmte: Er war noch nie in Jerusalem gewesen, hatte aber alles darüber gelesen. Und sein Gedächtnis war, neben seinen anderen Kräften, sein größter Schatz. Seine kämpferischen Fähigkeiten standen erst an zweiter Stelle.

Ganz oben auf der Festung von Zion, über den hundert Stockwerken des Turms, war Shamira noch immer an dem schwarzen Marmorpfeiler gekettet und wurde von eisigem Wind gepeitscht. Selbst in dieser Lage konnte sie jenseits der Brüstung, tausend Meter weiter unten, den Erdboden und in der Ferne die Bergketten sehen, die wie ein Schutzring um die Festung lagen. Noch weiter entfernt, jenseits der Berge, lag der geheimnisvolle Fluss Styx mit seinen dunkelroten Wassermassen. Alle Abteilungen von Michaels Heer waren bereit und in Stellung und warteten auf den Angriff von Gabriels Rebellenlegion, die 350 Kilometer weiter ihr Lager aufgeschlagen hatte.

Shamira war allein hier oben, doch sie wusste, dass sie von unsichtbaren Spionen bewacht wurde. Aus ihrem Leid gab es keinen Ausweg. Sie hätte ein paar Zaubersprüche aufsagen können, aber die wären bei ihren Entführern wirkungslos gewesen – es sei denn, sie hätte einen Gegenstand wie eine Feder des Opfers gehabt.

Also überlegte sie, was sie tun sollte. Sie hätte sich einfach mit der Lage abfinden und auf ihren Tod warten können, aber noch glomm Hoffnung in ihr. Schon oft hatte sie sich aus schwierigen Situationen befreit, in den meisten Fällen sogar ohne fremde Hilfe. Was mit Ablon passiert war, wusste sie nicht. Gern wollte sie glauben, dass er auf dem Weg zu ihr war, doch darauf durfte sie sich jetzt nicht verlassen. Irgendwie wollte ein Teil von ihr nicht, dass er ihr zu Hilfe eilte, denn jetzt, als sie den Turm der Tausend Fenster aus der Nähe sah, erkannte sie, wer die Patrouillen und wie mordlustig ihre Bewacher waren. Zwar vertraute sie Ablon und seiner Kampferfahrung, doch sie befürchtete, er werde sich gegen die Feinde, die in den dunklen Hallen lauerten – darunter der böse Schwarze Engel und der erbarmungslose Michael –, nicht wehren können.

Während ihr widersprüchliche Überlegungen durch den Kopf gingen, konzentrierte sich die Hexe auf ihre Fähigkeiten. Sie fühlte sich erbärmlich. Immer war sie aktiv, schlau und energisch gewesen. Doch der Gedanke, dass viele, für die sie Bewunderung empfand, das Gleiche hatten durchmachen müssen, tröstete sie. Dann dachte sie wieder an Ablon und wie er einmal aus der Hölle entflohen war, nachdem man ihn eingefangen und in das schrecklichste aller Verliese geworfen hatte.

Damals hatte er Helfer gehabt, sonst wäre er gestorben. Es war die Freundschaft eines Mitbruders aus alten Zeiten, der ihn vor dem sicheren Untergang und dem Herrn des Scheol gerettet hatte.

Ob ihr wohl dasselbe bevorstand?

14 In den Verliesen der Hölle

Exmoor, eine Grafschaft im Süden Englands,
1231 n. Chr.

Die alte Eiche

Es ereignete sich in jenen düsteren Tagen während des sogenannten Zeitalters der Dunkelheit. Damals herrschten blutige Zeiten, als ehrenhafte Männer in glänzenden Rüstungen in den Krieg zogen, während die hungernde Landbevölkerung unter der Knute müßiger Tyrannen die Felder bestellte. Es war die Zeit der großartigen Burgen und Ritter, der Feudalherren, der Blütezeit der Kirche und der Kreuzzüge, jener langen, militärischen Reisen, auf denen die Muslime aus dem Heiligen Land vertrieben werden sollten.

An einem eiskalten Wintermorgen, als der Schnee schwer auf den Zweigen lastete und den weichen Grasboden bedeckte, schleppte sich Ablon verletzt durch den Wald, den sogenannten Spitzkegelwald, dem die Kiefern mit den spitzen Wipfeln seinen Namen gegeben hatten. Er blieb stehen, stützte sich an einem Baumstamm ab und atmete zweimal tief durch. Auf dem Rücken unter seinem groben Gewand klaffte eine riesige Schnittwunde. Sie sah eher nach einem Schwerthieb auf, blutete jedoch kaum, weil sie verätzt war, als hätte ihm jemand einen glühenden Gegenstand auf die Haut gedrückt. Seine Kräfte ließen nach, seine

Beine zitterten, doch er durfte nicht stehen bleiben. Gleich war er da, nur noch ein kurzes Stück. Schon konnte er die Grenze der Einöde und ein dahinterliegendes Dorf sehen. Vielleicht hatten sie dort Wasser, Speise und ein warmes Bett – all das brauchte er, damit sein Avatar wieder zu Kräften kam.

Ablon war ausgehungert und müde, gab aber nicht auf und lief weiter durch den Schnee. Manchmal stolperte er und fiel hin, doch er stand immer wieder auf. Er erklomm einen Hügel, stieg auf der anderen Seite wieder hinab, kam durch eine Reihe Kiefern, umrundete einen See und erreichte ein Wäldchen. An dessen Ende fand er, wonach er gesucht hatte.

Der Waldweg mündete in ein schneebedecktes Feld, auf dem ein Klosterkomplex stand, mit mehreren Gebäuden im typisch normannischen Stil, aus hellem und braunem Stein, Bogengängen und hohen Fenstern in sicherer Entfernung zum Boden. Hinter dem Kloster stieg der Wald an, und ein schnurgerader Schotterweg führte bis zu einem Dorf, das einen Kilometer entfernt inmitten von Weizen- und Gerstenfeldern lag. Ablon konnte es nicht gut erkennen, doch das Kloster lag direkt vor ihm. Ihm fiel auf, dass das Gelände zwar von Mauern umgeben, die Pforte jedoch unbewacht war. Und direkt an der Mauer stand ein langer Bau, bei dem es sich, wie Ablon wusste, um den Flügel der Barmherzigkeit handelte, wo die Mönche arme Leute verköstigten und verarzteten. Nach dem Vorplatz kam die Kirche der Abtei, flankiert von zwei Türmen und geschmückt mit bunten Glasfenstern. Seitlich gab es weitere Gebäude, darunter den Kreuzgang, die Schlafräume, das Haus des Abts und das Klosterkapitel, ein Raum, in dem sich die Mönche täglich versammelten, um über diverse Themen zu beraten.

Der Abtrünnige schritt durch den Torbogen in den Innenhof, in dem Männer in dunklen Soutanen umhergingen. Ein Dutzend stand um eine große Eiche herum; zwei andere, mit einer Axt in der Hand, wollten den Baum fällen. Ablon beachtete sie nicht weiter, doch plötzlich witterte er den Geruch von Trinkwasser. Er drehte sich um und sah einen Brunnen, daneben im Schnee einen vollen Eimer. Rasch lief er hin und trank, so viel er konnte. Nun war er in Sicherheit: Wenn er jetzt stürzte, würde man ihm helfen.

Vier junge Novizen kamen auf den fremden Wanderer zu, griffen aber nicht ein.

»Jeder Tag ist eine Überraschung«, stellte der Jüngste von ihnen sachlich fest.

»Woher der wohl kommt?«, fragte ein anderer.

»Vielleicht ein verrückt gewordener Bauer aus Seaport«, vermutete ein kleiner mit geschorenem Schädel.

»Für einen Bauern ist er viel zu kräftig, du Dummkopf«, erwiderte der Älteste, nicht ohne Boshaftigkeit.

Die anderen drei schwiegen eingeschüchtert. Neugierig und nicht sehr freundlich musterten sie den Ankömmling. Dieser stellte den Eimer ab und wollte etwas sagen, doch seine Kehle schmerzte. Er taumelte nach vorn, trat gegen einen Stein und stürzte benommen.

»Wahrscheinlich wollte er etwas zu essen«, warf der Kahlköpfige ein.

»Ja, aber die Armenspeisung beginnt erst in einer halben Stunde. Das Brot ist noch nicht warm«, erklärte die laute Stimme.

»Sollen wir ihn hineintragen?«, wollte jemand wissen.

»Nein, der Prior hat gesagt, wir sollen den Baum fällen. Immer eins nach dem anderen.«

Die anderen fügten sich ohne Murren.

Ablon war kurz ohnmächtig geworden. Er war verletzt, müde und sehr hungrig, doch sterben würde er nicht. Die Verletzung am Rücken war nicht tödlich, nur eine Lappalie, die ihn allerdings erheblich schwächte und sein Vorhaben verzögerte.

Als er aufwachte, lag er auf einem Strohlager, und es war angenehm warm. Mehrmals musste er Blut husten. Seine Finger waren gefroren, sein Rücken brannte und sein Kopf hämmerte.

Er setzte sich auf und sah viele weitere Strohlager, manche mit kranken Bauern, die in einem langen Saal mit schmalen Fenstern standen, durch die die goldene Wintersonne strahlte. Zwei betagte Männer, ein magerer und ein viel dickerer, verteilten Brot und eine Schale mit Wasser an die Pechvögel. Sicher waren es Mönche des Benediktinerordens, der nach den Lehren des heiligen Benedikt von Nursia lebte, dem »Patriarchen der westlichen Mönche«. Die Regeln hatte einst der Benediktinermönch Augustinus von Rom nach England gebracht, wo er im 6. Jahrhundert Erzbischof von Canterbury wurde, dem bedeutendsten religiösen Zentrum des Landes. Wegen ihrer dunklen Gewänder wurden die Benediktiner scherzhaft auch »Schwarzkutten« genannt.

Ein alter, hochgewachsener Mönch mit blauen, freundlichen Augen reichte Ablon ein Stück Brot, das dieser gierig verschlang. Den Mönch ließ es unbeeindruckt, denn er kannte das Verhalten Hungernder und begnügte sich daher mit einem gütigen Lächeln. Trotz seines hohen Alters war Bruder Thomas nur ein Krankenpfleger, eine der niedersten Positionen in der Klosterhierarchie. Niemals war er Pater gewesen. Die Regeln des heiligen Benedikt schreiben nämlich vor, dass die Mönche mehrheitlich Laien sein sollen und nur einige wenige ordiniert werden.

Da Ablon ganz damit beschäftigt war, seinen Hunger zu stillen, schenkte er dem freundlichen Mann, der nur dastand und ihn beim Essen beobachtete, keine Beachtung. Anscheinend wollte Bruder Thomas in aller Ruhe mit ihm sprechen und wartete deshalb geduldig.

»Ich habe dem Prior gesagt, dass du da bist«, überraschte ihn der Alte.

»Dem Prior gesagt?«, fragte Ablon verwundert zurück. »Bin ich denn ein Ehrengast?«, scherzte er.

Verwirrt bemerkte der Mönch, dass der Patient keinen Akzent hatte, und bat ihn sogleich um Entschuldigung, als hätte er eine Todsünde begangen. »Ich ... ich bitte Euch um Verzeihung, guter Ritter. Ich hielt Euch für einen Franzosen.«

Diese Worte belustigten Ablon, vor allem der Titel. »Du bist nicht der Einzige. Ich werde überall wo ich hinkomme, verwechselt.«

»Trotzdem wäre es gut, wenn Ihr Euch mit dem Prior unterhalten würdet«, beharrte der Mönch.

Ablon gefiel dieser Vorschlag. Der Prior war der zweite Klostervorsteher, er kam gleich nach dem Abt. Vielleicht konnte er ihm dabei behilflich sein, die Person zu finden, die er in diesen südlichen Gefilden suchte. Einige Monate zuvor war der Cherub in Schottland Yarion, Flügel des Winds, einem seiner abtrünnigen Offiziere begegnet. Sie wollten von nun an gemeinsam durch die Welt streifen und hatten sich vorgenommen, die Bruderschaft wieder zusammenzubringen. Um ihren Plan auszuarbeiten, hatten sie sich als Kleriker verkleidet in die Abtei Saint Luke im Norden geflüchtet und dort den nötigen Frieden gefunden, um ihre Suche zu organisieren.

Doch die Stille war durch die Ankunft eines Mörders aus der Hölle gestört worden. Der Dämon Apollyon war nachts in das Kloster eingedrungen und hatte dem General mit seinem Feuerschwert eine Verletzung am Rücken zugefügt. Im Sterben liegend, hatte Ablon mit ansehen müssen, wie der Todesengel Yarion besiegte und ihn noch lebend in die Tiefen der Hölle mitnahm. Noch wusste der Cherub nicht genau, wie es dem Malikis gelungen war, seinen abtrünnigen Freund auf die andere Seite des Schleiers der Wirklichkeit zu bringen, doch er hoffte, Shamira würde ihn darüber aufklären.

Ablon kannte Shamiras ungefähren Aufenthaltsort und wusste, dass sie sich in Exmoor niedergelassen hatte. Deshalb folgte er ihrer Fährte ab Bristol, über Bath, Glastonbury und Ilchester bis in diese Grafschaft.

»Ich stehe deinem Superior zur Verfügung, wann immer er es wünscht«, bot er an.

»Er wird Euch später rufen. Wir müssen jetzt die Offizien abhalten.«

Bei den Benediktinern richtet sich der Tagesablauf nach dem gemeinsamen Gottesdienst, vom heiligen Benedikt *opus dei* genannt. Darunter versteht man die acht Stundengebete, die täglich gelesen werden. Es sind dies: die göttliche Nachtwache oder Vigil; das Offizium am frühen Morgen oder Matutin; die kanonischen Horen, die auf die Matutin folgen; die Laudes; die sieben kleinen Horen Prim, Terz, Sext, Non, Vesper und Komplet.

»Ich kann warten«, sagte Ablon.

Der Alte nahm die leere Wasserschale entgegen und sagte, bevor er den Saal verließ: »Also schlaft nun ein wenig. Und wisst, dass für die Mitglieder unseres Ordens Gastfreundschaft eine heilige Pflicht ist. Hier werden Besucher wie Christus persönlich empfangen.«

Ablon nickte, doch gleich darauf fiel ihm der gleichgültige Empfang der Novizen im Hof ein. Solange man ihn nicht kreuzigte, war alles in Ordnung.

Im Wein liegt die Wahrheit

Im Kloster, das inmitten einer ländlichen Gegend lag, war alles ganz still. Die Introvertierteren verbrachten den Großteil des Tages schweigend in der Stille des Kreuzgangs, außer bei den Offizien, wenn sie gregorianische Gesänge anstimmten. Die Kirche, in der sie beteten, stand auf der anderen Seite des Hofs, doch Ablon konnte ihre Psalmen und Lobgesänge hören. Die sanfte Melodie weckte ihn endgültig, und eine wehmütige Erinnerung an die Friedenstribüne blitzte auf, eine der zahlreichen Hallen im Sechsten Himmel, wo dreihundert Himmelsbewohner Sinfonien zu Ehren des schlafenden Gottes komponierten.

Bald war Essenszeit, und draußen verschwanden Felder und Wälder allmählich unter einer weißen Schneedecke.

Ablon erhob sich und fühlte sich schon viel besser. Er spazierte durch den Saal, während die anderen Kranken schliefen, und trat an ein Fenster, um einen heimlichen Blick auf den Innenhof zu werfen. Die Eiche in der Mitte war tatsächlich gefällt worden, doch der Stamm ragte noch aus der Erde. Sie war so schön, so altehrwürdig, so kraftvoll gewesen. Ein Baum voller Leben, selbst mit seinen winterkahlen Ästen. Jetzt glich er einem Kadaver, der in Kürze in die Erde zurückgehen würde. Für die alten Kelten war die Eiche eine heilige Pflanze gewesen, doch vielen Christen waren die Kulte ihrer Vorfahren gleichgültig.

Er hörte Schritte und setzte sich auf das Strohlager. Der magere Alte kam zur Tür herein.

»Konntet Ihr nicht schlafen?«, fragte er.

»Doch, aber ich bin schon wach. Die Wärme des Feuers und die Schneeflocken, die aufs Fenster fallen, sind das beste Schlafmittel für einen müden Mann.«

Der Mönch schien zufrieden. »Könnt Ihr jetzt mitkommen?«

»Gewiss«, sagte Ablon und erhob sich.

Er folgte dem Alten durch dunkle Säulengänge und weitläufige Hallen. Es war bitterkalt, und so liefen die beiden in einiger Entfernung zu den Fenstern. Durch eine Bogentür gelangten sie in ein Atrium und dann in die Pfalz des Abts. Unter ihren Schuhen knirschte weicher Schnee.

Endlich gelangten sie in einen aus Stein gemauerten Gang, der vor einer zweiflügeligen Holztür endete. Bruder Thomas klopfte dreimal mit dem Türklopfer an.

»Unser Abt ist in Canterbury, aber Prior John Marc wird Euch empfangen. Er ist ein junger, intelligenter Mann, der in Westminster zum Pater ordiniert wurde.«

Normalerweise mussten Mönche nach der Benediktinerregel immer in derselben Gemeinschaft leben, doch manchmal gab es ungewöhnliche Wechsel. Die Abtei von Westminster befand sich – und befindet sich noch immer – in London, im Osten, weit weg vom Kloster. Ablon hätte sich gern mit einem Ortsansässigen unterhalten, der die Gegend und ihre Bewohner kannte. Ob der Prior ihm wohl seine Zweifel nehmen konnte?

Die Holztür öffnete sich, und ein distinguierter Mann, noch keine vierzig Jahre alt, mit gesundem Körper und von hoher Statur, bat den Gast herein. Bekleidet war er mit der üblichen schwarzen Kutte, doch darüber trug er eine zweite aus Baumwolle und Samt, die für klösterliche Maßstäbe geradezu luxuriös wirkte. Aus dem Raum drang eine angenehme Wärme, in die sich der Geruch verschiedener Speisen mischte.

»Ihr könnt hereinkommen«, forderte er Ablon mit fester Stimme auf, und Ablon erkannte an seiner Ausdrucksweise, dass er ein gebildeter Mann war. Der alte Thomas wandte sich zum Gehen, und der Cherub trat ein.

Die Pfalz des Abts, damals das Zimmer für den Prior, war der wichtigste Bereich im Kloster. Sie verfügte über mindestens drei Zimmer und einen Gemeinschaftsraum mit einem langen Tisch, auf dem ein köstliches Mahl stand. Fleisch gab es keines, dafür schwarzes Brot, gekochte Eier und eine schmackhafte Suppe mit Zwiebeln und Erbsen, dazu Wasser und Wein in Krügen. In einer Ecke brannte ein Kaminfeuer und spendete den Anwesenden Wärme.

Der Prior setzte sich und lud seinen Gast mit einem Kopfnicken ein, es ihm gleichzutun. »Greift zu, junger Mann«, begann er und deutete auf die Speisen auf dem Tisch.

Ablon nahm die Einladung an und bedankte sich mit einer stummen Verbeugung für die Gastfreundschaft. Dann lehnte er sich auf seinem Stuhl zurück und leistete dem Pater beim Essen Gesellschaft. Er nahm sich ein Stück Brot, während sich sein Gastgeber an der Suppe bediente.

»Brot ist Leben, ist Fleisch«, fing der Prior an, der das bescheidene Verhalten des Reisenden mit Zufriedenheit bemerkt hatte, und nutzte die Gelegenheit, um eine religiöse Metapher einfließen zu lassen.

Er muss ein Soldat sein, ging es Ablon durch den Kopf, und genau so einen brauchte er.

»Auf mich zumindest trifft dieser Sinnspruch zu, Pater«, erwiderte Ablon, der die Ironie erkannt hatte. Er musste essen, trinken und schlafen, damit sein physischer Körper wieder zu Kräften kam.

Der andere horchte auf. »Seid Ihr Christ?«

»Ich muss zugeben, dass ich nicht sehr oft in der Kirche war.« Inzwischen gelang es Ablon immer besser, sich bei solch unverhofften Fragen aus der Affäre zu ziehen.

Der Geistliche verzog keine Miene. Innerlich frohlockte er, dass er dem richtigen Mann begegnet war, und er würde sich seiner bedienen, auch wenn er kein Christ war.

»Verzeiht mir meine Direktheit«, sagte er, als die Unterhaltung stockte. »Ich bin Prior John Marc und für das Kloster verantwortlich, bis der Abt zurückkommt. Und Ihr, woher kommt Ihr?«

»Ich bin nicht Euer Feind und erst recht kein Franzose.«

Dem Kleriker fiel auf, dass sein Gast ihn nicht mit »Bruder« oder »Herr« anredete – ein Bauer war er also nicht. Untergebene hielten sich im Allgemeinen an die feudalen Formalitäten. Er hielt ihn für einen Adligen, Ritter oder Söldner, doch sein ausweichendes Verhalten ärgerte ihn insgeheim. Entschlossen, seinem Gast die Wahrheit zu entlocken, füllte der Prior, Freundlichkeit vortäuschend, Ablons Becher bis zum Rand mit Wein. »Aber Ihr seid sicher ein Krieger«, hakte er nach, und da begriff Ablon, was der andere im Sinn hatte.

»*In vino veritas*«, sagte er ironisch, und nun begriff Marc, dass er es nicht mit irgendwem zu tun hatte. Nur Gebildete kannten das Sprichwort, das darauf anspielte, einem Betrunkenen Geheimnisse entlocken zu können.

Trotzdem trank Ablon einen Schluck – davon würde er bestimmt nicht betrunken werden. »Pater, was wollt Ihr von mir?«, fragte er so direkt, dass keine Ausflüchte möglich waren.

Der Priester richtete sich auf, sein Gesicht wurde ernst. Seine Redekünste, mit denen er gewöhnlich die Edelmänner am Londoner Hof umgarnte, hatten versagt. »Vor allem muss ich wissen, ob Ihr Kriegserfahrung und wenigstens geringe Kenntnisse über den Wald besitzt. Ich will sichergehen, dass Ihr bereit seid, eine besondere Aufgabe zu übernehmen.«

Ablon erkannte an seinem Blick, was er vorhatte. »Ihr sucht einen Söldner.«

Der Prior wurde nervös. Diese Art, auf gut Glück Soldaten anzuwerben, war nicht besonders christlich. Er hatte sich – vielleicht zu naiv – auf die Verschwiegenheit seines Gasts verlassen, aber jetzt gab es kein Zurück mehr. »Hier im Kloster gab es ein paar politische Probleme«, gestand er.

Ablon schwieg und hoffte, der Mönch würde weitersprechen.

»Die Abtei wird vom Baron Peter Madog unterstützt«, fuhr er fort. »Er ist gleichzeitig der Herr von Redmill, einem Dorf in der Nähe, hinter den Weizenfeldern. Sicher habt Ihr es irgendwann einmal zu Gesicht bekommen.«

»Die Felder habe ich gesehen, aber nicht das Dorf.«

»Wahrscheinlich lag Nebel über der Landschaft. Schon seit Langem will Madog eine Straße von Exmoor nach Glastonbury bauen lassen, aber die Strecke verläuft durch einen alten Waldbestand, den Roten Wald, im Osten.«

»Warum beauftragt Ihr nicht Eure Mönche, die Bäume zu entfernen? Ich glaube, sie kennen sich damit recht gut aus«, spottete Ablon, dem der traurige Anblick des gefällten Baums wieder einfiel.

»Mönche sind keine Holzfäller. Außerdem ist es ein großer Wald. Dafür bräuchten wir mehr Männer.«

»Und dieser Baron? Hat der kein Geld, um Arbeitskräfte zu bezahlen?«

Der Gastgeber lächelte nervös. Nicht einmal er, ein aufgeklärter, gebildeter Mann, kam gern auf dieses Thema zu sprechen. »Natürlich hat er Geld, sehr viel Geld sogar. Aber das Problem ist, dass sich nicht einmal die hungernden Bauern in diesen unerforschten Wald wagen. Seit Römerzeiten erzählt man sich im Dorf, dass dieser Wald von Kobolden und Feen bevölkert ist.«

Ungläubig lachte Ablon auf. »Ihr wollt mir doch nicht erzählen, dass Ihr an solche Dinge glaubt …«

»Ich glaube nur an Gott und an niemanden sonst, Fremder«, gab der Pater, nun schon etwas aggressiver, zurück, »aber die Armen sind noch sehr abergläubisch – ein profanes Erbe heidnischer Zauberer.« Die Druiden waren Priester der alten Tage, die sich zur Zeit der Kelten in England aufhielten. »Die Holzfäller haben dem Baron gesagt, sie würden diesen Wald erst dann betreten, wenn vorher eine Gruppe Christen durchgelaufen ist. Vor einem Jahr habe ich eine Klostergesandtschaft dazu überredet, dieser einsamen Gegend einen Besuch abzustatten. Zu Fuß kamen wir bis zu den Bäumen, doch einige Männer hörten seltsame Geräusche und Gelächter und sahen eine Frau mit schwarzem Haar und weißer Haut, die sie Hexe des Roten Waldes nannten.«

Ablon blieb der Bissen im Hals stecken. Diese Hexe des Roten Waldes konnte nur Shamira sein. Er kannte die Gewohnheiten der Zauberin gut und wusste, dass sie sich gern in wilden Gegenden aufhielt. Niemals hatte sich die Nekromantin einem Magierorden oder -rat angeschlossen, sondern lieber allein gehaust. Vielleicht war sie genau deshalb noch am Leben.

»Als sie diese schrecklichen Geräusche hörte«, erzählte der Pater weiter, »packte die Gesandtschaft das Grausen, und mein Auftrag scheiterte. Seitdem sind die Laienmönche davon überzeugt, dass an diesem Ort der Teufel haust, und weigern sich, nochmals dort hinzugehen. Und die Holzfäller auch.«

»Was für eine verrückte Geschichte!«, rief Ablon, der nicht an Märchen glaubte. Allerdings konnte es gut sein, dass Shamira die Eindringlinge mit ein paar einfachen Zaubersprüchen vertrieben hatte. Und er war ganz sicher, dass sie die Hexe des Waldes war – die Beschreibung ließ keinen Zweifel daran.

»Abt Paul, der Vorsteher unserer Pfarrei, weilt in Canterbury, um bei den Bischöfen Zeit zu gewinnen. In der Zwischenzeit muss ich mir überlegen, wie ich meine Männer dazu bringe, nicht mehr an diesen Unsinn zu glauben, damit sie sich in den Wald trauen. Wenn die Gesandtschaft durch den Wald streift, werden sich auch die Arbeiter ein Herz fassen und ihn betreten. Und falls die Straße nicht gebaut wird, werden Redmill und dieses Kloster verdammt sein.«

»Seltsam, dass sie sich bis jetzt geweigert haben.«

»Die Abtei wurde von den Eltern des Barons finanziert, wie auch die Besiedlung des Dorfs. Damals kam man mit weniger aus, aber jetzt ist die Nachfrage nach Getreide gestiegen. Die Weizen- und Gerstensäcke müssen nach auswärts verkauft werden, damit das Anwesen weiterhin rentabel bleibt.«

»Der Baron will seine Geldtruhen also noch mehr füllen.«

Der Kleriker widersprach dieser Behauptung nicht, bestätigte sie aber auch nicht. »Wie dem auch sei – Lord Peter Madog ist unser Patron.«

Ablon aß den Rest Brot, trank einen Schluck Wasser und nahm sich eine Schale Suppe. »Und weshalb genau braucht Ihr einen Söldner?«

»Ich brauche nur einen mutigen Mann, der nicht an diesen Unsinn glaubt. Falls ein ehrenhafter Ritter eine Nacht im Roten Wald verbringt und daraus lebendig und bei Verstand zurückkommt, werden die Mönche begreifen, dass das ganze Geheimnis um diesen Wald nur ein erbärmlicher Volksglaube ist. Und dann könnte ich eine neue Gesandtschaft organisieren, das Gebiet segnen und den Weg für die Holzfäller freimachen.«

»Weiter nichts?«, fragte Ablon erstaunt.

Sein Gastgeber erhob sich, holte aus einer Ecke des Raums eine kleine Holztruhe und stellte sie auf den Tisch. Sie war mit Eisenbeschlägen und einem massiven Schloss versehen. »Natürlich werde ich Euch gut dafür bezahlen«, raunte er und öffnete die Truhe, in der viele Silbermünzen funkelten. Auch goldene Gegenstände und mit Edelsteinen verzierte Artefakte wie Kreuze und Halsketten befanden sich darin.

Doch Ablon verachtete die Nichtigkeit der Menschen und wollte sich nicht einmal vorstellen, wie diese Gegenstände erworben worden waren. »Behaltet Euer Geld, Prior. Zu Eurem Glück haben wir beide dieselben Absichten. Der Rote Wald war mein Ziel, seit ich in der Grafschaft bin, wenngleich ich das selbst nicht recht wusste. Ich werde mich hineinwagen, bleibe möglicherweise aber länger als einen Tag dort.«

»Eure Worte sind verwirrend.«

»Auch ich möchte dieser Hexe begegnen. Aber keine Angst, ich bin kein Magier.«

Der Priester verschloss die Truhe und musterte den Himmelsbewohner von Kopf bis Fuß, dann entfernte er sich mit langsamen Schritten und stellte die Truhe an ihren Platz zurück. Einen Moment lang bereute er zutiefst, etwas über die Situation des Klosters preisgegeben zu haben, doch er hatte es aus Verzweiflung getan. »Tut, was Ihr wollt«, versetzte er resigniert, weil ihm nichts anders mehr einfiel. »Aber wartet nicht allzu lange. Wir können Euch gut entlohnen.«

»Ich habe Euch schon gesagt, dass es mir nicht um Geld geht«, wiederholte Ablon, während er den letzten Rest Suppe aß.

Der Pater wandte sein Gesicht ab und nahm sich vor, das Thema Geld nie mehr anzuschneiden. Diese gute Gelegenheit durfte er sich nicht entgehen lassen – ein Soldat, der bereit war, den Roten Wald zu betreten und nichts dafür zu verlangen! Ablon war für ihn wie einer jener Helden der bretonischen Mythologie, wie die Ritter zu Artus' Zeiten. Er überlegte sich bereits, wie er Werbung für dessen epische Heldentaten machen und mit welchen Titeln er ihn schmücken könnte – zum Beispiel Drachentöter und Heiliger Ritter. Vielleicht könnte er ihn später einmal sogar zu einem Heiligen machen. »Wann, meint Ihr, können wir aufbrechen?« Der Geistliche hatte es eilig. »Der Krankenpfleger im Flügel der Barmherzigkeit sagte mir, Ihr wärt verletzt.«

»Mir geht es schon wieder recht gut«, sagte Ablon wahrheitsgetreu. Noch ein Ruhetag, und er würde wieder bei Kräften sein. Kriegerengel wurden schnell gesund, auch wenn sie von mystischen Waffen verletzt wurden. »Wir können morgen reisen, aber ich kenne den Weg nicht.«

Endlich hatte John Marc sein Ziel erreicht, auf das er so lange – schon lange bevor Ablon im Kloster erschienen war – hingearbeitet hatte. Seit Monaten hatte er an nichts anderes mehr gedacht. »Später, noch vor der Vesper, werde ich eine Prozession einberufen. Ich werde nur ein paar Novizen zum Schutz der Abtei hierlassen, wir anderen werden Euch begleiten. In der Nähe des Waldes werden wir uns niederlassen und warten, bis Ihr zurückkommt.«

Ablon war mit den fortschrittlichen Absichten des Priors zwar nicht einverstanden, wollte ihn aber auch nicht enttäuschen. Nicht dass er etwas gegen die Ausbreitung der menschlichen Zivilisation gehabt hätte – aber die Zerstörung des Waldes würde der Habsucht der Feudalherrscher entgegenkommen. Die Straße hätte man auch anderswo bauen können, doch dann wäre sie länger geworden, hätte den Handel beeinträchtigt und den Gewinn geschmälert.

»Was das betrifft, kann ich Euch nichts versprechen, Pater. Ich habe Euch schon gesagt, dass wir dieselben Absichten haben, fertig!«

Natürlich verfügte der Baron über einen Trupp Krieger, doch sie gehorchten nur ihm. Was der Kleriker brauchte, war ein einzelner Held, ein tapferer, erfahrener Ritter. Ein Christ wäre ihm zwar lieber gewesen, aber ihm war bewusst, dass es keine Perfektion gab. Außerdem wusste er ja nicht einmal, wer der andere war und woher er kam. Aber was machte das schon?

Er würde für seinen Helden eine Identität erfinden. Wenn alles gelang, würde die Straße bis zum Ende des Sommers fertig sein. Die Grafschaft und das Dorf würden aufblühen, und damit auch die Kirche und das Kloster. Später dann würde John Marc Abt werden. Wer würde nicht einen Mann unterstützen, der einem Ritter dabei geholfen hatte, den Teufel zu überwinden?

Denn genau diesem Teufel würde sich Ablon stellen müssen.

DER ROTE WALD

Am nächsten Tag erwachte Ablon und war praktisch gesund. In der Morgendämmerung war viel Schnee gefallen, doch jetzt hatte es aufgehört zu schneien. Allerdings war es kälter geworden. Trotzdem war es dem Prior John Marc gelungen, eine Gesandtschaft zu versammeln – eine Prozession, bestehend aus fünfzig Mönchen, die mit Zelten, Proviant, warmer Kleidung und allen möglichen christlichen Objekten wie Rosenkränzen, Kreuzen und Weihrauch ausgerüstet waren. In einer verglasten Sänfte führten sie ein Bild des heiligen Benedikt von Nursia und die Standarte der Familie von Anjou mit, aus der der damalige König von England, Heinrich III., stammte. Auch einige Pilger hatten sich angeschlossen, aber die meisten, vor allem die jüngeren, wirkten unglaublich gelangweilt und schlotterten vor Kälte.

Für die geplante Wallfahrt hatte der Prior für seinen Helden bereits eine Militäruniform zurechtgelegt und schlug dem Krieger vor, seine Lumpen gegen ein wunderschönes Kettenhemd und eine dicke Baumwolltunika zu tauschen, die bis auf die Oberschenkel reichte. Der Stoff war ebenfalls von hervorragender

Qualität, schwarz eingefärbt und mit einem roten Kreuz bedruckt. Vervollständigt wurde die Uniform durch ein Paar Stahlhandschuhe. Da der Pater keine Zeit gehabt hatte, um ein Schwert zu kaufen, wickelte er ein Stück Holz in einen Stofffetzen und bat Ablon, es mitzunehmen. Der Abtrünnige hatte mit dem Priester keinen Vertrag geschlossen und ihm erst recht nicht garantiert, dass er den Auftrag erfüllen würde. Doch er war der Ansicht, er sei dem Mann etwas schuldig, weil er ihn verköstigt und aufgenommen hatte – wenn auch aus Eigeninteresse.

Die Mönche besaßen keine Pferde, nur vier Lastmaultiere. Mit diesen wanderten sie den ganzen Tag lang auf einer alten, verschneiten Erdstraße Richtung Osten. Gegen Abend erreichten sie den Roten Wald und schlugen in der Nähe – in sicherer Entfernung zu den Bäumen – an den eisigen Hügeln ihr Lager auf. Vielen merkte man ihre Angst an – die Teufelsgeschichten, die sich um den Wald rankten, hatten ihnen einen riesigen Schrecken eingejagt. Doch Marc und die älteren Männer sprachen den Ängstlichen mit Bibelversen und Predigten Mut zu.

Der Rote Wald war nach seinen Bäumen benannt – einzigartigen Eichen mit roter Rinde, die nicht einmal im Winter ihr Laub abwarfen. Solche Pflanzen gibt es inzwischen nicht mehr, und moderne Wissenschaftler erkennen sie nicht an, weil sie schon in grauer Vorzeit selten waren. Im Mittelalter wurden sie endgültig ausgerottet, und dies hier war vielleicht der letzte Wald.

Wie Ablon feststellte, handelte es sich um ein weitläufiges Waldgebiet – viel größer, als er anfangs gedacht hatte. Er rechnete sich aus, dass die Holzfäller hart würden arbeiten müssen, um eine Schneise in die Bäume zu schlagen, denn die Baumstämme waren kräftig und dick. Außerdem beschlich Ablon bei genauerem Hinsehen ein ungutes Gefühl, so ähnlich wie damals im Tin-Sen-Wald.

Begleitet vom eintönigen Singsang der Mönche, machte er sich noch vor Sonnenuntergang in den Roten Wald auf. Gegen die

Dunkelheit hatte der Prior ihm eine Fackel mitgeben wollen, doch die brauchte Ablon nicht. Sobald er weit genug entfernt war, warf er die Fackel am Waldrand fort.

Noch bei Tag erreichte er die Baumgrenze. In Kürze würde es dämmrig werden, und dann würde die Nacht hereinbrechen. Ablon hielt es für klug, die Helligkeit zu nutzen, um den Blätterwald zu durchsuchen – wenngleich er im Dunkeln gut sah – und möglicherweise eine Fährte zu entdecken. Er suchte nach einer ganz bestimmten Spur, einem besonderen Duft, den er sofort wiedererkennen würde.

Sorgfältig durchkämmte Ablon den Wald, untersuchte die Bäume, witterte die Luft, fand aber nichts. Vielleicht hatte er sich getäuscht. Der Wald war zwar groß, aber mit seinem ausgezeichneten Geruchssinn hätte er einen so vertrauten Geruch wie den Shamiras ganz bestimmt wahrgenommen.

Des Suchens müde, legte er eine Pause ein und setzte sich auf die vorstehende Wurzel einer großen Eiche mit roter Rinde. Da geschah etwas ganz Seltsames: Als der letzte Sonnenstrahl verschwand, wurde der Schleier der Wirklichkeit dünner und dehnte sich aus wie Gummi im Feuer. Ablon sah sich aufmerksam um. Ihm fiel auf, dass die Membran direkt vor ihm rissig wurde, am Ende eines Pfads, auf dem sich die Baumwipfel berührten und einen Blättertunnel bildeten. Ohne zu zögern, ging er bis dorthin, immer wachsam für die Gefahren, die im Halbschatten auf ihn lauern möchten.

So etwas hatte Ablon trotz seiner ganzen Erfahrung mit geistigen und weltlichen Dingen noch nie erlebt. Er wusste nicht, ob dieser Pfad in eine Falle führte, eine Aufforderung war oder sich unabhängig von seiner Anwesenheit aufgetan hatte. Er hatte keine Ahnung, wohin er ging und welche Geschöpfe er dort antreffen würde, und er wusste nicht einmal genau, ob Shamira überhaupt in diesem Wald lebte.

Mit jedem Schritt wurde das Ganze seltsamer. Noch halb verwirrt ging er durch den Blättertunnel und bemerkte plötzlich, dass die winterlichen Bäume lebhafter wurden und ihr vereistes Laub sommerlich warm wurde. Feiner Nebel lag in der Luft und wehte ihm den Duft der Waldblumen in die Nase. Zu seinen Füßen war der Schnee geschmolzen, und er lief nun auf weichem Gras. Es war fast Nacht, doch von oben drang bläuliches Licht durch das Blätterdach und erhellte den Laubtunnel. Bisher verborgene Tiere hüpften und sprangen umher, ohne sich um den Wanderer zu kümmern. Eine Lerche trillerte, Grillen zirpten.

Ein Hase sprang über den Weg und starrte den Besucher aufmerksam an. Noch ganz geblendet von dem fantastischen Anblick, der sich ihm bot, bemerkte der Cherub nicht, dass in diesen scheinbar harmlosen Tieraugen Entschlossenheit aufblitzte. Mit einem Satz verschwand das Tier im Gebüsch.

Als Ablon das Ende des Tunnels erreicht hatte, fand er sich auf einer wunderschönen, weiten Lichtung wieder, die von riesigen Eichen eingerahmt war. Vor ihm lag ein prachtvoller Garten voll bunter Blumen und roter Pilze. Pollenstäubchen tanzten in der Luft, und in einem Winkel fing ein tiefer Brunnen Wasser aus einem Bächlein auf. Eine Biene summte, umkreiste ihn ein paarmal und erhob sich in die Lüfte.

Der Dunst, der über der Lichtung lag, begann sich aufzulösen, und Ablon stellte mit Entsetzen fest, dass er umzingelt war. Von allen Seiten starrten ihn unglaubliche Wesen an, eher feindselig als neugierig. Sie erinnerten an Menschenwesen, aber es waren keine. Sie waren kleiner und schlanker als gewöhnliche Menschen; ihren spitzen Ohren entging kein Laut, und ihre Mandelaugen waren tiefschwarz. Ihre Haut war fein und hell und die Gesichter kalt und empfindungslos. Sie trugen bunte Kleidung und Mützen aus feinstem Stoff. Die meisten hatten glänzende Silberbogen mit aufgelegten Pfeilen bei sich, doch einer von ihnen hielt ein langes, einschneidiges Schwert in der Hand. Ablon fiel noch auf, dass die weiblichen Wesen zwei Paar durchscheinende Flügel besaßen, wie Libellen.

Wer waren diese Geschöpfe? Wo kamen sie her? Wie hatten sie einen so gewitzten Kämpfer wie ihn überrumpeln können? Ablon wusste keine Antwort darauf, doch entsetzt stellte er fest, dass der Schleier der Wirklichkeit auf einmal nicht mehr existierte. Wie war das nur möglich, wo er sich doch in der physischen Welt aufhielt?

Er erinnerte sich an seinen Kampf im Tin-Sen-Wald und an den Moment, wo er den heidnischen Tempel betreten hatte, in dem er sich den drei alten Geistern stellen musste. Diese Begegnung war nur möglich gewesen, weil sich an dieser Stelle ein Scheitelpunkt befunden hatte, an dem sich physische und geistige Welt überlappen. Die Zahl dieser Scheitelpunkte nimmt täglich ab. Sie sind ein Erbe aus alten Tagen, als der Schleier noch nicht existierte und die beiden Welten eins waren. An einigen wenigen mystischen und magischen Orten gibt es sie noch – doch sie werden durch die Unachtsamkeit der Menschen zerstört.

Diese menschenähnlichen Wesen waren ätherische Gestalten, und Ablon schloss aus allem, dass sie nur eines sein konnten …

»Ich bin Mercurion aus dem Volk der Feen«, ließ sich der Schwertträger überheblich vernehmen. »Was führt dich hierher, Himmelsbewohner? Du weißt doch, dass dein Volk bei uns nicht willkommen ist.«

Der Kobold, der ihn angesprochen hatte, war eine geistige Wesenheit und konnte Ablons Aura spüren. Er würde sich weder täuschen noch überreden lassen, aber Ablon war nicht auf eine Konfrontation aus.

»Mein Volk? Ich bin kein Himmelsbewohner, Mercurion, sondern ein abtrünniger Engel auf der Suche nach der Frau, die den Mönchen Angst eingejagt hat, der Hexe von Endor«, wagte er zu sagen. Vielleicht war die Hexe doch nicht Shamira – und dann ge-

riete er in Schwierigkeiten. Wie sollte er beweisen, dass er kein
Spion war?

Die Gestalt mit dem Schwert in der Hand gab den anderen ein
Zeichen, die Bogen zu senken. »Du behauptest, du seist ein himm-
lischer Abtrünniger«, wiederholte der Kobold, noch immer auf der
Hut.

»Ich bin ein alter Freund der Zauberin.«

Von hinten näherte sich ein winziges Geschöpf, das Ablon zuerst für ein Insekt gehalten hatte, und setzte sich auf seinen Kopf.
Bevor er das vorlaute Ding verscheuchen konnte, flog es weg und
nahm zwei goldene Haare von ihm mit.

Dann ließ es sich auf Mercurions Schulter nieder, und Ablon
wurde klar, dass es kein Waldtier war, sondern eine winzige Fee,
wie sie in den Märchen beschrieben wurde, mit blau-roten Flügeln, die denen eines Schmetterlings ähnelten. Ihr kleiner Körper
leuchtete wie ein Glühwürmchen. Das lichte Wesen kaute auf den
beiden Haaren herum, verschluckte sie und riss dann die kleinen
Augen auf.

»Was sagst du zu unserem Besucher, Serena?«, wollte der Anführer der Kobolde wissen.

»Er ist gutmütig«, antwortete die kleine Fee. Sie hatte ein reines Herz und lautere Absichten.

»Und was sonst?«

»Sein Haar schmeckt gut«, sagte sie, während sie das letzte verspeiste.

Seltsamerweise fühlten sich die Elfen nach diesen Worten sicherer und wohler. Ablon verstand nicht, warum diese zwergen-
hafte Gestalt so großen Einfluss auf die größeren Feen hatte, aber
Mercurion schob tatsächlich sein Schwert in die Scheide zurück.

»Sei also mein Gast, Abtrünniger Engel«, entschied der Kobold
mit einem breiten Lächeln. »Wie heißt du?«

»Ablon, der Cherub«, antwortete er, immer noch verwundert
über den surrealen Empfang.

»Ablon, der Cherub …«, wiederholte der andere und lauschte dem Klang des Namens nach. »Die Hexe von Endor ist unser Gast. Ich werde dich zu ihr bringen.«

Die chimärenhaften Wachen öffneten den Kreis und bildeten eine Reihe.

»Euer Gast …«, dachte Ablon laut. »Genau das hatte ich vermutet.«

Im bläulichen Licht der Bäume folgte der Kriegerengel der Spur der Elfen durch den Wald. Die eisige Winterkälte drang nicht bis hierher vor, nur die Sommerwärme war zu spüren.

»Sie hat uns von dir erzählt, aber nur beiläufig«, bemerkte der Kobold. »Sie ist einer der wenigen Menschen, die uns näher kennen. Die meisten zerstören unsere Behausungen.«

»Eure Behausungen?«, fragte Ablon verwundert. Bis jetzt hatte er nur dichten Wald gesehen, aber keine einzige Hütte.

In diesem Moment gelangten sie auf eine zweite, größere Lichtung, wo noch mächtigere Eichen standen. Die Löcher in den Stämmen entpuppten sich als Türen und Fenster, durch die feenhafte Wesen kamen. Manche bewegten sich fliegend, andere kletternd fort, wieder andere spielten und hüpften im Gras herum. Inmitten dieser bunten Schar gab es einige, die Waldtieren ähnelten, doch die meisten Feen sahen aus wie Menschenwesen – zwar winzig, aber mit fantastischen Eigenschaften ausgestattet. Ablon kam aus dem Staunen nicht mehr heraus.

»Dein Reich ist faszinierend, Mercurion«, sagte er. Nicht einmal in den paradiesischen Gefilden hatte er etwas so Schönes gesehen. Auch lag in der Luft eine gewisse Wärme, eine einzigartige, belebende Energie.

»In jeder Eiche wohnt eine Fee. Jedes Mal, wenn ein Baum stirbt, stirbt auch die Fee. Deshalb sind wir dabei, diese Welt zu verlassen.«

Ganz versunken betrachtete Ablon die Lichtung und vergaß eine Sekunde lang seine Verpflichtungen.

»Gehen wir!«, riss ihn Mercurion aus seinem Staunen und zupfte ihn am Arm. »Zur Hexe geht es hier entlang.«

DER SEE DER REINEN

Engel und Kobold schlugen einen schmalen Pfad ein, der von Brombeeren, Himbeeren und bunten Pilzen gesäumt war, und gelangten an eine Stelle, an der ein Seidenzelt stand. Eine der Planen war zurückgeschlagen. Drinnen saß eine Frau an einem aus Wurzeln gezimmerten Tisch und studierte Pergamente und magische Gegenstände im gelblichen Licht, das von den Glühwürmchen ausging. Neben ihr ruhte, gleichsam wie ein Hüter, ein außergewöhnliches Wesen mit langem, reptilienartigem Körper, feurigen Augen und riesigen Zähnen. Es war so groß wie ein Löwe und wirkte durch seinen Schweif doppelt furchterregend. Schlangenschuppen schützten seine Haut, und aus dem Rücken wuchsen zwei dunkle Flügel. Das Monster glich mythologischen Drachen, wie sie in der Kultur der Wikinger und auf den Zeichnungen der Nordmänner so trefflich dargestellt sind.

»Hexe«, rief Mercurion, und Shamira drehte sich um. Als sie ihren himmlischen Freund erblickte, leuchteten ihre Augen. Sie ließ alles liegen und lief auf ihn zu, um ihn zu umarmen.

»Ablon!«, rief sie gerührt. »Ich frage dich nicht, wie du mich gefunden hast«, scherzte sie.

»Diesmal hatte ich Glück. Die Männer aus dem Kloster haben mir geholfen, und nachher die Kobolde. Ich kann mich als glücklichen Reisenden schätzen«, sagte er grinsend.

Shamira war eine schöne Frau, aber in der Dämmerung dieses Feenlands fand Ablon sie noch viel bezaubernder als sonst.

»Was sind denn das für Gewänder?«, fragte sie, als sie sein Kettenhemd und die Tunika mit dem Kreuz der Kirche darauf sah.

»Damit wollte ich mich nur bei demjenigen erkenntlich zeigen, der mich in diesen Wald geführt hat.«

Der Elf bemerkte, dass zwischen den beiden große Nähe bestand, und beschloss, sich zu entfernen. Er war überzeugt, dass Ablon keine Bedrohung darstellte. »Ich werde euch nun allein lassen«, sagte er an den General gewandt. »Die Hexe kennt die Waldpfade gut. Sie wird dich geleiten.«

Mercurion war schon im Gehen begriffen, da trat Ablon, noch immer von dem wunderbaren Roten Wald und seinen Bewohnern fasziniert, näher an Shamira heran. »Wer sind diese Geschöpfe? Wo sind wir hier? Alles ist so schön, so reich, so üppig. Es kommt mir vor wie ein Traum, obwohl ich selten träume.«

Auch sie war von der herrlichen Kulisse verzaubert. »Du hast sicher schon bemerkt, dass wir uns im Zentrum eines Scheitelpunkts befinden. Durch die Verdichtung des Schleiers überleben diese Gebiete wie riesige Blasen, die der Welt der Menschen fremd sind. Schon seit einigen Monaten beschäftige ich mich eingehend mit dem Feenvolk. Mercurion und die großen Kobolde gehören zum Hofstaat der Elfen und sind die edelsten. Sie sind die Letzten ihrer Art auf der Erde. Feen und Chimären sind geistige Wesen. Je dichter die Membran wird, desto schwächer werden sie.«

Sie zeigte auf den Drachen, der mit offenen Augen im Zelt lag. Er rührte sich nicht, war jedoch wachsam. Manche Drachen besitzen die Fähigkeit, sich über Tage, Jahre oder Jahrhunderte reglos zu verhalten. Manchmal verwandeln sie sich durch einen Zauber in Felsblöcke oder Baumstämme, damit die Menschen sie nicht erkennen können.

»Gorigath wurde mir als Hüter zugeteilt, solange ich mich im Feenreich aufhalte«, fuhr Shamira fort. »Auch er ist der Letzte seiner Art, der jüngste Spross Margaths, eines alten Drachen, wie es sie schon vor den römischen Eroberern in dieser Gegend gab.«

»So bedrohlich wirkt er auf mich gar nicht, trotz seiner Fangzähne und Tatzen.«

»Drachen sind wie Feen. Es sind Naturwesen von ätherischer Essenz. Manchen gelingt es, sich zu materialisieren, wo der Schleier sehr dünn ist, aber solche Orte gibt es heutzutage nur noch selten. Komm«, sie zog ihn an der Hand. »Komm mit, ich bringe dich zum See der Reinen.«

Gemeinsam wandelten Ablon und Shamira zwischen den roten Bäumen und verloren dabei jegliches Zeitempfinden. Sogleich stieg ihm der Duft der fantastischen Himbeeren in die Nase, der herrlichste Geruch, den er je gerochen hatte. Sein Geschmackssinn erwachte, und als er am Wegrand einen Zweig mit Früchten entdeckte, pflückte er eine Himbeere vom Zweig und wollte sie sich gerade in den Mund stecken, doch die Hexe hielt ihn zurück.

»Iss nicht davon, es sei denn, du willst für immer hierbleiben.«

»Wieso?«, fragte er verwundert und warf die Frucht weg.

»Das Funkeln des Feenreichs faszinierte alle Sinne, aber nichts kommt dem Geschmackssinn gleich. Wenn dich schon der Anblick der Eichen fasziniert hat, dann stell dir vor, was passieren würde, wenn du von den Feenfrüchten isst. Man sagt, dass jene, die von diesen Leckerbissen kosten, ewig an diese Welt gebunden bleiben.«

»Dieses Risiko gehe ich lieber nicht ein.«

Ihr Spaziergang endete am Ufer eines kleinen Sees, über dem derselbe eisige Nebel waberte wie auf der ersten Lichtung am Waldeseingang. Wie Riesenfinger ragten Wasserpflanzen aus dem Wasser, und Frösche quakten auf den Wasserlilien.

»Der See der Reinen ist genau wie der Baumtunnel ein Weg ins Innere des Scheitelpunkts«, erläuterte Shamira. »Auf der anderen Seite gibt es einen Ausgang aus dem Roten Wald, der sich nur in der Morgendämmerung öffnet.«

»Und dieser Nebel? Er ist so seltsam, so kalt.«

»Das ist eine ätherische Manifestation. Sie bezeichnet die Grenzen des Gebiets, das beiden Welten gemeinsam ist. Ich glaube, dass dieser Scheitelpunkt bald verschwinden wird und sich die Feen fortan nur noch auf der ätherischen Ebene aufhalten können. So war es auch mit der Insel Avalon, die eines Tages für Menschen genauso erreichbar war wie für Elfen. Im Moment existiert sie nur jenseits des Schleiers. An klaren Sommerabenden, wenn sich die Membran ausdehnt, können sensitive Menschen immer noch Avalons Leuchttürme blinken sehen. Bald werden auch die Lichter verlöschen.«

»Und was geschieht dann mit den Kobolden?«

»Ich weiß es nicht. Wahrscheinlich werden einige, wie Mercurion, ewig hierbleiben. Sie werden durch den Äther streifen und mit ansehen, wie die Pflanzen sterben, die Flüsse austrocknen und das Gras verdorrt. Die meisten haben sich aber bereits in ihre Heimatdimension Arkadien zurückgezogen. Dort herrschen ewiger Sommer und Wärme.«

»Wie traurig«, stimmte Ablon zu. »Bist du aus diesem Grund hier? Um die letzten Ereignisse dieser Saga aufzuzeichnen?«

»Wahrscheinlich bin ich der einzige Mensch, mit dem sie noch direkten Kontakt pflegen. Ich bin eine Brücke zwischen dem Chimärenreich und der materiellen Ebene. Die Druidenpriester, die die Elfen bewunderten, wurden von Roms Legionären ausgerottet. Und heute ist es die Kirche, die heidnische Riten verurteilt. Da die Traditionen der Kelten fast alle mündlich überliefert wurden, sind uns keine Berichte über die Feen und ihre Verbindung zum gewöhnlichen Volk erhalten geblieben.«

Ablon bedauerte die Tragödie dieser kleinen Wesen, aber selbst wenn er gewollt hätte, hätte er ihnen nicht helfen können. Außerdem hatte er ja selbst einen Auftrag zu erfüllen, und Cherubim waren, was die Ausführung ihrer Aufgaben anging, für alles andere blind.

Shamira setzte sich ans Ufer, und ihre Miene wurde traurig, als sie die spiegelnde Oberfläche des nächtlichen Sees betrachtete. Die Freude darüber, ihren Freund neben sich zu haben, war verflogen, und ihr fiel ein, dass sie den Grund seines Besuchs noch gar nicht kannte.

»Hexe, was ist los?«

»Ich bin glücklich, dass du hier bist, Ablon, aber ich ahne auch eine große Leere voraus. Immer wenn du zu mir kommst, warnst du mich vor einer Gefahr oder verlangst etwas Absurdes von mir. Was steht mir diesmal bevor?«

Er verstand Shamiras Kummer, und ihr Gefühl hatte sie nicht getäuscht. Deshalb wollte er das Thema lieber direkt ansprechen, weil Hoffnung den Schmerz nur verlängert hätte. »Zu Herbstbeginn bin ich im schottischen Hochland einem der Abtrünnigen begegnet – Yarion, dem Flügel des Winds. Gemeinsam fanden wir Zuflucht und Frieden im Kloster Saint Luke und leiteten eine weltweite Suche ein, um die überlebenden Abtrünnigen wieder zusammenzubringen. Doch unser Plan wurde vereitelt. Apollyon kam uns auf die Spur und nahm Yarion gefangen. Dann entmaterialisierte er sich mit dem besiegten Abtrünnigen in den Armen.«

»Wie hat er das gemacht? Ich dachte, Abtrünnige seien an die physische Welt gebunden. Selbst wenn der Malikis seinen Avatar hätte auflösen können, hätte er keinen Flüchtling mitnehmen können.«

»Auch ich war überrascht. Wie er es geschafft hat, weiß ich nicht, ich weiß nur, dass der Todesengel den Flügel des Winds mitgenommen hat – bestimmt in die Verliese der Hölle, und ich bin fest entschlossen, ihn zu retten. Aber in den Scheol kann ich nur über eine Pforte gelangen.«

Shamira begriff, was Ablon vorhatte, und einen Moment lang glaubte sie nicht, dass er das von ihr erwarten könnte. »Weißt du eigentlich, was du da von mir verlangst?«

»Du bist das einzige mir bekannte Wesen, das die Magie zu beeinflussen weiß und das Wissen besitzt, um die geistige Verbindung herzustellen. Mit meinen himmlischen Eigenschaften kann ich keine magischen Rituale durchführen. Ich brauche deine Hilfe, Shamira.«

»Was gedenkst du zu tun? In der Hölle einfallen, Apollyon, Luzifer und deine Feinde besiegen und dann deinen Freund befreien? Selbst wenn ich dir den mystischen Weg öffne – Yarion befindet sich inzwischen außerhalb deiner Reichweite. Du selbst hast mir einmal gesagt, der Dunkle Erzengel wisse alles, was in seinem Reich vorgehe. Dann wird er es auch erfahren, sobald du einen Fuß auf sein Territorium gesetzt hast, und wird sich dir in den Weg stellen.«

»Du unterschätzt meine Fähigkeiten.«

»Nein. Ich weiß besser als jeder andere um deinen Wert und dein Können. Aber weder du noch jemand sonst könnte es mit so vielen Dämonen aufnehmen. Außerdem ist Luzifer so stark wie jeder andere Erzengel und auf seinem Territorium praktisch unbesiegbar. Nicht einmal Michael würde etwas so Verrücktes wagen.«

»Weil Michael keine Freunde hat, um die er sich Sorgen machen muss.«

»Das hat doch nichts mit Freundschaft zu tun! Ist dir nie der Gedanke gekommen, dass der Morgenstern genau das beabsichtigt? Dich auf sein Territorium zu locken? Yarion war vielleicht nur ein Köder, ein Versuch des Teufels und Apollyons, damit du in die Hölle kommst.«

Ablon senkte den Blick mit demselben Stolz, der ihn später zur Ikone einer Armee machen würde. Er glaubte nicht an Shamiras Hypothese, und auch nicht daran, dass der Todesengel gerade dabei war, ihm eine tödliche Falle zu stellen. Doch andererseits hatte sie recht. Es war unwahrscheinlich, dass er seine Mission erfolgreich zu Ende führen würde.

Zärtlich näherte sich Ablon Shamira, die über seinen selbstmörderischen Entschluss entrüstet war. »Shamira, ich erinnere mich, wie ich dich kennengelernt habe«, begann er, während er ihr über das Gesicht streichelte. »Du warst noch sehr jung, und dennoch habe ich nie an deiner Weisheit gezweifelt. Ihr Sterblichen seid göttlich, vielleicht göttlicher als die Engel. In jenen

Tagen, als der Turm von Babel über die Wolken hinauswuchs, habe ich dir ein Geheimnis verraten. Oben auf dem Berg habe ich dir etwas über die größte Gabe der Menschen erzählt.«

Als ihr die Bilder und Empfindungen aus dieser längst vergangene Zeit wieder einfielen, war sie gerührt. »Der freie Wille. Er ist die großartige Gabe der Menschheit.«

»Auch wenn ich es am liebsten leugnen möchte – ich bin ein Cherub, ein Kriegerengel. Meine Kaste strebt nach Gerechtigkeit und fürchtet den Tod nicht. Wenn ich meine Mission nicht zu Ende bringe, wenn ich mich von meinen Gefährten abwende, werde ich langsam sterben. Meine Aura wird zwar noch pulsieren, aber meine ganze Kraft wird verlöschen, so wie mein Lebensfunke. Was wäre dann noch übrig?«

»Vielleicht die menschliche Essenz, nach der du so sehr suchst«, gab sie zurück.

»Ich darf mein Naturell nicht leugnen, Shamira. Das ist das Mindeste, was ich meinem Schöpfer schuldig bin. Für die Erzengel bin ich vielleicht ein Abtrünniger, aber nicht für Jahwe.«

Schon früher hatte sie versucht, ihren Freund von derart unsinnigen Ansichten abzubringen, doch vergebens. Und auch jetzt würde es ihr nicht gelingen. Shamira war eine Sterbliche und würde seine himmlische Natur nie begreifen. Sie konnte es nur akzeptieren, ohne jemals den Grund dafür zu verstehen. »Wir haben schon mit geringeren Hoffnungen als dieser weitergemacht, oder nicht?«, gab sie schließlich nach.

Und der Krieger umarmte sie.

Im Innern des Scheitelpunkts des Roten Waldes, noch innerhalb des Feenreichs, gab es einen Steinkreis, in dem die alten Druiden ihre Zeremonien abgehalten hatten. Dort trafen sie sich mit den Elfen und huldigten den Geistern. Der Kreis war ein energetischer Punkt, eine Schlüsselstelle für den Übergang von einer zur anderen Dimension. Da es hier keinen Schleier gab, fiel es den

Priestern leichter, die mystische Verbindung nach Arkadien zu öffnen. In jenem Tempel unter freiem Himmel würde Shamira keine zeitraubenden Rituale benötigen, um die Pforte zu öffnen, sondern nur ein mächtiges Wort und eine Zeichnung auf dem Boden.

»Ich brauche eine Haarsträhne von dir«, erklärte sie Ablon und reichte ihm ein Ritualmesser. »Ein paar Haare genügen.«

Mit dem magischen Messer schnitt er die Spitze seines Pferdeschwanzes ab und reichte sie Shamira.

Ablon sah, dass sie mit dem Finger einen mystischen Kreis mit uralten Runen auf den Boden zeichnete. Sie benötigte dazu kein materielles Zubehör, wie sie es normalerweise zum Öffnen von Pforten im Feenreich benutzte, sondern nur sein Haar.

»Dies ist die Pforte von Shammash«, erklärte sie ihm. »Sie wird eine Verbindung zu den Feldern des Todes herstellen, dem trostlosesten der neun Höllenreiche.«

Daraufhin sprach sie die geheimen Worte: *Ia Uddu-Ya! Ia Russuluxi! Saggtamarania! Ia! Ia! Atzarachi-ya! Atzarelechi-yu! Bartalakatamani-ya kanpa! Zi Dingir uddu-ya anpa! Zi Dingir ushtu-ya kanpa! Zi shta! Zi Daraku! Zi belurduk! Kanpa! Ia shta kanpa! Ia!*

Nur eine Sekunde später begann sich der Boden in der Mitte des Steinkreises zu verändern. Die Erde öffnete sich zu einem magischen Brunnen, dessen Oberfläche Wellen schlug wie das Wasser eines Sees, wenn man einen Stein hineinwarf. Ablons goldene Haarfäden wurden verschlungen und verloren sich im Unendlichen. Jenseits der Pforte sah er das Bild eines blutroten Himmels, über den schwarzgraue Wolken hinwegzogen.

»Jetzt ist die Pforte mit dir verbunden«, erklärte Shamira. »Sobald du sie durchschreitest, wird sie sich auf dieser Seite schließen, doch der Rückweg wird bis zu deiner Rückkehr aktiv bleiben. Danach wird der Weg für immer verschwinden. Aber warte nicht zu lange. Die Felder des Todes sind zwar verlassen, doch ein umherirrender Dämon könnte den Durchgang finden und ihn als Tor zur Erde benutzen.«

Ablon sah seiner Freundin fest in die Augen und dankte ihr mit einem liebenswürdigen Lächeln. Dann ging er auf den Brunnen zu, begierig, seinen Rachefeldzug zu beenden und seinen Gefährten zu retten.

»Damit schicke ich dich geradewegs in den sicheren Tod, General.«

»Nein, Shamira. An einem stürmischen Morgen in Rom habe ich dir einst ein Versprechen gegeben. Vergiss meine Worte nicht.«

Den beiden wurde warm ums Herz bei der Erinnerung an jenen Kuss, aber im Grunde war Shamira traurig, denn sie glaubte nicht an die Rückkehr ihres Geliebten.

Sie hatte immer gehofft, dass er eines Tages bei ihr bleiben würde – doch jetzt lieferte sie ihn dem Verderben aus.

Ablon schritt durch die Pforte, und der Brunnen verschwand.

Shamira würde ihn sehr lange nicht mehr zu Gesicht bekommen.

DIE FELDER DES TODES

Der Scheol, auch Hölle genannt, ist eine der unteren Dimensionen. Sie liegt im hintersten, finstersten Winkel des Kosmos. Es gibt viele ähnliche Dimensionen, doch nur im Scheol leben Kreaturen, die sich auch auf der Erde manifestieren können. Jahrtausendelang war der Scheol nur ein Loch, leer und verlassen – bis Luzifer und seine gefallenen Engel kamen. Dann wurde er in neun Reiche aufgeteilt, die von neun Höllenherzögen regiert werden, die sich lieber Fürsten nennen lassen. An der Spitze der Pyramide steht der allmächtige Dunkle Erzengel, der über alle wacht und sie befehligt. Er erhält treue Unterstützung von Samael, genannt Schlange des Paradieses, der auch sein Stellvertreter ist.

Die Höllenfürsten haben die Macht über ihre Herrschaftsgebiete, die ihrerseits in unzählige Provinzen aufgeteilt sind, in denen dämonische Gebieter regieren. Zwischen den Provinzen, ja sogar zwischen den Reichen, kommt es immer wieder zu Kämpfen. Im Scheol herrscht immer Krieg, obwohl ein Wort Luzifers genügen würde, um jeden Konflikt lahmzulegen und die Truppenbewegungen anzuhalten. Diese Kämpfe sind der Hauptgrund dafür, dass die Dämonen ausgerottet werden. Theoretisch würde sich damit die Bevölkerungsdichte der Hölle reduzieren, gäbe es nicht den Strudel böser Seelen, der täglich in die Hände des Teufels gelangt.

An einem so grässlichen Ort können nur die Starken bestehen, und die wenigen Überlebenden steigen in der Höllenhierarchie auf. Im Gegensatz zum Himmel, wo die Engel von den Heiligen und Sterblichen, die als Rechtschaffene starben, getrennt werden, wird im Scheol sogar noch der unbedeutendste Geist in die Armee der Bösen aufgenommen und kann, sofern er über genügend Grausamkeit und Boshaftigkeit verfügt, bis zum Kommandanten einer ganzen Provinz aufsteigen. Die Höllenfürsten hingegen sind viel zu mächtig, um sie unterwerfen zu können. Sie alle sind gefallene Engel, himmlische Wesen, die einst an der Seite des Morgensterns in seiner legendären Schlacht gegen den Erzengel Michael gekämpft haben.

Die Pforte öffnete sich wie ein Brunnen im Boden, auf dem aschgrauen Grund eines schmutzigen, düsteren Tals. Neben Ablon ragten zwei riesige Felswände auf, die einen engen Durchschlupf bildeten. Der Himmel war immer noch blutrot, weder Sonne noch Sterne leuchteten. Im Gegensatz zu den üppigen Farben des Feenreichs herrschten hier Schwarz und Grau vor und verliehen der Landschaft etwas Bedrückendes. Sogar die Luft war schwer und stickig und von einem scheußlichen Gestank erfüllt. Überall roch es beängstigend nach Tod, und in der Ferne vernahm Ablon das Seufzen der Verdammten.

Nachdem er die Felswand erklommen hatte, sah er eine weitläufige Ebene vor sich, die bis zum Horizont reichte. In ihrem Zentrum gab es einen kreisrunden, strudelförmigen Abgrund, der sich nach unten zu einem schwarzen Loch verengte, einem Punkt, an dem es nichts gab – nur unendliche Einsamkeit. Auf diesen gingen Hunderttausende gesichtslose Seelen im Gänsemarsch zu und stürzten sich willenlos hinein. Sie hatten weder die Energie noch die Kraft, um zu reagieren. Mit gesenkten Köpfen und ausdruckslosen Augen nahmen sie das ihnen auferlegte Schicksal einfach an. Obwohl sie nicht einmal gefesselt waren, schlugen Horden von Dämonen mit Totenkopffratzen und Hörnern auf sie ein. Aus dem Abgrund stieg Rauch auf, der die ganze Ebene erfüllte.

»Die Felder des Todes!«, rief Ablon. »Dorthin kommen die Seelen der Taugenichtse, der Selbstmörder, jener, die des Lebens überdrüssig sind. Nicht einmal die Dämonen wollen sie bei sich haben.«

Da er nicht wusste, welchen Weg er einschlagen sollte, ging er auf den Abgrund zu.

Dies war der Abgrund von Nimbye, ein Weg in den Limbo, die inhaltslose Leere zwischen den Dimensionen, das Reich des kosmischen Nichts. Wird eine Seele in den Limbo geworfen, geht sie für immer in der völligen Trostlosigkeit des Universums verloren und ist nicht mehr zu retten. Für alle Ewigkeiten treiben diese Seelen im Wind – sie haben zwar noch genügend Bewusstsein, um Schmerz und Leid zu empfinden, sind aber unfähig, dem Leid zu entfliehen.

Ablon stieg auf eine graue Kuppe und ging auf der anderen Seite wieder hinunter, damit ihn die Wachen sahen, die mit Peitschen auf die Verdammten einschlugen. Einer entdeckte den Abtrünnigen und spürte durch die Emanationen der himmlischen Aura sofort, dass es sich um einen Engel handelte. Doch Ablon hatte nicht die Absicht zu fliehen.

»Findest du den Heimweg nicht mehr?«, witzelte der Dämon und machte dadurch auch seine Kameraden auf Ablon aufmerksam. Sein Körper und das Gesicht waren die eines Toten, doch die Augen die eines Menschen. Aus seinem Kopf wuchsen spiralförmige Hörner, und in seiner Brusthöhle brannte ein höllisches Feuer. »Meine Herren«, wandte er sich an die anderen, »dieser Kamerad hier kommt von dort oben!« Und er deutete Richtung Himmel, in Anspielung auf die Wohnstatt Gottes.

Fünf grimmige Grobiane umringten den Fremdling und packten drohend ihre Peitschen fester.

»Bringt mich zu Luzifers Burg«, sagte Ablon.

»Luzifers Burg?«, spottete der andere. »Du kennst uns ja nicht einmal! Ich glaube, wir müssen dir erst einmal die Regeln beibringen, wenn du den Hof des Meisters besuchen willst.« Er holte mit der Peitsche aus. Auch die anderen wedelten mit ihren Waffen und waren ganz aufgeregt – bot sich doch hier die Möglichkeit, eine göttliche Wesenheit zu massakrieren! Doch als Erster griff der Schwätzer an.

Seine Peitsche zischte durch die Luft und ging auf Ablon nieder, doch der ergriff mit bemerkenswerter Wendigkeit das Peitschenende und riss es an sich. Da der Dämon seine Waffe nicht loslassen wollte, wurde er brutal zu Boden geschleudert und prallte auf einen Stein, sodass sein knochiger Kiefer brach. Entsetzt wichen die Wachen zurück. Trotz ihres beeindruckenden und furchterregenden Äußeren waren sie in Wirklichkeit schwach und unfähig – genau deshalb waren sie auserwählt worden, um eine Schar apathischer Seelen zu geißeln, die nicht einmal auf tausend Schwerthiebe reagiert hätten.

Entsetzt über so viel Entschlossenheit wollten die Wesenheiten weglaufen, doch der Kämpfer warf sich auf eine von ihnen und verpasste ihr einen kräftigen Hieb.

»Tu uns nichts zuleide!«, flehte diese. »Wir sind Diener und führen nur Befehle aus.«

»Ihr seid feige Monster«, beleidigte er sie, dann ließ er den Totenkopf los. »Hau ab! Sag dem Dunklen Erzengel, dass Ablon ihn zum Duell herausfordert, und er soll Apollyon mitbringen, diesen vermaledeiten Mörder.«

»Der Abtrünnige Engel ist hier?« Erst jetzt erkannte das Skelett ihn. »Erbarmen, General, Erbarmen!«, bettelte er. Der Dämon erstickte vor Angst, obwohl der Krieger ihn gar nicht so fest angefasst hatte.

»Du bist frei, Baal.«

In der Kaste der Baale tummeln sich die Dämonen, die Tod und Folter lieben. Sie entsprechen den himmlischen Schasmalim, dem Orden jener Engel, die in der Dschehenna herrschen.

Die fünf Teufel nahmen ihre knochigen Beine in die Hand und rannten – die Geister überließen sie sich selbst. Doch der Zug der toten Seelen löste sich nicht auf – sie gingen weiterhin auf den Abgrund zu und verdammten sich damit selbst zu ewiger Einsamkeit.

LILITH, DIE KÖNIGIN DER SUKKUBEN

Noch immer irrte Ablon durch die grauen Gefilde und wusste plötzlich nicht mehr, wie viel Zeit bereits vergangen war. Ein Tag? Ein Jahr? Hundert Jahre?

Da hörte er einen schrillen Schrei und sah am Himmel ein Tier mit langen, breiten Flügeln wie denen von Flugsauriern, jenen geflügelten Reptilien aus der Jura-Ära. Sein Körper war schwarz wie erkaltete Lava, mit hervortretenden Wülsten, die den Panzer unterteilten. Auf ihm ritt eine Dämonin mit langem rotem Haar und blauen Augen. Ihr Körper war vollkommen, ihr Ausdruck verführerisch. Sie roch wie ein brünstiges Tierweibchen, das das Männchen zur Paarung auffordert. Mit nur einer Hand lenkte sie das Monster, in der anderen hielt sie einen spitzen Dreizack. Sie war völlig unbekleidet, und nur ihr spitzer Schwanz verriet, dass sie ein Höllenwesen war.

Fünf Meter entfernt landete das Ungeheuer und sprach ihn an. »Du bist Ablon, der Abtrünnige Engel!«

»Ja. Und wer bist du?« Da er das Wesen nicht aus der Zeit kannte, als er General im Himmel gewesen war, vermutete er, dass es kein gefallenes Himmelswesen sein konnte. Aber für den Geist eines Menschenwesens war die Aura dieser Gestalt zu mächtig.

»Ich bin Lilith, die Königin der Sukkuben«, stellte sie sich vor.

Sukkuben sind Dämoninnen, die Männer mit ihrer sexuellen Ausstrahlung zu fleischlichen Vergnügen verführen. Sie sind vor allem in den Reichen von Asmodeus heimisch, dem verdorbensten der Höllenfürsten. Auch Luzifer ließ sie zur Befriedigung seiner Launen kommen, und von allen Kurtisanen war Lilith ihm die liebste.

»Mein Herr weiß schon, dass du hier bist, und hat mir aufgetragen, dich zu ihm zu geleiten. Er sagte, er werde das Duell annehmen.«

»Und was ist mit Yarion, dem abtrünnigen Engel, der vor mir hierher verschleppt wurde?«, fragte Ablon, denn er machte sich Sorgen um seinen Waffenbruder. Ob er rechtzeitig gekommen war, um ihn zu retten?

»Der Morgenstern hat sich bereit erklärt, deinen Freund freizulassen, wenn du das Duell gewinnst. Doch wenn du verlierst, dann droht ihm das Verlies von Sandrak, und später wird er vom Todesengel hingerichtet.«

Ablon wusste, dass er dem Teufel nicht trauen konnte, doch von allen schrecklichen Möglichkeiten war diese das geringere Übel. Wenn Luzifer auch nur einen Funken Ehrgefühl besaß, würde er seine Drohung wahrmachen.

»Steig auf«, forderte die Frau ihn auf und reichte ihm die Hand.

Trotz seines Argwohns schwang sich Ablon auf das geflügelte Wesen und nahm auf dem Doppelsitz gleich hinter der sinnlichen Lenkerin Platz.

»Du bist kein gefallener Engel«, stellte der Erste General fest, der Liliths wahre Herkunft noch immer nicht begriff.

Der Sukkubus straffte die Zügel, das Ungeheuer breitete die Flügel aus und wirbelte beim Abflug eine Staubwolke auf.

»Nein. Ich bin weder ein gefallener Engel noch der Geist eines Sterblichen, weil ich nie wirklich gestorben bin. Ich bin eine einzigartige Wesenheit«, erzählte die Königin. »Ich war Adams erste Gemahlin, weigerte mich aber, mich seinem Willen zu fügen. Deshalb verstieß er mich, und ich irrte auf der Welt umher, bis ich dem Erzengel Luzifer begegnete und mich in ihn verliebte. Ich gab mich diesem schönen Himmelsgeschöpf hin, und dafür schenkte er mir ewiges Leben und immerwährende Fruchtbarkeit. Unzählige Jahrhunderte lang war ich seine Spionin auf Haled, und nach dem Sturz der rebellischen Engel nahm mich der Sohn der Morgenröte mit in sein Reich und ernannte mich zur Anführerin der Kaste.«

Ablon hatte von dieser dämonischen Gestalt noch nie etwas gehört und erkannte verblüfft, wie wenig er von den unergründlichen Geheimnissen des Universums wusste. »Und deine Liebe zum Dunklen Erzengel?«

»Liebe ist eine Dummheit. Sie macht uns schwach und verletzlich. Liebe ist eine flüchtige Illusion, deren Tage gezählt sind. Nur Dummköpfe geben sich solchen Gefühlen hin. Liebe um ihrer selbst willen ist die einzig wahre Liebe, denn im Grunde sind wir alle – Menschen, Engel oder Dämonen – sehr egoistisch. Wir lieben jemanden, weil wir uns dann glücklich fühlen, und nicht umgekehrt.«

»So spricht jemand, der die Liebe nicht kennengelernt hat oder von ihr enttäuscht wurde.«

Diese Bemerkung klang in Liliths Ohren wie eine Beleidigung – vielleicht weil noch nie jemand so aufrichtig mit ihr gesprochen

hatte. Denn wer hätte schon den Mut besessen, Luzifers Lieb-
lingskurtisane mit der Wahrheit zu konfrontieren? Jeden anderen
Lebenden hätte sie wegen solch einer Frechheit gehäutet, doch
die Selbstverständlichkeit, mit der der Krieger gesprochen hatte,
war entwaffnend. Die Höllenbewohner fürchteten sich vor ihr
und schmeichelten ihr immer, indem sie ihre Worte bewusst
wählten und ihr Lügen auftischten, um ihr zu gefallen. In der
Schwärze ihres Herzens hegte die Königin noch immer die heim-
liche Hoffnung, ewige Liebe zu finden.

»Die Suche nach dem eigenen Vergnügen ist der wahre Le-
benssinn. Denk daran, Abtrünniger«, erwiderte sie, nicht bereit,
ihre Schwächen offenzulegen. »Du fühlst dich glücklich, wenn
du dein Schwert schwingst, weil dies dein Naturell ist. Manche
finden Vergnügen am Sex, andere an der Macht, wieder andere
am Krieg. Letztendlich zählt nur das: Freude und Glück zu
finden, egal, wie es aussehen mag. Die Folgen sind nicht so wichtig.«

»Ich bin anderer Meinung«, widersprach er. »Wahre Liebe
heißt auch Respekt, nicht nur sich selbst gegenüber, sondern gegenüber allen Beteiligten. Deshalb müssen wir die Folgen unseres Tuns abwägen.«

»Ein abtrünniger Engel sagt mir, man müsse die Folgen abwägen!« Sie lachte verächtlich. »Würdest du nach deinen Worten
handeln, Cherub, wärst du niemals hier«, entgegnete das Teufels-
weib, und Ablon überlegte, dass sie vielleicht recht hatte. Wäre er
stärker auf Shamiras Gefühle eingegangen, hätte er sich nicht in
die Hölle begeben und sein Leben aufs Spiel gesetzt.

Ablon beschloss, das Gespräch nicht fortzusetzen. Er war anderer Meinung als Lilith, und mit dieser Unterhaltung würde er
sich nur einen neuen Feind machen. Also wandte er sich der
Landschaft zu, und vom Rücken des Tiers aus sah er eine Kette
von Vulkanen, danach ein Lavameer. Inzwischen hatten sie die
Grenze der Felder des Todes hinter sich gelassen, in denen der

Höllenfürst Bael der Unglückliche regierte, und befanden sich nun auf dem Territorium des verhassten Alastor.

»Ist dies der Weg zu Luzifers Burg?«, wollte Ablon wissen.

»Nein. Der Morgenstern erwartet dich im Tal der Verdammten, aus dem das Jammern der Seelen überall in der Hölle zu hören ist. Dort gibt es ein freies Feld und genügend Raum für ein so lang ersehntes Duell.«

Die Angst versetzte Ablon einen kurzen Stich. Erst jetzt war ihm bewusst geworden, was auf ihn zukam und welch gewaltiges Ereignis er heraufbeschworen hatte.

Planlos, getrieben von Wut und seinem Durst nach Gerechtigkeit, hatte er den Dunklen Erzengel zu einem Kampf herausgefordert – jetzt gab es kein Zurück mehr.

Ablon gegen Luzifer

Luzifer besaß unzählige Burgen und Festungen in der Hölle und wechselte je nach Laune und politischen Notwendigkeiten von einem Wohnsitz zum andern. Erst vor Kurzem hatte sich der Morgenstern in einer unterirdischen Höhle im Tal der Verdammten niedergelassen, wo er den Großteil seiner langen Existenz zu verbringen gedachte. Diese Grotte mit ihren vielen Tunnels und Wegen war nicht so luxuriös wie Luzifers andere Paläste, passte jedoch gut zur Großspurigkeit des Höllengebieters.

Das Tal der Verdammten war eine unermesslich große, an ihrem Ende von zwei Bergwänden begrenzte Ebene. Im Süden, an der Höhle des Teufels vorbei, verlief der rätselhafte Fluss Styx, der bekannteste der geistigen Übergänge, um bald danach zu verschwinden. Obwohl der Dunkle Erzengel bei einem Wechsel zwischen den Dimensionen niemals den Wasserweg genommen hatte, flößte es dem edlen satanischen Wesen doch Respekt und Bewunderung ein, an einem so bedeutenden Strom zu wohnen.

In diesem Tal fanden vor allem die Bestrafungen im Scheol statt, die unlauteren Seelen großen Schrecken einjagten. Der Boden war übersät mit mehreren Schichten menschlicher Körper, die sich immer noch qualvoll wanden, obwohl sie verletzt waren, ihnen Arme und Beine fehlten oder offene Wunden aufwiesen. Diese Unglückseligen quälten sich lange und schrecklich. Es ist ihnen bestimmt, jahrelang in Schmerz und Pein zu leben, bis die Zeit ihrer Verdammung abgelaufen ist. Erst dann haben sie vielleicht die Chance, einem unbedeutenderen Dämon zu dienen und allmählich in der Hierarchie aufzusteigen, bis sie einmal selbst zu Dämonen werden. Die allermeisten von ihnen werden jedoch umgehend vernichtet oder kehren ins Tal zurück, wo sie weitere Tausende von Jahren leiden müssen.

Ablon saß neben Lilith auf dem geflügelten Monster und betrachtete das Tal der Verdammten. Um die Höhle hatten sich zahlreiche Dämonen in allen Größen und Arten eingefunden, die beim Duell dabei sein wollten. Seine eigentlichen Feinde, Luzifer, den Morgenstern, und Apollyon, den Todesengel, konnte er jedoch nirgends entdecken.

»Wir sind da«, sagte der Sukkubus.

»Ja, aber wo ist der Dunkle Erzengel? Und sein Leibwächter?«

»Sie sind schon auf dem Weg.« Lilith ließ das fliegende Tier nicht landen, sondern stieg im Flug ab. »Du kannst jetzt herunterspringen.«

Bevor Ablon zum Sprung ansetzen konnte, warnte ihn die Königin: »Gib acht! Der Morgenstern ist auch im Kampf verräterisch. Mach dich auf das Schlimmste gefasst!«

Ohne eine Antwort sprang der General ab. In diesem Meer aus Lügen und Lügnern wusste er nicht, wem er trauen konnte, und wollte den Worten des Sukkubus keine Beachtung schenken. Was auch passieren mochte, er würde auf seine Weise handeln.

Doch Lilith hatte die Wahrheit gesagt. Sie war zwar ein sadistisches, boshaftes Wesen, doch während ihrer kurzen Reise hatte sie für den Kriegerengel etwas noch nie Dagewesenes empfunden – ein berauschendes Gefühl, viel stärker als das Feuer der Leidenschaft oder Sex und viel erhabener als die Leidenschaft, die sie einst für den Dunklen Erzengel gehegt hatte. Mit einem einzigen aufrichtigen Satz hatte Ablon in dieser Dämonin tiefe Begeisterung entfacht, die sie nie mehr vergessen würde. Bisher war sie immer von Feinden und niederträchtigen Kreaturen umgeben gewesen. Ihre Verbündeten hatten sie ausgenutzt oder waren ihr aus eigennützigen Motiven gefällig gewesen.

Das fliegende Ungeheuer erhob sich wieder in die Lüfte und verschwand zusammen mit seiner sinnlichen Lenkerin in den schwarzen Wolken. Geschmeidig wie eine Katze rollte sich Ablon am Boden ab und richtete sich wenige Meter vor einer ängstlich dreinblickenden Zuschauermenge auf. Die Neugierigen drängten sich bis zur Höhle, doch er wusste, wo er seinen wahren Widersacher finden würde. Je näher er der Grotte seines Verräters kam, desto weiter wich die Menge zur Seite, beeindruckt von seiner Unerschrockenheit. Die Höllenbewohner hatten Geschichten und Gerüchte über einen cherubinischen General gehört, der den Erzengel Michael herausgefordert hatte. Wer, außer dem Gebieter des Scheol, würde ihn davon abbringen können?

Dämonen aller Kasten wichen zurück und bildeten einen langen, lebenden Korridor für Ablon. Am Ende der Strecke sah er endlich seinen Gegner.

Luzifer trug weder Schwert noch Rüstung und war nur mit einer hellen Tunika bekleidet, wie sie die Seraphim besaßen. Mit seinem frischen, jugendlichen Gesicht wirkte er wie früher: mit blauen Augen und blonden, geflochtenen Zöpfen. An seiner Seite, außerhalb der Kampflinie, stand Apollyon mit dem Schwarzen Feuer in der Hand. Auch er besaß Flügel, zeigte sie im Gegensatz zu seinem Gebieter aber nicht.

Etwas weiter entfernt auf einem Felsen saßen die beiden Höllenfürsten Asmodeus und Orion, die besonnensten unter ihnen, und beobachteten das Zusammentreffen gleichmütig und mit diabolischer Würde.

»Das wird ein Massaker geben!«, rief Asmodeus, der natürlich an den Sieg seines Herrn glaubte.

Doch der Gefallene König von Atlantis schwieg und beobachtete nur die Bewegungen des Herausforderers, der in seinen Fäusten den Zorn Gottes sammelte, während die Zuschauer etwas abrückten.

Am Austragungsort baute sich Ablon wie ein Raubtier auf. Luzifer aber ging nicht einmal in Kampfstellung. Welche Finte würde er anwenden?

»Ablon, was du tust, ist Irrsinn«, begann der Morgenstern überraschend. »Glaubst du wirklich, du könntest mich besiegen?«

Doch der ruhmreiche General reagierte lediglich mit einem entschlossenen Grinsen, das selbst die Höllenfürsten vor Angst erstarren ließ – bis auf Apollyon. Beim Anblick dieses entschlossenen Gesichts war ihm klar, dass Ablon nicht klein beigeben würde. Falls er starb, würde er glücklich sterben, denn dies war sein Naturell. Überlebte er, auch wenn er unterlag, würde er merken, wie es war, einen Erzengel oder ein ähnlich mächtiges Wesen herauszufordern. War dies nicht sein Lebenszweck – kämpfen?

»Überleg es dir bitte noch einmal«, beharrte Luzifer mit vorgetäuschter väterlicher Sorge. »Verzichte auf dieses Duell.«

»Das werde ich, wenn ich dafür Yarion, den Flügel des Winds, bekomme.«

»Du verlangst Unmögliches von mir, General.«

Ablon hatte keine Lust mehr, lange zu warten. Er rannte los und überwand die fünfzig Meter, die ihn von dem Gefallenen Engel trennten. Um seinen Feind einzuschüchtern, sprang er hoch, wobei ihm der Zorn Gottes in die Fäuste schoss, und kam wieder auf den Boden.

Doch da verwandelte sich Luzifers schlanker Körper plötzlich in ein schwarzes Ungeheuer. Seine Haut wurde dicker, die Muskeln traten hervor, die Beine wurden zu Bocksfüßen, seine Hände zu Klauen. Und während sich das zarte Gesicht zu einer satanischen Fratze mit schwarzen Hörnern und roten Fangzähnen verzerrte, wuchs ihm gleichzeitig ein riesiger Schweif.

Überrascht von der gespenstischen Verwandlung, konnte Ablon den Schlag, der gerade noch Luzifers kleines Gesicht treffen sollte, nicht mehr gezielt führen.

Der Morgenstern, inzwischen zu einem drei Meter großen Monster angewachsen, nutzte Ablons Zögern, senkte den Kopf und hob das Hinterteil zu einem gewagten Manöver an. Er peitschte mit seinem behaarten Schweif und wickelte ihn um Ablons Körper, der gerade wieder zu Boden ging. Dann zog Luzifer die neu gewachsene Gliedmaße so zusammen, dass sich Ablon nicht mehr daraus befreien konnte. Mit furchterregender Kraft stieß die Bestie den Feind zurück, der verletzt und betäubt mit voller Wucht stürzte und auf dem Rücken liegen blieb. Ein weiterer Hieb mit dem Schweif drückte ihn zu Boden, und die folgenden Angriffe rissen ihm die Haut blutig, sodass das Fleisch bloßlag. So heftig war der Schmerz, dass sich selbst Ablon nicht mehr regen konnte. Er hatte Blut verloren, die Energie wich aus seinen Muskeln, die Kraft seiner Aura ließ nach. Doch selbst jetzt blieb ihm noch genügend Kraft, um den Kopf zu drehen und seinen Angreifer anzusehen.

»Der Teufel hat viele Gesichter«, knurrte die Riesenbestie, wie um die böse Überraschung zu rechtfertigen. Sie sprach mit harter Stimme, so dröhnend wie das Brüllen eines Löwen. »Dein Traum vom Sieg ist so vergänglich wie der Ausgang dieses Duells, General.«

Halb bewusstlos erinnerte sich der Himmelsbewohner an das, was Lilith über Luzifers tückische Taktiken gesagt hatte, und musste die traurige Wahrheit anerkennen: Egal, wie geübt er war – mit dem Morgenstern konnte er es nicht aufnehmen. Mit den Erzengeln, diesen göttlichen, bewundernswerten Wesen, konnte er sich nicht – zumindest *noch* nicht – messen. Genau deshalb regierten sie das Universum.

Innerhalb weniger Sekunden war Ablon endgültig besiegt worden.

Da trat der hinterlistige Apollyon mit dem Schwarzen Feuer in den Händen zu seinem Meister. Orions Augen weiteten sich, als er sah, dass der Todesengel die Waffe hob und sie auf Ablons Brust richtete, bereit, ihn mit einem einzigen Schwerthieb zu töten.

Gerade als er die Waffe zum tödlichen Stich senken wollte, hielt Luzifer ihn am Handgelenk zurück.

»Nein!«, befahl er, »der Abtrünnige Engel soll nicht als Märtyrer sterben. Seine Strafe steht schon fest«, sagte er, grub seine Krallen in Ablons Arm und drehte ihn zu der aufgewühlten Menge hin. »Der Anführer der Abtrünnigen kommt in die Verliese von Sandrak, wo er zweihundert Jahre lang gefoltert werden wird.« Und zu dem Todesengel gewandt: »Danach darfst du ihn zur Strecke bringen.«

Also wurde Ablon, der kaum ein Wort herausbringen konnte, von einer Horde Skelett-Dämonen in einen stinkenden Tunnel gezerrt, während die Zuschauer dem siegreichen Herrn der Hölle mit ohrenbetäubendem Geschrei huldigten.

Eines der gehörnten Skelette, dasselbe, das Ablon im Tal der Verdammten fertiggemacht hatte, sagte zu einem seiner Kumpane: »Wir hätten ihn im Abgrund von Nimbye selber erledigen sollen«, als wollte er sich damit selbst etwas vormachen.

»Nein«, widersprach der andere. »Es war klug von uns, unserem verehrten Herrn den Ruhm zu überlassen – aber ich gebe dir recht: Diese Ratte hätten wir mühelos zum Schweigen bringen können.«

»Da hast du recht«, ergänzte ein Dritter, während er Ablon in den Tunnel schleifte.

15   Gefangen in Sandrak

Unter dem Tal der Verdammten lag ein riesiges, unterirdisches Labyrinth aus Gängen, das sich bis weit jenseits der Berge in unvorstellbarer Tiefe erstreckte. Diese unterirdischen Tunnel von Sandrak waren das Zuhause der Baals, der Höllenkaste, die für Folter und Qualen zuständig war. In Sandrak herrschte der Dämon Balor, ein abscheulicher, mörderischer Kerl, der in seiner Verderbtheit zu den unvorstellbarsten Foltermethoden fähig war.

Trotz seiner großen Macht war Balor aber kein gefallener Engel, und sein Aufstieg gilt unter den verderbten Geistern als Erfolgsgeschichte. Seine Laufbahn ist eine Mischung aus irrsinniger Grausamkeit und einer gewaltigen Glückssträhne.

Einst war Balor ein Sterblicher, der im 8. Jahrhundert v. Chr. in Irland lebte. Als geächteter, grimmiger Krieger stand er an der Spitze eines der ersten keltischen Stämme, eines Volks, das schon vor den römischen Invasoren im abendländischen Europa lebte. Doch eine Prophezeiung sollte seinem Schicksal eine Wendung geben. Nachdem ihm ein Druide vorausgesagt hatte, er werde durch die Hand seines Enkels sterben, sperrte Balor seine einzige Tochter, Ethlinn, in einen Felsenturm, damit sie keinen Kontakt zu Männern hatte und kein Kind gebären konnte, das einmal sein Mörder sein würde. In der Zwischenzeit war er in zahlreiche grausame Schlachten verwickelt. In einer verlor er ein Auge, was ihm jedoch nur noch mehr Präsenz und Charisma einbrachte.

Die Konflikte gingen weiter, bis der Held Cian Ethlinn aus ihrem Gefängnis befreite und sich mit ihr vermählte. Aus dieser Verbindung ging der kleine Edan hervor. Fünfzehn Jahre später zogen Vater und Sohn in den Stammeskrieg. In der Hitze des Gefechts tötete Edan seinen Großvater Balor mit einer Lanze, die ihm sein gesundes Auge durchbohrte, und rächte sich so dafür, dass dieser seine Mutter eingekerkert hatte. Sogar noch über seinen Tod hinaus brodelte die Wut im Herzen des Anführers, und es heißt, dass er deswegen in den Scheol geriet. Dort stieg er rasch in der starren Ordnung der Baals auf und wurde zu einem Vorbild für seinesgleichen und später ein bewunderter Anführer, der seine Rivalen mit Gewalt und Intrigen bezwang. Um seinen wahnwitzigen Hass zu besänftigen, ging Balor dazu über, alle Verdammten, die in diesem Labyrinth gelandet waren, in seinen Folterkammern in den Verliesen von Sandrak grausam zu quälen.

Dieser wütende Höllenbewohner hat die Statur eines Riesen, ist so groß wie zwei normale Männer und so dick wie drei wilde Bären. Auf der Stirn hat er ein großes, schwarzes Auge, und aus seinem riesigen Maul trieft ununterbrochen Schleim. Das stinkende, dreckverschmierte Haar reicht ihm bis zu den Schultern.

Balor nahm Ablon mit besonderer Genugtuung in Empfang und versprach Luzifer, er werde sich voll und ganz auf die übliche Bestrafungsprozedur konzentrieren. Ablon wurde in die Verliese befördert und in einer dunklen, eiskalten Zelle, im tiefsten Kerker der Hölle, an die Wand gekettet. Jeden Tag verabreichte Balor ihm tausend Peitschenhiebe, bis Ablons Haut aufplatzte; bis zur nächsten Folter gönnte er dem Körper des Engels eine Erholungsphase.

So wurde Ablon zweihundert lange Jahre gequält, in denen er nicht zur Ruhe kam und nur Schmerz und Demütigung erlitt.

Einige Tage vor dem für die Hinrichtung festgelegten Datum schickte Apollyon Ablon ein Geschenk, und Balor gestattete dem

Gefangenen, das Päckchen entgegenzunehmen. Als der Himmelsbewohner es öffnete, fiel etwas heraus – Yarions Kopf.

Am Vorabend der Hinrichtung ließ man Ablon einen ganzen Tag lang ruhen, damit er sich erholen und zum Schafott gehen konnte. Dank seiner hohen Widerstandskraft erholten sich seine Muskeln sehr schnell, doch die Schnittwunden auf dem Rücken waren noch nicht verheilt und bluteten. Die Ketten, mit denen er an die Wand gefesselt war, waren zu stark, als dass er sie hätte sprengen können, und ließen sich nur mit einem bestimmten Schlüssel öffnen, den Balor persönlich bei sich trug.

Der Baal ließ Ablon einen Augenblick allein in seiner Zelle, wollte aber später wiederkommen. Von da an ließ Ablon alle Hoffnung auf Rettung fahren – doch es gab jemanden, der ihm in seinem dunkelsten Moment wieder Hoffnung machen sollte.

Ablon wusste, wohin Balor gehen wollte, und fragte sich, weshalb er sich verspätete. Eigentlich hätte er schon wieder zurück sein müssen, weil er ihn immer selbst beaufsichtigte, wenn er ihn nicht gerade auspeitschte. Als die schwere Tür aufging und das Licht der Feuerstellen in die Zelle fiel, sah Ablon zu seiner Verblüffung, dass es nicht Balor war. Stattdessen konnte er die Umrisse eines Dämons mit untersetztem Körper und roten Augen ausmachen, der nur wenig kleiner war als er. Als er ins Licht trat, fiel Ablon auf, dass er federlose Flügel trug, seine Krallen eingezogen hatte und einbeinig war, sodass er sich auf einen Stock stützen musste. Seine Haut war hellbraun, Haar und Bart pechschwarz.

Dies war das geistige Erscheinungsbild von Orion, dem Gefallenen König von Atlantis.

»Du siehst ja furchtbar aus!«, rief der aus, als er die Schnittwunden auf dem Rücken des Freunds sah.

Ablon freute sich über den Besuch und dachte nicht an die Folgen. »Es ging mir schon viel schlechter«, gab er zurück, denn Jammern lag ihm nicht.

»Ich weiß. Deshalb bin ich hier.«

»Ich weiß, dass du dich ein letztes Mal von mir und unserer ruhmreichen Vergangenheit verabschieden willst, aber unsere Träume sind gescheitert, alter Freund.«

»Verabschieden?«, fragte der Satanis lächelnd. Die schlimme Lage war ihm offenbar völlig gleichgültig.

Langsam glitt Orion in die kalte Zelle und blieb dicht vor Ablon stehen, an dessen Handgelenken die Ketten zerrten. »Für wen hältst du dich eigentlich, Abtrünniger Engel? Meinst du, du bist ein normales Wesen, noch so ein Himmelsbewohner, der durch das von Gott geschaffene Universum streift?« Er schüttelte den Kopf. »Nein … Du bist der Anführer der Abtrünnigen, ein Symbol, ein Vorbild!«

Der Dämon wandte den Kopf, und Ablon sah, dass ihm Tränen in die Augen traten.

»In Atlantis«, fuhr Orion fort, »hat das Volk Geschichten von sagenhaften Helden erzählt. Die meisten dieser Geschichten habe ich selbst erfunden, es waren nur träumerische Gedichte. Aber ich sage dir, dass ich mich in meinen kühnsten Träumen bei meinen Legenden von einem Vorbild leiten ließ.«

Ablon hob den Kopf und begriff allmählich, worauf Orion hinauswollte.

»Ich weiß nicht genau, was aus dir geworden ist, General«, schloss Orion. »Ich weiß nicht, was du eigentlich bist – ein Engel oder ein Mensch. Wärst du ein Mensch, ein Irdischer aus Fleisch und Blut, der auf der Erde umherwandert, würde ich dich als Helden bezeichnen. Nur eines weiß ich ganz sicher: So sterben Helden nicht.«

Nach diesen Worten zog Orion zu Ablons großem Erstaunen einen Schlüssel hervor und löste seine Eisenketten. Er war frei!

»Flieh, so schnell du kannst, General!«, drängte Orion. »Es bleibt dir nur wenig Zeit.«

»Wo ist denn Balor?«, wollte Ablon wissen.

»Ich kann mich nicht in dieses Labyrinth wagen und in diese Zelle gelangen, wenn sie von einem Baal bewacht wird. Deshalb musste ich ihn kurz ablenken.«

»Ablenken?«

»Lilith, die Königin der Sukkuben. Sie hat sich bereit erklärt, den Henker zu ›unterhalten‹, während ich ins Verlies hinabstieg. Für diese kleine Verschwörung sind wir beide verantwortlich.«

Lilith … die furchterregende Gebieterin der Dämoninnen. Nie hätte Ablon damit gerechnet, dass ihm ein so böses Wesen helfen würde, und begriff überhaupt nicht, dass sie von ihm begeistert gewesen war. Der Sukkubus hatte sich tatsächlich in den Kriegerengel verliebt und hätte alles getan, um ihn zu retten.

»Wenn Luzifer von eurem Plan erfährt, wird man euch schwer bestrafen«, warnte Ablon Orion. »Der Morgenstern weiß alles, was in seinem Reich vor sich geht.«

»Er kann seine Augen nicht überall haben, Cherub«, entgegnete Orion überzeugt. »Und jetzt lauf! Lilith kann Balor nicht ewig halten.«

Doch der völligen Freiheit des Generals stand nicht nur Balor im Weg.

»Ich kenne den Weg zu den Feldern des Todes nicht«, wandte Ablon ein, der sich mit den geografischen Gegebenheiten in der Hölle nicht gut auskannte. »Wie komme ich zur Pforte und zurück auf die Erde?«

Orion lag die Lösung schon auf der Zunge: »Liliths geflügeltes Ungeheuer wartet draußen vor dem Labyrinth. Folge dem Schwefelgeruch, dann findest du den Ausgang. Bleib im Schatten, damit dich die nichtsnutzigen Baals nicht sehen. Steig auf das Monster. Es kennt den Weg zu den Feldern des Todes. Schnell! Die Zeit wird knapp.«

Trotz seiner Verletzungen rannte Ablon sofort los, durch die gewundenen Gänge, vorbei an unzähligen Geistersklaven, die unter den Schlägen der Totenkopf-Dämonen Gestein schürften. Keinem fiel es auf, als Ablon geduckt an ihnen vorbeihuschte. Mit unerschütterlichem Mut irrte er durch die Grotten, bis er endlich die Öffnung fand, die an die Oberfläche führte.

Über einen schmalen, in den Stein gehauenen Pfad gelangte er zu einer großen Höhle und von dort aus weiter zu einer Stelle nördlich vom Tal der Verdammten. Diese lag bereits außerhalb von Luzifers Reich. In dem Felsengewölbe wimmelte es nur so von Wachen, die jede Bewegung im Dunkeln wahrnahmen. Ablon hätte sich mit ihnen anlegen können, wollte sie aber nicht auf sich aufmerksam machen und damit seine Flucht gefährden. Also führte er alle hinters Licht und gelangte über den Geheimpfad aus den Verliesen. Draußen angekommen, schwang er sich auf die geflügelte Bestie, die ihn schon erwartete.

Wenige Minuten später sahen zwei Malikis, die den Durchgang bewachten, das geflügelte Monster am Horizont.

»Ist das nicht das Gefährt der Königin?«, fragte der eine.

»Ja, schon, aber ich kann mich nicht erinnern, dass sie das Labyrinth schon verlassen hat«, erwiderte der andere. Nach Lilith schmachteten alle Männer.

Ein dritter, mächtigerer Dämon, der für die Bewachung der Höhle im Allgemeinen zuständig war, kam mit grimmiger Miene und einem Krummschwert in der Hand auf die beiden Soldaten zu.

»Das ist nicht die Königin, ihr dummen Taugenichtse!«, schrie er, und die Wachen zuckten ängstlich zusammen. »Das ist der Abtrünnige Engel, der am Tag seiner Hinrichtung aus Sandrak geflohen ist. Das wird mich meinen Kopf kosten. Aber vorher kommt ihr dran!«

Er hob seine Waffe und spaltete mit animalischer Brutalität durch eine einzigen Hieb den beiden Malikis den Brustkorb. Dann schlug er Alarm.

»Der Abtrünnige Engel ist geflohen!«, brüllte er aus Leibeskräften.

Hunderte von Dämonen nahmen die Verfolgung auf, doch es war bereits zu spät.

GRABMÄLER AUS
EINER VERSUNKENEN WELT

Auf dem Rücken des Flügelmonsters überquerte Ablon das Lavameer und die Berge und sah schon bald den Abgrund von Nimbye, der bereits auf den Feldern des Todes lag. Er landete auf einem steinigen Pfad, wo sich die Pforte verbarg. Erleichtert stellte er fest, dass noch niemand vor ihm dagewesen war.

Immer noch blutend tauchte er in den mystischen Brunnen, und im Handumdrehen verwandelte sich die Umgebung in einen Wald voller verdorrter Eichen. Als er sich umsah, bemerkte er, dass er in der Mitte des aus alten Menhiren errichteten Steinkreises lag, die von den alten Druiden besonders verehrt worden waren. Seine Handgelenke waren geschwollen, die Wunden am Körper schmerzten. Erstaunt stellte er fest, wo er gelandet war.

Er befand sich wieder im Roten Wald.

Seit mehr als hundert Jahren hatte der Rote Wald seine wundersamen Merkmale eingebüßt. Schon vor langer Zeit waren seine Bäume gefällt worden, und die Feen hatten sich zurückgezogen, bis der Scheitelpunkt im Herzen des Waldes völlig verschwunden war. Die meisten Kobolde waren beim Bau der Straße nach Arkadien geflohen, und die wenigen, die geblieben waren, konnten sich als Geistwesen auf der physischen Ebene nicht mehr manifestieren. Allmählich war der Glanz des ewigen Sommers verblichen, und die Eichen waren von innen verfault. Nun ragten nur noch ihre leblosen Strünke hier und da auf, wie Grabmäler aus einer versunkenen Welt. Der Wald war verdorrt, und die Tiere hatten sich andere Schlupfwinkel zur Fortpflanzung gesucht.

Es war Frühlingsanfang, der Monat, der der Schneeschmelze folgt, wenn Matsch den Boden aufweicht und der Regen alles überschwemmt. Ablon kannte das genaue Datum nicht, doch nach einem Blick auf die Sterne vermutete er, dass genau 222 Jahre vergangen waren, seit Shamira die Pforte geöffnet hatte.

Der Geheimpfad hatte sich endgültig geschlossen, und Ablon war fürs Erste in Sicherheit. Erschöpft legte er sich zwischen die Wurzeln einer alten Eiche, die ihm zu umarmen schienen. Dort ruhte er sich aus und betrachtete immer wieder die Sterne, bis sich die Sonne über den Horizont schob.

Ein kühler Wind blies durch den Wald und brachte eine zaghafte, morgendliche Wärme mit. Ein goldener Lichtstrahl reflektierte seltsame Inschriften auf der Oberfläche eines moosbewachsenen Menhirs. Es waren keine keltischen Zeichnungen, sondern babylonische Buchstaben, die aus irgendeinem Grund auf einen Felsen in Britannien eingemeißelt worden waren. Zur Blütezeit der keltischen Kultur war Babel ja schon seit mindestens tausend Jahren untergegangen!

Als Ablon den Felsen genauer betrachtete, entzifferte er das Geheimnis und konnte ein Grinsen nicht unterdrücken. Diese Inschriften waren erst vor Kurzem entstanden – und keine zweihundert Jahre alt. Weder die Kelten noch ein anderes Urvolk hatte sie angebracht, sondern Shamira – vielleicht weil sie wusste, dass nur sie beide deren Bedeutung verstehen würden. Die Botschaft auf dem Felsen war der Beweis dafür, dass sie am Leben und unversehrt war und ihr Vertrauen in sein Versprechen nicht verloren hatte.

Mein lieber Freund, ich musste den Wald verlassen.
Letztendlich haben die Menschen gewonnen und
mit dem Bau der Straße begonnen. Ich nehme Abschied
vom Land der Feen und begebe mich wieder unter
Menschen. Falls du diese Nachricht eines Tages liest,
werde ich in der letzten Bastion des Oströmischen
Reichs auf dich warten: Konstantinopel.

Konstantinopel, die Königin der Städte, Hauptstadt des Byzantinischen Reichs am östlichsten Zipfel Europas. Wenn noch etwas vom Ruhm der Caesaren übrig geblieben war, dann in Konstantinopel. Als Zentrum der orthodoxen Kirche und Kernzelle der griechischen Kultur hatte sich diese Stadt im ausgehenden Mittelalter die nostalgische Erinnerung an eine Epoche von Patriziern und Kaisern bewahrt, eingemeißelt in Marmor und Gold.

Doch bald würde die Vergangenheit zu Staub und Asche zerfallen, und Ablon würde Zeuge sein.

Konstantinopel – Das Ende einer Ära

Nach tausend Jahren Finsternis ging das Mittelalter zu Ende. Im Osten erhob sich eine neue moslemische Macht und rückte gen Westen vor. Die türkischen Ottomanen unter dem Kommando des Sultans bedrohten Europa. Zuerst fielen sie auf der Balkanhalbinsel ein und unterwarfen die dort lebenden christlichen Europäer, die diese Insel gerade erst befreit hatten. Nach einer kurzen Zeit der Stagnation, in der die Muslime eine Offensive der Mongolen niederschlugen, gingen die Kämpfe im Westen weiter. Nach kurzer Zeit befand sich das ganze Byzantinische Reich unter dem türkischen Joch, mit Ausnahme seiner Hauptstadt Konstantinopel.

Konstantinopel, früher auch Byzanz genannt, war eine griechische Stadt an der Bosporus-Meerenge, bis der römische Kaiser Konstantin der Große sie 330 n. Chr. zur Hauptstadt des Oströmischen Reichs, zur zweiten Metropole der Caesaren machte. In ihrer Kultur vermengte sich griechische, römische und christliche Kunst. Ihre Bewohner, orthodoxe Christen, unterstanden nicht dem Papst, sondern hatten ihr eigenes Patriarchat. Die Männer des Vatikans waren in ihren Augen Barbaren. Auf dem Gipfel seiner Blütezeit reichte das östliche Reich bis nach Süditalien, Syrien und Armenien – bis die Muselmanen auf den Plan traten.

1439 musste der Kaiser von Byzanz, Konstantin XI., einsehen, dass die Hauptstadt dem Ansturm der Ottomanen nicht standhalten würde. In einem letzten verzweifelten Versuch überwand er seinen Stolz und begab sich nach Rom, um dort die Vereinigung von Ost- und Westkirche vorzuschlagen – in der Hoffnung, damit Unterstützung für die Vertreibung der Eindringlinge zu erhalten. Doch trotz der Vereinigung scheiterte der Monarch gleich zweimal. Obwohl das Volk schon viel erlitten hatte, nahm es diese Vereinbarung nicht an, und so wurde kein einziger Soldat nach Osten geschickt. Dann drängten sich die Türken vor den Stadtmauern, und von da an war der Fall Konstantinopels nur noch eine Frage der Zeit.

Im Januar 1453 schöpfte der Kaiser neuen Mut, denn es trafen zwei Schiffe aus Genua unter dem Kommando des berühmten Kriegskommandeurs Giovanni Giustiniani ein. Dieser General übernahm das Truppenkommando und sollte bis zum letzten Blutstropfen um die gepeinigte Stadt kämpfen.

Doch das ottomanische Heer war riesengroß. Man hat ausgerechnet, dass Sultan Mehmed II. den neuntausend Verteidigern über dreihunderttausend Männer entgegenstellte. Außerdem besaßen die Angreifer eine Artillerie, unter der die Stadtmauern irgendwann nachgaben.

In der Nacht ging ein Kanonenschuss los, und Shamira wachte auf. Sie besaß ein prachtvolles, dreistöckiges Haus, das sie fünfzig Jahre zuvor von einem florentinischen Kaufmann erworben hatte. Anfangs hatte sie mehrere Dienstboten gehabt, doch jetzt stand das Haus leer. Einige Angestellte waren aus der belagerten Stadt geflohen, andere ins kaiserliche Heer einberufen worden.

Shamira erhob sich und stieg die Treppe zur Terrasse hinauf, die eine Aussicht über die ganze Stadt bot. Von dort sah sie außerhalb der Stadt Rauch aufsteigen und musste mit ansehen, wie die türkische Artillerie die Stadtmauern ins Wanken brachte. Tausende Männer – Berufssoldaten und gewöhnliche Leute – hatten sich zu Bataillonen zusammengeschlossen und warteten mit gezückten Schwertern auf den Ansturm. Weithin hörte man die ottomanischen Trommeln, während sich die Krieger für den letzten Kampf vorbereiteten. Inmitten dieser Verwirrung wurde in der großartigen Kirche Hagia Sophia mit ihren gewaltigen Kuppeln und den geschwungenen Linien ein Gottesdienst abgehalten.

Auf der Brüstung tauchte eine Gestalt aus dem Halbschatten auf, ebenso lautlos wie der Wind. Langsam kam sie auf die Frau zu und blieb neben ihr stehen. Bevor sie sich bemerkbar machte, hielt sie einige Augenblicke inne, ganz in die Bewunderung ihrer Schönheit versunken. Ihr fiel auf, dass die junge Frau ein langes, moosgrünes Samtkleid trug und das schwarze Haar zu einem Zopf geflochten hatte. Dort unten, auf den Straßen der Metropole, verließ gerade eine aus allen Zivilbewohnern Konstantinopels bestehende Prozession die Basilika. Vorneweg schritten Psalmen singende Priester, die Bilder der Heiligen trugen – sie hofften, diese würden die Stadt vor dem nächtlichen Angriff beschützen.

»Kreuz und Halbmond«, murmelte die Gestalt, »ein und derselbe Gott, zwei verschiedene Feinde.«

Überrascht drehte sich Shamira um und traute ihren Augen kaum. Vor ihr stand ein großer, kräftiger Mann mit goldblondem Haar, grauen Augen und einem wirren, aus spärlichen Haaren bestehenden Kinnbart. »Du …«, hauchte sie bewegt. »Was ist passiert? Bei allen Göttern, warum bist du nicht in den Wald zurückgekommen?«, fragte sie mit der für wahre Freunde typischen Besorgnis. Sie hatte sich schon mit dem Gedanken angefreundet, dass er womöglich tot war und sie ihn nie mehr wiedersehen würde – doch tief in ihrer Seele hatte sie die Wahrheit gekannt.

Während sie sich von ihrem Schreck erholte, nahm Ablon sie in die Arme, und sie legte den Kopf an seine breite Brust, voller

Glück darüber, die Wärme seines Körpers zu spüren und seinen Herzschlag wieder zu hören.

»Dann hast du meine Nachricht auf dem Felsen also gefunden?«, flüsterte sie.

»Ich habe doch gesagt, ich würde wiederkommen«, sagte er lächelnd, während er über ihren schwarzen Zopf strich. »Aber vielleicht habe ich mich etwas verspätet«, versetzte er mit einem Blick auf die belagerte Stadt und erschrak, als ihm klar wurde, wie sehr sich die Welt in zweihundert Jahren verändert hatte. Zwei Völker, die ein und dieselbe Gottheit verehrten, standen kurz davor, sich in einer mörderischen Schlacht umzubringen.

»Was ist mit deiner Mission? Konntest du deinen Freund retten?«

Bei der Erinnerung an seinen Misserfolg senkte Ablon den Kopf. »Luzifer hat mich besiegt und in den Verliesen der Hölle eingesperrt. Yarion musste sterben, aber Orion, der Gefallene König von Atlantis, hat mich aus dem Kerker gerettet.«

»Orion ist dein Schutzengel«, sagte Shamira scherzhaft. »Doch wie wird nun *er* dem Zorn seines Herrn entgehen? Wenn der Dunkle Erzengel herausfindet, dass Orion dich befreit hat, wird dein Retter in Ungnade fallen.«

»Hoffentlich passiert das nie. Orion wirkte auf mich recht zuversichtlich, obwohl es unter den Dämonen heißt, dass der Morgenstern alles sieht, was in seinem Reich vorgeht. Doch dadurch ändert sich nichts. Selbst wenn er bestraft wird, muss ich sein Opfer ehren und mein Leben weiterleben.«

In diesem Moment wurden sie von einer zweiten, noch heftigeren Explosion abgelenkt. Konstantinopels Stadttore gaben nach, und fünfzigtausend Türken fielen in die Straßen ein. Ununterbrochen donnerten Kanonen, Pulverdampf lag in der Luft. Auf den Alleen führten Männer in voller Rüstung ihre Schwerter gegen die Krummschwerter der Invasoren. Das Klirren von Metall erfüllte die Gassen wie eine traurige Todessinfonie. Die ottomanische Offensive hatte begonnen und würde in den frühen Morgenstunden weitergehen.

Zweimal wurden die Muselmanen zurückgedrängt, bis ein verirrter Pfeil die Rüstung eines dunkelhäutigen Italieners durchbohrte. Zum Unglück der Verteidiger war es Giovanni Giustiniani, der Armeegeneral. Unter den Männern sank die Kampfmoral, und Ablon und Shamira sahen von der Terrasse aus, wie ein Krieger in funkelnder Rüstung sein Schwert zog und selbst das Kommando übernahm. Dieser tapfere Mann war kein anderer als der Kaiser persönlich.

Der Herrscher wurde umzingelt, und nachdem er fünf Männer überwältigt hatte, durchbohrte eine Lanze seine Lunge. Konstantin XI. war tot, und die Türken nahmen die Stadt ein.

Als den Übriggebliebenen ihre Niederlage bewusst wurde, brach Panik unter ihnen aus, und sie flohen zu Tausenden. Eine Menschenmenge rannte zum Hafen, um auf die dort ankernden Schiffe zu gelangen. Andere suchten Zuflucht in der Hagia Sophia, in dem Glauben, dieses heilige Bauwerk werde sie vor einem gewaltsamen Tod bewahren.

In der Zwischenzeit hatte auf den Plätzen und Straßen das Blutgemetzel begonnen. Alle, die mit einer Waffe in der Hand angetroffen wurden, wurden niedergeschlagen – egal, ob Männer oder Frauen, Reiche oder Arme. Gleichzeitig durchforsteten die Angreifer systematisch alle Stadtviertel auf der Suche nach Beute.

Eine Gruppe Militärs brach die Tür im ersten Stock von Shamiras Haus auf.

»Komm, wir gehen«, sagte sie und lief schon die Treppe hinunter. »Von Byzanz wird nicht viel übrig bleiben.«

Shamira ergriff Ablons Hand, und gemeinsam rannten sie ins Untergeschoss. Dort gab es in der Wand des Weinkellers einen Geheimgang.

»Warte noch!« Ablon blieb stehen. »Willst du wirklich alles aufgeben, was du in diesem Haus aufbewahrst?«

»Die wichtigen Dinge habe ich schon in ein Haus in Venedig gebracht.« Ein Knall ließ das Dach erzittern, und Ablon wurde klar, dass eine Artilleriekugel die Außenwand getroffen hatte. »Gleich stürzt hier alles ein!«, rief Shamira, während sie Ablon in den Geheimgang drängte.

Kaum befanden sie sich im Tunnel, gab das Fundament nach und begrub die eindringenden Soldaten unter sich. Der unterirdische Gang führte abwärts und weiter nach Norden, wie ein Abwasserrohr, und endete nicht weit entfernt bei einer Falltür, die in eine kleine Höhle unter einem Hügel südlich der Stadt führte.

Als Ablon und Shamira aus der Höhle traten, war es schon fast Tag. Im Morgengrauen sahen sie, wie ein gewaltiges Feuer in den höher gelegenen Stadtvierteln wütete. Die Gefangenen waren versklavt worden, und am Morgen sprach Sultan Mehmed II. das moslemische Mittwochsgebet am Hochaltar der Hagia Sophia. Das Kreuz in der Kuppel der Basilika wurde durch den islamischen Halbmond ersetzt, die christlichen Mosaike mit Kalk übertüncht.

»Hier stirbt die letzte römische Stadt«, murmelte Ablon, während er auf die rauchenden Trümmer starrte.

»Wir sind Zeugen der Geschichte, mein Freund. Wir sind Beobachter der Welt.«

Und damit ging das Zeitalter der Finsternis in den blutigen Gemetzeln der Zeit unter.

Der Engel und die Magierin verbrachten noch einige Tage zusammen, dann machte sich Ablon – wie immer – wieder auf den Weg. Shamira bezog ihr Haus in Venedig, Ablon ging nach Spanien.

Das Zeitalter der Aufklärung hatte begonnen.

DIE ANTWORT DES DUNKLEN ERZENGELS

Ablons Flucht aus den Verliesen von Sandrak hatte in der Hölle für ziemliches Durcheinander gesorgt. Luzifer war darüber so erzürnt gewesen, dass er alle Baals, die sich am Fluchttag auf diesem Geschoss des Verlieses aufgehalten hatten, hatte hinrichten lassen. Er ertappte Balor mit Lilith und überlegte, was er mit ihnen tun sollte. Bei einem großen Höllenherrscher konnte ein Ausrutscher dazu führen, dass sich die Fürsten auflehnten. Deshalb musste er jede seiner Handlungen genau abwägen, um auch nach dem Fiasko seine Würde zu bewahren.

Am meisten Kopfzerbrechen bereitete ihm die nebulöse Identität von Liliths Komplizen. Bestimmt hatte jemand den Abtrünnigen losgekettet, während sich der Sukkubus mit dem Kerkermeister vergnügte. Aber wer? Trotz seiner Allwissenheit konnte der Morgenstern den Schuldigen nicht finden. Wie war das nur möglich gewesen, wo er doch vor seinem geistigen Auge jeden Winkel seines Reichs, ja, selbst den finstersten, sah? Für ihn war diese Situation, die nicht nur seine führende Stellung, sondern auch sein Selbstvertrauen ins Wanken brachte, niederschmetternd.

Auch wenn all diese Ängste den Teufel plagten und in Verzweiflung stürzten, bewahrte er die Fassung. Er trug Apollyon auf, Lilith im Gefängnis aufzusuchen und zu ihm in die Höhle im Tal der Verdammten zu bringen. Er wollte sie verhören, in der Hoffnung, dadurch mehr über ihren Helfershelfer in Erfahrung zu bringen.

Der Todesengel löste Liliths Fesseln und führte sie vor den Knochenthron, auf dem Luzifer saß. Dann trat er zwei Schritte zurück und blieb, mit seinem Schwert Schwarzes Feuer in der Hand, in Habachtstellung stehen. Aus seiner Waffe züngelten schwarze Flammen – mystische Flammen, die anders sind als gewöhnliches Feuer, denn sie vernichten nicht nur brennbares Material, sondern jede organische oder anorganische Substanz. Das schwarze Feuer kann Stein, Metall, Fleisch, Beton und jeden anderen Gegenstand, der ihm unterkommt, verbrennen. Das gewöhnliche Feuer, wie die Menschen es kennen, ist nur eines von vielen – daneben gibt es noch das grüne Feuer, auch Feuer der Xahra genannt, und das blaue, auch Feuer der Feen, das nur ein Leuchten hervorbringt.

»Lilith«, zischte der Teufel und sah seine Gefangene mit seinen beunruhigenden blauen Augen an. »Meine kostbare Dämonenprinzessin …«, säuselte er mit vorgetäuschter Zärtlichkeit. »Du hast mir eine ganze Menge Probleme bereitet, mein Mädchen!«

»Die sind nichts gegen die, die du bereits verursacht hast, Luzifer«, entgegnete sie kühn. Die Faszination für den Dunklen Erzengel, die sie bei ihrer ersten Begegnung verspürt hatte, nachdem sie von Adam verlassen worden war, war verwelkt wie eine Pflanze in der Wüste. Jetzt war er der Tyrann, ein Bösewicht, das bedauernswerteste Geschöpf eines im Niedergang begriffenen Reichs.

Der Herr der Hölle lächelte, doch in seinem Innern zog sich etwas schmerzhaft zusammen. Lilith hatte ihm, der einst so schön wie die Sonne gewesen war und Gottes Liebling, einen tödlichen Stich versetzt.

»Noch bis vor Kurzem hast du mich anders behandelt, Königin.« Sein Blick fiel auf eine dunkle Nische, in der er unzählige amouröse Schäferstündchen mit seiner Kurtisane verbracht hatte. »Wie oft hast du schon mit mir in diesem Bett gelegen? Wie oft habe ich dich unter diesem Dach schon in Besitz genommen? Wie oft habe ich dir schon höchste Lust bereitet?«

»Ja. Und trotzdem behandelst du mich immer noch wie eine Sklavin, Morgenstern.«

Im Gesicht des Dunklen Erzengels zeigte sich Entrüstung. Mit der für ihn typischen Arroganz und Boshaftigkeit erhob er sich von seinem Thron und ging auf Lilith zu, als wollte er sie komplett verschlingen. Seine Präsenz wirkte erdrückend, die Energie seiner Aura war beängstigend.

»Sklavin? Und was ist mit deinem Pack Sexsklaven? Ich habe dich aufgenommen, als dieser Sterbliche dich verstoßen hat. *Ich* war es, der dir unglaubliche Macht und das ewige Leben verlieh. *Ich* war es, der dir ein Reich in der Hölle schenkte. Stets habe ich dich wie eine echte Fürstin empfangen und respektiert – obwohl du das *nie* warst. Und für meine Großzügigkeit fällst du mir in den Rücken. Ich hätte wissen müssen, dass jemand so Erbärmliches wie du nicht vertrauenswürdig sein kann. Einst warst du ein Mensch, Lilith. Nicht einmal wenn du es wolltest, würdest du es zu so viel Ruhm bringen wie die Großen.«

Bei der Erinnerung an Ablons Worte fasste Lilith wieder Mut und hielt den Moment für gekommen, um Luzifer die Wahrheit zu sagen. Sie machte sich jedoch keine Illusionen, dass der Dämon ihr Gehör schenken würde. »Bis heute hast du mir nur Macht, Einfluss und Reichtum geschenkt und leere Versprechungen gemacht, nichts sonst. Nicht einmal, wenn du es wolltest«, wiederholte sie seine eigenen Worte, »wärst du imstande, mir das zuzugestehen, was ich mir wirklich wünsche. Deshalb wirst du niemals erfahren, wer die Türen von Sandrak geöffnet hat. Das Gefühl, das uns motiviert hat, übersteigt deine beschränkte Wahrnehmung.«

Das war der Tropfen, der das Fass zum Überlaufen brachte. »Wie kannst du es wagen, dich mit mir und meinem Wissen zu messen? Du bist als Mensch geboren – und wie lange gibt es euch schon? Fünfzehntausend, zwanzigtausend Jahre? Die Geschichte der Menschheit ist nichts anderes als ein Augenzwinkern, verglichen mit der Lebenszeit des Universums, der Lebenszeit der Erzengel, *meiner* Lebenszeit. Zu Anbeginn der Zeiten wurden wir aus göttlichem Licht erschaffen, aber ihr … was seid ihr denn? Armselige, aus Lehm geformte Tiere!«

Voller Angst sah Lilith einen Anflug von Trauer im Gesicht des Morgensterns. Nie in all diesen Jahrtausenden engsten Kontakts hatte sie ihren Herrn so wirres Zeug reden hören, das so gar nicht zu seiner menschenfreundlichen Propaganda passen wollte. Bestimmt hatte sich Luzifer unbeabsichtigt zu einer bisher verheimlichten Emotion hinreißen lassen, und zum ersten Mal wurde der Monarchin bewusst, dass ihr Meister die Wahrheit sprach.

Als er seinen Fehler begriff, war es schon zu spät. Der Dunkle Erzengel hatte sich bei seinen Schmähungen verplappert, und es blieb ihm nur noch eines übrig.

Unauffällig neigte er den Kopf und gab damit Apollyon das Signal, auf das dieser so lange gewartet hatte. Ein präziser Hieb mit dem Schwarzen Feuer, das in der Luft aufblitzte, und die Waffe durchbohrte Liliths Brust. Der Kopf der Hure rollte zur Seite, ihr Körper fiel hintenüber. Die Hinrichtung war so schnell erfolgt, dass die Kurtisane nichts spürte und nicht einmal Zeit gehabt hatte, zu schreien oder einen letzten Seufzer zu wagen. Ihre sterblichen Überreste besudelten den Boden der Höhle, während schwarze Flammen Haut, Gewebe und Knochen verzehrten. Innerhalb einer Minute war der Leichnam der Königin auf ein Häufchen Asche zusammengeschrumpft.

»Leider ist sie viel zu weit gegangen, wie schon ihr früherer Mann«, knurrte der Teufel, während er mit dem Fuß auf das Aschehäufchen trat. »Adam wurde einer von uns, indem er das Gute und das Schlechte kennenlernte; jetzt werden wir ihn aus dem Paradies vertreiben, damit er nicht auch noch vom Baum des Lebens kostet und ewig lebt«, verkündete er, einen Satz aus der *Genesis* zitierend. »Ich sollte alle Dämonen verpflichten, die Bibel zu lesen.« Nachdenklich wandte sich Luzifer ab und stieg wieder auf seinen Schädelthron.

»Wir hätten ihr viel Schlimmeres antun können, als sie mit einem einzigen Hieb hinzurichten«, hetzte Apollyon.

»Sie unter diesen Umständen am Leben zu lassen, wäre sehr riskant gewesen, selbst wenn wir sie gefoltert hätten. Wir haben richtig gehandelt, und dieser Zwischenfall ist jetzt erledigt.«

»Und was ist mit Balor? Was machen wir mit ihm?«

»Häng ihn an seiner Peitsche auf, auf demselben Schafott, auf dem Ablon hingerichtet worden wäre. Und besteh darauf, dass alle Höllenfürsten dabei sind. Wenn du willst, kannst du den Verfluchten auch selbst töten.«

»Ich will den Kopf des Abtrünnigen!«

»Den wollen wir alle, Apollyon, aber ob wir ihn bekommen werden?«

»Wovon redest du?«, murrte der Malikis, den Luzifers ausweichendes Verhalten wunderte.

»Ablon hat mich zum Duell herausgefordert und sich vor tausend Jahren Gabriel entgegengestellt. Er hat zwar zweimal verloren, doch er ist immer noch am Leben. Mit jeder Schlacht wird der Abtrünnige Engel erfahrener und mächtiger. Mit anderen Worten: Nicht einmal du wirst imstande sein, ihn zu besiegen. Wenn wir ihn nicht bald umbringen …« Der Gebieter der Hölle hielt inne bei der Vorstellung, ein so hartnäckiger Feind könnte zum Himmel auffahren.

»Ich werde mich niemals von einem Himmelsbewohner besiegen lassen, der Tiere liebt«, grunzte der Todesengel.

»Das will ich auch hoffen, mein Lieber«, gab der Teufel ohne große Überzeugung zurück, »das will ich auch hoffen.«

Apollyon steckte sein Schwert zurück und verließ die Höhle, ohne sich zu verabschieden. Der Sohn der Morgenröte zog sich wieder in den Dämmerschatten zurück und verharrte reglos vor Liliths Überresten. Mehrere Stunden ließ er seine Gedanken schweifen und versuchte zu begreifen, was ihn zu dieser sinnlosen Handlung getrieben hatte, die sein Verderben bedeutete.

16 Ein Spion in der Imbissbude

Ablon, Asiel und Siéme war es gelungen, einen dreisitzigen Chevro-
let-Lieferwagen samt israelischem Chauffeur zu besorgen, und
sie hatten vereinbart, das Fahrzeug am späten Nachmittag auf
einem Platz auf dem Berg Zion außerhalb der Altstadtgrenzen entgegenzunehmen. Vorsichtshalber baten sie den Verkäufer,
zwei Extrabenzinkanister in den Laderaum zu stellen, obwohl
Ablon wusste, dass sie bis zum Sinai nur einen brauchen würden.
Während sie warteten, kauften sie an einem Zeitungsstand eine
Straßenkarte und sahen sich die Strecke genau an.

Kurz nach Mittag betraten die drei Engel einen Schnellimbiss
in der Nähe des Souk, dem Straßenmarkt am Schnittpunkt von
Jerusalems Araber-, Juden- und Christenviertel. Trotz des außergewöhnlichen Feiertags, an dem sich das historische Zentrum
in einen Gebetsplatz verwandelt hatte, ging das Treiben auf dem
Souk – wenngleich eingeschränkt – weiter. Einige wenige Geschäfte wie Restaurants und Apotheken hatten geöffnet, doch die
meisten Händler befanden sich auf den Straßen bei den Prozes-
sionen oder hatten sich in den Tempeln versammelt, um dort um
Frieden zu bitten. Trotz der Glaubensdemonstrationen wimmelte
es in der Stadt vor Sicherheitsagenten, die besorgt die Kriegsent-
wicklung verfolgten und immer auf der Hut vor einem möglichen
Angriff der islamischen Milizen waren.

Noch vor einer Stunde war die kleine arabische Imbissbude
überfüllt gewesen, weil viele Pilger von weither gekommen waren,

um an den heiligen Stätten zu meditieren. In der Heiligen Stadt hatten sich Menschen aus Hebron, Gaza und Ramallah, aber auch aus Tel Aviv, Eilat und Haifa getroffen. Doch jetzt herrschte nicht mehr viel Trubel, nur einige einheimische Gäste saßen herum, tranken Kaffee aus Bronzekannen und rauchten Nargilehs, die berühmten aromatischen Wasserpfeifen, die aus einem Stövchen, einem wassergefüllten Gefäß und einem Schlauch bestehen, durch den der Rauch zum Mund strömt.

Die Himmelsbewohner wählten den abgelegensten Tisch des Raums, der vollgestopft war mit Regalen, Wandteppichen, Kronleuchtern und Nippes. Rauch vernebelte die Sicht auf den Ausgang und die starken Gerüche, die vom Souk hereinkamen, verwirrten den Geruchssinn.

Ablon legte das lange Bündel, in dem er die Heilige Rächerin versteckt hatte, neben sich und faltete die Karte auf dem Tisch auseinander. Außer Straßen waren darauf auch Ortschaften, geografische Gegebenheiten und Geländeerhebungen von Galiläa bis Ägypten zu sehen.

»Hier ist es!« Asiel deutete mit dem Finger auf einen Punkt. »Dieser Berg ist es.«

»Der Horeb«, vergewisserte sich Ablon. »Dort werden wir den Eingang zur Höhle finden.«

»Und die Pforte, die wir suchen«, ergänzte der Ischim. »Der Horeb liegt westlich vom Berg Sinai, obwohl die Menschen heute glauben, dass die beiden Berge identisch sind.«

Mit dem Finger zeichnete Ablon eine gedachte Linie auf dem Papier und analysierte den Streckenverlauf. »Von Jerusalem aus reisen wir Richtung Osten, schwenken dann nach Süden und folgen der Schnellstraße 90 durch die Wüste Negev bis Eilat, die letzte israelische Stadt vor der Grenze zu Ägypten. Ab da befinden wir uns bereits auf der Sinaihalbinsel und fahren weiter auf der Landstraße 66, am Golf von Akaba entlang. Auf dieser Strecke bleiben wir bis kurz vor dem Küstenort Nuweiba und halten dann Richtung Westen direkt auf die Wüste zu. Die Asphaltstraße hört in der Nähe eines Klosterkomplexes auf, dem Katharinenkloster. Von dort geht es zu Fuß weiter.«

»Am Fuß des Bergs wurde ein Kloster gebaut«, bemerkte Asiel mit Blick auf die Kartenhinweise.

»Das ist ein Pilgerort, aber mehr als ein Dutzend Mönche und vielleicht eine Patrouille der ägyptischen Armee gibt es dort nicht.«

Siéme fielen die verschiedenen Farben auf der Karte auf, deren Bedeutung sie nicht kannte. »Was ist das?«, fragte sie und zeigte auf einen dunklen Streifen hinter dem Punkt, der das Kloster bezeichnete.

»Eine Bergkette«, erklärte Ablon. »Diese ganze Region ist äußerst gebirgig, und das Braun gibt die höchsten Gipfel an. Es gibt so etwas wie einen Felsenkorridor, eine Felsschlucht, die wir überwinden müssen, um auf den Pfad zu gelangen, der zur Höhle führt.«

»Meinst du, dass wir unterwegs Probleme bekommen werden?«, fragte die Seraphine.

»Wenn ich mir das Militärkontingent hier ansehe, schätze ich, dass die Straßen blockiert sein werden. Notfalls machen wir einen Umweg. Jetzt, wo ich die richtige Richtung kenne, werde ich mich nicht verlaufen. Ich befürchte nur, dass wir uns verspäten. Aber vielleicht kannst du uns ja mit deinen psychischen Fähigkeiten helfen.«

»Wenn es sein muss … Aber auch meine Macht hat Grenzen. Eine Armee kann ich nicht täuschen, nicht einmal eine Menschenarmee, deren Willenskraft im Allgemeinen schwächer ist als die der Himmelsbewohner.«

»Auf große Truppen werden wir wohl kaum stoßen, nur Wachposten. Aber an der Grenze herrscht natürlich immer Durcheinander, deshalb müssen wir uns auf alles gefasst machen.«

Asiel, der gegenüber von der Tür saß, nahm plötzlich eine eigenartige Energie wahr, eine undeutliche Emanation. Ohne mit der

Wimper zu zucken, stand er auf und nahm draußen einen großen, dunkelhäutigen Mann ins Visier, der aufgrund seiner bösartigen Aura bestimmt kein normaler Sterblicher war. Wegen des dichten Rauchs der Nargilehs und dem Krimskrams, der von der Decke herabhing, konnte er sein Gesicht aber nicht erkennen.

Sein Überlebensinstinkt brach sich Bahn: Seine Hände verwandelten sich in Flammen, die bis zu den Ellbogen reichten und einsatzbereit waren. Asiel hätte sie jederzeit schleudern können, denn er war ein Engel des Feuers, und selbst wenn er nicht wie die Cherubim kämpfte, kannte er selbst Alternativen für Verteidigung und Angriffe.

Da Asiel jedoch die Gäste an den anderen Tischen nicht gefährden wollte, hielt er die Flammen zurück, die den Feind erschlagen hätten, denn ihre Intensität hätte ein Feuer entfachen und das ganze Gebäude zerstören können. Er rannte auf die nebulöse Gestalt zu, bereit, sie zu rösten.

Doch als er nur noch einen Schritt von dem Spion entfernt war und sein Gesicht erkannte, gab es einen ohrenbetäubenden Knall, sodass er stehen bleiben und sich an einem Pfosten festhalten musste. Auch Ablon und Siéme, die noch am Tisch saßen, hatten den Knall gehört und saßen wie betäubt da, unfähig, sich einzuschalten.

Die Vierte Posaune!

»Er ist weg …«, murmelte Asiel, als der Lärm verebbte. Schwankend blickte er sich suchend um, aber da war niemand mehr.

Gleich darauf kamen Ablon und Siéme aus der Imbissstube und eilten ihrem Freund zu Hilfe. Aber er hatte sich schon wieder erholt.

»Wir werden verfolgt, General«, warnte der Ischim atemlos. »Hier war jemand. Leider konnte ich sein Gesicht und sein wahres Wesen nicht erkennen.«

»Ich weiß. Die Anwesenheit dieses Beobachters habe ich schon beim Verlassen des Flughafens gespürt.«

»Dann werden wir ihn aufspüren! Wir müssen verhindern, dass der Spion seinen Verbündeten Bericht erstattet. Engel oder Dämon, er ist unser Feind.«

»Nein, Asiel. Wir haben keine Zeit, ihn zu verfolgen. Die Posaune, die wir gerade gehört haben, verkürzt lediglich unseren Auftrag. Schau mal!« Er machte die beiden auf ein merkwürdiges Phänomen aufmerksam, das nur mystische Wesen und Sensitive sahen. Der Schleier der Wirklichkeit bekam Risse. Man konnte sie an den durchsichtigen Teilen in der Membran erkennen, die wie eine Fata Morgana zitterten.

»Der Schleier löst sich auf«, rief Siéme, die begriffen hatte.

»Wir haben noch bis morgen früh Zeit, um durch die Pforte zu gehen, weil nur noch drei Posaunen bis zum Jüngsten Gericht fehlen und noch weniger bis zur Schlacht des Armageddon. Gabriel stellt sicher schon seine Legionen auf.«

»Aber wenn dieser Spion seinen Helfershelfern von unserer Reise berichtet, dann geraten wir demnächst vielleicht in einen Hinterhalt!«

An diese Gefahr hatte Ablon bereits gedacht. »Es bleibt uns keine andere Wahl.«

SIÉMES ENTSCHEIDUNG

Nur wenige Schritte vom Zionstor auf der Südseite der Altstadtmauern entfernt liegt der Hügel, der das biblische Jerusalem und das Gelobte Land symbolisiert. Der Zionsberg, der Juden, Christen und Moslems heilig ist, erinnert mit seinen baumbestandenen Plätzen und den schmucken Häusern eher an eine Insel der Ruhe außerhalb der Altstadtgrenzen. Herausragendes Gebäude ist die im neoromanischen Stil erbaute Dormitio-Basilika mit ihrem hohen Glockenturm und der Kuppel mit vier kleineren Türmen. Sie thront auf dem Hügel, und zwar an der Stelle, wo die Jungfrau

Maria entschlafen sein soll. Auf dem Kirchplatz wollte sich Ablon wie vereinbart mit dem israelischen Chauffeur treffen, von dem er den Lieferwagen für seine Wüstendurchquerung gekauft hatte.

Schaudernd und aufgewühlt ließ Siéme von ihrem erhöhten Standort den Blick über die Altstadt schweifen. Es war schon fast fünf Uhr nachmittags, und die Kälte der Wüste kroch allmählich den Hügel hinauf.

»Ich spüre eine düstere Präsenz, die in der Altstadt umherirrt«, teilte die Meisterin des Geistes Ablon mit, während sie auf das Gassengewirr innerhalb der Stadtmauern starrte. »Ein sehr mächtiges Wesen verfolgt unsere Fährte und wird uns auf unserer Reise in die Quere kommen.«

»Das ist dieser verdammte Spion, den ich vorhin schon beim Markt gesehen habe!«, rief Asiel, der sich von dem Zwischenfall im Souk immer noch nicht erholt hatte.

»Das ist nicht nur ein Spion«, korrigierte ihn Siéme. »Seine Aura ist so mächtig wie die unseres Generals. Ein so mächtiges Wesen kann niemals ein einfacher Gesandter sein. Vermutlich wartet er den besten Moment ab, um uns anzugreifen.«

»Also werden wir abwarten, bis er bei uns ist, Siéme«, entschied Ablon. »Dann können wir ihn wenigstens bekämpfen. Vielleicht will er uns ja von unserer Reise abbringen.«

Ihr Gespräch wurde vom Dröhnen eines Motors unterbrochen. Ein leicht untersetzter Mann mittleren Alters mit heller Haut und schwarzem Haar kam in einem Lieferwagen an und parkte ihn, als er die drei Engel sah. Sein Geld hatte er bereits erhalten, aber er war ein ehrlicher Kerl und hätte sich, wie Siéme beim Durchforsten seines Geistes festgestellt hatte, nicht damit aus dem Staub gemacht.

Hastig stieg er aus, zeigte ihnen, wo er die Benzinkanister verstaut hatte, und erklärte ihnen die wichtigsten Funktionen des Fahrzeugs. Dann verschwand er so schnell, wie er gekommen war.

Ablon setzte sich ans Steuer und hieß die anderen einsteigen. Rasch legte er die Heilige Rächerin auf den Rücksitz, dann drehte er den Zündschlüssel und gab Gas. Asiel machte es sich auf seinem Sitz bequem, doch die Seraphine rührte sich nicht von der Stelle, sondern blieb draußen im Licht der untergehenden Sonne stehen.

»Ich bleibe hier, General. Hier in Jerusalem. Ich komme nicht mit.«

»Warum?«, fragte Asiel überrascht, doch Ablon nickte nur leicht. Diese Reaktion hatte er schon vorausgesehen und wusste, dass er Siéme nicht umstimmen konnte.

»Jemand ist uns auf den Fersen, und diese Wesenheit kann unsere Mission in Gefahr bringen«, erklärte Siéme. »Keiner von euch könnte hierbleiben, um sie zu verfolgen, aber ich kann es. Die Rebellen brauchen den Ersten General, und nur du, Asiel, kennst den Weg zur Höhle im Horeb.«

»Ist dir klar, welches Risiko du damit eingehst?«, fragte der General, obwohl er wusste, dass sie den Grad der Bedrohung bereits ausgerechnet hatte.

Die Engelsfrau neigte sich dem Abtrünnigen zu und berührte sein Gesicht. Ihr Finger glitt über das leidvolle Antlitz, so wie es die Gläubigen bei Heiligenbildern machen. Tränen standen ihr in den Augen, und ihr Herz war schwer. Nie zuvor hatte ein Seraph, der doch als berechnender, kritischer Engel galt, einen so heftigen Abschiedsschmerz verspürt.

»Als ich dich vor zwei Tagen in dieser verwüsteten Wohnung traf, sagte ich, ich sei bereit, für eine Sache zu sterben und mein Leben zu lassen, um meinen Anführer zu beschützen. Du wusstest, dass ich nach Haled gekommen war, obwohl ich die Menschheit und ihre neuen Technologien nicht genau kannte. Ich weiß, dass die Seraphim für ihre gerissene Rhetorik bekannt sind, doch ich habe von Anfang an die Wahrheit gesagt. Ich habe nie an deinen Idealen gezweifelt.«

Bei diesen Worten verspürte Asiel einen tiefen Schmerz im Herzen, weil er einmal die Würde seiner Partnerin in Zweifel gestellt hatte. Sofort sprang er aus dem Wagen und umarmte sie fest. Das Naturell und die Persönlichkeiten ihrer Kasten waren unterschiedlich, doch für eine Minute schienen die beiden so einig wie Zwillinge.

»Ich gehe in die Altstadt zurück«, erklärte sie, »und werde nach diesem hinterhältigen Bösewicht suchen. Wenn ich ihn schon nicht von seinem Plan abhalten kann, halte ich ihn wenigstens auf.«

Ablon überlegte, ob er ihr verbieten sollte zu bleiben – ob er ihr befehlen sollte, mit ihnen bis zur Pforte zu fahren, oder sie zwingen, auf diese riskante Unternehmung zu verzichten. Doch vor allem musste er ihre Entscheidung respektieren und würdigen. Wie viele Opfer hatte er selbst bereits gebracht, wie oft hatte er scheinbar unüberwindliche Herausforderungen letztendlich doch noch bewältigt? Nein ... er durfte sie nicht kritisieren. Außerdem war ihre Hilfe kostbar. Alles, was den Feind von seinem Vorhaben abbringen konnte, und sei es nur eine Kleinigkeit, war wertvoll.

»Wir gehören zwar unterschiedlichen Kasten an, aber ich gebe zu, dass ich noch nie einen so mutigen Seraph gesehen habe«, räumte Ablon ein. »Ich wünsche dir viel Glück, Siéme, Meisterin des Geistes. Kämpfe mit ganzem Willen und von ganzem Herzen, denn weniger würde ich von einer Anhängerin Gabriels nicht erwarten.«

»Ich bin *deine* Anhängerin, General. Wir, die neuen Rebellen, leben, um dir zu dienen, weil wir immer noch an Gottes Wort glauben«, sagte sie und richtete sich auf. »Auch wenn die Menschen die Welt verkommen lassen, werden wir die Schöpfung weiterhin lobpreisen. Wir sind Engel, und das ist unsere Aufgabe – bis die Sonne erlischt und der Glanz der Sterne schwindet, bis zum letzten Aufblitzen des Universums.«

Und mit diesen Worten ging Siémes Tapferkeit in die zahllosen Aufzeichnungen der Geschichte ein. Mit einem Kloß im Hals stieg Asiel wieder ins Auto, und sie fuhren los. Noch lange sah die Heilige Flamme seiner Freundin nach, bis ihre Silhouette am Horizont verschwand.

»Ich habe sie falsch eingeschätzt, Ablon«, sagte er bekümmert. »Manchmal dachte ich, sie setze sich nicht voll für unser Anliegen ein. Jetzt mache ich mir Sorgen bei der Vorstellung, dass sie allein bleiben will, um ihre Fähigkeiten auf die Probe zu stellen.«

»Siéme hat ihre Entscheidung selbst getroffen, und wir dürfen ihre Beweggründe nicht infrage stellen. Keiner kann anderen für ihre Wahl einen Vorwurf machen. Was sie getan hat, geschah, weil sie es so wollte. Die Meisterin des Geistes hat einen Weg gefunden, der ihr besser schien, um ihre Aufgabe zu erfüllen.«

Traurig ließ der Ischim den Blick über die Landschaft schweifen. Mittlerweile fuhren sie durch die modernen Viertel der Heiligen Stadt, schon weit vom historischen Zentrum entfernt, und befanden sich kurz vor der Auffahrt auf die Schnellstraße 90.

»Wenn wir uns im Lager der Rebellen wiedersehen, werde ich unseren alten Zwist hoffentlich beenden können«, murmelte der Feuer-Engel.

Als Kriegsbefehlshaber und alter Kämpfer wollte Ablon lieber realistisch sein. Zwar wollte er seinen Freund nicht betrüben, ihm andererseits aber auch keine falschen Hoffnungen machen.

»Ich glaube nicht, dass wir sie noch einmal sehen, Asiel«, erwiderte er, während er die Abzweigung zur Küstenstraße einschlug.

Tödliche Stille herrschte im Auto, und die Heilige Flamme starrte ein letztes Mal auf den Zionsberg, während im Westen die Sonne unterging.

Masada, die Festung der Seelen

»Europa ist tot!«, rief der jordanische Radiosprecher. Vor einigen Stunden hatte die Östliche Allianz, angeführt von China, Russland und Nordkorea, auf den zerstörerischen Nuklearangriff auf Moskau reagiert, indem sie Westeuropa mit einer Atomrakete dem Erdboden gleichgemacht hatte. Das ursprüngliche Ziel war symbolträchtig – Berlin, die deutsche Stadt, in der zwei Jahre vorher die Konferenz stattgefunden hatte, bei der die entsprechend benannte Liga gegründet worden war – ein Zusammenschluss westlicher Länder, angeführt von den Vereinigten Staaten und Europa, der sich den Interessen der Allianz entgegenstellte. Doch die Zerstörung betraf nicht nur Deutschland: Vom Hohen Norden Norwegens bis nach Südsizilien wurde keine Nation verschont.

Die offensichtlich gespannte Atmosphäre unmittelbar nach der Detonation der ersten Bomben war in völlige Hysterie umgeschlagen. In Kanada und an der noch unversehrten Westküste Amerikas herrschte Chaos auf den Straßen. An den Flughäfen drängten sich Tausende Menschen, um sich in eines der neutralen Länder zu flüchten; andere flohen aufs Land, manche zu Fuß, weil die Straßen verstopft waren. Doch selbst in den Exilländern, die außerhalb der Kampflinie standen, war die Situation gefährlich. In vielen Republiken Lateinamerikas hatte die Schattenmacht krimineller Parteien und Drogenhändler das Durcheinander ausgenutzt, um im großen Stil öffentliche Einrichtungen, Regierungsorgane, Polizeikommissariate und Armeekasernen zu plündern. Es entbrannte ein Bürgerkrieg, der die Städte in Blut und Gräueltaten versinken ließ. In Afrika überflutete ein Seebeben die Strände, begrub die Hafenorte und ruinierte wichtige Zentren wie Casablanca, Luanda und Kapstadt – eine tragische Konsequenz der Schockwelle, die den Atlantik erschüttert hatte, ausgelöst durch die zweite große Explosion, der New York zum Opfer gefallen war.

Als die Schnellstraße nach Süden abbog, schaltete Ablon das Radio aus. Im bläulichen Licht der Morgendämmerung konnte Asiel die dürre Landschaft und im Osten die karge Schönheit des lang gezogenen Toten Meers mit seinen üppigen Salinen sehen. Das ziemlich unebene, unfruchtbare Gelände grenzt an ein Meeresufer – das in Wahrheit das Ufer eines großen Sees ist, der vom Jordan gespeist wird.

Am Firmament prangte ein großer Vollmond und tauchte die Meeresoberfläche in helles Licht. Vom Strand wehte der unverwechselbare Geruch von Meersalz heran, und Ablon sah in der Ferne einen hohen Tafelberg, auf dem eine verfallene Zitadelle zu erkennen war.

»Das ist Masada«, sagte er, »der Zufluchtsort einer jüdischen Gruppe, die von den Römern bedroht wurde. 73 n. Chr., als die Festung nach zweijähriger Belagerung endgültig fiel, begingen ihre Verteidiger Selbstmord, um nicht den fremden Invasoren in die Hände zu fallen. Heute ist es ein Geisterort.«

In Masada gab es noch Gespenster – Übriggebliebene einer Gruppe, die ihre Niederlage niemals zugegeben hatte und deshalb in der Astralebene gefangen blieb und nicht in den Himmel gelangte. Am Toten Meer gab es Dutzende andere Städte wie Masada, die im Lauf der von Kriegen und Katastrophen heimgesuchten Jahrtausende auf dieselbe Art untergegangen waren.

Und die berühmteste von ihnen sollte erst noch kommen.

DER LICHTTRÄGER

Bei den Dämonen und ihren Fürsten im Scheol herrschte gefährlicher Aufruhr. Zwar hatte Luzifer versichert, dass alle in den Krieg ziehen würden, und den edlen Höllenbewohnern befohlen, ihre Horden zum Hafen am Styx zu bringen, sobald die Fünfte Posaune ertönte – doch keiner wusste genau, was dann geschehen würde. Samael, der rechte Arm des Dunklen Erzengels, sollte die endgültige Taktik des Morgensterns in allerletzter Minute offenlegen. Das passte den Dunkelherren überhaupt nicht. Sie alle hassten Samael, denn sie hielten ihn für einen unfähigen Schmeichler. Und dann stellte sich auch die Frage nach Luzifers rätselhaftem Verschwinden: Offenbar nahm er nicht direkt am Kampf teil –

weshalb hätte er sonst eine so unbeliebte Person damit beauftragt, in seinem Namen zu sprechen?

Die höllischen Armeen machten sich immer noch Gedanken um die Schlacht selbst. Wohin sollten sie sich wenden, sobald sie sich am Ufer des Styx eingefunden hatten? Alle wussten, dass sich die beiden Engelsfraktionen – die von Michael und die Gabriels – auf der ätherischen Ebene gegenüberstehen und um die Vorherrschaft in der Festung von Zion kämpfen würden. Doch wie sollten die Dämonen zum Kampfschauplatz gelangen? Der Styx war ein geistiger Weg, der durch Dimensionen führte, aber nur die geheimnisvollen Fährmänner kannten seinen Verlauf, und ihre Boote waren im Allgemeinen viel zu klein, um ganze Bataillone zu transportieren. Und überhaupt: Wer würde den Preis für die Reise der Truppen bezahlen können, der immer in einer Form von Lebensenergie bestand? Wenn selbst der einflussreiche Amael, der Herr der Vulkane, dabei zugrunde gegangen war, als er den Fährmännern einen Teil seiner Aura überlassen musste – wer besaß dann genug Essenz, um diese anspruchsvollen Gestalten zufriedenzustellen? Und selbst wenn man die Komplikationen beim Transport aus dem Weg räumte und die Horden tatsächlich bis auf die ätherische Ebene gelangten – was sollten sie anschließend tun? Darauf warten, dass sich die beiden himmlischen Parteien umbrachten oder sich mit einer von ihnen verbünden?

Für die Höllenfürsten waren das entsetzliche Aussichten. Auf Seiten einer der beiden Himmelsfraktionen zu kämpfen, war eine Beleidigung für sie, denn schließlich waren ja beide ihre Erzfeinde: Michael hatte die Gefallenen aus dem Himmel verstoßen, und Gabriels Kodex gründet auf den Idealen, die die Bruderschaft der Abtrünnigen etabliert hatte. Deren Anführer Ablon war wiederum einer der größten Widersacher des Dunklen Erzengels.

Trotz alledem verzichteten die Dunkelherren aus Angst oder Respekt darauf, ihrem Herrn zu widersprechen. In ihren Totenreichen trafen sie letzte Vorbereitungen für die Konfrontation, indem sie die satanischen Streitkräfte aufstellten und mobilmachten, denn die Vierte Posaune war bereits ertönt.

Im Tal der Verdammten in der Höhle des Teufels rieb sich Luzifer die Hände und erwartete ungeduldig den Abschluss seines Vorhabens. Unwillig ließ er sich von seinem Stellvertreter Samael in seine goldene Rüstung helfen – einen Brustpanzer, dessen Umrisse gut definierte Muskeln darstellten, wie sie zu einem schlanken Körper passten. Am Gürtel befestigte er die Scheide eines Feuerschwerts, einer unter Erzengeln weit verbreiteten Waffe, die normalen Engeln aber verboten war.

»Nicht so eng am Rücken, Samael!«, wies der Sohn der Morgenröte das Reptilwesen zurecht, während es die Lederriemen festzurrte, die die Rüstung zusammenhielten.

»Tausendmal Vergebung, mein Allerhöchster«, flehte das Reptil, während es die Riemen lockerte.

Mit einer Flügelbewegung entfaltete Luzifer die Fledermaushaut, seine flugfähigen Gliedmaßen, und breitete sie außerhalb des Metallpanzers aus. »Ich gestehe, dass ich mich in dieser Rüstung schrecklich fühle, aber gleich werde ich eine feierliche Reise antreten. Das ist eine gute Gelegenheit, diese Galauniform aus der Truhe zu befreien.«

»Eure Majestät sieht ganz entzückend aus«, überschlug sich sein Diener.

»Danke, Samael. Dein Lob lässt mein Ego wachsen und belebt meinen Geist.«

Ohne Samaels Hilfe zog Luzifer sein großartiges Feuerschwert aus der Scheide, hielt es vor sich hin und betrachtete es. Er setzte zu einem Scheinmanöver an, aber seine Hiebe waren kraftlos und unerfahren. Deshalb steckte er die Waffe zurück – er hatte genug von der Kunst des Fechtens.

»Dieses Schwert …«, sinnierte der Herr des Scheol, »ich habe es eigentlich nie richtig getauft, wie meine Brüder es getan haben. Diese Waffe ist unversehrt seit dem Tag der Schöpfung, als mein

Vater sie schmiedete. Meinst du, ich sollte ihr jetzt, kurz vor dem Ende des Universums, einen Namen geben?«

»Wenn Ihr dies wünscht, mein angebeteter Herr …«, antwortete die Schlange Edens.

»Ich werde sie Blitz der Morgenröte nennen, das passt recht gut zu ihrem Besitzer, dem Morgenstern. Was meinst du, Samael? Lass uns damit den neuen Zeiten die Ehre erweisen, den neuen Tagen des Ruhms, die nach der Schlacht des Armageddon anbrechen werden, dem Heraufdämmern einer Welt reiner Freude und puren Vergnügens. Ein Tribut an die Rückkehr und den Neubeginn des Kosmos!«

»Eure Worte sind so herrlich wie Eure Erscheinung, o Sohn der Morgenröte!«, lobte der armselige Schmeichler in den höchsten Tönen.

Und so hätte sich die Unterhaltung weiter hingezogen, wäre nicht eine dritte Person hinzugekommen. Aus der Dunkelheit tauchte der Dämon Amael auf, den Luzifer wegen seiner Loyalität und Ergebenheit sehr schätzte. In seiner geistigen Gestalt besaß der Herr der Vulkane Feuerflügel, die ebenso stark glühten wie Lava tief in der Erde. Trotz ihrer Rostflecke war seine Vollrüstung immer noch aufsehenerregend und prunkvoll. Es handelte sich um eine gotische Rüstung mit schmal zulaufenden Füßen und schweren Eisenhandschuhen. Über sein dunkles Gesicht, dem eines Menschen nicht unähnlich, liefen unentwegt feurige Tränen – das unauslöschliche Zeichen seiner Scham und der Gewissensbisse, die er immer noch hatte, weil er Atlantis und Henoch in der Sintflut hatte untergehen lassen.

Amael kniete vor dem Thron nieder, auf dem der Dunkle Erzengel letzte Hand an seine Rüstung legte.

»Mein getreuer Amael«, sagte der Teufel erfreut, »steh auf! Du kommst gerade recht.«

Ohne seinen Herrn direkt anzusehen, erhob sich der Zanathus zu voller Größe. »Ich habe Euch etwas mitgebracht«, sagte er und reichte seinem Meister eine Pergamentrolle. »Es ist eine Nachricht des Fürsten Mammon, im Namen aller anderen Fürsten und Herren der Hölle.«

Der Morgenstern entrollte das Dokument und las es aufmerksam.

»Sie sind ungeduldig«, drängte sein Abgesandter. »Sie wissen noch nicht, ob Ihr ihre Armeen befehligt und was sie am Hafen am Styx tun sollen.«

»Ich habe diesen Dummköpfen doch deutlich gesagt, sie sollen Samaels Anweisungen folgen, und das wissen sie auch!«, tobte der Teufel und ließ die Schriftrolle durch Gedankenkraft in Flammen aufgehen.

»Na, umso besser. Durch qualvolles Warten steigt die Kampflust der Krieger noch.«

Inzwischen hatte Luzifer seine Rüstung vollends angelegt und ging auf die Schlange Edens zu. »Samael …«, rief er.

»Ja, mein Allerhöchster?«

»Nun kannst du mit deiner Aufgabe beginnen. Geh und tu, was wir vereinbart haben. Ich und Amael werden uns um den Rest kümmern.«

»Euer Wille geschehe, mein Herr.«

Mit gewundenen Bewegungen schlüpfte der Dämon, halb Mensch, halb Schlange, in ein dunkles Loch und verließ seinen Meister. Kurz darauf ließ sich der Dunkle Erzengel wieder auf seinem Thron nieder und betrachtete den melancholischen Herrn der Vulkane. »Es gibt so viel zu tun, mein edler Amael!«

»Sofern es in meiner Macht steht, Euch zu helfen …«

»Ah, du warst immer so hilfsbereit! Natürlich werde ich deine Ergebenheit nicht vergessen, aber es gibt Dinge, die nur ich tun kann.«

Luzifers Miene veränderte sich – auf einmal wirkte er traurig und enttäuscht. Amael erschrak, weil er seinen Herrn niemals so offensichtlich schwach erlebt hatte.

»Manchmal fehlt mir mein Vater«, vertraute der Sohn der Morgenröte ihm an. »Ich hatte mir so sehr gewünscht, dass er bei mir wäre. Wie gern hätte ich ihn geliebt und verehrt.«

»Ich verstehe, mein Herr«, murmelte der Herr der Vulkane und sah mit Erstaunen, wie dem Fürsten der Finsternis ein Bächlein Tränen über das Gesicht rann.

»Weißt du, was es heißt, Gott zu sein, Amael? Ist dir klar, was für eine Macht dies bedeutet? Begreifst du, was es heißt, mit einem Augenzwinkern ein Universum zu erschaffen?«

»Ich weiß nicht, ob ich in der Lage bin, Euch zu antworten, mein Herr.«

»Leider verlangt jede Schöpfung ein Opfer«, sagte er abschließend, während er die Tränen abwischte und wieder seine gewohnte selbstsichere Haltung einnahm. »Und deine Hilfe wird dabei unschätzbar wertvoll sein, großer Zanathus.«

»Sagt mir, wie ich Euch unterstützen kann, Morgenstern.«

Der Dunkle Erzengel erhob sich von seinem Thron und stieg vom Podest herunter. »Du kennst die Fährleute des Styx. Du weißt, wie man sie findet.« Das war nicht als Frage formuliert.

»Ja, ich bin ihnen schon einmal begegnet, beim letzten Besuch des Abtrünnigen Engels im Scheol.«

»Ich nehme also an, dass diese Wesen vertrauenswürdig sind.«

»Absolut, mein Herr, sofern man sie gut entlohnt. Für die Reisen verlangen sie Lebensenergie – das war für mich sehr anstrengend. Meine Aura hat sich erst vor Kurzem wieder vollständig erholt.«

Der Herr des Scheol sah seinen Diener mit der für ihn so typischen Boshaftigkeit an. »Wie gesagt … Jede Schöpfung verlangt ein Opfer«, erklärte er und strebte dem Ausgang zu.

Amael begleitete ihn.

»Aber sei nicht traurig, mein Freund. Du hast schon genug gelitten. Ich will nur, dass du mich zu diesen Geschöpfen am Fluss bringst.«

»Werden wir gegen die Himmelslegionen kämpfen, mein Herr?«
Amael konnte seine Neugier nur schwer verbergen.

»Meine Entscheidung werde ich erst in letzter Minute bekannt
geben. Mit dem Armageddon werden sich tatsächlich viele Dinge
ändern. Wenn es so weit ist, werden diejenigen, die auf meiner
Seite standen, bevorzugt.«

»Ich verstehe, mein Meister.«

Gemeinsam traten die beiden Höllenbewohner aus der Höhle
und gingen auf dem mit Knochen gepflasterten Weg bis zum
Hafen am Ufer des Styx.

»Ich bin der Lichtträger, der Sohn der Morgenröte, der Morgenstern«, deklamierte der Teufel. »Ich bin der Reinste, der Schönste,
der Aufrichtigste. Aber sicher werde ich noch weiter aufsteigen
und meinen Namen heiligen.«

Stumm fürchtete der Herr der Vulkane um die geistige Gesundheit seines Herrn und fragte sich, ob er vielleicht seine Urteils-
fähigkeit eingebüßt hatte – schließlich trug er in einem so kritischen Moment große Verantwortung.

Doch Amael täuschte sich.

Luzifer hatte nicht den Verstand verloren. In Wahrheit war dies
nämlich sein Normalzustand.

Wut, Bosheit und Todesgier

Es war schon fast Nacht, als Siéme unten am Zionsberg ankam
und in die Altstadt zurückging. In ihrem Geist gab es nur eine einzige Mission: die dunkle Kraft zu finden und zu überwinden, die
durch die engen Gassen schweifte und die Sicherheit ihrer Gefährten bedrohte. Sie befanden sich schon auf dem Weg in die
Wüste. Die Seraphine konnte jedoch auf den Überraschungs-
effekt zählen und wusste, dass sie schnell handeln musste, ehe der
rätselhafte Agent herausfand, dass Ablon und Asiel nicht mehr in

der Stadt weilten, und sich an ihre Fersen heftete. Dafür wollte sie sich selbst als Köder zur Verfügung stellen, um die geheimnisvolle Gestalt anzulocken, indem sie sie von ihren Freunden fernhielt und versuchte, sie zu besiegen.

Durch das Zionstor im Süden der Altstadt gelangte die Meisterin des Geistes ins Armenische Viertel und ging auf der Araratstraße weiter zum Christenviertel. Unterwegs bemerkte sie voller Schrecken, dass die Gläubigen die Tempel trotz Einbruch der Nacht nicht verließen. Auch bemerkte sie, dass die Einheimischen brennende Kerzen in die Fenster gestellt hatten – ein stummer Friedensprotest gegen den Weltkrieg.

In der Ferne hörte sie eine Melodie – ein Chor sang christliche Lieder – und folgte ihr bis zur Jakobuskirche, einer der schönsten Kirchen im Heiligen Land. Die großen Eingangstore standen offen, und in dem von Öllämpchen erhellten, mit blauen Fliesen geschmückten Innern sah Siéme Hunderte einfache Menschen stehen, die Gott lobpriesen. Auch fiel ihr auf, dass sich die Gesten in jedem Heiligtum der Altstadt fast identisch und unabhängig von der Religion wiederholten, und ihr wurde klar, dass dies eine gemeinsame Nachtwache war. Daran würden sich die Morgengebete für die Beendigung des Konflikts anschließen, der schon die halbe Welt verwüstet hatte. Siéme kannte sich mit der Menschengeschichte nicht besonders gut aus und verstand daher die Ironie der Situation nicht: Jerusalem war schon immer ein Pulverfass gewesen, um das sich rivalisierende Parteien stritten – ein Ort, an dem es ständig Konflikte gab, Schauplatz blutiger Ereignisse und tödlicher Überfälle. Doch jetzt, während der Planet kämpfte, nahm sie ihre Kinder auf, zu Ehren der Märtyrer und zur Verteidigung ihrer heiligen Grenzen. Moslems und Juden umarmten einander und beteten gemeinsam für den Weltfrieden. Für eine Weile vergaßen sie ihre Unterschiede, weil sie keine Feinde mehr waren, sondern gleichermaßen Opfer derselben Katastrophe, die nicht nur ihr Leben, sondern auch ihre Träume und Hoffnungen zu zerstören drohte.

Bei Sonnenuntergang war die Temperatur leicht gefallen, und es wurde immer kälter, je weiter der Mond aufging. Obwohl nur noch wenige Fußgänger unterwegs waren, patrouillierten immer noch israelische Armeesoldaten und Polizeiwachen in ihren gepanzerten Jeeps und Militärfahrzeugen auf den Straßen, Boulevards und in den Gässchen. Ab und zu flog ein Helikopter über die Mauern, drehte eine Runde bis zum Felsendom und kehrte dann zur Basis zurück.

Einer der höchsten Punkte der Altstadt ist die hohe Kuppel der großartigen Grabeskirche, die an der angeblichen Stelle von Christi Kreuzigung, Grablegung und Auferstehung errichtet wurde. Der Komplex mit seinen Kapellen, Türmen und Innenhöfen ist in der Hand von sechs christlichen Religionsgemeinschaften – der armenischen, der griechischen, der koptischen, der römisch-katholischen, äthiopischen und syrischen Kirche. Im Gebäudeinnern fallen zwei Gewölbe auf: ein größeres – die Rotunde mit dem Jesusgrab – und ein kleineres, die Kuppel des sogenannten Katholikons an der tiefsten Stelle des Dachs im mittleren Kirchenschiff. Neben dem sich ans Hauptportal der Basilika schmiegenden Glockenturm steht die Frankenkapelle, durch die im Mittelalter die Kreuzfahrer Einzug hielten.

Auf der Hauptstraße des Christenviertels kam Siéme durch einen Steinbogen, ging an der Omar-Moschee vorbei und blieb im Innenhof gegenüber dem Südportal der Grabeskirche stehen. Etwa fünfhundert Menschen standen, mit Kerzen in den Händen und leise betend, in einer Warteschlange, um in den Raum mit dem Grabmal zu gelangen, das zu dieser Abendstunde ausnahmsweise geöffnet war. Da sich Siéme lieber nicht unter die Menschen mischen wollte, machte sie im Gebäude kehrt, sprang über eine Mauer und stieg auf das Dach mit seinen drei Terrassen, auf dem sich jeweils weitere Kuppeln befanden sowie eine andere, kleinere, die zur St.-Helena-Kapelle gehörte. Das Gelände, das normalerweise von einem moslemischen Wächter beaufsichtigt wurde, war seltsam leer, und sie nutzte die Gelegenheit, um ganz nach oben zu klettern. Neben der Rotundenkuppel lehnte sie sich über die steinerne Brüstung und konnte die ganze Stadt sehen. Dabei forschte sie durch den Schleier hindurch nach der Quelle der bösen Präsenz, die sie im Souk überrascht hatte. Doch als sie einen Blick in die Astralebene warf, sah sie nur eine Schar verlorener Geister – Gespenster aller Epochen, die an den Rand der Welt verbannt worden waren.

Entmutigt glaubte sie einen Moment lang, sie sei gescheitert. Möglicherweise war der gesuchte Feind schon verschwunden, und wenn ja, dann hätte es nichts genutzt, in Jerusalem zu bleiben, während ihre Gefährten weiterreisten.

Lange Zeit stand sie dort, ganz in die Betrachtung der Landschaft versunken, den Gebeten lauschend, die aus den heiligen Stätten zu ihr drangen. So ging ein Großteil der Nacht vorbei, und es war ganz still.

Doch diese Stille währte nicht lange …

Um Mitternacht geschah etwas Verblüffendes: Auf der Astralebene erhob sich im Nordflügel der Mauern ein schwarzer Schatten, der den Mond verdeckte. Von der Verdunkelung gingen geheimnisvolle Vibrationen einer bösen, verdorbenen, mächtigen Aura aus. Die vor allem geistige Erscheinung war für Menschen unsichtbar, versetzte die Gespenster jedoch in Panik. Von instinktiver Furcht getrieben, flohen die verlorenen Seelen, als hätten sie sich verbrannt, und drängten sich an den Mauern der Altstadt, weil viele aufgrund wichtiger, unerledigter Aufgaben die Heilige Stadt nicht verlassen konnten. Sogar die selbstbewusste, disziplinierte Seraphine spürte ihr Herz schneller schlagen, doch sie wich nicht zurück. Jetzt wusste sie mit absoluter Gewissheit, dass diese Wesenheit ihr Gegner war und sie ihn im Namen ihrer Freunde und zu Ehren ihres Anliegens stellen musste.

Als sie genauer hinsah, erkannte sie den Ursprung des Bösen. Eine Gestalt mit menschlichem Körper und entstelltem Gesicht raste in beispielloser Angriffslust gen Himmel. Falls sie Flügel hatte, hatte sie sie verborgen, doch da es auf der Astralebene keine Schwerkraft gab, konnte sie sich in der Luft bewegen.

Der Gegner war schnell und ungeschlacht, und aus seinem riesigen Mund ragten spitze Fangzähne. Seine Augen waren groß und schwarz, und quer über das entstellte Gesicht verlief eine Narbe. Siéme zweifelte nicht länger daran, dass es ein Dämon war, und seiner machtvollen Aura nach war er vielleicht ein Genosse Luzifers, der zur Gruppe der gefallenen Engel gehörte.

Trotz ihrer Verzweiflung machte sich die Seraphine für den Kampf bereit. Mit einer gewissen Erleichterung fiel ihr ein, dass sie sich auf Haled befand, der Feind jedoch auf der geistigen Ebene. Der Schleier der Wirklichkeit war zwar dünn, doch er würde das Duell in Schranken halten, weil der Angreifer ihr nichts anhaben konnte, solange er jenseits der Membran blieb und sich nicht materialisierte. Der Materialisierungsvorgang verlief nie schnell, denn er erforderte ein Minimum an Energie und Konzentration. So würde ihr Widersacher, so ungestüm er auch vorgehen mochte, sie trotz seiner Blutrünstigkeit nicht als Erste treffen.

Siéme trat von der Brüstung zurück und sah die gemeine Kreatur an, die mit ungeheuerlicher Geschwindigkeit auf sie zukam. Als die Gestalt über die Kuppel glitt und zu einem gezielten Faustschlag ausholte, sah Siéme ihren abgrundtiefen Blick aus nächster Nähe. Das grauenvolle Antlitz verwandelte sich in eine menschliche Fratze, und um den geistigen Körper der Gestalt legte sich Fleisch. Der neu entstandene Avatar stürzte sich wütend auf Siéme und versetzte ihr einen Schlag vor die Brust, sodass die wehrlose Engelsfrau gegen die Strebe der zweiten Kuppel geschleudert wurde. Dabei brach ein Teil der Steinmauer ab, und die Scheiben eines Bogenfensters zersplitterten.

Hilflos lag die Himmelsbewohnerin am Boden, das Blut strömte literweise aus der Wunde in der Lunge.

Aber was war das? Ein Dämon, der durch den Schleier treten konnte, ohne seine Essenz zu verlieren? Wie hatte er die Membran einfach so durchstoßen können, so leicht und schnell? Was verlieh ihm die unglaubliche Fähigkeit, zwischen den Welten hin und her zu wechseln? Welche Art Macht war das?

Als Siéme kraftlos den Kopf hob und das Gesicht des Mörders erblickte, bemerkte sie, dass er auf seiner physischen Hülle Züge eines ehemaligen Engels trug, denn Engel sehen normalerweise den Menschen ähnlich. Mit ihrem untrüglichen Gedächtnis rief sie sich das Bild einer lang zurückliegenden Vergangenheit in Erinnerung, und es fiel ihr ein kriegerischer Cherubim-Offizier ein, der sich Luzifers Revolution angeschlossen hatte.

»Apollyon …«, formten ihre blutüberströmten Lippen, »der Zerstörungsengel!« Sie rappelte sich auf die Knie und versuchte aufzustehen. »Du warst es, der uns im Souk verfolgt hat!«

»Ich bin Apollyon, der Todesengel«, verbesserte er sie, indem er sich mit dem Beinamen vorstellte, den er in der Hölle bekommen hatte. »Und du bis vermutlich Siéme, die sogenannte Meisterin des Geistes«, fügte er verächtlich hinzu. »Welche Tricks hast du denn auf Lager, Engelsmädchen?«

»Den richtigen, um Bösewichten den Garaus zu machen«, antwortete sie fest.

Der Malikis schenkte ihrer Drohung keine Beachtung, sondern packte sie bei den Haaren. Der Schlag auf den Brustkorb hatte sie so geschwächt und verwirrt, dass sie keine Kraft mehr hatte, sich zu befreien. Dann schleppte Apollyon sie bis zur Brüstung und hievte sie so hoch, dass sie die nächtliche Altstadt sah. »Sieh dir diese verfluchte Erde an, Seraph«, begann der Dämon. »Sie ist ein Beispiel für die Schande der Menschen. Betrachte das Herz dieser verlorenen Seelen, dann weißt du, wie oft in dieser Stadt Blut geflossen ist. Ihr verehrt Tiere und setzt euch dafür ein, dass diesen miesen Dreckschweinen nichts widerfährt, aber ihr solltet endlich begreifen, was sie der Welt angetan haben.«

»Du hast aus Luzifers Worten die falschen Schlüsse gezogen«, brachte Siéme stöhnend hervor.

»Ich vertraue nur meinen eigenen Schlussfolgerungen«, knurrte er und schleuderte sie erneut gegen die mittlere Kuppel. Die Steinkonstruktion bröckelte, ein großes Loch klaffte im Mauerwerk. Mindestens fünf große Felsbrocken fielen in die Rotunde hinab, und die Menschen, die sich in einer Kapelle betend um einen Stein versammelt hatten, der von den Alten für den Nabel der Welt gehalten wurde, gerieten in helle Aufregung.

Mühsam hielt sich Siéme am Rand der Kuppel fest und rollte zurück auf die Terrasse, um einen Sturz aus über zehn Metern zu verhindern. Als die Gläubigen im Heiligtum eine Frau am Dach hängen sahen, stoben sie auseinander, einige verließen den Tempel, um die Soldaten zu informieren. Durch die Wucht kugelte sich die Seraphine einen Arm aus und erlitt eine lange Schnittwunde am Kopf.

Als sie sah, dass Apollyon erneut zum Angriff ansetzte, griff sie zu der einzigen Waffe, die sie besaß: ihren psychischen Fähigkeiten. Während er in Stellung ging, war Siéme schneller und machte ihrem Namen alle Ehre. Sie richtete ihren gestreckten Arm auf Apollyon, und ein unsichtbarer Strahl fuhr ihm durchs Hirn. Der Mentale Schock, eine bei den Seraphim bekannte Technik, durchforstete das Gehirn des Opfers nach Schwächen, selektierte seine schlimmsten Erinnerungen und brachte sie sozusagen als Sturzbach schmerzhafter Empfindungen an die Oberfläche. In den meisten Fällen hielt das Bewusstsein diesen Ansturm nicht aus, und der Verstand wurde ausgelöscht. Wer willensstark genug war, brauchte Stunden oder Tage, um sich davon zu erholen, doch die Schwachen starben oder verfielen ein für alle Mal dem Wahnsinn.

Der mentale Schlag brachte den mächtigen Apollyon so ins Wanken, dass er die Augen schließen musste. Tot war er nicht, doch eine kurze Ohnmacht würde genügen, damit Siéme ihm das Herz herausreißen und den Garaus machen könnte.

Mit gebrochenem Arm und blutender Stirn rappelte sich Siéme auf und dankte insgeheim für ihre wertvollen Kenntnisse. Dank einer gewaltigen Anstrengung hatte sie den Todesengel besiegt und ihre wichtige Mission erfüllt. Bald würde sie wieder bei ihren Freunden sein.

Sie beugte sich zu dem ausgestreckten Avatar hinunter, spannte die Muskeln ihres gesunden Arms und spreizte die Finger, um mit der Hand in seine Hülle zu greifen. Doch als sie das Fleisch berührte, drehte sich der hinterlistige Dämon zu ihr hin und wehrte sie ab. Die ganze Zeit war er wach gewesen, hatte sie aber aus irgendeinem Grund täuschen wollen!

Erschrocken versuchte Siéme auf Distanz zu gehen, doch Apollyon sprang auf wie ein Tiger, drückte ihr die Kehle zu und würgte sie mit seinen Riesenfingern.

»Die Illusion des Siegs ist angenehm, nicht wahr?«, knurrte er sadistisch. »Genau diese Illusion spornt sie an, diese neuen Rebellen, die einen besiegten General verehren. Das ist es, was sie kämpfen lässt. Das ist der Weg in den Tod, in die Leere des Kosmos.«

»Wie ist das möglich?«, ächzte die Meisterin des Geistes. »Noch nie hat jemand meinen Mentalen Schock überstanden.«

Apollyon grinste böse. »Deine Technik beruht auf dem Gegensatz widerstreitender Gefühle: Tapferkeit und Furcht, Sicherheit und Unsicherheit, Liebe und Hass, Gut und Böse. Ich, der ich schon Menschen, Engel und Götter getötet habe, kenne weder Güte, Gerechtigkeit, Freundschaft noch Gefühle des Friedens. In mir herrschen nur Zorn, Bosheit und Todesdurst. Deshalb haben deine psychischen Kunststücke keinen Einfluss auf meinen Geist, er kann nicht vernichtet werden. Ich bin die Personifizierung des Schrecklichsten und Grausamsten, das es auf der Welt gibt. Ich bin das wahre Böse, das Ungerechte und Grausame. Ich wurde noch nie besiegt und werde es auch nie werden.«

Er drückte die Finger so lange zusammen, bis Siéme nach Luft rang. Ihr wurde so schwindlig, dass sie beinahe ohnmächtig geworden wäre, doch eine Ablenkung kam ihr zur Hilfe.

Auf dem Dach ertönte ein Schuss, gefolgt von einem Kugelhagel. Erst jetzt bemerkte der Malikis, dass fünf mit kompakten Maschinengewehren bewaffnete Polizisten über eine Seitentreppe auf die Terrasse gekommen waren und ihn ins Visier genommen hatten. Diese Wachen waren kurz vorher von den Christen herbeigerufen worden, die den Einsturz eines Teils der Kuppel miterlebt hatten.

Verärgert über die Unterbrechung schleuderte Apollyon Siéme von sich, sodass sie frei war.

»Wer sind denn diese Insekten?«, murrte er angewidert. Obwohl er in der Schusslinie stand, würden ihn die Kugeln nicht treffen, so mächtig und stark war er – fast so unangreifbar wie Ablon, dem eine gewöhnliche Waffe ebenfalls nichts anhaben konnte.

Während die Geschosse durch seine Kleidung drangen, konzentrierte sich Apollyon auf die Männer. Er war nicht nur ein herausragender Kämpfer, sondern besaß auch verborgene Eigenschaften, darunter einen angeborenen Hang zur Zerstörung. Für jemanden, der Sodom mit einer Feuerwolke vernichtet hatte, waren diese Angreifer nur lästige Mücken, die er einfach zerquetschen würde. Auf sein mentales Kommando hin lähmte ein starker Schmerz im Herzen die Soldaten, sodass sie ihre Gewehre fallen ließen und an einem Blutschwall erstickten. Unter Schmerzensschreien spürten die wehrlosen Wachen, wie ihnen etwas Spitzes durch die Brust drang, während ihr ganzer Körper anfing zu kribbeln und ihre Beine schlotterten. Am Schluss platzte das bereits mit Blut vollgepumpte Herz, zerfetzte dabei die Lunge und verspritzte wässrige Exkremente über das ganze Vordach.

Eine rote Blutlache, in der Kleiderfetzen schwammen, war alles, was von den bewaffneten Sicherheitskräften übrig blieb.

Nun wandte sich Apollyon seinem eigentlichen Opfer zu. Mit entsetzlicher Brutalität trat er auf Siémes Gesicht ein, bis ihr Schädel nur noch eine breiige Masse war. Doch statt sie zu töten, wollte er sie noch ein wenig quälen. Mit der Kraft von zehn wilden Stieren hob der Malikis einen großen Steinbrocken hoch und ließ ihn auf die Meisterin des Geistes fallen. Sie konnte sich nicht mehr rühren.

»Ich bin gleich zurück, Mädchen. Du bleibst doch hier, oder?«, höhnte er, während er sich vergewisserte, dass der Brocken schwer genug war, damit ihn niemand bewegen konnte.

Als die Feuerwehrsirenen die ahnungslosen Anwohner weckten, kletterte der Agent der Finsternis auf die höchste Kuppel der Grabeskirche, auf der ein wunderschönes, aus Silber gearbeitetes Kreuz mit spitzen Enden stand, so groß wie ein Schwert. Es war das höchste Symbol des christlichen Glaubens, ein Sinnbild für das ewige Grab des Heilands. Der Dämon streckte die Hand nach dem sakralen Gegenstand aus, riss ihn von seinem Sockel und trug ihn wie eine Waffe zu der Stelle zurück, wo Siéme lag.

Er rollte den Steinbrocken weg, packte Siéme wieder an den Haaren und durchstach sie mit der Spitze des Kreuzes. Der blutige Schaft durchbohrte ihren Bauch, zerbrach die Wirbelsäule, zerfetzte die Lunge und kam beim Rücken wieder heraus.

»Und jetzt stirb, Siéme! Nimm das Schicksal deiner Gefährten vorweg!«

Bevor Siéme starb, sah sie vor ihrem geistigen Auge noch einmal im Schnelldurchlauf Szenen aus ihrem Leben, Erinnerungen, Ideale. Sie erinnerte sich wieder an den Krieg, die beiden himmlischen Fraktionen und Luzifers Position, der niemals daran interessiert gewesen war, an der Schlacht teilzunehmen.

»Warum verfolgst du uns, Todesengel? Dieser Krieg ist weder der deine noch der deines teuflischen Herrn.«

Mit hasserfüllter Miene antwortete Apollyon: »Du bist unschuldig, Seraph. Du hast nicht die leiseste Ahnung, was hier vorgeht.«

Er holte zum letzten Schlag aus. Mit der Hand griff er in die bereits verletzte Brust der Meisterin des Geistes und zerstörte ihr Herz. Dann schleuderte er ihren zertrümmerten Avatar fort.

»Und du, Abtrünniger, bist der Nächste«, sagte er leise, um sein eigentliches Ziel nicht zu vergessen.

In dem Moment, als Siéme ihr Leben aushauchte, trat Ablon, der sich schon weit weg in der Wüste befand, auf die Bremse und atmete tief durch, als das Auto stehen blieb.

»Siéme ist tot«, sagte er überzeugt.

»Ich habe es auch gespürt«, entgegnete Asiel, spürbar niedergeschlagen. »Die Energie ihrer Aura ist erloschen.«

Ablon streckte den Kopf aus dem Fenster und sah zu den Sternen hinauf. »Es ist nach Mitternacht, und wir sind schon recht weit gekommen«, sagte er, dann fuhr er weiter.

Zunächst ärgerte sich Asiel über Ablons Strenge, der abrupt das Thema gewechselt und Taten und Tapferkeit der ehrenhaften Meisterin des Geistes anscheinend vergessen hatte. Doch Minuten später verstand er, warum: Mit seiner knappen Bemerkung hatte Ablon lediglich das Offensichtliche genauer erklärt.

Dadurch, dass Siéme den Verfolger aufgehalten hatte, hatte sie nämlich den Weg frei gemacht, sodass ihre Freunde die Pforte erreichen konnten.

Sie hatte ihre Mission erfüllt.

Eine Feder als Rache

Ablon und Asiel fuhren noch einige Kilometer auf der Schnellstraße 90 weiter, immer am Toten Meer entlang. Es war eine dieser klaren, kalten Nächte, wie sie für den Frühling im Osten so typisch sind. Auf der Fahrbahn gab es keine Leuchtstreifen, sodass sie die Straße nur dank des hellen Mondlichts sahen. Ab

Masada ähnelte sie eher einer Geisterstraße. Manchmal sahen die Reisenden am Ufer die Lichter der Häuser, der Salinen und der inzwischen aufgegebenen Kuranlagen. Auf der anderen Seite der Fahrbahn war das Gelände karg und gebirgig, aber ebener, je weiter sie in den Negev hineinfuhren.

Die Wüste beginnt da, wo das Tote Meer aufhört – eine Gegend mit steinigem Boden, zahlreichen niedrigen Erhebungen und versteckten Grotten, ziemlich düster trotz ihrer Schönheit. Die Erhebungen in der Landschaft erinnern an einen Felsenfriedhof, zertrümmerte Fragmente einer Ära, die so alt ist wie die Zeit der großen Katastrophen.

Endlich tauchte am Straßenrand, an einem fixen, noch weit entfernten Punkt ein Scheinwerfer auf. Der Lichtstrahl tanzte auf der Fahrbahn und suchte sie nach Fahrzeugen ab, die über die Schnellstraße kamen.

»Ist das eine Blockade?«, fragte Asiel, der im nächtlichen Dämmerlicht nur undeutlich sah.

»Es ist ein provisorischer Kontrollposten, den Armeesoldaten eingerichtet haben«, erklärte der General, als er die Elemente im Dunkeln identifizierte. »Dort ist ein Militärtrupp mit mindestens fünfzig Mann. Einige haben ihr Lager aufgeschlagen, andere fahren mit Jeeps und Panzern herum«, beschrieb er, während er langsamer fuhr. »Oben auf einem Metallgerüst haben sie einen Scheinwerfer angebracht und suchen die Fahrbahn ab.«

Noch befand sich ihr Wagen außerhalb des Scheinwerferlichtkegels.

»Meinst du, wir sollten einen Umweg über die Ebene nehmen und der Patrouille ausweichen?«

»Das wäre das Beste, aber damit würden wir viel Zeit verlieren. Außerdem würden sie unser Motorengeräusch sowieso hören und uns mit ihren Scheinwerfern entdecken.«

»Wie schade, dass Siéme nicht bei uns ist«, klagte der Ischim, den der Verlust seiner Freundin immer noch schmerzte.

»Ja. Sie würde die Wachposten schnell täuschen. Aber anderererseits – weshalb sollten sie uns nicht durchfahren lassen? Wir haben keine Feuerwaffen oder Bomben dabei und wollen Israel verlassen, nicht einreisen.« Auf dieser Route würden sie bald in Ägypten sein. »Im schlimmsten Fall kannst du dich entmaterialisieren und auf die Astralebene begeben, während ich versuche, sie davon zu überzeugen, dass ich ungefährlich bin. Den Pass habe ich immer noch, ich habe ihn bisher nicht gebraucht.«

Asiel nickte – Ablons Optimismus tröstete ihn ein wenig. Ablon beschleunigte und fuhr auf die Blockade zu. Ahnungslos gelangten sie jetzt in einen wichtigen Bereich, der unvorstellbare Gefahren barg.

Sie befanden sich im äußersten Süden des Toten Meers.

Ablon schaltete gerade in den zweiten Gang, als der Lichtstrahl ihn traf. Ein Militärjeep blockierte eine der Fahrbahnen, sodass sie nur noch halb so breit war und eine waghalsige Flucht verhinderte. Rechts und links am Straßenrand standen zwei spektakuläre Kriegspanzer mit 120-mm-Kanonen, weitere fünf Panzerwagen vom Typ RAM-V1 fuhren in der Nähe umher. Rechts, weiter landeinwärts, standen einige Zelte – sicher waren sie für die höheren Offiziere vorgesehen. Mindestens zwanzig mit Gewehren und Granaten bewaffnete Männer pirschten durch die Umgebung. Die Übrigen hielten sich in ihren Fahrzeugen, den Baracken oder weiter hinten auf, wo sie das andere äußere Ende der Straße verteidigten. Vier Beobachter hielten von der Beobachtungsplattform aus Wache und steuerten den Scheinwerfer.

»Irgendetwas stimmt mit diesen Soldaten nicht«, flüsterte Asiel, »sie kommen mir nicht vor wie Menschen.«

»Mag sein, aber es sind welche.«

Die Militärs waren eindeutig Menschen. Wären sie verkleidete Engel oder Dämonen gewesen, hätten die beiden die Emanationen ihrer Aura längst gespürt.

Zehn Meter vor der Blockade hielt Ablon an. Reglos hielten fünf Rekruten ihre Waffen auf sie gerichtet. Einer bedeutete Ablon mit dem Gewehrkolben, er solle aussteigen.

»Bleib hier«, befahl Ablon dem Asiel. »Halte dich bereit, aber egal, was passiert, tu ihnen nichts an. Ich habe den Eindruck, dass diese Sterblichen eher Opfer als Angreifer sind.«

Und ohne genau zu wissen, welches Risiko er einging, stellte er sich vor die Schützen, die ihn mit dem Finger am Abzug erwarteten. Alle Militärs – auf dem Turm, in den Zelten und in den Panzerfahrzeugen – sahen ihn zynisch und böse an, und da begriff er, dass sie verwandelt worden waren – nicht körperlich, sondern psychisch. Richtig klar im Kopf waren sie jedenfalls nicht.

Grabesstille senkte sich über die Wüste, bis Ablon schließlich das Wort ergriff. »Wer seid ihr?«, fragte er, überzeugt, dass die Wachen keine freundlichen Absichten hatten. In ihren Körpern zitterte die Seele – ein seltsames Phänomen bei Lebewesen.

»Eigentlich müsstest du uns kennen«, antwortete einer der Schützen in der ersten Reihe. Seine Stimme klang unheimlich, als käme sie aus einer irrealen Dimension. »Du bist ein Engel, und wir haben nicht vergessen, wie wir zu den Engeln stehen.«

Daraufhin eröffneten die Offiziere das Feuer, ohne die Reaktion ihrer Zielscheibe abzuwarten. Scharf zischten die Kugeln durch die Luft, Staub wirbelte über die Fahrbahn. Man hörte, wie die Geschosse auf den steinharten Boden und weiter hinten gegen den Kühler des Pick-ups prallten.

Derweil nahm ein Schütze auf dem Beobachtungsturm Asiel ins Visier, doch in dem Moment konzentrierte und entmaterialisierte sich dieser, und die Kugel durchschlug die Autoscheibe und blieb in der Rückenlehne stecken. Auf der Astralebene breitete Asiel die Flügel aus und schwebte durch die Ladefläche, als gäbe es sie nicht.

Als sich der Rauch gelegt hatte, fanden die Angreifer keine Überreste von Ablon. Sie hatten erwartet, ihn zerfetzt und von Bleikugeln durchsiebt am Boden liegen zu sehen. Verwirrt sahen sie einander an und suchten die Umgebung nach dem Feind ab.

Da hörten sie von oben ein Geräusch. Verdutzt sahen sie, dass Ablon nach einem Sprung, den sie nicht einmal bemerkt hatten, zum Angriff herabstürzte. Bevor sie ihn hatten treffen können, war er ganz hoch gesprungen, über die Reichweite des Scheinwerfers hinaus, und mit dem Dunkel der Nacht verschmolzen. Jetzt kam er wie der Blitz eines Unwetters zurück.

Mit der Leichtigkeit eines geschmeidigen Raubtiers landete Ablon auf dem Rücken eines Angreifers, packte ihn am Gürtel, warf ihn sich über die Schulter und rannte mit ihm in beängstigendem Tempo weiter. Dabei gab er acht, ihn nicht zu verletzen, da er nicht genau wusste, wer der andere war und welche Motive er hatte.

Die Militärs brachten ihre Waffen wieder in Anschlag. Diesmal feuerten nicht nur die fünf Rekruten, auch andere griffen zu ihren Pistolen und Gewehren. Im Kugelhagel, der seinen Körper aber nicht traf, sprang Ablon aufs Fahrerhaus des Pick-ups und duckte sich schützend dahinter. Das ging so schnell, dass die Angreifer fast nicht auf ihn zielen konnten, da er noch weiter in der Dunkelheit der Wüste untergetaucht war. Bei der Ladefläche angekommen, warf der Engel seine Geisel auf die metallene Ladepritsche.

Doch die anderen schossen auf die Windschutzscheibe und den Motor. Die dicken Kanonen der Kampfpanzer begannen zu rotieren, die Rekruten bereiteten die Granaten vor. Auf dem Turm führte jemand eine explosive Kapsel in einen Geschosswerfer ein.

Ablon brauchte Zeit, und ihm kam eine Idee. Er zerrte einen der randvollen Benzinkanister zu sich heran, die er als Reserve für die Fahrt mitgenommen hatte, riss ein Stück Stoff ab und stopfte es wie bei einem Molotowcocktail durch ein Loch im Kanisterdeckel. Anschließend zündete er mit zwei Metallstückchen einen Blitz, steckte den Docht in Brand und schleuderte den Kanister mitten auf die Fahrbahn, zwischen den Pick-up und das umstellte Gelände. Beim Aufprall zerbarst der Behälter in tausend Stücke. Die Wirkung kam der einer Bombe gleich – eine schwarze, rauchende Hitzewolke stieg auf und sorgte einen Moment lang für Chaos. Die Offiziere brachten sich vor dem bedrohlichen Feuer in Sicherheit, doch die Lenker der gepanzerten Fahrzeuge waren schon dabei vorzurücken.

Ablon nutzte die Ablenkung und fragte seine Geisel: »Was wollt ihr? Warum greift ihr uns grundlos an?« Dabei drückte er den Soldaten auf den Fahrzeugboden.

»Du kannst mich zwar mit deinen himmlischen Mächten angreifen, du Gottesmörder, aber damit wirst du nur diesen Körper verletzen«, brachte der andere mit erstickter Stimme hervor. »Selbst wenn du mich mit deinem mystischen Schwert in Stücke schlägst oder meine Knochen mit deiner unmenschlichen Kraft zermalmst, wirst du nur meine äußere Hülle beschädigen. Diese leibliche Hülle gehört mir nicht, sie ist nur ein Transportmittel.«

Doch schon nach wenigen Sekunden war der Gefangene gar nicht mehr so zuversichtlich. Auf der Astralebene erschien der treue Asiel, der sich im Fahrerhäuschen entmaterialisiert hatte. Wie ein weißer Schatten mit schwarzem, im Wind flatterndem Haar flog er mit ausgebreiteten Schwingen auf das Auto, sodass das Wesen Angst bekam. Gleich einem Adler im Sturzflug schoss er herab, krallte sich hinein und stieß es mit voller Kraft hinaus. Aus der fleischlichen Hülle löste sich ein Schreckgespenst, eine bereits tote Kreatur, die von dem armen Soldaten Besitz ergriffen hatte.

Als Ablon das durchscheinende Bild des Gespensts sah, wurde ihm alles klar. Die Patrouillensoldaten standen alle unter dem Einfluss von Geistern, die sich ihrer Körper bemächtigt und ihre Funktionen übernommen hatten. Nicht selten ergreifen Geister

Besitz vom Fleisch der Lebenden, doch wenn der Betreffende nicht einwilligt, wird es sehr schwierig. Gewöhnlich können nur Sensitive einem Toten als Kanal dienen. Manchmal gelingt es einem sehr mächtigen Gespenst, einen menschlichen Körper anzugreifen, doch nur unter ganz bestimmten Umständen. Die Wüstengeister waren natürlich schon sehr alt und besaßen viel Kraft, doch so viele Menschen auf einmal in Besitz zu nehmen, war nur möglich gewesen, weil der Schleier der Wirklichkeit beschädigt war und kurz vor der Auflösung stand.

Auf der Astralebene zerrte Asiel das Schreckgespenst aus dem Auto. Da sich beide in der geistigen Welt befanden, hätte der Ischim ihn verletzen und seine Essenz zerstreuen können – es bedeutet den sicheren Tod für umherirrende Astralwesen.

Das Gespenst versuchte, den Griff des Engels abzuschütteln. Ablon fiel auf, dass die Kreatur in ihrer ursprünglichen Gestalt wie ein Kanaanäer gekleidet war, ein Angehöriger eines uralten Volks, das vor Jahrtausenden in Palästina gelebt hatte. Verwirrt stieß die Kreatur Worte in einer ebenso alten Sprache hervor, die die Anwesenden jedoch mühelos verstanden.

»Sag endlich, wer du bist und warum du von den Soldaten Besitz ergriffen hast!«, verlangte Asiel, der mit einer Hand den Gefangenen festhielt und ihn mit der anderen mit seinem heiligen Feuer bedrohte.

Kleinlaut fügte sich der Tote: »Jahrhundertelang hielten wir uns ängstlich im Innern der Erde verborgen und warteten voller Ungeduld auf den Tag des Jüngsten Gerichts«, murrte er. »Doch jetzt beginnt endlich die Grenze zwischen der Welt der Toten und der Ebene der Lebenden zu fallen. Nun ist unsere Zeit gekommen, und wir können endlich Rache nehmen.«

»Und da ihr euch auf Haled noch nicht manifestieren könnt, ergreift ihr Besitz von menschlichen Körpern«, folgerte Asiel, empört über so viel Unverschämtheit. Für viele Engel ist die Inbesitznahme etwas Schreckliches, das nur Dämonen mit bösen

Absichten tun. In einen menschlichen Körper zu fahren, bedeutet, dem Sterblichen seine einzige Waffe zu rauben: seinen freien Willen.

Am liebsten hätte Asiel das Gespenst verbrannt, doch er erinnerte sich daran, was sein General ihm befohlen hatte. Bevor ihm der Geduldsfaden endgültig riss, ordnete Ablon an: »Lass ihn los, Asiel. Gegen diese Gespenster werden wir nicht kämpfen. Das würde uns wahrscheinlich sowieso nicht gelingen.«

Nunmehr frei, entfernte sich das Schreckgespenst wie betäubt, obwohl es ein Gespenst war. Ablon hatte ihn immateriell gesehen, von einem bläulichen Lichtschein umgeben und leicht unförmig, weil der Schleier zitterte. In der Zwischenzeit hatten die gepanzerten Fahrzeuge die Hitzewalze durchbrochen. Doch als sie sahen, dass ihre Feinde einen der Ihren verschont hatten, beendeten sie die Schießerei. Himmelsbewohner, die Mitleid zeigten, waren ihnen noch nie begegnet. Für sie waren geflügelte Wesen in erster Linie gemeine Menschenmörder und Schlächter, denn als solche hatten sie sich damals auf der Bühne der Geschichte gebärdet.

Allmählich sank die Feuerwand in sich zusammen. Weitere Artilleristen näherten sich dem Pick-up und umringten die Himmelsbewohner in sicherer Entfernung. Bei genauerer Betrachtung fiel den beiden Engeln auf, dass in diesen Körpern Seelen wohnten, und sie hatten nun die Gewissheit, dass diese ursprünglich nicht zu diesen Hüllen gehörten.

»Sind das etwa die Gespenster der Festung von Masada?«, fragte Asiel, noch immer bereit, seine Flammen zu werfen. Ablon konnte ihn durch die Membran hören.

»Nein. Masada liegt weit weg von hier, und die Gespenster können ihr dunkles Reich nicht verlassen. Auch diese Geister hier haben viel erlitten, aber sie sind viel älter und rachsüchtiger. Schau mal.« Er zeigte nach Norden auf die Wasserlinie am Horizont. »Wir befinden uns südlich vom Toten Meer. Genau hier gab es einmal eine Stadt namens Sodom. Dort wohnten rechtschaffene Menschen, die aber von Tyrannen beherrscht wurden.«

»Sodom …«, sinnierte Asiel. »Die Bruderschaft der Abtrünnigen hat damals gegen die Verurteilung dieser Stadt aufbegehrt. Deswegen mussten achtzehn von ihnen sterben.«

Ablon nickte. Er verspürte eine eigenartige Zufriedenheit und Ruhe, war er doch denjenigen begegnet, für deren Wohl er sich eingesetzt hatte, und er hätte sie nie als Gegner betrachtet. Würdevoll wandte er sich an die Toten, die ihn umringten, hob zum Zeichen des Waffenstillstands die Hand und ging auf das Gespenst zu, das er für das einflussreichste hielt und das die Gestalt eines Obersts hatte. »Was ist euer Begehr, Söhne Sodoms? Was können wir tun, um euren Zorn zu besänftigen?«

Die Astralwesen mit der geschundenen Seele schienen noch nicht so ganz von der Uneigennützigkeit Ablons überzeugt, aber für einen Feind hielten sie ihn auch nicht. Ihnen war klar, dass Asiel sie, wenn er gewollt hätte, mit einem heiligen Feuerregen hätte verbrennen können – dadurch wären die Menschen aus ihnen gewichen, und sie hätten auf der Erde niemanden mehr angreifen können.

»Falls ihr Engel seid, könnt ihr nichts tun«, sagte der Sprecher der Geister. »Wir hassen die Himmelsbewohner; ihretwegen sind wir zurückgekommen.«

Ablon war rhetorisch zwar weder so gewandt wie die Seraphim, noch so weise wie die Malakim, doch er wollte sein Bestes tun, um den leidenden Kreaturen ein wenig Frieden zu schenken, ohne gleich einen Kampf anzuzetteln. Sein einziger Verbündeter war sein reines Herz, das die Gespenster, die ihn jetzt unverwandt anstarrten, bereits erkannt hatten.

»Ich kann eure Wut gut verstehen. Die Engel waren es, die euer Volk vernichtet haben. Ich habe vor euch schon andere Verdammte kennengelernt, die dieselben Qualen erleiden mussten. Aber nicht alle Himmelsbewohner sind erbarmungslos und grausam. So wie es in Sodom gute und schlechte Menschen gab, gibt es bei uns eine Gruppe tugendhafter Himmelsbewohner, die für die Menschen kämpft. Als verstoßener Anführer weiß ich, was ihr fühlt. Nur verstehe ich nicht, weshalb ihr den Bauch der Erde verlassen habt.«

Wie bei vielen Städten, die von Katastrophen heimgesucht worden waren, beispielsweise Henoch und Atlantis, ruhten die wenigen Überreste von Sodom tief in der Erde, zwischen starren Felsblöcken und glühendem Magma.

Das Gespenst im Körper des Obersts antwortete: »Dass wir immer noch hier und noch nicht ins himmlische Paradies eingegangen sind, hat den Grund, dass uns etwas an unsere alten Erinnerungen bindet. Wir haben die Lebenden angegriffen, um die Kraft der Materie zu erleben, die Macht, die wir brauchen, um Rache zu üben. Das ist unser Wunsch. Wir wollen uns an dem rächen, der uns vernichtet hat. Wir wollen Rache an Gott nehmen.«

»Dann möchte ich euch jetzt sagen, dass der Allerhöchste nichts mit eurem Leid zu tun hat«, erklärte Ablon. »Die ganze Zeit habt ihr euren Hass in Gedanken mit euch herumgeschleppt. Der große Jahwe schläft seit dem Ende des sechsten Tages. Seitdem haben sich die Erzengel seines Throns bemächtigt, und sie waren es, die Sodoms Zerstörung angeordnet haben. Da ich gegen ihre Tyrannei revoltiert habe, ist es jetzt meine Pflicht, mich Michael, dem Engelsfürsten, entgegenzustellen, und dann werde ich euch die heiß ersehnte Gerechtigkeit bringen. Deshalb bitte ich euch, diese Personen freizugeben, denn so könnt ihr euch nicht rächen.«

Beeindruckt von so neuen, überraschenden Ideen, überlegten die Geister nicht lange. Sie waren mit emotionalen und mentalen Fesseln, mit sehr starken Empfindungen und Wünschen aneinandergebunden und handelten und dachten wie ein einziger Organismus. Aber konnten sie diesem Engel, der sich als ihr Freund ausgab, wirklich trauen? War er ein Bösewicht, wie all die anderen, oder ein Held, der Sterbliche und Himmlische befreien wollte?

»Wir wissen nicht, wer dieser Erzengel ist, von dem du sprichst, aber unseren Mörder kennen wir gut«, ließ sich der Tote vernehmen. »Wenn du uns versprichst, unser Volk zu rächen, werden wir in die Erde zurückkehren und beruhigt auf den Tag der Abrechnung warten. Doch vorher sollst du wissen, wer uns getötet hat.«

Ablon stand wartend neben Asiel, bis die beiden noch besessenen Soldaten ihm einen uralten Gegenstand brachten, eine Art zylindrisches, aus Stein gearbeitetes Futteral, an dem im Lauf der Jahrhunderte jedoch schon der Zahn der Zeit genagt hatte. Aufgrund der Fossilisierung waren die Motive bereits verblasst, und in diesem Zustand ähnelte die Röhre eher einem Steinfragment. Als die Rekruten sie Ablon überreichten, streckte der General die Hand aus, sodass die magischen, von Shamira eingeritzten Runen auf seinem rechten Unterarm sichtbar wurden.

Mit großem Interesse untersuchte er den Gegenstand und stellte fest, dass er hohl und so verkrustet war, dass er sich nicht durch Drehen des Verschlusses öffnen ließ. Er musste ihn also zerschlagen. Mit einem entsetzlichen Knall, vergleichbar mit einem Donnerschlag in einer stillen Nacht, zersprang das Futteral in tausend Stücke, ein dunkler Hauch entwich, und heraus fiel eine einst weiße Engelsfeder, die sich im Laufe der Zeit schwarz verfärbt hatte.

Ablon ging in die Hocke, nahm die Feder in beide Hände und sog ihren Geruch ein. »Apollyon«, sagte er nur.

Diese Feder gehörte ganz sicher dem Todesengel. Also hatten die Gespenster sie Tausende von Jahren aufbewahrt, seit jedem verhängnisvollen Tag, an dem der Zerstörungsengel seine Fähigkeiten dazu genutzt hatte, die Stadt vom Thron zu stoßen.

»Nimm diese Feder mit, Friedensstifter. Sie wird dich zu unserem Peiniger führen«, flehte der Geist.

Ablon steckte den schwarzen Gegenstand ein. »Ihr könnt sicher sein, dass ich nicht vergessen werde, diesem grausamen Mörder gegenüberzutreten, denn eure Rache ist auch meine«, versprach er.

Ablon glaubte nicht an das Schicksal, war jedoch überzeugt, dass diese vielversprechende Episode von großer Bedeutung war. Ausgerechnet jetzt, als er schon alle Hoffnung hatte aufgeben wollen, verlieh ihm diese Begegnung neuen Mut. Anfangs hatte er für die Menschen kämpfen wollen, dann aber aufgegeben, als er sah, wie korrupt der Planet war. Schließlich hatte ihn Shamiras Entführung zum Handeln gezwungen, und er hatte sich erneut aufs Schlachtfeld gestürzt. Jetzt endlich hatte er die Unterstützung derjenigen bekommen, für die er ursprünglich hatte kämpfen wollen, und sah nun ein, wie wichtig das Ergebnis der bevorstehenden Schlacht sein würde und wie viele vom Sieg der rebellischen Truppen abhängig waren.

Damit hatten die Gespenster nun endgültig die Gewissheit, dass der Erste General es wirklich ehrlich meinte, und wie versprochen fuhren sie aus den menschlichen Körpern und verschwanden wieder in die dunklen Tiefen der Erde.

Die beiden Engel ließen den Pick-up stehen und fuhren mit einem Armeejeep weiter. Asiel setzte seinen Avatar wieder zusammen, nahm menschliche Gestalt an, und Ablon fuhr los. Ihre Reise führte sie durch den Negev und weiter zur ägyptischen Grenze.

Minuten später kamen die Militärs im Lager wieder zu Bewusstsein und waren zunächst völlig verwirrt, weil ihr Gedächtnis vorübergehend ausgeschaltet gewesen war. Sie patrouillierten sofort durch das Gelände, um herauszufinden, wie ein von Kugeln durchsiebter Pick-up mitten auf der Straße hatte auftauchen können, ohne dass sie eine Menschenseele gesehen hatten – doch sie fanden nichts.

17   Die Urzeitlichen Schlachten

In seiner funkelnden Plattenrüstung stand der Erzengel Michael an einem der vielen Fenster der Festung von Zion und beobachtete seine Armee, die den Turm verteidigte wie Wespen ihr Nest. Hunderttausende Himmelsbewohner bewachten die Bastion, in Erwartung eines Überfalls der neuen Rebellen – so nannte man sie zur Unterscheidung von den damaligen Revolutionären, die zusammen mit Luzifer gestürzt waren. Die Engelssoldaten hatten nicht nur Bodentruppen aufgeboten, wie es Menschen taten, sondern bevölkerten auch den Himmel, wo sie die Festung mit ihren roten Flammen im Flug umkreisten. Es waren so viele Verteidiger, dass ihre Patrouillen eine lebende Mauer bildeten, die den Feinden die Sicht versperrte.

Vom Fenster aus betrachtete Michael den Styx jenseits der Berge. Er nahm seinen Helm mit der spitzen Kinnpartie ab, unter dem sein malträtiertes, von Narben entstelltes Gesicht zum Vorschein kam. Diese Wundmale, die er auch am ganzen Körper trug, stammten aus den Urzeitlichen Schlachten, einem sagenumwobenen Feldzug, der noch vor der Entstehung der Welt stattgefunden hatte.

Nur wenige Himmelsbewohner kennen die Berichte über die Urzeitlichen Schlachten, und nur die Erzengel erinnern sich an die wahren Geschehnisse. Erzengel gab es, wie alle wissen, schon vor dem Licht, doch die Engel wurden erst später geschaffen, am zweiten Tag, zusammen mit dem Heraufdämmern des Universums. Damit der kosmische Funke übersprang, musste Jahwe vorher ein Heer äußerst mächtiger Wesenheiten besiegen, die sogenannten Götter der Finsternis. Diese waren so alt und mächtig wie er und herrschten auf der dunklen Seite des Weltraums. Diese Gottheiten haben nichts mit den heidnischen Göttern oder den ätherischen Wesenheiten zu tun, die die Gläubigen in ihren menschlichen Tempeln anbeteten. Die Götter der Finsternis, angeführt von der unheilvollen Tehom, waren erbitterte Feinde des Guten, und deshalb musste Jahwe sie seinem Willen unterwerfen und in eine Paralleldimension einsperren. Erst dann konnte er das Universum erschaffen. So wie Tehom ihr aus untergeordneten Wesenheiten bestehendes Gefolge hatte, konnte Jahwe auf die fünf Erzengel zählen, von denen Michael der Tapferste war. An der Seite des Allerhöchsten kämpften die Erzengel gegen diese schrecklichen uralten Mächte und vernichteten sie. Als das Böse endgültig besiegt war, fand sich Gott allein und vollkommen in der unergründlichen Leere wieder und konnte daraufhin in aller Ruhe sein Werk beginnen.

Erst wenn man weiß, was in den Urzeitlichen Schlachten geschah, begreift man, warum die Erzengel so erhaben und allen anderen himmlischen Wesen überlegen sind.

In der Festung stellte sich der Schwarze Engel, Michaels rechte Hand, zu ihm ans Fenster und wartete darauf, dass ihn sein Meister ansprach. Sein Gesicht war unter einem Helm verborgen, seine Federn schwarz wie die dunkle Nacht.

»Ja?«, richtete Michael das Wort an ihn.

»Der Abtrünnige Engel ist in die Wüste geflohen.«

»Verflucht!«, entfuhr es dem Monarchen. Er holte tief Luft und schloss die Finger fester um den Knauf der Flamme des Todes, seines mystischen Schwerts. Doch sofort hatte er sich wieder gefasst und unterdrückte seinen Zorn. »Der Geächtete darf auf keinen Fall an die Pforte gelangen. Mach ihn fertig, koste es, was es wolle! Wenn Ablon und Gabriel zusammentreffen, wird das die Selbstsicherheit der rebellischen Truppen erhöhen.«

»Was schlägst du denn vor? Soll ich den Verfluchten selbst töten?«

Michael überlegte kurz. Das hatte er bei seinen Plänen nicht bedacht. Warum nur starb dieser Ausgestoßene nicht? Es war unglaublich, wie er sich der Vertreibung, den Verfolgungen und dem höllischen Kerker hatte widersetzen können. »Wir dürfen kein Risiko mehr eingehen. Ruf Eusin und seine Furchterregende Legion her. Setz möglichst alle Engel auf den Abtrünnigen an.«

Der Schwarze Engel rückte seinen Brustpanzer zurecht – mit dieser Taktik war er nicht einverstanden. Er besaß einen muskulösen Körper, nahm aber, obwohl er kräftiger wirkte als sein Anführer, lange nicht so viel Raum ein wie ein Erzengel.

»Das wird nichts nützen. Besser wäre es, wir lassen ihn kommen und legen ihm hier in der Festung einen Hinterhalt. Ich könnte mir vorstellen, dass der gescheiterte General, sobald er sich auf der ätherischen Ebene befindet, herbeieilen wird, um die Hexe von Endor zu befreien.«

Michaels Blick war immer noch auf den Styx geheftet. »Dieser Plan ist nicht schlecht, doch es wird äußerst gefährlich sein, ihn umzusetzen. Wenn uns die Frau entwischt, ist alles zu Ende«, erklärte er, um den Schwarzen Engel gleich darauf anzuherrschen: »Tu, was ich dir sage! Schick Eusin und seine Cherubim nach Haled und verdreifache die Zahl der Engel im obersten Geschoss, wo die Gefangene ist. Falls Ablon sie im Turm sucht, werden wir dafür sorgen, dass er auf einem anderen Weg hereinkommt. Unsere Soldaten werden ein lebendes Gewölbe bilden und so die Sicht auf den Innenhof versperren.«

Ohne ein Wort zu erwidern, verschwand der Schwarze Engel. Diese Entscheidung passte ihm überhaupt nicht. Bei Ishtars Ermordung hatte er bereits die Chance gehabt, gegen Ablon zu kämpfen, und wusste, wozu dieser imstande war. Doch auch wenn er anderer Ansicht war als sein Fürst, würde er den Befehl ausführen. Er würde ein Schwadron in den Kampf führen und, falls der Erste General überleben sollte, seine Vorstellungen durchsetzen, nämlich ihn in den Turm der Tausend Fenster und von dort aus weiter zum Berg Megiddo locken.

Der Megiddo, der Berg am Ende der Welt, ist der Ort, an dem der Planet Erde einer Prophezeiung zufolge in der biblischen Endschlacht zwischen Gut und Böse ausgelöscht werden wird.

STERNFORMATION

Ablon und Asiel fuhren die ganze Nacht hindurch im offenen Jeep mit den bequemen Sitzen und ließen sich den Wind um die Nase wehen. Sie durchquerten den Negev bis zur Brücke des Golfs von Akaba in der Nähe von Eilat und befanden sich dann endgültig auf ägyptischem Boden. Dort verlief die Straße abwärts, änderte aber ihre Nummerierung und war auf den Karten als Landstraße 66 eingezeichnet. Noch im Morgengrauen schwenkten sie landeinwärts auf einen holprigen, kurvenreichen Weg ein, der sie zwischen den Bergen des Sinai hindurchführte, wo der Schleier so dünn war wie damals, als die Welt erschaffen wurde. In der Wüste wurde es allmählich sogar im Schatten der Berge heiß, sodass Ablon seinen Mantel auszog, den er über Nacht getragen hatte. Während er fuhr, verglich Asiel die Strecke mit den auf der Karte eingezeichneten Routen.

»Wir sind ganz in der Nähe des Katharinenklosters am Fuß des Bergs Sinai«, informierte er Ablon, der daraufhin an einer Weggabelung die Abzweigung zum Kloster nahm. »Jetzt, wo wir da sind, erkenne ich Gabriels Anweisungen genau. Weiter nördlich liegt der Horeb und auf seinem Gipfel die Höhle mit der Pforte zur ätherischen Ebene.«

Sie bogen auf eine schmalere Straße voller Schlaglöcher ein und folgten ihr eine halbe Stunde lang unter sengender Sonne. An einem bestimmten Punkt bogen sie nach rechts ab und tauchten in eine exotische Welt von überwältigender Schönheit ein, die ein paar makabre Überraschungen für sie bereithalten sollte.

Vor ihnen erhob sich ein gewaltiges Bergmassiv aus rotem Granit, durch das ein breites Tal verlief. In der Mitte stand das Kloster, ein riesiger Komplex, bestehend aus Kapellen, Basiliken und Türmen und umgeben von hohen Steinmauern. Im Vergleich zu dem riesigen Gebirge nahm es sich allerdings eher wie ein winziges Spielzeuggebäude aus.

Da es in diesem abgelegenen Winkel praktisch keine Membran gab, war dieser Ort eine naturgegebene heilige Stätte, seit der Erschaffung der Erde unversehrt geblieben.

Plötzlich bremste Ablon scharf ab – er hatte einen eigentümlichen Geruch wahrgenommen.

»Was ist los?«, fragte Asiel in die Stille der Wüste hinein.

»Hier riecht es nach Tod«, antwortete der Abtrünnige und griff nach der Heiligen Rächerin.

Das Katharinenkloster, das wie ein Juwel im Herzen des Sinai eingebettet liegt, wurde 527 von Kaiser Justinian I. gegründet. Als eines der ersten Klöster der Welt entwickelte es sich zu einem entlegenen Vorposten der byzantinischen Orthodoxie. Auch heute noch kommen jährlich Tausende Pilger hierher, um den Ort zu sehen, wo Moses die Gebote Gottes erhalten haben soll. Mönche und Gelehrte sind mit der Erhaltung der Stätte beschäftigt und studieren Hunderte kostbarer, heiliger Handschriften, die in den Beständen aufbewahrt werden. Sie lassen sich nur mit der Bibliothek des Vatikans vergleichen.

Später wurde das von imposanten Mauern umgebene Kloster nach der heiligen Katharina benannt, deren Gebeine griechische Priester hier im 9. Jahrhundert gefunden hatten.

Einige Teile der Anlage sind noch in ihrer ursprünglichen Form erhalten, andere wurden bei einem Erdbeben im Mittelalter zerstört, später aber wiederaufgebaut. Das kleine Eingangsportal wird von den Gärten und Obstgärten, die vor den Mauern liegen, nahezu verdeckt. Dort befindet sich auch der Klosterfriedhof. Im Inneren der Zitadelle gibt es zahlreiche Gebäude, die wegen ihrer Geschichte und ihrer Schönheit berühmt sind. Die dreischiffige Hauptbasilika wurde im typisch byzantinischen Stil erbaut und stammt noch aus der Entstehungszeit. Eine geschnitzte Holztür führt zur Ikonensammlung mit einzigartigen Exemplaren oströmischer Malerei, die den Bilderstreit überstanden haben – damals wurden Tausende Bilder zerstört.

Des Weiteren gibt es die Kapelle des Brennenden Dornbuschs, eine Bibliothek, ein Gästehaus, einen Glockenturm – die neun Glocken sind ein Geschenk des russischen Zars Alexander II. aus dem Jahr 1871 – und den heiligen Mosesbrunnen, die Hauptwasserquelle des Klosters. Hier soll der Prophet seiner späteren Gemahlin begegnet sein. Auch eine Moschee gibt es – sie wurde von Beduinen erbaut, die hier im 12. Jahrhundert arbeiteten.

Ablon stellte den Jeep genau hundert Meter vom Garten und zweihundert Meter vom Eingangstor entfernt ab, stieg mit dem Schwert in der Hand aus und starrte ernst auf die Anlage. »Die Mönche sind tot. Ihre Leichen sind in der Hauptkirche aufgeschichtet. Zwei von ihnen wurden in der Bibliothek ausgeraubt.«

»Woher weißt du das?«, wollte Asiel wissen. »Wir können die Kirche hinter den Mauern doch gar nicht sehen …«

»Ich habe den Leichengeruch bemerkt. Falls uns jemand in eine Falle locken will, wird sein Plan nicht aufgehen.«

Und tatsächlich hatten ihre Feinde genau das vor.

Die Autoscheinwerfer, die Ablon über Nacht eingeschaltet hatte und bei Tagesanbruch vergessen hatte auszuschalten, begann zu flackern, und die Elektronik des Fahrzeugs fiel aus.

»Da hast du nun deinen lang ersehnten Hinterhalt, Asiel«, sagte Ablon.

»Nein, General, keinen Hinterhalt«, widersprach er und dankte insgeheim für die übermenschliche Sensibilität des Rebellenführers. »Wenigstens wissen wir, woher der Angriff kommt.«

Als die Angreifer begriffen, dass ihre Pläne gescheitert waren, gaben sie den Hinterhalt auf und stürzten sich in einen offenen Kampf. Daraufhin materialisierten sich auf den durch die Steinmauern geschützten Klosterhöfen zweihundert Cherubim. Selten bilden Engel geflügelte Avatare oder nehmen Waffen auf die andere Seite des Schleiers mit, weil dies einen enormen Essenzverlust bedeuten würde. Doch auf diesem geheiligten Flecken Erde war die Membran äußerst dünn, sodass eine Legion aus der geistigen Welt hinübergelangen konnte.

Sobald die kühne Schwadron auf Haled war, erhob sie sich in die Lüfte und flog über die Mauern. Dort kauerten sich die Engelssoldaten auf den Wegen, den Gebäudedächern und der Turmspitze und verharrten dort reglos wie Geier in der Sonne. Sie waren wie die biblischen Engel gekleidet, die so oft in den Schriften beschrieben werden, mit goldenen Plattenpanzern und funkelnden Schilden in der Faust. Wenn sie ihre schneeweißen Flügel ausbreiteten, flößten sie Respekt ein, umso mehr, wenn sie ihre Kurzschwerter in der Hand hielten – mystische Waffen von unschätzbarem Wert.

Auf der Turmspitze landete ihr Anführer Eusin. Am Gürtel trug er sein Schwert, den schweren Stählernen Blitz, der als Schrecken der ätherischen Wesen berüchtigt war. Ablon durchbohrte ihn mit Adleraugen und stellte fest, dass er eine ziemlich frische, schwere Verbrennung am Kopf hatte, die noch nicht ganz verheilt war. Bei diesem typischen Geruch fielen dem General die auf dem Boden seiner Wohnung verstreuten Hautfetzen in Rio de Janeiro ein.

»Ablon«, grölte Eusin, dass es im ganzen Tal widerhallte. »Erinnerst du dich noch an mich?«

»Wie könnte ich dich vergessen, vor allem jetzt, wo ich weiß, dass du den magischen Geschossen der Hexe von Endor erlegen bist«, rief Ablon mit verächtlichem Grinsen zurück.

Eusins Gesicht verzerrte sich zu einer hasserfüllten Fratze. Diese Enthüllung bedeutete für ihn eine schmachvolle Entehrung. »Wir sind hier, um die Pforte zu verteidigen! Ergib dich jetzt, sonst bekommst du den Zorn der Furchterregenden Legion zu spüren! Dies hier ist nur eine kleine Schwadron. Weitere sind bereits unterwegs, und gegen unsere Schwerter kannst du nichts ausrichten.«

Früher einmal war Eusin ein geachteter Kriegsheld gewesen, und in der Tat war er ein guter Kämpfer. Doch der Ruhm war ihm zu Kopf gestiegen. Unsicher geworden, fürchtete er, seinen guten Ruf zu verlieren. Fortwährend wollte er seine Kraft beweisen und sich vor den Erzengeln zur Schau stellen.

»Dann sag deinem Fürsten«, gab Ablon zurück, »dass ich mich mit Verbrechern nicht abgebe. Soll er doch selbst kommen und gegen mich kämpfen, wenn er den Mut hat!«

Die Cherubsoldaten schlugen heftig mit den Flügeln – sie wollten einen Kampf sehen. Die Heilige Rächerin blitzte in Ablons Händen auf, als dürstete es sie selbst nach Blut.

»He, Geächteter, leistest du immer noch Widerstand? Deine Gefährten sind alle tot, die Rebellen geschwächt. Ich werde deinen Stolz brechen und deine Hoffnung, diesen Krieg zu gewinnen, zunichtemachen.«

»Alles nur Drohungen! Zu etwas anderem seid ihr nicht fähig. Auch Balbrith hat mir gedroht – jetzt ist er tot. Wenn du meinst, du könntest mich bezwingen, dann bring deinen Stählernen Blitz zum Duell mit. Wir werden ja sehen, ob er es mit der Heiligen Rächerin aufnehmen kann!«

Da hatte Eusin genug von Ablons Unverschämtheit und befahl: »Ergreift ihn und bringt mir seinen Kopf!«

Reglos sah der gewalttätige Kommandant zu, wie seine Soldaten zur Jagd herniederstießen. Er hätte in Kauf genommen, dass viele dabei umkamen, und Ablon eigenhändig die Kehle aufgeschlitzt, falls dieser nicht mehr hätte kämpfen können.

Wie hungrige Falken flogen die Engel herbei. Ablon trat ihnen einen Schritt entgegen, doch Asiel packte ihn am Arm.

»Noch nicht, General«, sagte er, und ohne weitere Erklärungen wurde Ablon klar, was er vorhatte. Er nahm wahr, dass der Ischim die linke Faust geballt hatte, um das Entflammen einer kolossalen Macht zu unterdrücken.

Die Angreifer merkten nicht, wie sehr sich dieses kleine Himmelswesen konzentrierte, das sich hinter dem muskulösen kriegerischen Engel versteckte. Zunächst hatten sie gar nicht vor, es anzugreifen – dies sollte später ein schmächtigerer Geflügelter tun. Was konnte ein Ischim einem Cherub schon anhaben? Die Cherubim waren Krieger, Soldaten, Tötungswerkzeuge und allen anderen Kasten an Kriegserfahrung weit überlegen.

Als die Schwadron die hundert Meter hinter sich gebracht hatte, die sie von den Gärten trennte, lähmte eine göttliche Kraft die Wüste. Am Himmel bildete sich plötzlich eine enorm hohe flammende Feuersäule, die wie ein glutheißer Sonnenstrahl zu Boden donnerte. Nur Augenblicke später erhob sich zwischen den beiden Engeln und der Legion eine riesenhohe Flammenmauer, die seitlich bis an die Berge und nach oben bis ans Firmament reichte.

Diese Erscheinung löste einen so gewaltigen Schrecken bei den Himmelsbewohnern aus, dass sie nicht mehr anhalten konnten und voller Wucht in die Feuermauer hineinrannten.

Entsetzliche Schmerzensschreie hallten im ganzen Tal wider, stiegen zum Himmel auf und ließen die Erdkruste erbeben, als das Bataillon in die Hitze der tödlichen Flammen geriet.

Ablon war genauso beeindruckt. Er sah, wie die geflügelten Wesen durch die brennende Wand rauschten und auf der anderen Seite mit verbrannter Haut und von der mörderischen Hitze verkohlten Rüstungen herauskamen. Ihre mystischen Waffen, die so robust und stark waren, hatten sich zu zerbrechlichen Stangen verbogen und waren brüchig wie Kohle geworden.

Das ist die wahre Macht der Feuer-Ischim, wenn sie in höchster Potenz eingesetzt wird.

»Geh nur, Ablon«, sagte Asiel, »meine Flammen werden dir nicht wehtun.«

Im Vertrauen auf die Worte seines Freunds trat Ablon durch die gleißende Wand und kam wie ein Albtraum aus dem Feuer direkt auf Eusin zu, der die spektakuläre Aktion seiner Feinde schlotternd beobachtete.

Mit dem Schwert in der Hand rannte Ablon wie ein Wirbelwind durch die Gärten, sprang auf die Mauern und von dort aus auf den Glockenturm. Michaels ängstlichem, schockiertem Lakaien blieb gerade noch Zeit, seine Waffe hochzureißen und den kraftvollen Hieb der Heiligen Rächerin abzuwehren. Als die beiden Waffen aufeinandertrafen, sprühten die Funken.

Der Wucht dieses Hiebs konnte Eusin nicht standhalten. Völlig hilflos stürzte er von der Turmspitze und wäre am Boden aufgeschlagen, wenn es ihm nicht im letzten Moment gelungen wäre, den Aufprall mit einem Flügelschlag abzumildern. Derweil hieb Ablon unaufhörlich und mit großer Schnelligkeit immer wieder auf Eusin ein, sogar dann noch, als dieser mitten im Fall war, und gönnte seinem Widersacher keine Pause.

Offenbar mühelos griff Ablon einmal, zweimal, dreimal an, und beim vierten Hieb traf die Metallklinge seinen Gegner endlich an der Schulter und fügte ihm oberhalb des Arms eine tiefe Schnittwunde zu. Der völlig verwirrte Eusin hatte nun keine Chance mehr, und der Abtrünnige setzte zum letzten Angriff an, doch er wurde von einem andere Himmelswesen aufgehalten, und plötzlich sah sich Ablon von anderen Engeln umzingelt, die ihren Anführer verteidigten. Ganz dumm war Eusin doch nicht gewesen, sondern hatte eine etwa hundert Mann starke Gruppe bereitgestellt, die ihn innerhalb der Zitadelle beschützen sollte. Von allen Seiten eingekreist, kämpfte Ablon gegen acht, zehn, zwölf Cherubim, die gemeinsam auf ihn losstürmten. Er wich aus, parierte ihre Schläge, ließ die Waffe durch die Luft sausen und warf bei jedem Gegenangriff mindesten vier Engel auf einmal über den Haufen. Doch sie waren in der Überzahl und für jeden, der fiel, kamen zwei neue hinzu. Ablon sah sich an die Mauer gedrängt und überlegte, wie er fliehen könnte. In der kompakten Klosteranlage gab es zwar zahlreiche Gebäude und Gässchen, aber weder eine breite Straße noch größere Flächen, auf denen man hätte kämpfen können.

Mit einem vollendeten Manöver fiel er über zwei Himmelsbewohner her, deren Körper er entzweihieb wie Butter mit dem Messer. Zwischen ihnen schlug er eine Bresche und flitzte um die Mauern herum davon. Dank seiner Schnelligkeit und seiner Engelskräfte gelang es ihm, mit den Füßen die Wände hochzulaufen, und so die Mauern zum Schlachtfeld zu machen. Feinde, die sich ihm in den Weg stellten, wurden dutzendweise niedergeworfen und getötet, bevor sie Zeit fanden, mit ihren Schwertern zuzuschlagen.

Als nur noch wenige übrig waren, wich die Horde zurück, doch Ablon ließ sie nicht entkommen.

»Er ist sehr schnell«, schrie einer, vermutlich der Anführer der Schlacht. »Zerstreut euch! Wir fliehen!«

Als Eusin, der inzwischen wieder auf die Turmspitze geflogen war, den Fluchtbefehl hörte, tobte er. »Bleibt hier! Kämpft weiter, ihr Taugenichtse! Die Verstärkung ist bereits unterwegs«, spornte er sie an, während ihm das Blut in Strömen über die Schulter floss.

Doch nicht einmal sein Geschrei konnte die Cherubim an der Flucht hindern. Sie gehorchten ihrem Anführer nicht, sondern schwangen sich unter heftigem Flügelschlagen hoch in die Lüfte, wo Ablon, der ja keine Flügel hatte, sie nicht erwischen konnte.

Siegesbewusst schritt Ablon über den festen Boden des Klosters und bleib allein auf einem Platz in der Mitte stehen. Von dort aus musterte er den grausamen Kommandanten oben auf dem Turm.

Sein Blick traf Eusin wie ein Blitz – er begann zu zittern und musste schwer schlucken. Schon wollte er fliehen, doch ein Phänomen, das absehbar gewesen war, läutete die nächste Runde für ihn ein.

Auf einmal merkte Ablon, wie sich der Schleier ausdehnte – dies bedeutete, dass sich eine neue Schwadron materialisiert hatte. Nicht mehr lange, und eine neue Engelsformation würde von der Astralebene durch die Membran kommen. Nun war Asiel in Gefahr: Einem neuerlichen Angriff würde der Ischim trotz seiner bewundernswerten Fähigkeiten nicht standhalten können. Die Errichtung der Feuersäule hatte ihn niedergeschmettert, weil eine derartige Machtdemonstration äußerst ermüdend war. Außerdem hatte er bei der Schießerei der letzten Nacht bereits einen Teil seiner Essenz verbraucht, um seinen Avatar aufzulösen und neu zu bilden. Statt sich auf eine Konfrontation mit Eusin einzulassen, kam Ablon deshalb lieber ins Tal zurück, wo er besser kämpfen und obendrein seinen Freund beschützen konnte.

Hurtig kletterte er auf die Mauern, sprang in den Garten hinab und kehrte an die Stelle zurück, an der er den Jeep geparkt hatte. Asiel freute sich, ihn gesund und wohlbehalten zu sehen.

»Was machen wir jetzt?«, fragte er. »Fliehen wir?«

»Noch nicht«, antwortete Ablon, während er zusah, wie sich eine riesige Legion am Himmel materialisierte.

Eusin schoss wie eine Rakete auf die gerade eingetroffene Verstärkung zu. Über fünfhundert himmlische Wesen, bewaffnet und gerüstet für den Kampf, hatten sich auf der Erde formiert, indem sie ihre Astralkörper kopiert hatten.

»Sie werden uns abschlachten!«, protestierte Asiel, als er die Schwadron sah, die durch das Tal auf sie zuflog. In einer geschlossenen Gruppe bildeten die Soldaten eine V-Formation, wie eine Pfeilspitze. »Wir müssen den Pfad zur Höhle erreichen. Wenn wir uns beeilen, sind wir dort, bevor sie uns erwischen«, schlug er vor und deutete auf den schmalen Spalt zwischen den Felsen, der auf den Gipfel des Horeb führte.

»Genau das wollen sie ja: uns in den Bergen einschließen«, erklärte Ablon, der sich mit Engelstaktiken bestens auskannte. »Bevor wir uns aufmachen, müssen wir ihre Formation auflösen. Wenn wir keinen Platz haben, um uns zu bewegen, werden sie uns nur frontal angreifen, und das ist tausendmal heftiger. Sie wollen eine Pfeilformation bilden.«

Jetzt hatte Asiel die Strategie der Gegner begriffen. Während aus seinen Händen Flammen züngelten, hob Ablon sein Schwert, und die beiden warteten Rücken an Rücken. Inzwischen musste der verstörte Kommandant Eusin zusehen, wie sein Plan scheiterte. Niemals hätte er damit gerechnet, dass zwei Engel, so mächtig sie auch sein mochten, dort mitten im Tal verharrten, um fünfhundert Kämpfern die Stirn zu bieten. Er hatte angenommen, sie würden sich sofort in Richtung Felsschlucht begeben, wo er sie mühelos hätte schlagen können.

Da er keine bessere Alternative wusste, schrie der arrogante Himmelsbewohner: »Bereitet den Sternangriff vor! Konzentriert alle Schläge auf den Abtrünnigen, von allen vier Seiten und von oben.«

Bei einem Sternangriff wird von fünf Seiten angegriffen. Von oben näherten sich fünf Kolonnen von Cherubim. Als sie fast den Boden erreicht hatten, rückten vier von ihnen vor und warfen sich von allen Seiten auf ihren Gegner. Die fünfte Kolonne stürzte sich direkt von oben auf den Kopf des Feinds und verhinderte damit, dass er einen Sprung machte.

Als Ablon erkannte, dass die Gegenseite ihre Pläne geändert hatte, befahl er Asiel, sich zu entfernen.

»Willst du allein mitten in diesem Stern bleiben?«, fragte dieser ungläubig.

»Ich weiß nicht, ob ich schnell genug sein werde, um sie zu treffen, aber ich kann ihre Schläge parieren. Jeder vereitelte

Ansturm wird sie verwirren und zur Seite werfen, und dann kannst du sie vielleicht mit deinen göttlichen Flammen in Brand stecken.«

Die Heilige Flamme diskutierte nicht lange – diese Idee gefiel ihr sehr, und sie zog sich unverzüglich an den Fuß des Bergs zurück, der ihr Schutz bot.

Aus der Luft bellte Eusin: »Beim Erzengel Michael, wir werden sie umbringen, diese verfluchten Rebellen!«

Und die Soldaten antworteten mit einstimmigem Gebrüll: »Beim Erzengel Michael!«

Wirbelnd stießen sie mit scharfen Schwertern herab, um Ablon zu durchbohren wie Kugeln von Feuerwaffen. Entschlossen, den General zu töten, koste es, was es wolle, achtete der Kommandant nicht weiter auf Asiel.

Als die schön aufgereihte Engelsschar in der Mitte der Sternformation zusammenstieß, sprühten die Funken im Schlachtgetümmel. Mit einer Schnelligkeit und Geschicklichkeit, die selbst die Himmelsbewohner bewundern mussten, parierte Ablon jeden Angriff auf allen fünf Seiten, indem er die metallenen Rüstungen und die Leiber der Avatare zerfetzte. Asiel konnten diesen mühelosen Manövern kaum mit den Augen folgen und sah von seinem sicheren Standort aus nur jedes Mal die Funken sprühen, sobald die Stahlklingen aufeinandertrafen. Innerhalb weniger Sekunden stand Ablon inmitten eines Haufens verstümmelter, zerschundener, blutüberströmter Körper mit gebrochenen Federn.

Die Sternformation war zwar gescheitert, doch die Legion gab sich noch nicht geschlagen. Etwa die Hälfte der Kämpfenden war noch unversehrt, und Eusin änderte erneut seine Taktik. »Umzingelt sie und schließt sie hermetisch ein!«, schrie er hasserfüllt. »Und seht zu, dass der Ischim in den Kreis kommt.«

Die Soldaten sollten wie gewohnt einen engen Kreis um den Feind bildeten, aber auch über ihm Kämpfer positionieren und somit gleichsam ein lebendes Gewölbe bilden. Die Sternformation löste sich auf, und die Engel neigten sich spiralförmig Richtung Boden, um die Rebellen zu umzingeln. Am Fuß des Bergs packte ein sehr gewandter Cherub Asiel an den Armen, schwang sich in die Lüfte und ließ ihn neben Ablon fallen.

Nun waren die beiden Himmelsbewohner wieder vereint, direkt unter einer Glocke aus kriegslustigen, geflügelten Wesen, die ihre schrecklichen Klingen auf sie richteten.

Aus einer Bresche in der Schar der Krieger trat frech Eusin, der trotz seiner schweren Schulterverletzung immer noch anmaßend und unverschämt war. Ablon nahm Anlauf und wartete, weil jetzt Asiel in der Frontlinie stand.

»Du kannst uns nicht alle besiegen, Abtrünniger«, behauptete Eusin im Brustton der Überzeugung, während er mit den Flügeln schlug wie Vögel, die ihre Beute einschüchtern wollen. »Ich habe die Erlaubnis erhalten, so viele Soldaten mobil zu machen, wie ich benötige. Es werden noch mehr Cherubim eintreffen, und du wirst gefoltert werden«, sagte er und umklammerte seinen Stählernen Blitz. »Zu Ehren deiner heldenhaften Vergangenheit biete ich dir einen würdigen Tod an. Wirf dein Schwert weg und geh auf die Knie. Ich verspreche dir, dass du es nicht einmal merken wirst, wenn meine scharfe Waffe dir die Stirn spaltet.«

Mit nur einem Blick erkannte Ablon, dass er von allen Seiten eingekreist war. Asiel berührte ihn am Arm und ermunterte ihn, sich nicht zu ergeben.

»Du sitzt in der Falle!«, setzte Eusin nach, der die zweifelnde Miene des Kriegerengels sah. »Sobald wir dich haben, werden unsere Seraphim deinem Verstand wertvolle Informationen entreißen. Was ich dir vorschlage, ist eine ehrenhafte, schmerzlose Hinrichtung, die dir deinen einstigen Ruhm zurückgibt.«

Nachdenklich ließ Ablon die Waffe sinken und riss sich den blutverschmierten Umhang herunter. Er betrachtete erst seine Hände, dann den Griff seines Schwerts und anschließend Asiel, der ihm auf dieser beschwerlichen Reise eine so große Hilfe gewesen war. Ein letztes Mal warf er seinem Freund einen dankbaren Blick zu, dann schleuderte er die Heilige Rächerin zu Boden.

»Nein!«, flüsterte Asiel.

Eusins Gesicht verzog sich zu einem boshaften Grinsen. Seit der Episode im Schloss des Lichts hatte er sich sehnlich gewünscht, den Ersten General zu besiegen, aber keine Gelegenheit gehabt, ihn zu Duell herauszufordern. Jetzt würde er seine Lebensaufgabe erfüllen und sich damit einen Namen als ruhmreicher Offizier Michaels machen.

Als Ablon vor Eusin auf die Knie fiel, senkte sich Totenstille über alles. Ergeben schloss er die Augen, während der Kommandant sein Schwert hob, um dem unbeugsamen Rebell den Schädel zu spalten.

Doch in dem Moment, in dem die Klinge niedersauste, schnellte Ablons energetisierte Faust nach vorn und hielt den Stählernen Blitz auf. So gewaltig war die Wucht des Zorns Gottes, dass die Wüste von dem Knall erbebte. Eusins mystische Waffe zerbrach und traf ihn mitten ins Gesicht, sodass er über die Reihen seiner Krieger hinweggeschleudert wurde.

Unfähig, sich von der Stelle zu bewegen, wurden Asiel, die Engel im Himmel und die Himmelswesen auf der Erde Zeugen dieser unvergleichlichen Szene. Die Zuschauer konnten nicht wissen, dass Ablon seit Jahrtausenden allein und ohne Schwert auf der Erde gekämpft und dabei den Zorn Gottes bis zum höchsten Grad verfeinert hatte. Im Kampf waren seine Hände ebenso tödlich wie das scharfe Metall.

Asiel reagierte blitzschnell, indem er einen Feuerregen auf die unvorbereiteten Soldaten der Nachhut niedergehen ließ. Gleich darauf machte Ablon einen Satz nach vorn und hieb und schlug auf die Geflügelten ein.

Obwohl sie in der Überzahl und bewaffnet waren, wurden die Soldaten der Gruppierung vom Chaos überwältigt. Einige Himmelswesen traten schreckerfüllt den Rückzug an, andere griffen wutentbrannt an, ohne jegliche Disziplin oder Kriegsplanung. Geschickt und leichtfüßig wich der Erste General den Kurzschwertern seiner Angreifer aus und setzte sie mit kräftigen Schlägen außer Gefecht. Mal duckte er sich, mal packte er ihre Schwerter mit bloßen Händen und hielt sie fest. Asiel hatte inzwischen zum Schutz einen Feuerkreis um sich gezogen, und Ablon rief ihm zu: »Jetzt, Asiel! Gib den Weg frei!«, und der Ischim ließ die Luft mit einem Lavastrom in Flammen aufgehen, sodass sich ein Fluchtweg bildete. »Auf zum Pfad, solange sich die Legion noch nicht von ihrem Schrecken erholt hat!«, drängte Ablon, während er die Heilige Rächerin wieder an sich nahm.

Wie der Blitz sausten die beiden durch das Tal und rannten auf den Spalt im Felsen zu, der als schmaler Pfad zum Gipfel des Bergs führte. Kurz davor warf Asiel noch einen Blick zurück und sah Hunderte tote Engel am Boden liegen.

Der für normale Menschen anstrengende, lange Aufstieg ermüdete die Helden nicht, die ihn mit übermenschlicher Willenskraft und Feuereifer bewältigten.

Immer weiter ging es, und kurz vor dem Ende öffnete sich die Schlucht.

Da sahen sie die Höhle vor sich.

So sterben die Ungerechten

Der Horeb, einer der äußersten Punkte Ägyptens, liegt südlich vom Berg Sinai. Vielleicht ist deshalb in den Legenden von nur einem Berg die Rede, sodass die beiden Gipfel bei hebräischen Gelehrten als ein und derselbe Berg gelten. Hier ist das Gelände wüstenhaft trocken, steinig und uneben, mit unglaublichen Graniterhebungen, die in ein langes Bergmassiv aus rotem Gestein übergehen, dessen höchster Punkt der Katharinenberg mit 2637 Metern ist.

Gegen Mittag verbreiterte sich der Weg, und Ablon und Asiel gelangten auf ein ausgedehntes Plateau, von dem aus der Eingang zu einer kleinen Höhle – einer gewöhnlichen, unscheinbaren Grotte – gut zu erkennen war.

Der Eingang zur Höhle war niedrig und dunkel. Doch bevor sie sie betraten, hörte Ablon regelmäßiges Flügelschlagen im Wind und sah sich sofort um. Eusin, an der Schulter und im Gesicht schwer verletzt, verfolgte sie. In der Hand hielt er ein Kurzschwert, das er vermutlich einem gefallenen Soldaten abgenommen hatte.

Der Kommandant landete auf dem Plateau, doch Ablon hatte keine Zeit mehr, sich ihm zu stellen. Beim Kampf gegen die Furchterregende Legion hatte er kostbare Minuten verloren und musste jetzt schnellstens auf die ätherische Ebene gelangen, bevor die Schlacht des Armageddon ausbrach.

»Bleib stehen, Flüchtling!«, rief der unerwünschte Feind. »Denk bloß nicht, du könntest mir so einfach entwischen. Wir haben noch nicht richtig gekämpft.«

»Ich will keine Zeit mit dir vergeuden, Eusin. Finde dich mit deiner halben Niederlage ab und sei froh, dass du nicht auch auf dem Haufen mit den Toten liegst!«

»Geächteter, früher warst du einmal der größte aller Generäle«, räumte er ein. »Ich wollte dich immer besiegen, hatte aber nie Gelegenheit dazu. Und als ich dich herausfordern wollte, wurdest du mit deiner Bruderschaft aus dem Himmel verstoßen. Aber ich habe immer gewusst, dass einmal der Tag kommen würde, an dem wir uns wiedersehen und ich meine Mission erfüllen kann. Und jetzt ist dieser Tag gekommen!«, rief er theatralisch. »Ich hatte immer vor, dich zu stürzen – deshalb habe ich meine Fertigkeiten geschult und bin zum General aufgestiegen. Dies ist der Moment, bis zum Tod zu kämpfen, während die Welt untergeht.«

»Deine Haltung erstaunt mich nicht, Eusin. Alle, die mich hassen, sind genauso scheinheilig. Viele von euch beschimpfen mich, aber warum habt ihr mich nicht verfolgt, als ich allein auf der Erde weilte? Stattdessen versuchst du, mich mit einer Legion von Hunderten von Engeln in einem Hinterhalt zu überrumpeln.«

Als Reaktion ließ Eusin seltsamerweise von Ablon ab und versank in tiefes Nachdenken. Sinnierend wiegte er den Kopf und blickte zu Boden. Endlich musste er zugeben, dass er nur ein gescheiterter Held war und seine Enttäuschung darüber, nie mehr so ruhmreich zu sein wie in früheren Schlachten, nicht verbergen konnte.

»Dein größter Feind bin nicht ich, Eusin«, sagte Ablon. »Dein großer Feind ist die Angst.«

Diese Wahrheit traf Eusin so sehr, dass er in dieser aussichtslosen Lage lieber sterben wollte. Er hatte sich immer für den großartigen Offizier des Paradieses gehalten, den starken, den obersten! Jetzt ging es nur noch darum, zu töten oder zu sterben. Mit einem wütenden Aufschrei stürzte er sich in den Kampf, und Ablon erkannte sein Dilemma. Was sollte er tun? Er durfte auf keinen Fall auch nur eine Minute Zeit verlieren, konnte die Herausforderung aber auch nicht ignorieren.

»Versteck dich in der Höhle, General«, schlug Asiel vor. »Er ist ein starker Gegner, und du wirst eine Weile brauchen, um ihn zu besiegen. Gabriel und die Rebellen warten auf dich. Diesmal werde ich gegen Eusin kämpfen.«

Ablon spürte deutlich einen Stich in der Brust, so wie damals bei der Trennung von Siéme. Asiel war ein einflussreicher, weiser und mächtiger Ischim, hatte jedoch seine Macht größtenteils in der Schlacht im Lager und bei der Konfrontation der letzten Nacht eingebüßt. Andererseits war Eusin wenngleich nicht der beste, so doch ein herausragender Kämpfer, und die Cherubim waren Meister im Nahkampf. Untröstlich musste Ablon zu dem Schluss kommen, dass die Heilige Flamme das Duell nur schwer gewinnen würde.

»Schnell«, drängte Asiel, auf dessen Armen die Flammen tanzten. »Viele hängen von dir ab.«

Die beiden Himmelswesen verband eine jahrhundertealte Freundschaft, und Ablon widerstrebte es, Asiel ziehen zu lassen. Doch als kriegsgewohnter Kämpfer blieb ihm keine andere Wahl. Manchmal hielt er sich für allzu unempfindlich in Herzensdingen, doch er hätte sich nicht ändern können. Er war nun einmal ein Raubtier, dem das Töten zur Gewohnheit geworden war, gleichzeitig Soldat und als Tötungsmaschine erschaffen worden.

Aber dann, bevor er sich in den Spalt zwängte, hörte er das Zischen eines Pfeils, der zielsicher auf ihn zuschoss. Das goldene Geschoss pfiff durch die Luft wie göttlicher Speichel, durchbohrte Eusins Panzer und traf sein Herz. Wie vom Schlag getroffen stieß der böse Kommandant noch einen Fluch aus, fiel zu Boden und stürzte über die roten Felsen des Horeb in den Tod.

Erleichtert sahen die Himmelsbewohner am Eingang der Höhle diejenige, die den Pfeil abgeschossen hatte, der sie aus ihrer ausweglosen Lage befreit hatte. Eine schlanke Bogenschützin mit ernstem Gesicht und von großer Schönheit hatte den Blick auf sie gerichtet. Sie trug einen goldenen Bogen und einen Köcher mit mystischen Pfeilen zwischen den Flügeln. Ihr langes braunes, offenes Haar fiel ihr bis auf die Hüften und glänzte im Widerschein ihres Kettenhemds. Das war Varna, Gabriels Stellvertreterin und oberste Anführerin des Regiments der Bogenschützinnen.

»General, der Meister des Feuers erwartet Euch«, rief sie Ablon zu, noch immer streng dreinblickend.

Erleichtert gestatte sich Asiel ein Lächeln, während Ablon die Heilige Rächerin aufhob. An Varna und ihre kühle Art erinnerte er sich noch sehr gut und war froh, sie als Verbündete zu haben.

Bevor Varna die beiden in die Höhle führte, warf der Ischim noch einen letzten Blick auf Eusin, der tot auf den Felsen lag.

»Er wollte nur gegen den Ersten General kämpfen, und nicht einmal das hat er geschafft. Eusin ist bei der Aufgabe seines Lebens gescheitert.«

Ablon sah den toten Avatar an und sagte ohne großes Bedauern: »So sterben die Ungerechten.«

Die Höhle weitete sich zu einer normalen, nicht allzu großen Felsenkammer, die auf der dem Eingang gegenüberliegenden Seite in einen Gang führte. Warm und dunkel war es dort, und Ablon war begeistert, als er sah, dass sich an den Wänden immer noch uralte, alltägliche Inschriften fanden, die die Propheten von damals angebracht hatten.

Varna trat über die Schwelle, und die beiden Engel folgten ihr. Zum ersten Mal seit Jahrhunderten, seit seiner Verstoßung aus dem Himmel, spürte Ablon, wie er die Membran durchschritt und er begriff, dass diese Schwelle die berühmte Pforte war, durch die der Meister des Feuers zu Moses gesprochen hatte.

Nicht mehr lange, und zwei alte Feinde, Ablon und Gabriel, würden sich erneut begegnen.

Und davon würde das Schicksal der Welt abhängen.

»Wir werden bis zum letzten Soldaten kämpfen«

Eine mystische Emanation von unbeschreiblicher Macht tauchte vor ihnen in der Mitte der Höhle auf und dehnte sich aus, je näher sie dem Ende des Gangs kamen. Auf der anderen Seite der Pforte verbreitete sich die Grotte zu einem natürlichen Raum, der so finster war, dass selbst Ablon mit seinen scharfen Augen die schwärzesten Winkel nicht erkannte. Ein Lichtpunkt im Norden wies auf den Ausgang hin. Die drei Engel befanden sich jetzt nicht mehr auf Haled, sondern auf der ätherischen Ebene, der tiefsten geistigen Ebene jenseits des Schleiers.

Die Himmelsbewohner wandten sich dorthin, wo die Schwingung am stärksten war – es war dieselbe göttliche Energie, die den ganzen Gang erfüllte. Dort saß eine Gestalt von unerschütterlicher Ruhe und meditierte, und der Kern ihrer Kraft ruhte in ihrer Brust. Sie war mit einer goldenen Ganzkörperrüstung bekleide, und trug ein Schwert in der Scheide um den Hals. Die geschlossenen Augen waren das Bild vollkommener Harmonie – in ihnen vereinten sich Fülle und Leere, Gesetz und Chaos, Licht und ewige Finsternis. Ablon erkannte die Strenge dieser herrlichen Gestalt und ihre Essenz.

Da saß er, der einst Ablons berühmtester Gegner gewesen war – so nah, dass er ihn beinahe hätte berühren können: Gabriel, der Meister des Feuers. Hatte sich sein Wesen etwa gewandelt, war aus dem kaltblütigen Mörder ein getreuer Verteidiger der Menschheit geworden? Was hatte ihn wohl zu dieser so plötzlichen Verwandlung veranlasst? Hatte ihn die Geburt des Heiligen Kinds tatsächlich erleuchtet, oder wollte der Erzengel, wie Luzifer, unter dem Vorwand der Freiheit seine eigene egoistische Rebellion anzetteln?

Da dröhnte ein verstörendes, dumpfes Krachen durch den Raum, als würden Tausende Vulkane explodieren – Gabriel öffnete die Augen. Sofort wirkte das Universum winzig klein – so groß waren die Präsenz und die Weisheit dieses Riesen und die Majestät, die er ausstrahlte.

Varna winkte Asiel, und die beiden verließen die Höhle.

»Siéme ist nicht zurückgekommen«, stellte der Meister des Feuers fest. »Es herrscht ein Ungleichgewicht im kosmischen Fluss.«

»Siéme ist tot«, teilte Ablon ihm mit. »Sie wollte in Jerusalem für ihre Sache kämpfen.«

»Es ist dieselbe Sache, die uns eint, General, die uns vervollständigt und uns Kraft gibt«, gab Gabriel zurück, während er die alten Zeiten blitzartig Revue passieren ließ. »Und wieder schließt sich ein Kreis. Wieder sind wir zusammen, vor dem Ende und am Vorabend des Untergangs der Zeiten.«

»Der Untergang der Zeiten …«, befand Ablon nachdenklich, dem Korrigans Worte wieder einfielen. »Hast du mich aus diesem Grund verschont? Hattest du vorausgesehen, dass ich zu meinen Legionen zurückkehren würde, um sie auf den Kampf vorzubereiten?«

Der Engel der Verkündigung streckte die Beine und erhob sich. Seine schöne Rüstung war eine unglaubliche Reliquie, so wie seine Waffe, die gefährliche Geißel des Feuers.

»Im Lauf der Zeit habe ich viele Dinge vorausgesehen«, erklärte er. »Ich bin der Engel der Offenbarung und erhielt von meinem Vater die Gabe des Hellsehens. Anfangs meinte ich, meine Allwissenheit könne sich mit der Gottes messen, doch der freie Wille der Menschen überraschte mich und trog meine Instinkte. Irgendwann, als ich in die Tiefe des Unendlichen geraten war, wurde mir mein Irrtum klar. Niemand, nicht einmal der Allerhöchste, kann die Zukunft voraussehen. Wir erhaschen nur flüchtige Blicke auf Wege, offene Strecken. Es ist jedem Einzelnen überlassen – ob Mensch oder Engel, Gott oder Dämon –, seine Bestimmung zu wählen.« Er redete wie der größte Weise auf Erden. »Ich für mein Teil habe die Hoffnung nie aufgegeben und immer an deine Rückkehr geglaubt. Sicherheit gibt es nicht, ebenso wenig wie die vollkommene Wahrheit. Aber es bleibt uns immer noch der Glaube, der uns an das Unmögliche glauben lässt. Und das Unmögliche wird oft konkret.«

Völlig hingerissen von diesen eindrucksvollen Worten wollte Ablon dem Erzengel wirklich Glauben schenken, doch sein Groll war immer noch sehr stark. Wenn Gabriel ihn so gern bei sich haben wollte, weshalb hatte er ihn dann früher nicht akzeptiert? Jahrtausende lag es zurück, dass sich die beiden duelliert hatten – damals hatte der Meister des Feuers weder von seiner Armee noch über seine wahren Absichten gesprochen. Stattdessen hatte er sie geheim gehalten, ihn aus Jerusalem fortgeschickt und von seinem Auftrag abgehalten.

»Warum hast du mich nicht in deine Legionen aufgenommen, als du mich in der Heiligen Stadt gesehen hast? Als einziger Überlebender der Verschwörung vertrete ich die Abtrünnigen. Warum durfte ich mich deinen Truppen nicht anschließen, wo du doch behauptest, die Ideale der Bruderschaft lägen dir am Herzen?«

Der Botenengel lächelte und sah Ablon an wie ein Kind. Er lächelte nur ganz selten, denn Gefühle, ob gut oder schlecht, beeinträchtigten die Harmonie der Welt. Das Gute existiert nicht ohne das Böse, es gibt keine Liebe ohne Hass, keine Freude ohne Traurigkeit.

»Seit dem Tag, an dem du verstoßen wurdest, sah ich den pulsierenden Willen in deinem Herzen. Deine letzte Mission und dein größter Wunsch sind, den Erzengel Michael zu entmachten. Aber der Engelsfürst wurde noch nie besiegt, nicht einmal von den Göttern der Finsternis, die in den Schattenreichen leben. Kein Engel ist in der Lage, ihn zu bezwingen – vielleicht würde es selbst mir nicht gelingen. Derjenige, der sich mir auf dem Ölberg entgegengestellt hat, war nicht der Ablon von heute. Du warst ein erfahrener, tapferer und gerechter General, aber einen Erzengel konntest du nicht besiegen. Hör mir jetzt zu, Himmelsbewohner. Nur das mächtigste geflügelte Wesen wird den Tyrannen besiegen. Seine früheren Misserfolge haben ihn zu einer Legende werden lassen. Durch die Kämpfe, die du gegen mich und den Morgenstern geführt hast, hast du dir die nötige Geschicklichkeit erworben, um den Monarchen zu überwinden. Hätte ich dich damals aufgenommen, hättest du deine Kraft sinnlos vergeudet. Und dann wärst du nichts anderes als ein entmystifiziertes, handlungsunfähiges Götzenbild, das man hat fallen lassen.«

»Handlungsunfähig?«

»Wegen deines Fluchs hättest du nicht ins Paradies zurückkehren und in der privaten Fehde die Führung übernehmen können. Die Himmelstore waren verschlossen, und kein Tor hätte dich zu Gottes Wohnstatt geführt. Du hättest im Exil den Posten des

Kommandanten übernommen, wärst von Engeln besucht worden, und deine Verfolger hätten dich so viel eher aufspüren können. Man hätte dich finden, verfolgen und töten können. Aber was geschah stattdessen? Du warst weiterhin ein Abtrünniger, ein Ausgeschlossener, der auf der dunklen Erde umherirrte. Mit den Besten hast du dich im Kampf gemessen und dabei eine einzigartige, praktisch geheime Technik entwickelt. Und jetzt kommst du genau richtig, denn die Schwadrone warten auf dich für das wichtigste Unterfangen.«

»Die Schlacht von Armageddon.«

»Wir haben dreimal weniger Streitkräfte als der Feind. Unsere Soldaten sind geschickt, aber Geschicklichkeit allein genügt nicht, um diesen Krieg zu gewinnen.«

»Was fehlt ihnen denn noch? Mutig sind sie ja selbst!«

Der Meister des Feuers ging in der Höhle umher und strich über den Griff seines Schwerts, dessen Klinge in einer goldenen Scheide verborgen war. »Du bist es, der letzte Abtrünnige, der den Soldaten Mut macht. Die Bruderschaft ist eine Idee, ein Konzept, ein Symbol, und du bist das Sinnbild des Heldentums und der Unerschrockenheit einer längst vergangenen Ära.«

Ablon bohrte die Heilige Rächerin in den Boden und setzte sich auf einen Stein.

»Fast kann ich deine Gedanken lesen«, sprach der Engel der Offenbarung weiter. »Im Grunde hasst du die Erzengel alle noch, und ich habe Verständnis für deine Wut. Du hast unter Michaels Gemeinheit und Luzifers Zynismus wirklich gelitten. Was ist der Grund für ihr Verhalten? Neid, Prunksucht, Zorn und Habgier. Dies waren aber nicht die Gründe für meinen Aufstand.«

»Der Heiland!«, rief Ablon. »Michael war fest entschlossen, das Heilige Kind zu töten, aber du warst damit nicht einverstanden. Aber warum, Gabriel? Du hast so viel Blut vergossen, so viele Massaker geschehen lassen. Wie kann dich ein kleines Menschenkind zum Ideal der Gerechtigkeit bekehren?«

Der Erzengel ging in eine dunkle Ecke und wandte den Blick von der Lichtquelle ab, doch Ablon bemerkte seine Traurigkeit. Er begriff, dass Gabriel ein dauernder Schmerz plagte, eine Wunde, die nie verheilen würde.

»Und wieso hast *du* den Kampf wiederaufgenommen?«, fragte Gabriel herausfordernd. »Vor einer Woche hättest du dich geweigert, noch einmal zu kämpfen. Du warst entschlossen, dich vom Kriegsschauplatz fernzuhalten – bis die Hexe von Endor entführt wurde.«

Beim Gedanken an das Leid, das Shamira ertragen musste, verhärteten sich Ablons Züge. »Du hast ein ehrliches Herz, aber du wärst nicht hier, wenn sie nicht entführt worden wäre. Tief in deinem Geist kämpfst du nämlich um sie. Deine Liebe ist es, die dich zum Kampf drängt. In dieser Hinsicht sind wir uns ähnlich.«

»Nie hätte ich gedacht, dass du dich zu solch einem Gefühl hinreißen lässt.«

»Ich war genauso überrascht und habe festgestellt, dass ich nicht gegen die Glut der Materie gefeit war. Michael hatte immer eine Abneigung gegen die Menschen, und ich als Bote hatte die Aufgabe, seine makabren Aufträge auf Haled zu erledigen. Aber sobald ich einen Avatar gebildet hatte, war ich anfällig für die Eigenschaften des Fleischs.«

»Leidenschaft. Wurdest also auch du von ihr überwältigt?«

»So wie du habe auch ich eine Frau kennengelernt, eine einfache, normale junge Frau, so rein wie Tautropfen. Bis dahin war ich der Ansicht gewesen, schon alles gesehen und die Ekstase erlebt zu haben, die der Großartigkeit des Kosmos entströmt. Ich erlebte die Schöpfung des Universums mit, das erste Licht und die Erschaffung der Welt. Ich warf Sternenstaub in die Schwärze des Abgrunds und wirkte bei der Entstehung des Schleiers mit. Vor dem ersten Blitz kämpfte ich gegen die Götter der Finsternis und überwand Gottheiten, die so alt waren wie mein Strahlender Vater. Doch diese Frau zeigte mir mit ihrer menschlichen Ehrlichkeit die Bedeutung der kleinen Dinge, die ich vom Himmel aus nicht gesehen hatte. Sie brachte mich in Kontakt mit der Erde, nahm mich zu einem Bad im Fluss mit, zeigte mir, wie schön es ist, unter den Sternen zu liegen und auf den Aufgang des Morgensterns im Osten zu warten. Durch ihre einzigartige Wahrnehmung offenbarte sie mir das Glück des Lebens.«

Während Ablon diese lange Rede verarbeitete, überkam ihn eine uralte Erinnerung: Ihm fiel ein, was Gabriel gesagt hatte, als sie sich am Ölberg begegnet waren: »Wir müssen hier eine Familienangelegenheit regeln.«

»Du hast den Erleuchteten gezeugt!« Ablon fiel es wie Schuppen von den Augen. »Du bist der wahre Vater des Heiligen Kinds!«

»Stell dir die Vornehmheit dieses Wesens vor«, fuhr der Erzengel fort, und die Emotion ergriff von seiner Aura Besitz. »Begnadet mit himmlischem Feuer und mit dem freien Willen der Menschen ausgestattet.«

»Du konntest nicht zulassen, dass Michael ihn umbringt.«

»Durch diese Frau und das Kind habe ich die Liebe kennengelernt. Endlich begriff ich, was mein Vater für mich empfand, und die ganze Dunkelheit löste sich auf. Diese Liebe war es, die mich vom Bösen abbrachte und mich erkennen ließ, dass die Menschheit das Vermächtnis des Schöpfers ist.«

Und auf einmal offenbarte sich dem General, während er dasaß, der wahre Zusammenhang der Dinge, und es fiel ihm wie Schuppen von den Augen. Falls der Heiland ein rechtmäßiger himmlischer Abkömmling war, dann stand in den Schriften, die von seinen göttlichen Heldentaten berichteten, die Wahrheit. Von seiner Mutter hatte er Sanftmut, Demut und grenzenlose Güte geerbt.

Doch trotz Gabriels Aufrichtigkeit hatte sich Ablon vom Glanz des Meisters des Feuers noch nicht mitreißen lassen und würde es auch nicht so bald tun.

»Der Zweifel steht dir ins Gesicht geschrieben«, stellte Gabriel fest. »Deine Verwirrung ist verständlich. Wie könntest du mir auch glauben, wenn ich dir meinen guten Willen nie bewiesen habe? Ich bin nie dein Freund gewesen. Nie habe ich dir in schweren Zeiten die Hand gereicht. Nie habe ich dich freundschaftlich umarmt. Aber unter denen, die auf dich warten, gibt es alte Partner, treue Gefährten, die deine Energie nicht vergessen haben. Denen sollst du vertrauen, weil die Welt von Freundschaften getragen wird.«

Da fiel ein herrliches Licht in die dunkle Höhle. Es erinnerte mehr an einen goldenen Stern, der auf die Erde gefallen war, und sein intensives Strahlen war ungeheuerlich. Eine Aura erhabener Schönheit umgab es, wie eine ungewöhnlich helle kosmische Explosion. Als es näher kam, gab es sich zu erkennen.

Es war Nathanael, der Allerreinste, der seit Jahrtausenden verschwunden gewesen war.

Mit seinem ewigen Strahlen brachte der Engel mit dem goldenen Haar und den bronzefarbenen Augen neue Hoffnung. Nathanael war ein Ophanim, ein loyaler, liebevoller Schutzengel, anmutig, schön und von tapferer Gesinnung. Dieses charakterfeste Wesen war entschlossen, die Menschheit zu beschützen. Während der Sintflut hatten sein wertvoller Einsatz Noah gerettet und zum Überleben der Menschenrasse beigetragen. Anschließend hatte der Allerreinste Ablon in den Bergen Chinas aufgesucht und ihn dazu aufgerufen, das Heilige Kind zu beschützen. Doch seit Ablon seine Fährte verloren hatte, als er im Tin-Sen-Wald ohnmächtig geworden war, blieb der Ophanim verschwunden.

»Friede, mein angebeteter Freund!«, beruhigte ihn das lichte Himmelswesen. »Ich bitte dich um Verzeihung, dass ich dir solch eine Enttäuschung bereitet habe. Ja, ich war gefühllos und unvernünftig, aber es stellte sich heraus, dass ich mit meiner Aufgabe der ganzen Welt einen Dienst erwiesen habe.«

Ablon war noch immer traurig, dass sein Freund ihn im Stich gelassen hatte; es fiel ihm schwer, in Nathanaels Verhalten einen Verrat oder Achtlosigkeit zu sehen. Aber da er stets besonnen war, gab er sich nicht mit einer demütigen Entschuldigung zufrieden. War das der echte Nathanael, der aus der Schwärze auftauchte, oder war es nur eine List des Erzengels, um seine Sinne zu verwirren?

»Bist es wirklich du, Ophanim, der sich hinter dieser strahlenden Maske verbirgt?«, fragte er argwöhnisch. »Ich habe die halbe Welt bereist, um unsere Vereinbarung einzuhalten. Mein Weg führte mich durch Wüsten und über Meere. Durch Wälder und über Flüsse habe ich mich gekämpft, bin über Ebenen gelaufen und auf Berge gestiegen. Und wo warst du, als ich endlich in Judäa eintraf?«

Der Allerreinste senkte den Kopf in aufrichtigem Bedauern. Diese Zeiten lagen lange zurück, Nathanael war ein treuer Freund gewesen, der Ablon ebenso nahe stand wie Orion, Asiel und Ishtar.

»Genau dort war ich, in der Heiligen Stadt.«

»Und warum bist du nicht zu mir gekommen?«

»Ich musste meine Mission weiterführen«, beharrte er. »Weil ich schon so viel für die Sterblichen getan hatte, hat mich der Meister des Feuers dazu auserkoren, auch den Heiland bei jedem seiner Schritte von der Astralebene aus zu begleiten und sein Leben zu beschützen. Vor der Geburt des Kinds flog ich nach Osten, dir entgegen, um dich davon in Kenntnis zu setzen. Aber vor lauter Freude darüber, dass du endlich bei uns warst, war ich dumm und unvorsichtig und fragte den Botenengel nicht um Rat.«

»Und ich«, warf Gabriel mit seiner melodischen Stimme ein, »habe dir nicht erlaubt, dich uns anzuschließen – aus denselben Gründen, aus denen wir dich jetzt hierhergebracht haben. Es war unvorsichtig von Nathanael, dich zu suchen, ohne mich davon zu unterrichten, aber er hat es in bester Absicht getan. Natürlich vertraut er mir, aber seine Gefühle gingen mit ihm durch, wie es für die Ophanim typisch ist. Wenn du über jemanden richten möchtest, dann richte über mich, General, denn ich habe dich einst aus dem Heiligen Land vertrieben und dich irdischen Gefahren ausgesetzt.«

Ablon sah Gabriel mit seinen unvergesslich grauen Augen an, die weder Zorn noch Schmerz oder Abneigung verrieten. Er kannte seine Grenzen und Unvollkommenheiten und betrachtete sich weder als Held noch als legendären Kommandant, und erst recht nicht als Märtyrer.

»Ich darf nicht über dich urteilen«, sagte Ablon. »Wer bin ich, dies zu tun? Ich habe auf Luzifers Ehrlichkeit vertraut, und was hat mir mein Urteil beschert? Danach wollte ich lieber gegen dich kämpfen, als auf dich zu hören, und habe deine gut gemeinten Worte zurückgewiesen. Wir Himmelsbewohner sind nicht vollkommen. Wir sind keine Götter und werden nie welche sein. Diejenigen, die danach trachten, sich über den Allerhöchsten zu erheben, werden scheitern – auch der Erzengel Michael. Aber ich will nicht derjenige sein, der ihn verurteilt. Als Flüchtling war ich schon kurz davor, zu hassen, doch dank Shamiras Liebe habe ich an meinen Wertvorstellungen festgehalten. Wir beide sind jemandem begegnet, der uns den Weg gezeigt hat, aber was ist mit Michael? Hätten unsere Herzen nicht Zärtlichkeit erfahren, wären wir womöglich so wie er, voller Wut und Irrsinn. Und aus diesem Grund mache ich ihm keinen Vorwurf. Allerdings gibt es Dinge, die getan werden müssen. Ich habe kein Recht, ein Urteil über ihn zu fällen, doch ich darf ihn herausfordern. Ich bin ein Krieger. Das ist mein Naturell.«

»Dann führe deinen Auftrag zu Ende, General«, ermunterte Gabriel ihn sanft. »Der Tag der Abrechnung ist gekommen.«

Und so ging Ablon allein auf den Lichtpunkt zu, der ihm den Ausgang aus der Höhle wies. Der Gang weitete sich zu einer Öffnung in der Nähe des Berggipfels.

Unter dem Abhang lag eine ausgedehnte Wüstenebene. Von seinem Standort aus sah er das Lager der Rebellen, die über die Ebene verstreuten weißen und schwarzen Zelte. Millionen Himmelsbewohner, mit Schwertern, Lanzen und Bogen ausgerüstet, trainierten am Boden, exerzierten in der Luft und bereiteten sich mit allerlei Scheinmanövern auf den bevorstehenden Kampf vor. Andere patrouillierten in der Luft und überwachten das Gelände, während die Kommandanten in ihren Baracken Pläne zeichneten und Taktiken festlegten. Wieder nahm Ablon den Geruch des Metalls, die Erregung der Kämpfer und den glühenden Eifer wahr, die einer Konfrontation vorausgehen. Insgesamt zählte er etwas mehr als zehntausend Legionen, eine jede mit fünftausend geflügelten Soldaten. Sie waren so zahlreich, dass sie Himmel und Erde bevölkerten und jede menschliche Armee, die jemals in die Annalen der Geschichte eingegangen war, millionenfach übertrafen.

In der Ferne, ungefähr 350 Kilometer weiter nördlich, begrenzte ein Ring düster aussehender Berge die Ebene. Dort stand, direkt in der Mitte, die bedrohliche Festung von Zion. Der feindliche Turm überragte die Bergketten – wie eine todbringende Lanze, die jemand in den Bauch der Welt gerammt hatte.

Von Gefühlen überwältigt, erinnerte sich Ablon an die versunkene Stadt Henoch und die prophetische Vision Hasais, des Hauptmanns der Abtrünnigen, dessen Leben in dieser Stadt ein Ende gefunden hatte. Und als er sah, wie die Legionen durch die Landschaft schritten, begriff er, dass er vor seiner Verstoßung genau wie diese Himmelsbewohner gewesen war – hoffnungsvoll, kraftvoll und willensstark. Nur durch Zufall war er zu einer Symbolfigur geworden, war durch den Hass seines Feinds auf einen Sockel gehoben worden.

Jetzt gab es für ihn kein Zurück mehr. Der Engelsfürst hatte Shamira in seiner Gewalt, hatte Ablons beste Freunde umgebracht, ganze Städte in Schutt und Asche gelegt und dabei Millionen Unschuldige mit ins Verderben gerissen. Für diese Menschen würde Ablon jetzt Rache nehmen, für ihn selbst würde es aber um Gerechtigkeit gehen.

Links von ihm stand der gütige, strahlende Nathanael, der ihn veranlasst hatte, freundlich zu sein; rechts von ihm der Meister des Feuers, unüberwindlich in seiner heiligen Rüstung.

»Mehr als zweitausend Jahre habe ich gebraucht, um diese Armee auf die Beine zu stellen und zu trainieren«, raunte Gabriel, während er die Szene betrachtete. »Diese Legionen sind die tapfersten und würden sich nur dem höchsten Kommandanten beugen. Jetzt gehören sie dir. Führe sie, wie es dir beliebt. Diese Engel entstanden dank deiner Aufrichtigkeit, und aufrichtig werden sie dir folgen.«

Doch Ablon wusste, dass nicht nur er diese Rebellen inspiriert hatte. Wenn er hier wohlbehalten mit dem Schwert in der Hand stand, dann auch deshalb, weil er von der Zuversicht seiner alten Freunde und der Entschlossenheit der Bruderschaft erfüllt war.

Der General erklomm einen Felsen und wandte sich von dort aus an die Soldaten. »Rebellen!«, rief er ihnen zu, »mögen mir jetzt jene zuhören, die im Herzen tapfer und im Geiste treu sind. Mögen jene zuhören, die ehrenhaft und weise sind, und jene, die an die Macht der Gerechtigkeit glauben!« Sofort verstummten das Flügelschlagen, die Pfiffe, ja sogar das Rauschen des Winds. Auch der Erzengel Michael in der Festung von Zion hörte die Stimme und rannte verstört an eines der Fenster, um zu sehen, was da draußen vor sich ging. »Ihr seid eine Armee, die für das Gute eintritt, und ich freue mich, dass ich in dieser letzten Schlacht euer Anführer sein kann. Von den Anwesenden sollen mir nur diejenigen folgen, die den Tod nicht fürchten – kühne, tapfere und verwegene Krieger. Wenn der Kampf losgeht und all eure Gefährten gefallen sind, wird der Hartnäckige, der Beherzte siegen, jener, der für die ruhmreichste Sache kämpft. Mögen mich jene begleiten, die den Allerhöchsten anbeten, die die Rechtmäßigkeit seines Werks achten und gegen die Ermordung der Menschen sind. Heute Nacht werden wir bis zum letzten Soldaten kämpfen!«

Ablons kurze Rede und seine wunderbare Präsenz als Symbolgestalt bewirkten, dass die Kämpfer am Ende in Hurrarufe ausbrachen, und bei diesen Rufen erbebten Wüsten und Berge, und den Geflügelten, die Zion verteidigten, ließen sie den Mut sinken. Im feindlichen Lager zitterten die Bösen vor Angst, als sie sahen, welche Begeisterung in der Armee herrschte, die sie bei Einbruch der Dunkelheit angreifen würde.

Der Sieg war den Rebellen gewiss.

Im Turm der Tausend Fenster, um den sich unzählige Soldaten scharten, stieg der Engelsfürst wutentbrannt die Treppen hoch. Voller Aggression riss er die metallene Doppeltür auf und betrat den Pfortensaal, einen runden Raum mit zwei Dutzend versiegelten Durchgängen. Dort stand immer noch der Schwarze Engel und bewachte den Aufgang zur Falltür, die zur Terrasse und dem Rad der Zeit führte, wo Shamira angekettet war.

»Der Abtrünnige lebt!«, tobte der Erzengel zornig. »Es kann einfach nicht sein, dass er der Furchterregenden Legion entkommen ist!«

»Ich habe ja gesagt, es sei sinnlos«, konterte der Engel mit den Schwarzen Flügeln. »Eusin war unfähig, und für uns ist es ein Glück, dass er gescheitert ist. So kann er wenigstens keine Dummheiten mehr machen.«

Michael riss die Flamme des Todes aus der Scheide, und das flammende Schwert erhitzte die kalte Luft. Obwohl die beiden in einem geschlossenen Raum standen, befanden sie sich doch in fast dreitausend Meter Höhe, wo heftige Winde wehten und eisige Kälte herrschte.

»Was ist mit der Verstärkung ganz oben?«, wollte er wissen.

»Ich habe angeordnet, dass oben am Turm zehn Schwadrone eine lebende Kugel rings um den Hof bilden. Falls Ablon hierherkommt, wird er Zion über einen anderen Weg verlassen müssen.«

Daraufhin zog der Engelsfürst, wenngleich aufgeregt, das Buch der Wahrheit hervor, das er am Gürtel unter seinen riesigen Flügeln versteckt hatte. Er legte die Reliquie auf den Sockel in der Saalmitte und begann, leise die letzten Seiten zu lesen – ungeduldig wie ein Kind, das unbedingt das Ende einer Geschichte hören will. Irgendwann, als er zum gesuchten Absatz kam, beruhigte er sich und nahm wieder seine arrogante Haltung ein.

»Wir werden nun weiter nach deinem Plan vorgehen. Köder und Falle haben wir bereits. Soll der Verfluchte nur kommen! Ich selbst werde das Idol der Bruderschaft ins Grab bringen, während unsere Armee die Rebellen bezwingt. Genau das werde ich tun!«, bekräftigte er und klappte das Buch heftig zu. »So hat es der Allerhöchste vorgeschrieben.«

Unter seinem geschlossenen Helm verzog der Schwarze Engel das Gesicht zu einer Grimasse, doch das konnte der Himmelsherrscher nicht sehen. Er war der Engel des bodenlosen Abgrunds, jener, der alle Türen öffnete. Er war das Licht und die Finsternis, Anfang und Ende.

»Bald ist es Nacht. Das ist der letzte Tag der Menschen auf der Erde. Kein Sterblicher wird das Sonnenlicht jemals wiedersehen.«

18 Die Leviathane

Im Scheol war der Moment der Entscheidung gekommen. Im Tal der Verdammten, an den Ufern des Styx, drängten sich Tausende Dämonen aus allen Kasten und in allen Größen in einer ungeordneten Menge und warteten auf den Befehl ihrer Fürsten. Im Gegensatz zu den Engeln konnten nicht alle von ihnen fliegen. Ihre Horden gruppierten sich am Boden, wie nervöse Ameisen, wenn sie aus dem Ameisenhaufen strömen. Andere, die Flügel besaßen, erfüllten den Himmel und schäumten in cholerischer Aufregung, ihren Dreizack zum Angriff bereit. Manche waren nur kleine, harmlos wirkende Teufel, doch es gab auch riesengroße – Zwitterwesen mit Tierkörpern, Hörnern und Schwänzen. Einige hatten spitze Fangzähne, feurige Augen, schwarze Klauen und schuppige Haut. Die einen ritten auf geflügelten Monstern, die Liliths Bestie ähnelten, andere wiederum saßen auf Skelettpferden, so ähnlich wie die furchterregenden Höllenritter. Und es gab die Sklaven, eigentlich eher wilde Bestien, die an Löwen und Schakale erinnerten und bedrohlich heulten.

Am Ankerplatz warteten die acht Fürsten – außer Apollyon, der schon seit Tagen verschwunden war – empört und zornig auf Samaels Anweisungen. Der verhasste Samael, auch die Schlange Edens genannt, war eine reptilienähnliche, widerliche Kreatur, die sich nur kriechend fortbewegte und nun die Todesfürsten anherrschte: »Versammelt eure Horden! Die Schiffe werden gleich hier sein.«

»Schiffe?«, schnaubte Molloch der Henker, ein muskulöser Dämon mit großem Schädel, kleinen Hörnern und Pupillen so schmal wie die einer Katze. »Nicht einmal eine Million Kähne könnte diese gewaltigen Mengen transportieren. Dein Verstand ist wohl in der Hitze der Teufelshöhle ausgetrocknet, Satanás!«

»Das soll unser Anführer angeordnet haben?«, schaltete sich Asmodeus ein, ein bösartiges, elegantes Wesen mit einem roten Zepter in der Hand. Geschliffene Worte waren seine Waffe, um Samael in Verruf zu bringen.

»Wer an mir zweifelt, fordert meinen Meister heraus«, zischte Samael drohend und zeigte seine spitze Zunge. Da er wusste, wie schwach er als Anführer war, musste er den anderen Angst und Schrecken einflößen.

Molloch verstummte schlagartig und bekam Unterstützung von Orion, während sich die anderen Fürsten vor Wut wanden.

»Geduld, Kameraden!«, beschwichtigte Orion sie. »Es ist noch früh, und die Schlacht auf der ätherischen Ebene hat noch nicht einmal begonnen. Ich glaube nicht, dass der Morgenstern auf unseren Einsatz verzichten kann.«

Gewöhnlich trug Orion keine Rüstung, doch für den letzten Kampf hatte er einen ausgefallenen silbernen Panzer angelegt, wie ihn früher die Krieger von Atlantis trugen. Er war mit dem Symbol des Juwels des Meeres verziert. Er trug kein Schwert, nur einen spitzen Stock, aber seine Klauen waren so todbringend wie eine Schwertklinge.

»Verdammt noch mal!«, knurrte Mammon, ein feister Dämon mit dem Körper eines Nilpferds, Schweinekopf und riesigen Hörnern. »Ich werde mich doch nicht einem elenden Speichellecker beugen!«, rief er laut, und Alastor, Beelzebub und Molloch stimmten ihm waffenschwenkend zu.

Doch als die vier gerade zum Angriff auf Samael losstürmen wollten, verstummten die Horden im Lager, und als sich die Fürsten dem Hafen zuwandten, sahen sie etwas, das sie für unmöglich gehalten hatten.

In der Ferne, am Eingang des Tals, wo der Styx entsprang, tauchten Hunderte Schiffe auf und näherten sich wie Giganten, gruben sich durch das Flussbett und sprengten die Ufer.

Die schäumenden roten Wassermassen schwappten um die fahrenden Schiffe und rissen diejenigen, die direkt am Rand standen, mit sich, sodass sie ertranken. Das waren keine gewöhnlichen Schiffe! Länglich wie die ägyptischen Boote, maßen sie vom Bug zum Heck tausend Meter, wurden auf dem Styx noch länger, um besser voranzukommen, und schrumpften anschließend wieder auf ihre ursprüngliche Größe. Jedes der Schiffe wurde von drei bedrohlich aussehenden, schwarz gewandeten Gestalten gesteuert. Das waren die furchterregenden Fährmänner, die weder eine Seele noch eine Essenz, weder Eigenschaften noch Moral besaßen.

Beim Anblick dieser unglaublichen Fahrzeuge wichen die Fürsten sofort zurück. Sie waren so lang, breit und hoch, dass auf einem allein ungefähr fünfhunderttausend Kämpfer Platz finden würden – und es gab fast zehntausend von diesen Kähnen!

»Jedenfalls hat der Sohn der Morgenröte seine Armee nicht vergessen«, murmelte Bael der Unglückliche, der Fürst der Verzweiflung, eine schauderhaft dürre Gestalt aus verwesendem Fleisch mit Leichengesicht.

»Es sind Leviathane, die Riesenschiffe«, erinnerte sich Orion. Er hatte schon sagenhafte Dinge über diese Schiffe gehört, sie aber nie ernst genommen.

»Dann ziehen wir also in den Krieg«, sagte nun auch Mammon und ließ von Samael ab. »Diesmal bist du noch heil davongekommen, du hinterlistige Schlange!«

»Gegen wen kämpfen wir eigentlich?«, wollte Mephistopheles, ein Aristokrat mit feuriger Haut, Fledermausflügeln und Menschengesicht, wissen. »Auf welche der beiden Engelsfraktionen haben wir es abgesehen?«

»Das werdet ihr schon noch rechtzeitig erfahren«, antwortete Samael, als das riesige Schiff am Anleger festmachte. »Und nun kommt mit mir an Bord!«, forderte er sie auf und glitt über die sich senkende Brücke ins Innere.

»Diese ganze Geschichte beunruhigt mich immer noch«, flüsterte Asmodeus Orion zu, der neben ihm stand. »Was hat der Dunkle Erzengel denn nun tatsächlich vor?«

»Das werden wir heute noch erfahren«, erwiderte der Satanis und bestieg das Schiff.

Der Gott der Liebe

Den ganzen Abend lang streifte Ablon durch die Ebene, um seine Truppen zu inspizieren. Begleitet von nicht enden wollenden Hochrufen fand er keine Zeit, um mit jedem Soldaten ein paar Worte zu wechseln, doch er unterhielt sich mit den Generälen, sammelte Informationen und bereitete sich darauf vor, seine endgültige Kampftaktik festzulegen. Begleitet wurde er von Varna aus dem Regiment der Bogenschützinnen, und er begegnete auch dem unvergesslichen Baturiel wieder.

Wie viele andere dort verstreute Kämpfer hatte Baturiel der Rechtschaffene dem Ersten General vor der Vertreibung gedient und ihn am Ölberg, den er auf Gabriels Befehl hin gegen jeden Eindringling verteidigen sollte, endlich wiedergesehen. Beinahe wären die beiden handgreiflich geworden, doch Varna und der Meister des Feuers, die gerade hinzukamen, unterbrachen den Streit. Ablon hatte Baturiel damals falsch eingeschätzt, da er glaubte, dieser stehe auf der Seite des Feinds. Deshalb entschuldigte er sich gleich für seinen Irrtum.

»Ich hätte es genauso gemacht«, tröstete sein Freund ihn. Er trug die für Offiziere übliche goldene Rüstung, auf der das alte Wappen der Legion der Schwerter eingeprägt war.

Danach führte ihn Baturiel persönlich zu dem Ischim Elohai dem Schmied, der dafür berühmt war, die robustesten Rüstungen des Himmels anzufertigen. Der Himmelsbewohner nahm bei Ablon Maß und versprach, ihm bis Tagesende eine besonders gute anzufertigen.

Der Tag neigte sich bereits seinem Ende zu, als sich der Cherub wieder zu Gabriel auf dem Felsen gesellte. Dieser hatte sein Zelt auf dem Berggipfel aufgestellt, wo er die gesamte Wüste und die Berge rings um Zion beobachten konnte. Nur Varna leistete dem Erzengel Gesellschaft – die kühle Cherubine, die ihrem Anführer blind ergeben war und ihm überallhin folgte.

Von einem Felsvorsprung aus konnte der Meister des Feuers die großartige goldene Armee erahnen, die er in langen Jahrhunderten im Verlauf jener persönlichen Fehde perfektioniert hatte. Sein Gesicht war zart wie eine Lotuspflanze, deren Wurzel die fruchtbare Fülle der Erde berührt und deren Blütenblätter sich der Weite des Himmels entgegenstrecken. Gelassen bewegte er sich im Einklang mit dem kosmischen Fluss und dem Herzschlag des Unendlichen.

Geblendet vom Strahlen des Universums, fühlte sich Ablon winzig klein, als er diese vielen Legionen und die schiere Menge Soldaten sah, die gemeinsam die unschlagbare Armee bildeten. Er bedauerte seine lange Abwesenheit und die Tatsache, dass er sie nicht schon früher in einer Revolution mit glücklicherem Ausgang hatte anführen können.

Gabriel genoss die Wärme der untergehenden Sonne, deren Strahlen einen goldenen Schein auf das Schlachtfeld warfen. Er setzte sich mit gekreuzten Beinen hin, um dem Feuergestirn zu huldigen. »Heute erlebe ich den letzten Sonnenuntergang – genauso fasziniert, wie ich den ersten betrachtet habe«, gestand er melancholisch. »Ich bin ein Weltenwächter, General, getrieben von der Sehnsucht und gepeinigt von meiner Erinnerung. Ich kann das Verstreichen der Zeitalter spüren und die Zeichen der

Zeit berühren, wie Spuren im Sand, die mit jeder Welle, die sie überspült, verschwinden.«

»Ich verstehe deine Verbitterung. Das ist die Kehrseite der Unsterblichkeit, die schwere Bürde der Unbesiegbaren. Auch mein Geist wurde verwundet, aber ich bin jung, trotz meines Alters. Ich leide unter den Taten, die ich gebilligt habe, und unter den Schlachten, die ich zugelassen habe. Gern wäre ich bei der Verteidigung der Schöpfung kompetenter gewesen und hätte die Menschen gern vor dem Untergang bewahrt.«

»Wir alle streben nach dem Unerreichbaren, und dieses Dilemma ist der Funke, der die Wärme des Daseins entzündet. Wenn alle Fragen beantwortet sind, geht auch der Lebensantrieb verloren.«

Ablon trat näher und sah dem Erzengel direkt ins Gesicht. »Erzähl mir, was geschehen ist, Gabriel. Was ist passiert, seit die Mitglieder der Bruderschaft zu Abtrünnigen wurden? In meinem Herzen spüre ich, dass mir etwas fehlt, und das bereitet mir seit Jahren Kummer.«

Der Meister des Feuers atmete schwer und legte die gefalteten Flügel um seine Schultern. »Das Paradies war nicht mehr wie früher. Durch die Verstoßung der Abtrünnigen wurde die Einigkeit der Erzengel, die durch den Fluch bereits zermürbt worden war, auf die Probe gestellt. Nach der Verschwörung begannen viele Himmelsbewohner – darunter auch Luzifer – zu glauben, dass eine Revolution möglich wäre, und dann kamen die Opportunisten, um die Verzweifelten zu verführen.«

»Als ich die Ruinen der verfluchten Stadt Henoch verließ, wurde mir klar, dass der Dunkle Erzengel selbst eine Revolte ausgeheckt und mit Lügen und leeren Versprechungen ein Drittel der Engel auf seine Seite gezogen hatte.«

»Ja, Luzifer, der Sohn der Morgenröte. Er und seine Berater hatten die Ideale der Bruderschaft verdreht. Sie hatten geschworen, sie würden die Himmelsbewohner von der Tyrannei befreien, aber der Teufel verschleierte sein wahres Ziel mit schönen

Worten – in Wahrheit wollte er nämlich den Platz des Engelsfürsten einnehmen. Leider gab es immer mehr Unzufriedene und Verärgerte, und da sie einen schwachen Charakter hatten, ließen sie sich von Luzifers faszinierender Rhetorik blenden, so wie es in Krisenzeiten häufig geschieht.«

»Und wie war dieser Krieg?«

»Blutig, gierig und furchtbar. Viele gute Geistwesen haben wir im Kampfgetümmel verloren. Auf dem Schlachtfeld, als die Schwerter funkensprühend aufeinanderschlugen, gingen sich Luzifer und Michael aus dem Weg, indem jeder auf seinem Thron am entgegengesetzten Ende des Firmaments Platz nahm. Und so ging das Gemetzel weiter, bis das Blut der Engel Kanaan tränkte und der Morgenstern eine demütigende Niederlage erlitt und sich ergeben musste. Zur Strafe wurden die Verlierer ausgestoßen und zum Exil in der Finsternis des Scheol verurteilt.«

»Der Scheol. Seltsam, dass Michael den Gefallenen keine schwerere Strafe auferlegt hat.«

»Bevor der Dunkle Erzengel in die Hölle kam, war der Scheol eine Dimension, in der es nur Tote gab, ein Ort tiefster Schwärze und völliger Trostlosigkeit. Dorthin hatte Jahwe die sterblichen Überreste Tehoms und der Götter der Finsternis bringen lassen, die er in den Urzeitlichen Schlachten vernichtet hatte. Der Abgrund von Nimbye auf den Feldern des Todes sollte sozusagen Tehoms Bauch darstellen, einen Weg in die Vorhölle, wo nur Grauen, Leid und Verzweiflung herrschen.«

»Darum also der Lichtträger …«, murmelte Ablon in Anspielung auf einen der vielen Namen Luzifers.

Er bohrte seine Waffe in den harten Boden, wie er es manchmal zu tun pflegte, weil er weder eine Schwertscheide noch einen Gürtel besaß, an dem er diese hätte befestigen können. Die Klinge blieb in einem roten Felsen stecken.

»Warum, meinst du, hat Michael die Hexe von Endor gefangen genommen?«, fragte Ablon. »Der Engel, der sie entführt hat, sagte, es werde ihr nichts geschehen, wenn ich mich nicht mit dem Teufel verbünde. Vermutlich wollte er mein Bündnis mit Luzifer verhindern.«

Gabriel richtete sich kerzengerade auf und stieg vom Felsen herab auf die Schlucht zu. »Das ist eine Täuschung, mit dem er dich von deiner eigentlichen Aufgabe abbringen will. Michael kennt dein Wesen, deine Vergangenheit, und weiß, dass du niemals mit einem Verräter gemeinsame Sache machen würdest. Außerdem wären die Soldaten der Hölle niemals in der Lage, Zion zu überfallen. Die teuflischen Truppen sind zwar zahlreich, aber schwach. Die meisten satanischen Einheiten bestehen aus Geistersklaven, die beim ersten Schwertstreich fallen. Nur die gefallenen Wesen sind wirklich grimmig, aber da es nur wenige sind, muss man sie nicht fürchten. Falls sich der Engelsfürst eine militärische Offensive erhofft hat, dann hätte er verhindern müssen, dass du dich *uns* anschließt.« Der Erzengel deutete auf die fliegenden Kampfreihen, die vollkommen diszipliniert trainierten, und auf die Bodentruppen, die ihre Waffen durch die Luft sausen ließen, als sei sie der Feind. »Unsere Armee hingegen ist so stark und geübt, dass sie die Verteidigungen des Turms durchbrechen wird, auch wenn sie zahlenmäßig unterlegen ist.«

»Also wollte Michael mich vielleicht in die Festung locken?«

»Das habe ich nicht gesagt. Die Absichten meines Bruders sind mir unverständlich, genauso wie sein Größenwahnsinn. Seine Ängste sind sogar mir ein Rätsel, der ich seinen aufbrausenden Egoismus doch so lange Zeit miterlebt habe.«

»Aber weshalb hat er dann die Nekromantin entführt? Das ergibt für mich keinen Sinn. Wie kann ihm eine Sterbliche für sein irrsinniges Vorhaben nützlich sein, egal, was es auch sein mag?«

Gabriel war am Rand des Abgrunds angelangt. »Wer weiß, vielleicht will er sie für einen makabren Plan benutzen«, sagte er vorsichtig, aber unmissverständlich. »Ich bin mir fast sicher, dass Michael eine Möglichkeit gefunden hat, wie er die Seele dieser Frau einsetzen kann, um sich zum Gott zu machen. Dazu bräuchte er nämlich einen menschlichen Geist, der mit dem freien Willen ausgestattet ist.«

Nachdenklich kratzte sich Ablon am Kinn. »Genau das waren Luzifers Worte, als ich ihn im Tal der Verdammten aufgesucht habe. Er sagte, Michael habe vor, nach der Apokalypse so erhaben wie der Schöpfer zu werden. Damit lässt er aber den wichtigsten Punkt, der das Ende für Armageddon bedeutet, außer Acht: das Erwachen des Allerhöchsten.«

Der Botenengel sah betrübt zu Boden, dann richtete er den Blick wieder auf den dunkelrot gefärbten Horizont. »Jahwe hat sich nicht zur Ruhe gelegt, General«, verriet er. »Am Ende des sechsten Schöpfungstags hat er seine Essenz im Kosmos verstreut.«

Ablon zuckte erschrocken zusammen. »Das ist nicht wahr!«, protestierte er. »Dann ist der Strahlende also tot?«

»Nein, mein Freund«, beruhigte der Erzengel ihn. »Gott war noch nie so lebendig. Über Milliarden Jahre hat der Herr das Universum gestaltet, und eines Tages war seine Arbeit beendet. Voller Stolz auf sein Werk wünschte sich der Allerhöchste die Allgegenwart. Er wollte an allen Orten gleichzeitig sein, alles sehen und die Schönheiten der Welt erleben. Zu seinen liebsten Früchten gehörte die Menschenrasse, eine wilde Spezies, die in modrigen Höhlen lebte. Jahwe war es müde, seine Geschöpfe zu bewundern – er wollte sie berühren, unter ihnen leben, sie lieben. Deshalb zerstreute er seinen Geist, und aus dieser göttlichen Energie ging die menschliche Seele hervor, die mit dem freien Willen gesegnet und mit dem Lebenssaft der Liebe begnadet war. Dadurch blühte die Energie des Schöpfers auf, lebte weiter und vervielfältigte sich auf der Erde. Denn wisse, o tapferer Krieger, dass im Herzen eines jeden Menschen die Macht des Vaters pulsiert, und dies ist eine grenzenlose, unzerstörbare und unsterbliche Gnade.«

Nach diesen Worten schwieg Ablon zunächst lange. In Gedanken ließ er sein bisheriges Leben, seine himmlische und irdische Reise vorbeiziehen und versuchte, unmerkliche Hinweise darauf zu finden, die die Abwesenheit des Allerhöchsten hätten erklären können. »Eigentlich habe ich die Wahrheit schon immer vermutet. Wie es nur wenige tun, wollte ich lieber meinen Weg gehen, aber dann wurde die Suche nach dem Allmächtigen zu einem Motiv, einem Vorsatz. Doch was ist mit *dir*, Meister des Feuers? Warum hast du dein Wissen nicht mit den Engeln geteilt und auch die Menschen nicht auf ihre himmlischen Fähigkeiten hingewiesen?«

Wieder lächelte der Riese, doch auch Enttäuschung zeigte sich in seinem Gesicht. »Das habe ich ja versucht, aber niemand wollte auf mich hören. Die greifbare Existenz Gottes nährt Menschen und Engel gleichermaßen. Viele hängen von ihm ab, um ihre Misserfolge zu rechtfertigen, um ihn um Verzeihung zu bitten oder ein erbärmliches Leben angenehmer zu gestalten. Das nehme ich ihnen nicht übel. Es fällt mir nicht leicht zuzugeben, dass wir allein sind und unser Erfolg nur von unseren Bemühungen und niemandem sonst abhängt. Begreifst du nun, was das Paradies bedeutet, General?«

»Gottes Macht beruht auf bedingungsloser Liebe. Wenn wir wahrhaftig lieben, erreichen wir das Göttliche. Diese Wärme war es, die uns zur Quelle hingezogen und in uns die Leidenschaft für Menschenfrauen entfacht hat. Ihnen nahe zu sein, bringt uns näher zu Gott, der uns das Leben geschenkt und uns innig geliebt hat. Deine Liebe zu Shamira hat dich von der Bösartigkeit befreit. Ihre Liebe war es, die dein Schwert zurückhielt, mit dem du Nimrod um ein Haar getötet hättest. Der Geist Gottes weilt in der Zärtlichkeit, und mit ihrer Hilfe erlangen wir Zugang zu ihm.«

Da sah Ablon wie in einem Traum das sagenumwobene Babel, das Felsenmeer und den im Bau befindlichen Turm, der sich in den Wolken verlor. Er erinnerte sich an die Magierin, die von den niederträchtigen Babyloniern verfolgt und von dem Hexer mit dem Spitzbart eingekerkert worden war. Daraufhin verschwand der Albtraum, und er spürte die Wärme des Feuers in der Höhle auf dem Berg, in der sie sich zum ersten Mal umarmt hatten und die später zu Ishtars Grab werden sollte. In seiner Erinnerung war die Höhle ein magischer, besonderer Ort, einer dieser Räume, die zeitlos sind, ein sicherer Schlupfwinkel, zu dem seine Fantasie schweifte, wenn er enttäuscht und einsam war.

»Außerdem brachte der Heiland der Welt die Botschaft der Liebe«, fuhr Gabriel fort, »und sprach im Folgenden über das Wesen des Vaters. Doch nicht alle sind fähig, Dinge zu sehen, die die Wirklichkeit übersteigen – das offene Geheimnis des Daseins, das nichts mit Ikonen, Riten und Gebeten zu tun hat. Ich gestehe, dass für mich die Vorstellung schwer erträglich ist, dass nicht einmal Uriel, unser kleiner Bruder, die Wahrheit zu schauen vermochte. Nicht einmal er, der doch ein Erzengel war und miterlebte, wie sich der Allerhöchste zerstreute, war in der Lage, dessen Entscheidung hinzunehmen. Wie viele andere Engel gab sich Uriel jahrelang der Illusion hin, Jahwe schlafe auf dem Berg Zaphon, bis zu dem Tag, als er auf den Berg stieg und von Michael getötet wurde. Aber vielleicht ging es ihm in seiner Unwissenheit besser. Raphael, der immer scharfsichtig gewesen war, hatte sich bereits vorher verbittert mit Gottes Abwesenheit abgefunden, ließ irgendwann alles hinter sich und ging ins Exil.«

Die Wahrheit, so wie der Botenengel sie umrissen hatte, war völlig klar und schlicht. Gott ist die Totalität des Universums und umfasst die ganze Unendlichkeit. Er ist reine Güte, bedingungslose Liebe und Akzeptanz der Ungleichheit. Von allen Gefühlen ist die Liebe das Großartigste, weil sie eine Mischung übereinstimmender Empfindungen wie Leidenschaft, Freundschaft und Respekt vereint. Endlich verstand Ablon den Grund für die Empathie, die ihn mit Shamira verband. Er war ein Engel, geboren, um Gott zu dienen, und würde dieser göttlichen Energie immer gehorsam sein, der Schöpferkraft, die diese Frau in ihrer glühenden Seele trug.

Während Ablon über die außerordentlichen Rätsel der Welt nachdachte, zog der Meister des Feuers sein mystisches Schwert aus dem Gürtel und hielt es gegen die Sonne.

»Dies hier ist die Geißel des Feuers«, sinnierte der Erzengel, »die gefürchtetste himmlische Waffe. Mit ihr habe ich die Götter der Finsternis entthront und die gefallenen Engel bezwungen. Die Flammen, die um ihre Klinge züngeln, werden erst erlöschen, wenn ein Held kommt, der dieses Schwert ergreift. So viele Male habe ich es geführt – jetzt übergebe ich es dir, gewaltiger Krieger, der mich an Reinheit und Weisheit übertroffen hat. Benutze es heute, rechtschaffen und geschickt, um die Kräfte des Bösen zu besiegen.« Und mit diesen Worten reichte der Engel der Verkündigung Ablon sein Schwert.

Ablon fühlte sich geschmeichelt, doch dieses Geschenk konnte er nicht annehmen. »Ich danke dir für dein Angebot, Gabriel, aber deine Waffe darf ich nicht annehmen. Ich bin ein Cherub und habe mein eigenes Schwert, die Heilige Rächerin.« Er zog die Schwertspitze, die bis dahin im Boden gesteckt hatte, heraus.

Der Botenengel erwiderte auf diese Ablehnung nichts, sondern schwang stürmisch sein Schwert über dem Kopf. Völlig überrumpelt reagierte Ablon mit einer reflexartigen Abwehrhaltung, und die Geißel des Feuers sauste krachend auf ihn herab. Zum Glück parierte die Heilige Rächerin die tödliche Klinge, und die beiden Kämpfer standen einander reglos, mit gekreuzten Schwertern gegenüber, während die brennende Waffe des Erzengels die erstarrte Klinge des Abtrünnigen niederzwang.

»Warum tust du das, Gabriel?«, schrie Ablon, der Attacke noch immer standhaltend. »Warum greifst du mich an?«

Unerschütterlich drückte der Gigant noch stärker gegen Ablons Schwert, bis dieses nachgab. Das Metall verbog sich, die Ränder bekamen Risse. Innerhalb von Sekunden wurde der Griff glühend heiß, und Ablon musste ihn loslassen, sonst hätte ihm die überlegene Waffe seines Gegners die Handfläche verbrannt. Geschickt sprang er zur Seite, bevor die Geißel des Feuers ihn berührte, doch der Engel der Offenbarung brach den Angriff ab und steckte sein Schwert in die Scheide zurück. Ablons Waffe zerbrach, und die glutroten Splitter verwandelten sich in Asche, nachdem die Abendbrise sie abgekühlt hatte.

»Hör mir zu!«, sprach der Bote in das Keuchen des Kriegers hinein. »Die Heilige Rächerin würde gegen die Flamme des Todes, Michaels mystisches Schwert, nicht ankommen«, stellte er klar, während er dem Cherub sein flammendes Schwert erneut überreichte. »Aber gräme dich nicht. Du bist ein Soldat und weißt, dass es keine Schande ist, wenn wir bei der Erfüllung unserer Mission vernichtet werden. Die Rächerin hat dich wieder zurückgebracht, sie hat deinen Kampfeswillen neu entfacht und ihren Zweck erfüllt. So wie sie habe auch ich meine Aufgabe zu Ende gebracht.«

»Deine Worte sind wirr, Erzengel.«

»Dieses Armee habe ich für dich aufgestellt und sie für die größte aller Schlachten vorbereitet. Jetzt ist es an dir, dem Ersten General, die Legionen in den Kampf zu führen. Gern würde ich dir dabei helfen, mein ehrenwerter Kommandant, aber ich kann es nicht. Dies war nie mein Krieg, ich habe ihn nur geliehen. Michael ist immer noch mein Bruder, und ich könnte mich ihm nicht entgegenstellen, geschweige denn ihn umbringen.«

»Dann sei wenigstens unser Gefährte im Frieden«, bat Ablon, der ihn nicht verlieren wollte. »Wir werden dich brauchen, um den Planeten aus den Kriegstrümmern zu heben.«

»Das Universum ist für meine Sinne zu eng geworden. Ich bin alt, kraftlos und müde. Ich habe schon viel gesehen und alles miterlebt. Meine Pflicht ist es jetzt, wie mein Vater meine Essenz zu zerstreuen und in die Dunkelheit zurückzukehren.«

Sie wurden von einem schrillen Ton unterbrochen, der Angreifer und Verteidiger auf dem Schlachtfeld und in der Festung zusammenzucken ließ: die Fünfte Posaune! Ihr verstörender Klang wurde durch den Schleier gedämpft, sodass er dort, in den Tiefen der ätherischen Ebene, erträglicher wurde.

»Jetzt fehlen nur noch zwei bis zum Jüngsten Gericht«, bemerkte Gabriel. »Das Armageddon kündigt sich an. Ich ziehe meinen Geist aus der lebenden Sphäre zurück und übergebe ihn der Ewigkeit, doch ich hinterlasse dir ein Vermächtnis. In deinen Händen ruhen das Schicksal der Welt und das Werk des Wiederaufbaus. Wenn du einmal mutlos und betrübt bist, zücke die Geißel des Feuers und lausche meiner Stimme. Erinnere dich an das, was ich dir gesagt habe. Solange es noch einen einzigen Menschen auf der Welt gibt, besteht Hoffnung, weil die Sterblichen den göttlichen Funken im Herzen tragen.«

Stumm, aber mit einem Gefühl der Erhabenheit und voll des Lobs, sah Ablon, wie Gabriel durch die weißen Wolken in den Himmel aufstieg und sich wie ein strahlender Stern im Blau der Abenddämmerung auflöste. Seine Aura verschwand, sein Bewusstsein erlosch.

Gabriel hatte die Unendlichkeit erreicht und war in die Endphase eingetreten. Er war am Leben, mehr denn je! Nur war seine Energie jetzt das Kontinuum des Kosmos.

Und noch immer brannte die Geißel des Feuers in Ablons Händen.

Fast gleichzeitig mit Gabriels Aufstieg näherten sich drei Engel dem Felsvorsprung. Einer von ihnen, Elohai der Schmied, hatte eine goldene Rüstung dabei, auf der das Symbol der Legion der Schwerter prangte. Ihn begleiteten Baturiel, der Rechtschaffene, und Asiel, die Heilige Flamme.

»Hier ist deine Rüstung«, sagte Elohai und legte diese auf den Boden.

Ablon fiel auf, dass es die gleiche war wie die, die er einst besessen hatte. Sie ließ sich seitlich öffnen, sodass man sie dann um die Brust schließen konnte. Zwei Schlitze auf der Rückseite ließen Platz für die Engelsflügel, sodass das Fliegen leichter wurde.

Nun war es Zeit für den Cherub, seine weltliche Kleidung abzulegen. Er streifte sein Hemd ab, streckte zum ersten Mal seit Babylonien die blutverschmierten Flügel aus, die so lange eingesperrt gewesen waren, zog den Brustpanzer über und befestigte die Schwertscheide am Gürtel. Am steinernen Rednerpult zog er die Geißel des Feuers aus ihrer Lederhülle und richtete sie gen Himmel, als wollte er die feindliche Bastion hinter den Bergen herausfordern. Es war fast schon dunkel, und im Osten ging der Mond auf. Das Heer der Rebellen unten in der Ebene sah hinauf zum Berg, wo der General in seiner Goldrüstung stand, auf der sich die Flammen des Schwerts spiegelten. Die Kämpfer erblickten seine blutbefleckten Flügel – das Symbol und den Stolz der Abtrünnigen – und beteuerten immer wieder ihre Liebe zur Gerechtigkeit.

Von der Festung von Zion aus starrten der Erzengel Michael und der Schwarze Engel auf das strahlende Schwert in der Ferne und wussten, wer es in Händen hielt.

»Verfluchter Gabriel!«, brauste der Engelsfürst auf. »Er hat dem Verstoßenen die Geißel des Feuers gegeben!«

Ablon steckte seine Waffe zurück und wollte gerade in die Schlucht hinabsteigen, da sprach Varna, die seit Beginn des Abends nicht von seiner Seite gewichen war, ihn an: »General, es ist ein Privileg, unter Eurem Kommando zu stehen!«, rief sie laut, und ihr sonst so abweisendes Gesicht leuchtete vor Begeisterung. Nun endlich hatte sie sich dem Zauber ihres Anführers ergeben.

Eine Bresche

Im Lager hatten die Generäle inzwischen auf einem Steintisch, der im Zeltrund stand, eine Pergamentkarte ausgebreitet, die die gesamte Wüste zeigte. Darauf war die ganze Ebene eingezeichnet, die Gebirgsketten rings um Zion, der Styx und weiter vorn der Berg Megiddo. Weitere, in Leder und Papyrus eingerollte Unterlagen lehnten am Tisch, mit Diagrammen, Plänen und Informationen über Festungen, Taktiken und feindlichen Hauptmännern.

Der Mond war schon aufgegangen, als die Kommandanten sich sammelten, um mehr über die endgültige Strategie zu erfahren. Unter den zehn Generälen – Veteranen, die bereits an verschiedenen Feldzügen teilgenommen hatten – waren einflussreiche Cherubim, von denen die meisten vor der Verstoßung der Bruderschaft in der Legion der Schwerter gedient hatten. Von ihnen waren Varna und Baturiel die verdienstvollsten – gemeinsam bildeten sie mit ihren jeweiligen Angriffswaffen ein hervorragendes Doppelgespann. Neben ihnen stand Asiel, der ebenfalls an der Versammlung teilnahm. Laut Ablons Taktik sollte die Heilige Flamme mit ihren Ischim aus der Feuerzitadelle eine entscheidende Rolle bei der Schlacht spielen. Über ihnen kreiste ein Wachkommando in der Luft.

Ablon deutete auf einen Punkt auf der Karte, der die feindliche Bastion bezeichnete. »Was meinst du, wie viel Engel verteidigen Zion?«, fragte er Varna.

»Hunderttausend, und das allein außen«, antwortete sie lakonisch und prompt.

»Mindestens fünftausend Legionen beschützen sie innen, so sagen die Spione«, fügte Baturiel hinzu.

»Das sind dreimal so viele wie die Zahl der Rebellen«, stellte Asiel fest, der in die für Engel typischen weißen Seidengewänder gekleidet war und einen goldenen Gürtel umgeschnallt hatte.

»Jeder von uns kann es mit fünf von ihnen aufnehmen«, war sich Ablon sicher. »Theoretisch sind wir im Vorteil, aber in der Praxis sieht es ganz anders aus. Sie sind tadellos und ordentlich formiert und werden ihre Positionen nicht verlassen. Wir müssen ihre Reihen sprengen, bevor sie Zeit haben, ihre Waffen gegen uns einzusetzen.«

»Und wie sieht die Strategie aus?«, wollte Eblis wissen, eine andere Engelsfrau im Rat der Generäle. Sie war schlank und schmal, trug jedoch eine Keule, wie sie vor allem bullige Schläger einsetzten.

Ablon ließ den Blick über das Lager wandern und versuchte herauszufinden, wie es um die Moral seiner Kämpfer stand – immer waren sie in Alarmbereitschaft, trainierten ununterbrochen und warteten kampflustig auf den Moment, wo sie ihre Waffen schwingen konnten. Vor jeder Abteilung stand eine Standarte mit dem rot-silbernen Abzeichen der Rebellentruppen.

»Ich werde als Erster vorpreschen, auf das Kommando einer taktischen Elitegruppe, um den feindlichen Verteidigungsgürtel zu durchbrechen und die Schwadrone auseinanderzutreiben. Dazu brauche ich tausend Freiwillige, die bereit sind, bis zum letzten Blutstropfen zu kämpfen.«

»Das ist einfach«, war sich Varna sicher, die die Beherztheit der Kämpfer kannte.

»Während wir kämpfen, soll das Regiment der Bogenschützinnen ganz schnell durch die Wüste vorrücken und auf die Berge steigen, die den Turm umgeben«, ordnete er an und zeigte auf den Gebirgszug auf der Karte. »Dort halten sie sich bis zum Beginn der Offensive versteckt. In einem bestimmten Moment werde ich die Vorhut verlassen und mich auf Zion einschleusen, um die Hexe von Endor zu retten und mich dem Erzengel Michael entgegenzustellen.«

»Und was ist mit den Legionen in der Festung?«, erinnerte mahnend Schenial, ein Himmelsbewohner, der in der Nacht, als der Erleuchtete gekreuzigt wurde, die Verteidigung der Heiligen

Stadt Jerusalem befehligt hatte. »Sie werden deinen Angriff bemerken.«

»Während meiner Zeit auf der Erde habe ich gelernt, wie ich die Emanationen meiner pulsierenden Aura unterdrücken und so meinen Verfolgern entkommen kann. Ich werde im Schatten fliegen und mich heimlich wie ein Dieb durch die Gänge der Festung stehlen, bis ich den Engelsfürsten gefunden habe.«

»Die Festung von Zion ist ein Labyrinth aus Hallen, Kammern und verlassenen Gängen«, gab Schenial, der für seine Vorsicht bekannt war, noch einmal zu bedenken. »Selbst wenn du dich jahrelang darin aufhieltest, würdest du niemals bis zu Michaels Gemächern vorstoßen.«

Da fielen Ablon die lang zurückliegenden Feldzüge der Ätherischen Kriege wieder ein, als seine Legion zum ersten Mal bei der Burg des Gottes Rahab, des Herrn über die Meere, angelangt war und die dort lebenden Gottheiten besiegt hatte, indem sie den Palast zerstörte und anschließend in Brand setzte. Später sollte an derselben Stelle einmal der Turm der Tausend Fenster errichtet werden, das Zeichen des Siegs der Geflügelten über die heidnischen Wesenheiten.

»Ich war dabei, als Zion erbaut wurde, und weiß, wie die Festung konstruiert ist. Ich habe miterlebt, wie Michael oben das Rad der Zeit aufstellte, das er den Malakim aus dem Sechsten Himmel gestohlen hatte. Es wird nicht das erste Mal sein, dass ich mit dem Schwert in der Hand die Verteidigung dieser Bastion durchbreche, um die Belagerer herauszufordern.«

»Und wann sollen wir angreifen?«, fragte Ebriel, einer der beiden Generäle, die eine Lanze statt eines Schwerts trugen.

»Sobald die Sechste Posaune ertönt, werden die Bogenschützinnen ihre Pfeile auf die Soldaten auf dem Turm abschießen. Diese werden durch den Einsatz dieser Elitetruppe in Verwirrung geraten. Dann werden sich alle Einheiten in die Hitze des Gefechts stürzen.« Ablon entrollte ein zweites Pergament, das alle Details der feindlichen Festung und ihrer Umgebung zeigte. »Unser oberstes Ziel ist es, die Offensive auf einen einzigen Punkt zu konzentrieren und dort eine Bresche zu schlagen, damit die Ischim in den Turm eindringen und die Festung von innen in Brand setzen können.«

»Zwischen der Festung und den Bergen liegen fünftausend Meter«, warnte Eblis. »Diese Entfernung könnte für die Pfeile zu groß sein.«

»Für meine Kriegerinnen ist das ein Katzensprung«, entgegnete Varna.

»Und wenn du nicht zurückkommst?«, wollte Asiel wissen, der sich sichtlich Sorgen um das Los seines Freundes machte. »Sollen wir die Festung trotzdem in Brand stecken?«

»Sollte ich bis dahin nicht zurück sein, dann wisst ihr, dass ich tot bin. In meiner Abwesenheit übernimmt Varna das Kommando, gefolgt von Baturiel und Schenial. Egal, was passiert, gebt euch nicht geschlagen! Macht weiter, bis Zion fällt. Vergesst nicht, dass der Schleier der Wirklichkeit am Ende der Schlacht nicht mehr existieren wird und die beiden Welten eins sein werden. Falls ich nicht überlebe, sammelt die Überlebenden und lebt weiterhin nach den Idealen der Bruderschaft, um das Leben der Menschen, die dem Krieg der sterblichen Welt entronnen sind, zu erhalten. Helft ihnen und feiert sie, aber vergesst nicht, wer sie sind. Die Apokalypse, das Ende der Welt, haben wir der Eifersucht und dem Egoismus zu verdanken«, sagte er und rollte die Karten zusammen. »Varna, rekrutiere die besten Geflügelten für den Einsatz der Vorhut.«

Sie zupfte ihr Kettenhemd zurecht und richtete die grünen Augen auf Ablon. »Die Soldaten werden rechtzeitig zur Stelle sein, General.«

Die Versammlung löste sich auf.

Der Schlüssel zur Hölle

Während sich die Truppen vorbereiteten, zog sich Ablon allein auf den Gipfel des Bergs in der Nähe des Felsens zurück, wo Gabriel in den Himmel aufgestiegen war. Dort verharrte er reglos und konzentrierte sich auf die letzte Schlacht, die vor ihm lag. Er sah die züngelnden Flammen, die Krieger in ihren Rüstungen und die Gruppe der Engelsfrauen und Engel, so wie Gott sie erschaffen hatte. Mit Adleraugen beobachtete er die Festung von Zion in der Ferne und vor allem die Turmspitze. Diese wurde jedoch von einer glockenartigen Formation Engel verdeckt, sodass er die Terrasse nicht sah.

Er setzte sich auf einen Stein, hob seinen alten Mantel auf, drehte die Taschen um und fand darin zwei besonders bedeutende Gegenstände. Einer war der Schlüssel zur Hölle, den Luzifer ihm gegeben hatte und mit dem sich angeblich der Pfortensaal öffnen ließ, durch den man in den Scheol gelangte.

Der andere war Apollyons einst weiße Feder, die sich mit der Zeit schwarz verfärbt hatte. Bei ihrem Anblick überlegte Ablon, wie er den Todesengel wohl finden sollte, denn er wusste ja nicht, dass sich die Höllenbewohner auf der ätherischen Ebene aufhielten. Er wollte zuerst seinen Streit mit dem Erzengel Michael austragen und sich danach Gedanken über die Verfolgung des Mörders machen. So würde er nicht nur die Gespenster der Wüste, sondern auch seine abtrünnigen Freunde rächen.

Mit einem seidenen Faden befestigte Ablon die Feder am Gürtel und befühlte noch einmal die Oberfläche des tönernen Schlüssels. Eine seltsame Reliquie, so unscheinbar, kleiner als seine Handfläche – sie hatte die Form eines Rings, in den ein Kreuz eingeschrieben war.

Da landete Asiel, die Heilige Flamme, neben ihm, um mit ihm zu sprechen. Doch als er den General so gedankenversunken dort stehen sah, beschloss er, sein Hauptanliegen nicht zu erwähnen.

»Der Schlüssel zur Hölle«, sagte er nur, in Erinnerung an das erste Mal, als er die Reliquie in einem netten Café im Zentrum Rio de Janeiros gesehen hatte. Das war vor einer Woche gewesen, doch es schien Jahrhunderte her, seit er, Ablon und Siéme aus Brasilien nach Israel aufgebrochen waren – mitten in dem Chaos nach der Explosion der ersten Bomben, in der die Engel die erste der Sieben Posaunen erkannt hatten.

»Es ist immer noch nicht klar, ob Luzifer an diesem Krieg teilnimmt«, sagte Ablon mit Blick auf den tönernen Gegenstand. »Er hat sich sehr schnell mit meiner Absage abgefunden, war aber entschlossen, in den Kampf zu ziehen.«

»Dem Dunklen Erzengel sind die Hände gebunden«, behauptete Asiel. »Seine Horden können mit keinem der beiden Himmelsheere mithalten. Wahrscheinlich macht er sich die Sache einfach und wartet das Ende des Kampfs ab, um erst dann eine Einigung mit den Siegern herbeizuführen. Wer hätte größeres Interesse daran, dass sich die Engel gegenseitig abschlachten, als er?«

Ablon schüttelte den Kopf. »Weshalb hat er mir dann diesen Schlüssel gegeben? War das ein Täuschungsmanöver, oder steckt tatsächlich eine geheime Absicht dahinter, die er schon länger hegt?«

Asiel schwieg, denn auch er konnte sich keinen Reim auf die Pläne des Sohns der Morgenröte machen. Stumm sah er zu, wie der General den heiligen Gegenstand mit der Hand zerdrückte.

»Ich glaube nicht, dass das etwas ändert«, sagte Ablon. »Aber ich zerstöre ihn besser sofort.« Er ballte die Faust, und der Schlüssel zerbrach. Seine mystische Energie gab dem Druck nach und zerstreute sich im Raum. »Soll Luzifer doch im bodenlosen Brunnen versunken bleiben!«

Er spreizte die Finger, und die Tonscherben fielen zu Boden. Die feineren Krümel trug der Nachtwind davon.

»Die Elitetruppe ist bereit«, verkündete Asiel, nachdem der Staub verflogen war.

Ablon rieb sich die Hände und stieg noch einmal auf die Bergkuppe, um dort seine letzte und endgültige Rede zu halten.

Und so begann das Armageddon.

Von einem hohen Stein, der ihm als Rednerpult diente, ließ Ablon den Blick über die Ebene schweifen. Es war schon Nacht, und über Zion lag ein seltsamer Schatten – wie eine schwarze Gewitterwolke. Die Wüste war zu klein für so viele Rebellen, und viele Geflügelte flatterten, schwebten in der Luft und stellten sich für den bevorstehenden Kampf in Reih und Glied auf.

Der General stieg auf den Felsen und zog sein Schwert. Daraufhin hielten alle inne und sahen zu ihrem Anführer empor. Auf dem Schlachtfeld stand die Elitetruppe – tausend Kriegerengel mit Silberrüstungen und blitzenden Helmen, die Ablon beim ersten Angriff auf den feindlichen Turm begleiten würden.

»Gebt acht!«, rief Ablon, und seine kraftvolle Stimme drang bis in unendliche Weiten vor. In der Ferne packte Baturiel seine Lanze fester, Varna spannte ihren Bogen, und Nathanael flog auf den Gipfel des Horeb. – »Der Tag des Jüngsten Gerichts, die Zeit der großen Abrechnung, ist gekommen. Von allen Kriegen, ob im Himmel oder auf der Erde, ist dies der größte – es ist die Auseinandersetzung, in der sich die Zukunft des Universums entscheidet. Die Tränen, die wir für unsere abtrünnigen Brüder vergossen haben, werden wir jetzt mit unseren Schwertern zurückfordern. Wir sind Gottes Werkzeug, der Arm der Gerechtigkeit, das Erbe des Schöpfervaters. Heute werden wir uns zu Ehren des Allerhöchsten und zur Verteidigung der Menschheit in den Kampf stürzen. Möge eure Aura brennen und euer Herz entflammen, denn dies ist der Kampf des Armageddon, und keiner wird ungestraft davonkommen. Es wird Blut vergossen werden, bis die Grundfesten der Welt darin ertrinken, und die Gerechten werden triumphieren. Für die Guten der Lorbeer, für die Bösen der Tod!«, schloss er, und die Soldaten antworteten mit ohrenbetäubendem Gebrüll, das im unendlichen Raum widerhallte und sich in den kosmischen Fluss eingrub.

Unter inbrünstigem Beifall breitete Ablon die geschundenen Flügel aus und flog hinunter auf das Feld zu seinem Vorhutbataillon. Die Cherubim begrüßten ihn mit dem Schwert in der Hand, hissten Fahnen und Standarten und wurden Zeugen seiner gewaltigen Präsenz. Dann schwangen sich der Abtrünnige Engel und seine Krieger in die Luft und flogen zur Festung von Zion.

Shamira stand auf der Terrasse des Turms der Tausend Fenster. Zwar konnte sie nicht nach unten schauen, doch sie hörte das Gebrüll der Rebellenkämpfer und prophezeite ihren himmlischen Bewachern: »Der Erste General wird nach Zion zurückkehren. Wehe denen, die ihm den Weg versperren!«

19   Orion und Asmodeus

Die Flotte der riesigen Leviathane fuhr auf dem Styx entlang, während die satanische Horde die Plätze verteilte. Am Deck des vorderen Schiffs, das vom Oberdeck aus von drei finsteren Fährleuten gesteuert wurde, betrachteten Orion und die anderen Höllenfürsten die seltsame Dimension, durch die sie gerade fuhren. Der Fluss schlängelte sich durch bizarre Universen, lichtvolle Städte, Schattengebiete, Wälder, Wüsten, heiße Länder und Eisfestungen. Gerade kamen sie durch eine leere, sternenübersäte Ebene, wo das Flussbett der einzige greifbare Weg in der Weite des Unendlichen war.

Mit seinen Schlangenaugen starrte Samael auf die fernen Gestirne. Auf demselben Schiff befanden sich auch die Spezialtruppen, die die Front bilden sollten, darunter die höllische Bodenkavallerie und die Reiter der geflügelten Bestien, die den Himmel übernehmen und, mit enormen Lanzen bewaffnet, auf mehreren Ebenen übereinander vorrücken würden. Diese geflügelten Bestien waren keine Geistersklaven, wie man anfangs hätte glauben können, sondern willenlose, instinktlose Ungeheuer, geboren aus Hass und Bosheit. Sie waren erschaffen worden von den dunklen Mächten des Gebieters über den Scheol, der sich manchmal gern wie der Allerhöchste gebärdete und diesen grotesken Geschöpfen Gestalt verliehen hatte, weil er unfähig war, richtiges Leben hervorzubringen,

Asmodeus senkte sein rotes Zepter und näherte sich dem Gefallenen König von Atlantis. »Es heißt, die Fährleute seien nicht großzügig. Derjenige, der die Leviathane kommen ließ, muss einen hohen Preis dafür bezahlt haben.«

»Ganz bestimmt«, nickte Orion. Ihm fiel der völlig erschöpfte Amael ein, der für die Reise des Abtrünnigen Engels hatte bezahlen müssen. »Derjenige, der mit ihnen einen Vertrag abschließt, muss nachher völlig am Boden zerstört und ausgelaugt sein. Aber wer, wenn nicht die Höllenfürsten, hätte den Mut, die Fährleute herbeizurufen?«

Asmodeus betrachtete die Sterne und bedachte seine Worte genau. »Und was heckt wohl Apollyon aus?«, flüsterte er, auf die Teilnahme des Mörders am Geschäft mit den Schiffen anspielend. »Seltsam, dass der Grausamste der Malikis am Vorabend der Endschlacht verschwunden ist.«

»Luzifer hat ihn zu einer Sondermission nach Haled geschickt. Mehr weiß ich nicht.«

»Vielleicht ist er tot«, mutmaßte der adlige Teufel.

Orion sah Asmodeus an und grinste ungläubig. »Das wäre zu einfach.«

Im Grunde wäre es ihm recht gewesen, wenn der Todesengel tot war.

Aber das war er nicht.

Der rechtschaffene Baturiel ging im Rebellenlager umher und wartete. Seine wichtigste Waffe war die Lanze, doch wie alle Cherubim besaß auch er ein Schwert. Sogar die Bogenschützinnen trugen für den Nahkampf Kurzschwerter am Gürtel.

Prüfend ließ der Rechtschaffene die Waffe durch die Luft sausen. Varna mit ihrem goldenen Bogen stand gleich neben ihm. Ihr Köcher war eine heilige Reliquie, ein göttlicher Gegenstand, weil ihr die Pfeile nie ausgingen, auch wenn sie tausend abgeschossen hatte. Die Stärke der Generalin waren jedoch ihre Zielsicherheit und ihre methodische Vorgehensweise.

»Es heißt, dass noch keiner deiner Pfeile jemals sein Ziel verfehlt hat«, sagte Baturiel, während er der Kommandantin in die grünen Augen sah.

»Natürlich! Ich bin ein Engel, und das ist meine Aufgabe. Dafür bin ich da.«

»Aber wir sind nicht vollkommen. Auch wir machen Fehler, wie die Menschen.«

»Ja«, räumte sie ein, »unfehlbar sind wir nicht.«

»Und wie viele Pfeile, meinst du, werden ihr Ziel noch verfehlen?«, wollte er wissen.

»Nur einer«, antwortete sie knapp.

»Einer?«

»An dem Tag, an dem einer meiner Pfeile sein Ziel verfehlt, habe ich meine Aufgabe vollbracht. Meine Funktion in dieser Welt wird damit ein Ende finden, und an diesem Tag werde ich sterben.«

Baturiel nickte. Varnas Entschlossenheit beeindruckte ihn zutiefst.

Er entfernte sich und kehrte zu seinem Regiment zurück.

Der Triumph der blutigen Flügel

In seiner dunklen Rüstung und mit dem geschlossenen Helm sah der Schwarze Engel furchteinflößend aus. Gerade war er auf eine Plattform im vorletzten Geschoss der Festung hinabgestiegen, von der aus er die Legionen und den Verteidigungsgürtel, der den Turm schützte, gut sehen konnte. Tausende geflügelte Soldaten, in Kompanien formiert, flogen in Reih und Glied und bildeten zahlreiche Ringe um Zion.

Währenddessen näherte sich vom anderen Ende des Firmaments eine berühmte Schwadron, die für die gewaltigste Schlacht in der Geschichte gerüstet war. Tausend gewandte, kühne Engel rückten in Pfeilformation vor, bereit, die feindliche Blockade zu durchstoßen. Diese blind gehorsamen Engel waren zwar Generälen unterstellt, die gewöhnlich nur Brustpanzer trugen, aber sie steckten in silbernen Vollrüstungen, die wie Spiegel im Mondlicht glänzten. Vor diesen tapferen Himmelsbewohnern schritt ein Krieger in einer gerade erst geschmiedeten goldenen Rüstung, mit blondem wehendem Haar und grauen, entschlossen dreinblickenden Augen. Es war Ablon, der Abtrünnige Engel, der die Elitetruppe so anführte wie schon vor Jahrtausenden, als er die Burg des Gottes Rahab, des Gebieters der Meere, in den Ätherischen Kriegen überfallen hatte.

Als diese tapferen Engel über das Gebirge flogen, entrang sich ihnen angesichts der Aufgabe, die sie erwartete, ein Seufzen. Ganz in der Nähe ragte der imposante, dreitausend Meter hohe Turm der Tausend Fenster auf. Aus der Ferne wirkte er eher wie ein giftiger Bienenstock – umschwirrt von so vielen Soldaten, dass man seine Achse praktisch nicht sah. Über jedem der kleinen Erker schwebte ein angriffsbereiter Kämpfer. Und ganz oben flatterte ein Bataillon in Glockenformation um die Terrasse und beschützte das, was der General für das Rad der Zeit hielt.

Eine dunkle Wolke verhüllte die Festung. Ablon wusste nicht, woher sie gekommen war und wer sie heraufbeschworen hatte, aber es ging etwas Schreckliches von ihr aus – sie war voller Hass und Grausamkeit, wie eine Todeswolke im Dienste des Bösen.

Als die bösen Engel die von Ablon angeführten Eindringlinge wahrnahmen, zuckten sie vor Schreck zusammen, obwohl sie ihnen zahlenmäßig überlegen waren. In den ernsten Gesichtern der Angreifer erkannten sie Siegesgewissheit und Blutgier. Einige wollten zurückweichen, doch der Schwarze Engel auf der Plattform breitete seine schwarzen Flügel aus und bellte einen Befehl. Seine Stimme war wie ein Brüllen, und seine Mitkämpfer blieben wie erstarrt in ihren Reihen stehen – nicht etwa, weil sie so mutig waren, sondern weil sie Angst vor ihrem Hauptmann hatten.

»Haltet die Verteidigung, ihr Feiglinge!«

In diesem Moment begannen auch die silbernen Angreifer zu wanken, doch Ablon zückte sein Schwert, und die ewigen Flammen ließen die Belagerten erzittern. Das gab den Rebellen neuen Aufwind, und der Engel mit den Schwarzen Flügeln zog sich von der Plattform in die Gänge des Turms zurück, voller Abscheu für die Geißel des Feuers, denn sie hatte ihn schon einmal verletzt.

»Jetzt die Pfeilformation!«, befahl Ablon, und die Silberkrieger gingen in Stellung.

So durchbrach die Schwadron den Gürtel wie ein Speer, löste die Formation auf und sprengte den Ring, den die Cherubim um die Festung gebildet hatten. Schwerter klirrten, Rüstungen barsten, als die tollkühnen Krieger die feindliche Blockade durchstießen.

An der Spitze der Formation bahnte sich Ablon mit der Geißel des Feuers seinen Weg. Von diesem Schwert ging eine so große Hitze aus, dass seine Klinge eher an einen brennenden Pfeil erinnerte, der Zion mit Hochgeschwindigkeit umkreiste. Bei der Berührung mit der Waffe verkohlten die feindlichen Soldaten, und diejenigen, die kopflos die Front verließen, wurden an den Flanken von den Silberkriegern aufgerieben.

Innerhalb weniger Sekunden segelten Bruchstücke von Rüstungen durch die Luft, verstümmelte Gliedmaßen fielen wie Meteoriten zu Boden, das Schlachtfeld war blutgetränkt. Michaels Verteidiger hatten vor allem unter der Überraschungstaktik gelitten. Niemals hätten sie damit gerechnet, dass eine so kleine Gruppe sie auf diese Weise angreifen würde, denn ihre Generäle waren gut ausgebildet. Der Erfolg der Pfeilformation war nur Ablon und seiner Geißel des Feuers zu verdanken.

Äußerst diszipliniert kreisten die silbernen Krieger um den Turm und metzelten mit ihren scharfen Klingen jeden nieder, der ihnen in die Quere kam. Niemand konnte sie schlagen, nicht einmal die hochrangigen Offiziere, und von oben fielen unzählige Leichen auf die Bösen, die immer mutloser wurden.

Im Rebellenlager verfolgten Varna und ihre Bogenschützinnen von Weitem den ersten Zusammenstoß und den ersten Triumph der Elitetruppe mit, die immer noch wie ein wilder Löwe kämpfte. Ihre Kriegerinnen waren am Boden aufgereiht und warteten auf ihr Signal. Ihre goldenen Kettenhemdrüstungen waren leichter als die der Infanteriesoldaten. Außer ihrem Bogen trugen sie Kurzschwerter und bewiesen damit, dass sie auch für den Nahkampf gerüstet waren.

Baturiel stand neben der Engelsfrau und sah dem Angriff begeistert und gebannt zu. »Wie gern wäre ich dort bei ihnen«, gestand der Rechtschaffene.

»Bald ist es so weit«, erwiderte sie und rückte ihren Köcher gerade.

Baturiel trat zurück. Varna hob den Bogen und machte sich bereit, loszustürmen. Die Bogenschützinnen taten es ihr nach, und gefolgt von ihrem Regiment schoss die Generalin davon. Dicht am Boden stürmten sie vorwärts, damit ihre Gegner in Zion sie nicht sahen.

Wie Schlangen in der Nacht glitten sie durch die Wüste, auf deren staubigem Boden sie unerkannt blieben. Sie erklommen die Berge, versteckten sich dort und warteten mit abschussbereiten Pfeilen auf die Sechste Posaune.

In der Festung von Zion tobte der Kampf weiter.

In Pfeilformation waren die Rebellen praktisch unbesiegbar, verfolgten damit aber nur ein Ziel: Sie lösten eine Verteidigungslinie nach der anderen auf, ließen die übrige Blockade aber unangetastet. Nun mussten sie sich auf die zahlreichen Punkte des Turms konzentrieren. Mit einem zielgerichteten strategischen Angriff würden sie in jedem der feindlichen Verteidigungsringe Unordnung stiften und damit die Offensive intensivieren – auch wenn sie nicht alle überwinden konnten. Es war eine selbstmörderische Taktik, weil ein einziger von der Gruppe getrennter Angreifer der feindlichen Belagerung nicht lange Widerstand leisten würde – egal, wie stark er war.

Aber dafür gab es epische Helden, die entschlossen waren, auf dem Schlachtfeld zu sterben.

»Formation auflösen!«, rief Ablon. »Zerstreut euch. Sucht nach den Anführern der Kompanie! Tötet die Hauptmänner! Sterbt für eure Ideale!«

Auf dieses Kommando hin tauchte ein Teil der Schwadron nach unten ab, während ein anderer aufflog, sodass sie ihre Kräfte verteilten. Tapfer kämpften sie allein und schlugen mit ihren Schwertern eine Bresche, bis sie zu ihrem Ziel vorgedrungen waren. Die Erfahrensten waren bereits den Hauptmännern auf den Fersen, in der Gewissheit, dass die Kompanien ohne ihre Anführer der Mut verlassen würde.

Getrennt von seinen Cherubim war Ablon wieder zur wichtigsten Zielscheibe geworden, und Zehntausende Engel hatten es auf seinen Kopf abgesehen. Sie umzingelten ihn in der Luft, aber ihre Angriffe liefen ins Leere, denn behände und blitzschnell parierte er alle Hiebe. Allein die Nähe zu Ablons Waffe ließ das Metall der feindlichen Schwerter und Rüstungen weich werden. Gegen die heilige Waffe des Erzengels Gabriel, die nun der letzte abtrünnige Engel führte, konnten sich die Feinde nicht zur Wehr setzen und alle, die sich Ablon in den Weg stellten, kamen um. Aus den Verfolgern wurden Verfolgte, und mit einem einzigen Ansturm verstümmelte der Krieger zehn oder zwanzig Mörder.

Der Kompanieführer, den Ablon angriff, war Asson, ein bösartiger Kommandant, der auch beim Massaker von Sodom dabei gewesen war. Seither war er Eusin unterstellt, der zu jener Zeit Apollyon unterstand – damals ein Himmelsbewohner und Legionsgeneral.

Als Ablon sah, dass der Hauptmann die Geflügelten anführte, fasste er sein Ziel ins Auge. Er setzte ihm in der Luft nach und hieb die Soldaten, die sich dazwischenwarfen, kurzerhand in Stücke. Irgendjemand versetzte Ablon von hinten einen Schlag, aber seine goldene Rüstung fing ihn ab.

Asson wusste nicht genau, was mit Eusin passiert war, aber er hatte gehört, dass er mit dem Auftrag nach Haled gesandt worden war, den Geächteten zu töten. Als er Ablon nun mit zornigem Blick und blutiger Rüstung auf sich zustürmen sah, wurde ihm klar, welches Schicksal seinen Vorgesetzten und die Furchterregende Legion ereilt hatte.

»Greift an! Greift an! Greift an!«, feuerte Asson seine Offiziere mit versagender Stimme immer wieder an.

Eine gerade Linie aus fünfzig Cherubim rückte vor, um Ablon unschädlich zu machen. Sie wollten einen Durchbruch wagen, wobei der Nächste im Flügel sofort die gefallenen Kämpfer ersetzen sollte. Dies sollte ihr Opfer ermüden, bis es sich im letzten Kampf aus freien Stücken ergab.

Aber ihre Strategie ging nicht auf.

Mit einem seitlichen Ausweichmanöver ging Ablon der Frontreihe aus dem Weg und preschte dann mit der Geißel des Feuers mitten hinein. Mühelos hieb er die Leiber mit seinem glühenden Schwert entzwei und konzentrierte sich anschließend wieder auf Asson, auf den er es vor allem abgesehen hatte.

Doch durch einen glücklichen Umstand oder aufgrund seiner Geschicklichkeit entwischte der Hauptmann Ablon, sodass dessen Hieb ins Leere ging, am Turm abglitt und ihn wie bei einem Erdbeben erzittern ließ. In der Festung kamen sich die Wachbataillone vor wie im Bauch einer großen Trommel, als sie den dumpfen Knall hörten.

Der Fehler seines Widersachers ließ Asson neuen Mut schöpfen, und er provozierte Ablon: »Du bist also Eusins Mörder?«

»Nein«, antwortete Ablon. Und es stimmte: Eusin war von Varnas zielsicherem Pfeil tödlich getroffen worden. »Aber diesen Feigling hätte ich gern selbst erledigt!«

»Ich mach dich fertig, im Namen des Erzengels Michael!«

Wutentbrannt stürzte er voran. Noch bevor er den Cherub in Stücke reißen konnte, bohrte sich Ablons flammende Schwertspitze bereits in sein Herz. Asson stieß ein grässliches Gebrüll aus, der leblose Körper begann zu verkohlen – seine unrühmliche Laufbahn fand damit ihr Ende. Ablon hob die widerlich stinkende Leiche auf und schleuderte sie mit einem Ruck fort, sodass sie am Turm herab zu Boden fiel.

Die Belagerten hatten den Tod ihres Hauptmanns mitverfolgt und wollten sich nun seinen Henker vornehmen – aber der war verschwunden.

Ablon kauerte im Schatten und unterdrückte das Pulsieren seiner Aura, damit ihn die Soldaten, die schwache Instinkte und wenig Intelligenz besaßen, nicht entdeckten.

Im Halbdunkel der Nacht und inmitten des Kampfgeschreis stahl sich Ablon in die Festung von Zion.

Derweil hatte der Schwarze Engel im Innern der Festung einen riesigen Saal mit hohen Wänden und Gewölbedecke erreicht. In der Mitte, genau an der Achse des Turms, führte ein breiter, abgrundtiefer Hohlraum hinunter zu den Verliesen, und in diesem Hohlraum hockten Zehntausende, für den Kampf bestens gerüstete Engel. Sie gehörten zu den Legionen, die das Innere der Festung bewachen sollten, falls die rebellischen Angreifer bis hierher vordrangen.

Der Engel mit den Schwarzen Flügeln flog in das Loch hinab und wählte fünfzig der besten Soldaten aus – vor allem Hauptmänner und Generäle –, die ihn in die oberen Geschosse begleiten sollten. Viele wollten insgeheim nicht mitkommen, weil sie Kompanieführer waren und ihre Kämpfer nicht alleinlassen konnten. Trotzdem überwanden sie ihren Stolz und schwiegen, da sie wussten, von wem dieser Befehl kam.

»Wir gehen jetzt in die oberen Geschosse«, ordnete der Schwarze Engel an und nahm einen Weg, den die Offiziere bis dahin nicht kannten. »Ihr werdet die hinterste Verteidigungslinie des Erzengels Michael sein.«

Diese Kämpfer waren die stärksten aller Legionen, die Krönung von Michaels Armee. Ihre Rüstungen wirkten wie aus Bronze, und ihre Schwerter waren so scharf, dass sie winzig kleine Teilchen in der Luft zerschneiden konnten.

Und sie alle hatten Angst vor dem Schwarzen Engel.

AUGE IN AUGE MIT DEM SCHWARZEN ENGEL

Im Schutz der nächtlichen Dunkelheit schlich Ablon durch die düsteren Gänge der Festung von Zion. Er sprang von Nische zu Nische und täuschte so die Engel, die in den leeren Räumen Wache standen, schlüpfte unbemerkt durch mehrere Türen und stieg über Treppen nach oben. Die Geißel des Feuers hatte er in die Scheide zurückgesteckt, damit die Wachen ihren Glanz nicht sahen und das Knistern der Klinge sie nicht argwöhnisch machte. Die Rüstung beeinträchtigte Ablons Bewegungen nicht und verursachte auch kein Geräusch, aber ihr goldener Widerschein konnte ihn verraten, wenn er sich nicht im Schatten bewegte. Auf diese Weise täuschte er unzählige Patrouillen und Bataillone, die im Turm herumstreiften.

Ablon kannte die Gänge und Labyrinthe von Zion sehr gut, doch viele Bereiche waren inzwischen verändert oder erweitert worden, was ihn auf seinem Weg zum vorletzten Geschoss und weiter zum Pfortensaal aufhielt. Er erinnerte sich an den Tag, an dem die Festung erbaut worden war, und an die Nacht, in der Michael auf der ätherische Ebene erschienen war, um den Turm der Tausend Fenster zu errichten – das Wahrzeichen der himmlischen Herrschaft über das ätherische Gebiet von Kanaan und Sinai.

Dicht an die raue Wand geschmiegt und sich mit den Fingern an ihr entlangtastend, stieg Ablon weiter nach oben. Wie eine Raubspinne drückte er sich an zwei Soldaten vorbei, die eine Treppe bewachten. Diese führte in einen halbrunden Vorraum mit umlaufenden Galerien, die sich nach oben öffneten. Ganz im Süden des Raums schloss sich ein langer, breiter Korridor an, dessen Gewölbe auf fein behauenen Säulen mit Engelsmotiven ruhte. Er endete vor einer Doppeltür, vor der nur ein Cherub Wache hielt. Ablon erkannte ihn sofort: Es war Dariel. Wie Asson, der draußen vor dem Turm sein Leben ausgehaucht hatte, unterstand auch Dariel Eusin und hatte am Gemetzel von Sodom teilgenommen. Dieser mächtige Engel war wendig und stark und hatte eine besonders gute Wahrnehmung – nicht umsonst war er dazu bestimmt worden, den Zugang zu den oberen Geschossen zu bewachen.

Dariel war durch eine Vollrüstung geschützt und trug eine Hellebarde, einen langen Speer mit Stahlspitze und einer Klinge, die der einer Axt ähnelte. Mit ernstem Gesicht stand er vor einer uralten schmiedeeisernen Tür, mit Abbildungen hybrider Wesen, von denen das mittlere den Gott Rahab, den Fürsten der Meere, darstellte. Diese Tür war nämlich als einziges Stück aus der Burg des ätherischen Wesens erhalten geblieben und sozusagen als Siegestrophäe der Himmlischen über die heidnischen Götter nach Zion gelangt.

Ablon musste sein Ziel möglichst schnell erreichen, ohne dass Dariel auf ihn aufmerksam wurde. Wenn er ihn entdeckte, würde er Alarm schlagen, sodass er nicht unbehelligt in den Pfortensaal gelangte. Trotz seiner großen Kampferfahrung war er nicht unbesiegbar und wollte nur ungern von weiteren Legionen überrascht werden, auch wenn er sich darauf eingestellt hatte.

Da der Wächter das Dunkel genau wie Ablon mit seinen Blicken durchforstete, wäre es unvernünftig gewesen, sich durch die Finsternis zu schleichen. Deshalb sprang der General, als Dariel einmal blinzeln musste, hinter eine hohe Säule – die letzte einer langen Reihe, die das Gewölbe trug. Dort verharrte er reglos, bis der Wächter wieder blinzelte. Und bei jedem Blinzeln und mit jedem Sprung zur nächsten Säule kam Ablon der Tür ein Stück näher.

Dann hechtete er zu einer Säule ganz in der Nähe des Wachmanns und stand nun dem Soldaten direkt gegenüber.

Doch bevor der seine Waffe schwingen konnte, sprang Ablon mit gezücktem Schwert wie ein Tiger vor und hieb seinen Feind mit der grün lodernden Waffe mitten entzwei, sodass Dariel keine Zeit für einen Gegenangriff blieb.

Alles geschah lautlos.

Ablon steckte die glühende Klinge wieder zurück und drückte die Eisentür auf, die sofort nachgab. Nun stand er in einem zweiten Korridor, der deutlich größer war als der erste. Schemenhaft erkannte er mehrere Schwellen, die in weitere Gänge führten. Dort herrschte so große Finsternis und die Gänge waren so gewunden, dass er ihren weiteren Verlauf nicht erkennen konnte.

Ganz am anderen Ende des Korridors befand sich noch eine Metalltür aus Gold und dahinter endlich der Pfortensaal, in dem Ablon vermutlich seinen Erzfeind Michael finden würde.

Schweigend näherte er sich seinem Ziel, blieb aber plötzlich stehen, weil er Gefahr witterte. Aus dem Dunkel lösten sich fünfzig geflügelte Soldaten in Bronzerüstungen – von jeder Seite fünfundzwanzig –, die Ablon mit ihrer vierflügeligen Barriere den Weg abschnitten.

Ablon kannte sie alle. Im Gegensatz zu Eusin, Asson oder Dariel handelte es sich um wirklich gute Krieger, die nichts anficht, die vielleicht aber nicht den Mut gehabt hatten, sich dem Himmelsfürsten zu widersetzen und den Rebellen anzuschließen. Ablon wusste, dass es keine bösen Wesen waren, doch sie fürchteten den Tyrannen und gehorchten ihm deshalb. Doch ein letzter Funke Reinheit lebte noch in ihrem Herzen, und als sie Ablons Worte vernahmen, wurden sie unschlüssig und zögerten, die Waffen zum Angriff zu heben.

»Viele von euch kennen mich und haben schon an meiner Seite gekämpft«, sagte er, die Geißel des Feuers fest umklammert. »Ich bin Ablon, der Erste General, und komme nach Zion zurück, um erneut den Sieg zu erringen. Es spielt keine Rolle, wie tief ihr in die Finsternis geraten seid – noch habt ihr die Wahl, auch jetzt, so kurz vor dem Ende. Öffnet den Kreis und weicht zurück, und betrachtet euch befreit von der Unterdrückung, die euch umgibt.«

Als die Hauptmänner das hörten, blieben sie stehen, ließen die Schwerter aber noch nicht sinken. Aus einem Geheimgang kam, furchterregend und imposant, der Schwarze Engel geflogen, landete genau vor der goldenen Tür und postierte sich als Wache. Sein schrecklicher Anblick ließ die Offiziere erstarren, sodass sie nicht mehr wussten, wem sie folgen sollten.

»Sie sind treue Diener des Erzengels Michael«, ertönte laut die Stimme des Engels mit den Schwarzen Flügeln aus seinem Helm. Am Gürtel trug er ein riesiges Schwert; er war stark wie ein Stier, und seine mysteriöse Aura sandte unerklärliche Vibrationen aus.

Ablon erkannte ihn sofort und war trotz aller Beherrschtheit und Selbstsicherheit nicht imstande, seine Wut zu zähmen. Der Schwarze Engel war es gewesen, der vor langer, langer Zeit Ishtar bis zur Bewusstlosigkeit gefoltert hatte. Er hatte auch Shamira aus seiner Wohnung entführt und verlangt, Ablon dürfe sich Luzifer nicht anschließen. Außer Apollyon, der die meisten seiner abtrünnigen Gefährten umgebracht hatte, gab es niemanden, den Ablon mehr verabscheute. Michael war immer sein symbolischer politischer Gegner gewesen, doch diesen beiden Rivalen galt sein ganz persönlicher Hass, weil sie seine geliebten Freunde getötet oder behelligt hatten, und nichts war Ablon teurer als wahre Freundschaft.

In dieser Situation hätte er um die Freilassung Shamiras feilschen, reden, verhandeln können. Aber sein Verstand setzte aus, und mit zornroten Augen schoss er in den Gang, um seine Wut zu besänftigen. Er breitete die weißen, blutbefleckten Flügel aus, und die Hauptmänner, eingeschüchtert durch so viel Heftigkeit, gaben den Weg frei.

Vertrauensvoll berührte der Schwarze Engel den Knauf seines Schwerts. Es hätte jetzt zu einem legendären Kampf kommen können, aber Ablon war trotz seiner Wut mittlerweile viel weiser als früher. Shamira benötigte dringend seine Hilfe, und deshalb nahm er sich vor, den Kampf mit nur einer Bewegung zu beenden.

Blitzschnell ließ Ablon die Geißel des Feuers kreisen und verpasste seinem Feind einen gezielten Hieb ins Gesicht. Dieser wurde fortgeschleudert, während sein Helm in die entgegengesetzte Richtung flog und mit metallischem Klirren über den Steinboden schlitterte. Ohne den Helm wäre ihm der Schädel zerschmettert worden, aber Ablon hatte mit solcher Wucht zugeschlagen, dass der Engel mit den Schwarzen Flügeln außer Gefecht war. Er überschlug sich mehrmals und verbarg sein Gesicht im Dunkeln.

Kein Zweifel – er war ein höllisch guter Agent und so stark wie Ablon. Die Hauptmänner, die den Turm bewacht hatten und bereits beim Kontakt mit der Geißel des Feuers verkohlt waren, hätten sich nicht mit ihm messen können.

Was soll ich nur tun?, überlegte Ablon. *Mich ihm stellen? Dann besteht die Gefahr, dass ich Michael nicht rechtzeitig finde. Ihn ziehen lassen? Dann wird er mich später angreifen.*

Die Antwort kam von den bronzenen Kriegern.

Die Hauptmänner hatten sich von der Überlegenheit und Größe Ablons umstimmen lassen und eine Entscheidung getroffen. Für den Rebellenanführer zückten sie ihre Schwerter und wollten über den noch betäubten Agenten mit den schwarzen Flügeln herfallen. Da verspürte Ablon wieder den Impuls, sich ihnen anzuschließen, aber am Lärm hatte Michael vielleicht schon gemerkt, dass er in die Festung eingedrungen war, und Ablon befürchtete, dass der Engelsfürst zur Strafe die Totenbeschwörerin töten würde.

Er durfte keine Sekunde mehr verlieren.

710

Mit seinem gleißenden Schwert zertrümmerte er die goldene Tür, als schnitte er durch Papier.

Nun sah er die Treppe, die ins vorletzte Geschoss zum Pfortensaal führte – direkt unter dem Rad der Zeit.

»Ich bin das Wort«

Bei den silbernen Kriegern – rebellischen Elitesoldaten, die den Turm als Erste angreifen sollten – ließ allmählich die Kraft nach. Unermüdlich und tapfer hatten sie sich geschlagen, aber nun drohte ihnen der Tod. Von den tausend Cherubim, die unter Ablons Führung von Anfang an dabei gewesen waren, waren mindestens dreihundert gefallen.

Aber selbst eingekesselt, erschöpft und vom feindlichen Kontingent überwältigt, hatten sie in seiner Mission einen Erfolg errungen. Mit ihrem beispiellosen Angriff war es den rebellischen Engeln gelungen, den fliegenden Verteidigungsgürtel um Zion durcheinanderzubringen. Nur ein riesiges Durcheinander war davon übrig geblieben – ein Schwarm ziellos umherflatternder Himmelsbewohner, die den unglaublich kampflustigen Helden hinterherjagten. In ihrer Mordgier hatten die gegnerischen Hauptmänner die Verfolgung der Aufständischen selbst in die Hand genommen, weil sie hofften, sich durch die Verstümmelung ihrer Widersacher ein paar Lorbeeren zu verdienen. In ihrem Ehrgeiz machten sie sich nur wenig Gedanken darüber, ob ihre Truppen noch eine Einheit bildeten; sie waren böse und egoistisch und unterschätzten das Heer der neuen Rebellen.

Und ihre Einschätzung war gerechtfertigt: Die aufständischen Truppen befanden sich kilometerweit entfernt, hinter den Bergketten, und Ablon, die Ikone der Revolution, war verschwunden. Keiner hatte seine Leiche gefunden, aber sie hielten ihn für tot, weil seine Aura völlig erloschen war.

Ihre Verblendung sollte den Kommandanten später zum Verhängnis werden.

Ganz in der Nähe, im Schatten der Berge, die Zion umschlossen, warteten die Bogenschützinnen auf das Zeichen der Sechsten Posaune. Viele schöne Kriegerinnen in goldenen Kettenhemden hatten auf der ganzen Bergkette Stellung bezogen und behielten den feindlichen Turm aus allen möglichen Winkeln im Auge. Sie sprachen nicht, bewegten sich nicht, atmeten kaum. Sie verbargen sich in Felsspalten, hinter Felsblöcken, in Felsenrissen.

Varna hielt bereits einen Pfeil in der Hand und sah die Glockenformation über der Turmspitze und die Übermacht von Engeln, die zur Verteidigung der Terrasse auf dem Turm abkommandiert waren. Es waren so viele, dass man die Stelle, an der das Rad der Zeit stand, nicht einmal sah. Aber wenn ohnehin nur ein Gott diesen heiligen Gegenstand bewegen konnte, wie die weisen Malakim gesagt hatten, wozu war dann ein so immenser Militärapparat nötig? Wenn sich die Reliquie weder entfernen noch verändern ließ, weshalb hatte Michael dann die strenge Bewachung der Turmspitze angeordnet?

»Es ist mir unerklärlich, welches Interesse der Feind an der Erhaltung der Turmspitze hat«, sagte die gewiefte Generalin mit durchdringendem Blick zu einer ihrer Offizierinnen. »Bring die Besten zusammen«, befahl sie. »Sie sollen vor allem die Garnison der Terrasse beschießen. Alle Geflügelten oben auf dem Turm sollen niedergestreckt werden.«

Die Offizierin nickte und stieg schweigend den Berghang hinunter, um den anderen Bogenschützinnen Varnas Befehl zu überbringen.

»Du erbarmungsloser Tyrann, was versteckst du wohl noch unter dieser lebenden Glocke?«, sinnierte Varna.

Wie die meisten Cherubim war auch sie eine Beutejägerin, und ihr Instinkt ließ sie gewöhnlich nicht im Stich.

Mit derselben Verstohlenheit, die ihm auf der Erde das Leben gerettet hatte, eilte Ablon mit dem Schwert in der Hand die rote Steintreppe hinauf und gelangte in einen düsteren, runden Raum mit hohen Wänden. Das war der Pfortensaal, so berühmt wie sein einzigartiger Bewohner. Ablons Aura glühte vor Zorn und Erregung, weil er endlich am Ziel seiner Reise angelangt war, die vor mindestens fünftausend Jahren begonnen hatte.

An den Wänden gab es versiegelte, mit massiven Eisentoren verschlossene Durchgänge. Diese Türen hatten keine Griffe, sondern runde Vertiefungen in der Mitte, die mit speziellen Symbolen versehen waren. Von hier aus konnte man in viele Paralleldimensionen gelangen, darunter auch in den Himmel und in die Hölle. Aber Ablon sah diese Durchgänge gar nicht und achtete auch nicht auf das sagenhafte, innen und außen beschriftete Buch, das auf einem säulenartigen Podest genau in der Mitte des Saals lag. Seine Aufmerksamkeit galt vor allem seinem Hauptziel.

Am anderen Ende des Saals entdeckte er Shamira, die an den Armen angekettet und wie eine Trophäe ausgestellt war. Sie hing an Eisenketten und blockierte eine Tür, die breiter war als die anderen und zur Turmspitze führte, wo das Rad der Zeit stand. Ablon kam sie gefasster vor – beinahe unkenntlich.

Und zwischen ihm und Shamira hatte sich sein schrecklichster Feind aufgebaut.

Michael, der Engelsfürst – eine große, beeindruckende, unerbittliche und unbezwingbare Gestalt. Sein von einem Helm teilweise verdecktes Gesicht war von tiefen Narben gezeichnet. Er trug eine Vollrüstung aus blitzendem Stahl mit Goldmustern, und in den Händen hielt er die Flamme des Todes, ein flammendes Schwert mit verziertem Knauf. Die Spitzen seiner weißen Flügel funkelten wie Messerschneiden.

»Der Geächtete kommt also wieder nach Hause, wo er geweiht wurde«, sagte der Erzengel provozierend. »Auf der Suche nach dem Sieg fällst du nun schon zum zweiten Mal in Zion ein. Aber damals waren es ruhmreiche Tage, als der Erste General an meiner Seite kämpfte und unsere Feinde auf himmlischen Befehl hin niedermähte und massakrierte«, erinnerte er sich an die Zeit, als Ablon in seinem Namen getötet hatte. »Jetzt bist du nur noch das Bild der himmlischen Dekadenz.«

Ablon ging nicht darauf ein. Er wollte vor allem Shamira befreien. »Du weißt, warum ich hier bin«, erwiderte er und warf Shamira unwillkürlich einen Blick zu. »Der Schwarze Engel sagte, ich bekäme sie zurück, wenn ich kein Bündnis mit Luzifer eingehe. Und hier stehe ich und halte mich an die Bedingungen.«

»Über Ehre bin ich erhaben, Abtrünniger«, rühmte sich Michael. »Ich bin größer als jede Vereinbarung und jedes Versprechen. Ich bin einzigartig, absolut. *Ich bin* das Wort, der Befehl. Ich diktiere meine eigenen Gesetze und meine eigenen Wünsche. Wenn die letzte Posaune ertönt, wird alles menschliche Leben ausgelöscht sein. Der Schleier wird fallen, und die Seele der Hexe von Endor wird der letzte Rest von Jahwes Existenz sein, die letzte Spur eines Gottes, den es nicht mehr gibt und der auf eigenen Wunsch ausgelöscht wurde. Jetzt werde ich die Macht ergreifen und mich zum Herrscher über dieses Universum weihen.«

»Vorher wirst du stürzen, Erzengel«, gab Ablon zurück, überzeugt, dass sein Widersacher den Verstand verloren hatte. »Deine geistige Gesundheit hast du schon eingebüßt, und jetzt wirst du auch dein Leben lassen.«

Der Tyrann grinste gefährlich. »Und wer wird mich erlegen? Du, der geächtete Engel? Der himmlische Ausgestoßene? Der Anführer einer Bruderschaft toter, gedemütigter Helden? Ich weiß, du hast Balberith, Eusin und viele andere besiegt, aber sie waren nur Engel. Ich aber bin ein Erzengel, ein Gigant, der Erstgeborene des Kosmos, der Sohn des Lichtvollen. Ich wurde niemals bezwungen und werde es auch nie. Ich muss meine Bestimmung erfüllen, die mich über alle Geschöpfe erhebt. In wenigen Stunden, wenn das Rad der Zeit abgelaufen ist, werde ich den revoltierenden Legionen deinen Kopf vorwerfen – damit sie wissen, wem sie zu gehorchen haben!«

Erzürnt bereitete Ablon sein Schwert vor. »Du bist von Sinnen, Michael! Ich habe die Geißel des Feuers dabei, die früher dem Botenengel gehörte. Die Flammen dieses Schwerts werden deinen Verstand erhellen und deine Ideen klären. So wird es sein, im Guten oder im Schlechten.«

Auf diese Worte hin kreuzten die beiden Himmelsbewohner ihre glühenden Waffen. Doch bevor sie den ersten Streich führen konnten, erklang die Sechste Posaune.

Das war der Anfang vom Ende.

20 Die Sechste Posaune – der Kampf beginnt

In der Ebene hatten sich die Rebellen in Reih und Glied aufgestellt. Baturiel hatte sie in Flügeln und Reihen organisiert, als Säulen und Linien, vertikal und horizontal, sodass sie ein massives Heer, eine himmelhohe, breite, dicke Wand bildeten. Nur die Soldaten des ersten Flügels hielten sich am Boden auf. Die anderen schwebten über ihnen und warteten begierig auf ihren Einsatz. Bis zu dreitausend Meter stiegen sie in die Höhe – das war die Entfernung vom Boden bis zum letzten Geschoss der feindlichen Festung – und so würden sie als Formation vorrücken.

Der mit Lanze und Schwert bewaffnete Baturiel flog allein voraus, bereit, die Millionen anzuführen. Es war Nacht, aber der Vollmond erhellte die ganze Wüste, wie ein düsteres Grablicht, das jemand für die letzte Schlacht entzündet hatte.

Vom Lager aus verfolgten die Aufständischen das Massaker ihrer Elitekrieger mit – tapfere Himmelsbewohner, die dem Tod ins Auge blickten, um den Hauptlegionen ihren Einsatz zu erleichtern. Aber es raubte ihnen nicht den Mut, mit anzusehen, wie ihre Gefährten fielen – im Gegenteil. Bei jedem gefallenen Silberkrieger wuchs im Herzen der Rebellen die Kampfbegierde, die Energie, die durch Rachegelüste entsteht. Jeder Augenblick des Wartens steigerte ihre Kampfeslust und ihren Willen, zu kämpfen, die Waffen zu kreuzen und den Triumph zu erringen.

Und genau in dem Moment, als einer der höchstgeschätzten Geflügelten fiel, erscholl die Sechste Posaune.

716

Als der Lärm verklungen war, brüllte Baturiel, Ablons Worte an das Heer wiederholend: »Für die Guten der Lorbeer, für die Bösen der Tod! Zu Ehren des Schöpfers und seiner irdischen Geschöpfe!«

Mit Schwert und Lanze ging er zum Angriff über.

Die Rebellenlegionen stürmten hinterher.

In der Festung von Zion sahen die Verteidiger, die noch mit den Silberkriegern fochten, wie sich das prächtige Rebellenheer im Süden erhob und auf die Bergkette zumarschierte. Verglichen mit den Truppen der Belagerten waren die Aufständischen trotz ihrer Millionen Soldaten nur eine kleine Macht. Die Energie dieser Angreifer erstickte jedoch die Bösen, die eilends wieder in Stellung gingen, denn sie wähnten sich ja unzerstörbar. Doch viele ihrer Generäle waren von den Elitetruppen getötet worden, und die Hauptmänner hatten große Mühe, die Verteidigungsringe wieder zu schließen.

Bevor sie dazu gekommen waren, prasselte ein Pfeilregen – goldene Blitze – auf einen Teil der Krieger nieder, die die Festung beschützten. Die in alle Richtungen abgeschossenen Pfeile trafen ihre Ziele und streckten zahlreiche Belagerte nieder. Es waren so viele Geschosse, dass sie aussahen wie eine rasende Woge, die selbst das Licht des Mondes verdunkelte.

Aber aus welcher Richtung war dieser praktisch unsichtbare Angriff erfolgt? Wie hatte er so tüchtige Soldaten überrumpeln können?

Die treffsicheren Pfeile dezimierten alle Kämpfer, die die Turmspitze umkreisten, und als sie fielen, sah Varna den Hof mit dem Rad der Zeit und eine hellhäutige Frau mit schwarzem Haar, die an einen Marmorpfeiler gekettet war. Obwohl sie sie nie zuvor gesehen hatte, hielt sie sie für die Hexe von Endor.

»Das ist diese Totenbeschwörerin«, sagte sie zu einer Offizierin neben sich. »Die Glockenformation sollte sie vor dem Ersten General verbergen, damit er auf einem anderen Weg in die Festung gelangt. Möglicherweise wird der Kriegerengel gerade in eine Falle gelockt.«

Im Turm der Tausend Fenster sah Mirdoth, einer der feindlichen Kommandanten, wie Bewegung in die Bogenschützinnen in den umliegenden Bergen kam. Nun waren sie deutlich zu erkennen und er begriff, wie angreifbar seine Kämpfer waren. Daraus leitete er die Strategie der Aufständischen ab und versuchte, seine Schwadronen zu organisieren.

»Fliegt zu den Bergen!«, bellte er. »Massakriert die Geächteten!«

»Nein!«, schrie ein anderer General ebenso laut zurück. »Wir dürfen die Festung nicht unbewacht lassen.«

Die Legionen zögerten und warteten auf das endgültige Kommando.

»Dann teilen wir die Gruppen auf«, schlug Mirdoth vor. »Ich werde mich nicht zur Zielscheibe für die Aufständischen machen.«

»Zieht die Legionen aus dem Turm ab!«, verlangte ein Dritter, den der Hieb eines Silberkriegers am Flügel verletzt hatte.

Während sie noch diskutierten, jagte ein neuer Pfeilregen auf sie zu. Mirdoths Kehle wurde von einem Pfeil durchbohrt, bei einem anderen blieb das Geschoss in der Schulter stecken und streckte ihn zu Boden. Weitere Verteidiger fielen, aber es gab noch viele Unverletzte. Ein überlebender General genehmigte den Abzug der Truppen aus dem Turm nach draußen.

So verwandelte sich Zion in so etwas wie ein Wespennest, voller aggressiver Insekten, die in einer langen Reihe die Festung verließen und ihren Stachel ausfuhren.

Als die Kompanien die Festung geräumt hatten, standen die wichtigen Räume leer, und die Gänge wurden nur noch von wenigen bewacht, die allein keine Chance hatten, eine Invasion zu verhindern – falls die Rebellen eindrangen.

Im düsteren Pfortensaal standen sich Ablon und Michael Auge in Auge gegenüber, konzentriert und nur beleuchtet vom Glühen ihrer blitzenden Schwerter. Im Vertrauen auf seine Überlegenheit wartete der Engelsfürst auf den ersten Hieb und ergötzte sich an der Anspannung seines Feinds. Ablon hingegen schwitzte und wollte einen Moment der Unsicherheit abpassen, um zuzustoßen.

Beide – Fürst und Vagabund – vernahmen mit ihrem geschärften Gehör, wie draußen geschrien wurde und die tödlichen Pfeile durch die Luft zischten, sich dumpf in die Verteidiger bohrten und sie reihenweise niedermähten.

»Es sieht so aus, als seien deine Krieger überrumpelt worden«, stellte Ablon fest. »Meine Legionen haben mit dem Angriff begonnen. Bald wird Zion gestürmt.«

»Deine Regimenter können sich auf etwas gefasst machen! Die Aufständischen werden fertiggemacht und deine Legionen endgültig aufgerieben. Die Frau werde ich opfern und mit der Essenz ihrer Seele göttlich werden.«

»Dein Wahnsinn ist erbärmlich, Michael. Meinst du wirklich, allein wärst du fähig, das ganze Universum zu regieren – ob mit oder ohne den Geist eines Menschen? Unter deiner Herrschaft ist sogar das Firmament eingestürzt, es hat die Engel im Himmel entzweit. Dein Charisma ist eine Farce, deine Anhänger fürchten dich. Wie soll deine Herrschaft unter dem Joch der Angst denn aussehen?«

»Angst ist das Werkzeug der Starken, nicht Charisma oder Liebe. Nur mit Unerbittlichkeit und Unterdrückung kann man regieren. Wohlwollen macht schwach, undiszipliniert und handlungsunfähig. Und du, General, bist das Abbild der Schwachen, der Makel, der die Reinheit der Ruhmreichen bedroht. Jahrtausendelang habe ich deine Anarchie ertragen, aber heute werde ich meinen Auftrag so vollenden, wie der Schöpfervater es verkündet hat.«

Ablon verstand den merkwürdigen Fatalismus des Herrschers nicht. Er überlegte, was seinen Glauben an das Absurde motivierte, wurde aber abgelenkt, als er sah, dass sein Gegner ihm sein Schwert direkt in die Stirn rammen wollte.

Blitzschnell griff der Tyrann mit seiner ganzen Energie und Erfahrung an, und einen Moment lang glaubte sich Ablon verloren, so wie bei seinen Auseinandersetzungen mit Luzifer und Gabriel. Aber eine höhere Kraft gab ihm wieder Auftrieb, und die Geißel des Feuers fuhr hoch, um die mächtige Klinge seines Gegners zu parieren. Beim Zusammenprall der Waffen loderte eine Stichflamme aus den glühenden Schneiden und tauchte den Raum in blendendes Licht.

»Du beharrst also nach wie vor dreist auf der Herausforderung, statt dich zu ergeben?«, schnaubte der Himmelsmonarch.

»Ich gehe noch weiter«, schoss Ablon zurück. Blitzschnell drehte er sich zur Seite und stürmte vor wie ein wildgewordenes Raubtier.

Aber der Erzengel war gerissen und wehrte sich. So kämpften sie weiter, ein Hieb folgte dem anderen, und jedes Mal wankte Zion bis in die Grundfesten.

Während sich die Verteidiger noch vom Schreck des Pfeilregens erholten, wurden sie Zeuge, wie die Revoltierenden mit dem Entern begannen. Unter Baturiels Kommando rückten die wütenden, motivierten Legionen genau nach Plan gegen die Belagerten vor und nahmen sie in die Zange. Vor dem Turm bis hinauf ins erste Geschoss türmten sich die zerfetzten, verstümmelten Leichen jener, die den goldenen Pfeilen und der Gewalt der Silberkrieger zum Opfer gefallen waren.

Endlich kam Verstärkung für die wenigen Überlebenden der Elitetruppe. Jetzt konnten sie sich zurückziehen und wenigstens ihre Ehre retten, aber keiner der Himmelsbewohner ließ vom Kampf ab. Sie schlugen sich unvermindert und würden bis zum endgültigen Sieg – oder bis zum Tod – weiterkämpfen.

Dann kam der unvermeidliche Schock. Das Heer der neuen Rebellen griff auf mehreren Ebenen an und nahm dabei jeweils einen Verteidigungsgürtel ins Visier. Millionen Wachleute bekamen den Ansturm der Eindringlinge zu spüren, die rasch in alle Ecken ausschwärmten. Baturiel und seine Engel rieben die Reihen der Belagerer auf, indem sie Michaels Verteidiger zerquetschten wie eine eiserne Hand, die sich um den Griff eines Spazierstocks schließt. Von Weitem sah es aus, als verwandelte sich der Turm der Tausend Fenster in ein schwarzes Gewirr aus geflügelten Soldaten, die wild aufeinander einschlugen. Die Konfliktzone mutete an wie eine funkelnde Wolke, die bald schwarz, bald dunkelrot war und hin und her wogte.

Wer sich in der Hitze des Gefechts befand, für den war der Lärm nahezu unerträglich. Klirrendes Metall, gellende Schmerzensschreie, zischende Pfeile und haarscharf geschleuderte Speere. Obwohl Zion kilometerweit in den Himmel ragte, war der Kampfbereich überfüllt, und immer wieder wurde ein Krieger durch einen Streifhieb verwundet. Nicht nur war in dieser Höhe die Luft dünn, im Nahkampfgetümmel mit Tausenden Himmelsbewohnern herrschte auch unsägliche Hitze.

Die Rebellen waren im Vorteil, tapfer, stark und diszipliniert, und von Anfang an war klar, dass sie siegen würden. Aber immer wieder strömten Bataillone aus der Festung, um sekündlich die Tausende Toten und Verletzten zu ersetzen.

»Wie viele sind da wohl noch drin?«, wollte Schenial, ein Rebellengeneral, von Baturiel dem Rechtschaffenen wissen.

»Ich weiß es nicht«, gab dieser zu, während er auf die feindlichen Linien zuflog. »Greift die Kommandanten an!«, schrie er. »Ohne die Hauptmänner verlieren die Bösen die Orientierung.«

Baturiel machte die angeordnete Taktik vor, indem er einen feindlichen Anführer ins Visier nahm, der mit dem Schwert in der Faust versuchte, seine Division zu sammeln. Er hieß Lahasch und hatte vor der persönlichen Fehde zwischen Michael und Gabriel als undisziplinierter, aber einflussreicher Offizier gegolten. Seinen Kommandantenposten hatte er sich wohl durch Schmeicheleien und Schwindeleien erschlichen, und der Rechtschaffene nahm ihn sich als Zielscheibe vor.

Als Meister im Lanzenwerfen schleuderte Baturiel seine Waffe auf Lahasch. Sie flog so schnell, dass sie fast unsichtbar war, und durchbohrte den Brustpanzer seines Rivalen, der auf der Stelle starb. Sofort schlossen sich seine Flügel, seine Augen brachen, und er stürzte mitten auf die Soldaten, die weiter unten in den Verteidigungsgürteln kämpften.

Einer von Michaels Offizieren schlich sich von hinten an, aber Baturiel kam ihm zuvor. Er wich der stählernen Waffe aus, stürmte gleich wieder voran und verpasste dem Offizier einen gezielten Kinnhaken. Inmitten des ohrenbetäubenden Kriegsgeschreis sank dieser lautlos nieder.

Dann zog Baturiel sein Schwert und stürzte sich wieder ins Gemetzel.

DIE FEUERENGEL GREIFEN AN

Oben auf der Festung setzten Ablon und Michael ihr hitziges Duell fort. Die Klingen prallten aufeinander, und der Erste General leistete Widerstand, aber der Engelsfürst war eindeutig überlegen und parierte alle Hiebe mit bewundernswertem Geschick.

Ablon versuchte, senkrecht, horizontal, von rechts und links anzugreifen – immer Michaels Kopf im Auge. Michael wehrte sich so heftig, dass seine Abwehr einem Angriff gleichkam und Ablon zwang, seine ganze Muskelkraft aufzubieten, um nicht zu unterliegen.

Nun stürmte wieder der Engelsfürst vor. Er bewegte sich so schnell, dass seine Hiebe Bewegungsspuren in der Luft hinterließen, die Momente später wieder verschwanden. Wäre ein Mensch

Zeuge dieses Kampfs gewesen, hätte er die Schläge gar nicht gesehen, so verblüffend schnell war Michael.

Er schlug sich meisterhaft. Immer wieder griff er ohne großen Krafteinsatz an, um seinen Gegner zu ermüden. Nach zehn, fünfzehn Bewegungen schwang er sich in die Höhe und landete hinter Ablon wieder auf dem Boden. Nur unter Aufbietung aller Kräfte gelang es dem Ersten General, sich umzudrehen, aber er hatte noch keine Deckung. Es war einem glücklichen Zufall zu verdanken, dass die Flamme des Todes auf die Geißel des Feuers knallte – hätte sie die Rüstung getroffen, wäre Ablon tot gewesen! Durch den gewaltigen Schlag wurde er so heftig gegen die Wand geschleudert, dass ihm einige Knochen des rechten Flügels brachen. Aus seinem Mund rann Blut, doch er rappelte sich sofort wieder auf.

Bei all seinen Abenteuern hatte er es nie mit einem so furchterregenden Rivalen zu tun gehabt. Nicht einmal in seinen legendären Schlachten waren seine Gegner so geübt gewesen.

»Gib endlich auf, Rebell!«, rief der Tyrann. »Mit deiner Sturheit zögerst du nur deinen Tod hinaus! Wirf dich nieder, damit ich dieses Duell abkürzen kann.«

Ablon stutzte – was für ein seltsamer Vorschlag! »Ein Erzengel, der Mitleid zeigt? Regiert denn nicht Unerbittlichkeit das Universum?«

Michael gab keine Antwort. Eine Sekunde lang rührte sich die Stimme der Gerechtigkeit in seinem Herzen, und er erinnerte sich an die Urzeitlichen Schlachten und das liebevolle, gütige Gesicht seines himmlischen Vaters. Einmal hatte es eine Zeit gegeben, da war der Fürst zu Liebe fähig gewesen – aber diese Liebe hatte ihn eifersüchtig werden lassen. Das war damals, als Jahwe aus seiner Essenz die menschliche Seele geschaffen und den Sterblichen das irdische Werk übergeben hatte, das die Erzengel für das ihre hielten. Aus der Liebe der Giganten wurde Hass, der den Weg für die Tyrannei ebnete.

»Warum, Geflügelter Fürst?«, fragte Ablon trotzig zurück. »Wie konntest du nur so tief sinken? Warum hast du nicht das getan, was dir befohlen war, und dich gefreut, dass den Menschen diese Gnade zuteilwurde? Wenn du ihnen den Weg des Guten gewiesen hättest, wären ihnen Krieg und Gewalt vielleicht für immer unbekannt geblieben. Wurdest du nicht genau aus diesem Grund gekrönt – um Engel und Sterbliche anzuführen und sie auf den Pfad der Tugend zu geleiten?«

In Michaels Augen blitzte ein Hoffnungsschimmer auf. »Orion wäre sicher deiner Meinung gewesen«, gab er zu. »Genau so hat er Atlantis regiert. Aber ich bin nicht nachgiebig. Ich weigere mich, den Unreinen zu dienen, weil ich aus dem Licht des Allmächtigen hervorgegangen bin. Wie könnte ich eine Horde Tiere anbeten, die in den Tiefen dreckiger Höhlen herumkriechen?«

»Die Menschen sind Gottes Erben und tragen in ihrer Seele das Vermächtnis des Schöpfers«, widersprach Ablon. »Damit hättest du dich abfinden müssen, doch dein Stolz hat dich zum Blutvergießen verleitet.«

Betroffen ließ Michael das Schwert sinken und überlegte, wie er sich aus dieser Sackgasse befreien könnte. »Also frage ich dich, Abtrünniger Engel, warum bekämpfst du mich? Bist du nicht auch ein Verderbter, der an tausend blutigen Schlachten beteiligt war?«

»Das streite ich nicht ab«, gab Ablon zu, »und ich will mich auch nicht für die von mir begangenen Morde rechtfertigen. Ich werde weder über mein noch über dein Tun richten. Aber jetzt kann ich nicht mehr zurück. Es gibt viele, die ich liebe, und viele, die auf mich vertraut haben. Für sie werde ich bis zum letzten Funken kämpfen, auch wenn ich dafür noch einmal ein Leben auslöschen muss.«

»Töte ihn!«, ließ sich überraschend die angekettete Shamira vernehmen.

Ablon verstand ihren Sinneswandel nicht – bisher war sie doch immer friedfertig gewesen! Sie musste unter großer geistiger Ermüdung leiden.

Doch in einem neuerlichen Anflug von Wahnsinn griff Michael als Erster an. Die Zweifel auf seinem Gesicht waren wie weggeblasen, und mit einem heimtückischen Manöver schlug er mit der Flamme des Todes zu. Durch den wuchtigen Aufprall wurde Ablon die Geißel des Feuers aus den Händen gerissen. Das Schwert schlitterte quer durch den Saal, riss dabei eine riesige Furche in den Steinboden und blieb irgendwo am anderen Ende liegen.

Bevor der nun wehrlose General den Zorn Gottes aufbieten konnte, griff Michael erneut an. Ablon konnte ausweichen, flüchtete aber an eine Stelle, wo Michael ihn leicht in die Enge drängen konnte.

Dieser drehte sich um, schnitt Ablon in einer Ecke den Weg ab und richtete das Schwert auf ihn. »Hier ist deine Grenze, Geächteter. Weiter kommst du nicht. Deine Reise ist zu Ende!« Erbarmungslos hob er seine Waffe zum Todesstoß.

Doch noch einmal sollte der Zorn Gottes den Helden retten.

Unglaublich gewandt stieß Michael zu, und Ablon fiel auf, wie wohl er sich dabei fühlte, seine Taktik einzusetzen. Wie es genau geschah, wusste er nicht, aber es schien, als wäre er nie zuvor so stark gewesen. Die göttliche Energie durchströmte seinen Körper, versetzte die Atome im Raum in Bewegung und bündelte die Kraft in seinen stahlharten Fäusten. Der Zorn Gottes, im Allgemeinen unsichtbar, leuchtete wie eine goldene Aura, als Ablon dem himmlischen Tyrannen ins Gesicht schlug.

Damit hatte Michael nicht gerechnet. Er sah nur, wie sich die Faust näherte und auf seine Nase krachte. Sein Helm war zerstört. Benommen taumelte er zurück, stolperte und stürzte. Blut lief ihm über das Gesicht, und einen Moment lang wurde ihm schwarz vor Augen. Hustend versuchte er sich an der Wand festzuhalten.

Ablons Faustschlag hatte den Weg zwischen ihm und Shamira frei gemacht, doch bei dem Schlag hatte sich Apollyons schwarze Feder gelöst, die Ablon am Gürtel trug, und war unbemerkt im Dunkeln verloren gegangen.

Als sich Michael aufrappelte, hätte Ablon ihn töten können, aber er verzichtete darauf – lieber wollte er Shamira von ihren Ketten befreien. Schließlich hatte er den Krieg nur ihretwegen angezettelt, war ihretwegen in die Festung von Zion eingedrungen. Also würde er zuerst Shamira helfen.

Obwohl sich die Legionen in der Festung denjenigen draußen angeschlossen hatten, war abzusehen, dass die Rebellen siegen würden. Die Verteidigungssoldaten wurden durch die Schwadronen ersetzt, die aus dem Turm strömten, aber nicht einmal die unversehrt Gebliebenen waren in der Lage, den Mut der Invasoren zu bremsen. Die Bogenschützinnen auf den Bergen schossen weiterhin ihre Pfeile ab, nun aber nicht mehr in kompakten Wellen, sondern einzeln und ganz präzise, um ihre Kampfgefährten nicht zu gefährden. Inzwischen türmten sich die Leichen der Gefallenen nicht nur am Boden, sondern auch auf den Treppenstufen rings um die Turmgeschosse, und die roten Steine der uneinnehmbaren Festung röteten sich immer mehr.

Da tauchte am Horizont, eingehüllt in eine feurige Wolke, eine Gruppe Himmelsbewohner auf. Aus ihren Körpern züngelten rote Flammen, ihre Fäuste glichen brennenden Fackeln. Diese Aufständischen, angeführt von Asiel, trugen weder Waffen noch Rüstungen. Es waren keine Kriegerengel, sondern die Ischim, die Gebieter über die Elementarkräfte, die genau in dem Moment auf dem Schlachtfeld eintrafen, als sich der Turm leerte. Ihr Auftrag lautete, die Festung zu stürmen, das Symbol der Unterdrückung in Brand zu setzen und so Michaels größten Stolz zu zerstören.

Als Baturiel Asiel und seinen Trupp nahen sah, befahl er seinen Mannen: »Silberkrieger, stellt euch in Pfeilformation hinter mir auf!« Wenigstens hundert Eliteschläger hatten überlebt und waren dem Kommando des tapferen Generals gefolgt.

Diese Helden stellte der Rechtschaffene in einer Doppelreihe am Himmel auf, um die feindlichen Aufstellungen zu durchbrechen und eine Brücke zu öffnen, über die seine Feuerengel gefahrlos in die Festung gelangen konnten. Trotz ihres beachtlichen Einflusses waren sie keine Kämpfer und würden in der Hitze des Gefechts leiden.

Also griffen die Silberkrieger und ihr Kommandant an und bildeten eine provisorische Himmelsbrücke, über welche die Ischim durch die zahllosen, inzwischen unbewachten Fenster in die Festung einfielen.

Sie betraten die Säle von Zion – riesige, leerstehende Gemächer mit großartigen Glasfenstern, mächtigen Säulen und Gewölbedecke –, und sogleich machten sich Asiel und seine Geflügelten daran, Feuer zu legen.

Doch wo war Ablon, der Erste General? Er war noch nicht zurückgekehrt.

Die Heilige Flamme beschloss, auf ihn zu warten.

Verrat in Zion

Mit einem Flügelschlag flog Ablon durch den Pfortensaal, über das Podest in der Mitte des Raums, auf dem das Buch der Wahrheit lag. Mit einer Hand hielt er sich an der Wand fest, mit der anderen sprengte er Shamiras Ketten, die mit einem dumpfen Klirren zu Boden fielen.

Ohne weiter nachzudenken, schloss Ablon die Hexe in die Arme und drückte sie an sich. »Ich bringe dich in Sicherheit. Weiter unten gibt es viele leere Gänge«, erklärte er ihr rasch. Er war froh, sie befreit zu haben, aber der Duft ihrer Haut machte ihn stutzig – ein anderer Geruch überdeckte ihn. Auch ihr Teint hatte eine andere Beschaffenheit, ja, selbst ihre Herzschläge klangen nicht mehr wie früher.

Auf der anderen Seite des Pfortensaals rappelte sich der Engelsfürst auf. Bei der Zerstörung seines Helms hatte sich sein schwarzes, von einer weißen Strähne durchzogene Haar gelöst. Er ergriff die Flamme des Todes und starrte Shamira an, die das Gesicht an Ablons Schulter gelehnt hatte. Plötzlich färbten sich ihre braunen Augen blau, und ihr Antlitz verwandelte sich in eine dämonische Fratze.

Erst als sich Ablon – noch ohne sein Schwert – zum Ausgang wandte, bemerkte er, dass sich im Raum etwas verändert hatte. Mit Shamira in den Armen suchte er überall nach einem geeigneten Fluchtweg, doch dann fiel ihm ein schreckliches Detail auf.

Eine der zahlreichen mystischen Türen mit ihren runden Vertiefungen und charakteristischen Symbolen stand halb offen – der Weg in die Hölle!

Bevor er reagieren konnte, wuchs die kleine Hand der Nekromantin, die seine Brust fest umklammert hielt, zu einer krallenbewehrten Pranke an. Die spitzen, schwarzen, scharfen Fingernägel bohrten sich in Ablons Kehle und rissen sein Fleisch auf.

Sofort ließ der Abtrünnige sie los und sank blutüberströmt in die Knie. Seine Halsschlagader war verletzt, der Tod nur noch eine Frage von Minuten.

Betäubt, erschrocken und sprachlos sah Ablon Shamira an, und plötzlich dämmerte ihm, wer sein hinterlistiger Henker in Wahrheit war.

Da stand Luzifer, der Dunkle Erzengel, in eine weiße, diesmal mit einer Goldplatte verzierte Tunika gekleidet. Er trug sogar ein Schwert – eine Seltenheit, weil er sich bisher nie bewaffnet gezeigt hatte.

Aber was hatte der Gebieter des Scheol in der Festung von Zion zu suchen? Wie war er in den Turm gelangt? Wer hatte ihn gerufen? Er war doch ein Dämon und vermutlich der grimmigste Feind des Himmels!

»Der Teufel hat viele Gesichter«, raunte der Morgenstern. »Das hast du sicher schon einmal irgendwo gehört.« Er faltete seine Fledermausflügel zusammen und legte theatralisch die Fingerspitzen aneinander.

»Luzifer!«, rief Ablon und schnappte nach Luft. »Du Verräter! Du hast mich hinters Licht geführt ...«

»Hinters Licht geführt?«, protestierte dieser entrüstet. »Hör mal, General, erkenne doch wenigstens an, welch großartige Fähigkeiten ich besitze. Das hier ist keineswegs eine Illusion, sondern meine Verwandlungsfähigkeit. Die kanntest du vermutlich schon.«

Ablon schwieg – zu groß waren die Schmerzen, und er drohte an seinem Blut zu ersticken, das ihm durch die Kehle rann und über die Brust strömte.

»Versteh doch, Ablon, das ist nicht persönlich gemeint. Ich habe alles getan, um diese furchtbare Auseinandersetzung zu vermeiden. Ich habe dich zu mir gerufen und dir ein Bündnis angeboten. Aber da du dich geweigert hast, blieb mit keine andere Wahl.« Weinerlich verzog er das Gesicht. »Es tut mir ja so leid! Wäre deine Antwort anders ausgefallen, stünden wir – ich, du und Michael – vielleicht heute hier und würden eine neue Welt ins Leben rufen, um das gesamte Universum zu beherrschen. Was ist die Erde denn anderes als ein Samenkorn im Vergleich zur Großartigkeit des Kosmos? Wie viele Planeten könnten wir außer ihr noch bevölkern? Über wie viele Sonnen könnten wir noch regieren?« Dann wurde er ernst. »Armageddon ist nicht das Ende, sondern erst der Anfang.«

»Aber die Revolution ...« Ablon hustete. »Der Krieg im Himmel ...?«

»Meinen Sturz habe ich zusammen mit meinem Bruder klug eingefädelt und inszeniert«, sprach der Sohn der Morgenröte weiter, und das Bild des Engelsfürsten tauchte im eingeschränkten Sichtfeld des sterbenden Generals auf. »Wir wollten über Himmel und Hölle, über Licht und Dunkelheit herrschen und hätten am Ende die ersehnte Belohnung erhalten. Für unsere Verschwörung haben wir uns einen Doppelagenten gesucht, den Schwarzen Engel, den einzigen Kommunikationskanal zwischen Unter- und Obergeschoss. Diese Wesenheit kann sich ungehindert durch die Ebenen des Daseins bewegen. Mit der Essenz der Zauberin sind wir jetzt im Besitz des freien Willens, und die Zerstörung des Schleiers wird die Grenze aufheben, die unseren Einfluss einschränkt. Allmächtig und mit eigenem Willen ausgestattet, werden wir unsere Bestimmung erfüllen und zu Göttern werden. Der Gott des Lichts und der Gott der Finsternis – die Alleinherrscher über die Unendlichkeit!«

»Zwei Erzengel, die sich die Macht teilen?« Fast hätte Ablon lachen müssen, wäre diese Vorstellung nicht so tragisch gewesen.

»Dein Blickfeld ist eingeschränkt, weil du nicht weißt, was in früheren Tagen geschehen ist. Vor langer Zeit, bevor das Licht existierte, gab es Jahwe, den Gott der Helligkeit, und Tehom, die Göttin der Dunkelheit. Der Schöpfer schenkte uns das Leben, damit wir an seiner Seite in den Urzeitlichen Schlachten kämpften und die Götter der Finsternis bezwangen. Und als alles zu Ende war, der Allerhöchste gesiegt hatte und das Werk an seiner Schöpfung beendet hatte, fühlte er sich überflüssig, denn er hatte sein Ziel erreicht. Ermattet zerstreute er seine Essenz. Der größte Fehler des Strahlenden war, dass er außer sich keinen anderen zum Gott geweiht hatte, und es führte dazu, dass er träge wurde und sich langweilte, denn niemand forderte ihn heraus. Diesen Fehler werden wir nicht machen. Licht und Dunkel wird es immer geben; diese beiden Reiche sind stets voneinander getrennt. Wir werden ewig sein, unendlich sein, und jeder von uns wird über sein Reich herrschen. In uns wird der ewige Lebensfunke leuchten, weil das Universum unvergänglich ist. Und wenn wir dessen überdrüssig geworden sind, wird es andere Welten geben, die wir bevölkern oder zerstören können; andere Orte, wo wir unseren Hunger stillen können. Wir werden den Kosmos mit unseren Getreuen bevölkern, die weder Engel noch Dämonen, sondern eine neue Rasse sein werden: unsere Herolde. Diese Doppelherrschaft wird dafür sorgen, dass wir ewig leben. Und so wird unser Plan, den wir gemeinsam ausgeheckt haben, vollbracht«, schloss er und trat näher zu seinem Bruder hin. »Keiner ist misstrauisch geworden, weder im Paradies noch im Scheol«, prahlte er. »Bewundernswert, was Kommunikation alles vermag! Ich glaube, ich bin der geborene Politiker.«

Michael, der Engelsfürst, steckte die Flamme des Todes wieder in die Scheide zurück und kam auf Ablon zu. »Ishtar kam der Wahrheit ziemlich nahe«, verriet er ihm. Ishtar, die Abtrünnige, die erste Geächtete, die von dem Schwarzen Engel grausam ermordet wurde.

»Ach ja, richtig, das arme Mädchen«, erinnerte sich Luzifer. »Wie konnte ich sie nur vergessen? Ishtar war die Einzige, die einen Verdacht hatte.«

Wütend und doch machtlos kroch Ablon über den Boden, um die Geißel des Feuers wieder an sich zu nehmen, die immer noch in einer Ecke lag. Seine Feinde brachen in Gelächter aus und machten sich über seine Anstrengung lustig.

»Kurz vor dem Fall haben Michael und ich uns auf der Erde getroffen, um die Einzelheiten der Verschwörung zu besprechen – weit weg von den anderen Erzengeln. Ishtar, die in der Gegend umherstreifte, spürte unsere Aura und lüftete unser Geheimnis. Für uns wäre es gefährlich gewesen, wenn sie es verraten hätte; deshalb haben wir sie lieber aus dem Weg geschafft und all jene verfolgt, denen sie die Information hätte weitergeben können. Das ist der Grund, weshalb die Bruderschaft verdammt wurde.«

»Dann war also alles nur eine Ausrede«, stöhnte Ablon. »Dass die Abtrünnigen an deinem Sturz schuld waren, war nur ein Vorwand. Auch Michaels Propaganda war nichts anderes als ein Schwindel, um uns zum Schweigen zu bringen.«

»Bevor es dazu kam, hatten wir für die Bruderschaft der Abtrünnigen nur Verachtung übrig. Ihre Ideen stellten keine Bedrohung für uns dar … bis zu diesem unangenehmen Zwischenfall. Und da blieb uns nichts anderes übrig, als euch zu verfolgen.«

Erschöpft und am Ende seiner Kräfte raffte sich Ablon noch einmal auf, um nach seinem Schwert zu greifen, aber vergebens. Ein gewaltiger Blutschwall ergoss sich über den Boden, sein Puls wurde immer schwächer.

Mit schon erlöschenden Augen starrte er auf die Tür zur Hölle und verfluchte im Stillen seine Sorglosigkeit und die Unfähigkeit, zu verstehen, was in den Köpfen seiner Feinde vor sich ging.

Da gab Luzifer noch das letzte überraschende Geheimnis preis. »Der Schlüssel. Ich habe ihn nie wirklich gebraucht, sonst hätte ich ihn dir in der Höhle des Teufels nicht gegeben. Er war zwar eine echte Reliquie, hatte aber keine große Bedeutung für mich, da für mich der Weg nach Zion von Anfang an frei war. Ich habe ihn nur benutzt, um dich abzulenken, und wie es aussieht, ist mir das gelungen. Eine gute Lüge steht und fällt mit den Details, General.«

Unfähig zu sprechen oder gar zu reagieren, stöhnte Ablon auf. Wie gern hätte er die Geißel des Feuers in Reichweite gehabt! Voller Bewunderung für die Lebenskraft des Cherubs gab der Sohn der Morgenröte seinem Bruder sarkastisch ein Zeichen, er solle den Sterbenden seine Waffe aufheben lassen. Der Himmelsmonarch willigte ein, mehr aus Sadismus als aus Mitleid, und versetzte dem Schwert einen Fußtritt, sodass es neben Ablons Faust liegen blieb. Mit letzter Kraft packte dieser den Griff der Waffe – nun würde er sie nicht mehr loslassen!

»Wenn du lieber mit dem Schwert in der Hand sterben willst«, versetzte der Teufel, »soll es mir recht sein.«

Luzifer wandte sich zum Gehen und sagte zu seinem Komplizen: »Komm, Michael. Wir führen unser Gespräch an einem sicheren Ort weiter. Oben auf dem Turm ist die Luft besser.« Im
Hof mit dem Rad der Zeit war die echte Shamira angekettet. »Dort
kann der Aufständische die Hexe ein letztes Mal anschauen.«

Der Engelsfürst packte Ablon am Kragen seiner Rüstung und
wollte ihn zur Terrasse hochschleifen. Vorher griff er sich aber
noch das Buch der Wahrheit vom Podest.

Gefolgt von Michael stieg der Morgenstern die Stufen hinauf.
Das Blut Ablons hinterließ eine makabre rote Spur auf den Stufen
und eine Blutlache am Boden des Pfortensaals.

Gehirn und Muskeln des Cherubs reagierten nicht mehr, aber
seine Finger hielten die brennende Waffe dennoch fest umklammert.

DIE STADT IM ZENTRUM DES KOSMOS

Auf den roten, aufgewühlten Wassern des Styx näherten sich die
Leviathane ihrem Ziel, wenngleich die Passagiere den Weg nicht
kannten. Die Fährleute hatten die Horden durch außergewöhnliche Dimensionen geführt, von denen manche selbst den intelli-
genten, erfahrenen Höllenfürsten fremd waren.

Die letzte Teilstrecke sollte durch ein verborgenes Universum
führen, das den Dämonen große Angst einjagte – nicht weil es
bösartig war, sondern weil ihr Verstand es nicht erfassen konnte.
Für eine Gruppe einflussreicher Gefallener, die meinten, sie hätten schon die schrecklichsten Dinge gesehen und erlebt, war dies
ein Ort der Agonie und Frustration.

Die Leviathane glitten durch einen Kanal, einen der beiden
Hauptarme des Styx. Die Wogen klatschten an die Uferränder,
die von grünlich verfärbten, rostigen Eisenwänden gestützt wurden. Das ganze Gelände sah aus wie eine beeindruckende Stadt,

die sich aber von bekannten Städten unterschied. Aus dem Boden ragten hohe, mit Stacheldraht bewehrte Türme. Manche Gebäude hingen mit dem Dach nach unten in der Luft, als wäre die Stadt im Innern einer unermesslich großen Kugel modelliert worden.

Doch trotz der Weite war es hier bedrückend und feucht, es nahm einem den Atem. Immer wieder wurde die tödliche Stille von schrillem Lärm unterbrochen, als schleifte jemand eine schwere Eisenkette hinter sich her. Am Rand des Kanals standen dicht gedrängt die Furcht einflößenden Bewohner dieses bizarren Lands – in der Luft schwebende, kleine, rundliche Wesen mit Metallhaut und ohne Gliedmaßen. Sie hatten kein Gesicht, sondern nur ein lidloses Auge, mit dem sie die Vorbeifahrenden musterten, und strahlten eine dumpfe Gleichgültigkeit aus, als besäßen sie weder Geist noch Gefühle, egal, ob gute oder schlechte. Darin glichen sie den Fährleuten – rätselhaften, unergründlichen Geschöpfen.

Erstaunt betrachtete Asmodeus dieses so ungewohnte Szenario. »Orion«, flüsterte der Dämon dem Gefallenen König von Atlantis zu, »du hast dich doch so eingehend mit den Geheimnissen des Multiversums befasst … was sagst du zu dieser beängstigenden Gegend?«

Der Satanis starrte wieder auf die Türme und senkte den Kopf. »Xandria, die Stadt im Zentrum des Kosmos«, sagte er unsicher. »So nennen sie die Malakim, auch wenn es keine richtige Stadt ist und sie auch nicht im Zentrum des Kosmos liegt.«

»Und wer sind diese hohlen Gestalten, die uns vom Ufer aus beobachten?«, wollte der Fürst mit Blick auf die Wesenheiten mit der Metallhaut wissen. »Sie senden weder Essenz noch Lebensenergie aus.«

Orion zuckte ratlos mit den Schultern. »Ich weiß nicht, wer sie sind, aber sie gehören einer feindlichen kosmischen Sphäre an, und das erklärt, weshalb wir sie nicht verstehen können. Vielleicht werden sie von einer anderen Art Energie als der unseren beseelt. Es wäre töricht, darüber Vermutungen anzustellen.« Damit war das Gespräch beendet.

Die acht adligen Höllenbewohner am Bug beobachteten, wie die Flotte auf einen Tunnel zuhielt, dessen Öffnung sich wie durch Zauberhand verbreiterte und das erste Schiff aufnahm. Ein Leviathan nach dem anderen glitt, beladen mit Teufeln und Geistersklaven, in diesen Tunnel, der sich unterirdisch fortsetzte und allmählich immer breiter wurde.

Bald würden sie das Ziel ihrer Reise – die ätherische Ebene – erreichen.

SCHLANGENGIFT

Während rings um Zion die Schlacht tobte und Millionen Geflügelte fielen, warteten Asiel und die Ischim drinnen. Selbst so zusammengedrängt wirkten sie in diesen riesigen, kalten, ausgestorbenen Räumen wie Ameisen. Seit alle Verstärkungslegionen außerhalb des Turms Stellung bezogen hatten, war die Festung ungeschützt, totenstill und ziemlich finster. Das Mondlicht fiel durch die Scheiben und malte traurige Figuren auf die großartigen Bronzesäulen, die in manchen prachtvolleren Sälen die Steinpilaster ersetzten.

Die Heilige Flamme und ihre Untergebenen – Feuerengel, deren Fäuste ewiges Licht aussandten – durchforschten die Gemächer und näherten sich allmählich dem Herzen der Festung, der Mittelachse, wo sie das Feuer legen wollten. Damit hätten sie sofort beginnen können, da ihre heiligen Flammen so intensiv waren, dass sie sogar Stein, Glas und Bronze verbrannten. Aber Asiel zögerte seinen Einsatz hinaus, weil er zuvor die sogenannte zentrale Stützlinie suchen wollte, den Punkt, wo die Explosionen eine wirksamere – und schnellere – Zerstörung anrichten würden. Diese Verzögerung bedeutete auch einen Zeitvorsprung für Ablon, der noch immer nicht zum Kriegsschauplatz zurückgekehrt war.

Die Schar begab sich in einen kleinen, schwach beleuchteten Gang mit gewölbten Wänden – einen der Labyrinthwege, die mit den oberen Geschossen in Verbindung standen, auch Engelspfade genannt –, und kam schließlich in einen breiten, leeren Korridor, dessen nördliche Seite offen war und auf quadratischen Pfeilern ruhte. Durch das Fenster erhaschten die Eindringlinge einen flüchtigen Blick auf das Kriegsgeschehen und erahnten, mit welcher Entschlossenheit und ungestümer Kraft die Rebellen die Belagerten in die Enge trieben, indem sie deren Verteidigungen durchbrachen und den Weg zum letzten großen Sieg frei machten.

Als Asiel mit seinen flammenden Händen die Dunkelheit vertrieb, entdeckte er zu seiner Überraschung seltsame Spuren am Boden, die seine Aufmerksamkeit erregten. Es sah aus, als hätten sie die massiven Steinplatten zersetzt. Es waren Fußstapfen – zumindest sahen sie so aus. Er hockte sich hin, um sie genauer zu betrachten, und fand weitere winzige Löcher im Boden, die vermutlich durch eine korrosive Flüssigkeit entstanden waren – oder waren es Feuertränen?

Er berührte die Stellen und bemerkte, dass sie noch glühten. Solche Spuren hatte ganz sicher ein Elementarwesen hinterlassen, das genauso mächtig war wie er – oder mächtiger. Asiel wusste, dass nur die Ischim Flammen entstehen lassen, die selbst den härtesten Stein zum Schmelzen brachten, und dachte zunächst, ein Mitglied seiner Kaste, Freund oder Feind, treibe sich hier herum.

Da sie sich in der wichtigsten Festung von Michaels treuen Himmelsbewohnern befanden, kam Asiel das Naheliegendste aber nicht in den Sinn: Nicht nur die Ischim geboten über das Feuer, sondern auch die Zanathus. Sogleich bemerkte er seinen Irrtum und wurde ängstlich und aufgeregt.

»Amael …«, murmelte er mit erstickter Stimme.

»Bleibt hier und macht nichts, bis ich zurück bin!«, wies er seine Gefährten an.

Diese gehorchten, weil sie begriffen, wie dramatisch die Lage war und welche große Herausforderung sie für den Anführer der Schwadron darstellte. Falls sich Amael tatsächlich hier im Turm der Tausend Fenster aufhielt, musste Asiel ihn zur Rede stellen – und zwar allein.

Die absurde Vorstellung, dass ein Höllenbewohner ungehindert durch die Festung des Geflügelten Herrschers streifte, wollte ihm nicht aus dem Kopf gehen. Seit wann diente das uneinnehmbare Zion Teufeln als Versteck?

Vorsichtig, aber dennoch zügig, lief er weiter und merkte nicht, welche Gefahr auf ihn lauerte.

Der vorderste Leviathan – wahrscheinlich der größte – fuhr aus dem Tunnel hinaus in eine große Unterwasserhöhle und weiter in die karge ätherische Ebene. Ab hier schlängelte sich der Styx durch die Wüste und weiter um die Bergkette, die wie ein Ring um Zion lag. Es war Nacht, doch der intensive Glanz des Vollmonds erhellte den Kriegsschauplatz.

Von Weitem betrachteten die Fürsten das großartige Schauspiel. Um die himmelhohe Festung flogen die Engelsheere und bekämpften einander mit ihren Schwertern. Eine der Parteien, vermutlich die der Rebellen, führte die Auseinandersetzung an, indem sie ihren Feinden heftige Schlappen zufügte. Sie hatten schon so viele Böse niedergemetzelt, dass das ursprünglich kleine Heer der Rebellen jetzt genauso viel Mann zählte wie das der Belagerten – und das Morden ging weiter. Blut floss an den Turmmauern und Außentreppen hinunter, auf dem Boden türmten sich meterhoch die Leichen bis hinauf zu den ersten Geschossen. Millionen Geflügelte waren bereits gefallen, Millionen toter Leiber mit abgerissenen Flügeln und durchtrennter Kehle – fortgeschleudert, enthauptet und verstümmelt. Trotzdem wimmelte es außerhalb der Festung von Angreifern und Verteidigern, und der Konflikt nahm kein Ende.

»Wir sind allen himmlischen Heeren an Zahl weit überlegen«, prahlte Molloch, der Henker, mit seinem großen Kopf und den kleinen Hörnern.

»Aber sieh nur, wie sie kämpfen!«, rief Asmodeus aus. »Außerdem sind die meisten unserer Kämpfer schwächliche, dumme Geistersklaven.«

»Aber wir haben auch Elitetruppen«, widersprach Mephistopheles, eine imposante Gestalt mit feuriger Haut und Fledermausflügeln, »und unsere Malikis sind grimmig und wütend und als Kämpfer unübertroffen.«

»Ja«, nickte Orion, »aber gegen wen sollen wir denn kämpfen? Wir wissen ja noch gar nicht, was wir tun sollen«, erinnerte er die anderen, und die Höllenfürsten starrten zum Bug zu Samael, der Schlange Edens.

Der widerliche Ratgeber drehte sich zu den Aristokraten um und warf ihnen einen unverschämten Blick zu. Bis dahin war noch kein Wort zu den Fürsten durchgedrungen, aber sie konnten sich bereits ein ungefähres Bild von der Strategie machen, die Luzifer heimlich ausgeheckt und seinem Strohmann übermittelt hatte. Vermutlich sollten sie das Ende des Kampfs abwarten, um dann mit den geschwächten Siegern zu feilschen. Wenn diese sich nicht ergaben, würden die Höllenbewohner ihre Horden auf sie hetzen, die die ermatteten Legionen ohne großes Federlesen vernichten würden. Das war eine schmutzige, feige Taktik, die den teuflischen Gebietern allerdings ausnehmend gut gefiel. Schließlich rechneten die gefallenen Engel damit, dass die Himmelsbewohner, die sie einst verstoßen hatten, Widerstand leisten würden, sodass sie sie anschließend in ihrem mörderischen Zorn niedermachen und vernichtend Rache an ihnen nehmen konnten. Auch wenn die Geflügelten die Waffen streckten – die Höllenfürsten würden sie allesamt hinrichten, opfern und demütigen.

»Macht die Bataillone bereit«, zischte die Schlange, »aber lasst die Schwerter noch stecken. Hisst die Fahnen! Wir werden dem Engelsfürsten unsere Freundschaft zeigen.«

»Was?«, grunzte der dicke Mammon ungläubig.

Die anderen Fürsten waren so verblüfft, dass es ihnen bei diesem unerwarteten Befehl die Sprache verschlug. Ein Bündnis mit einer der göttlichen Parteien, erst recht eines mit den Anhängern des Erzengels Michael, war eine Beleidigung für diese Dämonen, die einst ja genau von den Streitkräften des Geflügelten Monarchen bezwungen worden waren – bezeichnete doch Luzifer selbst seinen Bruder als seinen schlimmsten Feind, den Gegner, der seine Rebellion vereitelt und ihn in den finstern Scheol verbannt hatte. »Was soll denn dieser Unsinn, du verfluchte Schlange?«

»Das ist kein Unsinn, sondern der Befehl meines Meisters. Ich bin meinem Gebieter treu ergeben.«

»Ich kann nur schwer glauben, dass der Dunkle Erzengel angeordnet hat, wir sollten uns den Engeln anschließen«, stimmte Asmodeus zu, und bei seinen beredten Worten wurden die Anwesenden unruhig. Am wütendsten war Mammon.

»Der Morgenstern würde nie mit jemandem paktieren, der uns ins Verderben gestürzt hat. Er hat ein sehr gutes Gedächtnis«, platzte der schmierige Höllenbewohner heraus. »Dieses widerliche Reptil lügt!«

Voller Empörung – mehr über Samael als über die angeordnete Strategie – ergriffen die Anführer ihre Waffen.

»Bitte beruhigt euch, meine Herren«, gab die Schlange klein bei. »Ich versichere euch, dass dieser Befehl von Unserer Satanischen Majestät erlassen wurde, die es für notwendig erachtete, bis jetzt Stillschweigen zu bewahren.«

Doch mit Ausnahme Orions konnten sich die Aristokraten nicht mehr beherrschen. Sie hassten die Schlange Edens und hätten ihrer abscheulichen Karriere gern ein Ende bereitet. Mammon, der dem Ratgeber am nächsten stand, machte den Anfang. Er hob die Axt, um das Schuppentier in Stücke zu schlagen.

Samael war zwar ein schwächlicher Taugenichts, aber dennoch flink und gerissen. Als der Dickwanst zum Hieb ausholte, riss er das Maul sperrangelweit auf und spie dem Angreifer sein übel riechendes Gift ins Gesicht. Mammon fiel die schwere Waffe aus der Hand, betäubt fiel er rücklings zu Boden. Nun waren die adligen Höllenbewohner alarmiert und gingen in Habachtstellung.

Während sich auf seinem Gesicht Eiterblasen bildeten, schrie der dicke Mammon wie ein Schwein auf der Schlachtbank. Er spie Blutbrocken und wand sich zuckend in Krämpfen. Durch das Gift schwollen Fleisch und Muskeln an, sodass sich Rachen und Nasenlöcher verengten. Er bekam keine Luft mehr, und durch den erhöhten Druck platzten seine Adern. Fast gleichzeitig versagten Organe und Herz.

Mammon krümmte sich vor Schmerzen am Boden, unfähig, eine letzte Verwünschung auszusprechen. Dann verschluckte er sich an seinem eigenen Speichel und starb.

Panik hatte die Zuschauer ergriffen, und sie machten keinen weiteren Versuch, Luzifers Liebling herauszufordern. Samael wäre am liebsten in lautes Gelächter ausgebrochen, hielt seine Überheblichkeit aber gerade noch im Zaum. Mammons besessener Anfall kam ihm gerade recht, denn damit wendete sich das Blatt. Mit der Tötung eines gefallenen Engels hatte sich Samael wieder Respekt verschafft, weil er sich gewehrt hatte.

»Wer sich traut, soll mich der Lüge bezichtigen«, erklärte die Schlange. »So wünscht es der Dunkle Erzengel, und ich spreche in seinem Namen. Wer unzufrieden ist, kann jetzt gehen – und die Konsequenzen später tragen.«

Da den höllischen Herren keine andere Wahl blieb und sie dachten, Samael habe die Wahrheit gesagt, fügten sie sich seinem Willen. Der gemeine Schachzug des Ratgebers und seine frechen Worte zeigten, wie gerissen er war. Die Höllenfürsten hatten nicht mehr die Absicht – oder den Mut –, ihn zu provozieren, und überwanden ihren Stolz.

Die Schlange Edens hatte wieder Oberwasser bekommen. Sie hob den Kopf und betrachtete die Festung hinter den Bergen, wo eine erbitterte Schlacht tobte und den geflügelten Anhängern des Engelsfürsten, dem sie zu Hilfe eilen sollten, eine Niederlage drohte. Dann drehte sich das Schuppentier um und betrachtete die lange Reihe der Leviathane, die dem vordersten Schiff durch das Flussbett folgten – dasselbe Schiff, auf dem sich die Höllenfürsten befanden. Kurz ließ er den Blick auf den Millionen Dämonen in den Schiffsbäuchen und auf den Decks ruhen, die schon ungeduldig auf ihren Einsatz warteten: die Hauptmänner, Elitetruppen, satanischen Reiter, die Geistersklaven, das Knäuel der Malikis, der Kriegerteufel, wütende, böswillige Monster aller Kasten.

»Jetzt ist der Tag gekommen, an dem die Hölle auf der Erde wandelt«, sagte Samael, der die Krise schon überwunden hatte. »Teilt die Entscheidung den Kommandanten mit. Bald werden die Schiffe anlegen, und dann sollen die Divisionen bereitstehen.«

Auf dem ersten Schiff befanden sich nur die Höllenfürsten, hohe Offiziere und Spezialkräfte. Letztere setzten sich aus mit Lanzen bewaffneten Reitern in Vollrüstung zusammen, die auf Pferdeskeletten ritten – Furcht einflößenden Bestien mit eingetrockneter Haut und Feuerschädeln. Die Reiterdämonen konnten nicht fliegen, aber ihre Tiere konnten sich in den Himmel erheben und mit dem Wind traben.

»Gestatte mir eine Frage, o Ratgeber …«, wagte sich Asmodeus mit einer Prise Ironie vor, »wissen die Belagerten denn, dass wir auf ihrer Seite kämpfen werden?«

Samael wusste, dass er zwar gefürchtet, sein Ruf aber erneut gefährdet war. Eine Diskussion mit den Höllenfürsten war wie ein Eiertanz, eine einzige falsche Reaktion konnte ihn erneut vernichten.

»Wir werden die Fahne des Erzengels Michael zusammen mit der unseren hissen und damit unser Bündnis signalisieren.«

»Und wenn sie unsere Hilfe ablehnen?«, warf Mephistopheles ein.

Satan deutete mit seinem Schuppenfinger auf die Kampfstätte. »Die Aufständischen haben die Oberhand und werden nicht aufgeben. Den Verteidigern bleibt keine andere Wahl. Falls sie unsere Hilfe zurückweisen, werden sie von den Rebellen niedergemetzelt. Unsere Horden bewahren sie vor der totalen Niederlage. Und ist der Kampf erst einmal beendet, werden wir noch stark genug sein und können den geschwächten Truppen die Regeln vorschreiben.«

Das stimmte. Die belagerten Engel waren verderbt und skrupellos und würden die Hilfe, die sie vor der Niederlage bewahrte, nicht verschmähen. Die gerechtigkeitsliebenden Aufständischen hingegen würden an ihren Idealen festhalten und niemals gemeinsame Sache mit den satanischen Soldaten machen.

Den Höllenfürsten war klar, gegen wen sie kämpfen sollten, aber warum? Was bezweckte Luzifer, indem er einem uralten Feind beistand?

Da kam Orion plötzlich ein Verdacht: Ob diese Verschwörung wohl eine abgekartete Sache zwischen den beiden war? War der Gebieter des Scheol aus diesem Grund bei den Vorbereitungen für den Feldzug nicht aufgetaucht? Wonach gelüstete es Luzifer, dass er sich für die Interessen des Tyrannen von Zion einsetzte?

Und noch eine Frage stand im Raum: Wo war Apollyon?

DER LETZTE PFEIL

Luzifer ging die Treppe hinauf und stieg durch eine Falltür, die ganz hinauf zum höchsten Punkt des Turms führte. Auf dem kleinen Platz mit dem Rad der Zeit lagen Hunderte Leichen auf dem Boden verstreut. Diese getöteten Engel hatten die Terrasse verteidigen sollen, waren aber gleich zu Beginn der Offensive von den goldenen Pfeilen der rebellischen Bogenschützinnen niedergestreckt worden.

Shamira war noch immer an den Marmorpfeiler gefesselt. Sie sah den Teufel kommen, und Ekel erfüllte sie. Der Dämon hingegen beachtete sie gar nicht, sondern wandte seine Aufmerksamkeit dem Schlachtgeschehen zu. Da fiel ihr die Verschwörung ein, die Ablon so oft erwähnt hatte, und auf einmal wurde ihr alles klar. Gerade erschien auch der Engelsfürst, der den besiegten General in seiner Rüstung mitschleifte.

In Ablons Kehle klaffte eine große Wunde, er verlor literweise Blut – bald würde er qualvoll sterben. Sein leichenblasses Gesicht war wie erstarrt, sein Körper geschwächt. Aber selbst so kurz vor dem Ende leuchteten seine Augen noch, und beharrlich hielt er die Geißel des Feuers fest.

Shamira wollte ihm so gern helfen, doch sie konnte weder Arme noch Beine bewegen. Ihre Zauberformeln vermochten gegen die Feinde nichts auszurichten. Sie hatte keine Tricks mehr in der Hinterhand – ihr war, als erlebte sie noch einmal die schrecklichen Szenen am Hofe König Nimrods. Die größte Angst Ablons war die, seine Ideale zu vergessen. Auch Shamira selbst befürchtete, nutzlos zu sein. Angst vor dem Tod hatte sie nie gehabt, aber sie trauerte um den Verlust ihres Traums und ihres sehnlichen Wunschs, eines Tages ein Leben an Ablons Seite zu führen.

Mit Wucht stieß Michael Ablon gegen die Marmorsäule, genau zwischen Shamira und das Rad der Zeit. Das Metall seiner goldenen Rüstung splitterte, als er hinstürzte, hielt dem Aufprall jedoch stand.

»Shamira …«, stöhnte er zu Füßen der angeketteten Zauberin, »ich habe dich immer beschützt. Lieber hätte ich bei der Verteidigung meines eigenen Lebens versagt und dafür deines gerettet.«

Vergeblich versuchte sie die Tränen zurückzuhalten, doch sie rannen ihr wie Sturzbäche über das Gesicht. Ihr Herz erbebte bei der Erinnerung an die Höhle auf dem Berg, an ihren Abschied in Babylonien, an die gemeinsamen Tage in Rom und während des Mittelalters. Ja, sie waren durch wahre Liebe miteinander verbunden, durch jenes göttliche Gefühl, das zum Schöpfer führt.

Sie liebten einander und hatten einander schon immer geliebt, seit dem Tag, an dem sie sich in der Höhle umarmt hatten, aber erst jetzt wurde ihnen klar, welche Leidenschaft sie verband und erfüllte. Sie waren nicht überheblich, nur unerfahren, was körperliche Wonnen betraf – trotz ihrer fantastischen Fähigkeiten.

Und jetzt mussten sie die Hoffnung und den Wunsch nach einer gemeinsamen lichtvollen Zukunft begraben. Sein ganzes Leben lang hatte Ablon seine Geliebte vor dem Tod bewahrt, damit er eines Tages, in friedlichen Zeiten, mit ihr zusammen sein konnte. Und auch Shamira hatte von einer lichterfüllten Zeit geträumt, in der sie und ihr Angebeteter Arm in Arm gemeinsam ihren Weg gehen würden.

Doch nun hatte alles ein bitteres Ende genommen. Ablon lag im Sterben, und Shamira würde geopfert werden. Sie erinnerte sich an das, was der Tyrann Michael über das Buch der Wahrheit gesagt hatte. War wirklich ihr ganzer Lebensweg in diesem heiligen Buch niedergeschrieben, wie der Monarch behauptet hatte? Stand ihr gemeinsames Schicksal, ihres und das Ablons, tatsächlich seit Anbeginn des Universums fest?

Und wenn ja – wofür hatten sie dann gekämpft?

Varna stand mit dem Bogen in der Hand und dem Pfeil zwischen den Fingern auf dem Berggrat und beobachtete das Kampfgeschehen. Während die Schlacht tobte, hatten die Bogenschützinnen ihre Stellung in den Bergen halten können und die rebellischen Soldaten mit gelegentlichen Einsätzen unterstützt. Noch mehr Pfeilhagel konnten sie nicht losschicken, denn sonst hätten sie womöglich ihre Gefährten getroffen, die dicht an dicht kämpften. Jetzt mussten die Kriegerinnen gezielter schießen und nahmen die Schwadronanführer ins Visier. Dank ihrer tödlichen Zielsicherheit bezwangen die Aufständischen die Belagerten und rüsteten sich zu einem weiteren Ansturm. Bald würde Zion ein Trümmerhaufen sein – so dachten die Rebellen wenigstens.

Da sah Varna mit ihren Adleraugen, dass sich in Reichweite des Pfeils eine Gelegenheit zum Sieg bot. Von einem Felsen aus erkannte sie auf der Terrasse des Turms den Erzengel Michael, der das Rad der Zeit umrundete. Dann erspähte sie eine zweite dunkle Wesenheit, die sie aber nicht deutlich erkennen konnte.

Wenn sie von ihrem Standort aus Michael ins Herz träfe, hätten die Bösen keinen Anführer mehr. Selbst ein Erzengel würde nämlich unterliegen, wenn er an seinem lebenswichtigen Punkt getroffen wurde. Die Entfernung spielte für Varna keine Rolle – sie hatte schon auf größere Distanzen Feinde erlegt. Außerdem rechnete der Engelsfürst nicht mit einem Angriff und würde in der Schusslinie des goldenen Pfeils stehen bleiben.

Unverzüglich nahm sie ihn ins Visier, wartete aber noch den geeigneten Zeitpunkt ab. Tausende Engel, Freunde und Feinde, kämpften ausgerechnet in der Schusslinie. Alle Augenblicke kam ihr ein Kämpfer in die Quere, sodass sie nicht richtig zielen konnte. Dann öffnete sich eine Lücke, und sie schoss einen Pfeil ab.

Das heilige Geschoss donnerte durch die Luft und geradewegs auf das Herz des Herrschers zu.

Aber wie Michael selbst einmal gesagt hatte, war er ein Erzengel, ein Riese, der erste der Himmelsbewohner, Gottes Erstgeborener. Er hatte in den Urzeitlichen Schlachten gekämpft und uralte Götter besiegt. Er war das älteste und stärkste lebende Geschöpf.

Dank seines geschärften Gespürs erahnte der Tyrann die Gefahr, duckte sich und breitete die Flügel aus wie einen Fächer. Die messerscharfen Federn, die sogar Stahl durchtrennen konnten, schnitten den fliegenden Pfeil verblüffend schnell entzwei – ein Teil bohrte sich in den Boden der Terrasse, der andere verlor sich auf dem Schlachtfeld.

Als Varna sah, dass ihr Schuss sein Ziel verfehlt hatte, wich sie verzweifelt einen Schritt zurück. Noch nie hatte sie danebengetroffen und wusste nun nicht, was sie tun sollte.

Wutentbrannt schnappte sich Michael eine Lanze, die am Boden lag – die Waffe eines verwundeten Soldaten. »Diese Rebellen nehmen einfach keine Vernunft an«, knurrte er.

»Das war die mit dem Bogen in der Hand«, sagte Luzifer, der den Angriff mitbekommen hatte.

Der Engelsfürst schleuderte die Lanze, ohne sich um Hindernisse zu kümmern. Die Waffe zischte durch die Luft, schlug durch Dutzende Engel, die ihr im Weg standen, und flog unbeirrt weiter, bis sie endlich ihr Ziel erreicht hatte. Sie bohrte sich durch das Kettenhemd der himmlischen Bogenschützin und drang in ihren Körper ein.

Varna brach zusammen, Blut ergoss sich über den Felsen.

Eine Offizierin wollte sie noch stützen, aber es war zu spät. Die Kämpferin war tot, bevor sie aufschlug.

Die zusammengerollte Fahne

Als alle Leviathane am Ufer des Styx aufgereiht waren, gab Samael ihnen das Signal zur Weiterfahrt. Einem Untergebenen trug er auf, im Schiffsbauch ein Bündel zu holen, und entrollte es auf dem Deck – die Fahne des Erzengels Michael, befestigt an einer silbernen Stange. »Damit werden wir unseren Verbündeten das Zeichen geben«, erklärte er. »Sie wird von einem Fähnrich voneweg getragen.«

»Woher hast du denn diesen Gegenstand?«, fragte Beelzebub misstrauisch, eine widerliche Kreatur mit Fliegengesicht und Insektenkörper. Die Höllenfürsten versuchten immer wieder, die Schlange Edens zu entmutigen, aber sie hatte eine flinke Zunge, und ihr Verstand arbeitete blitzschnell.

»Vom Sohn der Morgenröte persönlich«, antwortete sie.

»Dann stelle ich die nächste Frage«, beharrte Moloch der Henker. »Wie kam der Dunkle Erzengel zu dieser Fahne?«

»Du kannst deine Zweifel bald direkt mit unserem Gebieter klären«, zog sich die Schlange Edens geschickt aus der Affäre.

Darauf wusste Moloch nichts zu sagen.

Der Ratgeber kam wieder auf seine Anweisungen zurück. »Übernehmt schon einmal das Kommando über eure Horden. Stellt sie am Boden und in der Luft auf. Und dann lassen wir die Trommeln rühren.«

Die Schiffsrampen senkten sich, und aus den Bäuchen strömten Millionen Dämonen. Die Höllenfürsten wappneten sich für den Kampf, doch Samael blieb am Bug neben Mammons Leiche.

»Und du?«, wollte Asmodeus wissen. »Kommst du mit oder bleibst du an Bord?«

»Gleich bin ich bei euch, aber erst muss ich den Dreck hier wegputzen«, gab die Schlange mit Blick auf die Überreste des Dickwanstes zurück.

Wie eine Riesenschlange sperrte Samael das Maul auf und verschlang erst Mammons Kopf und dann den Rest. Bei diesem Anblick wurde den Höllenfürsten, so sadistisch und verderbt sie auch sein mochten, ganz übel, und sie wichen vor dem giftigen Speichel, der über das Deck quoll, zurück.

In nur wenigen Sekunden hatte Samael Mammons Körper restlos verschluckt, mit Fleisch und Knochen. Als er sich aufrichtete, wurde seine Silhouette immer größer und breiter, und er würde erst dann auf normale Größe schrumpfen, wenn er seinen Fraß verdaut hatte.

Wie ausgehungerte Heuschrecken verließen die Horden das Schiff und nahmen sofort ihre Stellungen ein, wie ihre Hauptmänner es angeordnet hatten.

So wie sich die Rebellen auf den Kampf vorbereitet hatten, gingen auch die Dämonen am Boden oder in der Luft in Stellung – manche konnten fliegen.

In der ersten Reihe kamen die Eliteeinheiten: satanische Reiter in Vollrüstungen. Ihre skelettartigen Reittiere waren ebenfalls flugfähig und hatten feurige Hufe. Selbst in der Luft, wo außer dem heulenden Wind kein Geräusch zu hören war, war das Getrappel schwerer Hufe zu hören, als würde eine Herde auf festem Boden dahingaloppieren.

Die zweite Reihe bestand aus den verachtenswertesten Kämpfern, den Sklavengeistern. Sie sollten die verletzten, von den Spezialtruppen besiegten Feinde hinrichten. Diese Ungeheuer sahen aus wie Löwen, Schakale oder Geier, besaßen aber weder Fell noch Federn, sondern bestanden nur aus vertrocknetem Fleisch. Aus ihren Augen loderte Wut.

In der dritten Reihe kamen die normalen Soldaten: die Malikis, die Kriegerteufel. Sie waren mit Dreizacken bewaffnet, konnten bei einer Bedrohung aber auch Fangzähne und Krallen einsetzen. Grotesk sahen sie aus, und Geifer troff aus ihren Mäulern. Sie waren kräftig und stark und schwenkten Hörner und Schweif hin und her, um ihre Gegner einzuschüchtern.

In der vierten und letzten Reihe schließlich kamen die ungeordneten Streitkräfte, bestehend aus Höllenbewohnern aller Kasten, die die gemeinsame Gier nach Mord, Plünderung und Folter einte. Auf fliegenden Bestien, die Liliths Tier ähnelten, ritten Reiter mit langen Lanzen am Firmament.

Die Höllenfürsten, die die Aktion koordinierten, waren in die Ebene bis in die Nähe des Bergs Megiddo gegangen, des Gebirges am Ende der Welt, um ihre Strategie zu besprechen.

»Die Festung ist von einer Bergkette umgeben«, bemerkte Beelzebub.

»Ein Sonderkommando der Rebellen schwärmt gerade in die Felsen aus«, warnte Molloch mit Blick auf die Berge. »Vermutlich Lanzenwerfer oder Verstärkung.«

»Das ist das Regiment der Bogenschützinnen«, erkannte Alastor. »Eine gewisse Varna befehligt die Abteilung. Sie ist der Liebling des Erzengels Gabriel und sein rechter Arm.«

»Lasst uns über das Felsenrund fliegen«, schlug Mephistopheles vor.

»Dann werden wir von den goldenen Pfeilen getroffen«, widersprach Bael, der Unglückliche.

»Nicht, wenn wir die Sklavengeister vorausschicken«, schlug der hinterlistige Asmodeus vor.

»Aber was ist mit den Dämonen, die keine Flügel haben?«, meldete sich Molloch.

»Sie sollen auf die Berge steigen und die Position der Bogenschützinnen einnehmen.«

»Dabei werden sie zu Tausenden sterben«, sagte Orion, »und beim Hinaufklettern durchbohrt werden.«

»Dafür sind sie doch da«, erinnerte ihn Asmodeus, und die gefallenen Engel nickten.

Am Bug des vordersten Schiffes reckte Samael, der Fettsack, seinen schuppigen Arm in die Höhe.

Die Trommelwirbel setzten ein.

Die Engel auf den Bergen rings um Zion hatten unermüdlich gekämpft, doch als sie den Höllenlärm hörten, hielten sie plötzlich inne und ließen die Waffen sinken.

Die Aufmerksamkeit der Geflügelten verlagerte sich auf die Ebenen im Norden, vor dem Gebirge, wo ein verblüffendes Heer begeisterter Teufel an den Ufern des Styx in Stellung ging. Zu Hunderttausenden strömten die Soldaten von den schwarzen Schiffen und erfüllten den Himmel bis hinauf zu den Sternen.

Alle Himmelsbewohner, Angreifer und Belagerte, sogar die Furchtlosesten, erzitterten beim Anblick dieser Monsterhorden. Die Rebellen mit ihrer großen Körperkraft und dem weisen Verstand hatten ihre Angst schnell überwunden.

»Das sind Luzifers Truppen«, rief Baturiel, der Rechtschaffene, seinem Kampfgefährten General Schenial zu. »Was machen die denn hier und woher kommen sie so plötzlich?«

»Die Leviathane!«, antwortete sein Freund, als er die großen Schiffe sah, die am Fluss ankerten. »Ich dachte, die gäbe es nur in den Legenden.«

»So viele!«, rief der Rechtschaffene beim Anblick der Dämonenhorden aus. Die Teufelsdivisionen waren den beiden Engelsheeren zahlenmäßig weit überlegen.

»Wen wollen sie denn unterstützen?«, fragte Schenial, doch er wusste die Antwort schon, und die Vorstellung ließ ihn erschauern. Die Aufständischen hätten unter keinen Umständen Freundschaft mit dem Teufel geschlossen, aber die Verteidiger, denen Bosheit zur zweiten Natur geworden war, waren verderbt genug, um die Unterstützung anzunehmen – erst recht in einem schwierigen Moment.

In vorderster Front hob ein Teufelsreiter die ausgerollte Standarte von Luzifers Horden in die Höhe. Ein anderer Reiter neben ihm hatte eine zusammengerollte Flagge bei sich. Beide Himmelsparteien warteten darauf, dass die Fahne gehisst wurde, damit sie wussten, mit wem die Teufelshorden ein Bündnis eingehen würden.

Noch ganz träge von seinem grässlichen Mahl kroch Samael, die Schlange Edens, aufs Oberdeck. Von dort aus betrachtete sie den Turm der Tausend Fenster. Die Kämpfenden hatten eine Pause eingelegt, und über Zion lag eine schwarze Wolke. Dies war das Zeichen dafür, dass sich Luzifer in der Festung aufhielt, aber das wusste Samael nicht.

»Diese Nacht ist uns Höllenbewohnern gewogen«, zischte er, die Anwesenheit seines verfluchten Gebieters vorausahnend.

DAS ENDE DER HOFFNUNG

Ablon war vollkommen ermattet und fast tot, als er die Trommelwirbel hörte. Mit einer Hand umklammerte er die Geißel des Feuers, mit der anderen versuchte er sich am Marmorpfeiler abzustützen. Die angekettete Shamira musste tatenlos zusehen, wie er litt. Sie wollte nicht zugeben, dass sie beide bei ihrem Streben nach Gerechtigkeit einen Fehler gemacht hatten, und fand den Gedanken, dass ihr Schicksal von vornherein vorgezeichnet gewesen war, tröstlicher.

»Da kommen sie ja, meine Kleinen«, freute sich Luzifer, wie immer theatralisch, als er die Teufelshorden sah. Er hockte sich nieder und sagte zu Ablon: »Das musst du dir ansehen, General, was für ein Anblick!«

Ablon hustete – er hatte sehr viel Blut verloren.

»Nein … stirb nicht jetzt. Noch nicht. Nicht bevor du mein Heer bestaunt hast.«

Mit seinen kräftigen Armen packte Michael Ablon an der Rüstung und zerrte ihn hoch, damit er die Monsterhorden sehen konnte. Genau in diesem Moment entrollte unten in der Ebene ein Teufelsreiter die Fahne mit dem Symbol der Belagerten – dem Wappen des Engelsfürsten.

Nun stand das Bündnis fest.

Draußen vor der Festung starrten die bösen Engel die Fahne an, und einer ihrer Kommandanten schrie: »Sie sind auf unserer Seite!« – als segne er die Hilfe der Bestien. »Kämpft weiter. Vernichtet die Rebellen!«

Mit neuem Mut griffen die Belagerten wieder zu den Waffen. Einige wenige, die noch ein Herz besaßen, zögerten bei dem Gedanken, an der Seite der Höllenbewohner zu kämpfen, doch die meisten scherten sich nicht darum, wer ihre Retter waren. Sie trachteten nur nach Triumph und Macht, die nun in greifbare Nähe gerückt waren.

Bei dieser plötzlichen Wendung hätte jedes andere Heer einen Rückzieher gemacht, nicht aber die Rebellen. Sie waren todesmutig und bereit, es mit jedem Gegner aufzunehmen, egal, ob Engel oder Dämon.

»Haltet die Stellung!«, feuerte Baturiel die Rebellentruppen an. »Zückt die Schwerter! Kämpft weiter! Es sind nur arme Teufel, die gegen unsere scharfen Klingen nichts ausrichten können.«

Während die Höllenbewohner Richtung Zion flogen, tobte der Kampf im Turm weiter.

»Dein Aufstand ist misslungen, General«, sagte der Morgenstern. »Die Bruderschaft der Abtrünnigen ist gescheitert, genau wie die neuen Rebellen, die deinem Ideal nacheiferten. Heute Nacht werden meine Horden die Aufständischen endgültig vernichten. Gabriels Aura ist erloschen, und auch deine wird bald vergehen. Wir werden der Zauberin ihre Seele wegnehmen, und damit schließt das Rad der Zeit seinen Kreis. Das Ende des Siebten Tages naht, und dann beginnt die heilige Herrschaft. Die Menschenwesen haben dich verdorben. Und – was ist aus dir geworden? Deine Haut riecht nach Lehm, nach verwesender Materie, sie stinkt nach den Tieren, die unseren Planeten zerstört haben.«

Michael, der den General an der Kehle festhielt, schleuderte ihn gegen das Rad, und das Blut spritzte über die geheimnisvollen Zeichen auf der steinernen Scheibe. Aber noch immer funkelte ein Rest Klarheit in den Augen des Fürsten, ein kleines bisschen Anstand, anders als im Herzen des Dunklen Erzengels, der durch und durch verdorben war.

»Im Grund bewundere ich deine Tapferkeit, Abtrünniger Engel«, sagte Michael und staunte über seine eigenen Worte. »Auch ich bin Soldat« – das war er, wohingegen Luzifer nie einer gewesen war – »und kenne den Impuls der Kämpfenden, die Glut, die uns in den Kampf ruft und uns große Herausforderungen annehmen lässt, so wie ich einst die alten Götter herausforderte. Aber begreife endlich, dass der Ablauf des siebten Tages schon seit jeher vorgezeichnet war.« Bei diesen Worten zeigte er Ablon das Buch der Wahrheit. »Das Schicksal der Welt wurde von Gott zu Beginn der Schöpfung vorherbestimmt und in diesem Buch niedergeschrieben.« Der Erzengel öffnete das Buch, sodass Ablon die letzten Seiten sehen konnte. »Egal, was du tun würdest, du könntest nichts daran ändern. Im göttlichen Plan sind wir nur Spielfiguren, und das werden wir bleiben, bis die Apokalypse zu Ende ist. Doch wenn sich der Kreis schließt und der Schleier fällt, werden wir, Luzifer und ich, die Geschichte neu schreiben – als höchste Gottheiten. Der Wille des Allerhöchsten ist unabänderlich, unerschütterlich und unabwendbar.«

»Es reicht, Michael!«, unterbrach ihn der Sohn der Morgenröte, dem das Mitleid seines Bruders missfiel. »Lass uns eine Schweigeminute für unseren Rivalen einlegen«, setzte er ironisch nach.

Und während die teuflischen Trommelwirbel dröhnten, verlor Ablon das Bewusstsein. Das Knistern der Geißel des Feuers in seiner Hand ließ nach, je mehr ihr Träger verging. Es war eine heilige Reliquie, eines der fünf Schwerter, die Jahwe im aufdämmernden Universum geschmiedet hatte, und sie war noch nie erloschen – bis jetzt.

Längst waren Shamiras Tränen versiegt. Jahrelang hatte sie eine ideale Liebe gehegt, nur um am Ende zu sehen, wie ihr angebeteter Beschützer starb. Wären sie beide Menschen gewesen, wäre sie ihm ins Haus der Toten gefolgt, aber Ablon war ein Engel, und Himmlische besitzen keine Seele und kennen kein anderes Leben außer der Existenz. Bei ihrem Tod verwandelt sich ihre Aura in reine Energie, zerstreut sich und kehrt in den kosmischen Fluss zurück – wie ein Stern, der am Himmel erlischt.

Ganz oben auf der Festung von Zion, auf dem Rad der Zeit, lag blut- und schweißdurchtränkt der Geist der Gerechtigkeit, der Bote der Hoffnung, der Beschützer der Hexe von Endor im Sterben – derjenige, der sie aus der Verzweiflung errettet und sie leben gelehrt hatte.

Nach dem letzten Atemzug des Kämpfers erlosch das Licht der Geißel des Feuers, ihr Stahl erkaltete, so wie das Herz des Kriegers.

Und so starb Ablon, der Erste General, der Anführer der Abtrünnigen und Ikone der neuen Rebellen.

Die standhaften Generäle

Mittlerweile waren die kämpfenden Höllenhorden in der Ebene schon ganz nah an das Bergrund um Zion vorgerückt. Die Bogenschützinnen der Rebellen, die von dort aus die Festung beschossen hatten, ließen ihre Pfeile nun auf die Dämonen niederprasseln, die deutlich gemacht hatten, auf wessen Seite sie standen.

Die Höllenfürsten hatten die Sklavengeister an die Front geschickt in der Annahme, diese würden die geflügelten Reiter vor den goldenen Pfeilen schützen, aber da hatten sie sich getäuscht. Die Bogenschützinnen waren so treffsicher, dass ihre Pfeile die Leiber der armen Teufel einen nach dem anderen durchbohrten und erst bei den Elitesoldaten haltmachten, die sich aus Angst vor den tödlichen Geschossen in die zweite Angriffsreihe zurückgezogen hatten. Die todgeweihten Statisten waren somit nur eine unwirksame Barriere und fielen reihenweise um, sobald sie getroffen wurden. Also fielen auch die Spezialtruppen, als die Pfeile ihre Rüstungen durchschlugen.

Trotz der Geschicklichkeit der Bogenschützinnen wimmelte es in der Ebene von Dämonen, die sich schon bis zu den Berghängen vorgekämpft hatten. Als die Himmelsbewohnerinnen merkten, dass sie mit ihren Pfeilen nichts mehr ausrichten konnten, legten sie ihre Bogen nieder, griffen zu den Schwertern und zogen sich, so weit es ging, zum Turm zurück, wo sie sich Baturiels Truppen anschlossen, die im Nahkampf auf die praktisch schon erschöpften Belagerten eindroschen.

Derweil schwebte das große Teufelsheer über die Berge bis in den Verteidigungsgürtel der Festung und schloss sich dort der Partei der bösen Engel an. Schreiend und unter lautem Gebrüll rückten sie wie eine dunkle, lebende Rauchwalze vor.

Und damit begann die größte Schlacht aller Zeiten. Die heldenhaften rebellischen Engel hielten dem schrecklichen Angriff entschlossen stand und stellten so ihre Kraft und Widerstandsfähigkeit unter Beweis. Von den großen Rebellengenerälen, zu denen auch Baturiel und Schenial gehörten, waren bisher nur wenige gefallen. Wutentbrannt und hitzig feuerten die beiden die Kämpfenden an, die entgegen allen Erwartungen tapfer tödliche Hiebe und Schläge nach rechts und links austeilten.

So würden sie sich noch lange behaupten können, aber nicht ewig.

Weit vom Kampfgeschehen entfernt kroch der dicke Samael über die Rampe des Steuerschiffs an Land. Die Fährleute bestiegen wieder ihre Schiffe, um sie später leer an einen anderen Ort zu bringen.

Ihr Auftrag hatte gelautet, die Dämonen vom Scheol in die ätherische Ebene zu bringen, aber für die Rückfahrt waren keine Vereinbarungen getroffen worden – Luzifer hatte nämlich nicht vor, sogleich in die Hölle zurückzukehren. Er war sich seines Siegs schon so gewiss, dass er den Dienst der Fährleute für die Rückfahrt nicht in Anspruch genommen hatte.

Da diese ihre Aufgabe erfüllt hatten, fuhren sie mit ihren Schiffen auf dem Styx zurück und verschwanden am Horizont.

Behindert durch ihre ungewohnte Leibesfülle, machte sich die Schlange Edens kriechend auf den Weg nach Zion, wo die Truppen bereits kämpften.

»Endlich ist er hinüber«, atmete Luzifer auf. Noch einmal warf er einen Blick hinüber zum Schlachtfeld, dann starrte er begehrlich Shamira an, die immer noch an die Säule gekettet war. Es war kein fleischliches Begehren, wie er es einst für Lilith empfunden hatte, sondern ein kosmischer Appetit, den nur die Seele dieser Frau stillen konnte. Er legte seine goldene Rüstung ab und warf sein feuriges Schwert, den Blitz der Morgenröte, beiseite. »Dieses schnöde Zubehör brauche ich nicht mehr. Bald werde ich Gott sein.« Mit diesen Worten wandte er sich zur Falltür um.

»Bruder, wo gehst du hin?«, fragte Michael. »Es gibt noch Arbeit für uns.« Er deutete auf Shamira.

»Ich möchte nur meine Jungs anspornen, mich auf dem Schlachtfeld zeigen und meine Soldaten anfeuern. Wir müssen erst einmal abwarten, bis die Siebte Posaune ertönt und sich der Schleier ganz aufgelöst hat. Wenn du willst, kannst du die Frau opfern, aber gib auf ihre Seele acht.«

Manche Himmelsbewohner besaßen die Macht, die Seele eines Toten festzuhalten, sodass sie nicht in den Himmel gelangen konnte.

»Pass auf, dass ihr Geist nicht ins himmlische Paradies eingeht und ins Haus der Heiligen in Edens Westen gelangt, denn von dort können wir sie nicht mehr zurückholen. Ihre menschliche Macht wird uns erst ganz zum Schluss dienlich sein, wenn der Schleier gefallen ist.«

Der Dritte Himmel, der Schehaqim, ist das Paradies, ein Land voller Wunder, das nur die Gerechten betreten dürfen. In dieser Ebene befinden sich die geistigen Kolonien, in denen die Seelen der Rechtschaffenen ewige Ruhe finden. Die höher entwickelten Gemeinschaften werden von Heiligen, alten Propheten und Meistern geleitet. Der größte dieser Weisen ist der Heiland selbst, der als Mensch in Nazareth geboren wurde und auf dem Kalvarienberg starb. Die Meister sind so mächtig, dass nicht einmal die Erzengel unerlaubt ihre Kolonien betreten dürfen. Es heißt, der Erzengel Raphael sei, angewidert von der Verderbtheit seiner Brüder, in den Schehaqim abgewandert, wo er die Tugendhaften viele verborgene Geheimnisse lehrt, die noch auf die Zeit vor der Schöpfung zurückgehen.

Der Morgenstern verließ die Terrasse, ging die Treppe hinunter zurück in den Pfortensaal und weiter durch einen dunklen Gang, von dem aus er die Schlacht genau verfolgen konnte.

Der Geflügelte Herrscher Michael setzte wieder seine hasserfüllte Miene auf – das war sein wahres Gesicht. Er zog die Flamme des Todes und strich über die mystische Klinge.

Gleich würde er Shamira hinrichten.

Baturiel gegen Mephistopheles

Als die gegnerischen Waffen aufeinanderprallten, stürzten sich auch die Höllenfürsten mit ihren Bestien und Monstern ins Kampfgetümmel – bis auf Orion, den Gefallenen König von Atlantis, der zu Beginn des Angriffs verschwunden war. Die satanischen Herren hielten ihn für tot, denn im Kampf durfte man nicht fliehen. Der Verlust ihres strategischen Anführers machte sich bemerkbar: Da ihnen die richtige Führung fehlte – ein General, der den Truppen eine wirkungsvolle Taktik und die geeigneten Manöver zeigte –, wurden ganze Horden vernichtet. Der Satanis war nämlich ein Meister der Kriegskunst, die er schon vor Jahrtausenden in den Mittelmeerischen Kriegen verbessert hatte, jenem Konflikt zwischen Atlantis und Henoch, den beiden größten antiken Menschengeschlechtern, die es vor der Sintflut gegeben hatte.

Die Rebellen auf den Berghöhen kämpften mit bewundernswerter Tapferkeit und nahmen es gleichzeitig mit den Höllensoldaten und ihren himmlischen Gegnern auf, den Anhängern Michaels. Zum Unglück für die bösen Engel zeigten sich die Dämonen bei ihrem chaotischen Angriff jedoch so unbeholfen, dass die belagerten Legionen in Bedrängnis gerieten. Den Aufständischen kam dieser Mangel an Disziplin gerade recht: Sie hielten ihre Krieger in der Linie und fingen den Ansturm der Bestien standhaft ab.

Mephistopheles und Beelzebub hatten sich mittlerweile ebenfalls ins Getümmel gestürzt und hieben im Flug nach allen Seiten auf die Aufständischen ein. Mephistopheles, auch Mephisto genannt, war ein hervorragender Kämpfer mit einem zierlichen, doch unzerstörbaren Säbel. Wären nicht seine feurige Haut, seine Fledermausflügel und die großen, nach hinten gekrümmten Hörner gewesen, hätte man ihn für einen gewöhnlichen starken und imposanten Menschen halten können. Auch Beelzebub, der Herr der Fliegen, war ein abscheuliches Ungeheuer mit einem menschenähnlichen Leib, den ein harter, schleimiger und übel riechender Insektenpanzer umhüllte. Dazu besaß er Flügel und Facettenaugen wie eine Fliege, um sein Maul wuchsen borstige Haare.

»Wir müssen die Rebellen entmutigen«, sagte Mephistopheles zu dem Insektendämon, der durch die Luft glitt.

Der Herr der Fliegen zeigte auf Baturiel. »Der da befehligt die Revolutionslegionen.«

»Ich mache ihn fertig. Komm mit, aber bleib im Hintergrund.« Mephistopheles nahm Baturiel ins Visier und schoss davon.

Mit ausgebreiteten Flügeln landete er vor dem Rechtschaffenen, baute sich vor ihm auf und fuchtelte mit seiner spitzen Waffe herum. »Ich bin Mephistopheles, der Höllenfürst, Gebieter über die Zanathus und König des Flammenden Meeres«, stellte er sich vor.

»Ich erkenne dich, du bist ein Gefallener«, gab Baturiel zurück. »Vor dem Krieg im Himmel warst du einmal ein Ischim im himmlischen Paradies.«

»Dann nimm meine Einladung zum Duell an – es wird eine ehrliche, gerechte Auseinandersetzung ohne Listen und Tricks«, forderte der Höllische den Engel auf, der nicht ablehnen konnte, weil er ein Krieger war und sein Kodex ihm verbot, einem angekündigten Kampf auszuweichen. Ja, er fühlte sich geradezu bevorzugt, dass er sich mit einem angeblich loyalen Teufel messen durfte, denn er hatte gehört, dass alle Höllenbewohner hinterlistig und heimtückisch waren.

Die beiden nahmen Kampfstellung ein, dann gingen sie wie Löwen aufeinander los und kratzten, schlugen, hieben mit ihren Waffen aufeinander ein, dass die Funken sprühten. Viele Teufel hielten inne, um zuzuschauen, mussten diese Ablenkung aber mit dem Leben bezahlen.

Es sah nach einem Sieg Baturiels aus, aber Mephisto verpasste ihm einen so heftigen Schlag in den Bauch, dass der Kommandant weggeschleudert wurde. Schnell rappelte er sich wieder auf und machte sich für den nächsten Angriff bereit, doch da hörte er hinter sich das Summen eines Insekts. Blitzschnell drehte er sich um und sah den Herrn der Fliegen, der heimlich von hinten herangeflogen war und sich auf ihn stürzen wollte. Auf beiden Seiten von mächtigen Gegnern in die Zange genommen, zückte der Rechtschaffene einen mystischen Dolch, den er im Stiefel versteckt hatte, ging damit auf Beelzebub los und rammte ihm die Waffe vor den Augen der entsetzten Soldaten in die Stirn. Daraufhin nahm er seine vorige Haltung wieder ein und schlitzte Mephistopheles den Bauch auf, als dieser ihn anfallen wollte.

Der Höllenfürst krümmte sich vor Schmerz, sein Schädel war gespalten. Auf der anderen Seite der Festung brachte Schenial gerade Molloch den Henker zur Strecke, aber der hinterlistige Asmodeus war dabei, zwei Rebellengeneräle zu töten.

Trotz der Übermacht ihrer Feinde waren die Rebellen ihnen ebenbürtig.

Luzifer verließ die Terrasse, ging durch den Pfortensaal und stieg in einen breiten, leeren Gang hinab, auf dessen offener Nordseite das Schlachtfeld sichtbar wurde. Dort blieb er einige Minuten verborgen stehen und lobte sich für seine Intelligenz. »Wie schön! Wie wunderbar!«, frohlockte er und wollte schon losfliegen, um sich seinen Soldaten zu zeigen. Doch dann überlegte er es sich anders und beschloss, im Dunkeln zu warten.

Trotz seines klaren Triumphs war der Dunkle Erzengel geschwächt. Er selbst hatte einen Teil seiner Aura-Energie geopfert, um die Leviathane anzuheuern, und fühlte sich nun zwar nicht völlig ausgelaugt, aber doch gebrechlicher als sonst. Er war der einzige Dämon, der die Fährmänner hatte entlohnen können, weil nur jemand mit so viel Macht wie er genügend Essenz besaß, um die riesigen Schiffe herbeizuholen.

Bald würde er wieder bei Kräften sein, aber fürs Erste musste er doppelt aufpassen und seinen Zustand vor den Höllenfürsten verbergen. Seine aristokratischen Untertanen waren gewitzt und verräterisch und würden vielleicht versuchen, sich gegen ihren Gebieter aufzulehnen, sobald sie von seiner Schwäche erfuhren. Selbst ein ermatteter Luzifer konnte es mit jedem von ihnen aufnehmen, aber nicht mit allen gleichzeitig.

Also wartete er noch eine Weile, um sich erst in einem unbedenklichen Moment auf dem Schlachtfeld zu zeigen.

Die Höhle auf dem Berg

Wie in einem Traum befand sich Ablon plötzlich wieder in der Höhle auf dem Berg, seinem privaten Heiligtum, dem Zufluchtsort, den er in Gedanken immer dann aufsuchte, wenn Trauer seine Hoffnung zu begraben drohte. Er fühlte sich wie erstarrt, als sei er gerade aus dem Tiefschlaf erwacht.

Er war kalt wie eine Leiche und konnte sich weder bewegen noch etwas empfinden. Da berührte ihn eine warme Hand am Arm. Er öffnete die Augen und fand sich in der Höhle wieder, gebettet in Shamiras Schoß. Gegen alle Logik von Raum und Zeit war sie gekleidet wie in alten Zeiten, rein und natürlich, und der unvergleichliche Geruch, den sie verströmte, war der liebliche Duft ihres Körpers. Aber wie hätte Ablon in die Vergangenheit zurückkehren können, es sei denn in der geistigen Verwirrung, die dem Tod vorausging?

Er versuchte sich aufzurichten, aber seine Muskeln verhärteten sich. Seine schwachen, zerbrechlichen Knochen kamen ihm vor wie brüchige Zweige. Auch sein Herz schlug nicht mehr. Er war kaum mehr als ein Verstorbener, unfähig, eine einzige Gliedmaße zu regen.

Shamira schenkte ihm ein liebevolles und sinnliches Lächeln, und seine Angst verflog. Sie beugte sich über den besiegten General, berührte leicht sein von Kämpfen gezeichnetes Gesicht, streichelte ihm voller Freude über das goldene Haar und fuhr mit den Fingern durch seinen struppigen Bart, bis sie die aufgesprungenen Lippen fand. Dann näherte sie ihr Gesicht dem seinen und küsste ihn lange.

Als der weiche Frauenmund seine Lippen berührte, breitete sich in der Höhle eine Wärme aus, die seine leblose Hülle wieder zum Leben erweckte und sein erstarrtes Herz zum Glühen brachte. Das Blut begann wieder zu kreisen, sein Herz fing an zu schlagen. In Sekundenbruchteilen sah er sein ganzes Leben an sich vorbeiziehen, angefangen vom Licht seiner Geburt am Anbeginn des Universums bis zu seiner Niederlage oben auf dem Turm.

Von plötzlicher Leidenschaft gepackt, war Ablon nicht mehr fähig, Wirklichkeit von Illusion zu unterscheiden, und er wusste nicht mehr, was er tun sollte und wo er war. Vielleicht lag er ja immer noch auf dem Rad der Zeit und litt Schmerzen, denn für gescheiterte Himmelsbewohner gab es keine Erlösung.

Er spürte das Feuer in sich und nahm um sich herum andere himmlische Wesenheiten wahr. Wie ein kostbarer Kreis aus Wächtern umringten alle Abtrünnigen ihren General, um ihm mit ihren funkelnden Schwertern die Ehre zu erweisen. Im flackernden Licht des Feuers erkannte Ablon neben anderen die unvergessliche Ishtar, den wackeren Hasai und den tugendhaften Yarion. Die ganze Bruderschaft mit ihren achtzehn Kriegern war vereint, alle mit weißen, blutbefleckten Flügeln und unüberwindlichem Mut.

Durch ihre göttliche Essenz hob sich besonders eine Gestalt von den Ausgestoßenen ab: Mit unbewegtem Gesicht, in erhabener Haltung und mit entschlossenem Ausdruck bewachte der Erzengel Gabriel den Ausgang.

»Ihr seid alle hier«, ächzte Ablon, »die Bruderschaft der Abtrünnigen und der Engel der Offenbarung. Wie seid ihr nur dem Tod entkommen?«

»Für uns Geflügelte bedeutet Tod, dass sich unser Geist zerstreut«, erklärte der Meister des Feuers, »aber unsere Energie ist unauslöschlich. Wir sind keine individuellen Bewusstseinsformen mehr, sondern eine einzige Macht. Jetzt leben wir in deinem Geist, und dank unserer Kraft wird deine Aura in den Himmel auffahren. Durch unser Opfer wirst du den Sieg erringen.«

»Das ist wahre Freundschaft«, sagte Hasai, »auf ihr ruht die Welt.«

»Glaub an deine Ideale, General«, drängte ihn die schöne Ishtar, »und kehre auf das Schlachtfeld zurück.«

Und dank der Unterstützung seiner alten Freunde regte sich in Ablon wieder die Kampfeslust. Sein rechter Arm glühte, aber er verspürte keinen Schmerz – im Gegenteil, es bereitete ihm Wohlbehagen.

Im letzten Geschoss des Turms der Tausend Fenster, im eisigen Wind am höchsten Punkt der Erde, richtete der Engelsfürst Michael sein Schwert, die Flamme des Todes, auf das Herz der Hexe von Endor. Sobald er sie geopfert hatte, würde er ihre Seele rauben und sie in reine Energie verwandeln, um die Gier der Erzengel zu befriedigen.

Zu diesem Zeitpunkt gab es keinen einzigen Sterblichen, der mächtiger und langlebiger war als die vor vielen Jahren in Kanaan geborene Hexe. Sie besaß einen starken, alten Geist und weckte daher Begehrlichkeiten bei ihren Mördern.

Ablons Körper lag noch immer ausgestreckt auf dem Rad der Zeit. Mühelos hätte er die Geißel des Feuers packen können, aber ohne die fantastischen Flammen war ihre Klinge nur noch ein eiskaltes Stück Metall, eine Waffe aus gewöhnlichem Stahl.

Und da geschah unter der dunklen Wolke, die über Zion lag, das Wunder: Am Arm des Abtrünnigen wurde oberhalb des Handgelenks ein glühendes Mal sichtbar, genau an der Stelle, wo Shamira ihn im Traum berührt hatte. Die eingeritzten Zeichen wurden heiß wie ein Brandmal. Die Blutlachen auf dem Boden flossen langsam in den leblosen Körper zurück – hier zeigte sich eine unglaubliche, geheimnisvolle Macht. Die rote Blutspur auf der Treppe floss in die Wunde zurück, und sogar Ablons aufgeschlitzte Kehle schloss sich, bis alles Blut wieder in der sterblichen Hülle vereint war.

An Ablons Unterarm glitzerte die Rune des Körpers, die Shamira ihm bei ihrem magischen Ritual in die Haut geritzt hatte. Bei seinem Besuch in der Unterwelt hatte sie ihn schützen sollen. Da das Treffen friedlich verlaufen war, war der Zauber nicht nötig gewesen, doch er würde aktiv bleiben, bis Ablons Leben erneut in Gefahr war. Jetzt wurde er überraschend wieder wirksam, sodass Ablon vollständig genas und all seine himmlischen Fähigkeiten zurückerhielt.

Kaum war der Held wiedergeboren, züngelten auch wieder die heiligen Flammen um die Geißel des Feuers. Ablon nahm einen tiefen Atemzug, breitete die Flügel aus, und Gabriels Worte fielen ihm ein, der ihn in einem Moment der Betrübnis ermuntert hatte, das Schwert zu ergreifen.

Als Michael das Knistern des Stahls hörte, hielt er inne, drehte sich zum Rad der Zeit um – und traute seinen Augen nicht: Er, der so schicksalsgläubig war, konnte nicht fassen, was er sah.

Vollständig wiederhergestellt richtete sich Ablon über dem steinernen Rad auf. Seine Lebensenergie war sprunghaft angestiegen und stand nun auf derselben Machtstufe wie die der Erzengel, sodass sie die Aura des unerreichbaren Tyrannen verdrängte.

Im ersten Moment hatte selbst Ablon nicht ganz begriffen, was mit ihm geschehen war. Alle Verletzungen waren geheilt, seine Kraft war zurückgekehrt, seine Sinne waren geschärft wie nie. Ungläubig betrachtete er seine Fäuste und begann, neue Dinge zu sehen und zu hören. Eine liebliche Melodie erfüllte seine Ohren, die er als Klang der Natur, die unglaubliche Bewegung lebender und toter Atome und Teilchen erkannte, die das Universum in

Fluss hielten. Er nahm die ringsum kämpfenden Engel wahr – vorher waren sie ihm blitzschnell vorgekommen, doch jetzt bewegten sie sich so langsam, dass es sich nicht gelohnt hätte, sie niederzuschlagen. So mussten Michael die Hiebe vorgekommen sein, die Ablon bei ihrem Duell im Pfortensaal ausgeteilt hatte.

In Sorge um Shamiras Rettung schlug Ablon auf die Flamme des Todes ein, um den Himmelsfürsten zu entwaffnen und so die Hinrichtung zu verhindern. Sein Feind hielt dem Angriff nicht stand. Die Waffe glitt ihm aus der Hand und schlitterte über den Boden – jetzt war der Herrscher wehrlos.

»Das kann doch nicht wahr sein!«, protestierte Michael, der seinen Sinnen nicht mehr traute. »Eben noch lag das Opfer unserer Verschwörung überwältigt und besiegt am Boden. Wie ist es ihm nur gelungen, mit einer so überwältigenden Energie aus der unendlichen Finsternis zurückzukehren?«

»Ich kämpfe nicht allein«, klärte Ablon ihn auf. »Die Bruderschaft, der Erzengel Gabriel und die Hexe von Endor sind bei mir. Ihre Kraft hat mich wieder zum Leben erweckt. Die Liebe zur Gerechtigkeit hat mich zurückgebracht. Nimm jetzt dein Schwert! Mein Kodex verbietet mir, gegen einen wehrlosen Gegner zu kämpfen.«

Noch ganz schockiert von diesem Wunder suchte der Fürst nach seiner Waffe und rüstete sich für einen neuen Kampf. Doch kaum schwang er die Reliquie, da stürzte Ablon vor und griff ihn wild entschlossen und schnell wie der Blitz an.

Ein ungeheurer Donnerschlag erschütterte die Pfeiler der Welt und ließ die Grundfesten des Universums wanken, und als die blitzenden Klingen aufeinanderprallten, gab es eine Explosion, die die Turmspitze in gleißendes Licht tauchte. Überwältigt vom Strahlen des Wiedergeborenen, begann der Tyrann zu zittern.

»Der Schöpfer hat deinen Tod und meinen Aufstieg in den Himmel vorausgesagt!«, schrie der Erzengel. »Das Buch der Wahrheit ist über jeden Zweifel erhaben, in ihm hat der Allmächtige das Schicksal der Welt aufgezeichnet. Erdreistest du dich etwa, Jahwe herauszufordern?«

Ablon schüttelte den Kopf. Wie konnte der Gigant nur so unwissend sein? »Wer bin ich, um das Vermächtnis unseres Vaters infrage zu stellen? Aber wer bist du, dass du seine Worte neu schreibst? Das Buch der Wahrheit ist kein Buch über die Weltgeschichte, sondern ein ganz besonderes, geheimnisvolles Meisterwerk, das sich die Guten ausgedacht haben, um die Bösen irrezuführen. Es verrät nichts über das Schicksal der Welt, sondern nur etwas über unsere Wünsche, unsere Begierden, unsere geheimsten Sehnsüchte – darum ist sein Inhalt vieldeutig. Ich bin dem Geheimnis auf die Spur gekommen, als ich einige Seiten las, bevor ich auf dem Rad der Zeit starb. Du und Luzifer, ihr wolltet so sehnlichst selbst zu Göttern werden, dass ihr lieber an das glaubtet, was geschrieben stand, und mit diesen Worten unsägliche Missetaten rechtfertigt habt. Aber was die Zukunft betrifft, so habt ihr euch geirrt und seid nun beide dem Wahnsinn verfallen und blind für die Wahrheit.«

Obwohl Michael in einer Sackgasse steckte und seine Lage hoffnungslos war, wollte er das Offensichtliche nicht wahrhaben. Grimmig und drohend ließ er sein Schwert über dem Kopf kreisen. Er war sich seiner Bestimmung so sicher, dass er seinen Irrtum nicht erkannte – nicht einmal dann, als sein Plan schon längst gescheitert war. Seine Überzeugung würde er mit dem Schwert verteidigen, mit demselben Mut, mit dem er einst die Götter der Finsternis beim Aufdämmern der Ewigkeit besiegt hatte.

»Wenn es so ist, dann erzähle mir etwas von deinen Wünschen, Geächteter«, sagte er provozierend, verzweifelt nach einer Lücke in der Logik Ablons suchend. »Was stand denn in diesem Buch, was hast du mit deinen Flüchtlingsaugen gesehen?«

Statt einer Antwort griff Ablon an. Mit seiner Energie und Geschicklichkeit ließ er Michael keine Zeit zur Verteidigung, sondern stach ihn mit dem nächsten Schwertstreich nieder. Michael versuchte noch zu reagieren, aber Ablon war jetzt viel schneller. Wie ein gleißender Komet sauste die Geißel des Feuers nieder, zersplitterte die Rüstung, bohrte sich ins Herz des Giganten und setzte seinem langen Dasein ein Ende. Ablon beugte sich über ihn, um ihn vollends zu durchbohren. »Im Buch stand … dass ich dich töten würde«, sagte er und riss sein Schwert aus der Brust des Feinds. »Für mich ist mit dieser Geschichte auch meine lebenslange Mission beendet.«

»Selbst wenn du mich tötest – dein Heer wird die Höllentruppen und meine phänomenalen Legionen nie besiegen«, röchelte der Erzengel.

»Kämpfe gewinnt man nicht nur mit Brutalität, sondern auch durch Tugendhaftigkeit«, belehrte ihn der Wiedergeborene. »Wo es Rechtschaffenheit und Gerechtigkeit gibt, da ist auch der Sieg gewiss.«

Ein Blutschwall quoll aus Michaels Brustkorb und nahm ihm die Luft zum Atmen. Ungerührt blieb Ablon neben ihm stehen, ganz versunken in diese Abschlussszene, und überlegte, was dem Giganten wohl durch den Kopf gegangen war, nachdem sich seine lang gehegten Illusionen in Luft aufgelöst hatten.

In den letzten Zügen liegend, stammelte Michael: »Ich sterbe. Wie kann das sein?« Aller Hochmut war aus seinem Gesicht gewichen. »General, kannst du mich retten?«

»Ich habe es versucht«, antwortete er.

»Ablon …«, rief der sterbende Fürst, »eines sollst du wissen. Du sollst wissen, dass alles aus Liebe geschah.«

»Es geschah alles aus Eifersucht.«

»Nein, aus Liebe.«

Bleich wie eine Blume, die man achtlos in die Wüste geworfen hat, sah Michael die alten Zeiten an sich vorbeiziehen – die ruhmreichen Tage vor der Erschaffung des Lichts, das glanzvolle Zeitalter vor der Ankunft des Menschen, als er mit seinem Vater und seinen Brüdern durch das dunkle Universum geflogen war. Beim letzten Atemzug wurde ihm klar, dass er nicht nur aus Ehrgeiz ein Gott hatte sein wollen, sondern auch, um den Glanz des einstigen Universums wiederaufleben zu lassen. Nicht nur um Alleinherrscher zu sein, hatte er Göttlichkeit angestrebt, sondern um ein einziges Mal die Anwesenheit des Schöpfers zu spüren, der vor so langer Zeit als Opfer für die Menschen seinen Geist zerstreut und ihnen eine Seele geschenkt hatte.

Letztendlich hatte der Erzengel nur den Allerhöchsten wiedersehen oder seine göttliche Kraft erleben wollen.

Der Engelsfürst starb mit offenen Augen, die in die Leere des Himmels starrten.

Der Meister und sein Schüler

Luzifer stand noch immer verborgen im Schatten der Falltür. Während draußen Gebrüll, Schreie und Waffengeklirr erschollen, herrschte in der Festung Grabesstille. Alle Legionen, die als Unterstützung eigentlich im Turm hätten bleiben sollen, hatten diesen schon vor der Ankunft der Leviathane verlassen, um die Aufständischen zu massakrieren, doch ein düsteres Schicksal hatte sie ereilt.

Die bösen Engel hatten den Kampf mit aller Macht wiederaufgenommen, konnten aber trotz der Verstärkung durch die höllischen Horden die Rebellen nicht dezimieren, die ihren Feinden, egal, ob Himmels- oder Höllenbewohner, immer wieder ein Schnippchen schlugen. Auch wenn die Feinde in der Überzahl waren – die Aufständischen kämpften, beseelt von den alten aufständischen Helden, umso entschlossener.

Innerhalb des Bergrunds bot sich ein Bild des Grauens. Rings um die Festung sah man auf dem blutgetränkten Boden dicht an dicht und kreuz und quer Leichen liegen – Überreste von geköpften, verstümmelten, zerstückelten und durchbohrten Soldaten, verbeulte Rüstungen und zerbrochene Waffen, die noch glänzten.

Die dämonischen Bodenstreitkräfte, die keine Flügel besaßen, hatten auf den Berghängen die Stellung der Bogenschützinnen eingenommen und dort ihre Fahne aufgepflanzt, doch der Konflikt war noch lange nicht zu Ende. Falls es so weiterging, konnten die beiden Heere noch viele Tage, Monate oder Jahrhunderte kämpfen, ohne dass eines als Sieger hervorging. Daher beschloss Luzifer, der nicht mehr an der Entschlossenheit der Rebellen zweifelte, endlich zu handeln. An der Spitze seiner Kämpfer wollte er dem Konflikt bald ein Ende setzen, da ohnehin schon viele Höllenfürsten gefallen waren.

Ist das nicht der Wunsch des Schöpfers, wie er im Buch der Wahrheit steht?, überlegte er zynisch. *Dass ich einen schnellen Sieg erringe und auf dem Zaphon, dem Berg der Götterversammlung, neben dem großen Michael meinen Thron aufstelle?*

Der Morgenstern schob sein Schwert zurück und stieg auf die Brüstung, um sich von dort ins Schlachtgetümmel zu stürzen, doch da spürte er eine Aura aus dem Dunkeln herannahen. Er wusste, wer der Angreifer war – oder meinte ihn zu kennen –, und duckte sich mit einem dreisten Grinsen unter einen Vorsprung. Von diesem Versteck aus würde er den verwegenen Besucher töten können.

Aus dem Dunkel tauchte Asiel auf, die Heilige Flamme. Feuer sprühte aus seinen Handflächen, Zorn stand ihm ins Gesicht geschrieben. Er hatte sich gerade erst von seinen Gefährten getrennt und irrte nun allein durch die Gänge der Festung, auf der Suche nach dem Abtrünnigen, der immer noch nicht aufs Schlachtfeld zurückgekehrt war. Asiel hoffte, Ablon noch lebend anzutreffen, und hatte sich deshalb geweigert, die Festung in Brand zu setzen.

Luzifer warf der Heiligen Flamme einen verächtlichen Blick zu. »Asiel, der Gebieter über die Feuerzitadelle«, höhnte er. »Welch freudige Überraschung!«

»Seit wann schleichen Dämonen durch die Räume von Zion?«, fragte der Ischim verärgert. Sein schwarzes Haar glänzte im Schein der spitz hochzüngelnden Flammen.

Der Dunkle Erzengel runzelte im Dunkeln die Stirn. »Nun, ich dachte, dass für die Revoltierenden nicht nur Höllenbewohner, sondern auch ihre himmlischen Feinde vom selben verdorbenen Geschlecht abstammen.«

»Ja, das wird mir langsam klar.« Asiel wusste, dass weder Luzifer noch irgendein anderer ohne die Erlaubnis des Erzengels Michael in die Festung eingedrungen wäre, es sei denn mit Gewalt. Niemand hatte gesehen, dass sich der Teufel von außen gewaltsam Zutritt verschafft hatte – also hatte Michael ihn eingeladen. »Du und der Engelsfürst, ihr steckt unter einer Decke!«

»Deine Scharfsichtigkeit ist beeindruckend«, spottete Luzifer wieder. »Aber was willst du machen? Mich zum Kampf herausfordern, wie dein General?«

»Wo ist er? In welchem Raum …«

»Dein Anführer ist am Ende. Ich habe ihm im Pfortensaal den letzten Rest gegeben und ihm oben auf dem Turm ein Grab bereitet. Seine Leiche liegt auf den kalten Steinen im obersten Turmgeschoss, und bald werde ich auch die Hexe von Endor vernichten.«

Diese Nachricht traf Asiel wie ein Pfeil ins Herz. Er wollte sie nicht wahrhaben, aber vielleicht sagte Luzifer die Wahrheit – höchstwahrscheinlich sogar. Ablon hätte sein Heer niemals so lange alleingelassen – nur sein Tod hätte ihn dazu gezwungen.

Asiels Flammen züngelten nun heftiger und kreisten knisternd auf seinen Handflächen wie in einem tödlichen Tanz. Voller Wut über die vermeintliche Ermordung seines Kommandanten und Freunds griff er erbarmungslos an. Aus seinen Fingerspitzen schossen Feuergarben, die den Gang in grelles Licht tauchten und den roten Steinboden zum Schmelzen brachten. Mit seiner beeindruckenden Energie hätte er den Himmel verbrennen und

Ozeane zum Brodeln bringen können – aber würde sie ausreichen, um den Teufel zu besiegen?

Mit den Händen hielt der Dunkle Erzengel den gleißenden Strahl auf, der sich nur noch schwach auf den Pfeilern spiegelte. Dennoch konnte er den Angriff nicht richtig parieren und stolperte, noch unverletzt, einige Schritte nach hinten. Einem neuen Angriff würde er nicht so leicht standhalten können, aber noch gab er sich nicht geschlagen.

»Ischim, du wirst zwar immer mächtiger«, räumte er ein, »aber du vergisst, dass ich mich neben all meinen anderen Eigenschaften auch mit dem Element Feuer auskenne. Meine Flammen haben einst das Licht in die Hölle gebracht, als dort im Untergeschoss noch Finsternis herrschte. Deshalb glaube ich nicht, dass du es mit mir aufnehmen kannst. Scher dich weg, dann verschone ich dich.«

Asiel wunderte sich über das Mitleid seines Feinds, aber er hätte den Teufel wirklich nicht besiegen können – zumindest nicht allein. Falls Luzifer seine Macht tatsächlich einsetzte, würde er, Asiel, den Kürzeren ziehen. Doch in dieser Situation wollte der Dunkle Erzengel seine Fähigkeiten lieber nicht unter Beweis stellen, sondern sie für seinen Einsatz an der Front aufheben. Deshalb hatte er den Ischim nur eingeschüchtert, statt ihn sofort zu verbrennen. Zum Glück trat in diesem Moment eine dritte Person auf den Plan.

Zuerst tauchte aus dem Dunkel ein feuriges Flügelpaar auf. Dann funkelten strahlende Tränen, wie brennendes Öl, das auf den Boden tropft. Es war Amael, der Herr der Vulkane, Asiels einstiger Meister!

Amael war ein duldsamer, ergebener Dämon, den es weder nach Macht noch nach Rache gelüstete. Deshalb hatte Luzifer ihm gestattet, in seiner Höhle zu wohnen, und freute sich aufrichtig über seine Gesellschaft. Da der Herr der Vulkane immer zurückhaltend und unterwürfig war und seinem Gebieter niemals widersprach, hatte der Teufel ihn auserwählt, um ihn nach Zion zu bringen. Auch in seine Pläne hatte er ihn eingeweiht. Von Anfang an hatte sich der Zanathus in der Festung versteckt gehalten und war nun wieder bei seinem satanischen Gebieter aufgetaucht.

Asiel hatte immer bedauert, dass sein einstiger Mentor zur Strafe in die Hölle verbannt worden war, und war darüber eher traurig als erschrocken gewesen. Ohne die brennenden Tränen hätte sein Gesicht noch genauso ausgesehen. Er trug immer noch die gleiche himmlische Rüstung, die mittlerweile verrostet war, und sein Herz war reine Melancholie. Der Verursacher der Sintflut war ein unglückliches Geschöpf, voll tiefer Reue für seine früheren Sünden.

»Da bist du ja, Amael!«, rief der Dunkle Erzengel erleichtert. »Das ist wirklich eine glückliche Fügung. Du erinnerst dich doch noch an deinen Schüler Asiel?«

Der Herr der Vulkane schwieg. Er litt immer noch an seinen Erinnerungen und wurde von Gewissensbissen gepeinigt.

»Es tut mir sehr leid, mein Kleiner, aber ich muss jetzt gehen«, sagte Luzifer provozierend mit Blick auf die Heilige Flamme. »Ich habe keine Zeit mehr für deine Kindereien.« Er glitt zum Fenster und bellte dem bedrückten Zanathus einen Befehl zu. »Kümmere du dich um ihn, Amael. Mach diesen unverschämten Engel fertig!«

Mit dem Gefühl der Überlegenheit drehte der Morgenstern den beiden den Rücken zu, breitete seine Fledermausflügel aus und wollte sich davonmachen.

»Das kann ich nicht, Luzifer. Ich weigere mich«, wagte der Herr der Vulkane zu sagen. »Wenn du ihn töten willst, dann tu es selber. Ich habe deine Befehle satt.«

Erstaunt hob der Teufel eine Augenbraue und kam empört zurück. Seine Untertanen redeten ihn nie mit Namen, sondern nur mit feierlichen Titeln an, und in einer so entscheidenden Situation durfte man Luzifer auf keinen Fall herausfordern. Der Sieg lag in greifbarer Nähe, und sicher würde ihn nicht irgendein armer Teufel davon abhalten, sich zum Gott zu krönen.

»Ich bin nur kurz weg, Amael«, beharrte er und zwang sich, seine Unsicherheit zu verbergen. »Bald haben wir es geschafft und sind diese abscheulichen Rebellen ein für alle Mal los. Der Triumph ist uns gewiss!« Als er seinen Knecht ansah, wurde sein Gesicht hart. »Es wäre töricht von dir, mir jetzt nicht zu gehorchen.«

Doch der Herr der Vulkane wollte sich nicht noch einmal überreden lassen wie damals, als es um die angebliche Revolution gegen den Erzengel Michael ging. Über die Aufrichtigkeit Luzifers, den er in früheren Zeiten einmal unterstützt hatte, machte er sich keine Illusionen mehr. Er war an seine Grenzen gestoßen, und in solchen Momenten preschen selbst die Zögerlichen vor, und aus Angsthasen werden Helden.

»Du bist geschwächt, Morgenstern. Deine Aura hat an Kraft verloren, seit du den Fährmännern für ihre Dienste einen Teil deiner Essenz überlassen hast.«

Zitternd wich der Teufel zurück. Ein schrecklicher Gedanke keimte in ihm auf. »Schwach oder nicht, neben mir bist du trotzdem nur ein Nichts«, bluffte er dreist. »In einem Duell würdest du mich nie bezwingen.«

»Allein sicher nicht«, gab Amael zurück und ließ damit durchblicken, dass er auf Asiels Hilfe zählte, der das Gespräch bisher nur stumm mitverfolgt hatte. »Ich weiß selbst, wie viel eine Reise auf dem Styx kostet, und wusste, wie anstrengend es sein würde, die Leviathane herbeizurufen. Deshalb habe ich dich zu den Fährleuten gebracht.«

»Verräter!«, schrie der Dunkle Erzengel, der in diesem Augenblick erkannte, dass Amael ihm eine Falle gestellt hatte, Asiel hingegen von seiner ursprünglichen Absicht nichts gewusst hatte. Nur indem der Herr der Vulkane seinen Gebieter schwächte, konnte er es mit ihm aufnehmen.

»Nein, Luzifer«, widersprach er unbeherrscht. »Du warst es, der mich verraten hat, mit dieser verdammten Lüge von einer Revolution! Du hast gelogen, hast einen Krieg im Himmel angezettelt und mich, Orion und andere als Bauernopfer für dein kosmisches Experiment benutzt. Du hast Hass unter den Abtrünnigen gesät und uns gezwungen, unsere Brüder zu töten. Und jetzt verlangst du von mir, meinen einzigen Schüler zu vernichten?«

Nervös ließ Luzifer die Hand zum Gürtel gleiten, wo er den Knauf seiner Waffe vermutete, aber er hatte den Blitz der Morgenröte oben auf dem Turm zurückgelassen. Außerdem trug er keine Rüstung mehr – aber die hätte ihm jetzt ohnehin nicht viel geholfen. »Amael, hör mir gut zu. Du wirst tun, was ich dir sage. Wir können dieses Durcheinander beenden und für alle einen neuen Anfang schaffen. Und du wirst mir dabei helfen. Wir beide gemeinsam.«

Asiel blieb stumm. Er wusste, dass dies für seinen Herrn ein kritischer Moment war. Der Herr der Vulkane musste sich Luzifer allein stellen und Rache nehmen. Er, Asiel, konnte ihm zwar dabei helfen, aber letztlich lag die Entscheidung bei Amael. Der Dunkle Erzengel straffte sich. »Wenn du mich unbedingt herausfordern willst, Amael, dann muss ich dich töten«, sagte er grimmig. »Ein einziger Blick von mir würde dich vernichten.«

»Ach ja? Warum holst du dir dann nicht dein Schwert?«

Asiel konnte sich im Dunkeln ein Grinsen nicht verkneifen. Diese Situation war ihm alles andere als angenehm, aber es belustigte ihn, Luzifer so zu sehen. Gerade ihn, der immer die Rolle des Bösewichts gespielt hatte.

»Ihr Monster, ihr treulosen Schweine!«, brüllte dieser, um die beiden einzuschüchtern. »Ich werde euch auf der Stelle fertigmachen, ihr armseliges Gewürm!«

»Dann versuch es doch!«, entgegnete Asiel trotzig, »aber falls du es noch nicht gemerkt hast: Dies ist ein Mordgericht!«

Gequält legte der Teufel die Hände aneinander und verlegte sich aufs Flehen. Er sank auf die Knie und zerdrückte ein paar Krokodilstränen, doch seine Henker achteten nicht auf sein Gejammer. Der Sohn der Morgenröte würde seine beiden Widersacher nicht überleben, falls sie beschlossen, ihn zu bezwingen.

»Ich wollte doch nur das Beste für alle, damit Menschen und Engel zufrieden sind«, stammelte er wirr, um Vergebung bettelnd.

»Schluss jetzt mit den Lügenmärchen, Morgenstern!«, fuhr Asiel verärgert dazwischen. Er hatte Luzifers Unverschämtheit satt und zweifelte mittlerweile nicht mehr daran, dass sein Meister Amael tiefe Reue empfand und sich zum Guten bekehrt hatte. »Mit deinem Gejammer kannst du dich nicht loskaufen.«

»Gib mir noch eine Chance!«

»Du hast alle Chancen gehabt.«

»Nein«, schrie der Dunkle Erzengel verzweifelt. »Michael! Wo bist du?«

»Der Engelsfürst ist tot«, belehrte ihn Amael. »Der Erste General hat ihn besiegt.«

»Der Abtrünnige Engel? Unmöglich! Ich habe ihn doch selbst …« Er verschluckte seine Worte, um den Mord nicht zugeben zu müssen. Hatte er dem Krieger nicht gerade erst die Kehle aufgeschlitzt? Wie war es möglich, dass er wieder am Leben war? »Ich kann eine mächtige Aura an der Turmspitze spüren, die Aura eines Erzengels. Michael lebt also noch. Wie kannst du es wagen …«

»Das ist nicht Michaels Aura, sondern die Essenz des Wiedergeborenen«, erklärte Amael zur Freude der Heiligen Flamme. Also war Ablon unversehrt und hatte gesiegt!

»Wiedergeboren? So ein Unsinn!« Luzifer schien völlig durcheinander. »Verschone mich, Amael! Du bist kein Mörder, bist nie einer gewesen. Warum tust du mir das an?«

»Nach der Sintflut habe ich mir geschworen, keine Unschuldigen mehr zu töten. Jahrtausendelang habe ich stumm unter der

Last meiner Schuld gelebt, wie ein Vulkan, der seinen Zorn verheimlicht. Heute spucke ich meinen Hass aus und explodiere wie ein großer Berg. Ich verurteile dich zum Tod, Teufel, weil du schwere Verbrechen begangen hast und deinen Irrtum nicht einsiehst.«

»Denk an die guten Engel, Amael!«, schluchzte der Teufel. »Sie würden mich nicht zum Tode verurteilen.«

»Ich bin dein Geschöpf, Luzifer. Ich bin ein Verfluchter, ein Dämon. Und ich bin sehr böse«, fügte er hinzu, um seinen unerwarteten Gesinnungswandel zu rechtfertigen.

Als Meister und Lehrling ihre pulsierende Aura in Flammen aufgehen ließen und den Verurteilten mit Feuerblitzen vernichteten, wurde es in Zion schlagartig hell. Flammenbündel schossen durch das Fenster, und unter ihrer Wucht neigte sich die Festung. Im Seitenflügel des Turms der Tausend Fenster brachte die sengende Hitze die Pfeiler zum Schmelzen, alles Gestein verflüssigte sich zu vulkanischer Lava.

Schützend schlug Luzifer die Hände vors Gesicht und nahm alle Kraft zusammen, um den Angriff zu verhindern. Asiel hatte er abwehren können, aber nun war er nicht nur Feuerflammen, sondern auch Magmaspritzern ausgesetzt. Sein Herz schlug schneller, als ihm endlich klar wurde, dass er gleich unterliegen und sterben würde. Hände und Arme begannen zu schmelzen, seine weiße Tunika fing Feuer. Der Geruch seines verschmorenden Fleischs stieg ihm in die Nase, und ein Klumpen Lava blieb auf seinem Gesicht kleben. Das schöne blonde Haar löste sich auf, eines seiner Augen erlosch. Die Haut seiner Fledermausflügel zerriss, nur Knochen blieben davon übrig.

Durch die Schockwelle wurde der Erzengel über das Vordach in die Tiefe geschleudert und von der gewaltigen Hitze verzehrt. Seine Schreie jagten den Soldaten einen Schrecken ein – sie sahen nur eine Rauchspur am Himmel und versuchten ihr auszuweichen.

Doch Luzifer starb nicht sofort. Im Sturz brüllte, weinte, röchelte er und schlug um sich, konnte aber nicht mehr fliegen. Der Rauch hinderte ihn am Atmen. Keiner kam ihm zu Hilfe, niemand erkannte ihn.

Der Sohn der Morgenröte stürzte in die tiefen Spalten der Erde, ein dreckiges Loch, in dem es vor gefallenen Himmelsbewohnern nur so wimmelte. Hier befand er sich neben den Leichen vernichteter Engel, besiegter Dämonen und Sklavengeister. Sein Körper war nur noch ein widerliches Stück Dreck ohne Arme und Flügel; der Stoff seiner Kleidung hatte sich in die Haut eingebrannt. Ächzend und um Hilfe rufend ging Luzifer in einem Massengrab armselig zugrunde.

Gefährliches Vermächtnis

Oben auf der Festung von Zion hatte Ablon Shamira inzwischen von ihren Ketten befreit und hüllte sie fest in seine blutbefleckten Flügel. Von den Winden auf dieser Höhe war ihre Haut eiskalt geworden. Ohne ihre Zauberformeln, die sie unter anderem auch vor Kälte schützten, wäre sie schon erfroren, denn als Menschenwesen fehlte ihr die außerordentliche Widerstandsfähigkeit der Himmelsbewohner und Dämonen.

Derweil tobte die Schlacht unverändert weiter, und Ablon wusste, dass er wieder zu seinen Legionen musste, doch er hatte ein empfindsames Herz und ließ sich einen Moment Zeit für seine Geliebte.

»Die Rune des Körpers!«, flüsterte Shamira und strich ihm über den Unterarm. »Selbst ich hatte vergessen, was dieser Zauber bewirkt.«

Die magische Rune, die sie ihm ins Fleisch geritzt hatte, war verschwunden und hatte ihre fantastischen Eigenschaften verloren. Wie es die Nekromantin bei der Durchführung des Rituals vorausgesagt hatte, würde der Zauber nur einmal wirken und Ablon vor dem Tod bewahren. Und genauso würde die Rune des Geistes wirken, die ihn vor einer psychischen Veränderung retten würde – falls jemand versuchte, ihn gedanklich zu beeinflussen oder seine Erinnerungen auszulöschen. Dieses zweite Zeichen, das noch nicht zum Einsatz gekommen war, befand sich immer noch auf dem linken Arm des Cherubs und sah aus wie eine unauffällige Tätowierung.

»Die Intelligenz einer Frau hat den Engelsfürsten zu Fall gebracht«, verkündete Ablon, obwohl ihm auch sein eigenes Wissen zum Sieg verholfen hatte. »Ohne deine Magie wäre ich nicht wieder ins Leben zurückgekehrt. Welch eine Ironie – Michael hatte für die Schläue der Menschen nur Verachtung übrig.«

Shamira betrachtete den Leichnam des Tyrannen in seiner silbernen Rüstung. Wären da nicht die Flügel mit den scharfen Kanten gewesen, man hätte die Hülle am Boden für die eines gewöhnlichen Menschen halten können. Wie bei einem Toten war der Glanz seiner Augen erloschen, sein Gesicht blutleer und fahl.

»Im Tod sind wir alle gleich, Irdische und Geflügelte, Dämonen und Götter«, sagte sie bedauernd.

»Ewigkeit ist eine Illusion. Weißt du noch, als wir die Verwüstung von Konstantinopel und die endgültige Zerstörung des Römischen Reiches miterlebten, deren Caesaren sich als unsterblich bezeichneten? Wie viele alte Reiche fällt jetzt auch der letzte Erzengel. Unendlichkeit ist nur eine Utopie. Eines Tages werden auch wir vergehen, entweder durch das Schwert oder aus Erschöpfung, wie uns Gabriel gezeigt hat. Und es wird eine Zeit kommen, in der sogar das Universum vergehen wird. Die Sterne werden verlöschen, und von uns wird nur die Energie übrig bleiben, ein Herzschlag, der eins wird mit dem kosmischen Fluss.«

Eine gewaltige Explosion erschütterte die brennenden Geschosse unter ihnen. Feuer und Lava stiegen in die Luft, sodass sich das Fundament des Turms neigte. Brodelnd wälzte sich das Magma über die Treppen, die Steinmauern schmolzen wie Papier im Feuer. Ablon hielt Shamira fest in den Armen, doch die Turmspitze wankte nicht.

»Die Ischim setzen gerade das Fundament der Festung in Brand«, erklärte Ablon, der den Plan der Rebellen kannte. Dafür war aber nicht die aufständische Gruppe verantwortlich, sondern die glühend heiße Feuersbrunst, die dem Teufel den Garaus gemacht hatte.

»Sieh mal, die schwarze Wolke über Zion hat sich verflüchtigt!«, rief Shamira überrascht.

»Und Luzifers Aura ist ebenfalls erloschen. Der Morgenstern strahlt nicht mehr. Wer kann die Rebellen jetzt noch aufhalten?«

Mit dem Tod der beiden verschworenen Brüder hatten die bösen Engel ihren wichtigsten Kommandanten verloren, und die Dämonen waren ihnen eher hinderlich. Die Höllenfürsten waren den revoltierenden Generälen nicht mehr gewachsen, und von den neun satanischen Aristokraten lebten nur noch drei. Die zahlreichen Horden der Bösen kämpften wie verrückt, wurden von den Revolutionslegionen aber massakriert. Das Bündnis zwischen den beiden Heeren hatte nicht zur Einheit geführt, sondern nur Verwirrung gestiftet. Die Monstertiere gingen zum Direktangriff über und behinderten damit die Strategie der Belagerten. Das so entstandene Durcheinander kam den Aufständischen gerade recht, die sich unbeirrt und diszipliniert an ihre Kriegstaktik hielten.

Michael und Luzifer waren zwar tot, doch sie hinterließen ein gefährliches Vermächtnis: Jeder für sich hätte nichts ausrichten können, aber bei ihrer Verschwörung gab es noch eine Schlüsselfigur, eine bösartige Wesenheit, die in die entlegensten Dimensionen gelangen, den Schleier zerreißen und dadurch die perfekte Verbindung zwischen Himmel und Hölle herstellen konnte. Der Diener war Mörder, Spion und Soldat in einem und übertraf seine Gebieter an Hass, Grausamkeit und Sadismus.

Lautlos wie ein Tiger im Urwald stieg der Schwarze Engel, der gefürchtete Diener der Erzengel, zur Turmspitze empor. Die Bronzekrieger hatten ihn nicht verletzen, geschweige denn besiegen können – er war lediglich eine Zeit lang vom Kampf ausgeschlossen gewesen. Als Ablon in die Festung eingedrungen war, hatte er den Bösewicht verblüfft, indem er sich ihm mit der Geißel des Feuers in den Weg gestellt hatte – gegen diesen Gegenstand schien die Wesenheit eine seltsame Abneigung zu haben. Ihr Metallhelm hatte ihr das Leben gerettet, denn ohne ihn hätte Ablon ihr den Schädel eingeschlagen.

Aus einem unerfindlichen Grund hielt sich das schwarzgeflügelte Ungeheuer ebenso versteckt wie der Abtrünnige: Es konnte seine Essenz verbergen und wurde dadurch für seine Feinde unsichtbar, wann immer es wollte. Mit dem Schwert in der Hand wollte der Bösewicht nun Ablon, der sich abgewandt hatte, in den Rücken fallen.

Wie ein Gespenst in der Nacht schlich sich der Mörder auf die Terrasse und wollte sein Opfer in einem Überraschungsangriff mit dem Schwert enthaupten. Doch er hatte es nicht mit einem gewöhnlichen Gegner zu tun: Blitzschnell hatte Ablon die Gefahr erahnt und zückte behände seine Waffe, um den hinterlistigen Angriff zu parieren. Shamira wandte den Blick ab, um ihre Augen vor den blendenden Funken zu schützen, die beim Zusammenprall der Schwerter in alle Richtungen stoben.

Als die Klingen klirrend aufeinanderschlugen, geschah etwas Eigenartiges: Das Schwert des Angreifers funkelte wie die Geißel des Feuers, aber es waren schwarze Flammen, unheilvoll und höllisch. Die Gestalt in der dunklen Rüstung hatte ihre Maske fallen lassen, sodass man ihr entstelltes Gesicht sah. Eine grässliche Narbe verlief quer darüber – das war nicht das Antlitz eines Engels, geschweige denn eines Menschen, sondern ein teuflisches! Aus dem Maul ragten spitze Zähne, wie bei einem Hai, die pechschwarzen Augen lagen tief in den Höhlen.

»Apollyon!«, entfuhr es Ablon, und aus seiner Stimme sprach die Genugtuung darüber, dass er endlich Rache nehmen konnte. »Erspar mir doch ein bisschen Arbeit«, fügte er hinzu, in Erinnerung an die Geister von Sodom und sein Versprechen, sie zu rächen.

»Also ist Apollyon der Schwarze Engel!«, flüsterte Shamira entgeistert, doch die beiden hörten sie nicht. Starr blickten sie sich an, konzentriert wie Schlangen, die gleich zubeißen würden.

Ablon zeigte sich nicht besonders überrascht. Für ihn waren der Dämonenfürst wie auch der Schwarze Engel zwei verderbte, abscheuliche Bösewichter, die er abgrundtief hasste, weil sie einst seine Gefährten verfolgt hatten. Der Schwarze Engel hatte Ishtar halb tot geschlagen und Shamira entführt. Apollyon hatte Yarion gefangen und die wichtigsten Abtrünnigen umgebracht – auch Siéme, obwohl Ablon noch nicht wusste, warum.

Zwar hatte Luzifer ihn verraten und Michael ihn hinters Licht geführt – aber die beiden waren politische Gegner, und ihre Niederlage hing zwangsläufig mit dem Sieg der neuen Rebellen zusammen. Doch seinen Kampf gegen Apollyon nährte ein besonderer Hass, der sich im Lauf der Zeit aufgestaut hatte. Und auch der Zerstörungsengel hasste den Wiedergeborenen. Es ging weder um die Beendigung des Kriegs noch um die Zukunft der kämpfenden Heere – vielmehr hatten die beiden Erzfeinde seit dem Duell, das sie damals nicht beendet hatten, eine persönliche Rechnung zu begleichen.

Jetzt endlich bot sich Ablon die Gelegenheit, auf die er so lange gewartet hatte. Shamira ging auf Abstand, denn sie hatte längst begriffen, dass das Monster dank seiner Doppelnatur seine Aura verbergen konnte. Es war weder Engel noch Dämon, sondern eine einmalige Kreatur, ein Himmlischer, den die schrecklichen Erzengel nach ihrem Willen verunstaltet hatten.

Da packte den normalerweise unbeirrbaren, beherrschten Ablon rasende Wut. Seine Augen blitzten zornesrot, er sah aus wie ein aufgebrachter Löwe. Nur zweimal im Leben hatte er solche Erregung gespürt. Das erste Mal, als er erfahren hatte, dass Ishtar in Babel gefangen war, und das zweite Mal, als er Shamiras Entführung miterlebt hatte. Shamira wurde klar, dass sie ihn nicht besänftigen konnte.

Apollyon holte aus und schlug erneut zu, doch der Wiedergeborene wich der Waffe aus, duckte sich und schnellte sofort wieder hoch, um die Bestie an der Gurgel zu packen.

Röchelnd schlug der Zerstörungsengel blindlings mit dem Schwert um sich. Mit nur einer Hand schleuderte Ablon ihn voller Zorn von sich. Wie ein funkensprühender Meteorit schlug die Satansbestie zwischen den kämpfenden Soldaten auf und wurde dann mit derart ohrenbetäubendem Krachen gegen die Berge geschleudert, dass die Heere am Himmel im Kampf innehielten und erstarrt seine Flugbahn mitverfolgten.

Durch den Aufprall bekam das Bergmassiv Risse, doch Apollyon war nichts passiert. Seine Rüstung war eine Reliquie und hatte die volle Wucht des Aufpralls gedämpft. Unverletzt sprang er auf einen Gipfel daneben und forderte von dort aus den Ersten General zum Kampf auf. Aber Ablon hätte Shamira trotz seiner Wut nicht alleinlassen können – der Turm drohte einzustürzen.

»Geh!«, forderte sie ihn auf, als sie sein Dilemma erkannte. »Die Festung wird noch eine Weile standhalten«, versicherte sie.

Dann erlebten alle Kämpfer, die noch sehen konnten – Dämonen oder Engel – mit, wie sich die beiden Gegner, jeder an seinem Standort, auf das Duell vorbereiteten. Ablon schwebte über der Festung von Zion, während Apollyon auf dem höchsten Berg seine Flügel ausbreitete.

»Der Erste General lebt!«, schrie Baturiel den aufständischen Legionen zu und zeigte auf Ablon.

»Er ist bis zum Rad der Zeit vorgedrungen«, fügte Schenial hinzu. Kein Zweifel, der Erzengel Michael war besiegt!

Währenddessen flogen Asmodeus und der Höllenfürsten Alastor um die Festung herum. »Da ist unser verschwundener Kollege«, sagte Asmodeus, als er Apollyons entstelltes Gesicht erkannte.

»Er hat im Auftrag des Himmelsmonarchen gehandelt«, schloss er, als er die schwarzen Flügel sah, die jener seinen Teufelsbrüdern nie gezeigt hatte. »Spion oder Verräter?«

»Vielleicht weder noch«, sagte Asmodeus nachdenklich und kratzte sich am Kinn.

Immer deutlicher zeichnete sich ab, dass hier eine Verschwörung im Gang war. Michael und Luzifer waren inzwischen vernichtet, und jetzt war Apollyon der stärkste Bösewicht. Er war viel mächtiger als die dämonischen Aristokraten, und von den Höllenbewohnern war vielleicht nur Orion in der Lage, ihn zu schlagen. Doch der Gefallene König von Atlantis war zu Beginn der Offensive verschwunden und hatte seine ungeordneten Horden im Stich gelassen. Zwischen den Truppen der Guten und der Bösen stand es unentschieden, und wenn nicht bald etwas geschah, würde es ewig so weitergehen.

Über das Ende des Kriegs würden demnach die beiden Duellgegner entscheiden. Falls Ablon als Sieger hervorging, würden die Rebellen gewinnen, aber wenn Apollyon die Oberhand behielt, wäre dies der Anfang eines Reichs der Finsternis – viel schlimmer als das, was sich Luzifer in seinem kranken Hirn oder Michael in seinen irren Wahnträumen ausgedacht hatten.

Megiddo, der Berg am Ende der Welt

Oben auf der Festung straffte Ablon die Flügel und stieß auf Apollyon hinab wie ein Adler im Sturzflug. Er war so schnell, dass er auf seiner Bahn einen Feuerschweif nach sich zog, der eine rotglühende Spur am Himmel hinterließ.

Doch statt sich auf den Wiedergeborenen zu stürzen, drehte sich Apollyon um und flog über die Berge davon, Richtung Norden zum Styx. Viele meinten, er fliehe aus Angst vor dem Rebellenanführer, weil er gegen ihn keine Chance hatte. Aber Asmodeus erkannte, was er wirklich vorhatte.

»Er will den General zum Berg Megiddo locken«, sagte er zu Alastor.

»Den Berg am Ende der Welt«, sagte dieser nachdenklich. »Laut einer Prophezeiung soll dort die Endschlacht der Apokalypse stattfinden.«

Als das Fundament der Festung auch in den unteren Geschossen nachgab, schwebten Amael und Asiel davon, um sich anzusehen, wie sich der durch die Hitze aufgeweichte Boden auflöste. Wenig später stürzten auch die Wände ein, und die beiden flüchteten in einen Erker, der auch schon in Flammen stand.

Dort draußen war kein Kriegslärm mehr zu hören. Auch das Klirren der Waffen war verstummt. Ablon und Apollyon flogen zum Berg Megiddo, und die drei Heere folgten ihnen.

»Die Zauberin«, fiel dem Herrn der Vulkane ein. »Sie ist noch auf dem Turm!«

»Komm, wir bringen sie weg«, schlug Asiel vor und war schon unterwegs. Kein Soldat würde ihn aufhalten. Der Weg war frei, denn der Turm der Tausend Fenster war bereits geräumt worden.

Ablon und Apollyon landeten auf dem Megiddo, einem lang gestreckten Gebirgszug mit breitem Gipfel, der einsam in der weitläufigen Wüste aufragte. Er wirkte wie eine Geschwulst, ein Geschwür in der Haut der Welt, ungefähr hundert Kilometer von den Bergen entfernt, die um Zion lagen. Auf der physischen Ebene hatten auf diesem großartigen Berg zahlreiche Schlachten stattgefunden und Dutzende alter Festungen gestanden, von denen heute nur noch Ruinen übrig waren. Aber auf der ätherischen Ebene war Megiddo nur ein riesiger Sandhügel mit einem Gipfel so flach wie eine Arena. In diesem offenen Rund sollte der letzte Vernichtungskampf stattfinden.

Böse und gute Engel, auch die Dämonen, waren den Duellkämpfern gefolgt und hatten am Boden Stellung bezogen, um von der Auseinandersetzung etwas mitzubekommen.

Oben auf dem Felsmassiv stand Ablon nun seinem ärgsten Feind gegenüber, doch nichts konnte seine Zuversicht erschüttern. Den Himmelsfürsten hatte er bereits besiegt. Wie wollte der Todesengel ihn schlagen?

»Jetzt ist Schluss mit deinen Ränkespielen, Schwarzer Engel«, sagte er. »Deine Gebieter wurden vernichtet, die Verschwörung niedergeschlagen. Jetzt rechnen wir beide miteinander ab. So viele Jahre lang hast du meine Freunde gejagt und viele von ihnen umgebracht. Das lasse ich dich jetzt büßen!«

Das Monster grinste höllisch. »Dann wisse, Geächteter, dass ich unbesiegbar bin. Auch wenn du Michael ins Verderben gestürzt und die Erzengel überwunden hast – ich besitze das Schwarze Feuer!« Und er zeigte auf sein Schwert mit den schwarzen Flammen. »Diese Waffe ist ein Geschenk von Luzifer, weil ich mich seiner Verschwörung angeschlossen habe. Früher gehörte diese Reliquie Behemoth, dem Diener der Göttin Tehoms, einer der alten Gottheiten, die Jahwe vor der Erschaffung des Lichts ausgelöscht hatte. Sie stammt aus einer Zeit noch vor der Entstehung des Universums und der Geburt der Engel. Ihre

Klinge ist unzerstörbar. Nichts und niemand kann mich besiegen, solange ich sie in meinen Händen halte. Ich werde die neuen Rebellen bis auf den letzten Mann vernichten – wenn es sein muss, auch allein.«

Zur Antwort hob Ablon sein Schwert, zeigte auf die feurige Spitze und sagte herausfordernd: »Nun, dann erinnerst du dich vielleicht an die Geißel des Feuers. Sie ist die einzige Waffe, die dich schon einmal verwundet hat.«

Während des Kriegs im Himmel hatte Gabriel, der vom Bündnis zwischen Michael und Luzifer nichts ahnte, tapfer gegen die Agenten des Teufels gekämpft und dem Todesengel mit seinem gleißenden Schwert einen Hieb mitten ins Gesicht verpasst. Die Narbe war immer noch zu sehen.

Ermattet und wütend entfernten sich die beiden Rivalen und gingen auf Distanz für den tödlichen Kampf. Baturiel, der neben Schenial schwebte, erinnerte sich plötzlich an eine lang zurückliegende Zeit, als sich Ablon und Apollyon im Schloss des Lichts ein Duell geliefert hatten. Damals waren die beiden noch Generäle von Legionen gewesen und nur deshalb nicht umgekommen, weil Balberith, der damalige Fürst der Kaste, das Duell unterbrochen hatte.

»Es geht hier um eine Herausforderung, die vor fünfzehntausend Jahren begann.« An seiner goldenen Rüstung klebte Blut – sein eigenes und das der anderen. Auf seinen Armen sah man offene Schnittwunden, die Flügel schmerzten von den Schlägen, die ihn getroffen hatten.

»Das Schwert eines Erzengels oder die Waffe eines Gottes«, sagte Schenial in Anspielung auf die Geißel des Feuers und das Schwarze Feuer. »Wer wird wohl gewinnen?«

Das Ende des Universums

Shamira war allein oben auf der Festung, rings um sie nur Tote. Bis zu den Knöcheln stand sie im Blut und konnte fast keinen Schritt machen, ohne auf Leichen zu treten. Obwohl der Turm bereits lichterloh brannte, stand er immer noch aufrecht und würde sicher noch einige Minuten standhalten.

Da sie nun wieder frei und unbewacht war, wollte sie sich gern nützlich machen, statt dem Duell tatenlos zuzusehen. Also stieg sie durch die Falltür in den Pfortensaal hinunter, wo die Erzengel den Rebellengeneral in einen Hinterhalt gelockt hatten. Am Eingang blieb sie stehen und sah sich um. Sie wollte den Ausgang unbedingt allein finden und ohne fremde Hilfe aus der Feuersbrunst fliehen, die die Festung verzehrte.

Inzwischen hatten sich Ablon und Apollyon am Rand des Abgrunds und an entgegengesetzten Enden der Felsarena aufgestellt und wandten sich wie Herausforderer in einem Boxring einander zu. Als die Spannung ihren Höhepunkt erreichte, stürmten sie wutentbrannt aufeinander los.

Wie erstarrt beobachteten die Heere, wie die Gegner zusammenprallten. Wie Ritter bei einem Turnier zerrissen die Titanen die Nacht und trafen sich in der Mitte des Kreises.

Als ihre Schwerter klirrend aufeinanderprallten, erbebte der ganze Planet. Im Fließen des Universums klang die Explosion wie ein schriller Akkord, ein falscher Ton in der Sinfonie des Weltalls. Eine ungeheuerliche, schwarz-rote Feuerwelle ergoss sich über die Berghänge, begrub die Zuschauer, die am nächsten standen, und wälzte sich durch die Ebene. Wer schnell genug war, flog davon, während die kochend heiße Feuersbrunst den Wüstenboden versengte und alles niederwalzte, was sich ihr in den Weg stellte.

Beim Aufprall zerbrachen die beiden mächtigsten Waffen des Kosmos, glühende Funken stoben durch die Luft. Von der Wucht wurden die Duellierenden bis auf ihren ursprünglichen Standort zurückgeworfen. Durch die Explosion rissen die Rüstungen entzwei, sodass ihre Einzelteile herumflogen. Zwar hatten sie sich in Luft aufgelöst, den beiden jedoch das Leben gerettet – ohne sie hätte die gewaltige Energie der Schwerter, die einst von unüberwindlichen Göttern geschmiedet worden waren, ihre Körper zerfetzt.

Die Geißel des Feuers schlug sich tapfer, aber Apollyons Angriffe waren alles andere als leere Drohungen. Das Schwarze Feuer war seit jeher die stärkste Waffe, die je erschaffen wurde. Ein kleiner, scharfer Splitter bohrte sich blitzschnell in Ablons Schulter, durchdrang sein Fleisch, trat am Rücken wieder aus und schoss davon.

Während Shamira im Pfortensaal alle Türen nach Symbolen absuchte, entdeckte sie plötzlich einen merkwürdigen Gegenstand am Boden: eine offensichtlich uralte schwarze Feder, an den Enden schon eingerollt, größer als die eines Vogels. Sie hielt sie ins Licht, und sofort wurde ihr klar, wem sie gehörte.

Es war Apollyons Feder, die die Geister im alten Sodom dem Ersten General mitgegeben hatten. Ablon hatte sie mitgenommen, um nicht zu vergessen, dass er Rache nehmen wollte, aber im Kampf gegen den Erzengel Michael war sie ihm aus dem Gürtel gefallen, und jetzt hatte Shamira sie im Dunkeln wiedergefunden.

Unter normalen Umständen sind gewöhnliche Zauber bei Engeln und Dämonen wirkungslos, es sei denn, der Zauberer besitzt für seine Rituale einen Körperteil der betreffenden Wesenheit. So hatte Zamir Ablon damals in den Tin-Sen-Wald gelockt und ihn auch in ihrem Haus in Rom bewegungsunfähig gemacht. Doch nun besaß Shamira eine Feder des Zerstörungsengels und konnte einen Zauber wirken.

Als sich die beiden Krieger von der Explosion erholt hatten, erhoben sie sich und gingen unbewaffnet und wutschnaubend wieder in Stellung. Keiner von ihnen hatte damit gerechnet, dass die Schwerter beim Aufprall zerbrechen würden, aber wie hätte es auch anders sein sollen – schließlich besaßen diese Waffen ungeheure Macht.

»Na, wo ist deine unbesiegbare Waffe?«, stichelte Ablon, ohne auf seine verletzte Schulter zu achten. »Du bist wehrlos, Verfluchter!«

»Wehrlos? Und du?«, höhnte Apollyon und zeigte auf die Stelle, an der der Splitter Ablon durchbohrt hatte. »Du hast wohl gedacht, du seist unverwundbar. Dir ist wohl nicht klar, dass das Schwarze Feuer gemacht wurde, um Erzengel zu vernichten – dadurch bist du jetzt zur perfekten Zielscheibe geworden.«

»Glaubst du wirklich, diese Verletzung bringt mich um?«

»Nein. Aber deine Kräfte lassen nach. Jetzt kämpfen wir wieder ebenbürtig. Ist es dir so nicht lieber?«

»Ich würde dich lieber tot sehen. Diesmal steht dir kein Fürst bei.«

»Da hast du recht«, räumte der Dämon ein. »Nur die Starken werden gerettet. So starben die Abtrünnigen, ohne Anführer, der ihnen beistand. So starb Yarion, der Flügel des Winds. So starb auch Siéme, die Meisterin des Geistes.«

»Du redest zu viel, Mörder«, schnitt Ablon ihm das Wort ab. »Mal sehen, ob du mit den Fäusten genauso gut bist wie mit Worten!«

Und sie kämpften weiter, jetzt ohne schützende Rüstungen – genauso wie damals im Schloss des Lichts, wie Baturiel auffiel.

Schnell wie der Blitz schoss Apollyon nach oben, Ablon ihm nach, und die beiden schraubten sich immer weiter empor, bis die Sterne in Sicht kamen. Die Kälte des Raums ließ ihre Körper erstarren, und Ablon merkte, dass er viel Blut verloren hatte. Der Splitter des Schwarzen Feuers hatte ihn nicht nur geschwächt, sondern konnte auch tödlich sein. Ob er schließlich doch noch von seinem grimmigsten Feind besiegt werden würde, er, der von den Toten auferstanden war und den Erzengel Michael bezwungen hatte?

Doch gerade als seine Hoffnung zu schwinden drohte, wurde es wieder Tag. Das Licht vertrieb die Dunkelheit am Himmel, und der erste Sonnenstrahl tauchte am Horizont auf.

Wie Raketen flogen die Herausforderer aufeinander zu. Den Schwung ausnutzend, wollte Apollyon mit den Fäusten auf Ablon losgehen, aber dieser wich dem Angriff aus. Er packte den Malikis am Arm, drehte ihn aufs Gesicht und schleuderte ihn dann zu Boden. Der Todesengel brach zusammen und stürzte, sich mehrmals überschlagend, in die Tiefe.

Je weiter sie wieder in die irdische Atmosphäre zubewegten, desto mehr rückte der Berg Megiddo ins Blickfeld. Apollyon fand keine Zeit mehr, aufzufliegen, fiel rücklings hin und schlug dabei einen Krater in den Boden. Die Erschütterung war so gewaltig, dass seine Flügel zerquetscht wurden.

Schnell stieß Ablon nach unten, setzte sich rittlings auf seinen Widersacher und drückte ihm das Knie in den Bauch, doch das Monster wehrte sich mit aller Kraft, während sein Blut tief in den Krater hineinströmte. »Gib dich geschlagen, Todesengel! Ohne dein Schwert bist du ein Nichts. Jetzt wirst du den Weg des Todes kennenlernen. Du wirst ins Leere gehen, und deine Essenz wird in den Fluss des Kosmos zurückkehren, aus dem du niemals hättest erschaffen werden dürfen!«

Aufgebracht und wie von Sinnen beschwor Ablon den Zorn Gottes und wollte seinem Widersacher einen Schlag ins Gesicht versetzen, doch dieser wich zur Seite aus und setzte wie ein ausgehungerter Panther zu einem Sprung von hinten an.

Sein Angriff ging ins Leere, und der gewaltige Hieb traf das Herz des Bergs. Während des Kampfs gab es ein großes Erdbeben, das den ganzen Berg erzittern ließ und den Krater zu verschlingen drohte. Ablon wollte auffliegen, aber Apollyon hatte sich wie eine Zecke an seine Flügel geklammert. Um ein Haar wären beide unter den herabkollernden Felsbrocken begraben worden, aber durch einen Impuls des Abtrünnigen wurden sie aus dem Krater geschleudert.

Der Megiddo implodierte, fiel in sich zusammen, und unzählige Felstrümmer wurden durch die Luft gewirbelt, bis sie in der Wüste aufschlugen. Tiefe Risse entstanden im Boden, der bereits vom Feuer der göttlichen Schwerter in Mitleidenschaft gezogen worden war.

Wohlbehalten landeten sie auf den Trümmern und suchten festen Halt auf dem unebenen Gelände.

Jetzt hatte sich das Blatt gewendet – Apollyon hatte die Oberhand. Er schlang den Arm um den Oberkörper seines Feinds und nahm ihn in den Schwitzkasten. Er wusste, dass seine Angriffe auf den Wiedergeborenen an Wirkung verlieren würden, aber er hatte noch einen Trumpf im Ärmel – seine wichtigste Kriegstaktik, den letzten Angriff, der dem Ganzen ein Ende bereiten würde. Durch den Sieg über den Erzengel Michael war Ablon zwar unüberwindlich geworden, doch gegen Apollyons raffinierte Strategie würde er keine Chance haben.

Ablon rollte sich nach vorn, spannte alle Muskeln an und versuchte, nach unten auszuweichen, doch er konnte sich nicht aus dem Würgegriff befreien. Er war einer der gewandtesten Kämpfer und besaß unglaubliche Fähigkeiten, aber er hatte bereits viel Blut verloren. Außerdem war der Malikis ihm an Körperkraft überlegen und hielt ihn mit aller Brutalität fest.

»Deine Schachzüge sind sinnlos«, sagte Apollyon. »Wie willst du handeln, wenn du dich nicht bewegen kannst?«

»Du wirst mich niemals verletzen«, sagte Ablon. »Lass mich los, dann kämpfen wir weiter.«

Der Mörder achtete nicht auf seine Worte. »Für dich habe ich mir meine kostbarste Waffe aufgehoben«, erklärte er. »Ich wusste, dass dich die Art, wie ich Sodom und Gomorrha vernichtet habe, sehr beeindruckt hat.« In seiner Stimme schwang befremdliches

Vergnügen mit. »Mit meiner Macht zur totalen Zerstörung kann ich den Schleier zerreißen und Verderben über die Welt bringen!«

Die totale Zerstörung! Die grauenvolle Energie, der die Söhne Sodoms zum Opfer gefallen waren, die die beiden Städte ausgelöscht, die Meere mit Blut getränkt hatte und die Fliehenden zu Salzsäulen hatte erstarren lassen! Bei Apollyons Worten begann Ablon um die Zukunft der Menschheit, um das Schicksal der Erde und ihrer Bewohner zu bangen. Diese Bestie war nicht nur ein Mörder, sondern auch ein Selbstmörder!

»Wenn du mich nicht loslässt, sterben wir beide«, warnte Ablon ihn.

»Dann sterben wir eben! Du bist mein Feind, meine Nemesis. Unser Ende bedeutet die Verwüstung des Planeten. Das ist meine Lebensaufgabe. Ich bin der Engel des Bodenlosen Abgrunds, derjenige, der alle Türen öffnet. Ich bin das Licht und die Finsternis, der Anfang und das Ende!«

Seine Muskeln blähten sich, sein rotes Blut färbte sich leuchtend blau. Dank seines scharfen Blicks fiel Ablon auf, dass die Atome des Plasmas anschwollen und bald so heftig aufeinanderprallen würden, dass sie in einer feurigen Explosion zerbarsten. Plötzlich erschien Apollyons Körper eher wie ein Kanal, ein Gefäß, das die gesamte zerstörerische Energie des Kosmos enthielt, vor schreckenerregenden Gefühlen überquoll und Grauen und Qual, Bosheit und Schmerz, Hass und Grausamkeit in sich vereinte.

Ablon wusste nicht, woher diese große Macht kam und wodurch sie freigesetzt wurde.

Dieser Prozess ließ sich nicht mehr rückgängig machen.

Das war das Ende des Universums, für Menschen und Engel.

»So sterben Helden«

Mit Apollyons schwarzer Feder in der Hand stieg Shamira hastig wieder auf den Turm der Festung. Von dort erlebte sie das verheerende Erdbeben mit und sah, dass die beiden Giganten immer noch kämpften.

Auf den Trümmern des Megiddo, der nur mehr ein Hügel aus lockerem Geröll war, hatte Apollyon Ablon fest im Griff und beschwor seine tödliche Waffe, die nicht nur die beiden Kämpfenden, sondern alle Menschen auf dem Planeten töten würde. Unfähig, sich zu bewegen, überlegte Ablon, welche Rolle die Todesengel tatsächlich bei der Verschwörung gespielt haben mochte. Warum hatten Michael und Luzifer ihn auserwählt und nicht nur als Boten eingesetzt? Er vermutete, dass seine überragende Zerstörungskraft ein wichtiger Teil ihres eigentlichen Plans gewesen war. Ziel der Erzengel war es gewesen, die Menschheit nach der Auflösung des Schleiers zu vernichten – und wer hätte ihnen dabei besser helfen können als Apollyon, ein Agent des Todes, der für Blutgemetzel wie geschaffen war und sich bei grausamen Massakern am wohlsten fühlte?

Apollyon war fasziniert von Schmerz und Tod. Schon seit Urzeiten war er immer dabei gewesen, wenn es Mord und Totschlag gab. Zwar hatte er nicht eingegriffen, aber von der Astralebene aus die Gemetzel, die Kriege, die Vernichtungen und Katastrophen begleitet. Er war am ersten Menschenmord beteiligt gewesen, als Kain seinen Bruder tötete, hatte heimlich die Kriege in Griechenland, den Aufstieg des Römischen Reichs und die grauenvollen Kreuzzüge mitverfolgt, hatte Napoleons Feldzüge und die Konflikte des 20. Jahrhunderts beobachtet. Eines Tages, im Frühjahr 1916, war er im französischen Verdun über die Felder mit den Schützengräben gezogen, am Ende der größten Schlacht, die sich Menschen in Europa jemals geliefert hatten und bei der achthunderttausend Soldaten ums Leben gekommen waren. Jahre später hatte er die Atombombe über Japan niedergehen sehen und Stolz darüber empfunden, dass sich die Menschen seine Macht angeeignet hatten. Nun wusste er, dass sich die Zivilisation früher oder später selbst vernichten würde, aber seine Aufgabe war es, die Überlebenden zu verfolgen. Genau aus diesem Grund hatte der Morgenstern ihn gerufen – der Teufel glaubte, die Zukunft zu kennen, wie sie das Buch der Wahrheit offenbarte.

So würde der Siebte Tag zu Ende gehen – mit der Niederlage des Wiedergeborenen.

Aber Ablon glaubte nicht ans Schicksal, und was nun geschah, sollte jede Vorsehung infrage stellen.

Am Himmel tauchte eine trotz ihres teuflischen Aussehens mutige, stolze Gestalt auf. Sie trug eine Silberrüstung, auf der Symbole von Atlantis prangten. Aus einem Spalt im Rückenteil des Panzers sprossen zwei federlose Flügel, die sich auf der schimmernden Rüstung spiegelten. Die Gestalt hatte rote Augen, gebräunte Haut und einen pechschwarzen Bart – eine Mischung aus Mensch und Tier: Der Gefallene König von Atlantis, der sich bis jetzt versteckt gehalten hatte, mischte sich in den Kampf ein.

Wie ein Falke stürzte er sich auf Apollyon, bohrte ihm seine scharfen Krallen in den Rücken, sodass dieser nach hinten taumelte, und befreite Ablon aus dem eisernen Griff.

»Orion!«, rief er überrascht.

»Orion?«, schnaubte Apollyon, während der Satanis ihn an den Flügeln festhielt und ihm die Finger immer tiefer ins Fleisch bohrte.

»Schnell, Ablon, flieh!«, forderte Orion. »Lange kann ich ihn nicht mehr festhalten.«

Ablon schwebte vor seinem Feind, der sich von seiner Überraschung immer noch nicht erholt hatte. Als Kriegsveteran war Ablons erste Reaktion gewesen, seinen Kameraden zu schützen, aber nicht zu desertieren.

»Er ist nicht aufzuhalten, Orion«, warnte er. »Lass ab von ihm, sonst tötet er dich!«

Der alte Mitbruder lächelte. »General, das tue ich unserer uralten Freundschaft zuliebe, die weder Himmel noch Hölle auslöschen konnten.« Als er sah, dass Ablon noch zögerte, fügte er hinzu: »Für mich bedeutet es Erlösung, ruhmreich zu sterben, wie ein atlantischer Monarch. Flieh, sonst opfere ich mich vergebens. Du hast deine Mission schon erfüllt. Lass mich nun meine erfüllen.«

Als Ablon begriff, dass Orion seine Entscheidung schon getroffen hatte und selbst er ihn nicht mehr davon abhalten konnte, hob er ab und flog so schnell er konnte nach Zion, in der Hoffnung, die Festung rechtzeitig zu erreichen, um Shamira zu retten. Auf das empörte Gebrüll Apollyons, der die Auseinandersetzung vereitelt sah, wandte er sich um und flüsterte einen letzten Satz zu Ehren seines Gefährten: »So sterben Helden.« Seine Worte verloren sich im Wind.

DER SCHLÜSSEL ZUM BRUNNEN DES ABGRUNDS

Als sah, dass sein Feind die Flucht ergriff, beschloss er, ihn zu verfolgen. Orion hielt ihn immer noch fest, aber gegen die ungewöhnliche Kraft des Malikis konnte der schwächliche Satanis nichts ausrichten. Wenn nicht einmal Ablon das Ungeheuer hatte bändigen können, dann erst recht nicht Orion.

Als Apollyon Orion abschütteln wollte, merkte er plötzlich, dass seine Kräfte nachließen.

»Was ist los, Todesengel?«, fragte der gestürzte Monarch ironisch, »haben dich deine Riesenkräfte verlassen?«

Apollyon wand sich verzweifelt hin und her, aber seine furchterregende Macht war verschwunden. Er schrie, er fluchte, aber nichts geschah.

Was ist los? Welche Energie hatte ihn geschwächt? Wer hatte ihm seine Macht geraubt?

»*Alsi ku nushi ilani mushiti!*«, rief Shamira mit beschwörender Stimme von der Festung herab, die schwarze Feder in der Hand. Es war ein Schwächungszauber, derselbe, mit dem Zamir Ablon am Eingang von Shamiras Haus in Rom handlungsunfähig gemacht hatte.

Aber jetzt richtete er sich gegen Apollyon.

Der Zauber hatte keine tödliche Wirkung, sondern entzog nur Kraft. Bei Ablon waren die Auswirkungen besonders schrecklich gewesen, weil ihn damals schon das Gift des Skorpions handlungsunfähig gemacht hatte. Nicht der Zauber würde den Vernichtungsengel töten, sondern seine eigene Zerstörungswaffe.

»*Du* warst es also!«, stieß Apollyon hervor. »Du hast Ablon aus den Verliesen von Sandrak befreit!«

»Ja«, bestätigte Orion, »ich und die Dämonenkönigin.«

»Luzifer hat doch seine ganzen Herrschaftsgebiete überwacht«, brauste er auf, nach einer einleuchtenden Erklärung suchend. »Das kann ihm unmöglich entgangen sein!«

»Alles konnte der Dunkle Erzengel auch nicht sehen. Freundschaft und Liebe … haben mich und die Verführerin motiviert. Der Morgenstern hätte unsere Absichten niemals durchschaut, weil diese Gefühle für Böse unergründlich sind.«

Von Shamiras Zauber geschwächt, unfähig, mit gebrochenen Flügeln zu fliegen und von Orion am Boden festgehalten, ließ Apollyon seinem Zorn freien Lauf. Einmal entfesselt, war er nicht mehr zu bändigen.

Eine gewaltige Explosion erschütterte alles. Das pulsierende Herz des Ungeheuers platzte und schleuderte eine Flut lodernden Feuers auf die Welt. Starr vor Entsetzen wurden die drei Heere auf dem Schlachtfeld Zeugen dieser Szene, während die kosmische Hitze ihre Leiber zum Schmelzen brachte.

Die Grundfesten des Planeten stürzten ein, überall auf der Erde kam es zu Katastrophen. Flüsse traten über die Ufer, Kontinente brachen auseinander, Gebirge fielen in sich zusammen. Im Erdboden öffneten sich klaffende Risse, die die Meere in die Eingeweide der Erdkugel hineinsogen.

Über den Trümmern des Megiddo stieg eine schwarze Rauchsäule auf, als hätte sich der Brunnen des Abgrunds geöffnet – ein Weg zu den unheilvollen Grenzen des Universums. Die glühende Hitze verbrannte den ganzen Himmel, verdunkelte das Firmament und ließ das Strahlen der Gestirne verlöschen.

Orion, der den Todesengel immer noch festhielt, starb gleich nach dem Selbstmörder. Doch vorher hatte er noch eine allerletzte Vision – nicht von der Zukunft, sondern von der Vergangenheit.

Im Sterben sah er, ins Licht der aufgehenden Sonne getaucht, eine Insel und eine Stadt mit prächtigen Türmen, in der immer Sommer war. Er sah ein glückliches Volk, das die Meere bereiste und in den Wellen tauchte. Er erhaschte einen flüchtigen Blick auf eine Erde voller Zauber und Wunder, auf der es keinen Hunger, keinen Hass und keine Traurigkeit gab; ein durch die Liebe zum Schöpfer geeintes Land, das sich seiner eigenen Fähigkeiten bewusst war.

Es war Atlantis, das Juwel des Meeres, dessen ewiger Monarch im Sterben lag.

Bevor die Explosion die Festung erreichen konnte, hatten Amael und Asiel die Terrasse mit dem Rad der Zeit erreicht, um Shamira zu retten. Die Heilige Flamme hielt die Frau fest, und zu dritt flogen sie weit fort Richtung Rebellenlager, um der Schockwelle zu entkommen.

Doch die Energie erreichte sie und schleuderte ihre Leiber in die Wüste.

21 Der Totenkuss

DIE VERWÜSTUNG

Betäubt von der Explosion rappelte sich Ablon schwerfällig und unter Schmerzen auf, spuckte etwas Blut auf den verbrannten Erdboden und breitete die besudelten Flügel aus. Ihm war elend zumute, aber wenigstens lebte er noch. Das Atmen bereitete ihm Schwierigkeiten, und er holte tief Luft, doch überall stank es nur grauenvoll nach verpesteter Luft.

Wo war er nur? Was war passiert? Plötzlich hatte er jedes Gefühl für Zeit und Raum verloren.

Er blickte sich um und sah ringsum nur eine grauenerregende Landschaft – eine graue Wüste, unebenes Gelände, überall nur Trümmer und Splitter. Über dem Himmel lag eine schwarze, dichte Giftwolke, die die Ebene in dämmriges Mondlicht tauchte. Die Temperatur war gefallen, und eigenartiger Staub stieg wie unheilvoller, schwerer, bleierner Schnee aus dem Boden auf.

Als Nächstes fiel Ablon auf, dass sich etwas verändert hatte – nicht nur hier, sondern im ganzen Universum. Der Schleier der Wirklichkeit war gefallen, und die beiden Welten – die physische und die geistige – waren nun vereint. In der Ferne erkannte er undeutlich die Ruinen der Heiligen Stadt Jerusalem, die inzwischen menschenleer und dem Erdboden gleichgemacht worden war. Aber wie war das passiert? Hatten Apollyons Energie, der gellende Ton der Siebten Posaune oder eine letzte Bombe sie vernichtet? Ablon konnte die Antwort nicht finden. Vielleicht waren ja der Zerstörungsengel und seine Waffe die Letzte Posaune, und er als Einziger für diese Katastrophe und die Ausrottung des Menschengeschlechts verantwortlich – vielleicht aber auch nicht.

Auf dem Schlachtfeld lagen Millionen geköpfter und verstümmelter Leichen von Himmels- und Erdenbewohnern verstreut. Das Blut der Engel mischte sich mit dem der Menschen und färbte den schwarzen Boden dunkelrot.

Im Sand, unter all den Trümmern, entdeckte er ein unversehrtes Buch. Er zog es heraus und sah sich den Einband genau an. Es war das Buch der Wahrheit, das erdacht worden war, um die Bösen zu verwirren, die für ihre eigene Gier blind gewesen waren. Ablon widerstand der Versuchung, es aufzuschlagen, steckte es ein und wandte sich nach Süden zu den Ruinen, die noch vor Kurzem die uneinnehmbare Festung des Himmelsfürsten gewesen waren.

Shamira – ob sie wohl überlebt hatte?

Sein Herz zog sich zusammen, und ihm wurde bewusst, dass er vernichtend gescheitert war. Selbst im Eilflug konnte er Zion nicht rechtzeitig erreichen.

Nur ein Wunder konnte Shamira gerettet haben.

Er schoss los, hin zum Trümmerfeld, und erkannte aus der Luft drei Gestalten, darunter den Ischim Asiel und dessen ehemaligen Lehrer Amael, den Herrn der Vulkane. Sie standen vor einem runden Steintisch – dem Rad der Zeit –, das jetzt am Boden der Wüste lag und den Sturz von der Turmspitze seltsamerweise unversehrt überstanden hatte. Manche Reliquien sind so außergewöhnlich, dass sie sogar verheerende Katastrophen überstehen.

Ablon verspürte einen Stich, als er bemerkte, dass Asiel eine junge Frau mit heller Haut und schwarzen Haaren auf den Boden bettete und ihr die Augen schloss.

»Ich habe versucht, sie zu retten, General«, sagte der Ischim, als Ablon neben ihm landete und Shamira am Hals berührte.

»Aber ihr menschlicher Körper hat der Explosion nicht stand-gehalten.«

Die beiden Wesen verstummten.

Tot! Shamira war tot! Ablon konnte es nicht fassen, aber es war die reine Wahrheit. Die Zauberin hatte ihn verlassen und würde nie mehr zurückkehren. Wo mochte ihre Seele jetzt sein? Er kniete neben ihr und hätte sie so gern gerettet, so gern zurückge-holt, um mit ihr all das nachzuholen, was sie nicht gelebt hatten – damit sie sich endlich im so lang ersehnten Frieden wiederfanden.

Aber er konnte sie nicht mehr zum Leben erwecken.

Was sollte er nun tun? Wie sollte er sein armseliges Leben wei-terführen? Woher sollte er die Kraft nehmen, weiterhin auf dieser Welt zu leben?

Jetzt endlich verstand er, was Shamira gefühlt hatte, als er blutüberströmt und dem Tode nah im Atrium ihres römischen Hauses vor ihr lag. Der Tod ist für jene, die zurückbleiben, viel schmerzlicher – für die Toten hingegen nicht so düster. Er begriff, dass Tränen sein Herz nicht trösten konnten – und die arme Frau noch weniger.

»Du hast deinen Teil beigetragen, Zauberin. Geh nun in Frie-den zur ewigen Ruhe«, flüsterte er und küsste sie zwischen die Lippen.

Das war der einzige echte Kuss, seit sie sich begegnet waren. Der Totenkuss.

DER WELTUNTERGANG

Da standen die drei Wesen, die Überlebenden dieser verhee-renden Katastrophe, auf dem verwüsteten Schlachtfeld vor dem Rad der Zeit und wachten über Shamiras Leichnam. Sie hatten den Krieg gewonnen, ihre Feinde unterworfen, die Tyrannen vom Thron gestoßen – aber zu welchem Preis!

Wie ihre Unterdrücker waren auch die Rebellen geschlagen worden. Der Plan der Erzengel war letztendlich aufgegangen, obwohl diejenigen, die ihn sich ausgedacht hatten, tot waren. Endlich war die Menschheit ausgerottet, wie es die bösen Herrscher geplant hatten.

Doch jetzt war der siebte Tag zu Ende, und dies bedeutete das Ende der Zeiten – den Weltuntergang.

Reglos stand Asiel vor der steinernen Reliquie mit den geheimen Worten der Malakim. Aus so großer Nähe betrachtet, sah das Rad aus wie eine Uhr, in die uralte Runen und kosmische Symbole geritzt waren. Im Verlauf der Geschichte hatte sich diese Scheibe fortwährend gedreht, doch jetzt war sie zum Stillstand gekommen.

»Das ist also das berühmte Rad der Zeit«, sagte der Ischim leise, als sich die traurige Stimmung etwas gelegt hatte. Er hatte das Kunstwerk niemals aus der Nähe betrachtet und stellte nun fest, dass selbst im Ruhezustand noch Energie in ihm steckte. »Seine mystische Kraft ist großartig. Deshalb also wollte Michael es aus dem Heiligtum der Malakim im Sechsten Himmel stehlen und nach Zion bringen. Wer das Rad besaß, war im Besitz der Macht.«

»Das Rad der Zeit ist die bedeutendste Reliquie, die Gott hinterlassen hat«, stimmte Ablon zu.

Amael wandte den Blick nach oben und anschließend wieder auf den zerstörten Berg Megiddo. »Was ist mit den drei Heeren passiert?«, fragte der Herr der Vulkane. Er und Asiel hatten das Duell nicht verfolgt, sondern nur die Explosion miterlebt. Die Leichenberge sprachen Bände über das Los der Legionen, aber wer oder was hatte die Zerstörung verursacht?

»Alle sind tot«, erklärte Ablon. »Apollyon war der Agent der Verschwörung. Die Erzengel hatten den Schwarzen Engel dazu auserwählt, die überlebenden Menschen zu jagen, sobald der Schleier der Wirklichkeit gefallen war.« Er senkte den Kopf. »Diesmal wollte Michael nicht denselben Fehler begehen wie bei der

Sintflut. Damals hatte er die Vermehrungsfähigkeit der Menschen unterschätzt, die den Planeten später wieder bevölkerten.«

Asiel sah auf seine kalten Hände, in denen einst Feuer gebrannt hatte. »Wir drei sind die Sieger der Schlacht des Armageddon. Wir haben unseren Auftrag erfüllt, doch es ist uns nicht gelungen, die Welt vor der Auslöschung zu bewahren, und mit unseren großartigen Wertvorstellungen sind wir gescheitert.«

Ablon betrachtete das erkaltete Gesicht Shamiras und war von ihrer Schönheit, selbst im Tod, beeindruckt. Es war, als wäre sie noch am Leben, und in seinem Herzen lebte sie tatsächlich weiter. Als er ihre weiche Haut berührte, kamen Erinnerungen an das Ritual in seiner Wohnung hoch, als die junge Frau den keltischen Geist ins Pentagramm gerufen hatte – Korrigan, eine Wesenheit mit prophetischen Fähigkeiten.

»Es besteht noch Hoffnung«, murmelte er, und es klang wie ein Seufzer.

»Wie sollen wir denn Tote zum Leben erwecken und einen unfruchtbaren Planeten wiederaufbauen?«, fragte der Ischim. »Wir sind nur Engel, keine Götter!«

Ablon war nicht ganz der gleichen Meinung wie sein Freund. »Dieses Universum ist vernichtet, aber die Wahrheit ist ungewiss. In der Unendlichkeit führen die Wege niemals zum selben Ort, und sie verlaufen nicht nur in eine Richtung.«

Die drei schwiegen, bis Asiel eine Idee hatte: »Das Rad der Zeit! Meinst du, wir könnten es zurückdrehen?«

»Vielleicht.«

»Aber nur ein Gott kann es bewegen«, widersprach die Heilige Flamme. So hatten es alle immer gesagt.

Auf seiner langen Reise hatte Ablon viele Dinge gelernt, vor allem aber, weder auf das Schicksal noch auf vorgezeichnete und festgelegte Wege zu vertrauen. Lieber wollte er an das Gegenteil glauben – auf den freien Willen vertrauen und die Fähigkeit, sich eine eigene Zukunft zu erschaffen. Obwohl er kein Mensch und damit seiner Engelsnatur verhaftet war, glaubte er an freie Entscheidungen.

»Wir *sind* jetzt Götter«, sagte Amael. »Wir sind dazu geworden. Wir haben die Erzengel übertroffen, und nun gibt es niemanden mehr, der uns überwinden kann. Hier sind wir Götter. Gesichtslose Götter ohne Anhänger.«

»Wir sind letztendlich zu dem geworden, was wir bei unseren Gegnern mit aller Macht verhindern wollten: Götter über eine Welt in Asche«, ergänzte Ablon und sah in den dunklen Himmel hinauf. Hinter den Wolken ging gerade die Sonne auf, aber ihr Licht drang nicht bis zur Erde. Die Erdkugel war zu einem eisigen, in Finsternis versunkenen Treibhaus geworden, heimgesucht von einem Atomkrieg und verseucht durch die Strahlung der Bomben, die die Menschen abgeworfen hatten.

Während sie noch überlegten, sahen sie einen Lichtpunkt am Horizont, der wie ein Stern in pechschwarzer Nacht leuchtete. Seine Energie war freundlich und gütig, und die drei fühlten sich beschützt. Das Leuchten glitt zu ihnen herab, und plötzlich schien sogar die geschundene Landschaft wieder in Harmonie zu strahlen.

Dies war der leuchtende Glanz eines Engels, eines Ophanim – die Kaste der frömmsten Engel. Sie waren keine Krieger, geschweige denn Politiker, sondern wachten ergeben über Menschen und Bedürftige. Die Augen des Ophanim waren wie Kupfersteinchen, und über seine weiße Tunika hingen Goldzöpfe herab. Auch seine Flügel schimmerten und öffneten sich wie silberne Blätter.

Als er landete, erkannte ihn sogar der alte Amael. Auch wenn der Herr der Vulkane nicht im Himmel lebte, hatte er die strahlende Schönheit Nathanaels des Allerreinsten nicht vergessen.

»Nathanael … Du hast überlebt«, stellte Ablon fest.

»Ich habe nicht gekämpft«, berichtigte das Lichtwesen, »sondern war in der Höhle am Horeb, in der Nähe des Rebellenlagers. Auf diese Weise entkam ich der Explosion. Außerdem kann ich mich in reines Licht verwandeln, sodass mein ganzer Körper immateriell wird.«

Nathanaels Ankunft war in diesem bedrückenden Moment ein Segen. Der Ophanim war einer der weisesten Himmelsbewohner, und deshalb hatte Gabriel, der Meister des Feuers, ihn als seine rechte Hand auserkoren. Nach dem Willen seines Gebieters sollte er den Heiland bei jedem seiner Schritte auf der Astralebene begleiten – bis zu dessen qualvollem Tod am Kreuz. Wegen dieses Auftrags hatte der Allerreinste Ablon bei dessen erstem Besuch in der Heiligen Stadt nicht am Ölberg treffen können. Danach hatte Nathanael an der Spitze der Legionen gestanden, die den Erleuchteten ins Paradies begleiteten. Der Botenengel hatte den Ophanim mit geistigen Angelegenheiten und Varna mit der Kriegsmaterie betraut.

»Nathanael, erleuchte uns mit deiner unendlichen Weisheit«, bat Ablon. »Ich bin nur ein Krieger und sehe die Geheimnisse des Kosmos nicht so klar.« Er deutete auf das Rad der Zeit. »Können wir es zurückdrehen?«

»Jetzt seid ihr drei die Herrscher«, erklärte Nathanael. »Ihr seid eine göttliche Dreieinigkeit, allmächtig und unvergänglich. Der siebte Tag ist zu Ende, und die alten Gesetze gelten nicht mehr. Nun müsst ihr eine Entscheidung treffen. Bleibt ihr hier, könnt ihr versuchen, ein zerstörtes Universum wiederaufzubauen. Dreht ihr die Zeit zurück, wird die Menschheit eine neue Chance bekommen. Aber wisst, ihr Giganten, dass ihr euch nicht an die Zukunft erinnern werdet, falls ihr zurückgeht. Ihr werdet alles vergessen bis zu dem Moment, bis zu dem ihr zurückgehen wollt. Das Schicksal ist unergründlich.«

»Aber wenn wir zurückgehen, ohne die Zukunft zu kennen, wie können wir dann Gewissheit haben, dass wir das Richtige tun?«, warf Asiel ein. »Woher sollen wir wissen, dass die Situation uns nicht letztlich genau an diesen letzten Punkt führen wird?«

»Michael starb, weil er sich dem Schicksal überließ«, gab Ablon zu bedenken. »Wir sind anders als er und werden in dieser oder einer anderen Existenz unseren eigenen Weg gehen und nach unseren eigenen Wertvorstellungen leben.«

Es trat eine lange Pause ein, während dunkle Schneemassen aus den Wolken fielen. Dann ergriff Amael das Wort: »Ich werde mir niemals verzeihen, dass ich Michaels und Luzifers Befehle so sklavisch befolgt habe. Auf ihr Geheiß hin habe ich die Sintflut verursacht. Wiedergutmachen kann ich meine Sünden jetzt nicht mehr, aber wenn ich noch einmal die Gelegenheit hätte, würde ich mich ihnen stellen.«

»Und ich würde dir dabei helfen«, erwiderte Asiel, der es bereute, dass er sich einst von seinem geliebten Lehrer abgewendet hatte.

Steter Ascheregen fiel auf die Wüste. Zion war ein rauchender Trümmerhaufen, bestehend aus Säulen und Gesteinsbrocken, wie ein schwelendes Feuer, das im Tau der Morgendämmerung erlischt.

»General, du hast die Bruderschaft angeführt und warst das Idol der Aufständischen, deshalb hast du das letzte Wort«, entschied Nathanael.

Korrigan, dachte der Wiedergeborene. Bei dem magischen Ritual hatte der keltische Geist die schwierige Situation zwar vorausgesehen, ihm aber keine Lösung aufgezeigt. Das war auch nicht nötig gewesen – der Wille des Kriegers war offensichtlich. Er war ein Held und hatte als solcher sein Leben der Welt verschrieben. Seit Jahrhunderten hatte er auf sein Glück verzichtet, um ein Ideal zu verfolgen, hatte sich von der Freiheit und auch von der Liebe losgesagt. Jetzt endlich würde er die wohlverdiente Ruhe finden.

Er hatte seine Mission erfüllt.

Im inspirierenden Licht des Ophanim stellten sich die drei um das Rad der Zeit auf – und drehten es.

Epilog

Das rote Cabrio parkte am Straßenrand, zwischen Asphalt und Stahlbrüstung. Jenseits der Straße dehnte sich der Strand unterhalb einer Steilküste bis zum Horizont. Am Himmel tanzten Möwen und tauchten manchmal ins abendliche Meer ein.

Ablon drehte den Autoschlüssel und stellte den Motor ab. Shamira, die neben ihm saß, nahm ihre dunkle Sonnenbrille ab, um die prächtige Landschaft zu bewundern.

»Warum halten wir an?«, fragte sie.

»Nur eine alte atlantische Sitte«, antwortete er und zog ein kleines Päckchen unter seinem Sitz hervor. Er stieg aus und ging zur Brüstung. »Ich bin gleich wieder da.«

»Lass dir Zeit«, rief sie ihm hinterher, fasziniert von der Kulisse. »Hier würde ich am liebsten ewig bleiben!«

Der Engel kletterte zum Sandstrand und bis zum Meeressaum hinunter. Dort holte er ein sichtlich uraltes, dickes Buch mit bereits vergilbten Seiten aus dem Päckchen, das aber nur unbeschriebene, leere Seiten und keinen Titel hatte.

»Das Buch der Wahrheit«, murmelte er vor sich hin, in Erinnerung an seine Traumexistenz, ein quasi chimärisches Leben, das nunmehr nur noch in Erinnerungen weiterbestand.

Die Sonne war Zeuge, als Ablon das Buch ins Meer warf, wo es noch eine Weile auf dem Wasser trieb und dann langsam unterging. Gleichzeitig bemerkte er ein Glühen auf seinem Arm – wie ein Brandmal war dort ein Symbol eingraviert. Das Mal brannte, bis es völlig erlosch. Der Zauber Shamiras war abgeschlossen. Die zweite Rune – die Rune des Geistes – hatte ihren Dienst erfüllt, indem sie das Gedächtnis des Kriegerengels bewahrt hatte.

Mit dem todgeweihten Universum geht zugleich auch das letzte Glied in der Kette unter, dachte der Cherub, während das Buch der Wahrheit in den Wellen versank. *Die Welt bekommt eine zweite Chance.*

Zufrieden ging er zum Cabrio zurück.

»So ein schöner Tag«, rief Shamira, während sie das glasklare Meer betrachtete. Eine leichte Brise wehte ihr durchs schwarze Haar.

»Der schönste Tag von allen«, pflichtete Ablon ihr bei.

Der Blick der jungen Frau ruhte auf den Wolken und glitt weiter zum Horizont. »Manchmal träume ich vom Weltuntergang«, gestand sie, ganz entzückt von der Schönheit des Küstenstreifens. »Ich denke immer noch an die Prophezeiungen der Apokalypse und dass die Menschen den Planeten wirklich eines Tages zerstören werden, so wie es in dem heiligen Buch steht.«

Ablon lehnte sich auf dem Fahrersitz zurück. »Die Apokalypse ist der Beginn einer Friedensherrschaft, nach einer Zeit großer Veränderungen«, erklärte er ihr. »Es ist das, wovon alle Religionen sprechen, auch wenn es sich unheimlich anhört. Der Weltuntergang wird nicht das Zeitalter des Todes, sondern der Wiedergeburt sein. Ein neues Zeitalter des Friedens wird erst dann anbrechen, wenn sich die Menschen weiterentwickelt haben und einander nicht mehr bekämpfen – das glaube ich zumindest.«

Zärtlich berührte Shamira sein Gesicht, doch sie wirkte immer noch verwirrt.

»Was ist los?«, fragte er besorgt.

»Nichts«, sagte sie. »Es ist nur – mir war plötzlich so, als erwachte ich aus einem Albtraum.«

Ablon nahm sie in die Arme, neigte ihr sein Gesicht entgegen und gab ihr einen langen Kuss. »Dann darfst du eben nicht einschlafen.«

Er lenkte den Wagen wieder auf die Straße.

»Wohin fahren wir?«, wollte sie wissen, während sie ihre Haarsträhnen mit einem roten Band zusammennahm.

»Spielt das eine Rolle?«

Ablon gab Gas.

Am Strand hüpfte ein Fisch über die Wellen, und ein Krebs versteckte sich in einem Felsspalt. Ein kleiner schwarzer Stein, den die Strömung angeschwemmt hatte, rollte auf den Sand und leuchtete in der Abendsonne.

Es war ein gewöhnliches Stück Basalt, in den ein merkwürdiger Buchstabe eingeritzt war. Er sah aus wie eine der atlantischen Runen, die auf dem großen Obelisken der einstigen Hauptstadt eingraviert waren. Irgendwann einmal hatte der abtrünnige Engel den Splitter ins Meer geworfen, aber das war nur im Traum geschehen, in einer illusorischen, fantastischen Realität, die schon lange in Vergessenheit geraten war. Jetzt kehrte der Stein auf Wunsch seines Besitzers ins wahre Universum zurück.

Es war die Friedensrune.

Glossar

Abgrund von Nimbye: Übergang zur Vorhölle; die inhaltslose Leere zwischen den Dimensionen. Liegt in den Feldern des Todes, einer geografischen Region des Scheol.

Ablon, der Abtrünnige Engel: vor seiner Verstoßung auch Erster General genannt. Anführer der Revolte von Sodom. Wurde zusammen mit seinen achtzehn Cherubim von Michael aus dem Himmel verstoßen.

Adnari: eine der Überlebenden vom Stamm der Söhne Sems. Während Nimrods Herrschaftszeit war sie eine Sklavin in Babel. Später wurde sie zu einer der größten Magierinnen ihrer Zeit.

Alal: sehr große Trompete aus Kupfer, typisch für das alte Mesopotamien. Erzeugte einen sehr lauten, schrillen Ton.

Alastor: einer der neun Höllenfürsten.

Alexius: römischer Sklavenhändler, schmuggelte Sklaven von Alexandria nach Rom.

Amael, der Herr der Vulkane: Dämon aus der Kaste der Zanathus, früher ein Ischim. Er gab den Befehl, während der Sintflut die Polkappen zum Schmelzen zu bringen.

Ankarel, die Peitsche des heiligen Michael: ein dem Eusin unterstellter Cherub, der am Überfall auf Sodom beteiligt war. Er wurde vom Schwarzen Engel ausgesandt, um Shamira zu fangen.

Apollyon, der Todesengel: früher Zerstörungsengel genannt. War wie Luzifer ein gefallener Engel und wurde später Höllenfürst. Dieses zügellose Wesen ist als der stärkste der gefallenen Engel bekannt und gehört zur Ordnung der Malikis.

Arkadien: Dimension, die als Land der Feen bekannt ist.

Armageddon: die letzte, entscheidende Schlacht der Apokalypse.

Asiel, die Heilige Flamme: Machthaber in der Feuerzitadelle; ein Feuer-Ischim, der bei der persönlichen Fehde zwischen Michael und Gabriel auf der Seite des Erzengels Gabriel stand.

Asmodeus: gilt als intelligentester und diplomatischster der neun Höllenfürsten.

Asson: cherubinischer Anführer, der auf Seiten des Erzengels Michael stand. Er nahm am Massaker von Sodom teil.

Astralebene: flachste Ebene der geistigen Welt, die über den Schleier der Wirklichkeit mit der physischen Ebene verbunden ist. Dort irren Gespenster und verlorene Seelen herum. Es gibt dort weder Farben noch Schwerelosigkeit.

Astralprojektion: Technik, mit der lebende Menschen ihre Seele selbstständig in die Astralebene projizieren können, um diese zu erforschen.

Ätherische Ebene: tiefste Schicht der geistigen Welt, jenseits der Astralebene. Hier leben höher entwickelte Geister und mächtige heidnische Götter. Siehe *Ätherische Geister*.

Ätherische Geister: Wesenheiten, die die ätherische Ebene bevölkern. Alle heidnischen Götter (griechische, ägyptische, hinduistische usw.) sind ätherische Geister. Im Allgemeinen hegen sie keine besondere Sympathie für die Himmelsbewohner – eine Folge der Ätherischen Kriege.

Ätherische Kriege: eine Reihe von Feldzügen, die von den Himmelsbewohnern geführt wurden, um die mächtigen ätherischen Geister zu vernichten und ihren Einfluss auf die Menschen zu brechen.

Ätherische Membran: geheimnisvoller Schleier, der die Astralebene von der ätherischen Ebene trennt.

Atlantis, das Juwel des Meeres: war vor ihrer Zerstörung durch die Sintflut die größte aller menschlichen Nationen.

Aura: die Lebensenergie der Engel und Dämonen. Sie ist die Essenz, dank derer sie ihre Fähigkeiten und Divinitäten nutzen können.

Avatar: leibliche Form eines Engels oder Dämons auf der materiellen Ebene. Er braucht weder Nahrung noch Schlaf, es sei denn, er ist verletzt.

Baale: Dämonen, die die Bestrafung und Folter übernahmen. Viele waren vor dem Fall Schasmal.

Bacarata, der Herr der Materie: mächtiger, bösartiger ätherischer Geist.

Bael, der Unglückliche: Höllenfürst, Gebieter über die Gegend, die man Felder des Todes nennt.

Balam: ein Schasmal, der den Auftrag hatte, sich auf die Erde zu begeben und Noahs Rechtschaffenheit auf die Probe zu stellen. Er sollte Beweise dafür finden, dass alle Menschen böse und bestechlich sind.

Balberith: Fürst der Kaste der Cherubim.

Balor: Dämon aus der Ordnung der Baale, der die Verliese von Sandrak bewachte.

Baturiel, der Rechtschaffene: Cherub und zweiter Vertrauter Gabriels. Vor der Sintflut lautete sein wichtigster Auftrag, im Streit zwischen Nathanael und Balam um die Seele Noahs zu vermitteln.

Beelzebub, der Herr der Fliegen: einer der neun Höllenfürsten.

Behemoth: Tehoms wichtigster Gehilfe in der Urzeitlichen Schlacht.

Belial: Ordnung von Dämonen, deren wichtigster Auftrag ist, (noch lebende) Menschenwesen in Versuchung zu führen und ihre Seelen zu »kaufen«.

Berg Maschu: Berg im Felsenmeer, einst Wohnstatt der Schlangen von Kur. Später diente die Höhle, die sich dort befand, Ablon dem Abtrünnigen Engel als Zufluchtsort und Heiligtum.

Beschwörung: eine Magie-Technik, mit der man Elementar- und Naturkräfte herbeirufen und in Energie umwandeln kann.

Bethor: magisches Symbol, das bei Zaubern eingesetzt wird, um Wesenheiten und Geister vorübergehend einzukreisen, festzuhalten und einzusperren.

Blaues Feuer oder Feenfeuer: Flamme, die keine Wärme verbreitet, sondern nur leuchtet; entsteht meistens durch Magie.

Blitz der Morgenröte: Luzifers Feuerschwert.

Blume des Ostens: Chinesin, die versklavt und später von Ablon nach Rom gebracht wurde.

Bruderschaft der Abtrünnigen oder Achtzehn Abtrünnige: eine Schar Aufständischer, die von Ablon, dem Ersten General, bei der sogenannten Revolte von Sodom angeführt wurden.

Buch der Wahrheit: von Gott erschaffene Reliquie, die der Legende nach in allen Einzelheiten die ganze Geschichte und die Ereignisse des Siebten Tages, von der Erschaffung des Menschen bis zum Jüngsten Gericht enthält.

Cassius von Kalabrien: Leibwächter des Römers Alexius.

Cherubim: Kaste der Krieger-Engel. Sie sind die Beschützer und Soldaten Gottes.

Daimonion: Ordnung von Dämonen, vor allem bekannt für ihre Fähigkeit, von anderen Wesen Besitz zu ergreifen.

Dariel: ein dem Eusin unterstellter Cherub, Anhänger des Erzengels Michael. Er war am Gemetzel von Sodom beteiligt und wurde aufgrund seiner sensorischen Fähigkeiten zum Bewacher der Festung von Zion bestimmt.

Das Wort: Botschaften und Weisungen, die Jahwe den Erzengeln hinterlassen hatte, bevor er sich zur Ruhe legte. Die wichtigste Regel lautete: »Der Menschheit dienen und sie führen, ohne in den Lauf der Dinge einzugreifen.«

Divinität: besondere Fähigkeit eines Engels und Dämons.

Drakali-Toth: galt als größter Totenbeschwörer der Welt, war Shamiras Meister.

Dreihundert-Tage-Krieg: Auseinandersetzung zwischen den Vereinigten Staaten und China um die Herrschaft über Taiwan. Auf diesen großen Konflikt folgte der Dritte Weltkrieg.

Dschehenna: zweite Ebene der Sieben Himmel. Hier herrschten Luzifer und seine Schasmalim und hier wurden in alter Zeit die Seelen bestraft. Nach dem Sturz wurde aus der Dschehenna das Fegefeuer.

Eblis: einflussreiche Cherubine, eine der Kommandantinnen von Gabriels Heer. Ihre Waffe ist die Keule.

Eden oder Garten Eden: So nannten die Engel die Erde, bevor es Menschen gab.

Ehrenrüstung: die berühmte goldene Rüstung des Engels Balberith.

Elfen: eine der viele Feenarten.

Elohai, der Schmied: Engel, der aus einem Funken der Geißel des Feuers Ablons zweite Rüstung schmiedete.

Elohim: Kaste jener Engel, deren wichtigste Aufgabe es war, in Menschengestalt die Menschen zu führen.

Endor: Dorf in Kanaan, wo Shamira und ihre Mutter nach ihrer Flucht aus Knossos ein Zuhause fanden.

Engelssturz: Damit ist die Niederlage gemeint, die der einstige Erzengel Luzifer und seine Truppen im Kampf gegen Michael erlitten. Luzifer wurde daraufhin in den Scheol verstoßen.

Epidicus von Tiro: Kapitän des Schiffes *Insula Major*, das dem Sklavenhändler Alexius gehörte.

Erleuchteter, auch Heiland oder Heiliges Kind: So nannten die Himmelsbewohner Jesus von Nazareth.

Erzengel: die höchste Engelhierarchie. Die mächtigsten Himmelsbewohner, die Gott am nächsten stehen. Es wurden nur fünf erschaffen: Michael, Gabriel, Uriel, Raphael und Luzifer.

Eusin: einer der einflussreichsten Cherubim unter dem Kommando Michaels. General der Furchterregenden Legion.

Fährmänner: geheimnisvolle Geschöpfe, die Fahrgäste auf dem Fluss Styx beförderten, dessen Lauf und Geheimnisse nur ihnen bekannt waren.

Farblose Welt: Bezeichnung der Menschen für die Astralebene.

Felder des Todes: geografische Gegend des Scheol. Dorthin kommen die Seelen der Selbstmörder, der Unnützen und jener Menschen, die sich vom Leben distanziert haben.

Felsenmeer: geografische Gegend in der Nähe des legendären Babels, deren typisches Merkmal die kahlen, lang gezogenen Berge sind.

Festung von Zion: die größte Bastion der Streitkräfte des Erzengels Michael außerhalb des Himmels. Sie liegt auf der ätherischen Ebene, unter der irdischen Stadt Jerusalem.

Feuerzitadelle: ein Ort im Ersten Himmel, wo sich die Ischim versammeln. Dort herrschte Amael, später dann Asiel, und noch später wurde sie zum Generalquartier von Gabriel und seinen Neuen Rebellen.

Flamme des Todes: das feurige Schwert des Erzengels Michael.

Friedensrune: Splitter von einem Monolithen, der auf dem Hauptplatz von Atlantis stand. Die darauf eingeritzte Rune bedeutet »Frieden«. Es ist das einzige fassbare Fragment, das von der Stadt übrig blieb.

Friedenstribüne: Halle im Sechsten Himmel, wo dreihundert Engel Loblieder auf den schlafenden Gott sangen. Nach dem Beginn seiner persönlichen Fehde mit Gabriel verbot Michael sämtliche Veranstaltungen.

Furchterregende Legion: Legion, die von dem Cherub Eusin angeführt wurde.

Gabriel, der Meister des Feuers: einer der fünf Erzengel. Wird auch Engel der Offenbarung und Der Bote genannt.

Geißel des Feuers: ein feuriges Schwert, das ursprünglich dem Erzengel Gabriel gehörte.

Geistige Welt: alles, was sich jenseits des Schleiers der Wirklichkeit befindet und unendlich viele Daseinsebenen umfasst. Die bekanntesten sind die Astral- und die ätherische Ebene.

Glubschauge: Name eines Seemanns des römischen Schiffs *Insula Major*.

Gorigath: einer der letzten lebenden Drachen auf der ätherischen Ebene.

Grimoire von Nippur: ein von dem Zauberer Drakali-Toth verfasstes Buch mit zahlreichen nekromantischen Zaubersprüchen.

Grünes Feuer oder Feuer der Xahra: eine Art Flamme, die nur auf der Astralebene brennt, also nur den Geist, nicht den Leib angreift.

Grun-Kar, der Wächter: einer der drei alten Geister aus dem Tin-Sen-Wald. Ähnelt einem Gorillamann.

Haled: Bezeichnung der Engel für die physische Ebene.

Hanki, der Herr der Stürme: einer der drei alten Geister aus dem Tin-Sen-Wald. Er konnte Blitze schleudern und sich an andere Orte versetzen.

Hasai: ranghöchster cherubinischer Offizier, Ablon unterstellt. Einer der achtzehn Abtrünnigen.

Heilige Rächerin: Schwert Ablons, des Abtrünnigen Engels.

Heilige Reliquie: jeder mystische, von Gott, Engeln oder Dämonen erschaffene Gegenstand.

Heiligtum: Ort auf der physischen Ebene, an dem der Schleier der Wirklichkeit so dünn ist, dass ein Zauber wirken kann, oder an dem die Interaktion mit geistigen Wesenheiten möglich wird.

Heiligtum der Morgendämmerung: Gebäude auf dem Gipfel des Bergs Zaphon im Siebten Himmel, wo vermutlich Gottes

Geist ruht. Dort wird auch das Buch der Wahrheit auf einem Pult aufbewahrt.

Heldensaal: Gemach im Palast von Henoch, das den alten Kriegern gewidmet war. Diente auch den abtrünnigen Engeln nach ihrer Verstoßung als Versammlungsort.

Henoch, die Erste und Letzte: auch Die Schöne Riesin genannt. Diese Stadt wurde von Adams Sohn Kain gegründet. Sie gilt als Heimat aller Menschen, nachdem die Bewohner von Atlantis, ihrer Rivalin, bei der Sintflut völlig vernichtet worden waren.

Himmlischer Palast: Festung der Erzengel im Fünften Himmel. Zentralster und wichtigster Ort des himmlischen Paradieses.

Himmlisches Eden: dritte Ebene der Sieben Himmel. Dorthin kommen die Seelen der Menschen, die ein rechtschaffenes Leben geführt haben. Es gibt dort verschiedene geistige Kolonien. Hier ist auch die Heimstatt der Heiligen und des Erleuchteten.

Höhle auf dem Berg: eine Höhle auf dem Gipfel des Berges Maschu im Felsenmeer. Dort fand Ablon Unterschlupf, als er sich in der Umgebung von Babylonien aufhielt. Später diente sie der abtrünnigen Ishtar als Versteck.

Höllenfürsten: Dämonen der allerhöchsten Hierarchie, die den Rat, den sogenannten Kreis der Neun, bilden. Die Höllenfürsten sind: Asmodeus, Molloch, Mephistopheles, Alastor, Mammon, Orion, Apollyon, Beelzebub und Bael.

Ibn-Hatar: das rotbraune Pferd, auf dem Ablon auf seiner Reise über die Seidenstraße ritt. Sein arabischer Name bedeutet »Sohn der Gefahr«.

Inkubus: Ordnung männlicher Dämonen der Versuchung.

Ischim: Kaste jener Engel, die über die Elementarkräfte herrschen. Sie leben im Ersten Himmel.

Ishtar: Cherubine, die während der Revolte von Sodom abtrünnig wurde und später von Zamir und Nimrod gefangen genommen wurde.

Jahwe: andere Namen: der Allerhöchste, Himmlischer Vater, Schlafender Gott, der Strahlende, der Lichtvolle, Schöpfer. Er ist der höchste Gott des Universums und legte sich am Ende des sechsten Tages zur Ruhe.
John Marc: Prior des englischen Klosters in der Nähe des Roten Waldes (1231 n. Chr.).

Kasten: Klassen, denen die Engel im Himmel ihrem Wesen und ihrer Funktion nach zugeordnet sind. Auch Dämonen haben Kasten, die sie Orden nennen.
Kinder Edens: formelle Bezeichnung der Engel für die Menschen.
Kondiz: Maßeinheit für die geistige Energie der Aura oder Lebenskraft.
Korrigan: keltisches Geistwesen, das sehr viel Macht und große Weisheit besitzt. Es klärt Ablon und Shamira über Michaels Absichten auf.
Kumarbi, der Stattliche: einer der Anführer des Sklavenaufstands im legendären Babel.
Kusch: König von Babylonien, Vater von Nimrod.

Lahasch: böser Engel, den Michael zum Kommandanten bei der Verteidigung Zions ernannte. Vor der persönlichen Fehde war er als undisziplinierter, ungehorsamer Krieger berüchtigt gewesen.
Land Nod: Land, dessen Hauptstadt Henoch war.
Legion der Schwerter: Truppe, die von Ablon vor seiner Verstoßung befehligt wurde.
Lehmpuppen: abfällige Bezeichnung der Engel und Dämonen für die Menschen.

Leviathane: riesige Schiffe, die von Fährmännern über den Fluss Styx gefahren werden.

Liga von Berlin: Block des Westens, der sich vor dem Dritten Weltkrieg bildete.

Lilith, die Königin der Sukkuben: erste Frau Adams. Wurde von Luzifer in die Hölle verbannt und sollte dort die Ordnung der Dämoninnen der Verführung anführen.

Luzifer, der Morgenstern: andere Namen: Dunkler Erzengel, Lichtträger, Sohn der Morgenröte, Fürst der Finsternis. Er verlor den Krieg gegen Michael und fuhr zur Hölle. Seit diesem Zeitpunkt ist er als Teufel bekannt.

Luzifers Rebellion: Rebellion des einstigen Erzengels Luzifer gegen seinen Bruder Michael. Luzifers Niederlage führte zum Sturz und zur Verdammung seiner Anhänger in den Scheol.

Mai Yun, der Jadeskorpion: Skorpionfrau, Anführerin der alten Geister im Tin-Sen-Wald.

Malakim: Kaste jener Engel, deren wichtigste Aufgabe es ist, den Lauf des Universums und seiner Bewohner zu beobachten und zu studieren.

Malikis: Ordnung kriegerischer, entfesselter, unberechenbarer, grober, gewalttätiger Dämonen.

Mammon: dicker Dämon mit Nilpferdkörper, Schweinekopf und riesigem Geweih. Einer der neun Höllenfürsten.

Margath: ein uralter Drache.

Mari: Sklavenmädchen, Freundin von Adnari im alten Babel.

Marilli: mordende Cherubine, bekannt als einer der Reißvögel.

Megiddo: ein Berg, den es sowohl auf der physischen als auch auf der ätherischen Ebene gibt. Einer Prophezeiung zufolge wird dort die letzte Schlacht des Armageddon stattfinden.

Mentaler Schock: telepathische Divinität mit tödlicher Wirkung auf den Geist eines Individuums.

Mephistopheles oder Mephisto: einer der neun Höllenfürsten. Außergewöhnlicher Militärstratege.

Mercurion: Anführer der Elfen des Roten Waldes.

Merula: römischer Kaufmann.

Michael, der Engelsfürst: der mächtigste der fünf Erzengel.

Mirdoth: bösartiger Cherub unter dem Kommando des Erzengels Michael. Dazu auserwählt, die Festung von Zion zu verteidigen.

Mittelmeerische Kriege: wiederholte Konflikte zwischen Henoch und Atlantis um die Herrschaft über Häfen und Territorien.

Molloch, der Henker: einer der neun Höllenfürsten.

Nahor: junger babylonischer Offizier zur Zeit Nimrods.

Nathanael, der Allerreinste: Engel aus der Kaste der Ophanim, wahrscheinlich der gütigste von allen. Vor der Sintflut war er mit dafür verantwortlich, Noah zu verteidigen, dessen Seele zu erretten und das Menschengeschlecht zu erhalten.

Nebron: babylonischer Kommandant zur Zeit Nimrods.

Nekromantie: Zweig der Magie, der sich mit dem Studium der Geister, der Toten und der geistigen Welt beschäftigt.

Neptunia: der größte Vulkan im Paradies, befindet sich im Ersten Himmel. Unter ihm liegt die Feuerzitadelle, das Hauptquartier der Kaste der Ischim.

Neue Rebellen: Anhänger des Erzengels Gabriel bei dessen persönlicher Fehde gegen Michael.

Neutrale Länder: Bezeichnung für die Nationen Afrikas und Lateinamerikas, die sich im Konflikt auf der Erde keinem der beiden Blöcke anschlossen.

Nimrod, der Unsterbliche: Sohn von Kusch und letzter König des legendären Babels.

Nubisches Fieber: harmlose Krankheit, die von einem Protozoon hervorgerufen und von Moskitos übertragen wird. Sie befällt das Opfer drei Wochen lang und verschwindet dann. Sie war nicht tödlich, und Ausruhen war die einzige bekannte Behandlungsmethode.

Obergeschoss: So nennen die Himmelsbewohner die Sieben Himmel.

Ophanim: die Kaste jener Engel, die den Menschen am nächsten stehen, auch Schutzengel genannt. Sie sind von Natur aus altruistisch und werden niemals gewalttätig. Ihre Fähigkeiten beruhen auf Licht und Fürsorge.

Orden von Sippar: Bruderschaft von Magiern in der mesopotamischen Stadt Sippar. Sie besaß sehr viel Erfahrung im Gebrauch von Kräutern und Pflanzen, aus denen sie Zaubertränke und Salben herstellte. Sobald Nimrod an die Macht kam, wurde aus der Bruderschaft ein Geheimbund.

Orden: So nennen die Dämonen ihre Kasten.

Orion, der Gefallene König von Atlantis: Dämon aus der Kaste der Satanis, vorher ein Elohim-Engel. Als er sah, dass seine Stadt von Michaels Sintflut zerstört worden war, lief er zu Luzifer über und führte auf dessen Seite Krieg.

Östliche Allianz: politisches und militärisches Bündnis, angeführt von China, Russland und Nordkorea im Kampf gegen die Menschheit, auf den die Apokalypse folgte.

Pasuno: babylonischer Kommandant zur Zeit Nimrods.

Persönliche Fehde: militärischer Konflikt zwischen Michael und Gabriel, der mit der Geburt des Heiligen Kindes ausbrach.

Pfortensaal: Hauptraum der Festung von Zion mit mehreren Pforten, die jeweils in eine andere Dimension führten.

Physische Ebene: die materielle Welt, wo inkarnierte Menschen leben. Umfasst die Erde und das sie umgebende Universum.

Pforten: mystische Übergänge, die die ätherische Ebene oder Paralleldimensionen (wie Himmel und Hölle) mit der physischen Ebene verbinden.

Pólix: junger Grieche, Sohn des Thales, der eine kleine Karawane besaß, mit der er über die Seidenstraße zog.

Posaunen: gehörten zu den Vorboten der Apokalypse. Die Himmelsbewohner erkannten darin später die Detonation der sieben Bomben, mit denen sich die Menschen selbst vernichteten.

Rad der Zeit: wahrscheinlich die wichtigste von Gott geschaffene Reliquie. Es steht für den Verlauf des Siebten Tages und kann nicht angehalten werden. Sein Stillstand würde vermutlich das Erwachen Jahwes bedeuten.

Rahab, der Fürst der Meere: heidnischer Gott, der in den Ätherischen Kriegen von der Legion der Schwerter unterworfen wurde. Der damalige General Ablon besiegte den Gott im Einzelkampf.

Raphael: einer der fünf Erzengel. Desillusioniert verschwand er irgendwann aus dem Himmel und wurde nie mehr gesehen.

Reinigungsritual: magische Zeremonie, die den Geist eines Verstorbenen in die Vorhölle verbannt und auf diese Weise die Seelen befreit, die durch sein Urteil den Tod fanden.

Reißvögel: zwei berüchtigte Cherubine, die als tapfere Mörderinnen im Dienste des Erzengels Michaels stehen.

Revolte von Sodom: von Ablon, dem Ersten General, angeführter Aufstand gegen die Zerstörung Sodoms und Gomorrhas. Die Revolte endete damit, dass die Aufständischen vertrieben und nach Haled verbannt wurden.

Roter Wald: Wald im Herzen Englands, dessen Bäume eine rote Rinde hatten. Er wurde im Mittelalter vernichtet. Dort gab es einen Scheitelpunkt, an dem sich Feen manifestierten.

Samael, die Schlange Edens: gefallener Engel und enger Gehilfe Luzifers. Auch als Satan oder Satanás bekannt, der sich in eine Schlange verwandelte, um Adam im Garten Eden in Versuchung zu führen.

Sandrak: größtes Verlies des Scheol mit Zellen, Folterkammern und Schafotten. Es befindet sich in den Tunnels unter dem Tal der Verdammten.

Satanis: Dämonen-Ordnung der Adligen, Bürokraten und Diplomaten. Viele von ihnen waren vor dem Sturz Elohim oder Seraphim.

Schasmalim: Kaste jener Engel, deren Aufgabe es war, in der Dschehenna über die Sterblichen zu richten und sie zu verurteilen.

Schattendimension: Ebene, die am weitesten von der geistigen Welt entfernt ist. Aufenthaltsort von Schattenwesen und Geistern.

Scheitelpunkte: Orte, an denen eine Überschneidung der Ebenen stattfindet. Es gibt sie sowohl auf der materiellen als auch auf der ätherischen Ebene, und sie ermöglichen somit die physische Interaktion zwischen Menschen und Geistern.

Schenial: cherubinischer General, der die Truppen des Erzengels Michael bei der Verteidigung der Stadt Jerusalem während der Kreuzigung des Erlösers befehligte.

Scheol: Dimension, in der die sterblichen Überreste Tehoms und der Götter der Finsternis begraben wurden.

Schlangen von Kur: Schlangengeister, die die Gegend des Felsenmeers in Babylonien bewohnten und von den Erzengeln in den Ätherischen Kriegen ausgelöscht wurden.

Schleier der Wirklichkeit: mystische Membran, die die physische von der geistigen Welt trennt. Ihre flachste Schicht grenzt an die Astralebene. Es heißt, dass der Schleier der Wirklichkeit vom kollektiven Bewusstsein der Menschen gebildet wird und für sie einen unbewussten Schutz gegen die geheimnisvollen und unerklärlichen Dinge darstellt, die sie bedrohen und ihren Verstand herausfordern.

Schloss des Lichts: wichtigste Festung der Cherubim, befindet sich im Vierten Himmel.

Schwarzer Engel: sehr mächtiges Wesen mit undurchschaubarem Charakter, das im Auftrag des Erzengels Michael handelt. Die Federn seiner Flügel sind schwarz, sein Gesicht immer hinter einer Maske verborgen.

schwarzes Feuer: eine Art mystische Flamme, die auch nicht brennbare Materialien wie Steine und Metall verbrennt.

Schwarzes Feuer: Schwert des Dämons Apollyon, das ihm vom Gott Behemoth vermacht wurde. Galt als stärkste Waffe des Universums.

Seraphim: Kaste der edlen und diplomatischen Engel, die als »Bürokraten« des Paradieses gelten.

Serena: eine der Feen des Roten Waldes.

Shamira, die Hexe von Endor: Nekromantin, die gewaltsam nach Babylonien beordert wurde, um den Geist von Kusch zu beschwören. Ihr Vater war Grieche, ihre Mutter Kanaanäerin.

Shen: einer der chinesischen Kaufleute aus der Stadt Chang'an.

Sieben Himmel, auch als himmlisches Paradies, Wohnstatt Gottes oder göttliche Wohnstatt bekannt: Dimension, von der aus Engel und Erzengel über das Treiben der Menschen und des materiellen Universums wachen.

Siebter Tag: Zeitraum von der Erschaffung des Menschen bis zum Tag des Jüngsten Gerichts.

Siegel der Apokalypse: Mehrere Anzeichen und Prophezeiungen, die im Zusammenhang mit der Auflösung des Schleiers der Wirklichkeit den Verlauf der Apokalypse anzeigen.

Siéme, die Meisterin des Geistes: Seraphine mit telepathischen Fähigkeiten. Sie und Asiel wurden von Gabriel ausgesandt, um Ablon zu finden und ihn in die ätherische Ebene zurückzubringen.

Sintflut: die große Überschwemmung, die in der Bibel beschrieben wird. Sie führte zur Zerstörung von Atlantis und Henoch.

Söhne Jafés: mit den Babyloniern verfeindeter Stamm während Nimrods Herrschaft. Sie nahmen seinen Vater Kusch gefangen und richteten ihn in einem magischen Ritual hin.

Söhne Nods: Männer und Frauen aus Henoch.

Söhne Sems: Wüstenstamm, der von den Babyloniern unter der Herrschaft von Kusch und Nimrod ausgerottet wurde.

Stählerner Blitz: Schwert des Engels Eusin, das er in vielen Schlachten der alten Zeit heroisch benutzte.

Styx: Fluss, der durch mehrere Dimensionen fließt und als Übergang zwischen den Daseinsebenen gilt.

Sukkuben: Orden der Dämoninnen der Versuchung.

Tag der Abrechnung oder Tag des Jüngsten Gerichts: siehe *Armageddon*.

Tal der Verdammten: geografisches Gebiet des Scheol, wo sich die Höhle des Teufels befindet und durch das der Fluss Styx fließt. Auch ein Ort der Bestrafung und der Verzweiflung für die Seelen der Verstorbenen.

Tehom: Göttin des Chaos und der Finsternis, wurde von Jahwe bekämpft und in der Urzeitlichen Schlacht bezwungen. Nach ihrer Niederlage wurde es Licht, und das Universum entstand.

Tempel der Harmonie: riesiger Marmorsaal in der Feuerzitadelle. Besprechungsort der Ischim; diente später dem Erzengel Gabriel während des Bürgerkriegs als Residenz.

Thales: griechischer Kaufmann, Besitzer einer kleinen Karawane, die die Seidenstraße entlangzog.

Thomas: Mönch und Krankenpfleger im englischen Kloster in der Nähe des Roten Waldes (1231 n. Chr.).

Tin-Sen-Wald: ein Wald zur Zeit des alten China. Dort gab es einen Scheitelpunkt, an dem sich verschiedene ätherische Geister manifestierten, darunter Mai Yun, der Jadeskorpion.

Titus: Leibwächter des Sklavenhändlers Alexius.

Töchter Shangs: erster chinesischer Herrscherklan. Seine Mitglieder besaßen mediumistische Fähigkeiten und konnten mithilfe von Knochenorakeln Kontakt mit den Geistern ihrer Vorfahren aufnehmen.

Tommaso: Knecht des griechischen Karawanenbesitzers Thales.

Totale Vernichtung: eine Gottheit, die aus dem damaligen Engel Apollyon hervorging. Sie war fähig, Massenvernichtungen anzurichten.

Überlebenskraut: robuste Kriechpflanze, reich an Vitaminen und Mineralien, hat einen scheußlichen Geschmack, kann das Überleben eines Menschen für lange Zeit garantieren. Kommt aus Babylonien.

Untergeschoss: So nennen die Himmelsbewohner den Scheol bzw. die Hölle.

Uriel: einer der fünf Erzengel, Schirmherr der Kaste der Cherubim, wurde von seinem Bruder Michael getötet.

Urzeitliche Schlachten: Konflikt zwischen Jahwe und seinen Erzengeln einerseits und der Göttin Tehom und ihren Furcht einflößenden Wesenheiten andererseits.

Varna: Anführerin des Regiments der Bogenschützinnen. Steht in der Kommandohierarchie gleich nach dem Erzengel Gabriel.

Verstoßung: Damit ist die Niederlage gemeint, die Ablon und die Bruderschaft der Abtrünnigen erlitten. Sie wurden danach auf Haled verbannt.

Vier Pforten: magische Verbindungstore, an denen sich, wenn sie durch einen Zauber geöffnet werden, für kurze Zeit Wirbel bilden. Durch diesen Zauber haben geistige Wesenheiten die Möglichkeit, sich auf der physischen Ebene zu manifestieren.

Violettes Feuer: Flamme, mit der überwiegend Runen oder magische Zeichen in den Geist des betreffenden Individuums eingebrannt werden.

Wang: einer der chinesischen Kaufleute aus der Stadt Chang'an.

Welt der Träume: flache Ebene der geistigen Welt, die von der Astralebene durch die sogenannte Traumzone getrennt ist. Sie ist ein Spiegel der Astralebene mit Illusionsblasen, die durch die Träume der Menschen entstehen.

Wirbel: mystische Korridore, die eine Verbindung zwischen der Astral- oder ätherischen Ebene und einer beliebigen Paralleldimension (z. B. dem Himmel, der Hölle oder Arkadien) darstellen.

Xandria, die Stadt im Zentrum des Kosmos: einer der wenigen außerhalb unserer kosmischen Sphäre bekannten Orte.

Yarion, Flügel des Winds: einer der abtrünnigen Engel.

Zambil: mordende Cherubine, bekannt als einer der Reißvögel.

Zamir, der Strahlende: auch Zauberer der Wüste genannt. Der einstige Meister der Beschwörungsmagie war Nimrods Berater, Architekt von Babel und einer der mächtigsten Magier, von dem man je gehört hat.

Zanathus: Ordnung jener Dämonen, die über die Elementarkräfte herrschen. Viele von ihnen waren vor dem Sturz Ischim.

Zaphon, der Berg der (Götter-)Versammlung: oberster Bereich des Siebten Himmels, wo angeblich Gott ruht.

Zorn Gottes: Kampf-Divinität, die viele Cherubim beschworen, um ihre Chancen in einem unbewaffneten Kampf zu erhöhen.

Zyklus: Maßeinheit für die Macht eines Engels oder Dämons. Zyklus-eins-Engel sind die schwächsten, Zyklus-sechs-Engel die mächtigsten. Die Erzengel sind Zyklus-sieben-Engel.

Zeittafel

Protouniversum. Zeit und Materie existieren nicht. Jahwe, das Gesetz, und Tehom, das Chaos, wabern durch den dunklen Raum.

Jahwe haucht den fünf Erzengeln Michael, Luzifer, Gabriel, Raphael und Uriel Leben ein. Die Göttin Tehom erschafft die Ungetiere Behemoth, Leviathan, Tanin, Enuma, Taurt.

Urzeitliche Schlacht. Jahwe und seine Engelsgeneräle unterwerfen Tehom und bringen damit die beiden Gebiete unter ihre Kontrolle.

Erster Tag

Vor ca. 15 Milliarden Jahren: Beginn der Schöpfung. Zeit und Materie entstehen.

Zweiter Tag

Vor ca. 14 Milliarden Jahren: Geburt der Engel. *Big Bang*. Erschaffung des Lichts.

Vor ca. 12 Milliarden Jahren: Durch die Ausdehnung der Materie kommt es im Universum zu »kosmischen Falten«, die zur Entstehung von Paralleldimensionen führen.

Dritter Tag

Vor ca. 7 Milliarden Jahren: Entstehung der Gestirne und Galaxien. Licht und Dunkelheit werden voneinander getrennt. Engel und

Erzengel richten die Sieben Himmel, ihre wichtigste Dimension, ein. Jahwe ruft das Rad der Zeit und das Buch der Wahrheit ins Leben.

Vierter Tag

Vor ca. 6 Milliarden Jahren: Sonne, Sonnensystem und Erde.

Fünfter Tag

Vor ca. 4 Milliarden Jahren: Auf der Erde gibt es die ersten materiellen Lebensformen.

Sechster Tag

Vor ca. 400 Millionen Jahren: Die ersten Hominiden.

Ca. 400 000 v. Chr.: Die Urmenschen, Eriden, auch »erste Rasse« genannt.

Ca. 320 000 v. Chr. Große Völkerwanderung. Die Eriden teilen sich in zwei Gruppen: Eine bleibt im Mittleren Orient, die andere zieht durch den Mittelmeerraum Richtung Westeuropa.

Siebter Tag

Ca. 200 000 v. Chr.: Die Eriden entwickeln sich in zwei Richtungen: Menschen (zweite Rasse) und Atlantiden (dritte Rasse). Beide gehören zur Spezies *Homo sapiens* und besitzen eine Seele. Jahwe legt sich zur Ruhe. Erwachen des Bewusstseins. Der Schleier der Wirklichkeit entsteht.

Ca. 180 000 v. Chr.: Erste Eiszeit.

Ca. 150 000 v. Chr.: Gründung der Stadt Atlantis. Aufstieg der Atlantiden, die die Vorherrschaft im Mittelmeerraum haben. In Europa, Asien und dem Mittleren Osten tauschen die Menschen ihre Höhlen gegen Pfahlbauten und errichten kleine Siedlungen.

Ca. 100 000 v. Chr.: Erste Naturkatastrophe. Erdbeben spalten die Erde. Atlantis' Vormachtstellung ist bedroht.

Ca. 50 000 v. Chr.: Adam eint die Stämme des Nahen Ostens. Sein Sohn Kain gründet die Stadt Henoch. Zweites Erwachen – der Schleier der Wirklichkeit wird dichter.

Ca. 40 000 v. Chr.: Aufstieg der Stadt Henoch. Neandertaler und der Säbelzahntiger sterben aus.

Ca. 38 000 v. Chr.: Atlantis und Henoch geraten in Streit. Es kommt zu den Mittelmeerischen Kriegen.

Ca. 35 000 bis 25 000 v. Chr.: Zeit der großen Katastrophen. Zweite Naturkatastrophe. Die Erde wird von Meteoritenregen, Erdbeben und Vulkanausbrüchen heimgesucht. Die Erzengel beschließen, ihre Legionen auszusenden, um die Menschen zu vernichten. Die Könige von Henoch wehren den Angriff der Engel auf ihre Stadt mit Waffen und Magie ab.

Ca. 23 000 v. Chr.: Beginn der Ätherischen Kriege.

Ca. 22 000 v. Chr.: Apollyon, der Zerstörungsengel, und seine Legion besiegen die Schlangen von Kur und töten sie.

Ca. 18 000 v. Chr.: Schlacht von Shin-Tain. Die Himmelsbewohner erleiden im Fernen Osten eine Niederlage.

Ca. 12 000 v. Chr.: Ablon, der Erste General, besiegt den Gott Rahab, den Herrn der Meere, und beendet damit die Ätherischen Kriege. Bau der Festung von Zion.

Ca. 11 500 v. Chr.: Sintflut. Dritte Naturkatastrophe. Henoch und Atlantis werden zerstört. Orion kehrt in die Sieben Himmel zurück.

Ca. 10 000 v. Chr.: Die Zivilisation fällt in die Barbarei zurück. Auf Atlantis gibt es keine Überlebenden. Aus den verbleibenden Bewohnern Henochs werden die sogenannten modernen Menschen, der *Homo sapiens sapiens*, der auch als vierte Rasse bekannt ist. Die Menschen verteilen sich auf dem Erdball.

Ca. 4000 v. Chr.: Wiedergeburt der menschlichen Zivilisation. Erfindung der Schrift. Gründung des legendären Babels. Gilgamesch in Sumer. Die Mammuts sterben aus.

Ca. 3800 v. Chr.: Revolte von Sodom. Ablon und die Bruderschaft der Abtrünnigen werden aus den Sieben Himmeln verstoßen. Sodom und Gomorrha werden zerstört. Zohar wird verwüstet.

Ca. 3500 v. Chr.: Luzifers Rebellion. Der Dunkle Erzengel und seine Horden werden aus dem Himmel vertrieben und in den Scheol verdammt.

Ca. 3000 v. Chr.: Die Bruderschaft der Abtrünnigen verlässt Henoch und trennt sich. Bau der großen Pyramiden in Ägypten. Drittes Erwachen – Der Schleier der Wirklichkeit dehnt sich aus.

Ca. 2800 v. Chr.: Der Schwarze Engel findet Ishtar. Die beiden liefern sich einen Kampf auf dem Berg. Ablon bringt den Berg zum Einstürzen, verhindert dadurch Ishtars Ermordung, wird aber unter den Trümmern begraben.

2414 v. Chr.: Kusch wird Herrscher über das legendäre Babylonien. Bau der silbernen Zikkurat. Ablon erwacht rechtzeitig, bevor er verschüttet wird. Geburt des Zauberers Zamir.

2354 v. Chr.: Akto und Maya, die Eltern von Shamira, fliehen aus Knossos in Griechenland und lassen sich in Endor in Kanaan nieder.

2335 v. Chr.: König Kusch wird gefangen genommen und getötet. Nimrod wird sein Nachfolger als Herrscher über Babylonien. Zamir findet den bewusstlosen Avatar Ishtars und bringt ihn in die Stadt. Es wird mit dem Bau des Turms von Babel begonnen.

2334–2333 v. Chr.: Shamira wird nach Babylonien gebracht. Fall Babels. Zerstörung des Turms. Ishtar stirbt.

2332 v. Chr.: Shamira beginnt in Memphis mit ihrer Ausbildung bei dem Nekromanten Drakali-Toth.

Ca. 1800 v. Chr.: Aufstieg des historischen Babyloniens. Hammurabi.

315 v. Chr.: Um den Traum von Babylonien wiederzubeleben, beginnt Zamir mit seinem Feldzug, indem er die großen Zauberer, die es auf der Welt damals noch gibt, verfolgt, umbringt und sich ihr Wissen aneignet.

209 v. Chr.: Zamir tötet Drakali-Toth und macht sich dessen nekromantische Fähigkeiten zu Eigen.

3 v. Chr.: Hasai fällt den Reißvögeln in die Hände; er überlebt schwer verletzt und schleppt sich nach Henoch.

Das Jahr Null der christlichen Ära: Geburt des Heiligen Kindes. Beginn der persönlichen Fehde zwischen Michael und Gabriel. Der Erzengel Raphael zieht sich zurück. Ablon kämpft mit den alten Geistern des Tin-Sen-Waldes. Viertes Erwachen – der Schleier wird noch dichter.

1 n. Chr.: Karawane auf dem Geheimpfad. Ablon tötet die Reißvögel. Shamira überwindet Zamir. Ablon fällt in Starre.

30 n. Chr.: Der Heiland wird gekreuzigt und fährt gen Himmel. Ablon erwacht aus seiner Starre und begibt sich nach Jerusalem. Die persönliche Fehde zwischen Michael und Gabriel, die sich bisher nur auf der Astralebene abspielte, wird in die Sieben Himmel verlagert. Gabriel schlägt in der Feuerzitadelle sein Hauptquartier auf.

112 n. Chr.: Blume des Ostens stirbt in China. Shamira lüftet das Geheimnis der Knochenorakel und beschäftigt sich mit chinesischer Zauberkunst.

Ca. 500 n. Chr.: Der Schleier der Wirklichkeit schwindet. Der Fall Roms und die Verbreitung des Christentums führen zur Beseitigung mehrerer Scheitelpunkte, vor allem in der westlichen Welt. Die Feen ziehen sich auf die ätherische Ebene zurück.

Ca. 700 n. Chr.: Die Insel Avalon zieht sich in die ätherische Ebene zurück.

1097 n. Chr.: Als Vermittlerin der Feen hält Shamira das Fortgehen der Elfen sowie deren Rituale und deren Wissen schriftlich fest, damit es nicht verloren geht. Sie richtet sich am Scheitelpunkt im Roten Wald in England ein.

1119 n. Chr.: Asasel, ein gefallener Engel und Höllenfürst, fordert Luzifer heraus, indem er im Scheol den sogenannten Befreiungskrieg anzettelt. Asasel unterliegt und stirbt 1203.

1231 n. Chr.: Apollyon, der Todesengel, entführt den abtrünnigen Engel Yarion, Flügel des Winds, und verschleppt ihn in den Scheol. Ablon nimmt seine Verfolgung auf, wird aber gefangen genommen und eingekerkert.

1318 n. Chr.: Die Feen aus dem Westen Europas kehren nach Arkadien zurück. Alle ihre Heiligtümer werden zerstört.

1453 n. Chr.: Ablon flieht aus den Verliesen von Sandrak. Yarion stirbt. Konstantinopel wird belagert und erobert.

1614 n. Chr.: In den Sieben Himmeln nehmen Gabriels rebellische Streitkräfte das Schloss des Lichts, die Festung der Cherubim, ein.

1650 n. Chr.: Beginn der sogenannten Haniah, der Rückkehr. Michael befiehlt, dass alle Engel, die auf Haled leben, agieren oder einen Auftrag erfüllen, sofort in den Himmel zurückkehren. Die persönliche Fehde wird daraufhin noch blutiger. Gabriel bleibt nichts anderes übrig, als dasselbe zu tun und alle seine Anhänger zur Schlacht aufzurufen.

1772 n. Chr.: Damit seine Soldaten nicht desertieren und nach Haled flüchten, wo sie sich verstecken könnten, lässt Michael die wichtigsten bekannten Zugangspforten auf der Erde zerstören. Die wenigen, die noch übrig bleiben, werden von nun an von mächtigen Wächtern bewacht.

Ca. 1880 n. Chr.: Fünftes Erwachen. Die letzte große Verdichtung des Schleiers der Wirklichkeit macht es Magiern und Gottheiten auf der Erde praktisch unmöglich, sich außerhalb von Heiligtümern zu manifestieren.

2007 n. Chr.: Uriel wird vom Erzengel Michael auf dem Zaphon, dem Berg der Götterversammlung im Siebten Himmel, getötet.

2012 n. Chr. Der Schleier der Wirklichkeit, inzwischen sehr konzentriert und dicht geworden, löst sich langsam auf.

21. Jahrhundert. Apokalypse.